U0402436

中国现代文学作品精选（第四版）

ZHONGGUO XIANDAI WENXUE ZUOPIN JINGXUAN

严家炎
孙玉石
温儒敏　主编

北京大学出版社
PEKING UNIVERSITY PRESS

图书在版编目(CIP)数据

中国现代文学作品精选/严家炎,孙玉石,温儒敏主编. —4 版. —北京:北京大学出版社,2022.10

(博雅大学堂·文学)

ISBN 978-7-301-33433-1

Ⅰ.①中… Ⅱ.①严…②孙…③温… Ⅲ.①中国文学—现代文学—作品综合集 Ⅳ.①I216.2

中国版本图书馆 CIP 数据核字(2022)第 185961 号

书 名	中国现代文学作品精选(第四版) ZHONGGUO XIANDAI WENXUE ZUOPIN JINGXUAN(DI-SI BAN)
著作责任者	严家炎 孙玉石 温儒敏 主编
责任编辑	艾 英
标准书号	ISBN 978-7-301-33433-1
出版发行	北京大学出版社
地 址	北京市海淀区成府路 205 号 100871
网 址	http://www.pup.cn 新浪微博:@北京大学出版社
电子邮箱	编辑部 wsz@pup.cn 总编室 zpup@pup.cn
电 话	邮购部 010-62752015 发行部 010-62750672 编辑部 010-62756467
印 刷 者	三河市北燕印装有限公司
经 销 者	新华书店 965 毫米×1300 毫米 16 开本 37 印张 886 千字 1992 年 7 月第 1 版 2001 年 7 月第 2 版 2013 年 1 月第 3 版 2022 年 10 月第 4 版 2025 年 6 月第 5 次印刷
定 价	99.00 元

第四版前言

本书的初版在1992年,迄今快30年了。当初此书是作为留学生的教材来编的,考虑他们阅读作品比较吃力,那就要求读得少一点、精一点。当时的指导思想是“精选”,突出文学审美的标准,尽量选收艺术成就高的作品。在各种同类的选本中,这个版本篇幅最小,选得最精,又偏重鉴赏,出版后大受欢迎。许多学校选作现代文学史和文学鉴赏课的教材,近30年来,几乎每年都要重印。社会上很多读者也看重此书,认为这个选本篇幅适中,选得精当,一册在手,遍览现代名家名作,适合鉴赏性阅读。

2001年和2013年,本书又做过两次修订,保留了初版本侧重文学审美的特点,又吸收了许多教现代文学课老师的意见,尽可能呈现现代文学史的面貌,适当考虑作家的代表性,增加一些在文学史上有影响和地位的作品,以更好地配合教学的需要。

这一次修订,算是第四版了,框架和选目没有大的变动,只是为了更好地配合文学史教学需要,增删少量的篇目。因考虑有部分选目已经收进中学语文统编教材,多数读者已经读过,本书也就采用“存目”方式标示,只显示目录,不收作品。这样就选得更精,也节省了篇幅。

本书编排的字号较小,是为了在有限的篇幅中容纳更多作家作品,但这实在有点对不起读者。全书收有84位作家,155篇(首)作品,用八九十万字的篇幅全面展示现代文学史上的主要作家作品,很难做到周全,只好采用权宜之计,部分选目只能节选,提供梗概。其实作品只读节选恐怕难窥全貌,最好还是找原作完整地读,获得整体感受。在这浮泛的空气中,尤其要提倡多读书,读基本的书,读整本的书。

经数十年的沉淀,现代文学的经典化已经有较清晰的眉目。我们修订此书,也是想呈现一份现代文学的基本必读书目。若采用教育部推荐教材《中国现代文学三十年》(钱理群、吴福辉、温儒敏著,2016年修订本),或者坊间流行的其他文学史教材,本书是可以配套的。

本书的初版本原由北京大学中文系现代文学教研室编选,参与者有:严家炎、孙玉石、孙庆升、唐沅、钱理群、封世辉、温儒敏、方锡德、商金林和陈平原。温儒敏承担了初版的组织编写,以及二、三、四版的修订统稿工作。当年参与本书编写的同事几乎全部退休,现在重订这本老教材,在感慨“逝者如斯夫”的同时,又勾起对昔日教研室情谊的诸多忆念。

温儒敏

2021年7月21日

目　录

【诗歌】

【散文】

【小说】

【戏剧】

诗 歌

曲的長短句中，可加襯字，又平仄更可通融了。但還有曲牌和套數的限制。我們現在的詩體大解放，把從前一切束縛自由的枷鎖鐐銬，一概推翻，有什麼話，說什麼話；要怎麼說，就怎麼說。詩的內容，我不配自己下評判；但單就形式上看來，這也可算得進一步了。

民國七年八月七夜，胡適。

嘗試集 第二編

一念

我笑你繞太陽的地球，一日夜只打得一個回旋；
我笑你繞地球的月亮，總不會永遠團圓；
我笑你千千萬萬大大小小的星球，總跳不出自己的軌道線；
我笑你一秒鐘行五十萬里的無線電，總比不上我區區的心頭一念！
我這心頭一念：

蝴　　蝶

胡　适

两个黄蝴蝶，双双飞上天。
　不知为什么，一个忽飞还。
剩下那一个，孤单怪可怜；
　也无心上天，天上太孤单。

一九一六年八月二十三日
（收入《尝试集》，亚东图书馆 1920 年 3 月版）

鸽　　子

胡　适

云淡天高，好一片晚秋天气！
有一群鸽子，在空中游戏。
看他们三三两两，
回环来往，
夷犹如意，——
忽地里，翻身映日，白羽衬青天，十分鲜丽！

（收入《尝试集》）

凤凰涅槃（存目）

郭沫若

（收入《女神》，泰东图书局 1921 年 8 月版）

立在地球边上放号（存目）

郭沫若

（收入《女神》）

天　狗

郭沫若

我是一条天狗呀!
我把月来吞了,
我把日来吞了,
我把一切的星球来吞了,
我把全宇宙来吞了。
我便是我了!

我是月底光,
我是日底光,
我是一切星球底光,
我是 X 光线底光,
我是全宇宙底 Energy 底总量!

我飞奔,
我狂叫,
我燃烧。
我如烈火一样地燃烧!
我如大海一样地狂叫!
我如电气一样地飞跑!
我飞跑,
我飞跑,
我飞跑,
我剥我的皮,
我食我的肉,
我吸我的血,
我啮我的心肝,
我在我神经上飞跑,
我在我脊髓上飞跑,
我在我脑筋上飞跑。

我便是我呀!
我的我要爆了!

1920 年 2 月初作
(收入《女神》)

太阳礼赞

郭沫若

青沉沉的大海,波涛汹涌着,潮向东方。
光芒万丈地,将要出现了哟——新生的太阳!

天海中的云岛都已笑得来火一样地鲜明!
我恨不得,把我眼前的障碍一概划平!

出现了哟!出现了哟!耿晶晶地白灼的圆光!
从我两眸中有无限道的金丝向着太阳飞放。

太阳哟！我背立在大海边头紧觑着你。
太阳哟！你不把我照得个通明，我不回去！

太阳哟！你请永远照在我的面前，不使退转！
太阳哟！我眼光背开了你时，四面都是黑暗！

太阳哟！你请把我全部的生命照成道鲜红的血流！
太阳哟！你请把我全部的诗歌照成些金色的浮沤！

太阳哟！我心海中的云岛也已笑得来火一样地鲜明了！
太阳哟！你请永远倾听着，倾听着，我心海中的怒涛！

1921 年作

（收入《女神》）

夜步十里松原

郭沫若

海已安眠了。
远望去，只看见白茫茫一片幽光，
听不出丝毫的涛声波语。
哦，太空！怎么那样地高超，自由，雄浑，清寥！
无数的明星正圆睁着他们的眼儿，
在眺望这美丽的夜景。
十里松原中无数的古松，
都高擎着他们的手儿沉默着在赞美天宇。
他们一枝枝的手儿在空中战栗，
我的一枝枝的神经纤维在身中战栗。

（收入《女神》）

春　莺　曲

郭沫若

姑娘呀，啊，姑娘，
你真是慧心的姑娘！

你赠我的这枝梅花
这样的晕红呀，清香！

这清香怕不是梅花所有？
这清香怕吐自你的心头？
这清香敌赛过百壶春酒。
这清香战颤了我的诗喉。

啊，姑娘呀，你便是这花中魁首，
这朵朵的花上我看出你的灵眸。
我深深地吮吸着你的芳心，
我想——呀，但又不忍动口。

啊，姑娘呀，我是死也甘休，
我假如是要死的时候，
啊，我假如是要死的时候，
我要把这枝花吞进心头！

在那时，啊，姑娘呀，
请把我运到你西湖边上，
或者是葬在灵峰，
或者是放鹤亭旁。

在那时梅花在我的尸中
会结成五个梅子，
梅子再迸成梅林，
啊，我真是永远不死！

在那时，啊，姑娘呀，
你请提着琴来，
我要应着你清缭的琴音，
尽量地把梅花乱开！

在那时，有识趣的春风，
把梅花吹集成一座花冢，
你便和你的提琴
永远弹弄在我的花中。

在那时，遍宇都是幽香，
遍宇都是清响，
我们俩藏在暗中，
黄莺儿飞来欣赏。
黄莺儿唱着欢歌，
歌声是赞扬你我，
我便在花中暗笑，
你便在琴上相和。

（《瓶》组诗第十六首，收入《瓶》，创造社 1927 年 4 月版）

伊 底 眼

汪静之

伊底眼是温暖的太阳；
不然，何以伊一望着我，
我受了冻的心就热了呢？

伊底眼是解结的剪刀；
不然，何以伊一瞧着我，
我被镣铐的灵魂就自由了呢？

伊底眼是快乐的钥匙；
不然，何以伊一瞅着我，
我就住在乐园里了呢？

伊底眼变成忧愁的引火线了；
不然，何以伊一盯着我，
我就沉溺在愁海里了呢？

一九二二，六，四

（收入《蕙的风》，亚东图书馆 1922 年 8 月版）

繁星(节选)

冰　心

一

繁星闪烁着——
　深蓝的太空,
　　何曾听得见它们对语?
沉默中,
　微光里,
　　它们深深的互相颂赞了。

七

醒着的,
　只有孤愤的人罢!
听声声算命的锣儿,
　敲破世人的命运。

一〇

嫩绿的芽儿,
　和青年说:
"发展你自己!"

淡白的花儿,
　和青年说:
"贡献你自己!"

深红的果儿,
　和青年说:
"牺牲你自己!"

七五

父亲呵!
出来坐在月明里,
　我要听你说你的海。

一三一

大海呵,
　那一颗星没有光?
　那一朵花没有香?
那一次我的思潮里
　没有你波涛的清响?

一九二一年九月

(收入《繁星》,商务印书馆 1923 年 1 月版)

春水(节选)

冰　心

五

一道小河
　平平荡荡的流将下去，
只经过平沙万里——
　自由的，
　　沉寂的，
它没有快乐的声音。

　　一道小河
　曲曲折折的流将下去，
只经过高山深谷——
　险阻的，
　　挫折的，
它也没有快乐的声音。

我的朋友！
感谢你解答了
　我久闷的问题，
平荡而曲折的水流里，
　青年的快乐
　　在其中荡漾着了！

一〇五

造物者——
倘若在永久的生命中
　只容有一次极乐的应许。
我要至诚地求着：
　“我在母亲的怀里，
　母亲在小舟里，
小舟在月明的大海里。”

（收入《春水》，新潮社 1923 年 5 月版）

夜

宗白华

一时间
觉得我的微躯
是一颗小星，
莹然万星里
随着星流。
一会儿
又觉着我的心
是一张明镜，
宇宙的万星
在里面灿着。

（收入《流云小诗》，亚东图书馆 1923 年 12 月版）

弃　　妇

李金发

长发披遍我两眼之前，
遂隔断了一切羞恶之疾视，
与鲜血之急流，枯骨之沉睡。
黑夜与蚊虫联步徐来，
越此短墙之角，
狂呼在我清白之耳后，
如荒野狂风怒号：
战栗了无数游牧。

靠一根草儿，与上帝之灵往返在空谷里。
我的哀戚惟游蜂之脑能深印着；
或与山泉长泻在悬崖，
然后随红叶而俱去。

弃妇之隐忧堆积在动作上，
夕阳之火不能把时间之烦闷
化成灰烬，从烟突里飞去，
长染在游鸦之羽，
将同栖止于海啸之石上，
静听舟子之歌。

衰老的裙裾发出哀吟，
徜徉在丘墓之侧，
永无热泪，
点滴在草地
为世界之装饰。

（收入《微雨》，北新书局1925年11月版）

采　莲　曲

朱　湘

　小船呀轻飘，
杨柳呀风里颠摇；
　荷叶呀翠盖，
荷花呀人样娇娆。
　　日落，
　　微波，
金丝闪动过小河。
　　左行，
　　右撑，
莲舟上扬起歌声。

　菡萏呀半开，
蜂蝶呀不许轻来，
　绿水呀相伴，
清净呀不染尘埃。
　　溪间，
　　采莲，
水珠滑走过荷钱。
　　拍紧，
　　拍轻，
桨声应答着歌声。

　藕心呀丝长，
羞涩呀水底深藏；
　不见呀蚕茧，
丝多呀蛹裹中央？
　　溪头，
　　采藕，

女郎要采又夷犹。
波沉,
波升,
波上抑扬着歌声。

莲蓬呀子多,
两岸呀榴树婆娑,
喜鹊呀喧噪,
榴花呀落上新罗。
溪中,
采蓬,
耳鬓边晕着微红。
风定,
风生,
风飔荡漾着歌声。

升了呀月钩,
明了呀织女牵牛;
薄雾呀拂水,
凉风呀飘去莲舟。
花芳,
衣香,
消溶入一片苍茫;
时静,
时闻,
虚空里袅着歌音。

1925年10月24日
(收入《草莽集》,开明书店1927年8月版)

雨　景

朱　湘

我心爱的雨景也多着呀:
春夜春梦时窗前的淅沥;
急雨点打上蕉叶的声音;
雾一般拂着人脸的雨丝;
从电光中泼下来的雷雨——
但将雨时的天我最爱了。
它虽然是灰色的却透明;
它蕴着一种无声的期待。
并且从云气中,不知那里,
飘来了一声清脆的鸟啼。

十三,十一,二二
(收入《草莽集》)

晚祷(节选)

梁宗岱

二

我独自地站在篱边。
主呵,在这暮霭的茫昧中。
温软的影儿恬静地来去,
牧羊儿正开始他野蔷薇的幽梦。

我独自地站在这里，
悔恨而沉思着我狂热的从前，
痴妄地采撷世界的花朵。
我只含泪地期待着——
祈望有幽微的片红
给春暮阑珊的东风
不经意地吹到我的面前：
虔诚地，轻谧地
在黄昏星忏悔的温光中
完成我感恩的晚祷。

一九二四年六月一日

（收入《晚祷》，商务印书馆 1924 年 12 月版）

雪花的快乐

徐志摩

假若我是一朵雪花，
翩翩的在半空里潇洒，
　我一定认清我的方向——
　飞飏，飞飏，飞飏，——
这地面上有我的方向。

不去那冷寞的幽谷，
不去那凄清的山麓，
　也不上荒街去惆怅——
　飞飏，飞飏，飞飏，——
你看，我有我的方向！

在半空里娟娟的飞舞，
认明了那清幽的住处，
　等着她来花园里探望——
　飞飏，飞飏，飞飏，——
啊，她身上有朱砂梅的清香！

那时我凭藉我的身轻，
盈盈的，沾住了她的衣襟，
　贴近她柔波似的心胸——
　消溶，消溶，消溶——
溶入了她柔波似的心胸！

（选自《志摩的诗》，新月书店 1928 年 8 月版）

沙扬娜拉一首

——赠日本女郎

徐志摩

最是那一低头的温柔，
　象一朵水莲花不胜凉风的娇羞，
道一声珍重，道一声珍重，
　那一声珍重里有蜜甜的忧愁——
　　沙扬娜拉！

（收入《志摩的诗》）

再别康桥(存目)

徐志摩

（收入《猛虎集》,新月书店 1931 年 8 月版）

“我不知道风是在哪一个方向吹”

徐志摩

我不知道风
是在哪一个方向吹——
我是在梦中,
在梦的轻波里依洄。

我不知道风
是在哪一个方向吹——
我是在梦中,
她的温存,我的迷醉。

我不知道风
是在哪一个方向吹——
我是在梦中,
甜美是梦里的光辉。

我不知道风
是在哪一个方向吹——
我是在梦中,
她的负心,我的伤悲。

我不知道风
是在哪一个方向吹——
我是在梦中,
在梦的悲哀里心碎!

我不知道风
是在哪一个方向吹——
我是在梦中,
黯淡是梦里的光辉。

（收入《猛虎集》）

云　　游

徐志摩

那天你翩翩的在空际云游,
自在,轻盈,你本不想停留
在天的哪方或地的哪角,
你的愉快是无拦阻的逍遥。

你更不经意在卑微的地面
有一流涧水,虽则你的明艳
在过路时点染了他的空灵,
使他惊醒,将你的倩影抱紧。

他抱紧的只是绵密的忧愁，
因为美不能在风光中静止；
他要，你已飞渡万重的山头，
去更阔大的湖海投射影子！

他在为你消瘦，那一流涧水，
在无能的盼望，盼望你飞回！

（以《献词》为题收入《猛虎集》）

忆　菊

——重阳节前一日作

闻一多

插在长颈的虾青瓷的瓶里，
六方的水晶瓶里的菊花，
攒在紫藤仙姑篮里的菊花；
守着酒壶的菊花，
陪着螯盏的菊花；
未放，将放，半放，盛放的菊花。

镶着金边的绛色的鸡爪菊；
粉红色的碎瓣的绣球菊！
懒慵慵的江西腊哟；
倒挂着一饼蜂窠似的黄心，
仿佛是朵紫的向日葵呢。
长瓣抱心，密瓣平顶的菊花；
柔艳的尖瓣攒蕊的白菊
如同美人底蜷着的手爪，
拳心里攫着一撮儿金粟。

檐前，阶下，篱畔，圃心底菊花：
霭霭的淡烟笼着的菊花，
丝丝的疏雨洗着的菊花，——
金底黄，玉底白，春酿底绿，秋山底紫，……

剪秋萝似的小红菊花儿；
从鹅绒到古铜色的黄菊；
带紫茎的微绿色的“真菊”
是些小小的玉管儿缀成的，

为的是好让小花神儿
夜里偷去当了笙儿吹着。

大似牡丹的菊王到底奢豪些,
他的枣红色的瓣儿,铠甲似的,
张张都装上银白的里子了;
星星似的小菊花蕾儿
还拥着褐色的萼被睡着觉呢。

啊!自然美底总收成啊!
我们祖国之秋底杰作啊!
啊!东方底花,骚人逸士底花呀!
那东方底诗魂陶元亮
不是你的灵魂底化身罢?
那祖国底登高饮酒的重九
不又是你诞生底吉辰吗?

你不象这里的热欲的蔷薇,
那微贱的紫萝兰更比不上你。
你是有历史,有风俗的花。
啊!四千年的华胄底名花呀!
你有高超的历史,你有逸雅的风俗!

啊!诗人底花呀!我想起你,
我的心也开成顷刻之花,
灿烂的如同你的一样;
我想起你同我的家乡,
我们的庄严灿烂的祖国,
我的希望之花又开得同你一样。

习习的秋风啊!吹着,吹着!
我要赞美我祖国底花!
我要赞美我如花的祖国!
请将我的字吹成一簇鲜花,
金底黄,玉底白,春酿底绿,秋山底紫,……
然后又统统吹散,吹得落英缤纷,
弥漫了高天,铺遍了大地!

秋风啊!习习的秋风啊!
我要赞美我祖国底花!

我要赞美我如花的祖国!

一九二二,十

(收入《红烛》,泰东图书局1923年9月版)

死　　水

闻一多

这是一沟绝望的死水,
清风吹不起半点漪沦。
不如多扔些破铜烂铁,
爽性泼你的剩菜残羹。

也许铜的要绿成翡翠,
铁罐上锈出几瓣桃花;
再让油腻织一层罗绮,
霉菌给他蒸出些云霞。

让死水酵成一沟绿酒,
飘满了珍珠似的白沫;
小珠笑一声变成大珠,
又被偷酒的花蚊咬破。

那么一沟绝望的死水,
也就夸得上几分鲜明。
如果青蛙耐不住寂寞,
又算死水叫出了歌声。

这是一沟绝望的死水,
这里断不是美的所在,
不如让给丑恶来开垦,
看他造出个什么世界。

一九二五,四

(收入《死水》,新月书店1928年1月版)

发　　现

闻一多

我来了,我喊一声,迸着血泪,
"这不是我的中华,不对,不对!"
我来了,因为我听见你叫我;
鞭着时间的罡风,擎一把火,
我来了,不知道是一场空喜。
我会见的是噩梦,那里是你?
那是恐怖,是噩梦挂着悬崖,
那不是你,那不是我的心爱!
我追问青天,逼迫八面的风,
我问,拳头擂着大地的赤胸,
总问不出消息;我哭着叫你,
呕出一颗心来,——在我心里!

(收入《死水》)

静　夜

闻一多

这灯光，这灯光漂白了的四壁；
这贤良的桌椅，朋友似的亲密；
这古书的纸香一阵阵的袭来；
要好的茶杯贞女一般的洁白；
受哺的小儿接呷在母亲怀里，
鼾声报道我大儿康健的消息……
这神秘的静夜，这浑圆的和平，
我喉咙里颤动着感谢的歌声。
但是歌声马上又变成了诅咒，
静夜！我不能，不能受你的贿赂。
谁希罕你这墙内尺方的和平！
我的世界还有更辽阔的边境。
这四墙既隔不断战争的喧嚣，
你有什么方法禁止我的心跳？
最好是让这口里塞满了沙泥，
如其它只会唱着个人的休戚！
最好是让这头颅给田鼠掘洞，
让这一团血肉也去喂着尸虫，
如果只是为了一杯酒，一本诗，
静夜里钟摆摇来的一片闲适，
就听不见了你们四邻的呻吟，
看不见寡妇孤儿抖颤的身影，
战壕里的痉挛，疯人咬着病榻，
和各种惨剧在生活的磨子下。
幸福！我如今不能受你的私贿，
我的世界不在这尺方的墙内。
听！又是一阵炮声，死神在咆哮。
静夜！你如何能禁止我的心跳？

（收入《死水》）

十二月十九夜

废　名

深夜一枝灯，
若高山流水，
有身外之海。
星之室是鸟林，
是花，是鱼，
是天上的梦，
海是夜的镜子。
思想是一个美人，
是家，
是日，
是月，
是灯，
是炉火，
炉火是墙上的树影，
是冬夜的声音。

（收入《水边》，新民印书馆 1944 年 4 月版）

蛇

冯　至

我的寂寞是一条长蛇,
静静地没有言语。
你万一梦到它时,
千万啊,不要悚惧!

它是我忠诚的侣伴,
心里害着热烈的乡思:
它想那茂密的草原——
你头上的、浓郁的乌丝。

它月光一般轻轻地
从你那儿轻轻走过;
它把你的梦境衔了来,
像一只绯红的花朵。

一九二六

(收入《昨日之歌》,北新书局 1927 年 4 月版)

什么能从我们身上脱落

冯　至

什么能从我们身上脱落,
我们都让它化作尘埃:
我们安排我们在这时代
像秋日的树木,一棵棵

把树叶和些过迟的花朵
都交给秋风,好舒开树身
伸入严冬;我们安排我们
在自然里,像蜕化的蝉蛾

把残壳都丢在泥里土里;
我们把我们安排给那个
未来的死亡,像一段歌曲,

歌声从音乐的身上脱落,
归终剩下了音乐的身躯
化作一脉的青山默默。

(收入《十四行集》,桂林明日社 1942 年 5 月版)

我们听着狂风里的暴雨

冯　至

我们听着狂风里的暴雨
我们在灯光下这样孤单,

我们在这小小的茅屋里
就是和我们用具的中间

也生了千里万里的距离：
铜炉在向往深山的矿苗
瓷壶在向往江边的陶泥，
它们都像风雨中的飞鸟

各自东西。我们紧紧抱住，
好像自身也都不能自主。
狂风把一切都吹入高空

暴雨把一切又淋入泥土，
只剩下这点微弱的灯红
在证实我们生命的暂住。

（收入《十四行集》）

雨巷（存目）

戴望舒

（收入《我底记忆》，水沫书店 1929 年 4 月版）

寻 梦 者

戴望舒

梦会开出花来的，
梦会开出娇妍的花来的：
去求无价的珍宝吧。

在青色的大海里，
在青色的大海的底里，
深藏着金色的贝一枚。

你去攀九年的冰山吧，
你去航九年的旱海吧，
然后你逢到那金色的贝。

它有天上的云雨声，
它有海上的风涛声，
它会使你的心沉醉。

把它在海水里养九年，
把它在天水里养九年，
然后，它在一个暗夜里开绽了。

当你鬓发斑斑了的时候，
当你眼睛朦胧了的时候，
金色的贝吐出桃色的珠。

把桃色的珠放在你怀里，
把桃色的珠放在你枕边，
于是一个梦静静地升上来了。

你的梦开出花来了，
你的梦开出娇妍的花来了，
在你已衰老了的时候。

（收入《望舒草》，现代书局 1933 年 8 月版）

乐 园 鸟

戴望舒

飞着,飞着,春,夏,秋,冬,
昼,夜,没有休止,
华羽的乐园鸟,
这是幸福的云游呢,
还是永恒的苦役?

渴的时候也饮露,
饥的时候也饮露,
华羽的乐园鸟,
这是神仙的佳肴呢,
还是为了对于天的乡思?

是从乐园里来的呢,
还是到乐园里去的?
华羽的乐园鸟,
在茫茫的青空中,
也觉得你的路途寂寞吗?

假使你是从乐园里来的,
可以对我们说吗,
华羽的乐园鸟,
自从亚当、夏娃被逐后,
那天上的花园已荒芜到怎样了?

(收入《望舒草》)

我用残损的手掌

戴望舒

我用残损的手掌
摸索这广大的土地:
这一角已变成灰烬,
那一角只是血和泥;
这一片湖该是我的家乡,
(春天,堤上繁花如锦障,
嫩柳枝折断有奇异的芬芳,)
我触到荇藻和水的微凉;
这长白山的雪峰冷到彻骨,
这黄河的水夹泥沙在指间滑出;
江南的水田,你当年新生的禾草
是那么细,那么软……现在只有蓬蒿;
岭南的荔枝花寂寞地憔悴,
尽那边,我蘸着南海没有渔船的苦水……
无形的手掌掠过无限的江山,
手指沾了血和灰,手掌沾了阴暗,
只有那辽远的一角依然完整,

温暖，明朗，坚固而蓬勃生春。
在那上面，我用残损的手掌轻抚，
像恋人的柔发，婴孩手中乳。
我把全部的力量运在手掌
贴在上面，寄与爱和一切希望，
因为只有那里是太阳，是春，
将驱逐阴暗，带来苏生，
因为只有那里我们不像牲口一样活，
蝼蚁一样死……那里，永恒的中国！

一九四二年七月三日

（收入《灾难的岁月》，星群出版社 1948 年 2 月版）

预　　言

何其芳

这一个心跳的日子终于来临！
你夜的叹息似的渐近的足音，
我听得清不是林叶和夜风私语，
麋鹿驰过苔径的细碎的蹄声！
告诉我，用你银铃的歌声告诉我，
你是不是预言中的年轻的神？

你一定来自那温郁的南方
告诉我那儿的月色，那儿的日光，
告诉我春风是怎样吹开百花，
燕子是怎样痴恋着绿杨。
我将合眼睡在你如梦的歌声里，
那温暖我似乎记得，又似乎遗忘。

请停下，停下你疲劳的奔波，
进来，这儿有虎皮的褥你坐！
让我烧起每一个秋天拾来的落叶，
听我低低地唱起我自己的歌。
那歌声将火光一样沉郁又高扬，
火光一样将我的一生诉说。

不要前行！前面是无边的森林，
古老的树现着野兽身上的斑纹，
半生半死的藤蟒一样交缠着，
密叶里漏不下一颗星星。
你将怯怯地不敢放下第二步，
当你听见了第一步空寥的回声。

一定要走吗？请等我和你同行！
我的脚知道每一条平安的路径，
我可以不停地唱着忘倦的歌，
再给你，再给你手的温存。
当夜的浓黑遮断了我们，
你可以不转眼地望着我的眼睛。

我激动的歌声你竟不听，
你的脚竟不为我的颤抖暂停！
象静穆的微风飘过这黄昏里，
消失了，消失了你骄傲的足音！
呵，你终于如预言中所说的无语而来，
无语而去了吗，年轻的神？

一九三一年秋天，北平

（收入《汉园集》，商务印书馆 1936 年 3 月版）

我为少男少女们歌唱

何其芳

我为少男少女们歌唱。
我歌唱早晨，
我歌唱希望，
我歌唱那些属于未来的事物，
我歌唱正在生长的力量。

我的歌呵，
你飞吧，
飞到年轻人的心中
去找你停留的地方。

所有使我象草一样颤抖过的
快乐或者好的思想，
都变成声音飞到四方八面去吧，
不管它象一阵微风
或者一片阳光。
轻轻地从我琴弦上
失掉了成年的忧伤，
我重新变得年轻了，
我的血流得很快，
对于生活我又充满了梦想，充满了渴望。

（收入《夜歌》，诗文学社 1945 年 5 月版）

断　　章

卞之琳

你站在桥上看风景，
看风景人在楼上看你。

明月装饰了你的窗子，
你装饰了别人的梦。

（收入《鱼目集》，文化生活出版社 1935 年 12 月版）

距离的组织

卞之琳

想独上高楼读一遍《罗马衰亡史》，
忽有罗马灭亡星出现在报上。
报纸落。地图开，因想起远人的嘱咐。
寄来的风景也暮色苍茫了。
（醒来天欲暮，无聊，一访友人吧。）

灰色的天。灰色的海。灰色的路。
哪儿了？我又不会向灯下验一把土。
忽听得一千重门外有自己的名字。
好累呵！我的盆舟没有人戏弄吗？
友人带来了雪意和五点钟。

（收入《鱼目集》）

白螺壳

卞之琳

空灵的白螺壳，你，
孔眼里不留纤尘，
漏到了我的手里
却有一千种感情：
掌心里波涛汹涌，
我感叹你的神工，
你的慧心啊，大海，
你细到可以穿珠！
我也不禁要惊呼：
“你这个洁癖啊，唉！”

请看这一湖烟雨
水一样把我浸透，
象浸透一片鸟羽。
我仿佛一所小楼，
风穿过，柳絮穿过，
燕子穿过象穿梭，
楼中也许有珍本，
书叶给银鱼穿织，
从爱字通到哀字——
出脱空华不就成！

玲珑吗，白螺壳，我？
大海送我到海滩，
万一落到人掌握，
愿得原始人喜欢：
换一只山羊还差
三十分之二十八；
倒是值一只蟠桃。
怕叫多思者想起：
空灵的白螺壳，你
卷起了我的愁潮——

我梦见你的阑珊：
檐溜滴穿的石阶，
绳子锯缺的井栏……
时间磨透于忍耐！
黄色还诸小鸡雏，
青色还诸小碧梧，
玫瑰色还诸玫瑰，
可是你回顾道旁，
柔嫩的蔷薇刺上
还挂着你的宿泪。

（收入《雕虫纪历 1930—1958》，人民文学出版社 1979 年 9 月版）

再看见你

陈梦家

再看见你。十一月的流星
掉下来，有人指着天叹息；
但那星自己只等着命运，
不想到下一刻的安排
这不可捉摸轻快的根由。

尽光明在最后一闪里带着
骄傲飞奔，不去问消逝
在那一个灭亡，不可再现的
时候。有着信心梦想
那一刻解脱的放纵，光荣

只在心上发亮，不去知道
自己变了沙石，这死亡
启示生命变异的开端，——
谁说一刹那不就是永久！
　我看了流星，我再看你，
像又是一闪飞光掠过我的心，
瞧见我自己那些不再的日子：
那些日子从我看见了你，
不论是雨天是黑夜
我念着你的名字，有着生，
有着春光一道的暖流
淌过我的心。那些日子
我看见你，我只看着
看着你在我面前，我不做声。
我有过许多夜徘徊在那条街上
望着你住的门墙，一线光，
我想那里一定有你；我太息
透不进你的窗棂。只有门前
那盏脆弱的灯好像等着，企望
那不能出现的光明！更惨的
那一声低的雁子叫过
黑的天顶，只剩下我
站立在桥下。那些日子
我又踯躅在大海的边岸，
直流泪，上帝知道我；
海水对我骄傲，那雄壮
我没有，我没有；我只不敢
再看见青天，横流的海，
影子跟着我走回我的家。
　这些我全不忘记，我记得
清楚，像就在眼前的一刻——
那时候我愿望
是一支小草，露珠是我的天堂；
但你另留下一个恍惚，
踟蹰的踪迹，我要追寻，
我不能埋怨天，我等着
等着你再来，再来一次
就算是你的眼泪，你的恨。
可是到了秋天，我才看见
一个光明再跳上我的枯梢
雪亮，你的纯洁没有变更。
我听到落叶和你一阵
走近我的身边敲我的门：
你再要一次的投生。
　我本来等着冬来冻死，
贪爱一个永远的沉默；
这一回我不能再想，
我听到春天的芽
拨开坚实的泥，摸索着
细小细小的声音，低低地
"再看见你——再看见你！"

（收入《新月诗选》，新月书店 1931 年 9 月版）

我　们

般　夫

我们的意志如烟囱般高挺，
我们的团结如皮带般坚韧，
我们转动着地球，
我们抚育着人类的运命！
我们是流着汗血的，
却唱着高歌的一群。
目前，我们陷在地狱一般黑的坑里，
在我们头上耸着社会的岩层。
没有快乐，幸福……
但我们却知道我们将要得胜。
我们一步一步的共同劳动着，
向着我们的胜利的早晨走近。

我们是谁？

我们是十二万五千的工人农民！

一九二九，十二，二

（收入《殷夫选集》，开明书店1951年7月版）

大堰河——我的保姆（存目）

艾　青

（收入《大堰河》，上海群众杂志公司1936年11月版）

雪落在中国的土地上

艾　青

雪落在中国的土地上，
寒冷在封锁着中国呀……

风，
像一个太悲哀了的老妇，
紧紧地跟随着
伸出寒冷的指爪
拉扯着行人的衣襟，
用着像土地一样古老的话
一刻也不停地絮聒着……

那从林间出现的，
赶着马车的
你中国的农夫
戴着皮帽
冒着大雪
你要到哪儿去呢？

告诉你
我也是农人的后裔——
由于你们的
刻满了痛苦的皱纹的脸
我能如此深深地
知道了
生活在草原上的人们的
岁月的艰辛。

而我
也并不比你们快乐啊
——躺在时间的河流上
苦难的浪涛
曾经几次把我吞没而又卷起——
流浪与监禁
已失去了我的青春的
最可贵的日子，
我的生命
也像你们的生命
一样的憔悴呀

雪落在中国的土地上，
寒冷在封锁着中国呀……

沿着雪夜的河流，
一盏小油灯在徐缓地移行，
那破烂的乌篷船里
映着灯光，垂着头
坐着的是谁呀？

——啊，你
蓬发垢面的少妇，
是不是
你的家
——那幸福与温暖的巢穴——
已被暴戾的敌人
烧毁了么？
是不是
也像这样的夜间，
失去了男人的保护，
在死亡的恐怖里
你已经受尽敌人刺刀的戏弄？

咳，就在如此寒冷的今夜，
无数的
我们的年老的母亲，
都蜷伏在不是自己的家里，
就像异邦人
不知明天的车轮
要滚上怎样的路程……
——而且
中国的路
是如此的崎岖
是如此的泥泞呀。

雪落在中国的土地上，
寒冷在封锁着中国呀……

透过雪夜的草原
那些被烽火所啮啃着的地域，
无数的，土地的垦植者
失去了他们所饲养的家畜
失去了他们肥沃的田地
拥挤在
生活的绝望的污巷里：
饥馑的大地
朝向阴暗的天
伸出乞援的
颤抖着的两臂。

中国的苦痛与灾难
像这雪夜一样广阔而又漫长呀！

雪落在中国的土地上，
寒冷在封锁着中国呀……

中国，
我的在没有灯光的晚上
所写的无力的诗句
能给你些许的温暖么？

1937年12月28日夜间
（收入《北方》，文化生活出版社1942年1月版）

手　推　车

艾　青

在黄河流过的地域
在无数的枯干了的河底
手推车
以唯一的轮子
发出使阴暗的天穹痉挛的尖音
穿过寒冷与静寂

从这一个山脚
到那一个山脚
彻响着
北国人民的悲哀

在冰雪凝冻的日子
在贫穷的小村与小村之间
手推车
以单独的轮子
刻画在灰黄土层上的深深的辙迹
穿过广阔与荒漠
从这一条路
到那一条路
交织着
北国人民的悲哀

1938年初
(收入《北方》)

我爱这土地(存目)

艾　青

(收入《北方》)

黎明的通知

艾　青

为了我的祈愿
诗人啊,你起来吧

而且请你告诉他们
说他们所等待的已经要来

说我已踏着露水而来
已借着最后一颗星的照引而来

我从东方来
从汹涌着波涛的海上来

我将带光明给世界
又将带温暖给人类

借你正直人的嘴
请带去我的消息

通知眼睛被渴望所灼痛的人类
和远方的沉浸在苦难里的城市和村庄

请他们来欢迎我——
白日的先驱,光明的使者

打开所有的窗子来欢迎
打开所有的门来欢迎

请鸣响汽笛来欢迎
请吹起号角来欢迎

请清道夫来打扫街衢
请搬运车来搬去垃圾

让劳动者以宽阔的步伐走在街上吧
让车辆以辉煌的行列从广场流过吧

请村庄也从潮湿的雾里醒来
为了欢迎我打开它们的篱笆

请村妇打开她们的鸡埘
请农夫从畜棚牵出耕牛

借你的热情的嘴通知他们
说我从山的那边来,从森林的那边来

请他们打扫干净那些晒场
和那些永远污秽的天井

请打开那糊有花纸的窗子
请打开那贴着春联的门

请叫醒殷勤的女人
和那打着鼾声的男子

请年轻的情人也起来
和那些贪睡的少女

请叫醒困倦的母亲
和她身边的婴孩

请叫醒每个人
连那些病者与产妇

连那些衰老的人们
呻吟在床上的人们

连那些因正义而战争的负伤者
和那些因家乡沦亡而流离的难民

请叫醒一切的不幸者
我会一并给他们以慰安

请叫醒一切爱生活的人
工人,技师以及画家

请歌唱者唱着歌来欢迎
用草与露水所渗合的声音

请舞蹈者跳着舞来欢迎
披上她们白雾的晨衣

请叫那些健康而美丽的醒来
说我马上要来叩打她们的窗门

请你忠实于时间的诗人
带给人类以慰安的消息

请他们准备欢迎,请所有的人准备欢迎
当雄鸡最后一次鸣叫的时候我就到来

请他们用虔诚的眼睛凝视天边
我将给所有期待我的以最慈惠的光辉

趁这夜已快完了,请告诉他们
说他们所等待的就要来了

(收入《黎明的通知》,文化供应社 1943 年 5 月版)

难　民

臧克家

日头堕到鸟巢里，
黄昏还没溶尽归鸦的翅膀，
陌生的道路无归宿的薄暮，
把这群人度到这座古镇上。
沉重的影子，扎根在大街两旁，
一簇一簇，象秋郊的禾堆一样，
静静的，孤寂的，支撑着一个大的凄凉。
满染征尘的古怪的服装，
告诉了他们的来历，
一张一张兜着阴影的脸皮，
说尽了他们的情况。
螺丝的炊烟牵动着一串亲热的眼光，
在这群人心上抽出了一个不忍的想象：
"这时，黄昏正徘徊在古树梢头，
从无烟火的屋顶慢慢地涨大到无边，
接着，阴森的凄凉吞了可怜的故乡。"
铁力的疲倦，连人和想象一齐推入了朦胧，
但是，更猛烈的饥饿立刻又把他们牵回了异乡。
象一个天神从梦里落到这群人身旁，
一只灰色的影子，手里亮着一支长枪。
一个小声，在他们耳中开出天大的响：
"年头不对，不敢留生人在镇上。"
"唉！人到哪里，灾荒到哪里！"
一阵叹息，黄昏更加了苍茫。
一步一步，这群人走下了大街，
走开了这异乡，
小孩子的哭声乱了大人的心肠，
铁门的响声截断了最后一人的脚步，
这时，黑夜爬过了古镇的围墙。

1932年2月于山东诸城

（收入《烙印》，开明书店1934年3月版）

春　　鸟

臧克家

当我带着梦里的心跳，
睁大发狂的眼睛，
把黎明叫到了我的窗纸上——
你真理一样的歌声。
我吐一口长气，
拊一下心胸，
从床上的恶梦
走进了地上的恶梦。
歌声，
象煞黑天上的星星，
越听越灿烂，
象若干只女神的手
一齐按着生命的键。
美妙的音流
从绿树的云间，
从蓝天的海上，
汇成了活泼自由的一潭。
是应该放开嗓子
歌唱自己的季节，
歌声的警钟
把宇宙
从冬眠的床上叫醒，
寒冷被踏死了，
到处是东风的脚踪。
你的口
歌向青山，
青山添了媚眼；
你的口
歌向流水，
流水野孩子一般；
你的口
歌向草木，
草木开出了青春的花朵；
你的口
歌向大地，
大地的身子应声酥软；
蛰虫听到你的歌声，
揭开土被
到太阳底下去爬行；
人类听到你的歌声
活力冲涌得仿佛新生；
而我，有着同样早醒的一颗诗心，
也是同样的不惯寒冷，
我也有一串生命的歌，
我想唱，象你一样，
但是，我的喉头上锁着链子，
我的嗓子在痛苦地发痒。

1942年5月22日晨，万鸟声中写于河南叶县寺庄
（收入《十年诗选》，现代出版社1944年12月版）

春天的心

林　庚

春天的心如草的荒芜
随便的踏出门去

美丽的东西随处可以拣起来
少女的心情是不能说的
天上的雨点常是落下
而且不定落在谁的身上
路上的行人都打着雨伞
车上的邂逅多是不相识的
含情的眼睛未必为着谁
潮湿的桃花乃有胭脂的颜色
水珠斜落在玻璃车窗上
江南的雨天是爱人的

（收入《春野与窗》，文学评论社1934年10月版）

别丢掉

林徽因

别丢掉，
这一把过往的热情，
现在流水似的，
轻轻
在幽冷的山泉底，
在黑夜，在松林，
叹息似的渺茫，
你仍要保存着那真！
一样是月明，
一样是隔山灯火，
满天的星，
只使人不见，
梦似的挂起，
你问黑夜要回
那一句话——
你仍得相信
山谷中留着
有那回音！

二十一年夏

（收入《林徽因诗集》，人民文学出版社1985年3月版）

纤夫

阿垅

嘉陵江
风，顽固地逆吹着
江水，狂荡地逆流着，
而那大木船
衰弱而又懒惰
沉湎而又笨重，
而那纤夫们
正面着逆吹的风
正面着逆流的江水

在三百尺远的一条纤绳之前
又大大地——跨出了一寸的脚步!……

风,是一个绝望于街头的老人
伸出枯僵成生铁的老手随便拉住行人(不让再走了)
要你听完那永不会完的破落的独白,
江水,是一枝生吃活人的卐字旗麾下的钢甲军队
集中攻袭一个据点
要给它尽兴的毁灭
而不让它有一步的移动!
但是纤夫们既逆着那
逆吹的风
更逆着那逆流的江水。

大木船
活过两百岁了的样子,活够了的样子
污黑而又猥琐的,
灰黑的木头处处蛀蚀着
木板拆裂成黑而又黑的巨缝(里面像有阴谋和臭虫在做窠的)
用石灰、竹丝、桐油捣制的膏深深地填嵌起来(填嵌不好的),
在风和江水里
像那生根在江岸的大黄桷树,动也——真懒得动呢
自己不动影子也不动(映着这影子的水波也几乎不流动起来)
这个走天下的老江湖
快要在这宽阔的江面上躺下来睡觉了(毫不在乎呢),
中国的船啊!
古老而又破漏的船啊!
而船仓里有
五百担米和谷
五百担粮食和种子
五百担,人底生活的资料
和大地底第二次的春底胚胎,酵母,
纤夫们底这长长的纤绳
和那更长更长的
道路,不过为的这个!

一绳之微
紧张地曳引着
作为人和那五百担粮食和种子之间的力的有机联系,
紧张地——曳引着

前进啊；
一绳之微
用正确而坚强的脚步
给大木船以应有的方向(像走回家的路一样有一个确信而又满意的方向)：
向那炊烟直立的人类聚居的、繁殖之处
是有那么一个方向的
向那和天相接的迷茫一线的远方
是有那么一个方向的
向那
一轮赤赤地炽火飞爆的清晨的太阳！——
是有那么一个方向的。

偻伛着腰
匍匐着屁股
坚持而又强进！
四十五度倾斜的
铜赤的身体和鹅卵石滩所成的角度
动力和阻力之间的角度，
互相平行地向前的
天空和地面，和天空和地面之间的人底昂奋的脊椎骨
昂奋的方向
向历史走的深远的方向，
动力一定要胜利
而阻力一定要消灭！
这动力是
创造的劳动力
和那一团风暴的大意志力。

脚步是艰辛的啊
有角的石子往往猛锐地楔入厚茧皮的脚底
多纹的沙滩是松陷的，走不到末梢的
鹅卵石底堆积总是不稳固地滑动着(滑头滑脑地滑动着)，
大大的岸岩权威地当路耸立(上面的小树和草是它底一脸威严的大胡子)
——禁止通行！
走完一条路又是一条路
越过一个村落又是一个村落，
而到了水急滩险之处
哗噪的水浪强迫地夺住大木船
人半腰浸入洪怒的水沫飞漩的江水
去小山一样扛抬着

去鲸鱼一样拖拉着
用了
那最大的力和那最后的力
动也不动——几个纤夫徒然振奋地大张着两臂(像斜插在地上的十字架了)
他们决不绝望而用背退着向前硬走,
而风又是这样逆向的
而江水又是这样逆向的啊!
而纤夫们,他们自己
骨头到处格格发响像会片片迸碎的他们自己
小腿涨重像木柱无法挪动
自己底辛劳和体重
和自己底偶然的一放手的松懈
那无聊的从愤怒来的绝望和可耻的从畏惧来的冷淡
居然——也成为最严重的一个问题
但是他们——那人和群
那人底意志力
那坚凝而浑然一体的群
那群底坚凝成钢铁的集中力
——于是大木船又行动于绿波如笑的江面了。

一条纤绳
整齐了脚步(像一队向召集令集合去的老兵),
脚步是严肃的(严肃得有沙滩上的晨霜底那种调子)
脚步是坚定的(坚定得几乎失去人性了的样子)
脚步是沉默的(一个一个都沉默得像铁铸的男子),
一条纤绳维系了一切
大木船和纤夫们
粮食和种子和纤夫们
力和方向和纤夫们
纤夫们自己——一个人,和一个集团,
一条纤绳组织了
脚步
组织了力
组织了群
组织了方向和道路,——
就是这一条细细的、长长的似乎很单薄的苎麻的纤绳。

前进——
强进!
这前进的路

同志们！
并不是一里一里的
也不是一步一步的
而只是——一寸一寸那么的，
一寸一寸的一百里
一寸一寸的一千里啊！
一只乌龟底竞走的一寸
一只蜗牛底最高速度的一寸啊！
而且一寸有一寸的障碍的
或者一块以不成形状为形状的岩石
或者一块小讽刺一样的自己已经破碎的石子
或者一枚从三百年的古墓中偶然给兔子掘出的锈烂钉子，……
但是一寸的强进终于是一寸的前进啊
一寸的前进是一寸的胜利啊，
以一寸的力
人底力和群底力
直迫近了一寸
那一轮赤赤地炽火飞爆的清晨的太阳！

一九四一，一一，五。方林公寓。

（收入《无弦琴》，希望社 1942 年 8 月版）

划　分

陈敬容

我常常停步于
偶然行过的一片风
我往往迷失于
偶然飘来的一声钟
无云的蓝空
也引起我的怅望
我啜饮同样的碧意
从一株草或是一棵松

待发的船只
待振的羽翅
箭呵，惑乱的弦上
埋藏着你的飞驰
火警之夜
有奔逃的影子

在熟悉的事物面前
突然感到的陌生
将宇宙和我们
断然地划分

一九四六年三月于重庆

（收入《交响集》，星群出版社 1948 年 5 月版）

雷

杜运燮

随着陆陆续续的闪电警告:他们来了!
阵阵风都传播着到来的确讯:他们来了!
每一叶片每一枝条都遥指着:他们来了!
每双眼睛在渴望,每张嘴在颤动:他们来了!

越过一张又一张被撕掉的树叶标语,他们来了!
越过一个又一个监狱的铁窗,他们来了!
越过一条又一条报纸上的捏造消息,他们来了!
越过一堆又一堆难忘的血泊,他们来了!

为着撕人心肺的被窒息的呻吟声,他们来了!
为着惨绝人寰的最底层的挣扎声,他们来了!
为着回响在无数街道和炕头的怒吼声,他们来了!
那就是冲破冰冻严寒的春雷欢呼声:他们来了!

一九四八年于新加坡

(收入《九叶集》,江苏人民出版社 1981 年 11 月版)

金黄的稻束

郑　敏

金黄的稻束站在
割过的秋天的田里,
我想起无数个疲倦的母亲,
黄昏的路上我看见那皱了的美丽的脸,
收获日的满月在
高耸的树巅上,
暮色里,远山
围着我们的心边
没有一个雕像能比这更静默。
肩荷着那伟大的疲倦,你们
在这伸向远远的一片
秋天的田里低首沉思,
静默。静默。历史也不过是
脚下一条流去的小河,
而你们,站在哪儿
将成为人类的一个思想。

(收入《诗集 1942—1947》,文化生活出版社 1949 年 4 月版)

赞 美

穆 旦

走不尽的山峦的起伏,河流和草原,
数不尽的密密的村庄,鸡鸣和狗吠,
接连在原是荒凉的亚洲的土地上,
在野草的茫茫中呼啸着干燥的风,
在低压的暗云下唱着单调的东流的水,
在忧郁的森林里有无数埋藏的年代。
它们静静地和我拥抱:
说不尽的故事是说不尽的灾难,沉默的
是爱情,是在天空飞翔的鹰群,
是干枯的眼睛期待着泉涌的热泪,
当不移的灰色的行列在遥远的天际爬行;
我有太多的话语,太悠久的感情,
我要以荒凉的沙漠,坎坷的小路,骡子车,
我要以槽子船,漫山的野花,阴雨的天气,
我要以一切拥抱你,你
我到处看见的人民呵,
在耻辱里生活的人民,佝偻的人民,
我要以带血的手和你们一一拥抱。
因为一个民族已经起来。

一个农夫,他粗糙的身躯移动在田野中,
他是一个女人的孩子,许多孩子的父亲,
多少朝代在他的身边升起又降落了
而把希望和失望压在他身上,
而他永远无言地跟在犁后旋转,
翻起同样的泥土溶解过他祖先的,
是同样的受难的形象凝固在路旁。
在大路上多少次愉快的歌声流过去了,
多少次跟来的是临到他的忧患;
在大路上人们演说,叫嚣,欢快,
然而他没有,他只放下了古代的锄头,
再一次相信名词,溶进了大众的爱,
坚定地,他看着自己溶进死亡里,
而这样的路是无限的悠长的,
而他是不能够流泪的,
他没有流泪,因为一个民族已经起来。

在群山的包围里,在蔚蓝的天空下,
在春天和秋天经过他家园的时候,
在幽深的谷里隐着最含蓄的悲哀:
一个老妇期待着孩子,许多孩子期待着
饥饿,而又在饥饿里忍耐,
在路旁仍是那聚集着黑暗的茅屋,
一样的是不可知的恐惧,一样的是
大自然中那侵蚀着生活的泥土,
而他走去了从不回头诅咒。
为了他我要拥抱每一个人,
为了他我失去了拥抱的安慰,
因为他,我们是不能给以幸福的,
痛哭吧,让我们在他的身上痛哭吧,
因为一个民族已经起来。

一样的是这悠久的年代的风,
一样的是从这倾圮的屋檐下散开的
无尽的呻吟和寒冷,
它歌唱在一片枯槁的树顶上,
它吹过了荒芜的沼泽,芦苇和虫鸣,
一样的是这飞过的乌鸦的声音。
当我走过,站在路上踟蹰,
我踟蹰着为了多年耻辱的历史
仍在这广大的山河中等待,
等待着,我们无言的痛苦是太多了,
然而一个民族已经起来,
然而一个民族已经起来。

一九四一年十二月

(收入《穆旦诗集 1939—1945》,1947 年 5 月自印本)

春

穆　旦

绿色的火焰在草上摇曳，
他渴求着拥抱你，花朵。
反抗着土地，花朵伸出来，
当暖风吹来烦恼，或者欢乐。
如果你是醒了，推开窗子，
看这满园的欲望多么美丽。

蓝天下，为永远的谜迷惑着的
是我们二十岁的紧闭的肉体，
一如那泥土做成的鸟的歌，
你们被点燃，却无处归依。
呵，光，影，声，色，都已经赤裸，
痛苦着，等待伸入新的组合。

一九四二年二月
（收入《穆旦诗集 1939—1945》）

诗　八　首

穆　旦

一

你底眼睛看见这一场火灾，
你看不见我，虽然我为你点燃；
唉，那燃烧着的不过是成熟的年代，
你底，我底。我们相隔如重山！

从这自然底蜕变底程序里，
我却爱了一个暂时的你。
即使我哭泣，变灰，变灰又新生，
姑娘，那只是上帝玩弄他自己。

二

水流山石间沉淀下你我，
而我们成长，在死底子宫里。
在无数的可能里一个变形的生命
永远不能完成他自己。

我和你谈话，相信你，爱你，
这时候就听见我底主暗笑，
不断地他添来另外的你我
使我们丰富而且危险。

三

你底年龄里的小小野兽，
它和春草一样地呼吸，

它带来你底颜色，芳香，丰满，
它要你疯狂在温暖的黑暗里。

我越过你大理石的理智殿堂，
而为它埋藏的生命珍惜；
你我底手底接触是一片草场，
那里有它底固执，我底惊喜。

四

静静地，我们拥抱在
用言语所能照明的世界里，
而那未成形的黑暗是可怕的，
那可能和不可能的使我们沉迷。
那窒息着我们的
是甜蜜的未生即死的言语，
它底幽灵笼罩，使我们游离，
游进混乱的爱底自由和美丽。

五

夕阳西下，一阵微风吹拂着田野，
是多么久的原因在这里积累。
那移动了景物的移动我底心
从最古老的开端流向你，安睡。
那形成了树木和屹立的岩石的，
将使我此时的渴望永存，
一切在它底过程中流露的美
教我爱你的方法，教我变更。

六

相同和相同溶为怠倦，
在差别间又凝固着陌生；
是一条多么危险的窄路里，
我制造自己在那上面旅行。
他存在，听从我底指使，
他保护，而把我留在孤独里，
他底痛苦是不断的寻求
你底秩序，求得了又必须背离。

七

风暴，远路，寂寞的夜晚，
丢失，记忆，永续的时间，
所有科学不能祛除的恐惧
让我在你底怀里得到安憩——
呵，在你底不能自主的心上，
你底随有随无的美丽的形象，
那里，我看见你孤独的爱情
笔立着，和我底平行着生长！

八

再没有更近的接近，
所有的偶然在我们间定型；
只有阳光透过缤纷的枝叶
分在两片情愿的心上，相同。
等季候一到就要各自飘落，
而赐生我们的巨树永青，
它对我们的不仁的嘲弄
（和哭泣）在合一的老根里化为平静。

一九四二年二月

（收入《穆旦诗集 1939—1945》）

在寒冷的腊月的夜里

穆　旦

在寒冷的腊月的夜里，风扫着北方的平原，
北方的田野是枯干的，大麦和谷子已经推进了村庄，
岁月尽竭了，牲口憩息了，村外的小河冻结了，
在古老的路上，在田野的纵横里闪着一盏灯光，
　　一副厚重的、多纹的脸，
　　他想什么？他做什么？
　在这亲切的，为吱哑的轮子压死的路上。

风向东吹，风向南吹，风在低矮的小街上旋转，
木格的窗纸堆着沙土，我们在泥草的屋顶下安眠，
谁家的儿郎吓哭了，哇——呜——呜——从屋顶传过屋顶，
他就要长大了渐渐和我们一样地躺下，一样地打鼾，
　　从屋顶传过屋顶，风
　　这样大岁月这样悠久，
　我们不能够听见，我们不能够听见。

火熄了么？红的炭火拨灭了么？一个声音说，
我们的祖先是已经睡了，睡在离我们不远的地方，
所有的故事已经讲完了，只剩下了灰烬的遗留，
在我们没有安慰的梦里，在他们走来又走去以后，
　　在门口，那些用旧了的镰刀，
　　锄头，牛轭，石磨，大车，
　静静地，正承接着雪花的飘落。

一九四二年二月
（收入《穆旦诗集 1939—1945》）

中国底春天在号召着全人类

——又是“一·二八”了！

田　间

中国底春天
走过——

无花的
山谷，
走过——
无笑的
平原，
望着它底
曾经活过了五千年的人民，
人民底
肩膀
在倚着
壕沟，
人民底
手
在抚着
枪口，
向法西斯军阀
人民底公敌
坚决战斗。

中国底春天生长在战斗里，
在战斗里号召着全人类。

（收入《给战斗者》，希望社1943年11月版）

给战斗者（存目）

田　间

（收入《给战斗者》）

王贵与李香香（节选）

李　季

民国十九年，陕北死羊湾的农民们因为前一年大旱，庄稼歉收，生活无着，更可怕的是“饿着肚子还好过，短下租子命难活”。地主兼保长崔二爷家虽有吃不完的粮食，但仍派狗腿子催逼农民王麻子交租。王麻子无租可交，崔二爷就派人把王麻子吊打致死，并把王麻子的儿子——年仅十三岁的王贵抓到崔家干活。王贵终年放羊，忍冻挨饿。他和同样穷苦的农家女李香香同病相怜，经常在一起玩耍，两人情投意合。崔二爷也看上了李香香，一度掏出两块洋钱试图诱惑香香，但香香不为所动，崔二爷又气又恨。

革命力量在陕北渐渐燎原，共产党领导农民“打开寨子分粮食”。王贵暗中参加了赤卫军，白天放羊，晚上去开会闹革命，对崔二爷的仇恨与日俱增，农民们也纷纷劝游击队长早日攻下死羊湾，逮捕崔二爷。就在游击队准备进攻时，心虚的崔二爷到处明察暗访，打听谁参加了革命，听说王贵参加赤卫队后，更是怒不可遏。等王贵放羊回到家，他就把王贵捆起来吊在房梁上，当着全庄男女的面痛打王贵，千钧一发之际，游击队攻进死羊湾救下了王贵。崔二爷从后门逃脱了。解放了的农民欢呼雀跃，王贵和李香香也自由结婚，但王贵深知“不是闹革命穷人翻不了身”“一杆红旗要大家扛，红旗倒了都遭殃”,于是毅然参加了游击队。

逃跑后的崔二爷又引着国民党的白军打回了死羊湾,游击队奉命撤到白军背后去打游击。白军进村后实施了疯狂的报复,吊打“翻身农民”。崔二爷见利诱香香不成,决定强抢香香成婚。就在崔二爷和白军洋洋得意地大摆酒席时,游击队偷偷摸进了村,一举将崔二爷擒获,王贵和李香香也终于团圆了。

节选自第二部第二、三、四节,陕北革命力量蓬勃发展,王贵参加了赤卫军。农民们纷纷劝游击队早日攻进死羊湾。

二　太阳会从西边出来吗?

打着了狐子兔子搬家,
听见闹革命崔二爷心害怕。

白天夜晚不瞌睡,
一垛墙想堵黄河水。

明里查来暗里访,
打听谁个随了共产党。

听说王贵暗里闹革命,
崔二爷头上冒火星!

放羊回来刚进门,
两条麻绳捆上身。

顺着捆来横着绑,
五花大绑吊在二梁上。

全庄的男女都叫上,
都来看闹革命的啥下场!

连着打断了两根红柳棍,
昏死过去又拿凉水喷。

麻油点灯灯花亮,
王贵浑身扒了个光;

两根麻绳捆着胳膊腿,
捆成个鸭子倒浮水;

满脸浑身血道道,
活像个剥了皮的牛不老。

崔二爷来气凶凶,
打一皮鞭问一声:

“癞虾蟆想吃天鹅肉,
穷鬼们还能闹成个大事情?

“撒泡尿来照照你的影,
球眉鼠眼还会成了精!

“五黄六月会飘雪花?
太阳会从西方出来吗?”

“老狗入你不要耍威风,
不过三天要你狗命!

“我一个死了不要紧,
千万个穷汉后面跟!”

“王贵你不要说大话,
说来话去咱们是一家。

“姓崔的没有亏待过你,
猴娃娃养成大后生。

“过罢河来你拆了桥,
翅膀硬了你忘了恩。

“马无毛病成了龙，
该是你一时糊涂没想通？

“浪子回头金不换，
放下杀猪刀成神仙。

“千错万错我不怪你，
年轻人没把握我知道哩。”

“老王八你不要灌米汤，
又软又硬我不上你的当；

“世上没良心的就数你，
打死我亲大把我当牲畜；

“苦死苦活一年到头干，
整整五年没见你半个钱；

“五更半夜牲口正吃草，
老狗入你就把我吼叫起来了；

“没有衣裳没有被，
五年穿你两件老羊皮；

“你吃的大米和白面，
我吃顿黄米当过年；

“一句话来三瞪眼，
三天两头挨皮鞭；

“姓崔的你是娘老子养，
我王贵娘肚里也怀了十个月胎！

“你是人来我也是个人，
为啥你这样没良心？!

“我王贵虽穷心眼亮，
自己的事情有主张；

“闹革命成功我翻了身，
不闹革命我也活不长；

“跳蚤不死一股劲的跳，
管他死活就是我这命一条；

“要杀要剐由你挑，
你的鬼心眼我知道：

“硬办法不成软办法来，
想叫我顺了你把良心坏，

“趁早收起你那鬼算盘，
想叫我当狗难上难。”

崔二爷气的像疯狗，
撕破了老脸一跳三尺高。

“狗咬巴屎你不是人敬的，
好话不听你还骂人哩！”

说个“打”字皮鞭如雨下，
痛的王贵紧咬着牙。

一阵阵黄风一阵阵沙，
香香看着心上如刀扎！

一阵阵打颤一阵阵麻，
打王贵就像打着了她！

脸皮发红又发白，
眼泪珠噙着不敢滴下来；

两耳发烧浑身麻，
活像一个死娃娃。

为救亲人想的办法好，
偷偷的跑出了大门道，

一边走来一边想：
“王贵的命儿就在今晚上；

“他常到刘家圪捞去开会，
那里该住着游击队。

“快走快跑把信送，
迟一步亲人就难活命！”

三 红旗插到死羊湾

队长的哨子呼呼响，
挂枪上马人人忙。

听说王贵受苦刑，
半夜三更传命令：

“王贵是咱好同志，
再怎么也不能叫他把命送！”

二十四马队前边走，
赤卫军、少先队紧跟上。

马蹄落地嚓嚓响，
长枪、短枪、红缨枪；

人有精神马有劲，
麻麻亮时开了枪。

白生生的蔓菁一条根，
庄户人和游击队是一条心。

听见枪声齐下手，
菜刀、鸟枪、打狗棍；

里应外合一起干，
死羊湾闹的翻了天。

枪声乱响鸡狗乱叫唤，
游击队打进了死羊湾。

崔二爷在炕上睡大觉，
听见枪声往起跳。

打罢王贵发了瘾，
大烟抽得正起劲；

黄铜烟灯玻璃罩，
银镶的烟葫芦不能解心焦；

大小老婆两三个，
那个也没有香香好！

肥羊肉掉在狗嘴里头，
三抢两抢夺不到手。

王贵这一回再也活不成，
小香香就成我的了。

越想越甜赛沙糖，
涎水流在下巴上。

烟灯旁边做了一个梦，
把香香抱在怀当中；

又酸又甜好梦做不长，
“噼啪”“噼啪”枪声响。

头一枪惊醒坐起来，
第二枪响时跳下炕。

连忙叫起狗腿子：
“关着大门快上房！

“那边过来那边打，
一人赏你们十块响洋。”

人马多枪声稠不一样，
二爷心里改了主张；

太阳没出满天韶，
崔二爷从后门溜跑了；

太阳出来天大亮，
红旗插在崄畔上；

太阳出来一朵花，
游击队和咱穷汉们是一家。

滚滚的米汤热腾腾的馍，
招待咱游击队好吃喝。

救下王贵松开了绳，
游击队的同志们个个眼圈红。

把王贵痛的直昏过，
香香哭着叫“哥哥”！

“你要死了我也不得活，
睁一睁眼睛看一看我！”

四　自由结婚

太阳出来满地红，
革命带来了好光景。

崔二爷在时就像大黑天，
十有九家没吃穿。

穷人翻身赶跑崔二爷，
死羊湾变成活羊湾。

灯盏里没油灯不明，
庄户人没地种就像没油的灯；

有了土地灯花亮，
人人脸上发红光。

吃一嘴黄连吃一嘴糖，
王贵娶了李香香。

男女自由都平等，
自由结婚新时样。

唐僧取经过了七十二个洞，
王贵和香香受的折磨数不清。

千难万难心不变，
患难夫妻实在甜。

俊鸟投窝叫喳喳，
香香进洞房泪如麻。

清泉里淌水水不断，
滴湿了王贵的新布衫。

“半夜里就等着公鸡叫，
为这个日子把人盼死了。”

香香想哭又想笑，
不知道怎么说着好。

王贵笑的说不出来话，
看着香香还想她！

双双拉着香香的手，
难说难笑难开口：

“不是闹革命穷人翻不了身，
不是闹革命咱俩也结不了婚！

“革命救了你和我，
革命救了咱们庄户人。

“一杆红旗要大家扛，
红旗倒了大家都遭殃。

“快马上路牛耕地，
闹革命是咱们自己的事。

“天上下雨地下滑，
自己跌倒自己爬。

“太阳出来一股劲的红，
我打算长远闹革命。”

过门三天安了家，
游击队上报名啦。

羊肚子手巾缠头上，
肩膀上背着无烟钢。

十天半月有空了，
请假回来看香香。

看罢香香归队去，
香香送到沟底里。

沟湾里胶泥黄又多，
挖块胶泥捏咱两个；

捏一个你来捏一个我，
捏的就像活人托；

摔碎了泥人再重和，
再捏一个你来再捏一个我；

哥哥身上有妹妹，
妹妹身上也有哥哥。

捏完了泥人叫：“哥哥，
再等几天你来看我。”

（节选自《王贵与李香香》，大众书店 1946 年 12 月版）

散　文

《野草》初版本，1927年7月，上海北新书局

《野草》，1928年1月3版，上海北新书局

中国文学研究社出版，出版年不详

版本不详

往事(二)(节选)

冰　心

八

是除夜的酒后，在父亲的书室里。父亲看书，我也坐近书几，已是久久的沉默——

我站起，双手支颐，半倚在几上，我唤："爹爹！"父亲抬起头来。"我想看守灯塔去。"

父亲笑了一笑，说："也好，整年整月的守着海——只是太冷寂一些。"说完仍看他的书。

我又说："我不怕冷寂，真的，爹爹！"

父亲放下书说："真的便怎样？"

这时我反无从说起了！我耸一耸肩，我说："看灯塔是一种最伟大，最高尚，而又最有诗意的生活……"

父亲点头说："这个自然！"他往后靠着椅背，是预备长谈的姿势。这时我们都感着兴味了。

我仍旧站着，我说："只要是一样的为人群服务，不是独善其身；我们固然不必避世，而因着性之相近，我们也不必避'避世'！"

父亲笑着点头。

我接着："避世而出家，是我所不屑做的，奈何以青年有为之身，受十方供养？"

父亲只笑着。

我勇敢的说："灯台守的别名，便是'光明的使者'。他抛离田里，牺牲了家人骨肉的团聚，一切种种世上耳目纷华的娱乐，来整年整月的对着渺茫无际的海天。除却海上的飞鸥片帆，天上的云涌风起，不能有新的接触。除了骀荡的海风，和岛上崖旁转青的小草，他不知春至。我抛却'乐群'，只知'敬业'……"

父亲说："和人群大陆隔绝，是怎样的一种牺牲，这情绪，我们航海人真是透彻中边的了！"言次，他微叹。

我连忙说："否，这在我并不是牺牲！我晚上举着火炬，登上天梯，我觉得有无上的倨傲与光荣。几多好男子，轻侮别离，弄潮破浪，狎习了海上的腥风，驱使着如意的桅帆，自以为不可一世，而在狂飙浓雾，海水山立之顷，他们却蹙眉低首，捧盘屏息，凝注着这一点高悬闪烁的光明！这一点是警觉，是慰安，是导引，然而这一点是由我燃着！"

父亲沉静的眼光中，似乎忽忽的起了回忆。

"晴明之日，海不扬波，我抱膝沙上，悠然看潮落星生。风雨之日，我倚窗观涛，听浪花怒撼崖石。我闭门读书，以海洋为师，以星月为友，这一切都是不变与永久。

"三五日一来的小艇上，我不断的得着世外的消息，和家人朋友的书函；似暂离又似永别的景况，使我们永驻在'的的如水'的情谊之中，我可读一切的新书籍，我可写作，在文化上，我并不曾与世界隔绝。"

父亲笑说："灯塔生活，固然极其超脱，而你的幻像，也未免过于美丽。倘若病起来，海水拍天之间，你可怎么办？"

我也笑道:“这个容易——一时虑不到这些!”

父亲道:“病只关你一身,误了燃灯,却是关于众生的光明……”

我连忙说:“所以我说这生活是伟大的!”

父亲看我一笑,笑我词支,说:“我知道你会登梯燃灯;但倘若有大风浓雾,触石沉舟的事,你须鸣枪,你须放艇……”

我郑重的说:“这一切,尤其是我所深爱的。为着自己,为着众生,我都愿学!”

父亲无言,久久,笑道:“你若是男儿,是我的好儿子!”

我走近一步,说:“假如我要得这种位置,东南沿海一带,爹爹总可为力?”

父亲看着我说:“或者……但你为何说得这般的郑重?”

我肃然道:“我处心积虑已经三年了!”

父亲敛容,沉思的抚着书角,半天,说:“我无有不赞成,我无有不为力。为着去国离家,吸受海上腥风的航海者,我忍心舍遣我唯一的弱女,到岛山上点起光明。但是,唯一的条件,灯台守不要女孩子!”

我木然勉强一笑,退坐了下去。

又是久久的沉默——

父亲站起来,慰安我似的:“清静伟大,照射光明的生活,原不止灯台守,人生宽广的很!”

我不言语。坐了一会,便掀开帘子出去。

弟弟们站在院子的四隅,燃着了小爆竹。彼此抛掷,欢呼声中,偶然有一两支掷到我身上来,我只笑避——实在没有同他们追逐的心绪。

回到卧室,黑沉沉的歪在床上。除夕的梦纵使不灵验,万一能梦见,也是慰情聊胜无。我一念至诚的要入梦,幻想中画出环境,暗灰色的波涛,岿然的白塔……

一夜寂然——奈何连个梦都不能做!

这是两年前的事了,我自此后,禁绝思虑,又十年不见灯塔,我心不乱。

这半个月来,海上瞥见了六七次,过眼时只悄然微叹。失望的心情,不愿它再兴起。而今夜浓雾中的独立,我竟极奋迅的起了悲哀!

丝雨蒙蒙里,我走上最高层,倚着船阑,忽然见天幕下,四塞的雾点之中,夹岸两嶂淡墨画成似的岛山上,各有一点星光闪烁——

船身微微的左右欹斜,这两点星光,也徐徐的在两旁隐约起伏。光线穿过雾层,莹然,灿然,直射到我的心上来,如招呼,如接引,我无言,久——久,悲哀的心弦,开始策策而动!

有多少无情有恨之泪,趁今夜都向这两点星光挥洒!凭吟啸的海风,带这两年前已死的密愿,直到塔前的光下——

从兹了结!拈得起,放得下,愿不再为灯塔动心,也永不作灯塔的梦,无希望的永古不失望,不希冀那不可希冀的,永古无悲哀!

愿上帝祝福这两个塔中的燃灯者!——愿上帝祝福有海水处,无数塔中的燃灯者!愿海水向他长绿,愿海山向他长青!愿他们知道自己是这一隅岛国上无冠的帝王,只对他们,我愿致无上的颂扬与羡慕!

一九二三年八月二十八日,太平洋舟中。

(收入《冰心散文集》,北新书局 1932 年 6 月版)

山中杂记(节选)

冰　心

(七)说几句爱海的孩气的话

白发的老医生对我说:“可喜你已大好了。城市与你不宜,今夏海滨之行,也是取销了为妙。”

这句话如同平地起了一个焦雷!

学问未必都在书本上。纽约,康桥,芝加哥这些人烟稠密的地方,终身不去也没有什么,只是说不许我到海边去,这却太使我伤心了。

我抬头张目的说:“不,你没有阻止我到海边去的意思!”

他笑道:“是的,我不愿意你到海边去,太潮湿了,于你新愈的身体没有好处。”

我们争执了半点钟,至终他说:“那么你去一个礼拜罢!”他又笑说:“其实秋后的湖上,也够你玩的了!”

我爱慰冰,无非也是海的关系。若完全的叫湖光代替了海色,我似乎不大甘心。

可怜,沙穰的六个多月,除了小小的流泉外,连慰冰都看不见!山也是可爱的,但和海比,的确比不起,我有我的理由!

人常常说:“海阔天空。”只有在海上的时候,才觉得天空阔远到了尽量处。在山上的时候,走到岩壁中间,有时只见一线天光。即或是到了山顶,而因着天末是山,天与地的界线便起伏不平,不如水平线的齐整。

海是蓝色灰色的。山是黄色绿色的。拿颜色来比,山也比海不过,蓝色灰色含着庄严淡远的意味,黄色绿色却未免浅显小方一些。固然我们常以黄色为至尊,皇帝的龙袍是黄色的,但皇帝称为“天子”,天比皇帝还尊贵,而天却是蓝色的。

海是动的,山是静的;海是活泼的,山是呆板的。昼长人静的时候,天气又热,凝神望着青山,一片黑郁郁的连绵不动,如同病牛一般。而海呢,你看她没有一刻静止!从天边微波粼粼的直卷到岸边,触着崖石,更欣然的溅跃了起来,开了灿然万朵的银花!

四围是大海,与四围是乱山,两者相较,是如何滋味,看古诗便可知道。比如说海上山上看月出,古诗说:“南山塞天地,日月石上生。”细细咀嚼,这两句形容乱山,形容得极好,而光景何等臃肿,崎岖,僵冷,读了不使人生快感。而“海上生明月,天涯共此时”,也是月出,光景却何等妩媚,遥远,璀璨!

原也是的,海上没有红白紫黄的野花,没有蓝雀红襟等等美丽的小鸟。然而野花到秋冬之间,便都萎谢,反予人以凋落的凄凉。海上的朝霞晚霞,天上水里反映到不止红白紫黄这几个颜色。这一片花,却是四时不断的。说到飞鸟,蓝雀红襟自然也可爱,而海上的沙鸥,白胸翠羽,轻盈的飘浮在浪花之上,“凌波微步,罗袜生尘”。看见蓝雀红襟,只使我联忆到“山禽自唤名”,而见海鸥,却使我联忆到千古颂赞美人,颂赞到绝顶的句子,是“婉若游龙,翩若惊鸿”!

在海上又使人有透视的能力，这句话天然是真的！你倚阑俯视，你不由自主的要想起这万顷碧琉璃之下，有什么明珠，什么珊瑚，什么龙女，什么鲛纱。在山上呢，很少使人想到山石黄泉以下，有什么金银铜铁。因为海水透明，天然的有引人们思想往深里去的趋向。

简直越说越没有完了，总而言之，统而言之，我以为海比山强得多。说句极端的话，假如我犯了天条，赐我自杀，我也愿投海，不愿坠崖！

争论真有意思！我对于山和海的品评，小朋友们愈和我辩驳愈好。"人心之不同，各如其面"，这样世界上才有个不同和变换。假如世界上的人都是一样的脸，我必不愿见人。假如天下人都是一样的嗜好，穿衣服的颜色式样都是一般的，则世界成了一个大学校，男女老幼都穿一样的制服。想至此不但好笑，而且无味！再一说，如大家都爱海呢，大家都搬到海上去，我又不得清静了！

(收入《寄小读者》，北新书局1926年5月版)

寄小读者（节选）

冰　心

通讯七

亲爱的小朋友：

八月十七的下午，约克逊号邮船无数的窗眼里，飞出五色飘扬的纸带，远远的抛到岸上，任凭送别的人牵住的时候，我的心是如何的飞扬而凄恻！

痴绝的无数的送别者，在最远的江岸，仅仅牵着这终于断绝的纸条儿，放这庞然大物，载着最重的离愁，飘然西去！

船上生活，是如何的清新而活泼。除了三餐外，只是随意游戏散步。海上的头三日，我竟完全回到小孩子的境地中去了，套圈子，抛沙袋，乐此不疲，过后又绝然不玩了。后来自己回想很奇怪，无他，海唤起了我童年的回忆，海波声中，童心和游伴都跳跃到我脑中来。我十分的恨这次舟中没有几个小孩子，使我童心来复的三天中，有无猜畅好的游戏！

我自少住在海滨，却没有看见过海平如镜，这次出了吴淞口，一天的航程，一望无际尽是粼粼的微波。凉风习习，舟如在冰上行。到过了高丽界，海水竟似湖光，蓝极绿极，凝成一片。斜阳的金光，长蛇般自天边直接到栏旁人立处。上自穹苍，下至船前的水，自浅红至于深翠，幻成几十色，一层层，一片片的漾开了来。——小朋友，恨我不能画，文字竟是世界上最无用的东西，写不出这空灵的妙景！

八月十八夜，正是双星渡河之夕。晚餐后独倚栏旁，凉风吹衣。银河一片星光，照到深黑的海上。远远听得楼栏下人声笑语，忽然感到家乡渐远。繁星闪烁着，海波吟啸着，凝立悄然，只有惆怅。

十九日黄昏，已近神户，两岸青山，不时的有渔舟往来。日本的小山多半是圆扁的，大家说笑,便道是“馒头山”。这馒头山沿途点缀,直到夜里,远望灯光灿然,已抵神户,船徐徐停住,便有许多人上岸去。我因太晚,只自己又到最高层上,初次看见这般璀璨的世界,天上微月的光,和星光,岸上的灯光,无声相映。不时的还有一串光明从山上横飞过,想是火车周行。……舟中寂然,今夜没有海潮音,静极心绪忽起:“倘若此时母亲也在这里……”我极清晰的忆起北京来,小朋友,恕我,不能往下再写了。

冰心

一九二三年八月二十日,神户。

朝阳下转过一碧无际的草坡,穿过深林,已觉得湖上风来,湖波不是昨夜欲睡如醉的样子了。——悄然的坐在湖岸上,伸开纸,拿起笔,抬起头来,四围红叶中,四面水声里,我要开始写信给我久违的小朋友。小朋友猜我的心情是怎样的呢?

水面闪烁着点点的银光,对岸意大利花园里亭亭层列的松树,都证明我已在万里外。小朋友,到此已逾一月了,便是在日本也未曾寄过一字,说是对不起呢,我又不愿!

我平时写作,喜在人静的时候。船上却处处是公共的地方,舱面栏边,人人可以来到。海景极好,心胸却难得清平。我只能在晨间绝早,船面无人时,随意写几个字。堆积至今,总不能整理,也不愿草草整理,便迟延到了今日。我是尊重小朋友的,想小朋友也能尊重原谅我!

许多话不知从哪里说起,而一声声打击湖岸的微波,一层层的没上杂立的湖石,直到我蔽膝的毡边来,似乎要求我将她介绍给我的小朋友。小朋友,我真不知如何的形容介绍她!她现在横在我的眼前。湖上的月明和落日,湖上的浓阴和微雨,我都见过了,真是仪态万千。小朋友,我的亲爱的人都不在这里,便只有她——海的女儿,能慰安我了。Lake Waban,谐音会意,我便唤她做“慰冰”。每日黄昏的游泛,舟轻如羽,水柔如不胜桨。岸上四围的树叶,绿的,红的,黄的,白的,一丛一丛的倒影到水中来,覆盖了半湖秋水。夕阳下极其艳冶,极其柔媚。将落的金光,到了树梢,散在湖面。我在湖上光雾中,低低的嘱咐他,带我的爱和慰安,一同和他到远东去。

小朋友!海上半月,湖上也过半月了,若问我爱哪一个更甚,这却难说。——海好像我的母亲,湖是我的朋友。我和海亲近在童年,和湖亲近是现在。海是深阔无际,不着一字,她的爱是神秘而伟大的,我对她的爱是归心低首的。湖是红叶绿枝,有许多衬托,她的爱是温和妩媚的,我对她的爱是清淡相照的。这也许太抽象,然而我没有别的话来形容了!

小朋友,两月之别,你们自己写了多少,母亲怀中的乐趣,可以说来让我听听么?——这便算是沿途书信的小序,此后仍将那写好的信,按序寄上,日月和地方,都因其旧;“弱游”的我,如何自太平洋东岸的上海绕到大西洋东岸的波士顿来,这些信中说得很清楚,请在那里看罢!

不知这几百个字,何时方达到你们那里,世界真是太大了!

冰心

一九二三年十月十四日,慰冰湖畔,威尔斯利。

(收入《寄小读者》)

故乡的野菜

周作人

我的故乡不止一个,凡我住过的地方都是故乡。故乡对于我并没有什么特别的情分,只因钓于斯游于斯的关系,朝夕会面,遂成相识,正如乡村里的邻舍一样,虽然不是亲属,别后有时也要想念到他。我在浙东住过十几年,南京东京都住过六年,这都是我的故乡;现在住在北京,于是北京就成了我的家乡了。

日前我的妻往西单市场买菜回来,说起有荠菜在那里卖着,我便想起浙东的事来。荠菜是浙东人春天常吃的野菜,乡间不必说,就是城里只要有后园的人家都可以随时采食,妇女小儿各拿一把剪刀一只"苗篮",蹲在地上搜寻,是一种有趣味的游戏的工作。那时小孩们唱道,"荠菜马兰头,姊姊嫁在后门头。"后来马兰头有乡人拿来进城售卖了,但荠菜还是一种野菜,须得自家去采。关于荠菜向来颇有风雅的传说,不过这似乎以吴地为主。《西湖游览志》云,"三月三日男女皆戴荠菜花。谚云,三春戴荠花,桃李羞繁华。"顾禄的《清嘉录》上亦说,"荠菜花俗呼野菜花,因谚有三月三蚂蚁上灶山之语,三日人家皆以野菜花置灶径上,以厌虫蚁。侵晨村童叫卖不绝。或妇女簪髻上以祈清目,俗号眼亮花。"但浙东却不很理会这些事情,只是挑来做菜或炒年糕吃罢了。

黄花麦果通称鼠曲草,系菊科植物,叶小微圆互生,表面有白毛,花黄色,簇生梢头。春天采嫩叶,捣烂去汁,和粉作糕,称黄花麦果糕。小孩们有歌赞美之云:

> 黄花麦果韧结结,
> 关得大门自要吃:
> 半块拿弗出,一块自要吃。

清明前后扫墓时,有些人家——大约是保存古风的人家——用黄花麦果作供,但不作饼状,做成小颗如指顶大,或细条如小指,以五六个作一攒,名曰茧果,不知是什么意思,或因蚕上山时设祭,也用这种食品,故有是称,亦未可知。自从十二三岁时外出不参与外祖家扫墓以后,不复见过茧果,近来住在北京,也不再见黄花麦果的影子了。日本称作"御形",与荠菜同为春的七草之一,也采来做点心用,状如艾饺,名曰"草饼",春分前后多食之,在北京也有,但是吃去总是日本风味,不复是儿时的黄花麦果糕了。

扫墓时候所常吃的还有一种野菜,俗名草紫,通称紫云英。农人在收获后,播种田内,用作肥料,是一种很被贱视的植物,但采取嫩茎瀹食,味颇鲜美,似豌豆苗。花紫红色,数十亩接连不断,一片锦绣,如铺着华美的地毯,非常好看,而且花朵状若蝴蝶,又如鸡雏,尤为小孩所喜。间有白色的花,相传可以治痢,很是珍重,但不易得。日本《俳句大辞典》云,"此草与蒲公英同是习见的东西,从幼年时代便已熟识。在女人里边,不曾采过紫云英的人,恐未必有罢。"中国古来没有花环,但紫云英的花球却是小孩常玩的东西,这一层我还替那些小人们欣幸的。浙东扫墓用鼓吹,所以少年常随了乐音去看

"上坟船里的姣姣";没有钱的人家虽没有鼓吹,但是船头上篷窗下总露出些紫云英和杜鹃的花束,这也就是上坟船的确实的证据了。

(十三年二月)

(收入《雨天的书》,北新书局1925年12月版)

北京的茶食

周作人

在东安市场的旧书摊上买到一本日本文章家五十岚力的《我的书翰》,中间说起东京的茶食店的点心都不好吃了,只有几家如上野山下的空也,还做得好点心,吃起来馅和糖及果实浑然融合,在舌头上分不出各自的味来。想起德川时代江户的二百五十年的繁华,当然有这一种享乐的流风余韵留传到今日,虽然比起京都来自然有点不及。北京建都已有五百余年之久,论理于衣食住方面应有多少精微的造就,但实际似乎并不如此,即以茶食而论,就不曾知道什么特殊的有滋味的东西。固然我们对于北京情形不甚熟悉,只是随便撞进一家饽饽铺里去买一点来吃,但是就撞过的经验来说,总没有很好吃的点心买到过。难道北京竟是没有好的茶食,还是有而我们不知道呢?这也未必全是为贪口腹之欲,总觉得住在古老的京城里吃不到包含历史的精炼的或颓废的点心是一个很大的缺陷。北京的朋友们,能够告诉我两三家做得上好点心的饽饽铺么?

我对于二十世纪的中国货色,有点不大喜欢,粗恶的模仿品,美其名曰国货,要卖得比外国货更贵些。新房子里卖的东西,便不免都有点怀疑,虽然这样说好像遗老的口吻,但总之关于风流享乐的事我是颇迷信传统的。我在西四牌楼以南走过,望着异馥斋的丈许高的独木招牌,不禁神往,因为这不但表示他是义和团以前的老店,那模糊阴暗的字迹又引起我一种焚香静坐的安闲而丰腴的生活的幻想。我不曾焚过什么香,却对于这件事很有趣味,然而终于不敢进香店去,因为怕他们在香合上已放着花露水与日光皂了。我们于日用必需的东西以外,必须还有一点无用的游戏与享乐,生活才觉得有意思。我们看夕阳,看秋河,看花,听雨,闻香,喝不求解渴的酒,吃不求饱的点心,都是生活上必要的——虽然是无用的装点,而且是愈精炼愈好。可怜现在的中国生活,却是极端地干燥粗鄙,别的不说,我在北京彷徨了十年,终未曾吃到好点心。

(十三年二月)

(收入《雨天的书》)

结 缘 豆

周作人

范寅《越谚》卷中风俗门云:

结缘，各寺庙佛生日散钱与丐，送饼与人，名此。

敦崇《燕京岁时记》有“舍缘豆”一条云：

四月八日，都人之好善者取青黄豆数升，宣佛号而拈之，拈毕煮熟，散之市人，谓之舍缘豆，预结来世缘也。谨按《日下旧闻考》，京师僧人念佛号者辄以豆记其数，至四月八日佛诞生之辰，煮豆微撒以盐，邀入于路请食之以为结缘，今尚沿其旧也。

刘玉书《常谈》卷一云：

都南北多名刹，春夏之交，士女云集，寺僧之青头白面而年少者着鲜衣华屦，托朱漆盘，贮五色香花豆，蹀躞于妇女襟袖之间以献之，名曰结缘，妇女亦多嬉取者。适一僧至少妇前奉之甚殷，妇慨然大言曰，良家妇不愿与寺僧结缘。左右皆失笑，群妇赧然缩手而退。

就上边所引的话看来，这结缘的风俗在南北都有，虽然情形略有不同。小时候在会稽家中常吃到很小的小烧饼，说是结缘分来的，范啸风所说的饼就是这个。这种小烧饼与“洞里火烧”的烧饼不同，大约直径一寸高约五分，馅用椒盐，以小皋步的为最有名，平常二文钱一个，底有两个窟陇，结缘用的只有一孔，还要小得多，恐怕还不到一文钱吧。北京用豆，再加上念佛，觉得很有意思，不过二十年来不曾见过有人拿了盐煮豆沿路邀吃，也不听说浴佛日寺庙中有此种情事，或者现已废止亦未可知，至于小烧饼如何，则我因离乡里已久不能知道，据我推想或尚在分送，盖主其事者多系老太婆们，而老太婆者乃是天下之最有闲而富于保守性者也。

结缘的意义何在？大约是从佛教进来以后，中国人很看重缘，有时候还至于说得很有点神秘，几乎近于命数。如俗语云，有缘千里来相会，无缘对面不相逢，又小说中狐鬼往来，末了必云缘尽矣，乃去。敦礼臣所云预结来世缘，即是此意。其实说得浅淡一点，或更有意思，例如唐伯虎之三笑，才是很好的缘，不必于冥冥中去找红绳缚脚也。我很喜欢佛教里的两个字，曰业曰缘，觉得颇能说明人世间的许多事情，仿佛与遗传及环境相似，却更带一点儿诗意。日本无名氏诗句云：

虫呵虫呵，难道你叫着，业便会尽了么？

这业的观念太是冷而且沉重，我平常笑禅宗和尚那么超脱，却还挂念腊月二十八，觉得生死事大也不必那么操心，可是听见知了在树上喳喳地叫，不禁心里发沉，真感得这件事恐怕非是涅槃是没有救的了。缘的意思便比较的温和得多，虽不是三笑那么圆满也总是有人情的，即使如库普林在《晚间的来客》所说，偶然在路上看见一双黑眼睛，以至梦想颠倒，究竟逃不出是春叫猫儿猫叫春的圈套，却也还好玩些。此所以人家虽怕造业而不惜作缘欤？若结缘者又买烧饼煮黄豆，逢人便邀，则更十分积极矣，我觉得很有兴趣者盖以此故也。

为什么这样的要结缘的呢？我想，这或者由于不安于孤寂的缘故吧，富贵子嗣是大众的愿望，不过这都有地方可以去求，如财神送子娘娘等处，然而此外还有一种苦痛却无法解除，即是上文所说的人生的孤寂。孔子曾说过，鸟兽不可与同群，吾非斯人之徒而谁与。人是喜群的，但他往往在人群中感到不可堪的寂寞，有如在庙会时挤在潮水般的人丛里，特别像是一片树叶，与一切绝缘而孤立着。念佛号的老公公老婆婆也不会不感到,或者比平常人还要深切吧,想用什么仪式来施行祓除,列位莫笑他们这几颗豆或小烧饼,有点近似小孩们的"办人家",实在却是圣餐的面包蒲陶酒似的一种象征,很寄存着深重的情意呢。我们的确彼此太缺少缘分,假如可能实有多结之必要,因此我对于那些好善者着实同情,而且大有加入的意思,虽然青头白面的和尚我与刘青园同样的讨厌,觉得不必与他们去结缘,而朱漆盘中的五色香花豆盖亦本来不是献给我辈者也。

我现在去念佛拈豆,这自然是可以不必了,姑且以小文章代之耳。我写文章,平常自己怀疑,这是为什么的:为公乎,为私乎?一时也有点说不上来。钱振锽《名山小言》卷七有一节云:

> 文章有为我兼爱之不同。为我者只取我自家明白,虽无第二人解,亦何伤哉,老子古简,庄生诡诞,皆是也。兼爱者必使我一人之心共喻于天下,语不尽不止,孟子详明,墨子重复,是也。《论语》多弟子所记,故语意亦简,孔子诲人不倦,其语必不止此。或怪孔明文采不艳而过于丁宁周至,陈寿以为亮所与言尽众人凡士云云,要之皆文之近于兼爱者也。诗亦有之,王孟闲适,意取含蓄,乐天讽谕,不妨尽言。

这一节话说得很好,可是想拿来应用却不很容易,我自己写文章是属于那一派的呢?说兼爱固然够不上,为我也未必然,似乎这里有点儿缠夹,而结缘豆乃仿佛似之,岂不奇哉。写文章本来是为自己,但他同时要一个看的对手,这就不能完全与人无关系,盖写文章即是不甘寂寞,无论怎样写得难懂意识里也总期待有第二人读,不过对于他没有过大的要求,即不必要他来做喽啰而已。煮豆微撒以盐而给人吃之,岂必要索厚偿,来生以百豆报我,但只愿有此微末情分,相见时好生看待,不至伥伥来去耳。古人往矣,身后名亦复何足道,唯留存二三佳作,使今人读之欣然有同感,斯已足矣,今人之所能留赠后人者亦止此,此均是豆也。几颗豆豆,吃过忘记未为不可,能略为记得,无论转化作何形状,都是好的,我想这恐怕是文艺的一点效力,他只是结点缘罢了。我却觉得很是满足,此外不能有所希求,而且过此也就有点不大妥当,假如想以文艺为手段去达别的目的,那又是和尚之流矣,夫求女人的爱亦自有道,何为舍正路而不由,乃托一盘豆以图之,此则深为不佞所不能赞同者耳。

(廿五年九月八日,在北平)

(收入《瓜豆集》,宇宙风社 1937 年 3 月版)

清 河 坊

俞平伯

山水是美妙的俦侣,而街市是最亲切的。它和我们平素十二分稔熟,自从别后,竟毫不踌躇,蓦然闯进忆之域了。我们追念某地时,山水的清音,其浮涌于灵府间的数和度量每不敌城市的喧哗,我们太半是俗骨哩!(至少我是这么一个俗子。)白老头儿舍不得杭州,却说"一半勾留为此湖";可见西湖在古代诗人心中,至多也只沾了半面光。那一半儿呢?谁知道是什么!这更使我胆大,毅然于西湖以外,另写一题曰"清河坊"。读者若不疑我为火腿茶叶香粉店作新式广告,那再好没有。

我决不想描写杭州狭陋的街道和店铺,我没有那般细磨细琢的工夫,我没有那种收集零丝断线织成无缝天衣的本领:我只得藏拙。我所亟亟要显示的是淡如水的一味依恋,一种茫茫无羁泊的依恋,一种在夕阳光里、街灯影旁的依恋。这种微婉而入骨三分的感触,实是无数的前尘前梦酝酿成的,没有一桩特殊事情可指点,也不是一朝一夕之功。我实在不知从何说起,但又觉得非说不可。环问我:"这种窘题,你将怎么做?"我答:"我不知道怎样做,我自信做得下去。"

人和"其他"外缘的关联,打开窗子说亮话,是没有那回事。真的不可须臾离的外缘是人与人的系属,所谓人间便是。我们试想:若没有飘零的游子,则西风下的黄叶,原不妨由它们花花自己去响着。若没有憔悴的女儿,则枯干了的红莲花瓣,何必常夹在诗集中呢?人万一没有悲欢离合,月即使有阴晴圆缺,又何为呢?怀中不曾收得美人的倩影,则入画的湖山,其黯淡又将如何呢?……一言蔽之,人对于万有的趣味,都从人间趣味的本身投射出来的。这基本趣味假如消失了,则大地河山及它所有的兰因絮果毕落于渺茫了。在此我想注释我在《鬼劫》中一句费解的话:"一切似吾生,吾生不似那一切。"

离题已远,快回来罢!我自述鄙陋的经验,还在"像煞有介事",不又将为留学生所笑乎?其实我早应当自认这是幻觉,一种自骗自的把戏。我在此所要解析的,是这种幻觉怎样构成的。这或者虽在通人亦有所不弃罢。

这儿名说是谈清河坊,实则包括北自羊坝头,南至清河坊这一条长街。中间的段落各有专名,不烦枚举。看官如住过杭州的,看到这儿早已恍然;若没到过,多说也还是不懂。杭州的热闹市街不止一条,何以独取清河坊呢?我因它逼窄得好,竟铺石板不修马路亦好;认它为 typical 杭州街。

我们雅步街头,则矻磴矻磴地石板怪响,而大嚷"欠来!欠来!"的洋车,或前或后冲过来了。若不躲闪,竟许老实不客气被车夫推搡一下,而你自然不得不肃然退避了。天晴还算好;落雨的时候,那更须激起石板洼隙的积水溅上你的衣裳,这真糟心!这和被北京的汽车轮子溅了一身泥浆是仿佛的;虽然发江南热的我觉得北京的汽车是老虎,(非彼老虎也!)而杭州的车夫毕竟是人。你拦阻他的去路,他至多大喊两声,推你一把,不至于如北京的高轩哀嘶长唳地过去,似将要你的一条穷命。

那怕它十分喧阗,悠悠然的闲适总归消除不了。我所经历的江南内地,都有这种可爱的空气;这真有点儿古色古香。

我在伦敦、纽约虽住得不久,却已嗅得欧美名都的忙空气;若以彼例此,则藐乎小矣。杭州清河坊的闹热,无事忙耳。他们越忙,我越觉得他们是真闲散。忙且如此,不忙可知。——非闲散而何?

我们雅步街头,虽时时留意来往的车子,然终不失为雅步。走过店窗,看看杂七杂八的货色,一点没有 Show Window 的规范,但我不讨厌它们。我们常常去买东西,还好意思摔什么"洋腔"呢?

我俩和娴小姐同走这条街的次数最多,她们常因配置些零星而去,我则瞎跑而已。有几家较熟的店铺差不多没有不认识我们的,有时候她们先到,我从别处跑了去,一打听便知道,我终于会把她们追着的。大约除掉药品、书报、糖食以外,我再不花什么钱,而她们所买绝然不同;都大包小裹的带回了家,挨到上灯的时分。若今天买的东西少,时候又早,天气又好,往往雇车到旗下营去,从繁热的人笑里,闲看湖滨的暮霭与斜阳。

"微阳已是无多恋,更苦遥青着意遮。"我时时看见这诗句自己的影子。

清河坊中,小孩子的油酥饺是佩弦以诗作保证的;我所以时常去买来吃。叫她们吃,她们以在路上吃为不雅而不吃;常被我一个人吃完了,油酥饺冰冷的,您想不得味罢。然而我竟常买来吃,且一顿便吃完了。您不以为诧异吗?不知佩弦读至此如何想?他不会得说:"这是我一首诗的力啊!"

我收集花果的本领真太差,有些新鲜的果子,藏在怀中几年之后,不但香色无复从前,并且连这些果子的名目,形态,影儿都一起丢了。这真是所谓"抚空怀而自惋"了。譬如提到清河坊,似有层层叠叠感触的张本在那边,然细按下去,便觉洞然无物。即使不是真的洞然,也总是说它不出。在实际上,"说不出"与"洞然"的差别,真是太小了。

在这狭的长街上,不知曾经留下我们多少的踪迹。可是坚且滑的石板上,使我们的肉眼怎能辨别呢?况且,江南的风虽小,雨却豪纵惯了的。暮色苍然下,飒飒的细点儿,渐转成牵丝的"长脚雨",早把这一天走过的千千人的脚迹,不论男的女的老的少的村的俏的,洗刷个干净。一日且如此,何论旬日;兼旬既如此,何论经年呢!明日的人儿等着哩,今日的你怎能不去!不看见吗?水上之波如此,天上之云如斯;云水无心,"人"却多了一种荒唐的眷恋,非自寻烦恼吗?若依颉刚的名理推之,烦恼是应当自己寻的;这却又无以难他。

我由不得发两句照例的牢骚了。天下惟有盛年可贵这是自己证明的真实。梦阑酒醒,还算个什么呢;千金一刻是正在醉梦之中央。我们的脚步踏在土泥或石上,我们的语笑颤荡在空气中,这是何等的切实可喜。直到一切已黯淡渺茫,回首有悽悱的颜色,那时候的想头才最没有出息;一方面要追挽已逝的芳香,一方面妒羡他人的好梦。去了的谁挽得住,剩一双空空的素手;妒羡引得人人笑,我们终被拉下了。这真觉得有点犯不着,然而没出息的念头,我可是最多。

匆匆一年之后,我们先后北来了。为爱这风尘来吗?还是逃避江南的孽梦呢?娴小姐平日最爱说"窝逸"。破烂的大街,荒寒的小胡同,时闻瑟缩的枯叶打抖,尖厉的担儿吆喝,沉吟的车骨碌的话语,一灯初上,四座无言;她仍然会说"窝逸"吗?或者斗然猛省,这是寂寞长征的一尖站呢?我毕竟想不出她应当怎样着想方好。

我们再同步于北京的巷陌,定会觉得异样;脚下的尘土,比棉花还软得多哩。在这样的软尘中,留下的踪迹更加靠不住了,不待言。将来万一,娴小姐重去江南,许我谈到北京的梦,还能如今日谈杭州清河坊巷这样的洒脱吗?"人到来年忆此年。"想到这里,心渐渐的低沉下去,另有一幅飘零的图画影子,烟也似的晃荡在我眼下。

话说回来,干脆了当!若我们未曾在那边徘徊,未曾在那边笑语;或者即有徘徊笑语的微痕而不曾想到去珍惜它们,则莫说区区清河坊,即什百倍的胜迹亦久不在话下了。我爱诵父亲的诗句:

只缘曾系乌篷艇,野水无情亦耐看。

一九二五年十月二十三日,北京。

(收入《燕知草》,开明书店 1930 年 6 月版)

给亡妇

朱自清

谦，日子真快，一眨眼你已经死了三个年头了。这三年里世事不知变化了多少回，但你未必注意这些个，我知道。你第一惦记的是你几个孩子，第二便轮着我。孩子和我平分你的世界，你在日如此；你死后若还有知，想来还如此的。告诉你，我夏天回家来着：迈儿长得结实极了，比我高一个头。闰儿父亲说是最乖，可是没有先前胖了。采芷和转子都好。五儿全家夸她长得好看；却在腿上生了湿疮，整天坐在竹床上不能下来，看了怪可怜的。六儿，我怎么说好，你明白，你临终时也和母亲谈过，这孩子是只可以养着玩儿的，他左挨右挨，去年春天，到底没有挨过去。这孩子生了几个月，你的肺病就重起来了。我劝你少亲近他，只监督着老妈子照管就行。你总是忍不住，一会儿提，一会儿抱的。可是你病中为他操的那一份儿心也够瞧的。那一个夏天他病的时候多，你成天儿忙着，汤呀，药呀，冷呀，暖呀，连觉也没有好好儿睡过。那里有一分一毫想着你自己。瞧着他硬朗点儿你就乐，干枯的笑容在黄蜡般的脸上，我只有暗中叹气而已。

从来想不到做母亲的要像你这样。从迈儿起，你总是自己喂乳，一连四个都这样。你起初不知道按钟点儿喂，后来知道了，却又弄不惯；孩子们每夜里几次将你哭醒了，特别是闷热的夏季。我瞧你的觉老没睡足。白天里还得做菜，照料孩子，很少得空儿。你的身子本来坏，四个孩子就累你七八年。到了第五个，你自己实在不成了，又没乳，只好自己喂奶粉，另雇老妈子专管她。但孩子跟老妈子睡，你就没有放过心；夜里一听见哭，就竖起耳朵听，工夫一大就得过去看。十六年初，和你到北京来，将迈儿，转子留在家里；三年多还不能去接他们，可真把你惦记苦了。你并不常提，我却明白。你后来说你的病就是惦记出来的；那个自然也有份儿，不过大半还是养育孩子累的。你的短短的十二年结婚生活，有十一年耗费在孩子们身上；而你一点不厌倦，有多少力量用多少，一直到自己毁灭为止。你对孩子一般儿爱，不问男的女的，大的小的。也不想到什么"养儿防老，积谷防饥"，只拼命的爱去。你对于教育老实说有些外行，孩子们只要吃得好玩得好就成了。这也难怪你，你自己便是这样长大的。况且孩子们原都还小，吃和玩本来也要紧的。你病重的时候最放不下的还是孩子。病的只剩皮包着骨头了，总不信自己不会好；老说："我死了，这一大群孩子可苦了。"后来说送你回家，你想着可以看见迈儿和转子，也愿意；你万不想到会一走不返的。我送车的时候，你忍不住哭了，说"还不知能不能再见？"可怜，你的心我知道，你满想着好好儿带着六个孩子回来见我的。谦，你那时一定这样想，一定的。

除了孩子，你心里只有我。不错，那时你父亲还在。可是你母亲死了，他另有个女人，你老早就觉得隔了一层似的。出嫁后第一年你虽还一心一意依恋着他老人家，到第二年上我和孩子可就将你的心占住，你再没有多少工夫惦记他了。你还记得第一年我在北京，你在家里。家里来信说你待不住，常回娘家去。我动气了，马上写信责备你。

你教人写了一封复信,说家里有事,不能不回去。这是你第一次也可以说第末次的抗议,我从此就没给你写信。暑假时带了一肚子主意回去,但见了面,看你一脸笑,也就拉倒了。打这时候起,你渐渐从你父亲的怀里跑到我这儿。你换了金镯子帮助我的学费,叫我以后还你;但直到你死,我没有还你。你在我家受了许多气,又因为我家的缘故受你家里的气,你都忍着。这全为的是我,我知道。那回我从家乡一个中学半途辞职出走。家里人讽你也走。那里走!只得硬着头皮往你家去。那时你家像个冰窖子,你们在窖里足足住了三个月。好容易我才将你们领出来了,一同上外省去。小家庭这样组织起来了。你虽不是什么阔小姐,可也是自小娇生惯养的。做起主妇来,什么都得干一两手;你居然做下去了,而且高高兴兴地做下去了。菜照例满是你做,可是吃的都是我们;你至多夹上两三筷子就算了。你的菜做得不坏,有一位老在行大大地夸奖过你。你洗衣服也不错,夏天我的绸大褂大概总是你亲自动手。你在家老不乐意闲着;坐前几个"月子",老是四五天就起床,说是躺着家里事没条没理的。其实你起来也还不是没条理;咱们家那么多孩子,那儿来条理?在浙江住的时候,逃过两回兵难,我都在北平。真亏你领着母亲和一群孩子东藏西躲的;末一回还要走多少里路,翻一道大岭。这两回差不多只靠你一个人。你不但带了母亲和孩子们,还带了我一箱箱的书;你知道我是最爱书的。在短短的十二年里,你操的心比人家一辈子还多;谦,你那样身子怎么经得住!你将我的责任一股脑儿担负了去,压死了你;我如何对得起你!

你为我的捞什子书也费了不少神;第一回让你父亲的男佣人从家乡捎到上海去。他说了几句闲话,你气得在你父亲面前哭了。第二回是带着逃难,别人都说你傻子。你有你的想头:"没有书怎么教书?况且他又爱这个玩意儿。"其实你没有晓得,那些书丢了也并不可惜;不过教你怎么晓得,我平常从来没和你谈过这些个!总而言之,你的心是可感谢的。这十二年里你为我吃的苦真不少,可是没有过几天好日子。我们在一起住,算来也还不到五个年头。无论日子怎么坏,无论是离是合,你从来没对我发过脾气,连一句怨言也没有。——别说怨我,就是怨命也没有过。老实说,我的脾气可不大好,迁怒的事儿有的是。那些时候你往往抽噎着流眼泪,从不回嘴,也不号啕。不过我也只信得过你一个人,有些话我只和你一个人说,因为世界上只你一个人真关心我,真同情我。你不但为我吃苦,更为我分苦;我之有我现在的精神,大半是你给我培养着的。这些年来我很少生病。但我最不耐烦生病,生了病就呻吟不绝,闹那伺候病的人。你是领教过一回的,那回只一两点钟,可是也够麻烦了。你常生病,却总不开口,挣扎着起来;一来怕搅我,二来怕没人做你那份儿事。我有一个坏脾气,怕听人生病,也是真的。后来你天天发烧,自己还以为南方带来的疟疾,一直瞒着我。明明躺着,听见我的脚步,一骨碌就坐起来。我渐渐有些奇怪,让大夫一瞧,这可糟了,你的一个肺已烂了一个大窟窿了!大夫劝你到西山去静养,你丢不下孩子,又舍不得钱;劝你在家里躺着,你也丢不下那份儿家务。越看越不行了,这才送你回去。明知凶多吉少,想不到只一个月工夫你就完了!本来盼望还见得着你,这一来可拉倒了。你也何尝想到这个?父亲告诉我,你回家独住着一所小住宅,还嫌没有客厅,怕我回去不便哪。

前年夏天回家,上你坟上去了。你睡在祖父母的下首,想来还不孤单的。只是当年祖父母的坟太小了,你正睡在圹底下。这叫做"抗圹",在生人看来是不安心的;等着想办法罢。那时圹上圹下密密地长着青草,朝露浸湿了我的布鞋。你刚埋了半年多,只有圹下多出一块土,别的全然看不出新坟的样子。我和隐今夏回去,本想到你的坟上来;

因为她病了没来成。我们想告诉你,五个孩子都好,我们一定尽心教养他们,让他们对得起死了的母亲你!谦,好好儿放心安睡罢,你。

二十一年十月

(收入《你我》,商务印书馆 1936 年 3 月版)

荷塘月色(存目)

朱自清

(收入《背影》,开明书店 1928 年 10 月版)

翡冷翠山居闲话

徐志摩

在这里出门散步去,上山或是下山,在一个晴好的五月的向晚,正像是去赴一个美的宴会,比如去一果子园,那边每株树上都是满挂着诗情最秀逸的果实,假如你单是站着看还不满意时,只要你一伸手就可以采取,可以恣尝鲜味,足够你性灵的迷醉。阳光正好暖和,决不过暖;风息是温驯的,而且往往因为他是从繁花的山林里吹度过来,他带来一股幽远的淡香,连着一息滋润的水气,摩挲着你的颜面,轻绕着你的肩腰,就这单纯的呼吸已是无穷的愉快;空气总是明净的,近谷内不生烟,远山上不起霭,那美秀风景的全部正像画片似的展露在你的眼前,供你闲暇的鉴赏。

作客山中的妙处,尤在你永不须踌躇你的服色与体态;你不妨摇曳着一头的蓬草,不妨纵容你满腮的苔藓;你爱穿什么就穿什么;扮一个牧童,扮一个渔翁,装一个农夫,装一个走江湖的桀卜闪,装一个猎户;你再不必提心整理你的领结,你尽可以不用领结,给你的颈根与胸膛一半日的自由,你可以拿一条这边颜色的长巾包在你的头上,学一个太平军的头目,或是拜伦那埃及装的姿态;但最要紧的是穿上你最旧的旧鞋,别管他模样不佳,他们是顶可爱的好友,他们承着你的体重却不叫你记起你还有一双脚在你的底下。

这样的玩顶好是不要约伴,我竟想严格的取缔,只许你独身;因为有了伴多少总得叫你分心,尤其是年轻的女伴,那是最危险最专制不过的旅伴,你应得躲避她像你躲避青草里一条美丽的花蛇!平常我们从自己家里走到朋友的家里,或是我们执事的地方,那无非是在同一个大牢里从一间狱室移到另一间狱室去,拘束永远跟着我们,自由永远寻不到我们;但在这春夏间美秀的山中或乡间你要是有机会独身闲逛时,那才是你福星高照的时候,那才是你实际领受,亲口尝味,自由与自在的时候,那才是你肉体与灵魂行动一致的时候;朋友们,我们多长一岁年纪往往只是加重我们头上的枷,加紧我们脚胫上的链,我们见小孩子在草里在沙堆里在浅水里打滚作乐,或是看见小猫追他自己的尾巴,何尝没有羡慕的时候,但我们的枷,我们的链永远是制定我们行动的上司!所以只有你单身奔赴大自然的怀抱时,像一个裸体的小孩扑入他母亲的怀抱时,你才知道灵魂的愉快是怎样的,单是活着的快乐是怎样的,单就呼吸单就走道单就张眼看耸耳听的幸福是怎样的。因此你得严格的为己,极端的自私,只许你,体魄与性灵,与自然同在一个脉搏里跳动,同在一个音波里起伏,同在一个神奇的宇宙里自得。我们浑朴的天真是像含羞草似的娇柔,一经同伴的抵触,他就卷了起来,但在澄静的日光下,和风中,他的姿态是自然的,他的生活是无阻碍的。

你一个人漫游的时候,你就会在青草里坐地仰卧,甚至有时打滚,因为草的和暖的颜色自然的唤起你童稚的活泼;在静僻的道上你就会不自主的狂舞,看着你自己的身影幻出种种诡异的变相,因为道旁树木的阴影在他们纡徐的婆娑里暗示你舞蹈的快乐;你也会得信口的歌唱,偶尔记起断片的音调,与你自己随口的小曲,因为树林中的莺燕告诉你春光是应得赞美的;更不必说你的胸襟自然会跟着漫长的山径开拓,你的心地会看着澄蓝的天空静定,你的思想和着山壑间的水声,山罅里的泉响,有时一澄到底的清澈,有时激起成章的波动,流,流,流入凉爽的橄榄林中,流入妩媚的阿诺河去……

并且你不但不须应伴,每逢这样的游行,你也不必带书。书是理想的伴侣,但你应得带书,是在火车上,在你住处的客室里,不是在你独身漫步的时候。什么伟大的深沉的鼓舞的清明的优美的思想的根源不是可以在风籁中,云彩里,山势与地形的起伏里,花草的颜色与香息里寻得?自然是最伟大的一部书,葛德说,在他每一页的字句里我们读得最深奥的消息。并且这书上的文字是人人懂得的;阿尔帕斯与五老峰,雪西里与普陀山,来因河与扬子江,梨梦湖与西子湖,建兰与琼花,杭州西溪的芦雪与威尼市夕照的红潮,百灵与夜莺,更不提一般黄的黄麦,一般紫的紫藤,一般青的青草同在大地上生长,同在和风中波动——他们应用的符号是永远一致的,他们的意义是永远明显的,只要你自己心灵上不长疮瘢,眼不盲,耳不塞,这无形迹的最高等教育便永远是你的名分,这不取费的最珍贵的补剂便永远供你的受用;只要你认识了这一部书,你在这世界上寂寞时便不寂寞,穷困时不穷困,苦恼时有安慰,挫折时有鼓励,软弱时有督责,迷失时有南针。

一九二五年七月

(收入《巴黎的鳞爪》,新月书店 1927 年 8 月版)

藕与莼菜

叶圣陶

同朋友喝酒,嚼着薄片的雪藕,忽然怀念起故乡来了。若在故乡,每当新秋的早晨,门前经过许多乡人:男的紫赤的胳膊和小腿肌肉突起,躯干高大且挺直,使人起健康的感觉;女的往往裹着白地青花的头巾,虽然赤脚,却穿短短的夏布裙,躯干固然不及男的那样高,但是别有一种健康的美的风致;他们各挑着一副担子,盛着鲜嫩的玉色的长节的藕。在产藕的池塘里,在城外曲曲弯弯的小河边,他们把这些藕一再洗濯,所以这样洁白。仿佛他们以为这是供人品味的珍品,这是清晨的画境里的重要题材,倘若涂满污泥,就把人家欣赏的浑凝之感打破了;这是一件罪过的事,他们不愿意担在身上,故而先把它们洗濯得这样洁白,才挑进城里来。他们要稍稍休息的时候,就把竹扁担横在地上,自己坐在上面,随便拣择担里过嫩的"藕枪"或是较老的"藕朴",大口地嚼着解渴。过路的人就站住了,红衣衫的小姑娘拣一节,白头发的老公公买两支。清淡的甘美的滋味于是普遍于家家户户了。这样情形差不多是平常的日课,直到叶落秋深的时候。

在这里上海,藕这东西几乎是珍品了。大概也是从我们故乡运来的。但是数量不多,自有那些伺候豪华公子硕腹巨贾的帮闲茶房们把大部分抢去了;其余的就要供在较大的水果铺里,位置在金山苹果吕宋香芒之间,专待善价而沽。至于挑着担子在街上叫卖的,也并不是没有,但不是瘦得像乞丐的臂和腿,就是涩得像未熟的柿子,实在无从欣羡。因此,除了仅有的一回,我们今年竟不曾吃过藕。

这仅有的一回不是买来吃的,是邻舍送给我们吃的。他们也不是自己买的,是从故乡来的亲戚带来的。这藕离开它的家乡大约有好些时候了,所以不复呈玉样的颜色,却满被着许多锈斑。削去皮的时候,刀锋过处,很不爽利。切成片送进嘴里嚼着,有些儿甘味,但是没有那种鲜嫩的感觉,而且似乎含了满口的渣,第二片就不想吃了。只有孩子很高兴,他把这许多片嚼完,居然有半点钟工夫不再作别的要求。

想起了藕就联想到莼菜。在故乡的春天,几乎天天吃莼菜。莼菜本身没有味道,味道全在于好的汤。但是嫩绿的颜色与丰富的诗意,无味之味真足令人心醉。在每条街旁的小河里,石埠头总歇着一两条没篷的船,满舱盛着莼菜,是从太湖里捞来的。取得这样方便,当然能日餐一碗了。

而在这里上海又不然,非上馆子就难以吃到这东西。我们当然不上馆子,偶然有一两回去叨扰朋友的酒席,恰又不是莼菜上市的时候,所以今年竟不曾吃过。直到最近,伯祥的杭州亲戚来了,送他瓶装的西湖莼菜,他送给我一瓶,我才算也尝了新。

向来不恋故乡的我,想到这里,觉得故乡可爱极了。我自己也不明白,为什么会起这么深浓的情绪?再一思索,实在很浅显:因为在故乡有所恋,而所恋又只在故乡有,就萦系着不能割舍了。譬如亲密的家人在那里,知心的朋友在那里,怎得不恋恋?怎得不怀念?但是仅仅为了爱故乡么?不是的,不过在故乡的几个人把我们牵系着罢了。若无所牵系,更何所恋念?像我现在,偶然被藕与莼菜所牵系,所以就怀念起故乡来了。

所恋在哪里,哪里就是我们的故乡了。

一九二三年九月七日作。

(收入《剑鞘》,霜枫社 1924 年 11 月版)

没有秋虫的地方

叶圣陶

阶前看不见一茎绿草,窗外望不见一只蝴蝶,谁说是鹁鸽箱里的生活,鹁鸽未必这样枯燥无味呢。秋天来了,记忆就轻轻提示道:"凄凄切切的秋虫又要响起来了。"可是一点影响也没有，邻舍儿啼人闹弦歌杂作的深夜，街上轮震石响邪许并起的清晨，无论你靠着枕头听，凭着窗沿听，甚至贴着墙角听，总听不到一丝秋虫的声息。并不是被那些欢乐的劳困的宏大的清亮的声音淹没了，以致听不出来，乃是这里根本没有秋虫。啊，不容留秋虫的地方！秋虫所不屑居留的地方！

若是在鄙野的乡间，这时候满耳朵是虫声了。白天与夜间一样地安闲；一切人物或动或静，都有自得之趣；嫩暖的阳光和轻淡的云影覆盖在场上，到夜呢，明耀的星月和轻微的凉风看守着整夜，在这境界这时间里唯一足以感动心情的就是秋虫的合奏。它们高低宏细疾徐作歇，仿佛经过乐师的精心训练，所以这样地无可批评，踌躇满志。其实它们每一个都是神妙的乐师；众妙毕集，各抒灵趣，哪有不成人间绝响的呢。

虽然这些虫声会引起劳人的感叹，秋士的伤怀，独客的微喟，思妇的低泣；但是这正是无上的美的境界，绝好的自然诗篇，不独是旁人最喜欢吟味的，就是当境者也感受一种酸酸的麻麻的味道，这种味道在另一方面是非常隽永的。

大概我们所祈求的不在于某种味道，只要时时有点儿味道尝尝，就自诩为生活不空虚了。假若这味道是甜美的，我们固然含着笑来体味它；若是酸苦的，我们也要皱着眉头来辨尝它：这总比淡漠无味胜过百倍。我们以为最难堪而亟欲逃避的，唯有这个淡漠无味！

所以心如槁木不如工愁多感，迷蒙的醒不如热烈的梦，一口苦水胜于一盏白汤，一场痛哭胜于哀乐两忘。这里并不是说愉快乐观是要不得的，清健的醒是不必求的，甜汤是罪恶的，狂笑是魔道的；这里只是说有味远胜于淡漠罢了。

所以虫声终于是足系恋念的东西。何况劳人秋士独客思妇以外还有无量数的人。他们当然也是酷嗜趣味的，当这凉意微逗的时候，谁能不忆起那美妙的秋之音乐？

可是没有，绝对没有！井底似的庭院，铅色的水门汀地，秋虫早已避去惟恐不速了。而我们没有它们的翅膀与大腿，不能飞又不能跳，还是死守在这里。想到“井底”与“铅色”，觉得象征的意味丰富极了。

一九二三年八月三十一日作。

（收入《剑鞘》）

观火

梁遇春

独自坐在火炉旁边，静静地凝视面前瞬息万变的火焰，细听炉里呼呼的声音，心中是不专注在任何事物上面的，只是痴痴地望着炉火，说是怀一种惘怅的情绪，固然可以，说是感到了所有的希望全已幻灭，因而反现出恬然自安的心境，亦无不可。但是既未曾达到身如槁木，心如死灰的地步，免不了有许多零碎的思想来往心中，那些又都是和“火”有关的，所以把它们集在“观火”这个题目底下。

火的确是最可爱的东西。它是单身汉的最好伴侣。寂寞的小房里面，什么东西都是这么寂静的，无生气的，现出呆板板的神气，惟一有活气的东西就是这个无聊赖地走来走去的自己。虽然是个甘于寂寞的人,可是也总觉得有点儿怪难过。这时若使有一炉活火,壁炉也好,站着有如庙里菩萨的铁炉也好,红泥小火炉也好,你就会感到宇宙并不是那么荒凉了。火焰的万千形态正好和你心中古怪的想象携手同舞,倘然你心中是枯干到生不出什么黄金幻梦,那么体态轻盈的火焰可以给你许多暗示,使你自然而然地想入非非。她好像但丁《神曲》里的引路神,拉着你的手,带你去进荒诞的国土。人们只怕不会做梦,光剩下一颗枯焦的心儿,一片片逐渐剥落。倘然还具有梦想的能力,不管做的是狰狞凶狠的噩梦,还是融融春光的甜梦,那么这些梦好比会化雨的云儿,迟早总能滋润你的心田。看书会使你做起梦来,听你的密友细诉衷曲也会使你做梦,晨曦,雨声,月光,舞影,鸟鸣,波纹,桨声,山色,暮霭……都能勾起你的轻梦,但是我觉得火是最易点着轻梦的东西。我只要一走到火旁,立刻感到现实世界的重压一一消失,自己浸在梦的空气之中了。有许多回我拿着一本心爱的书到火旁慢读,不一会儿,把书搁在一边,却不转睛地尽望着火。那时我觉得心爱的书还不如火这么可喜。它是一部活书。对着它真好像看着一位大作家一字字地写下他的杰作,我们站在一旁跟着读去。火是一部无始无终,百读不厌的书,你哪回看到两个形状相同的火焰呢！拜伦说:“看到海而不发出赞美词的人必定是个傻子。”我是个沧海曾经的人,对于海却总是漠然地,这或者是因为我会晕船的缘故罢！我总不愿自认为傻子。但是我每回看到火,心中常想唱出赞美歌来。若使我们真有个来生,那么我只愿下世能够做一个波斯人,他们是真真的智者,他们晓得拜火。

记得希腊有一位哲学家——大概是 Zeno 罢——跳到火山的口里去,这种死法真是痛快。在希腊神话里,火神(Hephaestus or Vulcan)是个跛子,他又是一个大艺术家。天上的宫殿同盔甲都是他一手包办的。当我靠在炉旁时候,我常常期望有一个黑脸的跛子从烟里冲出,而且我相信这位艺术家是没有留了长头发同打一个大领结的。

在《现代丛书》(*Modern Library*)的广告里,我常碰到一个很奇妙的书名,那是唐南遮(D'Annunzio)的长篇小说《生命的火焰》(*The Flame of Life*)。唐南遮的著作我一字都未曾读过,这本书也是从来没有看过的,可是我极喜欢这个书名,《生命的火焰》这个名字是多么含有诗意,真是简洁地说出人生的真相。生命的确是像一朵火焰,来去无踪,无时不是动着,忽然扬焰高飞,忽然销沉将熄,最后烟消火灭,留下一点残灰,这一朵火焰就再也燃不起来了。我们的生活也该像火焰这样无拘无束,顺着自己的意志狂奔,才会有生气,有趣味。我们的精神真该如火焰一般地飘忽莫定,只受里面的热力的指挥,冲倒习俗,成见,道德种种的藩篱,一直恣意干去,任情飞舞,才会迸出火花,幻出五色的美焰。否则阴沉沉地,若存若亡地草草一世,也辜负了创世主叫我们投生的一番好意了。我们生活内一切值得宝贵的东西又都可以用火来打比。热情如沸的恋爱,创造艺术的灵悟,虔诚的信仰,求知的欲望,都可以拿火来做象征。Heracleitus 真是绝等聪明的哲学家,他主张火是宇宙万物之源。难怪得二千多年后的柏格森诸人对着他仍然是推崇备至。火是这么可以做人生的象征的,所以许多民间的传说都把人的灵魂当做一团火。爱尔兰人相信一个妇人若使梦见一点火花落在她口里或者怀中,那么她一定会怀孕,因为这是小孩的灵魂。希腊神话里,Prometheus 做好了人后,亲身到天上去偷些火下来,也是这种的意思。有些诗人心中有满腔的热情,灵魂之火太大了,倒把他自己燃烧成灰烬,短命的济慈就是一个好例子。可惜我们心里的火都太小了,有时甚至于使我们心灵感到寒战,怎么好呢?

我家乡有一句土谚:“火烧屋好看,难为东家。”火烧屋的确是天下一个奇观。无数的火舌越梁穿瓦,沿窗冲天地飞翔,弄得满天通红了,仿佛地球被掷到熔炉里去了,所以没有人看了心中不会起种奇特的感觉,据说尼罗王因为要看大火,故意把一个大城全烧了,他可说是知道享福的人,比我们那班做酒池肉林的暴君高明得多。我每次听到美国那里的大森林着火了,燃烧得一两个月,我就怨自己命坏,没有在哥伦比亚大学当学生。不然一定要告个病假,去观光一下。

许多人没有烟瘾,抽了烟也不觉得什么特别的舒服,却很喜欢抽烟,违了父母兄弟的劝告,常常抽烟,就是身上只剩一角小洋了,还要拿去买一盒烟抽,他们大概也是因为爱同火接近的缘故吧!最少,我自己是这样的。所以我爱抽烟斗,因为一斗的火是比纸烟头一点儿的火有味得多。有时没有钱买烟,那么拿一匣的洋火,一根根擦燃,也很可以解这火瘾。

离开北方已经快两年了,在南边虽然冬天里也生起火来,但是不像北方那样一冬没有熄过地烧着,所以我现在同火也没有像在北方时那么亲热了。回想到从前在北平时一块儿烤火的几位朋友,不免引起惆怅的心情,这篇文字就算做寄给他们的一封信吧!

十九年元旦试笔

(收入《泪与笑》,开明书店 1934 年 6 月版)

给我的孩子们

丰子恺

我的孩子们!我憧憬于你们的生活,每天不止一次!我想委曲地说出来,使你们自己晓得。可惜到你们懂得我的话的意思的时候,你们将不复是可以使我憧憬的人了。这是何等可悲哀的事啊!

瞻瞻!你尤其可佩服。你是身心全部公开的真人。你什么事体都像拼命地用全副精力去对付。小小的失意,像花生米翻落地了,自己嚼了舌头了,小猫不肯吃糕了,你都要哭得嘴唇翻白,昏去一两分钟。外婆普陀去烧香买回来给你的泥人,你何等鞠躬尽瘁地抱他,喂他;有一天你自己失手把他打破了,你的号哭的悲哀,比大人们的破产,失恋,broken heart,丧考妣,全军覆没的悲哀都要真切。两把芭蕉扇做的脚踏车,麻雀牌堆成的火车,汽车,你何等认真地看待,挺直了嗓子叫“汪——”,“咕咕咕……”,来代替汽笛。宝姐姐讲故事给你听,说到“月亮姐姐挂下一只篮来,宝姐姐坐在篮里吊了上去,瞻瞻在下面看”的时候,你何等激昂地同她争,说“瞻瞻要上去,宝姐姐在下面看!”甚至哭到漫姑面前去求审判。我每次剃了头,你真心地疑我变了和尚,好几时不要我抱。最是今年夏天,你坐在我膝上发现了我腋下的长毛,当作黄鼠狼的时候,你何等伤心,你立刻从我身上爬下去,起初眼瞪瞪地对我端相,继而大失所望地号哭,看看,哭哭,如同对被判定了死罪的亲友一样。你要我抱你到车站里去,多多益善地要买香蕉,满满地擒了两手回来,回到门口时你已经熟睡在我的肩上,手里的香蕉不知落在那里去了。这是何等可佩服的真率,自然,与热情!大人间的所谓“沉默”,“含蓄”,“深刻”的美德,比起你来,全是不自然的,病的,伪的!

你们每天做火车,做汽车,办酒,请菩萨,堆六面画,唱歌,全是自动的,创造创作的生活。大人们的呼号"归自然!""生活的艺术化!""劳动的艺术化!"在你们面前真是出丑得很了!依样画几笔画,写几篇文的人称为艺术家,创作家,对你们更要愧死!

你们的创作力,比大人真是强盛得多哩:瞻瞻!你的身体不及椅子的一半,却常常要搬动它,与它一同翻倒在地上;你又要把一杯茶横转来藏在抽斗里,要皮球停在壁上,要拉住火车的尾巴,要月亮出来,要天停止下雨。在这等小小的事件中,明明表示着你们的小弱的体力与智力不足以应付强盛的创作欲,表现欲的驱使,因而遭逢失败。然而你们是不受大自然的支配,不受人类社会的束缚的创造者,所以你的遭逢失败,例如火车尾巴拉不住,月亮呼不出来的时候,你们决不承认是事实的不可能,总以为是爹爹妈妈不肯帮你们办到,同不许你们弄自鸣钟同例,所以愤愤地哭了,你们的世界何等广大!

你们一定想:终天无聊地伏在案上弄笔的爸爸,终天闷闷地坐在窗下弄引线的妈妈,是何等无气性的奇怪的动物!你们所视为奇怪动物的我与你们的母亲,有时确实难为了你们,摧残了你们,回想起来,真是不安心得很:

阿宝!有一晚你拿软软的新鞋子,和自己脚上脱下来的鞋子,给凳子的脚穿了,划袜立在地上,得意地叫"阿宝两只脚,凳子四只脚"的时候,你母亲喊着"龌龊了袜子!"立刻擒你到藤榻上,动手毁坏你的创作。当你蹲在榻上注视你母亲动手毁坏的时候,你的小心里一定感到"母亲这种人,何等杀风景而野蛮"吧!

瞻瞻!有一天开明书店送了几册新出版的毛边的《音乐入门》来。我用小刀把书页一张一张地裁开来,你侧着头,站在桌边默默地看。后来我从学校回来,你已经在我的书架上拿了一本连史纸印的中国装的《楚辞》,把它裁破了十几页,得意地对我说:"爸爸!瞻瞻也会裁了!"瞻瞻!这在你原是何等成功的欢喜,何等得意的作品!却被我一个惊骇的"哼!"字喊得你哭了。那时候你也一定抱怨"爸爸何等不明"吧!

软软!你常常要弄我的长锋羊毫,我看见了总是无情地夺脱你。现在你一定轻视我,想道:"你终于要我画你的画集的封面!"

最不安心的,是有时我还要拉一个你们所最怕的陆露沙医生来,教他用他的大手来摸你们的肚子,甚至用刀来在你们臂上割几下,还要教妈妈和漫姑擒住了你们的手脚,捏住了你们的鼻子,把很苦的水灌到你们的嘴里去。这在你们一定认为太无人道的野蛮举动吧!

孩子们!你们真果抱怨我,我倒欢喜;到你们的抱怨变为感谢的时候,我的悲哀来了!

我在世间,永没有逢到像你们样出肺肝相示的人。世间的人群结合,永没有像你们样的彻底地真实而纯洁。最是我到上海去干了无聊的所谓"事"回来,或者去同不相干的人们做了叫做"上课"的一种把戏回来,你们在门口或车站旁等我的时候,我心中何等惭愧又欢喜!惭愧我为什么去做这等无聊的事,欢喜我又得暂时放怀一切地加入你们的真生活的团体。

但是,你们的黄金时代有限,现实终于要暴露的。这是我经验过来的情形,也是大人们谁也经验过的情形。我眼看见儿时的伴侣中的英雄,好汉,一个个退缩,顺从,妥协,屈服起来,到像绵羊的地步。我自己也是如此。"后之视今,亦犹今之视昔",你们不久也要走这条路呢!

我的孩子们！憧憬于你们的生活的我，痴心要为你们永远挽留这黄金时代在这册子里。然这真不过像“蜘蛛网落花”略微保留一点春的痕迹而已。且到你们懂得我这片心情的时候，你们早已不是这样的人，我的画在世间已无可印证了！这是何等可悲哀的事啊！

一九二六年耶诞节作

（《子恺画集》代序，开明书店 1927 年 2 月版）

春末闲谈

鲁　迅

北京正是春末，也许我过于性急之故罢，觉着夏意了，于是突然记起故乡的细腰蜂。那时候大约是盛夏，青蝇密集在凉棚索子上，铁黑色的细腰蜂就在桑树间或墙角的蛛网左近往来飞行，有时衔一支小青虫去了，有时拉一个蜘蛛。青虫或蜘蛛先是抵抗着不肯去，但终于乏力，被衔着腾空而去了，坐了飞机似的。

老前辈们开导我，那细腰蜂就是书上所说的果蠃，纯雌无雄，必须捉螟蛉去做继子的。她将小青虫封在窠里，自己在外面日日夜夜敲打着，祝道“像我像我”，经过若干日，——我记不清了，大约七七四十九日罢，——那青虫也就成了细腰蜂了，所以《诗经》里说：“螟蛉有子，果蠃负之。”螟蛉就是桑上小青虫。蜘蛛呢？他们没有提。我记得有几个考据家曾经立过异说，以为她其实自能生卵；其捉青虫，乃是填在窠里，给孵化出来的幼蜂做食料的。但我所遇见的前辈们都不采用此说，还道是拉去做女儿。我们为存留天地间的美谈起见，倒不如这样好。当长夏无事，遣暑林阴，瞥见二虫一拉一拒的时候，便如睹慈母教女，满怀好意，而青虫的宛转抗拒，则活像一个不识好歹的毛鸦头。

但究竟是夷人可恶，偏要讲什么科学。科学虽然给我们许多惊奇，但也搅坏了我们许多好梦。自从法国的昆虫学大家发勃耳(Fabre)仔细观察之后，给幼蜂做食料的事可就证实了。而且，这细腰蜂不但是普通的凶手，还是一种很残忍的凶手，又是一个学识技术都极高明的解剖学家。她知道青虫的神经构造和作用，用了神奇的毒针，向那运动神经球上只一螫，它便麻痹为不死不活状态，这才在它身上生下蜂卵，封入窠中。青虫因为不死不活，所以不动，但也因为不活不死，所以不烂，直到她的子女孵化出来的时候，这食料还和被捕当日一样的新鲜。

三年前，我遇见神经过敏的俄国的 E 君，有一天他忽然发愁道，不知道将来的科学家，是否不至于发明一种奇妙的药品，将这注射在谁的身上，则这人即甘心永远去做服役和战争的机器了？那时我也就皱眉叹息，装作一齐发愁的模样，以示“所见略同”之至意，殊不知我国的圣君，贤臣，圣贤，圣贤之徒，却早已有过这一种黄金世界的理想了。不是“唯辟作福，唯辟作威，唯辟玉食”么？不是“君子劳心，小人劳力”么？不是“治于人者食(去声)人，治人者食于人”么？可惜理论虽已卓然，而终于没有发明十全的好方法。要服从作威就须不活，要贡献玉食就须不死；要被治就须不活，要供养治人者又须不死。人类升为万物之灵，自然是可贺的，但没有了细腰蜂的毒针，却很使圣君，贤臣，圣贤，圣贤之徒，以至现在的阔人，学者，教育家觉得棘手。将来未可知，若已往，则治人者虽然尽力施行过各种麻痹术，也还不能十分奏效，与果赢并驱争先。即以皇帝一伦而言，便难免时常改姓易代，终没有“万年有道之长”；“二十四史”而多至二十四，就是可悲的铁证。现在又似乎有些别开生面了，世上挺生了一种所谓“特殊知识阶级”的留学生，在研究室中研究之结果，说医学不发达是有益于人种改良的，中国妇女的境遇是极其平等的，一切道理都已不错，一切状态都已够好。E君的发愁，或者也不为无因罢，然而俄国是不要紧的，因为他们不像我们中国，有所谓“特别国情”，还有所谓“特殊知识阶级”。

但这种工作，也怕终于像古人那样，不能十分奏效的罢，因为这实在比细腰蜂所做的要难得多。她于青虫，只须不动，所以仅在运动神经球上一螫，即告成功。而我们的工作，却求其能运动，无知觉，该在知觉神经中枢，加以完全的麻醉的。但知觉一失，运动也就随之失却主宰，不能贡献玉食，恭请上自“极峰”下至“特殊知识阶级”的赏收享用了。就现在而言，窃以为除了遗老的圣经贤传法，学者的进研究室主义，文学家和茶摊老板的莫谈国事律，教育家的勿视勿听勿言勿动论之外，委实还没有更好，更完全，更无流弊的方法。便是留学生的特别发见，其实也并未轶出了前贤的范围。

那么，又要“礼失而求诸野”了。夷人，现在因为想去取法，姑且称之为外国，他那里，可有较好的法子么？可惜，也没有。所有者，仍不外乎不准集会，不许开口之类，和我们中华并没有什么很不同。然亦可见至道嘉猷，人同此心，心同此理，固无华夷之限也。猛兽是单独的，牛羊则结队；野牛的大队，就会排角成城以御强敌了，但拉开一匹，定只能牟牟地叫。人民与牛马同流，——此就中国而言，夷人别有分类法云，——治之之道，自然应该禁止集合：这方法是对的。其次要防说话。人能说话，已经是祸胎了，而况有时还要做文章。所以苍颉造字，夜有鬼哭。鬼且反对，而况于官？猴子不会说话，猴界即向无风潮，——可是猴界中也没有官，但这又作别论，——确应该虚心取法，反朴归真，则口且不开，文章自灭：这方法也是对的。然而上文也不过就理论而言，至于实效，却依然是难说。最显著的例，是连那么专制的俄国，而尼古拉二世“龙御上宾”之后，罗马诺夫氏竟已“覆宗绝祀”了。要而言之，那大缺点就在虽有二大良法，而还缺其一，便是：无法禁止人们的思想。

于是我们的造物主——假如天空真有这样的一位“主子”——就可恨了：一恨其没有永远分清“治者”与“被治者”；二恨其不给治者生一枝细腰蜂那样的毒针；三恨真不将被治者造得即使砍去了藏着的思想中枢的脑袋而还能动作——服役。三者得一，阔人的地位即永久稳固，统御也永久省了气力，而天下于是乎太平。今也不然，所以即使单想高高在上，暂时维持阔气，也还得日施手段，夜费心机，实在不胜其委屈劳神之至……。

假使没有了头颅，却还能做服役和战争的机械，世上的情形就何等地醒目呵！这时再不必用什么制帽勋章来表明阔人和窄人了，只要一看头之有无，便知道主奴，官民，上下，贵贱的区别。并且也不至于再闹什么革命，共和，会议等等的乱子了，单是电报，就要省下许多许多来。古人毕竟聪明，仿佛早想到过这样的东西，《山海经》上就记载着一种名叫“刑天”的怪物。他没有了能想的头，却还活着，“以乳为目，以脐为口”，——这一点想得很周到，否则他怎么看，怎么吃呢，——实在是很值得奉为师法的。假使我们的国民都能这样，阔人又何等安全快乐？但他又“执干戚而舞”，则似乎还是死也不肯安分，和我那专为阔人图便利而设的理想底好国民又不同。陶潜先生又有诗道：“刑天舞干戚，猛志固常在。”连这位貌似旷达的老隐士也这么说，可见无头也会仍有猛志，阔人的天下一时总怕难得太平的了。但有了太多的“特殊知识阶级”的国民，也许有特在例外的希望；况且精神文明太高了之后，精神的头就会提前飞去，区区物质的头的有无也算不得什么难问题。

一九二五年四月二十二日。

（收入《坟》，《鲁迅全集》第1卷，人民文学出版社2005年11月版）

灯下漫笔

鲁　迅

一

有一时，就是民国二三年时候，北京的几个国家银行的钞票，信用日见其好了，真所谓蒸蒸日上。听说连一向执迷于现银的乡下人，也知道这既便当，又可靠，很乐意收受，行使了。至于稍明事理的人，则不必是“特殊知识阶级”，也早不将沉重累坠的银元装在怀中，来自讨无谓的苦吃。想来，除了多少对于银子有特别嗜好和爱情的人物之外，所有的怕大都是钞票了罢，而且多是本国的。但可惜后来忽然受了一个不小的打击。

就是袁世凯想做皇帝的那一年，蔡松坡先生溜出北京，到云南去起义。这边所受的影响之一，是中国和交通银行的停止兑现。虽然停止兑现，政府勒令商民照旧行用的威力却还有的；商民也自有商民的老本领，不说不要，却道找不出零钱。假如拿几十几百的钞票去买东西，我不知道怎样，但倘使只要买一枝笔，一盒烟卷呢，难道就付给一元钞票么？不但不甘心，也没有这许多票。那么，换铜元，少换几个罢，又都说没有铜元。那么，到亲戚朋友那里借现钱去罢，怎么会有？于是降格以求，不讲爱国了，要外国银行的钞票。但外国银行的钞票这时就等于现银，他如果借给你这钞票，也就借给你真的银元了。

我还记得那时我怀中还有三四十元的中交票，可是忽而变了一个穷人，几乎要绝食，很有些恐慌。俄国革命以后的藏着纸卢布的富翁的心情，恐怕也就这样的罢；至多，不过更深更大罢了。我只得探听，钞票可能折价换到现银呢？说是没有行市。幸而终于，暗暗地有了行市了：六折几。我非常高兴，赶紧去卖了一半。后来又涨到七折了，我更非常高兴，全去换了现银，沉垫垫地坠在怀中，似乎这就是我的性命的斤两。倘在平时，钱铺子如果少给我一个铜元，我是决不答应的。

但我当一包现银塞在怀中，沉垫垫地觉得安心，喜欢的时候，却突然起了另一思想，就是：我们极容易变成奴隶，而且变了之后，还万分喜欢。

假如有一种暴力，“将人不当人”，不但不当人，还不及牛马，不算什么东西；待到人们羡慕牛马,发生“乱离人,不及太平犬”的叹息的时候,然后给与他略等于牛马的价格,有如元朝定律,打死别人的奴隶,赔一头牛,则人们便要心悦诚服,恭颂太平的盛世。为什么呢?因为他虽不算人,究竟已等于牛马了。

我们不必恭读《钦定二十四史》,或者入研究室,审察精神文明的高超。只要一翻孩子所读的《鉴略》,——还嫌烦重,则看《历代纪元编》,就知道“三千余年古国古”的中华,历来所闹的就不过是这一个小玩艺。但在新近编纂的所谓“历史教科书”一流东西里,却不大看得明白了,只仿佛说:咱们向来就很好的。

但实际上,中国人向来就没有争到过“人”的价格,至多不过是奴隶,到现在还如此,然而下于奴隶的时候,却是数见不鲜的。中国的百姓是中立的,战时连自己也不知道属于哪一面,但又属于无论哪一面。强盗来了,就属于官,当然该被杀掠;官兵既到,该是自家人了罢,但仍然要被杀掠,仿佛又属于强盗似的。这时候,百姓就希望有一个一定的主子,拿他们去做百姓,——不敢,是拿他们去做牛马,情愿自己寻草吃,只求他决定他们怎样跑。

假使真有谁能够替他们决定,定下什么奴隶规则来,自然就“皇恩浩荡”了。可惜的是往往暂时没有谁能定。举其大者,则如五胡十六国的时候,黄巢的时候,五代时候,宋末元末时候,除了老例的服役纳粮以外,都还要受意外的灾殃。张献忠的脾气更古怪了,不服役纳粮的要杀,服役纳粮的也要杀,敌他的要杀,降他的也要杀:将奴隶规则毁得粉碎。这时候,百姓就希望来一个另外的主子,较为顾及他们的奴隶规则的,无论仍旧,或者新颁,总之是有一种规则,使他们可上奴隶的轨道。

“时日曷丧,予及汝偕亡!”愤言而已,决心实行的不多见。实际上大概是群盗如麻,纷乱至极之后,就有一个较强,或较聪明,或较狡猾,或是外族的人物出来,较有秩序地收拾了天下。厘定规则:怎样服役,怎样纳粮,怎样磕头,怎样颂圣。而且这规则是不像现在那样朝三暮四的。于是便“万姓胪欢”了;用成语来说,就叫作“天下太平”。

任凭你爱排场的学者们怎样铺张,修史时候设些什么“汉族发祥时代”“汉族发达时代”“汉族中兴时代”的好题目,好意诚然是可感的,但措辞太绕湾子了。有更其直截了当的说法在这里——

一,想做奴隶而不得的时代;

二,暂时做稳了奴隶的时代。

这一种循环,也就是“先儒”之所谓“一治一乱”;那些作乱人物,从后日的“臣民”看来,是给“主子”清道辟路的,所以说:“为圣天子驱除云尔。”

现在入了那一时代,我也不了然。但看国学家的崇奉国粹,文学家的赞叹固有文明,道学家的热心复古,可见于现状都已不满了。然而我们究竟正向着哪一条路走呢?百姓是一遇到莫名其妙的战争,稍富的迁进租界,妇孺则避入教堂里去了,因为那些地方都比较的“稳”,暂不至于想做奴隶而不得。总而言之,复古的,避难的,无智愚贤不肖,似乎都已神往于三百年前的太平盛世,就是“暂时做稳了奴隶的时代”了。

但我们也就都像古人一样,永久满足于“古已有之”的时代么?都像复古家一样,不满于现在,就神往于三百年前的太平盛世么?

自然,也不满于现在的,但是,无须反顾,因为前面还有道路在。而创造这中国历史上未曾有过的第三样时代,则是现在的青年的使命!

二

但是赞颂中国固有文明的人们多起来了，加之以外国人。我常常想，凡有来到中国的，倘能疾首蹙额而憎恶中国，我敢诚意地捧献我的感谢，因为他一定是不愿意吃中国人的肉的！

鹤见祐辅氏在《北京的魅力》中，记一个白人将到中国，预定的暂住时候是一年，但五年之后，还在北京，而且不想回去了。有一天，他们两人一同吃晚饭——

> "在圆的桃花心木的食桌前坐定，川流不息地献着山海的珍味，谈话就从古董，画，政治这些开头。电灯上罩着支那式的灯罩，淡淡的光洋溢于古物罗列的屋子中。什么无产阶级呀，Proletariat 呀那些事，就像不过在什么地方刮风。
>
> "我一面陶醉在支那生活的空气中，一面深思着对于外人有着'魅力'的这东西。元人也曾征服支那，而被征服于汉人种的生活美了；满人也征服支那，而被征服于汉人种的生活美了。现在西洋人也一样，嘴里虽然说着 Democracy 呀，什么什么呀，而却被魅于支那人费六千年而建筑起来的生活的美。一经住过北京，就忘不掉那生活的味道。大风时候的万丈的沙尘，每三月一回的督军们的开战游戏，都不能抹去这支那生活的魅力。"

这些话我现在还无力否认他。我们的古圣先贤既给与我们保古守旧的格言，但同时也排好了用子女玉帛所做的奉献于征服者的大宴。中国人的耐劳，中国人的多子，都就是办酒的材料，到现在还为我们的爱国者所自诩的。西洋人初入中国时，被称为蛮夷，自不免个个蹙额，但是，现在则时机已至，到了我们将曾经献于北魏，献于金，献于元，献于清的盛宴，来献给他们的时候了。出则汽车，行则保护：虽遇清道，然而通行自由的；虽或被劫，然而必得赔偿的；孙美瑶掳去他们站在军前，还使官兵不敢开火。何况在华屋中享用盛宴呢？待到享受盛宴的时候，自然也就是赞颂中国固有文明的时候；但是我们的有些乐观的爱国者，也许反而欣然色喜，以为他们将要开始被中国同化了罢。古人曾以女人作苟安的城堡，美其名以自欺曰"和亲"，今人还用子女玉帛为作奴的贽敬，又美其名曰"同化"。所以倘有外国的谁，到了已有赴宴的资格的现在，而还替我们诅咒中国的现状者，这才是真有良心的真可佩服的人！

但我们自己是早已布置妥帖了，有贵贱，有大小，有上下。自己被人凌虐，但也可以凌虐别人；自己被人吃，但也可以吃别人。一级一级的制驭着，不能动弹，也不想动弹了。因为倘一动弹，虽或有利，然而也有弊。我们且看古人的良法美意罢——

> "天有十日，人有十等。下所以事上，上所以共神也。故王臣公，公臣大夫，大夫臣士，士臣皂，皂臣舆，舆臣隶，隶臣僚，僚臣仆，仆臣台。"（《左传》昭公七年）

但是"台"没有臣，不是太苦了么？无须担心的，有比他更卑的妻，更弱的子在。而且其子也很有希望，他日长大，升而为"台"，便又有更卑更弱的妻子，供他驱使了。如此连环，各得其所，有敢非议者，其罪名曰不安分！

虽然那是古事，昭公七年离现在也太辽远了，但"复古家"尽可不必悲观的。太平的景象还在：常有兵燹，常有水旱，可有谁听到大叫唤么？打的打，革的革，可有处士来横议么？对国民如何专横，向外人如何柔媚，不犹是差等的遗风么？中国固有的精神文明，其实并未为共和二字所埋没，只有满人已经退席，和先前稍不同。

因此我们在目前，还可以亲见各式各样的筵宴，有烧烤，有翅席，有便饭，有西餐。但茅檐下也有淡饭，路傍也有残羹，野上也有饿莩；有吃烧烤的身价不资的阔人，也有饿得垂死的每斤八文的孩子（见《现代评论》二十一期）。所谓中国的文明者，其实不过是安排给阔人享用的人肉的筵宴。所谓中国者，其实不过是安排这人肉的筵宴的厨房。不知道而赞颂者是可恕的，否则，此辈当得永远的诅咒！

外国人中，不知道而赞颂者，是可恕的；占了高位，养尊处优，因此受了蛊惑，昧却灵性而赞叹者，也还可恕的。可是还有两种，其一是以中国人为劣种，只配悉照原来模样，因而故意称赞中国的旧物。其一是愿世间人各不相同以增自己旅行的兴趣，到中国看辫子，到日本看木屐，到高丽看笠子，倘若服饰一样，便索然无味了，因而来反对亚洲的欧化。这些都可憎恶。至于罗素在西湖见轿夫含笑，便赞美中国人，则也许别有意思罢。但是，轿夫如果能对坐轿的人不含笑，中国也早不是现在似的中国了。

这文明，不但使外国人陶醉，也早使中国一切人们无不陶醉而且至于含笑。因为古代传来而至今还在的许多差别，使人们各各分离，遂不能再感到别人的痛苦；并且因为自己各有奴使别人，吃掉别人的希望，便也就忘却自己同有被奴使被吃掉的将来。于是大小无数的人肉的筵宴，即从有文明以来一直排到现在，人们就在这会场中吃人，被吃，以凶人的愚妄的欢呼，将悲惨的弱者的呼号遮掩，更不消说女人和小儿。

这人肉的筵宴现在还排着，有许多人还想一直排下去。扫荡这些食人者，掀掉这筵席，毁坏这厨房，则是现在的青年的使命！

一九二五年四月二十九日。

（收入《坟》）

影的告别

鲁　迅

人睡到不知道时候的时候，就会有影来告别，说出那些话——

有我所不乐意的在天堂里，我不愿去；有我所不乐意的在地狱里，我不愿去；有我所不乐意的在你们将来的黄金世界里，我不愿去。

然而你就是我所不乐意的。

朋友，我不想跟随你了，我不愿住。

我不愿意！

呜乎呜乎，我不愿意，我不如彷徨于无地。

我不过一个影，要别你而沉没在黑暗里了。然而黑暗又会吞并我，然而光明又会使我消失。

然而我不愿彷徨于明暗之间，我不如在黑暗里沉没。

然而我终于彷徨于明暗之间,我不知道是黄昏还是黎明。我姑且举灰黑的手装作喝干一杯酒,我将在不知道时候的时候独自远行。

呜乎呜乎,倘若黄昏,黑夜自然会来沉没我,否则我要被白天消失,如果现是黎明。

朋友,时候近了。

我将向黑暗里彷徨于无地。

你还想我的赠品。我能献你甚么呢?无已,则仍是黑暗和虚空而已。但是,我愿意只是黑暗,或者会消失于你的白天;我愿意只是虚空,决不占你的心地。

我愿意这样,朋友——

我独自远行,不但没有你,并且再没有别的影在黑暗里。只有我被黑暗沉没,那世界全属于我自己。

一九二四年九月二十四日。

(收入《野草》,《鲁迅全集》第2卷)

死　火

鲁　迅

我梦见自己在冰山间奔驰。

这是高大的冰山,上接冰天,天上冻云弥漫,片片如鱼鳞模样。山麓有冰树林,枝叶都如松杉。一切冰冷,一切青白。

但我忽然坠在冰谷中。

上下四旁无不冰冷,青白。而一切青白冰上,却有红影无数,纠结如珊瑚网。我俯看脚下,有火焰在。

这是死火。有炎炎的形,但毫不摇动,全体冰结,像珊瑚枝;尖端还有凝固的黑烟,疑这才从火宅中出,所以枯焦。这样,映在冰的四壁,而且互相反映,化为无量数影,使这冰谷,成红珊瑚色。

哈哈!

当我幼小的时候,本就爱看快舰激起的浪花,洪炉喷出的烈焰。不但爱看,还想看清。可惜他们都息息变幻,永无定形。虽然凝视又凝视,总不留下怎样一定的迹象。

死的火焰,现在先得到了你了!

我拾起死火,正要细看,那冷气已使我的指头焦灼;但是,我还熬着,将他塞入衣袋中间。冰谷四面,登时完全青白。我一面思索着走出冰谷的法子。

我的身上喷出一缕黑烟,上升如铁线蛇。冰谷四面,又登时满有红焰流动,如大火聚,将我包围。我低头一看,死火已经燃烧,烧穿了我的衣裳,流在冰地上了。

"唉,朋友!你用了你的温热,将我惊醒了。"他说。

我连忙和他招呼,问他名姓。

“我原先被人遗弃在冰谷中，”他答非所问地说，“遗弃我的早已灭亡，消尽了。我也被冰冻冻得要死。倘使你不给我温热，使我重行烧起，我不久就须灭亡。”

“你的醒来，使我欢喜。我正在想着走出冰谷的方法；我愿意携带你去，使你永不冰结，永得燃烧。”

“唉唉！那么，我将烧完！”

“你的烧完，使我惋惜。我便将你留下，仍在这里罢。”

“唉唉！那么，我将冻灭了！”

“那么，怎么办呢？”

“但你自己，又怎么办呢？”他反而问。

“我说过了：我要出这冰谷……。”

“那我就不如烧完！”

他忽而跃起，如红彗星，并我都出冰谷口外。有大石车突然驰来，我终于碾死在车轮底下，但我还来得及看见那车就坠入冰谷中。

“哈哈！你们是再也遇不着死火了！”我得意地笑着说，仿佛就愿意这样似的。

一九二五年四月二十三日。

（收入《野草》）

腊　叶

鲁　迅

灯下看《雁门集》，忽然翻出一片压干的枫叶来。

这使我记起去年的深秋。繁霜夜降，木叶多半凋零，庭前的一株小小的枫树也变成红色了。我曾绕树徘徊，细看叶片的颜色，当他青葱的时候是从没有这么注意的。他也并非全树通红，最多的是浅绛，有几片则在绯红地上，还带着几团浓绿。一片独有一点蛀孔，镶着乌黑的花边，在红、黄和绿的斑驳中，明眸似的向人凝视。我自念：这是病叶呵！便将他摘了下来，夹在刚才买到的《雁门集》里。大概是愿使这将坠的被蚀而斑斓的颜色，暂得保存，不即与群叶一同飘散罢。

但今夜他却黄蜡似的躺在我的眼前，那眸子也不复似去年一般灼灼。假使再过几年，旧时的颜色在我记忆中消去，怕连我也不知道他何以夹在书里面的原因了。将坠的病叶的斑斓，似乎也只能在极短时中相对，更何况是葱郁的呢。看看窗外，很能耐寒的树木也早经秃尽了；枫树更何消说得。当深秋时，想来也许有和这去年的模样相似的病叶的罢，但可惜我今年竟没有赏玩秋树的余闲。

一九二五年十二月二十六日。

（收入《野草》）

二丑艺术

鲁　迅

浙东的有一处的戏班中,有一种脚色叫作“二花脸”,译得雅一点,那么,“二丑”就是。他和小丑的不同,是不扮横行无忌的花花公子,也不扮一味仗势的宰相家丁,他所扮演的是保护公子的拳师,或是趋奉公子的清客。总之:身分比小丑高,而性格却比小丑坏。

义仆是老生扮的,先以谏诤,终以殉主;恶仆是小丑扮的,只会作恶,到底灭亡。而二丑的本领却不同,他有点上等人模样,也懂些琴棋书画,也来得行令猜谜,但倚靠的是权门,凌蔑的是百姓,有谁被压迫了,他就来冷笑几声,畅快一下,有谁被陷害了,他又去吓唬一下,吆喝几声。不过他的态度又并不常常如此的,大抵一面又回过脸来,向台下的看客指出他公子的缺点,摇着头装起鬼脸道:你看这家伙,这回可要倒楣哩!

这最末的一手,是二丑的特色。因为他没有义仆的愚笨,也没有恶仆的简单,他是智识阶级。他明知道自己所靠的是冰山,一定不能长久,他将来还要到别家帮闲,所以当受着豢养,分着余炎的时候,也得装着和这贵公子并非一伙。

二丑们编出来的戏本上,当然没有这一种脚色的,他那里肯;小丑,即花花公子们编出来的戏本,也不会有,因为他们只看见一面,想不到的。这二花脸,乃是小百姓看透了这一种人,提出精华来,制定了的脚色。

世间只要有权门,一定有恶势力,有恶势力,就一定有二花脸,而且有二花脸艺术。我们只要取一种刊物,看他一个星期,就会发见他忽而怨恨春天,忽而颂扬战争,忽而译萧伯纳演说,忽而讲婚姻问题;但其间一定有时要慷慨激昂的表示对于国事的不满:这就是用出末一手来了。

这最末的一手,一面也在遮掩他并不是帮闲,然而小百姓是明白的,早已使他的类型在戏台上出现了。

六月十五日。

(收入《准风月谈》,《鲁迅全集》第5卷)

女　吊

鲁　迅

大概是明末的王思任说的罢:“会稽乃报仇雪耻之乡,非藏垢纳污之地!”这对于我们绍兴人很有光彩,我也很喜欢听到,或引用这两句话。但其实,是并不的确的;这地方,无论为那一样都可以用。

不过一般的绍兴人,并不像上海的“前进作家”那样憎恶报复,却也是事实。单就文艺而言，他们就在戏剧上创造了一个带复仇性的，比别的一切鬼魂更美，更强的鬼魂。这就是“女吊”。我以为绍兴有两种特色的鬼，一种是表现对于死的无可奈何，而且随随便便的“无常”，我已经在《朝花夕拾》里得了绍介给全国读者的光荣了，这回就轮到别一种。

“女吊”也许是方言，翻成普通的白话，只好说是“女性的吊死鬼”。其实，在平时，说起“吊死鬼”，就已经含有“女性的”的意思的，因为投缳而死者，向来以妇人女子为最多。有一种蜘蛛，用一枝丝挂下自己的身体，悬在空中，《尔雅》上已谓之“蚬，缢女”，可见在周朝或汉朝，自经的已经大抵是女性了，所以那时不称它为男性的“缢夫”或中性的“缢者”。不过一到做“大戏”或“目连戏”的时候，我们便能在看客的嘴里听到“女吊”的称呼，也叫作“吊神”。横死的鬼魂而得到“神”的尊号的，我还没有发见过第二位，则其受民众之爱戴也可想。但为什么这时独要称她“女吊”呢？很容易解：因为在戏台上，也要有“男吊”出现了。

我所知道的是四十年前的绍兴，那时没有达官显宦，所以未闻有专门为人（堂会？）的演剧。凡做戏，总带着一点社戏性，供着神位，是看戏的主体，人们去看，不过叨光。但“大戏”或“目连戏”所邀请的看客，范围可较广了，自然请神，而又请鬼，尤其是横死的怨鬼。所以仪式就更紧张，更严肃。一请怨鬼，仪式就格外紧张严肃，我觉得这道理是很有趣的。

也许我在别处已经写过。“大戏”和“目连”，虽然同是演给神，人，鬼看的戏文，但两者又很不同。不同之点：一在演员，前者是专门的戏子，后者则是临时集合的 Amateur——农民和工人；一在剧本，前者有许多种，后者却好歹总只演一本《目连救母记》。然而开场的“起殇”，中间的鬼魂时时出现，收场的好人升天，恶人落地狱，是两者都一样的。

当没有开场之前，就可看出这并非普通的社戏，为的是台两旁早已挂满了纸帽，就是高长虹之所谓“纸糊的假冠”，是给神道和鬼魂戴的。所以凡内行人，缓缓的吃过夜饭，喝过茶，闲闲而去，只要看挂着的帽子，就能知道什么鬼神已经出现。因为这戏开场较早，“起殇”在太阳落尽时候，所以饭后去看，一定是做了好一会了，但都不是精彩的部分。“起殇”者，绍兴人现已大抵误解为“起丧”，以为就是召鬼，其实是专限于横死者的。《九歌》中的《国殇》云：“身既死兮神以灵，魂魄毅兮为鬼雄”，当然连战死者在内。明社垂绝，越人起义而死者不少，至清被称为叛贼，我们就这样的一同招待他们的英灵。在薄暮中，十几匹马，站在台下了；戏子扮好一个鬼王，蓝面鳞纹，手执钢叉，还得有十几名鬼卒，则普通的孩子都可以应募。我在十余岁时候，就曾经充过这样的义勇鬼，爬上台去，说明志愿，他们就给在脸上涂上几笔彩色，交付一柄钢叉。待到有十多人了，即一拥上马，疾驰到野外的许多无主孤坟之处，环绕三匝，下马大叫，将钢叉用力的连连刺在坟墓上，然后拔叉驰回，上了前台，一同大叫一声，将钢叉一掷，钉在台板上。我们的责任，这就算完结，洗脸下台，可以回家了，但倘被父母所知，往往不免挨一顿竹篌（这是绍兴打孩子的最普通的东西），一以罚其带着鬼气，二以贺其没有跌死，但我却幸而从来没有被觉察，也许是因为得了恶鬼保佑的缘故罢。

这一种仪式，就是说，种种孤魂厉鬼，已经跟着鬼王和鬼卒，前来和我们一同看戏了，但人们用不着担心，他们深知道理，这一夜决不丝毫作怪。于是戏文也接着开场，徐徐进行，人事之中，夹以出鬼：火烧鬼，淹死鬼，科场鬼（死在考场里的），虎伤鬼……孩子们也可以自由去扮，但这种没出息鬼，愿意去扮的并不多，看客也不将它当作一回事。

一到“跳吊”时分——“跳”是动词,意义和“跳加官”之“跳”同——情形的松紧可就大不相同了。台上吹起悲凉的喇叭来,中央的横梁上,原有一团布,也在这时放下,长约戏台高度的五分之二。看客们都屏着气,台上就闯出一个不穿衣裤,只有一条犊鼻裈,面施几笔粉墨的男人,他就是“男吊”。一登台,径奔悬布,像蜘蛛的死守着蛛丝,也如结网,在这上面钻,挂。他用布吊着各处:腰,胁,胯下,肘弯,腿弯,后项窝……一共七七四十九处。最后才是脖子,但是并不真套进去的,两手扳着布,将颈子一伸,就跳下,走掉了。这“男吊”最不易跳,演目连戏时,独有这一个脚色须特请专门的戏子。那时的老年人告诉我,这也是最危险的时候,因为也许会招出真的“男吊”来。所以后台上一定要扮一个王灵官,一手捏诀,一手执鞭,目不转睛的看着一面照见前台的镜子。倘镜中见有两个,那么,一个就是真鬼了,他得立刻跳出去,用鞭将假鬼打落台下。假鬼一落台,就该跑到河边,洗去粉墨,挤在人丛中看戏,然后慢慢的回家。倘打得慢,他就会在戏台上吊死;洗得慢,真鬼也还会认识,跟住他。这挤在人丛中看自己们所做的戏,就如要人下野而念佛,或出洋游历一样,也正是一种缺少不得的过渡仪式。

这之后,就是“跳女吊”。自然先有悲凉的喇叭;少顷,门幕一掀,她出场了。大红衫子,黑色长背心,长发蓬松,颈挂两条纸锭,垂头,垂手,弯弯曲曲的走一个全台,内行人说:这是走了一个“心”字。为什么要走“心”字呢?我不明白。我只知道她何以要穿红衫。看王充的《论衡》,知道汉朝的鬼的颜色是红的,但再看后来的文字和图画,却又并无一定颜色,而在戏文里,穿红的则只有这“吊神”。意思是很容易了然的;因为她投缳之际,准备作厉鬼以复仇,红色较有阳气,易于和生人相接近,……绍兴的妇女,至今还偶有搽粉穿红之后,这才上吊的。自然,自杀是卑怯的行为,鬼魂报仇更不合于科学,但那些都是愚妇人,连字也不认识,敢请“前进”的文学家和“战斗”的勇士们不要十分生气罢。我真怕你们要变呆鸟。

她将披着的头发向后一抖,人这才看清了脸孔:石灰一样白的圆脸,漆黑的浓眉,乌黑的眼眶,猩红的嘴唇。听说浙东的有几府的戏文里,吊神又拖着几寸长的假舌头,但在绍兴没有。不是我袒护故乡,我以为还是没有好;那么,比起现在将眼眶染成淡灰色的时式打扮来,可以说是更彻底,更可爱。不过下嘴角应该略略向上,使嘴巴成为三角形:这也不是丑模样。假使半夜之后,在薄暗中,远处隐约着一位这样的粉面朱唇,就是现在的我,也许会跑过去看看的,但自然,却未必就被诱惑得上吊。她两肩微耸,四顾,倾听,似惊,似喜,似怒,终于发出悲哀的声音,慢慢地唱道:

> 奴奴本是杨家女,
> 呵呀,苦呀,天哪!……

下文我不知道了。就是这一句,也还是刚从克士那里听来的。但那大略,是说后来去做童养媳,备受虐待,终于弄到投缳。唱完就听到远处的哭声,这也是一个女人,在衔冤悲泣,准备自杀。她万分惊喜,要去“讨替代”了,却不料突然跳出“男吊”来,主张应该他去讨。他们由争论而至动武,女的当然不敌,幸而王灵官虽然脸相并不漂亮,却是热烈的女权拥护家,就在危急之际出现,一鞭把男吊打死,放女的独去活动了。老年人告诉我说:古时候,是男女一样的要上吊的,自从王灵官打死了男吊神,才少有男人上吊;而且古时候,是身上有七七四十九处,都可以吊死的,自从王灵官打死了男吊神,致命处才只在脖子上。中国的鬼有些奇怪,好像是做鬼之后,也还是要死的,那时的名称,绍兴叫作“鬼里鬼”。但男吊既然早被王灵官打死，为什么现在“跳吊”，还会引出真的来呢？我不懂这道理，问问老年人，他们也讲说不明白。

而且中国的鬼还有一种坏脾气，就是“讨替代”，这才完全是利己主义；倘不然，是可以十分坦然的和他们相处的。习俗相沿，虽女吊不免，她有时也单是“讨替代”，忘记了复仇。绍兴煮饭，多用铁锅，烧的是柴或草，烟煤一厚，火力就不灵了，因此我们就常在地上看见刮下的锅煤。但一定是散乱的，凡村姑乡妇，谁也决不肯省些力，把锅子伏在地面上，团团一刮，使烟煤落成一个黑圈子。这是因为吊神诱人的圈套，就用煤圈炼成的缘故。散掉烟煤，正是消极的抵制，不过为的是反对“讨替代”，并非因为怕她去报仇。被压迫者即使没有报复的毒心，也决无被报复的恐惧，只有明明暗暗，吸血吃肉的凶手或其帮闲们，这才赠人以“犯而勿校”或“勿念旧恶”的格言，——我到今年，也愈加看透了这些人面东西的秘密。

九月十九—二十日。

（收入《且介亭杂文末编》，《鲁迅全集》第6卷）

故都的秋（存目）

郁达夫

（收入《闲书》，良友图书印刷公司1936年5月版）

钓台的春昼

郁达夫

因为近在咫尺，以为什么时候要去就可以去，我们对于本乡本土的名区胜景，反而往往没有机会去玩，或不容易下一个决心去玩的。正唯其是如此，我对于富春江上的严陵，二十年来，心里虽每在记着，但脚却从没有向这一方面走过。一九三一，岁在辛未，暮春三月，春服未成，而中央党帝，似乎又想玩一个秦始皇所玩过的把戏了，我接到了警告，就仓皇离去了寓居。先在江浙附近的穷乡里，游息了几天，偶而看见了一家扫墓的行舟，乡愁一动，就定下了归计。绕了一个大弯，赶到故乡，却正好还在清明寒食的节前。和家人等去上了几处坟，与许久不曾见过面的亲戚朋友，来往热闹了几天，一种乡居的倦怠，忽而袭上心来了，于是乎我就决心上钓台去访一访严子陵的幽居。

钓台去桐庐县城二十余里，桐庐去富阳县治九十里不足，自富阳溯江而上，坐小火轮三小时可达桐庐，再上则须坐帆船了。

我去的那一天，记得是阴晴欲雨的养花天，并且系坐晚班轮去的，船到桐庐，已经是灯火微明的黄昏时候了，不得已就只得在码头近边的一家旅馆的高楼上借了一宵宿。

桐庐县城，大约有三里路长，三千多烟灶，一二万居民，地在富春江西北岸，从前是皖浙交通的要道，现在杭江铁路一开，似乎没有一二十年前的繁华热闹了。尤其要使旅客感到萧条的，却是桐君山脚下的那一队花船的失去了踪影。说起桐君山，却是桐庐县的一个接近城市的灵山胜地，山虽不高，但因有仙，自然是灵了。以形势来论，这桐君山，也的确是可以产生出许多口音生硬，别具风韵的桐严嫂来的生龙活脉。地处在桐溪东岸，正当桐溪和富春江合流之所，依依一水，西岸便瞰视着桐庐县市的人家烟树。南面对江，便是十里长洲；唐诗人方干的故居，就在这十里桐洲九里花的花田深处。向西越过桐庐县城，更遥遥对着一排高低不定的青峦，这就是富春山的山子山孙了。东北面山下，是一片桑麻沃地，有一条长蛇似的官道，隐而复现，出没盘曲在桃花杨柳洋槐榆树的中间，绕过一支小岭，便是富阳县的境界，大约去程明道的墓地程坟，总也不过一二十里地的间隔。我的去拜谒桐君，瞻仰道观，就在那一天到桐庐的晚上，是淡云微月，正在作雨的时候。

鱼梁渡头，因为夜渡无人，渡船停在东岸的桐君山下。我从旅馆踱了出来，先在离轮埠不远的渡口停立了几分钟，后来向一位来渡口洗夜饭米的年轻少妇，弓身请问了一回，才得到了渡江的秘诀。她说："你只须高喊两三声，船自会来的。"先谢了她教我的好意，然后以两手围成了播音的喇叭，"喂，喂，渡船请摇过来！"地纵声一喊，果然在半江的黑影当中，船身摇动了。渐摇渐近，五分钟后，我在渡口，却终于听出了咿呀柔橹的声音。时间似乎已经入了酉时的下刻，小市里的群动，这时候都已经静息，自从渡口的那位少妇，在微茫的夜色里，藏去了她那张白团团的面影之后，我独立在江边，不知不觉心里头却兀自感到了一种他乡日暮的悲哀。渡船到岸，船头上起了几声微微的水浪清音，又铜东的一响，我早已跳上了船，渡船也已经掉过头来了。坐在黑影沉沉的舱里，我起先只在静听着柔橹划水的声音，然后却在黑影里看出了一星船家在吸着的长烟管头上的烟火，最后因为被沉默压迫不过，我只好开口说话了："船家！你这样的渡我过去，该给你几个船钱？"我问。"随你先生把几个就是。"船家说话冗慢幽长，似乎已经带着些睡意了，我就向袋里摸出了两角钱来。"这两角钱，就算是我的渡船钱，请你候我一会，上去烧一次夜香，我是依旧要渡过江来的。"船家的回答，只是恩恩乌乌，幽幽同牛叫似的一种鼻音，然而从继这鼻音而起的两三声轻快的喀声听来，他却已经在感到满足了，因为我也知道，乡间的义渡，船钱最多也不过是两三枚铜子而已。

到了桐君山下，在山影和树影交掩着的崎岖道上，我上岸走不上几步，就被一块乱石绊倒，滑跌了一次。船家似乎也动了恻隐之心了，一句话也不发，跑将上来，他却突然交给了我一盒火柴。我于感谢了一番他的盛意之后，重整步武，再摸上山去，先是必须点一枝火柴走三五步路的，但到得半山，路既就了规律，而微云堆里的半规月色，也朦胧地现出一痕银线来了，所以手里还存着的半盒火柴，就被我藏入了袋里。路是从山的西北，盘曲而上，渐走渐高，半山一到，天也开朗了一点，桐庐县市上的灯光，也星星可数了。更纵目向江心望去，富春江两岸的船上和桐溪合流口停泊着的船尾船头，也看得出一点一点的火来。走过半山，桐君观里的晚祷钟鼓，似乎还没有息尽，耳朵里仿佛听见了几丝木鱼钲钹的残声。走上山顶，先在半途遇着了一道道观外围的女墙，这女墙的栅门，却已经掩上了。在栅门外徘徊了一刻，觉得已经到了此门而不进去，终于是不能满足我这一次暗夜冒险的好奇怪癖的。所以细想了几次，还是决心进去，非进去不可，轻轻用手往里面一推，栅门却呀的一声，早已退向了后方开开了，这门原来是虚掩在那里的。进了栅门，踏着为淡月所映照的石砌平路，向东向南的前走了五六十步，居然走到了道观的大门之外，这两扇朱红漆的大门，不消说是紧闭在那里的。到了此地，我却不想再破门进去了，因为这大门是朝南向着大江开的，门外头是一条一丈来宽的石砌步道，步道的一旁是道观的墙，一旁便是山坡，靠山坡的一面，并且还有一道二尺来高的石墙筑在那里，大约是代替栏杆，防人倾跌下山去的用意，石墙之上，铺的是二三尺宽的青石，在这似石栏又似石凳的墙上，尽可以坐卧游息，饱看桐江和对岸的风景，就是在这里坐它一晚，也很可以，我又何必去打开门来，惊起那些老道的恶梦呢？

空旷的天空里，流涨着的只是些灰白的云，云层缺处，原也看得出半角的天，和一点两点的星，但看起来最饶风趣的，却仍是欲藏还露，将见仍无的那半规月影。这时候江面上似乎起了风，云脚的迁移，更来得迅速了，而低头向江心一看，几多散乱着的船里的灯光，也忽明忽灭地变换了一变换位置。

这道观大门外的景色，真神奇极了。我当十几年前，在放浪的游程里，曾向瓜州京口一带，消磨过不少的时日，那时觉得果然名不虚传的，确是甘露寺外的江山，而现在到了桐庐，昏夜上这桐君山来一看，又觉得这江山的秀而且静，风景的整而不散，却非那天下第一江山的北固山所可与比拟的了。真也难怪得严子陵，难怪得戴征士，倘使我若能在这样的地方结屋读书，以养天年，那还要什么的高官厚禄，还要什么的浮名虚誉哩？一个人在这桐君观前的石凳上，看看山，看看水，看看城中的灯火和天上的星云，更做做浩无边际的无聊的幻梦，我竟忘记了时刻，忘记了自身，直等到隔江的击柝声传来，向西一看，忽而觉得城中的灯影微茫地减了，才跑也似地走下了山来，渡江奔回了客舍。

第二日侵晨，觉得昨天在桐君观前做过的残梦正还没有续完的时候，窗外面忽而传来了一阵吹角的声音。好梦虽被打破，但因这同吹觱篥似的商音哀咽，却很含着些荒凉的古意，并且晓风残月，杨柳岸边，也正好候船待发，上严陵去；所以心里虽怀着了些儿怨恨，但脸上却只现出了一痕微笑，起来梳洗更衣，叫茶房去雇船去。雇好了一只双桨的渔舟，买就了些酒菜鱼米，就在旅馆前面的码头上上了船。轻轻向江心摇出去的时候，东方的云幕中间，已现出了几丝红韵，有八点多钟了，舟师急得厉害，只在埋怨旅馆的茶房，为什么昨晚不预先告诉，好早一点出发。因为此去就是七里滩头，无风七里，有风七十里，上钓台去玩一趟回来，路程虽则有限，但这几日风雨无常，说不定要走夜路，才回来得了的。

过了桐庐，江心狭窄，浅滩果然多起来了。路上遇着的来往的行舟，数目也是很少，因为早晨吹的角，就是往建德去的快班船的信号，快班船一开，来往于两埠之间的船就不十分多了。两岸全是青青的山，中间是一条清浅的水，有时候过一个沙洲，洲上的桃花菜花，还有许多不晓得名字的白色的花，正在喧闹着春暮，吸引着蜂蝶。我在船头上一口一口的喝着严东关的药酒，指东话西地问着船家，这是什么山？那是什么港？惊叹了半天，称颂了半天，人也觉得倦了，不晓得什么时候，身子却走上了一家水边的酒楼，在和数年不见的几位已经做了党官的朋友高谈阔论。谈论之余，还背诵了一首两三年前曾在同一的情形之下做成的歪诗：

> 不是尊前爱惜身，佯狂难免假成真，
> 曾因酒醉鞭名马，生怕情多累美人。
> 劫数东南天作孽，鸡鸣风雨海扬尘，
> 悲歌痛哭终何补，义士纷纷说帝秦。

直到盛筵将散，我酒也不想再喝了，和几位朋友闹得心里各自难堪，连对旁边坐着的两位陪酒的名花都不愿意开口。正在这上下不得的苦闷关头，船家却大声的叫了起来说：

“先生，罗芷过了，钓台就在前面，你醒醒罢，好上山去烧饭吃去。”

擦擦眼睛，整了一整衣服，抬起头来一看，四面的水光山色又忽而变了样子了。清清的一条浅水，比前又窄了几分，四围的山包得格外的紧了，仿佛是前无去路的样子。并且山容峻削，看去觉得格外的瘦格外的高。向天上地下四围看看，只寂寂的看不见一个人类。双桨的摇响，到此似乎也不敢放肆了，钩的一声过后，要好半天才来一个幽幽的回响，静，静，静，身边水上，山下岩头，只沉浸着太古的静，死灭的静，山峡里连飞鸟的影子也看不见半只。前面的所谓钓台山上，只看得见两个大石垒，一间歪斜的亭子，许多纵横芜杂的草木。山腰里的那座祠堂，也只露着些废垣残瓦，屋上面连炊烟都没有一丝半缕，象是好久好久没有人住了的样子。并且天气又来得阴森，早晨曾经露一露脸过的太阳，这时候早已深藏在云堆里了，余下来的只是时有时无从侧面吹来的阴飕飕的半箭儿山风。船靠了山脚，跟着前面背着酒菜鱼米的船夫走上严先生祠堂去的时候，我心里真有点害怕，怕在这荒山里要遇见一个干枯苍老得同丝瓜筋似的严先生的鬼魂。

在祠堂西院的客厅里坐定，和严先生的不知第几代的裔孙谈了几句关于年岁水旱的话后，我的心跳也渐渐儿的镇静下去了，嘱托了他以煮饭烧菜的杂务，我和船家就从断碑乱石中间爬上了钓台。

东西两石垒，高各有二三百尺，离江面约两里来远，东西台相去，只有一二百步，但其间却夹着一条深谷。立在东台，可以看得出罗芷的人家，回头展望来路，风景似乎散漫一点，而一上谢氏的西台，向西望去，则幽谷里的清景，却绝对的不象是在人间了。我虽则没有到过瑞士，但到了西台，朝西一看，立时就想起了曾在照片上看见过的威廉退儿的祠堂。这四山的幽静，这江水的青蓝，简直同在画片上的珂罗版色彩，一色也没有两样，所不同的，就是在这儿的变化更多一点，周围的环境更芜杂不整齐一点而已，但这却是好处，这正是足以代表东方民族性的颓废荒凉的美。

从钓台下来，回到严先生的祠堂——记得这是洪杨以后严州知府戴槃重建的祠堂——西院里饱啖了一顿酒肉，我觉得有点酩酊微醉了。手拿着以火柴柄制成的牙签，走到东面供着严先生神像的龛前，向四面的破壁上一看，翠墨淋漓，题在那里的，竟多是些俗而不雅的过路高官的手笔。最后到了南面的一块白墙头上，在离屋檐不远的一角高处，却看到了我们的一位新近去世的同乡夏灵峰先生的四句似邵尧夫而又略带感慨的诗句。夏灵峰先生虽则只知崇古，不善处今，但是五十年来，象他那样的顽固自尊的亡清遗老，也的确是没有第二个人。比较起现在的那些官迷财迷的南满尚书和东洋宦婢来，他的经术言行，姑且不必去论它，就是以骨头来称称，我想也要比什么罗三郎郑太郎辈，重到好几百倍。慕贤的心一动，醺人的臭技自然是难熬了，堆起了几张桌椅，借得了一支破笔，我也在高墙上在夏灵峰先生的脚后放上了一个陈屁，就是在船舱的梦里，也曾微吟过的那一首歪诗。

从墙头上跳将下来，又向龛前天井去走了一圈，觉得酒后的喉咙，有点渴痒了，所以就又走回到了西院，静坐着喝了两碗清茶。在这四大无声，只听见我自已的啾啾喝水的舌音冲击到那座破院的败壁上去的寂静中间，同惊雷似地一响，院后的竹园里却忽而飞出了一声闲长而又有节奏似的鸡啼的声来。同时在门外面歇着的船家，也走进了院门，高声的对我说：

“先生，我们回去罢，已经是吃点心的时候了，你不听见那只公鸡在后山啼么？我们回去罢！”

一九三二年八月在上海写

（收入《屐痕处处》，现代书局 1934 年 6 月版）

想北平

老舍

设若让我写一本小说，以北平作背景，我不至于害怕，因为我可以捡着我知道的写，而躲开我所不知道的。让我单摆浮搁的讲一套北平，我没办法。北平的地方那么大，事情那么多，我知道的真觉太少了，虽然我生在那里，一直到廿七岁才离开。以名胜说，我没到过陶然亭，这多可笑！以此类推，我所知道的那点只是“我的北平”，而我的北平大概等于牛的一毛。

可是，我真爱北平。这个爱几乎是要说而说不出的。我爱我的母亲。怎样爱？我说不出。在我想作一件讨她老人家喜欢的时候，我独自微微的笑着；在我想到她的健康而不放心的时候，我欲落泪。言语是不够表现我的心情的，只有独自微笑或落泪才足以把内心揭露在外面一些来。我之爱北平也近乎这个。夸奖这个古城的某一点是容易的，可是那就把北平看得太小了。我所爱的北平不是枝枝节节的一些什么，而是整个儿与我的心灵相粘合的一段历史，一大块地方，多少风景名胜，从雨后什刹海的蜻蜓一直到我梦里的玉泉山的塔影，都积凑到一块，每一小的事件中有个我，我的每一思念中有个北平，这只有说不出而已。

真愿成为诗人，把一切好听好看的字都浸在自己的心血里，像杜鹃似的啼出北平的俊伟。啊！我不是诗人！我将永远道不出我的爱，一种像由音乐与图画所引起的爱。这不但是辜负了北平，也对不住我自己，因为我的最初的知识与印象都得自北平，它是在我的血里，我的性格与脾气里有许多地方是这古城所赐给的。我不能爱上海与天津，因为我心中有个北平。可是我说不出来！

伦敦，巴黎，罗马与堪司坦丁堡，曾被称为欧洲的四大“历史的都城”。我知道一些伦敦的情形；巴黎与罗马只是到过而已；堪司坦丁堡根本没有去过。就伦敦，巴黎，罗马来说，巴黎更近似北平——虽然“近似”两字要拉扯得很远——不过，假使让我家住巴黎，我一定会和没有家一样的感到寂苦。巴黎，据我看，还太热闹。自然，那里也有空旷静寂的地方，可是又未免太旷；不像北平那样既复杂而又有个边际，使我能摸着——那长着红酸枣的老城墙！面向着积水潭，背后是城墙，坐在石上看水中的小蝌蚪或苇叶上的嫩蜻蜓，我可以快乐的坐一天，心中完全安适，无所求也无可怕，像小儿安睡在摇篮里。是的，北平也有热闹的地方，但是它和太极拳相似，动中有静。巴黎有许多地方使人疲乏，所以咖啡与酒是必要的，以便刺激；在北平，有温和的香片茶就够了。

论说巴黎的布置已比伦敦罗马匀调的多了，可是比上北平还差点事儿。北平在人为之中显出自然，几乎是什么地方既不挤得慌，又不太僻静：最小的胡同里的房子也有院子与树；最空旷的地方也离买卖街与住宅区不远。这种分配法可以算——在我的经验中——天下第一了。北平的好处不在处处设备得完全，而在它处处有空儿，可以使人自由的喘气；不在有好些美丽的建筑，而在建筑的四围都有空闲的地方，使它们成为美景。每一个城楼，每一个牌楼，都可以从老远就看见。况且在街上还可以看见北山与西山呢！

好学的，爱古物的，人们自然喜欢北平，因为这里书多古物多。我不好学，也没钱买古物。对于物质上，我却喜爱北平的花多菜多果子多。花草是种费钱的玩艺，可是此地的"草花儿"很便宜，而且家家有院子，可以花不多的钱而种一院子花，即使算不了什么，可是到底可爱呀。墙上的牵牛，墙根的靠山竹与草茉莉，是多么省钱省事而也足以招来蝴蝶呀！至于青菜，白菜，扁豆，毛豆角，黄瓜，菠菜等等，大多数是直接由城外担来而送到家门口的。雨后，韭菜叶上还往往带着雨时溅起的泥点。青菜摊子上的红红绿绿几乎有诗似的美丽。果子有不少是由西山与北山来的，西山的沙果，海棠，北山的黑枣，柿子，进了城还带着一层白霜儿呀！哼，美国的橘子包着纸；遇到北平的带霜儿的玉李，还不愧杀！

是的，北平是个都城，而能有好多自己产生的花，菜，水果，这就使人更接近了自然。从它里面说，它没有像伦敦的那些成天冒烟的工厂；从外面说，它紧连着园林，菜圃与农村。采菊东篱下，在这里，确是可以悠然见南山的；大概把"南"字变个"西"或"北"，也没有多少了不得的吧。像我这样的一个贫寒的人，或者只有在北平能享受一点清福了。

好，不再说了吧；要落泪了，真想念北平呀！

（收入《北平一顾》，宇宙风社 1936 年 12 月版）

方巾气研究

林语堂

在我创办《论语》之时，我就认定方巾气道学气是幽默之魔敌。倒不是因为道学文章能抵制幽默文学，乃因道学环境及对幽默之不了解，必影响于幽默家之写作，使执笔时，似有人在背后怒目偷觑，这样是不宜于幽默写作的。惟有保持得住一点天真，有点傲慢，不顾此种阴森冷猪肉气者，才写得出一点幽默。这种方巾气的影响，在《论语》之投稿及批评者，都看得出来。在批评方面，近来新旧卫道派颇一致，方巾气越来越重。凡非哼哼唧唧文学，或杭哟杭哟文学，皆在鄙视之列。今人有人虽写白话，实则在潜意识上中道学之毒甚深，动辄任何小事，必以"救国""亡国"挂在头上，于是用国货牙刷也是救国，卖香水也是救国，弄得人家一举一动打一个嚏也不得安闲。有人留学，学习化学工程，明明是学制香水，练牛皮，却非说是实业救国不可。其实都是自幼作文说惯了"今夫天下""世道人心"这些名词还在潜意识中作祟吧。所以这班人，名词虽新，态度却旧，实非西方文化产儿，与政客官僚一样。他们是不配批评要人今夫天下的通电的。西洋人讨论女子服装，亦只认为审美上问题，到中国便成了伦理世道什么夷夏问题。西人看见日蚀，也只当作历象研究，一到中国，也变成有关天下治乱的灾异了。西方也有人像李格，身为大学教授，却因天性所近，好写一些幽默小品，挖苦照相家替人排头扭颈，作家读者也没有想到"文学正宗""国家兴亡"上面去。然而幽默文学，却因此发达。假如中国人如老舍作一篇"吃莲花的"便有人责问，你写这些有何关于世道人心，有何益于中国文化？这不是桐城妖孽还在作祟是什么？因此一着，写作的人，也无意中受此辈方巾气之压迫，拿起笔来，必以讽世自命，于是纯粹的幽默乃为热烈甚至酸腐的讽刺所笼罩下去。

办幽默刊物是怎么一回事？不过办一幽默刊物而已，何必大惊小怪？原来在国外各种正经大刊物之内，仍容得下几种幽默刊物。但一到中国，便不然了。一家幽默，家家幽默，必须"风行一时"，人人效颦。由是誉幽默者以世道誉之，毁幽默者，亦以世道毁之。这正如一个乳臭未干专攻文学三年的洋博士回到中国被人捧为文学专家一样的有苦难言，哭笑不得。其实我林语堂并无野心，只因生性所近，素恶《东方杂志》长篇阔论，又好杂沓乱谈，此种文章既无处发表，只好自办一个。幸而有人出版，有人购读，就一直胡闹下去。充其量，也不过在国中已有各种严肃大杂志之外，加一种不甚严肃之小刊物，调剂调剂空气而已。原未尝存心打倒严肃杂志亦未尝强普天下人皆写幽默文。现在批评起来，又是什么我在救中国或亡中国了。

《人间世》出版与《论语》出版一样。因为没人做，所以我来做。我不好落人窠臼，如已有人做了，我便万不肯做。以前研究汉字索引，编英文教科书，近来研究打字机，也都是看别人不做，或做不好，故自出机杼兴趣勃然去做而已。此外还有什么理由？现在明明是提倡小品文，又无端被人加以夺取"文学正宗"罪名。夫文学之中，品类多矣。吾提倡小品，他人尽可提倡大品；我办刊物来登如在《自由谈》天天刊登而不便收存之随感，他人尽管办一刊物专登短篇小说，我能禁止他吗？倘使明日我看见国中没有专登侦探小说刊物，来办一个，又必有人以我为有以奉侦探小说为文学"正宗"之野心了。这才是真正国货的笼统思想。此种批评，谓之方巾气的批评。以前学者名流，没人敢办幽默刊物，就是方巾气作祟，脱不下学者名流架子，所以逼得我来办了。

今日"大野"君在《自由谈》劝我"欲行大道，勿由小径，勿以大海类于牛迹，勿以日光等于萤火"，应先提倡西洋文化，后提倡小品。提倡西洋文化，我是赞成的。但是西洋文化极复杂，方面极多。五四的新文化运动，有点笼统，我们应该随性所近分工合作去介绍提倡吧。幽默是西方文化之一部，西洋近代散文之技巧，亦系西方文学之一部，文学之外，尚有哲学，经济，社会，我没有办法，你们去提倡吧。现代文化生活是极丰富的。倘使我提倡幽默提倡小品，而竟出意外，提倡有效，又竟出意外，在中国哼哼唧唧派及杭育杭育派之文学外，又加一幽默派，小品派，而间接增加中国文学内容体裁或格调上之丰富，甚至增加中国人心灵生活上之丰富，使接近西方文化，虽然自身不免诧异，如洋博士被人认为西洋文学专家一样，也可听天由命去吧。近有感想，因见上海弄堂屋宇比接，隔帘花影，每每动人，想起美国有自动油布窗幔，一拉即下，一拉即上，至此无人"提倡""介绍"，也颇思"提倡"一下。倘得方巾气的批评家不加我以"提倡油布窗幔救国"罪名，则幸甚矣。

在反对方巾气文中，我偏要说一句方巾气的话。倘是我能减少一点国中的方巾气，而叫国人取一种比较自然活泼的人生观，也就在介绍西洋文化工作中，尽一点点国民义务。这句话也是我自幼念惯"今夫天下"之遗迹。我生活之严肃人家才会诧异哩。

因为西方现代文化是有自然活泼的人生观，是经过十九世纪浪漫潮流解放过，所以现代西洋文化是比较容忍比较近情的。我倒认为这是西方民族精神健全之征象。在中国新文化虽经提倡,却未经过几十年浪漫潮流之陶炼。人之心灵仍是苦闷,人之思想仍是干燥。一有危艰,大家轰轰然一阵花炮,五分钟后就如昙花一现而消灭。因为人之心灵根本不健全,乐与苦之间失了调剂。叫苦固然看来比嘻笑或闲适认真爱国,无奈叫苦了喉干舌燥。这一股气既然接不上去,叫苦之后就是沉寂,宛如小孩哭后想睡眠。虽然偶然在沉寂中哼唧一两声,也是病榻呻吟,酸腐颓丧,疲靡之音。现在文学中好像就没听见声音宏亮的喊声,只有躲在黑地放几根冷箭罢了。但人之心理,总是自以为是,所以有吮痈之癖。自己萎弱,恶人健全;自己恶动,忌人活泼;自己饮水,嫉人喝茶;自己呻吟,恨人笑声,总是心地欠宽大所致。二千年来方巾气仍旧把二十世纪的白话文人压得不能喘气。结果文学上也只听见嗡嗡而已。

所谓西洋自然活泼的人生观,可举新例说明。譬如游玩是自然的,以前儒塾就禁止小孩游玩,近来教育观念解放了,近乎自然了,于是不但不禁游玩,并且在幼稚园,小学,中学利用游玩养儿童的德性。西洋夫妇卿卿我我,携手同游,也不过承认男女之乐为人类所应有,不必矫饰,于是慨然携手同行于街上,忝不为怪,由中国人看来,也只能暗羡洋鬼子会享艳福。一旦中国人也男女解放起来,却认为不可,说是伤风败俗。看见西人男女裸身海浴水戏,虽然也会羡慕,但是看见中国男女裸身海浴,必登时骂其为世风不古。西洋女子服装尽管妖艳,西洋现代的批评,却没见有人说她们是有伤风化,因为他们已有浪漫派容忍观点。然在中国看见西洋女子妖装艳服,虽然佩服,看见中国女子一样的服装,便要骂其为摩登。西洋舞台跳舞,如草裙舞,妖邪比中国何只百倍,但是未闻西方思想家抨击,而实际上西人也并未因看草裙舞而遂忘了爱国。中国人却不能容忍草裙舞,板起道学面孔,詈为人心大变天下大乱之征。然而中国人也并不因生活之严肃而道德高尚国家富强起来。全国布满了一种阴森发霉虚伪迂腐之气而已。所以这种方巾气的批评家虽自己受压迫而哼几声,唾骂"文化统一",哀怨"新闻检查",自己一旦做起新闻检查员来,才会压迫人家的利害。我看见女儿见两只臭虫在床板上争辩,甲骂乙"你是臭虫"!乙也回骂甲"你是臭虫"!我却躲在旁边胡卢大笑。

因为心灵根本不健全,生活上少了向上的勇气,所以方巾气的批评,也只善摧残。对提倡西方自然活泼的人生观,也只能诋毁,不能建树。对《论语》批评曰"中国无幽默"。中国若早有幽默,何必办《论语》来提倡?在旁边喊"中国无幽默"并不会使幽默的根芽逐渐发扬光大。况且《论语》即使没有幽默的成功作品,却至少改过国人对于幽默的态度,除非初出茅庐小子,还在注意宇宙及救国"大道",都对于幽默加一层的认识,只有一些一知半解似通非通的人,还未能接受西方文化对幽默的态度。这种消极摧残的批评,名为提倡西方文化实是障碍西方文化,而且自身就不会有结实的成绩。《人间世》出版,动起杭育杭育派的方巾气,七手八脚,乱吹乱擂,却丝毫没有打动了《人间世》。连一篇像样的对《人间世》的内容及编法的批评,足供我虚心采择的也没有。例如我自己认为第一期谈花树春光游记文字太多不满之处,就没有人指出。总而言之,没有一个我认为够得上批评《人间世》的文字。只有胡鲁一篇攻击周作人诗,是批评内容,但也就浅薄得可笑,只攻击私人而已。《人间世》之错何在,吾知之矣。用仿宋字太古雅。这在方巾气的批评家,是一种不可原谅的罪案。

(收入《大荒集》,生活书店 1934 年 6 月版)

独　语

何其芳

设想独步在荒凉的夜街上,一种枯寂的声响固执的追随着你,如昏黄的灯光下的黑色影子,你不知该对它珍爱抑是不能忍耐了:那是你脚步的独语。

人在孤寂时常发出奇异的语言,或是动作。动作也就是语言的一种。

决绝的离开了绿蒂的"维特",独步在阳光与垂柳的堤岸上,如在梦里,诱惑的彩色又激动了他作画家的欲望,遂决心试卜他自己的命运了:从衣袋里摸出一把小刀子,从垂柳里掷入河水中,若是能看见它的落下他就将成功一个画家,否则不。——那寂寞的一挥手使你感动吗?你了解吗?

我又想起了一个西晋人物,他爱驱车独游,到车辙不通之处就痛哭而返。

绝顶登高,谁不悲慨的一长啸呢?是想以他的声音填满宇宙的寥阔吗?等到追问时怕又只有沉默的低首了。我曾经走进一个古代的建筑物,画檐巨柱都争着向我有所诉说,低小的石阑也发出声息,像一些坚忍的深思的手指在上面呻吟:而我自己倒成了一个化石了。

或是昏黄的灯光下,放在你面前的是一册杰出的书,你将听见里面各个人物的独语。温柔的独语,悲哀的独语,或者狂暴的独语。黑色的门紧闭着:一个永远期待的灵魂死在门内,一个永远找寻的灵魂死在门外。每一个灵魂是一个世界,没有窗户。而可爱的灵魂都是倔强的独语者。

我的思想倒不是在荒野上奔驰。有一所落寞的古老的屋子,画壁漫漶,阶石上铺着白藓,像期待着最后的脚步:当我独自时我就神往了。

真有这样一个所在或者在梦里吗?或者不过是两章宿昔嗜爱的诗篇的揉合,没有关联的奇异的揉合:幔子半掩,地板已扫,死者的床榻上长春藤影在爬;死者的魂灵回到他熟习的屋子里,朋友伙在餐聚,嬉笑,都说着"明天明天",无人记起"昨天"。

这是颓废吗:我能很美丽的想着"死",反不能美丽的想着"生"吗?

冥冥之手牵张着一个网,"人"如一粒蜘蛛蹲伏在中央。憎固愈令彼此疏离,爱亦徒增错误的挂系。谁曾在自己的网里顾盼,跳跃,感到因冥冥之丝不足一割遂甘愿受缚的怅怃吗?而,何以我又太息:"去者日以疏,生者日以亲"?是慨叹着我被人忘记了,抑是我忘记了人呢?

"这里是你的帽子",或者"这里是你的纱巾,我们出去走走吧":我还能说这些惯口的句子。而我那有温和的沉默的朋友,我更记起他:他屋里有一个古怪的抽屉,精致的小信封,函着丁香花,或是不知名的扇形的叶子:像为着分我的寂寞而展示他温柔的记忆。墙上是一张小画片,翻过背面来,写着"月的渔女"。

唉。我尝自忖度:那使人类温暖的,我不是过分的缺乏了它就是充溢了它。两者都足以致病的。

印度王子出游,看见生老病死,遂发自度度人的宏愿。我也倒想有一树菩提之阴,坐在下面思索一会儿。虽然我要思索的是另外一个题目。

于是,我的目光在窗上徘徊了。天色像一张阴晦的脸压在窗前,发出令人窒息的呼吸:这就是我抑郁的缘故吗？而又,在窗格的左角,我发现一个我的独语的窃听者了:像一个鸣蝉蜕弃的躯壳,向上蹲伏着,噤默的。噤默的,和着它一对长长的触须,三对屈曲的瘦腿。我记起了它是我用自己的手笔描画成的一个昆虫的影子,当它迟徐的爬到我窗纸上,发出孤独的银样的鸣声,在一个过逝的有阳光的秋天里。

一九三四年三月二日成

(收入《画梦录》,文化生活出版社 1936 年 7 月版)

画　梦　录

何其芳

丁　令　威

丁令威忽然忘了疲倦,翅膀间扇着的简直是快乐的风,随着目光,从天空斜斜的送向辽东城。城是土色的,带子似的绕着屋顶和树木。当他在灵虚山忽然为怀乡的尘念所扰,腾空化为白鹤,阳光在翅膀上抚摩,青色的空气柔软得很,其快乐也和此刻相似吧。但此刻他是急于达到一栖止之点了。

轻巧的停落在城门口的华表柱上。

奔向城门的是一条大街,在这晨光中风平沙静,空无行人,只有屋檐投下有曲线边沿的影子。华表柱的影子在街边折断了又爬上屋瓦去,以一个巨大的长颈鸟像为冠饰。这些建筑这些门户都是他记忆之外的奇特的生长,触醒了时间的知觉,无从去呼唤里面的主人了,丁令威展一展翅。

只有这低矮的土筑的城垣,虽也迭经颓圮迭经修了吧,仍是昔日的位置,姿势,从上面望过去是城外的北邙,白杨叶摇着象金属片,添了无数的青草冢了。丁令威引颈而望,寂寞得很,无从向昔日的友伴致问讯之情。生长于土,复归于土,祝福他们的长眠吧:丁令威瞑目微思,难道隐隐有一点失悔在深山中学仙吗？明显的起在意识中的是:

"我为甚么要回来呢?"他张开眼睛来寻找回来的原故了:这小城实在荒凉,而在时间中作了长长旅行的人,正如犁过无数次冬天的荒地的农夫,即在到处是青青之痕了的春天,也不能对大地唤起一个繁荣的感觉。

"然而我想看一看这些后代人呵。我将怎样的感动于你们这些陌生的脸呵,从你们的脸我看得出你们是快乐还是痛苦,是进步了还是堕落了。你们都来,都来……"当思想渐次变为声音时,丁令威忽然惊骇于自己的鹤的语言,从颈间迸出长嘴外的高朗然而噪急的长唳,停止了。

但仍是呼唤来了欢迎的人群,从屋里,从小巷里,从街的那头:

"吓,这是春天回来的第一只鹤,"

"并且是真正的丹顶鹤,"

"真奇怪,鹤歇在这柱子上,"

并且见了人群还不飞呢。在语声,笑声,拍手声里,丁令威悲哀得很,以他鹤的眼睛俯望着一半圈子人群,不动的,以至使他们从好奇变为愤怒了,以为是不祥的朕兆,扬手发出威吓的驱逐声,最后有一个少年提议去取弓来射他。

弓是精致的黄杨木弓。当少年奋臂拉着弓弦时,指间的羽箭的锋尖在阳光中闪耀,丁令威始从梦幻的状况中醒来,噗噗的鼓翅飞了。

人群的叫声随着丁令威追上天空,他急速的飞着,飞着,绕着这小城画圈子。在他更高的冲天远去之前,又不自禁的发出几声高朗然而噪急的长唳,若用人类的语言翻译出来,大约是这样:

"有鸟有鸟丁令威,去家千年今始归,城郭如故人民非,何不学仙冢累累。"

淳 于 棼

淳于棼弯着腰在槐树下,在隆起如山脉的树根间终于找着了一个圆穴,指头大的泥丸就可封闭,转面告诉他身旁的客人:"这就是梦中乘车进去的路。"

淳于棼惊醒在东厢房的木榻上,窗间炫耀着夕阳的彩色,揉揉眼,看清了执着竹帚的僮仆在扫庭阶,桌上留着饮残的酒樽,他的客人还在洗着足。

"唉,倏忽之间我经历了一生了。"

"做了梦么?"

"很长很长的梦呵。"

从如何被二紫衣使者迎到槐安国去,尚了金枝公主,出守南柯郡,与檀萝国一战打了败仗,直到公主薨后罢郡回朝,如何为谗言所伤,又由前二紫衣使者送了回来:他一面回想一面嗟叹的告诉客人,客人说:

"真有这样的事吗!"

"还记得梦中乘车进去的路呢。"

淳于棼蹲着在槐树下,在隆起如山脉的树根间,用他右手的小指头伸进那蚁穴去,崎岖曲折不可通,又用他的嘴唇吹着气,消失在那深邃的黑暗中没有回声。那里面有城郭台殿,有山川草木,他决不怀疑,并且记得,在那国之西有灵龟山,曾很快乐的打了一次猎。也许醒着的现在才正是梦境呢,他突然站立起来了。

槐树高高的,羽状叶密覆在四出的枝条上,象天空。辽远的晚霞闪耀着。淳于棼的想象里蠕动着的是一匹蚁,细足瘦腰,弱得不可以风吹,若是爬行在个龟裂的树皮间看来多么可哀呵。然而以这匹蚁与他相比,淳于棼觉得自己还要渺小,他忘了大小之辨,忘了时间的久暂之辨,这酒醉后的今天下午实在不象倏忽之间的事:

淳于棼大醉在筵席上,自从他使酒忤帅,革职落魄以来这已不是他第一次大醉了,但渐趋衰老的身体不复能支持他的豪侠气概,由两个客人从座间扶下来,躺在东厢房的木榻上，向他说："你睡吧，我们去喂我们的马，洗足，等你好了一点再走。"

淳于棼徘徊在槐树下，夕阳已消失在黄昏里了，向他身旁的客人说：

"在那梦里的国土我竟生了贪恋之心呢。谗言的流布使我郁郁不乐，最后当国王劝我归家时我竟记不起除了那国土我还有乡里，直到他说我本在人间，我瞢然想了一会才明白了。"

"你定是被狐狸或者木妖所蛊惑了，喊仆人们拿斧头来斫掉这棵树吧，"客人说。

白莲教某

白莲教某今晚又出门了。红蜡烛已烧去一寸，两寸，或者三寸，在案上的锡烛台上结一个金色小花朵，没有开放已照亮四壁。白莲教某正走着怎样的路呢。他的门人坐在床沿，守着临走时的吩咐，"守着烛，别让风吹熄了。"

案上的锡烛台上的小花朵放开了，纷披着金色复瓣，又片片坠落，中心直立着一座尖顶的黑石塔，幽闭着甚么精灵吧，忽然凭空跌下了，无声的，化作一条长途，仅是望着也使人发愁的长途……好孩子，别打瞌睡！门人从朦胧中自己惊醒了，站起来，用剪子绞去半寸烧过的烛心。

从前有一天，白莲教某出门了，屋里留下一个木盆，用另外一个木盆盖着，临走时吩咐，"守着它，别打开看。"

白莲教某的法术远近闻名，来从学的很不少，但长久无所得，又受不惯无理的驱使，都渐次散去了，剩下这最后一个门人，年纪轻，学法的心很诚恳，知道应该忍耐，经过了许多试探，才能获得师傅的欢心和传授。他坐在床沿想。

"别打开看，"这个禁止引动了他的好奇，打开：半盆清水，浮着一只草编的小船，有帆有樯，精致得使人想用手指去玩弄。拨它走动吧。翻了，船里进了水，等待他慌忙的扶正它，再用盆盖上后，他的师傅已带着怒容站在身边了，"怎么不服从我的吩咐！""我并没有动它。""你没有动它！刚才在海上翻了船，几乎把我淹死了！"

红蜡烛已烧去两寸，三寸，或者四寸，在案上的锡烛台上站一只黄羽小鸟，举嘴向天，待风鼓翅。白莲教某已走到哪儿呢。走尽长长的路，穿过深的树林，到了奇异的城中的街上吧。那不夜城的街上会有怎样的人，和衣冠，和欢笑。

半盆清水就是他的海。那海上是平静的还是波涛汹涌。独自驾一叶小船。门人想：假若有那种法术。只要有那种法术。

案上的锡烛台上的小鸟鼓翅飞了，随它飞出许多只同样的鸟，变成一些金环，旋舞着，又连接起来成了竖立的长梯，上齐屋顶，一级一级爬上去，一条大路……好孩子，你又打瞌睡，那你就倒在枕上躺一忽吧！门人远远的看见他师傅的背，那微驼的背，在大路上向前走着，不停一停，他赶得乏极了……

当他惊醒在黑暗里时，他明白这一忽瞌睡的过错了，慌忙的在案上摸着取灯，划一根，重点着了烛。而他微驼着背的师傅已带着怒容从门外走进来了。

"吩咐你别睡觉，你偏睡觉了！"

"我并没有。"

“你并没有！害我在黑暗里走十几里路!”

（收入《画梦录》）

回　声

李广田

不怕老祖父的竹戒尺，也还是最喜欢跟着母亲到外祖家去，这原因是为了去听琴。

外祖父是一个花白胡须的老头子，在他的书房里也有一张横琴，然而我并不喜欢这个。外祖父常像瞌睡似地俯在他那横琴上，慢慢地拨弄那些琴弦，发出如苍蝇的营营声，苍蝇，多么腻人的东西，毫无精神，叫我听了只是心烦，那简直就如同老祖父硬逼我念古书一般。我与其听这营营声，还不如到外边的篱笆上听一片枯叶的歌子更好些。那是在无意中被我发现的。一日，我从篱下过，一种奇怪的声音招呼我，那仿佛是一只蚂蚱的振翅声，又好像一只小鸟的剥啄。然而这是冬天，没有蚂蚱，也不见啄木鸟，虽然在想象中我已经看见驾着绿鞍的小虫，和穿着红裙的没尾巴小鸟。那声音又似在故意逗我，一会唱唱，一会又歇歇。我费了不少时间终于寻到那个发声的机关：是篱笆上一片枯叶，在风中战动，与枯枝磨擦而发出好听的声响，我喜欢极了，我很想告诉外祖：“放下你的，来听我的吧。”但因为要偷偷藏住这点快乐，终于也不曾告诉别人。

然而我所最喜欢的还不在此。我还是喜欢听琴——听那张长大无比的琴。

那时候我当然还没有一点地理知识。但又不知是从什么人听说过：黄河是从西天边一座深山中流来，黄荡荡如来自天上，一直泻入东边的大海，而中间呢，中间就恰好从外祖家的屋后流过。这是天地间一大奇迹，这奇迹，常常使我用心思索。黄河有多长，河堤也有多长，而外祖家的房舍就紧靠着堤身。这一带居民均占有这种便宜，不但在官地上建造房屋，而且以河堤作为后墙，故从前面看去，俨然如一排土楼，从后面看去，则只能看见一排茅檐。堤前堤后，均有极其整齐的官柳，冬夏四季，都非常好看。而这道河堤，这道从西天边伸到东天边的河堤，便是我最喜欢的一张长琴：堤身即琴身，堤上的电杆木就是琴柱，电杆木上的电线就是琴弦了。

最乐意到外祖家去，而且乐意到外祖家夜宿，就是为了听这长琴的演奏。

只要是有风的日子，就可以听到这长琴的嗡嗡声。那声音颇难比拟，人们说那像老头子哼哼，我心里却甚难佩服。尤其当深夜时候，尤其是在冬天的夜里，睡在外祖母的床上，听着墙外的琴声简直不能入睡。冬夜的黑暗是容易使人想到许多神怪事物的，而在一个小孩子的心里却更容易遐想，这嗡嗡的琴声就作了使我遐想的序曲。我从那黄河发源地的深山，缘着琴弦，想到那黄河所倾注的大海。我猜想那山是青色的，山里有奇花异草，有珍禽怪兽；我猜想那海水是绿色的，海上满是小小白帆，水中满是翠藻银鳞。而我自己呢，仿佛觉得自己很轻，很轻，我就缘着那条琴弦飞行。我看见那条琴弦在月光中发着银光，我可以看到它的两端，却又觉得那琴弦长到无限。我渐渐有些晕眩，在晕眩中我用一个小小铁锤敲打那条琴弦，于是那琴弦就发出嗡嗡的声响。这嗡嗡的琴声就直接传到我的耳里，我仿佛飞行了很远很远，最后才发觉自己仍是躺在温暖的被里。我的想象又很自然地转到外祖父身上,我又想起外祖父的横琴,想起那横琴的腻人的营营声。这声音和河堤的长琴混合起来,我乃觉得非常麻烦,仿佛眼前有无数条乱丝搅动在一起。我的思想愈思愈乱,我看见外祖父也变了原来的样子,他变成一个雪白须眉的老人,连衣服也是白的,为月光所洗,浑身上下颤动着银色的波纹。我知道这已不复是外祖,乃是一个神仙,一个妖怪,他每天夜里在河堤上敲打琴弦。我极力想把那老人的影像同外祖父分开,然而不可能,他们老是纠缠在一起。我感到恐怖。我的恐怖却又诱惑我到月夜中去,假如趁这时候一个人跑到月夜的河堤上该是怎样呢。恐怖是美丽的,然而到底还是恐怖。最后连我自已也分裂为二,我的灵魂在月光下的河堤上伫立,感到寒战,而我的身子却越发地向被下畏缩,直到蒙头裹脑睡去为止。

在这样的夜里,我会做出许多怪梦,可惜这些梦也都同过去的许多事实一样,都被我忘在模糊中了。

来到外祖家,我总爱一个人跑到河堤上,尤其每次刚刚来到的次日早晨,不管天气多么冷,也不管河堤上的北风多么凛冽,我总愿偷偷地跑到堤上,紧紧抱住电杆木,把耳朵靠在电杆上,听那最清楚的嗡嗡声。有时还故意地用力踢那电杆木,使那嗡嗡声发出一种节奏,心里觉得特别喜欢。

然而北风的寒冷总是难当的,我的手,我的脚,我的耳朵,其初是疼痛,最后是麻木,回到家里才知道已经成了冻疮,尤以脚趾肿痛得最厉害。因此,我有一整个冬季不能到外祖家去,而且也不能出门,闷在家里,我真是寂寞极了。

"为了不能到外祖家去听琴,便这样忧愁的吗?"老祖母见我郁郁不快的神色,这样子慰问我。不经慰问倒还是无事,这最知心的慰问才更唤起我的悲哀。

祖母的慈心总是值得感激的,时至现在,则可以说是值得纪念的了,因为她已完结了她最平凡的,也可以说是最悲剧的一生,升到天国去了。在当时,她曾以种种方法使我快乐,虽然她所用的方法不一定能使我快乐。

她给我说故事,给我唱谣曲,给我说黄河水灾的可怕,说老祖宗兜土为山的传说,并用竹枝草叶为我作种种玩具。亏她想得出:她又把一个小瓶悬在风中叫我听琴。

那是怎样的一个小瓶啊,那个小瓶可还存在吗,提起来倒是非常怀念了。那瓶的大小如苹果,浑圆如苹果,只是多出一个很小很厚的瓶嘴儿。颜色是纯白,材料很粗糙,并没有什么光亮的瓷釉。那种质朴老实样子,叫人疑心它是一件古物,而那东西也确实在我家传递了许多世代。老祖母从一个旧壁橱中找出这小瓶时,小心地拂拭着瓶上的尘土,以严肃的微笑告诉道:"别看这小瓶不好,这却是祖上的传家宝呢。我们的老祖宗——可是也不记得是哪一位了,但愿他在天上作神仙——他是一个好心肠的医生,他用他的通神的医道救活过许多垂危的人。他曾用许多小瓶珍藏一些灵药,而这个小白瓶儿就是被传留下来的一个。"一边说着,一边又显出非常惋惜的神气。我听了老祖母的话也默然无语,因为我也同样地觉得很惋惜。我想象当年一定有无数这样大小瓶儿,同样大,同样圆,同样是白色,同样是好看,可是现在就只剩着这么一个了。那些可爱的小瓶儿都分散到哪里去了呢?而且还有那些灵药,还有老祖宗的好医术呢?我简直觉得可哀了。

那时候老祖母有多大年纪,也不甚清楚,但总是五十多岁的人吧,虽然头发已经苍白,身体却还相当的康健,她不惮烦劳地为我做着种种事情。

把小白瓶拂拭洁净之后,她乃笑着对我说道:"你看,你看,这样吹,这样吹。"同时说着把瓶口对准自己的嘴唇把小瓶吹出呜呜的鸣声。我喜欢极了,当然她是更喜欢。她教我学吹,我居然也吹得响。于是她又说:“这还不算为奇,我要把它系在高杆上,北风一吹,它也会呜呜地响。这就和你在河堤上听琴是一样的了。”

她继续忙着。她向几个针线笸里乱翻,她是要找寻一条结实的麻线。她把麻线系住瓶口,又自己搬一把高大的椅子,放在一根晒衣服的高杆下面。唉,这些事情我记得多么清楚啊!她在椅子上摇摇晃晃的样子,现在叫我想起来才觉得心惊。而且那又是在冷风之中,她摇摇晃晃地立在椅子上,伸直了身子,举起了双手,把小白瓶向那晒衣杆上紧系。她把那麻绳缠一匝,又一匝,结一个纥繨,又一个纥繨,惟恐那小瓶被风吹落,摔碎了祖宗的宝贝。她笑着,我也笑着,却都不曾言语。我们只等把小瓶系牢之后立刻就听它发出呜呜响声。老祖母把一条长麻线完全结在上边了,她摇摇晃晃地从椅子上下来,我看出她的疲乏,我听出她的喘哮来了,然而,然而那个小瓶,在风中却没有一点声息。

我同老祖母都仰着脸望那风中的瓶儿,两人心中均觉得黯然,然而老祖母却还在安慰我:“好孩子,不必发愁,今天风太小,几时刮大风,一定可以听到呜呜响了。”

以后过了许多日子,也刮过好多次老北风,然而那小白瓶还是一点不动,不发出一点声息。

现在我每逢走过电杆木,听见电杆木发出嗡嗡声时,就很自然地想起这些。现在外祖家已经衰落不堪,只剩下孤儿寡妇,一个舅母和一个表弟,在赤贫中过困苦日子,我的老祖父和祖母也都去世多年了。

二十五年十二月九日,济南

(收入《雀蓑记》,文化生活出版社 1939 年 5 月版)

回忆鲁迅先生(存目)

萧　红

(收入《回忆鲁迅先生》,重庆生活书店 1940 年 7 月版)

爱尔克的灯光

巴　金

傍晚,我靠着逐渐黯淡的最后的阳光的指引,走过十八年前的故居。这条街、这个建筑物开始在我的眼前隐藏起来,像在躲避一个久别的旧友。但是它们的改变了的面貌于我还是十分亲切。我认识它们,就像认识我自己。还是那样宽的街,宽的房屋。巍峨的门墙代替了太平缸和石狮子,那一对常常做我们坐骑的背脊光滑的雄狮也不知逃进了哪座荒山。然而大门开着,照壁上“长宜子孙”四个字却是原样地嵌在那里,似乎连颜色也不曾被风雨剥蚀。我望着那同样的照壁，我被一种奇异的感情抓住了，我仿佛要在这里看出过去的十九个年头，不，我仿佛要在这里寻找十八年以前的遥远的旧梦。

守门的卫兵用怀疑的眼光看我。他不了解我的心情。他不会认识十八年前的年轻人。他却用眼光驱逐一个人的许多亲密的回忆。

黑暗来了。我的眼睛失掉了一切。于是大门内亮起了灯光。灯光并不曾照亮什么，反而增加了我心上的黑暗。我只得失望地走了。我向着来时的路回去。已经走了四五步，我忽然掉转头，再看那个建筑物。依旧是阴暗中一线微光。我好像看见一个盛满希望的水碗一下子就落在地上打碎了一般，我痛苦地在心里叫起来。在这条被夜幕覆盖着的近代城市的静寂的街中，我仿佛看见了哈立希岛上的灯光。那应该是姐姐爱尔克点的灯罢。她用这灯光来给她的航海的兄弟照路，每夜每夜灯光亮在她的窗前，她一直到死都在等待那个出远门的兄弟回来。最后她带着失望进入坟墓。

街道仍然是清静的。忽然一个熟习的声音在我耳边轻轻地唱起了这个欧洲的古传说。在这里不会有人歌咏这样的故事。应该是书本在我心上留下的影响。但是这个时候我想起了自己的事情。

十八年前在一个春天的早晨，我离开这个城市、这条街的时候，我也曾有一个姐姐，也曾答应过有一天回来看她，跟她谈一些外面的事情。我相信自己的诺言。那时我的姐姐还是一个出阁才只一个多月的新嫁娘，都说她有一个性情温良的丈夫，因此也会有长久的幸福的岁月。

然而人的安排终于被“偶然”毁坏了。这应该是一个“意外”。但是这“意外”却毫无怜悯地打击了年轻的心。我离家不过一年半光景，就接到了姐姐的死讯。我的哥哥用了颤抖的哭诉的笔叙说一个善良女性的悲惨的结局，还说起她死后受到的冷落的待遇。从此那个作过她丈夫的所谓温良的人改变了，他往一条丧失人性的路走去。他想往上爬，结果却不停地向下面落，终于到了用鸦片烟延续生命的地步。对于姐姐，她生前我没有好好地爱过她，死后也不曾做过一样纪念她的事。她寂寞地活着，寂寞地死去。死带走了她的一切，这就是在我们那个地方的旧式女子的命运。

我在外面一直跑了十八年。我从没有向人谈过我的姐姐。只有偶尔在梦里我看见了爱尔克的灯光。一年前在上海我常常睁起眼睛做梦。我望着远远的在窗前发亮的灯，我面前横着一片大海，灯光在呼唤我，我恨不得腋下生出翅膀，即刻飞到那边去。沉重的梦压住我的心灵，我好像在跟许多无形的魔手挣扎。我望着那灯光，路是那么远，我又没有翅膀。我只有一个渴望：飞！飞！那些熬煎着心的日子！那些可怕的梦魇！

但是我终于出来了。我越过那堆积着像山一样的十八年的长岁月，回到了生我养我而且让我刻印了无数儿时回忆的地方。我走了很多的路。

十九年，似乎一切全变了，又似乎都没有改变。死了许多人，毁了许多家。许多可爱的生命葬入黄土。接着又有许多新的人继续扮演不必要的悲剧。浪费，浪费，还是那许多不必要的浪费——生命，精力，感情，财富，甚至欢笑和眼泪。我去的时候是这样，回来时看见的还是一样的情形。关在这个小圈子里，我禁不住几次问我自己：难道这十八年全是白费？难道在这许多年中间所改变的就只是装束和名词？我痛苦地搓自己的手，不敢给一个回答。

在这个我永不能忘记的城市里，我度过了五十个傍晚。我花费了自己不少的眼泪和欢笑，也消耗了别人不少的眼泪和欢笑。我匆匆地来，也将匆匆地去。用留恋的眼光看我出生的房屋,这应该是最后的一次了。我的心似乎想在那里寻觅什么。但是我所要的东西绝不会在那里找到。我不会像我的一个姑母或者嫂嫂,设法进到那所已经易了几个主人的公馆,对着园中的花树垂泪,慨叹着一个家族的盛衰。摘吃自己栽种的树上的苦果,这是一个人的本分。我没有跟着那些人走一条路,我当然在这里找不到自己的脚迹。几次走过这个地方,我所看见的还只是那四个字:“长宜子孙”。

“长宜子孙”这四个字的年龄比我的不知大了多少。这也该是我祖父留下的东西罢。最近在家里我还读到他的遗嘱。他用空空两手造就了一份家业。到临死还周到地为儿孙安排了舒适的生活。他叮嘱后人保留着他修建的房屋和他辛苦地搜集起来的书画。但是儿孙们回答他的还是同样的字:分和卖。我很奇怪,为什么这样聪明的老人还不明白一个浅显的道理:财富并不“长宜子孙”,倘使不给他们一样生活技能,不向他们指示一条生活道路?“家”这个小圈子只能摧毁年轻心灵的发育成长,倘使不同时让他们睁起眼睛去看广大世界,财富只能毁灭崇高的理想和善良的气质,要是它只消耗在个人的利益上面。

“长宜子孙”,我恨不能削去这四个字!许多可爱的年轻生命被摧残了,许多有为的年轻心灵被囚禁了。许多人在这个小圈子里面憔悴地捱着日子。这就是“家”!“甜蜜的家”!这不是我应该来的地方。爱尔克的灯光不会把我引到这里来的。

于是在一个春天的早晨,依旧是十八年前的那些人把我送到门口,这里面少了几个,也多了几个。还是和那次一样,看不见我姐姐的影子,那次是我没有等待她,这次是我找不到她的坟墓。一个叔父和一个堂兄弟到车站送我,十八年前他们也送过我一段路程。

我高兴地来,痛苦地去。汽车离站时我心里的确充满了留恋。但是清晨的微风,路上的尘土,马达的叫吼,车轮的滚动,和广大田野里一片盛开的菜子花,这一切驱散了我的离愁。我不顾同行者的劝告,把头伸到车窗外面,去呼吸广大天幕下的新鲜空气。我很高兴,自己又一次离开了狭小的家,走向广大的世界中去!

忽然在前面田野里一片绿的蚕豆和黄的菜花中间,我仿佛又看见了一线光,一个亮,这还是我常常看见的灯光。这不会是爱尔克的灯里照出来的,我那个可怜的姐姐已经死去了。这一定是我的心灵的灯,它永远给我指示我应该走的路。

一九四一年三月在重庆

(收入《龙·虎·狗》,文化生活出版社 1941 年 12 月版)

马

吴伯箫

马是天池之龙种。那自是一种灵物。

——庾信:《春赋》

也许是缘分,从孩提时候我就喜欢了马。三四岁,话怕才咿呀会说,亦复刚刚记事,朦胧想着,仿佛家门前,老槐树荫下,站满了大圈人,说不定是送四姑走呢。老长工张五,从东院牵出马来,鞍鞯都已齐备,右手是长鞭,先就笑着嚷:跟姑姑去吧?说着一手拦上了鞍去,我就高兴着忸怩学唱:骑白马,吭铃吭铃到娘家……大家都笑了。准是父亲,我是喜欢父亲而却更怕父亲的,说:"下来罢!小小的就这样皮。"一团高兴全飞了。下不及,躲在了祖母跟前。

人,说着就会慢慢儿大的。坡里移来的小桃树,在菜园里都长满了一握。姐姐出阁了呢。那远远的山庄里,土财主。每次搬回来住娘家,母亲和我们弟弟,总是于夕阳的辉照中,在庄头眺望的。远远听见了銮铃声响,隔着疏疏的杨柳,隐约望见了在马上招手的客人,母亲总禁不住先喜欢得落泪。我们也快活得像几只鸟,叫着跑着迎上去。问着好,从伙计的手中接过马辔来,姐姐总说:"又长高了。"车门口,也是彼此问着好;客人尽管是一边笑着,偷回首却是满手帕的泪。

家乡的日子是有趣的。大年初三四,人正闲,衣裳正新,春联的颜色与小孩的兴致正浓。村里有马的人家,都相将牵出了马来。雪掩春田,正好驰骤竞赛呢。总也有三五匹罢,骑师是各自当家的。我们的,例由比我大不了几岁的叔父负责,叔父骑腻了,就是我的事。观众不少啊:阖村的祖伯叔,兄弟行辈,年老的太太,较小的邻舍侄妹,一凑就是近百的数目。崭新的年衣,咳笑的乱语,是同了那头上亮着的一碧晴空比着光彩的。骑马的人自然更是鼓舞有加喽。一鞭扬起,真像霹雳弦惊,飕飕的那耳边风丝,恰应着一个满心的矜持与欢快。驰骋往返,非到了马放大汗不歇。毕剥的鞭炮声中,马打着响鼻,像是凯旋,人散了。那是一幅春郊试马图。

那样直到上元,总是有马骑的。亲戚家人来人往,驴骡而外,代步的就是马。那些日子,家里最热闹,年轻人也正蓬勃有生气。姑表堆里,不是常常少不了戏谑么?春酒筵后,不下象棋的,就出门溜几趟马。

孟春雨霁,滑汯的道上,骑了马看卷去的凉云,麦苗承着残滴,草木吐着新翠,那一脉清鲜的泥土气息,直会沁人心脾。残虹拂马鞍,景致也是宜人的。

端阳,正是初夏,天气多少热了起来。穿了单衣,戴着箬笠,骑马去看戚友,在途中,偶尔河边停步,攀着柳条,乘乘凉,顺便也数数清流的游鱼,听三两渔父,应着活浪活浪的水声,哼着小调儿,这境界一品尚书是不换的。不然,远道归来,恰当日衔半山,残照红于榴花,驱马过三家村边,酒旗飘处,斜睨着"闻香下马"那么几个斗方大字,你不馋得口流涎么?才怪!鞭子垂在身边,摇摆着,狗咬也不怕。"小妞!吃饭啦,还不给我回家!"你瞧,已是吃大家饭的黄昏时分了呢。把缰绳一提,我也赶我的路。到家掌灯了,最喜那满天星斗。

真是家乡的日子是有趣的。

当学生了。去家五里遥的城里。七天一回家,每次总要过过马瘾的。东岭,西洼,河埃,丛林,踪迹殆遍殆遍。不是午饭都忘了吃么?直到父亲呵叱了,才想起肚子饿来。反正父亲也是喜欢骑马的,呵叱那只是一种担心。啊,生着气的那慈爱喜悦的心啊!

祖父也爱马,除了像三国志那样几部老书。春天是好骑了马到十里外的龙潭看梨花的。秋来也喜去看矿山的枫叶。马夫,别人争也无益,我是抓定了的官差。本来么,祖孙两人,缓辔蹒跚于羊肠小道,或浴着朝暾,或披着晚霞,闲谈着,也同乡里交换问寒问暖的亲热的说话;右边一只鸟飞了,左边一只公鸡喔喔在叫,在纯朴自然的田野中,我们是陶醉着的。Old man is the twice of child 我们也志同道合。

最记得一个冬天,满坡白雪,没有风,老人家忽尔要骑马出去了,他就穿了一袭皮袍，暖暖的，系一条深紫的腰带，同银白的胡须对比的也戴了一顶绛紫色的风帽，宽大几乎当得斗篷，马是棕色的那一匹罢，跟班仍旧是我。出发了呢？那情景永远忘不了。虽没去做韵事，寻梅花，当我们到岭巅头，系马长松，去俯瞰村舍里的缕缕炊烟，领略那直到天边的皓洁与荒旷的时候，却是一个奇迹。

说呢，孩子时候的梦比就风雨里的花朵，是一招就落的。转眼，没想竟是大人了。家乡既变得那样苍老，人事又总坎坷纷乱，闲暇少，时地复多乖离，跃马长堤的事就稀疏寥落了。可是我还是喜欢马呢：不管它是银鬃，不管它是赤兔，也不管它是泥肥骏瘦，蹄轻鬣长，我都喜欢。我喜欢刘玄德跃马过檀溪的故事，我也喜欢“泥马渡康王”的传说，即使荒诞不经吧，却都是那样神秘超逸，令人深深向往。

徐庶走马荐诸葛，在这句话里，我看见了大野中那位热肠的而又洒脱风雅的名士。骑马倚长桥，满楼红袖招，你看那于绿草垂杨临风伫立的金陵少年，丰采又够多么英俊翩翩呢。固然敝车羸马，颠顿于古道西风中，也会带给人一种寂寞怅惘之感的，但是，这种寂寞怅惘，不是也正可于或种情景下令人留恋的么——前路茫茫，往哪里去？当你徘徊踟蹰时就姑且信托一匹龙钟的老马，跟了它一东二冬的走罢。听说它是认识路的。譬如那回忆中幸福的路。

你不信么？“非敢后也，马不进也。”那个落落大方说着这样话的家伙，要在跟前的话，我不去给他执鞭坠镫才怪哪。还有那冯异将军的马，看着别人擎擎着一点点劳碌就都去腆颜献功，而自己的主人却踢开了丰功伟烈，兀自巍然堂堂的站在了大树根下，仿佛只是吹吹风的那种神情的时候，不该照准了那群不要脸的东西去乱踢一阵，而也跑到旁边去骄傲地跳跃长啸么？那应当是很痛快的事。

十万火急的羽文，古时候有驿马飞递：探马报道，寥寥四个字里，活活绘出了一片马蹄声中那营帐里的忙乱与紧急，百万军中，出生入死，不也是凭了征马战马才能斩将搴旗的么？飞将在时，阴山以里就没有胡儿了。

落日照大旗，马鸣风萧萧。

哙，怎么这样壮呢！胆小的人不要哆嗦啊，你看，那风驰电掣的闪了过去又风驰电掣的闪了过来的，就是马。那就是我所喜欢的马——弟弟来信说，“家里才买了一匹年轻的马，挺快的。……”真是，说句儿女情肠的话，我有点儿想家。

二十三年三月，青岛。

（收入《羽书》，文化生活出版社 1941 年 5 月版）

囚绿记

陆　蠡

这是去年夏间的事情。

我住在北平的一家公寓里。我占据着高广不过一丈的小房间，砖铺的潮湿的地面，纸糊的墙壁和天花板，两扇木格子嵌玻璃的窗，窗上有很灵巧的纸卷帘，这在南方是少见的。

窗是朝东的。北方的夏季天亮得快,早晨五点钟左右太阳便照进我的小屋,把可畏的光线射个满室,直到十一点半才退出,令人感到炎热。这公寓里还有几间空房子,我原有选择的自由的,但我终于选定了这朝东房间,我怀着喜悦而满足的心情占有它,那是有一个小小理由。

这房间靠南的墙壁上,有一个小圆窗,直径一尺左右。窗是圆的,却嵌着一块六角形的玻璃,并且左下角是打碎了,留下一个大孔隙,手可以随意伸进伸出。圆窗外面长着常春藤。当太阳照过它繁密的枝叶,透到我房里来的时候,便有一片绿影。我便是欢喜这片绿影才选定这房间的。当公寓里的伙计替我提了随身小提箱,领我到这房间来的时候,我瞥见这绿影,感觉到一种喜悦,便毫不犹疑地决定下来,这样了截爽直使公寓里伙计都惊奇了。

绿色是多宝贵的啊!它是生命,它是希望,它是慰安,它是快乐。我怀念着绿色把我的心等焦了。我欢喜看水白,我欢喜看草绿。我疲累于灰暗的都市的天空,和黄漠的平原,我怀念着绿色,如同涸辙的鱼盼等着雨水,我急不暇择的心情即使一枝之绿也视同至宝。当我在这小房中安顿下来,我移徙小台子到圆窗下,让我的面朝墙壁和小窗。门虽是常开着,可没人来打扰我,因为在这古城中我是孤独而陌生。但我并不感到孤独。我忘记了困倦的旅程和已往的许多不快的记忆。我望着这小圆洞,绿叶和我对语。我了解自然无声的语言,正如它了解我的语言一样。

我快活地坐在我的窗前。度过了一个月,两个月,我留恋于这片绿色。我开始了解渡越沙漠者望见绿洲的欢喜,我开始了解航海的冒险家望见海面飘来花草的茎叶的欢喜。人是在自然中生长的,绿是自然的颜色。

我天天望着窗口常春藤的生长。看它怎样伸开柔软的卷须,攀住一根缘引它的绳索,或一茎枯枝;看它怎样舒开折叠着的嫩叶,渐渐变青,渐渐变老,我细细观赏它纤细的脉络,嫩芽,我以揠苗助长的心情,巴不得它长得快,长得茂绿。下雨的时候,我爱它淅沥的声音,婆娑的摆舞。

忽然有一种自私的念头触动了我。我从破碎的窗口伸出手去,把两枝浆液丰富的柔条牵进我的屋子里来,教它伸长到我的书案上,让绿色和我更接近,更亲密。我拿绿色来装饰我这简陋的房间,装饰我过于抑郁的心情。我要借绿色来比喻葱茏的爱和幸福,我要借绿色来比喻猗郁的年华。我囚住这绿色如同幽囚一只小鸟,要它为我作无声的歌唱。

绿的枝条悬垂在我的案前了。它依旧伸长,依旧攀缘,依旧舒放,并且比在外边长得更快。我好象发现了一种“生的欢喜”,超过了任何种的喜悦。从前我有个时候,住在乡间的一所草屋里,地面是新铺的泥土,未除净的草根在我的床下茁出嫩绿的芽苗,蕈菌在地角上生长,我不忍加以剪除。后来一个友人一边说一边笑,替我拔去这些野草,我心里还引为可惜,倒怪他多事似的。

可是在每天早晨,我起来观看这被幽囚的“绿友”时,它的尖端总朝着窗外的方向。甚至于一枚细叶,一茎卷须,都朝原来的方向。植物是多固执啊!它不了解我对它的爱抚,我对它的善意。我为了这永远向着阳光生长的植物不快,因为它损害了我的自尊心。可是我囚系住它,仍旧让柔弱的枝叶垂在我的案前。

它渐渐失去了青苍的颜色,变成柔绿,变成嫩黄,枝条变成细瘦,变成娇弱,好象病了的孩子。我渐渐不能原谅我自己的过失,把天空底下的植物移锁到暗黑的室内;我渐渐为这病损的枝叶可怜，虽则我恼怒它的固执，无亲热，我仍旧不放走它。魔念在我心中生长了。

我原是打算七月尾就回南去的。我计算着我的归期，计算这“绿囚”出牢的日子。在我离开的时候，便是它恢复自由的时候。

芦沟桥事件发生了。担心我的朋友电催我赶速南归。我不得不变更我的计划，在七月中旬，不能再留连于烽烟四逼中的旧都，火车已经断了数天，我每日须得留心开车的消息。终于在一天早晨候到了。临行时我珍重地开释了这永不屈服于黑暗的囚人。我把瘦黄的枝叶放在原来的位置上，向它致诚意的祝福，愿它繁茂苍绿。

离开北平一年了。我怀念着我的圆窗的绿友。有一天，得重和它们见面的时候，会和我面生么？

（收入《囚绿记》，文化生活出版社1940年8月版）

鹰之歌

丽　尼

黄昏是美丽的。我忆念着那南方底黄昏。

晚霞如同一片赤红的落叶坠到铺着黄尘的地上，斜阳之下的山岗变成了暗紫，好象是云海之中的礁石。

南方是遥远的；南方底黄昏是美丽的。

有一轮红日沐浴着在大海之彼岸；有欢笑着的海水送着夕归的渔船。

南方，遥远而美丽的！

南方是有着榕树的地方，榕树永远是垂着长须，如同一个老人安静地站立，在夕暮之中作着冗长的低语，而将千百年的过去都埋在幻想里了。

晚天是赤红的。公园如同一个废墟。鹰在赤红的天空之中盘旋，作出短促而悠远的歌唱，嘹唳地，清脆地。

鹰是我所爱的。它有着两个强健的翅膀。

鹰底歌声是嘹唳而清脆的，如同一个巨人底口在远天吹出了口哨。而当这口哨一响着的时候，我就忘却我底忧愁而感觉兴奋了。

我有过一个忧愁的故事。每一个年青的人都会有一个忧愁的故事。

南方是有着太阳和热和火焰的地方。而且，那时，我比现在年轻。

那些年头！啊，那是热情的年头！我们之中，象我们这样大的年纪的人，在那样的年代，谁不曾有过热情的如同火焰一般的生活！谁不曾愿意把生命当作一把柴薪，来加强这正在燃烧的火焰！有一团火焰给人们点燃了，那么美丽地发着光辉，吸引着我们，使我们抛弃了一切其他的希望与幻想，而专一地投身到这火焰中来。

然而，希望，它有时比火星还容易熄灭。对于一个年轻人，只须一个刹那，一整个世界就会从光明变成了黑暗。

我们曾经说过:“在火焰之中锻炼着自己”;我们曾经感觉过一切旧的渣滓都会被铲除,而由废墟之中会生长出新的生命,而且相信这一切都是不久就会成就的。

然而,当火焰苦闷地窒息于潮湿的柴草,只有浓烟可以见到的时候,一刹那间,一整个世界就变成黑暗了。

我坐在已经成了废墟的公园看着赤红的晚霞,听着嘹唳而清脆的鹰歌,然而我却如同一个没有路走的孩子,凄然地流下眼泪来了。

“一整个世界变成了黑暗;新的希望是一个艰难的生产。”

鹰在天空之中飞翔着了,伸展着两个翅膀,倾侧着,回旋着,作出了短促而悠远的歌声,如同一个信号。我凝望着鹰,想从它底歌声里听出一个珍贵的消息。

“你凝望着鹰么?”她问。

“是的,我望着鹰。”我回答。

她是我底同伴,是我三年来的一个伴侣。

“鹰真好,”她沉思地说了;“你可爱鹰?”

“我爱鹰的。”

“鹰是可爱的。鹰有两个强健的翅膀,会飞,飞得高,飞得远,能在黎明里飞,也能在黑夜里飞。你知道鹰是怎样在黑夜里飞的么?是象这样飞的,你瞧。”说着,她展开了两只修长的手臂,旋舞一般地飞着了,是飞得那么天真,飞得那么热情,使她底脸面也现出了夕阳一般的霞彩。

我欢乐地笑了,而感觉了奋兴。

然而,有一次夜晚,这年青的鹰飞了出去,就没有再看见她飞了回来。一个月以后,在一个黎明,我在那已经成了废墟的公园之中发现了她底被六个枪弹贯穿了的身体,如同一只被猎人从赤红的天空击落了下来的鹰雏,披散了毛发在那里躺着了。那正是她为我展开了手臂而热情地飞过的一块地方。

我忘却了忧愁,而变得在黑暗里感觉奋兴了。

南方是遥远的,但我忆念着那南方底黄昏。

南方是有着鹰歌唱的地方,那嘹唳而清脆的歌声是会使我忘却忧愁而感觉奋兴的。

一九三四年,十二月。

(收入《鹰之歌》,文化生活出版社 1936 年 8 月版)

鸭窠围的夜

沈从文

天快黄昏时落了一阵雪子,不久就停了。天气真冷,在寒气中一切都仿佛结了冰。便是空气,也象快要冻结的样子。我包定的那一只小船,在天空大把撒着雪子时已泊了岸,从桃源县沿河而上这已是第五个夜晚。看情形晚上还会有风有雪,故船泊岸边时便从各处挑选好地方。沿岸除了某一处有片沙岨宜于泊船以外，其余地方全是黛色如屋的大岩石。石头既然那么大，船又那么小，我们都希望寻觅得到一个能作小船风雪屏障，同时要上岸又还方便的处所。凡是可以泊船的地方早已被当地渔船占去了。小船上的水手，把船上下各处撑去，钢钻头敲打着沿岸大石头，发出好听的声音，结果这只小船，还是不能不同许多大小船只一样，在正当泊船处插了篙子，把当作锚头用的石碇抛到沙上去，尽那行将来到的风雪，摊派到这只船上。

这地方是个长潭的转折处，两岸是高大壁立千丈的山，山头上长着小小竹子，长年翠色逼人。这时节两山只剩余一抹深黑，赖天空微明为画出一个轮廓。但在黄昏里看来如一种奇迹的，却是两岸高处去水已三十丈上下的吊脚楼。这些房子莫不俨然悬挂在半空中，借着黄昏的余光，还可以把这些希奇的楼房形体，看得出个大略。这些房子同沿河一切房子有个共通相似处，便是从结构上说来，处处显出对于木材的浪费。房屋既在半山上，不用那么多木料，便不能成为房子吗？半山上也用吊脚楼形式，这形式是必须的吗？然而这条河水的大宗出口是木料，木材比石块还不值价。因此，即或是河水永远长不到处，吊脚楼房子依然存在，似乎也不应当有何惹眼惊奇了。但沿河因为有了这些楼房，长年与流水斗争的水手，寄身船中枯闷成疾的旅行者，以及其他过路人，却有了落脚处了。这些人的疲劳与寂寞是从这些房子中可以一律解除的。地方既好看，也好玩。

河面大小船只泊定后，莫不点了小小的油灯，拉了篷。各个船上皆在后舱烧了火，用铁鼎罐煮红米饭。饭焖熟后，又换锅子熬油，哗的把菜蔬倒进热锅里去。一切齐全了，各人蹲在舱板上三碗五碗把腹中填满后，天已夜了。水手们怕冷怕动的，收拾碗盏后，就莫不在舱板上摊开了被盖，把身体钻进那个预先卷成一筒又冷又湿的硬棉被里去休息。至于那些想喝一杯的，发了烟瘾得靠靠灯，船上烟灰又翻尽了的，或一无所为，只是不甘寂寞，好事好玩想到岸上去烤烤火谈谈天的，便莫不提了桅灯，或燃一段废缆子，摇晃着从船头跳上了岸，从一堆石头间的小路径，爬到半山上吊脚楼房子那边去，找寻自己的熟人，找寻自己的熟地。陌生人自然也有来到这条河中来到这种吊脚楼房子里的时节，但一到地，在火堆旁小板凳上一坐，便是陌生人，即刻也就可以称为熟人乡亲了。

这河边两岸除了停泊有上下行的大小船只三十左右以外，还有无数在日前趁融雪涨水放下形体大小不一的木筏。较小的木筏，上面供给人住宿过夜的棚子也不见，一到了码头，便各自上岸找住处去了。大一些的木筏呢，则有房屋，有船只，有小小菜园与养猪养鸡栅栏，还有女眷和小孩子。

黑夜占领了全个河面时，还可以看到木筏上的火光，吊脚楼窗口的灯光，以及上岸下船在河岸大石间飘忽动人的火炬红光。这时节岸上船上都有人说话，吊脚楼上且有妇人在黯淡灯光下唱小曲的声音，每次唱完一支小曲时，就有人笑嚷。什么人家吊脚楼下有匹小羊叫，固执而且柔和的声音，使人听来觉得忧郁。我心中想着，“这一定是从别一处牵来的，另外一个地方，那小畜生的母亲，一定也那么固执的鸣着吧。”算算日子，再过十一天便过年了。“小畜生明不明白只能在这个世界上活过十天八天？”明白也罢，不明白也罢，这小畜生是为了过年而赶来，应在这个地方死去的。此后固执而又柔和的声音，将在我耳边永远不会消失。我觉得忧郁起来了。我仿佛触着了这世界上一点东西，看明白了这世界上一点东西，心里软和得很。

但我不能这样子打发这个长夜。我把我的想象,追随了一个唱曲时清中夹沙的妇女声音,到她的身边去了。于是仿佛看到了一个床铺,下面是草荐,上面摊了一床用旧帆布或别的旧货做成脏而又硬的棉被,搁在床正中被单上面的是一个长方木托盘,盘中有一把小茶盏,一个小烟盒,一支烟枪,一块小石头,一盏灯。盘边躺着一个人在烧烟。唱曲子的妇人,或是袖了手捏着自己的膀子站在吃烟者的面前,或是靠在男子对面的床头,为客人烧烟。房子分两进,前面临街,地是土地,后面临河,便是所谓吊脚楼了。这些人房子窗口既一面临河,可以凭了窗口呼喊河下船中人,当船上人过了瘾,胡闹已够,下船时,或者尚有些事情嘱托,或有其他原因,一个晃着火炬停顿在大石间,一个便凭立在窗口,"大老你记着,船下行时又来。""好,我来的,我记着的。""你见了顺顺就说:会呢,完了;孩子大牛呢,脚膝骨好了。细粉带三斤,冰糖或片糖带三斤。""记得到,记得到,大娘你放心,我见了顺顺大爷就说:会呢,完了。大牛呢,好了。细粉来三斤,冰糖来三斤。""杨氏,杨氏,一共四吊七,莫错账!""是的,放心呵,你说四吊七就四吊七,年三十夜莫会要你多的!你自己记着就是了!"这样那样的说着,我一一都可听到,而且一面还可以听着在黑暗中某一处咩咩的羊鸣。我明白这些回船的人是上岸吃过"荤烟"了的。

我还估计得出,这些人不吃"荤烟",上岸时只去烤烤火的,到了那些屋子里时,便多数只在临街那一面铺子里。这时节天气太冷,大门必已上好了,屋里一隅或点了小小油灯,屋中土地上必就地掘了浅凹火炉膛,烧了些树根柴块。火光煜煜,且时时刻刻爆炸着一种难于形容的声音。火旁矮板凳上坐有船上人,木筏上人,有对河住家的熟人。且有虽为天所厌弃还不自弃年过七十的老妇人,闭着眼睛蜷成一团蹲在火边,悄悄的从大袖筒里取出一片薯干或一枚红枣,塞到嘴里去咀嚼。有穿着肮脏身体瘦弱的孩子,手擦着眼睛傍着火旁的母亲打盹。屋主人有为退伍的老军人,有翻船背运的老水手,有单身寡妇。藉着火光灯光,可以看得出这屋中的大略情形,三堵木板壁上,一面必有个供奉祖宗的神龛,神龛下空处或另一面,必贴了一些大小不一的红白名片。这些名片倘若有那些好事者加以注意,用小油灯照着,去仔细检查检查,便可以发现许多动人的名衔,军队上的连副,上士,一等兵,商号中的管事,当地的团总,保正,催租吏,以及照例姓滕的船主,洪江的木簰商人,与其他各行各业人物,无所不有。这是近一二十年来经过此地若干人中一小部分的题名录。这些人各用一种不同的生活,来到这个地方,且同样的来到这些屋子里,坐在火边或靠近床边,逗留过若干时间。这些人离开了此地后,在另一世界里还是继续活下去,但除了同自己的生活圈子中人发生关系以外,与一同在这个世界上其他的人,却仿佛便毫无关系可言了。他们如今也许早已死掉了;水淹死的,枪打死的,被外妻用砒霜谋杀的,然而这些名片却依然将好好的保留下去。也许有些人已成了富人名人,成了当地的小军阀,这些名片却仍然写着催租人,上士等等的衔头。……除了这些名片,那屋子里是不是还有比它更引人注意的东西呢?锯子,小捞兜,香烟大画片,装干栗子的口袋,……

提起这些问题时使人心中很激动。我到船头上去眺望了一阵。河面静静的,木筏上火光小了,船上的灯光已很少了,远近一切只能借着水面微光看出个大略情形。另外一处的吊脚楼上,又有了妇人唱小曲的声音,灯光摇摇不定,且有猜拳声音。我估计那些灯光同声音所在处,不是木筏上的簰头在取乐,就是水手们小商人在喝酒。妇人手指上说不定还戴了水手特别为从常德府捎带来的镀金戒指,一面唱曲一面把那只手理着鬓角,多动人的一幅画图!我认识他们的哀乐,这一切我也有份。看他们在那里把每个日子打发下去,也是眼泪也是笑,离我虽那么远,同时又与我那么相近。这正同读一篇描写西伯利亚的农人生活动人作品一样,使人掩卷引起无言的哀戚。我如今只用想象去领味这些人生活的表面姿态,却用过去一分经验,接触着了这种人的灵魂。

羊还固执的鸣着。远处不知什么地方有锣鼓声音,那一定是某个人家禳土酬神还愿巫师的锣鼓。声音所在处必有火燎与九品蜡照耀争辉。眩目火光下必有头包红布的老巫师独立作旋风舞,门上架上有黄钱,平地有装满了谷米的平斗。有新宰的猪羊伏在木架上,头上插着小小五色纸旗。有行将为巫师用口把头咬下的活生公鸡,缚了双脚与翼翅,在土坛边无可奈何的躺卧。主人锅灶边则热了满锅猪血稀粥,灶中正火光熊熊。

邻近一只大船上,水手们已静静的睡下了,只剩余一个人吸着烟,且时时刻刻把烟管敲着船舷。也象听着吊脚楼的声音,为那点声音所激动,引起种种联想,忽然按捺自己不住了,只听到他轻轻的骂着野话,擦了支自来火,点上一段废缆,跳上岸往吊脚楼那里去了。他在岸上大石间走动时,火光便从船篷空处漏进我的船中。也是同样的情形吧,在一只装载棉军服向上行驶的船上,泊到同样的岸边,躺在成束成捆的军服上面,夜既太长,水手们爱玩牌的各蹲坐在舱板上小油灯光下玩天九,睡既不成,便胡乱穿了两套棉军服,空手上岸,借着石块间还未融尽残雪返照的微光,一直向高岸上有灯光处走去。到了街上,除了从人家门罅里露出的灯光成一条长线横卧着,此外一无所有。在计算中以为应可见到的小摊上成堆的花生,用哈德门长烟盒装着干瘪瘪的小橘子,切成小方块的片糖,以及在灯光下看守摊子把眉毛扯得极细的妇人(这些妇人无事可作时还会在灯光下做点针线的),如今什么也没有。既不敢冒昧闯进一个人家里面去,便只好又回转河边船上了。但上山时向灯光凝聚处走去,方向不会错误。下河时可糟了。糊糊涂涂在大石小石间走了许久,且大声喊着,才走近自己所坐的一只船。上船时,两脚全是泥,刚攀上船舷还不及脱鞋落舱,就有人在棉被中大喊:“伙计哥子们,脱鞋呀!”把鞋脱了还不即睡,便镶到水手身旁去看牌,一直看到半夜,——十五年前自己的事,在这样地方温习起来,使人对于命运感到十分惊异。我懂得那个忽然独自跑上岸去的人,为什么上去的理由!

等了一会,邻船上那人还不回到他自己的船上来,我明白他所得的必比我多了一些。我想听听他回来时,是不是也象别的船上人,有一个妇人在吊脚楼窗口喊叫他。许多人都陆续回到船上了,这人却没有下船。我记起“柏子”。但是,同样是水上人,一个那么快乐的赶到岸上去,一个却是那么寂寞的跟着别人后面走上岸去,到了那些地方,情形不会同柏子一样,也是很显然的事了。

为了我想听听那个人上船时那点推篷声音,我打算着,在一切声音全已安静时,我仍然不能睡觉。我等待那点声音。大约到午夜十二点,水面上却起了另外一种声音。仿佛鼓声,也仿佛汽油船马达转动声,声音慢慢的近了,可是慢慢的又远了。象是一个有魔力的歌唱,单纯到不可比方,也便是那种固执的单调,以及单调的延长,使一个身临其境的人,想用一组文字去捕捉那点声音,以及捕捉在那长潭深夜一个人为那声音所迷惑时节的心情,实近于一种徒劳无功的努力。那点声音使我不得不再从那个业已用被单塞好空罅的舱门,到船头去搜索它的来源。河面一片红光,古怪声音也就从红光一面掠水而来。原来日里隐藏在大岩下的一些小渔船,在半夜前早已静悄悄的下了拦江网。到了半夜,把一个从船头伸在水面的铁兜,盛上燃着熊熊烈火的油柴,一面用木棒槌有节奏的敲着船舷各处漂去。身在水中见了火光而来与受了柝声吃惊四窜的鱼类,便在这种情形中触了网,成为渔人的俘虏。当地人把这种捕鱼方法叫“赶白”。

一切光,一切声音,到这时节已为黑夜所抚慰而安静了,只有水面上那一分红光与那一派声音。那种声音与光明,正为着水中的鱼和水面的渔人生存的搏战,已在这河面上存在了若干年,且将在接连而来的每个夜晚依然继续存在。我弄明白了,回到舱中以后,依然默听着那个单调的声音。我所看到的仿佛是一种原始人与自然战争的情景。那声音,那火光,都近于原始人类的战争,把我带回到四五千年那个“过去”时间里去。

不知在什么时候开始落了很大的雪,听船上人细语着,我心想,第二天我一定可以看到邻船上那个人上船时节,在岸边雪地上留下那一行足迹。那寂寞的足迹,事实上我却不曾见到,因为第二天到我醒来时,小船已离开那个泊船处很远了。

(收入《湘行散记》,商务印书馆 1936 年 3 月版)

一个消逝了的山村

冯 至

在人口稀少的地带,我们走入任何一座森林,或是一片草原,总觉得它们在洪荒时代大半就是这样。人类的历史演变了几千年,它们却在人类以外,不起一些变化,千百年如一日,默默地对着永恒。其中可能发生的事迹,不外乎空中的风雨,草里的虫蛇,林中出没的走兽和树间的鸣鸟。我们刚到这里来时,对于这座山林,也是那样感想,绝不会问到:这里也曾有过人烟吗?但是一条窄窄的石路的残迹泄露了一些秘密。

我们走入山谷,沿着小溪,走两三里到了水源,转上山坡,便是我们居住的地方。我们住的房屋,建筑起来不过二三十年,我们走的路,是二三十年来经营山林的人们一步步踏出来的。处处表露出新开辟的样子,眼前的浓绿浅绿,没有一点历史的重担。但是我们从城内向这里来的中途,忽然觉得踏上了一条旧路。那条路是用石块砌成,从距谷口还有四五里远的一个村庄里伸出,向山谷这边引来,先是断断续续,随后就隐隐约约地消失了。它无人修理,无日不在继续着埋没下去。我在那条路上走时,好像是走着两条道路,一条路引我走近山居,另一条路是引我走到过去。因为我想,这条石路一定有一个时期宛宛转转地一直伸入谷口,在谷内溪水的两旁,现在只有树木的地带,曾经有过房屋,只有草的山坡上,曾经有过田园。

过了许久,我才知道,这里实际上有过村落。在七十年前,云南省的大部分,经过一场浩劫,回、汉互相仇杀,有多少村庄城镇在这里衰落了。在当时短短的二十年内,仅就昆明一个地方说,人口就从一百四十余万降落到二十五万。这里原有的山村,是回民的,还是汉人的,是一次便毁灭了呢,还是渐渐地凋零下去,我们都无从知道,只知它是在回人几度围攻省城时成了牺牲。现在就是一间房屋的地基都寻不到了,只剩下树林、草原、溪水,除却我们的住房外,周围四五里内没有人家,但是每座山,每个幽隐的地方还都留有一个名称。这些名称现在只生存在从四邻村里走来的,砍柴、背松毛、放牛牧羊的人们的口里。此外它们却没有什么意义;若有,就是使我们想到有些地方曾经和人发生过关系，都隐藏着一小段兴衰的历史吧。

我不能研究这个山村的历史，也不愿用想象来装饰它。它像是一个民族在这世界里消亡了，随着它一起消亡的是它所孕育的传说和故事。我们没有方法去追寻它们，只有在草木之间感到一些它们的余韵。

最可爱的是那条小溪的水源，从我们对面山的山脚下涌出的泉水；它不分昼夜地在那儿流，几棵树环绕着它，形成一个阴凉的所在。我们感谢它，若是没有它，我们就不能在这里居住，那山村也不会曾经在这里滋长。这清冽的泉水，养育我们，同时也养育过往日那村里的人们。人和人，只要是共同吃过一棵树上的果实，共同饮过一条河里的水，或是共同担受过一个地方的风雨，不管是时间或空间把他们隔离得有多么远，彼此都会感到几分亲切，彼此的生命都有些声息相通的地方。我深深理解了古人一首情诗里的句子："日日思君不见君，共饮长江水。"

其次就是鼠曲草。这种在欧洲非登上阿尔卑斯山的高处不容易采撷得到的名贵的小草，在这里却每逢暮春和初秋一年两季地开遍了山坡。我爱它那从叶子演变成的，有白色茸毛的花朵，谦虚地掺杂在乱草的中间。但是在这谦虚里没有卑躬，只有纯洁，没有矜持，只有坚强。有谁要认识这小草的意义吗？我愿意指给他看：在夕阳里一座山丘的顶上，坐着一个村女，她聚精会神地在那里缝什么，一任她的羊在远远近近的山坡上吃草，四面是山，四面是树，她从不抬起头来张望一下，陪伴着她的是一丛一丛的鼠曲从杂草中露出头来。这时我正从城里来，我看见这幅图像，觉得我随身带来的纷扰都变成深秋的黄叶，自然而然地凋落了。这使我知道，一个小生命是怎样鄙弃了一切浮夸，孑然一身担当着一个大宇宙。那消逝了的村庄必定也曾经像是这个少女，抱着自己的朴质，春秋佳日，被这些白色的小草围绕着，在山腰里一言不语地负担着一切。后来一个横来的运命使它骤然死去，不留下一些夸耀后人的事迹。

雨季是山上最热闹的时节，天天早晨我们都醒在一片山歌里。那是些从五六里外趁早上山来采菌子的人。下了一夜的雨，第二天太阳出来一蒸发，草间的菌子，俯拾皆是：有的红如胭脂，青如青苔，褐如牛肝，白如蛋白，还有一种赭色的，放在水里立即变成靛蓝的颜色。我们望着对面的山上，人人踏着潮湿，在草丛里，树根处，低头寻找新鲜的菌子。这是一种热闹，人们在其中并不忘却自己，各人盯着各人目前的世界。这景象，在七十年前也不会两样。这些彩菌，不知点缀过多少民族的童话，它们一定也滋养过那山村里的人们的身体和儿童的幻想吧。

这中间，高高耸立起来那植物界里最高的树木，有加利树。有时在月夜里，月光把被微风摇摆的叶子镀成银色，我们望着它每瞬间都在生长，仿佛把我们的身体，我们的周围，甚至全山都带着生长起来。望久了，自己的灵魂有些担当不起，感到悚然，好像对着一个崇高的严峻的圣者，你不随着他走，就得和他离开，中间不容有妥协。——但是，这种树本来是异乡的，移植到这里来并不久，那个山村恐怕不会梦想到它，正如一个人不会想到他死后的坟旁要栽什么树木。

秋后，树林显出萧疏。刚过黄昏，野狗便四出寻食，有时远远在山沟里，有时近到墙外，作出种种求群求食的嗥叫的声音。更加上夜夜常起的狂风，好像要把一切都给刮走。这时有如身在荒原，所有精神方面所体验的，物质方面所得获的，都失却了功用。使人想到海上的飓风，寒带的雪潮，自己一点也不能作主。风声稍息，是野狗的嗥声，野狗声音刚过去，松林里又起了涛浪。这风夜中的嗥声对于当时的那个村落，一定也是一种威胁——尤其是对于无眠的老人,夜半惊醒的儿童和抚慰病儿的寡妇。

在比较平静的夜里,野狗的野性似乎也被夜的温柔驯服了不少。代替野狗的是麂子的嘶声。这温良而机警的兽,自然要时时躲避野狗,但是逃不开人的诡计。月色朦胧的夜半,有一二猎夫,会效仿麂子的嘶声,往往登高一呼,麂子便成群地走来。……据说,前些年,在人迹罕到的树丛里还往往有一只鹿出现。不知是这里曾经有过一个繁盛的鹿群,最后只剩下了一只,还是根本是从外边偶然走来而迷失在这里不能回去呢?反正这是近乎传说了。这美丽的兽,如果我们在庄严的松林里散步,它不期然地在我们对面出现,我们真会像是 Saint Eustace 一般,在它的两角之间看见了幻境。

两三年来,这一切,给我的生命许多滋养。但我相信它们也曾以同样的坦白和恩惠对待那消逝了的村庄。这些风物,好像至今还在述说它的运命。在风雨如晦的时刻,我踏着那村里的人们也踏过的土地,觉得彼此相隔虽然将及一世纪,但在生命的深处,却和他们有着意味不尽的关连。

(收入《山水》,国民图书出版社 1943 年 9 月版)

公寓生活记趣

张爱玲

读到“我欲乘风归去,又恐琼楼玉宇,高处不胜寒”的两句词,公寓房子上层的居民多半要感到毛骨悚然。屋子越高越冷。自从煤贵了之后,热水汀早成了纯粹的装饰品。构成浴室的图案美,热水龙头上的 H 字样自然是不可少的一部份;实际上呢,如果你放冷水而开错了热水龙头,立刻便有一种空洞而凄怆的轰隆轰隆之声从九泉之下发出来,那是公寓里特别复杂,特别多心的热水管系统在那里发脾气了。即使你不去太岁头上动土,那雷神也随时地要显灵。无缘无故,只听见不怀好意的“嗡……”拉长了半晌之后接着“訇訇”两声,活像飞机在顶上盘旋了一会,掷了两枚炸弹。在战时香港吓细了胆子的我,初回上海的时候,每每为之魂飞魄散。若是当初它认真工作的时候,艰辛地将热水运到六层楼上来,便是咕噜两声,也还情有可原。现在可是雷声大,雨点小,难得滴下两滴生锈的黄浆……然而也说不得了,失业的人向来是肝火旺的。

梅雨时节,高房子因为压力过重,地基陷落的缘故,门前积水最深。街道上完全干了,我们还得花钱雇黄包车渡过那白茫茫的护城河。雨下得太大的时候,屋子里便闹了水灾。我们轮流抢救,把旧毛巾,麻袋,褥单堵住了窗户缝;障碍物湿濡了,绞干,换上,污水折在脸盆里,脸盆里的水倒在抽水马桶里。忙了两昼夜,手心磨去了一层皮,墙根还是汪着水,糊墙的花纸还是染了斑斑点点的水痕与霉迹子。

风如果不朝这边吹的话,高楼上的雨倒是可爱的。有一天,下了一黄昏的雨,出去的时候忘了关窗户,回来一开门,一房的风声雨味,放眼望出去,是碧蓝的潇潇的夜,远处略有淡灯摇曳,多数的人家还没点灯。

常常觉得不可解,街道上的喧声,六楼上听得分外清楚,仿佛就在耳根底下,正如一个人年纪越高,距离童年渐渐远了,小时的琐碎的回忆反而渐渐亲切明晰起来。

我喜欢听市声。比我较有诗意的人在枕上听松涛，听海啸，我是非得听见电车响才睡得着觉的。在香港山上，只有冬季里，北风彻夜吹着常青树，还有一点电车的韵味。长年住在闹市里的人大约非得出了城之后才知道他离不了一些什么。城里人的思想，背景是条纹布的幔子，淡淡的白条子便是行驰着的电车——平行的，匀净的，声响的河流，汩汩流入下意识里去。

我们的公寓近电车厂邻，可是我始终没弄清楚电车是几点钟回家。“电车回家”这句子仿佛不很合适——大家公认电车为没有灵魂的机械，而“回家”两个字有着无数的情感洋溢的联系。但是你没看见过电车进厂的特殊情形罢？一辆衔接一辆，像排了队的小孩，嘈杂，叫嚣，愉快地打着哑嗓子的铃：“克林，克赖，克赖，克赖！”吵闹之中又带着一点由疲乏而生的驯服，是快上床的孩子，等着母亲来刷洗他们。车里的灯点得雪亮。专做下班的售票员的生意的小贩们曼声兜售着面包。有时候，电车全进了厂了，单剩下一辆，神秘地，像被遗弃了似的，停在街心。从上面望下去，只见它在半夜的月光中坦露着白肚皮。

这里的小贩所卖的吃食没有多少典雅的名色。我们也从来没有缒下篮子去买过东西。（想起《侬本痴情》里的顾兰君了。她用丝袜结了绳子，缚住了纸盒，吊下窗去买汤面。袜子如果不破，也不是丝袜了！在节省物资的现在，这是使人心惊肉跳的奢侈。）也许我们也该试着吊下篮子去。无论如何，听见门口卖臭豆腐干的过来了，便抓起一只碗来，蹬蹬奔下六层楼梯，跟踪前往，在远远的一条街上访到了臭豆腐干担子的下落，买到了之后，再乘电梯上来，似乎总有点可笑。

我们的开电梯的是个人物，知书达礼，有涵养，对于公寓里每一家的起居他都是一本清账。他不赞成他儿子去做电车售票员——嫌那职业不很上等。再热的天，任凭人家将铃揿得震天响，他也得在汗衫背心上加上一件熨得溜平的纺绸小褂，方肯出现。他拒绝替不修边幅的客人开电梯。他的思想也许缙绅气太重，然而他究竟是个有思想的人。可是他离了自己那间小屋，就踏进了电梯的小屋——只怕这一辈子是跑不出这两间小屋了。电梯上升，人字图案的铜栅栏外面，一重重的黑暗往下移，棕色的黑暗，红棕色的黑暗，黑色的黑暗……衬着交替的黑暗，你看见司机人的花白的头。

没事的时候他在后天井烧个小风炉炒菜烙饼吃。他教我们怎样煮红米饭：烧开了，熄了火，停个十分钟再煮，又松，又透，又不塌皮烂骨，没有筋道。

托他买豆腐浆，交给他一只旧的牛奶瓶。陆续买了两个礼拜，他很简单地报告道：“瓶没有了。”是砸了还是失窃了，也不得而知。再隔了些时，他拿了一只小一号的牛奶瓶装了豆腐浆来，我们问道：“咦？瓶又有了？”他答道：“有了。”新的瓶是赔给我们的呢还是借给我们的，也不得而知。这一类的举动是颇有点社会主义风的。

我们的新闻报每天早上他要循例过目一下方才给我们送来。小报他读得更为仔细些，因此要到十一二点钟才轮得到我们看。英文，日文，德文，俄文的报他是不看的，因此大清早便卷成一卷插在人家弯曲的门钮里。

报纸没有人偷，电铃上的钢板却被撬去了。看门的巡警倒有两个，虽不是双生子，一样都是翻领里面竖起了木渣渣的黄脸，短裤与长统袜之间露出木渣渣的黄膝盖；上班的时候，一般都是横在一张藤椅上睡觉，挡住了信箱。每次你去看看信箱的时候总得殷勤地凑到他面颊前面，仿佛要询问：“酒刺好了些罢？”

恐怕只有女人能够充分了解公寓生活的特殊优点：佣人问题不那么严重。生活程度这么高，即使雇得起人，也得准备着受气。在公寓里“居家过日子”是比较简单的事。找个清洁公司每隔两星期来大扫除一下，也就用不着打杂的了。没有佣人，也是人生一快。抛开一切平等的原则不讲，吃饭的时候如果有个还没吃过饭的人立在一边眼睁睁望着，等着为你添饭，虽不至于使人食不下咽，多少有些讨厌。许多身边杂事自有它们的愉快性质。看不到田园里的茄子，到菜场上去看看也好——那么复杂的，油润的紫色；新绿的豌豆，熟艳的辣椒，金黄的面筋，像太阳里的肥皂泡。把菠菜洗过了，倒在油锅里，每每有一两片碎叶子粘在篾篓底上，抖也抖不下来；迎着亮，翠生生的枝叶在竹片编成的方格子上招展着，使人联想到篱上的扁豆花。其实又何必“联想”呢？篾篓子的本身的美不就够了么？我这并不是效忠于国社党，劝诱女人回到厨房里去。不劝便罢，若是劝，一样的得劝男人到厨房里去走一遭。当然，家里有厨子而主人不时的下厨房，是会引起厨子最强烈的反感的。这些地方我们得寸步留心，不能太不识眉眼高低。

有时候也感到没有佣人的苦处。米缸里出虫，所以掺了些胡椒在米里——据说米虫不大喜欢那刺激性的气味，淘米之前先得把胡椒拣出来。我捏了一只肥白的肉虫的头当做胡椒，发现了这错误之后，不禁大叫起来，丢下饭锅便走。在香港遇见了蛇，也不过如此罢了。那条蛇我只见到它的上半截，它钻出洞来矗立着，约有二尺来长，我抱了一叠书匆匆忙忙下山来。正和它打了个照面。它静静地望着我，我也静静地望着它，望了半晌，方才哇呀呀叫出声来，翻身便跑。

提起虫豸之类，六楼上苍蝇几乎绝迹，蚊子少许有两个。如果它们富于想象力的话，飞到窗口往下一看，便会晕倒了罢？不幸它们是像英国人一般地淡漠与自足——英国人住在非洲的森林里也照常穿上了燕尾服进晚餐。

公寓是最合理想的逃世的地方。厌倦了大都会的人们往往记挂着和平幽静的乡村，心心念念盼望着有一天能够告老归田，养蜂种菜，享点清福。殊不知在乡下多买半斤腊肉便要引起许多闲言闲语，而在公寓房子的最上层你就是站在窗前换衣服也不妨事！

然而一年一度，日常生活的秘密总得公布一下。夏天家家户户都大敞着门，搬一把藤椅坐在风口里。这边的人在打电话，对过一家的仆欧一面熨衣裳，一面便将电话上的对白译成了德文说给他的小主人听。楼底下有个俄国人在那里响亮地教日文。二楼的那位女太太和贝多芬有着不共戴天的仇恨，一捶十八敲，咬牙切齿打了他一上午；钢琴上倚着一辆脚踏车。不知道哪一家在煨牛肉汤，又有哪一家泡了焦三仙。

人类天生的是爱管闲事。为什么我们不向彼此的私生活里偷偷的看一眼呢，既然被看者没有多大损失而看的人显然得到了片刻的愉悦？凡事牵涉到快乐的授受上，就犯不着斤斤计较了。较量些什么呢？——长的是磨难，短的是人生。

屋顶花园里常常有孩子们溜冰，兴致高的时候，从早到晚在我们头上咕滋咕滋锉过来又锉过去，像磁器的摩擦，又像睡熟的人在那里磨牙，听得我们一粒粒牙齿在牙仁里发酸如同青石榴的子，剔一剔便会掉下来。隔壁一个异国绅士声势汹汹上楼去干涉。他的太太提醒他道：“人家不懂你的话，去也是白去。”他揎拳掳袖道：“不要紧，我会使他们懂得的！”隔了几分钟他偃旗息鼓嗒然下来了。上面的孩子年纪都不小了，而且是女性，而且是美丽的。

谈到公德心，我们也不见得比人强。阳台上的灰尘我们直截了当地扫到楼下的阳台上去。"啊,人家阑干上晾着地毯呢——怪不过意的,等他们把地毯收了进去再扫罢!"一念之慈,顶上生出了灿烂圆光。这就是我们的不甚彻底的道德观念。

(收入《流言》,1944年12月自印本)

爱

张爱玲

这是真的。

有个村庄的小康之家的女孩子,生得美,有许多人来做媒,但都没有说成。那年她不过十五六岁罢,是春天的晚上,她立在后门口,手扶着桃树。她记得她穿的是一件月白的衫子。对门住的年轻人同她见过面,可是从来没有打过招呼的,他走了过来,离得不远,站定了,轻轻的说了一声:"噢,你也在这里吗?"她没有说什么,他也没有再说什么,站了一会,各自走开了。

就这样就完了。

后来这女子被亲眷拐子,卖到他乡外县去作妾,又几次三番地被转卖,经过无数的惊险的风波,老了的时候她还记得从前那一回事,常常说起,在那春天的晚上,在后门口的桃树下,那年轻人。

于千万人之中遇见你所遇见的人,于千万年之中,时间的无涯的荒野里,没有早一步,也没有晚一步,刚巧赶上了,那也没有别的话可说,惟有轻轻的问一声:"噢,你也在这里吗?"

(收入《流言》)

雅　舍

梁实秋

到四川来,觉得此地人建造房屋最是经济。火烧过的砖,常常用来做柱子,孤零零的砌起四根砖柱,上面盖上一个木头架子,看上去瘦骨磷磷,单薄得可怜;但是顶上铺了瓦,四面编了竹篦墙,墙上敷了泥灰,远远的看过去,没有人能说不像是座房子。我现在住的"雅舍"正是这样一座典型的房子。不消说,这房子有砖柱,有竹篦墙,一切特点都应有尽有。讲到住房,我的经验不算少,什么"上支下摘","前廊后厦","一楼一底","三上三下","亭子间","茆草棚","琼楼玉宇"和"摩天大厦",各式各样,我都尝试过。我不论住在哪里,只要住得稍久,对那房子便发生感情,非不得已我还舍不得搬。这"雅舍",我初来时仅求其能蔽风雨,并不敢存奢望,现在住了两个多月,我的好感油然而生。虽然我已渐渐感觉它并不能蔽风雨,因为有窗而无玻璃,风来则洞若凉亭，有瓦而空隙不少，雨来则渗如滴漏。纵然不能蔽风雨，“雅舍”还是自有它的个性。有个性就可爱。

“雅舍”的位置在半山腰，下距马路约有七八十层的土阶。前面是阡陌螺旋的稻田。再远望过去是几抹葱翠的远山，旁边有高粱地，有竹林，有水池，有粪坑，后面是荒僻的榛莽未除的土山坡。若说地点荒凉，则月明之夕，或风雨之日，亦常有客到，大抵好友不嫌路远，路远乃见情谊。客来则先爬几十级的土阶，进得屋来仍须上坡，因为屋内地板乃依山势而铺，一面高，一面低，坡度甚大，客来无不惊叹，我则久而安之，每日由书房走到饭厅是上坡，饭后鼓腹而出是下坡，亦不觉有大不便处。

“雅舍”共是六间，我居其二。篦墙不固，门窗不严，故我与邻人彼此均可互通声息。邻人轰饮作乐，咿唔诗章，喁喁细语，以及鼾声，喷嚏声，吮汤声，撕纸声，脱皮鞋声，均随时由门窗户壁的隙处荡漾而来，破我岑寂。入夜则鼠子瞰灯，才一合眼，鼠子便自由行动，或搬核桃在地板上顺坡而下，或吸灯油而推翻烛台，或攀援而上帐顶，或在门框桌脚上磨牙，使得人不得安枕。但是对于鼠子，我很惭愧的承认，我“没有法子”。“没有法子”一语是被外国人常常引用着的，以为这话最足代表中国人的懒惰隐忍的态度。其实我的对付鼠子并不懒惰。窗上糊纸，纸一戳就破；门户关紧，而相鼠有牙，一阵咬便是一个洞洞。试问还有什么法子？洋鬼子住到“雅舍”里，不也是“没有法子”？比鼠子更骚扰的是蚊子。“雅舍”的蚊风之盛，是我前所未见的。“聚蚊成雷”真有其事！每当黄昏时候，满屋里磕头碰脑的全是蚊子，又黑又大，骨骼都像是硬的。在别处蚊子早已肃清的时候，在“雅舍”则格外猖獗，来客偶不留心，则两腿伤处累累隆起如玉蜀黍，但是我仍安之。冬天一到，蚊子自然绝迹，明年夏天——谁知道我还是否住在“雅舍”！

“雅舍”最宜月夜——地势较高，得月较先。看山头吐月，红盘乍涌，一霎间，清光四射，天空皎洁，四野无声，微闻犬吠，坐客无不悄然！舍前有两株梨树，等到月升中天，清光从树间筛洒而下，地上阴影斑斓，此时尤为幽绝。直到兴阑人散，归房就寝，月光仍然逼进窗来，助我凄凉。细雨蒙蒙之际，“雅舍”亦复有趣。推窗展望，俨然米氏章法，若云若雾，一片弥漫。但若大雨滂沱，我就又惶悚不安了，屋顶湿印到处都有，起初如碗大，俄而扩大如盆，继则滴水乃不绝，终乃屋顶灰泥突然崩裂，如奇葩初绽，砉然一声而泥水下注，此刻满室狼藉，抢救无及。此种经验，已数见不鲜。

“雅舍”之陈设，只当得简朴二字，但洒扫拂拭，不使有纤尘。我非显要，故名公巨卿之照片不得入我室；我非牙医，故无博士文凭张挂壁间；我不业理发，故丝织西湖十景以及电影明星之照片亦均不能张我四壁。我有一几一椅一榻，酣睡写读，均已有着，我亦不复他求。但是陈设虽简，我却喜欢翻新布置。西人常常讥笑妇人喜欢变更桌椅位置，以为这是妇人天性喜变之一征。诬否且不论，我是喜欢改变的。中国旧式家庭，陈设千篇一律，正厅上是一条案，前面一张八仙桌，一边一把靠椅，两旁是两把靠椅夹一只茶几。我以为陈设宜求疏落参差之致，最忌排偶。“雅舍”所有，毫无新奇，但一物一事之安排布置俱不从俗。人入我室，即知此是我室。笠翁《闲情偶寄》之所论，正合我意。

“雅舍”非我所有，我仅是房客之一。但思“天地者万物之逆旅”，人生本来如寄，我住“雅舍”一日，“雅舍”即一日为我所有。即使此一日亦不能算是我有，至少此一日“雅舍”所能给予之苦辣酸甜，我实躬受亲尝。刘克庄词：“客里似家家似寄。”我此时此刻卜居“雅舍”,“雅舍”即似我家。其实似家似寄,我亦分辨不清。

长日无俚,写作自遣,随想随写,不拘篇章,冠以“雅舍小品”四字,以示写作所在,且志因缘。

(《雅舍小品》代序,台北正中书局1949年11月版)

说 笑

钱锺书

自从幽默文学提倡以来,卖笑变成了文人的职业。幽默当然用笑来发泄,但是笑未必就表示着幽默。刘继庄《广阳杂记》云:“驴鸣似哭,马嘶如笑。”而马并不以幽默名家,大约因为脸太长的缘故。老实说,一大部分人的笑,也只等于马鸣萧萧,充不得什么幽默。

把幽默来分别人兽,好像亚理士多德是第一个。他在《动物学》里说:“人是唯一能笑的动物。”近代奇人白伦脱(W. S. Blunt)有《笑与死》的一首十四行诗,略谓自然界如飞禽走兽之类,喜怒爱惧,无不发为适当的声音,只缺乏表示幽默的笑声。不过,笑若为表现幽默而设,笑只能算是废物或者奢侈品,因为人类并不都需要笑。禽兽的鸣叫,仅够来表达一般人的情感,怒则狮吼,悲则猿啼,争则蛙噪,遇冤家则如犬之吠影,见爱人则如鸠之呼妇(cooing)。请问多少人真有幽默,需要笑来表现呢?然而造物者已经把笑的能力公平地分给了整个人类,脸上能做出笑容,嗓子里能发出笑声;有了这种本领而不使用,未免可惜。所以,一般人并非因有幽默而笑,是会笑而借笑来掩饰他们的没有幽默。笑的本意,逐渐丧失;本来是幽默丰富的流露,慢慢地变成了幽默贫乏的遮盖。于是你看见傻子的呆笑,瞎子的趁淘笑——还有风行一时的幽默文学。

笑是最流动、最迅速的表情,从眼睛里泛到口角边。东方朔《神异经·东荒经》载东王公投壶不中,“天为之笑”,张华注谓天笑即是闪电,真是绝顶聪明的想象。据荷兰夫人(Lady Holland)的《追忆录》,薛德尼·斯密史(Sidney Smith)也曾说:“电光是天的诙谐(Wit)。”笑的确可以说是人面上的电光,眼睛忽然增添了明亮,唇吻间闪烁着牙齿的光芒。我们不能扣留住闪电来代替高悬普照的太阳和月亮,所以我们也不能把笑变为一个固定的、集体的表情。经提倡而产生的幽默,一定是矫揉造作的幽默。这种机械化的笑容,只像骷髅的露齿,算不得活人灵动的姿态。柏格森《笑论》(Le Rire)说,一切可笑都起于灵活的事物变成呆板,生动的举止化作机械式(Le mécanique plaque sur le vivant)。所以,复出单调的言动,无不惹笑,像口吃,像口头习惯语,像小孩子的有意模仿大人。老头子常比少年人可笑,就因为老头子不如少年人灵变活动,只是一串僵化的习惯。幽默不能提倡,也是为此。一经提倡,自然流露的弄成模仿的,变化不居的弄成刻板的。这种幽默本身就是幽默的资料,这种笑本身就可笑。一个真有幽默的人别有会心,欣然独笑,冷然微笑,替沉闷的人生透一口气。也许要在几百年后、几万里外,才有另一个人和他隔着时间空间的河岸,莫逆于心,相视而笑。假如一大批人,嘻开了嘴,放宽了嗓子,约齐了时刻,成群结党大笑,那只能算下等游艺场里的滑稽大会串。国货提倡尚且增添了冒牌,何况幽默是不能大批出产的东西。所以,幽默提倡以后,并不产生幽默家,只添了无数弄笔墨的小花脸。挂了幽默的招牌,小花脸当然身价大增,脱离戏场而混进文场;反过来说,为小花脸冒牌以后,幽默品格降低,一大半文艺只能算是"游艺"。小花脸也使我们笑,不错!但是他跟真有幽默者绝然不同。真有幽默的人能笑,我们跟着他笑;假充幽默的小花脸可笑,我们对着他笑。小花脸使我们笑,并非因为他有幽默,正因为我们自己有幽默。

所以,幽默至多是一种脾气,决不能标为主张,更不能当作职业。我们不要忘掉幽默(Humour)的拉丁文原意是液体;换句话说,好像贾宝玉心目中的女性,幽默是水做的。把幽默当为一贯的主义或一生的衣食饭碗,那便是液体凝为固体,生物制成标本。就是真有幽默的人,若要卖笑为生,作品便不甚看得,例如马克·吐温(Mark Twain)。自十八世纪末叶以来,德国人好讲幽默,然而愈讲愈不相干,就因为德国人是做香肠的民族,错认幽默也像肉末似的,可以包扎得停停当当,作为现成的精神食料。幽默减少人生的严重性,决不把自己看得严重。真正的幽默是能反躬自笑的,它不但对于人生是幽默的看法,它对于幽默本身也是幽默的看法。提倡幽默作为一个口号,一种标准,正是缺乏幽默的举动;这不是幽默,这是一本正经的宣传幽默,板了面孔的劝笑。我们又联想到马鸣萧萧了!听来声音倒是笑,只是马脸全无笑容,还是拉得长长的,像追悼会上后死的朋友,又像讲学台上的先进的大师。

大凡假充一桩事物,总有两个动机。或出于尊敬,例如俗物尊敬艺术,就收集骨董,附庸风雅。或出于利用,例如坏蛋有所企图,就利用宗教道德,假充正人君子。幽默被假借,想来不出这两个缘故。然而假货毕竟充不得真。西洋成语称笑声清扬者为"银笑",假幽默像搀了铅的伪币,发出重浊呆木的声音,只能算铅笑。不过,"银笑"也许是卖笑得利,笑中有银之意,好比说"书中有黄金屋";姑备一说,供给辞典学者的参考。

(收入《写在人生边上》,开明书店 1941 年 12 月版)

小说

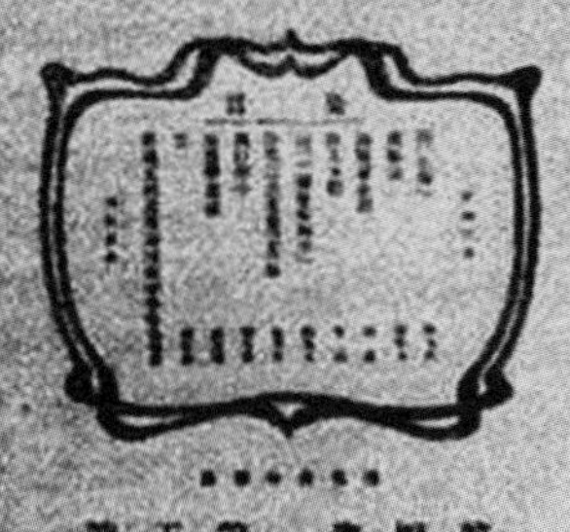
新青年

LA JEUNESSE

第四卷第五號

上海群益書社印行

狂人日記

一

二

狂人日记

鲁　迅

某君昆仲,今隐其名,皆余昔日在中学校时良友;分隔多年,消息渐阙。日前偶闻其一大病;适归故乡,迂道往访,则仅晤一人,言病者其弟也。劳君远道来视,然已早愈,赴某地候补矣。因大笑,出示日记二册,谓可见当日病状,不妨献诸旧友。持归阅一过,知所患盖"迫害狂"之类。语颇错杂无伦次,又多荒唐之言;亦不著月日,惟墨色字体不一,知非一时所书。间亦有略具联络者,今撮录一篇,以供医家研究。记中语误,一字不易;惟人名虽皆村人,不为世间所知,无关大体,然亦悉易去。至于书名,则本人愈后所题,不复改也。七年四月二日识。

一

今天晚上,很好的月光。

我不见他,已是三十多年;今天见了,精神分外爽快。才知道以前的三十多年,全是发昏;然而须十分小心。不然,那赵家的狗,何以看我两眼呢?

我怕得有理。

二

今天全没月光,我知道不妙。早上小心出门,赵贵翁的眼色便怪:似乎怕我,似乎想害我。还有七八个人,交头接耳的议论我,又怕我看见。一路上的人,都是如此。其中最凶的一个人,张着嘴,对我笑了一笑;我便从头直冷到脚跟,晓得他们布置,都已妥当了。

我可不怕,仍旧走我的路。前面一伙小孩子,也在那里议论我;眼色也同赵贵翁一样,脸色也都铁青。我想我同小孩子有什么仇,他也这样。忍不住大声说,"你告诉我!"他们可就跑了。

我想:我同赵贵翁有什么仇,同路上的人又有什么仇;只有廿年以前,把古久先生的陈年流水簿子,踹了一脚,古久先生很不高兴。赵贵翁虽然不认识他,一定也听到风声,代抱不平;约定路上的人,同我作冤对。但是小孩子呢?那时候,他们还没有出世,何以今天也睁着怪眼睛,似乎怕我,似乎想害我。这真教我怕,教我纳罕而且伤心。

我明白了。这是他们娘老子教的!

三

晚上总是睡不着。凡事须得研究,才会明白。

他们——也有给知县打枷过的,也有给绅士掌过嘴的,也有衙役占了他妻子的,也有老子娘被债主逼死的;他们那时候的脸色,全没有昨天这么怕,也没这么凶。

最奇怪的是昨天街上的那个女人,打他儿子,嘴里说道,“老子呀!我要咬你几口才出气!”他眼睛却看着我。我出了一惊,遮掩不住;那青面獠牙的一伙人,便都哄笑起来。陈老五赶上前,硬把我拖回家中了。

拖我回家,家里的人都装作不认识我;他们的眼色,也全同别人一样。进了书房,便反扣上门,宛然是关了一只鸡鸭。这一件事,越教我猜不出底细。

前几天,狼子村的佃户来告荒,对我大哥说,他们村里的一个大恶人,给大家打死了;几个人便挖出他的心肝来,用油煎炒了吃,可以壮壮胆子。我插了一句嘴,佃户和大哥便都看我几眼。今天才晓得他们的眼光,全同外面的那伙人一模一样。

想起来,我从顶上直冷到脚跟。

他们会吃人,就未必不会吃我。

你看那女人“咬你几口”的话,和一伙青面獠牙人的笑,和前天佃户的话,明明是暗号。我看出他话中全是毒,笑中全是刀。他们的牙齿,全是白厉厉的排着,这就是吃人的家伙。

照我自己想,虽然不是恶人,自从踹了古家的簿子,可就难说了。他们似乎别有心思,我全猜不出。况且他们一翻脸,便说人是恶人。我还记得大哥教我做论,无论怎样好人,翻他几句,他便打上几个圈;原谅坏人几句,他便说“翻天妙手,与众不同”。我那里猜得到他们的心思,究竟怎样;况且是要吃的时候。

凡事总须研究,才会明白。古来时常吃人,我也还记得,可是不甚清楚。我翻开历史一查,这历史没有年代,歪歪斜斜的每叶上都写着“仁义道德”几个字。我横竖睡不着,仔细看了半夜,才从字缝里看出字来,满本都写着两个字是“吃人”!

书上写着这许多字,佃户说了这许多话,却都笑吟吟的睁着怪眼睛看我。

我也是人,他们想要吃我了!

四

早上,我静坐了一会。陈老五送进饭来,一碗菜,一碗蒸鱼;这鱼的眼睛,白而且硬,张着嘴,同那一伙想吃人的人一样。吃了几筷,滑溜溜的不知是鱼是人,便把他兜肚连肠的吐出。

我说“老五,对大哥说,我闷得慌,想到园里走走。”老五不答应,走了;停一会,可就来开了门。

我也不动,研究他们如何摆布我;知道他们一定不肯放松。果然!我大哥引了一个老头子,慢慢走来;他满眼凶光,怕我看出,只是低头向着地,从眼镜横边暗暗看我。大哥说,“今天你仿佛很好。”我说“是的。”大哥说,“今天请何先生来,给你诊一诊。”我说“可以!”其实我岂不知道这老头子是刽子手扮的!无非借了看脉这名目,揣一揣肥瘠;因这功劳,也分一片肉吃。我也不怕;虽然不吃人,胆子却比他们还壮。伸出两个拳头,看他如何下手。老头子坐着,闭了眼睛,摸了好一会,呆了好一会;便张开他鬼眼睛说,“不要乱想,静静的养几天,就好了。”

不要乱想,静静的养!养肥了,他们是自然可以多吃;我有什么好处,怎么会“好了”?他们这群人,又想吃人,又是鬼鬼祟祟,想法子遮掩,不敢直捷下手,真要令我笑死。我忍不住,便放声大笑起来,十分快活。自己晓得这笑声里面,有的是义勇和正气。老头子和大哥,都失了色,被我这勇气正气镇压住了。

但是我有勇气,他们便越想吃我,沾光一点这勇气。老头子跨出门,走不多远,便低声对大哥说道,"赶紧吃罢!"大哥点点头。原来也有你!这一件大发见,虽似意外,也在意中:合伙吃我的人,便是我的哥哥!

吃人的是我哥哥!

我是吃人的人的兄弟!

我自己被人吃了,可仍然是吃人的人的兄弟!

五

这几天是退一步想:假使那老头子不是刽子手扮的,真是医生,也仍然是吃人的人。他们的祖师李时珍做的"本草什么"上,明明写着人肉可以煎吃;他还能说自己不吃人么?

至于我家大哥,也毫不冤枉他。他对我讲书的时候,亲口说过可以"易子而食";又一回偶然议论起一个不好的人,他便说不但该杀,还当"食肉寝皮"。我那时年纪还小,心跳了好半天。前天狼子村佃户来说吃心肝的事,他也毫不奇怪,不住的点头。可见心思是同从前一样狠。既然可以"易子而食",便什么都易得,什么人都吃得。我从前单听他讲道理,也胡涂过去;现在晓得他讲道理的时候,不但唇边还抹着人油,而且心里满装着吃人的意思。

六

黑漆漆的,不知是日是夜。赵家的狗又叫起来了。

狮子似的凶心,兔子的怯弱,狐狸的狡猾,……

七

我晓得他们的方法,直捷杀了,是不肯的,而且也不敢,怕有祸祟。所以他们大家连络,布满了罗网,逼我自戕。试看前几天街上男女的样子,和这几天我大哥的作为,便足可悟出八九分了。最好是解下腰带,挂在梁上,自己紧紧勒死;他们没有杀人的罪名,又偿了心愿,自然都欢天喜地的发出一种呜呜咽咽的笑声。否则惊吓忧愁死了,虽则略瘦,也还可以首肯几下。

他们是只会吃死肉的!——记得什么书上说,有一种东西,叫"海乙那"的,眼光和样子都很难看;时常吃死肉,连极大的骨头,都细细嚼烂,咽下肚子去,想起来也教人害怕。"海乙那"是狼的亲眷,狼是狗的本家。前天赵家的狗,看我几眼,可见他也同谋,早已接洽。老头子眼看着地,岂能瞒得我过。

最可怜的是我的大哥,他也是人,何以毫不害怕;而且合伙吃我呢?还是历来惯了,不以为非呢?还是丧了良心,明知故犯呢?

我诅咒吃人的人,先从他起头;要劝转吃人的人,也先从他下手。

八

其实这种道理,到了现在,他们也该早已懂得,……

忽然来了一个人;年纪不过二十左右,相貌是不很看得清楚,满面笑容,对了我点头,他的笑也不像真笑。我便问他,“吃人的事,对么?”他仍然笑着说,“不是荒年,怎么会吃人。”我立刻就晓得,他也是一伙,喜欢吃人的;便自勇气百倍,偏要问他。

“对么?”

“这等事问他什么。你真会……说笑话。……今天天气很好。”

天气是好,月色也很亮了。可是我要问你,“对么?”

他不以为然了。含含胡胡的答道,“不……”

“不对?他们何以竟吃?!”

“没有的事……”

“没有的事?狼子村现吃;还有书上都写着,通红斩新!”

他便变了脸,铁一般青。睁着眼说,“有许有的,这是从来如此……”

“从来如此,便对么?”

“我不同你讲这些道理;总之你不该说,你说便是你错!”

我直跳起来,张开眼,这人便不见了。全身出了一大片汗。他的年纪,比我大哥小得远,居然也是一伙;这一定是他娘老子先教的。还怕已经教给他儿子了;所以连小孩子,也都恶狠狠的看我。

九

自己想吃人,又怕被别人吃了,都用着疑心极深的眼光,面面相觑。……

去了这心思,放心做事走路吃饭睡觉,何等舒服。这只是一条门槛,一个关头。他们可是父子兄弟夫妇朋友师生仇敌和各不相识的人,都结成一伙,互相劝勉,互相牵掣,死也不肯跨过这一步。

十

大清早,去寻我大哥;他立在堂门外看天,我便走到他背后,拦住门,格外沉静,格外和气的对他说,

“大哥,我有话告诉你。”

“你说就是,”他赶紧回过脸来,点点头。

“我只有几句话,可是说不出来。大哥,大约当初野蛮的人,都吃过一点人。后来因为心思不同,有的不吃人了,一味要好,便变了人,变了真的人。有的却还吃,——也同虫子一样,有的变了鱼鸟猴子,一直变到人。有的不要好,至今还是虫子。这吃人的人比不吃人的人,何等惭愧。怕比虫子的惭愧猴子,还差得很远很远。

“易牙蒸了他儿子,给桀纣吃,还是一直从前的事。谁晓得从盘古开辟天地以后,一直吃到易牙的儿子;从易牙的儿子,一直吃到徐锡林;从徐锡林,又一直吃到狼子村捉住

的人。去年城里杀了犯人，还有一个生痨病的人，用馒头蘸血舐。

“他们要吃我，你一个人，原也无法可想；然而又何必去入伙。吃人的人，什么事做不出；他们会吃我，也会吃你，一伙里面，也会自吃。但只要转一步，只要立刻改了，也就人人太平。虽然从来如此，我们今天也可以格外要好，说是不能！大哥，我相信你能说，前天佃户要减租，你说过不能。”

当初，他还只是冷笑，随后眼光便凶狠起来，一到说破他们的隐情，那就满脸都变成青色了。大门外立着一伙人，赵贵翁和他的狗，也在里面，都探头探脑的挨进来。有的是看不出面貌，似乎用布蒙着；有的是仍旧青面獠牙，抿着嘴笑。我认识他们是一伙，都是吃人的人。可是也晓得他们心思很不一样，一种是以为从来如此，应该吃的；一种是知道不该吃，可是仍然要吃，又怕别人说破他，所以听了我的话，越发气愤不过，可是抿着嘴冷笑。

这时候，大哥也忽然显出凶相，高声喝道，

“都出去！疯子有什么好看！”

这时候，我又懂得一件他们的巧妙了。他们岂但不肯改，而且早已布置；预备下一个疯子的名目罩上我。将来吃了，不但太平无事，怕还会有人见情。佃户说的大家吃了一个恶人，正是这方法。这是他们的老谱！

陈老五也气愤愤的直走进来。如何按得住我的口，我偏要对这伙人说，

“你们可以改了，从真心改起！要晓得将来容不得吃人的人，活在世上。

“你们要不改，自己也会吃尽。即使生得多，也会给真的人除灭了，同猎人打完狼子一样！——同虫子一样！”

那一伙人，都被陈老五赶走了。大哥也不知那里去了。陈老五劝我回屋子里去。屋里面全是黑沉沉的。横梁和椽子都在头上发抖；抖了一会，就大起来，堆在我身上。

万分沉重，动弹不得；他的意思是要我死。我晓得他的沉重是假的，便挣扎出来，出了一身汗。可是偏要说，

“你们立刻改了，从真心改起！你们要晓得将来是容不得吃人的人，……”

十一

太阳也不出，门也不开，日日是两顿饭。

我捏起筷子，便想起我大哥；晓得妹子死掉的缘故，也全在他。那时我妹子才五岁，可爱可怜的样子，还在眼前。母亲哭个不住，他却劝母亲不要哭；大约因为自己吃了，哭起来不免有点过意不去。如果还能过意不去，……

妹子是被大哥吃了，母亲知道没有，我可不得而知。

母亲想也知道；不过哭的时候，却并没有说明，大约也以为应当的了。记得我四五岁时，坐在堂前乘凉，大哥说爷娘生病，做儿子的须割下一片肉来，煮熟了请他吃，才算好人；母亲也没有说不行。一片吃得，整个的自然也吃得。但是那天的哭法，现在想起来，实在还教人伤心，这真是奇极的事！

十二

不能想了。

四千年来时时吃人的地方，今天才明白，我也在其中混了多年；大哥正管着家务，妹子恰恰死了，他未必不和在饭菜里，暗暗给我们吃。

我未必无意之中，不吃了我妹子的几片肉，现在也轮到我自己，……

有了四千年吃人履历的我，当初虽然不知道，现在明白，难见真的人！

十三

没有吃过人的孩子，或者还有？

救救孩子……

一九一八年四月。

（收入《呐喊》，《鲁迅全集》第1卷）

阿Q正传

鲁 迅

第一章 序

我要给阿Q做正传，已经不止一两年了。但一面要做，一面又往回想，这足见我不是一个"立言"的人，因为从来不朽之笔，须传不朽之人，于是人以文传，文以人传——究竟谁靠谁传，渐渐的不甚了然起来，而终于归结到传阿Q，仿佛思想里有鬼似的。

然而要做这一篇速朽的文章，才下笔，便感到万分的困难了。第一是文章的名目。孔子曰，"名不正则言不顺"。这原是应该极注意的。传的名目很繁多：列传，自传，内传，外传，别传，家传，小传……，而可惜都不合。"列传"么，这一篇并非和许多阔人排在"正史"里；"自传"么，我又并非就是阿Q。说是"外传"，"内传"在那里呢？倘用"内传"，阿Q又决不是神仙。"别传"呢，阿Q实在未曾有大总统上谕宣付国史馆立"本传"——虽说英国正史上并无"博徒列传"，而文豪迭更司也做过《博徒别传》这一部书，但文豪则可，在我辈却不可的。其次是"家传"，则我既不知与阿Q是否同宗，也未曾受他子孙的拜托；或"小传"，则阿Q又更无别的"大传"了。总而言之，这一篇也便是"本传"，但从我的文章着想，因为文体卑下，是"引车卖浆者流"所用的话，所以不敢僭称，便从不入三教九流的小说家所谓"闲话休题言归正传"这一句套话里，取出"正传"两个字来，作为名目，即使与古人所撰《书法正传》的"正传"字面上很相混，也顾不得了。

第二，立传的通例，开首大抵该是"某，字某，某地人也"，而我并不知道阿Q姓什么。有一回，他似乎是姓赵，但第二日便模糊了。那是赵太爷的儿子进了秀才的时候，锣声镗镗的报到村里来，阿Q正喝了两碗黄酒，便手舞足蹈的说，这于他也很光采，因为他和赵太爷原来是本家，细细的排起来他还比秀才长三辈呢。其时几个旁听人倒也肃然的有些起敬了。那知道第二天，地保便叫阿Q到赵太爷家里去；太爷一见，满脸溅朱，喝道：

“阿Q，你这浑小子！你说我是你的本家么？”

阿Q不开口。

赵太爷愈看愈生气了，抢进几步说：“你敢胡说！我怎么会有你这样的本家？你姓赵么？”

阿Q不开口，想往后退了；赵太爷跳过去，给了他一个嘴巴。

“你怎么会姓赵！——你那里配姓赵！”

阿Q并没有抗辩他确凿姓赵，只用手摸着左颊，和地保退出去了；外面又被地保训斥了一番，谢了地保二百文酒钱。知道的人都说阿Q太荒唐，自己去招打；他大约未必姓赵，即使真姓赵，有赵太爷在这里，也不该如此胡说的。此后便再没有人提起他的氏族来，所以我终于不知道阿Q究竟什么姓。

第三，我又不知道阿Q的名字是怎么写的。他活着的时候，人都叫他阿Quei，死了以后，便没有一个人再叫阿Quei了，那里还会有“著之竹帛”的事。若论“著之竹帛”，这篇文章要算第一次，所以先遇着了这第一个难关。我曾经仔细想：阿Quei，阿桂还是阿贵呢？倘使他号叫月亭，或者在八月间做过生日，那一定是阿桂了。而他既没有号——也许有号，只是没有人知道他，——又未尝散过生日征文的帖子：写作阿桂，是武断的。又倘若他有一位老兄或令弟叫阿富，那一定是阿贵了；而他又只是一个人：写作阿贵，也没有佐证的。其余音Quei的偏僻字样，更加凑不上了。先前，我也曾问过赵太爷的儿子茂才先生，谁料博雅如此公，竟也茫然，但据结论说，是因为陈独秀办了《新青年》提倡洋字，所以国粹沦亡，无可查考了。我的最后的手段，只有托一个同乡去查阿Q犯事的案卷，八个月之后才有回信，说案卷里并无与阿Quei的声音相近的人。我虽不知道是真没有，还是没有查，然而也再没有别的方法了。生怕注音字母还未通行，只好用了“洋字”，照英国流行的拼法写他为阿Quei，略作阿Q。这近于盲从《新青年》，自己也很抱歉，但茂才公尚且不知，我还有什么好办法呢。

第四，是阿Q的籍贯了。倘他姓赵，则据现在好称郡望的老例，可以照《郡名百家姓》上的注解，说是“陇西天水人也”，但可惜这姓是不甚可靠的，因此籍贯也就有些决不定。他虽然多住未庄，然而也常常宿在别处，不能说是未庄人，即使说是“未庄人也”，也仍然有乖史法的。

我所聊以自慰的，是还有一个“阿”字非常正确，绝无附会假借的缺点，颇可以就正于通人。至于其余，却都非浅学所能穿凿，只希望有“历史癖与考据癖”的胡适之先生的门人们，将来或者能够寻出许多新端绪来，但是我这《阿Q正传》到那时却又怕早经消灭了。

以上可以算是序。

第二章　优胜记略

阿Q不独是姓名籍贯有些渺茫，连他先前的“行状”也渺茫。因为未庄的人们之于阿Q，只要他帮忙，只拿他玩笑，从来没有留心他的“行状”的。而阿Q自己也不说，独有和别人口角的时候，间或瞪着眼睛道：

“我们先前——比你阔的多啦！你算是什么东西！”

阿Q没有家,住在未庄的土谷祠里;也没有固定的职业,只给人家做短工,割麦便割麦,舂米便舂米,撑船便撑船。工作略长久时,他也或住在临时主人的家里,但一完就走了。所以,人们忙碌的时候,也还记起阿Q来,然而记起的是做工,并不是"行状";一闲空,连阿Q都早忘却,更不必说"行状"了。只是有一回,有一个老头子颂扬说:"阿Q真能做!"这时阿Q赤着膊,懒洋洋的瘦伶仃的正在他面前,别人也摸不着这话是真心还是讥笑,然而阿Q很喜欢。

阿Q又很自尊,所有未庄的居民,全不在他眼睛里,甚而至于对于两位"文童"也有以为不值一笑的神情。夫文童者,将来恐怕要变秀才者也;赵太爷钱太爷大受居民的尊敬,除有钱之外,就因为都是文童的爹爹,而阿Q在精神上独不表格外的崇奉,他想:我的儿子会阔得多啦!加以进了几回城,阿Q自然更自负,然而他又很鄙薄城里人,譬如用三尺长三寸宽的木板做成的凳子,未庄叫"长凳",他也叫"长凳",城里人却叫"条凳",他想:这是错的,可笑!油煎大头鱼,未庄都加上半寸长的葱叶,城里却加上切细的葱丝,他想:这也是错的,可笑!然而未庄人真是不见世面的可笑的乡下人呵,他们没有见过城里的煎鱼!

阿Q"先前阔",见识高,而且"真能做",本来几乎是一个"完人"了,但可惜他体质上还有一些缺点。最恼人的是在他头皮上,颇有几处不知起于何时的癞疮疤。这虽然也在他身上,而看阿Q的意思,倒也似乎以为不足贵的,因为他讳说"癞"以及一切近于"赖"的音,后来推而广之,"光"也讳,"亮"也讳,再后来,连"灯""烛"都讳了。一犯讳,不问有心与无心,阿Q便全疤通红的发起怒来,估量了对手,口讷的他便骂,气力小的他便打;然而不知怎么一回事,总还是阿Q吃亏的时候多。于是他渐渐的变换了方针,大抵改为怒目而视了。

谁知道阿Q采用怒目主义之后,未庄的闲人们便愈喜欢玩笑他。一见面,他们便假作吃惊的说:

"哙,亮起来了。"

阿Q照例的发了怒,他怒目而视了。

"原来有保险灯在这里!"他们并不怕。

阿Q没有法,只得另外想出报复的话来:

"你还不配……"这时候,又仿佛在他头上的是一种高尚的光荣的癞头疮,并非平常的癞头疮了;但上文说过,阿Q是有见识的,他立刻知道和"犯忌"有点抵触,便不再往底下说。

闲人还不完,只撩他,于是终而至于打。阿Q在形式上打败了,被人揪住黄辫子,在壁上碰了四五个响头,闲人这才心满意足的得胜的走了,阿Q站了一刻,心里想,"我总算被儿子打了,现在的世界真不像样……"于是也心满意足的得胜的走了。

阿Q想在心里的,后来每每说出口来,所以凡有和阿Q玩笑的人们,几乎全知道他有这一种精神上的胜利法,此后每逢揪住他黄辫子的时候,人就先一着对他说:

"阿Q,这不是儿子打老子,是人打畜生。自己说:人打畜生!"

阿Q两只手都捏住了自己的辫根,歪着头,说道:

"打虫豸,好不好?我是虫豸——还不放么?"

但虽然是虫豸,闲人也并不放,仍旧在就近什么地方给他碰了五六个响头,这才心满意足的得胜的走了,他以为阿Q这回可遭了瘟。然而不到十秒钟,阿Q也心满意足的得胜的走了，他觉得他是第一个能够自轻自贱的人，除了“自轻自贱”不算外，余下的就是“第一个”。状元不也是“第一个”么？“你算是什么东西”呢?!

阿Q以如是等等妙法克服怨敌之后，便愉快的跑到酒店里喝几碗酒，又和别人调笑一通，口角一通，又得了胜，愉快的回到土谷祠，放倒头睡着了。假使有钱，他便去押牌宝，一堆人蹲在地面上，阿Q即汗流满面的夹在这中间，声音他最响：

“青龙四百！”

“咳～～开～～啦！”桩家揭开盒子盖，也是汗流满面的唱。“天门啦～～角回啦～～！人和穿堂空在那里啦～～！阿Q的铜钱拿过来～～！”

“穿堂一百——一百五十！”

阿Q的钱便在这样的歌吟之下，渐渐的输入别个汗流满面的人物的腰间。他终于只好挤出堆外，站在后面看，替别人着急，一直到散场，然后恋恋的回到土谷祠，第二天，肿着眼睛去工作。

但真所谓“塞翁失马安知非福”罢，阿Q不幸而赢了一回，他倒几乎失败了。

这是未庄赛神的晚上。这晚上照例有一台戏，戏台左近，也照例有许多的赌摊。做戏的锣鼓，在阿Q耳朵里仿佛在十里之外；他只听得桩家的歌唱了。他赢而又赢，铜钱变成角洋，角洋变成大洋，大洋又成了叠。他兴高采烈得非常：

“天门两块！”

他不知道谁和谁为什么打起架来了。骂声打声脚步声，昏头昏脑的一大阵，他才爬起来，赌摊不见了，人们也不见了，身上有几处很似乎有些痛，似乎也挨了几拳几脚似的，几个人诧异的对他看。他如有所失的走进土谷祠，定一定神，知道他的一堆洋钱不见了。赶赛会的赌摊多不是本村人，还到那里去寻根柢呢？

很白很亮的一堆洋钱！而且是他的——现在不见了！说是算被儿子拿去了罢，总还是忽忽不乐；说自己是虫豸罢，也还是忽忽不乐：他这回才有些感到失败的苦痛了。

但他立刻转败为胜了。他擎起右手，用力的在自己脸上连打了两个嘴巴，热剌剌的有些痛；打完之后，便心平气和起来，似乎打的是自己，被打的是别一个自己，不久也就仿佛是自己打了别个一般，——虽然还有些热剌剌，——心满意足的得胜的躺下了。

他睡着了。

第三章　续优胜记略

然而阿Q虽然常优胜，却直待蒙赵太爷打他嘴巴之后，这才出了名。

他付过地保二百文酒钱，愤愤的躺下了，后来想：“现在的世界太不成话，儿子打老子……”于是忽而想到赵太爷的威风，而现在是他的儿子了，便自己也渐渐的得意起来，爬起身，唱着《小孤孀上坟》到酒店去。这时候，他又觉得赵太爷高人一等了。

说也奇怪，从此之后，果然大家也仿佛格外尊敬他。这在阿Q，或者以为因为他是赵太爷的父亲，而其实也不然。未庄通例，倘如阿七打阿八，或者李四打张三，向来本不算一件事，必须与一位名人如赵太爷者相关，这才载上他们的口碑。一上口碑，则打的既有名，被打的也就托庇有了名。至于错在阿Q，那自然是不必说。所以者何？就因为赵太爷是不会错的。但他既然错，为什么大家又仿佛格外尊敬他呢？这可难解，穿凿起来说，或者因为阿Q说是赵太爷的本家，虽然挨了打，大家也还怕有些真，总不如尊敬一些稳当。否则，也如孔庙里的太牢一般，虽然与猪羊一样，同是畜生，但既经圣人下箸，先儒们便不敢妄动了。

阿Q此后倒得意了许多年。

有一年的春天，他醉醺醺的在街上走，在墙根的日光下，看见王胡在那里赤着膊捉虱子，他忽然觉得身上也痒起来了。这王胡，又癞又胡，别人都叫他王癞胡，阿Q却删去了一个癞字，然而非常渺视他。阿Q的意思，以为癞是不足为奇的，只有这一部络腮胡子，实在太新奇，令人看不上眼。他于是并排坐下去了。倘是别的闲人们，阿Q本不敢大意坐下去。但这王胡旁边，他有什么怕呢？老实说：他肯坐下去，简直还是抬举他。

阿Q也脱下破夹袄来，翻检了一回，不知道因为新洗呢还是因为粗心，许多工夫，只捉到三四个。他看那王胡，却是一个又一个，两个又三个，只放在嘴里毕毕剥剥的响。

阿Q最初是失望，后来却不平了：看不上眼的王胡尚且那么多，自己倒反这样少，这是怎样的大失体统的事呵！他很想寻一两个大的，然而竟没有，好容易才捉到一个中的，恨恨的塞在厚嘴唇里，狠命一咬，劈的一声，又不及王胡响。

他癞疮疤块块通红了，将衣服摔在地上，吐一口唾沫，说：

"这毛虫！"

"癞皮狗，你骂谁？"王胡轻蔑的抬起眼来说。

阿Q近来虽然比较的受人尊敬，自己也更高傲些，但和那些打惯的闲人们见面还胆怯，独有这回却非常武勇了。这样满脸胡子的东西，也敢出言无状么？

"谁认便骂谁！"他站起来，两手叉在腰间说。

"你的骨头痒了么？"王胡也站起来，披上衣服说。

阿Q以为他要逃了，抢进去就是一拳。这拳头还未达到身上，已经被他抓住了，只一拉，阿Q跄跄踉踉的跌进去，立刻又被王胡扭住了辫子，要拉到墙上照例去碰头。

"'君子动口不动手'！"阿Q歪着头说。

王胡似乎不是君子，并不理会，一连给他碰了五下，又用力的一推，至于阿Q跌出六尺多远，这才满足的去了。

在阿Q的记忆上，这大约要算是生平第一件的屈辱，因为王胡以络腮胡子的缺点，向来只被他奚落，从没有奚落他，更不必说动手了。而他现在竟动手，很意外，难道真如市上所说，皇帝已经停了考，不要秀才和举人了，因此赵家减了威风，因此他们也便小觑了他么？

阿Q无可适从的站着。

远远的走来了一个人，他的对头又到了。这也是阿Q最厌恶的一个人，就是钱太爷的大儿子。他先前跑上城里去进洋学堂，不知怎么又跑到东洋去了，半年之后他回到家里来，腿也直了，辫子也不见了，他的母亲大哭了十几场，他的老婆跳了三回井。后来，他的母亲到处说，"这辫子是被坏人灌醉了酒剪去的。本来可以做大官，现在只好等留长再说了。"然而阿Q不肯信，偏称他"假洋鬼子"，也叫作"里通外国的人"，一见他，一定在肚子里暗暗的咒骂。

阿Q尤其"深恶而痛绝之"的，是他的一条假辫子。辫子而至于假，就是没有了做人的资格；他的老婆不跳第四回井，也不是好女人。

这"假洋鬼子"近来了。

"秃儿。驴……"阿Q历来本只在肚子里骂，没有出过声，这回因为正气忿，因为要报仇，便不由的轻轻的说出来了。

不料这秃儿却拿着一支黄漆的棍子——就是阿Q所谓哭丧棒——大踏步走了过来。阿Q在这刹那，便知道大约要打了，赶紧抽紧筋骨，耸了肩膀等候着，果然，拍的一声，似乎确凿打在自己头上了。

“我说他！”阿Q指着近旁的一个孩子，分辩说。

拍！拍拍！

在阿Q的记忆上，这大约要算是生平第二件的屈辱。幸而拍拍的响了之后，于他倒似乎完结了一件事，反而觉得轻松些，而且“忘却”这一件祖传的宝贝也发生了效力，他慢慢的走，将到酒店门口，早已有些高兴了。

但对面走来了静修庵里的小尼姑。阿Q便在平时，看见伊也一定要唾骂，而况在屈辱之后呢？他于是发生了回忆，又发生了敌忾了。

“我不知道我今天为什么这样晦气，原来就因为见了你！”他想。

他迎上去，大声的吐一口唾沫：

“咳，呸！”

小尼姑全不睬，低了头只是走。阿Q走近伊身旁，突然伸出手去摩着伊新剃的头皮，呆笑着，说：

“秃儿！快回去，和尚等着你……”

“你怎么动手动脚……”尼姑满脸通红的说，一面赶快走。

酒店里的人大笑了。阿Q看见自己的勋业得了赏识，便愈加兴高采烈起来：

“和尚动得，我动不得？”他扭住伊的面颊。

酒店里的人大笑了。阿Q更得意，而且为满足那些赏鉴家起见，再用力的一拧，才放手。

他这一战，早忘却了王胡，也忘却了假洋鬼子，似乎对于今天的一切“晦气”都报了仇；而且奇怪，又仿佛全身比拍拍的响了之后更轻松，飘飘然的似乎要飞去了。

“这断子绝孙的阿Q！”远远地听得小尼姑的带哭的声音。

“哈哈哈！”阿Q十分得意的笑。

“哈哈哈！”酒店里的人也九分得意的笑。

第四章　恋爱的悲剧

有人说：有些胜利者，愿意敌手如虎，如鹰，他才感得胜利的欢喜；假使如羊，如小鸡，他便反觉得胜利的无聊。又有些胜利者，当克服一切之后，看见死的死了，降的降了，“臣诚惶诚恐死罪死罪”，他于是没有了敌人，没有了对手，没有了朋友，只有自己在上，一个，孤另另，凄凉，寂寞，便反而感到了胜利的悲哀。然而我们的阿Q却没有这样乏，他是永远得意的：这或者也是中国精神文明冠于全球的一个证据了。

看哪，他飘飘然的似乎要飞去了！

然而这一次的胜利，却又使他有些异样。他飘飘然的飞了大半天，飘进土谷祠，照例应该躺下便打鼾。谁知道这一晚，他很不容易合眼，他觉得自己的大拇指和第二指有点古怪：仿佛比平常滑腻些。不知道是小尼姑的脸上有一点滑腻的东西粘在他指上，还是他的指头在小尼姑脸上磨得滑腻了？……

"断子绝孙的阿Q!"

阿Q的耳朵里又听到这句话。他想:不错,应该有一个女人,断子绝孙便没有人供一碗饭,……应该有一个女人。夫"不孝有三无后为大",而"若敖之鬼馁而",也是一件人生的大哀,所以他那思想,其实是样样合于圣经贤传的,只可惜后来有些"不能收其放心"了。

"女人,女人! ……"他想。

"……和尚动得……女人,女人! ……女人!"他又想。

我们不能知道这晚上阿Q在什么时候才打鼾。但大约他从此总觉得指头有些滑腻,所以他从此总有些飘飘然;"女……"他想。

即此一端,我们便可以知道女人是害人的东西。

中国的男人,本来大半都可以做圣贤,可惜全被女人毁掉了。商是妲己闹亡的;周是褒姒弄坏的;秦……虽然史无明文,我们也假定他因为女人,大约未必十分错;而董卓可是的确给貂蝉害死了。

阿Q本来也是正人,我们虽然不知道他曾蒙什么明师指授过,但他对于"男女之大防"却历来非常严;也很有排斥异端——如小尼姑及假洋鬼子之类——的正气。他的学说是:凡尼姑,一定与和尚私通;一个女人在外面走,一定想引诱野男人;一男一女在那里讲话,一定要有勾当了。为惩治他们起见,所以他往往怒目而视,或者大声说几句"诛心"话,或者在冷僻处,便从后面掷一块小石头。

谁知道他将到"而立"之年,竟被小尼姑害得飘飘然了。这飘飘然的精神,在礼教上是不应该有的,——所以女人真可恶,假使小尼姑的脸上不滑腻,阿Q便不至于被蛊,又假使小尼姑的脸上盖一层布,阿Q便也不至于被蛊了,——他五六年前,曾在戏台下的人丛中拧过一个女人的大腿,但因为隔一层裤,所以此后并不飘飘然,——而小尼姑并不然,这也足见异端之可恶。

"女……"阿Q想。

他对于以为"一定想引诱野男人"的女人,时常留心看,然而伊并不对他笑。他对于和他讲话的女人,也时常留心听,然而伊又并不提起关于什么勾当的话来。哦,这也是女人可恶之一节:伊们全都要装"假正经"的。

这一天,阿Q在赵太爷家里舂了一天米,吃过晚饭,便坐在厨房里吸旱烟。倘在别家,吃过晚饭本可以回去的了,但赵府上晚饭早,虽说定例不准掌灯,一吃完便睡觉,然而偶然也有一些例外:其一,是赵大爷未进秀才的时候,准其点灯读文章;其二,便是阿Q来做短工的时候,准其点灯舂米。因为这一条例外,所以阿Q在动手舂米之前,还坐在厨房里吸旱烟。

吴妈,是赵太爷家里唯一的女仆,洗完了碗碟,也就在长凳上坐下了,而且和阿Q谈闲天:

"太太两天没有吃饭哩,因为老爷要买一个小的……"

"女人……吴妈……这小孤孀……"阿Q想。

"我们的少奶奶是八月里要生孩子了……"

"女人……"阿Q想。

阿Q放下烟管,站了起来。

"我们的少奶奶……"吴妈还唠叨说。

"我和你困觉,我和你困觉!"阿Q忽然抢上去,对伊跪下了。

一刹时中很寂然。

"阿呀!"吴妈楞了一息,突然发抖,大叫着往外跑,且跑且嚷,似乎后来带哭了。

阿Q对了墙壁跪着也发楞,于是两手扶着空板凳,慢慢的站起来,仿佛觉得有些糟。他这时确也有些忐忑了,慌张的将烟管插在裤带上,就想去舂米。蓬的一声,头上着了很粗的一下,他急忙回转身去,那秀才便拿了一支大竹杠站在他面前。

"你反了,……你这……"

大竹杠又向他劈下来了。阿Q两手去抱头,拍的正打在指节上,这可很有一些痛。他冲出厨房门,仿佛背上又着了一下似的。

"忘八蛋!"秀才在后面用了官话这样骂。

阿Q奔入舂米场,一个人站着,还觉得指头痛,还记得"忘八蛋",因为这话是未庄的乡下人从来不用,专是见过官府的阔人用的,所以格外怕,而印象也格外深。但这时,他那"女……"的思想却也没有了。而且打骂之后,似乎一件事也已经收束,倒反觉得一无挂碍似的,便动手去舂米。舂了一会,他热起来了,又歇了手脱衣服。

脱下衣服的时候,他听得外面很热闹,阿Q生平本来最爱看热闹,便即寻声走出去了。寻声渐渐的寻到赵太爷的内院里,虽然在昏黄中,却辨得出许多人,赵府一家连两日不吃饭的太太也在内,还有间壁的邹七嫂,真正本家的赵白眼,赵司晨。

少奶奶正拖着吴妈走出下房来,一面说:

"你到外面来,……不要躲在自己房里想……"

"谁不知道你正经,……短见是万万寻不得的。"邹七嫂也从旁说。

吴妈只是哭,夹些话,却不甚听得分明。

阿Q想:"哼,有趣,这小孤孀不知道闹着什么玩意儿了?"他想打听,走近赵司晨的身边。这时他猛然间看见赵大爷向他奔来,而且手里捏着一支大竹杠。他看见这一支大竹杠,便猛然间悟到自己曾经被打,和这一场热闹似乎有点相关。他翻身便走,想逃回舂米场,不图这支竹杠阻了他的去路,于是他又翻身便走,自然而然的走出后门,不多工夫,已在土谷祠内了。

阿Q坐了一会,皮肤有些起粟,他觉得冷了,因为虽在春季,而夜间颇有余寒,尚不宜于赤膊,他也记得布衫留在赵家,但倘若去取,又深怕秀才的竹杠。然而地保进来了。

"阿Q,你的妈妈的!你连赵家的用人都调戏起来,简直是造反。害得我晚上没有觉睡,你的妈妈的!……"

如是云云的教训了一通,阿Q自然没有话。临末,因为在晚上,应该送地保加倍酒钱四百文,阿Q正没有现钱,便用一顶毡帽做抵押,并且订定了五条件:

一 明天用红烛——要一斤重的——一对,香一封,到赵府上去赔罪。

二 赵府上请道士祓除缢鬼,费用由阿Q负担。

三 阿Q从此不准踏进赵府的门槛。

四 吴妈此后倘有不测,惟阿Q是问。

五 阿Q不准再去索取工钱和布衫。

阿Q自然都答应了,可惜没有钱。幸而已经春天,棉被可以无用,便质了二千大钱,履行条约。赤膊磕头之后,居然还剩几文,他也不再赎毡帽,统统喝了酒了。但赵家也并不烧香点烛,因为太太拜佛的时候可以用,留着了。那破布衫是大半做了少奶奶八月间生下来的孩子的衬尿布，那小半破烂的便都做了吴妈的鞋底。

第五章　生计问题

阿Q礼毕之后，仍旧回到土谷祠，太阳下去了，渐渐觉得世上有些古怪。他仔细一想，终于省悟过来：其原因盖在自己的赤膊。他记得破夹袄还在，便披在身上，躺倒了，待张开眼睛，原来太阳又已经照在西墙上头了。他坐起身，一面说道，“妈妈的……”

他起来之后，也仍旧在街上逛，虽然不比赤膊之有切肤之痛，却又渐渐的觉得世上有些古怪了。仿佛从这一天起，未庄的女人们忽然都怕了羞，伊们一见阿Q走来，便个个躲进门里去。甚而至于将近五十岁的邹七嫂，也跟着别人乱钻，而且将十一岁的女儿都叫进去了。阿Q很以为奇，而且想：“这些东西忽然都学起小姐模样来了。这娼妇们……”

但他更觉得世上有些古怪，却是许多日以后的事。其一，酒店不肯赊欠了；其二，管土谷祠的老头子说些废话，似乎叫他走；其三，他虽然记不清多少日，但确乎有许多日，没有一个人来叫他做短工。酒店不赊，熬着也罢了；老头子催他走，噜苏一通也就算了；只是没有人来叫他做短工，却使阿Q肚子饿：这委实是一件非常“妈妈的”的事情。

阿Q忍不下去了，他只好到老主顾的家里去探问，——但独不许踏进赵府的门槛，——然而情形也异样：一定走出一个男人来，现了十分烦厌的相貌，像回复乞丐一般的摇手道：

“没有没有！你出去！”

阿Q愈觉得稀奇了。他想，这些人家向来少不了要帮忙，不至于现在忽然都无事，这总该有些蹊跷在里面了。他留心打听，才知道他们有事都去叫小Don。这小D，是一个穷小子，又瘦又乏，在阿Q的眼睛里，位置是在王胡之下的，谁料这小子竟谋了他的饭碗去。所以阿Q这一气，更与平常不同，当气愤愤的走着的时候，忽然将手一扬，唱道：

“我手执钢鞭将你打！……”

几天之后，他竟在钱府的照壁前遇见了小D。“仇人相见分外眼明”，阿Q便迎上去，小D也站住了。

“畜生！”阿Q怒目而视的说，嘴角上飞出唾沫来。

“我是虫豸，好么？……”小D说。

这谦逊反使阿Q更加愤怒起来，但他手里没有钢鞭，于是只得扑上去，伸手去拔小D的辫子。小D一手护住了自己的辫根，一手也来拔阿Q的辫子，阿Q便也将空着的一只手护住了自己的辫根。从先前的阿Q看来，小D本来是不足齿数的，但他近来挨了饿，又瘦又乏已经不下于小D，所以便成了势均力敌的现象，四只手拔着两颗头，都弯了腰，在钱家粉墙上映出一个蓝色的虹形，至于半点钟之久了。

“好了，好了！”看的人们说，大约是解劝的。

“好，好！”看的人们说，不知道是解劝，是颂扬，还是煽动。

然而他们都不听。阿Q进三步，小D便退三步，都站着；小D进三步，阿Q便退三步，又都站着。大约半点钟，——未庄少有自鸣钟，所以很难说，或者二十分，——他们的头发里便都冒烟，额上便都流汗，阿Q的手放松了，在同一瞬间，小D的手也正放松了，同时直起，同时退开，都挤出人丛去。

“记着罢，妈妈的……”阿Q回过头去说。

“妈妈的，记着罢……”小D也回过头来说。

这一场“龙虎斗”似乎并无胜败，也不知道看的人可满足，都没有发什么议论，而阿Q却仍然没有人来叫他做短工。

有一日很温和，微风拂拂的颇有些夏意了，阿Q却觉得寒冷起来，但这还可担当，第一倒是肚子饿。棉被，毡帽，布衫，早已没有了，其次就卖了棉袄；现在有裤子，却万不可脱的；有破夹袄，又除了送人做鞋底之外，决定卖不出钱。他早想在路上拾得一注钱，但至今还没有见；他想在自己的破屋里忽然寻到一注钱，慌张的四顾，但屋内是空虚而且了然。于是他决计出门求食去了。

他在路上走着要“求食”，看见熟识的酒店，看见熟识的馒头，但他都走过了，不但没有暂停，而且并不想要。他所求的不是这类东西了；他求的是什么东西，他自己不知道。

未庄本不是大村镇，不多时便走尽了。村外多是水田，满眼是新秧的嫩绿，夹着几个圆形的活动的黑点，便是耕田的农夫。阿Q并不赏鉴这田家乐，却只是走，因为他直觉的知道这与他的“求食”之道是很辽远的。但他终于走到静修庵的墙外了。

庵周围也是水田，粉墙突出在新绿里，后面的低土墙里是菜园。阿Q迟疑了一会，四面一看，并没有人。他便爬上这矮墙去，扯着何首乌藤，但泥土仍然簌簌的掉，阿Q的脚也索索的抖；终于攀着桑树枝，跳到里面了。里面真是郁郁葱葱，但似乎并没有黄酒馒头，以及此外可吃的之类。靠西墙是竹丛，下面许多笋，只可惜都是并未煮熟的，还有油菜早经结子，芥菜已将开花，小白菜也很老了。

阿Q仿佛文童落第似的觉得很冤屈，他慢慢走近园门去，忽而非常惊喜了，这分明是一畦老萝卜。他于是蹲下便拔，而门口突然伸出一个很圆的头来，又即缩回去了，这分明是小尼姑。小尼姑之流是阿Q本来视若草芥的，但世事须“退一步想”，所以他便赶紧拔起四个萝卜，拧下青叶，兜在大襟里。然而老尼姑已经出来了。

“阿弥陀佛，阿Q，你怎么跳进园里来偷萝卜！……阿呀，罪过呵，阿唷，阿弥陀佛！……”

“我什么时候跳进你的园里来偷萝卜？”阿Q且看且走的说。

“现在……这不是？”老尼姑指着他的衣兜。

“这是你的？你能叫得他答应你么？你……”

阿Q没有说完话，拔步便跑；追来的是一匹很肥大的黑狗。这本来在前门的，不知怎的到后园来了。黑狗哼而且追，已经要咬着阿Q的腿，幸而从衣兜里落下一个萝卜来，那狗给一吓，略略一停，阿Q已经爬上桑树，跨到土墙，连人和萝卜都滚出墙外面了。只剩着黑狗还在对着桑树嗥，老尼姑念着佛。

阿Q怕尼姑又放出黑狗来，拾起萝卜便走，沿路又捡了几块小石头，但黑狗却并不再出现。阿Q于是抛了石块，一面走一面吃，而且想道，这里也没有什么东西寻，不如进城去……

待三个萝卜吃完时，他已经打定了进城的主意了。

第六章　从中兴到末路

在未庄再看见阿Q出现的时候，是刚过了这年的中秋。人们都惊异，说是阿Q回来了，于是又回上去想道，他先前那里去了呢？阿Q前几回的上城，大抵早就兴高采烈的对人说，但这一次却并不，所以也没有一个人留心到。他或者也曾告诉过管土谷祠的老头子，然而未庄老例，只有赵太爷钱太爷和秀才大爷上城才算一件事。假洋鬼子尚且不足数，何况是阿Q：因此老头子也就不替他宣传，而未庄的社会上也就无从知道了。

但阿Q这回的回来，却与先前大不同，确乎很值得惊异。天色将黑，他睡眼蒙胧的在酒店门前出现了，他走近柜台，从腰间伸出手来，满把是银的和铜的，在柜上一扔说，"现钱！打酒来！"穿的是新夹袄，看去腰间还挂着一个大搭连，沉钿钿的将裤带坠成了很弯很弯的弧线。未庄老例，看见略有些醒目的人物，是与其慢也宁敬的，现在虽然明知道是阿Q，但因为和破夹袄的阿Q有些两样了，古人云，"士别三日便当刮目相待"，所以堂倌，掌柜，酒客，路人，便自然显出一种疑而且敬的形态来。掌柜既先之以点头，又继之以谈话：

"嚄，阿Q，你回来了！"

"回来了。"

"发财发财，你是——在……"

"上城去了！"

这一件新闻，第二天便传遍了全未庄。人人都愿意知道现钱和新夹袄的阿Q的中兴史，所以在酒店里，茶馆里，庙檐下，便渐渐的探听出来了。这结果，是阿Q得了新敬畏。

据阿Q说，他是在举人老爷家里帮忙。这一节，听的人都肃然了。这老爷本姓白，但因为合城里只有他一个举人，所以不必再冠姓，说起举人来就是他。这也不独在未庄是如此，便是一百里方圆之内也都如此，人们几乎多以为他的姓名就叫举人老爷的了。在这人的府上帮忙，那当然是可敬的。但据阿Q又说，他却不高兴再帮忙了，因为这举人老爷实在太"妈妈的"了。这一节，听的人都叹息而且快意，因为阿Q本不配在举人老爷家里帮忙，而不帮忙是可惜的。

据阿Q说，他的回来，似乎也由于不满意城里人，这就在他们将长凳称为条凳，而且煎鱼用葱丝，加以最近观察所得的缺点，是女人的走路也扭得不很好。然而也偶有大可佩服的地方，即如未庄的乡下人不过打三十二张的竹牌，只有假洋鬼子能够叉"麻酱"，城里却连小乌龟子都叉得精熟的。什么假洋鬼子，只要放在城里的十几岁的小乌龟子的手里，也就立刻是"小鬼见阎王"。这一节，听的人都赧然了。

"你们可看见过杀头么？"阿Q说，"咳，好看。杀革命党。唉，好看好看，……"他摇摇头，将唾沫飞在正对面的赵司晨的脸上。这一节，听的人都凛然了。但阿Q又四面一看，忽然扬起右手，照着伸长脖子听得出神的王胡的后项窝上直劈下去道：

"嚓！"

王胡惊得一跳，同时电光石火似的赶快缩了头，而听的人又都悚然而且欣然了。从此王胡瘟头瘟脑的许多日，并且再不敢走近阿Q的身边；别的人也一样。

阿Q这时在未庄人眼睛里的地位，虽不敢说超过赵太爷，但谓之差不多，大约也就没有什么语病的了。

然而不多久,这阿Q的大名忽又传遍了未庄的闺中。虽然未庄只有钱赵两姓是大屋,此外十之九都是浅闺,但闺中究竟是闺中,所以也算得一件神异。女人们见面时一定说,邹七嫂在阿Q那里买了一条蓝绸裙,旧固然是旧的,但只化了九角钱。还有赵白眼的母亲——一说是赵司晨的母亲,待考,——也买了一件孩子穿的大红洋纱衫,七成新,只用三百大钱九二串。于是伊们都眼巴巴的想见阿Q,缺绸裙的想问他买绸裙,要洋纱衫的想问他买洋纱衫,不但见了不逃避,有时阿Q已经走过了,也还要追上去叫住他,问道:

"阿Q,你还有绸裙么?没有?纱衫也要的,有罢?"

后来这终于从浅闺传进深闺里去了。因为邹七嫂得意之余,将伊的绸裙请赵太太去鉴赏,赵太太又告诉了赵太爷而且着实恭维了一番。赵太爷便在晚饭桌上,和秀才大爷讨论,以为阿Q实在有些古怪,我们门窗应该小心些;但他的东西,不知道可还有什么可买,也许有点好东西罢。加以赵太太也正想买一件价廉物美的皮背心。于是家族决议,便托邹七嫂即刻去寻阿Q,而且为此新辟了第三种的例外:这晚上也姑且特准点油灯。

油灯干了不少了,阿Q还不到。赵府的全眷都很焦急,打着呵欠,或恨阿Q太飘忽,或怨邹七嫂不上紧。赵太太还怕他因为春天的条件不敢来,而赵太爷以为不足虑:因为这是"我"去叫他的。果然,到底赵太爷有见识,阿Q终于跟着邹七嫂进来了。

"他只说没有没有,我说你自己当面说去,他还要说,我说……"邹七嫂气喘吁吁的走着说。

"太爷!"阿Q似笑非笑的叫了一声,在檐下站住了。

"阿Q,听说你在外面发财,"赵太爷踱开去,眼睛打量着他的全身,一面说。"那很好,那很好的。这个,……听说你有些旧东西,……可以都拿来看一看,……这也并不是别的,因为我倒要……"

"我对邹七嫂说过了。都完了。"

"完了?"赵太爷不觉失声的说,"那里会完得这样快呢?"

"那是朋友的,本来不多。他们买了些,……"

"总该还有一点罢。"

"现在,只剩了一张门幕了。"

"就拿门幕来看看罢。"赵太太慌忙说。

"那么,明天拿来就是,"赵太爷却不甚热心了。"阿Q,你以后有什么东西的时候,你尽先送来给我们看,……"

"价钱决不会比别家出得少!"秀才说。秀才娘子忙一瞥阿Q的脸,看他感动了没有。

"我要一件皮背心。"赵太太说。

阿Q虽然答应着,却懒洋洋的出去了,也不知道他是否放在心上。这使赵太爷很失望,气愤而且担心,至于停止了打呵欠。秀才对于阿Q的态度也很不平,于是说,这忘八蛋要提防,或者竟不如吩咐地保,不许他住在未庄。但赵太爷以为不然,说这也怕要结怨,况且做这路生意的大概是"老鹰不吃窝下食",本村倒不必担心的;只要自己夜里警醒点就是了。秀才听了这"庭训",非常之以为然,便即刻撤消了驱逐阿Q的提议,而且叮嘱邹七嫂，请伊万不要向人提起这一段话。

但第二日，邹七嫂便将那蓝裙去染了皂，又将阿Q可疑之点传扬出去了，可是确没有提起秀才要驱逐他这一节。然而这已经于阿Q很不利。最先，地保寻上门了，取了他的门幕去，阿Q说是赵太太要看的，而地保也不还，并且要议定每月的孝敬钱。其次，是村人对于他的敬畏忽而变相了，虽然还不敢来放肆，却很有远避的神情，而这神情和先前的防他来"嚓"的时候又不同，颇混着"敬而远之"的分子了。

只有一班闲人们却还要寻根究底的去探阿Q的底细。阿Q也并不讳饰，傲然的说出他的经验来。从此他们才知道，他不过是一个小脚色，不但不能上墙，并且不能进洞，只站在洞外接东西。有一夜，他刚才接到一个包，正手再进去，不一会，只听得里面大嚷起来，他便赶紧跑，连夜爬出城，逃回未庄来了，从此不敢再去做。然而这故事却于阿Q更不利，村人对于阿Q的"敬而远之"者，本因为怕结怨，谁料他不过是一个不敢再偷的偷儿呢？这实在是"斯亦不足畏也矣"。

第七章　革命

宣统三年九月十四日——即阿Q将搭连卖给赵白眼的这一天——三更四点，有一只大乌篷船到了赵府上的河埠头。这船从黑魆魆中荡来，乡下人睡得熟，都没有知道；出去时将近黎明，却很有几个看见的了。据探头探脑的调查来的结果，知道那竟是举人老爷的船！

那船便将大不安载给了未庄，不到正午，全村的人心就很摇动。船的使命，赵家本来是很秘密的，但茶坊酒肆里却都说，革命党要进城，举人老爷到我们乡下来逃难了。惟有邹七嫂不以为然，说那不过是几口破衣箱，举人老爷想来寄存的，却已被赵太爷回复转去。其实举人老爷和赵秀才素不相能，在理本不能有"共患难"的情谊，况且邹七嫂又和赵家是邻居，见闻较为切近，所以大概该是伊对的。

然而谣言很旺盛，说举人老爷虽然似乎没有亲到，却有一封长信，和赵家排了"转折亲"。赵太爷肚里一轮，觉得于他总不会有坏处，便将箱子留下了，现就塞在太太的床底下。至于革命党，有的说是便在这一夜进了城，个个白盔白甲：穿着崇正皇帝的素。

阿Q的耳朵里，本来早听到过革命党这一句话，今年又亲眼见过杀掉革命党。但他有一种不知从那里来的意见，以为革命党便是造反，造反便是与他为难，所以一向是"深恶而痛绝之"的。殊不料这却使百里闻名的举人老爷有这样怕，于是他未免也有些"神往"了，况且未庄的一群鸟男女的慌张的神情，也使阿Q更快意。

"革命也好罢，"阿Q想，"革这伙妈妈的命，太可恶！太可恨！……便是我，也要投降革命党了。"

阿Q近来用度窘，大约略略有些不平；加以午间喝了两碗空肚酒，愈加醉得快，一面想一面走，便又飘飘然起来。不知怎么一来，忽而似乎革命党便是自己，未庄人却都是他的俘虏了。他得意之余，禁不住大声的嚷道：

"造反了！造反了！"

未庄人都用了惊惧的眼光对他看。这一种可怜的眼光，是阿Q从来没有见过的，一见之下，又使他舒服得如六月里喝了雪水。他更加高兴的走而且喊道：

"好，……我要什么就是什么，我欢喜谁就是谁。

得得,锵锵!

悔不该,酒醉错斩了郑贤弟,

悔不该,呀呀呀……

得得,锵锵,得,锵令锵!

我手执钢鞭将你打……”

赵府上的两位男人和两个真本家,也正站在大门口论革命,阿Q没有见,昂了头直唱过去。

“得得,……”

“老Q,”赵太爷怯怯的迎着低声的叫。

“锵锵,”阿Q料不到他的名字会和“老”字联结起来,以为是一句别的话,与己无干,只是唱。“得,锵,锵令锵,锵!”

“老Q。”

“悔不该……”

“阿Q!”秀才只得直呼其名了。

阿Q这才站住,歪着头问道,“什么?”

“老Q,……现在……”赵太爷却又没有话,“现在……发财么?”

“发财?自然。要什么就是什么……”

“阿……Q哥,像我们这样穷朋友是不要紧的……”赵白眼惴惴的说,似乎想探革命党的口风。

“穷朋友?你总比我有钱。”阿Q说着自去了。

大家都怃然,没有话。赵太爷父子回家,晚上商量到点灯。赵白眼回家,便从腰间扯下搭连来,交给他女人藏在箱底里。

阿Q飘飘然的飞了一通,回到土谷祠,酒已经醒透了。这晚上,管祠的老头子也意外的和气,请他喝茶;阿Q便向他要了两个饼,吃完之后,又要了一支点过的四两烛和一个树烛台,点起来,独自躺在自己的小屋里。他说不出的新鲜而且高兴,烛火像元夜似的闪闪的跳,他的思想也迸跳起来了:

“造反?有趣,……来了一阵白盔白甲的革命党,都拿着板刀,钢鞭,炸弹,洋炮,三尖两刃刀,钩镰枪,走过土谷祠,叫道,‘阿Q!同去同去!’于是一同去。……

“这时未庄的一伙鸟男女才好笑哩,跪下叫道,‘阿Q,饶命!’谁听他!第一个该死的是小D和赵太爷,还有秀才,还有假洋鬼子,……留几条么?王胡本来还可留,但也不要了。……

“东西,……直走进去打开箱子来:元宝,洋钱,洋纱衫,……秀才娘子的一张宁式床先搬到土谷祠,此外便摆了钱家的桌椅,——或者也就用赵家的罢。自己是不动手的了,叫小D来搬,要搬得快,搬得不快打嘴巴。……

“赵司晨的妹子真丑。邹七嫂的女儿过几年再说。假洋鬼子的老婆会和没有辫子的男人睡觉,吓,不是好东西!秀才的老婆是眼胞上有疤的。……吴妈长久不见了,不知道在那里,——可惜脚太大。”

阿Q没有想得十分停当,已经发了鼾声,四两烛还只点去了小半寸,红焰焰的光照着他张开的嘴。

“荷荷!”阿Q忽而大叫起来,抬了头仓皇的四顾,待到看见四两烛,却又倒头睡去了。

第二天他起得很迟，走出街上看时，样样都照旧。他也仍然肚饿，他想着，想不起什么来；但他忽而似乎有了主意了，慢慢的跨开步，有意无意的走到静修庵。

庵和春天时节一样静，白的墙壁和漆黑的门。他想了一想，前去打门，一只狗在里面叫。他急急拾了几块断砖，再上去较为用力的打，打到黑门上生出许多麻点的时候，才听得有人来开门。

阿Q连忙捏好砖头，摆开马步，准备和黑狗来开战。但庵门只开了一条缝，并无黑狗从中冲出，望进去只有一个老尼姑。

"你又来什么事？"伊大吃一惊的说。

"革命了……你知道？……"阿Q说得很含胡。

"革命革命，革过一革的，……你们要革得我们怎么样呢？"老尼姑两眼通红的说。

"什么？……"阿Q诧异了。

"你不知道，他们已经来革过了！"

"谁？……"阿Q更其诧异了。

"那秀才和洋鬼子！"

阿Q很出意外，不由的一错愕；老尼姑见他失了锐气，便飞速的关了门，阿Q再推时，牢不可开，再打时，没有回答了。

那还是上午的事。赵秀才消息灵，一知道革命党已在夜间进城，便将辫子盘在顶上，一早去拜访那历来也不相能的钱洋鬼子。这是"咸与维新"的时候了，所以他们便谈得很投机，立刻成了情投意合的同志，也相约去革命。他们想而又想，才想出静修庵里有一块"皇帝万岁万万岁"的龙牌，是应该赶紧革掉的，于是又立刻同到庵里去革命。因为老尼姑来阻挡，说了三句话，他们便将伊当作满政府，在头上很给了不少的棍子和栗凿。尼姑待他们走后，定了神来检点，龙牌固然已经碎在地上了，而且又不见了观音娘娘座前的一个宣德炉。

这事阿Q后来才知道。他颇悔自己睡着，但也深怪他们不来招呼他。他又退一步想道：

"难道他们还没有知道我已经投降了革命党么？"

第八章　不准革命

未庄的人心日见其安静了。据传来的消息，知道革命党虽然进了城，倒还没有什么大异样。知县大老爷还是原官，不过改称了什么，而且举人老爷也做了什么——这些名目，未庄人都说不明白——官，带兵的也还是先前的老把总。只有一件可怕的事是另有几个不好的革命党夹在里面捣乱，第二天便动手剪辫子，听说那邻村的航船七斤便着了道儿，弄得不像人样子了。但这却还不算大恐怖，因为未庄人本来少上城，即使偶有想进城的，也就立刻变了计，碰不着这危险。阿Q本也想进城去寻他的老朋友，一得这消息，也只得作罢了。

但未庄也不能说是无改革。几天之后，将辫子盘在顶上的逐渐增加起来了，早经说过，最先自然是茂才公，其次便是赵司晨和赵白眼，后来是阿Q。倘在夏天，大家将辫子盘在头顶上或者打一个结，本不算什么稀奇事，但现在是暮秋，所以这"秋行夏令"的情形，在盘辫家不能不说是万分的英断，而在未庄也不能说无关于改革了。

赵司晨脑后空荡荡的走来，看见的人大嚷说，

"嚄，革命党来了！"

阿Q听到了很羡慕。他虽然早知道秀才盘辫的大新闻，但总没有想到自己可以照样做，现在看见赵司晨也如此，才有了学样的意思，定下实行的决心。他用一支竹筷将辫子盘在头顶上，迟疑多时，这才放胆的走去。

他在街上走，人也看他，然而不说什么话，阿Q当初很不快，后来便很不平。他近来很容易闹脾气了；其实他的生活，倒也并不比造反之前反艰难，人见他也客气，店铺也不说要现钱。而阿Q总觉得自己太失意：既然革了命，不应该只是这样的。况且有一回看见小D，愈使他气破肚皮了。

小D也将辫子盘在头顶上了，而且也居然用一支竹筷。阿Q万料不到他也敢这样做，自己也决不准他这样做！小D是什么东西呢？他很想即刻揪住他，拗断他的竹筷，放下他的辫子，并且批他几个嘴巴，聊且惩罚他忘了生辰八字，也敢来做革命党的罪。但他终于饶放了，单是怒目而视的吐一口唾沫道"呸！"

这几日里，进城去的只有一个假洋鬼子。赵秀才本也想靠着寄存箱子的渊源，亲身去拜访举人老爷的，但因为有剪辫的危险，所以也就中止了。他写了一封"黄伞格"的信，托假洋鬼子带上城，而且托他给自己绍介绍介，去进自由党。假洋鬼子回来时，向秀才讨还了四块洋钱，秀才便有一块银桃子挂在大襟上了；未庄人都惊服，说这是柿油党的顶子，抵得一个翰林；赵太爷因此也骤然大阔，远过于他儿子初隽秀才的时候，所以目空一切，见了阿Q，也就很有些不放在眼里了。

阿Q正在不平，又时时刻刻感着冷落，一听得这银桃子的传说，他立即悟出自己之所以冷落的原因了：要革命，单说投降，是不行的；盘上辫子，也不行的；第一着仍然要和革命党去结识。他生平所知道的革命党只有两个，城里的一个早已"嚓"的杀掉了，现在只剩了一个假洋鬼子。他除却赶紧去和假洋鬼子商量之外，再没有别的道路了。

钱府的大门正开着，阿Q便怯怯的躄进去。他一到里面，很吃了惊，只见假洋鬼子正站在院子的中央，一身乌黑的大约是洋衣，身上也挂着一块银桃子，手里是阿Q曾经领教过的棍子，已经留到一尺多长的辫子都拆开了披在肩背上，蓬头散发的像一个刘海仙。对面挺直的站着赵白眼和三个闲人，正在必恭必敬的听说话。

阿Q轻轻的走进了，站在赵白眼的背后，心里想招呼，却不知道怎么说才好：叫他假洋鬼子固然是不行的了，洋人也不妥，革命党也不妥，或者就应该叫洋先生了罢。

洋先生却没有见他，因为白着眼睛讲得正起劲：

"我是性急的，所以我们见面，我总是说：洪哥！我们动手罢！他却总说道NO！——这是洋话，你们不懂的。否则早已成功了。然而这正是他做事小心的地方。他再三再四的请我上湖北，我还没有肯。谁愿意在这小县城里做事情。……"

"唔，……这个……"阿Q候他略停，终于用十二分的勇气开口了，但不知道因为什么，又并不叫他洋先生。

听着说话的四个人都吃惊的回顾他。洋先生也才看见：

"什么？"

"我……"

"出去！"

“我要投……”

“滚出去!”洋先生扬起哭丧棒来了。

赵白眼和闲人们便都吆喝道:“先生叫你滚出去,你还不听么!”

阿Q将手向头上一遮,不自觉的逃出门外;洋先生倒也没有追。他快跑了六十多步,这才慢慢的走,于是心里便涌起了忧愁:洋先生不准他革命,他再没有别的路;从此决不能望有白盔白甲的人来叫他,他所有的抱负,志向,希望,前程,全被一笔勾销了。至于闲人们传扬开去,给小D王胡等辈笑话,倒是还在其次的事。

他似乎从来没有经验过这样的无聊。他对于自己的盘辫子,仿佛也觉得无意味,要侮蔑;为报仇起见,很想立刻放下辫子来,但也没有竟放。他游到夜间,赊了两碗酒,喝下肚去,渐渐的高兴起来了,思想里才又出现白盔白甲的碎片。

有一天,他照例的混到夜深,待酒店要关门,才踱回土谷祠去。

拍,吧~~~!

他忽而听得一种异样的声音,又不是爆竹。阿Q本来是爱看热闹,爱管闲事的,便在暗中直寻过去。似乎前面有些脚步声;他正听,猛然间一个人从对面逃来了。阿Q一看见,便赶紧翻身跟着逃。那人转弯,阿Q也转弯,既转弯,那人站住了,阿Q也站住。他看后面并无什么,看那人便是小D。

“什么?”阿Q不平起来了。

“赵……赵家遭抢了!”小D气喘吁吁的说。

阿Q的心怦怦的跳了。小D说了便走;阿Q却逃而又停的两三回。但他究竟是做过“这路生意”的人,格外胆大,于是躄出路角,仔细的听,似乎有些嚷嚷,又仔细的看,似乎许多白盔白甲的人,络绎的将箱子抬出了,器具抬出了,秀才娘子的宁式床也抬出了,但是不分明,他还想上前,两只脚却没有动。

这一夜没有月,未庄在黑暗里很寂静,寂静到像羲皇时候一般太平。阿Q站着看到自己发烦,也似乎还是先前一样,在那里来来往往的搬,箱子抬出了,器具抬出了,秀才娘子的宁式床也抬出了,……抬得他自己有些不信他的眼睛了。但他决计不再上前,却回到自己的祠里去了。

土谷祠里更漆黑;他关好大门,摸进自己的屋子里。他躺了好一会,这才定了神,而且发出关于自己的思想来:白盔白甲的人明明到了,并不来打招呼,搬了许多好东西,又没有自己的份,——这全是假洋鬼子可恶,不准我造反,否则,这次何至于没有我的份呢?阿Q越想越气,终于禁不住满心痛恨起来,毒毒的点一点头:“不准我造反,只准你造反?妈妈的假洋鬼子,——好,你造反!造反是杀头的罪名呵,我总要告一状,看你抓进县里去杀头,——满门抄斩,——嚓!嚓!”

第九章　大团圆

赵家遭抢之后,未庄人大抵很快意而且恐慌,阿Q也很快意而且恐慌。但四天之后,阿Q在半夜里忽被抓进县城里去了。那时恰是暗夜,一队兵,一队团丁,一队警察,五个侦探,悄悄地到了未庄,乘昏暗围住土谷祠,正对门架好机关枪;然而阿Q不冲出。许多时没有动静,把总焦急起来了,悬了二十千的赏,才有两个团丁冒了险,逾垣进去,里应外合,一拥而入,将阿Q抓出来;直待擒出祠外面的机关枪左近,他才有些清醒了。

到进城,已经是正午,阿Q见自己被搀进一所破衙门,转了五六个弯,便推在一间小屋里。他刚刚一跄踉,那用整株的木料做成的栅栏门便跟着他的脚跟阖上了,其余的三面都是墙壁,仔细看时,屋角上还有两个人。

阿Q虽然有些忐忑,却并不很苦闷,因为他那土谷祠里的卧室,也并没有比这间屋子更高明。那两个也仿佛是乡下人,渐渐和他兜搭起来了,一个说是举人老爷要追他祖父欠下来的陈租,一个不知道为了什么事。他们问阿Q,阿Q爽利的答道,"因为我想造反。"

他下半天便又被抓出栅栏门去了,到得大堂,上面坐着一个满头剃得精光的老头子。阿Q疑心他是和尚,但看见下面站着一排兵,两旁又站着十几个长衫人物,也有满头剃得精光像这老头子的,也有将一尺来长的头发披在背后像那假洋鬼子的,都是一脸横肉,怒目而视的看他;他便知道这人一定有些来历,膝关节立刻自然而然的宽松,便跪了下去了。

"站着说!不要跪!"长衫人物都吆喝说。

阿Q虽然似乎懂得,但总觉得站不住,身不由己的蹲了下去,而且终于趁势改为跪下了。

"奴隶性!……"长衫人物又鄙夷似的说,但也没有叫他起来。

"你从实招来罢,免得吃苦。我早都知道了。招了可以放你。"那光头的老头子看定了阿Q的脸,沉静的清楚的说。

"招罢!"长衫人物也大声说。

"我本来要……来投……"阿Q胡里胡涂的想了一通,这才断断续续的说。

"那么,为什么不来的呢?"老头子和气的问。

"假洋鬼子不准我!"

"胡说!此刻说,也迟了。现在你的同党在那里?"

"什么?……"

"那一晚打劫赵家的一伙人。"

"他们没有来叫我。他们自己搬走了。"阿Q提起来便愤愤。

"走到那里去了呢?说出来便放你了。"老头子更和气了。

"我不知道,……他们没有来叫我……"

然而老头子使了一个眼色,阿Q便又被抓进栅栏门里了。他第二次抓出栅栏门,是第二天的上午。

大堂的情形都照旧。上面仍然坐着光头的老头子,阿Q也仍然下了跪。

老头子和气的问道,"你还有什么话说么?"

阿Q一想,没有话,便回答说,"没有。"

于是一个长衫人物拿了一张纸,并一支笔送到阿Q的面前,要将笔塞在他手里。阿Q这时很吃惊,几乎"魂飞魄散"了:因为他的手和笔相关,这回是初次。他正不知怎样拿;那人却又指着一处地方教他画花押。

"我……我……不认得字。"阿Q一把抓住了笔,惶恐而且惭愧的说。

"那么,便宜你,画一个圆圈!"

阿Q要画圆圈了,那手捏着笔却只是抖。于是那人替他将纸铺在地上,阿Q伏下去,使尽了平生的力画圆圈。他生怕被人笑话,立志要画得圆,但这可恶的笔不但很沉重,并且不听话,刚刚一抖一抖的几乎要合缝,却又向外一耸,画成瓜子模样了。

阿Q正羞愧自己画得不圆,那人却不计较,早已掣了纸笔去,许多人又将他第二次抓进栅栏门。

他第二次进了栅栏,倒也并不十分懊恼。他以为人生天地之间,大约本来有时要抓进抓出,有时要在纸上画圆圈的,惟有圈而不圆,却是他"行状"上的一个污点。但不多时也就释然了,他想:孙子才画得很圆的圆圈呢。于是他睡着了。

然而这一夜,举人老爷反而不能睡:他和把总呕了气了。举人老爷主张第一要追赃,把总主张第一要示众。把总近来很不将举人老爷放在眼里了,拍案打凳的说道,"惩一儆百!你看,我做革命党还不上二十天,抢案就是十几件,全不破案,我的面子在哪里?破了案,你又来迂。不成!这是我管的!"举人老爷窘急了,然而还坚持,说是倘若不追赃,他便立刻辞了帮办民政的职务。而把总却道,"请便罢!"于是举人老爷在这一夜竟没有睡,但幸而第二天倒也没有辞。

阿Q第三次抓出栅栏门的时候,便是举人老爷睡不着的那一夜的明天的上午了。他到了大堂,上面还坐着照例的光头老头子;阿Q也照例的下了跪。

老头子很和气的问道,"你还有什么话么?"

阿Q一想,没有话,便回答说,"没有。"

许多长衫和短衫人物,忽然给他穿上一件洋布的白背心,上面有些黑字。阿Q很气苦;因为这很像是带孝,而带孝是晦气的。然而同时他的两手反缚了,同时又被一直抓出衙门外去了。

阿Q被抬上了一辆没有篷的车,几个短衣人物也和他同坐在一处。这车立刻走动了,前面是一班背着洋炮的兵们和团丁,两旁是许多张着嘴的看客,后面怎样,阿Q没有见。但他突然觉到了:这岂不是去杀头么?他一急,两眼发黑,耳朵里嗡的一声,似乎发昏了。然而他又没有全发昏,有时虽然着急,有时却也泰然;他意思之间,似乎觉得人生天地间,大约本来有时也未免要杀头的。

他还认得路,于是有些诧异了:怎么不向着法场走呢?他不知道这是在游街,在示众。但即使知道也一样,他不过便以为人生天地间,大约本来有时也未免要游街要示众罢了。

他省悟了,这是绕到法场去的路,这一定是"嚓"的去杀头。他惘惘的向左右看,全跟着马蚁似的人,而在无意中,却在路旁的人丛中发见了一个吴妈。很久违,伊原来在城里做工了。阿Q忽然很羞愧自己没志气:竟没有唱几句戏。他的思想仿佛旋风似的在脑里一回旋:《小孤孀上坟》欠堂皇,《龙虎斗》里的"悔不该……"也太乏,还是"手执钢鞭将你打"罢。他同时想将手一扬,才记得这两手原来都捆着,于是"手执钢鞭"也不唱了。

"过了二十年又是一个……"阿Q在百忙中,"无师自通"的说出半句从来不说的话。

"好!!!"从人丛里,便发出豺狼的嗥叫一般的声音来。

车子不住的前行,阿Q在喝采声中,轮转眼睛去看吴妈,似乎伊一向并没有见他,却只是出神的看着兵们背上的洋炮。

阿Q于是再看那些喝采的人们。

这刹那中,他的思想又仿佛旋风似的在脑里一回旋了。四年之前,他曾在山脚下遇见一只饿狼,永是不近不远的跟定他,要吃他的肉。他那时吓得几乎要死,幸而手里有一柄斫柴刀,才得仗这壮了胆,支持到未庄;可是永远记得那狼眼睛,又凶又怯,闪闪的像两颗鬼火,似乎远远的来穿透了他的皮肉。而这回他又看见从来没有见过的更可怕的眼睛了,又钝又锋利,不但已经咀嚼了他的话,并且还要咀嚼他皮肉以外的东西,永是不远不近的跟他走。

这些眼睛们似乎连成一气,已经在那里咬他的灵魂。

"救命,……"

然而阿 Q 没有说。他早就两眼发黑,耳朵里嗡的一声,觉得全身仿佛微尘似的迸散了。

至于当时的影响,最大的倒反在举人老爷,因为终于没有追赃,他全家都号咷了。其次是赵府,非特秀才因为上城去报官,被不好的革命党剪了辫子,而且又破费了二十千的赏钱,所以全家也号咷了。从这一天以来,他们便渐渐的都发生了遗老的气味。

至于舆论,在未庄是无异议,自然都说阿 Q 坏,被枪毙便是他的坏的证据;不坏又何至于被枪毙呢?而城里的舆论却不佳,他们多半不满足,以为枪毙并无杀头这般好看;而且那是怎样的一个可笑的死囚呵,游了那么久的街,竟没有唱一句戏:他们白跟一趟了。

一九二一年十二月。

(收入《呐喊》)

在酒楼上

鲁　迅

我从北地向东南旅行,绕道访了我的家乡,就到 S 城。这城离我的故乡不过三十里,坐了小船,小半天可到,我曾在这里的学校里当过一年的教员。深冬雪后,风景凄清,懒散和怀旧的心绪联结起来,我竟暂寓在 S 城的洛思旅馆里了;这旅馆是先前所没有的。城圈本不大,寻访了几个以为可以会见的旧同事,一个也不在,早不知散到那里去了;经过学校的门口,也改换了名称和模样,于我很生疏。不到两个时辰,我的意兴早已索然,颇悔此来为多事了。

我所住的旅馆是租房不卖饭的,饭菜必须另外叫来,但又无味,入口如嚼泥土。窗外只有渍痕斑驳的墙壁,帖着枯死的莓苔;上面是铅色的天,白皑皑的绝无精采,而且微雪又飞舞起来了。我午餐本没有饱,又没有可以消遣的事情,便很自然的想到先前有一家很熟识的小酒楼,叫一石居的,算来离旅馆并不远。我于是立即锁了房门,出街向那酒楼去。其实也无非想姑且逃避客中的无聊,并不专为买醉。一石居是在的,狭小阴湿的店面和破旧的招牌都依旧;但从掌柜以至堂倌却已没有一个熟人,我在这一石居中也完全成了生客。然而我终于跨上那走熟的屋角的扶梯去了,由此径到小楼上。上面也依然是五张小板桌；独有原是木棂的后窗却换嵌了玻璃。

“一斤绍酒。——菜？十个油豆腐，辣酱要多！”

我一面说给跟我上来的堂倌听，一面向后窗走，就在靠窗的一张桌旁坐下了。楼上“空空如也”，任我拣得最好的坐位，可以眺望楼下的废园。这园大概是不属于酒家的，我先前也曾眺望过许多回，有时也在雪天里。但现在从惯于北方的眼睛看来，却很值得惊异了：几株老梅竟斗雪开着满树的繁花，仿佛毫不以深冬为意；倒塌的亭子边还有一株山茶树，从暗绿的密叶里显出十几朵红花来，赫赫的在雪中明得如火，愤怒而且傲慢，如蔑视游人的甘心于远行。我这时又忽地想到这里积雪的滋润，著物不去，晶莹有光，不比朔雪的粉一样干，大风一吹，便飞得满空如烟雾。……

“客人，酒。……”

堂倌懒懒的说着，放下杯，筷，酒壶和碗碟，酒到了。我转脸向了板桌，排好器具，斟出酒来。觉得北方固不是我的旧乡，但南来又只能算一个客子，无论那边的干雪怎样纷飞，这里的柔雪又怎样的依恋，于我都没有什么关系了。我略带些哀愁，然而很舒服的呷一口酒。酒味很纯正；油豆腐也煮得十分好；可惜辣酱太淡薄，本来S城人是不懂得吃辣的。

大概是因为正在下午的缘故罢，这虽说是酒楼，却毫无酒楼气，我已经喝下三杯酒去了，而我以外还是四张空板桌。我看着废园，渐渐的感到孤独，但又不愿有别的酒客上来。偶然听得楼梯上脚步响，便不由的有些懊恼，待到看见是堂倌，才又安心了，这样的又喝了两杯酒。

我想，这回定是酒客了，因为听得那脚步声比堂倌的要缓得多。约略料他走完了楼梯的时候，我便害怕似的抬头去看这无干的同伴，同时也就吃惊的站起来。我竟不料在这里意外的遇见朋友了，——假如他现在还许我称他为朋友。那上来的分明是我的旧同窗，也是做教员时代的旧同事，面貌虽然颇有些改变，但一见也就认识，独有行动却变得格外迂缓，很不像当年敏捷精悍的吕纬甫了。

“阿，——纬甫，是你么？我万想不到会在这里遇见你。”

“阿阿，是你？我也万想不到……”

我就邀他同坐，但他似乎略略踌躕之后，方才坐下来。我起先很以为奇，接着便有些悲伤，而且不快了。细看他相貌，也还是乱蓬蓬的须发；苍白的长方脸，然而衰瘦了。精神很沉静，或者却是颓唐；又浓又黑的眉毛底下的眼睛也失了精采，但当他缓缓的四顾的时候，却对废园忽地闪出我在学校时代常常看见的射人的光来。

“我们，”我高兴的，然而颇不自然的说，“我们这一别，怕有十年了罢。我早知道你在济南，可是实在懒得太难，终于没有写一封信。……”

“彼此都一样。可是现在我在太原了，已经两年多，和我的母亲。我回来接她的时候，知道你早搬走了，搬得很干净。”

“你在太原做什么呢？”我问。

“教书，在一个同乡的家里。”

“这以前呢？”

“这以前么？”他从衣袋里掏出一支烟卷来，点了火衔在嘴里，看着喷出的烟雾，沉思似的说，“无非做了些无聊的事情，等于什么也没有做。”

他也问我别后的景况，我一面告诉他一个大概，一面叫堂倌先取杯筷来，使他先喝着我的酒，然后再去添二斤。其间还点菜，我们先前原是毫不客气的，但此刻却推让起来了，终于说不清那一样是谁点的，就从堂倌的口头报告上指定了四样菜：茴香豆，冻肉，油豆腐，青鱼干。

“我一回来，就想到我可笑。”他一手擎着烟卷，一只手扶着酒杯，似笑非笑的向我说。“我在少年时，看见蜂子或蝇子停在一个地方，给什么来一吓，即刻飞去了，但是飞了一个小圈子，便又回来停在原地点，便以为这实在很可笑，也可怜。可不料现在我自己也飞回来了，不过绕了一点小圈子。又不料你也回来了。你不能飞得更远些么？”

“这难说，大约也不外乎绕点小圈子罢。”我也似笑非笑的说。“但是你为什么飞回来的呢？”

“也还是为了无聊的事。”他一口喝干了一杯酒，吸几口烟，眼睛略为张大了。“无聊的。——但是我们就谈谈罢。”

堂倌搬上新添的酒菜来，排满了一桌，楼上又添了烟气和油豆腐的热气，仿佛热闹起来了；楼外的雪也越加纷纷的下。

“你也许本来知道，”他接着说，“我曾经有一个小兄弟，是三岁上死掉的，就葬在这乡下。我连他的模样都记不清楚了，但听母亲说，是一个很可爱念的孩子，和我也很相投，至今她提起来还似乎要下泪。今年春天，一个堂兄就来了一封信，说他的坟边已经渐渐的浸了水，不久怕要陷入河里去了，须得赶紧去设法。母亲一知道就很着急，几乎几夜睡不着，——她又自己能看信的。然而我能有什么法子呢？没有钱，没有工夫：当时什么法也没有。

“一直挨到现在，趁着年假的闲空，我才得回南给他来迁葬。”他又喝干一杯酒，看着窗外，说，“这在那边那里能如此呢？积雪里会有花，雪地下会不冻。就在前天，我在城里买了一口小棺材，——因为我豫料那地下的应该早已朽烂了，——带着棉絮和被褥，雇了四个土工，下乡迁葬去。我当时忽而很高兴，愿意掘一回坟，愿意一见我那曾经和我很亲睦的小兄弟的骨殖：这些事我生平都没有经历过。到得坟地，果然，河水只是咬进来，离坟已不到二尺远。可怜的坟，两年没有培土，也平下去了。我站在雪中，决然的指着他对土工说，‘掘开来！’我实在是一个庸人，我这时觉得我的声音有些希奇，这命令也是一个在我一生中最为伟大的命令。但土工们却毫不骇怪，就动手掘下去了。待到掘着圹穴，我便过去看，果然，棺木已经快要烂尽了，只剩下一堆木丝和小木片。我的心颤动着，自去拨开这些，很小心的，要看一看我的小兄弟。然而出乎意外！被褥，衣服，骨骼，什么也没有。我想，这些都消尽了，向来听说最难烂的是头发，也许还有罢。我便伏下去，在该是枕头所在的泥土里仔仔细细的看，也没有。踪影全无！”

我忽而看见他眼圈微红了，但立即知道是有了酒意。他总不很吃菜，单是把酒不停的喝，早喝了一斤多，神情和举动都活泼起来，渐近于先前所见的吕纬甫了。我叫堂倌再添二斤酒，然后回转身，也拿着酒杯，正对面默默的听着。

“其实，这本已可以不必再迁，只要平了土，卖掉棺材，就此完事了的。我去卖棺材虽然有些离奇，但只要价钱极便宜，原铺子就许要，至少总可以捞回几文酒钱来。但我不这样，我仍然铺好被褥，用棉花裹了些他先前身体所在的地方的泥土，包起来，装在新棺材里，运到我父亲埋着的坟地上，在他坟旁埋掉了。因为外面用砖墩，昨天又忙了我大半天：监工。但这样总算完结了一件事，足够去骗骗我的母亲，使她安心些。——阿阿，你这样的看我，你怪我何以和先前太不相同了么？是的，我也还记得我们同到城隍庙里去拔掉神像的胡子的时候，连日议论些改革中国的方法以至于打起来的时候。但我现在就是这样了，敷敷衍衍，模模胡胡。我有时自己也想到，倘若先前的朋友看见我，怕会不认我做朋友了。——然而我现在就是这样。”

他又掏出一支烟卷来，衔在嘴里，点了火。

“看你的神情，你似乎还有些期望我，——我现在自然麻木得多了，但是有些事也还看得出。这使我很感激，然而也使我很不安：怕我终于辜负了至今还对我怀着好意的老朋友。……”他忽而停住了，吸几口烟，才又慢慢的说，“正在今天，刚在我到这一石居来之前，也就做了一件无聊事，然而也是我自己愿意做的。我先前的东边的邻居叫长富，是一个船户。他有一个女儿叫阿顺，你那时到我家里来，也许见过的，但你一定没有留心，因为那时她还小。后来她也长得并不好看，不过是平常的瘦瘦的瓜子脸，黄脸皮；独有眼睛非常大，睫毛也很长，眼白又青得如夜的晴天，而且是北方的无风的晴天，这里的就没有那么明净了。她很能干，十多岁没了母亲，招呼两个小弟妹都靠她；又得服侍父亲，事事都周到；也经济，家计倒渐渐的稳当起来了。邻居几乎没有一个不夸奖她，连长富也时常说些感激的话。这一次我动身回来的时候，我的母亲又记得她了，老年人记性真长久。她说她曾经知道顺姑因为看见谁的头上戴着红的剪绒花，自己也想有一朵，弄不到，哭了，哭了小半夜，就挨了她父亲的一顿打，后来眼眶还红肿了两三天。这种剪绒花是外省的东西，S 城里尚且买不出，她那里想得到手呢？趁我这一次回南的便，便叫我买两朵去送她。

“我对于这差使倒并不以为烦厌，反而很喜欢；为阿顺，我实在还有些愿意出力的意思的。前年，我回来接我母亲的时候，有一天，长富正在家，不知怎的我和他闲谈起来了。他便要请我吃点心，荞麦粉，并且告诉我所加的是白糖。你想，家里能有白糖的船户，可见决不是一个穷船户了，所以他也吃得很阔绰。我被劝不过，答应了，但要求只要用小碗。他也很识世故，便嘱咐阿顺说，‘他们文人，是不会吃东西的。你就用小碗，多加糖！’然而等到调好端来的时候，仍然使我吃一吓，是一大碗，足够我吃一天。但是和长富吃的一碗比起来，我的也确乎算小碗。我生平没有吃过荞麦粉，这回一尝，实在不可口，却是非常甜。我漫然的吃了几口，就想不吃了，然而在无意中，忽然间看见阿顺远远的站在屋角里，就使我立刻消失了放下碗筷的勇气。我看她的神情，是害怕而且希望，大约怕自己调得不好，愿我们吃得有味。我知道如果剩下大半碗来，一定要使她很失望，而且很抱歉。我于是同时决心，放开喉咙灌下去了，几乎吃得和长富一样快。我由此才知道硬吃的苦痛，我只记得还做孩子时候的吃尽一碗拌着驱除蛔虫药粉的沙糖才有这样难。然而我毫不抱怨，因为她过来收拾空碗时候的忍着的得意的笑容，已尽够赔偿我的苦痛而有余了。所以我这一夜虽然饱胀得睡不稳，又做了一大串恶梦，也还是祝赞她一生幸福，愿世界为她变好。然而这些意思也不过是我的那些旧日的梦的痕迹，即刻就自笑，接着也就忘却了。

“我先前并不知道她曾经为了一朵剪绒花挨打，但因为母亲一说起，便也记得了荞麦粉的事，意外的勤快起来了。我先在太原城里搜求了一遍，都没有；一直到济南……”

窗外沙沙的一阵声响，许多积雪从被他压弯了的一枝山茶树上滑下去了，树枝笔挺的伸直，更显出乌油油的肥叶和血红的花来。天空的铅色来得更浓；小鸟雀啾唧的叫着，大概黄昏将近，地面又全罩了雪，寻不出什么食粮，都赶早回巢来休息了。

“一直到了济南，”他向窗外看了一回，转身喝干一杯酒，又吸几口烟，接着说。“我才买到剪绒花。我也不知道使她挨打的是不是这一种,总之是绒做的罢了。我也不知道她喜欢深色还是浅色,就买了一朵大红的,一朵粉红的,都带到这里来。

“就是今天午后,我一吃完饭,便去看长富,我为此特地耽搁了一天。他的家倒还在,只是看去很有些晦气色了,但这恐怕不过是我自己的感觉。他的儿子和第二个女儿——阿昭,都站在门口,大了。阿昭长得全不像她姊姊,简直像一个鬼,但是看见我走向她家,便飞奔的逃进屋里去。我就问那小子,知道长富不在家。‘你的大姊呢?’他立刻瞪起眼睛,连声问我寻她什么事,而且恶狠狠的似乎就要扑过来,咬我。我支吾着退走了,我现在是敷敷衍衍……

“你不知道,我可是比先前更怕去访人了。因为我已经深知道自己之讨厌,连自己也讨厌,又何必明知故犯的去使人暗暗地不快呢?然而这回的差使是不能不办妥的,所以想了一想,终于回到就在斜对门的柴店里。店主的母亲,老发奶奶,倒也还在,而且也还认识我,居然将我邀进店里坐去了。我们寒暄几句之后,我就说明了回到S城和寻长富的缘故。不料她叹息说:

“‘可惜顺姑没有福气戴这剪绒花了。’

“她于是详细的告诉我,说是‘大约从去年春天以来,她就见得黄瘦,后来忽而常常下泪了,问她缘故又不说;有时还整夜的哭,哭得长富也忍不住生气,骂她年纪大了,发了疯。可是一到秋初,起先不过小伤风,终于躺倒了,从此就起不来。直到咽气的前几天,才肯对长富说,她早就像她母亲一样,不时的吐红和流夜汗。但是瞒着,怕他因此要担心。有一夜,她的伯伯长庚又来硬借钱,——这是常有的事,——她不给,长庚就冷笑着说:你不要骄气,你的男人比我还不如!她从此就发了愁,又怕羞,不好问,只好哭。长富赶紧将她的男人怎样的挣气的话说给她听,那里还来得及?况且她也不信,反而说:好在我已经这样,什么也不要紧了。’

“她还说,‘如果她的男人真比长庚不如,那就真可怕呵!比不上一个偷鸡贼,那是什么东西呢?然而他来送殓的时候,我是亲眼看见他的,衣服很干净,人也体面;还眼泪汪汪的说,自己撑了半世小船,苦熬苦省的积起钱来聘了一个女人,偏偏又死掉了。可见他实在是一个好人,长庚说的全是诳。只可惜顺姑竟会相信那样的贼骨头的诳话,白送了性命。——但这也不能去怪谁,只能怪顺姑自己没有这一份好福气。’

“那倒也罢,我的事情又完了。但是带在身边的两朵剪绒花怎么办呢?好,我就托她送了阿昭。这阿昭一见我就飞跑,大约将我当作一只狼或是什么,我实在不愿意去送她。——但是我也就送她了,对母亲只要说阿顺见了喜欢的了不得就是。这些无聊的事算什么?只要模模胡胡。模模胡胡的过了新年,仍旧教我的‘子曰诗云’去。”

“你教的是‘子曰诗云’么?”我觉得奇异,便问。

“自然。你还以为教的是ABCD么?我先是两个学生,一个读《诗经》,一个读《孟子》。新近又添了一个,女的,读《女儿经》。连算学也不教,不是我不教,他们不要教。”

“我实在料不到你倒去教这类的书,……”

“他们的老子要他们读这些;我是别人,无乎不可的。这些无聊的事算什么?只要随随便便,……”

他满脸已经通红,似乎很有些醉,但眼光却又消沉下去了。我微微的叹息,一时没有话可说。楼梯上一阵乱响,拥上几个酒客来:当头的是矮子,拥肿的圆脸;第二个是长的,在脸上很惹眼的显出一个红鼻子;此后还有人,一叠连的走得小楼都发抖。我转眼去看吕纬甫,他也正转眼来看我,我就叫堂倌算酒账。

“你借此还可以支持生活么?”我一面准备走,一面问。

“是的。——我每月有二十元,也不大能够敷衍。”

“那么,你以后豫备怎么办呢?”

“以后?——我不知道。你看我们那时豫想的事可有一件如意?我现在什么也不知道,连明天怎样也不知道,连后一分……”

堂倌送上账来,交给我;他也不像初到时候的谦虚了,只向我看了一眼,便吸烟,听凭我付了账。

我们一同走出店门,他所住的旅馆和我的方向正相反,就在门口分别了。我独自向着自己的旅馆走,寒风和雪片扑在脸上,倒觉得很爽快。见天色已是黄昏,和屋宇和街道都织在密雪的纯白而不定的罗网里。

一九二四年二月一六日。

(收入《彷徨》,《鲁迅全集》第2卷)

示众

鲁迅

首善之区的西城的一条马路上,这时候什么扰攘也没有。火焰焰的太阳虽然还未直照,但路上的沙土仿佛已是闪烁地生光;酷热满和在空气里面,到处发挥着盛夏的威力。许多狗都拖出舌头来,连树上的乌老鸦也张着嘴喘气,——但是,自然也有例外的。远处隐隐有两个铜盏相击的声音,使人忆起酸梅汤,依稀感到凉意,可是那懒懒的单调的金属音的间作,却使那寂静更其深远了。

只有脚步声,车夫默默地前奔,似乎想赶紧逃出头上的烈日。

“热的包子咧!刚出屉的……。”

十一二岁的胖孩子,细着眼睛,歪了嘴在路旁的店门前叫喊。声音已经嘶嗄了,还带些睡意,如给夏天的长日催眠。他旁边的破旧桌子上,就有二三十个馒头包子,毫无热气,冷冷地坐着。

“荷阿!馒头包子咧,热的……。”

像用力掷在墙上而反拨过来的皮球一般,他忽然飞在马路的那边了。在电杆旁,和他对面,正向着马路,其时也站定了两个人:一个是淡黄制服的挂刀的面黄肌瘦的巡警,手里牵着绳头,绳的那头就拴在别一个穿蓝布大衫上罩白背心的男人的臂膊上。这男人戴一顶新草帽,帽檐四面下垂,遮住了眼睛的一带。但胖孩子身体矮,仰起脸来看时,却正撞见这人的眼睛了。那眼睛也似乎正在看他的脑壳。他连忙顺下眼,去看白背心,只见背心上一行一行地写着些大大小小的什么字。

刹时间,也就围满了大半圈的看客。待到增加了秃头的老头子之后,空缺已经不多,而立刻又被一个赤膊的红鼻子胖大汉补满了。这胖子过于横阔,占了两人的地位,所以续到的便只能屈在第二层,从前面的两个脖子之间伸进脑袋去。

秃头站在白背心的略略正对面，弯了腰，去研究背心上的文字，终于读起来：

"嗡，都，哼，八，而，……"

胖孩子却看见那白背心正研究着这发亮的秃头，他也便跟着去研究，就只见满头光油油的，耳朵左近还有一片灰白色的头发，此外也不见得有怎样新奇。但是后面的一个抱着孩子的老妈子却想乘机挤进来了；秃头怕失了位置，连忙站直，文字虽然还未读完，然而无可奈何，只得另看白背心的脸：草帽檐下半个鼻子，一张嘴，尖下巴。

又像用了力掷在墙上而反拨过来的皮球一般，一个小学生飞奔上来，一手按住了自己头上的雪白的小布帽，向人丛中直钻进去。但他钻到第三——也许是第四——层，竟遇见一件不可动摇的伟大的东西了，抬头看时，蓝裤腰上面有一座赤条条的很阔的背脊，背脊上还有汗正在流下来。他知道无可措手，只得顺着裤腰右行，幸而在尽头发见了一条空处，透着光明。他刚刚低头要钻的时候，只听得一声"什么"，那裤腰以下的屁股向右一歪，空处立刻闭塞，光明也同时不见了。

但不多久，小学生却从巡警的刀旁边钻出来了。他诧异地四顾：外面围着一圈人，上首是穿白背心的，那对面是一个赤膊的胖小孩，胖小孩后面是一个赤膊的红鼻子胖大汉。他这时隐约悟出先前的伟大的障碍物的本体了，便惊奇而且佩服似的只望着红鼻子。胖小孩本是注视着小学生的脸的，于是也不禁依了他的眼光，回转头去了，在那里是一个很胖的奶子，奶头四近有几枝很长的毫毛。

"他，犯了什么事啦？……"

大家都愕然看时，是一个工人似的粗人，正在低声下气地请教那秃头老头子。

秃头不作声，单是睁起了眼睛看定他。他被看得顺下眼光去，过一会再看时，秃头还是睁起了眼睛看定他，而且别的人也似乎都睁了眼睛看定他。他于是仿佛自己就犯了罪似的局促起来，终至于慢慢退后，溜出去了。一个挟洋伞的长子就来补了缺；秃头也旋转脸去再看白背心。

长子弯了腰，要从垂下的草帽檐下去赏识白背心的脸，但不知道为什么忽又站直了。于是他背后的人们又须竭力伸长了脖子；有一个瘦子竟至于连嘴都张得很大，像一条死鲈鱼。

巡警，突然间，将脚一提，大家又愕然，赶紧都看他的脚；然而他又放稳了，于是又看白背心。长子忽又弯了腰，还要从垂下的草帽檐下去窥测，但即刻也就立直，擎起一只手来拼命搔头皮。

秃头不高兴了，因为他先觉得背后有些不太平，接着耳朵边就有唧咕唧咕的声响。他双眉一锁，回头看时，紧挨他右边，有一只黑手拿着半个大馒头正在塞进一个猫脸的人的嘴里去。他也就不说什么，自去看白背心的新草帽了。

忽然，就有暴雷似的一击，连横阔的胖大汉也不免向前一跄踉。同时，从他肩膊上伸出一只胖得不相上下的臂膊来，展开五指，拍的一声正打在胖孩子的脸颊上。

"好快活！你妈的……"同时，胖大汉后面就有一个弥勒佛似的更圆的胖脸这么说。

胖孩子也跄踉了四五步，但是没有倒，一手按着脸颊，旋转身，就想从胖大汉的腿旁的空隙间钻出去。胖大汉赶忙站稳，并且将屁股一歪，塞住了空隙，恨恨地问道：

"什么？"

胖孩子就像小鼠子落在捕机里似的，仓皇了一会，忽然向小学生那一面奔去，推开他，冲出去了。小学生也返身跟出去了。

“吓，这孩子……。”总有五六个人都这样说。

待到重归平静，胖大汉再看白背心的脸的时候，却见白背心正在仰面看他的胸脯；他慌忙低头也看自己的胸脯时，只见两乳之间的洼下的坑里有一片汗，他于是用手掌拂去了这些汗。

然而形势似乎总不甚太平了。抱着小孩的老妈子因为在骚扰时四顾，没有留意，头上梳着的喜鹊尾巴似的“苏州俏”便碰了站在旁边的车夫的鼻梁。车夫一推，却正推在孩子上；孩子就扭转身去，向着圈外，嚷着要回去了。老妈子先也略略一跄踉，但便即站定，旋转孩子来使他正对白背心，一手指点着，说道：

“阿，阿，看呀！多么好看哪！……”

空隙间忽而探进一个戴硬草帽的学生模样的头来，将一粒瓜子之类似的东西放在嘴里，下颚向上一磕，咬开，退出去了。这地方就补上了一个满头油汗而粘着灰土的椭圆脸。

挟洋伞的长子也已经生气，斜下了一边的肩膊，皱眉疾视着肩后的死鲈鱼。大约从这么大的大嘴里呼出来的热气，原也不易招架的，而况又在盛夏。秃头正仰视那电杆上钉着的红牌上的四个白字，仿佛很觉得有趣。胖大汉和巡警都斜了眼研究着老妈子的钩刀般的鞋尖。

“好！”

什么地方忽有几个人同声喝采。都知道该有什么事情起来了，一切头便全数回转去。连巡警和他牵着的犯人也都有些摇动了。

“刚出屉的包子咧！荷阿，热的……。”

路对面是胖孩子歪着头，瞌睡似的长呼；路上是车夫们默默地前奔，似乎想赶紧逃出头上的烈日。大家都几乎失望了，幸而放出眼光去四处搜索，终于在相距十多家的路上，发见了一辆洋车停放着，一个车夫正在爬起来。

圆阵立刻散开，都错错落落地走过去。胖大汉走不到一半，就歇在路边的槐树下；长子比秃头和椭圆脸走得快，接近了。车上的坐客依然坐着，车夫已经完全爬起，但还在摩自己的膝髁。周围有五六个人笑嘻嘻地看他们。

“成么？”车夫要来拉车时，坐客便问。

他只点点头，拉了车就走；大家就惘惘然目送他。起先还知道那一辆是曾经跌倒的车，后来被别的车一混，知不清了。

马路上就很清闲，有几只狗伸出了舌头喘气；胖大汉就在槐阴下看那很快地一起一落的狗肚皮。

老妈子抱了孩子从屋檐阴下蹩过去了。胖孩子歪着头，挤细了眼睛，拖长声音，瞌睡地叫喊——

“热的包子咧！荷阿！……刚出屉的……。”

一九二五年三月一八日。

（收入《彷徨》，《鲁迅全集》第2卷）

铸剑

鲁迅

一

眉间尺刚和他的母亲睡下,老鼠便出来咬锅盖,使他听得发烦。他轻轻地叱了几声,最初还有些效验,后来是简直不理他了,格支格支地径自咬。他又不敢大声赶,怕惊醒了白天做得劳乏,晚上一躺就睡着了的母亲。

许多时光之后,平静了;他也想睡去。忽然,扑通一声,惊得他又睁开眼。同时听到沙沙地响,是爪子抓着瓦器的声音。

"好!该死!"他想着,心里非常高兴,一面就轻轻地坐起来。

他跨下床,借着月光走向门背后,摸到钻火家伙,点上松明,向水瓮里一照。果然,一匹很大的老鼠落在那里面了;但是,存水已经不多,爬不出来,只沿着水瓮内壁,抓着,团团地转圈子。

"活该!"他一想到夜夜咬家具,闹得他不能安稳睡觉的便是它们,很觉得畅快。他将松明插在土墙的小孔里,赏玩着;然而那圆睁的小眼睛,又使他发生了憎恨,伸手抽出一根芦柴,将它直按到水底去。过了一会,才放手,那老鼠也随着浮了上来,还是抓着瓮壁转圈子。只是抓劲已经没有先前似的有力,眼睛也淹在水里面,单露出一点尖尖的通红的小鼻子,咻咻地急促地喘气。

他近来很有点不大喜欢红鼻子的人。但这回见了这尖尖的小红鼻子,却忽然觉得它可怜了,就又用那芦柴,伸到它的肚下去,老鼠抓着,歇了一回力,便沿着芦干爬了上来。待到他看见全身,——湿淋淋的黑毛,大的肚子,蚯蚓似的尾巴,——便又觉得可恨可憎得很,慌忙将芦柴一抖,扑通一声,老鼠又落在水瓮里,他接着就用芦柴在它头上捣了几下,叫它赶快沉下去。

换了六回松明之后,那老鼠已经不能动弹,不过沉浮在水中间,有时还向水面微微一跳。眉间尺又觉得很可怜,随即折断芦柴,好容易将它夹了出来,放在地面上。老鼠先是丝毫不动,后来才有一点呼吸;又许多时,四只脚运动了,一翻身,似乎要站起来逃走。这使眉间尺大吃一惊,不觉提起左脚,一脚踏下去。只听得吱的一声,他蹲下去仔细看时,只见口角上微有鲜血,大概是死掉了。

他又觉得很可怜,仿佛自己作了大恶似的,非常难受。他蹲着,呆看着,站不起来。

"尺儿,你在做什么?"他的母亲已经醒来了,在床上问。

"老鼠……。"他慌忙站起,回转身去,却只答了两个字。

"是的,老鼠。这我知道。可是你在做什么?杀它呢,还是在救它?"

他没有回答。松明烧尽了;他默默地立在暗中,渐看见月光的皎洁。

"唉!"他的母亲叹息说,"一交子时,你就是十六岁了,性情还是那样,不冷不热地,一点也不变。看来,你的父亲的仇是没有人报的了。"

他看见他的母亲坐在灰白色的月影中，仿佛身体都在颤动；低微的声音里，含着无限的悲哀，使他冷得毛骨悚然，而一转眼间，又觉得热血在全身中忽然腾沸。

“父亲的仇？父亲有什么仇呢？”他前进几步，惊急地问。

“有的。还要你去报。我早想告诉你的了；只因为你太小，没有说。现在你已经成人了，却还是那样的性情。这教我怎么办呢？你似的性情，能行大事的么？”

“能。说罢，母亲。我要改过……。”

“自然。我也只得说。你必须改过……。那么，走过来罢。”

他走过去；他的母亲端坐在床上，在暗白的月影里，两眼发出闪闪的光芒。

“听哪！”她严肃地说，“你的父亲原是一个铸剑的名工，天下第一。他的工具，我早已都卖掉了来救了穷了，你已经看不见一点遗迹；但他是一个世上无二的铸剑的名工。二十年前，王妃生下了一块铁，听说是抱了一回铁柱之后受孕的，是一块纯青透明的铁。大王知道是异宝，便决计用来铸一把剑，想用它保国，用它杀敌，用它防身。不幸你的父亲那时偏偏入了选，便将铁捧回家里来，日日夜夜地锻炼，费了整三年的精神，炼成两把剑。

“当最末次开炉的那一日，是怎样地骇人的景象呵！哗拉拉地腾上一道白气的时候，地面也觉得动摇。那白气到天半便变成白云，罩住了这处所，渐渐现出绯红颜色，映得一切都如桃花。我家的漆黑的炉子里，是躺着通红的两把剑。你父亲用井华水慢慢地滴下去，那剑嘶嘶地吼着，慢慢转成青色了。这样地七日七夜，就看不见了剑，仔细看时，却还在炉底里，纯青的，透明的，正像两条冰。

“大欢喜的光采，便从你父亲的眼睛里四射出来；他取起剑，拂拭着，拂拭着。然而悲惨的皱纹，却也从他的眉头和嘴角出现了。他将那两把剑分装在两个匣子里。

“‘你只要看这几天的景象，就明白无论是谁，都知道剑已炼就的了。’他悄悄地对我说。‘一到明天，我必须去献给大王。但献剑的一天，也就是我命尽的日子。怕我们从此要长别了。’

“‘你……。’我很骇异，猜不透他的意思，不知怎么说的好。我只是这样地说：‘你这回有了这么大的功劳……。’

“‘唉！你怎么知道呢！’他说。‘大王是向来善于猜疑，又极残忍的。这回我给他炼成了世间无二的剑，他一定要杀掉我，免得我再去给别人炼剑，来和他匹敌，或者超过他。’

“我掉泪了。

“‘你不要悲哀。这是无法逃避的。眼泪决不能洗掉运命。我可是早已有准备在这里了！’他的眼里忽然发出电火似的光芒，将一个剑匣放在我膝上。‘这是雄剑。’他说。‘你收着。明天，我只将这雌剑献给大王去。倘若我一去竟不回来了呢，那是我一定不再在人间了。你不是怀孕已经五六个月了么？不要悲哀；待生了孩子，好好地抚养。一到成人之后，你便交给他这雄剑，教他砍在大王的颈子上，给我报仇！’”

“那天父亲回来了没有呢？”眉间尺赶紧问。

“没有回来！”她冷静地说。“我四处打听，也杳无消息。后来听得人说，第一个用血来饲你父亲自己炼成的剑的人，就是他自己——你的父亲。还怕他鬼魂作怪，将他的身首分埋在前门和后苑了！”

眉间尺忽然全身都如烧着猛火，自己觉得每一枝毛发上都仿佛闪出火星来。他的双拳,在暗中捏得格格地作响。

他的母亲站起了,揭去床头的木板,下床点了松明,到门背后取过一把锄,交给眉间尺道:“掘下去!”

眉间尺心跳着,但很沉静的一锄一锄轻轻地掘下去。掘出来的都是黄土,约到五尺多深,土色有些不同了,似乎是烂掉的材木。

“看罢!要小心!”他的母亲说。

眉间尺伏在掘开的洞穴旁边,伸手下去,谨慎小心地撮开烂树,待到指尖一冷,有如触着冰雪的时候,那纯青透明的剑也出现了。他看清了剑靶,捏着,提了出来。

窗外的星月和屋里的松明似乎都骤然失了光辉,惟有青光充塞宇内。那剑便溶在这青光中,看去好像一无所有。眉间尺凝神细视,这才仿佛看见长五尺余,却并不见得怎样锋利,剑口反而有些浑圆,正如一片韭叶。

“你从此要改变你的优柔的性情,用这剑报仇去!”他的母亲说。

“我已经改变了我的优柔的性情,要用这剑报仇去!”

“但愿如此。你穿了青衣,背上这剑,衣剑一色,谁也看不分明的。衣服我已经做在这里,明天就上你的路去罢。不要记念我!”她向床后的破衣箱一指,说。

眉间尺取出新衣,试去一穿,长短正很合式。他便重行叠好,裹了剑,放在枕边,沉静地躺下。他觉得自己已经改变了优柔的性情;他决心要并无心事一般,倒头便睡,清晨醒来,毫不改变常态,从容地去寻他不共戴天的仇雠。

但他醒着。他翻来覆去,总想坐起来。他听到他母亲的失望的轻轻的长叹。他听到最初的鸡鸣;他知道已交子时,自己是上了十六岁了。

二

当眉间尺肿着眼眶,头也不回的跨出门外,穿着青衣,背着青剑,迈开大步,径奔城中的时候,东方还没有露出阳光。杉树林的每一片叶尖,都挂着露珠,其中隐藏着夜气。但是,待到走到树林的那一头,露珠里却闪出各样的光辉,渐渐幻成晓色了。远望前面,便依稀看见灰黑色的城墙和雉堞。

和挑葱卖菜的一同混入城里,街市上已经很热闹。男人们一排一排的呆站着;女人们也时时从门里探出头来。她们大半也肿着眼眶;蓬着头;黄黄的脸,连脂粉也不及涂抹。

眉间尺预觉到将有巨变降临,他们便都是焦躁而忍耐地等候着这巨变的。

他径自向前走;一个孩子突然跑过来,几乎碰着他背上的剑尖,使他吓出了一身汗。转出北方,离王宫不远,人们就挤得密密层层,都伸着脖子。人丛中还有女人和孩子哭嚷的声音。他怕那看不见的雄剑伤了人,不敢挤进去;然而人们却又在背后拥上来。他只得宛转地退避;面前只看见人们的背脊和伸长的脖子。

忽然,前面的人们都陆续跪倒了;远远地有两匹马并着跑过来。此后是拿着木棍,戈,刀,弓弩,旌旗的武人,走得满路黄尘滚滚。又来了一辆四匹马拉的大车,上面坐着一队人,有的打钟击鼓,有的嘴上吹着不知道叫什么名目的劳什子。此后又是车,里面的人都穿画衣,不是老头子,便是矮胖子,个个满脸油汗。接着又是一队拿刀枪剑戟的骑士。跪着的人们便都伏下去了。这时眉间尺正看见一辆黄盖的大车驰来，正中坐着一个画衣的胖子，花白胡子，小脑袋；腰间还依稀看见佩着和他背上一样的青剑。

他不觉全身一冷，但立刻又灼热起来，像是猛火焚烧着。他一面伸手向肩头捏住剑柄，一面提起脚，便从伏着的人们的脖子的空处跨出去。

但他只走得五六步，就跌了一个倒栽葱，因为有人突然捏住了他的一只脚。这一跌又正压在一个干瘪脸的少年身上；他正怕剑尖伤了他，吃惊地起来看的时候，肋下就挨了很重的两拳。他也不暇计较，再望路上，不但黄盖车已经走过，连拥护的骑士也过去了一大阵了。

路旁的一切人们也都爬起来。干瘪脸的少年却还扭住了眉间尺的衣领，不肯放手，说被他压坏了贵重的丹田，必须保险，倘若不到八十岁便死掉了，就得抵命。闲人们又即刻围上来，呆看着，但谁也不开口；后来有人从旁笑骂了几句，却全是附和干瘪脸少年的。眉间尺遇到了这样的敌人，真是怒不得，笑不得，只觉得无聊，却又脱身不得。这样地经过了煮熟一锅小米的时光，眉间尺早已焦躁得浑身发火，看的人却仍不见减，还是津津有味似的。

前面的人圈子动摇了，挤进一个黑色的人来，黑须黑眼睛，瘦得如铁。他并不言语，只向眉间尺冷冷地一笑，一面举手轻轻地一拨干瘪脸少年的下巴，并且看定了他的脸。那少年也向他看了一会，不觉慢慢地松了手，溜走了；那人也就溜走了；看的人们也都无聊地走散。只有几个人还来问眉间尺的年纪，住址，家里可有姊姊。眉间尺都不理他们。

他向南走着；心里想，城市中这么热闹，容易误伤，还不如在南门外等候他回来，给父亲报仇罢，那地方是地旷人稀，实在很便于施展。这时满城都议论着国王的游山，仪仗，威严，自己得见国王的荣耀，以及俯伏得有怎么低，应该采作国民的模范等等，很像蜜蜂的排衙。直至将近南门，这才渐渐地冷静。

他走出城外，坐在一株大桑树下，取出两个馒头来充了饥；吃着的时候忽然记起母亲来，不觉眼鼻一酸，然而此后倒也没有什么。周围是一步一步地静下去了，他至于很分明地听到自己的呼吸。

天色愈暗，他也愈不安，尽目力望着前方，毫不见有国王回来的影子。上城卖菜的村人，一个个挑着空担出城回家去了。

人迹绝了许久之后，忽然从城里闪出那一个黑色的人来。

"走罢，眉间尺！国王在捉你了！"他说，声音好像鸱鸮。

眉间尺浑身一颤，中了魔似的，立即跟着他走；后来是飞奔。他站定了喘息许多时，才明白已经到了杉树林边。后面远处有银白的条纹，是月亮已从那边出现；前面却仅有两点燐火一般的那黑色人的眼光。

"你怎么认识我？……"他极其惶骇地问。

"哈哈！我一向认识你。"那人的声音说。"我知道你背着雄剑，要给你的父亲报仇，我也知道你报不成。岂但报不成；今天已经有人告密，你的仇人早从东门还宫，下令捕拿你了。"

眉间尺不觉伤心起来。

"唉唉，母亲的叹息是无怪的。"他低声说。

"但她只知道一半。她不知道我要给你报仇。"

“你么？你肯给我报仇么，义士？”

“阿，你不要用这称呼来冤枉我。”

“那么，你同情于我们孤儿寡妇？……”

“唉，孩子，你再不要提这些受了污辱的名称。”他严冷地说，“仗义，同情，那些东西，先前曾经干净过，现在却都成了放鬼债的资本。我的心里全没有你所谓的那些。我只不过要给你报仇！”

“好。但你怎么给我报仇呢？”

“只要你给我两件东西。”两粒燐火下的声音说。“那两件么？你听着：一是你的剑，二是你的头！”

眉间尺虽然觉得奇怪，有些狐疑，却并不吃惊。他一时开不得口。

“你不要疑心我将骗取你的性命和宝贝。”暗中的声音又严冷地说。“这事全由你。你信我，我便去；你不信，我便住。”

“但你为什么给我去报仇的呢？你认识我的父亲么？”

“我一向认识你的父亲，也如一向认识你一样。但我要报仇，却并不为此。聪明的孩子，告诉你罢。你还不知道么，我怎么地善于报仇。你的就是我的；他也就是我。我的魂灵上是有这么多的，人我所加的伤，我已经憎恶了我自己！”

暗中的声音刚刚停止，眉间尺便举手向肩头抽取青色的剑，顺手从后项窝向前一削，头颅坠在地面的青苔上，一面将剑交给黑色人。

“呵呵！”他一手接剑，一手捏着头发，提起眉间尺的头来，对着那热的死掉的嘴唇，接吻两次，并且冷冷地尖利地笑。

笑声即刻散布在杉树林中，深处随着有一群燐火似的眼光闪动，倏忽临近，听到咻咻的饿狼的喘息。第一口撕尽了眉间尺的青衣，第二口便身体全都不见了，血痕也顷刻舔尽，只微微听得咀嚼骨头的声音。

最先头的一匹大狼就向黑色人扑过来。他用青剑一挥，狼头便坠在地面的青苔上。别的狼们第一口撕尽了它的皮，第二口便身体全都不见了，血痕也顷刻舔尽，只微微听得咀嚼骨头的声音。

他已经掣起地上的青衣，包了眉间尺的头，和青剑都背在背脊上，回转身，在暗中向王城扬长地走去。

狼们站定了，耸着肩，伸出舌头，咻咻地喘着，放着绿的眼光看他扬长地走。

他在暗中向王城扬长地走去，发出尖利的声音唱着歌：

> 哈哈爱兮爱乎爱乎！
> 爱青剑兮一个仇人自屠。
> 夥颐连翩兮多少一夫。
> 一夫爱青剑兮呜呼不孤。
> 头换头兮两个仇人自屠。
> 一夫则无兮爱乎呜呼！
> 爱乎呜呼兮呜呼阿呼，
> 阿呼呜呼兮呜呼呜呼！

三

游山并不能使国王觉得有趣;加上了路上将有刺客的密报,更使他扫兴而还。那夜他很生气,说是连第九个妃子的头发,也没有昨天那样的黑得好看了。幸而她撒娇坐在他的御膝上,特别扭了七十多回,这才使龙眉之间的皱纹渐渐地舒展。

午后,国王一起身,就又有些不高兴,待到用过午膳,简直现出怒容来。

“唉唉!无聊!”他打一个大呵欠之后,高声说。

上自王后,下至弄臣,看见这情形,都不觉手足无措。白须老臣的讲道,矮胖侏儒的打诨,王是早已听厌的了;近来便是走索,缘竿,抛丸,倒立,吞刀,吐火等等奇妙的把戏,也都看得毫无意味。他常常要发怒;一发怒,便按着青剑,总想寻点小错处,杀掉几个人。

偷空在宫外闲游的两个小宦官,刚刚回来,一看见宫里面大家的愁苦的情形,便知道又是照例的祸事临头了,一个吓得面如土色;一个却像是大有把握一般,不慌不忙,跑到国王的面前,俯伏着,说道:

“奴才刚才访得一个异人,很有异术,可以给大王解闷,因此特来奏闻。”

“什么?!”王说。他的话是一向很短的。

“那是一个黑瘦的,乞丐似的男子。穿一身青衣,背着一个圆圆的青包裹;嘴里唱着胡诌的歌。人问他。他说善于玩把戏,空前绝后,举世无双,人们从来就没有看见过;一见之后,便即解烦释闷,天下太平。但大家要他玩,他却又不肯。说是第一须有一条金龙,第二须有一个金鼎。……”

“金龙?我是的。金鼎?我有。”

“奴才也正是这样想。……”

“传进来!”

话声未绝,四个武士便跟着那小宦官疾趋而出。上自王后,下至弄臣,个个喜形于色。他们都愿意这把戏玩得解愁释闷,天下太平;即使玩不成,这回也有了那乞丐似的黑瘦男子来受祸,他们只要能挨到传了进来的时候就好了。

并不要许多工夫,就望见六个人向金阶趋进。先头是宦官,后面是四个武士,中间夹着一个黑色人。待到近来时,那人的衣服却是青的,须眉头发都黑;瘦得颧骨,眼圈骨,眉棱骨都高高地突出来。他恭敬地跪着俯伏下去时,果然看见背上有一个圆圆的小包袱,青色布,上面还画上一些暗红色的花纹。

“奏来!”王暴躁地说。他见他家伙简单,以为他未必会玩什么好把戏。

“臣名叫宴之敖者;生长汶汶乡。少无职业;晚遇明师,教臣把戏,是一个孩子的头。这把戏一个人玩不起来,必须在金龙之前,摆一个金鼎,注满清水,用兽炭煎熬。于是放下孩子的头去,一到水沸,这头便随波上下,跳舞百端,且发妙音,欢喜歌唱。这歌舞为一人所见,便解愁释闷,为万民所见,便天下太平。”

“玩来!”王大声命令说。

并不要许多工夫,一个煮牛的大金鼎便摆在殿外,注满水,下面堆了兽炭,点起火来。那黑色人站在旁边,见炭火一红,便解下包袱,打开,两手捧出孩子的头来,高高举起。那头是秀眉长眼,皓齿红唇;脸带笑容;头发蓬松,正如青烟一阵。黑色人捧着向四面转了一圈,便伸手擎到鼎上,动着嘴唇说了几句不知什么话,随即将手一松,只听得扑通一声,坠入水中去了。水花同时溅起,足有五尺多高,此后是一切平静。

许多工夫,还无动静。国王首先暴躁起来,接着是王后和妃子,大臣,宦官们也都有些焦急,矮胖的侏儒们则已经开始冷笑了。王一见他们的冷笑,便觉自己受愚,回顾武士,想命令他们就将那欺君的莠民掷入牛鼎里去煮杀。

但同时就听得水沸声;炭火也正旺,映着那黑色人变成红黑,如铁的烧到微红。王刚又回过脸来,他也已经伸起两手向天,眼光向着无物,舞蹈着,忽地发出尖利的声音唱起歌来:

哈哈爱兮爱乎爱乎!
爱兮血兮兮谁乎独无。
民萌冥行兮一夫壶卢。
彼用百头颅,千头颅兮用万头颅!
我用一头颅兮而无万夫。
爱一头颅兮血乎呜呼!
血乎呜呼兮呜呼阿呼,
阿呼呜呼兮呜呼呜呼!

随着歌声,水就从鼎口涌起,上尖下广,像一坐小山,但自水尖至鼎底,不住地回旋运动。那头即随水上上下下,转着圈子,一面又滴溜溜自己翻筋斗,人们还可以隐约看见他玩得高兴的笑容。过了些时,突然变了逆水的游泳,打旋子夹着穿梭,激得水花向四面飞溅,满庭洒下一阵热雨来。一个侏儒忽然叫了一声,用手摸着自己的鼻子。他不幸被热水烫了一下,又不耐痛,终于免不得出声叫苦了。

黑色人的歌声才停,那头也就在水中央停住,面向王殿,颜色转成端庄。这样的有十余瞬息之久,才慢慢地上下抖动;从抖动加速而为起伏的游泳,但不很快,态度很雍容。绕着水边一高一低地游了三匝,忽然睁大眼睛,漆黑的眼珠显得格外精彩,同时也开口唱起歌来:

王泽流兮浩洋洋;
克服怨敌,怨敌克服兮,赫兮强!
宇宙有穷止兮万寿无疆。
幸我来也兮青其光!
青其光兮永不相忘。
异处异处兮堂哉皇!
堂哉皇哉兮嗳嗳唷,
嗟来归来,嗟来陪来兮青其光!

头忽然升到水的尖端停住;翻了几个筋斗之后,上下升降起来,眼珠向着左右瞥视,十分秀媚,嘴里仍然唱着歌:

阿呼呜呼兮呜呼呜呼,
爱乎呜呼兮呜呼阿呼!
血一头颅兮爱乎呜呼。

我用一头颅兮而无万夫！

彼用百头颅，千头颅……

唱到这里，是沉下去的时候，但不再浮上来了；歌词也不能辨别。涌起的水，也随着歌声的微弱，渐渐低落，像退潮一般，终至到鼎口以下，在远处什么也看不见。

“怎了？”等了一会，王不耐烦地问。

“大王，”那黑色人半跪着说。“他正在鼎底里作最神奇的团圆舞，不临近是看不见的。臣也没有法术使他上来，因为作团圆舞必须在鼎底里。”

王站起身，跨下金阶，冒着炎热立在鼎边，探头去看。只见水平如镜，那头仰面躺在水中间，两眼正看着他的脸。待到王的眼光射到他脸上时，他便嫣然一笑。这一笑使王觉得似曾相识，却又一时记不起是谁来。刚在惊疑，黑色人已经掣出了背着的青色的剑，只一挥，闪电般从后项窝直劈下去，扑通一声，王的头就落在鼎里了。

仇人相见，本来格外眼明，况且是相逢狭路。王头刚到水面，眉间尺的头便迎上来，很命在他耳轮上咬了一口。鼎水即刻沸涌，澎湃有声；两头即在水中死战。约有二十回合，王头受了五个伤，眉间尺的头上却有七处。王又狡猾，总是设法绕到他的敌人的后面去。眉间尺偶一疏忽，终于被他咬住了后项窝，无法转身。这一回王的头可是咬定不放了，他只是连连蚕食进去；连鼎外面也仿佛听到孩子的失声叫痛的声音。

上自王后，下至弄臣，骇得凝结着的神色也应声活动起来，似乎感到暗无天日的悲哀，皮肤上都一粒一粒地起粟；然而又夹着秘密的欢喜，瞪了眼，像是等候着什么似的。

黑色人也仿佛有些惊慌，但是面不改色。他从从容容地伸开那捏着看不见的青剑的臂膊，如一段枯枝；伸长颈子，如在细看鼎底。臂膊忽然一弯，青剑便蓦地从他后面劈下，剑到头落，坠入鼎中，淜的一声，雪白的水花向着空中同时四射。

他的头一入水，即刻直奔王头，一口咬住了王的鼻子，几乎要咬下来。王忍不住叫一声“阿唷”，将嘴一张，眉间尺的头就乘机挣脱了，一转脸倒将王的下巴下死劲咬住。他们不但都不放，还用全力上下一撕，撕得王头再也合不上嘴。于是他们就如饿鸡啄米一般，一顿乱咬，咬得王头眼歪鼻塌，满脸鳞伤。先前还会在鼎里面四处乱滚，后来只能躺着呻吟，到底是一声不响，只有出气，没有进气了。

黑色人和眉间尺的头也慢慢地住了嘴，离开王头，沿鼎壁游了一匝，看他可是装死还是真死。待到知道了王头确已断气，便四目相视，微微一笑，随即合上眼睛，仰面向天，沉到水底里去了。

四

烟消火灭；水波不兴。特别的寂静倒使殿上殿下的人们警醒。他们中的一个首先叫了一声，大家也立刻迭连惊叫起来；一个迈开腿向金鼎走去，大家便争先恐后地拥上去了。有挤在后面的，只能从人脖子的空隙间向里面窥探。

热气还炙得人脸上发烧。鼎里的水却一平如镜，上面浮着一层油，照出许多人脸孔：王后，王妃，武士，老臣，侏儒，太监。……

“阿呀，天哪！咱们大王的头还在里面哪，唷唷唷！”第六个妃子忽然发狂似的哭嚷起来。

上自王后，下至弄臣，也都恍然大悟，仓皇散开，急得手足无措，各自转了四五个圈子。一个最有谋略的老臣独又上前,伸手向鼎边一摸,然而浑身一抖,立刻缩了回来,伸出两个指头,放在口边吹个不住。

大家定了定神,便在殿门外商议打捞办法。约略费去了煮熟三锅小米的工夫,总算得到一种结果,是:到大厨房去调集了铁丝勺子,命武士协力捞起来。

器具不久就调集了,铁丝勺,漏勺,金盘,擦桌布,都放在鼎旁边。武士们便揎起衣袖,有用铁丝勺的,有用漏勺的,一齐恭行打捞。有勺子相触的声音,有勺子刮着金鼎的声音;水是随着勺子的搅动而旋绕着。好一会,一个武士的脸色忽而很端庄了,极小心地两手慢慢举起了勺子,水滴从勺孔中珠子一般漏下,勺里面便显出雪白的头骨来。大家惊叫了一声;他便将头骨倒在金盘里。

"阿呀! 我的大王呀!"王后,妃子,老臣,以至太监之类,都放声哭起来。但不久就陆续停止了,因为武士又捞起了一个同样的头骨。

他们泪眼模胡地四顾,只见武士们满脸油汗,还在打捞。此后捞出来的是一团糟的白头发和黑头发;还有几勺很短的东西,似乎是白胡须和黑胡须。此后又是一个头骨。此后是三枝簪。

直到鼎里面只剩下清汤,才始住手;将捞出的物件分盛了三金盘:一盘头骨,一盘须发,一盘簪。

"咱们大王只有一个头。那一个是咱们大王的呢?"第九个妃子焦急地问。

"是呵……。"老臣们都面面相觑。

"如果皮肉没有煮烂,那就容易辨别了。"一个侏儒跪着说。

大家只得平心静气,去细看那头骨,但是黑白大小,都差不多,连那孩子的头,也无从分辨。王后说王的右额上有一个疤,是做太子时候跌伤的,怕骨上也有痕迹。果然,侏儒在一个头骨上发见了;大家正在欢喜的时候,另外的一个侏儒却又在较黄的头骨的右额上看出相仿的瘢痕来。

"我有法子。"第三个王妃得意地说,"咱们大王的龙准是很高的。"

太监们即刻动手研究鼻准骨,有一个确也似乎比较地高,但究竟相差无几;最可惜的是右额上却并无跌伤的瘢痕。

"况且,"老臣们向太监说,"大王的后枕骨是这么尖的么?"

"奴才们向来就没有留心看过大王的后枕骨……。"

王后和妃子们也各自回想起来,有的说是尖的,有的说是平的。叫梳头太监来问的时候,却一句话也不说。

当夜便开了一个王公大臣会议,想决定那一个是王的头,但结果还同白天一样。并且连须发也发生了问题。白的自然是王的,然而因为花白,所以黑的也很难处置。讨论了小半夜,只将几根红色的胡子选出;接着因为第九个王妃抗议,说她确曾看见王有几根通黄的胡子,现在怎么能知道决没有一根红的呢。于是也只好重行归并,作为疑案了。

到后半夜,还是毫无结果。大家却居然一面打呵欠,一面继续讨论,直到第二次鸡鸣,这才决定了一个最慎重妥善的办法,是:只能将三个头骨都和王的身体放在金棺里落葬。

七天之后是落葬的日期,合城很热闹。城里的人民,远处的人民,都奔来瞻仰国王的"大出丧"。天一亮,道上已经挤满了男男女女;中间还夹着许多祭桌。待到上午,清道的骑士才缓辔而来。又过了不少工夫，才看见仪仗，什么旌旗，木棍，戈戟，弓弩，黄钺之类；此后是四辆鼓吹车。再后面是黄盖随着路的不平而起伏着，并且渐渐近来了，于是现出灵车，上载金棺，棺里面藏着三个头和一个身体。

百姓都跪下去，祭桌便一列一列地在人丛中出现。几个义民很忠愤，咽着泪，怕那两个大逆不道的逆贼的魂灵，此时也和王一同享受祭礼，然而也无法可施。

此后是王后和许多王妃的车。百姓看她们，她们也看百姓，但哭着。此后是大臣，太监，侏儒等辈，都装着哀戚的颜色。只是百姓已经不看他们，连行列也挤得乱七八糟，不成样子了。

一九二六年十月作。

（收入《故事新编》，《鲁迅全集》第2卷）

超　人

冰　心

何彬是一个冷心肠的青年，从来没有人看见他和人有什么来往。他住的那一座大楼上，同居的人很多，他却都不理人家，也不和人家在一间食堂里吃饭，偶然出入遇见了，轻易也不招呼。邮差来的时候，许多青年欢喜跳跃着去接他们的信，何彬却永远得不着一封信。他除了每天在局里办事，和同事们说几句公事上的话；以及房东程姥姥替他端饭的时候，也说几句照例的应酬话，此外就不开口了。

他不但是和人没有交际，凡带一点生气的东西，他都不爱；屋里连一朵花，一根草，都没有，冷阴阴的如同山洞一般。书架上却堆满了书。他从局里低头独步的回来，关上门，摘下帽子，便坐在书桌旁边，随手拿起一本书来，无意识的看着，偶然觉得疲倦了，也站起来在屋里走了几转，或是拉开帘幕望了一望，但不多一会儿，便又闭上了。

程姥姥总算是他另眼看待的一个人；她端进饭去，有时便站在一边，絮絮叨叨的和他说话，也问他为何这样孤零。她问上几十句，何彬偶然答应几句说："世界是虚空的，人生是无意识的。人和人，和宇宙，和万物的聚合，都不过如同演剧一般：上了台是父子母女，亲密的了不得；下了台，摘下假面具，便各自散了。哭一场也是这么一回事，笑一场也是这么一回事，与其互相牵连，不如互相遗弃；而且尼采说得好，爱和怜悯都是恶……"程姥姥听着虽然不很明白，却也懂得一半，便笑道："要这样，活在世上有什么意思？死了，灭了，岂不更好，何必穿衣吃饭？"他微笑道："这样，岂不又太把自己和世界都看重了。不如行云流水似的，随他去就完了。"程姥姥还要往下说话，看见何彬面色冷然，低着头只管吃饭，也便不敢言语。

这一夜他忽然醒了。听得对面楼下凄惨的呻吟着，这痛苦的声音，断断续续的，在这沉寂的黑夜里只管颤动。他虽然毫不动心，却也搅得他一夜睡不着。月光如水，从窗纱外泻将进来，他想起了许多幼年的事情，——慈爱的母亲，天上的繁星，院子里的花……他的脑子累极了，极力的想摈绝这些思想，无奈这些事只管奔凑了来，直到天明，才微微的合一合眼。

他听了三夜的呻吟,看了三夜的月,想了三夜的往事——

眠食都失了次序,眼圈儿也黑了,脸色也惨白了。偶然照了照镜子,自己也微微的吃了一惊,他每天还是机械似的做他的事——然而在他空洞洞的脑子里,凭空添了一个深夜的病人。

第七天早起,他忽然问程姥姥对面楼下的病人是谁?程姥姥一面惊讶着,一面说:"那是厨房里跑街的孩子禄儿,那天上街去了,不知道为什么把腿摔坏了,自己买块膏药贴上了,还是不好,每夜呻吟的就是他。这孩子真可怜,今年才十二岁呢,素日他勤勤恳恳极疼人的……"何彬自己只管穿衣戴帽,好像没有听见似的,自己走到门边。程姥姥也住了口,端起碗来,刚要出门,何彬慢慢的从袋里拿出一张钞票来,递给程姥姥说:"给那禄儿罢,叫他请大夫治一治。"说完了,头也不回,径自走了。——程姥姥一看那巨大的数目,不禁愕然,何先生也会动起慈悲念头来,这是破天荒的事情呵!她端着碗,站在门口,只管出神。

呻吟的声音,渐渐的轻了,月儿也渐渐的缺了。何彬还是朦朦胧胧的——慈爱的母亲,天上的繁星,院子里的花……他的脑子累极了,竭力的想摈绝这些思想,无奈这些事只管奔凑了来。

过了几天,呻吟的声音住了,夜色依旧沉寂着,何彬依旧"至人无梦"的睡着。前几夜的思想,不过如同晓月的微光,照在冰山的峰尖上,一会儿就过去了。

程姥姥带着禄儿几次来叩他的门,要跟他道谢;他好像忘记了似的,冷冷的抬起头来看了一看,又摇了摇头,仍去看他的书。禄儿仰着黑胖的脸,在门外张着,几乎要哭了出来。

这一天晚饭的时候,何彬告诉程姥姥说他要调到别的局里去了,后天早晨便要起身,请她将房租饭钱,都清算一下。程姥姥觉得很失意,这样清净的住客,是少有的,然而究竟留他不得,便连忙和他道喜。他略略的点一点头,便回身去收拾他的书籍。

他觉得很疲倦,一会儿便睡下了。——忽然听得自己的门钮动了几下,接着又听见似乎有人用手推的样子。他不言不动,只静静的卧着,一会儿也便渺无声息。

第二天他自己又关着门忙了一天,程姥姥要帮助他,他也不肯,只说有事的时候再烦她。程姥姥下楼之后,他忽然想起一件事来,绳子忘了买了。慢慢的开了门,只见人影儿一闪,再看时,禄儿在对面门后藏着呢。他踌躇着四围看了一看,一个仆人都没有,便唤:"禄儿,你替我买几根绳子来。"禄儿趑趄的走过来,欢天喜地的接了钱,如飞走下楼去。

不一会儿,禄儿跑得通红的脸,喘息着走上来,一只手拿着绳子,一只手背在身后,微微露着一两点金黄色的星儿。他递过了绳子,仰着头似乎要说话,那只手也渐渐的回过来。何彬却不理会,拿着绳子自己走进去了。

他忙着都收拾好了,握着手周围看了看,屋子空洞洞的——睡下的时候,他觉得热极了,便又起来,将窗户和门,都开了一缝,凉风来回的吹着。

"依旧热得很。脑筋似乎很杂乱,屋子似乎太空沉。——累了两天了,起居上自然有些反常。但是为何又想起深夜的病人。——慈爱的……,不想了,烦闷的很!"

微微的风,吹扬着他额前的短发,吹干了他头上的汗珠,也渐渐的将他扇进梦里去。

四面的白壁,一天的微光,屋角几堆的黑影。时间一分一分的过去了。

慈爱的母亲,满天的繁星,院子里的花。不想了,——烦闷……闷……

黑影漫上屋顶去,什么都看不见了,时间一分一分的过去了。

风大了,那壁厢放起光明。繁星历乱的飞舞进来。星光中间,缓缓的走进一个白衣的妇女,右手撩着裙子,左手按着额前。走近了,清香随将过来;渐渐的俯下身来看着,静穆不动的看着,——目光里充满了爱。

神经一时都麻木了!起来罢,不能,这是摇篮里,呀!母亲,——慈爱的母亲。

母亲呵!我要起来坐在你的怀里,你抱我起来坐在你的怀里。

母亲呵!我们只是互相牵连,永远不互相遗弃。

渐渐的向后退了,目光仍旧充满了爱。模糊了,星落如雨,横飞着都聚到屋角的黑影上。——

"母亲呵,别走,别走!……"

十几年来隐藏起来的爱的神情,又呈露在何彬的脸上;十几年来不见点滴的泪儿,也珍珠般散落了下来。

清香还在,白衣的人儿还在。微微的睁开眼,四面的白壁,一天的微光,屋角的几堆黑影上,送过清香来,——刚动了一动,忽然觉得有一个小人儿,蹑手蹑脚的走了出去,临到门口,还回过小脸儿来,望了一望。他是深夜的病人——是禄儿。

何彬竭力的坐起来。那边捆好了的书籍上面,放着一篮金黄色的花儿。他穿着单衣走了过去,花篮底下还压着一张纸,上面大字纵横,借着微光看时,上面是:

> 我也不知道怎样可以报先生的恩德。我在先生门口看了几次,桌子上都没有摆着花儿。——这里有的是卖花的,不知道先生看见过没有?——这篮子里的花,我也不知道是什么名字,是我自己种的,倒是香得很,我最爱它。我想先生也必是爱它。我早就要送给先生了,但是总没有机会。昨天听见先生要走了,所以赶紧送来。
>
> 我想先生一定是不要的。然而我有一个母亲,她因为爱我的缘故,也很感激先生。先生有母亲么?她一定是爱先生的。这样我的母亲和先生的母亲是好朋友了。所以先生必要收母亲的朋友的儿子的东西。
>
> 禄儿叩上

何彬看完了,捧着花儿,回到床前,什么定力都尽了,不禁呜呜咽咽的痛哭起来。

清香还在,母亲走了!窗内窗外,互相辉映的,只有月光,星光,泪光。

早晨程姥姥进来的时候,只见何彬都穿着好了,帽儿戴得很低,背着脸站在窗前。程姥姥陪笑着问他用不用点心,他摇了摇头。——车也来了,箱子也都搬下去了,何彬泪痕满面,静默无声的谢了谢程姥姥,提着一篮的花儿,遂从此上车走了。

禄儿站在程姥姥的旁边,两个人的脸上,都堆着惊讶的颜色。看着车尘远了,程姥姥才回头对禄儿说:"你去把那间空屋子收拾收拾,再锁上门罢,钥匙在门上呢。"

屋里空洞洞的,床上却放着一张纸,写着:

> 小朋友禄儿:
>
> 我先要深深的向你谢罪,我的恩德,就是我的罪恶。你说你要报答我,我还不

知道我应当怎样的报答你呢！

你深夜的呻吟，使我想起了许多的往事。头一件就是我的母亲，她的爱可以使我止水似的感情，重要荡漾起来。我这十几年来，错认了世界是虚空的，人生是无意识的，爱和怜悯都是恶德。我给你那医药费，里面不含着丝毫的爱和怜悯，不过是拒绝你的呻吟，拒绝我的母亲，拒绝了宇宙和人生，拒绝了爱和怜悯。上帝呵！这是什么念头呵！

我再深深的感谢你从天真里指示我的那几句话。小朋友呵！不错的，世界上的母亲和母亲都是好朋友，世界上的儿子和儿子也都是好朋友，都是互相牵连，不是互相遗弃的。

你送给我那一篮花之先，我母亲已经先来了。她带了你的爱来感动我。我必不忘记你的花和你的爱，也请你不要忘了，你的花和你的爱，是借着你朋友的母亲带了来的！

我是冒罪丛过的，我是空无所有的，更没有东西配送给你。——然而这时伴着我的，却有悔罪的泪光，半弦的月光，灿烂的星光。宇宙间只有它们是纯洁无疵的。

我要用一缕柔丝，将泪珠儿穿起，系在弦月的两端，摘下满天的星儿来盛在弦月的圆凹里，不也是一篮金黄色的花儿么？它的香气，就是悔罪的人呼吁的言词，请你收了罢。只有这一蓝花配送给你！

天已明了，我要走了。没有别的话说了，我只感谢你，小朋友，再见！再见！世界上的儿子和儿子都是好朋友，我们永远是牵连着呵！

何彬草

我写了这一大段，你未必都认得都懂得；然而你也用不着都懂得，因为你懂得的，比我多得多了！又及。

“他送给我的那一篮花儿呢？”禄儿仰着黑胖的脸儿，呆呆的望着天上。

（收入《超人》，商务印书馆1923年5月版）

沉　沦

郁达夫

一

他近来觉得孤冷得可怜。

他的早熟的性情，竟把他挤到与世人绝不相容的境地去，世人与他的中间介在的那一道屏障，愈筑愈高了。

天气一天一天的清凉起来，他的学校开学之后，已经快半个月了。那一天正是九月的二十二日。

晴天一碧，万里无云，终古常新的皎日，依旧在她的轨道上，一程一程的在那里行走。从南方吹来的微风，同醒酒的琼浆一般，带着一种香气，一阵阵的拂上面来。在黄苍未熟的稻田中间，在弯曲同白线似的乡间的官道上面，他一个人手里捧了一本六寸长的 Wordsworth 的诗集，尽在那里缓缓的独步。在这大平原内，四面并无人影；不知从何处飞来的一声两声的远吠声，悠悠扬扬的传到他的耳膜上来。他眼睛离开了书，同做梦似的向有犬吠声的地方看去，但看见了一丛杂树，几处人家，同鱼鳞似的屋瓦上，有一层薄薄的蜃气楼，同轻纱似的，在那里飘荡。

"Oh, you serene gossamer! you beautiful gossamer!"

这样的叫了一声，他的眼睛里就涌出了两行清泪来，他自己也不知道是什么缘故。

呆呆的看了好久，他忽然觉得背上有一阵紫色的气息吹来，息索的一响，道旁的一枝小草，竟把他的梦境打破了。他回转头来一看，那枝小草还是颠摇不已，一阵带着紫罗兰气息的和风，温微微的喷到他那苍白的脸上来。在这清和的早秋的世界里，在这澄清透明的以太(Ether)中，他的身体觉得同陶醉似的酥软起来。他好像是睡在慈母怀里的样子。他好像是梦到了桃花源里的样子。他好像是在南欧的海岸，躺在情人膝上，在那里贪午睡的样子。

他看看四边，觉得周围的草木，都在那里对他微笑。看看苍空，觉得悠久无穷的大自然，微微的在那里点头。一动也不动的向天看了一会，他觉得天空中，有一群小天神，背上插着了翅膀，肩上挂着了弓箭，在那里跳舞。他觉得乐极了。便不知不觉开了口，自言自语的说：

"这里就是你的避难所。世间的一般庸人都在那里妒忌你，轻笑你，愚弄你；只有这大自然，这终古常新的苍空皎日，这晚夏的微风，这初秋的清气，还是你的朋友，还是你的慈母，还是你的情人，你也不必再到世上去与那些轻薄的男女共处去，你就在这大自然的怀里，这纯朴的乡间终老了罢。"

这样的说了一遍，他觉得自家可怜起来，好像有万千哀怨，横亘在胸中，一口说不出来的样子。含了一双清泪，他的眼睛又看到他手里的书上去。

Behold her, single in the field,
You solitary Highland lass!
Reaping and singing by herself;
Stop here, or gently pass!
Alone she cuts, and binds the grain,
And sings a melancholy strain;
Oh, listen! for the vale profound,
Is overflowing with the sound.

看了这一节之后，他又忽然翻过一张来，脱头脱脑的看到那第三节去。

Will no one tell me what she sings?
Perhaps the plaintive numbers flow
For old, unhappy, far-off things,
And battle long ago:
Or is it some more humble lay,
Familiar matter of today?

Some natural sorrow, loss, or pain,

That has been and may be again!

这也是他近来的一种习惯,看书的时候,并没有次序的。几百页的大书,更可不必说了,就是几十页的小册子,如爱美生的《自然论》(Emerson's"On Nature"),沙罗的《逍遥游》(Thoreau's"Excursion")之类,也没有完完全全从头至尾的读完一篇过。当他起初翻开一册书来看的时候,读了四行五行或一页二页,他每被那一本书感动,恨不得要一口气把那一本书吞下肚子里去的样子,到读了三页四页之后,他又生起一种怜惜的心来,他心里似乎说:

"像这样的奇书,不应该一口气就把他念完,要留着细细儿的咀嚼才好。一下子就念完了之后,我的热望也就不得不消灭,那时候我就没有好望,没有梦想了,怎么使得呢?"

他的脑里虽然有这样的想头,其实他的心里早有一些儿厌倦起来,到了这时候,他总把那本书收过一边,不再看下去。过几天或者过几个钟头之后,他又用了满腔的热忱,同初读那一本书的时候一样的,去读另外的书去;几日前或者几点钟前那样的感动他的那一本书,就不得不被他遗忘了。

放大了声音把渭迟渥斯的那两节诗读了一遍之后,他忽然想把这一首诗用中国文翻译出来。

《孤寂的高原刈稻者》

他想想看,"The solitary reaper"诗题只有如此的译法。

你看那个女孩儿,她只一个人在田里,
你看那边的那个高原的女孩儿,她只一个人,冷清清地!
她一边刈稻,一边在那儿唱着不已;
她忽儿停了,忽儿又过去了,轻盈体态,风光细腻!
她一个人,刈了,又重把稻儿捆起,
她唱的山歌,颇有些儿悲凉的情味:
听呀听呀!这幽谷深深,
全充满了她的歌唱的清音。

有人能说否,她唱的究是什么?
或者她那万千的痴话
是唱的前代的哀歌,
或者是前朝的战事,千兵万马;
或者是些坊间的俗曲,
便是目前的家常闲说?
或者是些天然的哀怨,必然的丧苦,自然的悲楚,
这些事虽是过去的回思,将来想亦必有人指诉。

他一口气译了出来之后,忽又觉得无聊起来,便自嘲自骂的说道:

"这算是什么东西呀,岂不同教会里的赞美歌一样的乏味么?英国诗是英国诗,中国诗是中国诗,又何必译来对去呢!"

这样的说了一句,他不知不觉便微微儿的笑起来。向四边一看,太阳已经打斜了;大平原的彼岸,西边的地平线上,有一座高山,浮在那里,饱受了一天残照,山的周围酝酿成一层朦朦胧胧的岚气,反射出一种紫不紫红不红的颜色来。

他正在那里出神呆看的时候,喀的咳嗽了一声,他的背后忽然来了一个农夫。回头一看,他就把他脸上的笑容装改了一副忧郁的面色,好像他的笑容是怕被人看见的样子。

二

他的忧郁症,愈闹愈甚了。

他觉得学校里的教科书,真同嚼蜡一般,毫无半点生趣。天气清朗的时候,他每捧了一本爱读的文学书,跑到人迹罕至的山腰水畔,去贪那孤寂的深味去。在万籁俱寂的瞬间,在天水相映的地方,他看看草木虫鱼,看看白云碧落,便觉得自家是一个孤高傲世的贤人,一个超然独立的隐者。有时在山中遇着一个农夫,他便把自己当作了 Zaratustra,把 Zaratustra 所说的话,也在心里对那农夫讲了。他的 Megalomania 也同他的 Hypochondria 成了正比例,一天一天的增加起来。在这样的时候,也难怪他不愿意上学校去,去作那同机械一样的工夫去。他竟有连续四五天不上学校去听讲的时候。

有时候他到学校里去,他每觉得众人都在那里凝视他的样子。他避来避去想避他的同学,然而无论到了什么地方,他的同学的眼光,总好像怀了恶意,射在他背脊上的样子。

上课的时候,他虽然坐在全班学生的中间,然而总觉得孤独得很:在稠人广众之中感得的这种孤独,倒比一个人在冷清的地方,感得的那种孤独,还更难受。看看他的同学看,一个个都是兴高采烈的在那里听先生的讲义,只有他一个人身体虽然坐在讲堂里头,心思却同飞云逝电一般,在那里作无边无际的空想。

好容易下课的钟声响了!先生退去之后,他的同学说笑的说笑,谈天的谈天,个个都同春来的燕雀似的,在那里作乐;只有他一个人锁了愁眉,舌根好象被千钧的巨石锤住的样子,兀的不作一声。他也很希望他的同学来对他讲些闲话,然而他的同学却都自家管自家的去寻欢作乐去,一见了他那一副愁容,没有一个不抱头奔散的,因此他愈加怨他的同学了。

“他们都是日本人,他们都是我的仇敌,我总有一天来复仇,我总要复他们的仇。”

一到了悲愤的时候,他总这样的想的,然而到了安静之后,他又不得不嘲骂自家说:“他们都是日本人,他们对你当然是没有同情的,因为你想得他们的同情,所以你怨他们,这岂不是你自家的错误么?”

他的同学中的好事者,有时候也有人来向他说笑的,他心里虽然非常感激,想同那一个人谈几句知心的话,然而口中总说不出什么话来;所以有几个解他的意的人,也不得不同他疏远了。

他的同学日本人在那里欢笑的时候,他总疑他们是在那里笑他,他就一霎时的红起脸来。他们在那里谈天的时候,若有偶然看他一眼的人,他又忽然红起脸来,以为他们是在那里讲他。他同他同学中间的距离,一天一天的远背起来。他的同学都以为他是爱孤独的人,所以谁也不敢来近他的身。

有一天放课之后，他挟了书包，回到他的旅馆里来，有三个日本学生同他同路的。将要到他寄寓的旅馆的时候，前面忽然来了两个穿红裙的女学生。在这一区市外的地方，从没有女学生看见的，所以他一见了这两个女子，呼吸就紧缩起来。他们四个人同那两个女子擦过的时候，他的三个日本人的同学都问她们说：

"你们上那儿去？"

那两个女学生就作起娇声来回答说：

"不知道！"

"不知道！"

那三个日本学生都高笑起来，好像是很得意的样子；只有他一个人似乎是他自家同她们讲了话似的，匆匆跑回旅馆里来。进了他自家的房，把书包用力的向席上一丢，他就在席上躺下了。——日本室内都铺的席子，坐也席地而坐，睡也睡在席上的。——他的胸前还在那里乱跳；用了一只手枕着头，一只手按着胸口，他便自嘲自骂的说：

"You coward fellow, you are too coward!

"你既然怕羞，何以又要后悔？

"既要后悔，何以当时你又没有那样的胆量？不同她们去讲一句话。

"Oh, coward, coward!"

说到这里，他忽然想起刚才那两女学生的眼波来了。

那两双活泼泼的眼睛！

那两双眼睛里，确有惊喜的意思含在里头。然而再仔细想了一想，他又忽然叫起来说：

"呆人呆人！她们虽有意思，与你有什么相干？她们所送的秋波，不是单送给那三个日本人的么？唉！唉！她们已经知道了，已经知道我是支那人了，否则她们何以不来看我一眼呢！复仇复仇，我总要复她们的仇。"

说到这里，他那火热的颊上忽然滚了几颗冰冷的眼泪下来。他是伤心到极点了。这一天晚上，他记的日记说：

我何苦要到日本来，我何苦要求学问。既然到了日本，那自然不得不被他们日本人轻侮的。中国呀中国！你怎么不富强起来。我不能再隐忍过去了。

故乡岂不有明媚的山河，故乡岂不有如花的美女？我何苦要到这东海的岛国里来！

到日本来倒也罢了，我何苦又要进这该死的高等学校。他们留了五个月学回去的人，岂不在那里享荣华安乐么？这五六年的岁月，教我怎么能捱得过去。受尽了千辛万苦，积了十数年的学识，我回国去，难道定能比他们来胡闹的留学生更强么？

人生百岁，年少的时候，只有七八年的光景，这最佳最美的七八年，我就不得不在这无情的岛国里虚度过去，可怜我今年已经是二十一了。

槁木的二十一岁！

死灰的二十一岁！

我真还不如变了矿物质的好，我大约没有开花的日子了。

知识我也不要，名誉我也不要，我只要一个能安慰我体谅我的"心"。一副白热的心肠！从这一副心肠里生出来的同情！从同情而来的爱情！

我所要求的就是爱情!

若有一个美人,能理解我的苦楚,她要我死,我也肯的。

若有一个妇人,无论她是美是丑,能真心真意的爱我,我也愿意为她死的。

我所要求的就是异性的爱情!

苍天呀苍天,我并不要知识,我并不要名誉,我也不要那些无用的金钱,你若能赐我一个伊甸园内的“伊扶”,使她的肉体与心灵,全归我有,我就心满意足了。

三

他的故乡,是富春江上的一个小市,去杭州水程不过八九十里。这一条江水,发源安徽,贯流全浙,江形曲折,风景常新;唐朝有一个诗人赞这条江水说“一川如画”。他十四岁的时候,请了一位先生写了这四个字,贴在他的书斋里,因为他的书斋的小窗,是朝着江面的。虽则这书斋结构不大,然而风雨晦明,春秋朝夕的风景,也还抵得过滕王高阁。在这小小的书斋里过了十几个春秋,他才跟了他的哥哥到日本来留学。

他三岁的时候就丧了父亲,那时候他家里困苦得不堪。好容易他长兄在日本W大学卒了业,回到北京,考了一个进士,分发在法部当差,不上两年,武昌的革命起来了。那时候他已在县立小学堂卒了业,正在那里换来换去的换中学堂。他家里的人都怪他无恒性,说他的心思太活;然而依他自己讲来,他以为他一个人同别的学生不同,不能按部就班的同他们同在一处求学的。所以他进了K府中学之后,不上半年又忽然转到H府中学来;在H府中学住了三个月,革命就起来了。H府中学停学之后,他依旧只能回到他那小小的书斋里来。第二年的春天,正是他十七岁的时候,他就进了H大学的预科。这大学是在杭州城外,本来是美国长老会捐钱创办的,所以学校里浸润了一种专制的弊风,学生的自由,几乎被压缩得同针眼儿一般的小。礼拜三的晚上有什么祈祷会,礼拜日非但不准出去游玩,并且在家里看别的书也不准的,除了唱赞美诗祈祷之外,只许看新旧约书;每天早晨从九点钟到九点二十分,定要去做礼拜,不去做礼拜,就要扣分数记过。他虽然非常爱那学校近旁的山水景物,然而他的心里,总有些反抗的意思,因为他是一个爱自由的人,对那些迷信的管束,怎么也不甘心服从的。住不上半年,那大学里的厨子,托了校长的势,竟打起学生来。学生中间有几个不服的,便去告诉校长,校长反说学生不是。他看看这些情形,实在是太无道理了,就立刻去告了退,仍复回家,到那小小的书斋里去。那时候已经是六月初了。

在家里住了三个多月,秋风吹到富春江上,两岸的绿树,就快凋落的时候,他又坐了帆船,下富春江,上杭州去。却好那时候石牌楼的W中学正在那里招插班生,他进去见了校长M氏,把他的经历说给了M氏夫妻听,M氏就许他插入最高的班里去。这W中学原来也是一个教会学校,校长M氏,也是一个糊涂的美国宣教师;他看看这学校的内容倒比H大学不如了。与一位很卑鄙的教务长——原来这一位先生就是H大学的卒业生,——闹了一场,第二年的春天,他就出来了。出了W中学,他看看杭州的学校,都不能如他的意,所以他就打算不再进别的学校去。

正是这个时候,他的长兄也在北京被人排斥了。原来他的长兄为人正直得很,在部里办事,铁面无私,并且比一般部内的人物又多了一些学识,所以部内上下,都忌惮他。有一天某次长的私人,来问他要一个位置,他执意不肯,因此次长就同他闹起意见来,过了几天他就辞了部里的职,改到司法界去做司法官去了。他的二兄那时候正在绍兴军队里作军官,这一位二兄军人习气颇深,挥金如土,专喜结交侠少。他们弟兄三人,到这时候都不能如意之所为,所以那一小市镇里的闲人都说他们的风水破了。

他回家之后,便镇日镇夜的蛰居在他那小小的书斋里。他父祖及他长兄所藏的书籍,就作了他的良师益友。他的日记上面,一天一天的记起诗来。有时候他也用了华丽的文章做起小说来;小说里就把他自己当作了一个多情的勇士,把他邻近的一家寡妇的两个女儿,当作了贵族的苗裔,把他故乡的风物,全编作了田园的清景;有兴的时候,他还把他自家的小说,用单纯的外国文翻译起来;他的幻想,愈演愈大了,他的忧郁症的根苗,大概也就在这时候培养成功的。

在家里住了半年,到了七月中旬,他接到他长兄的信来说:

> 院内近有派予赴日本考察司法事务之意,予已许院长以东行,大约此事不日可见命令。渡日之先,拟返里小住。三弟居家,断非上策,此次当偕赴日本也。

他接到了这一封信之后,心中日日盼他长兄南来,到了九月下旬,他的兄嫂才自北京到家。住了一月,他就同他的长兄长嫂同到日本去了。

到了日本之后,他的 dreams of the romantic age 尚未醒悟,模模糊糊的过了半载,他就考入东京第一高等学校里去了。这正是他十九岁的秋天。

第一高等学校将开学的时候,他的长兄接到了院长的命令,要他回去。他的长兄便把他寄托在一家日本人的家里,几天之后,他的长兄长嫂和他的新生的侄女儿就回国去了。

东京的第一高等学校里有一班预备班,是为中国学生特设的。

在这预科里预备一年,卒业之后,才能入各地高等学校的正科,与日本学生同学。他考入预科的时候,本来填的是文科,后来将在预科卒业的时候,他的长兄定要他改到医科去,他当时亦没有什么主见,就听了他长兄的话把文科改了。

预科卒业之后,他听说 N 市的高等学校是最新的,并且 N 市是日本产美人的地方,所以他就要求到 N 市的高等学校去。

四

他的二十岁的八月二十九日的晚上,他一个人从东京的中央车站乘了夜行车到 N 市去。

那一天大约刚是旧历的初三四的样子,同天鹅绒似的又蓝又紫的天空里,洒满了一天星斗。半痕新月,斜挂在西天角上,却似仙女的蛾眉,未加翠黛的样子。他一个人靠着了三等车的车窗,默默的在那里数窗外人家的灯火。火车在暗黑的夜气中间,一程一程的进去,那大都市的星星灯火,也一点一点的朦胧起来,他的胸中忽然生了万千哀感,他的眼睛里就忽然觉得热起来了。

"Sentimental, too sentimental!"

这样的叫了一声,把眼睛揩了一下,他反而自家笑起自家来。

"你也没有情人留在东京,你也没有弟兄知己住在东京,你的眼泪究竟是为谁洒的呀!或者是对于你过去的生活的伤感,或者是对你二年间的生活的余情,然而你平时不是说不爱东京的么?

“唉,一年人住岂无情。

“黄莺住久浑相识,欲别频啼四五声!”

胡思乱想的寻思了一会,他又忽然想到初次赴新大陆去的清教徒身上去。

“那些十字架下的流人,离开他故乡海岸的时候,大约也是悲壮淋漓,同我一样的。”

火车过了横滨,他的感情方才渐渐儿的平静起来。呆呆的坐了一忽,他就取了一张明信片出来,垫在海涅(Heine)的诗集上,用铅笔写了一首诗寄他东京的朋友。

> 蛾眉月上柳梢初,又向天涯别故居。四壁旗亭争赌酒,六街灯火远随车。乱离年少无多泪,行李家贫只旧书。夜后芦根秋水长,凭君南浦觅双鱼。

在朦胧的电灯光里,静悄悄的坐了一会,他又把海涅的诗集翻开来看了。

> Lebet wohl, ihr glatten Saele,
> Glatte Herren, glatte, Frauen!
> Auf die Berge will ich steigen,
> Lachend auf euch niederschauen!
>
> Aus Heines Buch der Lieder.
>
> 浮薄的尘寰,无情的男女,
> 你看那隐隐的青山,我欲乘风飞去;
> 且住且住,
> 我将从那绝顶的高峰,笑看你终归何处。

单调的轮声,一声声连连续续的飞到他的耳膜上来,不上三十分钟,他竟被这催眠的车轮声引诱到梦幻的仙境里去了。

早晨五点钟的时候,天空渐渐儿的明亮起来。在车窗里向外一望,他只见一线青天还被夜色包住在那里。探头出去一望,一层薄雾,笼罩着一幅天然的画图,他心里想了一想:

“原来今天又是清秋的好天气,我的福分,真可算不薄了。”

过了一个钟头,火车就到了N市的停车场。

下了火车,在车站上遇见了一个日本学生;他看看那学生的制帽上也有两条白线,便知道他也是高等学校的学生。他走上前去,对那学生脱了一脱帽,问他说:

“第X高等学校是在什么地方的?”

那学生回答说:

“我们一路去罢。”

他就跟了那学生跑出火车站来;在火车站的前头,乘了电车。

早晨还早得很,N市的店家都还未曾起来。他同那日本学生坐了电车,经过了几条冷清的街巷,就在鹤舞公园前面下了车。他问那日本学生说:

“学校还远得很么?”

“还有二里多路。”

穿过了公园,走到稻田中间的细路上的时候,他看见太阳已经起来了。稻上的露滴,还同明珠似的挂在那里。前面有一丛树林,树林荫里,疏疏落落的看得见几椽农舍。有两三条烟囱筒子,突出在农舍的上面,隐隐约约的浮在清晨的空气里。一缕两缕的青烟,同炉香似的在那里浮动,他知道农家已在那里炊早饭了。

到学校近边的一家旅馆去一问,他一礼拜前头寄出的几件行李,已经到在那里。原来那一家人家是住过中国留学生的,所以主人待他也很殷勤。在那一家旅馆里住下了之后,他觉得前途好像有许多欢乐在那里等他的样子。

他的前途的希望,在第一天的晚上,就不得不被目前的实情嘲弄了。原来他的故里,也是一个小小的市镇。到了东京之后,在人山人海的中间,他虽然时常觉得孤独,然而东京的都市生活,同他幼时的习惯尚无十分龃龉的地方。如今到了这N市的乡下之后,他的旅馆,是一家孤立的人家,四面并无邻舍,左首门外便是一条如发的大道,前后都是稻田,西面是一方池水,并且因为学校还没有开课,别的学生还没有到来,这一间宽旷的旅馆里,只住了他一个客人。白天倒还可以支吾过去,一到了晚上,他开窗一望,四面都是沉沉的黑影,并且因N市的附近是一大平原,所以望眼连天,四面并无遮障之处,远远里有一点灯火,明灭无常,森然有些鬼气。天花板里,又有许多虫鼠,息栗索落的在那里争食。窗外有几株梧桐,微风动叶,咄咄的响得不已,因为他住在二层楼上,所以梧桐的叶战声,近在他的耳边。他觉得害怕起来,几乎要哭出来了。他对于都市的怀乡病(nostalgia),从未有比那一晚更甚的。

学校开了课,他朋友也渐渐儿的多起来。感受性非常强烈的他的性情,也同天空大地丛林野水融和了。不上半年,他竟变成了一个大自然的宠儿,一刻也离不了那天然的野趣了。

他的学校是在N市外,刚才说过N市的附近是一大平原,所以四边的地平线,界限广大得很。那时候日本的工业还没有十分发达,人口也还没有增加得同目下一样,所以他的学校的近边,还多是丛林空地,小阜低冈。除了几家与学生做买卖的文房具店及菜馆之外,附近并没有居民。荒野的中间,只有几家为学生而设的旅馆,同晓天的星影一般,散缀在麦田瓜地的中央。晚饭毕后,披了黑呢的缦斗(le manteau),拿了爱读的书,在迟迟不落的夕照中间,散步逍遥,是非常快乐的。他的田园趣味,大约也是在这Idyllic Wanderings的中间养成的。

在生活竞争不十分猛烈,逍遥自在,同中古时代一样的时候;在风气纯良,不与市井小人同处,清闲雅淡的地方;过日子正如做梦一般。他到了N市之后,转瞬之间,已经有半载多了。

熏风日夜的吹来,草色渐渐儿的绿起来。旅馆近旁麦田里的麦穗,也一寸一寸的长起来了。草木虫鱼都化育起来,他的从始祖传来的苦闷也一日一日的增长起来,他每天早晨,在被窝里犯的罪恶,也一次一次的加起来了。

他本来是一个非常爱高尚爱洁净的人,然而一到了这邪念发生的时候,他的智力也无用了,他的良心也麻痹了,他从小服膺的"身体发肤""不敢毁伤"的圣训,也不能顾全了。他犯了罪之后,每深自痛悔,切齿的说,下次总不再犯了,然而到了第二天的那个时候,种种幻想,又活泼泼的到他的眼前来。他平时所看见的"伊扶"的遗类,都赤裸裸的来引诱他。中年以后的madam的形体,在他的脑里,比处女更有挑发他情动的地方。他苦闷一场,恶斗一场,终究不得不做她们的俘虏。这样的一次成了两次,两次之后,就成了习惯了。他犯罪之后,每到图书馆里去翻出医书来看,医书上都千篇一律的说,于身体最有害的就是这一种犯罪。从此之后,他的恐惧心也一天一天的增加起来。有一天他不知道从什么地方得来的消息,好像是一本书上说,俄国近代文学的创设者 Gogol 也犯这一宗病,他到死竟没有改过来,他想到了 Gogol 心里就宽了一宽,因为这《死了的灵魂》的著者,也是同他一样的。然而这不过自家对自家的宽慰而已,他的胸里,总有一种非常的忧虑存在那里。

因为他是非常爱洁净的,所以他每天总要去洗澡一次,因为他是非常爱惜身体的,所以他每天总要去吃几个生鸡子和牛乳;然而他去洗澡或吃牛乳鸡子的时候,他总觉得惭愧得很,因为这都是他的犯罪的证据。

他觉得身体一天一天的衰弱起来,记忆力也一天一天的减退了。他又渐渐儿的生了一种怕见人面的心,见了女子的时候,他觉得更加难受。学校的教科书,他渐渐的嫌恶起来,法国自然派的小说,和中国那几本有名的诲淫小说,他念了又念几乎记熟了。

有时候他忽然做出一首好诗来,他自家便喜欢得非常,以为他的脑力还没有破坏。那时候他每对着自家起誓说:

"我的脑力还可以使得,还能做得出这样的诗,我以后决不再犯罪了。过去的事实是没法,我以后总不再犯罪了。若从此自新,我的脑力还是很可以的。"

然而一到了紧迫的时候,他的誓言又忘了。

每礼拜四五,或每月的二十六七的时候,他索性尽意的贪起欢来。他的心里想,自下礼拜一或下月初一起,我总不犯罪了。有时候正合到礼拜六或月底的晚上,去剃头洗澡去,以为这就是改过自新的记号,然而过几天他又不得不吃鸡子和牛乳了。

他的自责心同恐惧心,竟一日也不使他安闲,他的忧郁症也从此利害起来了。这样的状态继续了一二个月,他的学校里就放了暑假。暑假的两个月内,他受的苦闷,更甚于平时;到了学校开课的时候,他的两颊的颧骨更高起来,他的青灰色的眼窝更大起来,他的一双灵活的瞳人,变了同死鱼的眼睛一样了。

五

秋天又到了。浩浩的苍空,一天一天的高起来。他的旅馆旁边的稻田,都带起黄金色来。朝夕的凉风,同刀也似的刺到人的心骨里去,大约秋冬的佳日,来也不远了。

一礼拜前的有一天午后,他拿了一本 Wordsworth 的诗集,在田塍路上逍遥漫步了半天。从那一天以后,他的循环性的忧郁症,尚未离他的身过。前几天在路上遇着的那两个女学生,常在他的脑里,不使他安静:想起那一天的事情,他还是一个人要红起脸来。

他近来无论上什么地方去,总觉得有坐立难安的样子。他上学校去的时候,觉得他的日本同学都似在那里排斥他。他的几个中国同学,也许久不去寻访了,因为去寻访了回来,他心里反觉得空虚。他的几个中国同学,怎么也不能理解他的心理。他去寻访的时候,总想得些同情回来的,然而谈了几句之后,他又不得不自悔寻访错了。有时候讲得投机,他就任了一时的热意,把他的内外的生活都讲了出来,然而到了归途,他又自悔失言,心理的责备,倒反比不去访友的时候更加利害。他的几个中国朋友,因此都说他是染了神经病了。他听了这话之后,对了那几个中国同学,也同对日本学生一样,起了一种复仇的心。他同他的几个中国同学,一日一日的疏远起来。虽在路上,或在学校里遇见的时候,他同那几个中国同学,也不点头招呼。中国留学生开会的时候,他当然是不去出席的。因此他同他的几个同胞,竟宛然成了两家仇敌。

他的中国同学的里边,也有一个很奇怪的人:因为他自家的结婚有些道德上的罪恶,所以他专喜讲人的丑事,以掩己之不善,说他是神经病,也是这一位同学说的。

他交游离绝之后,孤冷得几乎到将死的地步,幸而他住的旅馆里,还有一个主人的女儿,可以牵引他的心,否则他真只能自杀了。他旅馆的主人的女儿,今年正是十七岁,长方的脸儿,眼睛大得很,笑起来的时候,面上有两颗笑靥,嘴里有一颗金牙看得出来,因为她的笑容是非常可爱,所以她也时常在那里笑的。

他心里虽然非常爱她,然而她送饭来或来替他铺被的时候,他总装出一种兀不可犯的样子来。他心里虽想对她讲几句话,然而一见了她,他总不能开口。她进他房里来的时候,他的呼吸竟急促到吐气不出的地步。他在她的面前实在是受苦不起了,所以近来她进他的房里来的时候,他每不得不跑出房外去。然而他思慕她的心情,却一天一天的浓厚起来。有一天礼拜六的晚上,旅馆里的学生,都上 N 市去行乐去。他因为经济困难,所以吃了晚饭,上西面池上去走了一回,就回来了。

回家来坐了一会,他觉得那空旷的二层楼上,只有他一个人在家。静悄悄的坐了不耐烦起来的时候,他又想跑出外面去。然而要跑出外面去,不得不由主人的房门口经过,因为主人和他女儿的房,就在大门的边上。他记得刚才进来的时候,主人和他的女儿正在那里吃饭。他一想到经过她面前的时候的苦楚,就把跑出外面去的心思丢了。

拿出一本 G. Gissing 的小说来读了三四页之后,静寂的空气里,忽然传了几声煞煞的泼水声音过来。他静静儿的听了一听,呼吸又一霎时的急了起来,面色也涨红了。迟疑了一会,他就轻轻的开了房门,拖鞋也不拖,幽手幽脚的走下扶梯去。轻轻的开了便所的门,他尽兀兀的站在便所的玻璃窗口偷看。原来他旅馆里的浴室,就在便所的间壁,从便所的玻璃窗里看去,浴室里的动静了了可见。他起初以为看一看就可以走的,然而到了一看之后,他竟同被钉子钉住的一样,动也不能动了。

那一双雪样的乳峰!

那一双肥白的大腿!

这全身的曲线!

呼气也不呼,仔仔细细的看了一会,他面上的筋肉,都发起痉来。愈看愈颤得厉害,他那发颤的前额部竟同玻璃窗冲击了一下。被蒸气包住的那赤裸裸的“伊扶”便发了娇声问说:

“是谁呀……”

他一声也不响,急忙跳出了便所,就三脚两步的跑上楼上去了。

他跑到了房里,面上同火烧的一样,口也干渴了。一边他自家打自家的嘴巴,一边就把他的被窝拿出来睡了。他在被窝里翻来覆去,总睡不着,便立起了两耳,听起楼下的动静来。他听听泼水的声音也息了,浴室的门开了之后,他听见她的脚步声好像是走上楼来的样子。用被包着了头,他心里的耳朵明明告诉他说:

“她已经立在门外了。”

他觉得全身的血液都往上奔注的样子。心里怕得非常,羞得非常,也喜欢得非常。然而若有人问他,他无论如何,总不肯承认说,这时候他是喜欢的。

他屏住了气息,尖着了两耳听了一会,觉得门外并无动静,又故意咳嗽了一声,门外亦无声响。他正在那里疑惑的时候,忽听见她的声音,在楼下同她的父亲在那里说话。

他手里捏了一把冷汗，拼命想听出她的话来，然而无论如何总听不清楚。停了一会，她的父亲高声的笑了起来，他把被蒙头的一罩，咬紧了牙齿说：

“她告诉了他了！她告诉了他了！”

这一天的晚上他一睡也不曾睡着。第二天的早晨，天亮的时候，他就惊心吊胆的走下楼来。洗了手面，刷了牙，趁主人和他的女儿还没有起来之先，他就同逃也似的出了那个旅馆，跑到外面来。

官道上的沙尘，染了朝露，还未曾干着。太阳已经起来了。他不问皂白，一直的往东走去。远远有一个农夫，拖了一车野菜慢慢的走来。那农夫同他擦过的时候，忽然对他说：

“你早啊！”

他倒惊了一跳，那清瘦的脸上，又起了一层红潮，胸前又乱跳起来，他心里想：

“难道这农夫也知道了么？”

无头无脑的跑了好久，他回转头来看看他的学校，已经远得很了。太阳也升高了。他摸摸表看，那银饼大的表，也不在身边。从太阳的角度看起来，大约已经是九点钟前后的样子。他虽然觉得饥饿得很，然而无论如何，总不愿意再回到那旅馆里去，同主人和他的女儿相见。想去买些零食充一充饥，然而他摸摸自家的袋看，袋里只剩了一角二分钱在那里。他到一家乡下的杂货店内，尽那一角二分钱，买了些零碎的食物，想去寻一处无人看见的地方去吃去。走到了一处两路交叉的十字路口，他朝南一望，只见与他的去路横交的那一条自北趋南的路上，行人稀少得很。那一条路是向南的斜低下去的，两面更有高壁在那里，他知道这路是从一条小山中开辟出来的。他刚才走来的那条大道，便是这山的岭脊，十字路当作了中心，与岭脊上的那条大道相交的横路，是两边低斜下去的。在十字路口迟疑了一会，他就取了那一条向南斜下的路走去。走尽了两面的高壁，他的去路就穿入大平原去，直通到彼岸的市内。平原的彼岸有一簇深林，划在碧空的心里，他心里想：

“这大约就是A神宫了。”

他走尽了两面的高壁，向左手斜面上一望，见沿高壁的那山面上有一道女墙，围住着几间茅舍，茅舍的门上悬着了“香雪海”三字的一方匾额。他离开了正路，走上几步，到那女墙的门前，顺手的向门一推，那两扇柴门竟自开了。他就随随便便的踏了进去：门内有一条曲径，自门口通过了斜面，直达到山上去的。曲径的两旁，有许多老苍的梅树种在那里，他知道这就是梅林了。顺了那一条曲径，往北的从斜面上走到山顶的时候，一片同图画似的平地，展开在他的眼前。这园自从山脚上起，跨有朝南的半山斜面，同顶上的一块平地，布置得非常幽雅。

山顶平地的西面是千仞的绝壁，与隔岸的绝壁相对峙，两壁的中间，便是他刚走过的那一条自北趋南的通路。背临着了那绝壁，有一间楼屋，几间平屋造在那里。因为这几间屋，门窗都闭在那里，他所以知道这定是为梅花开日，卖酒食用的。楼屋的前面，有一块草地，草地中间，有几方白石，围成了一个花圈，圈子里，卧着一枝老梅。那草地的南尽头，山顶的平地正要向南斜下去的地方，有一块石碑立在那里，系记这梅林的历史的。他在碑前的草地上坐下之后，就把买来的零食拿出来吃了。

吃了之后，他兀兀的在草地上坐了一会。四面并无人声，远远的树枝上，时有一声两声的鸟鸣声飞来。他仰起头来看看澄清的碧空，同那皎洁的日轮，觉得四面的树枝房屋，小草飞禽，都一样的在和平的太阳光里，受大自然的化育。他那昨天晚上的犯罪的记忆，正同远海的帆影一般，不知消失到那里去了。

这梅林的平地上和斜面上，又来又去的曲径很多。他站起来走来走去的走了一会，方晓得斜面上梅树的中间，更有一间平屋造在那里。从这一间房屋往东的走去几步，有眼古井，埋在松叶堆中。他摇摇井上的唧筒看；呷呷的响了几声，却抽不起水来。他心里想：

"这园大约只有梅花开的时候，开放一下，平时总没有人住的。"

想到这里，他又自言自语的说：

"既然空在这里，我何妨去问园主人去借住借住。"

想定了主意，他就跑下山来，打算去寻园主人去。他将走到门口的时候，却好遇见一个五十来岁的农夫走进园来。他对那农夫道歉之后，就问他说：

"这园是谁的，你可知道么？"

"这园是我经管的。"

"你住在什么地方的？"

"我住在路的那面的。"

一边这样的说，一边那农民指着道路西边的一间小屋给他看。他向西一看，果然在西边的高壁尽头的地方，有一间小屋在那里。他点了点头，又问说：

"你可以把园内的那间楼屋租给我住住么？"

"可是可以的，你只一个人么？"

"我只一个人。"

"那你可不必搬来的。"

"这是什么缘故呢？"

"你们学校的学生，已经有几次搬来过了，大约都因为冷静不过，住不上十天，就搬走的。"

"我可同别人不同，你但能租给我，我是不怕冷静的。"

"这样岂有不租的道理，你想什么时候搬来？"

"就是今天午后罢。"

"可以的，可以的。"

"请你替我扫一扫干净，免得搬来之后着忙。"

"可以可以，再会！"

"再会！"

六

搬进了山上梅园之后，他的忧郁症（Hypochondria）又变起形状来了。

他同他的北京的长兄，为了一些儿细事，竟生起龃龉来。他发了一封长长的信，寄到北京，同他的长兄绝了交。

那一封信发出之后，他呆呆的在楼前草地上想了许多时候。他自家想想看，他便是世界上最不幸的人了。其实这一次的决裂，是发始于他的。同室操戈，事更甚于他姓之相争，自此之后，他恨他的长兄竟同蛇蝎一样。他被他人欺侮的时候，每把他长兄拿出来作比：

“自家的弟兄，尚且如此，何况他人呢！”

他每达到这一个结论的时候，必尽把他长兄待他苛刻的事情，细细回想出来。把各种过去的事迹，列举出来之后，就把他长兄判决是一个恶人，他自家是一个善人。他又把自家的好处列举出来，把他所受的苦处，夸大的细数起来。他证明得自家是一个世界上最苦的人的时候，他的眼泪就同瀑布似的流下来。他在那里哭的时候，空中好像有一种柔和的声音对他说：

“啊吓，哭的是你么？那真是冤屈了你了。像你这样的善人，受世人的那样的虐待，这可真是冤屈了你了。罢了罢了，这也是天命，你别再哭了，怕伤害了你的身体！”

他心里一听到这一种声音，就舒畅起来。他觉得悲苦的中间，也有无穷的甘味在那里。

他因为想复他长兄的仇，所以就把所学的医科丢弃了，改入文科里去。他的意思，以为医科是他长兄要他改的，仍旧改回文科，就是对他长兄宣战的一种明示。并且他由医科改入文科，在高等学校须迟卒业一年。他心里想，迟卒业一年，就是早死一岁，你若因此迟了一年，就到死可以对你长兄含一种敌意。因为他恐怕一二年之后，他们兄弟两人的感情，仍旧和好起来；所以这一次的转科，便是帮他永久敌视他长兄的一个手段。

气候渐渐儿的寒冷起来，他搬上山来之后，已经有一个月了。几日来天气阴郁，灰色的层云，天天挂在空中。寒冷的北风吹来的时候，梅林的树叶，已将凋落起来。

初搬来的时候，他卖了些旧书，买了许多炊饭的器具，自家烧了一个月饭，因为天冷了，他也懒得烧了。他每天的火食，就一切包给了山脚下的园丁家包办，他近来只同退院的闲僧一样，除了怨人骂己之外，更没有别的事了。

有一天早晨，他侵早的起来。把朝东的窗门开了之后，他看见前面的地平线上有几缕红云，在那里浮荡。东天半角，反照出一种银红的灰色。因为昨天下了一天微雨，所以他看了这清新的旭日，比平日更添了几分欢喜。他走到山的斜面上，从那古井里汲了水，洗了手面之后，觉得满身的气力，一霎时回复转来的样子。他便跑上楼去，拿了一本黄仲则的诗集下来，一边高声朗读，一边尽在那梅林的曲径里，跑来跑去的跑圈子。不多一会，太阳起来了。

从他住的山顶向南方看去，眼下看得出一大平原。平原里的稻田，都尚未收割起。金黄的谷色，以绀碧的天空作了背景，反映着一天太阳的晨光，那风景正同看密来（Millet）的田园清画一般。

他觉得自家好像已经变了几千年前的原始基督教徒的样子，对了这自然的默示，他不觉笑起自家的气量狭小起来。

“饶赦了！饶赦了！你们世人得罪于我的地方，我都饶赦了你们罢！来，你们来，都来同我讲和罢！”

手里拿着了那一本诗集，眼里浮着了两泓清泪，正对了那平原的秋色，呆呆的立在那里想这些事情的时候，他忽听见他的近边，有两人在那里低声的说：

“今晚上你一定要来的哩！”

这分明是男子的声音。

“我是非常想来的，但是恐怕……”

他听了这娇滴滴的女子的声音之后,好像是被电气贯穿了的样子,觉得自家的血液循环都停止了。原来他的身边有一丛长大的苇草生在那里,他立在苇草的右面,那一对男女,大约是在苇草的左面,所以他们两个还不晓得隔着苇草,有人站在那里。那男人又说:

"你心真好,请你今晚来吧,我们到如今还没在被窝里××。"

"…………"

他忽然听见两人的嘴唇,灼灼的好像在那里吮吸的样子。他正同偷了食的野狗一样,就惊心吊胆的把身子屈倒去听了。

"你去死罢,你去死罢,你怎么会下流到这样的地步。"

他心里虽然如此的在那里痛骂自己,然而他那一双尖着的耳朵,却一言半语也不愿意遗漏,用了全副精神在那里听着。

地上的落叶索息索息的响了一下。

解衣带的声音。

男人嘶嘶的吐了几口气。

舌尖吮吸的声音。

女人半轻半重,断断续续的说:

"你!……你!……你快……快××罢。……别……别……别被人……被人看见了。"

他的面色,一霎时的变了灰色了。他的眼睛同火也似的红了起来。他的上颚骨同下颚骨呷呷的发起颤来。他再也站不住了。他想跑开去,但是他的两只脚,总不听他的话。他苦闷了一场,听听两人出去了之后,就同落水的猫狗一样,回到楼上房里去,拿出被窝来睡了。

七

他饭也不吃,一直在被窝里睡到午后四点钟的时候才起来。那时候夕阳洒满了远近。平原的彼岸的树林里,有一带苍烟,悠悠扬扬的笼罩在那里。他踉踉跄跄的走下了山,上了那一条自北趋南的大道,穿过了那平原,无头无绪的尽是向南的走去。走尽了平原,他已经到了A神宫前的电车停留处了。那时候却好从南面有一乘电车到来,他不知不觉就乘了上去,既不知道他究竟为什么要乘电车,也不知道这电车是往什么地方去的。

走了十五六分钟,电车停了,运车的教他换车,他就换了一乘车。走了二三十分钟,电车又停了,他听见说是终点了,他就走了下来。他的面前就是筑港了。

前面一片汪洋的大海,横在午后的太阳光里,在那里微笑。超海而南有一发青山,隐隐的浮在透明的空气里。西边是一脉长堤,直驰到海湾的心里去。堤外有一处灯台,同巨人似的立在那里。几艘空船和几只舢板,轻轻的在系着的地方浮荡。海中近岸的地方,有许多浮标,饱受了斜阳,红红的浮在那里。远处风来,带着几句单调的话声,既听不清楚是什么话,也不知道是从那里来的。

他在岸边上走来走去走了一会,忽听见那一边传过了一阵击磬的声来。他跑过去一看,原来是为唤渡船而发的。他立了一会,看有一只小火轮从对岸过来了。跟着了一个四五十岁的工人,他也进了那只小火轮去坐下了。

渡到东岸之后,上前走了几步,他看见靠岸有一家大庄子在那里。大门开得很大,庭内的假山花草,布置得楚楚可爱。他不问是非,就踱了进去。走不上几步,他忽听得前面家中有女人的娇声叫他说:

"请进来吓!"

他不觉惊了一头,就呆呆的站住了。他心里想:

"这大约就是卖酒食的人家,但是我听见说,这样的地方,总有妓女在那里的。"

一想到这里,他的精神就抖擞起来,好像是一桶冷水浇上身来的样子。他的面色立时变了。要想进去又不能进去,要想出来又不得出来;可怜他那同兔儿似的小胆,同猿猴似的淫心,竟把他陷到一个大大的难境里去了。

"进来吓!请进来吓!"

里面又娇滴滴的叫了起来,带着笑声。

"可恶东西,你们竟敢欺我胆小么?"

这样的怒了一下,他的面色更同火也似的烧了起来。咬紧了牙齿,把脚在地上轻轻的蹬了一蹬,他就捏了两个拳头,向前进去,好像是对了那几个年轻的侍女宣战的样子。但是他那青一阵红一阵的面色,和他的面上,微微儿在那里震动的筋肉,他总隐藏不过。他走到那几个侍女的面前的时候,几乎要同小孩似的哭出来了。

"请上来!"

"请上来!"

他硬了头皮,跟了一个十七八岁的侍女走上楼去,那时候他的精神已经有些镇静下来了。走了几步,经过一条暗暗的夹道的时候,一阵恼人的粉花香气,同日本女人特有的一种肉的香味,和头发上的香油气息合作了一处,哼的扑上他的鼻孔里来。他立刻觉得头晕起来,眼睛里看见了几颗火星,向后边跌也似的退了一步。他再定睛一看,只见他的前面黑暗暗的中间,有一长圆形的女人的粉面,堆着了微笑,在那里问他说:

"你!你还是上靠海的地方去呢?还是怎样?"

他觉得女人口里吐出来的气息,也热和和的哼上他的面来。他不知不觉把这气息深深的吸了一口。他的意识,感觉到他这行为的时候,他的面色,又立刻红了起来。他不得已只能含含糊糊的答应她说:

"上靠海的房间里去。"

进了一间靠海的小房间,那侍女便问他要什么菜。他就回答说:

"随便拿几样来吧。"

"酒要不要?"

"要的。"

那侍女出去之后,他就站起来推开了纸窗,从外边放了一阵空气进来。因为房里的空气,沉浊得很,他刚才在夹道中闻过的那一阵女人的香味,还剩在那里,他实在是被这一阵气味压迫不过了。

一湾大海,静静的浮在他的面前。外边好像是起了微风的样子,一片一片的海浪,受了阳光的返照,同金鱼的鱼鳞似的,在那里微动。他立在窗前看了一会,低声的吟了一句诗出来:

"夕阳红上海边楼。"

他向西一望,见太阳离西南的地平线只有一丈多高了。呆呆的看了一会,他的心思怎么也离不开刚才的那个侍女。她的口里的头上的面上的和身体上的那一种香味,怎么也不容他的心思去想别的东西。他才知道他想吟诗的心是假的,想女人的肉体的心是真的了。

停了一会,那侍女把酒菜搬了进来,跪坐在他的面前,亲亲热热的替他上酒。他心里想仔仔细细的看她一看,把他的心里的苦闷都告诉了她,然而他的眼睛怎么也不敢平视她一眼,他的舌根,怎么也不能摇动一摇动。他不过同哑子一样,偷看着她那搁在膝上的一双纤嫩的白手,同衣缝里露出来的一条粉红的围裙角。

原来日本的妇人都不穿裤子,身上贴肉只围着一条短短的围裙。外边就是一件长袖的衣服,衣服上也没有钮扣,腰里只缚着一条一尺多宽的带子,后面结着一个方结。她们走路的时候,前面的衣服每一步一步的掀开来,所以红色的围裙,同肥白的腿肉,每能偷看。这是日本女子特别的美处,他在路上遇见女子的时候,注意的就是这些地方。他切齿的痛骂自己,畜生!狗贼!卑怯的人!也便是这个时候。

他看了那侍女的围裙角,心头便乱跳起来。愈想同她说话,他觉得愈讲不出话来。大约那侍女是看得不耐烦起来了,便轻轻的问他说:

"你府上是什么地方?"

一听了这一句话,他那清瘦苍白的面上,又起了一层红色;含含糊糊的回答了一声,他呐呐的总说不出话来。可怜他又站在断头台上了。

原来日本人轻视中国人,同我们轻视猪狗一样。日本人都叫中国人作"支那人",这"支那人"三字,在日本,比我们骂人的"贱贼"还更难听,如今在一个如花的少女前头,他不得不自认说:"我是支那人"了。

"中国呀中国,你怎么不强大起来!"

他全身发起痉来,他的眼泪又快滚下来了。

那侍女看他发颤发得利害,就想让他一个人在那里喝酒,好教他把精神安定安定,所以对他说:

"酒就快没有了,我再去拿一瓶来罢。"

停了一会,他听得那侍女的脚步声又走上楼来。他以为她是上他这里来的,所以就把衣服整了一整,姿势改了一改。但是他被她欺了。她原来是领了两三个另外的客人,上间壁的那一间房间里去的。那两三个客人都在那里对那侍女取笑,那侍女也娇滴滴的说:

"别胡闹了,间壁还有客人在那里。"

他听了就立刻发起怒来。他心里骂他们说:

"狗才!俗物!你们都敢来欺侮我么?复仇复仇,我总要复你们的仇。世间那里有真心的女子!那侍女的负心东西,你竟敢把我丢了么?罢了罢了,我再也不爱女人了,我再也不爱女人了。我就爱我的祖国,我就把我的祖国当作了情人罢。"

他马上就想跑回去发愤用功。但是他的心里,却很羡慕那间壁的几个俗物。他的心里,还有一处地方在那里盼望那个侍女再回到他这里来。

他按住了怒,默默的喝干了几杯酒,觉得身上热起来。打开了窗门,他看看太阳就快要下山去了。又连饮了几杯,他觉得他面前的海景都朦胧起来。西面堤外的那灯台的黑影,长大了许多。一层茫茫的薄雾,把海天融混作了一处。在这一层浑沌不明的薄纱影里,西方那将落不落的太阳,好像在那里惜别的样子。他看了一会,不知道是什么缘故,只觉得好笑。呵呵的笑了一回,他用手擦擦自家那火热的双颊,便自言自语的说:

“醉了醉了!”

那侍女果然进来了。见他红了脸,立在窗口在那里痴笑,便问他说:

“窗开了这样大,你不冷的么?”

“不冷不冷,这样好的落照,谁舍得不看呢?”

“你真是一个诗人呀! 酒拿来了。”

“诗人! 我本来是一个诗人。你去把纸笔拿了来,我马上写一首诗给你看看。”

那侍女出去了之后,他自家觉得奇怪起来。他心里想:

“我怎么会变了这样大胆的?”

痛饮了几杯新拿来的热酒,他更觉得快活起来,又禁不得呵呵的笑了一阵。他听见间壁房间里的那几个俗物,高声的唱起日本歌来,他也放大了嗓子唱着说:

“醉拍阑干酒意寒。江湖牢落又冬残。剧怜鹦鹉中州骨。未拜长沙太傅官。一饭千金图报易。五噫几辈出关难。茫茫烟水回头望。也为神州泪暗弹。”

高声的念了几遍,他就在席上醉倒了。

八

一醉醒来,他看看自家睡在一条红绸的被里,被上有一种奇怪的香气。这一间房间也不很大,但已不是白天的那一间房间了。

房中挂着一张十烛光的电灯,枕头边上摆着了一壶茶,两只杯子。他倒了二三杯茶,喝了之后,就踉踉跄跄的走到房外去。他开了门,却好白天的那侍女也跑过来了。她问他说:

“你! 你醒了么?”

他点了一点头,笑微微的回答说:

“醒了。厕所是在什么地方的?”

“我领你去罢。”

他就跟了她去。他走过日间的那道夹道的时候,电灯点得明亮得很。远近有许多歌唱的声音,三弦的声音,大笑的声音,传到他的耳朵里来。白天的情节,他都想了出来。一想到酒醉之后,他对那侍女说的那些话的时候,他觉得面上又发起烧来。

从厕所回到房里之后,他问那侍女说:

“这被是你的么?”

侍女笑着说:

“是的。”

“现在是什么时候了。”

“大约是八点四五十分的样子。”

“你去开了账来罢!”

“是。”

他付清了账,又拿了一张纸币给那侍女,他的手不觉微颤起来。那侍女说:

“我是不要的。”

他知道她是嫌少了。他的面色又涨红了，袋里摸来摸去，只有一张纸币了，他就拿了出来给她说：

“你别嫌少了，请你收了罢。”

他的手震动得更加利害，他的话声也颤动起来了。那侍女对他看了一眼，就低声的说：

“谢谢！”

他一直的跑下了楼，套上了皮鞋，就走到外面来。

外面冷得非常，这一天大约是旧历的初八九的样子。半轮寒月，高挂在天空的左半边。淡青的圆形天盖里，也有几点疏星，散在那里。

他在海边上走了一回，看看远岸的渔灯，同鬼火似的在那里招引他。细浪中间，映着了银色的月光，好像是山鬼的眼波，在那里开闭的样子。不知是什么道理，他忽想跳入海里去死了。

他摸摸身边看，乘电车的钱也没有了。想想白天的事情看，他又不得不痛骂自己。

“我怎么会走上那样的地方去的，我已经变了一个最下等的人了。悔也无及，悔也无及。我就在这里死了罢。我所求的爱情，大约是求不到了。没有爱情的生涯，岂不同死灰一样么？唉，这干燥的生涯，这干燥的生涯。世上的人又都在那里仇视我，欺侮我，连我自家的亲弟兄，自家的手足，都在那里挤我出去到这世界外去。我将何以为生，我又何必生存在这多苦的世界里呢！”

想到这里，他的眼泪就连连续续的滴下来。他那灰白的面色，竟同死人没有分别了。他也不举起手来揩揩眼泪，月光射到他的面上，两条泪线，倒变了叶上的朝露一样放起光来。他回转头来，看看他自家的那又瘦又长的影子，不觉心痛起来。

“可怜你这清影，跟了我二十一年，如今这大海就是你的葬身地了。我的身子，虽然被人家欺辱，我可不该累你也瘦弱到这地位的。影子呀影子，你饶了我罢！”

他向西面一看，那灯台的光，一霎变了红一霎变了绿的，在那里尽他的本职。那绿的光射到海面上的时候，海面就现出一条淡青的路来。再向西天一看，他只见西方青苍苍的天底下，有一颗明星，在那里摇动。

“那一颗摇摇不定的明星的底下，就是我的故国。也就是我的生地。我在那一颗星的底下，也曾送过十八个秋冬。我的乡土吓，我如今再不能见你的面了。”

他一边走着，一边尽在那里自伤自悼的想这些伤心的哀话。走了一会，再向那西方的明星看了一眼，他的眼泪便同骤雨似的落下来。他觉得四边的景物，都模糊起来。把眼泪揩了一下，立住了脚，长叹了一声，他便断断续续的说：

“祖国呀祖国！我的死是你害我的！

“你快富起来，强起来罢！

“你还有许多儿女在那里受苦呢！”

一九二一年五月九日改作

（收入《沉沦》，泰东图书局 1921 年 10 月版）

缀网劳蛛

许地山

"我像蜘蛛，
命运就是我的网。"
我把网结好，
还住在中央。

呀，我的网甚时节受了损伤！
这一坏，教我怎地生长？
生的巨灵说："补缀补缀罢，
世间没有一个不破的网。"

我再结网时，
要结在玳瑁梁栋，
珠玑帘栊；
或结在断井颓垣，
荒烟蔓草中呢？
生的巨灵按手在我头上说：
"自己选择去罢，
你所在的地方无不兴隆，亨通。"

虽然，我再结的网还是像从前那么脆弱，
敌不过外力冲撞；
我网的形式还要像从前那么整齐——
平行的丝连成八角、十二角的形状吗？
他把"生的万花筒"交给我，说：
"望里看罢，
你爱怎样，就结成怎样。"

呀，万花筒里等等的形状和颜色
仍与从前没有什么差别！
求你再把第二个给我，
我好谨慎地选择。
"咄咄！贪得而无智的小虫！
自而今回溯到濛鸿，

从没有人说过里面有个形式与前相同。

去罢，生的结构都由这几十颗‘彩琉璃屑’幻成种种，

不必再看第二个生的万花筒。”

那晚上底月色格外明朗，只是不时来些微风把满园的花影移动得不歇地作响。素光从椰叶下来，正射在尚洁和她的客人史夫人身上。她们二人的容貌，在这时候，自然不能认得十分清楚，但是二人对谈的声音却像幽谷的回响，没有一点模糊。

周围的东西都沉默着，像要让她们密谈一般：树上的鸟儿把喙插在翅膀底下；草里的虫儿也不敢做声；就是尚洁身边那只玉狸，也当主人所发的声音为催眠歌，只管舣舯地沉睡着。她用纤手抚着玉狸，目光注在她的客人身上，懒懒地说：“夺魁嫂子，外间的闲话是听不得的。这事我全不计较——我虽不信定命的说法，然而事情怎样来，我就怎样对付，毋庸在事前预先谋定什么方法。”

她的客人听了这场冷静的话，心里很是着急，说：“你对于自己的前程太不注意了！若是一个人没有长久的顾虑，就免不了遇着危险，外人的话虽不足信，可是你得把你的态度显示得明了一点，教人不疑惑你才是。”

尚洁索性把玉狸抱在怀里，低着头，只管摩弄。一会儿，她才冷笑了一声，说：“吓吓，夺魁嫂子，你的话差了！危险不是顾虑所能闪避的。后一小时的事情，我们也不敢说准知道，那里能顾到三四个月，三两年那么长久呢？你能保我待一会不遇着危险，能保我今夜里睡得平安么？纵使我准知道今晚上会遇着危险，现在的谋虑也未必来得及。我们都在云雾里走，离身二三尺以外，谁还能知道前途的光景呢？经里说：‘不要为明日自夸，因为一日要生何事，你尚且不能知道。’这句话，你忘了么？……唉，我们都是从渺茫中来，在渺茫中住，望渺茫中去。若是怕在这条云封雾锁的生命路程里走动，莫如止住你的脚步；若是你有漫游的兴趣，纵然前途和四围的光景暧昧，不能使你赏心快意，你也是要走的。横竖是往前走，顾虑什么？

“我们从前的事，也许你和一般侨寓此地的人都不十分知道。我不愿意破坏自己的名誉，也不忍教他出丑。你既是要我把态度显示出来，我就得略把前事说一点给你听，可是要求你暂时守这个秘密。

“论理，我也不是他的……”

史夫人没等她说完，早把身子挺起来，作很惊讶的样子，回头用焦急的声音说：“什么，这又奇怪了！”

“这倒不是怪事，且听我说下去。你听这一点，就知道我的全意思了。我本是人家的童养媳，一向就不曾和人行过婚礼——那就是说，夫妇的名份，在我身上用不着。当时，我并不是爱他，不过要仗着他的帮助，救我脱出残暴的婆家。走到这个地方，依着时势的境遇，使我不能不认他为夫。……”

“原来你们的家有这样特别的历史。……那么，你对于长孙先生可以说没有精神的关系，不过是不自然的结合罢了。”

尚洁庄重地回答说：“你的意思是说我们没有爱情么？诚然，我从不曾在别人身上用过一点男女的爱情；别人给我的，我也不曾辨别过那是真的，这是假的。夫妇，不过是名义上的事；爱与不爱，只能稍微影响一点精神的生活，和家庭的组织是毫无关系的。

“他怎样想法子要奉承我，凡认识我的人都觉得出来。然而我却没有领他的情，因为他从没有把自己的行为检点一下。他的嗜好多，脾气坏，是你所知道的。我一到会堂

去，每听到人家说我是长孙可望的妻子，就非常地惭愧。我常想着从不自爱的人所给底爱情都是假的。

“我虽然不爱他，然而家里的事，我认为应当替他做的，我也乐意去做。因为家庭是公的，爱情是私的。我们两人的关系，实在就是这样。外人说我和谭先生的事，全是不对的。我的家庭已经成为这样，我又怎能把它破坏呢？”

史夫人说：“我现在才看出你们的真相，我也回去告诉史先生，教他不要多信闲话。我知道你是好人，是一个纯良的女子，神必保佑你。”说着，用手轻轻地拍一拍尚洁底肩膀，就站立起来告辞。

尚洁陪她在花阴底下走着，一面说：“我很愿意你把这事的原委单说给史先生知道。至于外间传说我和谭先生有秘密的关系，说我是淫妇，我都不介意。连他也好几天不回来啦。我估量他是为这事生气，可是我并不辩白。世上没有一个人能够把真心拿出来给人家看；纵然能够拿出来，人家也看不明白，那么，我又何必多费唇舌呢？人对于一件事情一存了成见，就不容易把真相观察出来。凡是人都有成见，同一件事，必会生出歧异的评判，这也是难怪的。我不管人家怎样批评我，也不管他怎样疑惑我，我只求自己无愧，对得住天上底星辰和地下底蝼蚁便了。你放心罢，等到事情临到我身上，我自有方法对付。我的意思就是这样，若是有工夫，改天再谈罢。”

她送客人出门，就把玉狸抱到自己房里。那时已经不早，月光从窗户进来，歇在椅桌、枕席之上，把房里的东西染得和铅制的一般。她伸手向床边按了一按铃子，须臾，女佣妥娘就上来。她问：“佩荷姑娘睡了么？”妥娘在门边回答说：“早就睡了。消夜已预备好了，端上来不？”她说着，顺手把电灯拧着，一时满屋里都着上颜色了。

在灯光之下，才看见尚洁斜倚在床上。流动的眼睛，软润的颔颊，玉葱似的鼻，柳叶似的眉，桃绽似的唇，衬着蓬乱的头发，……凡形体上各样的美都凑合在她头上。她的身体，修短也很合度。从她口里发出来的声音，都合音节，就是不懂音乐的人，一听了她的话语，也能得着许多默感。她见妥娘把灯拧亮了，就说：“把它拧灭了罢。光太强了，更不舒服。方才我也忘了留史夫人在这里消夜。我不觉得十分饥饿，不必端上来，你们可以自己方便去。把东西收拾清楚，随着给我点一枝洋烛上来。”

妥娘遵从她的命令，立刻把灯灭了，接着说：“相公今晚上也许又不回来，可以把大门扣上吗？”

“是，我想他永远不回来了。你们吃完，就把门关好，各自歇息去罢，夜很深了。”

尚洁独坐在那间充满月亮的房里，桌上一枝洋烛已燃过三分之二，轻风频拂火焰，眼看那枝发光底小东西要泪尽了。她于是起来，把烛火移到屋角一个窗户前头的小几上。那里有一个软垫，几上搁几本经典和祈祷文。她每夜睡前的功课就是跪在那垫上默记三两节经句，或是诵几句祷词。别的事情，也许她会忘记，惟独这圣事是她所不敢忽略的。她跪在那里冥想了许久，挣眼一看，火光已不知道在什么时候从烛台上逃走了。

她立起来，把卧具整理妥当，就躺下睡觉。可是她怎能睡着呢？呀，月亮也循着宾客的礼，不敢相扰，慢慢地辞了她，走到园里和他的花草朋友、木石知交周旋去了！

月亮虽然辞去，她还不转眼地望着窗外的天空，像要诉她心中的秘密一般。她正在床上辗来转去，忽听园里“嚁啅”一声，响得很厉害。她起来，走到窗边，往外一望，但见一重一重的树影和夜雾把园里盖得非常严密，教她看不见什么。于是她蹑步下楼，唤醒妥娘,命她到园里去察看那怪声的出处。妥娘自己一个人,那里敢出去;她走到门房把团哥叫醒,央他一同到围墙边察一察。团哥也就起来了。

妥娘去不多会,便进来回话。她笑着说:“你猜是什么呢?原来是一个蹇运的窃贼摔倒在我们底墙根。他底腿已摔坏了,脑袋也撞伤了,流得满地都是血,动也动不得了。团哥拿着一枝荆条正在抽他哪。”

尚洁听了,一霎时前所有的恐怖情绪一时尽变为慈祥的心意。她等不得回答妥娘,便跑到墙根。团哥还在那里,“你这该死的东西……不知厉害底坏种……”一句一鞭,打骂得很高兴。尚洁一到,就止住他,还命他和妥娘把受伤的贼扛到屋里来。她吩咐让他躺在贵妃榻上,仆人们都显出不愿意的样子,因为他们想着一个贼人不应该受这么好的待遇。

尚洁看出他们的意思,便说:“一个人走到做贼的地步是最可怜悯的,若是你们不得着好机会,也许……。”她说到这里,觉得有点失言,教她的佣人听了不舒服,就改过一句说话:“若是你们明白他的境遇,也许会体贴他。我见了一个受伤的人,无论如何,总得救护的。你们常常听见‘救苦救难’的话,遇着忧患的时候,有时也会脱口地说出来,为何不从‘他是苦难人’那方面体贴他呢?你们不要怕他的血沾脏了那垫子,尽管扶他躺下罢。”团哥只得扶他躺下,口里沉吟地说:“我们还得为他请医生去吗?”

“且慢,你把灯移近一点,待我来看一看。救伤的事,我还在行。妥娘,你上楼去把我们那个‘常备药箱’捧下来。”又对团哥说:“你去倒一盆清水来罢。”

仆人都遵命各自干事去了。那贼虽闭着眼,方才尚洁所说的话,却能听得分明。他心里的感激可使他自忘是个罪人,反觉他是世界里一个最能得人爱惜的青年。这样的待遇,也许就是他生平第一次得着的。他呻吟了一下。用低沉的声音说:“慈悲的太太,菩萨保佑慈悲的太太!”

那人的太阳边受了一伤很重,腿部倒不十分利害。她用药棉蘸水轻轻地把伤处周围的血迹涤净,再用绷带裹好。等到事情做得清楚,天早已亮了。

她正转身要上楼去换衣服,蓦听得外面敲门底声很急,就止步问说:“谁这么早就来敲门呢?”

“是警察罢。”

妥娘提起这四个字,教她很着急。她说:“谁去告诉警察呢?”那贼躺在贵妃床上,一听见警察要来,恨不能立刻起来跪在地上求恩。但这样的行动已从他那双劳倦的眼睛表白出来了。尚洁跑到他跟前,安慰他说:“我没有叫人去报警察……”正说到这里,那从门外来底脚步已经踏进来。

来底并不是警察,却是这家底主人长孙可望。他见尚洁穿着一件睡衣站在那里和一个躺着的男子说话,心里底无明业火已从身上八万四千个毛孔里发射出来。他第一句就问:“那人是谁?”

这个问实在教尚洁不容易回答,因为她从不曾问过那受伤者的名字,也不便说他是贼。

“他……他是受伤的人。……”

可望不等说完,便拉住她的手,说:“你办的事,我早已知道。我这几天不回来,正要侦察你的动静,今天可给我撞见了。我何尝辜负你呢?……一同上去罢,我们可以慢慢地谈。”不由分说,拉着她就往上跑。

妥娘在旁边,看得情急,就大声嚷着:“他是贼!”

“我是贼,我是贼!”那可怜的人也嚷了两声。可望只对着他冷笑,说:“我明知道你是贼。不必报名,你且歇一歇罢。”

一到卧房里,可望就说:“我且问你,我有什么对你不起的地方?你要入学堂,我便立刻送你去;要到礼拜堂听道,我便特地为你预备车马。现在你有学问了,也入教了;我且问你,学堂教你这样做,教堂教你这样做么?”

他的话意是要诘问她为什么变心,因为他许久就听见人说尚洁嫌他鄙陋不文,要离弃他去嫁给一个姓谭的。夜间的事,他一概不知,他进门一看尚洁底神色,老以为她所做的是一段爱情把戏。在尚洁方面,以为他是不喜欢她这样待遇窃贼。她的慈悲性情是上天所赋的,她也觉得这样办,于自己的信仰和所受的教育没有冲突,就回答说:“是的,学堂教我这样做,教会也教我这样做。你敢是……”

“是吗?”可望喝了一声,猛将怀中小刀取出来向尚洁的肩脖上一击。这不幸的妇人立时倒在地上,那玉白的面庞已像渍在胭脂膏里一样。

她不说什么,但用一种沉静的和无抵抗的态度,就足以感动那愚顽的凶手。可望当此情景,心中恐怖的情绪已把凶猛的怒气克服了。他不再有什么动作,只站在一边出神。他看尚洁动也不动一下,估量她是死了;那时,他觉得自己底罪恶压住他,不许再逗留在那里,便溜烟似地望外跑。

妥娘见他跑了,知道楼上必有事故,就赶紧上来。她看尚洁那样子,不由得“啊,天公!”喊了一声,一面上去,要把她搀扶起来。尚洁这时,眼睛略略挣开,像要对她说什么,只是说不出。她指着肩脖示意,妥娘才看见一把小刀插在她肩上。妥娘底手便即酥软,周身发抖,待要扶她,也没有气力了。她含泪对着主妇说:“容我去请医生罢。”

“史……史……”妥娘知道她是要请史夫人来,便回答说:“好,我也去请史夫人来。”她教团哥看门,自己雇一辆车找救星去了。

医生把尚洁扶到床上,慢慢施行手术;赶到史夫人来时,所有的事情都弄清楚啦。医生对史夫人说:“长孙夫人的伤不甚要紧,保养一两个星期便可复元。幸而那刀从肩胛骨外面脱出来,没有伤到肺叶,——那两个创口是不要紧的。”

医生辞去以后,史夫人便坐在床沿用法子安慰她。这时,尚洁的精神稍微恢复,就对她的知交说:“我不能多说话,只求你把底下那个受伤的人先送到公医院去;其余的,待我好了再给你说。……唉,我的嫂子,我现在不能离开你,你这几天得和我同在一块儿住。”

史夫人一进门就不明白底下为什么躺着一个受伤的男子。妥娘去时,也没有对她详细地说。她看见尚洁这个样子,又不便往下问。但尚洁的颖悟性从不会被刀所伤,她早明白史夫人猜不透这个闷葫芦,就说:“我现在没有气力给你细说,你可以向妥娘打听去。就要速速去办,若是他回来,便要害了他的性命。”

史夫人照她所吩咐的去做;回来,就陪着她在房里,没有回家。那四岁的女孩佩荷更不知道这是怎么一回事,还是啼啼,笑笑,过她的平安日子。

一个星期,两个星期,在她病中嘿嘿地过去。她也渐次复元了。她想许久没有到园里去,就央求史夫人扶着她慢慢走出来。她们穿过那晚上谈话的柳阴,来到园边一个小亭下,就歇在那里。她们坐的地方满开了玫瑰,那清静温香的景色委实可以消灭一切忧闷和病害。

“我已忘了我们这里有这么些好花,待一会,可以折几枝带回屋里。”

“你且歇歇,我为你选择几枝罢。”史夫人说时,便起来折花。尚洁见她脚下有一朵很大的花,就指着说:“你看,你脚下有一朵很大、很好看的,为什么不把它摘下?”

史夫人低头一看,用手把花提起来,便叹了一口气。

“怎么啦?”

史夫人说:“这花不好。”因为那花只剩地上那一半,还有一边是被虫伤了。她怕说出伤字,要伤尚洁底心,所以这样回答。但尚洁看底,明明是一朵好花,直教递过来给她看。

“夺魁嫂,你说它不好么?我在此中找出道理咧!这花虽然被虫伤了一半,还开得这么好看,可见人的命运也是如此——若不把他的生命完全夺去,虽然不完全,也可以得着生活上一部分的美满,你以为如何呢?”

史夫人知道她连想到自己的事情上头,只回答说:“那是当然的,命运的偃蹇和亨通,于我们的生活没有多大关系。”

谈话之间,妥娘领着史夺魁先生进来。他向尚洁和他的妻子问过好,便坐在她们对面一张凳上。史夫人不管她丈夫要说什么,头一句就问:“事情怎样解决呢?”

史先生说:“我正是为这事情来给长孙夫人一个信。昨天在会堂里有一个很激烈的纷争,因为有些人说可望底举动是长孙夫人迫他做成的,应当剥夺她赴圣筵的权利。我和我奉真牧师在席间极力申辩,终归无效。”他望着尚洁说:“圣筵赴与不赴也不要紧。因为我们的信仰决不能为仪式所束缚;我们的行为,只求对得起良心就算了。”

“因为我没有把那可怜的人交给警察,便责罚我么?”

史先生摇头说:“不,不。现在的问题不在那事上头。前天可望寄一封长信到会里,说到你怎样对他不住,怎样想弃绝他去嫁给别人。他对于你和某人、某人往来的地点、时间都说出来。且说,他不愿意再见你的面;若不与你离婚,他永不回家。信他所说的人很多,我们怎样申辩也挽不过来。我们虽然知道事实不是如此,可是不能找出什么凭据来证明。我现在正要告诉你,若是要到法庭去的话,我可以帮你的忙。这里不像我们祖国,公庭上没有女人说话的地位。况且他的买卖起先都是你拿资本出来;要离异时,照法律,最少总得把财产分一半给你。……像这样的男子,不要他也罢了。”

尚洁说:“那事实现在不必分辩,我早已对嫂子说明了。会里因为信条的缘故,说我的行为不合道理,便禁止我赴圣筵——这是他们所信的,我有什么可说的呢!”她说到末一句,声音便低下了。她的颜色很像为同会的人误解她和误解道理惋惜。

“唉,同一样道理,为何信仰的人会不一样?”

她听了史先生这话,便兴奋起来,说:“这何必问?你不常听见人说:‘水是一样,牛喝了便成乳汁,蛇喝了便成毒液’吗?我管保我所得能化为乳汁,那能干涉人家所得的变成毒液呢?若是到法庭去的话,倒也不必。我本没有正式和他行过婚礼,自毋须乎在法庭上公布离婚。若说他不愿意再见我的面,我尽可以搬出去。财产是生活的赘瘤,不要也罢,和他争什么?……他赐给我底恩惠已是不少,留着给他……”

“可是你一把财产全部让给他,你立刻就不能生活。还有佩荷呢?”

尚洁沉吟半晌便说:“不妨,我私下也曾积聚些少,只不能支持到一年罢了。但不论如何,我总得自己挣扎。至于佩荷……”她又沉思了一会,才续下去说:“好罢,看他的意思怎样,若是他愿意把那孩子留住,我也不和他争。我自己一个人离开这里就是。”

他们夫妇二人深知道尚洁的性情,知道她很有主意,用不着别人指导。并且她在无论什么事情上头都用一种宗教的精神去安排。她的态度常显出十分冷静和沉毅;做出来的事,有时超乎常人意料之外。

史先生深信她能够解决自己将来的生活,一听了她的话,便不再说什么,只略略把眉头皱了一下而已。史夫人在这两三个星期间,也很为她费了些筹划。他们有一所别业在土华地方,早就想教尚洁到那里去养病;到现在她才开口说:"尚洁妹子,我知道你一定有更好的主意,不过你的身体还不甚复原,不能立刻出去做什么事情,何不到我们的别庄里静养一下,过几个月再行打算?"史先生接着对他妻子说:"这也好,只怕路途远一点,由海船去,最快也得两天才可以到。但我们都是惯于出门的人,海涛的颠簸当然不能制服我们。若是要去的话,你可以陪着去,省得寂寞了长孙夫人。"

尚洁也想找一个静养的地方,不意他们夫妇那么仗义,所以不待踌躇便应许了。她不愿意为自己的缘故教别人麻烦,因此不让史夫人跟着前去。她说:"寂寞的生活是我尝惯的。史嫂子在家里也有许多当办的事情,那里能够和我同行?还是我自己去好一点。我很感谢你们二位的高谊,要怎样表示我的谢忱,我却不懂得;就是懂,也不能表示得万分之一。我只说一声'感激莫名'便了。史先生,烦你再去问他要怎样处置佩荷,等这事弄清楚,我便要动身。"她说着,就从方才摘下的玫瑰中间选出一朵好看的递给史先生,教他插在胸前底钮门上。不久,史先生也就起立告辞,替她办交涉去了。

土华在马来半岛底西岸,地方虽然不大,风景倒还幽致。那海里出的珠宝不少,所以住在那里的多半是搜宝之客。尚洁住的地方就在海边一丛棕林里。在她的门外,不时看见采珠的船往来于金的塔尖和银的浪头之间。这采珠的工夫赐给她许多教训。因为她这几个月来常想着人生就同入海采珠一样;整天冒险入海里去,要得着多少,得着什么,采珠者一点把握也没有。但是这个感想决不会妨害她的生命。她见那些人每天迷蒙蒙地搜求,不久就理会她在世间的历程也和采珠的工作一样。要得着多少,得着什么,虽然不在她的权能之下,可是她每天总得入海一遭,因为她的本分就是如此。

她对于前途不但没有一点灰心,且要更加奋勉。可望虽是剥夺她们母女的关系,不许佩荷跟着她,然而她仍不忍弃掉她的责任,每月要托人暗地里把吃的用的送到故家去给她女儿。

她现在已变主妇的地位为一个珠商底记室了。住在那里的人,都说她是人家的弃妇,就看轻她,所以她所交游的都是珠船里的工人。那班没有思想的男子在休息的时候,便因着她的姿色争来找她开心。但她的威仪常是调伏这班人的邪念,教他们转过心来承认她是他们的师保。

她一连三年,除干她的正事以外,就是教她那班朋友说几句英吉利语,念些少经文,知道些少常识。在她的团体里,使令,供养,无不如意。若说过快活日子,能像她这样,也就不劣了。

虽然如此,她还是有缺陷的。社会地位,没有她的分;家庭生活,也没有她的分;我们想想,她心里到底有什么感觉?前一项,于她是不甚重要的;后一项,可就缭乱她的衷肠了!史夫人虽常寄信给她,然而她不见信则已,一见了信,那种说不出来的伤感就加增千百倍。

她一想起她的家庭,每要在树林里徘徊,树上的蛁蟧常要幻成她女儿底声音对她说:“毋思儿耶?毋思儿耶?”这本不是奇迹,因为发声者无情,听音者有意;她不但对于那些小虫的声音是这样,即如一切的声音和颜色,偶一触着她的感官,便幻成她的家庭了。

她坐在林下,遥望着无涯的波浪,一度一度地掀到岸边,常觉得她的女儿踏着浪花踊跃而来,这也不止一次了。那天,她又坐在那里,手拿着一张佩荷的小照,那是史夫人最近给她寄来的。她翻来翻去地看,看得眼昏了。她猛一抬头,又得着常时所现的异象。她看见一个人携着她的女儿从海边上来,穿过林樾,一直走到跟前。那人说:“长孙夫人,许久不见,贵体康健啊!我领你的女儿来找你哪。”

尚洁此时,展一展眼睛,才理会果然是史先生携着佩荷找她来。她不等回答史先生的话,便上前用力搂住佩荷;她的哭声从她爱心的深密处殷雷似地震发出来。佩荷因为不认得她,害怕起来,也放声哭了一场。史先生不知道感触了什么,也在旁边只尽管擦眼泪。

这三种不同情绪的哭泣止了以后,尚洁就呜咽地问史先生说:“我实在喜欢。想不到你会来探望我,更想不到佩荷也能来!……”她要问的话很多,一时摸不着头绪。只搂定佩荷,眼看着史先生出神。

史先生很庄重地说:“夫人,我给你报好消息来了。”

“好消息?”

“你且镇定一下,等我细细地告诉你。我们一得着这消息,我的妻子就教我和佩荷一同来找你。这奇事,我们以前都不知道,到前十几天才听见我奉真牧师说的。我牧师自那年为你底事卸职后,他的生活,你已经知道了。”

“是,我知道。他不是白天做裁缝匠,晚间还做制饼师吗?我信得过,神必要帮助他,因为神的儿子说:‘为义受逼迫的人是有福的。’他的事业还顺利吗?”

“倒没有什么过不去的地方。他不但日夜劳动,在合宜的时候,还到处去传福音哪,他现在不用这样地吃苦,因为他底老教会看他的行为,请他回国仍旧当牧师去,在前一个星期已经动身了。”

“是吗!谢谢神!他必不能长久地受苦。”

“就是因为我牧师回国的事,我才能到这里来。你知道长孙先生也受了他的感化么?这事详细地说起来,倒是一种神迹。我现在来,也是为告诉你这件事。

“前几天,长孙先生忽然到我家里找我。他一向就和我们很生疏,好几年也不过访一次,所以这次的来,教我们很诧异。他第一句就问你的近况如何,且诉说他的懊悔。他说这反悔是忽然的,是我牧师警醒他的。现在我就将他的话,照样地说一遍给你听——

“‘在这两三年间,我牧师常来找我谈话,有时也请我到他的面包房里去听他讲道。我和他来往那么些次,就觉得他是我的好师傅。我每有难决的事情或疑虑的问题,都去请教他。我自前年生事,二人分离以后,每疑惑尚洁官的操守,又常听见家里佣人思念她的话,心里就十分懊悔。但我总想着,男人说话将军箭,事已做出,那里还有脸皮收回来?本是打算给它一个错到底的。然而日子越久,我就越觉得不对。到我牧师要走,最末次命我去领教训的时候,讲了一章经,教我很受感动。散会后,他对我说,他盼望我做的是请尚洁官回来。他又念《马可福音》十章给我听,我自得着那教训以后,越觉得我很卑鄙、凶残、淫秽,很对不住她。现在要求你先把佩荷带去见她,盼望她为女儿的缘故

赦免我。你们可以先走,我随后也要亲自前往。'

"他说懊悔底话很多,我也不能细说了。等他来时,容他自己对你细说罢。我很奇怪我牧师对于这事,以前一点也没有对我说过,到要走时,才略提一提;反教他来到我那里去,这不是神迹吗?"

尚洁听了这一席话,却没有显出特别愉悦的神色,只说:"我的行为本不求人知道,也不是为要得人家的怜恤和赞美;人家怎样待我,我就怎样受,从来是不计较的。别人伤害我,我还饶恕,何况是他呢?他知道自己的卤莽,是一件极可喜的事。——你愿意到我屋里去看一看吗?我们一同走走罢。"

他们一面走,一面谈。史先生问起她在这里的事业如何,她不愿意把所经历的种种苦处尽说出来,只说:"我来这里,几年的工夫也不算浪费,因为我已找着了许多失掉底珠子了!那些灵性的珠子,自然不如入海去探求那么容易,然而我竟能得着二三十颗!此外,没有什么可以告诉你。"

尚洁把她的事情结束停当,等可望不来,打算要和史先生一同回去。正要到珠船里和她的朋友们告辞,在路上就遇见可望跟着一个本地人从对面来。她认得是可望,就堆着笑容,抢前几步去迎他,说:"可望君,平安哪!"可望一见她,也就深深地行了一个敬礼,说:"可敬的妇人,我所做一切的事都是伤害我的身体,和你我二人的感情,此后我再不敢了。我知道我多多地得罪你,实在不配再见你的面,盼望你不要把我的过失记在心中。今天来到这里,为的是要表明我悔改的行为;还要请你回去管理一切所有的。你现在要到那里去呢?我想你可以和史先生先行动身,我随后回来。"

尚洁见他那番诚恳的态度,比起从前,简直是两个人,心里自然满是愉快,且暗自谢她的神在他身上所显底奇迹。她说:"呀,往事如梦中之烟,早已在虚幻里消散了,何必重行提起呢?凡人都不可积聚日间的怨恨、怒气和一切伤心的事到夜里,何况是隔了好几年的事?请你把那些事情搁在脑后罢。我本想到船里去,向我那班同工的人辞行。你怎样不和我们一起回去,还有别的事情要办么?史先生现时在他的别业——就是我住的地方——我们一同到那里去罢,待一会,再出来辞行。"

"不必,不必。你可以去你的,我自己去找他就可以。因为我还有些正当的事情要办。恐怕不能和你们一同回去;什么事,以后我才教你知道。"

"那么,你教这土人领你去罢,从这里走不远就是。我先到船里,回头再和你细谈。再见哪!"

她从土华回来,先住在史先生家里,意思是要等可望来到,一同搬回她的旧房子去。谁知等了好几天,也不见他的影。她才知道可望在土华时,所说的话意有所含蓄。可是他到那里去呢?去干什么呢?她正想着,史先生拿了一封信进来,对她说:"夫人,你不必等可望了,明后天就搬回去罢。他寄给我这一封信说,他有许多对不起你的地方,都是出于激烈的爱情所致,因他爱你的缘故,所以伤了你。现在他要把从前邪恶的行为和暴躁的脾气改过来,且要偿还你这几年来所受的苦楚,故不得不暂时离开你。他已经到槟榔屿了。他不直接写信给你的缘故,是怕你伤心,故此写给我,教我好安慰你;他还说从前一切的产业都是你的,他不应独自霸占了许久,要求你尽量地享用,直等到他回来。

"这样看来,不如你先搬回去,我这里派人去找他回来如何?唉,想不到他一会儿就能悔改到这步田地!"

她遇事本来很沉静,史先生说时,她的颜色从不曾显出什么变态,只说:"为爱情么?

为爱而离开我么？这是当然的，爱情本如极利的斧子，用来剥削命运常比用来整理命运的时候多一些。他既然规定他自己的行程，又何必费工夫去寻找他呢？我是没有成见的，事情怎样来，我怎样对付就是。"

尚洁搬回来那天，可巧下了一点雨，好像上天使园里的花木特地沐浴得很妍净来迎接他们的旧主人一样。她进门时，妥娘正在整理厅堂，一见她来，便嚷着："奶奶，你回来了！我们很想念你哪！你的房间乱得很，等我把各样东西安排好再上去。先到花园去看看罢，你手植各样的花木都长大了。后面那棵释迦头长得像罗伞一样，结果也不少，去看看罢。史夫人早和佩荷姑娘来了，他们现时也在园里。"

她和妥娘说了几句话，便到园里。一拐弯，就看见史夫人和佩荷坐在树荫底下一张凳上——那就是几年前，她要被刺那夜，和史夫人坐着谈话的地方。她走来，又和史夫人并肩坐在那里。史夫人说来说去，无非是安慰她的话。她像不信自己这样的命运不甚好，也不信史夫人用定命论的解释来安慰她，就可以使她满足。然而她一时不能说出合宜的话，教史夫人明白她心中毫无忧郁在内。她无意中一抬头，看见佩荷拿着树枝把结在玫瑰花上一个蜘蛛网撩破了一大部分。她注神许久，就想出一个意思来。

她说："呀，我给这个比喻，你就明白我的意思。

"我像蜘蛛，命运就是我的网。蜘蛛把一切有毒无毒的昆虫吃入肚里，回头把网组织起来。他第一次放出来的游丝，不晓得要被风吹到多么远；可是等到粘着别的东西的时候，他的网便成了。

"它不晓得那网什么时候会破，和怎样破法。一旦破了，它还暂时安安然然地藏起来；等有机会再结一个好的。

"它的破网留在树梢上，还不失为一个网。太阳从上头照下来，把各条细丝映成七色；有时粘上些少水珠，更显得灿烂可爱。

"人和他的命运，又何尝不是这样？所有的网都是自己组织得来，或完或缺，只能听其自然罢了。"

史夫人还要说时，妥娘来说屋子已收拾好了，请她们进去看看。于是，她们一面谈，一面离开那里。

园里没人，寂静了许久。方才那只蜘蛛悄悄地从叶底出来，向着网的破裂处，一步一步，慢慢补缀。它补这个干什么？因为它是蜘蛛，不得不如此！

（收入《缀网劳蛛》，商务印书馆1925年1月版）

海滨故人（存目）

庐　隐

（收入《海滨故人》，商务印书馆1925年7月版）

生与死的一行列

王统照

“老魏作了一辈子的好人,却偏偏不拣好日子死。……象这样落棉花瓤子的雪,这样刀尖似的风,我们却替他出殡!老魏还有这口气,少不得又点头砸舌地说:‘劳不起驾!哦!劳不起驾’了!”

这句话是四十多岁、鹰钩鼻子的刚二说的。他是老魏近邻,专门为人扛棺材的行家。自十六七岁起首同他父亲作这等传代的事,已把二十多年的精力全消耗在死尸的身上。往常老魏总笑他是没出息的,是专与活人作对的,——因为刚二听见近处有了死人,便向烟酒店中先赊两个铜子的白酒喝。但在这天的雪花飞舞中,他可没先向常去的烟酒店喝一杯酒。他同伙伴们从棺材铺扛了一具薄薄的杨木棺,踏着街上雪泥的时候,并没有说话。只看见老魏的又厚而又紫的下唇藏在蓬蓬的短髯里,在巷后的茅檐下喝玉米粥。他那失去了明光的眼不大敢向着阳光启视。在朔风逼冷的腊月清晨,他低头喝着玉米粥,两眼尽向地上的薄薄霜痕上注视。——一群乞丐似的杠夫,束了草绳,戴了穿洞毡帽,上面的红缨摇飏着,正从他的身旁经过。大家预备到北长街为一个医生抬棺材去。他居然喊着“喝一碗粥再去”。记得还向他说了一句“咦!魏老头儿,回头我要替你剪一下胡子了”。他哈哈地笑了。

这都是刚二走在道中的回忆。天气冷得厉害,坐明亮包车的贵妇的颈部全包在狐毛的领子里。汽车的轮迹在雪上也少了好些。虽然听到午炮放过,日影可没曾露出一点。

当着快走近了老魏的门首,刚二沉默了一路,忍不住说出那几句话来。三个伙伴,正如自己用力往前走去,仿佛没听明他的话一般。又走了几步,前头的小孩子阿毛道:“刚二叔,你不知道魏老爷子不会拣好日子死的,若他会拣了日子死,他早会拣好日子活着了!他活的日子多坏!依我看来——不,我妈也是这样说呢,他老人家到死也没个老伴,一个养儿子,又病又跛了一条腿,连博利工厂也进不去了,还得他老人家弄饭来给他吃。——好日子,是呵,可不是他的!……”这几句话似乎使刚二听了有些动心,便用破洞的袖筒装了口,咳嗽几声,可没答话。

他们一同把棺材放在老魏的三间破屋前头,各人脸上不但没有一滴汗珠,反而都冻红了。几个替老魏办丧事的老人、妇女,便喊着小孩子们在墙角上烧了一瓦罐煤渣,让他们围着取暖。

自然是异常省事的,死尸装进了棺材,大家都觉得宽慰好多。拉车的李顺暂时充当木匠,把棺材盖板钉好,……叮叮……叮,一阵斧声,与土炕上蜷伏着跛足的老魏养子蒙儿的哀声、邻人们的嗟叹声同时并作。

棺殓已毕,一位年老的妈妈首先提议应该乘着人多手众,赶快送到城外五里墩的义地去。七十八岁的李顺的祖父,领导大家讨论,五六个办丧的都不约而同地说:“应该赶快入土。”独有刚二在煤渣火边,摸着腮没答应一句。那位好絮叨的妈妈拄着拐杖,一手拭着鼻涕颤声向刚二道:

“你刚二叔今天想酒喝可不成,……哼哼!老魏待你不错没有良心的小子!”

“我么?……”刚二夷然地苦笑,却没有续说下去。接着得了残疾的蒙儿又呜呜地哭出声来。

大家先回去午饭,回来重复聚议怎样处置蒙儿的问题。因为照例,蒙儿应该送他的义父到城外义地去,不过他的左足自去年有病,又被汽车轧了一次,万不能有力量走七八里路程。若是仍教他在土炕上哭泣,不但他自己不肯,李顺的祖父首先不答应,理由是正当而明了的。他在众人面前,一手捋着全白的胡子,一手用他的铜旱烟管扣着白色棺木道:“蒙儿的事,……你们也有几个晓得的。他是个疯女人的弃儿,十年以前的事,你们年轻的人算算,他那时才几岁?”他少停了一会,眼望着围绕的一群人。

于是五岁、八岁的猜不定的说法一齐嚷了起来,李顺的祖父又把硕大的烟斗向棺木扣了一下,似乎教死尸也听得见。他说:“我记得那时他正正是七岁呢。”正在这时,炕上的蒙儿哽咽的应了一声,别人更没有说话的了。李顺的祖父背历史似地重复说下去。

“不知哪里来的疯女人,赤着上身从城外跑来,在大街上被警察赶跑,来到我们这个贫民窟里,他们便不来干涉了。可怜的蒙儿还一前一后地随着他妈转。小孩子身上哪里有一丝线,亏得那时还是七月的天气。有些人以为这太难看了,想合伙将她和蒙儿撵出去。终究被我和老魏阻住了。不过三四天疯女人死去,余下这个可怜的孩子。……以后的事不用再说了。我活了这大岁数,还是头一次见着这个命苦的孩子,他现在是这样,将来的事谁还能想得定?……可是论理,他对老魏,无论如何,哪能不送到义地看着安葬!……”本来大家的心思也是如此,更加上蒙儿在炕上直声嚷着就算跪着走也得去。于是决定李顺搀扶着他走。李顺的祖父,因为与老魏几十年的老交情,也要随着棺材前去。他年轻时当过镳师的,虽然这把年纪,筋力却还强壮;他的性情又极坚定,所以众人都不敢阻他。

正是极平常的事,五六个人扛了一具白木棺材,用打结的麻绳捆住,前面有几个如同棺里一样穷的贫民迤逦地走着。大家在沉默中,一步一步地,足印踏在雪后的灰泥大街上,还不如汽车轮子的斜纹印的深些,还不如载重马蹄踏得重些;更不如警察们的铁钉皮靴走在街上有些声响。这穷苦的生与死的一行列,在许多人看来,还不如人力车上妓女所带的花绫结更光耀些。自然,他们都是每天每夜罩在灰色的暗幕之下,即使死后仍然是用白的不光华的粗木匣子装起,或用粗绳打成的苇席。不但这样,他们的肚腹,只是用坚硬粗糙的食物渣滓磨成的;他们的皮肤,只是用冻僵的血与冷透的汗编成的!他们的思想呢,只有在黎明时望见苍白的朝光,到黄昏时穿过茫茫的烟网。他们在街上穿行着,自然也会有深深的感触,他们或以为是人类共有的命运?他们却没曾知道已被“命运”逐出宇宙之外了。

虽是冷的冬天,一时雪停风止,看热闹的人也有了,茶馆里的顾客重复来临。他们这一行列,一般人看惯了,自然再不会有什么考问,死者是谁?跛足的孩子是棺材中的什么人?好好的人为什么死的?这些问题早在消闲者的思域之外。他们——消闲的人们,每天在街口上看见开膛的猪,厚而尖锋的刀从茸茸的毛项下插入,血花四射,从后腿间拔出;他们在市口看穿灰衣无领的犯人蒙了白布,被流星似的枪弹打到脑壳上,滚在地下还微微搐动;他们见小孩子们强力相搏,头破血出,这都是消闲的方法,也由此可得到些许的愉快!比较起来,一具白棺材,几个贫民在雪街上走更有什么好看!不过这样冷天,一条大街、一个市场玩腻了,所以站在巷口的,坐在茶肆的,穿了花缎外衣叉手在朱门前的女人们,也有些把无所定着的眼光投向这一行列去。

这一群的行列,死者固然是深深地密密地把他终生的耻辱藏在木匣子内去了,而扛棺的人,刚二、李顺,以及老祖父,似是生活在一匣子以内。

他们走过长街,待要转西出城门了。一家门口站住了几个男子与两三个华服的妇女,还领着一个七八岁的小姑娘。汽车轮机正将停未停地从狼皮褥下发出涩粗的鸣声。忽地那位穿皮衣的小姑娘横搂着一位中年妇人的腿说:"娘,娘,害怕!……"那位妇人向汽车看了一眼,便抚着小姑娘的额发道:"多大了,又不是没见过汽车。这点点响声有什么可怕?"

"不,不是,娘,那街上的棺材,走着的棺材!……"

"乖乖!傻孩子。……"妇女便不在意地笑了。

但是在相离不到七八尺远的街心,这几句话偏被提了铜旱烟管的老祖父听见了,他也不扬头看去,只是咕哝着道:"害怕!……傻孩子……"说着便追上他那些少年同伴们出城去了。

出城后并不能即刻便到墓田。冷冽的空气,一望无际的旷野,有些生物似乎是从死人的穴中觉醒过来,他们不约而同地扬起头来望望天空。三五棵枯树在土堤上,噪晚的乌鸦群集枝上喳喳地啼着。有一群羊儿从他们身边穿过。后面跟了个执着皮鞭的长发童子,他看见从城中出来这一行列,不禁愕然地立住了,问道:

"哪儿去?是不是五里墩的义地?"

"小哥儿,是的,你要进城。……这样天气一天的活计很苦?"老祖父代表这一群人郑重地对答。

牧羊的长发童子有点疑惑神气道:"现在天可不早了,你们还是赶紧走吧,到了晚上城外的路不大方便。……"他说到这里,又精细地四下里看了看道:"灰衣的人……要不得呢!"

老祖父独自在后边,听童子说完,从皱纹的眼角上露出一丝笑容来说:"小哥儿,真是傻孩子,象我们还怕!"

童子自己知道说的不很恰当,便笑一笑,又转过身去望了望前边送棺材的一群,就吹啸着往对方走去。

老祖父的脚力真使这群人吃惊。他不用拐杖,走了几步便追上棺材,而且又同他们谈话。蒙儿的颧骨上已现出红晕颜色,两只噙有眼泪的眼确已现出疲乏神气,就连在一旁用右手扶住他的李顺似乎也很吃累。独有刚二既不害冷,也不见得烦累,只是很自然地交换着肩头扛了棺材走路。

老祖父这时从裤袋里装了一烟斗的碎烟,一手笼住袖口上的败絮,吸着烟气说:

"这便是老魏的福气了,待要安葬的时候,雪也止了,冷点还怕什么。只要我们不死的,还没装在匣子的先给他收拾好了,我们算是尽过心,对得起人。……"

久不做事的刚二也大声道:"是呵,我早上还说老魏叔死的日子没拣好,现在想想这也难得。他老人家开了一辈子的笑口,死后安葬时没雪没风,也可算得称心了!……我今天累死,就是三年没有酒喝,也要表表心儿,替死人出点力!人能有几回这样?……"他说时泪痕在眼眶内慢慢地滚动,又慢慢地噙回去。

老祖父接着叹口气道:"人早晚还不是这样结果,象我们更不知在哪一天?老魏,我与他自从二十余岁结邻居,他三十多年作过挑夫、茶役、卖面条的、清道夫。不管冷热,他哪有一天停住手脚！……有几个钱就同大家喝一壶白烧，吃几片烧肉，这样过活。不但没有老婆，就连冬夏的衣服，也没曾穿过一件整齐的。现在安稳死去，他一生没有累事倒也算了，不过就是有这个无依靠的蒙儿。……咳！我眼见过多少人的死、殡葬，却再也没有他这么平安又无累无挂地走了。我们还觉得大不了，其实，他在阴间还许笑我们替他忙呢！……"

坚定沉着的刚二急急地说："我看惯了棺材里装死人，一具一具抬进，一具一具的抬出，算不了一回事。就是吃这碗饭，也同泥瓦匠天天搬运砖料一样。孝子蒙在白布打成的罩篷下象回事的低头走着，点了胭脂、穿着白衣象去赛会的女的坐在马车里，在我们看来一点不奇。不过……老魏这等不声不响地死，我倒觉得……自从昨儿晚上心里似乎有点事了！老爹，你说不有点奇怪？……"

老祖父从涩哑喉咙中哼了一声，没说出话来。

冬日旷野中的黄昏，沉静又有点死气。城外的雪没有融化，白皓皓地挂遍了寒林，铺满了土山、微露麦芽的田地。天空中象有灰翅的云影来回移动，除此外更没有些生动的景象了。他们在下面陂陀的乱坟丛中，各人尽力用带来的铁锹掘开冰冻的土块。老祖父蹲在一座小坟头的上面吸着旱烟作监工人，蒙儿斜靠在停放下的白棺材上用指头画木上的细纹。

简单的葬仪就这样完结，在朦胧的黄昏中，白木棺材去了麻绳放进土坑里去。他们时时用热气呵着手，却不停地工作，直至把棺材用坚硬土块盖得严密后，才嘘一口气。

蒙儿只有呆呆地立着，冷气的包围直使他不住的抖颤。眼泪早已在眶里冻干了。老祖父用大烟斗轻轻地扣打着棺材上面的新土，仿佛在那里想什么心事。刚二却忙的很，他方作完这个工作，便从腰里掏出一卷粗装烧纸，借了老祖父烟斗的余火燃起来，火光一闪一闪地，不多时也熄了。左近树上的干枝又被晚风吹动，飒飒刷刷地如同呻吟着低语。

他们回路的时候轻松得多了，然而脚步却越发迟缓起来。大家总觉得回时的一行列，不是来时的一行列了，心中都有点茫然，一路上没有一个人能说什么话。但在雪地的暗影下他们已离开无边的旷野，忽然北风吹得更厉害了，干枯的碎叶，飘散的雪花都一阵阵向他们追去，仿佛要来打破这回路的一行列的沉寂。

一九二三年冬。

（收入《霜痕》，新中国书局 1931 年 9 月版）

绣　枕

凌叔华

大小姐正在低头绣一个靠垫，此时天气闷热，小巴狗只有躺在桌底伸出舌头喘气的分儿，苍蝇热昏昏的满玻璃窗上打转。张妈站在背后打扇子，脸上一道一道的汗渍，她不住的用手巾擦，可总擦不干。鼻尖的刚才干了，嘴边的又点点凸了出来。她瞧着她主人的汗虽然没有她那样多，可是脸热得浆红，白细夏布褂汗湿了一背脊，忍不住说道：

“大小姐,歇会儿,凉快凉快吧。老爷虽说明天得送这靠垫去,可是没定规早上或晚上呢。”

“他说了明儿早上十二点以前,必得送去才好,不能不赶了。你站过来扇扇。”小姐答完仍旧低头做活。

张妈走过左边,一面打着扇子,一面不住眼的看着绣的东西,叹口气道:

“我从前听人家讲故事,说那头面长得俊的小姐,一定也是聪明灵巧的,我总想这是说书人信嘴编的,那知道就真有。这样一个水葱儿似的小姐,还会这一手活计!这鸟绣得真爱死人!”大小姐嘴边轻轻的显露一弧笑窝,但刹那便止。张妈话兴不断,接着说:

“哼,这一对靠枕儿送到白总长那里,大家看了,别提有多少人来说亲呢。门也得挤破了。……听说白总长的二少爷二十多岁还没找着合式亲事。唔,我懂得老爷的意思了,上回算命的告诉太太今年你是红鸾星照命主,……”

“张妈,少胡扯吧。”大小姐停针打住说,她的脸上微微红晕起来。

此时屋内又是很寂静,只听见绣花针噗噗的一上一下穿缎子的声音和那扇子扶扶轻微的风响,忽听竹帘外边有一个十三四的女孩子叫道:

“妈,我来了。”

“小妞儿吗?这样大热天跑来干么?”张妈赶紧问。小妞儿穿着一身的蓝布裤褂,满头满脸的汗珠,一张窝瓜脸热得紫涨,此时已经闪身入到帘内,站在房门口边,只望着大小姐出神。她喘吁吁的说:

“妈,昨儿四嫂子说这里大小姐绣了一对甚么靠垫,已经绣了半年啦,说光是那只鸟已经用了三四十样线,我不信。四嫂子说,不信你赶快去看看,过两天还要送人啦。我今儿吃了饭就进城,妈,我到那儿看看,行吗?”

张妈听完连忙陪笑问:

“大小姐,你瞧小妞儿多么不自量,想看看你的活计哪!”

大小姐抬头望望小妞儿,见她的衣服很脏,拿住一条灰色手巾不住的擦脸上的汗,大张着嘴,露出两排黄板牙,瞪直了眼望里看,她不觉皱眉答——

“叫她先出去,等会儿再说吧。”

张妈会意这因为嫌她的女儿脏,不愿使她看的话,立刻对小妞儿说:

“瞧瞧你鼻子上的汗,还不擦把脸去。我屋里有脸水。大热天的这汗味儿可别熏着大小姐。”

小妞儿脸上显出非常失望的神气,听她妈说完还不想走出去。张妈见她不动,很不忍的瞪了她一眼,说:

“去我屋洗脸去吧。我就来。”

小妞儿撅着嘴掀帘出去。大小姐换线时偶尔抬起头往窗外看,只见小妞拿起前襟擦额上的汗,大半块衣襟都湿了。院子里盆栽的石榴吐着火红的花,直映着日光,更叫人觉得暑热,她低头看见自己的胳肢窝汗湿了一大片了。

光阴一晃便是两年,大小姐还在深闺做针线活,小妞儿已经长成和她妈一样粗细,衣服也懂得穿干净些了。现在她妈告假回家的当儿,她居然能做替工。

夏天夜上,小妞儿正在下房坐近灯旁缝一对枕头顶儿,忽听见大小姐喊她,便放下针线,跑到上房。

她与大小姐捶腿时,有一搭没一搭的说闲话:

“大小姐,前天干妈送我一对枕头顶儿,顶好看啦,一边是一只翠鸟,一边是一只凤凰。”

“怎么还有绣半只鸟的吗?”大小姐似乎取笑她说。

“说起我这对枕头顶儿,话长哪。咳,为了它,我还和干姐姐呕了回子气。那本来是王二嫂子给我干妈的,她说这是从两个大靠垫子上剪下来的,因为已经弄脏了。新的时候好看极哪。一个绣的是荷花和翠鸟,那一个绣的是一只凤凰站在石山上。头一天,人家送给她们老爷,就放在客厅的椅子上,当晚便被吃醉了的客人吐脏了一大片;另一个给打牌的人,挤掉在地上,便有人拿来当作脚踏垫子用,好好的缎地子,满是泥脚印。少爷看见就叫王二嫂捡了去。干妈后来就和王二嫂要了来给我,那晚上,我拿回家来足足看了好一会子,真爱死人咧,只那凤凰尾巴就用了四十多样线。那翠鸟的眼睛望着池子里的小鱼儿真要绣活了,那眼睛真个发亮,不知用什么线绣的。”

大小姐听到这里忽然心中一动,小妞儿还往下说:

“真可惜,这样好看东西毁了。干妈前天见了我,教我剪去脏的地方拿来缝一对枕头顶儿。那知道干姐姐真小气,说我看见干妈好东西就想法子讨了去。”

大小姐没有理会她们怄气的话,却只在回想她在前年的伏天曾绣过一对很精细的靠垫——上头也有翠鸟与凤凰的。那时白天太热,拿不得针,常常留到晚上绣,完了工,还害了十多天眼病。她想看看这鸟比她的怎样,吩咐小妞儿把那对枕顶儿立刻拿了来。

小妞儿把枕顶片儿拿来说:

“大小姐你看看这样好的黑青云霞缎的地子都脏了。这鸟听说从前都是凸出来的,现在已经踏凹了。您看!这鸟的冠子,这鸟的红嘴,颜色到现在还很鲜亮,王二嫂说那翠鸟的眼球子,从前还有两颗真珠子镶在里头,这荷花不行了,都成了灰色。荷叶太大,做枕顶儿用不着。……这个山石旁还有小花朵儿……”

大小姐只管对着这两块绣花片子出神,小妞儿末了说的话,一句都听不清了。她只回忆起她做那鸟冠子曾拆了又绣,足足三次,一次是汗污了嫩黄的线,绣完才发见;一次是配错了石绿的线,晚上认错了色;末一次记不清了。那荷花瓣上的嫩粉色的线她洗完手都不敢拿,还得用爽身粉擦了手,再绣。……荷叶太大块,更难绣,用一样绿色太板滞,足足配了十二色绿线。……做完那对靠垫以后,送了给白家,不少亲戚朋友对她的父母进了许多谀词。她的闺中女伴,取笑了许多话,她听到常常自己红着脸微笑。还有,她夜里也曾梦到她从来未经历过的娇羞傲气,穿戴着此生未有过的衣饰,许多小姑娘追她看,很羡慕她,许多女伴面上显出嫉妒颜色。那种是幻境,不久她也懂得,所以她永远不愿再想起它来撩乱心思。今天却不由得一一想起来。

小妞儿见她默默不言,直着眼,只管看那枕顶片儿。便说道:

“大小姐也喜欢她不是?这样针线活,真爱死人呢。明儿也照样绣一对儿不好吗?”

大小姐没有听见小妞儿问的是什么,只能摇了摇头算答复了。

(收入《花之寺》,新月书店 1928 年 1 月版)

菊英的出嫁

王鲁彦

菊英离开她已有整整的十年了。这十年中她不知道滴了多少眼泪，瘦了多少肌肉了，为了菊英，为了她的心肝儿。

人家的女儿都在自己的娘身边长大，时时刻刻倚傍着自己的娘，"阿姆阿姆"的喊。只有她的菊英，她的心肝儿，不在她的身边长大，不在她的身边倚傍着喊"阿姆阿姆"。

人家的女儿离开娘的也有，例如出了嫁，她便不和娘住在一起。但做娘的仍可以看见她的女儿，她可以到女儿那边去，女儿可以到她这里来。即使女儿被丈夫带到远处去了，做娘的可以写信给女儿，女儿也可以写信给娘，娘不能见女儿的面，女儿可以寄一张相片给娘。现在只有她，菊英的娘，十年中不曾见过菊英，不曾收到菊英一封信，甚至一张相片。十年以前，她又不曾给菊英照过相。

她能知道她的菊英现在的情形吗？菊英的口角露着微笑？菊英的眼边留着泪痕？菊英的世界是一个光明的？是一个黑暗的？有神在保佑菊英？有恶鬼在捉弄菊英？菊英肥了？菊英瘦了？或者病了？——这种种，只有天知道！

但是菊英长得高了，发育成熟了，她相信是一定的。无论男子或女子，到了十七八岁的时候想要一个老婆或老公，她相信是必然的。她确信——这用不着问菊英——菊英现在非常的需要一个丈夫了。菊英现在一定感觉到非常的寂寞，非常的孤单。菊英所呼吸的空气一定是沉重的，闷人的。菊英一定非常的苦恼，非常的忧郁。菊英一定感觉到了活着没有趣味。或者——她想——菊英甚至于想自杀了。要把她的心肝儿菊英从悲观的，绝望的，危险的地方拖到乐观的，希望的，平安的地方，她知道不是威吓，不是理论，不是劝告，不是母爱，所能济事；唯一的方法是给菊英一个老公，一个年青的老公。自然，菊英绝不至于说自己的苦恼是因为没有老公；或者菊英竟当真的不晓得自己的苦恼是因何而起的也未可知。但是给菊英一个老公，必可除却菊英的寂寞，菊英的孤单。他会给菊英许多温和的安慰和许多的快乐。菊英的身体有了托付，灵魂有了依附，便会快活起来，不至于再陷入这样危险的地方去了。问一个十七八岁的女子要不要老公，这是不会得到"要"字的回答的。不论她平日如何注意男子，喜欢男子，想念男子，或甚至已爱上了一个男子，你都无须多礼。菊英的娘明白这个道理，所以也毅然的把女儿的责任照着向来的风俗放在自己的肩上了。她已经耗费了许多心血。五六年前，一听见媒人来说某人要给儿子讨一个老婆，她便要冒风冒雨，跋山涉水的去东西打听。于今，她心满意足了，她找到了一个非常好的女婿。虽然她现在看不见女婿，但是女婿在七八岁时照的一张相片，她看见过。他生的非常的秀丽，显见得是一个聪明的孩子。因了媒人的说合，她已和他的爹娘订了婚约。他的家里很有钱，聘金的多少是用不着开口的。四百元大洋已做一次送来。她现在正忙着办嫁妆，她的力量能好到什么地步，她便好到什么地步。这样，她才心安，才觉得对得住女儿。

菊英的爹是一个商人。虽然他并不懂得洋文，但是因为他老成忠厚，森森煤油公司的外国人遂把银根托付了他，请他做经理。他的薪水不多，每月只有三十元，但每年年底的花红往往超过他一年的薪水。他在森森公司五年,手头已有数千元的积蓄。菊英的娘对于穿吃,非常的俭省。虽然菊英的爹不时一百元二百元的从远处带来给她,但她总是不肯做一件好的衣服,买一点好的小菜。她身体很不强健,屡因稍微过度的劳动或心中有点不乐,她的大腿腰背便会酸起来,太阳心口会痛起来,牙齿会浮肿起来,眼睛会模糊起来。但是她虽然这样的多病,她总是不肯雇一个女工,甚至一个工钱极便宜的小女孩。她往往带着病还要工作。腰和背尽管酸痛,她有衣服要洗时,还是不肯在家用水缸里的水洗——她说水缸里的水是备紧要时用的——定要跑到河边,走下那高高低低摇动而且狭窄的一级一级的埠头,跪倒在最末的一级,弯着酸痛的腰和背,用力的洗她的衣服。眼睛尽管起了红丝,模糊而且疼痛,有什么衣或鞋要做时,她还是要带上眼镜,勉强的做她的衣或鞋。她的几种病所以成为医不好的老病,而且一天比一天厉害了下去,未始不是她过度的勉强支持所致。菊英的爹和邻居都屡次劝她雇一个女工,不要这样过度的操劳,但她总是不肯。她知道别人的劝告是对的。她知道自己的身体一天不如一天的缘故。但是她以为自己是不要紧的,不论多病或不寿。她以为要紧的是,赶快给女儿嫁一个老公,给儿子讨一个老婆,而且都要热热闹闹阔阔绰绰的举办。菊英的娘和爹,一个千辛万苦的在家工作,一个飘海过洋的在外面经商,一大半是为的儿女的大事。如果儿女的婚姻草草的了事,他们的心中便要生出非常的不安。因为他们觉得儿女的婚嫁,是做爹娘责任内应尽的事,做儿女的除了拜堂以外,可以袖手旁观。不能使喜事热闹阔绰,他们便觉得对不住儿女。人家女儿多的,也须东挪西扯的弄一点钱来尽力的把她们一个一个,热热闹闹阔阔绰绰的嫁出去,何况他们除了菊英没有第二个女儿,而且菊英又是娘所最爱的心肝儿。

尽她所有的力给菊英预备嫁妆,是她的责任,又是她十分的心愿。

哈,这样好的嫁妆,菊英还会不喜欢吗?人家还会不称赞吗?你看,那一种不完备?那一种不漂亮?那一种不值钱?

大略的说一说:金簪二枚,银簪珠簪各一枚。金银发钗各二枚。挖耳,金的二个,银的一个。金的,银的和钻石的耳环各两副。金戒指四枚,又钻石的两枚。手镯三对,金的倒有二对。自内至外,四季衣服粗穿的具备三套四套,细穿的各二套。凡丝罗缎如纺绸等衣服皆在粗穿之列。棉被八条,湖绉的占了四条。毡子四条,外国绒的占了两条。十字布乌贼枕六对,两面都挑出山水人物。大床一张,衣橱二个,方桌及琴桌各一个。椅,凳,茶几及各种木器,都用花梨木和其他上等的硬木做成,或雕刻,或嵌镶,都非常细致,全件漆上淡黄,金黄和淡红等各种颜色。玻璃的橱头箱中的镴器光彩夺目。大小的蜡烛台六副,最大的每只重十二斤。其余日用的各种小件没有一件不精致,新奇,值钱。在种种不能详说(就是菊英的娘也不能一一记得清楚)的东西之外,还随去了良田十亩,每亩约计价一百二十元。

吉期近了,有许多嫁妆都须在前几天送到男家去,菊英的娘愈加一天比一天忙碌起来。一切的事情都要经过她的考虑,她的点督,或亲自动手。但是尽管日夜的忙碌,她总是不觉得容易疲倦,她的身体反而比平时强健了数倍。她心中非常的快活。人家都由“阿姆”而至“丈姆”,由“丈姆”而至“外婆”,她以前看着好不难过,现在她可也轮到了!邻居亲戚们知道罢,菊英的娘不是一个没有福气的人!

她进进出出总是看见菊英一脸的笑容。“是的呀,喜期近了呢,我的心肝儿!”她暗暗的对菊英说。菊英的两颊上突然飞出来两朵红云。“是一个好看的郎君哩!聪明的郎君哩！你到他的家里去，做‘他的人’去！让你日日夜夜跟着他，守着他，让他日日夜夜陪着你，抱着你！”菊英羞着抱住了头想逃走了。“好好的服侍他，”她又庄重的训导菊英说：“依从他，不要使他不高兴。欢欢喜喜的明年就给他生一个儿子！对于公婆要孝顺，要周到。对于其他的长者要恭敬，幼者要和蔼。不要被人家说半句坏话，给娘争气，给自己争气，牢牢的记着！……”

音乐热闹的奏着，渐渐由远而近了。住在街上的人家都晓得菊英的轿子出了门。菊英的出嫁比别人要热闹，要阔绰，他们都知道。他们都预先扶老携幼的在街上等候着观看。

最先走过的是两个送嫂。她们的背上各斜披着一幅大红绫子，送嫂约过去有半里远近，队伍就到了。为首的是两盏红字的大灯笼。灯笼后八面旗子，八个吹手。随后便是一长排精制的，逼真的，各色纸童，纸婢，纸马，纸轿，纸桌，纸椅，纸箱，纸屋，以及许多纸做的器具。后面一顶鼓阁两杠纸铺陈，两杠真铺陈。铺陈后一顶香亭，香亭后才是菊英的轿子，这轿子与平常的花轿不同，不是红色，却是青色，四维着彩。轿后十几个人抬着一口十分沉重的棺材，这就是菊英的灵柩。棺材在一套呆大的格子架中，架上盖着红色的绒毡，四面结着彩，后面跟送着两个坐轿的，和许多预备在中途折回的，步行的孩子。

看的人都说菊英的娘办得好，称赞她平日能吃苦耐劳。她们又谈到菊英的聪明和新郎生前的漂亮，都说配合的得当。

这时，菊英的娘在家里哭得昏去了。娘的心中是这样的悲苦，娘从此连心肝儿的棺材也要永久看不见了。菊英幼时是何等的好看，何等的聪明，又是何等的听娘话！她才学会走路，尚不能说话的时候，一举一动已很可爱了。来了一位客，娘喊她去行个礼，她便过去弯了一弯腰。客给她糖或饼吃，她红了脸不肯去接，但看着娘，她说“接了罢，谢谢！”她便用两手捧了，弯了一弯腰。她随后便走到她的身边，放了一点在自己的口里，拿了一点给娘吃，娘说，“娘不要吃，”她便“嗯”的响了一声，露出不高兴的样子，高高的举着手，硬要娘吃，娘接了放在口里，她便高兴得伏在娘的膝上嘻嘻的笑了。那时她的爹不走运，跑到千里迢迢的云南去做生意，半年六个月没有家信，四年没有回家，也没有半边烂钱寄回来。娘和她的祖母千辛万苦的给人家做粗做细，赚钱来养她，她六岁时自己学磨纸，七岁绣花，学做小脚娘子的衣裤，八岁便能帮娘磨纸，挑花边了。她不同别的孩子去玩耍，也不嗅吃闲食，只是整天的坐在房子里做工。她离不开娘，娘离不开她。她是娘的肉，她是娘的唯一的心肝儿！好几次，娘想到她的爹不走运，娘和祖母日日夜夜低着头的给人家做苦工，还不能多赚一点钱，做一件好看的新衣服给她穿，买点好吃的糖果给她吃，反而要她日日夜夜的帮着娘做苦工，娘的心酸了起来，忽然抱着她哭了。她看见娘哭，也就放声大哭起来。娘没有告诉她，娘想些什么，但是娘的心酸苦了，她也酸苦了。夜间娘要她早一点睡，她总是说做完了这一点。娘恐怕她疲倦，但是她反说娘一定疲倦了，她说娘的事情比她多。她好几次的对娘说，“阿姆，我再过几年，人高了，气力大了，我来代你煮饭。你太苦了，又要做这个，又要做那个。”娘笑了，娘抱着她说，“好的，我的肉！”这时，眼泪几乎从娘的眼中滚出来了。娘有时心中悲伤不过，脸上露着愁容，一言不发的独自坐着，她便走了过来，靠着娘站着说“阿姆，我猜阿爹明天要回来了。”她看见娘病了，躺在床上，她的脸上的笑容就没有了。她没有心思再做工，她但整天的坐在娘的床边，牵着娘的手，或给娘敲背，或给娘敲腿。八年来，娘没有打过她一下,骂过她半句,她实在也无须娘用指尖去轻轻的触一触!菩萨,娘是敬重的,娘没有做过一件秽渎菩萨的事情。但是,天呵!为什么不留心肝儿在娘的身边呢?那时虽是娘不小心,但也是为的她苦得太可怜了,所以娘才要她跟着祖母到表兄弟那里去吃喜酒,好趁此热闹热闹,开开心。谁能够晓得反而害了她呢?早知这样,咳,何必要她去呢!她原是不肯去的:"阿姆不去,我也不去。"她对娘这样说。但是又有吃,又好看,又好耍,做娘的怎么不该劝她偶而的去一次呢?"那末只有阿姆一个人在家了,"她固执不过娘,便答应了,但她又加上这一句,娘愿意离开她吗?娘能离开她吗?天呵,她去了八天,娘已经尽够苦恼了!她的爹在千里迢迢的地方,钱也没有,信也没有,人又不回来,娘日日夜夜在愁城中做苦工,还有什么生趣?娘的唯一的安慰只有这一个心肝儿,没有她,娘早就不想再活下去了。第九天,她跟着祖母回来了。娘是这样的喜欢:好象娘的灵魂失去了又回来一般!她一看见娘便喊着"阿姆",跑到娘的身边来。娘把她抱了起来,她便用手臂挽住了娘的颈,将面颊贴到娘的脸上来。娘问她去了八天喜欢不喜欢,她说,"喜欢,只是阿姆不在那里没有十分趣味。"娘摸她的手,看她的脸,觉得反而比先瘦了。娘心中有点不乐。过了一会,她咳嗽了几声,娘没有留意。谁知过了一会,她又咳嗽了。娘连忙问她咳嗽了几天,她说两天。娘问她身体好过不好过,她说好过,只是咳了又咳,有点讨厌。娘听了有点懊悔,忙到街上去买了两个铜子的苏梗来泡茶给她吃。她把新娘子生得什么样子,穿什么好的衣服,闹房时怎样,以及种种事情讲给娘听,她的确很喜欢,她讲起来津津有味。第二天早晨,她的声音有点哑了,娘很担忧。但因为要预备早饭,娘没有仔细的问她,娘烧饭时,她还代娘扫了房中的地。吃饭时,娘看她吃不下去,两颊有点红色,忙去摸她的头,她的头发烧了。娘问她还有什么地方难过,她说喉咙有点痛。这一来,娘懊悔得不得了了,娘觉得以先不该要她去。祖母愈加懊悔,她说不知道那里疏忽了,竟使她受了寒,咳嗽而至于喉痛。娘放下饭碗,看她的喉咙,她的喉咙已如血一般红了。收拾过饭碗,娘又喊她到屋外去,给她仔细的看。这时,娘看见她喉咙的右边起了一个小小的雪白的点子。娘不晓得这是什么病,娘只知道喉病是极危险的。娘的心跳了起来,祖母也非常的担忧。娘又问她,那一天便觉得喉咙不好过了,这时她才告诉说,前天就觉得有点干燥了似的。娘连忙喊了一只划船,带她到四里远的一个喉科医生那里去。医生的话,骇死了娘,他说这是白喉,已起了两三天了。"白喉!"这是一个可怕的名字!娘听见许多人说,生这病的人都是一礼拜就死的!医生要把一根明晃晃的东西拿到她的喉咙里去搽药,她怕,她闭着嘴不肯。娘劝她说这不痛的,但是她依然不肯。最后,娘急得哭了:"为了阿姆呀,我的肉!"于是她也哭了,她依了娘的话,让医生搽了一次药。回来时,医生又给了一包吃的和漱的药。

第二天,她更加厉害了:声音愈加哑,咳嗽愈加多,喉咙里面起了一层白的薄膜,白点愈加多,人愈发烧了。娘和祖母都非常的害怕。一个邻居的来说,昨天的医生不大好,他是中医,这种病应该早点请西医。西医最好的办法是打药水针,只要病人在二十四点钟内不至于窒息,药水针便可保好。娘虽然不大相信西医,但是眼见得中医医不好,也就不得不去试一试。首善医院是在万邱山那边,娘想顺路去求药,便带了香烛和香灰去。她怕中医,一定更怕西医,娘只好不告诉她到医院里,只说到万邱山求药去。她相信了娘的话,和娘坐着船去了。但是到要上岸的时候,她明白了。因为她到过万邱山两次,医院的样子与万邱山一点也不象,她哭了,她无论如何不肯上岸去。娘劝她,两个划船的也劝她说,不医是不会好的,你不好,娘也不能活了,她总是不肯。划船的想把她抱上岸去,她用手乱打乱挣,哑着声音号哭得更厉害了,娘看着心中非常的不好过,又想到外国医生的厉害,怕要开刀做什么,她既一定不肯去,不如依了她,因此只到万邱山去求了药回来了。第三天早晨,她的呼吸是这样的困难:喉咙中发出嘶嘶的声音,好象有什么塞住了喉咙一般,咳嗽愈厉害,她的脸色非常的青白。她瘦了许多,她有二天没有吃饭了。娘的心如烈火一般的烧着,只会抱着流泪。祖母也没有一点主意,也只会流眼泪了。许多人说可以拿荸荠汁,莱菔汁,给她吃,娘也一一的依着办来给她吃过。但是第四天早晨,她的喉咙中声音响得如猪的一般了。说话的声音已经听不清楚。嘴巴大大的开着,鼻子跟着呼吸很快的一开一开。咳嗽的非常厉害。脸色又是青又是白,两颊陷了进去。下颚变得又长又尖,两眼呆呆的圆睁着,凹了进去,眼白青白的失了光,眼珠暗淡的不活泼了——象山羊的面孔!死相!娘怕看了。娘看起来,心要碎了!但是娘肯甘心吗?娘肯看着她死吗?娘肯舍却心肝儿吗?不的!娘是无论如何也要想法子的!娘没有钱,娘去借了钱来请医生。内科医生请来了两个,都说是肺风,各人开了一个方子。娘又暗自的跪倒在灶前,眼泪如潮一般的流了出来,对灶君菩萨许了高王经三千,吃斋一年的愿,求灶君菩萨的保佑。娘又诚心的在房中暗祝说,如果有客在房中请求饶恕了她。今晚瘥了,今晚就烧五十锭,直到完全好了,摆一桌十六大碗的羹饭。上半天,那个要娘送她到医院去看的邻居又来了。他说今天再不去请医生来打药水针,一定不会好了。他说他亲眼看见过医好几个人,如果她在二十四点钟内不至于"走",打了这药水针一定保好。请医院的医生来,必须喊轿子给他,打针和药钱都贵,他说总须六元钱才能请来,他既然这样说,娘在走投无路的时候也必须试一试看。娘没有钱,也没有地方可以再借了,娘只有把自己的皮袄托人拿去当了请医生。皮袄还有什么用处呢,她如果没有法子救了,娘还能活下去吗?吃中饭的时候,医生请来了。他说不应该这样迟才去请他,现在须看今夜的十二点钟了,过了这一关便可放心。她听见,哭了,紧紧的挽住了娘的头颈。她心里非常的清白。她怕打针,几个人硬按住了她,医生便在她的屁股上打了一针,灌了一瓶药水进去。——但是,命运注定了,还有什么用处呢!咳,娘是该要这样可怜的!下半天,她的呼吸渐渐透不转来,就在夜间十一点钟……天呀!

(收入《柚子》,北新书局1926年10月版)

拜　堂

台静农

黄昏的时候,汪二将蓝布夹小袄托蒋大的屋里人当了四百大钱。拿了这些钱一气跑到吴三元的杂货店,一屁股坐在柜台前破旧的大椅上,椅子被坐得格格地响。

"那里来,老二?"吴家二掌柜问。

"从家里来。你给我请三股香,数二十张黄表。"

"弄什么呢?"

"人家下书子,托我买的。"

"那么不要蜡烛吗?"

“他妈的,将蜡烛忘了,那么就给我拿一对蜡烛罢。”

吴家二掌柜将香表蜡烛裹在一起,算了账,付了钱。汪二在回家的路上走着,心里默默地想:同嫂子拜堂成亲,世上虽然有,总不算好事。哥哥死了才一年,就这样了,真有些对不住。转而想,要不是嫂子天天催,也就可以不用磕头,糊里糊涂地算了。不过她说得也有理:肚子眼看一天大似一天,要是生了一男半女,到底算谁的呢?不如率性磕了头,遮遮羞,反正人家是笑话了。

走到家,将香纸放在泥砌的供桌上。嫂子坐在门口迎着亮上鞋。

“都齐备了么?”她停了针向着汪二问。

“都齐备了,香,烛,黄表。”汪二蹲在地上,一面答,一面搽了火柴吸起旱烟来。

“为什么不买炮呢?”

“你怕人家不晓得么,还要放炮?”

“那么你不放炮,就能将人家瞒住了!”她深深地叹了一口气。“既然丢了丑,总得图个吉利,将来日子长,要过活的。我想哈要买两张灯红纸,将窗户糊糊。”

“俺爹可用告诉他呢?”

“告诉他作什么?死多活少的,他也管不了这些,他天天只晓得问人要钱灌酒。”她愤愤地说。“夜里还少不掉牵亲的,我想找赵二的家里同田大娘,你去同她两个说一声。”

“我不去,不好意思的。”

“哼,”她向他重重地看了一眼。“要讲意思,就不该作这样丢脸的事!”她冷悄地说。

这时候,汪二的父亲缓缓地回来了。右手提了小酒壶,左手端着一个白碗,碗里放着小块豆腐。他将酒壶放在供桌上,看见了那包香纸,于是不高兴地说:

“妈的,买这些东西作什么?”

汪二不理他,仍旧吸烟。

“又是许你妈的什么愿,一点本事都没有,许愿就能保佑你发财了?”

汪二还是不理他。他找了一双筷子,慢慢地在拌豆腐,预备下酒。全室都沉默了,除了筷子捣碗声,汪二的吸旱烟声,和汪大嫂的上鞋声。

镇上已经打了二更,人家大半都睡了,全镇归于静默。

她趁着夜静,提了篾编的小灯笼,悄悄地往田大娘那里去。才走到田家荻柴门的时候,已听到屋里纺线的声音,她知道田大娘还没有睡。

“大娘,你开开门。哈在纺线呢。”她站在门外说。

“是汪大嫂么?在那里来呢,二更都打了?”田大娘早已停止了纺线,开开门,一面向她招呼。

她坐在田大娘纺线的小椅上,半晌没有说话,田大娘很奇怪,也不好问。终于她说了:

“大娘,我有事……就是……”她未说出又停住了。“真是丑事,现在同汪二这样了。大娘,真是丑事,如今有了四个月的胎了。”她头是深深地低着,声音也随之低微。“我不恨我的命该受苦,只恨汪大丢了我,使我孤零零地,又没有婆婆,只这一个死多活少的公公。……我好几回就想上吊死去,……”

“唉,汪大嫂你怎么这样说!小家小户守什么?况且又没有个牵头;就是大家的少奶奶,又有几个能守得住的?"

"现在真没有脸见人……"她的声音有些哽咽了。

"是不是想打算出门呢? 本来应该出门,找个不缺吃不缺喝的人家。"

"不呀,汪二说不如磕个头,我想也只有这一条路。我来就是想找大娘你去。"

"要我牵亲么?"

"说到牵亲,真丢脸,不过要拜天地,总得要旁人的;要是不恭不敬地也不好,将来日子长,哈要过活的。"

"那么,总得哈要找一个人,我一个也不大好。"

"是的,我想找赵二嫂。"

"对啦,她很相宜,我们一阵去。"田大娘说着,在房里摸了一件半旧的老蓝布褂穿了。

这深夜的静寂的帷幕,将大地紧紧地包围着,人们都酣卧在梦乡里,谁也不知道大地上有这么两个女人,依着这小小的灯笼的微光,在这漆黑的帷幕中走动。

渐渐地走到了,不见赵二嫂屋里的灯光,也听不见房内有什么声音,知道她们是早已睡了。

"赵二嫂,你睡了吗?"田大娘悄悄地走到窗户外说。

"是谁呀?"赵二嫂丈夫的口音。

"是田大娘么?"赵二嫂接着问。

"是的,二嫂开开门,有话跟你说。"

赵二嫂将门开开,汪大嫂就便上前招呼:

"二嫂已经睡了,又麻烦你开门。"

"怎么,你两个吗,这夜黑头从那里来呢?"赵二嫂很惊奇地问。"你俩请到屋里坐,我来点灯。"

"不用,不用,你来我跟你说!"田大娘一把拉了她到门口一棵柳树的底下,低声地说了她们的来意。结果赵二嫂说:

"我去,我去,等我换件褂子。"

少顷,她们三个一起在这黑的路上缓缓走着了,灯笼残烛的微光,更加暗弱。柳条迎着夜风摇摆,荻柴莎莎地响,好象幽灵出现在黑夜中的一种阴森的可怕,顿时使三个女人不禁地感觉着恐怖的侵袭。汪大嫂更是胆小,几乎全身战栗得要叫起来了。

到了汪大嫂家以后,烛已熄灭,只剩下烛烬上的一点火星子了。汪二将茶已煮好,正在等着;汪大嫂端了茶敬奉这两位来客。赵二嫂于是问:

"什么时候拜堂呢?"

"就是半夜子时吧,我想。"田大娘说。

"你两位看着吧,要是子时,就到了,马上要打三更的。"汪二说。

"那么,你就净净手,烧香吧。"赵二嫂说着,忽然看见汪大嫂还穿着孝。"你这白鞋怎么成,有黑鞋么?"

"有的,今天下晚才赶着上起来的。"她说了,便到房里换鞋去了。

"扎头绳也要换大红的,要是有花,哈要戴几朵。"田大娘一面说着,一面到了房里帮着她去打扮。

汪二将香烛都已烧着,黄表预备好了。供桌检得干干净净的。于是轻轻地跑到东边墙外半间破屋里,看看他的爹爹是不是睡熟了,听在打鼾,倒放下心。

赵二嫂因为没有红毡子,不得已将汪大嫂床上破席子拿出铺在地上。汪二也穿了一件蓝布大褂,将过年的洋缎小帽戴上,帽上小红结,系了几条水红线;因为没有红丝线,就用几条绵线替代了。汪大嫂也穿戴周周正正地同了田大娘走出来。

烛光映着陈旧退色的天地牌,两人恭敬地站在席上,顿时显出庄严和寂静。

"站好了,男左女右,我来烧黄表。"田大娘说着,向前将表对着烛焰燃起,又回到汪大嫂身边。"磕吧,天地三个头。"赵二嫂说。

汪大嫂本来是经过一次的,也倒不用人扶持;听赵二嫂说了以后,却静静地和汪二磕了三个头。

"祖宗三个头。"

汪大嫂和汪二,仍旧静静地磕了三个头。

"爹爹呢?请来,磕一个头。"

"爹爹睡了,不要惊动吧,他的脾气又不好。"汪二低声说。

"好罢,那就给他老人家磕一个堆着罢。"

"再给阴间的妈妈磕一个。"

"哈有……给阴间的哥哥也磕一个。"

忽而汪大嫂的眼泪扑的落下地了,全身是颤动和抽搐;汪二也木然地站着,颜色变得难看,可怕。全室中的情调,顿成了阴森惨淡。双烛的光辉,竟暗了下去,大家都张皇失措了。终于田大娘说:

"总得图个吉利,将来还要过活的!"

汪大嫂不得已,忍住了眼泪,同了汪二,又呆呆地磕了一个头。

第二天清晨,汪二的爹爹,提了小酒壶,买了一个油条,坐在茶馆里。

"给你老头道喜呀,老二安了家。"推车的吴三说。

"道他妈的喜,俺不问他妈的这些屌事!"汪二的爹爹愤然地说。"以前我叫汪二将这小寡妇卖了,凑个生意本。他妈的,他不听,居然他俩个弄起来了!"

"也好。不然,老二到哪里安家去,这个年头?"拎画眉笼的齐二爷庄重地说。

"好在肥水不落外人田。"好象摆花生摊的小金从后面这样说。

汪二的爹爹没有听见,低着头还是默默地喝着他的酒。

十六年,六月,六日。

(收入《地之子》,未名社 1928 年 11 月版)

菱　荡

废　名

陶家村在菱荡圩的坝上,离城不过半里,下坝过桥,走一个沙洲,到城西门。

一条线排着,十来重瓦屋,泥墙,石灰画得砖块分明,太阳底下更有一种光泽,表示陶家村总是兴旺的。屋后竹林,绿叶堆成了台阶的样子,倾斜至河岸,河水沿竹子打一个湾，潺潺流过。这里离城才是真近，中间就只有河，城墙的一段正对了竹子临水而立。竹林里一条小路，城上也窥得见，不当心河边忽然站了一个人，——陶家村人出来挑水。落山的太阳射不过陶家村的时候（这时游城的很多）少不了有人攀了城垛子探首望水，但结果城上人望城下人，仿佛不会说水清竹叶绿，——城下人亦望城上。

陶家村过桥的地方有一座石塔，名叫洗手塔。人说，当初是没有桥的，往来要“摆渡”。摆渡者，是指以大乌竹做成的筏载行人过河。一位姓张的老汉，专在这里摆渡过日，须发白得像银丝。一天，何仙姑下凡来，度老汉升天，老汉道：“我不去。城里人如何下乡？乡下人如何进城？”但老汉这天晚上死了。清早起来，河有桥，桥头有塔。何仙姑一夜修了桥。修了桥洗一洗手，成洗手塔。这个故事，陶家村的陈聋子独不相信，他说，“张老头子摆渡，不是要渡钱吗？”摆渡依然要人家给钱他，同聋子“打长工”是一样，所以决不能升天。

塔不高，一棵大枫树高高的在塔之上，远路行人总要歇住乘一乘凉。坐在树下，菱荡圩一眼看得见，——看见的也仅仅只有菱荡圩的天地了，坝外一重山，两重山，虽知道隔得不近，但树林是山腰。菱荡圩算不得大圩，花篮的形状，花篮里却没有装一朵花，从底绿起，——若是荞麦或油菜花开的时候，那又尽是花了。稻田自然一望而知，另外树林子堆的许多球，那怕城里人时常跑到菱荡圩来玩，也不能一一说出，那是村，那是园，或者水塘四围栽了树，坝上的树叫菱荡圩的天比地更来得小，除了陶家村以及陶家村对面的一个小庙，走路是在树林里走了一圈。有时听得斧头斫树响，一直听到不再响了还是一无所见。那个小庙，从这边望去，露出一幅白墙，虽是深藏也逃不了是一个小庙。到了晚半天，这一块儿首先没有太阳，树色格外深。有人想，这庙大概是村庙，因为那么小，实在同它背后山腰里的水竹寺差不多大小，不过水竹寺的林子是远山上的竹林罢了。城里人有终其身没有向陶家村人问过这庙者，终其身也没有再见过这么白的墙。

陶家村门口的田十年九不收谷的，本来也就不打算种谷，太低，四季有水，收谷是意外的丰年。（按：陶家村的丰年是岁旱。）水草连着菖蒲，菖蒲长到坝脚，树阴遮得这一片草叫人无风自凉。陶家村的牛在这坝脚下放，城里的驴子也在这坝脚下放。人又喜欢伸开他的手脚躺在这里闭眼向天。环着这水田的一条沙路环过菱荡。

菱荡圩是以这个菱荡得名。

菱荡属陶家村，周围常青树的矮林，密得很。走在坝上，望见白水的一角。荡岸，绿草散着野花，成一个圈圈。两个通口，一个连菜园。陈聋子种的几畦园也在这里。

菱荡的深，陶家村的二老爹知道，二老爹是七十八岁的老人，说，道光十九年，剩了他们的菱荡没有成干土，但也快要见底了。网起来的大小鱼真不少，鲤鱼大的有二十斤。这回陶家村可热闹，六城的人来看，洗手塔上是人，荡当中人挤人，树都挤得稀疏了。

菱叶差池了水面，约半荡，余则是白水。太阳当顶时，林茂无鸟声，过路人不见水的过去。如果是熟客，绕到进口的地方进去玩，一眼要上下闪，天与水。停了脚，水里唧唧响，——水仿佛是这一个一个的声音填的！偏头，或者看见一人钓鱼，钓鱼的只看他的一根线。一声不响的你又走出来了。好比是进城去，到了街上你还是菱荡的过客。

这样的人，总觉得有一个东西是深的，碧蓝的，绿的，又是那么圆。

城里人并不以为菱荡是陶家村的，是陈聋子的。大家都熟识这个聋子，喜欢他，打趣他，尤其是那般洗衣的女人，——洗衣的多半住在西城根，河水渴了到菱荡来洗。菱荡的深,这才被他们搅动了。太阳落山以及天刚刚破晓的时候,坝上也听得见他们喉咙叫,甚至,衣篮太重了坐在坝脚下草地上"打一栈"的也与正在捶捣杵的相呼应。野花做了他们的蒲团,原来青青的草他们踏成了路。

陈聋子,平常略去了陈字,只称聋子。他在陶家村打了十几年长工,轻易不见他说话,别人说话他偏肯听,大家都嫉妒他似的这样叫他。但这或者不始于陶家村,他到陶家村来似乎就没有带来别的名字了。二老爹的园是他种,园里出的菜也要他挑上街去卖。二老爹相信他一人,回来一文一文的钱向二老爹手上数。洗衣女人问他讨萝卜吃——好比他正在萝卜田里,他也连忙拔起一个大的,连叶子给她。不过问萝卜他就答应一个萝卜,再说他的萝卜不好,他无话回,笑是笑的。菱荡圩的萝卜吃在口里实在甜。

菱荡满菱角的时候,菱荡里不时有一个小划子(这划子一个人背得起),坐划子菱叶上打回旋的常是陈聋子。聋子到那里去了,二老爹也不知道。二老爹或者在坝脚下看他的牛吃草,没有留心他的聋子进菱荡。聋子挑了菱角回家——聋子是在菱荡摘菱角!

聋子总是这样的去摘菱角,恰如菱荡在菱荡圩不现其水。

有一回聋子送一篮菱角到石家井去,——石家井是城里有名的巷子,石姓所居,两边院墙夹成一条深巷,石铺的道,小孩子走这里过,故意踏得响,逗回声。聋子走到石家大门,站住了,抬了头望院子里的石榴,仿佛这样望得出人来。两匹狗朝外一奔,跳到他的肩膀上叫。一匹是黑的,一匹白的,聋子分不开眼睛,尽站在一块石上转,两手紧握篮子,一直到狗叫出了石家的小姑娘,替他喝住狗。石家姑娘见了一篮红菱角,笑道:"是我家买的吗?"聋子被狗呆住了的模样,一言没有发,但他对了小姑娘牙齿都笑出来了。小姑娘引他进门,一会儿又送他出门。他连走路也不响。

以后逢着二老爹的孙女儿吵嘴,聋子就咕噜一句:

"你看街上的小姑娘是多么好!"

他的话总是这样的说。

一日,太阳已下西山,青天罩着菱荡圩照样的绿,不同的颜色,坝上庙的白墙,坝下聋子人一个,他刚刚从家里上园来,挑了水桶,挟了锄头。他要挑水浇一浇园里的青椒。他一听——菱荡洗衣的有好几个。风吹得很凉快。水桶歇下畦径,荷锄沿畦走,眼睛看一个一个的茄子。青椒已经有了红的,不到跟前看不见。

走回了原处,扁担横在水桶上,他坐在扁担上,拿出烟竿来吃,他的全副家伙都在腰边。聋子这个脾气利害,倘是别个,二老爹一天少不了罗苏几遍,但是他的聋子。(圩里下湾的王四牛却这样说:一年四吊毛钱,不吃烟做什么?何况聋子挑了水,卖菜卖菱角!)

打火石打得火喷,——这一点是陈聋子替菱荡圩添的。

吃烟的聋子是一个驼背。

衔了烟偏了头,听——

是张大嫂,张大嫂讲了一句好笑的话。聋子也笑。

烟竿系上腰。扁担挑上肩。

"今天真热!"张大嫂的破喉咙。

"来了人看怎么办?"

"把人热死了怎么办?"

两边的树还遮了挑水桶的，水桶的一只已经进了菱荡。

“嗳呀——”

“哈哈哈，张大嫂好大奶！”

这个绰号鲇鱼，是王大妈的第三的女儿，刚刚洗完衣同张大嫂两人坐在岸上。张大嫂解开了她的汗湿的褂子兜风。

“我道是谁——聋子。”

聋子眼睛望了水，笑着自语——

“聋子！”

一九二七年十月

（收入《桃园》，开明书店1928年2月版）

潘先生在难中

叶圣陶

一

车站里挤满了人，各有各的心事，都现出异样的神色。脚夫的两手插在号衣的口袋里，睡着一般地站着；他们知道可以得到特别收入的时间离得还远，也犯不着老早放出精神来。空气沉闷得很，人们略微感到呼吸受压迫，大概快要下雨了。电灯亮了一会了，仿佛比平时昏黄一点，望去好象一切的人物都在雾里梦里。

揭示处的黑漆板上标明西来的快车须迟到四点钟。这个报告在几点钟以前早就教人家看熟了，现在便同风化了的戏单一样，没有一个人再望它一眼。象这种报告，在这一个礼拜里，几乎每天每趟的行车都有；大家也习以为当然了。

不知几多人心系着的来车居然到了，闷闷的一个车站就一变而为扰扰的境界。来客的安心，候客者的快意，以及脚夫的小小发财，我们且都不提。单讲一位从让里来的潘先生。他当火车没有驶进月台之先，早已安排得十分周妥：他领头，右手提着个黑漆皮包，左手牵着个七岁的孩子；七岁的孩子牵着他哥哥（今年九岁），哥哥又牵着他母亲。潘先生说人多照顾不齐，这么牵着，首尾一气，犹如一条蛇，什么地方都好钻了。他又屡次叮嘱，教大家握得紧紧，切勿放手；尚恐大家万一忘了，又屡次摇荡他的左手，意思是教把这警告打电报一般一站一站递过去。

首尾一气诚然不错，可是也不能全然没有弊病。火车将停时，所有的客人和东西都要涌向车门，潘先生一家的那条蛇就有点尾大不掉了。他用黑漆皮包做前锋，胸腹部用力向前抵，居然进展到距车门只两个窗洞的地位。但是他的七岁的孩子还在距车门四个窗洞的地方，被挤在好些客人和座椅之间，一动不能动；两臂一前一后，伸得很长，前后的牵引力都很大，似乎快要把胳臂拉了去的样子。他急得直喊，“啊！我的胳臂！我的胳臂！”

一些客人听见了带哭的喊声,方才知道腰下挤着个孩子;留心一看,见他们四个人一串,手联手牵着。一个客人呵斥道,“赶快放手;要不然,把孩子拉做两半了!”

“怎么的,孩子不抱在手里!”又一个客人用鄙夷的声气自语,一方面他仍注意在攫得向前行进的机会。

“不,”潘先生心想他们的话不对,牵着自有牵着的妙用;再转一念,妙用岂是人人能够了解的,向他们辩白,也不过徒费唇舌,不如省些精神吧:就把以下的话咽了下去。而七岁的孩子还是“胳臂! 胳臂!”喊着。潘先生前进后退都没有希望,只得自己失约,先放了手,随即惊惶地发命令道,“你们看着我! 你们看着我!”

车轮一顿,在轨道上站定了;车门里弹出去似地跳下了许多人。潘先生觉得前头松动了些;但是后面的力量突然增加,他的脚作不得一点主,只得向前推移;要回转头来招呼自己的队伍,也不得自由,于是对着前面的人的后脑叫喊,“你们跟着我! 你们跟着我!”

他居然从车门里被弹出来了。旋转身子一看,后面没有他的儿子同夫人。心知他们还挤在车中,守住车门老等总是稳当的办法。又下来了百多人,方才看见脚踏上人丛中现出七岁的孩子的上半身,承着电灯光,面目作哭泣的形相。他走前去,几次被跳下来的客人冲回,才用左臂把孩子抱了下来。再等了一会,潘师母同九岁的孩子也下来了;她吁吁地呼着气,连喊“哎唷,哎唷”,凄然的眼光相着潘先生的脸,似乎要求抚慰的孩子。

潘先生到底镇定,看见自己的队伍全下来了,重又发命令道,“我们仍旧象刚才一样联起来。你们看月台上的人这么多,收票处又挤得厉害,要不是联着,就走散了!”

七岁的孩子觉得害怕,拦住他的膝头说,“爸爸,抱。”

“没用的东西!”潘先生颇有点愤怒,但随即耐住,蹲下身子把孩子抱了起来。同时关照大的孩子拉着他的长衫的后幅,一手要紧紧牵着母亲,因为他自己两只手都不空了。

潘师母从来不曾受过这样的困累,好容易下了车,却还有可怕的拥挤在前头,不禁发怨道,“早知道这样子,宁可死在家里,再也不要逃难了!”

“悔什么!”潘先生一半发气,一半又觉得怜惜。“到了这里,懊悔也是没用。并且,性命到底安全了。走吧,当心脚下。”于是四个一串向人丛中蹒跚地移过去。

一阵的拥挤,潘先生象在梦里似的,出了收票处的隘口。他仿佛急流里的一滴水滴,没有回旋转侧的余地,只有顺着大家的势,脚不点地地走。一会儿已经出了车站的铁栅栏,跨过了电车轨道,来到水门汀的人行道上。慌忙地回转身来,只见数不清的给电灯光耀得发白的面孔以及数不清的提箱与包裹,一齐向自己这边涌来,忽然觉得长衫后幅上的小手没有了,不知什么时候放了的;心头怅惘到不可言说,只是无意识地把身子乱转。转了几回,一丝踪影也没有。家破人亡之感立时袭进他的心,禁不住渗出两滴眼泪来,望出去电灯人形都有点模糊了。

幸而抱着的孩子眼光敏锐,他瞥见母亲的疏疏的额发,便认识了,举起手来指点着,“妈妈,那边。”

潘先生一喜;但是还有点不大相信,眼睛凑近孩子的衣衫擦了擦,然后望去。搜寻了一会,果然看见他的夫人呆鼠一般在人丛中瞎撞,前面护着那大的孩子,他们还没跨过电车轨道呢。他便向前迎上去,连喊“阿大”,把他们引到刚才站定的人行道上。于是放下手中的孩子,舒畅地吐一口气,一手抹着脸上的汗说,“现在好了!”的确好了,只要跨出那一道铁栅栏,就有人保险,什么兵火焚掠都遭逢不到;而已经散失的一妻一子,又幸运得很,一寻即着:岂不是四条性命,一个皮包,都从毁灭和危难之中捡了回来么?岂不是“现在好了”?

“黄包车!”潘先生很入调地喊。

车夫们听见了,一齐拉着车围拢来,问他到什么地方。

他稍微昂起了头,似乎增加了好几分威严,伸出两个指头扬着说,“只消两辆!两辆!”他想了一想,继续说,“十个铜子,四马路,去的就去!”这分明表示他是个“老上海”。

辩论了好一会,终于讲定十二个铜子一辆。潘师母带着大的孩子坐一辆,潘先生带着小的孩子同黑漆皮包坐一辆。

车夫刚要拔脚前奔,一个背枪的印度巡捕一条胳臂在前面一横,只得缩住了。小的孩子看这个人的形相可怕,不由得回过脸来,贴着父亲的胸际。

潘先生领悟了,连忙解释道,“不要害怕,那就是印度巡捕,你看他的红包头。我们因为本地没有他,所以要逃到这里来;他背着枪保护我们。他的胡子很好玩的,你可以看一看,同罗汉的胡子一个样子。”

孩子总觉得怕,便是同罗汉一样的胡子也不想看。直到听见当当的声音,才从侧边斜睨过去,只见很亮很亮的一个房间一闪就过去了;那边一家家都是花花灿灿的,灯点得亮亮的,他于是不再贴着父亲的胸际。

到了四马路,一连问了八九家旅馆,都大大的写着“客满”的牌子;而且一望而知情商也没用,因为客堂里都搭起床铺,可知确实是住满了。最后到一家也标着“客满”,但是一个伙计懒懒地开口道,“找房间么?”

“是找房间,这里还有么?”一缕安慰的心直透潘先生的周身,仿佛到了家似的。

“有是有一间,客人刚刚搬走,他自已租了房子了。你先生若是迟来一刻,说不定就没有了。”

“那一间就归我们住好了。”他放了小的孩子,回身去扶下夫人同大的孩子来,说,“我们总算运气好,居然有房间住了!”随即付车钱,慷慨地照原价加上一个铜子;他相信运气好的时候多给人一些好处,以后好运气会连续而来的。但是车夫偏不知足,说跟着他们回来回去走了这多时,非加上五个铜子不可。结果旅馆里的伙计出来调停,潘先生又多破费了四个铜子。

这房间就在楼下,有一张床,一盏电灯,一张桌子,两把椅子,此外就只有烟雾一般的一房间的空气了。潘先生一家跟着茶房走进去时,立刻闻到刺鼻的油腥味,中间又混着阵阵的尿臭。潘先生不快地自语道,“讨厌的气味!”随即听见隔壁有食料投下油锅的声音,才知道那里是厨房。再一想时,气味虽讨厌,究比吃枪子睡露天好多了;也就觉得没有什么,舒舒泰泰地在一把椅子上坐下。

“用晚饭吧?”茶房放下皮包回头问。

“我要吃火腿汤淘饭,”小的孩子咬着指头说。

潘师母马上对他看个白眼,凛然说,“火腿汤淘饭!是逃难呢,有得吃就好了,还要这样那样点戏!”

大的孩子也不知道看看风色,央着潘先生说,“今天到上海了,你给我吃大菜。”

潘师母竟然发怒了,她回头呵斥道,“你们都是没有心肝的,只配什么也没得吃,活活地饿……”

潘先生有点儿窘,却作没事的样子说,“小孩子懂得什么。”便吩咐茶房道,“我们在路上吃了东西了,现在只消来两客蛋炒饭。”

茶房似答非答地一点头就走,刚出房门,潘先生又把他喊回来道,“带一斤绍兴,一毛钱熏鱼来。”

茶房的脚声听不见了,潘先生舒快地对潘师母道,“这一刻该得乐一乐,喝一杯了。你想,从兵祸凶险的地方,来到这绝无其事的境界,第一件可乐。刚才你们忽然离开了我,找了半天找不见,真把我急死了;倒是阿二乖觉(他说着,把阿二拖在身边,一手轻轻地拍着),他一眼便看见了你,于是我迎上来,这是第二件可乐。乐哉乐哉,陶陶酌一杯。”他作举杯就口的样子,迷迷地笑着。

潘师母不响,她正想着家里呢。细软的虽然已经带在皮包里,寄到教堂里去了,但是留下的东西究竟还不少。不知王妈到底可靠不可靠;又不知隔壁那家穷人家有没有知道他们一家都出来了,只剩个王妈在家里看守;又不知王妈睡觉时,会不会忘了关上一扇门或是一扇窗。她又想起院子里的三只母鸡,没有完工的阿二的裤子,厨房里的一碗白煺鸭……真同通了电一般,一刻之间,种种的事情都涌上心头,觉得异样地不舒服;便叹口气道,“不知弄到怎样呢!”

两个孩子都怀着失望的心情,茫昧地觉得这样的上海没有平时父母嘴里的上海来得好玩而有味。

疏疏的雨点从窗外洒进来,潘先生站起来说,“果真下雨了,幸亏在这时候下,”就把窗子关上。突然看见原先给窗子掩没的旅客须知单,他便想起一件顶紧要的事情,一眼不眨地直望那单子。

“不折不扣,两块!”他惊讶地喊。回转头时,眼珠瞪视着潘师母,一段舌头从嘴里伸了出来。

二

第二天早上,走廊中茶房们正蜷在几条长凳上熟睡,狭得只有一条的天井上面很少有晨光透下来,几许房间里的电灯还是昏黄地亮着。但是潘先生夫妇两个已经在那里谈话了;两个孩子希望今天的上海或许比昨晚的好一点,也醒了一会儿,只因父母教他们再睡一会,所以还躺在床上,彼此呵痒为戏。

“我说你一定不要回去,”潘师母焦心地说。“这报上的话,知道它靠得住靠不住的。既然千难万难地逃了出来,哪有立刻又回去的道理!”

“料是我早先也料到的。顾局长的脾气就是一点不肯马虎。‘地方上又没有战事,学自然照常要开的,’这句话确然是他的声口。这个通信员我也认识,就是教育局里的职员,又哪里会靠不住?回去是一定要回去的。”

“你要晓得,回去危险呢!”潘师母凄然地说。“说不定三天两天他们就会打到我们那地方去,你就是回去开学,有什么学生来念书?就是不打到我们那地方,将来教育局长怪你为什么不开学时,你也有话回答。你只要问他,到底性命要紧还是学堂要紧?他也是一条性命,想来决不会对你过不去。”

"你懂得什么!"潘先生颇怀着鄙薄的意思。"这种话只配躲在家里,伏在床角里,由你这种女人去说;你道我们也说得出口么!你切不要拦阻我(这时候他已转为抚慰的声调),回去是一定要回去的;但是包你没有一点危险,我自有保全自己的法子。而且(他自喜心思灵敏,微微笑着),你不是很不放心家里的东西么?我回去了,就可以自己照看,你也能定心定意住在这里了。等到时局平定了,我马上来接你们回去。"

潘师母知道丈夫的回去是万无挽回的了。回去可以照看东西固然很好;但是风声这样紧,一去之后,犹如珠子抛在海里,谁保得定必能捞回来呢!生离死别的哀感涌上心头,她再不敢正眼看她的丈夫,眼泪早在眼角边偷偷地想跑出来了。她又立刻想起这个场面不大吉利,现在并没有什么不好的事情,怎么能凄惨地流起眼泪来。于是勉强忍住眼泪,聊作自慰的请求道,"那么你去看看情形,假使教育局长并没有照常开学这句话,要是还来得及,你就搭了今天下午的车来,不然,搭了明天的早车来。你要知道(她到底忍不住,一滴眼泪落在手背,立刻在衫子上擦去了),我不放心呢!"

潘先生心里也着实有点烦乱,局长的意思照常开学,自己万无主张暂缓开学之理,回去当然是天经地义,但是又怎么放得下这里!看他夫人这样的依依之情,断然一走,未免太没有恩义。又况一个女人两个孩子都是很懦弱的,一无依傍,寄住在外边,怎能断言决没有意外?他这样想时,不禁深深地发恨:恨这人那人调兵遣将,预备作战,恨教育局长主张照常开课,又恨自己没有个已经成年,可以帮助一臂的儿子。

但是他究竟不比女人,他更从利害远近种种方面着想,觉得回去终于是天经地义。便把恼恨搁在一旁,脸上也不露一毫形色,顺着夫人的口气点头道,"假若打听明白局长并没有这个意思,依你的话,就搭了下午的车来。"

两个孩子约略听得回去和再来的话,小的就伏在床沿作娇道,"我也要回去。"

"我同爸爸妈妈回去,剩下你独个儿住在这里,"大的孩子扮着鬼脸说。

小的听着,便迫紧喉咙叫唤,作啼哭的腔调,小手擦着眉眼的部分,但眼睛里实在没有眼泪。

"你们都跟着妈妈留在这里,"潘先生提高了声音说。"再不许胡闹了,好好儿起来等吃早饭吧。"说罢,又嘱咐了潘师母几句,径出雇车,赶往车站。

模糊地听得行人在那里说铁路已断火车不开的话,潘先生想,"火车如果不开,倒死了我的心,就是立刻免职也只得由他了。"同时又觉得这消息很使他失望;又想他要是运气好,未必会逢到这等失望的事,那么行人的话也未必可靠。欲决此疑,只希望车夫三步并作一步跑。

他的运气果然不坏,赶到车站一看,并没有火车不开的通告;揭示处只标明夜车要迟四点钟才到,这时候还没到呢。买票处绝不拥挤,时时有一两个人前去买票。聚集在站中的人却不少,一半是候客的,一半是来看看的,也有带着照相器具的,专等夜车到时摄取车站拥挤的情形,好作《风云变幻史》的一页。行李房满满地堆着箱子铺盖,各色各样,几乎碰到铅皮的屋顶。

他心中似乎很安慰,又似乎有点儿怅惘,顿了一顿,终于前去买了一张三等票,就走入车厢里坐着。晴明的阳光照得一车通亮,可是不嫌燠热;坐位很宽舒,勉强要躺躺也可以。他想,"这是难得逢到的。倘若心里没有事,真是一趟愉快的旅行呢。"

这趟车一路耽搁,听候军人的命令,等待兵车的通过。开到让里,已是下午三点过了。潘先生下了车,急忙赶到家,看见大门紧紧关着,心便一定,原来昨天再四叮嘱王妈的就是这一件。

扣了十几下,王妈方才把门开了。一见潘先生,出惊地说,“怎么,先生回来了!不用逃难了么?”

潘先生含糊回答了她;奔进里面四周一看,便开了房门的锁,直闯进去上下左右打量着。没有变更,一点没有变更,什么都同昨天一样。于是他吊起的半个心放下来了。还有半个心没放下,便又锁上房门,回身出门;吩咐王妈道,“你照旧好好把门关上了。”

王妈摸不清头绪,关了门进去只是思索。她想主人们一定就住在本地,恐怕她也要跟去,所以骗她说逃到上海去。“不然,怎么先生又回来了?奶奶同两个孩子不同来,又躲在什么地方呢?但是,他们为什么不让我跟去?这自然嫌得人多了不好。——他们一定就住在那洋人的红房子里,那些兵都讲通的,打起仗来不打那红房子。——其实就是老实告诉我,要我跟去,我也不高兴去呢。我在这里一点也不怕;如果打仗打到这里来,反正我的老衣早就做好了。”她随即想起甥女儿送她的一双绣花鞋真好看,穿了那双鞋上西方,阎王一定另眼相看;于是她感到一种微妙的舒快,不再想主人究竟在哪里的问题。

潘先生出门,就去访那当通信员的教育局职员,问他局长究竟有没有照常开学的意思。那人回答道,“怎么没有?他还说有些教员只顾逃难,不顾职务,这就是表示教育的事业不配他们干的;乘此淘汰一下也是好处。”潘先生听了,仿佛觉得一凛;但又赞赏自己有主意,决定从上海回来到底是不错的。一口气奔到自己的学校里,提起笔来就起草送给学生家属的通告。通告中说兵乱虽然可虑,子弟的教育犹如布帛菽粟,是一天一刻不可废弃的,现在暑假期满,学校照常开学。从前欧洲大战的时候,人家天空里布着御防炸弹的网,下面学校里却依然在那里上课:这种非常的精神,我们应当不让他们专美于前。希望家长们能够体谅这一层意思,若无其事地依旧把子弟送来:这不仅是家庭和学校的益处,也是地方和国家的荣誉。

他起好草稿,往复看了三遍,觉得再没有可以增损,局长看见了,至少也得说一声“先得我心”。便得意地誊上蜡纸,又自己动手印刷了百多张,派校役向一个个学生家里送去。公事算是完毕了,开始想到私事:既要开学,上海是去不成了,他们母子三个住在旅馆里怎么挨得下去!但也没有办法,惟有教他们一切留意,安心住着。于是蘸着刚才的残墨写寄与夫人的信。

下一天,他从茶馆里得到确实的信息,铁路真个不通了。他心头突然一沉,似乎觉得最亲热的一妻两儿忽地乘风飘去,飘得很远,几乎至于渺茫。没精没采地踱到学校里,校役回报昨天的使命道,“昨天出去送通告,有二十多家关上了大门,打也打不开,只好从门缝里塞进去。有三十多家只有佣人在家里,主人逃到上海去了,孩子当然跟了去,不一定几时才能回来念书。其余的都说知道了;有的又说性命还保不定安全,读书的事再说吧。”

“哦,知道了。”潘先生并不留心在这些上边,更深的忧虑正萦绕在他的心头。他抽完了一支烟卷以后,应走的路途决定了,便赶到红十字会分会的办事处。

他缴纳会费愿做会员;又宣称自己的学校房屋还宽敞,愿意作为妇女收容所,到万一的时候收容妇女。这是慈善的举措,当然受热诚的欢迎,更兼潘先生本来是体面的大家知道的人物。办事处就给他红十字的旗子,好在学校门前张起来;又给他红十字的徽章,标明他是红十字会的一员。

潘先生接旗子和徽章在手，象捧着救命的神符，心头起一种神秘的快慰。“现在什么都安全了！但是……”想到这里，便笑向办事处的职员道，“多给我一面旗，几个徽章罢。”他的理由是学校还有个侧门，也得张一面旗，而徽章这东西太小巧，恐怕偶尔遗失了，不如多备几个在那里。

办事员同他说笑话，这东西又不好吃的，拿着玩也没有什么意思，多拿几个也只作一个会员，不如不要多拿罢。但是终于依他的话给了他。

两面红十字旗立刻在新秋的轻风中招展，可是学校的侧门上并没有旗，原来移到潘先生家的大门上去了。一个红十字徽章早已缀上潘先生的衣襟，闪耀着慈善庄严的光，给与潘先生一种新的勇气。其余几个呢，重重包裹，藏在潘先生贴身小衫的一个口袋里。他想，“一个是她的，一个是阿大的，一个是阿二的。”虽然他们远处在那渺茫难接的上海，但是仿佛给他们加保了一重险，他们也就各各增加一种新的勇气。

三

碧庄地方两军开火了。

让里的人家很少有开门的，店铺自然更不用说，路上时时有兵士经过。他们快要开拔到前方去，觉得最高的权威附灵在自己身上，什么东西都不在眼里，只要高兴提起脚来踩，都可以踩做泥团踩做粉。这就来了拉夫的事情：恐怕被拉的人乘隙脱逃，便用长绳一个联一个拴着胳臂，几个弟兄在前，几个弟兄在后，一串一串牵着走。因此，大家对于出门这件事都觉得危惧，万不得已时，也只从小巷僻路走，甚至佩着红十字徽章如潘先生之辈，也不免怀着戒心，不敢大模大样地踱来踱去。于是让里的街道见得又清静又宽阔了。

上海的报纸好几天没来。本地的军事机关却常常有前方的战报公布出来，无非是些“敌军大败，我军进展若干里”的话。街头巷尾贴出一张新鲜的战报时，也有些人慢慢聚集拢来，注目看着。但大家看罢以后依然不能定心，好似这布告背后还有许多话没说出来，于是怅怅地各自散了，眉头照旧皱着。

这几天潘先生无聊极了。最难堪的，自然是妻儿远离，而且消息不通，而且似乎有永远难通的朕兆。次之便是自身的问题，“碧庄冲过来只一百多里路，这徽章虽说有用处，可是没有人写过笔据，万一没有用，又向谁去说话？——枪子炮弹劫掠放火都是真家伙，不是要的，到底要多打听多走门路才行。”他于是这里那里探听前方的消息，只要这消息与外间传说的不同，便觉得真实的成分越多，即根据着盘算对于自身的利害。街上如其有一个人神色仓皇急忙行走时，他便突地一惊，以为这个人一定探得确实而又可怕的消息了；只因与他不相识，“什么！”一声就在喉际咽住了。

红十字会派人在前方办理救护的事情，常有人搭着兵车回来，要打听消息自然最可靠了。潘先生虽然是个会员，却不常到办事处去探听，以为这样就是对公众表示胆怯，很不好意思。然而红十字会究竟是可以得到真消息的机关，舍此他求未免有点傻，于是每天傍晚到姓吴的办事员家里去打听。姓吴的告诉他没有什么，或者说前方抵住在那里，他才透了口气回家。

这一天傍晚，潘先生又到姓吴的家里；等了好久，姓吴的才从外面走进来。

“没有什么吧？”潘先生急切地问。“照布告上说，昨天正向对方总攻击呢。”

“不行，”姓吴的忧愁地说；但随即咽住了，捻着唇边仅有的几根二三分长的髭须。

“什么！”潘先生心头突地跳起来，周身有一种拘牵不自由的感觉。

姓吴的悄悄地回答，似乎防着人家偷听了去的样子，“确实的消息，正安（距碧庄八里的一个镇）今天早上失守了！”

“啊！”潘先生发狂似地喊出来。顿了一顿，回身就走，一壁说道，“我回去了！”

路上的电灯似乎特别昏暗，背后又仿佛有人追赶着的样子，惴惴地，歪斜的急步赶到了家，叮嘱王妈道，“你关着门安睡好了，我今夜有事，不回来住了。”他看见衣橱里有一件绉纱的旧棉袍，当时没收拾在寄出去的箱子里，丢了也可惜；又有孩子的几件布夹衫，仔细看时还可以穿穿；又有潘师母的一条旧绸裙，她不一定舍得便不要它：便胡乱包在一起，提着出门。

“车！车！福星街红房子，一毛钱。”

“哪里有一毛钱的？”车夫懒懒地说。“你看这几天路上有几辆车？不是拼死寻饭吃的，早就躲起来了。随你要不要，三毛钱。”

“就是三毛钱，”潘先生迎上去，跨上脚踏坐稳了，“你也得依着我，跑得快一点！”

“潘先生，你到哪里去？”一个姓黄的同业在途中瞥见了他，站定了问。

“哦，先生，到那边……”潘先生失措地回答，也不辨问他的是谁；忽然想起回答那人简直是多事——车轮滚得绝快，那人决不会赶上来再问，——便缩住了。

红房子里早已住满了人，大都是十天以前就搬来的，儿啼人语，灯火这边那边亮着，颇有点热闹的气象。主人翁见面之后，说，“这里实在没有余屋了。但是先生的东西都寄在这里，也不好拒绝。刚才有几位匆忙地赶来，也因不好拒绝，权且把一间做厨房的厢房让他们安顿。现在去同他们商量，总可以多插你先生一个。”

“商量商量总可以，”潘先生到了家似地安慰。“何况在这样时候。我也不预备睡觉，随便坐坐就得了。”

他提着包裹跨进厢房的当儿，以为自己受惊太利害了，眼睛生了翳，因而引起错觉；但是闭一闭眼睛再睁开来时，所见依然如前，这靠窗坐着，在那里同对面的人谈话，上唇翘起两笔浓须的，不就是教育局长么？

他顿时踌躇起来，已跨进去的一只脚想要缩出来，又似乎不大好。那局长也望见了他，尴尬的脸上故作笑容说，“潘先生，你来了，进来坐坐。”主人翁听了，知道他们是相识的，转身自去。

“局长先在这里了。还方便吧，再容一个人？”

“我们只三个人，当然还可以容你。我们带着席子；好在天气不很凉，可以轮流躺着歇歇。”

潘先生觉得今晚上局长特别可亲，全不象平日那副庄严的神态，便忘形地直跨进去说，“那么不客气，就要陪三位先生过一夜了。”

这厢房不很宽阔。地上铺着一张席子，一个戴眼镜的中年人坐在上面，略微有疲倦的神色，但绝无欲睡的意思。锅灶等东西贴着一壁。靠窗一排摆着三只凳子，局长坐一只，头发梳得很光的二十多岁的人，局长的表弟，坐一只，一只空着。那边的墙角有一只柳条箱，三个衣包，大概就是三位先生带来的。仅仅这些，房间里已没有空地了。电灯的光本来很弱，又蒙上了一层灰尘，照得房间里的人物都昏暗模糊。

潘先生也把衣包放在那边的墙角，与三位的东西合伙。回过来谦逊地坐上那只空凳子。局长给他介绍了自己的同伴,随后说,“你也听到了正安的消息么?”

“是呀,正安。正安失守,碧庄未必靠得住呢。”

“大概这方面对于南路很疏忽,正安失守,便是明证。那方面从正安袭取碧庄是最便当的,说不定此刻已被他们得手了。要是这样,不堪设想!”

“要是这样,这里非糜烂不可!”

“但是,这方面的杜统帅不是庸碌无能的人,他是著名善于用兵的,大约见得到这一层,总有方法抵挡得住。也许就此反守为攻,势如破竹,直捣那方面的巢穴呢。”

“若能这样,战事便收场了,那就好了!——我们办学的就可以开起学来,照常进行。”

局长一听到办学,立刻感到自己的尊严,捻着浓须叹道,“别的不要讲,这一场战争,大大小小的学生吃亏不小呢!”他把坐在这间小厢房里的局促不舒的感觉忘了,仿佛堂皇地坐在教育局的办公室里。

坐在席子上的中年人仰起头来含恨似地说,“那方面的朱统帅实在可恶!这方面打过去,他抵抗些什么,——他没有不终于吃败仗的。他若肯漂亮点儿让了,战事早就没有了。”

“他是傻子,”局长的表弟顺着说,“不到尽头不肯死心的。只是连累了我们,这当儿坐在这又暗又窄的房间里。”他带着玩笑的神气。

潘先生却想念起远在上海的妻儿来了。他不知道他们可安好,不知道他们出了什么乱子没有,不知道他们此刻睡了不曾,抓既抓不到,想象也极模糊;因而想自己的被累要算最深重了,凄然望着窗外的小院子默不作声。

“不知道到底怎么样呢!”他又转而想到那个可怕的消息以及意料所及的危险,不自主地吐露了这一句。

“难说,”局长表示富有经验的样子说。“用兵全在趁一个机,机是刻刻变化的,也许竟不为我们所料,此刻已……所以我们……”他对着中年人一笑。

中年人,局长的表弟同潘先生三个已经领会局长这一笑的意味;大家想坐在这地方总不至于有什么,也各安慰地一笑。

小院子里长满了草,是蚊虫同各种小虫的安适的国土。厢房里灯光亮着,虫子齐飞了进来。四位怀着惊恐的先生就够受用了;扑头扑面的全是那些小东西,蚊虫突然一针,痛得直跳起来。又时时停语侧耳,惶惶地听外边有没有枪声或人众的喧哗。睡眠当然是无望了,只实做了局长所说的轮流躺着歇歇。

下一天清晨,潘先生的眼球上添了几缕红丝;风吹过来,觉得身上很凉。他急欲知道外面的情形,独个儿闪出红房子的大门。路上同平时的早晨一样,街犬竖起了尾巴高兴地这头那头望,偶尔走过一两个睡眼惺忪的人。他走过去,转入又一条街,也听不见什么特别的风声。回想昨夜的匆忙情形,不禁心里好笑。但是再一转念,又觉得实在并无可笑,小心一点总比冒险好。

四

二十余天之后,战事停止了。大众点头自慰道,“这就好了!只要不打仗,什么都平安了!”但是潘先生还不大满意,铁路还没通,不能就把避居上海的妻儿接回来。信是来过两封了，但简略得很，比不看更教他想念。他又恨自己到底没有先见之明；不然，这一笔冤枉的逃难费可以省下，又免得几十天的孤单。

他知道教育局里一定要提到开学的事情了，便前去打听。跨进招待室，看见局里的几个职员在那里裁纸磨墨，象是办喜事的样子。

一个职员喊道，“巧得很，潘先生来了！你写得一手好颜字，这个差使就请你当了吧。”

“这么大的字，非得潘先生写不可，”其余几个人附和着。

“写什么东西？我完全茫然。”

“我们这里正筹备欢迎杜统帅凯旋的事务。车站的两头要搭起四个彩牌坊，让杜统帅的花车在中间通过。现在要写的就是牌坊上的几个字。”

“我哪里配写这上边的字？”

“当仁不让，”“一致推举，”几个人一哄地说；笔杆便送到潘先生手里。

潘先生觉得这当儿很有点意味，接了笔便在墨盆里蘸墨汁。凝想一下，提起笔来在蜡笺上一并排写“功高岳牧”四个大字。第二张写的是“威镇东南”。又写第三张，是“德隆恩溥”。——他写到“溥”字，仿佛看见许多影片，拉夫，开炮，焚烧房屋，奸淫妇人，菜色的男女，腐烂的死尸，在眼前一闪。

旁边看写字的一个人赞叹说，“这一句更见恳切。字也越来越好了。”

“看他对上一句什么，”又一个说。

一九二四年十一月

（收入《线下》，商务印书馆 1925 年 10 月版）

茶杯里的风波

彭家煌

晴朗的星期日的上午，他和她还没起床，对门晒台上的竹篙响了，他无目的的偶然抬头瞅了一眼，依然睡下，口里咕噜着。“这宵，要弄个帘子才行，”她也抬头看了一下，没说什么。因为那不过是个娘姨模样的女人，和他，相形之下，彰然的不能成为一对，而且这是移居后初次的发现，也不便说什么，只是在那“没说什么”里，形势仍然有几分严重。

约莫隔了十多分钟，第二次的竹篙响了，他躺着没动，她愤然的爬起，走近窗前，两目眈眈的盯着对门晒台上的女人，那女人很怯羞的将脸子隐在悬着的衣服后面，偶然偷视了一下，一面仍然晒她的衣服。

“贱货，不要脸的烂污东西，清晨八早就站在晒台上看，有什么好看！？贱货！”她指手蹬脚的骂，等晒台上的女人下去了，又扳起面孔对着他说：“这种女人不如到四马路去拉人，倒爽快得多！骂了好几句才下去呢，不要脸的东西！喂，昨天你说寄一封挂号信，信又没有寄，钱呢，拿来！”

“钱买了香烟，怎么样，又见鬼啦！”他朝她翻了一眼，仍然看他的书。

"像你们这种臭男子什么女人都要的，钱总是给那烂污的女人骗去了咯，这种女人几个铜板也要的！"

"你真见了鬼啦，无缘无故的骂别人，当心人家吵上了门噢！"他愤然的说。

"如果吵上门来，你看我打她出去。"她更凶的说。

他不再回话，只看他的书，室内寂静了，她找不着对手，便东摸西扯的收拾一切，只是每隔了几分钟，眼睛仍是向对门的晒台横扫着，而且每次上楼都这样。

他俩是经过长期恋爱而结合的，不知如何，老是为着像这样的空中楼阁而闹着，而且吃过许多的苦。他虽则思想很新，但每回吵闹，不曾有真凭实据落到她手里，然而她依旧是一回不了一回的闹。"妒嫉是美德，"人们对于妇女多是原谅着，但贞洁的男子看来，不免觉着有"人格上受了损失"的感慨吧！彼此间浓厚的爱情不免因女人们的"弄巧反拙"而淡薄了吧！

夕阳西下时，全弄堂里的晒台上都先后的有竹篙声，许是烂污的女人有日暮途穷之感，趁着斜晖努力的在勾引着野男子吧！他为了尿涨，几步跳上楼，在晒台的一角撒了一泡尿，瞩眺了一回远景，便掏出一本《桃色的云》专诚的朗诵：

> 相思的朋友呵，
> 等候着什么而不来的呢？
> 太阳下去，月亮出来了，
> 等候着什么而不来的呢？
> 没有看见恋之光吗？
> 没有懂得胸的凄凉吗？
> 快来吧，等候着，
> 朋友们呵，相思的朋友呵。

"踢踏，踢踏"的，她赶上楼了，她在楼下听了一会，听见歌声，听见竹篙声才赶上楼来的。她上了晒台，失了魂的东张西望，看不见什么，只有前楼对面的晒台有竹篙声，但是屋瓦障着，看不见她早上教训过的那女人。

"唱什么，你，饿狗，一听见竹篙响就赶上楼，你这人，唉，堕落到这样子！唉，那了得呵；对门那女人倒不见得怎样坏，就是你这东西坏透啦，唉！"她晕头晕脑的只是咒，脸涨红了，急得只蹬脚。

"早上就说对门的女人坏，现在又是我坏了。听得竹篙响就赶上来，赶上来怎么样？她在那边，这里看得见吗？真是鬼闷了头！"

"那末，你唱的什么？什么相思相思的。"

"桃色的云，桃色的云，你看明白啦再闹，哼，真是……"

那时，娘姨盛了饭上楼，关照着他们，他们各自不服的勉强就了坐，他口渴，叫娘姨泡了一口茶，静默了一会，他只吹着茶大惊失色的说：

"啊哟，不得了，不得了，茶杯里起了风波啦！"

她起首吓了一跳，既而，伸出指头在他的额上重重的按了一下，啐了一口，含羞的低了头，眼帘上还留着未干的半滴泪珠儿呢！

（收入《茶杯里的风波》，现代书局1928年6月版）

莎菲女士的日记

丁　玲

十二月二十四

今天又刮风！天还没亮，就被风刮醒了。伙计又跑进来生火炉。我知道，这是怎样都不能再睡得着了的，我也知道，不起来，便会头昏，睡在被窝里是太爱想到一些奇奇怪怪的事上去。医生说顶好能多睡，多吃，莫看书，莫想事，偏这就不能，夜晚总得到两三点才能睡着，天不亮又醒了。象这样刮风天，真不能不令人想到许多使人焦躁的事。并且一刮风，就不能出去玩，关在屋子里没有书看，还能做些什么？一个人能呆呆的坐着，等时间的过去吗？我是每天都在等着，挨着，只想这冬天快点过去；天气一暖和，我咳嗽总可好些，那时候，要回南便回南，要进学校便进学校，但这冬天可太长了。

太阳照到纸窗上时，我在煨第三次的牛奶。昨天煨了四次。次数虽煨得多，却不定是要吃，这只不过是一个人在刮风天为免除烦恼的养气法子。这固然可以混去一小点时间，但有时却又不能不令人更加生气，所以上星期整整的有七天没玩它，不过在没想出别的法子时，又不能不借重它来象一个老年人耐心着消磨时间。

报来了，便看报，顺着次序看那大号字标题的国内新闻，然后又看国外要闻，本埠琐闻……把教育界，党化教育，经济界，九六公债盘价……全看完，还要再去温习一次昨天前天已看熟了的那些招男女编级新生的广告，那些为分家产起诉的启事，连那些什么六〇六，百零机，美容药水，开明戏，真光电影……都熟习了过后才懒懒的丢开报纸。自然，有时会发现点新的广告，但也除不了是些绸缎铺五年六年纪念的减价，恕讣不周的讣闻之类。

报看完，想不出能找点什么事做，只好一人坐在火炉旁生气。气的事，也是天天气惯了的。天天一听到从窗外走廊上传来的那些住客们喊伙计的声音，便头痛，那声音真是又粗，又大，又嗄，又单调；"伙计，开壶！"或是"脸水，伙计！"这是谁也可以想象出来的一种难听的声音。还有，那楼下电话也不断的有人在电机旁大声的说话。没有一些声息时，又会感到寂沉沉的可怕，尤其是那四堵粉垩的墙。它们呆呆的把你眼睛挡住，无论你坐在哪方；逃到床上躺着吧，那同样的白垩的天花板，便沉沉地把你压住。真找不出一件事是能令人不生嫌厌的心的；如那麻脸伙计，那有抹布味的饭菜，那扫不干净的窗格上的沙土，那洗脸台上的镜子——这是一面可以把你的脸拖到一尺多长的镜子，不过只要你肯稍微一偏你的头，那你的脸又会扁的使你自己也害怕……这都可以令人生气了又生气。也许只我一人如是。但我宁肯能找到些新的不快活，不满足；只是新的，无论好坏，似乎都隔我太远了。

吃过午饭，苇弟便来了，我一听到那特有的急遽的皮鞋声从走廊的那端传来时，我的心似乎便从一种窒息中透出一口气来感到舒适。但我却不会表示，所以当苇弟进来时，我只默默的望着他；他以为我又在烦恼，握紧我一双手，"姊姊，姊姊，"那样不断的叫着。我,我自然笑了!我笑的什么呢,我知道!在那两颗只望到我眼睛下面的跳动的眸子中,我准懂得那收藏在眼睑下面,不愿给人知道的是些什么东西!这有多么久了,你,苇弟,你在爱我!但他捉住过我吗?自然,我是不能负一点责,一个女人应当这样。其实,我算够忠厚了;我不相信会有第二个女人这样不捉弄他的,并且我还确确实实地可怜他,竟有时忍不住想指点他;"苇弟,你不可以换个方法吗?这样只能反使我不高兴的……"对的,假使苇弟能够再聪明一点,我是可以比较喜欢他些,但他却只能如此忠实地去表现他的真挚!

苇弟看见我笑了,便很满足。跳过床头去脱大氅,还脱下他那顶大皮帽。假使他这时再掉过头来望我一下,我想他一定可以从我的眼睛里得些不快活去。为什么他不可以再多的懂得我些呢?

我总愿意有那末一个人能了解得我清清楚楚的,如若不懂得我,我要那些爱,那些体贴做什么?偏偏我的父亲,我的姊姊,我的朋友都如此盲目的爱惜我,我真不知他们爱惜我的什么;爱我的骄纵,爱我的脾气,爱我的肺病吗?有时我为这些生气,伤心,但他们却都更容让我,更爱我,说一些错到更使我想打他们的一些安慰话。我真愿意在这种时候会有人懂得我,便骂我,我也可以快乐而骄傲了。

没有人来理我,看我,我会想念人家,或恼恨人家,但有人来后,我不觉得又会给人一些难堪,这也是无法的事。近来为要磨练自己,常常话到口边便咽住,怕又在无意中竟刺着了别人的隐处,虽说是开玩笑。因为如此,所以可以想象出来,我是拿一种什么样的心情在陪苇弟坐。但苇弟若站起身来喊走时,我又会因怕寂寞而感到怅惘,而恨起他来。这个,苇弟是早就知道的,所以他一直到晚上十点钟才回去。不过我却不骗人,并不骗自己,我清白,苇弟不走,不特于他没有益处,反只能让我更觉得他太容易支使,或竟更可怜他的太不会爱的技巧了。

十二月二十八

今天我请毓芳同云霖看电影。毓芳却邀了剑如来。我气得只想哭,但我却纵声的笑了。剑如,她是多么可以损害我自尊之心的;因为她的容貌,举止,无一不象我幼时所最投洽的一个朋友,所以我不觉的时常在追随她,她又特意给了我许多敢于亲近她的勇气。但后来,我却遭受了一种不可忍耐的待遇,无论什么时候想起,我都会痛恨我那过去的,不可追悔的无赖行为:在一个星期中我曾足足的给了她八封长信,而未被人理睬过。毓芳真不知想的哪一股劲,明知我不愿再提起从前的事,却故意邀着她来,象有心要挑逗我的愤恨一样,我真气了。

我的笑,毓芳和云霖不会留意这有什么变异,但剑如,她能感觉到;可是她会装,装糊涂,同我毫无芥蒂的说话。我预备骂她几句,不过话到口边便想到我为自己定下的戒条。并且做得太认真,反令人越得意。所以我又忍下心去同她们玩。

到真光时,还很早,在门口遇着一群同乡的小姐们,我真厌恶那些惯做的笑靥,我不去理她们,并且我无缘无故地生气到那许多去看电影的人。我乘毓芳同她们说到热闹中,丢下我所请的客,悄悄回来了。

除了我自己,没有人会原谅我的。谁也在批评我,谁也不知道我在人前所忍受的一些人们给我的感触。别人说我怪僻,他们哪里知道我却时常在讨人好,讨人欢喜。不过人们太不肯鼓励我说那太违心的话,常常给我机会,让我反省我自己的行为,让我离人们却更远了。

夜深时,全公寓都静静的,我躺在床上好久了。我清清白白的想透了一些事,我还能伤心什么呢?

十二月二十九

一早毓芳就来电话。毓芳是好人,她不会扯谎,大约剑如是真病。毓芳说,起病是为我,要我去,剑如将向我解释。毓芳错了,剑如也错了,莎菲不是欢喜听人解释的人。根本我就否认宇宙间要解释。朋友们好,便好;合不来时,给别人点苦头吃,也是正大光明的事。我还以为我够大量,太没报复人了。剑如既为我病,我倒快活,我不会拒绝听别人为我而病的消息。并且剑如病,还可以减少点我从前自怨自艾的烦恼。

我真不知应怎样才能分析我自己。有时为一朵被风吹散了的白云,会感到一种渺茫的,不可捉摸的难过;但看到一个二十多岁的男子(苇弟其实还大我四岁)把眼泪一颗一颗掉到我手背时,却象野人一样在得意的笑了。苇弟从东城买了许多信纸信封来我这里玩,为了他很快乐,在笑,我便故意去捉弄,看到他哭了,我却快意起来。并且说“请珍重点你的眼泪吧,不要以为姊姊象别的女人一样脆弱得受不起一颗眼泪……”“还要哭,请你转家去哭,我看见眼泪就讨厌……”自然,他不走,不分辩,不负气,只蜷在椅角边老老实实无声的去流那不知从哪里得来的那么多的眼泪。我,自然,得意够了,又会惭愧起来,于是用着姊姊的态度去喊他洗脸,抚摩他的头发。他镶着泪珠又笑了。

在一个老实人面前,我已尽自己的残酷天性去磨折他,但当他走后,我真想能抓回他来,只请求他:“我知道自己的罪过,请不要再爱这样一个不配承受那真挚的爱的女人了吧!”

一月一号

我不知道那些热闹的人们是怎样的过年,我只在牛奶中加了一个鸡子,鸡子是昨天苇弟拿来的,一共二十个,昨天煨了七个茶卤蛋,剩下十三个,大约够我两星期吃。若吃午饭时,苇弟会来,则一定有两个罐头的希望。我真希望他来。因为想到苇弟来,我便上单牌楼去买了四合糖,两包点心,一篓橘子和苹果,预备他来时给他吃。我断定今天只有他才能来。

但午饭吃过了,苇弟却没来。

我一共写了五封信,都是用前几天苇弟买来的好纸好笔。我想能接得几个美丽的画片,却不能。连几个最爱弄这个玩艺儿的姊姊们都把我这应得的一份儿忘了。不得画片,不希罕,单单只忘了我,却是可气的事。不过自己从不曾给人拜过一次年,算了,这也是应该的。

晚饭还是我一人独吃,我烦恼透了。

夜晚毓芳云霖来了,还引来一个高个儿少年,我想他们才真算幸福;毓芳有云霖爱她,她满意,他也满意。幸福不是在有爱人,是在两人都无更大的欲望,商商量量平平和和地过日子。自然,有人将不屑于这平庸。但那只是另外人的,与我的毓芳无关。

毓芳是好人,因为她有云霖,所以她“愿天下有情人皆成眷属”。她去年曾替玛丽作过一次恋爱婚姻的介绍。她又希望我能同苇弟好,她一来便问苇弟。但她却和云霖及那高个儿把我给苇弟买的东西吃完了。

那高个儿可真漂亮,这是我第一次感觉到男人的美,从来我还没有留心到。只以为一个男人的本行是会说话,会看眼色,会小心就够了。今天我看了这高个儿,才懂得男人是另铸有一种高贵的模型,我看出在他面前的云霖显得多么委琐,多么呆拙……我真要可怜云霖,假使他知道他在这个人前所衬出的不幸时,他将怎样伤心他那些所有的粗丑的眼神,举止。我更不知,当毓芳拿这一高一矮的男人相比时,会起一种什么情感!

他,这生人,我将怎样去形容他的美呢?固然,他的颀长的身躯,白嫩的面庞,薄薄的小嘴唇,柔软的头发,都足以闪耀人的眼睛,但他还另外有一种说不出,捉不到的丰仪来煽动你的心。比如,当我请问他的名字时,他会用那种我想不到的不急遽的态度递过那只擎有名片的手来。我抬起头去,呀,我看见那两个鲜红的,嫩腻的,深深凹进的嘴角了。我能告诉人吗,我是用一种小儿要糖果的心情在望着那惹人的两个小东西。但我知道在这个社会里面是不准许任我去取得我所要的来满足我的冲动,我的欲望,无论这于人并没有损害的事,我只得忍耐着,低下头去,默默地念那名片上的字:

“凌吉士,新加坡……”

凌吉士,他能那样毫无拘束的在我这儿谈话,象是在一个很熟的朋友处,难道我能说他这是有意来捉弄一个胆小的人?我为要强迫地拒绝引诱,不敢把眼光抬平去一望那可爱慕的火炉的一角。两只不知羞惭的破烂拖鞋,也逼着我不准走到桌前的灯光处。我气我自己:怎么会那样拘束,不会调皮的应对?平日看不起别人的交际,今天才知道自己是显得又呆,又傻气。唉,他一定以为我是一个乡下才出来的姑娘了!

云霖同毓芳两人看见我木木的,以为我不欢喜这生人,常常去打断他的话,不久带着他走了。这个我也感激他们的好意吗?我望着那一高两矮的影子在楼下院子中消失时,我真不愿再回到这留得有那人的靴印,那人的声音,和那人吃剩的饼屑的屋子。

一月三号

这两夜通宵通宵地咳嗽。对于药,简直就不会有信仰,药与病不是已毫无关系吗?我明明厌烦那苦水,但却又按时去吃它,假使连药也不吃,我能拿什么来希望我的病呢?神要人忍耐着生活,安排许多痛苦在死的前面,使人不敢走近死亡。我呢,我是更为了我这短促的不久的生,我越求生得厉害;不是我怕死,是我总觉得我还没享有我生的一切。我要,我要使我快乐。无论在白天,在夜晚,我都在梦想可以使我没有什么遗憾在我死的时候的一些事情。我想能睡在一间极精致的卧房的睡榻上,有我的姊姊们跪在榻前的熊皮毡子上为我祈祷,父亲悄悄的朝着窗外叹息,我读着许多封从那些爱我的人儿们寄来的长信,朋友们都纪念我流着忠实的眼泪……我迫切的需要这人间的感情,想占有许多不可能的东西。但人们给我的是什么呢?整整两天,又一人幽囚在公寓里,没有一个人来,也没有一封信来,我躺在床上咳嗽,坐在火炉旁咳嗽,走到桌子前也咳嗽,还想念这些可恨的人们……其实还是收到一封信的,不过这除了更加我一些不快外,也只不过是加我不快。这是一年前曾骚扰过我的一个安徽粗壮男人寄来的,我没有看完就扯了。我真肉麻那满纸的“爱呀爱的”!我厌恨我不喜欢的人们的殷勤……

我,我能说得出我真实的需要是些什么呢?

一月四号

事情不知错到什么地方去了。我为什么会想到搬家,并且在糊里糊涂中欺骗了云霖,好象扯谎也是本能一样,所以在今天能毫不费力的便使用了。假使云霖知道莎菲也会骗他,他不知应如何伤心,莎菲是他们那样爱惜的一个小妹妹。自然我不是安心的,并且我现在在后悔。但我能决定吗,搬呢,还是不搬?

我不能不向我自己说:“你是在想念那高个儿的影子呢!”是的,这几天几夜我无时不神往到那些足以诱惑我的。为什么他不在这几天中单独来会我呢?他应当知道他不该让我如此的去思慕他。他应当来看我,说他也想念我才对。假使他来,我不会拒绝去听他所说的一些爱慕我的话,我还将令他知道我所要的是些什么。但他却不来。我估定这象传奇中的事是难实现了。难道我去找他吗?一个女人这样放肆,是不会得好结果的。何况还要别人能尊敬我呢。我想不出好法子,只好先到云霖处试一试,所以吃过午饭,我便冒风向东城去。

云霖是京都大学的学生,他租的住房在京都大学一院和二院之间的青年胡同里。我到他那里时,幸好他没有出去,毓芳也没有来。云霖当然很诧异我在大风天出来,我说是到德国医院看病,顺便来这里。他就毫不疑惑,问我的病状,我却把话头故意引到那天晚上。不费一点气力,我便打探得那人儿住在第四寄宿舍,在京都大学二院隔壁。不久,我又叹起气来,我用许多言辞把在西城公寓里的生活,描摹得寂寞,暗淡。我又扯谎,说我唯一只想能贴近毓芳(我知道毓芳已预备搬来云霖处)。我要求云霖同我在近处找房。云霖当然高兴这差事,不会迟疑的。

在找房的时候,凑巧竟碰着了凌吉士。他也陪着我们。我真高兴,高兴使我胆大了,我狠狠的望了他几次,他没有觉得。他问我的病,我说全好了,他不信似的在笑。

我看上一间又低,又小,又霉的东房,在云霖的隔壁一家大元公寓里。他和云霖都说太湿,我却执意要在第二天便搬来,理由是那边太使我厌倦,而我急切的要依着毓芳。云霖无法,就答应了,还说好第二天一早他和毓芳过来替我帮忙。

我能告诉人,我单单选上这房子的用意吗?它位置在第四寄宿舍和云霖住所之间。

他不曾向我告别,我又转到云霖处,尽我所有的大胆在谈笑。我把他什么细小处都审视遍了,我觉得都有我嘴唇放上去的需要。他不会也想到我在打量他,盘算他吗?后来我特意说我想请他替我补英文,云霖笑,他却受窘了,不好意思的含含糊糊的问答,于是我向心里说,这还不是一个坏蛋呢,那样高大的一个男人还会红脸?因此我的狂热更炎炽了。但我不愿让人懂得我,看得我太容易,所以我驱遣我自己,很早就回来了。

现在仔细一想,我唯恐我的任性,将把我送到更坏的地方去,暂时且住在这有洋炉的房里吧,难道我能说得上是爱上了那南洋人吗?我还一丝一毫都不知道他呢。什么那嘴唇,那眉梢,那眼角,那指尖……多无意识,这并不是一个人所应需的,我着魔了,会想到那上面。我决计不搬,一心一意来养病。

我决定了,我懊悔,懊悔我白天所做的一些不是,一个正经女人所做不出来的。

一月六号

都奇怪我,听说我搬了家,南城的金英,西城的江周,都来到我这低湿的小屋里。我笑着,有时在床上打滚,她们都说我越小孩气了,我更大笑起来。我只想告诉她们我想的是什么。下午苇弟也来了。苇弟最不快活我搬家,因为我未曾同他商量,并且离他更远了。他见着云霖时,竟不理他。云霖摸不着他为什么生气。望着他。他更板起脸孔。我好笑,我向自己说"可怜,冤枉他了,一个好人!"

毓芳不再向我说剑如。她决定两三天便搬来云霖处,因为她觉得我既这样想傍着她住,她不能让我一人寂寂寞寞的住在这里。她和云霖待我比以前更亲热。

一月十号

这几天我都见着凌吉士,但我从没同他多说几句话,我决不先提补英文事。我看见他一天两次往云霖处跑,我发笑,我断定他以前一定不会同云霖如此亲密的。我没有一次邀请他来我那儿玩,虽说他问了几次搬了家如何,我都装出不懂的样儿笑一下便算回答。我把所有的心计都放在这上面,好象同什么东西搏斗一样。我要那样东西,我还不愿去取得,我务必想方设计让他自己送来。是的,我了解我自己,不过是一个女性十足的女人,女人只把心思放到她要征服的男人们身上。我要占有他,我要他无条件的献上他的心,跪着求我赐给他的吻呢。我简直癫了,反反复复的只想着我所要施行的手段的步骤,我简直癫了!

毓芳云霖看不出我的兴奋,只说我病快好了。我也正不愿他们知道,说我病好,我就装着高兴。

一月十二

毓芳已搬来,云霖却搬走了。宇宙间竟会生出这样一对人来,为怕生小孩,便不肯住在一起,我猜想他们连自己也不敢断定:当两人抱在一床时是不会另外干出些别的事来,所以只好预先防范,不给那肉体接触的机会。至于那单独在一房时的拥抱和亲嘴,是不会发生危险,所以悄悄表演几次,便不在禁止之列。我忍不住嘲笑他们了,这禁欲主义者!为什么会不需要拥抱那爱人的裸露的身体?为什么要压制住这爱的表现?为什么在两人还没睡在一个被窝里以前,会想到那些不相干足以担心的事?我不相信恋爱是如此的理智,如此的科学!

他俩不生气我的嘲笑,他俩还骄傲着他们的纯洁,而笑我小孩气呢。我体会得出他们的心情,但我不能解释宇宙间所发生的许许多多奇怪的事。

这夜我在云霖处(现在要说毓芳处了)坐到夜晚十点钟才回来,说了许多关于鬼怪的故事。

鬼怪这东西,我在一点点大的时候就听惯了,坐在姨妈怀里听姨爹讲《聊斋》是常事,并且一到夜里就爱听。至于怕,又是另外一件不愿告人的。因为一说怕,准就听不成,姨爹便会踱过对面书房去,小孩就不准下床了。到进了学校,又从先生口里得知点科学常识,为了信服那位周麻子二先生,所以连书本也信服,从此鬼怪便不屑于害怕了。近来人更在长高长大,说起来,总是否认有鬼怪的,但鸡粟却不肯因为不信便不出来,毫毛一根根也会竖起的。不过每次同人说到鬼怪时,别人不知道我想拗开说到别的闲话上去,为的怕夜里一个人睡在被窝里时想到死去了的姨爹姨妈就伤心。

回来时,看到那黑魆魆的小胡同,真有点胆悸。我想,假使在哪个角落里露出一个大黄脸,或伸来一只毛手,在这样象冻住了的冷巷里,我不会以为是意外。但看到身边的这高大汉子(凌吉士)做镖手,大约总可靠,所以当毓芳问我时,我只答应"不怕,不怕"。

云霖也同我们出来,他回他的新房子去,他向南,我们向北,所以只走了三四步,便听不清那橡皮鞋底在泥板上发出的声音。

他伸来一只手,拢住了我的腰:

"莎菲,你一定怕哟!"

我想挣,但挣不掉。

我的头停在他的胁前,我想,如若在亮处,看起来,我会象个什么东西,被挟在比我高一个头还多的人的腕中。

我把身一蹲,便窜出来了,他也松了手陪我站在大门边打门。

小胡同里黑极了,但他的眼睛望到何处,我却能很清楚的看见。心微微有点跳,等着开门。

"莎菲,你怕哟!"

门闩已在响,是伙计在问谁。我朝他说:

"再——"

他猛的握住我的手,我无力再说下去。

伙计看到我身后的大人,露着诧异。

到单独只剩两人在一房时,我的大胆,已经变得毫无用处了,想故意说几句客套话,也不会,只说:"请坐吧!"自己便去洗脸。

鬼怪的事,已不知忘到什么地方去了。

"莎菲!你还高兴读英文吗?"他忽然问。

这是他来找我,提到英文,自然他未必欢喜白白牺牲时间去替人补课,这意思,在一个二十岁的女人面前,怎能瞒过,我笑了(这是只在心里笑)。我说:

"蠢得很,怕读不好,丢人。"

他不说话,把我桌上摆的照片拿来玩弄着,这照片是我姊姊的一个刚满一岁的女儿。

我洗完脸,坐在桌子那头。

他望望我,又去望那小女孩,然后又望我。是的,这小女孩长的真象我。于是我问他:

"好玩吗?你说象我不象?"

"她,谁呀!"显然,这声音表示着非常认真。

"你说可爱不可爱?"

他只追问着是谁。

忽的,我明白了他意思,我又想扯谎了。

"我的,"于是我把像片抢过来吻着。

他信了。我竟愚弄了他,我得意我的不诚实。

这得意,似乎便能减少他的妩媚,他的英爽。要不,为什么当他显出那天真的诧愕时,我会忽略了他那眼睛,我会忘掉了他那嘴唇?否则,这得意一定将冷淡下我的热情。

然而当他走后,我却懊悔了。那不是明明安放着许多机会吗?我只要在他按住我手的当儿,另做出一种眼色,让他懂得他是不会遭拒绝,那他一定可以做出一些比较大胆的事。这种两性间的大胆,我想只要不厌烦那人,会象把肉体融化了的感到快乐无疑。但我为什么要给人一些严厉,一些端庄呢?唉,我搬到这破房子里来,到底为的是什么呢?

一月十五

近来我是不算寂寞了,白天在隔壁玩,晚上又有一个新鲜的朋友陪我谈话。但我的病却越深了。这真不能不令我灰心,我要什么呢,什么也于我无益。难道我有所眷恋吗?一切又是多么的可笑,但死却不期然的会让我一想到便伤心。每次看见那克利大夫的脸色,我便想:是的,我懂得,你尽管说吧,是不是我已没希望了?但我却拿笑代替了我的哭。谁能知道我在夜深流出的眼泪的分量!

几夜,凌吉士都接着接着来,他告人说是在替我补英文,云霖问我,我只好不答应。晚上我拿一本"Poor People"放在他面前,他真个便教起我来。我只好又把书丢开,我说:"以后你不要再向人说在替我补英文吧,我病,谁也不会相信这事的。"他赶忙便说:"莎菲,我不可以等你病好些教你吗?莎菲,只要你喜欢。"

这新朋友似乎是来得如此够人爱,但我却不知怎的,反而懒于注意到这些事。我每夜看到他丝毫得不着高兴的出去,心里总觉得有点歉仄,我只好在他穿大氅的当儿向他说:"原谅我吧,我有病!"他会错了我的意思,以为我同他客气。"病有什么要紧呢,我是不怕传染的。"后来我仔细一想,也许这话含得有别的意思,我真不敢断定人的所作所为象可以想象出来的那样单纯。

一月十六

今天接到蕴姊从上海来的信,更把我引到百无可望的境地。我哪里还能找得几句话去安慰她呢?她信里说:"我的生命,我的爱,都于我无益了……"那她是更不需要我的安慰,我为她而流的眼泪了。唉!从她信中,我可以揣想得出她婚后的生活,虽说她未肯明明的表白出来。神为什么要去捉弄这些在爱中的人儿?蕴姊是最神经质,最热情的人,自然她更受不住那渐渐的冷淡,那遮饰不住的虚情……我想要蕴姊来北京,不过这是做得到的吗?这还是疑问。

苇弟来的时候,我把蕴姊的信给他看:他真难过,因为那使我蕴姊感到生之无趣的人,不幸便是苇弟的哥哥。于是我向他说了我许多新得的"人生哲学"的意义:他又尽他唯一的本能在哭。我只是很冷静的去看他怎样使眼睛变红,怎样拿手去擦干,并且我在他那些举动中,加上许多残酷的解释。我未曾想到在人世中,他是一个例外的老实人,不久,我一个人悄悄的跑出去了。

为要躲避一切的熟人，深夜我才独自从冷寂寂的公园里转来，我不知怎样度过那些时间，我只想："多无意义啊！倒不如早死了干净……"

一月十七

我想：也许我是发狂了！假使是真发狂，我倒愿意。我想，能够得到那地步，我总可以不会再感到这人生的麻烦了吧……

足足有半年为病而禁了的酒，今天又开始痛饮了。明明看到那吐出来的是比酒还红的血。但我心却象被什么别的东西主宰一样，似乎这酒便可在今晚致死我一样，我不愿再去细想那些纠纠葛葛的事……

一月十八

现在我还睡在这床上，但不久就将与这屋分别了，也许是永别，我断得定我还能再亲我这枕头，这棉被……的幸福吗？毓芳，云霖，苇弟，金夏都守着一种沉默围绕着我坐着，焦急的等着天明了好送我进医院去。我是在他们忧愁的低语中醒来的，我不愿说话，我细想昨天上午的事，我闻到屋子中遗留下来的酒气和腥气，才觉得心正在剧烈的痛，于是眼泪便汹涌了。因了他们的沉默，因了他们脸上所显现出来的凄惨和暗淡，我似乎感到这便是我死的预兆。假设我便如此长睡不醒了呢，是不是他们也将如此沉默的围绕着我僵硬的尸体？他们看见我醒了，便都走拢来问我。这时我真感到了那可怕的死别！我握着他们，仔细望着他们每个的脸，似乎要将这记忆永远保存着。他们都把眼泪滴到我手上，好象我就要长远离开他们走向死之国一样。尤其是苇弟，哭得现出丑脸。唉，我想：朋友呵，请给我一点快乐吧……于是我反而笑了。我请他们替我清理一下东西，他们便在床铺底下拖出那口大藤箱来，箱子里有几捆花手绢的小包，我说："这我要的，随着我进协和吧。"他们便递给我，我给他们看，原来都满满是信札，我又向他们笑："这，你们的也在内！"他们才似乎也快乐些了。苇弟又忙着从抽屉里递给我一本照片，是要我也带去的样子，我更笑了。这里面有七八张是苇弟的单像，我又容许苇弟吻我的手，并握着我的手在他脸上摩擦，于是这屋子才不象真有个僵尸停着的一样，天这时也慢慢显出了鱼肚白。他们忙乱了，慌着在各处找洋车。于是我病院的生活便开始了。

三月四号

接蕴姊死电是二十天以前的事，我的病却一天好一天。一号又由送我进院的几人把我送转公寓来，房子已打扫得干干净净。因为怕我冷，特生了一个小小的洋炉，我真不知怎样才能表示我的感谢，尤其是苇弟和毓芳。金和周在我这儿住了两夜才走，都充当我的看护，我每日都躺着，舒服得不象住公寓，同在家里也差不了什么了！毓芳决定再陪我住几天，等天气暖和点便替我上西山找房子，我好专去养病，我也真想能离开北京，可恨阳历三月了，还如是之冷！毓芳硬要住在这儿，我也不好十分拒绝，所以前两天为金和周搭的一个小铺又不能撤了。

近来在病院把我自己的心又医转了,实实在在是这些朋友们的温情把它重暖了起来,觉得这宇宙还充满着爱呢。尤其是凌吉士,当他到医院看我时,我觉得很骄傲,他那种丰仪才够去看一个在病院的女友的病,并且我也懂得,那些看护妇都在羡慕着我呢。有一天,那个很漂亮的密司杨问我:

“那高个儿,是你的什么人呢?”

“朋友!”我忽略了她问的无礼。

“同乡吗?”

“不,他是南洋的华侨。”

“那末是同学?”

“也不是。”

于是她狡猾的笑了,“就仅是朋友吗?”

自然,我可以不必脸红,并且还可以警诫她几句,但我却惭愧了。她看到我闭着眼装要睡的狼狈样儿,便得意的笑着走去。后来我一直都恼着她。并且为了躲避麻烦,有人问起苇弟时,我便扯谎说是我的哥哥。有一个同周很好的小伙子,我便说是同乡,或是亲戚的乱扯。

当毓芳上课去,我一个人留在房里时,我就去翻在一月多中所收到的信,我又很快活,很满足,还有许多人在纪念我呢。我是需要别人纪念的,总觉得能多得点好意就好。父亲是更不必说,又寄了一张像来,只有白头发似乎又多了几根。姊姊们都好,可惜就为小孩们忙得很,不能多替我写信。

信还没有看完,凌吉士又来了。我想站起来,但他却把我按住。他握着我的手时,我快活得真想哭了。我说:

“你想没想到我又会回转这屋子呢?”

他只瞅着那侧面的小铺,表示不高兴的样子,于是我告诉他从前的那两位客已走了,这是特为毓芳预备的。

他听了便向我说他今晚不愿再来,怕毓芳厌烦他。于是我心里更充满乐意了,便说:

“难道你就不怕我厌烦吗?”

他坐在床头更长篇的述说他这一个多月中的生活,怎样和云霖冲突,闹意见,因为他赞成我早些出院,而云霖执着说不能出来。毓芳也附着云霖,他懂得他认识我的时间太短,说话自然不会起影响,所以以后他不管这事了,并且在院中一和云霖碰见,自己便先回来。

我懂得他的意思,但我却装着说:

“你还说云霖,不是云霖我还不会出院呢,住在里面舒服多了。”

于是我又看见他默默地把头掉到一边去,不答我的话。

他算着毓芳快来时,便走了,悄悄告诉我说等明天再来。果然,不久毓芳便回来了。毓芳不曾问,我也不告她,并且她为我的病,不愿同我多说话,怕我费神,我更乐得藉此可以多去想些另外的小闲事。

三月六号

当毓芳上课去后,把我一人撂在房里时,我便会想起这所谓男女间的怪事;其实,在这上面，不是我爱自夸，我所受的训练，至少也有我几个朋友们的相加或相乘，但近来我却非常不能了解了。当独自同着那高个儿时，我的心便会跳起来，又是羞惭，又是害怕，而他呢，他只是那样随便的坐着，近乎天真的讲他过去的历史，有时握着我的手，不过非常自然，然而我的手便不会很安静的被握在那大手中，慢慢的会发烧。一当他站起身预备走时，不由的我心便慌张了，好象我将跌入那可怕的不安中，于是我盯着他看，真说不清那眼光是求怜，还是怨恨；但他却忽略了我这眼光，偶尔懂得了，也只说："毓芳要来了哟！"我应当怎样说呢？他是在怕毓芳！自然，我也不愿有人知道我暗地所想的一些不近情理的事，不过我又感到有别人了解我感情的必要；几次我向毓芳含糊的说起我的心境，她还是那样忠实的替我盖被子，留心我的药，我真不能不有点烦闷了。

三月八号

毓芳已搬回去，苇弟又想代替那看护的差事。我知道，如若苇弟来，一定比毓芳还好，夜晚若想茶吃时，总不至于因听到那浓睡中的鼾声而不愿搅扰人便把头缩进被窝算了；但我自然拒绝他这好意，他固执着，我只好说："你在这里，我有许多不方便，并且病呢，也好了。"他还要证明间壁的屋子空着，他可以住间壁，我正在无法时，凌吉士来了。我以为他们还不认识，而凌吉士已握着苇弟的手，说是在医院见过两次。苇弟冷冷的不理他，我笑着向凌吉士说："这是我的弟弟，小孩子，不懂交际，你常来同他玩吧。"苇弟真的变成了小孩子，丧着脸站起身就走了。我因为有人在面前，便感得不快，也只掩藏住，并且觉得有点对凌吉士不住，但他却毫没介意，反问我："不是他姓白吗，怎会变成你的弟弟？"于是我笑了："那末你是只准姓凌的人叫你做哥哥弟弟的！"于是他也笑了。

近来青年人在一处时，老喜欢研究到这一个"爱"字，虽说有时我似乎懂得点，不过终究还是不很说得清。至于男女间的一些小动作，似乎我又太看得明白了。也许是因为我懂得了这些小动作，于"爱"才反迷糊，才没有勇气鼓吹恋爱，才不敢相信自己是一个纯粹的够人爱的小女子，并且才会怀疑到世人所谓的"爱"，以及我所接受的"爱"……

在我稍微有点懂事的时候，便给爱我的人把我苦够了，给许多无事的人以诬蔑我，凌辱我的机会，以致我顶亲密的小伴侣们也疏远了。后来又为了爱的胁迫，使我害怕得离开了我的学校。以后，人虽说一天天大了，但总常常感到那些无味的纠缠，因此有时不特怀疑到所谓"爱"，竟会不屑于这种亲密。苇弟说他爱我，为什么他只常常给我一些难过呢？譬如今晚，他又来了，来了便哭，并且似乎带了很浓的兴味来哭一样，无论我说："你怎么了，说呀！""我求你，说话呀，苇弟！……"他都不理会。这是从未有的事，我尽我的脑力也猜想不出他所骤遭的这灾祸。我应当把不幸朝哪一方去揣测呢？后来，大约他哭够了，才大声说："我不喜欢他！""这又是谁欺侮了你呢，这样大嚷大闹的？""我不喜欢那高个子！那同你好的！"哦，我这才知道原来是怄我的气。我不觉得笑了。这种无味的嫉妒，这种自私的占有，便是所谓爱吗？我发笑，而这笑，自然不会安慰那有野心的男人的。并且因我不屑的态度，更激起他那不可抑制的怒气。我看着他那放亮的眼光，我以为他要噬人了，我想："来吧！"但他却又低下头哭了，还揩着眼泪，踉跄地走出去。

这种表示，也许是称为狂热的，真率的爱的表现吧，但苇弟却不假思索地用在我面前，自然是只会失败；并不是我愿意别人虚伪，做作，我只觉得想靠这种小孩般举动来打动我的心，全是无用。或者因为我的心生来便如此硬；那我之种种不惬于人意而得来烦恼和伤心，也是应该的。

苇弟一走，自自然然我把我自己的心意去揣摩，去仔细回忆那一种温柔的，大方的，坦白而又多情的态度上去，光这态度已够人欣赏象吃醉一般的感到那融融的蜜意，于是我拿了一张画片，写了几个字，命伙计即刻送到第四寄宿舍去。

三月九号

我看见安安闲闲坐在我房里的凌吉士，不禁又可怜苇弟，我祝祷世人不要像我一样，忽略了蔑视了那可贵的真诚而把自己陷到那不可拔的渺茫的悲境里；我更愿有那末一个真诚纯洁的女郎去饱领苇弟的爱，并填实苇弟所感得的空虚啊！

三月十三

好几天又不提笔，不知是因为我心情不好，或是找不出所谓的情绪。我只知道，从昨天来我是只想哭了。别人看到我哭，以为我在想家，想到病，看见我笑呢，又以为我快乐了，还欣庆着这健康的光芒……但所谓朋友皆如是，我能告谁以我的不屑流泪，而又无力笑出的痴呆心境？因我看清了自己在人间的种种不愿舍弃的热望以及每次追求而得来的懊丧，所以连自己也不愿再同情这未能悟彻所引起的伤心。更哪能捉住一管笔去详细写出自怨和自恨呢！

是的，我好象又在发牢骚了。但这只是隐忍在心头反复向自己说，似乎还无碍。因为我未曾有过那种胆量，给人看我的蹙紧眉头，和听我的叹气，虽说人们早已无条件的赠送过我以“狷傲”“怪僻”等等好字眼。其实，我并不是要发牢骚，我只想哭，想有那末一个人来让我倒在他怀里哭，并告诉他：“我又糟踏我自己了！”不过谁能了解我，抱我，抚慰我呢？是以我只能在笑声中咽住“我又糟踏我自己了”的哭声。

我到底又为了什么呢，这真难说！自然我未曾有过一刻私自承认我是爱恋上那高个儿了的，但他在我的心心念念中又蕴蓄着一种分析不清的意义。虽说他那颀长的身躯，嫩玫瑰般的脸庞，柔软的嘴唇，惹人的眼角，可以诱惑许多爱美的女子，并以他那娇贵的态度倾倒那些还有情爱的。但我岂肯为了这些无意识的引诱而迷恋一个十足的南洋人！真的，在他最近的谈话中，我懂得了他的可怜的思想；他需要的是什么？是金钱，是在客厅中能应酬买卖中朋友们的年轻太太，是几个穿得很标致的白胖儿子。他的爱情是什么？是拿金钱在妓院中，去挥霍而得来的一时肉感的享受，和坐在软软的沙发上，拥着香喷喷的肉体，抽着烟卷，同朋友们任意谈笑，还把左腿叠压在右膝上；不高兴时，便拉倒，回到家里老婆那里去。热心于演讲辩论会，网球比赛，留学哈佛，做外交官，公使大臣，或继承父亲的职业，做橡树生意，成资本家……这便是他的志趣！他除了不满于他父亲未曾给他过多的钱以外，便什么都可使他在一夜不会做梦的睡觉；如有，便只是嫌北京好看的女人太少，有时也会厌腻起游戏园，戏场，电影院，公园来……唉，我能说什么呢？当我明白了那使我爱慕的一个高贵的美型里，是安置着如此一个卑劣灵魂,并且无缘无故还接受过他的许多亲密。这亲密,还值不了他从妓院中挥霍里剩余下的一半！想起那落在我发际的吻来,真使我悔恨到想哭了！我岂不是把我献给他任他来玩弄来比拟到卖笑的姊妹中去！这只能责备我自己使我更难受,假设只要我自己肯,肯把严厉的拒绝放到我眸子中去,我敢相信,他不会那样大胆,并且我也敢相信,他所以不会那样大胆,是由于他还未曾有过那恋爱的火焰燃炽……唉！我应该怎样来诅咒我自己了！

三月十四

这是爱吗,也许爱才具有如此的魔力,要不,为什么一个人的思想会变幻得如此不可测！当我睡去的时候,我看不起美人,但刚从梦里醒来,一揉开睡眼,便又思念那市侩了。我想:他今天会来吗？什么时候呢,早晨,过午,晚上？于是我跳下床来,急忙忙的洗脸,铺床,还把昨夜丢在地下的一本大书捡起,不住的在边缘处摩挲着,这是凌吉士昨夜遗忘在这儿的一本《威尔逊演讲录》。

三月十四晚上

我有如此一个美的梦想,这梦想是凌吉士给我的。然而同时又为他而破灭。我因了他才能满饮着青春的醇酒,在爱情的微笑中度过了清晨;但因了他,我认识了“人生”这玩艺,而灰心而又想到死;至于痛恨到自己甘于堕落,所招来的,简直只是最轻的刑罚！真的,有时我为愿保存我所爱的,我竟想到“我有没有力去杀死一个人呢？”

我想遍了,我觉得为了保存我的美梦,为了免除使我生活的力一天天减少,顶好是即刻上西山,但毓芳告诉我,说她托找房子的那位住在西山的朋友还没有回信来,我怎好再去询问或催促呢？不过我决心了,我决心让那高小子来尝一尝我的不柔顺,不近情理的倨傲和侮弄。

三月十七

那天晚上苇弟赌气回去,今天又小小心心地自己来和解,我不觉笑了,并感到他的可爱。如若一个女人只要能找得一个忠实的男伴,做一身的归宿,我想谁也没有我苇弟可靠。我笑问:“苇弟,还恨姊姊不呢？”他羞惭地说:“不敢。姊姊,你了解我吧！我除了希冀你不摈弃我以外不敢有别的念头。一切只要你好,你快乐就够了！”这还不真挚吗？这还不动人吗？比起那白脸庞红嘴唇的如何？但后来我说:“苇弟,你好,你将来一定是一切都会很满意的。”他却露出凄然的一笑:“永世也不会——但愿如你所说……”这又是什么呢？又是给我难受一下！我恨不得跪在他面前求他只赐我以弟弟或朋友的爱吧！单单为了我的自私,我愿我少些纠葛,多点快乐。苇弟爱我,并会说那样好听的话,但他忽略了:第一他应当真的减少他的热望,第二他也应该藏起他的爱。我为了这一个老实的男人,感到无能的抱歉,也够受了。

三月十八

我又托夏在替我往西山找房了。

三月十九

凌吉士居然几日不来我这里了。自然,我不会打扮,不会应酬,不会治事理家,我有肺病,无钱,他来我这里做什么!我本无须乎要他来,但他真的不来却又更令我伤心,更证实他以前的轻薄。难道他也是如苇弟一样老实,当他看到我写给他的字条:“我有病,请不要再来扰我,”就信为是真话,竟不可违背,而果真不来吗?我只想再见他一面,审看一下这高大的怪物到底是怎样的在觑看我。

三月二十

今天我往云霖处跑了三次,都未曾遇见我想见的人,似乎云霖也有点疑惑,所以他问我这几天见着凌吉士没有。我只好怅怅的跑回来。我实在焦烦得很,我敢自己欺自己说我这几日没有思念他吗?

晚上七点钟的时候,毓芳和云霖来邀我到京都大学第三院去听英语辩论会,乙组的组长便是凌吉士。我一听到这消息,心就立刻砰砰的跳起来。我只得拿病来推辞了这善意的邀请。我这无用的弱者,我没有胆量去承受那激动,我还是希望我能不见着他。不过他俩走时,我却请他俩致意凌吉士,说我问候他。唉,这又是多无意识啊!

三月二十一

我刚吃过鸡子牛奶,一种熟习的叩门声响着,纸格上映印上一个颀长的黑影。我只想跳过去开门,但不知为一种什么情感所支使,我咽着气,低下头去了。

“莎菲,起来没有?”这声音如此柔嫩,令我一听到会想哭。

为了知道我已坐在椅子上吗?为了知道我无能发气和拒绝吗?他轻轻的托开门走进来了。我不敢仰起我滋润的眼皮。

“病好些没有,刚起来吗?”

我答不出一句话。

“你真在生我的气啊。莎菲,你厌烦我,我只好走了。莎菲!”

他走,于我自然很合适,但我又猛然抬起头拿眼光止住了他开门的手。

谁说他不是一个坏蛋呢,他懂得了。他敢于把我的双手握得紧紧的。他说:

“莎菲,你捉弄我了。每天我走你门前过,都不敢进来,不是云霖告诉我说你不会生我气,那我今天还不敢来。你,莎菲,你厌烦我不呢?”

谁都可以体会得出来,假使他这时敢于拥抱我,狂乱的吻我,我一定会倒在他手腕上哭出来:“我爱你呵!我爱你呵!”但他却如此的冷淡,冷淡得使我又恨他了。然而我心里在想:“来呀,抱我,我要吻你咧!”自然,他依旧握着我的手,把眼光紧盯在我脸上，然而我搜遍了，在他的各种表示中，我得不着我所等待于他的赐予。为什么他仅仅只懂得我的无用，我的不可轻侮，而不够了解他在我心中所占的是一种怎样的地位！我恨不得用脚尖踢他出去，不过我又为另一种情绪所支配，我向他摇头，表示不厌烦他的来到。

于是我又很柔顺地接受了他许多浅薄的情意，听他说着那些使他津津回味的卑劣享乐，以及“赚钱和花钱”的人生意义，并承他暗示我许多做女人的本分。这些又使我看不起他，暗骂他，嘲笑他，我拿我的拳头，隐隐痛击我的心，但当他扬扬地走出我房时，我受逼得又想哭了。因为我压制住我那狂热的欲念，未曾请求他多留一会儿。

唉，他走了！

三月二十一夜

去年这时候，我过的是一种什么生活！为了蕴姊千依百顺地疼我，我便装病躺在床上不肯起来。为了想蕴姊抚摩我，我伏在桌上想到一些小不满意的事而哼哼唧唧的哭。有时因在整日静寂的沉思里得了点哀戚，但这种淡淡的凄凉，更令我舍不得去扰乱这情调，似乎在这里面我可以味出一缕甜意一样的。至于在夜深的法国公园，听躺在草地上的蕴姊唱《牡丹亭》，那是更不愿想到的事了。假使她不被神捉弄般的去爱上那苍白脸色的男人，她一定不会死的这样快，我当然不会一人漂流到北京，无亲无爱的在病中挣扎。虽说有几个朋友，他们也很体惜我，但在我所感应得出的我和他们的关系能和蕴姊的爱在一个天平上相称吗？想起蕴姊，我真应当像从前在蕴姊面前撒娇一样的纵声大哭，不过这一年来，因为多懂得了一些事，虽说时时想哭却又咽住了，怕让人知道了厌烦。近来呢，我更不知为了什么只能焦急。想得点空闲去思虑一下我所做的，我所想的，关于我的身体，我的名誉，我的前途的好歹的时间也没有，整天把紊乱的脑筋放到一个我不愿想到的去处，因为是我想逃避的，所以越把我弄成焦烦苦恼得不堪言说！但是我除了说“死了也活该！”是不能再希冀什么了。我能求得一些同情和慰藉吗？然而我又似乎在向人乞怜了。

晚饭一吃过，毓芳和云霖来我这儿坐，到九点我还不肯放他俩走。我知道，毓芳碍住面子只好又坐下来，云霖藉口要预备明天的课，执意一人走回去了。于是我隐隐向毓芳吐露我近来所感得的窘状，我想她能懂得这事，并且能作主把我的生活改变一下，做我自己所不能胜任的。但她完全把话听到反面去了，她忠实地告诫我：“莎菲，我觉得你太不老实，自然你不是有意，你可太不留心你的眼波了。你要知道，凌吉士他们比不得在上海同我们玩耍的那群孩子，他们很少机会同女人接近，受不起一点好意的，你不要令他将来感到失望和痛苦。我知道，你哪里会爱他呢？”这错误是不是又该归我，假设我不想求助于她而向她饶舌，是不是她不会说出这更令我生气，更令我伤心的话来？我噎着气又笑了：“芳姊，不要把我说得太坏了吓！”

毓芳愿意留下住一夜时，我又赶她走了。

像那些才女们，因为得了一点点不很受用，便能“我是多愁善感呀”，“悲哀呀我的心……”“……”做出许多新旧的诗。我呢，没出息，白白被这些诗境困着，想以哭代替诗句来表现一下我的情感的搏斗都不能。光在这上面，为了不如人，也应摒开一切去努力做人才对，便退一千步说，为了自己的热闹，为了得一群浅薄眼光之赞颂，我也不该拿不起笔或枪来。真的便把自己陷到比死还难忍的苦境里,单单为了那男人的柔发,红唇……

我又梦想到欧洲中古的骑士风度,拿这来比拟不会有错,如其有人看到过凌吉士的话,他把那东方特长的温柔保留着。神把什么好的,都慨然赐给他了,但神为什么不再给他一点聪明呢?他还不懂得真的爱情呢,他确是不懂,虽说他已有了妻(今夜毓芳告我的),虽说他,曾在新加坡乘着脚踏车追赶坐洋车的女人,因而恋爱过一小段时间,虽说他曾在韩家潭住过夜。但他真得到过一个女人的爱吗?他爱过一个女人吗?我敢说不曾!

一种奇怪的思想又在我脑中燃烧了。我决定来教教这大学生。这宇宙并不是象他所懂的那样简单啊!

三月二十二

在心的忙乱中,我勉强竟写了这些日记了。早先因为蕴姊写信来要,再三再四的,我只好开始写。现在蕴姊死了好久,我还舍不得不继续下去,心想为了蕴姊在世时所谆谆向我说的一些话便永远写下去纪念蕴姊也好。所以无论我那样不愿提笔,也只得胡乱画下一页半页的字来。本来是睡了的,但望到挂在壁上蕴姊的像,忍不住又爬起,为免掉想念蕴姊的难受而提笔了。自然,这日记,我是除了蕴姊不愿给任何人看。第一因为这是为了蕴姊要知道我的生活而记下的一些琐琐碎碎的事,二来我怕别人给一些理智的面孔给我看,好更刺透我的心;似乎我自己也会因了别人所尊崇的道德而真的感到象犯罪一样的难受。所以这黑皮的小本子我许久以来都安放在枕头底下的垫被的下层。今天不幸我却违背我的初意了,然而也是不得已,虽说似乎是出于毫未思考。原因是苇弟近来非常误解我,以致常常使得他自己不安,而又常常波及我,我相信在我平日的一举一动中,我都能表示出我的态度来。为什么他不懂我的意思呢?难道我能直捷的说明,和阻止他的爱吗?我常常想,假设这不是苇弟而是另外一人,我将会知道怎样处置是最合法的。偏偏又是如此令我忍不下心去的一个好人!我无法了,只好把我的日记给他看。让他知道他在我的心里是怎样的无希望,并知道我是如何凉薄的反反复复的不足爱的女人。假使苇弟知道我,我自然会将他当做我唯一可诉心肺的朋友,我会热诚的拥着他同他接吻。我将替他愿望那世界上最可爱,最美的女人……日记,苇弟看过一遍,又一遍了,虽说他曾经哭过,但态度非常镇静,是出我意料之外的。我说:

"懂得了姊姊吗?"

他点头。

"相信姊姊吗?"

"关于哪方面的?"

于是我懂得那点头的意义。谁能懂得我呢,便能懂得这只能表现我万分之一的日记,也只令我看到这有限的伤心哟!何况,希求人了解,以想方设计用文字来反复说明的日记给人看,是多么可伤心的事!并且,后来苇弟还怕我以为他未曾懂得我,于是不住的说:

"你爱他,你爱他!我不配你!"

我真想一赌气扯了这日记。我能说我没有糟踏这日记吗？我只好向苇弟说："我要睡了，明天再来吧。"

在人里面，真不必求什么！这不是顶可怕的吗？假设蕴姊在，看见我这日记，我知道，她会抱着我哭："莎菲，我的莎菲！我为什么不再变得伟大点，让我的莎菲不至于这样苦啊……"但蕴姊已死了，我拿着这日记应怎样的痛哭才对！

三月二十三

凌吉士向我说："莎菲！你真是一个奇怪的女子。"我了解这并不是懂得了我的什么而说出的一句赞叹。他所以为奇怪的，无非是看见我的破烂了的手套，搜不出香水的抽屉，无缘无故扯碎了的新棉袍，保存着一些旧的小玩具，……还有什么？听见些不常的笑声，至于别的，他便无能去体会了，我也从未向他说过一句我自己的话。譬如他说"我以后要努力赚钱呀"，我便笑；他说到邀起几个朋友在公园追着女学生时，"莎菲那真有趣"，我也笑。自然，他所说的奇怪，只是一种在他生活习惯上不常见的奇怪。并且我也很伤心，我无能使他了解我而敬重我。我是什么也不希求了，除了往西山去。我想到我过去的一切妄想，我好笑！

三月二十四

当他单独在我面前时，我觑着那脸庞，聆着那音乐般的声音，心便在忍受那感情的鞭打！为什么不扑过去吻他的嘴唇，他的眉梢，他的……无论什么地方？真的，有时话都到口边了："我的王！准许我亲一下吧！"但又受理智，不，我就从没有过理智，是受另一种自尊的情感所裁制而又咽住了。唉！无论他的思想怎样坏，他使我如此癫狂的动情，是曾有过而无疑，那我为什么不承认我是爱上了他咧？并且，我敢断定，假使他能把我紧紧的拥抱着，让我吻遍他全身，然后他把我丢下海去，丢下火去，我都会快乐的闭着眼等待那可以永久保藏我那爱情的死的来到。唉！我竟爱他了，我要他给我一个好好的死就够了……

三月二十四夜深

我决心了。我为拯救我自己被一种色的诱惑而堕落，我明早便到夏那儿去，以免看见凌吉士又痛苦，这痛苦已缠缚我如是之久了！

三月二十六

为了一种纠缠而去，但又遭逢着另一种纠缠，我不得不又急速的转来了。我去夏那儿的第二天，梦如便去了。虽说她是看另一人去的，但使我感到很不快活。夜晚，她大发其对感情的一种新近所获得的议论，隐隐的含着讥刺向我，我默然。为不愿让她更得意，我睁着眼，睡在夏的床上等到天明，才忍着气转来……

毓芳告诉我，说西山房子已找好了，并且另外替我邀了一个女伴，也是养病的，而这女伴同毓芳又是很好的朋友。听到这消息,应该是很欢喜吧,但我刚刚在眉头舒展了一点喜色,一种默然的凄凉便罩上了。虽说我从小便离开家,在外面混,但都有我的亲戚朋友随着我。这次上西山,固然说起来离城只是几十里,但在我,一个活了二十岁的人,开始一人跑到陌生的地方去,还是第一次。假使我竟无声无息的死在那山上,谁是第一个发现我死尸的?我能担保我不会死在那里吗?也许别人会笑我担忧到这些小事,而我却真的哭过。当我问毓芳舍不舍得我时,毓芳却笑,笑我问小孩话,说这一点点路有什么舍不得,直到毓芳答应我每礼拜上山一次,我才不好意思地揩干眼泪。

下午我到苇弟那儿去,苇弟也说他一礼拜上山一次,填毓芳不去的空日。

回来已夜了,我一人寂寂寞寞地收拾东西,想到我要离开北京的这些朋友们,我又哭了。但一想到朋友们都未曾向我流泪,我又擦去我脸上的泪痕。我又将一人寂寂寞寞地离开这古城了。

在寂寞里,我又想到凌吉士了,其实,话不是这样说,凌吉士简直不能说"想起""又想起",完全是整天都在系念到他,只能说:"又来讲我的凌吉士吧。"这几天我故意造成的离别,在我是不可计的损失,我本想放松他,而我把他捏得更紧了。我既不能把他从心里压根儿拔去,我为什么要躲避着不见他的面呢?这真使我懊恼,我不能便如此同他离别,这样寂寂寞寞的走上西山……

三月二十七

一早毓芳便上西山去了,去替我布置房子,说好明天我便去。为她这番盛情,我应怎样去找得那些没有的字来表示我的感谢?我本想再呆一天在城里,也不好说了。

我正焦急的时候,凌吉士才来,我握紧他双手,他说:

"莎菲!几天没见你了!"

我很愿意这时我能哭出来,抱着他哭,但眼泪只能噙在眼里,我只好又笑了。他听见明天我要上山时,显出的那惊诧和嗟叹,很安慰到我,于是我真的笑了。他见到我笑,便把我的手反捏得紧紧的,紧得使我生痛。他怨恨似的说:

"你笑!你笑!"

这痛,是我从未有过的舒适,好象心里也正锥下去一个什么东西,我很想倒向他的手腕,而这时苇弟却来了。

苇弟知道我恨他来,他偏不走。我向凌吉士使眼色,我说:"这点钟有课吧?"于是我送凌吉士出来。他问我明早什么时候走,我告他;问他还来不来呢,他说回头便来;于是我望着他快乐了,我忘了他是怎样可鄙的人格,和美的相貌了,这时他在我的眼里,是一个传奇中的情人。哈,莎菲有一个情人了!……

三月二十七晚

自从我赶走苇弟到这时已整整五个钟头了。在这五点钟里,我应怎样才想得出一个恰合的名字来称呼它?象热锅上的蚂蚁在这小房子里不安的坐下,又站起,又跑到门缝边瞧,但是——他一定不来了,他一定不来了,于是我又想哭,哭我走得这样凄凉,北京城就没有一个人陪我一哭吗?是的,我应该离开这冷酷的北京,为什么我要舍不得这板床，这油腻的书桌，这三条腿的椅子……是的，明早我就要走了，北京的朋友们不会再腻烦莎菲的病。为了朋友们轻快舒适，莎菲便为朋友们死在西山也是该的！但如此让莎菲一人看不着一点热情孤孤寂寂的上山去，想来莎菲便不死，也不会有损害或激动于人心吧……不想了！不想！有什么可想的？假使莎菲不如此贪心攫取感情，那莎菲不是便很可满足于那些眉目间的同情了吗？……

关于朋友，我不说了。我知道永世也不会使莎菲感到满足这人间的友谊的！

但我能满足些什么呢？凌吉士答应来，而这时已晚上九点了。纵是他来了，我会很快乐吗？他会给我所需要的吗？……

想起他不来，我又该痛恨自己了！在很早的从前，我懂得对付哪一种男人应用哪一种态度，而现在反蠢了。当我问他还来不来时，我怎能显露出那希求的眼光，在一个漂亮人面前是不应老实，让人瞧不起……但我爱他，为什么我要使用技巧？我不能直接向他表明我的爱吗？并且我觉得只要于人无损，便吻人一百下，为什么便不可以被准许呢？

他既答应来，而又失信，显见得是在戏弄我。朋友，留点好意在莎菲走时，总不至于是一种损失吧。

今夜我简直狂了。语言，文字是怎样在这时显得无用！我心像被许多小老鼠啃着一样，又象一盆火在心里燃烧。我想把什么东西都摔破，又想冒着夜气在外面乱跑，我无法制止我狂热的感情的激荡，我躺在这热情的针毡上，反过去也刺着，翻过来也刺着，似乎我又是在油锅里听到那油沸的响声，感到浑身的灼热……为什么我不跑出去呢？我等着一种渺茫的无意义的希望到来！哈……想到红唇，我又癫了！假使这希望是可能的话——我独自又忍不住笑，我再三再四反复问我自己；“爱他吗？”我更笑了。莎菲不会傻到如此地步去爱上南洋人。难道因了我不承认我的爱，便不可以被人准许做一点儿于人无损的事？

假使今夜他竟不来，我怎能甘心便懇然上西山去……

唉！九点半了！

九点四十分！

三月二十八晨三时

莎菲生活在世上，要人们了解她体会她的心太热太恳切了，所以长远的沉溺在失望的苦恼中，但除了自己，谁能够知道她所流出的眼泪的分量？

在这本日记里，与其说是莎菲生活的一段记录，不如直接算为莎菲眼泪的每一个点滴，是在莎菲心上，才觉得更切实。然而这本日记现在要收束了，因为莎菲已无需乎此——用眼泪来泄愤和安慰，这原因是对于一切都觉得无意识，流泪更是这无意识的极深的表白。可是在这最后一页的日记上，莎菲应该用快乐的心情来庆祝，她从最大的失望中，蓦然得到了满足，这满足似乎要使人快乐得死才对。但是我，我只从那满足中感到胜利，从这胜利中得到凄凉，而更深的认识我自己的可怜处，可笑处，因此把我这几月来所萦萦于梦想的一点“美”反缥缈了，——这个美便是那高个儿的丰仪！

我应该怎样来解释呢？一个完全癫狂于男人仪表上的女人的心理！自然我不会爱他，这不会爱，很容易说明，就是在他丰仪的里面是躲着一个何等卑丑的灵魂！可是我又倾慕他，思念他，甚至于没有他，我就失掉一切生活意义了；并且我常常想，假使有那末一日,我和他的嘴唇合拢来,密密的,那我的身体就从这心的狂笑中瓦解去,也愿意。其实,单单能获得骑士般的那人儿的温柔的一抚摩,随便他的手尖触到我身上的任何部分,因此就牺牲一切,我也肯。

我应当发癫,因为这些幻想中的异迹,梦似的,终于毫无困难的都给我得到了。但是从这中间,我所感到的是我所想象的那些会醉我灵魂的幸福吗?不啊!

当他——凌吉士——晚间十点钟来到时候,开始向我嗫嚅地表白,说他是如何的在想我……还使我心动过好几次;但不久我看到他那被情欲燃烧的眼睛,我就害怕了。于是从他那卑劣的思想中发出的更丑的誓语,又振起我的自尊心!假使他把这串浅薄肉麻的情话去对别个女人说,一定是很动听的,可以得一个所谓的爱的心吧。但他却向我,就由这些话语的力,把我推得隔他更远了。唉,可怜的男子!神既然赋予你这样的一副美形,却又暗暗的捉弄你,把那样一个毫不相称的灵魂放到你人生的顶上!你以为我所希望的是“家庭”吗?我所欢喜的是“金钱”吗?我所骄傲的是“地位”吗?“你,在我面前,是显得多么可怜的一个男子啊!”我真要为他不幸而痛哭,然而他依样把眼光镇住我脸上,是被情欲之火燃烧得如何的怕人!倘若他只限于肉感的满足,那末他倒可以用他的色来摧残我的心;但他却哭声地向我说:“莎菲,你信我,我是不会负你的!”啊,可怜的人,他还不知道在他面前的这女人,是用如何的轻蔑去可怜他的这些做作,这些话!我竟忍不住笑出声来,说他也知道爱,会爱我,这只是近于开玩笑!那情欲之火的巢穴——那两只灼闪的眼睛,不正宣布他除了可鄙的浅薄的需要,别的一切都不知道吗?

“喂,聪明一点,走开吧,韩家潭那个地方才是你寻乐的场所!”我既然认清他,我就应该这样说,教这个人类中最劣种的人儿滚出去。然而,虽说我暗暗的在嘲笑他,但当他大胆的贸然伸开手臂来拥我时,我竟又忘了一切,我临时失掉了我所有的一些自尊和骄傲,我完全被那仅有的一副好丰仪迷住了,在我心中,我只想,“紧些!多抱我一会儿吧,明早我便走了。”假使我那时还有一点自制力,我该会想到他的美形以外的那东西,而把他象一块石头般,丢到房外去。

唉!我能用什么言语或心情来痛悔?他,凌吉士,这样一个可鄙的人,吻了我!我静静默默地承受着!但那时,在一个温润的软热的东西放到我脸上,我心中得到的是些什么呢?我不能象别的女人一样晕倒在她那爱人的臂膀里!我张大着眼睛望他,我想:“我胜利了!我胜利了!”因为他所使我迷恋的那东西,在吻我时,我已知道是如何的滋味——我同时鄙夷我自己了!于是我忽然伤心起来,我把他用力推开,我哭了。

他也许忽略了我的眼泪,以为他的嘴唇给我如何的温软,如何的嫩腻,把我的心融醉到发迷的状态里吧,所以他又挨我坐着,继续说了许多所谓爱情表白的肉麻话。

“何必把你那令人惋惜处暴露得无余呢?”我真这样的又可怜起他来。

我说:“不要乱想吧,说不定明天我便死去了!”

他听着,谁知道他对于这话是得到怎样的感触?他又吻我,但我躲开了,于是那嘴唇便落到我手上……

我决心了,因为这时我有的是充足的清晰的脑力,我要他走,他带点抱怨颜色,缠着我。我想“为什么你也是这样傻劲呢?”他直挨到夜十二点半钟才走。

他走后,我想起适间的事情。我用所有的力量,来痛击我的心!为什么呢,给一个如此我看不起的男人接吻?既不爱他,还嘲笑他,又让他来拥抱?真的,单凭了一种骑士般的风度,就能使我堕落到如此地步吗?

总之,我是给我自己糟踏了,凡一个人的仇敌就是自己,我的天,这有什么法子去报复而偿还一切的损失?

好在在这宇宙间,我的生命只是我自己的玩品,我已浪费得尽够了,那末因这一番经历而使我更陷到极深的悲境里去,似乎也不成一个重大的事件。

但是我不愿留在北京,西山更不愿去了,我决计搭车南下,在无人认识的地方,浪费我生命的余剩;因此我的心从伤痛中又兴奋起来,我狂笑的怜惜自己:

"悄悄的活下来,悄悄的死去,啊!我可怜你,莎菲!"

(收入《在黑暗中》,开明书店1928年10月版)

蚀(存目)

茅　盾

(包括《幻灭》《动摇》《追求》"三部曲",原连载于《小说月报》,
开明书店1930年5月出版单行本)

子夜(节选)

茅　盾

吴荪甫是上海滩的摩登人物,富有冒险的精神和硬干的胆力。他经营一家丝厂,抱有实业救国的信念,想努力振兴中国的民族工业。

1930年夏,因为乡下土匪闹事,他将父亲接到上海避难,但因循守旧的吴老太爷刚到上海就惊吓成疾,一命呜呼。吴老太爷的丧事也无形中成为一个盛大的party,上海滩的各式人物纷纷登场,或打情骂俏,或商谈交易。当时蒋介石和冯玉祥的军队正在大打内战,股票投机市场受此影响剧烈波动,银行家们热衷于"公债"投机生意。擅长做"买空卖空"投机的赵伯韬眼看交割期近,想了一个"金蝉脱壳"的计划,诱骗吴荪甫的姐夫、银行家杜竹斋上钩。他宣称公债虽然目前狂跌,但将来可以望涨,因为他和军政界有联络,知道内部消息——"西北军马上就要退!本月交割以前,公债一定要回涨"。工于心计的杜竹斋虽然也担心赵伯韬要阴谋,但终于利令智昏,参与了赵伯韬的计划,并将此事转告吴荪甫。吴则非常果断地决定参加这场赌博。

吴荪甫的工厂也危机重重,在他给父亲办丧事期间,工人们听说不久就要削减工资的消息,愤怒之下消极怠工,并威胁进行罢工。吴先是强硬地拒绝工人的要求,但在杜竹斋的劝说下,又决定用缓兵之计,分化、瓦解工人,同时秘密向公安局请求派人保护工厂。工人们生活无着,无奈之下开始酝酿总罢工。在紧急关头,工人代表屠维岳选择了叛变,他建议吴荪甫收买部分工人,平息工潮。屠维岳试图在吴荪甫和工人之间调和,一方面说服吴改善工人待遇,而同时极力劝工人复工,虽然多次缓和了局势,但吴的态度逐渐强硬,工人们也逐渐认识到他的阴谋,觉醒了的工人终于发动了大罢工。

在投机市场,吴荪甫越陷越深。他明知工厂急需资金,但为了扳倒赵伯韬,他仍将全部资产抵押给银行,筹巨资去放手一搏。他苦劝姐夫杜竹斋等人和他一起做"空头",使"多头"赵伯韬破产,他的姐夫犹豫不决,劝他不要和赵斗。赵伯韬盟友众多,又在政界有许多关系,通过各种方法打压吴荪甫,其目标是吞并吴荪甫的工厂。雄心勃勃的吴荪甫使用"奇兵",给赵形成了极大的威胁,在收盘日几乎就要击败赵伯韬,但关键时刻他的姐夫杜竹斋倒戈,使他惨败。破产后的吴荪甫,只得带着和自己貌合神离的太太离开上海,外出"避暑"。

节选自全书第十章,吴荪甫利用屠维岳成功地化解了工人的第一次罢工,工厂急需资金,而在证券市场上,吴荪甫已经吃了一些亏,但他仍然决心和赵伯韬斗争到底……

杜竹斋在书房内找见了吴荪甫正在那里打电话,听来好像对方是唐云山。他们谈的是杜竹斋不甚了解的什么"亨堡装出后走了消息"。末后,吴荪甫说了一句"你就来罢",就把听筒挂上了。

吴荪甫一脸的紧张兴奋,和杜竹斋面对面坐了,拿起那经纪人陆匡时每天照例送来的当天交易所各项债票开盘收盘价格的报告表,看了一眼,又顺手撩开,就说道:

"竹斋,明天你那边凑出五十万来——五十万!"

杜竹斋愕然看了荪甫一眼,还没有回答,荪甫又接下去说:

"昨天涨上了一元,今天又几乎涨停板;这涨风非常奇怪!我早就料到是老赵干的把戏。刚才云山来电话,果然,——他说和甫探听到了,老赵和广帮中几位做多头,专看市场上开出低价来就扒进,却也不肯多进,只把票价吊住了,维持本月四日前的价格——"

"那我们就糟了!我们昨天就应该补进的!"

杜竹斋丢了手里的雪茄烟头,慌忙抢着说;细的汗珠从他额角上钻出来了。

"就算昨天补进,我们也已经吃亏了。现在事情摆在面前明明白白的:武汉吃紧,陇海线没有进出,票价迟早要跌;我们只要压得住,不让票价再涨,我们就不怕。现在弄成了我们和老赵斗法的局面:如果他们有胃口一见开出低价来就扒进,一直支持到月底,那就是他们打胜了;要是我们准备充足——"

"我们准备充足?哎!我们也是一见涨风就抛出,也一直支持到月底,就是我们胜了,是么?"

杜竹斋又打断了吴荪甫的话头,钉住了吴荪甫看,有点不肯相信的意思。

吴荪甫微笑着点头。

"那简直是赌场里翻筋斗的做法!荪甫!做公债是套套利息,照你那样干法,太危险!"

杜竹斋不能不正面反对了,然而神情也还镇定。吴荪甫默然半晌,泛起了白眼仁,似乎在那里盘算;忽然他把手掌在桌子角上拍了一下,用了沉着的声音说:

"没有危险!竹斋,一定没有危险!你凑出五十万交给我,明天压一下,票价就得回跌,散户头就要恐慌,长沙方面张桂军这几天里一定也有新发展,——这么两面一夹,市场上会转了卖风,哪怕老赵手段再灵活些,也扳不过来！竹斋！这不是冒险！这是出奇制胜!"

杜竹斋闭了眼睛摇头,不说话。他想起李玉亭所说荪甫的刚愎自用来了。他决定了主意不跟着荪甫跑了。他又看得明明白白:荪甫是劝不转来的。过了一会儿,杜竹斋睁开眼来慢慢地说道:

"你的办法有没有风险,倒在其次,要我再凑五十万,我就办不到;既然你拿得那么稳,一定要做,也好,益中凑起来也有四五十万,都去做了公债罢。"

"那——不行！前天董事会已经派定了用场！刚才秋律师拿合同来,我已经签了字,那几个小工厂是受盘定的了;益中里眼前这一点款子恐怕将来周转那几个小工厂还嫌不够呢!"

吴荪甫说着,眼睛里就闪出了兴奋的红光。用最有利的条件收买了那七八个小厂,是益中信托公司新组织成立以后第一次的大胜利,也是吴荪甫最得意的"手笔",而也是杜竹斋心里最不舒服的一件事。当下杜竹斋枨触起前天他们会议时的争论,心里便又有点气,立刻冷冷地反驳道:

"可不是！场面刚刚拉开,马上就闹饥荒！要做公债,就不要办厂！况且人家早就亏本了的厂,我们添下资本去扩充,营业又没有把握,我真不懂你们打的什么算盘呀——"

"竹斋——"

吴荪甫叫着,想打断杜竹斋的抱怨话;可是杜竹斋例外地不让荪甫插嘴:

"你慢点开口！我还记得那时候你们说的话。你们说那几个小工厂都因为资本太小,或者办的不得法,所以会亏本;你们又说他们本来就欠了益中十多万,老益中就被这注欠账拖倒,我们从老益中手里顶过这注烂账来,只作四成算,这上头就占了便宜,所以我们实在只花五六万就收买了估价三十万的八个厂;不错,我们此番只付出五万多就盘进八个厂,就眼前算算,倒真便宜,可是——"

杜竹斋在这里到底一顿,吴荪甫哈哈地笑起来了,他一边笑,一边抢着说:

"竹斋,你以为还得陆续添下四五十万去就不便宜,可是我们不添的话,我们那五六万也是白丢！这八个厂好比落了膘的马,先得加草料喂壮了,这才有出息。还有一层,要是我们不花五万多把这些厂盘进来,那么我们从老益中手里顶来的四成烂账也是白丢!"

"好！为了舍不得那四成烂账,倒又赔上十倍去,那真是'豆腐拌成了肉价钱'的玩意!"

"万万不会!"

吴荪甫坚决地说,颇有点不耐烦了。他霍地站起来,走了一步,自个儿狞笑着。他万万料不到劝诱杜竹斋做公债不成,却反节外生枝,引起了竹斋的大大不满于益中。自从那天因为收买那些小厂发生了争论后,吴荪甫早就看出杜竹斋对于益中前途不起劲,也许到了收取第二次股款的时候,竹斋就要托词推诿。这在益中是非常不利的。然而要使杜竹斋不动摇,什么企业上的远大计画都不中用;只有今天投资明天就获利那样的"发横财"的投机阴谋,勉强能够拉住他。那天会议时,王和甫曾经讲笑话似的把他们收买那八个小工厂比之收旧货;当时杜竹斋听了倒很以为然,他这才不再争执。现在吴荪甫觉得只好再用那样的策略暂时把杜竹斋拉住。把竹斋拉住,至少银钱业方面通融款子就方便了许多。可是须得拉紧些。当下吴荪甫一边踱着,一边就想得了一个"主意"。他笑了一笑,转身对满脸不高兴的杜竹斋轻声说道:

"竹斋,现在我们两件事——益中收买的八个厂,本月三日抛出的一百万公债,都成了骑虎难下之势,我们只有硬着头皮干到哪里是哪里了!我们好比推车子上山去,只能进,不能退!我打算凑出五十万来再做'空头',也就是这个道理。益中收买的八个厂不能不扩充,也就是这个道理!"

"冒险的事情我是不干的!"

杜竹斋冷冷地回答,苦闷地摇着头。吴荪甫那样辣硬的话并不能激发杜竹斋的雄心;吴荪甫皱了眉头,再逼进一句:

"那么,我们放在益中的股本算是白丢!"

"赶快缩手,总有几成可以捞回;我已经打定了主意!"

杜竹斋说的声音有些异样,脸色是非常严肃。

吴荪甫忍不住心里也一跳。但他立即狂笑着挪前一步,拍着杜竹斋的肩膀,大声喊道:

"竹斋!何至于消极到那步田地!不顾死活去冒险,谁也不愿意;我们自然还有别的办法。你总知道上海有一种会打算盘的精明鬼,顶了一所旧房子来,加本钱粉刷装修,再用好价钱顶出去。我们弄那八个厂,最不济也要学学那些专顶房子的精明鬼!不过我们要有点儿耐心。"

"可是你也总得先看看谁是会来顶这房子的好户头?"

"好户头有的是!只要我们的房子粉刷装修得合式,他是肯出好价钱的:这一位就是鼎鼎大名的赵伯韬先生!"

吴荪甫哈哈笑着说,一挺腰,大踏步地在书房里来回地走。

杜竹斋似信非信的看住了大步走的吴荪甫,并没说话,可是脸上已有几分喜意。他早就听荪甫说起过赵伯韬的什么托辣斯,他相信老赵是会干这一手的,而且朱吟秋的押款问题老赵不肯放松,这就证明了那些传闻有根。于是他忽然想起刚才朱吟秋有电话给荪甫,也许就为了那押款的事;他正想问,吴荪甫早又踱过来,站在面前很高兴地说道:

"讲到公债,眼前我们算是亏了两万多块,不过,竹斋,到交割还有二十多天,我们很可以反败为胜的,我刚才的划算,错不到哪里去;要是益中有钱,自然照旧可以由益中去干,王和甫跟孙吉人他们一定也赞成,就为的益中那笔钱不好动,我这才想到我们个人去干。这是公私两便的事!就可惜我近来手头也兜不转,刚刚又吃了费小胡子一口拗口风——那真是混蛋!得了,竹斋,我们两个人拼凑出五十万来罢!就那么净瞧着老赵一个人操纵市面,总是不甘心的!"

杜竹斋闭了眼睛摇头,不开口。吴荪甫说的愈有劲儿,杜竹斋心里却是愈加怕。他怕什么武汉方面即刻就有变动不过是唐云山他们瞎吹,他更怕和老赵"斗法",他知道老赵诡计多端,并且慓劲非常大。

深知杜竹斋为人的吴荪甫此时却百密一疏,竟没有看透了竹斋的心曲。他一而再,再而三地,用鼓励,用反激;他有点生气了,然而杜竹斋的主意牢不可破,他只是闭着眼睛摇头,给一个不开口。后来杜竹斋表示了极端让步似的说了一句:

“且过几天,看清了市面再做罢;你那样性急!”

“不能等过几天呀!投机事业就和出兵打仗一般,要抓得准,干得快!何况又有个神鬼莫测的老赵是对手方!”

吴荪甫很暴躁地回答,脸上的小疱一个一个都红而且亮起来。杜竹斋的脸色却一刻比一刻苍白。似乎他全身的血都滚到他心里,镇压着,不使他的心动摇。实在他亦只用小半个心去听吴荪甫的话,另有一些事占住了他的大半个心:这是些自身利害的筹划,复杂而且轮廓模糊,可是一点一点强有力,渐渐那些杂念集中为一点:他有二十万元的资本“放”在益中公司。他本来以为那公司是吸收些“游资”,做做公债,做做抵押借款;现在才知道不然,他上了当了。那么乘这公司还没露出败相的时候就把资本抽出来罢,不管他们的八个厂将来有多少好处,总之是“一身不入是非门”罢!伤了感情?顾不得许多了!——可是荪甫却还刺刺不休强聒着什么公债!不错,照今天的收盘价格计算,公债方面亏了两万元,但那是益中公司名义做的,四股分摊,每人不过五千,只算八圈牌里吃着了几副五百和!……于是杜竹斋不由得自己微笑起来,他决定了,白丢五千元总比天天提心吊胆那十九万五千元要上算得多呀!可是他又觉得立刻提出他这决定来,未免太突兀,他总得先有点布置。他慢慢地摸着下巴,怔怔地看着吴荪甫那张很兴奋的脸。

似乎有什么东西在他心里打架,吴荪甫的神气叫人看了有点怕;如果他知道了杜竹斋此时心里的决定,那他的神气大概还要难看些。但他并不想到那上头,他是在那里筹划如何在他的二姊方面进言,“出奇兵”煽起杜竹斋的胆量来。他感到自己的力量不能奈何那只是闭眼摇头而不开口的杜竹斋了。

但是杜竹斋在沉默中忽然站起来伸一个懒腰,居然就“自发的”讲起了“老赵”和“公债”来:

“荪甫!要是你始终存了个和老赵斗法的心,你得留心一交跌伤了元气!我见过好多人全是伤在这‘斗’字上头!”

吴荪甫眉毛一挺,笑起来了;他误认为杜竹斋的态度已经有点转机。杜竹斋略顿一顿,就又接着说:

“还有,那天李玉亭来回报他和老赵接洽的情形,有一句话,我觉得很有道理——”

“哪一句话?”

吴荪甫慌忙问,很注意地站起来,走到杜竹斋跟前立住了。

“就是他说的唐云山有政党关系!——不错,老赵自己也有的,可是,荪甫,我们何苦呢!老赵不肯放朱吟秋的茧子给你,也就借此藉口,不是你眼前就受了拖累——”

杜竹斋又顿住了,踌躇满志地掏出手帕来揩了揩脸儿。他是想就此慢慢地就说到自己不愿意再办益中公司的,可是吴荪甫忽然狞笑了一声,跺着脚说道:

“得了,竹斋,我忘记告诉你,刚才朱吟秋来电话,又说他连茧子和厂都要盘给我了!”

“有那样的事?什么道理?”

“我想来大概是老赵打听到我已经收买了些茧子,觉得再拉住朱吟秋,也没有意思,所以改变方针了。他还有一层坏心思:他知道我现款紧,又知道我茧子已经够用,就故意把朱吟秋的茧子推回来,他是想把我弄成一面搁死了现款,一面又过剩了茧子!总而言之一句话,他是挖空了心思,在那里想出种种方法来逼我。不过朱吟秋竟连那座厂也要盘给我,那是老赵料不到的!"

吴荪甫很镇静地说,并没有多少懊恼的意思。虽然他目下现款紧,但扩充企业的雄图在他心里还是勃勃有势,这就减轻了其他一切的怫逆。倒是杜竹斋脸色有点变了,很替吴荪甫担忧。他更加觉得和老赵"斗法"是非常危险的,他慌忙问道:

"那么,你决定主意要盘进朱吟秋的厂了?"

"明天和他谈过了再定——"

一句话没有完,那书房的门忽然开了,当差高升斜侧着身体引进一个人来,却是唐云山,满脸上摆明着发生了重大事情的慌张神气。荪甫和竹斋都吃了一惊。

"张桂军要退出长沙了!"

唐云山只说了这么一句,就一屁股坐在就近的沙发里,张大了嘴巴搔头皮。

书房里像死一样的静。吴荪甫狞起了眼睛看看唐云山,又看看书桌上纸堆里那一张当天交易所各债票开盘收盘价目的报告表。上游局面竟然逆转么?这是意外的意外呢!杜竹斋轻轻吁了一口气,他心里的算盘上接连拨落几个珠儿:一万,一万五——二万;他刚才满拟白丢五千,他对于五千还可以不心痛,但现在也许要丢到二万,那就不同。

过了一会儿,吴荪甫咬着牙齿嗄声问道:

"这是外面的消息呢,还是内部的?早上听你说,云山,铁军是向赣边开拔的,可不是?"

"现在知道那就是退!离开武长路线,避免无益的牺牲!我是刚刚和你打过电话后就接了黄奋的电话,他也是刚得的消息;大概汉口特务员打来的密电是这么说,十成里有九成靠得住!"

"那么外边还没有人晓得,还有法子挽救。"

吴荪甫轻声地似乎对自己说,额上的皱纹也退了一些。杜竹斋又吁了一声,他心里的算盘上已经摆定了二万元的损失了,他咽下一口唾沫,本能地掏出他的鼻烟壶来。吴荪甫搓着手,低了头;于是突然他抬头转身看着杜竹斋说道:

"人事不可不尽。竹斋,你想来还有法子没有?——云山这消息很秘密,是他们内部的军事策略;目下长沙城里大概还有桂军,而且铁军开赣边,外边人看来总以为南昌吃紧;我们连夜布置,竹斋,你在钱业方面放一个空炮:公债抵押的户头你要一律追加抵押品。混过了明天上午,明天早市我们分批补进——"

"我担保到后天,长沙还在我们手里!"

唐云山忽然很有把握似的插进来说,无端地哈哈笑了。

杜竹斋点着头不作声。为了自己二万元的进出,他只好再一度对益中公司的事务热心些。他连鼻烟也不嗅了,看一看钟,六点还差十多分,他不能延误一刻千金的光阴。说好了经纪人方面由荪甫去布置,杜竹斋就匆匆走了。这里吴荪甫,唐云山两位,就商量着另一件事。吴荪甫先开口:

"既然那笔货走漏了消息,恐怕不能装到烟台去了,也许在山东洋面就被海军截住;我刚才想了一想,只有一条路:你跑香港一趟,就在那边想法子转装到别处去。"

"我也是这么想。我打算明天就走。公司里总经理一职请你代理。"

"那不行!还是请王和甫罢。"

"也好。可是——哎,这半个月来,事情都不顺利;上游方面接洽好了的杂牌军临时变卦,都观望不动,以至张桂军功败垂成,这还不算怎样;最糟的是山西军到现在还没有全体出动,西北军苦战了一个月,死伤太重,弹药也不充足。甚至于区区小事,像这次的军火,办得好好的,也会忽然走了消息!"

唐云山有点颓丧,搔着头皮,看了吴荪甫一眼,又望着窗外;一抹深红色的夕照挂在那边池畔的亭子角,附近的一带树叶也带些儿金黄。

吴荪甫左手叉在腰里,右手指在写字台上画着圆圈子,低了头沉吟。他的脸色渐渐由藐视一切的傲慢转成了没有把握的晦暗,然后又从晦暗中透出一点儿兴奋的紫色来;他猛然抬头问道:

"云山,那么时局前途还是一片模糊?本月底山东方面未必有变动罢?"

"现在我不敢乱说了。看下月底罢,——哎,叫人灰心!"

唐云山苦着脸回答。

吴荪甫突然一声怪笑,身体仰后靠在那纯钢的转轮椅背上,就闭了眼睛。他的脸色倏又转为灰白,汗珠布满了他的额角。他第一次感到自己是太渺小,而他的事业的前途波浪太大;只凭他两手东拉西抓,他委实是应付不了!

(收入《子夜》,开明书店 1933 年 1 月版)

春 蚕

茅 盾

一

老通宝坐在"塘路"边的一块石头上,长旱烟管斜摆在他身边。"清明"节后的太阳已经很有力量,老通宝背脊上热烘烘地,像背着一盆火。"塘路"上拉纤的快班船上的绍兴人只穿了一件蓝布单衫,敞开了大襟,弯着身子拉,额角上黄豆大的汗粒落到地下。

看着人家那样辛苦的劳动,老通宝觉得身上更加热了;热的有点儿发痒。他还穿着那件过冬的破棉袄,他的夹袄还在当铺里,却不防才得"清明"边,天就那么热。

"真是天也变了!"

老通宝心里说,就吐一口浓厚的唾沫。在他面前那条"官河"内,水是绿油油的,来往的船也不多,镜子一样的水面这里那里起了几道皱纹或是小小的涡漩,那时候,倒影在水里的泥岸和岸边成排的桑树,都晃乱成灰暗的一片。可是不会很长久的。渐渐儿那些树影又在水面上显现,一弯一曲地蠕动,像是醉汉,再过一会儿,终于站定了,依然是很清晰的倒影。那拳头模样的丫枝顶都已经簇生着小手指儿那么大的嫩绿叶。这密密层层的桑树,沿着那"官河"一直望去,好像没有尽头。田里现在还只有干裂的泥块,这一带,现在是桑树的势力!在老通宝背后,也是大片的桑林,矮矮的,静穆的,在热烘烘的太阳光下,似乎那"桑拳"上的嫩绿叶过一秒钟就会大一些。

离老通宝坐处不远,一所灰白色的楼房蹲在"塘路"边,那是茧厂。十多天前驻扎过军队,现在那边田里留着几条短短的战壕。那时都说东洋兵要打进来,镇上有钱人都逃光了;现在兵队又开走了,那座茧厂依旧空关在那里,等候春茧上市的时候再热闹一番。老通宝也听得镇上小陈老爷的儿子——陈大少爷说过,今年上海不太平,丝厂都关门,恐怕这里的茧厂也不能开;但老通宝是不肯相信的。他活了六十岁,反乱年头也经过好几个,从没见过绿油油的桑叶白养在树上等到成了"枯叶"去喂羊吃;除非是"蚕花"不熟,但那是老天爷的"权柄",谁又能够未卜先知?

"才得清明边,天就那么热!"

老通宝看着那些桑拳上怒茁的小绿叶儿,心里又这么想,同时有几分惊异,有几分快活。他记得自己还是二十多岁少壮的时候,有一年也是"清明"边就得穿夹,后来就是"蚕花二十四分",自己也就在这一年成了家。那时,他家正在"发";他的父亲像一头老牛似的,什么都懂得,什么都做得;便是他那创家立业的祖父,虽说在长毛窝里吃过苦头,却也愈老愈硬朗。那时候,老陈老爷去世不久,小陈老爷还没抽上鸦片烟,"陈老爷家"也不是现在那么不像样的。老通宝相信自己一家和"陈老爷家"虽则一边是高门大户,而一边不过是种田人,然而两家的运命好像是一条线儿牵着。不但"长毛造反"那时候,老通宝的祖父和陈老爷同被长毛掳去,同在长毛窝里混上了六七年,不但他们俩同时从长毛营盘里逃了出来,而且偷得了长毛的许多金元宝——人家到现在还是这么说;并且老陈老爷做丝生意"发"起来的时候,老通宝家养蚕也是年年都好,十年中间挣得了二十亩的稻田和十多亩的桑地,还有三开间两进的一座平屋。这时候,老通宝家在东村庄上被人人所妒羡,也正像"陈老爷家"在镇上是数一数二的大户人家。可是以后,两家都不行了;老通宝现在已经没有自己的田地,反欠出三百多块钱的债,"陈老爷家"也早已完结。人家都说"长毛鬼"在阴间告了一状,阎罗王追还"陈老爷家"的金元宝横财,所以败的这么快。这个,老通宝也有几分相信:不是鬼使神差,好端端的小陈老爷怎么会抽上了鸦片烟?

可是老通宝死也想不明白为什么"陈老爷家"的"败"会牵动到他家。他确实知道自己家并没得过长毛的横财。虽则听死了的老头子说,好像那老祖父逃出长毛营盘的时候,不巧撞着了一个巡路的小长毛,当时没法,只好杀了他,——这是一个"结"!然而从老通宝懂事以来,他们家替这小长毛鬼拜忏念佛烧纸锭,记不清有多少次了。这个小冤魂,理应早投凡胎。老通宝虽然不很记得祖父是怎样"做人",但父亲的勤俭忠厚,他是亲眼看见的;他自己也是规矩人,他的儿子阿四,儿媳四大娘,都是勤俭的。就是小儿子阿多年纪青,有几分"不知苦辣",可是毛头小伙子,大都这么着,算不得"败家相"!

老通宝抬起他那焦黄的皱脸,苦恼地望着他面前的那条河,河里的船,以及两岸的桑地。一切都和他二十多岁时差不了多少,然而"世界"到底变了。他自己家也要常常把杂粮当饭吃一天,而且又欠出了三百多块钱的债。

呜!呜,呜,呜,——

汽笛叫声突然从那边远远的河身的弯曲地方传了来。就在那边,蹲着又一个茧厂,远望去隐约可见那整齐的石"帮岸"。一条柴油引擎的小轮船很威严地从那茧厂后驶出来,拖着三条大船,迎面向老通宝来了。满河平静的水立刻激起泼剌剌的波浪,一齐向两旁的泥岸卷过来。一条乡下"赤膊船"赶快拢岸,船上人揪住了泥岸上的树根,船和人都好像在那里打秋千。轧轧轧的轮机声和洋油臭,飞散在这和平的绿的田野。老通宝满脸恨意,看着这小轮船来,看着它过去,直到又转一个弯,呜呜呜地又叫了几声,就看不见。老通宝向来仇恨小轮船这一类洋鬼子的东西！他从没见过洋鬼子,可是他从他的父亲嘴里知道老陈老爷见过洋鬼子:红眉毛,绿眼睛,走路时两条腿是直的。并且老陈老爷也是很恨洋鬼子,常常说“铜钿都被洋鬼子骗去了”。老通宝看见老陈老爷的时候,不过八九岁,——现在他所记得的关于老陈老爷的一切都是听来的,可是他想起了“铜钿都被洋鬼子骗去了”这句话,就仿佛看见了老陈老爷捋着胡子摇头的神气。

洋鬼子怎样就骗了钱去,老通宝不很明白。但他很相信老陈老爷的话一定不错。并且他自己也明明看到自从镇上有了洋纱,洋布,洋油,——这一类洋货,而且河里更有了小火轮船以后,他自己田里生出来的东西就一天一天不值钱,而镇上的东西却一天一天贵起来。他父亲留下来的一分家产就这么变小,变做没有,而且现在负了债。老通宝恨洋鬼子不是没有理由的！他这坚定的主张,在村坊上很有名。五年前,有人告诉他:朝代又改了,新朝代是要“打倒”洋鬼子的。老通宝不相信。为的他上镇去看见那新到的喊着“打倒洋鬼子”的年青人们都穿了洋鬼子衣服。他想来这伙年青人一定私通洋鬼子,却故意来骗乡下人。后来果然就不喊“打倒洋鬼子”了,而且镇上的东西更加一天一天贵起来,派到乡下人身上的捐税也更加多起来。老通宝深信这都是串通了洋鬼子干的。

然而更使老通宝去年几乎气成病的,是茧子也是洋种的卖得好价钱;洋种的茧子,一担要贵上十多块钱。素来和儿媳总还和睦的老通宝,在这件事上可就吵了架。儿媳四大娘去年就要养洋种的蚕。小儿子跟他嫂嫂是一路,那阿四虽然嘴里不多说,心里也是要洋种的。老通宝拗不过他们,末了只好让步。现在他家里有的五张蚕种,就是土种四张,洋种一张。

“世界真是越变越坏！过几年他们连桑叶都要洋种了！我活得厌了!”

老通宝看着那些桑树,心里说,拿起身边的长旱烟管恨恨地敲着脚边的泥块。太阳现在正当他头顶,他的影子落在泥地上,短短地像一段乌焦木头,还穿着破棉袄的他,觉得浑身躁热起来了。他解开了大襟上的钮扣,又抓着衣角扇了几下,站起来回家去。

那一片桑树背后就是稻田。现在大部分是匀整的半翻着的燥裂的泥块。偶尔也有种了杂粮的,那金黄一般的菜花散出强烈的香味。那边远远地一簇房屋,就是老通宝他们住了三代的村坊,现在那些屋上都袅起了白的炊烟。

老通宝从桑林里走出来,到田塍上,转身又望那一片爆着嫩绿的桑树。忽然那边田里跳跃着来了一个十来岁的男孩子,远远地就喊道:

“阿爹！妈等你吃中饭呢!”

“哦——”

老通宝知道是孙子小宝,随口应着,还是望着那一片桑林。才只得“清明”边,桑叶尖儿就抽得那么小指头儿似的,他一生就只见过两次。今年的蚕花,光景是好年成。三张蚕种,该可以采多少茧子呢？只要不像去年,他家的债也许可以拔还一些罢。

小宝已经跑到他阿爹的身边了,也仰着脸看那绿绒似的桑拳头;忽然他跳起来拍着手唱道:

“清明削口,看蚕娘娘拍手!”

老通宝的皱脸上露出笑容来了。他觉得这是一个好兆头。他把手放在小宝的"和尚头"上摩着,他的被穷苦弄麻木了的老心里勃然又生出新的希望来了。

二

天气继续暖和,太阳光催开了那些桑拳头上的小手指儿模样的嫩叶,现在都有小小的手掌那么大了。老通宝他们那村庄四周围的桑林似乎发长得更好,远望去像一片绿锦平铺在密密层层灰白色矮矮的篱笆上。"希望"在老通宝和一般农民们的心里一点一点一天一天强大。蚕事的动员令也在各方面发动了。藏在柴房里一年之久的养蚕用具都拿出来洗刷修补。那条穿村而过的小溪旁边,蠕动着村里的女人和孩子,工作着,嚷着,笑着。

这些女人和孩子们都不是十分健康的脸色,——从今年开春起,他们都只吃个半饱;他们身上穿的,也只是些破旧的衣服。实在他们的情形比叫花子好不了多少。然而他们的精神都很不差。他们有很大的忍耐力,又有很大的幻想。虽然他们都负了天天在增大的债,可是他们那简单的头脑老是这么想:只要蚕花熟,就好了!他们想象到一个月以后那些绿油油的桑叶就会变成雪白的茧子,于是又变成丁丁当当响的洋钱,他们虽然肚子里饿得咕咕地叫,却也忍不住要笑。

这些女人中间也就有老通宝的媳妇四大娘和那个十二岁的小宝。这娘儿两个已经洗好了那些"团匾"和"蚕箪",坐在小溪边的石头上撩起布衫角揩脸上的汗水。

"四阿嫂!你们今年也看(养)洋种么?"

小溪对岸的一群女人中间有一个二十岁左右的姑娘隔溪喊过来了。四大娘认得是隔溪的对门邻舍陆福庆的妹子六宝。四大娘立刻把她的浓眉毛一挺,好像正想找人吵架似的嚷了起来:

"不要来问我!阿爹做主呢!——小宝的阿爹死不肯,只看了一张洋种!老糊涂的听得带一个洋字就好像见了七世冤家!洋钱,也是洋,他倒又要了!"

小溪旁那些女人们听得笑起来了。这时候有一个壮健的小伙子正从对岸的陆家稻场上走过,跑到溪边,跨上了那横在溪面用四根木头并排做成的雏形的"桥"。四大娘一眼看见,就丢开了"洋种"问题,高声喊道:

"多多弟!来帮我搬东西罢!这些匾,浸湿了,就像死狗一样重!"

小伙子阿多也不开口,走过来拿起五六只"团匾",湿漉漉地顶在头上,却空着一双手,划桨似的荡着,就走了。这个阿多高兴起来时,什么事都肯做,碰到同村的女人们叫他帮忙拿什么重家伙,或是下溪去捞什么,他都肯;可是今天他大概有点不高兴,所以只顶了五六只"团匾"去,却空着一双手。那些女人们看着他戴了那特别大箬帽似的一叠"匾",袅着腰,学镇上女人的样子走着,又都笑起来了。老通宝家紧邻的李根生的老婆荷花一边笑,一边叫道:

"喂,多多头!回来!也替我带一点儿去!"

"叫我一声好听的,我就给你拿。"

阿多也笑着回答,仍然走。转眼间就到了他家的廊下,就把头上的"团匾"放在廊檐口。

"那么,叫你一声干儿子!"

荷花说着就大声的笑起来,她那出众地白净然而扁得作怪的脸上看去就好像只有一张大嘴和眯紧了好像两条线一般的细眼睛。她原是镇上人家的婢女,嫁给那不声不响整天苦着脸的半老头子李根生还不满半年,可是她的爱和男子们胡调已经在村中很有名。

“不要脸的!”

忽然对岸那群女人中间有人轻声骂了一句。荷花的那对细眼睛立刻睁大了,怒声嚷道:

“骂哪一个?有本事,当面骂,不要躲!”

“你管得我?棺材横头踢一脚,死人肚里自得知:我就骂那不要脸的骚货!”

隔溪立刻回骂过来了,这就是那六宝,又一位村里有名淘气的大姑娘。

于是对骂之下,两边又泼水。爱闹的女人也夹在中间帮这边帮那边。小孩子们笑着狂呼。四大娘是老成的,提起她的“蚕箪”,喊着小宝,自回家去。阿多站在廊下看着笑。他知道为什么六宝要跟荷花吵架;他看着那“辣货”六宝挨骂,倒觉得很高兴。

老通宝掮着一架“蚕台”从屋子里出来。这三棱形家伙的木梗子有几条给白蚂蚁蛀过了,怕的不牢,须得修补一下。看见阿多站在那里笑嘻嘻地望着外边的女人们吵架,老通宝的脸色就板起来了。他这“多多头”的小儿子不老成,他知道。尤其使他不高兴的,是多多也和紧邻的荷花说说笑笑。“那母狗是白虎星,惹上了她就得败家”,——老通宝时常这样警戒他的小儿子。

“阿多!空手看野景么?阿四在后边扎‘缀头’,你去帮他!”

老通宝像一匹疯狗似的咆哮着,火红的眼睛一直盯住了阿多的身体,直到阿多走进屋里去,看不见了,老通宝方才提过那“蚕台”来反复审察,慢慢地动手修补。木匠生活,老通宝早年是会的;但近来他老了,手指头没有劲,他修了一会儿,抬起头来喘气,又望望屋里挂在竹竿上的三张蚕种。

四大娘就在廊檐口糊“蚕箪”。去年他们为的想省几百文钱,是买了旧报纸来糊的。老通宝直到现在还说是因为用了报纸——不惜字纸,所以去年他们的蚕花不好。今年是特地全家少吃一餐饭,省下钱来买了“糊箪纸”来了。四大娘把那鹅黄色坚韧的纸儿糊得很平贴,然后又照品字式糊上三张小小的花纸——那是跟“糊箪纸”一块儿买来的,一张印的花色是“聚宝盆”,另两张都是手执尖角旗的人儿骑在马上,据说是“蚕花太子”。

“四大娘!你爸爸做中人借来三十块钱,就只买了二十担叶,后天米又吃完了,怎么办?”

老通宝气喘喘地从他的工作里抬起头来,望着四大娘。那三十块钱是二分半的月息。总算有四大娘的父亲张财发做中人,那债主也就是张财发的东家“做好事”,这才只要了二分半的月息。条件是蚕事完后本利归清。

四大娘把糊好了的“蚕箪”放在太阳底下晒,好像生气似的说:

“都买了叶!又像去年那样多下来——”

“什么话!你倒先来发利市了!年年像去年么?自家只有十来担叶;五张布子(蚕种),十来担叶够么?”

“噢,噢;你总是不错的!我只晓得有米烧饭,没米饿肚子!”

四大娘气哄哄地回答;为了那“洋种”问题,她到现在常要和老通宝抬杠。

老通宝气得脸都紫了。两个人就此再没有一句话。

但是“收蚕”的时期一天一天逼近了。这二三十人家的小村落突然呈现了一种大紧张,大决心,大奋斗,同时又是大希望。人们似乎连肚子饿都忘记了。老通宝他们家东借一点,西赊一点,居然也一天一天过着来。也不仅老通宝他们,村里哪一家有两三斗米放在家里呀!去年秋收固然还好,可是地主,债主,正税,杂捐,一层一层地剥削来,早就完了。现在他们唯一的指望就是春蚕,一切临时借贷都是指明在这“春蚕收成”中偿还。

他们都怀着十分希望又十分恐惧的心情来准备这春蚕的大搏战!

“谷雨”节一天近一天了。村里二三十人家的“布子”都隐隐现出绿色来。女人们在稻场上碰见时,都匆忙地带着焦灼而快乐的口气互相告诉道:

“六宝家快要‘窝种’了呀!”

“荷花说她家明天就要‘窝’了。有这么快!”

“黄道士去测一字,今年的青叶要贵到四洋!”

四大娘看自家的五张“布子”。不对!那黑芝麻似的一片细点子还是黑沉沉,不见绿影。她的丈夫阿四拿到亮处去细看,也找不出几点“绿”来。四大娘很着急。

“你就先‘窝’起来罢!这余杭种,作兴是慢一点的。”

阿四看着他老婆,勉强自家宽慰。四大娘堵起了嘴巴不回答。

老通宝哭丧着干皱的老脸,没说什么,心里却觉得不妙。

幸而再过了一天,四大娘再细心看那“布子”时,哈,有几处转成绿色了!而且绿的很有光彩。四大娘立刻告诉了丈夫,告诉了老通宝,多多头,也告诉了她的儿子小宝。她就把那些布子贴肉揾在胸前,抱着吃奶的婴孩似的静静儿坐着,动也不敢多动了。夜间,她抱着那五张“布子”到被窝里,把阿四赶去和多多头做一床。那“布子”上密密麻麻的蚕子儿贴着肉,怪痒痒的;四大娘很快活,又有点儿害怕,她第一次怀孕时胎儿在肚子里动,她也是那样半惊半喜的!

全家都是惴惴不安地又很兴奋地等候“收蚕”。只有多多头例外。他说:今年蚕花一定好,可是想发财却是命里不曾来。老通宝骂他多嘴,他还是要说。

蚕房早已收拾好了。“窝种”的第二天,老通宝拿一个大蒜头涂上一些泥,放在蚕房的墙脚边;这也是年年的惯例,但今番老通宝更加虔诚,手也抖了。去年他们“卜”的非常灵验。可是去年那“灵验”,现在老通宝想也不敢想。

现在这村里家家都在“窝种”了。稻场上和小溪边顿时少了那些女人们的踪迹。一个“戒严令”也在无形中颁布了;乡农们即使平日是最好的,也不往来;人客来冲了蚕神不是玩的!他们至多在稻场上低声交谈一二句就走开。这是个“神圣”的季节。

老通宝家的五张布子上也有些“乌娘”蠕蠕地动了。于是全家的空气,突然紧张。那正是“谷雨”前一日。四大娘料来可以挨过了“谷雨”节那一天。布子不须再“窝”了,很小心地放在“蚕房”里。老通宝偷眼看一下那个躺在墙脚边的大蒜头,他心里就一跳。那大蒜头上还只有一两茎绿芽!老通宝不敢再看,心里祷祝后天正午会有更多更多的绿芽。

终于“收蚕”的日子到了。四大娘心神不定地淘米烧饭,时时看饭锅上的热气有没有直冲上来。老通宝拿出预先买了来的香烛点起来,恭恭敬敬放在灶君神位前。阿四和阿多去到田里采野花。小小宝帮着把灯芯草剪成细末子,又把采来的野花揉碎。一切都准备齐全了时,太阳也近午刻了,饭锅上水蒸气嘟嘟地直冲,四大娘立刻跳了起来,把“蚕花”和一对鹅毛插在发髻上,就到“蚕房”里。老通宝拿着秤杆,阿四拿了那揉碎的野花片儿和灯芯草碎末。四大娘揭开“布子”,就从阿四手里拿过那野花碎片和灯芯草末子撒在“布子”上,又接过老通宝手里的秤杆来,将“布子”挽在秤杆上,于是拔下发髻上的鹅毛在“布子”上轻轻儿拂;野花片,灯芯草末子,连同“乌娘”,都拂在那“蚕箪”里了。一张,两张,……都拂过了;最后一张是洋种,那就收在另一个“蚕箪”里。末了,四大娘又拔下发髻上那朵“蚕花”,跟鹅毛一块插在“蚕箪”的边儿上。

这是一个隆重的仪式!千百年相传的仪式!那好比是誓师典礼,以后就要开始了一个月光景的和恶劣的天气和恶运以及和不知什么的连日连夜无休息的大决战!

“乌娘”在“蚕箪”里蠕动,样子非常强健;那黑色也是很正路的。四大娘和老通宝他们都放心地松一口气了。但当老通宝悄悄地把那个“命运”的大蒜头拿起来看时,他的脸色立刻变了!大蒜头上还只得三四茎嫩芽!天哪!难道又同去年一样?

三

然而那“命运”的大蒜头这次竟不灵验。老通宝家的蚕非常好!虽然头眠二眠的时候连天阴雨,气候是比“清明”边似乎还要冷一点,可是那些“宝宝”都很强健。

村里别人家的“宝宝”也都不差。紧张的快乐弥漫了全村庄,似那小溪里琮琮的流水也像是朗朗的笑声了。只有荷花家是例外。她们家看了一张“布子”,可是“出火”只称得二十斤;“大眠”快边人们还看见那不声不响晦气色的丈夫根生倾弃了三“蚕箪”在那小溪里。

这一件事,使得全村的妇人对于荷花家特别“戒严”。她们特地避路,不从荷花的门前走,远远的看见了荷花或是她那不声不响丈夫的影儿就赶快躲开;这些幸运的人儿惟恐看了荷花他们一眼或是交谈半句话就传染了晦气来!

老通宝严禁他的小儿子多多头跟荷花说话。——“你再跟那东西多嘴,我就告你忤逆!”老通宝站在廊檐外高声大气喊,故意要叫荷花他们听得。

小小宝也受到严厉的嘱咐,不许跑到荷花家的门前,不许和他们说话。

阿多像一个聋子似的不理睬老头子那早早夜夜的唠叨,他心里却在暗笑。全家就只有他不大相信那些鬼禁忌。可是他也没有跟荷花说话,他忙都忙不过来。

“大眠”捉了毛三百斤,老通宝全家连十二岁的小宝也在内,都是两日两夜没有合眼。蚕是少见的好,活了六十岁的老通宝记得只有两次是同样的,一次就是他成家的那年,又一次是阿四出世那一年。“大眠”以后的“宝宝”第一天就吃了七担叶,个个是生青滚壮,然而老通宝全家都瘦了一圈,失眠的眼睛上布满了红丝。

谁也料得到这些“宝宝”上山前还得吃多少叶。老通宝和儿子阿四商量了:

“陈大少爷借不出,还是再求财发的东家罢?”

“地头上还有十担叶,够一天。”

阿四回答,他委实是支撑不住了,他的一双眼皮像有几百斤重,只想合下来。老通宝却不耐烦了,怒声喝道:

“说什么梦话!刚吃了两天老蚕呢。明天不算,还得吃三天,还要三十担叶,三十担!”

这时外边稻场上忽然人声喧闹,阿多押了新发来的五担叶来了。于是老通宝和阿四的谈话打断,都出去"捋叶"。四大娘也慌忙从蚕房里钻出来。隔溪陆家养的蚕不多,那大姑娘六宝抽得出工夫,也来帮忙了。那时星光满天,微微有点风,村前村后都断断续续传来了吆喝和欢笑,中间有一个粗暴的声音嚷道:

"叶行情飞涨了!今天下午镇上开到四洋一担!"

老通宝偏偏听得了,心里急得什么似的。四块钱一担,三十担可要一百二十块呢,他哪来这许多钱!但是想到茧子总可以采五百多斤,就算五十块钱一百斤,也有这么二百五,他又心里一宽。那边"捋叶"的人堆里忽然又有一个小小的声音说:

"听说东路不大好,看来叶价钱涨不到多少的!"

老通宝认得这声音是陆家的六宝。这使他心里又一宽。

那六宝是和阿多同站在一个筐子边"捋叶"。在半明半暗的星光下,她和阿多靠得很近。忽然她觉得在那"杠条"的隐蔽下,有一只手在她大腿上拧了一把。她好像知道是谁拧的,她忍住了不笑,也不声张。蓦地那手又在她胸前摸了一把,六宝直跳起来,出惊地喊了一声:

"嗳哟!"

"什么事?"

同在那筐子边捋叶的四大娘问了,抬起头来。六宝觉得自己脸上热烘烘了,她偷偷地瞪了阿多一眼,就赶快低下头,很快地捋叶,一面回答:

"没有什么。想来是毛毛虫刺了我一下。"

阿多咬住了嘴唇暗笑。虽然在这半个月来也是半饱而且少睡,也瘦了许多了,他的精神可还是很饱满。老通宝那种忧愁,他是永远没有的。他永不相信靠一次蚕花好或是田里熟,他们就可以还清了债再有自己的田;他知道单靠勤俭工作,即使做到背脊骨折断也是不能翻身的。但是他仍旧很高兴地工作着,他觉得这也是一种快活,正像和六宝调情一样。

第二天早上,老通宝就到镇里去想法借钱来买叶。临走前,他和四大娘商量好,决定把他家那块出产十五担叶的桑地去抵押。这是他家最后的产业。

叶又买来了三十担。第一批的十担发来时,那些壮健的"宝宝"已经饿了半点钟了。"宝宝"们尖出了小嘴巴,向左向右乱晃,四大娘看得心酸。叶铺了上去,立刻蚕房里充满着萨萨萨的响声,人们说话也不大听得清。不多一会儿,那些"团匾"里立刻又全见白了,于是又铺上厚厚的一层叶。人们单是"上叶"也就忙得透不过气来。但这是最后五分钟了。再得两天,"宝宝"可以上山。人们把剩余的精力榨出来拼死命干。

阿多虽然接连三日三夜没有睡,却还不见怎么倦。那一夜,就由他一个人在"蚕房"里守那上半夜,好让老通宝以及阿四夫妇都去歇一歇。那是个好月夜,稍稍有点冷。蚕房里爇了一个小小的火。阿多守到二更过,上了第二次的叶,就蹲在那个"火"旁边听那些"宝宝"萨萨萨地吃叶。渐渐儿他的眼皮合上了。恍惚听得有门响,阿多的眼皮一跳,睁开眼来看了看,就又合上了。他耳朵里还听得萨萨萨的声音和屑索屑索的怪声。猛然一个踉跄,他的头在自己膝头上磕了一下,他惊醒过来,恰就听得蚕房的芦帘拍叉一声响,似乎还看见有人影一闪。阿多立刻跳起来,到外面一看,门是开着,月光下稻场上有一个人正走向溪边去。阿多飞也似跳出去,还没看清那人是谁,已经把那人抓过来摔在地下。他断定了这是一个贼。

“多多头！打死我也不怨你，只求你不要说出来！”

是荷花的声音，阿多听真了时不禁浑身的汗毛都竖了起来。月光下他又看见那扁得作怪的白脸儿上一对细圆的眼睛定定地看住了他。可是恐怖的意思那眼睛里也没有。阿多哼了一声，就问道：

“你偷什么？”

“我偷你们的宝宝！”

“放到哪里去了？”

“我扔到溪里去了！”

阿多现在也变了脸色。他这才知道这女人的恶意是要冲克他家的“宝宝”。

“你真心毒呀！我们家和你们可没有冤仇！”

“没有么？有的，有的！我家自管蚕花不好，可并没害了谁，你们都是好的！你们怎么把我当作白老虎，远远地望见我就别转了脸？你们不把我当人看待！”

那妇人说着就爬了起来，脸上的神气比什么都可怕。阿多瞅着那妇人好半晌，这才说道：

“我不打你，走你的罢！”

阿多头也不回的跑回家去，仍在“蚕房”里守着。他完全没有睡意了。他看那些“宝宝”，都是好好的。他并没想到荷花可恨或可怜，然而他不能忘记荷花那一番话；他觉到人和人中间有什么地方是永远弄不对的，可是他不能够明白想出来是什么地方，或是为什么。再过一会儿，他就什么都忘记了。“宝宝”是强健的，像有魔法似的吃了又吃，永远不会饱！

以后直到东方快打白了时，没有发生事故。老通宝和四大娘来替换阿多了，他们拿那些渐渐身体发白而变短了的“宝宝”在亮处照着，看是“有没有通”。他们的心被快活胀大了。但是太阳出山时四大娘到溪边汲水，却看见六宝满脸严重地跑过来悄悄地问道：

“昨夜二更过，三更不到，我远远地看见那骚货从你们家跑出来，阿多跟在后面，他们站在这里说了半天话呢！四阿嫂！你们怎么不管事呀？”

四大娘的脸色立刻变了，一句话也没说，提了水桶就回家去，先对丈夫说了，再对老通宝说。这东西竟偷进人家“蚕房”来了，那还了得！老通宝气得直跺脚，马上叫了阿多来查问。但是阿多不承认，说六宝是做梦见鬼。老通宝又去找六宝询问。六宝是一口咬定了看见的。老通宝没有主意，回家去看那“宝宝”，仍然是很健康，瞧不出一些败相来。

但是老通宝他们满心的欢喜却被这件事打消了。他们相信六宝的话不会毫无根据。他们唯一的希望是那骚货或者只在廊檐口和阿多鬼混了一阵。

“可是那大蒜头上的苗却当真只有三四茎呀！”

老通宝自心里这么想，觉得前途只是阴暗。可不是，吃了许多叶去，一直落来都很好，然而上了山却干僵了的事，也是常有的。不过老通宝无论如何不敢想到这上头去；他以为即使是肚子里想，也是不吉利。

四

“宝宝”都上山了，老通宝他们还是捏着一把汗。他们钱都花光了，精力也绞尽了,可是有没有报酬呢,到此时还没有把握。虽则如此,他们还是硬着头皮去干。“山棚”下爇了火,老通宝和阿四他们伛着腰慢慢地从这边蹲到那边,又从那边蹲到这边。他们听得山棚上有些屑屑索索的细声音,他们就忍不住想笑,过一会儿又不听得了,他们的心就重甸甸地往下沉了。这样地,心是焦灼着,却不敢向山棚上望。偶或他们仰着的脸上淋到了一滴蚕尿了,虽然觉得有点难过,他们心里却快活;他们巴不得多淋一些。

阿多早已偷偷地挑开“山棚”外围着的芦帘望过几次了。小小宝看见,就扭住了阿多,问“宝宝”有没有做茧子。阿多伸出舌头做一个鬼脸,不回答。

“上山”后三天,息火了。四大娘再也忍不住,也偷偷地挑开芦帘角看了一眼,她的心立刻卜卜地跳了。那是一片雪白,几乎连“缀头”都瞧不见;那是四大娘有生以来从没有见过的“好蚕花”呀!老通宝全家立刻充满了欢笑。现在他们一颗心定下来了!“宝宝”们有良心,四洋一担的叶不是白吃的;他们全家一个月的忍饿失眠总算不冤枉,天老爷有眼睛!

同样的欢笑声在村里到处都起来了。今年蚕花娘娘保佑这小小的村子。二三十人家都可以采到七八分,老通宝家更是比众不同,估量来总可以采一个十二三分。

小溪边和稻场上现在又充满了女人和孩子们。这些人都比一个月前瘦了许多,眼眶陷进了,嗓子也发沙,然而都很快活兴奋。她们嘈嘈地谈论那一个月内的“奋斗”时,她们的眼前便时时现出一堆堆雪白的洋钱,她们那快乐的心里便时时闪过了这样的盘算:夹衣和夏衣都在当铺里,这可先得赎出来;过端阳节也许可以吃一条黄鱼。

那晚上荷花和阿多的把戏也是她们谈话的资料。六宝见了人就宣传荷花的“不要脸,送上门去!”男人们听了就粗暴地笑着,女人们念一声佛,骂一句,又说老通宝家总算幸气,没有犯克,那是菩萨保佑,祖宗有灵!

接着是家家都“浪山头”了,各家的至亲好友都来“望山头”。老通宝的亲家张财发带了小儿子阿九特地从镇上来到村里。他们带来的礼物,是软糕,线粉,梅子,枇杷,也有咸鱼。小小宝快活得好像雪天的小狗。

“通宝,你是卖茧子呢,还是自家做丝?”

张老头子拉老通宝到小溪边一棵杨柳树下坐了,这么悄悄地问。这张老头子张财发是出名“会寻快活”的人,他从镇上城隍庙前露天的“说书场”听来了一肚子的疙瘩东西;尤其烂熟的,是“十八路反王,七十二处烟尘”,程咬金卖柴扒,贩私盐出身,瓦岗寨做反王的《隋唐演义》。他向来说话“没正经”,老通宝是知道的;所以现在听得问是卖茧子或者自家做丝,老通宝并没把这话看重,只随口回答道:

“自然卖茧子。”

张老头子却拍着大腿叹一口气。忽然他站了起来,用手指着村外那一片秃头桑林后面耸露出来的茧厂的风火墙说道:

“通宝!茧子是采了,那些茧厂的大门还关得紧洞洞呢!今年茧厂不开秤!——十八路反王早已下凡,李世民还没出世,世界不太平!今年茧厂关门,不做生意!”

老通宝忍不住笑了,他不肯相信。他怎么能够相信呢?难道那“五步一岗”似的比露天毛坑还要多的茧厂会一齐都关了门不做生意?况且听说和东洋人也已“讲拢”,不打仗了,茧厂里驻的兵早已开走。

张老头子也换了话,东拉西扯讲镇里的“新闻”,夹着许多“说书场”上听来的什么秦叔宝，程咬金。最后，他代他的东家催那三十块钱的债，为的他是“中人”。

然而老通宝到底有点不放心。他赶快跑出村去，看看“塘路”上最近的两个茧厂，果然大门紧闭，不见半个人；照往年说，此时应该早已摆开了柜台，挂起了一排乌亮亮的大秤。

老通宝心里也着慌了，但是回家去看见了那些雪白发光很厚实硬古古的茧子，他又忍不住嘻开了嘴。上好的茧子！会没有人要，他不相信。并且他还要忙着采茧，还要谢“蚕花利市”，他渐渐不把茧厂的事放在心上了。

可是村里的空气一天一天不同了。才得笑了几声的人们现在又都是满脸的愁云。各处茧厂都没开门的消息陆续从镇上传来，从“塘路”上传来。往年这时候，“收茧人”像走马灯似的在村里巡回，今年没见半个“收茧人”，却换替着来了债主和催粮的差役。请债主们就收了茧子罢，债主们板起面孔不理。

全村子都是嚷骂，诅咒，和失望的叹息！人们做梦也不会想到今年“蚕花”好了，他们的日子却比往年更加困难。这在他们是一个青天的霹雳！并且愈是像老通宝他们家似的，蚕愈养得多，愈好，就愈加困难，——“真正世界变了！”老通宝捶胸跺脚地没有办法。然而茧子是不能搁久了的，总得赶快想法：不是卖出去，就是自家做丝。村里有几家已经把多年不用的丝车拿出来修理，打算自家把茧做成了丝再说。六宝家也打算这么办。老通宝便也和儿子媳妇商量道：

“不卖茧子了，自家做丝！什么卖茧子，本来是洋鬼子行出来的！”

“我们有四百多斤茧子呢，你打算摆几部丝车呀！”

四大娘首先反对了。她这话是不错的。五百斤的茧子可不算少，自家做丝万万干不了。请帮手么？那又得花钱。阿四是和他老婆一条心。阿多抱怨老头子打错了主意，他说：

“早依了我的话，扣住自己的十五担叶，只看一张洋种，多么好！”

老通宝气得说不出话来。

终于一线希望忽又来了。同村的黄道士不知从哪里得的消息，说是无锡脚下的茧厂还是照常收茧。黄道士也是一样的种田人，并非吃十方的“道士”，向来和老通宝最说得来。于是老通宝去找那黄道士详细问过了以后，便又和儿子阿四商量把茧子弄到无锡脚下去卖。老通宝虎起了脸，像吵架似的嚷道：

“水路去有三十多九呢！来回得六天！他妈的！简直是充军！可是你有别的办法么？茧子当不得饭吃，蚕前的债又逼紧来！”

阿四也同意了。他们去借了一条赤膊船，买了几张芦席，赶那几天正是好晴，又带了阿多。他们这卖茧子的“远征军”就此出发。

五天以后，他们果然回来了；但不是空船，船里还有一筐茧子没有卖出。原来那三十多九水路远的茧厂挑剔得非常苛刻：洋种茧一担只值三十五元，土种茧一担二十元，薄茧不要。老通宝他们的茧子虽然是上好的货色，却也被茧厂里挑剩了那么一筐，不肯收买。老通宝他们实卖得一百十一块钱，除去路上盘川，就剩了整整的一百元，不够偿还买青叶所借的债！老通宝路上气得生病了，两个儿子扶他到家。

打回来的八九十斤茧子，四大娘只好自家做丝了。她到六宝家借了丝车，又忙了五六天。家里米又吃完了。叫阿四拿那丝上镇里去卖，没有人要；上当铺当铺也不收。说了多少好话，总算把清明前当在那里的一石米换了出来。

就是这么着，因为春蚕熟，老通宝一村的人都增加了债！老通宝家为的养了五张布子的蚕，又采了十多分的好茧子，就此白赔上十五担叶的桑地和三十块钱的债！一个月光景的忍饥熬夜还不算！

一九三二年十一月一日

（收入《春蚕》，开明书店1933年5月版）

家（存目）

巴 金

（原题《激流》，连载于1931年4月—1932年5月《时报》，开明书店1933年5月出版单行本）

寒夜（节选）

巴 金

在抗战时期的陪都重庆，小职员汪文宣和妻子曾树生因为一件琐事发生了争吵，妻子在寒夜里跑了出去，搬到朋友家去住了。汪文宣的母亲，爱儿子也爱孙儿，却一向看不惯媳妇的新潮，对于媳妇的出走，虽然也替儿子难过，可是暗中高兴。

汪文宣幻想妻子会回家，却没能如愿，他的母亲却说，“我看她还是不回来的好”，并数落儿媳的种种不是，说那样的女人根本不配自己的儿子，说她偷偷和别人写情书，现在离家“私奔”。汪文宣一边替妻子辩解，一面哀求母亲不要再说了。他做了一个噩梦，噩梦中敌人攻进了重庆，母亲在混乱中受了伤，而妻子不允许他去救母亲。汪文宣到曾树生上班的银行去找她谈谈，却看到妻子和男同事亲密地在一起喝咖啡，他强忍着痛苦哀求她回家，但被拒绝了。从不喝酒的他不得不借酒浇愁，大醉后在街上遇到了妻子。曾树生送汪文宣回家后，汪母仍然对儿媳冷嘲热讽，为了照顾汪文宣，曾树生留了下来。

一家人的生活暂时恢复了平静，但生活压力越来越大，物价上涨，汪文宣又发现自己患了肺病，他向家人隐瞒了自己的病情。汪母和曾树生之间的隔阂日益扩大，曾树生常出去和同事跳舞，引起了汪母的不满，汪文宣极力在母亲面前说妻子的好话，让母亲体谅妻子，这更让汪母生气。汪文宣的病情日益加剧，终于因吐血而住院。这时传言纷纷，日本军队发起了强大的攻势，大家都在讨论怎样逃难。妻子告诉她，银行里的陈主任调到兰州去工作，劝她跟着一起去，但她决定留下来陪着汪文宣，然而汪母仍不时对曾树生冷嘲热讽，婆媳间仍然经常发生激烈的争吵。

祸不单行，汪文宣又失业了。他老是梦见妻子丢开他和另一个男人走了，而妻子果然也决定和陈主任远走兰州。妻子走后，汪文宣的身体时好时坏，母亲不断地买药给他吃，但毫无起色，他感觉自己的精神力量就要耗尽。曾树生写信给他说："我们在一起生活，只是互相折磨，互相损害。而且你母亲在一天，我们中间就没有和平与幸福，我们必须分开。"而汪母知道这一消息后，却觉得痛快、得意，而没有想到她应该同情儿子。汪文宣找到新工作后，工作更加勤奋，但身体终于撑不住了，当抗战胜利的消息传来，满街的人都在庆祝时，汪文宣却一分钟一分钟地慢慢死去……

节选自第十四节，曾树生送醉酒的汪文宣回家后，一家人的日子暂时恢复了平静。汪文宣发现自己患了肺病，他本想瞒住母亲和妻子。但在一个晚上，他忽然吐血并昏迷了过去……

十四

他一晚上不停地做着可怕的梦。早晨醒来他疲倦，发烧，四肢无力，心神不安。

母亲和妻不再争吵了，她们一样亲切地看护着他。下午医生来给他诊病。是一位中医，还是妻去请来的。妻相信西医，主张请大川银行的医药顾问，可是母亲坚持着请中医。他不愿意得罪母亲，妻也只好让步。她到他服务的图书公司去替他请了病假，又到大川银行去为自己请一天假，然后去请医生。医生张伯情是他母亲的一位远亲，在这城里行医三四年，也还有一点名气，每次到他们家来诊病，除了车费外，并不另收诊费。他自己因为这个缘故，更赞成请中医诊病。"西药多贵！只要少花钱就好！我哪里来那些钱呢？"他这样想道。

医生是一个和善的老人，仔细地把着脉，问着病情，又用温和的调子安慰病人和家属，说这是肝火旺，又加上疲劳，并不是肺病，养息几天就会慢慢地好起来。

妻不大相信医生的话，母亲却很相信。他则是将信将疑。但是无论如何医生使他们三个人都心安了。他渐渐觉得中医也很有道理。"几千年来我们中国人都是这样地看病吃药，怎么能说没有一点道理呢？"他安慰自己地想着，他又看见了一线希望，死的黑影也淡了些。

妻出去买了药回来，母亲拿来煮给他吃了。吃过药，他睡了一觉。他睡得不好，老是觉得透不过气来。

傍晚时分，他的热度加高，他又落进了可怖的梦网里。庞大的黑影一直在他的眼前晃动，唐柏青的黑瘦脸和红眼睛，同样的有无数个，它们包围着他，每张嘴都在说："完了，完了。"他害怕，他逃避。他走，他跑。多么疲倦！但是他不能够停住脚。忽然他走进了荒山。他看不见人影。他也不知道要去什么地方。天黑了。他在黑暗中摸索。好累人的旅行啊！忽然他看见了亮光，忽然四周的树木燃烧起来。到处是火。火燃得很旺，火越逼越近。他的衣服烤焦了。他不能忍受，他嘶声大叫："救命！"

他醒了。他躺在床上，盖着棉被，一身都是汗，口里发出痛苦的呻吟。

"宣，你怎么啦？"妻坐在床沿上，埋下头唤他。"你心里难过吗？"她温柔地问。

他叹了一口气，望着她，并不回答。过了一会儿他低声问她："你下班多久了？"

"我今天请了一天假，不是跟你说过吗？"妻惊讶地说。

"我忘记了，"他答道。接着他加上一句解释："梦把我弄昏了。"停了片刻他再说："我梦见……好像是……我那个老同学给汽车压死了。"

他骗了自己，把真实当作梦景了。

“老同学？你说哪个？”妻惊问道。她慢慢地伸过手去摸他的前额。前额润湿，热已经退了。

“唐柏青，我们在百龄餐厅吃过他喜酒的，他太太生小孩死了，我前不几天才跟你讲过，”他吃力地说。

“是，你跟我讲过，我记得。你不要多讲话，不要想别人的事情，你精神差，先前还在发热。你再睡一会儿罢，”妻温柔地安慰他。

“我怕睡着了，又会做怪梦，”他像小孩似地诉苦道。

“不会的，你什么也不要想，你安心地睡。我在旁边陪着你，你不会做怪梦，”妻含笑地对他说。

“妈呢？”他又问。

“妈在煮饭。你睡罢。等会儿又要吃药了，”她说，把头掉开不再看他。

过了半晌他忽然说：“请你给我倒一点茶。”他并不真想喝茶，不过想跟妻谈话。

妻倒了大半杯热茶来，他抬起头就在她的手里喝了三口，说一句“谢谢你”，又把头放下去。

“你可以再睡一会儿，”妻说着站起来，去把茶杯放在方桌上。

他刚闭上眼睛，又睁开。他偷偷地望着妻，不让她觉察出来。但是过了十多分钟，他忍不住了，又喊着妻的名字，又对她说话。

“树生，我看我的病不会好了，”他说。

“你又在乱想了，”她柔声责备他，脸上露出好意的微笑，“医生不是说吃两副药，静养几天就会好吗？”

他停了片刻才说：“可是你并不相信中医。”

妻一时答不出话，后来便说，“可是妈很相信啊，况且他是你们的亲戚，不会对你说假话。”

“这个年头哪个不说假话啊！”他苦笑道。“我知道我的病，我这个身子拖不到抗战胜利。也好，我活着不但不能给你们帮忙，我只会累你们。”他好像在自言自语，最后声音变了，他突然闭了嘴。妻注意到他在淌眼泪，她心里也不好过。她只说了一句：“你不要这样说，”便用力咬自己的下嘴唇。

“还有妈年纪大了，生活又苦，脾气更不好，有时候多发几句牢骚，希望你能够原谅她，她的心是好的，”他哀求地往下说，他吐字慢，不像刚才那样激动。

“我知道，”她说了三个字，埋着头，伸过右手去捏住他的左手，她也想哭。

“谢谢你。我现在睡了，”他似乎放心地说。

电灯光孤寂地照着这个屋子。光线暗得很，比蜡烛光强不了多少。那种病态的黄色增加了屋子的凄凉。他闭着眼，半张开嘴，一张瘦脸像涂上一层蜡，显得十分可怜。

她仍旧捏住那只手不放松，仍旧坐在床沿上，用寂寞的眼光看各处。同情和爱怜使她苦恼。但是另一种说不出的感情在搔她的心。

“为什么我们应该过这种日子？”一个不平的声音在她的心里说。

她觉得右手里捏的那只手非常软弱无力，并且指头发冷。她想抗议：“这就是他忍受的报酬！我不能——”

她吃惊地看他一眼。他轻微地吐着气。现在他似乎舒服多了。似乎并没有噩梦惊扰他的睡眠。她轻轻地放开他那只手。她又伸手去摸他的额角。她站起来,伸了一个懒腰。

隔壁传来一阵沙沙的语声。从街中又传来几声单调的汽车喇叭声。老鼠一会儿吱吱地叫,一会儿又在啃楼板。它们的活动似乎一直没有停过。这更搅乱了她的心。她觉得夜的寒气透过木板从四面八方袭来,她打了一个冷噤。她无目的地望着电灯泡。灯泡的颜色惨淡的红丝暖不了她的心。

“这就是我们的生活,永远亮不起来,永远死不下去,就是这样拖。前两三年还有点理想,还有点希望,还可以拖下去,现在……要是她不天天跟我吵,要是他不那么懦弱,我还可以……”她一个人自言自语,这次她皱起了眉头。她心里更烦,她不知道怎样安放她这颗心。她在屋子里踱起来。但是踱了几步,她又停止了,她害怕脚步声会惊醒他。

半掩的房门突然大开了。母亲捧着饭锅子进来。

“她也在吃苦啊,”她看见母亲那种吃力的样子,不禁这样想道。

“他睡了?”母亲的憔悴的脸上露出一丝笑容,脸向着床低声问她道。

她点点头,小声回答:“这回好像睡得还好。”

“那么让他多睡一会儿,等他醒来再吃药罢,”母亲说,“我们先吃饭。”

她和母亲对面坐着吃了一碗饭。母亲的胃口不好。她觉得寂寞,觉得没趣,在饭桌上勉强和母亲讲了几句话。

“她都受得了,她似乎就安于这种生活,为什么我就不可以呢?”她暗暗地责备自己,可是这并没有减轻她的寂寞之感。

“为什么我总是感到不满足?我为什么就不能够牺牲自己?……”她更烦躁,她第二次在心里责备自己。

但是这一晚终于平静地过去了。

第二天起他的病势稍微减轻了。树生仍旧每天到银行去办公,不过上午去得较晚,午后下了班便回到家里来。她暂时断绝了同事间的交际。她帮忙母亲烧饭,有时候还照料他吃药和吃早饭、晚饭。晚饭后他不想睡觉时,她还陪他谈些闲话。她谈着她那个银行里的种种事情,她什么都谈,就只不谈时局。

中药似乎很有功效。他的身体一天比一天地好起来。母亲当着妻的面称赞中医高明,妻并没有反驳,只是微微一笑。其实有效的药倒是妻的态度的改变。他需要的正是休息和安慰。

“日本人究竟打到了什么地方了?”他觉得病渐渐好起来、精神可以集中时,就常常想着这个问题。但是他不敢问她,他害怕听到一个令人心惊的回答。有时候他也注意地看她的脸色,他想从她的表情上猜出战局的好坏,但是这没有用。在这些天里她常常给他看到她的温和而愉快的表情。偶尔他看见她在沉思,但是她马上就用笑容掩饰了一切。她不再跟母亲吵架了。他有时也看见(当他闭着眼或者半闭着眼假寐时)她们两个人坐在一处交谈。“只希望她们从此和好起来,那么我这次吐血也值得,”他也曾欣慰地这样想过。

一天妻下班回来,很兴奋地对他说:

“我告诉你一个好消息,贵阳大轰炸全是谣言,独山失守也是谣言,日本人根本就没有进贵州。”

她灿烂地笑了,他喜欢看她这样的笑容。

“真的?”他高兴地吐了一口气,用感谢的眼光望着她。“明天我倒想出去看看,”他慢慢地说。

“你才只睡了五天。至少你要睡上十天半月才好,”妻劝他道。“你只管养病好了,别的事情你一概不用管。”

“钱呢?”他问道。

“我有办法,你不必管它,”妻回答。

“不过多用你的钱也不好。你自己花钱的地方很多,小宣也在花你的钱,”他抱歉地说。

“小宣不是我的儿子吗?我们两个人还要分什么彼此!我的钱跟你的钱不是一样的?”她笑着责备他道。

他不作声,他找不出话来驳她。

“前些天我们行里在闹着调整待遇,后来因为湘桂战事搁下来了。现在又在说,战事好转以后就要实行调整。调整后我的收入可以增加三分之一,所以多花点钱也不要紧,”她看见他闭上嘴在沉思,便又含笑解释道。

“不过这总不大好,我过意不去。想不到我活到这样大,连自己也养不活,”他沉吟地说。

“你怎么这样迂!连这点事也想不通。你病好了,时局好了,日本人退了,你就有办法了。你以为我高兴在银行里做那种事吗?现在也是没有办法。将来我还是要跟你一块儿做理想的工作,帮忙你办教育,”她温和地安慰他。

“是啊,日本人打退了,我就有办法了,”他喃喃地自语道。

母亲端着饭锅子进来了。

“妈,让我来,”她走去迎母亲,想从母亲手里接过锅子来。

“你快去看看宣的稀饭,不要烧焦了。这个我自己会弄,”母亲摇摇头说。但是她仍然捡了一张旧报纸放在桌上给母亲垫锅子。

他望着妻的背影在门外消失了,他感激地暗暗对自己说:“她仍然对我好。不管我多么不中用,她仍然对我好。这个好心的女人!只是我不好意思多用她的钱。她会看轻我的,她有一天会看轻我的。我应该振作起来。”他想了一会儿,忍不住出声念着她刚才说过的话:“时局好了,日本人打退了,就有办法了。我将来还是回到教育界去。”

“你要什么,宣?”母亲以为他在对她讲话,便过来问道。

“我没有讲话,”他摇头说,他好像刚刚走进一个梦境,就突然被他母亲唤醒了。这个阴暗寒冷的房间能够给他什么希望呢?

母亲还立在床前,她伸手摸了一下他的前额,轻轻地问道:“你现在觉得怎样?”

“很好,”他答道。“我觉得药很有效。”

“明天再请医生来一趟,”她说。

“不必了,我已经好了,”他说。心里却想道:“我哪里有钱看病吃药啊?你真要我靠树生过日子吗?”

妻进屋来照料他吃了稀饭。电灯突然熄了。“怎么今晚上又停电?”他扫兴地说。“他们总不给你看见光明,”他诉苦地又加了一句。

“光明？你现在也要光明了？”妻说。他不知道妻是在赞美他，还是在讽刺他。

母亲点燃了蜡烛，又走出去了。屋子里亮起来。但是摇曳不定的惨黄色的烛光，给每一件东西都抹上一层忧郁的颜色。两只老鼠穿过屋子赛跑。楼下有一个女人用凄凉的声音给小孩叫魂。

“光明，我哪里敢存这个妄想啊？”他叹口气断念地说。

“你不要悲观，你好好养病罢。你还有一道药要吃。我去给你弄来，你吃了药好早点睡觉，”妻柔声安慰道。

“不，你自己先吃了饭再说。其实吃不吃药都没有关系，我知道你并不相信这种药。你吃过饭再给我吃药也好，也许这种药很有用处，我觉得今晚上人好多了。我有点怕吃这种药，真苦啊。不过也有人说药越苦越灵验。妈相信这种药。她的世界里就只有我同小宣两个人，偏偏我又不中用。”他勉强笑了笑。“你快去吃饭。妈怎么不进来？她还在弄菜吗？她一定是在给我弄药。她真是太好了。你快去看看她。你们快点吃饭罢。我可以闭上眼睛睡一会儿。”他又笑了笑。“你快去！我今天很高兴，战局好转，也免得大家逃难；不然我这个身体会累坏你们。”

妻走出了房门。他的眼光无力地向屋子四周移动。烛光摇晃得厉害。屋里到处都是阴影，他什么也看不透。他痛苦地叹了一口气。

第二天妻回来得很早。她锁住眉头，疲倦地走进屋来，招呼了他和母亲，勉强地一笑，就默默地在书桌前坐下了。

“你怎么今天回来得这样早，还不到下办公时间？”母亲问道。

“行里没有事，坐着心烦得很，所以我早退了，”妻没精打彩地答道。

“你今天没有什么应酬罢？”母亲无意地问了一句。

“没有，”妻摇摇头；过了片刻，她又说：“今天消息不大好，大家都没有心肠办公。”

“究竟怎么啦？”母亲变了脸色问道。

“听说独山已经失守了。又说日本人已经过了独山，就要到都匀了。”

“那么我们怎么办？宣又在害病！”母亲慌张地说。“你看日本人会不会打到四川来？”

“我想也许不会。不过打来了，我们也只有逃难。我可以跟着银行走，就是宣的问题——”妻皱着眉头沉吟地说，但是母亲打断了她的话。

“你自然有办法。不过我跟宣，还有小宣，我们往哪里去好？我们赤手空拳怎么好逃难？偏偏小宣两个星期都没有进城，说是功课忙。宣又在害病，真急死人！”母亲只顾诉苦地说下去，她带着一种彷徨无依靠的可怜样子。

“妈，我的病差不多全好了，我可以走动，你不要耽心。我们公司一定也有办法安置我们，”他忍不住提高声音插嘴说。关于公司的话，是他说来安慰母亲的，那只是他的妄想，话一说出，他马上看见了周主任的冷冰冰的脸孔和严厉的眼光，他的心就冷了半截。

“你们公司有办法？你太老好了！你对公司还有什么指望？我看那个周主任就不是个好人，他那对贼一样的眼睛真讨厌！”妻带了点气愤地说。“要是我有办法，我一定不让你在他手下做事。”

他知道她说的是真话。但是当着母亲的面说出来，这种真话伤了他的心，引起了他的反感。“为什么我不能在他手下做事？我是靠我的劳力吃饭的！”他分辩道。

“你的话不错。可是他给你吃饱没有？你应该记得你过的是些什么日子！你甘心受他那种人欺负,太不值得!”妻说。

“记住有什么用?过去的横顺已经过去了,”他叹口气说。

“可是你还有将来啊,宣,你不应该灰心,”妻又说,她的声音突然变得非常柔和,眼睛里涌现了泪水。

她的声音使他吃惊,他感激地望着她的眼睛。

“汪先生!汪先生!”隔壁张太太的声音在门外响起来,把他的眼光唤到房门口去。

“请进来,请进来,”母亲连忙大声招呼。

张太太推开掩着的门进来。“汪太太,你今天下班早!”她没有想到会看见树生在房里。“汪先生今天身体好些了罢?”然后她又向着他的母亲:“老太太,你这两天够辛苦啊!”再后:“汪太太,汪先生,老太太,一定要请你们帮忙。要逃难,让我们跟你们一道。我跟我们张先生,带个两岁小孩,又是外省人,无亲无戚,逃难,没有钱,又没有车。他们的机关说不定随时都会撤销,不会带我们走的。万一东洋人打来,你们做做好事救救我们罢!你们本省人,到乡下去也可以,到别的县分去也可以。总之,我们跟着你们走,好不好?”她带着一种孤苦无靠的神情哀求道。

“事情还不会坏到这样罢,”他说,为了表示镇静,他勉强露出笑容。

“听说都匀已经失守,东洋人离贵阳只有几十里了,”张太太好像害怕人听见似地,做出严肃的样子压低声音说。“有人说还有一条路可以不经过贵阳就到四川来。汪先生,汪太太,实在要找你们帮忙啊!”

“张太太,你不要怕,都是谣言。事情不会坏到这样,”树生温和地说。

“这两天外面人心惶惶,我们张先生没有办法,就只顾吃酒,你们看怎么不叫人着急!好的,谢谢你们啊。小孩恐怕要醒了,我回去,有事情我再过来。谢谢你们啊。”张太太的苍白脸上现出微笑。但是这微笑并没有使她的双眉开展,也不曾使她额上的皱纹平顺。她轻手轻脚地走出去了。

“树生,那么你的消息证实了,”他小声对妻说,话里不带感情,好像这是一件跟他毫无关系的事一样。

“我也不清楚,不过陈主任劝我走,”妻冷冷地答道,好像这件事情也跟她不相干似的,可是实际上它正搅乱着她的心。

“走,走哪里去呢?”他极力压低声音问道。

“他运动升调兰州,今天发表了,他做经理,要调我去,”妻也极力压低声音说,她故意掉开眼睛不看他。

“那么你去不去?”他又问,声音提高许多,他无法掩饰他的慌张了。

“我不想去,我能够不去就不去,”她沉吟地答道。

“行里调你去,你不去可以吗?”他继续问。

“当然可以,我还有我的自由,至多也不过辞职不干!”她也提高声音回答。

“你一个人走了,那么小宣怎么办?宣又怎么办?”母亲忽然板起脸问道。

“我并没有答应去,我实在不想去,”妻坦然回答,母亲的话并没有激怒她。

“那么你也没有回绝他,”母亲不肯放松地说。

“不过我也说过我家里有人,我不便去。况且会不会调,还不知道。现在只是一句话。”妻的声音里带了一点不愉快,但是她还能够保持安静。

“你想抛下我们,一个人走,你的心我还不知道!”母亲仍然在逼她。

妻不回答，她走到床前，在床沿上坐下，略略埋下头看他。她看出了他的眼泪。她默默地抓住他的一只手，过了好一会儿，她才挣出一句话："我不会走的。"

"我知道，"他点着头感动地说。"谢谢你啊！"过了半晌，他又低声说："其实你应该走。你跟着我一辈子有什么好处？我这一辈子算是完结了。"

"你不要这样说，这是境遇，不能怪你。这两年你也苦够了。你先养好身体再说，"妻感激地安慰他。

"不怪我，又怪谁呢？为什么别的人又有办法？"他说。听见她这样安慰的话，他更不能压下责备自己的念头。

"这是因为你太老好，"妻微笑说，她的眼光里含着爱和怜悯。

老好！这两个字使他的心隐隐地发痛。又是这个他听厌了的评语！虽然她并没有一点讥讽他的意思。他不再作声了。他想着那个他永远解决不了的问题。"我不要做老好人！""可是怎样才能够不做老好人呢？""没办法。我本性就是这样。"这三句话把他的一切不平和反抗的念头消耗尽了。他这几年的光阴也就浪费在这个问题上面。……于是他轻轻地叹了一口气。

"怎样，你又不快活了？"妻吃惊地问。

"没有，"他摇摇头说，他这时才注意到母亲已经回到小屋去了。

"那么，你再睡一会儿。我就在家里陪你。我不会一个人走的，你不要耽心，"妻温柔地说。

"我知道，我知道，"他小声答应着，一面点点头。

她站起来，慢慢地走到一扇窗前，看下面的街景。窗户开在这所楼房的右面砖墙上。下面是一条小小的横街（其实只是小巷）。这所楼房比它四近的房屋都高，并没有墙壁和屋顶遮住窗内的视线。她也可以看见大街。大街是从山坡开辟出来的。迎着她眼光的正是高的一段。因此她能够看见几辆人力车衔接地从坡上跑下来，车夫的几乎不挨地的悬空般跑着的双脚使她眼花缭乱。

"他们都忙啊，"她自语道，这是她随口说出来的，声音低，只有她自己听得见。她说这句话好像并没有用意，但是又像有很多意思。她心里仿佛装了不少的东西，但是又好像空无一物。她并不想看什么，却一直站在窗前望着尘土飞扬的马路。她觉得"时间"像溪水一样地在她的身边流过，缓缓地，但是从不停止。她的血似乎也跟着在流。

"难道我就应该这样争吵、痛苦地过完我一辈子？"这是她心里的声音。她不能回答。她吐了一口气。

忽然门上响起了两下叩声。她吃惊地掉转身子。银行里的工友推开掩着的门进来。

"曾小姐，陈主任有封信给你，"工友把信递给她。

她拆开信，看完了信上的寥寥几句话。他约她到胜利大厦吃晚饭。她默默地把信笺撕了。

工友站在她面前，等候她的回话。"知道了，你回去罢，"她吩咐道。

"是，"工友唯唯应着，掩上门走出去了。

她把撕碎了的信笺揉成纸团捏在手里，背靠着窗站了一会儿。屋子渐渐地在褪色，但是夜像一管画笔，在屋角胡乱涂抹。病人的脸开始模糊了。他在床上发出急促的呼吸声。不知道他做着怎样的梦。母亲在小屋里没有一点声息。他们把寂寞留给她一个人！她觉得血在流走，不停地流走。她渐渐地感到不安了。“难道我就这样地枯死么？”她忽然起了这个疑问。她在屋子里走了几步。她不知道自己应该做些什么。她并不想去赴陈主任的约，她甚至忘记了手里那个撕碎的纸团。

母亲从小屋走出来，扭开了这间屋子的电灯，又是使人心烦的灰黄光。“啊，你还没有走？”母亲故意对她发出这句问话。

“走？走哪里去？”她惊讶地问道。

“不是有人送信来约你出去吗？”母亲冷笑道。

“还早，”她含糊地回答道。她略略埋下头看了看那只捏着纸团的手，忽然露出了报复的微笑。现在她决定了。

“今天又有人请吃饭？”母亲逼着再问一句。

“行里的同事，”她简单地答道。

“是给你们两个饯行罢？”

母亲的这句话刺伤了她。她脸一红，眉毛一竖。但是她立刻把怒气压住了，她故意露出满不在乎的微笑，点着头说：“是。”

她换了一件衣服，再化妆一下。她想跟他讲几句话。可是他还在睡梦中。她看了他一眼，然后装出得意的神气走出了房门。她还听见母亲在她后面叽咕，便急急地走下楼去了。

“你越说，我越要做给你看，本来我倒不一定要去，”她噘起嘴气恼地自语道。

（收入《寒夜》，晨光出版公司 1947 年 3 月版）

骆驼祥子（存目）

老　舍

（原载 1936 年 9 月《宇宙风》第 25—48 期，人间书屋 1939 年 3 月出版单行本）

月　牙　儿

老　舍

一

是的，我又看见月牙儿了，带着点寒气的一钩儿浅金。多少次了，我看见跟现在这个月牙儿一样的月牙儿；多少次了。它带着种种不同的感情，种种不同的景物，当我坐定了看它，它一次一次的在我记忆中的碧云上斜挂着。它唤醒了我的记忆，像一阵晚风吹破一朵欲睡的花。

二

那第一次,带着寒气的月牙儿确是带着寒气。它第一次在我的云中是酸苦,它那一点点微弱的浅金光儿照着我的泪。那时候我也不过是七岁吧,一个穿着短红棉袄的小姑娘。戴着妈妈给我缝的一顶小帽儿,蓝布的,上面印着小小的花,我记得。我倚着那间小屋的门垛,看着月牙儿。屋里是药味,烟味,妈妈的眼泪,爸爸的病;我独自在台阶上看着月牙,没人招呼我,没人顾得给我作晚饭。我晓得屋里的惨凄,因为大家说爸爸的病……可是我更感觉自己的悲惨,我冷,饿,没人理我。一直的我立到月牙儿落下去。什么也没有了,我不能不哭。可是我的哭声被妈妈的压下去;爸,不出声了,面上蒙了块白布。我要掀开白布,再看看爸,可是我不敢。屋里只是那么点点地方,都被爸占了去。妈妈穿上白衣,我的红袄上也罩了个没缝襟边的白袍,我记得,因为不断地撕扯襟边上的白丝儿。大家都很忙,嚷嚷的声儿很高,哭得很恸,可是事情并不多,也似乎值不得嚷:爸爸就装入那么一个四块薄板的棺材里,到处都是缝子。然后,五六个人把他抬了走。妈和我在后边哭。我记得爸,记得爸的木匣。那个木匣结束了爸的一切:每逢我想起爸来,我就想到非打开那个木匣不能见着他。但是,那木匣是深深地埋在地里,我明知在城外哪个地方埋着它,可又像落在地上的一个雨点,似乎永难找到。

三

妈和我还穿着白袍,我又看见了月牙儿。那是个冷天,妈妈带我出城去看爸的坟。妈拿着很薄很薄的一罗儿纸。妈那天对我特别的好,我走不动便背我一程,到城门上还给我买了一些炒栗子。什么都是凉的,只有这些栗子是热的;我舍不得吃,用它们热我的手。走了多远,我记不清了,总该是很远很远吧。在爸出殡的那天,我似乎没觉得这么远,或者是因为那天人多;这次只是我们娘儿俩,妈不说话,我也懒得出声,什么都是静寂的;那些黄土路静寂得没有头儿。天是短的,我记得那个坟:小小的一堆儿土,远处有一些高土岗儿,太阳在黄土岗儿上头斜着。妈妈似乎顾不得我了,把我放在一旁,抱着坟头儿去哭。我坐在坟头的旁边,弄着手里那几个栗子。妈哭了一阵,把那点纸焚化了,一些纸灰在我眼前卷成一两个旋儿,而后懒懒地落在地上;风很小,可是很够冷的。妈妈又哭起来。我也想爸,可是我不想哭他;我倒是为妈妈哭得可怜而也落了泪。过去拉住妈妈的手:"妈不哭!不哭!"妈妈哭得更恸了。她把我搂在怀里。眼看太阳就落下去,四外没有一个人,只有我们娘儿俩。妈似乎也有点怕了,含着泪,扯起我就走,走出老远,她回头看了看,我也转过身去:爸的坟已经辨不清了;土岗的这边都是坟头,一小堆一小堆,一直摆到土岗底下。妈妈叹了口气。我们紧走慢走,还没有走到城门,我看见了月牙儿。四外漆黑,没有声音,只有月牙儿放出一道儿冷光。我乏了,妈妈抱起我来。怎样进的城,我就不知道了,只记得迷迷糊糊的天上有个月牙儿。

四

刚八岁,我已经学会了去当东西。我知道,若是当不来钱,我们娘儿俩就不要吃晚饭;因为妈妈但分有点主意,也不肯叫我去。我准知道她每逢交给我个小包,锅里必是连一点粥底儿也看不见了。我们的锅有时干净得像个体面的寡妇。这一天,我拿的是一面镜子。只有这件东西似乎是不必要的,虽然妈妈天天得用它。这是个春天,我们的棉衣都刚脱下来就入了当铺。我拿着这面镜子,我知道怎样小心,小心而且要走得快,当铺是老早就上门的。我怕当铺的那个大红门,那个大高长柜台。一看见那个门,我就心跳。可是我必须进去,似乎是爬进去,那个高门坎儿是那么高。我得用尽了力量,递上我的东西,还得喊:"当当!"得了钱和当票,我知道怎样小心的拿着,快快回家,晓得妈妈不放心。可是这一次,当铺不要这面镜子,告诉我再添一号来。我懂得什么叫"一号"。把镜子搂在胸前,我拼命的往家跑。妈妈哭了;她找不到第二件东西。我在那间小屋住惯了,总以为东西不少;及至帮着妈妈一找可当的衣物,我的小心里才明白过来,我们的东西很少,很少。妈妈不叫我去了。可是"妈妈咱们吃什么呢?"妈妈哭着递给我她头上的银簪——只有这一件东西是银的。我知道,她拔下过来几回,都没肯交给我去当。这是妈妈出门子时,姥姥家给的一件首饰。现在,她把这么一件银器给了我,叫我把镜子放下。我尽了我的力量赶回当铺,那可怕的大门已经严严地关好了。我坐在那门墩上,握着那根银簪。不敢高声地哭,我看着天,啊,又是月牙儿照着我的眼泪!哭了好久,妈妈在黑影中来了,她拉住了我的手,呕,多么热的手,我忘了一切的苦处,连饿也忘了,只要有妈妈这只热手拉着我就好。我抽抽搭搭地说:"妈!咱们回家睡觉吧。明儿早上再来!"妈一声没出。又走了一会儿:"妈!你看这个月牙;爸死的那天,它就是这么歪歪着。为什么她老这么斜着呢?"妈还是一声没出,她的手有点颤。

五

妈妈整天地给人家洗衣裳。我老想帮助妈妈,可是插不上手。我只好等着妈妈,非到她完了事,我不去睡。有时月牙儿已经上来,她还哼哧哼哧地洗。那些臭袜子,硬牛皮似的,都是铺子里的伙计们送来的。妈妈洗完这些"牛皮"就吃不下饭去。我坐在她旁边,看着月牙,蝙蝠专会在那条光儿底下穿过来穿过去,像银线上穿着个大菱角,极快的又掉到暗处去。我越可怜妈妈,便越爱这个月牙,因为看着它,使我心中痛快一点。它在夏天更可爱,它老有那么点凉气,像一条冰似的。我爱它给地上的那点小影子,一会儿就没了;迷迷糊糊的不甚清楚,及至影子没了,地上就特别的黑,星也特别的亮,花也特别的香——我们的邻居有许多花木,那棵高高的洋槐总把花儿落到我们这边来,像一层雪似的。

六

妈妈的手起了层鳞,叫她给搓搓背顶解痒痒了。可是我不敢常劳动她,她的手是洗粗了的。她瘦,被臭袜子熏的常不吃饭。我知道妈妈要想主意了,我知道。她常把衣裳推到一边,愣着。她和自己说话。她想什么主意呢?我可是猜不着。

七

妈妈嘱咐我不叫我别扭,要乖乖地叫"爸":她又给我找到一个爸。这是另一个爸,我知道,因为坟里已经埋好一个爸了。妈嘱咐我的时候,眼睛看着别处。她含着泪说:“不能叫你饿死!”呕,是因为不饿死我,妈才另给我找了个爸!我不明白多少事,我有点怕,又有点希望——果然不再挨饿的话。多么凑巧呢,离开我们那间小屋的时候,天上又挂着月牙。这次的月牙比哪一回都清楚,都可怕;我是要离开这住惯了的小屋了。妈坐了一乘红轿,前面还有几个鼓手。吹打得一点也不好听。轿在前边走,我和一个男人在后边跟着,他拉着我的手。那可怕的月牙放着一点光,仿佛在凉风里颤动。街上没有什么人,只有些野狗追着鼓手们咬;轿子走得很快。上哪去呢?是不是把妈抬到城外去,抬到坟地去?那个男人扯着我走,我喘不过气来,要哭都哭不出来。那男人的手心出了汗,凉得像个鱼似的,我要喊“妈”,可是不敢。一会儿,月牙像个要闭上的一道大眼缝,轿子进了个小巷。

八

我在三四年里似乎没再看见月牙。新爸对我们很好,他有两间屋子,他和妈住在里间,我在外间睡铺板。我起初还想跟妈妈睡,可是几天之后,我反倒爱“我的”小屋了。屋里有白白的墙,还有条长桌,一把椅子。这似乎都是我的。我的被子也比从前的厚实暖和了。妈妈也渐渐胖了点,脸上有了红色,手上的那层鳞也慢慢掉净。我好久没去当当了。新爸叫我去上学。有时候他还跟我玩一会儿。我不知道为什么不爱叫他“爸”,虽然我知道他很可爱。他似乎也知道这个,他常常对我那么一笑;笑的时候他有很好看的眼睛。可是妈妈偷告诉我叫爸,我也不愿十分的别扭。我心中明白,妈和我现在是有吃有喝的,都因为有这个爸,我明白。是的,在这三四年里我想不起曾经看见过月牙儿;也许是看见过而不大记得了。爸死时那个月牙,妈轿子前面那个月牙,我永远忘不了。那一点点光,那一点寒气,老在我心中,比什么都亮,都清凉,像块玉似的,有时候想起来仿佛能用手摸到似的。

九

我很爱上学。我老觉得学校里有不少的花,其实并没有;只是一想起学校就想到花罢了,正像一想起爸的坟就想起城外的月牙儿——在野外的小风里歪歪着。妈妈是很爱花的,虽然买不起,可是有人送给她一朵,她就顶喜欢地戴在头上。我有机会便给她折一两朵来;戴上朵鲜花,妈的后影还很年轻似的。妈喜欢,我也喜欢。在学校里我也很喜欢。也许因为这个,我想起学校便想起花来?

十

当我要在小学毕业那年,妈又叫我去当当了。我不知道为什么新爸忽然走了。他上了哪儿,妈似乎也不晓得。妈妈还叫我上学,她想爸不久就会回来的。他许多日子没回来,连封信也没有。我想妈又该洗臭袜子了,这使我极难受。可是妈妈并没这么打算。她还打扮着,还爱戴花;奇怪!她不落泪,反倒好笑;为什么呢?我不明白!好几次,我下学来,看她在门口儿立着。又隔了不久,我在路上走,有人“嗨”我了:“嗨!给你妈捎个信儿去!”“嗨！你卖不卖呀？小嫩的!”我的脸红得冒出火来,把头低得无可再低。我明白,只是没办法。我不能问妈妈,不能。她对我很好,而且有时候极郑重地说我:“念书！念书!”妈是不识字的,为什么这样催我念书呢？我疑心;又常由疑心而想到妈是为我才作那样的事。妈是没有更好的办法。疑心的时候,我恨不能骂妈妈一顿。再一想,我要抱住她,央告她不要再作那个事。我恨自己不能帮助妈妈。所以我也想到:我在小学毕业后又有什么用呢？我和同学们打听过了,有的告诉我,去年毕业的有好几个作姨太太的。有的告诉我,谁当了暗门子。我不大懂这些事,可是由她们的说法,我猜到这不是好事。她们似乎什么都知道,也爱偷偷地谈论她们明知是不正当的事——这些事叫她们的脸红红的而显出得意。我更疑心妈妈了,是不是等我毕业好去作……这么一想,有时候我不敢回家,我怕见妈妈。妈妈有时候给我点心钱,我不肯花,饿着肚子去上体操,常常要晕过去。看着别人吃点心,多么香甜呢！可是我得省着钱,万一妈妈叫我去……我可以跑,假如我手中有钱。我最阔的时候,手中有一毛多钱！在这些时候,即使在白天,我也有时望一望天上,找我的月牙儿呢。我心中的苦处假若可以用个形状比喻起来,必是个月牙儿形的。它无倚无靠的在灰蓝的天上挂着,光儿微弱,不大会儿便被黑暗包住。

十一

叫我最难过的是我慢慢地学会了恨妈妈。可是每当我恨她的时候,我不知不觉地便想起她背着我上坟的光景。想到了这个,我不能恨她了。我又非恨她不可。我的心像——还是像那个月牙儿,只能亮那么一会儿,而黑暗是无限的。妈妈的屋里常有男人来了,她不再躲避着我。他们的眼像狗似地看着我,舌头吐着,垂着涎。我在他们的眼中是更解馋的,我看出来。在很短的期间,我忽然明白了许多的事。我知道我得保护自己,我觉出我身上好像有什么可贵的地方,我闻得出我已有一种什么味道,使我自己害羞,多感。我身上有了些力量,可以保护自己,也可以毁了自己。我有时很硬气,有时候很软。我不知怎样好。我愿爱妈妈,这时候我有好些必要问妈妈的事,需要妈妈的安慰;可是正在这个时候,我得躲着她,我得恨她;要不然我自己便不存在了。当我睡不着的时节,我很冷静地思索,妈妈是可原谅的。她得顾我们俩的嘴。可是这个又使我要拒绝再吃她给我的饭菜。我的心就这么忽冷忽热,像冬天的风,休息一会儿,刮得更要猛;我静候着我的怒气冲来,没法儿止住。

十二

事情不容我想好方法就变得更坏了。妈妈问我,“怎样?”假若我真爱她呢,妈妈说,我应该帮助她。不然呢,她不能再管我了。这不像妈妈能说得出的话,但是她确是这么说了。她说得很清楚:“我已经快老了,再过二年,想白叫人要也没人要了!”这是对的,妈妈近来擦许多的粉,脸上还露出折子来。她要再走一步,去专伺候一个男人。她的精神来不及伺候许多男人了。为她自己想,这时候能有人要她——是个馒头铺掌柜的愿要她——她该马上就走。可是我已经是个大姑娘了,不像小时候那样容易跟在妈妈轿后走过去了。我得打主意安置自己。假若我愿意“帮助”妈妈呢,她可以不再走这一步，而由我代替她挣钱。代她挣钱，我真愿意；可是那个挣钱方法叫我哆嗦。我知道什么呢，叫我像个半老的妇人那样去挣钱?！妈妈的心是狠的，可是钱更狠。妈妈不逼着我走哪条路，她叫我自己挑选——帮助她，或是我们娘儿俩各走各的。妈妈的眼没有泪，早就干了。我怎么办呢?

十三

我对校长说了。校长是个四十多岁的妇人，胖胖的，不很精明，可是心热。我是真没了主意，要不然我怎会开口述说妈妈的……我并没和校长亲近过。当我对她说的时候，每个字都像烧红了的煤球烫着我的喉，我哑了，半天才能吐出一个字。校长愿意帮助我。她不能给我钱，只能供给我两顿饭和住处——就住在学校和个老女仆作伴儿。她叫我帮助文书写写字，可是不必马上就这么办，因为我的字还需要练习。两顿饭，一个住处，解决了天大的问题，我可以不连累妈妈了。妈妈这回连轿也没坐，只坐了辆洋车，摸着黑走了。我的铺盖，她给了我。临走的时候，妈妈挣扎着不哭，可是心底下的泪到底翻上来了。她知道我不能再找她去，她的亲女儿。我呢，我连哭都忘了怎么哭了，我只咧着嘴抽达，泪蒙住了我的脸。我是她的女儿、朋友、安慰。但是我帮助不了她，除非我得作那种我决不肯作的事。在事后一想，我们娘儿俩就像两个没人管的狗，为我们的嘴，我们得受着一切的苦处，好像我们身上没有别的，只有一张嘴。为这张嘴，我们得把其余一切的东西都卖了。我不恨妈妈了，我明白了。不是妈妈的毛病，也不是不该长那张嘴，是粮食的毛病，凭什么没有我们的吃食呢?这个别离，把过去一切的苦楚都压过去了。那最明白我的眼泪怎流的月牙这回会没出来，这回只有黑暗，连点萤火的光也没有。妈妈就在暗中像个活鬼似的走了，连个影子也没有。即使她马上死了，恐怕也不会和爸埋在一处了，我连她将来的坟在哪里都不会知道。我只有这么个妈妈，朋友。我的世界里剩下我自己。

十四

妈妈永不能相见了，爱死在我心里，像被霜打了的春花。我用心地练字，为是能帮助校长抄抄写写些不要紧的东西。我必须有用，我是吃着别人的饭。我不像那些女同学，她们一天到晚注意别人，别人吃了什么，穿了什么，说了什么；我老注意我自己，我的影子是我的朋友。“我”老在我的心上，因为没人爱我。我爱我自己，可怜我自己，鼓励我自己，责备我自己；我知道我自己，仿佛我是另一个人似的。我身上有一点变化都使我害怕，使我欢喜，使我莫名其妙。我在我自己手中拿着，像捧着一朵娇嫩的花。我只能顾目前，没有将来，也不敢深想。嚼着人家的饭，我知道那是晌午或晚上了，要不然我简直想不起时间来；没有希望，就没有时间。我好像钉在个没有日月的地方。想起妈妈，我晓得我曾经活了十几年。对将来，我不像同学们那样盼望放假，过节，过年；假期，节，年，跟我有什么关系呢?可是我的身体是往大了长呢，我觉得出。觉出我又长大了一些，我更渺茫，我不放心我自己。我越往大了长，我越觉得自己好看，这是一点安慰；美使我抬高了自己的身分。可是我根本没身分，安慰是先甜后苦的，苦到末了又使我自傲。穷，可是好看呢！这又使我怕：妈妈也是不难看的。

十五

我又老没看月牙了,不敢去看,虽然想看。我已毕了业,还在学校里住着。晚上,学校里只有两个老仆人,一男一女。他们不知怎样对待我好,我既不是学生,也不是先生,又不是仆人,可有点像仆人。晚上,我一个人在院中走,常被月牙给赶进屋来,我没有胆子去看它。可是在屋里,我会想象它是什么样,特别是在有点小风的时候。微风仿佛会给那点微光吹到我的心上来,使我想起过去,更加重了眼前的悲哀。我的心就好像在月光下的蝙蝠,虽然是在光的下面,可是自已是黑的;黑的东西,即使会飞,也还是黑的,我没有希望。我可是不哭,我只常皱着眉。

十六

我有了点进款:给学生织些东西,她们给我点工钱。校长允许我这么办。可是进不了许多,因为她们也会织。不过她们自己急于要用,而赶不来,或是给家中人打双手套或袜子,才来照顾我。虽然是这样,我的心似乎活了一点,我甚至想到:假若妈妈不走那一步,我是可以养活她的。一数我那点钱,我就知道这是梦想,可是这么想使我舒服一点。我很想看看妈妈。假若她看见我,她必能跟我来,我们能有方法活着,我想——可是不十分相信。我想妈妈,她常到我的梦中来。有一天,我跟着学生们去到城外旅行,回来的时候已经是下午四点多了。为是快点回来,我们抄了个小道。我看见了妈妈!在个小胡同里有一家卖馒头的,门口放着个元宝筐,筐上插着个顶大的白木头馒头。顺着墙坐着妈妈,身儿一仰一弯地拉风箱呢。从老远我就看见了那个大木馒头与妈妈,我认识她的后影。我要过去抱住她。可是我不敢,我怕学生们笑话我,她们不许我有这样的妈妈。越走越近了,我的头低下去,从泪中看了她一眼,她没看见我。我们一群人擦着她的身子走过去,她好像是什么也没看见,专心地拉她的风箱。走出老远,我回头看了看,她还在那儿拉呢。我看不清她的脸,只看到她的头发在额上披散着点。我记住这个小胡同的名儿。

十七

像有个小虫在心中咬我似的,我想去看妈妈,非看见她我心中不能安静。正在这个时候,学校换了校长。胖校长告诉我得打主意,她在这儿一天便有我一天的饭食与住处,可是她不能保险新校长也这么办。我数了数我的钱,一共是两块七毛零几个铜子。这几个钱不会叫我在最近的几天中挨饿,可是我上哪儿呢?我不敢坐在那儿呆呆地发愁,我得想主意。找妈妈去是第一个念头。可是她能收留我吗?假若她不能收留我,而我找了她去,即使不能引起她与那个卖馒头的吵闹,她也必定很难过。我得为她想,她是我的妈妈,又不是我的妈妈,我们母女之间隔着一层用穷作成的障碍。想来想去,我不肯找她去了。我应当自己担着自己的苦处。可是怎么担着自己的苦处呢?我想不起。我觉得世界很小,没有安置我与我的小铺盖卷的地方。我还不如一条狗,狗有个地方便可以躺下睡;街上不准我躺着。是的,我是人,人可以不如狗。假若我扯着脸不走,焉知新校长不往外撵我呢？我不能等着人家往外推。这是个春天。我只看见花儿开了,叶儿绿了,而觉不到一点暖气。红的花只是红的花,绿的叶只是绿的叶,我看见些不同的颜色,只是一点颜色;这些颜色没有任何意义,春在我的心中是个凉的死的东西。我不肯哭,可是泪自己往下流。

十八

我出去找事了。不找妈妈,不依赖任何人,我要自己挣饭吃。走了整整两天,抱着希望出去,带着尘土与眼泪回来。没有事情给我作。我这才真明白了妈妈,真原谅了妈妈。妈妈还洗过臭袜子,我连这个都作不上。妈妈所走的路是唯一的。学校里教给我的本事与道德都是笑话,都是吃饱了没事时的玩艺。同学们不准我有那样的妈妈,她们笑话暗门子;是的,她们得这样看,她们有饭吃。我差不多要决定了:只要有人给我饭吃,什么我也肯干;妈妈是可佩服的。我才不去死,虽然想到过;不,我要活着。我年轻,我好看,我要活着。羞耻不是我造出来的。

十九

这么一想,我好像已经找到了事似的。我敢在院中走了,一个春天的月牙在天上挂着。我看出它的美来。天是暗蓝的,没有一点云。那个月牙清亮而温柔,把一些软光儿轻轻送到柳枝上。院中有点小风,带着南边的花香,把柳条的影子吹到墙角有光的地方来,又吹到无光的地方去;光不强,影儿不重,风微微地吹,都是温柔,什么都有点睡意,可又要轻软地活动着。月牙下边,柳梢上面,有一对星儿好像微笑的仙女的眼,逗着那歪歪的月牙和那轻摆的柳枝。墙那边有棵什么树,开满了白花,月的微光把这团雪照成一半儿白亮,一半儿略带点灰影,显出难以想到的纯净。这个月牙是希望的开始,我心里说。

二十

我又找了胖校长去,她没在家。一个青年把我让进去。他很体面,也很和气。我平素很怕男人,但是这个青年不叫我怕他。他叫我说什么,我便不好意思不说;他那么一笑,我心里就软了。我把找校长的意思对他说了,他很热心,答应帮助我。当天晚上,他给我送了两块钱来,我不肯收,他说这是他婶母——胖校长——给我的。他并且说他的婶母已经给我找好了地方住,第二天就可以搬过去。我要怀疑,可是不敢。他的笑脸好像笑到我的心里去。我觉得我要疑心便对不起人,他是那么温和可爱。

二十一

他的笑唇在我的脸上,从他的头发上我看着那也在微笑的月牙。春风像醉了,吹破了春云,露出月牙与一两对儿春星。河岸上的柳枝轻摆,春蛙唱着恋歌,嫩蒲的香味散在春晚的暖气里。我听着水流,像给嫩蒲一些生力,我想象着蒲梗轻快地往高里长。小蒲公英在潮暖的地上生长。什么都在溶化着春的力量,然后放出一些香味来。我忘了自己，我没了自己，像化在了那点春风与月的微光中。月儿忽然被云掩住，我想起来自己。我失去那个月牙儿，也失去了自己，我和妈妈一样了！

二十二

我后悔，我自慰，我要哭，我喜欢，我不知道怎样好。我要跑开，永不再见他；我又想他，我寂寞。两间小屋，只有我一个人，他每天晚上来。他永远俊美，老那么温和。他供给我吃喝，还给我作了几件新衣。穿上新衣，我自己看出我的美。可是我也恨这些衣服，又舍不得脱去。我不敢思想，也懒得思想，我迷迷糊糊的，腮上老有那么两块红。我懒得打扮，又不能不打扮，太闲在了，总得找点事作。打扮的时候，我怜爱自己；打扮完了，我恨自己。我的泪很容易下来，可是我设法不哭，眼终日老那么湿润润的，可爱。我有时候疯了似的吻他，然后把他推开，甚至于破口骂他；他老笑。

二十三

我早知道，我没希望；一点云便能把月牙遮住，我的将来是黑暗。果然，没有多久，春便变成了夏，我的春梦作到了头儿。有一天，也就是刚晌午吧，来了一个少妇。她很美，可是美得不玲珑，像个磁人儿似的。她进到屋中就哭了。不用问，我已明白了。看她那个样儿，她不想跟我吵闹，我更没预备着跟她冲突。她是个老实人。她哭，可是拉住我的手："他骗了咱们俩！"她说。我以为她也只是个"爱人"。不，她是他的妻。她不跟我闹，只口口声声的说："你放了他吧！"我不知怎么才好，我可怜这个少妇。我答应了她。她笑了。看她这个样儿，我以为她是缺个心眼，她似乎什么也不懂，只知道要她的丈夫。

二十四

我在街上走了半天。很容易答应那个少妇呀，可是我怎么办呢？他给我的那些东西，我不愿意要；既然要离开他，便一刀两断。可是，放下那点东西，我还有什么呢？我上哪儿呢？我怎么能当天就有饭吃呢？好吧，我得要那些东西，无法。我偷偷的搬了走。我不后悔，只觉得空虚，像一片云那样的无倚无靠。搬到一间小屋里，我睡了一天。

二十五

我知道怎样俭省，自幼就晓得钱是好的。凑合着手里还有那点钱，我想马上去找个事。这样，我虽然不希望什么，或者也不会有危险了。事情可是并不因我长了一两岁而容易找到。我很坚决，这并无济于事，只觉得应当如此罢了。妇女挣钱怎这么不容易呢！妈妈是对的，妇人只有一条路走，就是妈妈所走的路。我不肯马上就往那么走，可是知道它在不很远的地方等着我呢。我越挣扎，心中越害怕。我的希望是初月的光，一会儿就要消失。一两个星期过去了，希望越来越小。最后，我去和一排年轻的姑娘们在小饭馆受选阅。很小的一个饭馆，很大的一个老板；我们这群都不难看，都是高小毕业的少女们,等皇赏似的,等着那个破塔似的老板挑选。他选了我。我不感谢他,可是当时确有点痛快。那群女孩子们似乎很羡慕我,有的竟自含着泪走去,有的骂声“妈的!”女人够多么不值钱呢!

二十六

我成了小饭馆的第二号女招待。摆菜、端菜、算账、报菜名,我都不在行。我有点害怕。可是“第一号”告诉我不用着急,她也都不会。她说,小顺管一切的事;我们当招待的只要给客人倒茶,递手巾把,和拿账条;别的不用管。奇怪!“第一号”的袖口卷起来很高,袖口的白里子上连一个污点也没有。腕上放着一块白丝手绢,绣着“妹妹我爱你”。她一天到晚往脸上拍粉,嘴唇抹得血瓢似的。给客人点烟的时候,她的膝往人家腿上倚;还给客人斟酒,有时候她自己也喝了一口。对于客人,有的她伺候得非常的周到;有的她连理也不理,她会把眼皮一搭拉,假装没看见。她不招待的,我只好去。我怕男人。我那点经验叫我明白了些,什么爱不爱的,反正男人可怕。特别是在饭馆吃饭的男人们,他们假装义气,打架似的让座让账;他们拼命的猜拳,喝酒;他们野兽似的吞吃,他们不必要而故意的挑剔毛病,骂人。我低头递茶递手巾,我的脸发烧。客人们故意的和我说东说西,招我笑;我没心思说笑。晚上九点多钟完了事,我非常的疲乏了。到了我的小屋,连衣裳没脱,我一直地睡到天亮。醒来,我心中高兴了一些,我现在是自食其力,用我的劳力自己挣饭吃。我很早的就去上工。

二十七

“第一号”九点多才来,我已经去了两点多钟。她看不起我,可也并非完全恶意地教训我:“不用那么早来,谁八点来吃饭?告诉你,丧气鬼,把脸别搭拉得那么长;你是女跑堂的,没让你在这儿送殡玩。低着头,没人多给酒钱;你干什么来了?不为挣子儿吗?你的领子太矮,咱这行全得弄高领子,绸子手绢,人家认这个!”我知道她是好意,我也知道设若我不肯笑,她也得吃亏,少分酒钱;小账是大家平分的。我也并非看不起她,从一方面看,我实在佩服她,她是为挣钱。妇女挣钱就得这么着,没第二条路。但是,我不肯学她。我仿佛看得很清楚:有朝一日,我得比她还开通,才能挣上饭吃。可是那得到了山穷水尽的时候;“万不得已”老在那儿等我们女人,我只能叫它多等几天。这叫我咬牙切齿,叫我心中冒火,可是妇女的命运不在自己手里。又干了三天,那个大掌柜的下了警告:再试我两天,我要是愿意往长了干呢,得照“第一号”那么办。“第一号”一半嘲弄,一半劝告的说:“已经有人打听你,干吗藏着乖的卖傻的呢?咱们谁不知道谁是怎着?女招待嫁银行经理的,有的是;你当是咱们低贱呢?闯开脸儿干呀,咱们也他妈的坐几天汽车!”这个,逼上我的气来,我问她:“你什么时候坐汽车?”她把红嘴唇撇得要掉下去:“不用你耍嘴皮子,干什么说什么;天生下来的香屁股,还不会干这个呢!”我干不了,拿了一块另五分钱,我回了家。

二十八

最后的黑影又向我迈了一步。为躲它,就更走近了它。我不后悔丢了那个事,可我也真怕那个黑影。把自己卖给一个人,我会,自从那回事儿,我很明白了些男女之间的关系。女人把自己放松一些,男人闻着味儿就来了。他所要的是肉,他发散了兽力,你便暂时有吃有穿;然后他也许打你骂你,或者停止了你的供给。女人就这么卖了自己,有时候还很得意,我曾经觉到得意。在得意的时候说的净是一些天上的话;过了会儿,你觉得身上的疼痛与丧气。不过,卖给一个男人,还可以说些天上的话;卖给大家,连这些也没法说了,妈妈就没说过这样的话。怕的程度不同,我没法接受“第一号”的劝告;“一个”男人到底使我少怕一点。可是,我并不想卖我自己。我并不需要男人,我还不到二十岁。我当初以为跟男人在一块儿必定有趣,谁知道到了一块他就要求那个我所害怕的事。是的,那时候我像把自己交给了春风,任凭人家摆布;过后一想,他是利用我的无知,畅快他自己。他的甜言蜜语使我走入梦里;醒过来,不过是一个梦,一些空虚;我得到的是两顿饭,几件衣服。我不想再这样挣饭吃,饭是实在的,实在地去挣好了。可是,若真挣不上饭吃,女人得承认自己是女人,得卖肉!一个多月,我找不到事作。

二十九

我遇见几个同学,有的升入了中学,有的在家里作姑娘。我不愿理她们,可是一说起话儿来,我觉得我比她们精明。原先,在学校的时候,我比她们傻;现在,“她们”显着呆傻了。她们似乎还都作梦呢。她们都打扮得很好,像铺子里的货物。她们的眼溜着年轻的男人,心里好像作着爱情的诗。我笑她们。是的,我必定得原谅她们,她们有饭吃,吃饱了当然只好想爱情,男女彼此织成了网,互相捕捉;有钱的,网大一些,捉住几个,然后从容地选择一个。我没有钱,我连个结网的屋角都找不到。我得直接地捉人,或是被捉,我比她们明白一些,实际一些。

三十

有一天,我碰见那个小媳妇,像磁人似的那个。她拉住了我,倒好像我是她的亲人似的。她有点颠三倒四的样儿。“你是好人!你是好人!我后悔了,”她很诚恳地说,“我后悔了!我叫你放了他,哼,还不如在你手里呢!他又弄了别人,更好了,一去不回头了!”由探问中,我知道她和他也是由恋爱而结的婚,她似乎还很爱他。他又跑了。我可怜这个小妇人,她也是还作着梦,还相信恋爱神圣。我问她现在的情形,她说她得找到他,她得从一而终。要是找不到他呢?我问。她咬上了嘴唇,她有公婆,娘家还有父母,她没有自由,她甚至于羡慕我,我没有人管着。还有人羡慕我,我真要笑了!我有自由,笑话!她有饭吃,我有自由;她没自由,我没饭吃,我俩都是女人。

三十一

自从遇上那个小磁人,我不想把自己专卖给一个男人了,我决定玩玩了;换句话说,我要“浪漫”地挣饭吃了。我不再为谁负着什么道德责任,我饿。浪漫足以治饿,正如同吃饱了才浪漫,这是个圆圈,从哪儿走都可以。那些女同学与小磁人都跟我差不多,她们比我多着一点梦想,我比她们更直爽,肚子饿是最大的真理。是的,我开始卖了。

把我所有的一点东西都折卖了，作了一身新行头，我的确不难看。我上了市。

三十二

我想我要玩玩，浪漫。啊，我错了。我还是不大明白世故。男人并不像我想的那么容易勾引。我要勾引文明一些的人，要至多只赔上一两个吻。哈哈，人家不上那个当，人家要初次见面便得到便宜。还有呢，人家只请我看电影，或逛逛大街，吃杯冰激凌；我还是饿着肚子回家。所谓文明人，懂得问我在哪儿毕业，家里作什么事。那个态度使我看明白，他若是要你，你得给他相当的好处；你若是没有好处可贡献呢，人家只用一角钱的冰激凌换你一个吻。要卖，得痛痛快快地。我明白了这个。小磁人们不明白这个。我和妈妈明白，我很想妈了。

三十三

据说有些女人是可以浪漫地挣饭吃，我缺乏资本；也就不必再这样想了。我有了买卖。可是我的房东不许我再住下去，他是讲体面的人，我连瞧他也没瞧，就搬了家，又搬回我妈妈和新爸爸曾经住过的那两间房。这里的人不讲体面，可也更真诚可爱。搬了家以后，我的买卖很不错。连文明人也来了。文明人知道了我是卖，他们是买，就肯来了；这样，他们不吃亏，也不丢身分。初干的时候，我很害怕，因为我还不到二十岁。及至作过了几天，我也就不怕了。多咱他们像了一摊泥，他们才觉得上了算，他们满意，还替我作义务的宣传。干过了几个月，我明白的事情更多了，差不多每一见面，我就能断定他是怎样的人。有的很有钱，这样的人一开口总是问我的身价，表示他买得起我。他也很嫉妒，总想包了我；逛暗娼他也想独占，因为他有钱。对这样的人，我不大招待。他闹脾气，我不怕，我告诉他，我可以找上他的门去，报告给他的太太。在小学里念了几年书，到底是没白念，他唬不住我。"教育"是有用的，我相信了。有的人呢，来的时候，手里就攥着一块钱，唯恐上了当。对这种人，我跟他细讲条件，他就乖乖地回家去拿钱，很有意思。最可恨的是那些油子，不但不肯花钱，反倒要占点便宜走，什么半盒烟卷呀，什么一小瓶雪花膏呀，他们随手拿去。这种人还是得罪不的，他们在地面上很熟，得罪了他们，他们会叫巡警跟我捣乱。我不得罪他们，我喂着他们；及至我认识了警官，才一个个的收拾他们。世界就是狼吞虎咽的世界，谁坏谁就占便宜。顶可怜的是那像学生样儿的，袋里装着一块钱，和几十铜子，叮当地直响，鼻子上出着汗。我可怜他们，可是也照常卖给他们。我有什么办法呢！还有老头子呢，都是些规矩人，或者家中已然儿孙成群。对他们，我不知道怎样好，但是我知道他们有钱，想在死前买些快乐，我只好供给他们所需要的。这些经验叫我认识了"钱"与"人"。钱比人更厉害一些，人若是兽，钱就是兽的胆子。

三十四

我发现了我身上有了病。这叫我非常的苦痛，我觉得已经不必活下去了。我休息了，我到街上去走；无目的，乱走。我想去看看妈，她必能给我一些安慰，我想象着自己已是快死的人了。我绕到那个小巷,希望见着妈妈;我想起她在门外拉风箱的样子。馒头铺已经关了门。打听,没人知道搬到哪里去。这使我更坚决了,我非找到妈妈不可。在街上丧胆游魂地走了几天,没有一点用。我疑心她是死了,或是和馒头铺的掌柜的搬到别处去,也许在千里以外。这么一想,我哭起来。我穿好了衣裳,擦上了脂粉,在床上躺着,等死。我相信我会不久就死去的。可是我没死。门外又敲门了,找我的。好吧,我伺候他,我把病尽力地传给他。我不觉得这对不起人,这根本不是我的过错。我又痛快了些,我吸烟,我喝酒,我好像已是三四十岁的人了。我的眼圈发青,手心发热,我不再管;有钱才能活着,先吃饱再说别的吧。我吃得并不错,谁肯吃坏的呢!我必须给自己一点好吃食,一些好衣裳,这样才稍微对得起自己一点。

三十五

一天早晨,大概有十点来钟吧,我正披着件长袍在屋中坐着,我听见院中有点脚步声。我十点来钟起来,有时候到十二点才想穿好衣裳,我近来非常的懒,能披着件衣服呆坐一两个钟头。我想不起什么,也不愿想什么,就那么独自呆坐。那点脚步声,向我的门外来了,很轻很慢。不久,我看见一对眼睛,从门上那块小玻璃向里面看呢。看了一会儿,躲开了;我懒得动,还在那儿坐着。待了一会儿,那对眼睛又来了。我再也坐不住,我轻轻的开了门。"妈!"

三十六

我们母女怎么进了屋,我说不上来。哭了多久,也不大记得。妈妈已老得不像样儿了。她的掌柜的回了老家,没告诉她,偷偷地走了,没给她留下一个钱。她把那点东西变卖了,辞退了房,搬到一个大杂院里去。她已找了我半个多月。最后,她想到上这儿来,并没希望找到我,只是碰碰看,可是竟自找到了我。她不敢认我了,要不是我叫她,她也许就又走了。哭完了,我发狂似的笑起来:她找到了女儿,女儿已是个暗娼!她养着我的时候,她得那样;现在轮到我养着她了,我得那样!女人的职业是世袭的,是专门的!

三十七

我希望妈妈给我点安慰。我知道安慰不过是点空话,可是我还希望来自妈妈的口中。妈妈都往往会骗人,我们把妈妈的诓骗叫作安慰。我的妈妈连这个都忘了。她是饿怕了,我不怪她。她开始检点我的东西,问我的进项与花费,似乎一点也不以这种生意为奇怪。我告诉她,我有了病,希望她劝我休息几天。没有;她只说出去给我买药。"我们老干这个吗?"我问她。她没言语。可是从另一方面看,她确是想保护我,心疼我。她给我作饭,问我身上怎样,还常常偷看我,像妈妈看睡着了的小孩那样。只是有一层她不肯说,就是叫我不用再干这行了。我心中很明白——虽然有一点不满意她——除了干这个,还想不到第二个事情作。我们母女得吃得穿——这个决定了一切。什么母女不母女,什么体面不体面,钱是无情的。

三十八

妈妈想照应我,可是她得听着看着人家蹂躏我。我想好好对待她,可是我觉得她有时候讨厌。她什么都要管管,特别是对于钱。她的眼已失去年轻时的光泽,不过看见了钱还能发点光。对于客人,她就自居为仆人,可是当客人给少了钱的时候,她张嘴就骂。这有时候使我很为难。不错,既干这个还不是为钱吗?可是干这个的也似乎不必骂人。我有时候也会慢待人,可是我有我的办法,使客人急不得恼不得。妈妈的方法太笨了,很容易得罪人。看在钱的面上,我们不应当得罪人。我的方法或者出于我还年轻,还幼稚;妈妈便不顾一切的单单站在钱上了,她应当如此,她比我大着好些岁。恐怕再过几年我也就这样了,人老心也跟着老,渐渐老得和钱一样的硬。是的,妈妈不客气。她有时候劈手就抢客人的皮夹,有时候留下人家的帽子或值钱一点的手套与手杖。我很怕闹出事来,可是妈妈说的好:"能多弄一个是一个,咱们是拿十年当作一年活着的,等七老八十还有人要咱们吗?"有时候,客人喝醉了,她便把他架出去,找个僻静地方叫他坐下,连他的鞋都拿回来。说也奇怪,这种人倒没有来找账的,想是已人事不知,说不定也许病一大场。或者事过之后,想过滋味,也就不便再来闹了,我们不怕丢人,他们怕。

三十九

妈妈是说对了:我们是拿十年当一年活着。干了二三年,我觉出自己是变了。我的皮肤粗糙了,我的嘴唇老是焦的,我的眼睛里老灰渌渌的带着血丝。我起来的很晚,还觉得精神不够。我觉出这个来,客人们更不是瞎子,熟客渐渐少起来。对于生客,我更努力的伺候,可是也更厌恶他们,有时候我管不住自己的脾气。我暴躁,我胡说,我已经不是我自己了。我的嘴不由的老胡说,似乎是惯了。这样,那些文明人已不多照顾我,因为我丢了那点"小鸟依人"——他们唯一的诗句——的身段与气味。我得和野鸡学了。我打扮得简直不像个人,这才招得动那不文明的人。我的嘴擦得像个红血瓢,我用力咬他们,他们觉得痛快。有时候我似乎已看见我的死,接进一块钱,我仿佛死了一点。钱是延长生命的,我的挣法适得其反。我看着自己死,等着自己死。这么一想,便把别的思想全止住了。不必想了,一天一天地活下去就是了,我的妈妈是我的影子,我至好不过将来变成她那样,卖了一辈子肉,剩下的只是一些白头发与抽皱的黑皮。这就是生命。

四十

我勉强地笑,勉强地疯狂,我的痛苦不是落几个泪所能减除的。我这样的生命是没什么可惜的,可是它到底是个生命,我不愿撒手。况且我所作的并不是我自己的过错。死假如可怕,那只因为活着是可爱的。我决不是怕死的痛苦,我的痛苦久已胜过了死。我爱活着,而不应当这样活着。我想象着一种理想的生活,像作着梦似的;这个梦一会儿就过去了,实际的生活使我更觉得难过。这个世界不是个梦,是真的地狱。妈妈看出我的难过来,她劝我嫁人。嫁人,我有了饭吃,她可以弄一笔养老金。我是她的希望。我嫁谁呢?

四十一

因为接触的男子很多了,我根本已忘了什么是爱。我爱的是我自己,及至我已爱不了自己,我爱别人干什么呢?但是打算出嫁,我得假装说我爱,说我愿意跟他一辈子。我对好几个人都这样说了,还起了誓;没人接受。在钱的管领下,人都很精明。嫖不如偷,对,偷省钱。我要是不要钱,管保人人说爱我。

四十二

正在这个期间,巡警把我抓了去。我们城里的新官儿非常地讲道德,要扫清了暗门子。正式的妓女倒还照旧作生意,因为她们纳捐;纳捐的便是名正言顺的,道德的。抓了去,他们把我放在了感化院,有人教给我作工。洗、做、烹调、编织,我都会;要是这些本事能挣饭吃,我早就不干那个苦事了。我跟他们这样讲,他们不信,他们说我没出息,没道德。他们教给我工作,还告诉我必须爱我的工作。假如我爱工作,将来必定能自食其力,或是嫁个人。他们很乐观。我可没这个信心。他们最好的成绩,是已经有十几多个女的,经过他们感化而嫁了人。到这儿来领女人的,只须花两块钱的手续费和找一个妥实的铺保就够了。这是个便宜。从男人方面看;据我想,这是个笑话。我干脆就不受这个感化。当一个大官儿来检阅我们的时候,我唾了他一脸唾沫。他们还不肯放了我,我是带危险性的东西。可是他们也不肯再感化我。我换了地方,到了狱中。

四十三

狱里是个好地方,它使人坚信人类的没有起色;在我作梦的时候都见不到这样丑恶的玩艺。自从我一进来,我就不再想出去,在我的经验中,世界比这儿并强不了许多。我不愿死,假若从这儿出去而能有个较好的地方;事实上既不这样,死在哪儿不一样呢。在这里,在这里,我又看见了我的好朋友,月牙儿!多久没见着它了!妈妈干什么呢?我想起来一切。

(收入《樱海集》,人间书屋 1935 年 8 月版)

断 魂 枪

老 舍

“生命是闹着玩,事事显出如此;从前我这么想过,现在我懂得了。”

沙子龙的镳局已改成客栈。

东方的大梦没法子不醒了。炮声压下去马来与印度野林中的虎啸。半醒的人们,揉着眼,祷告着祖先与神灵;不大会儿,失去了国土、自由与权利。门外立着不同面色的人，枪口还热着。他们的长矛毒弩，花蛇斑彩的厚盾，都有什么用呢；连祖先与祖先所信的神明全不灵了啊！龙旗的中国也不再神秘，有了火车呀，穿坟过墓的破坏着风水。枣红色多穗的镳旗，绿鲨皮鞘的钢刀，响着串铃的口马，江湖上的智慧与黑话，义气与声名，连沙子龙，他的武艺，事业，都梦似的变成昨夜的。今天是火车、快枪，通商与恐怖。听说，有人还要杀下皇帝的头呢！

这是走镳已没有饭吃，而国术还没被革命党与教育家提倡起来的时候。

谁不晓得沙子龙是短瘦，利落，硬棒，两眼明得像霜夜的大星？可是，现在他身上放了肉。镳局改了客栈，他自己在后小院占着三间北房，大枪立在墙角，院子里有几只楼鸽。只是在夜间，他把小院的门关好，熟习熟习他的“五虎断魂枪”。这条枪与这套枪，二十年的工夫，在西北一带，给他创出来：“神枪沙子龙”五个字，没遇见过敌手。现在，这条枪与这套枪不会再替他增光显胜了；只是摸摸这凉，滑，硬而发颤的杆子，使他心中少难过一些而已。只有在夜间独自拿起枪来，才能相信自己还是“神枪沙”。在白天，他不大谈武艺与往事；他的世界已被狂风吹了走。

在他手下闯练起来的少年们还时常来找他。他们大多数是没落子的，都有点武艺，可是没地方去用。有的在庙会上去卖艺：踢两趟腿，练套家伙，翻几个跟头，附带着卖点大力丸，混个三吊两吊的。有的实在闲不起了，去弄筐果子，或挑些毛豆角，赶早儿在街上论斤吆喝出去。那时候米贱肉贱，肯卖膀子力气本来可以混个肚儿圆；他们可是不成：肚量既大，而且得吃口当事儿的；干饽饽辣饼子咽不下去。况且他们还时常去走会：五虎棍，开路，太狮少狮……虽然算不了什么——比起走镳来——可是到底有个机会活动活动，露露脸。是的，走会捧场是买脸的事，他们打扮的得像个样儿，至少得有条青洋绉裤子，新漂白细市布的小褂，和一双鱼鳞洒鞋——顶好是青缎子抓地虎靴子。他们是神枪沙子龙的徒弟——虽然沙子龙并不承认——得到处露脸，走会得赔上俩钱，说不定还得打场架。没钱，上沙老师那里去求。沙老师不含糊，多少不拘，不让他们空着手儿走。可是，为打架或献技去讨教一个招数，或是请给说个对子——什么空手夺刀，或虎头钩进枪——沙老师有时说句笑话，马虎过去：“教什么？拿开水浇吧！”有时直接把他们逐出去。他们不大明白沙老师是怎么了，心中也有点不乐意。

可是，他们到处为沙老师吹腾，一来是愿意使人知道他们的武艺有真传授，受过高人的指教；二来是为激动沙老师：万一有人不服气而找上老师来，老师难道还不露一两手真的么？所以：沙老师一拳就砸倒了个牛！沙老师一脚把人踢到房上去，并没使多大的劲！他们谁也没见过这种事，但是说着说着，他们相信这是真的了，有年月，有地方，千真万确，敢起誓！

王三胜——沙子龙的大伙计——在土地庙拉开了场子，摆好了家伙。抹了一鼻子茶叶末色的鼻烟，他抡了几下竹节钢鞭，把场子打大一些。放下鞭，没向四围作揖，叉着腰念了两句：“脚踢天下好汉，拳打五路英雄！”向四围扫了一眼：“乡亲们，王三胜不是卖艺的；玩艺儿会几套，西北路上走过镳，会过绿林上的朋友。现在闲着没事，拉个场子陪诸位玩玩。有爱练的尽管下来，王三胜以武会友，有赏脸的，我陪着。神枪沙子龙是我的师傅；玩艺地道！诸位，有愿下来的没有？”他看着，准知道没人敢下来，他的话硬，可是那条钢鞭更硬，十八斤重。

王三胜，大个子，一脸横肉，努着对大黑眼珠，看着四围。大家不出声。他脱了小褂，紧了紧深月白色的腰里硬，把肚子杀进去。给手心一口吐沫，抄起大刀来：

"诸位,王三胜先练趟瞧瞧。不白练,练完了,带着的扔几个;没钱,给喊个好,助助威。这儿没生意口。好,上眼!"

大刀靠了身,眼珠努出多高,脸上绷紧,胸脯子鼓出,像两块老桦木根子。一跺脚,刀横起,大红缨子在肩前摆动。削砍劈拨,蹲越闪转,手起风生,忽忽直响。忽然刀在右手心上旋转,身弯下去,四围鸦雀无声,只有缨铃轻叫。刀顺过来,猛的一个踩泥,身子直挺,比众人高着一头,黑塔似的。收了势:"诸位!"一手持刀,一手叉腰,看着四围。稀稀的扔了几个铜钱,他点点头。"诸位!"他等着,等着,地上依旧是那几个亮而削薄的铜钱,外层的人偷偷散去。他咽了口气:"没人懂!"他低声的说,可是大家全听见了。

"有功夫!"西北角上一个黄胡子老头儿答了话。

"啊?"王三胜好似没听明白。

"我说:你——有——功——夫!"老头子的语气很不得人心。

放下大刀,王三胜随着大家的头往西北看。谁也没看起这个老人:小干巴个儿,披着件粗蓝布大衫,脸上窝窝瘪瘪,眼陷进去很深,嘴上几根细黄胡,肩上扛着条小黄草辫子,有筷子那么细,而绝对不像筷子那么直顺。王三胜可是看出这老家伙有功夫,脑门亮,眼睛亮——眼眶虽深,眼珠可黑得像两口小井,深深的闪着黑光。王三胜不怕:他看得出别人有功夫没有,可更相信自己的本事,他是沙子龙手下的大将。

"下来玩玩,大叔!"王三胜说得很得体。

点点头,老头儿往里走。这一走,四外全笑了。他的胳臂不大动;左脚往前迈,右脚随着拉上来,一步步的往前拉扯,身子整着,像是患过瘫痪病。蹭到场中,把大衫扔在地上,一点没理会四围怎样笑他。

"神枪沙子龙的徒弟,你说?好,让你使枪吧;我呢?"老头子非常的干脆,很像久想动手。

人们全回来了,邻场耍狗熊的无论怎么敲锣也不中用了。

"三截棍进枪吧?"王三胜要看老头子一手,三截棍不是随便就拿得起来的家伙。

老头子又点点头,拾起家伙来。

王三胜努着眼,抖着枪,脸上十分难看。

老头子的黑眼珠更深更小了,像两个香火头,随着面前的枪尖儿转,王三胜忽然觉得不舒服,那俩黑眼珠似乎要把枪尖吸进去!四外已围得风雨不透,大家都觉出老头子确是有威。为躲那对眼睛,王三胜耍了个枪花。老头子的黄胡子一动:"请!"王三胜一扣枪,向前躬步,枪尖奔了老头子的喉头去,枪缨打了一个红旋。老人的身子忽然活展了,将身微偏,让过枪尖,前把一挂,后把撩王三胜的手。拍,拍,两响,王三胜的枪撒了手。场外叫了好。王三胜连脸带胸口全紫了,抄起枪来;一个花子,连枪带人滚了过来,枪尖奔了老人的中部。老头子的眼亮得发着黑光;腿轻轻一屈,下把掩裆,上把打着刚要抽回的枪杆;拍,枪又落在地上。

场外又是一片彩声。王三胜流了汗,不再去拾枪,努着眼,木在那里。老头子扔下家伙,拾起大衫,还是拉拉着腿,可是走得很快了。大衫搭在臂上,他过来拍了王三胜一下:

"还得练哪,伙计!"

"别走!"王三胜擦着汗:"你不离,姓王的服了!可有一样,你敢会会沙老师?"

"就是为会他才来的!"老头子的干巴脸上皱起点来,似乎是笑呢。"走;收了吧;晚饭我请!”

王三胜把兵器拢在一处,寄放在变戏法二麻子那里,陪着老头子往庙外走。后面跟着不少人,他把他们骂散。

“你老贵姓?”他问。

“姓孙哪,”老头子的话与人一样,都那么干巴。“爱练;久想会会沙子龙。”

沙子龙不把你打扁了!王三胜心里说。他脚底下加了劲,可是没把孙老头落下。他看出来,老头子的腿是老走着查拳门中的连跳步;交起手来,必定很快。但是,无论他怎么快,沙子龙是没对手的。准知道孙老头要吃亏,他心中痛快了些,放慢了些脚步。

“孙大叔贵处?”

“河间的,小地方。”孙老者也和气了些:“月棍年刀一辈子枪,不容易见功夫!说真的,你那两手就不坏!”

王三胜头上的汗又回来了,没言语。

到了客栈,他心中直跳,唯恐沙老师不在家,他急于报仇。他知道老师不爱管这种事,师弟们已碰过不少回钉子,可是他相信这回必定行,他是大伙计,不比那些毛孩子;再说,人家在庙会上点名叫阵,沙老师还能丢这个脸么?

“三胜,”沙子龙正在床上看着本《封神榜》,“有事吗?”

三胜的脸又紫了,嘴唇动着,说不出话来。

沙子龙坐起来,“怎了,三胜?”

“栽了跟头!”

只打了个不甚长的哈欠,沙老师没别的表示。

王三胜心中不平,但是不敢发作;他得激动老师:“姓孙的一个老头儿,门外等着老师呢;把我的枪,枪,打掉了两次!”他知道“枪”字在老师心中有多大分量。没等吩咐,他慌忙跑出去。

客人进来,沙子龙在外间屋等着呢。彼此拱手坐下,他叫三胜去泡茶。三胜希望两个老人立刻交了手,可是不能不沏茶去。孙老者没话讲,用深藏着的眼睛打量沙子龙。沙很客气:

“要是三胜得罪了你,不用理他,年纪还轻。”

孙老者有些失望,可也看出沙子龙的精明。他不知怎样好了,不能拿一个人的精明断定他的武艺。“我来领教领教枪法!”他不由的说出来。

沙子龙没接碴儿。王三胜提着茶壶走进来——急于看二人动手,他没管水开了没有,就沏在壶中。

“三胜,”沙子龙拿起个茶碗来,“去找小顺们去,天汇见,陪孙老者吃饭。”

“什么?”王三胜的眼珠几乎掉出来。看了看沙老师的脸,他敢怒而不敢言的说了声“是啦!”走出去,撅着大嘴。

“教徒弟不易!”孙老者说。

“我没收过徒弟。走吧,这个水不开!茶馆去喝,喝饿了就吃。”沙子龙从桌子上拿起青缎子褡裢,一头装着鼻烟壶,一头装着点钱,挂在腰带上。

“不,我还不饿!”孙老者很坚决,两个“不”字把小辫从肩上抡到后边去。

“说会子话儿。”

“我来为领教领教枪法。”

“功夫早搁下了，”沙子龙指着身上，“已经放了肉！”

“这么办也行，”孙老者深深的看了沙老师一眼：“不比武，教给我那趟五虎断魂枪。”

“五虎断魂枪？”沙子龙笑了：“早忘净了！早忘净了！告诉你，在我这儿住几天，咱们逛逛各处，临走，多少送点盘缠。”

“我不逛，也用不着钱，我来学艺！”孙老者立起来，“我练趟给你看看，看够得上学艺不够！”一屈腰已到了院中，把楼鸽都吓飞起去。拉开架子，他打了趟查拳：腿快，手飘洒，一个飞脚起去，小辫儿飘在空中，像从天上落下来一个风筝；快之中，每个架子都摆得稳，准，利落；来回六趟，把院子满都打到，走得圆，接得紧，身子在一处，而精神贯串到四面八方。抱拳收势，身儿缩紧，好似满院乱飞的燕子忽然归了巢。

“好！好！”沙子龙在台阶上点着头喊。

“教给我那趟枪！”孙老者抱了抱拳。

沙子龙下了台阶，也抱着拳：“孙老者，说真的吧；那条枪和那套枪都跟我入棺材，一齐入棺材！”

“不传？”

“不传！”

孙老者的胡子嘴动了半天，没说出什么来。到屋里抄起蓝布大衫，拉拉着腿：“打搅了，再会！”

“吃过饭走！”沙子龙说。

孙老者没言语。

沙子龙把客人送到小门，然后回到屋中，对着墙角立着的大枪点了点头。

他独自上了天汇，怕是王三胜们在那里等着，他们都没有去。

王三胜和小顺们都不敢再到土地庙去卖艺，大家谁也不再为沙子龙吹腾；反之，他们说沙子龙栽了跟头，不敢和个老头儿动手；那个老头子一脚能踢死个牛。不要说王三胜输给他，沙子龙也不是“个儿”。不过呢，王三胜到底和老头子见了个高低，而沙子龙连句硬话也没敢说。“神枪沙子龙”慢慢似乎被人们忘了。

夜静人稀，沙子龙关好了小门，一气把六十四枪刺下来；而后，拄着枪，望着天上的群星，想起当年在野店荒林的威风。叹一口气，用手指慢慢摸着凉滑的枪身，又微微一笑：“不传！不传！”

（收入《蛤藻集》，开明书店1946年11月版）

萧　萧

沈从文

乡下人吹唢呐接媳妇，到了十二月是成天有的事情。

唢呐后面一顶花轿，四个伕子平平稳稳的抬着，轿中人被铜锁锁在里面，虽穿了平时不上过身的体面红绿衣裳，也仍然得荷荷大哭。在这些小女人心中，做新娘子，从母亲身边离开，且准备作他人的母亲，从此将有许多新事情等待发生。像做梦一样，将同一个陌生男子汉在一个床上睡觉，做着承宗接祖的事情，当然十分害怕，所以照例觉得要哭，就哭了。

也有做媳妇不哭的人。萧萧做媳妇就不哭。这女人没有母亲，从小寄养到伯父种田的庄子上，出嫁只是从这家转到那家。因此到那一天，这女人还只是笑。她又不害羞，又不怕，她是什么事也不知道，就做了人家的媳妇了。

萧萧做媳妇时年纪十二岁，有一个小丈夫，年纪三岁。丈夫比她年少九岁，还在吃奶。地方规矩如此，过了门，她喊他做弟弟。她每天应作的事是抱弟弟到村前柳树下去玩，饿了，喂东西吃，哭了，就哄他，摘南瓜花或狗尾草戴到小丈夫头上，或者亲嘴，一面说："弟弟，哪，啍。再来，啍。"在那满是肮脏的小脸上亲了又亲，孩子于是便笑了。孩子一欢喜，会用短短的小手乱抓萧萧的头发。那是平时不大能收拾蓬蓬松松到头上的黄发。有时垂到脑后一条有红绒绳作结的小辫儿被拉，生气了，就挞那弟弟，弟弟自然㖞的哭出声来，萧萧便也装成要哭的样子，用手指着弟弟的哭脸，说，"哪，不讲理，这可不行！"

天晴落雨日子混下去，每日抱抱丈夫，也时常到溪沟里去洗衣，搓尿片，一面还捡拾有花纹的田螺给坐到身边的丈夫玩。到了夜里睡觉，便常常做世界上人所做过的梦，梦到后门角落或别的什么地方捡得大把大把铜钱，吃好东西，爬树，自己变成鱼到水中溜扒，或一时仿佛很小很轻，身子飞到天上众星中，没有一个人，只是一片白，一片金光，于是大喊"妈！"人醒了。醒来心还只是跳。吵了隔壁的人，就骂着："疯子，你想什么！"却不作声只是咕咕笑着。也有很好很爽快的梦，为丈夫哭醒的事。那丈夫本来晚上在自己母亲身边睡，吃奶方便，但是吃多了奶，或因另外情形，半夜大哭，起来放水拉稀是常有的事。丈夫哭到婆婆不能处置，于是萧萧轻脚轻手爬起来，眼屎蒙眬，走到床边，把人抱起，给他看灯光，看星光。或者仍然啍啍的亲嘴，互相觑着，孩子气的"嗨嗨，看猫呵，"那样喊着哄着，于是丈夫笑了。慢慢的阖上眼。人睡了，放上床，站在床边看着，听远处一传一递的鸡叫，知道天快到什么时候了，于是仍然蜷到小床上睡去。天亮了，虽不做梦，却可以无意中闭眼开眼，看一阵空中黄金颜色变幻无端的葵花。

萧萧嫁过了门，做了拳头大丈夫的媳妇，一切并不比先前受苦，这只看她半年来身体发育就可明白。风里雨里过日子，像一株长在园角落不为人注意的蓖麻，大叶大枝，日增茂盛。这小女人简直是全不为丈夫设想那么似的长大起来了。

夏夜光景说来如做梦。坐到院心，挥摇蒲扇，看天上的星同屋角的萤，听南瓜棚上纺织娘子咯咯咯拖长声音纺车，禾花风翛翛吹到脸上，正是让人在自己方便中说笑话的时候。

萧萧好高，一个人常常爬到草料堆上去，抱了已经熟睡的丈夫在怀里，轻轻的轻轻的随意唱着那使自己也快要睡去的歌。

在院中，公公婆婆，祖父祖母，另外还有帮工汉子两个，散乱的坐，小板凳无一作空。

祖父身边有烟包，在黑暗中放光。这用艾蒿作成的长火绳，是驱逐长脚蚊东西，蜷在祖父脚边，就如一条黑色长蛇。

想起白天场上的事，那祖父开口说话，

"听三金说前天有女学生过身。"

大家就哄然笑了。

这笑的意义何在？只因为大家都知道女学生没有辫子，像个尼姑，穿的衣服又像洋人，吃的，用的，……总而言之一想起来就觉得怪可笑！

萧萧不大明白，她不笑。所以祖父又说话了。他说：

“萧萧，你将来也会做女学生！”

大家于是更哄然大笑起来。

萧萧为人并不愚蠢，觉得这一定是不利于己的一件事情了，所以接口便说：

“我不做女学生！”

“不做可不行。”

“我不做。”

众口一声的说：“非做女学生不行！”

女学生这东西，在本乡的确永远是奇闻。每年热天，据说放“水”假日子一到，便有三三五五女学生，由一个荒谬不经的热闹地方来，到另一个远地方去，取道从本地过身，从乡下人眼中看来，这些人皆近于另一世界中活下的人，装扮如怪如神，行为也不可思议。这种人过身时，使一村人皆可以说一整天的笑话。

祖父是当地人物，因为想起所知道的女学生在大城中的生活情形，所以说笑话要萧萧也去作女学生。一面听到这话，就感觉一种打哈哈趣味，一面还有那被说的萧萧感觉一种惶恐，说这话的不为无意义了。

女学生由祖父方面所知道的是这样一种人：她们穿衣服不管天气冷暖，吃东西不问饥饱，晚上交到子时才睡觉，白天正经事全不作，只知唱歌打球，读洋书。她们一年用的钱可以买十六只水牛。她们在省里京里想往什么地方去时，不必走路，只要钻进一个大匣子中，那匣子就可以带她到地。她们在学校，男女一处上课，人熟了，就随意同那男子睡觉，也不要媒人，也不要财礼，名叫“自由”。她们也做官；做县官，带家眷上任，男子仍然喊作老爷，小孩子叫少爷。她们自己不养牛，却吃牛奶羊奶，如小牛小羊；买那奶时是用铁罐子盛的。她们无事时到一个唱戏地方去，那地方完全像个大庙，从衣袋中取出一块洋钱来，（那洋钱在乡下可买五只母鸡，）买了一小方纸片儿，拿了那纸片到里面去，就可以坐下看洋人扮演影子戏。她们被冤了，不赌咒，不哭。她们年纪有老到二十四岁还不肯嫁人的，有老到三十四五还好意思嫁人的。她们不怕男子，男子不能使她们受委屈，一受委屈就上衙门打官司，要官罚男子的款，这笔钱她可以同官平分。她们不洗衣煮饭，有了小孩子，也只花五块钱或十块钱一月，雇人专管小孩，自己仍然整天看戏打牌。……

总而言之，说来都稀奇古怪，岂有此理。这时经祖父一为说明，听过这话的萧萧，心中却忽然有了一种模模糊糊的愿望，以为倘若她也是个女学生，她是不是照祖父说的女学生一个样子去做那些事？不管好歹，做女学生极有趣味，因此一来却已为这乡下姑娘体念到了。

因为听祖父说起女学生是怎样的人物，到后萧萧独自笑得特别久。笑够了时，她说：

“祖爹，明天有女学生过路，你喊我，我要看。”

“你看，她们捉你去作丫头。”

“我不怕她们。”

“她们读洋书你不怕？”

“我不怕。”

“她们咬人你不怕？”

“也不怕。”

可是这时节萧萧手上所抱的丈夫，不知为甚么，在睡梦中哭了，媳妇用作母亲的声势，半哄半吓说：

“弟弟，弟弟，不许哭，不许哭，女学生咬人来了。”

丈夫还仍然哭着，得抱起各处走走。萧萧抱着丈夫离开了祖父，祖父同人说另外一样话去了。

萧萧从此以后心中有个“女学生”。做梦也便常常梦到女学生，且梦到同这些人并排走路。仿佛也坐过那种自己会走路的匣子，她又觉得这匣子并不比自己跑路更快。在梦中那匣子的形体同谷仓差不多，里面有小小灰色老鼠，眼珠子红红的。

因为有这样一段经过，祖父从此喊萧萧不喊“小丫头”，不喊“萧萧”，却唤作“女学生”。在不经意中萧萧答应得很好。

乡下里日子也如世界上一般日子，时时不同。世界上人把日子糟蹋，和萧萧一类人家把日子吝惜是同样的，各人皆有所得，各人皆为命定。城市中文明人，把一个夏天全消磨到软绸衣服、精美饮料以及种种好事情上面。萧萧的一家，因为一个夏天，却得了十多斤细麻，二三十担瓜。

作小媳妇的萧萧，一个夏天中，一面照料丈夫，一面还绩了细麻四斤。这时工人摘瓜，在瓜间玩，看硕大如盆上面满是灰粉的大南瓜，成排成堆摆到地上，很有趣味。时间到摘瓜，秋天已来了，院子中各处有从屋后林子里树上吹来的大红大黄木叶。萧萧在瓜旁站定，手拿木叶一束，为丈夫编小笠帽玩。

工人中有个名叫花狗，抱了萧萧的丈夫到枣树下去打枣子。小小竹竿打在枣树上，落枣满地。

“花狗大，莫打了，太多了吃不完。”

虽这样喊，还不动身。到后，仿佛完全因为丈夫要枣子，花狗才不听话。萧萧于是又喊她那小丈夫：

“弟弟，弟弟，来，不许捡了。吃多了生东西肚子痛！”

丈夫听话，兜了一堆枣子向萧萧身边走来，请萧萧吃枣子。

“姐姐吃，这是大的。”

“我不吃。”

“要吃一颗！”

她两手哪里有空！木叶帽正在制边，工夫要紧，还正要个人帮忙！

“弟弟，把枣子喂我口里。”

丈夫照她的命令作事，作完了觉得有趣，哈哈大笑。

她要他放下枣子帮忙捏紧帽边，便于添加新木叶。

丈夫照她吩咐作事，但老是顽皮的摇动，口中唱歌。这孩子原来像一只猫，欢喜时就得捣乱。

“弟弟，你唱的是什么？”

“我唱花狗大告我的山歌。”

“好好的唱给我听。”

丈夫于是就唱下去,照所记到的歌唱:

> 天上起云云起花,
> 包谷林里种豆荚,
> 豆荚缠坏包谷树,
> 娇妹缠坏后生家。
> 天上起云云重云,
> 地下埋坟坟重坟,
> 娇妹洗碗碗重碗,
> 娇妹床上人重人。

丈夫唱歌中意义全不明白,唱完了就问好不好。萧萧说好,并且问从谁学来的。她知道是花狗教他的,却故意盘问他。

“花狗大告我,他说还有好歌,长大了再教我唱。”

听说花狗会唱歌,萧萧说:

“花狗大,花狗大,您唱一个歌我听听。”

那花狗,面如其心,生长得不很正气,知道萧萧要听歌,人也快到听歌的年龄了,就给她唱“十岁娘子一岁夫”。那故事说的是妻年大,可以随便到外面作一点不规矩事情;夫年小,只知道吃奶,让他吃奶。这歌丈夫完全不懂,懂到一点儿的是萧萧。把歌听过后,萧萧装成“我全明白”那种神气,她用生气的样子,对花狗说:

“花狗大,这个不行,这是骂人的歌!”

花狗分辩说,“不是骂人的歌。”

“我明白,是骂人的歌。”

花狗难得说多话,歌已经唱过了,错了赔礼,只有不再唱。他看她已经有点懂事了,怕她回头告祖父,就把话支开,扯到“女学生”。他问萧萧,看不看过女学生习体操唱洋歌的事情。

若不是花狗提起,萧萧几乎已忘却了这事情。这时又提到女学生,她问花狗近来有不女学生过路。

花狗一面把南瓜从棚架边抱到墙角去,告她女学生唱歌的事,这些事的来源就是萧萧的那个祖父。他在萧萧面前说了点大话,说他曾经到官路上见到四个女学生,她们都拿得有旗子,走长路流汗喘气之中仍然唱歌,同军人所唱的一模一样。不消说,这完全是笑话。可是那故事把萧萧可乐坏了。

花狗是会说会笑的一个人。听萧萧带着歆羡口气说:“花狗大,你膀子真大。”他就说:“我不止膀子大。”

“你身个子也大。”

“我全身无处不大。”

到萧萧抱了她的丈夫走去以后,同花狗在一起摘瓜,取名字叫哑叭的,开了平时不常开的口。他说:

“花狗,你少坏点。人家是黄花女,还要等十二年才圆房!”

花狗不做声，打了那伙计一掌，走到枣树下捡落地枣去了。

到摘瓜的秋天，日子计算起来，萧萧过丈夫家有一年了。

几次降霜落雪，几次清明谷雨，都说萧萧是大人了。天保佑，喝冷水，吃粗粝饭，四季无疾病，倒发育得这样快。婆婆虽生来像一把剪，把凡是给萧萧暴长的机会都剪去了，但乡下的日头同空气都帮助人长大，却不是折磨可以阻拦得住。

萧萧十四岁时高如成人，心却还是一颗糊糊涂涂的心。

人大了一点，家中做的事也多了一点。绩麻纺车洗衣照料丈夫以外，打猪草推磨一些事情也要作。还有浆纱织布：两三年来所聚集的粗细麻和纺就的纱，已够萧萧坐到土机上抛三个月的梭子了。

丈夫已断了奶。婆婆有了新儿子，这五岁儿子就像归萧萧独有了。不论做什么，走到什么地方去，丈夫总跟到身边。丈夫有些方面很怕她，当她如母亲，不敢多事。他们俩"感情不坏"。

地方稍稍进步，祖父的笑话转到"萧萧你也把辫子剪去"那一类事上去了。听着这话的萧萧，某个夏天也看过一次女学生了，虽不把祖父笑话认真，可是每一次在祖父说过这笑话以后，她到水边去，必用手捏着辫子末梢，设想没有辫子的人那种神气，那点趣味。

因为打猪草，带丈夫上螺蛳山的山阴是常有的事。

小孩子不知事，听别人唱歌也唱歌。一唱歌，就把花狗引来了。

花狗对萧萧生了另外一种心，萧萧有点明白了，常常觉得惶恐。但花狗是男子，凡是男子的美德恶德皆不缺少，所以一面使萧萧的丈夫非常欢喜同他玩，一面一有机会即缠在萧萧身边，且总是想方设法把萧萧那点惶恐减去。

山大人小，平时不知道萧萧所在，花狗就站在高处唱歌逗萧萧身边的丈夫；丈夫小口一开，花狗穿山越岭就来到萧萧面前了。

见了花狗，小孩子只有欢喜，不知其他。他原要花狗为他编草虫玩，做竹箫哨子玩，花狗想方法支使他到一个远处去，便坐到萧萧身边来，要萧萧听他唱那使人红脸的歌。她有时觉得害怕，不许丈夫走开；有时又像有了花狗在身边，打发丈夫走去也好一点。终于有一天，萧萧就给花狗变成了妇人了。

那时节，丈夫走到山下采刺莓去了，花狗唱了许多歌，到后却向萧萧说，我想了你二三年。他又说，我为你睡不着觉。他又说，我赌咒不把这事情告给人。听了这些话仍然不懂什么的萧萧，眼睛只注意到他那一对膀子，耳朵只注意到他最后一句话。末了花狗大便又唱歌给她听，她心里乱了。她要他当真对天赌咒，赌了咒，一切好像有了保障，她就一切尽他了。到丈夫返身时，手被毛毛虫螫伤，肿了一片，走到萧萧身边，萧萧捏紧这一只小手，且用口去呵它，吮它，想起刚才的糊涂，才仿佛明白作了一点糊涂事。

花狗诱她做坏事情是麦黄四月，到六月，李子熟了，她欢喜吃生李子。她觉得身体有点特别，碰到花狗，就将这事情告给他，问他怎么办。

讨论了多久，花狗全无主意。虽以前自己当天赌得有咒，也仍然无主意。这家伙个子大，胆量小，个子大容易做错事，胆量小做了错事就想不出办法。

到后，萧萧捏着自己那条辫子，想起城里了，她说：

"花狗,我们到城里去过日子,不好么?"

"那怎么行?到城里去做什么?"

"我肚子大了。"

"我们找药去。"

"我想……"

"你想逃?"

"我想逃吗?我想死!"

"我赌咒不辜负你。"

"负不负我有什么用,帮我个忙,拿去肚子里这块肉吧。我害怕!"

花狗不再做声,过了一会,便走开了。不久丈夫从他处回来,见萧萧一个人坐在草地上哭,眼睛红红的,丈夫心中纳罕。看了一会,问萧萧:

"姐姐,为甚么哭?"

"不为甚么,灰尘落到眼睛里,痛。"

"你瞧我,得这些这些。"

他把从溪中捡来的小蚌小石头陈列萧萧面前,萧萧用泪眼看了一会,笑着说:"弟弟,我们要好,我哭你莫告家中。"到后这事情家中当真就无人知道。

第二天,花狗不辞而行,把自己所有的衣裤都拿去了。祖父问同住的哑叭,知不知道他为什么走路,走那儿去。哑叭只是摇头,说,花狗还欠了他两百钱,临走时话都不留一句,为人少良心。哑叭说他自己的话,并没有把花狗走的理由说明,因此这一家稀奇一整天,谈论一整天。不过这工人既不偷走物件,又不拐带别的,这事过后不久,自然也就把他忘了。

萧萧仍然是往日的萧萧。她能够忘记花狗,就好了。但是肚子真有些不同了,肚中东西使她常常一个人干发急,尽做怪梦。

她脾气似乎坏了一点,这坏处只有丈夫知道,因为她对丈夫似乎严厉苛刻了好些。

仍然每天同丈夫在一处,她的心,想到的事自己也不十分明白。她常想,我现在死了,什么都好了。可是为什么要死?她还很高兴活下去,愿意活下去。

家中人不拘谁在无意中提起关于丈夫弟弟的话,提起小孩子,提起花狗,都像使这话如拳头,在萧萧胸口上重重一击。

到八月,她担心人知道更多了,引丈夫庙里去玩,就私自许愿,吃了一大把香灰。吃香灰时被她丈夫见到,丈夫说这是做甚么事,萧萧就说这是肚痛,应当吃这个。萧萧自然说谎。虽说求菩萨保佑,菩萨当然没有如她的希望,肚子中长大的东西依旧在慢慢的长大。

她又常常往溪里去喝冷水,给丈夫见到了,丈夫问她她就说口渴。

一切她所想到的方法都没有能够使她同自己不欢喜的东西分开。大肚子只有丈夫一人知道,他却不敢告这件事给父母晓得。因为时间长久,年龄不同,丈夫有些时候对于萧萧的怕同爱,比对于父母还深切。

她还记得那花狗赌咒那一天里的事情,如同记着其他事情一样。到秋天,屋前屋后毛毛虫更多了,丈夫像故意折磨她一样,常常提起几个月前被毛毛虫所螫的话,使萧萧难过。她因此极恨毛毛虫,见了那小虫就想用脚去踹。

有一天,又听人说有好些女学生过路,听过这话的萧萧,睁了眼做过一阵梦,愣愣的对日头出处痴了半天。

萧萧步花狗后尘,也想逃走,收拾一点东西预备跟了女学生走的那条路上城。但没有动身,就被家里人发觉了。

家中追究这逃走的根源,才明白这个十年后预备给小丈夫生儿子继香火的萧萧肚子,已被另外一个人抢先下了种。这真是了不得的大事。一家人的平静生活为这一件事全弄乱了。生气的生气,流泪的流泪。悬梁,投水,吃毒药,诸事萧萧全想到了,年纪太小,舍不得死,却不曾做。于是祖父想出了个聪明主意,把萧萧关在房里,派两人好好看守着,请萧萧本族的人来说话,看是“沉潭”还是“发卖”?萧萧家中人要面子,就沉潭淹死,舍不得死就发卖。萧萧既只有一个伯父,在近处庄子里为人种田,去请他时先还以为是吃酒,到了才知道是这样丢脸事情,弄得这家长手足无措。

大肚子作证,什么也没有可说。伯父不忍把萧萧沉潭,萧萧当然应当嫁人作二路亲了。

这处罚好像也极其自然,照习惯受损失的是丈夫家里,然而却可以在改嫁上收回一笔钱,当作赔偿损失的数目。那伯父把这事告给了萧萧,就要走路。萧萧拉着伯父衣角不放,只是幽幽的哭。伯父摇了一会头,一句话不说,仍然走了。

没有相当的人家来要萧萧,就仍然在丈夫家中住下。这件事情既经说明白,倒又像不甚么要紧,大家反而释然了。先是小丈夫不能再同萧萧在一处,到后又仍然如月前情形,姊弟一般有说有笑的过日子了。

丈夫知道了萧萧肚子中有儿子的事情,又知道因为这样萧萧才应当嫁到远处去。但是丈夫并不愿意萧萧去,萧萧自己也不愿意去,大家全莫名其妙,像逼到要这样做,不得不做。

在等候主顾来看人,等到十二月,还没有人来。

萧萧次年二月间,坐草生了一个儿子,团头大眼,声响宏壮,大家把母子二人照料得好好的,照规矩吃蒸鸡同江米酒补血,烧纸谢神。一家人都欢喜那儿子。

生下的既是儿子,萧萧不嫁别处了。

到萧萧正式同丈夫拜堂圆房时,儿子年纪十岁,已经能看牛割草,成为家中生产者一员了。平时喊萧萧丈夫做大叔,大叔也答应,从不生气。

这儿子名叫牛儿。牛儿十二岁时也接了亲,媳妇年长六岁。媳妇年纪大,方能诸事作帮手,对家中有帮助。唢呐吹到门前时,新娘在轿中呜呜的哭着,忙坏了那个祖父,曾祖父。

这一天,萧萧抱了自己新生的月毛毛,却在屋前榆蜡树篱笆看热闹,同十年前抱丈夫一个样子。

一九二九年作

(收入《新与旧》,良友图书印刷公司 1936 年 11 月版)

丈　夫

沈从文

落了春雨，一共有七天，河水涨大了。

河中涨了水，平常时节泊在河滩的烟船妓船，离岸极近，船皆系在吊脚楼下的支柱上。

在楼上“四海春”茶馆喝茶的闲汉子，伏身在临河一面窗口，可以望到对河的宝塔“烟雨红桃”好景致，也可以知道船上妇人陪客烧烟的情形。因为那么近，上下都方便，有喊熟人的声音，从上面或从下面喊叫，到后是互相见到了，谈话了，取了亲昵样子，骂着野话粗话，于是楼上人会了茶钱，从湿而发臭的甬道走去，从那些肮脏地方走到船上了。

上了船，花钱半元到五块，随心所欲吃烟睡觉，同妇人毫无拘束的放肆取乐，这些在船上生活的大臀肥身的年青女人，就用一个妇人的好处，服侍男子过夜。

船上人，她们把这件事也像其余地方一样称呼，这叫做“生意”。她们都是做生意而来的。在名分上，那名称与别的工作，同样不与道德相冲突，也并不违反健康。她们从乡下来，从那些种田挖园的人家，离了乡村，离了石磨同小牛，离了那年青而强健的丈夫的怀抱，跟随了一个熟人，就来到这船上做生意了。做了生意，慢慢的变成为城市里人，慢慢的与乡村离远，慢慢的学会了一些只有城市里才需要的恶德，于是妇人就毁了。但那毁，是慢慢的，因为需要一些日子，所以谁也不去注意了。而且也仍然不缺少在任何情形下还依然好好的保留到那乡村气质的妇人，所以在市的小河妓船上，决不会缺少年青女子的来路。

事情非常简单，一个不亟亟于生养孩子的妇人，到了城市，能够每月把从城市里两个晚上所得的钱，送给那留在乡下诚实耐劳种田为生的丈夫，在那方面就过了好日子，名分不失，利益存在，所以许多年青的丈夫，在娶妻以后，把妻送出来，自己留在家中安分过日子，竟是极其平常的事了。

这种丈夫，到什么时候，想及那在船上做生意的年青的妻，或逢年过节，照规矩要见见妻的面了，自己便换了一身浆洗干净的衣服，腰带上挂了那个工作时常不离口的烟袋，背了整箩整篓的红薯糍粑之类，赶到市上来，像访远亲一样，从码头第一号船上问起，一直到认出自己女人所在的船上为止。问明白了，到了船上，小心小心的把一双布鞋放到舱外护板上，把带来的东西交给了女人，一面便用着吃惊的眼睛，搜索女人的全身。这时节，女人在丈夫眼下自然已完全不同了。

大而油光的发髻，用小钳子由人工扯成的细细眉毛，脸上的白粉同绯红胭脂，以及那城市里人派头城市里人的衣服，都一定使从乡下来的丈夫感到极大的惊讶，有点手足无措。那呆像是女人很容易看到的。女人到后开了口，或者问：“那次五块钱得了么？”或者问：“我们那对猪养儿子了没有？”女人说话时口音自然也完全不同了，就是变成城市里做太太的大方自由，完全不是做媳妇的神气了。

但听女人问到钱，问到家乡豢养的猪，这作丈夫的看出自己做主人的身分，并不在这船上失去，看出这城里奶奶还不完全忘记乡下，胆子大了一点，慢慢的摸出烟管同火镰。第二次惊讶，是烟管忽然被女人夺去，即刻在那粗而厚大的掌握里，塞了一枝哈德门香烟的缘故。吃惊也仍然是暂时的事，于是这做丈夫的，一面吸烟一面谈谈，……

到了晚上，吃过晚饭，仍然在吸那有新鲜趣味的香烟，来了客，一个船主或一个商人，穿生牛皮长统靴子，抱兜一角露出粗而发亮的银链，喝过一肚子烧酒，摇摇荡荡的上了船。一上船就大声的嚷要亲嘴要睡觉，那洪大而含胡的声音，那势派，皆使这作丈夫的想起了村长同乡绅那些大人物的威风，于是这丈夫不必指点，也就知道怯生生的往后舱钻去，躲到那后梢舱上去低低的喘气。一面把含在口上那枝卷烟摘下来，毫无目的的眺望河中暮景。夜把河上改变了，岸上河上已经全是灯火，这丈夫到这时节一定要想起家里的鸡同小猪，仿佛那些小小东西才是自己的朋友，仿佛那些才是亲人，如今与妻接近，与家庭却离得很远，淡淡的寂寞袭上了身，他愿意转去了。

当真转去没有？不。三十里路路上有豺狗，有野猫，有查夜放哨的团丁，全是不好惹的东西，转去实在做不到。船上的大娘自然还得留他上三元宫看夜戏，到“四海春”去喝清茶，并且既然到了市上，大街上的灯同城市中的人皆不可不去看看。于是留下了，坐在后舱看河中景致取乐，等候大娘的空暇。到后要上岸了，就由小阳桥攀援篷架到船头；玩过后，仍然由那旧地方转到船上，小心小心使声音放轻，省得留在舱里躺到床上烧烟的客人发怒。

到要睡觉的时候，城里起了更，西梁山上的更鼓咚咚响了一会，悄悄的从板缝里看看客人还不走，丈夫没有什么话可说，就在梢舱上新棉絮里一个人睡了。半夜里，或者已睡着，或者还在胡思乱想，那太太抽空爬过了后舱，问是不是想吃一点糖。本来非常欢喜口含冰糖的脾气，是做太太不能忘却的，所以即或说已经睡觉，已经吃过，也仍然还是塞了一小片糖在口里。太太用着略略抱怨自己那种神气走去了，丈夫把冰糖含在口里，正像仅仅为了这一点理由，就得原谅妻的行为，尽她在前舱陪客，自己仍然很和平的睡觉了。

这样的丈夫在黄庄多着，那里出强健女子同忠厚男人，女子出乡卖身，男人皆明白这做生意的一切利益。他懂事，女子名分仍然归他，养得儿子归他，有了钱也总有一部分归他。

那些船，排列在河下，一个陌生人，数来数去是永远无法数清的。明白这数目，而且明白那秩序，记忆得出每一个船与摇船人样子，是五区一个老水保。

水保是个独眼睛的人，这独眼据说在年青时节杀过人，因为杀人，同时也就被人把眼睛抠瞎了。但两只眼睛不能分明的，他一只眼睛却办到了。一个河里都由他管事。他的权力在这些小船上，比一个中国的皇帝在地面上的权力还统一集中。

涨了河水，水保比平时似乎忙多了。他得各处去看看，是不是有些船上做父母的上了岸，小孩子在哭奶了，是不是有些船上在吵架，是不是有些船因照料无人，有溜去的危险。在今天，这位大爷，并且要到各处去调查一些从岸上发生影响到了水上的事情。岸上这几天来发生三次小抢案，据公安局那方面人说，凡地上小缝小罅皆找寻到了，还是毫无痕迹。地上小缝小罅都亏那些体面的在职人员找过，于是水保的责任便到了。他得了通知，就是那些说谎话的公安局办事处通知，要他到半夜会同水面武装警察上船去搜索。

水保得到这个消息时是上半天。一个整白天他要做许多事，他要先尽一些从平日受人款待好酒好肉而来的义务了，于是沿了河岸，从第一号船起始，每个船上去谈谈话。他得先调查一下，得问问这船上是不是留容得有不端正的外乡人。

做水保的人照例是水上一霸，凡是属于水面上的事他无有不知。这人本来就是一个吃水上饭的人，是立于法律同官府对面，按照习惯被官吏来利用，处治这水上一切的。但人一上了年纪，世界成天变，变去变来这人有了钱，成过家，喝点酒，生儿育女，生活安舒，这人慢慢的转成一个和平正直的人了。在职务上帮助了官府，在感情上又亲近了船家，在这些情形上面他建设了一个道德的模范。他受人尊敬不下于官，他做了许多妓女的干爹。

他这时正从一个木跳板上跃到一只新油漆过的花船头，那船位置在较清静的一家莲子铺吊脚楼下。他认得这只船归谁管，一上船就喊“七丫头”。

没有声音，年青的女人不见出来，年老的掌班也不见出来，老年人很懂事情，以为或者是大白天有年青男子上船做呆事，就站在船头眺望，等了一会。

过一阵他又喊了两声，又喊伯妈，喊五多；五多是船上的小毛头，人很瘦，声音尖锐，平时大人上了岸就守船，买东西煮饭，常常挨打，爱哭。但是喊过五多了，也仍然得不到结果。因为听到舱里又似乎实在有声音，类人出气，不像全上了岸，也不像全在做梦，水保就偻身窥觑舱口，向暗处询问是谁在里面。

里面还是不作答。

水保有点生气了，大声的问：“那一个？”

里面一个很生疏的男子声音，又虚又怯，说：“是我。”接着又说，“都上岸去了。”

“都上岸么？”

“上岸了的。她们……”

好像单单是这样答应，还深恐开罪了来人，这时觉得有一点义务要尽了，这男子于是从暗处爬出来，在舱口，小心小心扳着篷架，非常拘束的望着来人。

先是望到那一对峨然巍然似乎是为柿油涂过的猪皮靴子，上去一点是一个赭色柔软鹿皮抱兜，再上去是一双回环抱着的毛手；手上一颗其大无比的黄金戒指，再上去才是一块正四方形像是无数橘子皮拼合而成的脸膛。这男子，明白这是有身分的主顾了，就学着城市里人说话，“大爷，您请里面坐坐，她们就来。”

从那说话的声音，以及干浆衣服的风味上，这水保一望就明白这个人是才从乡下来的种田人。本来女人不在船就想走，但年青人忽然使他发生了兴味，他留着了。

“你从什么地方来的？”他问他，为了不使人拘束，水保取得是做父亲的和平样子，望到这年青人。“我认不得你。”

他想了一下，好像也并不认得客人，就回答，“我昨天来的。”

“乡下麦子抽穗了没有？”

“麦子吗？水碾子前我们那麦子，哈，我们那猪，哈，我们那……”

这个人，像是忽然明白了，答非所问，记起了自己是同一个有身分的城里人说话，不应当说“我们”，不应当说我们“水碾子”同“猪”。把字眼儿用错，所以再也接不下去了。

因为不说话，他就怯怯的望到水保微笑，他要人了解他，原谅他。

水保懂得这个意思的。且在这对话中，明白这是船上人的亲戚了，他问年青人，“老七到什么地方去了，什么时候可以回来？”

这时,这年青人答语小心了。他仍然说“是昨天来的。”他又告水保,他“昨天晚上来的。”末了才说,老七同掌班同五多上岸烧香去了,要他守船。因为守船必得把守船身分说出,他还告给了水保,他是老七的“汉子”。

因为老七平常喊水保都喊干爹,这干爹第一次认识了女婿,不必年青人挽留,再说了几句,不到一会儿,两人皆爬进舱中了。

舱中有个小小床铺,床上有锦绸同红色印花洋布铺盖,折叠得整整齐齐。来客皆应当坐在床沿,光线从舱口来,所以在外面以为舱中极黑,在里面却一切分明。

年青人,为客找烟卷,找自来火,毛脚毛手打翻了身边一个贮栗子的小坛子,圆而发乌金光泽的板栗便在薄明的船舱里各处滚去,年青人各处用手去捕捉,仍然放到小坛中去,也不知道应当请客人吃点东西。但客人却毫不客气,从舱板上把栗拾起咬破了吃,且说这风干的栗子真好。

“这个很好,你不欢喜么?”因为水保见到主人并不剥栗子吃。

“我欢喜。这是我屋后栗树上长的。去年结了好多,乖乖的从刺球里爆出来,我欢喜。”他笑了,近于提到自己儿子模样,很高兴说这个话。

“这样大不容易得到。”

“我选出来的。”

“你选?”

“是的,因为老七欢喜吃这个,我才留下到今年。”

“你们那里可有猴栗?”

“什么猴栗?”

水保就把故事所说的“猴子在大山上住,被人辱骂时,抛下拳大栗子打人,人想这栗子,就故意去山下骂丑话,预备捡栗子”一一说给乡下人听。

因为栗子,正苦无话可说的年青人,得到同情他的人了。他又说到地名“栗坳”的新闻。他又说到一种栗木作成的犁且如何结实合用。这人是太需要说说这些了。昨天来一晚上都有客人吃酒烧烟,把自己关闭在小船后梢,同五多说话,五多睡得成死猪。今天一早上,本来应当有机会同妻谈到乡下事情了,女人又说要上岸过七里桥烧香,派他一个人守船。坐船上等了半天,还不见人回,到后梢去看河上景致,一切新奇不同,全只给自己发闷。先一时,正睡在舱里,就想这满江大水若到乡下去涨,鱼梁上不知道应当有多少鲤鱼上梁!把鱼捉来时,用柳条穿鳃到太阳下去晒,正计算那数目,总算不清楚。忽然客人来到船上,似乎一切鱼都跳进水中去了。

来了客人,且在神气上看出来人是并不拒绝这些谈话的,所以这年青人,凡是预备到同自己的妻说的各样事情,这时得到了一个好机会,都拿来同水保谈着。

他告给水保许多乡下情形,说到小猪捣乱的脾气,叫小猪名字是“乖乖”,又说到新由石匠整治过的那副石磨,顺便告给了一个石匠的笑话。又提起一把失去了多久的镰刀,一把水保梦想不到的小镰刀,他说:

“你瞧,奇怪不奇怪?我赌咒我各处都找到了。我们的床下,门枋上,谷仓里,什么不找到?它躲了。我为这件事骂过老七。老七哭过。可是仍然不见。鬼打岩,蒙蒙眼,它在饭箩里!半年躲在饭箩里!它吃饭!一身锈得像生疮。这东西多坏!我说这个你明白我没有?怎么会到饭箩里半年?那是一只做样子的东西,挂到斗窗上。我记起那事了,是我削楔子,手上刮了皮,流了血,生了大气,抖气把刀一丢。……到水上磨了半天,还不错,仍然能吃肉,你一不小心,就得流血。我还不曾同老七说到这个,她不会忘记那哭得伤心的一回事。找到了,哈哈,真找到了。”

“找到它就好了。”

“是的,得到了它那是好的。因为我总疑心这东西是老七掉到溪里,不好意思说明。我知道她不骗我了。我明白了。我知道她受了冤屈,因为我说过:‘找不出么?那我就要打人!’我并不曾动过手。可是生气时也真吓人。她哭了半夜!”

“你不是用得着它割草么?”

“嗨,哪里,用处多咧。是小镰刀,那么精巧,你怎么说割草?那是削一点薯皮,刮刮箫:这些这些用的。它小得很,值三百钱,钢火妙极了。我们都应当有这样一把刀放到身边,不明白么?”

水保说,“明白明白:都应当有一把,我懂你这个话。”

他以为水保当真懂的!因此再说下去,什么也说到了,甚至于希望明年来一个小宝宝,这样只合宜于同自已的妻睡到一个枕头上的话也说到了。年青人毫无拘束的还加上许多粗话蠢话。说了半天,水保起身要走了,他记起问客人贵姓。

“大爷,您贵姓?留一个片子到这里,我好回话。”

“你告她有这么一个大个儿到过船上,穿这样大靴子。告她晚上不要接客,我要来。”

“不要接客,您要来?”

“就是这样说,我一定要来的。我还要请你喝酒。我们是朋友。”

“好,我们是朋友。”

水保用他那大而肥厚的手掌,拍了一下年青人的肩膊,从船头上岸,走到别一个船上去了。

在水保走后,年青人就一面等候一面猜想到这个大汉子是谁。他还是第一次同这样尊贵的人物谈话,他不会忘记这很好的印象的。人家今天不仅是同他谈话,还喊他做朋友,答应请他喝酒!他猜想这人一定是老七的“熟客”。他猜想老七一定得了这人许多钱。他忽然觉得愉快,感到要唱一个歌了,就轻轻的唱了一首山歌,用四溪人体裁,他唱得是“水涨了,鲤鱼上梁,大的有大草鞋那么大,小的有小草鞋那么小。”

但是等了一会还不见老七回来,一个鬼也不回来,他又想起那大汉子的丰采言谈了。他记起那一双靴子,闪闪发光,以为不是极好的山柿油涂到上面,是不会如此体面好看的。他记起那黄而发沉的戒子,说不分明那将值多少钱,一点不明白那宝贝为什么如此可爱。他记起那伟人点头同发言,一个督抚的派头,一个军长的身分——这是老七的财神!他于是又唱了一首歌。用杨村人不庄重口吻,唱得是“山坳里团总烧炭,山脚的地保爬灰;爬灰红薯才肥,烧炭脸庞发黑。”

到午时,各处船上都已有人烧饭了。湿柴烧不燃,烟子各处窜,使人流泪打嚏,柴烟平铺到水面时如薄绸。听到河街馆子里大师傅用铲子敲打锅边的声音,听到邻船上白菜落锅的声音,老七还不见回来。可是船上烧湿柴的本领年青人还没有学到,小钢灶总是冷冷的不发吼。做了半天还是无结果,只有拿它放下一个办法了。

应当吃饭时候不得吃饭,人饿了,坐到小凳上敲打舱板,他仍然得想一点事情。一个不安分的估计在心上滋长了。正似乎为装满了钱钞便极其骄傲模样的抱兜,在他眼下再现时,把和平已失去了。一个用酒糟同红血所捏成的橘皮红色四方脸,也是极其讨厌的神气,保留在印象上。并且,要记忆有什么用?他记忆得到那嘱咐,是当到一个丈夫面前说的!“今晚上不要接客,我要来。”该死的话,是那么不客气的从那吃红薯的大口里说出!为什么要说这个?有什么理由要说这个?……

胡想使他心上增加了愤怒,饥饿重复揪着了这愤怒的心,便有一些原始人不缺少的情绪,在这个年青简单的人反省中长大不已。

他不能再唱一首歌了。喉咙为妒嫉所扼,唱不出什么歌。他不能再有什么快乐。按照一个种田人的身分,他想到明天就要回家。

有了脾气再来烧火,更不行了,于是把所有的柴全丢到河里去了。

“雷打你这柴!要你到洋里海里去!”

但那柴是在两丈以外,便被别个船上的人捞起了的。那船上人似乎等待一点从河面漂流而来的湿柴,把柴捞上,即刻就见到用废缆一段引火,且即刻满船发烟,火就带着小小爆裂声音燃好了。眼看这一切,新的愤怒使年青人感到羞辱,他想不必等待人回船就要走路。

在街尾遇到女人同小毛头五多两个人,牵了手走来,五多手上拿得有一把胡琴,崭新的样子,这是做梦也不曾遇到的一件好家伙!

“你走哪里去?”

“我——要回去。”

“要你看船船也不看,要回去。什么人得罪了你,这样小气?”

“我要回去,你让我回去。”

“回到船上去!”

看看妻,样子比说话还硬,并且看到那一张胡琴,明知道这是特别买来给他的,所以不能坚持,摸了摸自己发烧的额角,幽幽的说,“转去也好,转去也好”,就跟了妻的身后跑转船上。

掌班大娘也赶来了,原来提了一副猪肺,好像东西只是乘便偷来的,深恐被人追上带到衙门里去。所以颧骨发了红,喘气不止。大娘一上船,女人在舱中就喊:

“大娘,你瞧,我家汉子想走!”

“谁说的,戏也不看就走!”

“我们到街口碰到他,他生气样子,一定是怪我们不回来。”

“那是我的错;是菩萨的错;是屠户的错。我不该同屠户为一个钱吵闹半天,屠户不该肺里灌了这样多水。”

“是我的错。”陪男子在舱里的女人,这样说了一句话,坐下了。对面是男子汉。她于是有意的在把衣服解换时,露出极风情的红绫胸褡。

男子觑着,不说话。有说不出的什么东西,在血里窜着涌着。

在后梢,听到大娘同五多谈着柴米。

“怎么,柴都被谁偷去了!”

“米是谁淘好的?”

“一定是火烧不燃。……姊夫是乡下人,只会烧松香。”

“我们不是昨天才解散一捆柴么?”

"都完了。"

"去前面搬一捆,不要说了。"

"姊夫知道淘米!"

听到这些话的年青汉子,一句话不说,静静的坐在舱里,望着那一把新买来的胡琴。

女人说:"弦早配好了,试拉拉看。"

先是不作声,到后把琴搁在膝上,查看松香。调琴时,生疏的音响从指间流出,拉琴人便快乐的微笑了。

不到一会,满舱是烟,男子被女人喊出去,仍然把琴拿到外面去,站在船头调弦。

到吃中饭时,五多说:

"姊夫你回头拉'孟姜女哭长城',我唱。"

"我不会。"

"我听你拉得很好,你骗我谎我。"

"我不骗你。"

大娘说:"我听老七说你拉得好,所以到庙里,一见这琴,我才说就为姐夫买回去吧。是运气,烂贱就买来了。这到乡里一块钱还恐怕买不到,不是么?"

"是的,值多少钱?"

"一吊六。他们都说值得!"

五多搭嘴说:"谁说值得?"

大娘很生气的说:"毛丫头,谁说不值得?你知道?"

因为这琴是从一个卖琴熟人手上拿来,一个钱不花,听到大娘的谎话,五多分辩,大娘就骂五多,老七却笑了。男子以为这是笑大娘不懂事,所以也在一旁笑着。

男子先把饭吃完,就动手拉琴,新琴声音又清又亮,五多放下碗筷唱将起来,被大娘结结实实打了一筷子头,才忙着吃饭收碗洗锅子。

到了晚上,前舱盖了篷,男子拉琴,五多唱歌,老七也唱歌,美孚灯罩子有红纸剪成的遮光帽,全舱灯光如办大喜事作红颜色,年青人在热闹中像过年,心上开了花。有兵士从河街过身,喝得烂醉,听到这声音了。

两个醉鬼踉踉跄跄到了船边,两手全是污泥,用手扳船,口含胡桃那么混混胡胡的嚷叫:

"什么人唱,报上名来!好,赏一个五百。不听到么?老子赏你五百!?"

里面琴声戛然而止,沉静了。

醉鬼用脚踢船,蓬蓬蓬发钝而沉闷的声音,且想推篷,搜索不到篷盖接榫处,"不要赏么,婊子狗造的?装聋,装哑?什么人敢在这里作乐?我怕谁?王帝我也不怕。大爷,我怕王帝么?我不是人!"

另一个喉咙发沙的说道:

"骚婊子?出来拖老子上船!"

且即刻听到用石头打船篷,大声的辱骂祖宗,一船人皆吓慌了。大娘忙把灯扭小一点,走出去推篷,男子听到那汹汹声气,挟了胡琴就往后舱钻去。不一会,醉人已经进到前舱了。两个人一面说着野话一面还要争夺同老七亲嘴,同大娘五多亲嘴,且听到有个哑嗓子问是谁在此唱歌作乐,把拉琴的抓来再唱一个歌。

大娘不敢作声,老七也无主意了,两个酒疯子就大声的骂人。

“臭货,喊龟子出来,跟老子拉琴,赏一千,英雄盖世的曹孟德也不会这样大方!我赏一千,一千个红薯,快来,不出来我烧掉你们这船!听着没有,老东西!?赶快,莫使老子们生了气,认不得人?”

“大爷,这是我们自己家几个人玩玩,不!……”

“不?不?不?老婊子,你不中吃。你老了。快叫拉琴的来!杂种!我要拉琴,我要自己唱!”一面说一面便站起身来,想向后舱去搜寻,大娘弄慌了,把口张大合不拢去。老七急了,拖着那醉鬼的手,安置到自己的大奶上。醉鬼懂到这意思,又坐下了。“好的,妙的,老子出得起钱,老子今天晚上要到这里睡觉!”

这一个在老七左边躺下去了,另一个不说什么,也在右边躺下去了。

年青人听到前舱仿佛安静了一会,在隔壁轻轻的喊大娘。正感到一种侮辱的大娘,爬过去,男子还不大分明是什么事情。

“什么事?”

“营上的副爷,醉了,像猫,等一会儿就得走。”

“要走才行。我忘记告你们了,今天有一个大方脸人来,好像大官,吩咐过我,他晚上要来,不许留客。”

“是大皮靴子,说话像打锣么?”

“是的,是的。他手上还有一个大金戒子。”

“那是干爹,他今早上来过了么?”

“来过的。他说了半天话才走,吃过些干栗。”

“他说些什么事?”

“他说一定要来,一定莫留客,……还说一定要请我喝酒。”

大娘想想,难道是水保自己要来歇夜?难道是老对老,水保注意到……?想不通,一个老鸨虽一切丑事做成习惯,什么也不至于红脸,但被人说到“不中吃”时,是多少感到一种羞辱的。她悄悄的回到前舱,看前舱新事情不成样子,伸伸舌头骂了一声猪狗,终归又转到后舱来了。

“怎么?”

“不怎么。”

“怎么,他们走了?”

“不怎么,他们睡了。”

“睡——?”

大娘虽不看清楚这时男子的脸色,但她很懂得这语气,就说:“姊夫,我们可以上岸玩玩去,今夜三元宫夜戏,我请你坐高台子,戏是秋胡《三戏结发妻》。”

男子摇头不语。

兵士走后,五多大娘老七皆在前舱灯光下说笑。说那兵士的醉态。男子留在后舱不出来。大娘到门边喊过了二次不答应,不明白这脾气从什么地方发生。大娘回头就来检查那四张票子的花纹,因为她已经认得出票子的真假了。票子倒是真的,她在灯光下指点给老七看那些记号,那些花,且放近鼻子上嗅嗅,说这个一定是清真馆子里找出来的,因为有牛油味道。

五多第二次又走过去,“姊夫,姊夫,他们走了,我们应当把那个唱完,我们还得……”

女人老七像是想到了什么心事，拉着了五多，不许她说话。

一切沉默了，男子在后舱先还是正用手指扣琴弦，作小小声音，这时手也离开那弦索了。

四个人都听到从河街上飘来的锣鼓唢呐声音，河街上一个做生意人办喜事，客来贺喜，大唱堂戏，一定有一整夜热闹。

过了一会，老七一个人轻脚轻手爬到后舱去，但即刻又回来了。

大娘问：“怎么了？”

老七摇摇头，叹了一口气。

先以为水保恐怕不会来的，所以仍然睡了觉，大娘老七五多三个人在前舱，只把男子放到后面。

查船的在半夜时，由水保领来了，鸦雀无声，四个警察守在船头，水保同巡官进到前舱。这时大娘已把灯捻明了，她懂得这不是大事情。老七披了衣坐在床上，喊干爹，喊老爷，要五多倒茶，五多还只想到梦里在乡下摘三月莓。

男子被大娘摇醒，揪出来，看到水保，看到一个穿黑制服的大人物，嗄吓得不能说话，不晓得有什么事情发生。

“什么人？”

水保代为答应：“老七的汉子，才从乡下来的。”

老七补说道：“老爷，他昨天才来的。”

巡官看了一会儿男子，又看了一会儿女人，仿佛看出水保的话不是谎话，就不再说话了，随意在前舱各处翻翻，注意到那个贮风干栗子的小坛子时，水保便抓了一把栗子塞进巡官那件体面制服的大口袋里去，巡官只是笑。

一伙人一会儿就走到另一船上去了。大娘刚要盖篷，一个警察回来了。

“大娘，你告老七，巡官要回来过细考察她一下，懂不懂？”

大娘说：“就来么？”

“查完夜就来。”

“当真吗？”

“我什么时候同你这老婊子说过谎？”

大娘很欢喜的样子，使男子奇怪，因为他不明白为什么巡官还要回来考察老七。但这时节望到老七睡起的样子，上半晚的气已经没有了，他愿意讲和，愿意同她在床上说点话，商量件事情，就傍床沿坐定不动。

大娘像是明白男子的心事，明白男子的欲望，也明白他不懂事，故只同老七打知会，“巡官就要来的。”

老七咬着嘴唇不作声，半天发痴。

男子一早起来就要走路，沉默的一句话不说，端整了自己的草鞋，找到了自己的烟袋。一切归一了，就坐到那矮床边沿像是有话说又说不出口。

老七问他，“你不是昨晚上答应过干爹，今天到他家中吃中饭吗？”

“……”摇摇头，不作答。

"人家特意为你办了酒席!"

"……"

"戏也不看看么?"

"……"

"满天红的荤油包子,到半日才上笼,那是你欢喜的包子!"

"……"

一定要走了,老七很为难,走出船头呆了一会,回身从荷包里掏出昨晚上那兵士给的票子来,点了一下数,一共四张,捏成一把塞到男子左手心里去,男子无话说,老七似乎懂到那意思了,"大娘,你拿那三张也把我,"大娘将钱取出。老七又将这钱塞到男子右手心里去。

男子摇摇头,把票子撒到地下去,两只大而粗的手掌捣着脸孔,像小孩子那样莫名其妙的哭了。

五多同大娘看情形不好,逃到后舱去了,五多心想这真是怪事,那么大的人会哭,好笑!她站在船后梢看挂在梢舱顶梁上的胡琴,很愿意唱一个歌,可是也总唱不出声音来。

水保来船上请远客吃酒时,只有大娘同五多在船上,问及时,才明白两夫妇一早皆回转乡下去了。

十九年四月十三作于吴淞

二十三年七月廿一改于北平

(收入《从文小说习作选》,良友图书印刷公司1936年5月版)

边城

沈从文

一

由四川过湖南去,靠东有一条官路。这官路将近湘西边境到了一个地方名为"茶峒"的小山城时,有一小溪,溪边有座白色小塔,塔下住了一户单独的人家。这人家只一个老人,一个女孩子,一只黄狗。

小溪流下去,绕山岨流,约三里便汇入茶峒大河。人若过溪越小山走去,则只一里路就到了茶峒城边。溪流如弓背,山路如弓弦,故远近有了小小差异。小溪宽约二十丈,河床为大片石头作成。静静的河水即或深到一篙不能落底,却依然清澈透明,河中游鱼来去皆可以计数。小溪既为川湘来往孔道,限于财力不能搭桥,就安排了一只方头渡船。这渡船一次连人带马,约可以载二十位搭客过河,人数多时则反复来去。渡船头竖了一枝小小竹竿,挂着一个可以活动的铁环,溪岸两端水面横牵了一段废缆,有人过渡时，把铁环挂在废缆上，船上人就引手攀缘那条缆索，慢慢的牵船过对岸去。船将拢岸时，管理这渡船的，一面口中嚷着"慢点慢点"，自己霍的跃上了岸，拉着铁环，于是人货牛马全上了岸，翻过小山不见了。渡头为公家所有，故过渡人不必出钱。有人心中不安，抓了一把钱掷到船板上时，管渡船的必为一一拾起，依然塞到那人手心里去，俨然吵嘴时的认真神气："我有了口粮，三斗米，七百钱，够了。谁要这个！"

但不成，凡事求个心安理得，出气力不受酬谁好意思，不管如何还是有人要把钱的。管船人却情不过，也为了心安起见，便把这些钱托人到茶峒去买茶叶和草烟，将茶峒出产的上等草烟，一扎一扎挂在自己腰带边，过渡的谁需要这东西必慷慨奉赠。有时从神气上估计那远路人对于身边草烟引起了相当的注意时，这弄渡船的便把一小束草烟扎到那人包袱上去，一面说："大哥，不吸这个吗？这好的，这妙的，看样子不成材，巴掌大叶子，味道蛮好，送人也合式！"茶叶则在六月里放进大缸里去，用开水泡好，给过路人随意解渴。

管理这渡船的，就是住在塔下的那个老人。活了七十年，从二十岁起便守在这小溪边，五十年来不知把船来去渡了若干人。年纪虽那么老了，骨头硬硬的，本来应当休息了，但天不许他休息，他仿佛便不能够同这一分生活离开。他从不思索自己职务对于本人的意义，只是静静的很忠实的在那里活下去。代替了天，使他在日头升起时，感到生活的力量，当日头落下时，又不至于思量与日头同时死去的，是那个伴在他身旁的女孩子。他唯一的朋友是一只渡船和一只黄狗，唯一的亲人便只那个女孩子。

女孩子的母亲，老船夫的独生女，十五年前同一个茶峒军人唱歌相熟后，很秘密的背着那忠厚爸爸发生了暧昧关系。有了小孩子后，这屯戍军士便想约了她一同向下游逃去。但从逃走的行为上看来，一个违悖了军人的责任，一个却必得离开孤独的父亲。经过一番考虑后，屯戍兵见她无远走勇气，自己也不便毁去作军人的名誉，就心想：一同去生既无法聚首，一同去死应当无人可以阻拦，首先服了毒。女的却关心腹中的一块肉，不忍心，拿不出主张。事情业已为作渡船夫的父亲知道，父亲却不加上一个有分量的字眼儿，只作为并不听到过这事情一样，仍然把日子很平静的过下去。女儿一面怀了羞惭，一面却怀了怜悯，依旧守在父亲身边，待到腹中小孩生下后，却到溪边故意吃了许多冷水死去了。在一种奇迹中，这遗孤居然已长大成人，一转眼间便十三岁了。为了住处两山多篁竹，翠色逼人而来，老船夫随便给这个可怜的孤雏拾取了一个近身的名字，叫作"翠翠"。

翠翠在风日里长养着，故把皮肤变得黑黑的，触目为青山绿水，故眸子清明如水晶。自然既长养她且教育她，为人天真活泼，处处俨然如一只小兽物。人又那么乖，如山头黄麂一样，从不想到残忍事情，从不发愁，从不动气。平时在渡船上遇陌生人对她有所注意时，便把光光的眼睛瞅着那陌生人，作成随时皆可举步逃入深山的神气，但明白了面前的人无机心后，就又从从容容的在水边玩耍了。

老船夫不论晴雨，必守在船头。有人过渡时，便略弯着腰，两手缘引了竹缆，把船横渡过小溪。有时疲倦了，躺在临溪大石上睡着了，人在隔岸招手喊过渡，翠翠不让祖父起身，就跳下船去，很敏捷的替祖父把路人渡过溪，一切皆溜刷在行，从不误事。有时又与祖父黄狗一同在船上，过渡时与祖父一同动手牵缆索。船将近岸边，祖父正向客人招呼："慢点，慢点"时，那只黄狗便口衔绳子，最先一跃而上，且俨然懂得如何方为尽职似的，把船绳紧衔着拖船拢岸。

风日清和的天气，无人过渡，镇日长闲，祖父同翠翠便坐在门前大岩石上晒太阳。或把一段木头从高处向水中抛去，嗾使身边黄狗从岩石高处跃下，把木头衔回来。或翠翠与黄狗皆张着耳朵，听祖父说些城中多年以前的战争故事。或祖父同翠翠两人，各把小竹作成的竖笛，逗在嘴边吹着迎亲送女的曲子。过渡人来了，老船夫放下了竹管，独自跟到船边去，横溪渡人，在岩上的一个，见船开动时，于是锐声喊着：

"爷爷，爷爷，你听我吹——你唱！"

爷爷到溪中央便很快乐的唱起来，哑哑的声音同竹管声，振荡在寂静空气里，溪中仿佛也热闹了些。实则歌声的来复，反而使一切更寂静。

有时过渡的是从川东过茶峒的小牛，是羊群，是新娘子的花轿，翠翠必争着作渡船夫，站在船头，懒懒的攀引缆索，让船缓缓的过去。牛羊花轿上岸后，翠翠必跟着走，送队伍上山，站到小山头，目送这些东西走去很远了，方回转船上，把船牵靠近家的岸边。且独自低低的学小羊叫着，学母牛叫着，或采一把野花缚在头上，独自装扮新娘子。

茶峒山城只隔渡头一里路，买油买盐时，逢年过节祖父得喝一杯酒时，祖父不上城，黄狗就伴同翠翠入城里去备办东西。到了卖杂货的铺子里，有大把的粉条，大缸的白糖，有炮仗，有红蜡烛，莫不给翠翠一种很深的印象，回到祖父身边，总把这些东西说个半天。那里河边还有许多船，比起渡船来全大得多，有趣味得多，翠翠也不容易忘记。

二

茶峒地方凭水依山筑城，近山一面，城墙俨然如一条长蛇，缘山爬去。临水一面则在城外河边留出余地设码头，湾泊小小篷船。船下行时运桐油、青盐、染色的五棓子。上行则运棉花、棉纱以及布匹、杂货同海味。贯串各个码头有一条河街，人家房子多一半着陆，一半在水，因为余地有限，那些房子莫不设有吊脚楼。河中涨了春水，到水脚逐渐进街后，河街上人家，便各用长长的梯子，一端搭在自家屋檐口，一端搭在城墙上，人人皆骂着嚷着，带了包袱、铺盖、米缸，从梯子上进城里去，等待水退时，方又从城门口出城。某一年水若来得特别猛一些，沿河吊脚楼，必有一处两处为大水冲去，大家皆在城上头呆望。受损失的也同样呆望着，对于所受的损失仿佛无话可说，与在自然安排下，眼见其他无可挽救的不幸来时相似。涨水时在城上还可望着骤然展宽的河面，流水浩浩荡荡，随同山水从上游浮沉而来的有房子、牛、羊、大树。于是在水势较缓处，税关趸船前面，便常常有人驾了小舢板，一见河心浮沉而来的是一匹牲畜，一段小木，或一只空船，船上有一个妇人或一个小孩哭喊的声音，便急急的把船桨去，在下游一些迎着了那个目的物，把它用长绳系定，再向岸边桨去。这些勇敢的人，也爱利，也仗义，同一般当地人相似。不拘救人救物，却同样在一种愉快冒险行为中，做得十分敏捷勇敢，使人见及不能不为之喝彩。

那条河水便是历史上知名的酉水，新名字叫作白河。白河到辰州与沅水汇流后，便略显浑浊，有出山泉水的意思。若溯流而上，则三丈五丈的深潭皆清澈见底。深潭中为白日所映照，河底小小白石子，有花纹的玛瑙石子，全看得明明白白。水中游鱼来去，皆如浮在空气里。两岸多高山，山中多可以造纸的细竹，长年作深翠颜色，迫人眼目。近水人家多在桃杏花里，春天时只需注意，凡有桃花处必有人家，凡有人家处必可沽酒。夏天则晒晾在日光下耀目的紫花布衣裤，可以作为人家所在的旗帜。秋冬来时，人家房屋在悬崖上的，滨水的，无不朗然入目。黄泥的墙，乌黑的瓦，位置却永远那么妥帖，且与四围环境极其调和，使人迎面得到的印象，实在非常愉快。一个对于诗歌图画稍有兴味的旅客，在这小河中，蜷伏于一只小船上，作三十天的旅行，必不至于感到厌烦。正因为处处有奇迹可以发现，自然的大胆处与精巧处，无一地无一时不使人神往倾心。

白河的源流，从四川边境而来，从白河上行的小船，春水发时可以直达川属的秀山。但属于湖南境界的，茶峒算是最后一个水码头。这条河水的河面，在茶峒时虽宽约半里，当秋冬之际水落时，河床流水处还不到二十丈，其余只是一滩青石。小船到此后，既无从上行，故凡川东的进出口货物，皆从这地方落水起岸。出口货物俱由脚夫用桑木扁担压在肩膊上挑抬而来，入口货物莫不从这地方成束成担的用人力搬去。

这地方城中只驻扎一营由昔年绿营屯丁改编而成的戍兵，及五百家左右的住户。(这些住户中，除了一部分拥有了些山田同油坊，或放账屯油、屯米、屯棉纱的小资本家外，其余多数皆为当年屯戍来此有军籍的人家。)地方还有个厘金局，办事机关在城外河街下面小庙里，局长则长住城中。一营兵士驻扎老参将衙门，除了号兵每天上城吹号玩，使人知道这里还驻有军队以外，兵士皆仿佛并不存在。冬天的白日里，到城里去，便只见各处人家门前皆晾晒有衣服同青菜。红薯多带藤悬挂在屋檐下。用棕衣作成的口袋，装满了栗子、榛子和其他硬壳果，也多悬挂在檐口下。屋角隅各处有大小鸡叫着玩着。间或有什么男子，占据在自己屋前门限上锯木，或用斧头劈树，把劈好的柴堆到敞坪里去如一座一座宝塔。又或可以见到几个中年妇人，穿了浆洗得极硬的蓝布衣裳，胸前挂有白布扣花围裙，躬着腰在日光下一面说话一面作事。一切总永远那么静寂，所有人民每个日子皆在这种不可形容的单纯寂寞里过去。一分安静增加了人对于“人事”的思索力，增加了梦。在这小城中生存的，各人自然也一定皆各在分定一份日子里，怀了对于人事爱憎必然的期待。但这些人想些什么？谁知道。住在城中较高处，门前一站便可以眺望对河以及河中的景致，船来时，远远的就从对河滩上看着无数纤夫。那些纤夫也有从下游地方，带了细点心洋糖之类，拢岸时却拿进城中来换钱的。船来时，小孩子的想象，应当在那些拉船人一方面。大人呢，孵一巢小鸡，养两只猪，托下行船夫打副金耳环，带两丈官青布，或一坛好酱油、一个双料的美孚灯罩回来，便占去了大部分作主妇的心了。

这小城里虽那么安静和平，但地方既为川东商业交易接头处，故城外小小河街，情形却不同了一点。也有商人落脚的客店，坐镇不动的理发馆。此外饭店、杂货铺、油行、盐栈、花衣庄，莫不各有一种地位，装点了这条河街。还有卖船上檀木活车、竹缆与锅罐铺子，介绍水手职业吃码头饭的人家。小饭店门前长案上，常有煎得焦黄的鲤鱼豆腐，身上装饰了红辣椒丝，卧在浅口钵头里。钵旁大竹筒中插着大把朱红筷子，不拘谁个愿意花点钱，这人就可以傍了门前长案坐下来，抽出一双筷子捏到手上，那边一个眉毛扯得极细脸上擦了白粉的妇人，就走过来问：“大哥，副爷，要甜酒？要烧酒？”男子火焰高一点的，谐趣的，对内掌柜有点意思的，必故意装成生气似的说：“吃甜酒？又不是小孩子，还问人吃甜酒！”那么，酽冽的烧酒，从大瓮里用木滤子舀出，倒进土碗里，即刻就来到身边案桌上了。这烧酒自然是浓而且香的，能醉倒一个汉子的，所以照例也不会多吃。杂货铺卖美孚油，及点美孚油的洋灯与香烛纸张。油行屯桐油。盐栈堆四川火井出的青盐。花衣庄则有白棉纱、大布、棉花以及包头的黑绉绸出卖。卖船上用物的，百物罗列，无所不备，且间或有重至百斤以外的铁锚，搁在门外路旁，等候主顾问价的。专以介绍水手为事业，吃水码头饭的，在河街的家中，终日大门必敞开着，常有穿青羽缎马褂的船主与毛手毛脚的水手进出，地方像茶馆却不卖茶，不是烟馆又可以抽烟。来到这里的，虽说所谈的是船上生意经，然而船只的上下，划船拉纤人大都有个一定规矩，不必作数目上的讨论。他们来到这里大多数倒是在“联欢”。以“龙头管事”作中心，谈论点本地时事，两省商务上情形，以及下游的“新闻”。邀会的，集款时大多数皆在此地；扒骰子看点数多少轮作会首时，也常常在此举行。真真成为他们生意经的，有两件事：买卖船只，买卖媳妇。

大都市随了商务发达而产生的某种寄食者，因为商人的需要，水手的需要，这小小边城的河街，也居然有那么一群人，聚集在一些有吊脚楼的人家。这种小妇人不是从附近乡下弄来，便是随同川军来湘流落后的妇人。穿了假洋绸的衣服，印花标布的裤子，把眉毛扯得成一条细线，大大的发髻上敷了香味极浓俗的油类。白日里无事，就坐在门口小凳子上做鞋子，在鞋尖上用红绿丝线挑绣双凤，一面看过往行人，消磨长日。或靠在临河窗口上看水手起货，听水手爬桅子唱歌。到了晚间，却轮流的接待商人同水手，切切实实尽一个妓女应尽的义务。

由于边地的风俗淳朴，便是作妓女，也永远那么浑厚，遇不相熟的主顾，做生意时得先交钱，数目弄清楚后，再关门撒野。人既相熟后，钱便在可有可无之间了。妓女多靠四川商人维持生活，但恩情所结，却多在水手方面。感情好的，别离时互相咬着嘴唇咬着颈脖发了誓，约好了“分手后各人皆不许胡闹”；四十天或五十天，在船上浮着的那一个，同在岸上蹲着的这一个，便皆呆着，打发这一堆日子，尽把自己的心紧紧缚定远远的一个人。尤其是妇人，情感真挚痴到无可形容，男子过了约定时间不回来，做梦时，就总常常梦船拢了岸，那一个人摇摇荡荡的从船跳板到了岸上，直向身边跑来。或日中有了疑心，则梦里必见那个男子在桅子上向另一方面唱歌，却不理会自己。性格弱一点儿的，接着就在梦里投河吞鸦片烟，性格强一点儿的，便手执菜刀，直向那水手奔去。他们生活虽那么同一般社会疏远，但是眼泪与欢乐，在一种爱憎得失间，糅进了这些人生活里时，也便同另外一片土地另外一些人相似，全个身心为那点爱憎所浸透，见寒作热，忘了一切。若有多少不同处，不过是这些人更真切一点，也更于糊涂一点罢了。短期的包定，长期的嫁娶，一时间的关门，这些关于一个女人身体上的交易，由于民情的淳朴，身当其事的不觉得如何下流可耻，旁观者也就从不用读书人的观念，加以指摘与轻视。这些人既重义轻利，又能守信自约，即便是娼妓，也常常较之知羞耻的城市中人还更可信任。

掌水码头的名叫顺顺，一个前清时便在营伍中混过日子来的人物，革命时在著名的陆军四十九标做个什长。同样做什长的，有因革命成了伟人名人的，有杀头碎尸的，他却带着少年喜事得来的脚疯痛，回到了家乡，把所积蓄的一点钱，买了一条六桨白木船，租给一个穷船主，代人装货在茶峒与辰州之间来往。气运好，半年之内船不坏事，于是他从所赚的钱上，又讨了一个略有产业的白脸黑发小寡妇。因此一来，数年后，在这条河上，他就有了八只船，一个妻子，两个儿子了。

但这个大方洒脱的人，事业虽十分顺手，却因欢喜交朋结友，慷慨而又能济人之急，便不能同贩油商人一样大大发作起来。自己既在粮子里混过日子，明白出门人的甘苦，理解失意人的心情，故凡船只失事破产的船家，过路的退伍兵士，游学文墨人，凡到了这个地方，闻名求助的，莫不尽力帮助。一面从水上赚来钱，一面就这样洒脱散去。这人虽然脚上有点小毛病,还能泅水;走路难得其平,为人却那么公正无私。水面上各事原本极其简单,一切皆为一个习惯所支配,谁个船碰了头,谁个船妨害了别一人别一只船的利益,照例有习惯方法来解决。惟运用这种习惯规矩排调一切的,必需一个高年硕德的中心人物。某年秋天,那原来执事的人死去了,顺顺作了这样一个代替者。那时他还只五十岁,为人既明事明理,正直和平,又不爱财,故无人对他年龄怀疑。

到如今,他的儿子大的已十六岁,小的已十四岁。两个年青人皆结实如小公牛,能驾船,能泅水,能走长路。凡从小乡城里出身的年青人所能够作的事,他们无一不作,作去无一不精。年纪较长的,性情如他们爸爸一样,豪放豁达,不拘常套小节。年幼的则气质近于那个白脸黑发的母亲,不爱说话,眼眉却秀拔出群,一望即知其为人聪明而又富于感情。

两兄弟既年已长大,必需在各一种生活上来训练他们的人格,作父亲的就轮流派遣两个小孩子各处旅行。向下行船时,多随了自已的船只充伙计,甘苦与人相共。荡桨时选最重的一把,背纤时拉头纤二纤,吃的是干鱼、辣子、臭酸菜。睡的是硬邦邦的舱板。向上行从旱路走去,则跟了川东客货,过秀山、龙潭、酉阳作生意,不论寒暑雨雪,必穿了草鞋按站赶路。且佩了短刀,遇不得已必需动手,便霍的把刀抽出,站到空阔处去,等候对面的一个,继着就同这个人用肉搏来解决。帮里的风气,既为"对付仇敌必需用刀,联结朋友也必需用刀",故需要刀时,他们也就从不让它失去那点机会。学贸易,学应酬,学习到一个新地方去生活,且学习用刀保护身体同名誉,教育的目的,似乎在使两个孩子学得做人的勇气与义气。一分教育的结果,弄得两个人皆结实如老虎,却又和气亲人,不骄惰,不浮华,不依势凌人。故父子三人在茶峒边境上为人所提及时,人人对这个名姓无不加以一种尊敬。

作父亲的当两个儿子很小时,就明白大儿子一切与自己相似,却稍稍见得溺爱那第二个儿子。由于这点不自觉的私心,他把长子取名天保,次子取名傩送。天保佑的在人事上或不免有龃龉处,至于傩神所送来的,照当地习气,人便不能稍加轻视了。傩送美丽得很,茶峒船家人拙于赞扬这种美丽,只知道为他取出一个诨名为"岳云"。虽无什么人亲眼看到过岳云,一般的印象,却从戏台上小生岳云,得来一个相近的神气。

三

两省接壤处,十余年来主持地方军事的,注重在安辑保守,处置极其得法,并无变故发生。水陆商务既不至于受战争停顿,也不至于为土匪影响,一切莫不极有秩序,人民也莫不安分乐生。这些人,除了家中死了牛,翻了船,或发生别的死亡大变,为一种不幸所绊倒,觉得十分伤心外,中国其他地方正在如何不幸挣扎中的情形,似乎就永远不曾为这边城人民所感到。

边城所在一年中最热闹的日子,是端午、中秋与过年。三个节日过去三五十年前,如何兴奋了这地方人,直到现在,还毫无什么变化,仍是那地方居民最有意义的几个日子。

端午日,当地妇女小孩子,莫不穿了新衣,额角上用雄黄蘸酒画了个王字。任何人家到了这天必可以吃鱼吃肉。大约上午十一点钟左右,全茶峒人就吃了午饭,把饭吃过后,在城里住家的,莫不倒锁了门,全家出城到河边看划船。河街有熟人的,可到河街吊脚楼门口边看，不然就站在税关门口与各个码头上看。河中龙船以长潭某处作起点，税关前作终点作比赛竞争。因为这一天军官、税官以及当地有身分的人，莫不在税关前看热闹。划船的事各人在数天以前就早有了准备，分组分帮，各自选出了若干身体结实手脚伶俐的小伙子，在潭中练习进退。船只的形式，与平常木船大不相同，形体一律又长又狭，两头高高翘起，船身绘着朱红颜色长线，平常时节多搁在河边干燥洞穴里，要用它时，拖下水去。每只船可坐十二个到十八个桨手，一个带头的，一个鼓手，一个锣手。桨手每人持一支短桨，随了鼓声缓促为节拍，把船向前划去。带头的坐在船头上，头上缠裹着红布包头，手上拿两枝小令旗，左右挥动，指挥船只的进退。擂鼓打锣的，多坐在船只的中部，船一划动便即刻蓬蓬铛铛把锣鼓很单纯的敲打起来，为划桨水手调理下桨节拍。一船快慢既不得不靠鼓声，故每当两船竞赛到剧烈时，鼓声如雷鸣，加上两岸人呐喊助威，便使人想起小说故事上梁红玉老鹳河时水战擂鼓。牛皋水擒杨么时也是水战擂鼓。凡把船划到前面一点的，必可在税关前领赏，一匹红，一块小银牌，不拘缠挂到船上某一个人头上去，皆显出这一船合作的光荣。好事的军人，且当每次某一只船胜利时，必在水边放些表示胜利庆祝的五百响鞭炮。

赛船过后，城中的戍军长官，为了与民同乐，增加这个节日的愉快起见，便把绿头长颈大雄鸭，颈膊上缚了红布条子，放入河中，尽善于泅水的军民人等，下水追赶鸭子。不拘谁把鸭子捉到，谁就成为这鸭子的主人。于是长潭换了新的花样，水面各处是鸭子，同时各处有追赶鸭子的人。

船与船的竞赛，人与鸭子的竞赛，直到天晚方能完事。

掌水码头的龙头大哥顺顺，年青的时节便是一个泅水的高手，入水中去追逐鸭子，在任何情形下总不落空。但一到次子傩送年过十岁时，已能入水闭气氽着到鸭子身边，再忽然从水中冒水而出，把鸭子捉到，这作爸爸的便解嘲似的向孩子们说："好，这种事你们来作，我不必再下水了。"于是当真就不下水与人来竞争捉鸭子。但下水救人呢，当作别论。凡帮助人远离患难，便是入火，人到八十岁，也还是成为这个人一种不可逃避的责任！

天保傩送两人皆是当地泅水划船的好选手。

端午节快来了，初五划船，河街上初一开会，就决定了属于河街的那只船当天入水。天保恰好在那天应向上行，随了陆路商人过川东龙潭送节货，故参加的就只傩送。十六个结实如牛犊的小伙子，带了香、烛、鞭炮，同一个用生牛皮蒙好绘有朱红太极图的高脚鼓，到了搁船的河上游山洞边，烧了香烛，把船拖入水后，各人上了船，燃着鞭炮，擂着鼓，这船便如一枝箭似的，很迅速的向下游长潭射去。

那时节还是上午，到了午后，对河渔人的龙船也下了水，两只龙船就开始预习种种竞赛的方法。水面上第一次听到了鼓声，许多人从这鼓声中，感到了节日临近的欢悦。住临河吊脚楼对远方人有所等待、有所盼望的，也莫不因鼓声想到远人。在这个节日里，必然有许多船只可以赶回，也有许多船只只合在半路过节，这之间，便有些眼目所难见的人事哀乐，在这小山城河街间，让一些人嬉喜，也让一些人皱眉。

蓬蓬鼓声掠水越山到了渡船头那里时，最先注意到的是那只黄狗。那黄狗汪汪的吠着，受了惊似的绕屋乱走，有人过渡时，便随船渡过东岸去，且跑到那小山头向城里一方面大吠。

翠翠正坐在门外大石上用棕叶编蚱蜢蜈蚣玩，见黄狗先在太阳下睡着，忽然醒来便

发疯似的乱跑,过了河又回来,就问它骂它:

"狗,狗,你做什么!不许这样子!"

可是一会儿,那声音被她发现了,她于是也绕屋跑着,且同黄狗一块儿渡过了小溪,站在小山头听了许久,让那点迷人的鼓声,把自己带到一个过去的节日里去。

四

这是两年前的事。五月端阳,渡船头祖父找人作了替身,便带了黄狗同翠翠进城,到大河边去看划船。河边站满了人,四只朱色长船在潭中滑着,龙船水刚刚涨过,河中水皆豆绿色,天气又那么明朗,鼓声蓬蓬响着,翠翠抿着嘴一句话不说,心中充满了不可言说的快乐。河边人太多了一点,各人皆尽张着眼睛望河中,不多久,黄狗还留在身边,祖父却挤得不见了。

翠翠一面注意划船,一面心想"过不久祖父总会找来的"。但过了许久,祖父还不来,翠翠便稍稍有点儿着慌了。先是两人同黄狗进城前一天,祖父就问翠翠:"明天城里划船,倘若一个人去看,人多怕不怕?"翠翠就说:"人多我不怕,但自己只是一个人可不好玩。"于是祖父想了半天,方想起一个住在城中的老熟人,赶夜里到城里去商量,请那老人来看一天渡船,自己却陪翠翠进城玩一天。且因为那人比渡船老人更孤单,身边无一个亲人,也无一只狗,因此便约好了那人早上过家中来吃饭,喝一杯雄黄酒。第二天那人来了,吃了饭,把职务委托那人以后,翠翠等便进了城。到路上时,祖父想起什么似的,又问翠翠:"翠翠,翠翠,人那么多,好热闹,你一个人敢到河边看龙船吗?"翠翠说:"怎么不敢?可是一个人玩有什么意思。"到了河边后,长潭里的四只红船,把翠翠的注意力完全占去了,身边祖父似乎也可有可无了。祖父心想:"时间还早,到收场时,至少还得三个时刻。溪边的那个朋友,也应当来看看年青人的热闹,回去一趟,换换地位还赶得及。"因此就告翠翠,"人太多了,站在这里看,不要动,我到别处去有点事情,无论如何总赶得回来伴你回家。"翠翠正在为两只竞速并进的船迷着,祖父说的话毫不思索就答应了。祖父知道黄狗在翠翠身边,也许比他自己在她身边还稳当,于是便回家看船去了。

祖父到了那渡船处时,见代替他的老朋友,正站在白塔下注意听远处鼓声。

祖父喊叫他,请他把船拉过来,两人渡过小溪仍然站到白塔下去。那人问老船夫为什么又跑回来,祖父就说想替他一会儿故把翠翠留在河边,自己赶回来,好让他也过大河边去看看热闹,且说:"看得好,就不必再回来,只须见了翠翠告她一声,翠翠到时自会回家的。小丫头不敢回家,你就伴她走走!"但那替手对于看龙船已无什么兴味,却愿意同老船夫在这溪边大石上各自再喝两杯烧酒。老船夫听说十分高兴,于是把酒葫芦取出,推给城中来的那一个。两人一面谈些端午旧事,一面喝酒,不到一会,那人却在岩石上被烧酒醉倒了。

人既醉倒后,无从入城,祖父为了责任又不便与渡船离开,留在河边的翠翠便不能不着急了。

河中划船的决了最后胜负后,城里军官已派人驾小船在潭中放了一群鸭子,祖父还不见来。翠翠恐怕祖父也正在什么地方等着她,因此带了黄狗向各处人丛中挤着去找寻祖父,结果还是不得祖父的踪迹。后来看看天快要黑了,军人扛了长凳出城看热闹的，皆已陆续扛了那凳子回家。潭中的鸭子只剩下三五只，捉鸭人也渐渐的少了。落日向上游翠翠家中那一方落去，黄昏把河面装饰了一层薄雾。翠翠望到这个景致，忽然起了一个怕人的想头，她想："假若爷爷死了？"

她记起祖父嘱咐她不要离开原来地方那一句话，便又为自己解释这想头的错误，以为祖父不来，必是进城去或到什么熟人处去，被人拉着喝酒，故一时不能来的。正因为这也是可能的事，她又不愿在天未断黑以前，同黄狗赶回家去，只好站在那石码头边等候祖父。

再过一会，对河那两只长船已泊到对河小溪里去不见了，看龙船的人也差不多全散了。吊脚楼有娼妓的人家，已上了灯，且有人敲小斑鼓弹月琴唱曲子。另外一些人家，又有猜拳行酒的吵嚷声音。同时停泊在吊脚楼下的一些船只，上面也有人在摆酒炒菜，把青菜萝卜之类，倒进滚热油锅里去时发出吵——的声音。河面已朦朦胧胧，看去好像只有一只白鸭在潭中浮着，也只剩一个人追着这只鸭子。

翠翠还是不离开码头，总相信祖父会来找她一起回家。

吊脚楼上唱曲子声音热闹了一些，只听到下面船上有人说话，一个水手说："金亭，你听你那婊子陪川东庄客喝酒唱曲子，我赌个手指，说这是她的声音！"另外一个水手就说："她陪他们喝酒唱曲子，心里可想我。她知道我在船上！"先前那一个又说："身体让别人玩着，心还想着你；你有什么凭据？"另一个说："我有凭据。"于是这水手吹着嘅哨，作出一个古怪的记号，一会儿，楼上歌声便停止了，两个水手皆笑了。两人接着便说了些关于那个女人的一切，使用了不少粗鄙字眼，翠翠不很习惯把这种话听下去，但又不能走开。且听水手之一说，楼上妇人的爸爸是在棉花坡被人杀死的，一共杀了十七刀。翠翠心中那个古怪的想头，"爷爷死了呢？"便仍然占据到心里有一忽儿。

两个水手还正在谈话，潭中那只白鸭慢慢的向翠翠所在的码头边游过来，翠翠想："再过来些我就捉住你！"于是静静的等着，但那鸭子将近岸边三丈远近时，却有个人笑着，喊那船上水手。原来水中还有个人，那人已把鸭子捉到手，却慢慢的"踹水"游近岸边的。船上人听到水面的喊声，在隐约里也喊道："二老，二老，你真能干，你今天得了五只吧。"那水上人说："这家伙狡猾得很，现在可归我了。""你这时捉鸭子，将来捉女人，一定有同样的本领。"水上那一个不再说什么，手脚并用的拍着水傍了码头。湿淋淋的爬上岸时，翠翠身旁的黄狗，仿佛警告水中人似的，汪汪的叫了几声，那人方注意到翠翠。码头上已无别的人，那人问：

"是谁人？"

"是翠翠！"

"翠翠又是谁？"

"是碧溪岨撑渡船的孙女。"

"你在这儿做什么？"

"我等我爷爷。我等他来。"

"等他来他可不会来，你爷爷一定到城里军营里喝了酒，醉倒后被人抬回去了！"

"他不会这样子。他答应来找我，他就一定会来的。"

"这里等也不成，到我家里去，到那边点了灯的楼上去，等爷爷来找你好不好？"

翠翠误会了邀他进屋里去那个人的好意，心里记着水手说的妇人丑事，她以为那男子就是要她上有女人唱歌的楼上去，本来从不骂人，这时正因等候祖父太久了，心中焦急得很，听人要她上去，以为欺侮了她，就轻轻的说：

"悖时砍脑壳的！"

话虽轻轻的，那男的却听得出，且从声音上听得出翠翠年纪，便带笑说："怎么，你骂人！你不愿意上去，要呆在这儿，回头水里大鱼来咬了你，可不要叫喊！"

翠翠说："鱼咬了我也不管你的事。"

那黄狗好像明白翠翠被人欺侮了，又汪汪的吠起来。那男子把手中白鸭举起，向黄狗吓了一下，便走上河街去了。黄狗为了自己被欺侮还想追过去，翠翠便喊："狗，狗，你叫人也看人叫！"翠翠意思仿佛只在告给狗"那轻薄男子还不值得叫"，但男子听去的却是另外一种好意，男的以为是她要狗莫向好人乱叫，放肆的笑着，不见了。

又过了一阵，有人从河街拿了一个废缆做成的火炬，喊叫着翠翠的名字来找寻她，到身边时翠翠却不认识那个人。那人说：老船夫回到家中，不能来接她，故搭了过渡人口信来告翠翠，要她即刻就回去。翠翠听说是祖父派来的，就同那人一起回家，让打火把的在前引路，黄狗时前时后，一同沿了城墙向渡口走去。翠翠一面走一面问那拿火把的人，是谁告他就知道她在河边。那人说是二老告他的，他是二老家里的伙计，送翠翠回家后还得回转河街。

翠翠说："二老他怎么知道我在河边？"

那人便笑着说："他从河里捉鸭子回来，在码头上见你，他说好意请你上家里坐坐，等候你爷爷，你还骂过他！你那只狗不识吕洞宾，只是叫！"

翠翠带了点儿惊讶轻轻的问："二老是谁？"

那人也带了点儿惊讶说："二老你还不知道？就是我们河街上的傩送二老！就是岳云！他要我送你回去！"

傩送二老在茶峒地方不是一个生疏的名字！

翠翠想起自己先前骂人那句话，心里又吃惊又害羞，再也不说什么，默默的随了那火把走去。

翻过了小山岨，望得见对溪家中火光时，那一方面也看见了翠翠方面的火把，老船夫即刻把船拉过来，一面拉船一面哑声儿喊问："翠翠，翠翠，是不是你？"翠翠不理会祖父，口中却轻轻的说："不是翠翠，不是翠翠，翠翠早被大河中鲤鱼吃去了。"翠翠上了船，二老派来的人，打着火把走了，祖父牵着船问："翠翠，你怎么不答应我，生我的气了吗？"

翠翠站在船头还是不作声。翠翠对祖父那一点儿埋怨，等到把船拉过了溪，一到了家中，看明白了醉倒的另一个老人后，就完事了。但另一件事，属于自己不关祖父的，却使翠翠沉默了一个夜晚。

五

两年日子过去了。

这两年来两个中秋节，恰好无月亮可看，凡在这边城地方，因看月而起整夜男女唱歌的故事，皆不能如期举行，故两个中秋留给翠翠的印象，极其平淡无奇。两个新年虽照例可以看到军营里与各乡来的狮子龙灯，在小教场迎春，锣鼓喧阗很热闹。到了十五夜晚，城中舞龙耍狮子的镇筸兵士，还各自赤裸着肩膊，往各处去欢迎炮仗烟火。城中军营里，税关局长公馆，河街上一些大字号，莫不头先截老毛竹筒，或镂空棕榈树根株，用洞硝拌和磺炭钢砂，一千槌八百槌把烟火做好。好勇取乐的军士，光赤着个上身，玩着灯打着鼓来了，小鞭炮如落雨的样子，从悬到长竿尖端的空中落到玩灯的肩背上，锣鼓催动急促的拍子，大家皆为这事情十分兴奋。鞭炮放过一阵后，用长凳脚绑着的大筒烟火，在敞坪一端燃起了引线，先是嘶嘶的流泻白光，慢慢的这白光便吼啸起来，作出如雷如虎惊人的声音，白光向上空冲去，高至二十丈，下落时便洒散着满天花雨。玩灯的兵士，在火花中绕着圈子，俨然毫不在意的样子。翠翠同他的祖父，也看过这样的热闹，留下一个热闹的印象，但这印象不知为什么原因，总不如那个端午所经过的事情甜而美。

翠翠为了不能忘记那件事，上年一个端午又同祖父到城边河街去看了半天船，一切玩得正好时，忽然落了行雨，无人衣衫不被雨湿透。为了避雨，祖孙二人同那只黄狗，走到顺顺吊脚楼上去，挤在一个角隅里。有人扛凳子从身边过去，翠翠认得那人正是去年打了火把送她回家的人，就告给祖父：

“爷爷，那个人去年送我回家，他拿了火把走路时，真像喽啰！”

祖父当时不作声，等到那人回头又走过面前时，就一把抓住那个人，笑嘻嘻说：

“嗨嗨，你这个喽啰！要你到我家喝一杯也不成，还怕酒里有毒，把你这个真命天子毒死！”

那人一看是守渡船的，且看到了翠翠，就笑了。“翠翠，你长大了！二老说你在河边大鱼会吃你，我们这里河中的鱼，现在吞不下你了。”

翠翠一句话不说，只是抿起嘴唇笑着。

这一次虽在这喽啰长年口中听到个“二老”名字，却不曾见及这个人。从祖父与那长年谈话里，翠翠听明白了二老是在下游六百里外青浪滩过端午的。但这次不见二老却认识了大老，且见着了那个一地出名的顺顺。大老把河中的鸭子捉回家里后，因为守渡船的老家伙称赞了那只肥鸭两次，顺顺就要大老把鸭子给翠翠。且知道祖孙二人所过的日子十分拮据，节日里自己不能包粽子，又送了许多三角粽。

那水上名人同祖父谈话时，翠翠虽装作眺望河中景致，耳朵却把每一句话听得清清楚楚。那人向祖父说翠翠长得很美，问过翠翠年纪，又问有不有人家。祖父则很快乐的夸奖了翠翠不少，且似乎不许别人来关心翠翠的婚事，故一到这件事便闭口不谈。

回家时，祖父抱了那只白鸭子同别的东西，翠翠打火把引路。两人沿城墙脚走去，一面是城，一面是水。祖父说：“顺顺真是个好人，大方得很。大老也很好。这一家人都好！”翠翠说：“一家人都好，你认识他们一家人吗？”祖父不明白这句话的意思所在，因为今天太高兴一点，便笑着说：“翠翠，假若大老要你做媳妇，请人来做媒，你答应不答应？”翠翠就说：“爷爷，你疯了！再说我就生你的气！”

祖父话虽不再说了，心中却很显然的还转着这些可笑的不好的念头。翠翠着了恼，把火炬向路两旁乱晃着，向前快快的走去了。

“翠翠，莫闹，我摔到河里去，鸭子会走脱的！”

“谁也不希罕那只鸭子！”

祖父明白翠翠为什么事不高兴，便唱起摇橹人驶船下滩时催橹的歌声，声音虽然哑沙沙的，字眼儿却稳稳当当毫不含糊。翠翠一面听着一面向前走去，忽然停住了发问：

“爷爷，你的船是不是正在下青浪滩呢？”

祖父不说什么,还是唱着,两人皆记起顺顺家二老的船正在青浪滩过节,但谁也不明白另外一个人的记忆所止处。祖孙二人便沉默的一直走还家中。到了渡口,那代理看船的,正把船泊在岸边等候他们。几人渡过溪到了家中,剥粽子吃,到后那人要进城去,翠翠赶即为那人点上火把,让他有火把照路。人过了小溪上小山时,翠翠同祖父在船上望着,翠翠说:

"爷爷,看喽啰上山了啊!"

祖父把手攀引着横缆,注目溪面升起的薄雾,仿佛看到了什么东西,轻轻的吁了一口气。祖父静静的拉船过对岸家边时,要翠翠先上岸去,自己却守在船边,因为过节,明白一定有乡下人从城里看龙船,还得乘黑赶回家乡。

六

白日里,老船夫正在渡船上同个卖皮纸的过渡人有所争持。一个不能接受所给的钱,一个却非把钱送给老人不可。正似乎因为那个过渡人送钱气派,使老船夫受了点压迫,这撑渡船人就俨然生气似的,迫着那人把钱收回,使这人不得不把钱捏在手里。但船拢岸时,那人跳上了码头,一手铜钱向船舱里一撒,却笑眯眯的匆匆忙忙走了。老船夫手还得拉着船让别一个人上岸,无法去追赶那个人,就喊小山头的孙女:

"翠翠,翠翠,帮我拉着那个卖皮纸的小伙子,不许他走!"

翠翠不知道是怎么回事,当真便同黄狗去拦那第一个下船人。那人笑着说:

"不要拦我!……"

正说着,第二个商人赶来了,就告给翠翠是什么事情。翠翠明白了,更紧拉着卖纸人衣服不放,只说:"不许走!不许走!"黄狗为了表示同主人意见一致,也便在翠翠身边汪汪的吠着。其余商人皆笑着,一时不能走路。祖父气吁吁的赶来了,把钱强迫塞到那人手心里,且搭了一大束草烟到那商人的担子上去,搓着两手笑着说:"走呀!你们上路走!"那些人于是全笑着走了。

翠翠说:"爷爷,我还以为那人偷你东西同你打架!"

祖父就说:

"他送我好些钱。我绝不要这些钱!告他不要钱,他还同我吵,不讲道理!"

翠翠说:"全还给他了吗?"

祖父抿着嘴把头摇摇,闭上一只眼睛,装成狡猾得意神气笑着,把扎在腰带上留下的那枚单铜子取出,送给翠翠。且说:

"他得了我们那把烟叶,可以吃到镇筸城!"

远处鼓声又蓬蓬的响起来了,黄狗张着两个耳朵听着。翠翠问祖父,听不听到什么声音。祖父一注意,知道是什么声音了,便说:

"翠翠,端午又来了。你记不记得去年天保大老送你那只肥鸭子。早上大老同一群人上川东去,过渡时还问你。你一定忘记那次落的行雨。我们这次若去,又得打火把回家;你记不记得我们两人用火把照路回家?"

翠翠还正想起两年前的端午一切事情。但祖父一问,翠翠却微带点儿恼着的神气,把头摇摇,故意说:"我记不得,我记不得。我全记不得!"其实她那意思就是"我怎么记不得?"

祖父明白那话里意思,又说:“前年还更有趣,你一个人在河边等我,差点儿不知道回来,天夜了,我还以为大鱼会吃掉你!”

提起旧事,翠翠嗤的笑了。

“爷爷,你还以为大鱼会吃掉我?是别人家说我,我告给你的!你那天只是恨不得让城中的那个爷爷把装酒的葫芦吃掉!你这种人,好记性!”

“我人老了,记性也坏透了。翠翠,现在你人长大了,一个人一定敢上城去看船不怕鱼吃掉你了。”

“人大了就应当守船呢。”

“人老了才应当守船。”

“人老了应当歇憩!”

“你爷爷还可以打老虎,人不老!”祖父说着,于是,把膀子弯曲起来,努力使筋肉在局束中显得又有力又年青,且说:“翠翠,你不信,你咬。”

翠翠睨着腰背微驼的祖父,不说什么话。远处有吹唢呐的声音。她知道那是什么事情,且知道唢呐方向。要祖父同她下了船,把船拉过家中那边岸旁去。为了想早早的看到那迎婚送亲的喜轿,翠翠还爬到屋后塔下去眺望。过不久,那一伙人来了,两个吹唢呐的,四个强壮乡下汉子,一顶空花轿,一个穿新衣的团总儿子模样的青年,另外还有两只羊,一个牵羊的孩子,一坛酒,一盒糍粑,一个担礼物的人,一伙人上了渡船后,翠翠同祖父也上了渡船,祖父拉船,那翠翠却傍花轿站定,去欣赏每一个人的脸色与花轿上的流苏。拢岸后,团总儿子模样的人,从扣花抱肚里掏出了一个小红纸包封,递给老船夫。这是当地规矩,祖父再不能说不接收了。但得了钱祖父却说话了,问那个人,新娘是什么地方人,明白了,又问姓什么,明白了,又问多大年纪,一起皆弄明白了,吹唢呐的一上岸后,又把唢呐呜呜喇喇吹起来,一行人便翻山走了。祖父同翠翠留在船上,感情仿佛皆追着那唢呐声音走去,走了很远的路方回到自己身边来。

祖父掂着那红纸包封的分量说:“翠翠,宋家堡子里新嫁娘年纪还只十五岁。”

翠翠明白祖父这句话的意思所在,不作理会,静静的把船拉动起来。

到了家边,翠翠跑还家中去取小小竹子做的双管唢呐,请祖父坐在船头吹“娘送女”曲子给她听,她却同黄狗躺到门前大岩石上荫处看天上的云。白日渐长,不知什么时节,祖父睡着了,翠翠同黄狗也睡着了。

七

到了端午。祖父同翠翠在三天前业已预先约好,祖父守船,翠翠同黄狗过顺顺吊脚楼去看热闹。翠翠先不答应,后来答应了。但过了一天,翠翠又翻悔回来,以为要看两人去看,要守船两人守船。祖父明白那个意思,是翠翠玩心与爱心相战争的结果。为了祖父的牵绊,应当玩的也无法去玩,这不成!祖父含笑说:“翠翠,你这是为什么?说定了的又翻悔,同茶峒人平素品德不相称。我们应当说一是一,不许三心二意。我记性并不坏到这样子,把你答应了我的即刻忘掉!”祖父虽那么说,很显然的事,祖父对于翠翠的打算是同意的。但人太乖巧,祖父有点愀然不乐了。见祖父不再说话,翠翠就说:“我走了,谁陪你?”

祖父说:“你走了,船陪我。”

翠翠把一对眉毛皱拢去苦笑着，“船陪你，嗨，嗨，船陪你。”

祖父心想：“你总有一天会要走的！”但不敢提起这件事。祖父一时无话可说，于是走过屋后塔下小圃里去看葱，翠翠跟过去。

“爷爷，我决定不去，要去让船去，我替船陪你！”

“好，翠翠，你不去我去，我还得戴了朵红花，装老太婆去见世面！”

两人皆为这句话笑了许久。所争持的事，不求结论了。

祖父理葱，翠翠却摘了一根大葱吹着，有人在东岸喊过渡，翠翠不让祖父占先，便忙着跑下去，跳上了渡船，援着横溪缆子拉船过溪去接人。一面拉船一面喊祖父：

“爷爷，你唱，你唱！”

祖父不唱，却只站在高岩上望翠翠，把手摇着，一句话不说。

祖父有点心事。

翠翠一天比一天大了，无意中提到什么时，会红脸了。时间在成长她，似乎正催促她，使她在另外一件事情上负点儿责。她欢喜看扑粉满脸的新嫁娘，欢喜述说关于新嫁娘的故事，欢喜把野花戴到头上去，还欢喜听人唱歌。茶峒人的歌声，缠绵处她已领略得出。她有时仿佛孤独了一点，爱坐在岩石上去，向天空一片云一颗星凝眸。祖父若问：“翠翠，想什么？”她便带着点儿害羞情绪，轻轻的说：“翠翠不想什么。”但在心里却同时又自问：“翠翠，你想什么？”同是自己也就在心里答着：“我想的很远，很多。可是我不知想些什么。”她的确在想，又的确连自己也不知在想些什么。这女孩子身体既发育得很完全，在本身上因年龄自然而来的一件“奇事”，到月就来，也使她多了些思索。

祖父明白这类事情对于一个女子的影响，祖父心情也变了些。祖父是一个在自然里活了七十年的人，但在人事上的自然现象，就有了些不能安排处。因为翠翠的长成，使祖父记起了些旧事，从掩埋在一大堆时间里的故事中重新找回了些东西。

翠翠的母亲，某一时节原同翠翠一个样子，眉毛长，眼睛大，皮肤红红的，也乖得使人怜爱——也懂在一些小处，起眼动眉毛，机伶懂事，使家中长辈快乐。也仿佛永远不会同家中这一个分开。但一点不幸来了，她认识了那个兵。到末了丢开老的和小的，却陪了那个兵死了。这些事从老船夫说来谁也无罪过，只应“天”去负责。翠翠的祖父口中不怨天，心中却不能完全同意这种不幸的安排。到底还像年青人，说是放下了，也正是不能放下的莫可奈何容忍到的一件事！

并且那时有个翠翠。如今假如翠翠又同妈妈一样，老船夫的年龄，还能把小雏儿再抚育下去吗？人愿意的事神却不同意！人太老了，应当休息了，凡是一个良善的中国乡下人，一生中生活下来所应得到的劳苦与不幸，业已全得到了。假若另外高处有一个上帝，这上帝且有一双手支配一切，很明显的事，十分公道的办法，是应当把祖父先收回去，再来让那个年青的在新的生活上得到应分接受那一份的。

可是祖父并不那么想。他为翠翠担心。有时便躺到门外岩石上，对着星子想他的心事。他以为死是应当快到了的，正因为翠翠人已长大了，证明自己也真正老了。可是无论如何，得让翠翠有个着落。翠翠既是她那可怜的母亲交把他的，翠翠大了，他也得把翠翠交给一个人，他的事才算完结！翠翠应分交给谁？必需什么样的人方不委屈她？

前几天顺顺家天保大老过溪时，同祖父谈话，这心直口快的青年人，第一句话就说：

“老伯伯，你翠翠长得真标致，像个观音样子。再过两年，若我有闲空能留在茶峒照料事情，不必像老鸦成天到处飞，我一定每夜到这溪边来为翠翠唱歌。”

祖父用微笑奖励这种自白。一面把船拉动,一面把那双小眼睛瞅着大老。意思好像说,你的傻话我全明白,我不生气,你尽管说下去,看你还有什么要说。

于是大老又说:

“翠翠太娇了,我担心她只宜于听点茶峒人的歌声,不能作茶峒女子做媳妇的一切正经事。我要个能听我唱歌的情人,却更不能缺少个照料家务的媳妇。‘又要马儿不吃草,又要马儿走得好’,唉,这两句话恰是古人为我说的!”

祖父慢条斯理把船转了头,让船尾傍岸,就说:

“大老,也有这种事儿!你瞧着吧。”

那青年走去后,祖父温习着那些出于一个男子口中的真话,实在又愁又喜。翠翠若应当交把一个人,这个人是不是适宜于照料翠翠?当真交把了他,翠翠是不是愿意?

八

初五大清早落了点毛毛雨,河上游且涨点了“龙船水”,河水已变作豆绿色。祖父上城买办过节的东西,戴了个粽粑叶“斗篷”,携带了一个篮子,一个装酒的大葫芦,肩头上挂了个褡裢,其中放了一吊六百制钱,就走了。因为是节日,这一天从小村小寨带了铜钱担了货物上城去办货掉货的极多,这些人起身也极早,故祖父走后,黄狗就伴同翠翠守船。翠翠头上戴了一个崭新的斗篷,把过渡人一趟一趟的送来送去。黄狗坐在船头,每当船拢岸时必先跳上岸边去衔绳头,引起每个过渡人的兴味。有些过渡乡下人也携了狗上城,照例如俗话说的,“狗离不得屋”,这些狗一离了自己的家,即或傍着主人,也变得非常老实了。到过渡时,翠翠的狗必走过去嗅嗅,从翠翠方面讨取了一个眼色,似乎明白翠翠的意思的,就不敢有什么举动。直到上岸后,把拉绳子的事情作完,眼见到那只陌生的狗上小山去了,也必跟着追去。或者向狗主人轻轻吠着,或者逐着那陌生的狗,必得翠翠带点儿嗔恼的嚷着:“狗,狗,你狂什么?还有事情做,你就跑呀!”于是这黄狗赶快跑回船上来,且依然满船闻嗅不已。翠翠说:“这算什么轻狂举动!跟谁学得的!还不好好蹲到那边去!”狗俨然极其懂事,便即刻到它自己原来地方去,只间或又像想起什么心事似的,轻轻的吠几声。

雨落个不止,溪面一片烟。翠翠在船上无事可作时,便算着老船夫的行程。她知道他这一去应在什么地方碰到什么人,谈些什么话,这一天城门边应当是些什么情形,河街上应当是些什么情形,“心中一本册”,她完全如同亲眼见到的那么明明白白。她又知道祖父的脾气,一见城中相熟粮子上人物,不管是马夫火夫,总会把过节时应有的颂祝说出。这边说,“副爷,你过节吃饱喝饱!”那一个便也将说,“划船的,你吃饱喝饱!”这边如果说着如上的话,那边人说,“有什么可以吃饱喝饱?四两肉,两碗酒,既不会饱也不会醉!”那么,祖父必很诚实邀请这熟人过碧溪岨喝个够量。倘若有人当时就想喝一口祖父葫芦中的酒,这老船夫也从不吝啬,必很快的就把葫芦递过去。酒喝过后,那兵营中人卷舌子舔着嘴唇,称赞酒好,于是又必被勒迫着喝第二口。酒在这种情形下少起来了,就又跑到原来铺上去,加满为止。翠翠且知道祖父还会到码头上去同刚拢岸一天两天的上水船水手谈谈话,问问下河的米价盐价,有时且弯着腰钻进那带有海带鱿鱼味,以及其他油味、醋味、柴烟味的船舱里去,水手们从小坛中抓出一把红枣,递给老船夫,过一阵,等到祖父回家被翠翠埋怨时,这红枣便成为祖父与翠翠和解的工具。祖父一到河街上,且一定有许多铺子上商人送他粽子与其他东西,作为对这个忠于职守的划船人一点敬意,祖父虽嚷着“我带了那么一大堆,回去会把老骨头压断”,可是不管如何,这些东西多少总得领点情。走到卖肉案桌边去,他想买肉,人家却照例不愿接钱。屠户若不接钱,他却宁可到另外一家去,决不想沾那点便宜。那屠户说,“爷爷,你为人那么硬算什么?又不是要你去做犁口耕田!”但不行,他以为这是血钱,不比别的事情,你不收钱他会把钱预先算好,猛的把钱掷到大而长的钱筒里去,攫了肉就走去的。卖肉的明白他那种性情,到他称肉时总选取最好的一处,且把分量故意加多,他见及时却将说:“喂喂,大老板,我不要你那些好处!腿上的肉是城里人炒鱿鱼肉丝用的肉,莫同我开玩笑!我要夹项肉,我要浓的,糯的,我是个划船人,我要拿去炖胡萝卜喝酒的!”得了肉,把钱交过手时,自己先数一次,又嘱咐屠户再数,屠户却照例不理会他,把一手钱哗的向长竹筒口丢去,他于是简直是妩媚的微笑着走了。屠户与其他买肉人,见到他这种神气,必笑个不止。……

翠翠还知道祖父必到河街上顺顺家里去。

翠翠温习着两次过节两个日子所见所闻的一切,心中很快乐,好像目前有一个东西,同早间在床上闭了眼睛所看到那种捉摸不定的黄葵花一样,这东西仿佛很明朗的在眼前,却看不准,抓不住。

翠翠想:“白鸡关真出老虎吗?”她不知道为什么忽然想起白鸡关。白鸡关是酉水中部一个地名,离茶峒两百多里路!

于是又想:“三十二个人摇六匹橹,上水走风时张起个大篷,一百幅白布拼成的一片东西,坐在这样大船上过洞庭湖,多可笑……”她不明白洞庭湖有多大,也就从不见过这种大船。更可笑的,还是她自己也不知道为什么却想起这个问题!

一群过渡人来了,有担子,有送公事跑差模样的人物,另外还有母女二人。母亲穿了新浆洗得硬朗的蓝布衣服,女孩子脸上涂着两饼红色,穿了不甚称身的新衣,上城到亲戚家中去拜节看龙船的。等待众人上船稳定后,翠翠一面望着那小女孩,一面把船拉过溪去。那小孩从翠翠估来年纪也将十二岁了,神气却很娇,似乎从不曾离开过母亲。脚下穿的是一双尖尖头新油过的钉鞋,上面沾污了些黄泥。裤子是那种泛紫的葱绿布做的。见翠翠尽是望她,她也便看着翠翠,眼睛光光的如同两粒水晶球。神气中有点害羞,有点不自在,同时也有点不可言说的爱娇。那母亲模样的妇人便问翠翠,年纪有几岁。翠翠笑着,不高兴答应,却反问小女孩今年几岁,听那母亲说十三岁时,翠翠忍不住笑了。那母女显然是财主人家的妻女,从神气上就可看出的。翠翠注视那女孩,发现了女孩子手上还带得有一副麻花绞的银手镯,闪着白白的亮光,心中有点儿歆羡。船傍岸后,人陆续上了岸,妇人从身上摸出一把铜子,塞到翠翠手中,就走了。翠翠当时竟忘了祖父的规矩,也不说道谢,也不把钱退还,只望着这一行人中那个女孩子身后发痴。一行人正将翻过小山时,翠翠忽又忙匆匆的追上去,在山头上把钱还给那妇人。那妇人说:“这是送你的!”翠翠不说什么,只微笑把头尽摇,表示不能接受,且不等妇人来得及说第二句话,就很快的向自己渡船边跑去了。

到了渡船上,溪那边又有人喊过渡,翠翠把船又拉回去。第二次过渡是七个人,又有两个女孩子,也同样因为看龙船特意换了干净衣服,相貌却并不如何美观,因此使翠翠更不能忘记先前那一个。

今天过渡的人特别多,其中女孩子比平时更多。翠翠既在船上拉缆子摆渡,故见到什么好看的，极古怪的，人乖的，眼睛眶子红红的，莫不在记忆中留下个印象。无人过渡时，等着祖父祖父又不来，便尽只反复温习这些女孩子的神气。且轻轻的无所谓的唱着：

"白鸡关出老虎咬人，不咬别人，团总的小姐派第一。……大姐戴副金簪子，二姐戴副银钏子，只有我三妹莫得什么戴，耳朵上长年戴条豆芽菜。"

城中有人下乡的，在河街上一个酒店前面，曾见及那个撑渡船的老头子，把葫芦嘴推让给一个年青水手，请水手喝他新买的白烧酒。翠翠问及时，那城中人就告给她所见到的事情。翠翠笑祖父的慷慨不是时候，不是地方。过渡人走了，翠翠就在船上又轻轻的哼着巫师迎神的歌玩：

你大仙，你大神，睁眼看看我们这里人！
他们既诚实，又年青，又身无疾病。
他们大人会喝酒，会作事，会睡觉；
他们孩子能长大，能耐饥，能耐冷；
他们牯牛肯耕田，山羊肯生仔，鸡鸭肯孵卵；
他们女人会养儿子，会唱歌，会找她心中欢喜的情人！

你大神，你大仙，排驾前来站两边。
关夫子身跨赤兔马，
尉迟公手拿大铁鞭！

你大仙，你大神，云端下降慢慢行！
张果老驴上得坐稳，
铁拐李脚下要小心！

福禄绵绵是神恩，
和风和雨神好心，
好酒好饭当前陈，
肥猪肥羊火上烹！

洪秀全，李鸿章，
你们在生是霸王，
杀人放火尽节全忠各有道，
今来坐席又何妨！

慢慢吃，慢慢喝，
月白风清好过河。
醉时携手同归去，
我当为你再唱歌！

那首歌声音既极柔和，快乐中又微带忧郁。唱完了这歌，翠翠心上觉得有一丝儿凄凉。她想起秋末酬神还愿时田坪中的火燎同鼓角。

远处鼓声已起来了，她知道绘有朱红长线的龙船这时节已下河了，细雨还依然落个不止，溪面一片烟。

九

祖父回家时,大约已将近平常吃早饭时节了。肩上手上全是东西,一上小山头便喊翠翠,要翠翠拉船过小溪来迎接他。翠翠眼看到多少人皆进了城,正在船上急得莫可奈何,听到祖父的声音,精神旺了,锐声答着:“爷爷,爷爷,我来了!”老船夫从码头边上了渡船后,把肩上手上的东西搁到船头上,一面帮着翠翠拉船,一面向翠翠笑着,如同一个小孩子,神气充满了谦虚与羞怯。“翠翠,你急坏了,是不是?”翠翠本应埋怨祖父的,但她却回答说:“爷爷,我知道你在河街上劝人喝酒,好玩得很。”翠翠还知道祖父极高兴到河街上去玩。但如此说来,将更使祖父害羞乱嚷了,故不提出。

翠翠把搁在船头的东西一一估记在眼里,不见了酒葫芦。翠翠嗤的笑了。

“爷爷,你倒大方,请副爷同船上人吃酒,连葫芦也让他们吃到肚里去了!”

祖父笑着忙作说明:

“哪里,哪里,我那葫芦被顺顺大哥扣下了,他见我在河街上请人喝酒,就说:‘喂,喂,摆渡的张横,这不成的。你不开糟坊,如何这样子!你要作仁义大哥梁山好汉,把你那个放下来,请我全喝了吧。’他当真那么说,‘请我全喝了吧。’我把葫芦放下了。但我猜想他是同我闹着玩的。他家里还少烧酒吗?翠翠,你说,是不是?……”

“爷爷,你以为人家不是真想喝你的酒,便是同你开玩笑吗?”

“那是怎么的?”

“你放心,人家一定因为你请客不是地方,所以扣下你的葫芦,不让你请人把酒喝完。等等就会派毛伙为你送来的,你还不明白,真是!——”

“唉,当真会是这样的!”

说着船已拢了岸,翠翠抢先帮祖父搬东西回家,但结果却只拿了那尾鱼,那个花褡裢;褡裢中钱已用光了,却有一包白糖,一包小芝麻饼子。

两人刚把新买的东西搬运到家中,对溪就有人喊过渡,祖父要翠翠看着肉菜免得被野猫拖去,争着下溪去做事,一会儿,便同那个过渡人嚷着到家中来了。原来这人便是送酒葫芦的。只听到祖父说:“翠翠,你猜对了。人家当真把酒葫芦送来了!”

翠翠来不及向灶边走去,祖父同一个年纪青青的脸黑肩膊宽的人物,便进到屋里了。

翠翠同客人皆笑着,让祖父把话说下去。客人又望着翠翠笑,翠翠仿佛明白为什么被人望着,有点不好意思起来,走到灶边烧火去了。溪边又有人喊过渡,翠翠赶忙跑出门外船上去,把人渡过了溪。恰好又有人过溪。天虽落小雨,过渡人却分外多,一连三次。翠翠在船上一面作事一面想起祖父的趣处。不知怎么的,从城里被人打发来送酒葫芦的,她觉得好像是个熟人。可是眼睛里像是熟人,却不明白在什么地方见过面。但也正像是不肯把这人想到某方面去,方猜不着这来人的身分。

祖父在岩坎上边喊:“翠翠,翠翠,你上来歇歇,陪陪客!”本来无人过渡便想上岸去烧火,但经祖父一喊,反而不上岸了。

来客问祖父“进不进城看船”,老渡船夫就说,“应当看守渡船”。两人又谈了些别的话。到后来客方言归正传:

“伯伯,你翠翠像个大人了,长得很好看!”

撑渡船的笑了。"口气同哥哥一样,倒爽快呢。"这样想着,却那么说:"二老,这地方配受人称赞的只有你,人家都说你好看!'八面山的豹子,地地溪的锦鸡',全是特为颂扬你这个人好处的警句!"

"但是,这很不公平。"

"很公平的!我听着船上人说,你上次押船,船到三门下面白鸡关滩口出了事,从急浪中你援救过三个人。你们在滩上过夜,被村子里女人见着了,人家在你棚子边唱歌一整夜,是不是真有其事?"

"不是女人唱歌一夜,是狼嗥。那地方著名多狼,只想得机会吃我们!我们烧了一大堆火,吓住了它们,才不被吃掉!"

老船夫笑了,"那更妙!人家说的话还是很对的。狼是只吃姑娘,吃小孩,吃十八岁标致青年的,像我这种老骨头,它不要吃,只嗅一嗅就会走开的!"

那二老说:"伯伯,你到这里见过两万个日头,别人家全说我们这个地方风水好,出大人,不知为什么原因,如今还不出大人?"

"你是不是说风水好应出有大名头的人?我以为,这种人不生在我们这个小地方也不碍事。我们有聪明、正直、勇敢、耐劳的年青人,就够了。像你们父子兄弟,为本地方增光彩已经很多很多!"

"伯伯,你说得好,我也是那么想。地方不出坏人出好人,如伯伯那么样子,人虽老了,还硬朗得同棵楠木树一样,稳稳当当的活到这块地面,又正经,又大方,难得的咧。"

"我是老骨头了,还说什么。日头,雨水,走长路,挑分量沉重的担子,大吃大喝,挨饿受寒,自己分上的都拿过了,不久就会躺到这冰凉土地上喂蛆吃的。这世界有的是你们小伙子分上的一切,应当好好的干,日头不辜负你们,你们也莫辜负日头!"

"伯伯,看你那么勤快,我们年青人不敢辜负日头!"

说了一阵,二老想走了,老船夫便站到门口去喊叫翠翠,要她到屋里来烧水煮饭,掉换他自己看船。翠翠不肯上岸,客人却已下船了,翠翠把船拉动时,祖父故意装作埋怨神气说:

"翠翠,你不上来,难道要我在家里做媳妇煮饭吗?"

翠翠斜睨了客人一眼,见客人正盯着她,便把脸背过去,抿着嘴儿,很自负的拉着那条横缆,船慢慢拉过对岸了。客人站在船头同翠翠说话:

"翠翠,吃了饭,同你爷爷到我家吊脚楼上去看划船吧?"

翠翠不好意思不说话,便说:"爷爷说不去,去了无人守这个船!"

"你呢?"

"爷爷不去我也不去。"

"你也守船吗?"

"我陪我爷爷。"

"我要一个人来替你们守渡船,好不好?"

砰的一下船已撞到岸边土坎上了,船拢了岸。二老向岸上一跃,站在斜坡上说:

"翠翠,难为你!……我回去就要人来替你们,你们赶快吃饭,一同到我家里去看船,今天人多咧,热闹咧。"

翠翠不明白这陌生人的好意,不懂得为什么一定要到他家中去看船,抿着小嘴笑笑,就把船拉回去了。到了家中一边溪岸后,只见那个年青人还正在对溪小山上。好像等待什么,不即走开。翠翠回转家中,到灶口边去烧火,一面把带点湿气的草塞进灶里去,一面向正在把客人带回的那一葫芦酒试着的祖父询问:

"爷爷,那人说回去就要人来替你,要我们两人去看船,你去不去?"

"你高兴去吗?"

"两人同去我高兴。那个人很好,我像认得他,他是谁?"

祖父心想:"这倒对了,人家也觉得你好!"祖父笑着说:"翠翠,你不记得你前年在大河边时,有个人说要让大鱼咬你吗?"

翠翠明白了,却仍然装不明白问:"他是谁?"

"你想想看,猜猜看。"

"我猜不着他是张三李四。"

"顺顺船总家的二老,他认识你你不认识他啊!"他抿了一口酒,像赞美这个酒又像赞美另一个人,低低的说:"好的,妙的,这是难得的。"

过渡的人在门外坎下叫唤着,老祖父口中还是"好的,妙的,……"匆匆的下船做事去了。

一〇

吃饭时隔溪有人喊过渡,翠翠抢着下船,到了那边,方知道原来过渡的人,便是船总顺顺家派来作替手的水手。这人一见翠翠就说道:"二老要你们一吃了饭就去,他已下河了。"见了祖父又说:"二老要你们吃了饭就去,他已下河了。"

张耳听听,便可听出远处鼓声已较繁密,从鼓声里使人想到那些极狭的船,在长潭中笔直前进时,水面上画着如何美丽的长长的线路!

新来的人茶也不吃,便在船头站妥了,翠翠同祖父吃饭时,邀他喝一杯,只是摇头推辞。祖父说:

"翠翠,我不去,你同小狗去好不好?"

"要不去,我也不想去!"

"我去呢?"

"我本来也不想去,但我愿意陪你去。"

祖父微笑着:"翠翠,翠翠,你陪我去,好的,你就陪我去!"

…………

祖父同翠翠到城里大河边时,河边早站满了人。细雨已经停止,地面还是湿湿的。祖父要翠翠过河街船总家吊脚楼上去看船,翠翠却似乎有心事怕到那边去,以为站在河边较好。两人虽在河边站定,不多久,顺顺便派人来把他们请去了。吊脚楼上已有了很多的人。早上过渡时,为翠翠所注意的乡绅妻女,受顺顺家的款待,占据了两个最好窗口。一见到翠翠,那女孩子就说:"你来,你来!"翠翠带着点儿羞怯走去,坐在他们身后条凳上,祖父便走开了。

祖父并不看龙船竞渡,却为一个熟人拉到河上游半里路远近,到一个新碾坊看水碾子去了。老船夫对于水碾子原来就极有兴味的。倚山滨水来一座小小茅屋,屋中有那么一个圆石片子,固定在一个横轴上,斜斜的搁在石槽里。当水闸门抽去时,流水冲激地下的暗轮,上面的圆石片便飞转起来。作主人的管理这个东西,把毛谷倒进石槽中去，把碾好的米弄出放在屋角隅长方箩筛里，再筛去糠灰。地上全是糠灰，自己头上包着块白布帕子，头上肩上也全是糠灰。天气好时就在碾坊前后隙地里种些萝卜、青菜、大蒜、四季葱。水沟坏了，就把裤子脱去，到河里去堆砌石头，修理泄水处。水碾坝若修筑得好，还可装个小小鱼梁，涨小水时就自会有鱼上梁来，不劳而获！在河边管理一个碾坊比管理一只渡船多变化，有趣味，情形一看也就明白了。但一个撑渡船的若想有座碾坊，那简直是不可能的妄想。凡碾坊照例是属于当地小财主的产业。那熟人把老船夫带到碾坊边时，就告给他这碾坊业主为谁。两人一面各处视察一面说话。

那熟人用脚踢着新碾盘说：

"中寨人自己坐在高山寨子上，却欢喜来到这大河边置产业；这是中寨王团总的，值大钱七百吊！"

老船夫转着那双小眼睛，很羡慕的去欣赏一切，估计一切，把头点着，且对于碾坊中物件一一加以很得体的批评。后来两人就坐到那还未完工的白木条凳上去，熟人又说到这碾坊的将来，似乎是团总女儿陪嫁的妆奁。那人于是想起了翠翠，且记起大老过去一时托过他的事情来了。便问道：

"伯伯，你翠翠今年十几岁？"

"满十四进十五岁。"老船夫说过这句话后，便接着在心中计算过去的年月。

"十四岁多能干！将来谁得她真有福气！"

"有什么福气？又无碾坊陪嫁，一个光人。"

"别说一个光人，一个有用的人，两只手抵得五座碾坊！洛阳桥也是鲁般两只手造成的！……"这样那样的说着，表示对老船夫的抗议，说到后来那人自然笑了。

老船夫也笑了，心想："翠翠有两只手，将来也去造洛阳桥吧，新鲜事！"

那人过了一会又说：

"茶峒人年青男子眼睛光，选媳妇也极在行。伯伯，你若不多我的心时，我就说个笑话给你听。"

老船夫问："是什么笑话？"

那人说："伯伯你若不多心时，这笑话也可以当真话去听咧。"

接着说下去的就是顺顺家大老如何在人家面前赞美翠翠，且如何托他来探听老船夫口气那么一件事。末了同老船夫来转述另一回会话的情形。"我问他：'大老，大老，你是说真话还是说笑话？'他就说：'你为我去探听探听那老的，我欢喜翠翠，想要翠翠，是真话呀！'我说：'我这人口钝得很，说出了口收不回，万一老的一巴掌打来呢？'他说：'你怕打，你先当笑话去说，不会挨打的！'所以，伯伯，我就把这件真事情当笑话来同你说了。你试想想，他初九从川东回来见我时，我应当如何回答他？"

老船夫记起前一次大老亲口所说的话，知道大老的意思很真，且知道顺顺也欢喜翠翠，故心里很高兴。但这件事照规矩得这个人带封点心亲自到碧溪岨家中去说，方见得慎重其事。老船夫就说："等他来时你说：老家伙听过了笑话后，自己也说了个笑话，他说，'车是车路，马是马路，各有走法。大老走的是车路，应当由大老爹爹作主，请了媒人来正正经经同我说。走的是马路，应当自己作主，站在渡口对溪高崖上，为翠翠唱三年六个月的歌。'"

"伯伯，若唱三年六个月的歌动得了翠翠的心，我赶明天就自己来唱歌了。"

"你以为翠翠肯了我还会不肯吗？"

“不咧,人家以为这件事你老人家肯了翠翠便无有不肯呢。”

“不能那么说,这是她的事呵!”

“便是她的事情,可是必需老的作主,人家也仍然以为在日头月光下唱三年六个月的歌,还不如得伯伯说一句话好!”

“那么,我说,我们就这样办,等他从川东回来时,要他同顺顺去说个明白。我呢,我也先问问翠翠,若以为听了三年六个月的歌再跟那唱歌人走去有意思些,我就请你劝大老走他那弯弯曲曲的马路。”

“那好的。见了他我就说:‘大老,笑话吗,我已说过了。真话呢,看你自己的命运去了。’当真看他的命运去了,不过我明白他的命运,还是在你老人家手上捏着紧紧的。”

“不是那么说!我若捏得定这件事,我马上就答应了。”

这里两人把话说妥后,就过另一处看一只顺顺新近买来的三舱船去了。河街上顺顺吊脚楼方面,却有了如下事情。

翠翠虽被那乡绅女孩喊到身边去坐,地位非常之好,从窗口望出去,河中一切朗然在望,然而心中可不安宁。挤在其他几个窗口看热闹的人,似乎皆常常把眼光从河中景物挪到这边几个人身上来。还有些人故意装成有别的事情样子,从楼这边走过那一边,事实上却全为的是好仔细看看翠翠这方面几个人。翠翠心中老不自在,只想借故跑去。一会儿河下的炮声响了,几只从对河取齐的船只,直向这方面划来。先是四条船皆相去不远,如四枝箭在水面射着,到了一半,已有两只船占先了些,再过一会子,那两只船中间便又有一只超过了并进的船只而前。看看船到了税局门前时,第二次炮声又响,那船便胜利了。这时节胜利的已判明属于河街人所划的一只,各处便皆响着庆祝的小鞭炮。那船于是沿了河街吊脚楼划去,鼓声蓬蓬作响,河边与吊脚楼各处,都同时呐喊表示快乐的祝贺。翠翠眼见在船头站定摇动小旗指挥进退头上包着红布的那个年青人,便是送酒葫芦到碧溪岨的二老,心中便印着两年前的旧事,“大鱼吃掉你!”“吃掉不吃掉,不用你这个人管!”“好的,我就不管!”“狗,狗,你也看人叫!”想起狗,翠翠才注意到自己身边那只黄狗,早已不知跑到什么地方去,便离了座位,在楼上各处找寻她的黄狗,把船头人忘掉了。

她一面在人丛里找寻黄狗,一面听人家正说些什么话。

一个大脸妇人问:“是谁家的人,坐到顺顺家当中窗口前的那块好地方?”

一个妇人就说:“是寨子上王乡绅大姑娘,今天说是自己来看船,其实来看人,同时也让人看!人家命好,有本领坐那好地方!”

“看谁人?被谁看?”

“嗨,你还不明白,那乡绅想同顺顺打亲家呢。”

“那姑娘配什么人?是大老,还是二老呢?”

“是二老呀,等等你们看这岳云,就会上楼来拜他丈母娘的!”

另有一个女人便插嘴说:“事弄同了,好得很呢!人家在大河边有一座崭新碾坊陪嫁,比十个长年还好一些。”

有人问:“二老怎么样?”

又有人就轻轻的说:“二老已说过了,这不必看。第一件事我就不想作那个碾坊的主人!”

“你听岳云二老说过吗?”

“我听别人说的。还说二老欢喜一个撑渡船的。”

“他又不是傻小二,不要碾坊,要渡船吗?”

“那谁知道。横顺人是‘牛肉炒韭菜,各人心里爱’。只看各人心里爱什么就吃什么,渡船不会不如碾坊!”

当时各人眼睛对着河里,口中说着这些闲话,却无一个人回头来注意到身后边的翠翠。

翠翠脸发火烧走到另外一处去,又听有两个人提及这件事。且说:“一切早安排好了,只须要二老一句话。”又说:“只看二老今天那么一股劲儿,就可以猜想得出,这劲儿是岸上一个黄花姑娘给他的!”

谁是激动二老的黄花姑娘?

翠翠人矮了些,在人后背已望不见河中情形,只听到擂鼓声渐近渐激越,岸上呐喊声自远而近,便知道二老的船恰恰经过楼下。楼上人也大喊着,杂夹叫着二老的名字,乡绅太太那方面,且有人放小百子鞭炮。忽然又用另外一种惊讶声音喊着,且同时便见许多人出门向河下走去。翠翠不知出了什么事,心中有点迷乱,正不知走回原来座位边去好,还是依然站在人背后好。只见那边正有人拿了个托盘,装了一大盘粽子同细点心,在请乡绅太太小姐用点心,不好意思再过那边去,便想也挤出大门外到河下去看看。从河街一个盐店旁边甬道下河时,正在一排吊脚楼的梁柱间,迎面碰头一群人,拥着那个头包红布的二老来了。原来二老因失足落水,已从水中爬起来了。路太窄了一些,翠翠虽闪过一旁,与迎面来的人仍然得肘子触着肘子。二老一见翠翠就说:

“翠翠,你来了,爷爷也来了吗?”

翠翠脸还发着烧不便作声,心想:“黄狗跑到什么地方去了呢?”

二老又说:

“怎不到我家楼上去看呢?我已要人替你弄了个好位子。”

翠翠心想:“碾坊陪嫁,希奇事情咧。”

二老不能逼迫翠翠回去,到后便各自走开了。翠翠到河下时,小小心腔中充满了一种说不分明的东西。是烦恼吧,不是!是忧愁吧,不是!是快乐吧,不,有什么事情使这个女孩子快乐呢?是生气了吧,——是的,她当真仿佛觉得自己是在生一个人的气,又像是在生自己的气。河边人太多了,码头边浅水中,船桅船篷上,以至于吊脚楼的柱子上,无不挤满了人,翠翠自言自语说:“人那么多,有什么三脚猫好看?”先还以为可以在什么船上发现她的祖父,但各处搜寻了一阵,却无祖父的影子。她挤到水边去,一眼便看到了自己家中那条黄狗,同顺顺家一个长年,正在去岸数丈一只空船上看热闹。翠翠锐声叫喊了两声,黄狗张着耳叶昂头四面一望,便猛的扑下水中,向翠翠方面泅来了。到了身边时狗身上已全是水,把水抖着且跳跃不已,翠翠便说“得了,狗,装什么疯。你又不翻船,谁要你落水呢?”

翠翠同黄狗各处找祖父去,在河街上一个木行前恰好遇着了祖父。

老船夫说:“翠翠,我看了个好碾坊,碾盘是新的,水车是新的,屋上稻草也是新的!水坝管着一绺水,急溜溜的,抽水闸板时水车转得如陀螺。”

翠翠带着点做作问:“是什么人的?”

“是什么人的?住在山上的员外王团总的。我听人说是那中寨人为女儿作嫁妆的东西,好不阔气,包工就是七百吊大制钱,还不管风车,不管家私!”

"谁讨那个人家的女儿?"

祖父望着翠翠干笑着,"翠翠,大鱼咬你,大鱼咬你。"

翠翠因为对于这件事心中有了个数目,便仍然装着全不明白,只询问祖父:"爷爷,什么人得到那个碾坊?"

"岳云二老!"祖父说了又自言自语的说,"有人羡慕二老得到碾坊,也有人羡慕碾坊得到二老!"

"谁羡慕呢,爷爷?"

"我羡慕。"祖父说着便又笑了。

翠翠说:"爷爷,你喝醉了。"

"可是二老还称赞你长得美呢。"

翠翠说:"爷爷,你疯了。"

祖父说:"爷爷不醉不疯,……去,我们到河边看他们放鸭子去。可惜我老了,不能下水里去捉只鸭子回家焖姜吃。"他还想说:"二老捉得鸭子,一定又会送给我们的。"话不及说,二老来了,站在翠翠面前微笑着。翠翠也笑着。

于是三个人回到吊脚楼上去。

一一

有人带了礼物到碧溪岨。掌水码头的顺顺,当真请了媒人为儿子向渡船的攀亲戚来了。老船夫慌慌张张把这个人渡过溪口,一同到家里去。翠翠正在屋门前剥豌豆,来了客并不如何注意。但一听到客人进门说"贺喜贺喜",心中有事,不敢再蹲在屋门边,就装作追赶菜园地的鸡,拿了竹响篙唰唰的摇着,一面口中轻轻喝着,向屋后白塔跑去了。

来人说了些闲话,言归正传转述到顺顺的意见时,老船夫不知如何回答,只是很惊惶的搓着两只茧结的大手,好像这不会真有其事,而且神气中只像在说:"那好的,那妙的,"其实这老头子却不曾说过一句话。

来人把话说完后,就问作祖父的意见怎么样。老船夫笑着把头点着说:"大老想走车路,这个很好。可是我得问问翠翠,看她自己主张怎么样。"来人被打发走后,祖父在船头叫翠翠下河边来说话。

翠翠拿了一簸箕豌豆下到溪边,上了船,娇娇的问他的祖父:"爷爷,你有什么事?"祖父笑着不说什么,只偏着个白发盈颠的头看着翠翠,看了许久。翠翠坐到船头,有点不好意思,低下头去剥豌豆,耳中听着远处竹篁里的黄鸟叫。翠翠想:"日子长咧,爷爷话也长了。"翠翠心轻轻的跳着。

过了一会祖父说:"翠翠,翠翠,先前那个人来作什么,你知道不知道?"

翠翠说:"我不知道。"说后脸同颈脖全红了。

祖父看看那种情景,明白翠翠的心事了,便把眼睛向远处望去,在空雾里望见了十六年前翠翠的母亲,老船夫心中异常柔和了。轻轻的自言自语说:"每一只船总要有个码头,每一只雀儿得有个窠。"他同时想起那个可怜的母亲过去的事情,心中有了一点隐痛,却勉强笑着。

翠翠呢,正从山中黄鸟杜鹃叫声里,以及山谷中伐竹人嘭嘭一下一下的砍伐竹子声音里，想到许多事情。老虎咬人的故事，与人对骂时四句头的山歌，造纸作坊中的方坑，铁工厂熔铁炉里泄出的铁汁……耳朵听来的，眼睛看到的，她似乎都要去温习温习。她所以这样作，又似乎全只为了希望忘掉眼前的一桩事而起。但她实在有点误会了。

祖父说："翠翠，船总顺顺家里请人来作媒，想讨你作媳妇，问我愿不愿。我呢，人老了，再过三年两载会过去的，我没有不愿意的事情。这是你自己的事，你自己想想，自己来说。愿意，就成了；不愿意，也好。"

翠翠不知如何处理这个问题，装作从容，怯怯的望着老祖父。又不便问什么，当然也不好回答。

祖父又说："大老是个有出息的人，为人又正直，又慷慨，你嫁了他，算是命好！"

翠翠明白了，人来做媒的是大老！不曾把头抬起，心忡忡的跳着，脸烧得厉害，仍然剥她的豌豆，且随手把空豆荚抛到水中去，望着它们在流水中从从容容的流去，自己也俨然从容了许多。

见翠翠总不作声，祖父于是笑了，且说："翠翠，想几天不碍事。洛阳桥不是一个晚上造得好的，要日子咧。前次那个人来就向我说起这件事，我已经就告过他：车是车路，马是马路，各有规矩。想爸爸作主，请媒人正正经经来说是车路；要自己作主，站到对溪高崖竹林里为你唱三年六个月的歌是马路，——你若欢喜走马路，我相信人家会为你在日头下唱热情的歌，在月光下唱温柔的歌，像只洋鹊一样一直唱到吐血喉咙烂！"

翠翠不作声，心中只想哭，可是也无理由可哭。祖父还是再说下去，便引到死过了的母亲来了。老人话说了一阵，沉默了。翠翠悄悄把头撂过一些，祖父眼中业已酿了一汪眼泪。翠翠又惊又怕，怯生生的说："爷爷，你怎么的？"祖父不作声，用大手掌擦着眼睛，小孩子似的咕咕笑着，跳上岸跑回家中去了。

翠翠心中乱乱的，想赶去却不赶去。

雨后放晴的天气，日头炙到人肩上背上已有了点儿力量。溪边芦苇水杨柳，菜园中菜蔬，莫不繁荣滋茂，带着一分有野性的生气。草丛里绿色蚱蜢各处飞着，翅膀搏动空气时皆嚁嚁作声。枝头新蝉声音虽不成腔却已渐渐宏大。两山深翠逼人的竹篁中，有黄鸟与竹雀杜鹃交递鸣叫。翠翠感觉着，望着，听着，同时也思索着：

"爷爷今年七十岁……三年六个月的歌——谁送那只白鸭子呢？……得碾子的好运气，碾子得谁更是好运气？……"

痴着，忽地站起，半簸箕豌豆便倾倒到水中去了。伸手把那簸箕从水中捞起时，隔溪有人喊过渡。

一二

翠翠第二天第二次在白塔下菜园地里，被祖父询问到自己主张时，仍然心儿忡忡的跳着，把头低下不作理会，只顾用手去掐葱。祖父笑着，心想："还是等等看，再说下去，这一坪葱会全掐掉了。"同时似乎又觉得这其间有点古怪处，不好再说下去，便自己按捺住言语，用一个做作的笑话，把问题引到另外一件事情上去了。

天气渐渐的越来越热了。近六月时，天气热了些。老船夫把一个满是灰尘的黑陶缸子，从屋角隅里搬出，自己还匀出闲工夫，拼了几方木板，作成一个圆盖。又锯木头作成一个三脚架子，且削刮了个大竹筒，用葛藤系定，放在缸边作为舀茶的家具。自从这茶缸移到屋门溪边后，每早上翠翠就烧一大锅开水，倒进那缸子里去。有时缸里加些茶叶，有时却只放下一些用火烧焦的锅巴，乘那东西还燃着时便抛进缸里去。老船夫且照例准备了些发痧肚痛治疱疮疡子的草根木皮，把这些药搁在家中当眼处，一见过渡人神气不对，就忙匆匆的把药取来，善意的勒迫这过路人使用他的药方，且告给人这许多救急丹方的来源（这些丹方自然全是他从城中军医同巫师学来的）。他终日裸着两只膀子，在溪中方头船上站定，头上还常常是光光的，一头短短白发，在日光下如银子。翠翠依然是个快乐人，屋前屋后跑着唱着，不走动时就坐在门前高崖树荫下，吹小竹管儿玩。爷爷仿佛把大老提婚的事早已忘掉，翠翠自然也似乎忘掉这件事情了。

可是那做媒的不久又来探口气了，依然是同从前一样，祖父把事情成否全推到翠翠身上去，打发了媒人上路。回头又同翠翠谈了一次，也依然不得结果。

老船夫猜不透这事情在这什么方面有个疙瘩，解除不去，夜里躺在床上便常常陷入一种沉思里去，隐隐约约体会到一件事情（指体会到翠翠爱二老不爱大老）。再想下去便是……想到了这里时，他笑了，为了害怕而勉强笑了。其实他有点忧愁，因为他忽然觉得翠翠一切全像那个母亲，而且隐隐约约便感觉到这母女二人共通的命运。一堆过去的事情蜂拥而来，不能再睡下去了，一个人便跑出门外，到那临溪高崖上去，望天上的星辰，听河边纺织娘和一切虫类如雨的声音，许久许久还不睡觉。

这件事翠翠自然是注意不及的，这小女孩子日子里尽管玩着，工作着，也同时为一些很神秘的东西驰骋她那颗小小的心，但一到夜里，却甜甜的睡眠了。

不过一切皆得在一份时间中变化。这一家安静平凡的生活，也因了一堆接连而来的日子，在人事上把那安静空气完全打破了。

船总顺顺家中一方面，则天保大老的事已被二老知道了，傩送二老同时也让他哥哥知道了弟弟的心事。这一对难兄难弟原来同时都爱上了那个撑渡船的外孙女。这事情在本地人说来并不希奇，边地俗话说："火是各处可烧的，水是各处可流的，日月是各处可照的，爱情是各处可到的。"有钱船总儿子，爱上一个弄渡船的穷人家女儿，不能成为希罕的新闻。有一点困难处，只是这两兄弟到了谁应取得这个女人作媳妇时，是不是也还得照茶峒人规矩，来一次流血的挣扎？

兄弟两人在这方面是不至于动刀的，但也不作兴有"情人奉让"，如大都市懦怯男子爱与仇对面时作出的可笑行为。

那哥哥同弟弟在河上游一个造船的地方，看他家中那一只新船，在新船旁把一切心事全告给了弟弟，且附带说明，这点爱还是两年前植下根基的。弟弟微笑着，把话听下去。两人从造船处沿了河岸又走到王乡绅新碾坊去，那大哥就说：

"二老，你运气倒好，作了王团总女婿，有座碾坊；我呢，若把事情弄好了，我应当接那个老的手来划渡船了。我欢喜这个事情，我还想把碧溪岨两个山头买过来，在界线上种一片大南竹，围着这一条小溪作为我的寨子！"

那二老仍然默默的听着，把手中拿的一把弯月形镰刀随意斫削路旁的草木，到了碾坊时，却站住了向他哥哥说：

"大老，你信不信这女子心上早已有了个人？"

"我不信。"

"大老，你信不信这碾坊将来归我？"

"我不信。"

两人于是进了碾坊。

二老说:"你不必——大老,我再问你,假若我不想得到这座碾坊,却打量要那只渡船,而且这念头也是两年前的事,你信不信呢?"

那大哥听来真着了一惊,望了一下坐在碾盘横轴上的傩送二老,知道二老不是说谎,于是站近了一点,伸手在二老肩上打了一下,且想把二老拉下来。他明白了这件事,他笑了。他说:"我相信的,你说的全是真话!"

二老把眼睛望着他的哥哥,很诚实的说:

"大老,相信我,这是真事。我早就那么打算到了。家中不答应,那边若答应了,我当真预备去弄渡船的!——你告我,你呢?"

"爸爸已听了我的话,为我要城里的杨马兵做保山,向划渡船说亲去了!"大老说到这个求亲手续时,好像知道二老要笑他,又解释要保山去的用意,"只是因为老的说车有车路,马有马路,我就走了车路。"

"结果呢?"

"得不到什么结果。老的口上含李子,说不明白。"

"马路呢?"

"马路呢,那老的说若走马路,我得在碧溪岨对溪高崖上唱三年六个月的歌。把翠翠心子唱软,翠翠就归我了。"

"这并不是个坏主张!"

"是呀,一个结巴人话说不出还唱得出。可是这件事轮不到我了。我不是竹雀,不会唱歌。鬼知道那老人家存心是要把孙女儿嫁个会唱歌的水车,还是预备规规矩矩嫁个人!"

"那你怎么样?"

"我想告那老的,要他说句实在话。只一句话。不成,我跟船下桃源去了;成呢,便是要我撑渡船,我也答应了他。"

"唱歌呢?"

"二老,这是你的拿手好戏,你要去做竹雀你就赶快去吧,我不会捡马粪塞你嘴巴的。"

二老看到哥哥那种样子,便知道为这件事哥哥感到的是一种如何烦恼了。他明白他哥哥的性情,代表了茶峒人粗卤爽直一面,弄得好,掏出心子来给人也很慷慨作去,弄不好,亲舅舅也必一是一二是二。大老何尝不想在车路上失败时走马路;但他一听到二老的坦白陈述后,他就知道马路只二老有分,自己的事不能提了。因此他有点气恼,有点愤慨,自然是无从掩饰的。

二老想出了个主意,就是两兄弟月夜里同过碧溪岨去唱歌,莫让人知道是弟兄两个,两人轮流唱下去,谁得到回答,谁便继续用那张唱歌胜利的嘴唇,服侍那划渡船的外孙女。大老不善于唱歌,轮到大老时也仍然由二老代替。两人凭命运来决定自己的幸福,这么办可说是极公平了。提议时,那大老还以为他自己不会唱,也不想请二老替他作竹雀。但二老那种诗人性格,却使他很固执的要哥哥实行这个办法。二老说必需这样作,一切才公平一点。

大老把弟弟提议想想,作了一个苦笑。"×娘的,自己不是竹雀,还请老弟做竹雀!好,就是这样子,我们各人轮流唱,我也不要你帮忙,一切我自己来吧。树林子里的猫头鹰，声音不动听，要老婆时，也仍然是自己叫下去，不请人帮忙的！”

两人把事情说妥当后，算算日子，今天十四，明天十五，后天十六，接连而来的三个日子，正是有大月亮天气。气候既到了中夏，半夜里不冷不热，穿了白家机布汗褂，到那些月光照及的高崖上去，遵照当地的习惯，很诚实与坦白去为一个“初生之犊”的黄花女唱歌。露水降了，歌声涩了，到应当回家了时，就趁残月赶回家去。或过那些熟识的整夜工作不息的碾坊里去，躺到温暖的谷仓里小睡，等候天明。一切安排皆极其自然，结果是什么，两人虽不明白，但也看得极其自然。两人便决定了从当夜起始，来作这种为当地习惯所认可的竞争。

一三

黄昏来时翠翠坐在家中屋后白塔下，看天空为夕阳烘成桃花色的薄云，十四中寨逢场，城中生意人过中寨收买山货的很多，过渡人也特别多，祖父在渡船上忙个不息。天已快夜，别的雀子似乎都要休息了，只杜鹃叫个不息。石头泥土为白日晒了一整天，草木为白日晒了一整天，到这时节皆放散一种热气。空气中有泥土气味，有草木气味，且有甲虫类气味。翠翠看着天上的红云，听着渡口飘乡生意人的杂乱声音，心中有些儿薄薄的凄凉。

黄昏照样的温柔，美丽和平静。但一个人若体念到这个当前一切时，也就照样的在这黄昏中会有点儿薄薄的凄凉。于是，这日子成为痛苦的东西了。翠翠觉得好像缺少了什么。好像眼见到这个日子过去了，想要在一件新的人事上攀住它，但不成。好像生活太平凡了，忍受不住。

“我要坐船下桃源县过洞庭湖，让爷爷满城打锣去叫我，点了灯笼火把去找我。”

她便同祖父故意生气似的，很放肆的去想到这样一件不可能事情，她且想象她出走后，祖父用各种方法寻觅她皆无结果，到后如何躺在渡船上。

人家喊“过渡，过渡，老伯伯，你怎么的！不管事！”“怎么的！翠翠走了，下桃源县了！”“那你怎么办？”“怎么办吗？拿了把刀，放在包袱里，搭下水船去杀了她！”……

翠翠仿佛当真听着这种对话，吓怕起来了，一面锐声喊着她的祖父，一面从坎上跑向溪边渡口去。见到了祖父正把船拉在溪中心，船上人喁喁说着话，小小心子还依然跳跃不已。

“爷爷，爷爷，你把船拉回来呀！”

那老船夫不明白她的意思，还以为是翠翠要为他代劳了，就说：

“翠翠，等一等，我就回来！”

“你不拉回来了吗？”

“我就回来！”

翠翠坐在溪边，望着溪面为暮色所笼罩的一切，且望到那只渡船上一群过渡人，其中有个吸旱烟的打着火镰吸烟，且把烟杆在船边剥剥的敲着烟灰，就忽然哭起来了。

祖父把船拉回来时，见翠翠痴痴的坐在岸边，问她是什么事，翠翠不作声。祖父要她去烧火煮饭，想了一会儿，觉得自己哭得可笑，一个人便回到屋中去，坐在黑黝黝的灶边把火烧燃后，她又走到门外高崖上去，喊叫她的祖父，要他回家里来。在职务上毫不儿戏的老船夫，因为明白过渡人皆是赶回城中吃晚饭的人，来一个就渡一个，不便要人站在那岸边呆等，故不上岸来。只站在船头告翠翠，不要叫他，且让他做点事，把人渡完事后，就会回家里来吃饭。

翠翠第二次请求祖父，祖父不理会，她坐在悬崖上，很觉得悲伤。

天夜了，有一匹大萤火虫尾上闪着蓝光，很迅速的从翠翠身旁飞过去，翠翠想，“看你飞得多远！”便把眼睛随着那萤火虫的明光追去。杜鹃又叫了。

“爷爷，为什么不上来？我要你！”

在船上的祖父听到这种带着娇有点儿埋怨的声音，一面粗声粗气的答道：“翠翠，我就来，我就来！”一面心中却自言自语：“翠翠，爷爷不在了，你将怎么样？”

老船夫回到家中时，见家中还黑黝黝的，只灶间有火光，见翠翠坐在灶边矮条凳上，用手蒙着眼睛。

走过去才晓得翠翠已哭了许久。祖父一个下半天来，皆弯着个腰在船上拉来拉去，歇歇时手也酸了，腰也酸了，照规矩，一到家里就会嗅到锅中所焖瓜菜的味道，且可看见翠翠安排晚饭在灯光下跑来跑去的影子。今天情形竟不同了一点。

祖父说：“翠翠，我来慢了，你就哭，这还成吗？我死了呢？”

翠翠不作声。

祖父又说：“不许哭，做一个大人，不管有什么事都不许哭。要硬扎一点，结实一点，方配活到这块土地上！”

翠翠把手从眼睛边移开，靠近了祖父身边去。“我不哭了。”

两人作饭时，祖父为翠翠说起一些有趣味的故事。因此提到了死去了的翠翠的母亲。两人在豆油灯下把饭吃过后，老船夫因为工作疲倦，喝了半碗白酒，因此饭后兴致极好，又同翠翠到门外高崖上月光下去说故事。说了些那个可怜母亲的乖巧处，同时且说到那可怜母亲性格强硬处，使翠翠听来神往倾心。

翠翠抱膝坐在月光下，傍着祖父身边，问了许多关于那个可怜母亲的故事。间或吁一口气，似乎心中压上了些分量沉重的东西，想挪移得远一点，才吁着这种气，可是却无从把那种东西挪开。

月光如银子，无处不可照及，山上篁竹在月光下皆成为黑色。身边草丛中虫声繁密如落雨。间或不知道从什么地方，忽然会有一只草莺“嗒嗒嗒嗒嘘！”啭着它的喉咙，不久之间，这小鸟儿又好像明白这是半夜，不应当那么吵闹，便仍然闭着那小小眼儿安睡了。

祖父夜来兴致很好，为翠翠把故事说下去，就提到了本城人二十年前唱歌的风气，如何驰名于川黔边地。翠翠的父亲，便是当地唱歌的第一手，能用各种比喻解释爱与憎的结子，这些事也说到了。翠翠母亲如何爱唱歌，且如何同父亲在未认识以前在白日里对歌，一个在半山上竹篁里砍竹子，一个在溪面渡船上拉船，这些事也说到了。

翠翠问：“后来怎么样？”

祖父说：“后来的事长得很，最重要的事情，就是这种歌唱出了你。”

祖父于是沉默了，不曾说“唱出了你后也就死去了你的父亲和母亲。”

一四

老船夫做事累了睡了，翠翠哭倦了也睡了。翠翠不能忘记祖父所说的事情，梦中灵魂为一种美妙歌声浮起来了，仿佛轻轻的各处飘着，上了白塔，下了菜园，到了船上，又复飞窜过悬崖半腰——去作什么呢？摘虎耳草！白日里拉船时，她仰头望着崖上那些肥大虎耳草已极熟习。崖壁三五丈高，平时攀折不到手，这时节却可以选顶大的叶子作伞。

一切皆像是祖父说的故事，翠翠只迷迷胡胡的躺在粗麻布帐子里草荐上，以为这梦做得顶美顶甜。祖父却在床上醒着，张起个耳朵听对溪高崖上的人唱了半夜的歌。他知道那是谁唱的，他知道是河街上天保大老走马路的第一着，因此又忧愁又快乐的听下去。翠翠因为日里哭倦了，睡得正好，他就不去惊动她。

第二天天一亮，翠翠就同祖父起身了，用溪水洗了脸，把早上说梦的忌讳去掉了，翠翠赶忙同祖父去说昨晚上所梦的事情。

"爷爷，你说唱歌，我昨天就在梦里听到一种顶好听的歌声，又软又缠绵，我像跟了这声音各处飞，飞到对溪悬崖半腰，摘了一大把虎耳草，得到了虎耳草，我可不知道把这个东西交给谁去了。我睡得真好，梦的真有趣！"

祖父温和悲悯的笑着，并不告给翠翠昨晚上的事实。

祖父心里想："做梦一辈子更好，还有人在梦里做宰相咧。"

昨晚上唱歌的，老船夫还以为是天保大老，日来便要翠翠守船，借故到城里去送药，探探情况。在河街见到了大老，就一把拉住那小伙子，很快乐的说：

"大老，你这个人，又走车路又走马路，是怎样一个狡猾东西！"

但老船夫却作错了一件事情，把昨晚唱歌人"张冠李戴"了。这两兄弟昨晚上同时到碧溪岨去，为了作哥哥的走车路占了先，无论如何也不肯先开腔唱歌，一定得让那弟弟先唱。弟弟一开口，哥哥却因为明知不是敌手，更不能开口了。翠翠同她祖父晚上听到的歌声，便全是那个傩送二老所唱的。大老伴弟弟回家时，就决定了同茶峒地方离开，驾家中那只新油船下驶，好忘却了上面的一切。这时正想下河去看新船装货。老船夫见他神情冷冷的，不明白他的意思，就用眉眼做了一个可笑的记号，表示他明白大老的冷淡处是装成的，表示他有好消息可以奉告。他拍了大老一下，翘起一个大拇指，轻轻的说：

"你唱得很好，别人在梦里听着你那个歌，为那个歌带得很远，走了不少的路！你是第一号，是我们地方唱歌第一号。"

大老望着弄渡船的老船夫涎皮的老脸，轻轻的说：

"算了吧，你把宝贝孙女儿送给会唱歌的竹雀吧。"

这句话使老船夫完全弄不明白它的意思。大老从一个吊脚楼甬道走下河去了，老船夫也跟着下去。到了河边，见那只新船正在装货，许多油篓子搁到岸边。一个水手正用茅草扎成长束，备作船舷上挡浪用的茅把。还有人坐在河边石头上，用脂油擦抹桨板。老船夫问那个水手，这船什么日子下行，谁押船，那水手把手指着大老。老船夫搓着手说：

"大老，听我说句正经话，你那件事走车路，不对；走马路，你有分的！"

那大老把手指着窗口说："伯伯，你看那边，你要竹雀做孙女婿，竹雀在那里啊！"

老船夫抬头望见二老，正在窗口整理一个鱼网。

回碧溪岨到渡船上时，翠翠问：

"爷爷，你同谁吵了架，脸色那样难看！"

祖父莞尔而笑，他到城里的事情，不告给翠翠一个字。

一五

大老坐了那只新油船向下河走去了,留下傩送二老在家。老船夫方面还以为上次歌声既归二老唱的,在此后几个日子里,自然还会听到那种歌声。一到了晚间就故意从别样事情上,促翠翠注意夜晚的歌声。两人吃完饭坐在屋里,因屋前滨水,长脚蚊子一到黄昏就嗡嗡的叫着,翠翠便把蒿艾束成的烟包点燃,向屋中角隅各处晃着驱逐蚊子。晃了一阵,估计全屋子里已为蒿艾烟气熏透了,方把烟包搁到床前地上去,再坐在小板凳上来听祖父说话。从一些故事上慢慢的谈到了唱歌,祖父话说得很妙。祖父到后发问道:

"翠翠,梦里的歌可以使你爬上高崖去摘虎耳草,若当真有谁来在对溪高崖上为你唱歌,你预备怎么样?"祖父把话当笑话说着的。

翠翠便也当笑话答道:"有人唱歌我就听下去,他唱多久我也听多久!"

"唱三年六个月呢?"

"唱得好听,我听三年六个月。"

"这不公平吧。"

"怎么不公平?为我唱歌的人,不是极愿意我长远听他唱歌吗?"

"照理说:炒菜要人吃,唱歌要人听。可是人家为你唱,是要你懂他歌里的意思!"

"爷爷,懂歌里什么意思?"

"自然是他那颗想同你要好的真心!不懂那点心事,不是同听竹雀唱歌一样吗?"

"我懂了他的心又怎么样?"

祖父用拳头把自己腿重重的捶着,且笑着:"翠翠,你人乖,爷爷笨得很,话也说得不温柔,莫生气。我信口开河,说个笑话给你听。你应当当笑话听。河街天保大老走车路,请保山来提亲,我告给过你这件事了,你那神气不愿意,是不是?可是,假若那个人还有个兄弟,走马路,为你来唱歌,向你攀交情,你将怎么说?"

翠翠吃了一惊,低下头去。因为她不明白这笑话究竟有几分真,又不清楚这笑话是谁诌的。

祖父说:"你告诉我,愿意哪一个?"

翠翠便勉强笑着轻轻的带点儿恳求的神气说:

"爷爷莫说这个笑话吧。"翠翠站起身了。

"我说的若是真话呢?"

"爷爷你真是个……"翠翠说着走出去了。

祖父说:"我说的是笑话,你生我的气吗?"

翠翠不敢生祖父的气,走近门限边时,就把话引到另外一件事情上去:"爷爷看天上的月亮,那么大!"说着,出了屋外,便在那一派清光的露天中站定。站了一忽儿,祖父也从屋中出到外边来了。翠翠于是坐到那白日里为强烈阳光晒热的岩石上去,石头正散发日间所储的余热。祖父就说:

"翠翠,莫坐热石头,免得生坐板疮。"

但自己用手摸摸后,自己也坐到那岩石上了。

月光极其柔和,溪面浮着一层薄薄白雾,这时节对溪若有人唱歌,隔溪应和,实在太美丽了。翠翠还记着先前祖父说的笑话。耳朵又不聋,祖父的话说得极分明,一个兄弟走马路,唱歌来打发这样的晚上,算是怎么一回事?她似乎为了等着这样的歌声,沉默了许久。

她在月光下坐了一阵,心里却当真愿意听一个人来唱歌。久之,对溪除了一片草虫的清音复奏以外别无所有。翠翠走回家里去,在房门边摸着了那个芦管,拿出来在月光下自己吹着。觉吹得不好,又递给祖父要祖父吹。老船夫把那个芦管竖在嘴边,吹了个长长的曲子,翠翠的心被吹柔软了。

翠翠依傍祖父坐着,问祖父:

"爷爷,谁是第一个做这个小管子的人?"

"一定是个最快乐的人,因为他分给人的也是许多快乐;可又像是个最不快乐的人作的,因为他同时也可以引起人不快乐!"

"爷爷,你不快乐了吗?生我的气了吗?"

"我不生你的气。你在我身边,我很快乐。"

"我万一跑了呢?"

"你不会离开爷爷的。"

"万一有这种事,爷爷你怎么样?"

"万一有这种事,我就驾了这只渡船去找你。"

翠翠嗤的笑了。"凤滩茨滩不为凶,下面还有绕鸡笼;绕鸡笼也容易下,青浪滩浪如屋大。爷爷,你渡船也能下凤滩茨滩青浪滩吗?那些地方的水,你不说过全是像疯子,毫不讲道理?"

祖父说:"翠翠,我到那时可真像疯子,还怕大水大浪?"

翠翠俨然极认真的想了一下,就说:"爷爷,我一定不走。可是,你会不会走?你会不会被一个人抓到别处去?"

祖父不作声了,他想到不犯王法不怕官,只有被死亡抓走那一类事情。

老船夫打量着自己被死亡抓走以后的情形,痴痴的看望天南角上一颗星子,心想:"七月八月天上方有流星,人也会在七月八月死去吧?"又想起白日在河街上同大老谈话的经过,想起中寨人陪嫁的那座碾坊,想起二老,想起一大堆事情,心中有点儿乱。

翠翠忽然说:"爷爷,你唱个歌给我听听,好不好?"

祖父唱了十个歌,翠翠傍在祖父身边,闭着眼睛听下去,等到祖父不作声时,翠翠自言自语说:"我又摘了一把虎耳草了。"

祖父所唱的歌,原来便是那晚上听来的歌。

一六

二老有机会唱歌却从此不再到碧溪岨唱歌。十五过去了,十六也过去了,到了十七,老船夫忍不住了,进城往河街去找寻那个年青小伙子,到城门边正预备入河街时,就遇着上次为大老作保山的杨马兵,正牵了一匹骡马预备出城,一见老船夫,就拉住了他:

"伯伯,我正有事情告你,碰巧你就来城里!"

"什么事情?"

"天保大老坐下水船到茨滩出了事,闪不知这个人掉到滩下漩水里就淹坏了。早上顺顺家里得到这个信息,听说二老一早就赶去了。”

这个不吉消息同有力巴掌一样,重重的掴了老船夫那么一下,他不相信这是当真的消息。他故作从容的说:

“天保大老淹坏了吗?从不闻有水鸭子被水淹坏的!”

“可是那只水鸭子仍然有那么一次被淹坏了……我赞成你的卓见,不让那小子走车路十分顺手。”

从马兵言语上,老船夫还十分怀疑这个新闻,但从马兵神气上注意,老船夫却看清楚这是个真的消息了。他惨惨的说:

“我有什么卓见可说?这是天意!一切都有天意。……”老船夫说时心中充满了感情。

特为证明那马兵所说的话有多少可靠处,老船夫同马兵分手后,于是匆匆赶到河街上去。到了顺顺家门前,正有人烧纸钱,许多人围在一处说话。搀加进去听听,所说的便是杨马兵提到的那件事。但一到有人发现了身后的老船夫时,大家便把话语转了方向,故意来谈下河油价涨落情形了。老船夫心中很不安,正想找一个比较要好的水手谈谈。

一会儿船总顺顺从外面回来了,样子沉沉的,这豪爽正直的中年人,正似乎为不幸打倒,努力想挣扎爬起的神气,一见到老船夫就说:

“老伯伯,我们谈的那件事情吹了吧。天保大老已经坏了,你知道了吧?”

老船夫两只眼睛红红的,把手搓着:“怎么的,这是真事!这不会是真事!是昨天,是前天?”

另一个像是赶路,回来报信的,便插嘴说道:“十六中上,船搁到石包子上,船头进了水,大老想把篙撇着,人就弹到水中去了。”

老船夫说:“你眼见他下水吗?”

“我还与他同时下水!”

“他说什么?”

“什么都来不及说!这几天来他都不说话!”

老船夫把头摇摇,向顺顺那么怯怯的溜了一眼。船总顺顺像知道他的心中不安处,就说:“伯伯,一切是天,算了吧。我这里有大兴场人送来的好烧酒,你拿一点去喝吧。”一个伙计用竹筒子上了一筒酒,用新桐木叶蒙着筒口,交给了老船夫。

老船夫把酒拿走,到了河街后,低头向河码头走去,到河边天保大前天上船处去看看。杨马兵还在那里放马到沙地上打滚,自己坐在柳树荫下乘凉。老船夫就走过去请马兵试试那大兴场的烧酒,两人喝了点酒后,兴致似乎好些了,老船夫就告给杨马兵,十四夜里二老两兄弟过碧溪岨唱歌那件事情。

那马兵听到后便说:

“伯伯,你是不是以为翠翠愿意二老,应该派归二老……”

话没说完,傩送二老却从河街下来了。这年青人正像要远行的样子,一见了老船夫就回头走去。杨马兵喊他说:“二老,二老,你来,我有话同你说呀!”

二老站定了,很不高兴神气,问马兵“有什么话说。”马兵望望老船夫,就向二老说:“你来,有话说!”

“什么话?”

“我听人说你已经走了——你过来我同你说,我不会吃掉你!你什么时候走?”

那黑脸宽肩膊,样子虎虎有生气的傩送二老,勉强似的笑着,到了柳荫下时,老船夫想把空气缓和下来,指着河上游远处那座新碾坊说:“二老,听人说那碾坊将来是归你的!归了你,派我来守碾子,行不行?”

二老仿佛听不惯这个询问的用意,便不作声。杨马兵看风头有点儿僵,便说:“二老,你怎么的,预备下去吗?”那年青人把头点点,不再说什么,就走开了。

老船夫讨了个没趣,很懊恼的赶回碧溪岨去,到了渡船上时,就装作把事情看得极随便似的,告给翠翠。

“翠翠,今天城里出了件新鲜事情,天保大老驾油船下辰州,运气不好,掉到茨滩淹坏了。”

翠翠因为听不懂,对于这个报告最先好像全不在意。祖父又说:

“翠翠,这是真事。上次来到这里做保山的那个杨马兵,还说我早不答应亲事,极有见识!”

翠翠瞥了祖父一眼,见他眼睛红红的,知道他喝了酒,且有了点事情不高兴,心中想:“谁撩你生气?”船到家边时,祖父不自然的笑着向家中走去。翠翠守船,半天不闻祖父声息,赶回家去看看,见祖父正坐在门槛上编草鞋耳子。

翠翠见祖父神气极不对,就蹲到他身前去。

“爷爷,你怎么的?”

“天保当真死了!二老生了我们的气,以为他家中出这件事情,是我们分派的!”

有人在溪边大声喊渡船过渡,祖父匆匆出去了。翠翠坐在那屋角隅稻草上,心中极乱,等等还不见祖父回来,就哭起来了。

一七

祖父似乎生谁的气,脸上笑容减少了,对于翠翠方面也不大注意了。翠翠像知道祖父已不很疼她,但又像不明白它的原因。但这并不是很久的事,日子一过去,也就好了。两人仍然划船过日子,一切依旧,惟对于生活,却仿佛什么地方有了个看不见的缺口,始终无法填补起来。祖父过河街去仍然可以得到船总顺顺的款待,但很明显的事,那船总却并不忘掉死去者死亡的原因。二老出白河下辰州走了六百里,沿河找寻那个可怜哥哥的尸骸,毫无结果,在各处税关上贴下招字,返回茶峒来了。过不久,他又过川东去办货,过渡时见到老船夫。老船夫看看那小伙子,好像已完全忘掉了从前的事情,就同他说话。

“二老,大六月日头毒人,你又上川东去,不怕辛苦?”

“要饭吃,头上是火也得上路!”

“要吃饭!二老家还少饭吃!”

“有饭吃,爹爹说年青人也不应该在家中白吃不作事!”

“你爹爹好吗?”

“吃得做得,有什么不好。”

“你哥哥坏了,我看你爹爹为这件事情也好像萎悴多了!”

二老听到这句话,不作声了,眼睛望着老船夫屋后那个白塔。他似乎想起了过去那个晚上,那件旧事,心中十分惆怅。

老船夫怯怯的望了年青人一眼,一个微笑在脸上漾开。

"二老,我家翠翠说,五月里有天晚上,做了个梦……"说时他又望望二老,见二老并不惊讶,也不厌烦,于是又接着说:"她梦的古怪,说在梦中被一个人的歌声浮起来,上对溪悬岩摘了一把虎耳草!"

二老把头偏过一旁去作了一个苦笑,心中想到"老头子倒会做作"。这点意思在那个苦笑上,仿佛同样泄露出来,仍然被老船夫看到了,老船夫显得有点慌张,就说:"二老,你不相信吗?"

那年青人说:"我怎么不相信?因为我做傻子在那边岩上唱过一晚的歌!"

老船夫被一句料想不到的老实话窘住了,口中结结巴巴的说:"这是真的……这是假的……"

"怎不是真的?天保大老的死,难道不是真的!"

"可是,可是……"

老船夫的做作处,原意只是想把事情弄明白一点,但一起始自己叙述这段事情时,方法上就有了错处,故反为被二老误会了。他这时正想把那夜的情形好好说出来,船已到了岸边。二老一跃上了岸,就想走去。老船夫在船上显得更加忙乱的样子说:

"二老,二老,你等等,我有话同你说,你先前不是说到那个——你做傻子的事情吗?你并不傻,别人方当真叫你那歌弄成傻相!"

那年青人虽站定了,口中却轻轻的说:"得了够了,不要说了。"

老船夫说:"二老,我听人说你不要碾子要渡船,这是杨马兵说的,不是真的打算吧?"

那年青人说:"要渡船又怎样?"

老船夫看看二老的神气,心中忽然高兴起来了,就情不自禁的高声叫着翠翠,要她下溪边来。可是事不凑巧,不知翠翠是故意不从屋里出来,还是到别处去了,许久还不见到翠翠的影子,也不闻这个女孩子的声音。二老等了一会看看老船夫那副神气,一句不说,便微笑着,大踏步同一个挑担粉条白糖货物的脚夫走去了。

过了碧溪岨小山,两人应沿着一条曲曲折折的竹林走去,那个脚夫这时节开了口:

"傩送二老,我看那弄渡船的神气,很欢喜你!"

二老不作声,那人就又说道:

"二老,他问你要碾坊还是要渡船,你当真预备作他的孙女婿,接替他那只破渡船吗?"

二老笑了,那人又说:

"二老,若这件事派给我,我要那座碾坊。一座碾坊的出息,每天可收七升米,三斗糠。"

二老说:"我回来时和我爹爹去说,为你向中寨人做媒,让你得到那座碾坊吧。至于我呢,我想弄渡船是很好的。只是老的为人弯弯曲曲,不索利,大老是他弄死的。"

老船夫见了二老那么走去了,翠翠还不出来,心中很不快乐。走回家中看看,原来翠翠并不在家。过一会,翠翠提了个篮子从小山后回来,方知道大清早翠翠已出门掘竹鞭笋去了。

"翠翠,我喊了你好久,你不听到!"

"做什么喊我?"

"一个人过渡,……一个熟人,我们谈起你,……我喊你你可不答应!"

"是谁?"

"你猜,翠翠。不是陌生人,……你认识他!"

翠翠想起适间从竹林里无意中听来的话,脸红了,半天不说话。

老船夫问:"翠翠,你得了多少鞭笋?"

翠翠把竹篮向地下一倒,除了十来根小小鞭笋外,只是一大把虎耳草。

老船夫望了翠翠一眼,翠翠两颊绯红跑了。

一八

日子平平的过了一个月,一切人心上的病痛,似乎皆在那么份长长的白日下医治好了。天气特别热,各人皆只忙着流汗,用凉水淘江米酒吃,不用什么心事,心事在人生活中,也就留不住了。翠翠每天皆到白塔下背太阳的一面去午睡,高处既极凉快,两山竹篁里叫得使人发松的竹雀,与其他鸟类,又如此之多,致使她在睡梦里尽为山鸟歌声所浮着,做的梦便常是顶荒唐的梦。

这不是人生罪过。诗人们会在一件小事上写出一整本整部的诗,雕刻家在一块石头上雕得出的骨血如生的人像,画家一撇儿绿,一撇儿红,一撇儿灰,画得出一幅一幅带有魔力的彩画,谁不是为了惦着一个微笑的影子,或是一个皱眉的记号,方弄出那么些古怪成绩?翠翠不能用文字,不能用石头,不能用颜色,把那点心头上的爱憎移到别一件东西上去,却只让她的心,在一切顶荒唐事情上驰骋。她从这分稳秘里,便常常得到又惊又喜的兴奋。一点儿不可知的未来,摇撼她的情感极厉害,她无从完全把那种痴处不让祖父知道。

祖父呢,可以说一切都知道了的。但事实上他又却是个一无所知的人。他明白翠翠不讨厌那个二老,却不明白那小伙子二老近来怎么样。他从船总处与二老处,皆碰过了钉子,但他并不灰心。

"要安排得对一点,方合道理,一切有个命!"他那么想着,就更显得好事多磨起来了。睁着眼睛时,他做的梦比那个外孙女翠翠便更荒唐更寥阔。

他向各个过渡本地人打听二老父子的生活,关切他们如同自己家中人一样。但也古怪,因此他却怕见到那个船总同二老了。一见他们他就不知说些什么,只是老脾气把两只手搓来搓去,从容处完全失去了。二老父子方面皆明白他的意思,但那个死去的人,却用一个凄凉的印象,镶嵌到父子心中,两人便对于老船夫的意思,俨然全不明白似的,一同把日子打发下去。

明明白白夜来并不作梦,早晨同翠翠说话时,那作祖父的会说:

"翠翠,翠翠,我昨晚上做了个好不怕人的梦!"

翠翠问:"什么怕人的梦?"

就装作思索梦境似的,一面细看翠翠小脸长眉毛,一面说出他另一时张着眼睛所做的好梦。不消说,那些梦原来都并不是当真怎样使人吓怕的。

一切河流皆得归海,话起始说得纵极远,到头来总仍然是归到使翠翠红脸那件事情上去。待到翠翠显得不大高兴,神气上露出受了点小窘时,这老船夫又才像有了一点儿吓怕,忙着解释,用闲话来遮掩自己所说到那问题的原意。

“翠翠,我不是那么说,我不是那么说。爷爷老了,糊涂了,笑话多咧。”

但有时翠翠却静静的把祖父那些笑话糊涂话听下去,一直听到后来还抿着嘴儿微笑。

翠翠也会忽然说道:

“爷爷,你真是有一点儿糊涂!”

祖父听过了不再作声,他将说“我有一大堆心事”,但来不及说,恰好就被过渡人喊走了。

天气热了,过渡人从远处走来,肩上挑得是七十斤担子,到了溪边,贪凉快不即走路,必蹲在岩石下茶缸边喝凉茶,与同伴交换“吹吹棒”烟管,且一面与弄渡船的攀谈。许多天上地下子虚乌有的话皆从此说出口来,给老船夫听到了。过渡人有时还因溪水清洁,就溪边洗脚抹澡的,坐得更久话也就更多。祖父把些话转说给翠翠,翠翠也就学懂了许多事情。货物的价钱涨落呀,坐轿搭船的用费呀,放木筏的人把他那个木筏从滩上流下时,十来把大招子如何活动呀,在小烟船上吃荤烟,大脚婆娘如何烧烟呀……无一不备。

傩送二老从川东押物回到了茶峒。时间已近黄昏了,溪面很寂静,祖父同翠翠在菜园地里看萝卜秧子。翠翠白日中觉睡久了些,觉得有点寂寞,好像听人嘶声喊过渡,就争先走下溪边去。下坎时,见两个人站在码头边,斜阳影里背身看得极分明,正是傩送二老同他家中的长年!翠翠大吃一惊,同小兽物见到猎人一样,回头便向山竹林里跑掉了。但那两个在溪边的人,听到脚步响时,一转身,也就看明白这件事情了。等了一下再也不见人来,那长年又嘶声音喊叫过渡。

老船夫听得清清楚楚,却仍然蹲在萝卜秧地上数菜,心里觉得好笑。他已见到翠翠走去,他知道必是翠翠看明白了过渡人是谁,故意蹲在那高岩上不理会。翠翠人小不管事,过渡人求她不干,奈何她不得,故只好嘶着个喉咙叫过渡了。那长年叫了几声,见无人来,就停了,同二老说:“这是什么玩意儿,难道老的害病弄翻了,只剩下翠翠一个人了吗?”二老说:“等等看,不算什么!”就等了一阵。因为这边在静静的等着,园地上老船夫却在心里说:“难道是二老吗?”他仿佛担心搅恼了翠翠似的,就仍然蹲着不动。

但再过一阵,溪边又喊起过渡来了,声音不同了一点,这才真是二老的声音。生气了吧?等久了吧?吵嘴了吧?老船夫一面胡乱估着,一面连奔带窜跑到溪边去。到了溪边,见两个人业已上了船,其中之一正是二老。老船夫惊讶的喊叫:

“呀,二老,你回来了!”

年青人很不高兴似的,“回来了。——你们这渡船是怎么的,等了半天也不来个人!”

“我以为——”老船夫四处一望,并不见翠翠的影子,只见黄狗从山上竹林里跑来,知道翠翠上山了,便改口说:“我以为你们过了渡。”

“过了渡!不得你上船,谁敢开船?”那长年说着,一只水鸟掠着水面飞去,“翠鸟儿归窠了,我们还得赶回家去吃夜饭!”

“早咧,到河街早咧,”说着,老船夫已跳上了船,且在心中一面说着,“你不是想承继这只渡船吗!”一面把船索拉动,船便离岸了。

“二老,路上累得很!……”

老船夫说着,二老不置可否不动感情听下去。船拢了岸,那年青小伙子同家中长年话也不说挑担子翻山走了。那点淡漠印象留在老船夫心上,老船夫于是在两个人身后,捏紧拳头威吓了三下,轻轻的吼着,把船拉回去了。

一九

翠翠向竹林里跑去,老船夫半天还不下船,这件事从傩送二老看来,前途显然有点不利。虽老船夫言词之间,无一句话不在说明“这事有边”,但那畏畏缩缩的说明,极不得体,二老想起他的哥哥,便把这件事曲解了。他有一点愤愤不平,有一点儿气恼。回到家里第三天,中寨有人来探口风,在河街顺顺家中住下,把话问及顺顺,想明白二老的心中,是不是还有意接受那座新碾坊,顺顺就转问二老自己意见怎么样。

二老说:“爸爸,你以为这事为你,家中多座碾坊多个人,你可以快活,你就答应了。若果为的是我,我要好好去想一下,过些日子再说它吧。我还不知道我应当得座碾坊,还应当得一只渡船;因为我命里或只许我撑个渡船!”

探口风的人把话记住,回中寨去报命。到碧溪岨过渡时,见到了老船夫,想起二老说的话,不由得不眯眯的笑着。老船夫问明白了他是中寨人,就又问他上城作些什么事。

那心中有分寸的中寨人说:

“什么事也不作,只是过河街船总顺顺家里坐了一会儿。”

“无事不登三宝殿,坐了一定就有话说!”

“话倒说了几句。”

“说了些什么话?”那人不再说了,老船夫却问道,“听说你们中寨人想把河边一座碾坊连同家中闺女送给河街上顺顺,这事情有不有了点眉目?”

那中寨人笑了。“事情成了。我问过顺顺,顺顺很愿意和中寨人结亲家,又问过那小伙子,……”

“小伙子意思怎么样?”

“他说:我眼前有座碾坊,有条渡船,我本想要渡船,现在就决定要碾坊吧。渡船是活动的,不如碾坊固定,这小子会打算盘呢。”

中寨人是个米场经纪人,话说得极有斤两,他明知道“渡船”指的是什么意思,但他可并不说穿。他看到老船夫口唇蠕动,想要说话,中寨人便又抢着说道:

“一切皆是命,半点不由人。可怜顺顺家那个大老,相貌一表堂堂,会淹死在水里!”

老船夫被这句话在心上戳了一下,把想问的话咽住了。中寨人上岸走去后,老船夫闷闷的立在船头,痴了许久。又把二老日前过渡时落漠神气温习一番,心中大不快乐。

翠翠在塔下玩得极高兴,走到溪边高岩上想要祖父唱唱歌,见祖父不理会她,一路埋怨赶下溪边去。到了溪边方见到祖父神气十分沮丧,不明白为什么原因。翠翠来了,祖父看看翠翠的快活黑脸儿,粗卤的笑笑。对溪有扛货物过渡的,便不说什么,沉默的把船拉过溪南,到了中心却大声唱起歌来了。把人渡了过溪,祖父跳上码头走近翠翠身边来,还是那么粗卤的笑着,把手抚着头额。

翠翠说:

"爷爷怎么的,你发痧了?你躺到荫下去歇歇,我来管船!"

"你来管船,好的妙的,这只船归你管!"

老船夫似乎当真发了痧,心头发闷,虽当着翠翠还显出硬扎样子,独自走回屋里后,找寻得到一些碎瓷片,在自己臂上腿上扎了几下,放出了些乌血,就躺到床上睡了。

翠翠自己守船,心中却古怪的快乐高兴,心想:"爷爷不为我唱歌,我自己会唱!"

她唱了许多歌,老船夫躺在床上闭着眼睛,一句一句听下去,心中极乱。但他知道这不是能够把他打倒的大病,到明天就仍然会爬起来的。他想明天进城,到河街去看看,又想起另外许多旁的事情。

但到了第二天,人虽起了床,头还沉沉的。祖父当真已病了。翠翠显得懂事了些,为祖父煎了一罐大发药,逼着祖父喝,又觅过屋后菜园地里摘取蒜苗泡在米汤里作酸蒜苗。一面照料船只,一面还时时刻刻抽空赶回家里来看祖父,问这样那样。祖父可不说什么,只是为一个秘密痛苦着。躺了三天,人居然好了。屋前屋后走动了一下,骨头还硬硬的,心中惦念到一件事情,便预备进城过河街去。翠翠看不出祖父有什么要紧事情,必须当天进城,请求他莫去。

老船夫把手搓着,估量到是不是应说出那个理由。在面前,翠翠一张黑黑的瓜子脸,一双水汪汪的眼睛,使他吁了一口气。

他说:"我有要紧事情,得今天去!"

翠翠苦笑着说:"有多大要紧事情,还不是……"

老船夫知道翠翠脾气,听翠翠口气已经有点不高兴,不再说要走了,把预备带走的竹筒,同扣花褡裢搁到长几上后,带点儿谄媚笑着说:"不去吧,你担心我会把自己摔死,我就不去吧。我以为早上天气不很热,到城里把事办完了就回来——不去也得,我明天去!"

翠翠轻声的温柔的说:"你明天去也好,你腿还软!好好的躺一天再起来。"

老船夫似乎心中还不甘服,撒着两手走出去,在门限边一个打草鞋的棒槌,差点儿把他绊了一大跤。稳住了时翠翠苦笑着说:"爷爷,你瞧,还不服气!"老船夫拾起那棒槌,向屋角隅摔去,说道:"爷爷老了!过几天打豹子给你看!"

到了午后,落了一阵行雨,老船夫却同翠翠好好商量,仍然进了城。翠翠不能陪祖父进城,就要黄狗跟去。老船夫在城里被一个熟人拉着谈了许久的盐价米价,又过守备衙门看了一会金局长新买的骡马,方到河街顺顺家里去。到了那里,见顺顺正同三个人打纸牌,不便谈话,就站在身后看了一阵牌。后来顺顺请他喝酒,借口病刚好点不敢喝酒,推辞了。牌既不散场,老船夫又不想即走,顺顺似乎并不明白他等着有何话说,却只注意手中的牌。后来老船夫的神气倒为另外一个人看出了,就问他是不是有什么事情。老船夫方忸忸怩怩照老方子搓着他那两只大手,说别的事没有,只想同船总说两句话。

那船总方明白在身后看牌半天的理由,回头对老船夫笑将起来。

"怎不早说?你不说,我还以为你在看我牌学张子!"

"没有什么,只是三五句话,我不便扫兴,不敢说出。"

船总把牌向桌上一撒,笑着向后房走去了,老船夫跟在身后。

"什么事?"船总问着,神气似乎先就明白了他来此要说的话,显得略微有点儿怜悯的样子。

"我听一个中寨人说你预备同中寨团总打亲家,是不是真事?"

船总见老船夫的眼睛盯着他的脸，想得一个满意的回答，就说："有这事情。"那么答应，意思却是："有了你怎么样？"

老船夫说："真的吗？"

那一个又很自然的说："真的。"意思却依旧包含了"真的又怎么样？"一个疑问。

老船夫装得很从容的问："二老呢？"

船总说："二老坐船下桃源好些日子了！"

二老下桃源的事，原来还同他爸爸吵了一阵方走的。船总性情虽异常豪爽，可不愿意间接把第一个儿子弄死的女孩子，又来作第二个儿子的媳妇，这是很明白的事情。若照当地风气，这些事认为只是小孩子的事，大人管不着，二老当真欢喜翠翠，翠翠又爱二老，他也并不反对这种爱怨纠缠的婚姻。但不知怎么的，老船夫对于这件事情的关心处，使二老父子对于老船夫反而有了一点误会。船总想起家庭间的近事，以为全与这老而好事的船夫有关，虽不见诸形色，心中却有个疙瘩。

船总不让老船夫再开口了，就语气略粗的说道：

"伯伯，算了吧，我们的口只应当喝酒了，莫再只想替儿女唱歌！你的意思我全明白，你是好意。可是我也求你明白我的意思，我以为我们只应当谈点自己分上的事情，不适宜于想那些年青人的门路了。"

老船夫被一个闷拳打倒后，还想说两句话，但船总却不让他再有说话的机会，把他拉出到牌桌边去。

老船夫无话可说，看看船总时，船总虽还笑着谈到许多笑话，心中却似乎很沉郁，把牌用力掷到桌上去。老船夫不说什么，戴起他那个斗笠，自己走了。

天气还早，老船夫心中很不高兴，又进城去找杨马兵。那马兵正在喝酒，老船夫虽推病，也免不了喝个三五杯。回到碧溪岨，走得热了一点，又用溪水去抹身子。觉得很疲倦，就要翠翠守船，自己回家睡去了。

黄昏时天气十分郁闷，溪面各处飞着红蜻蜓。天上已起了云，热风把两山竹篁吹得声音极大，看样子到晚上必落大雨。翠翠守在渡船上，看着那些溪面飞来飞去的蜻蜓，心也极乱。看祖父脸上颜色惨惨的，放心不下，便又赶回家中去。先以为祖父一定早睡了，谁知还坐在门限上打草鞋！

"爷爷，你要多少双草鞋，床头上不是还有十四双吗？怎么不好好的躺一躺？"

老船夫不作声，却站起身来昂头向天空望着，轻轻的说："翠翠，今晚上要落大雨响大雷的！回头把我们的船系到岩下去，这雨大哩。"

翠翠说："爷爷，我真吓怕！"翠翠怕的似乎并不是晚上要来的雷雨。

老船夫似乎也懂得那个意思，就说："怕什么？一切要来的都得来，不必怕！"

二〇

夜间果然落了大雨，挟以吓人的雷声。电光从屋脊上掠过时，接着就是訇的一个炸雷。翠翠在暗中抖着。祖父也醒了，知道她害怕，且担心她招凉，还起身来把一条布单搭到她身上去。祖父说：

"翠翠，不要怕！"

翠翠说："我不怕！"说了还想说："爷爷你在这里我不怕！"

訇的一个大雷,接着是一种超越雨声而上的洪大闷重倾圮声。两人皆以为一定是溪岸悬崖崩落了!担心到那只渡船,会早已压在崖石下面去了。

祖孙两人便默默的躺在床上听雨声雷声。

但无论如何大雨,过不久,翠翠却依然就睡着了。醒来时天已亮了,雨不知在何时业已止息,只听到溪两岸山沟里注水入溪的声音。翠翠爬起身来,看看祖父还似乎睡得很好,开了门走出去,门前已成为一个水沟,一股浊流便从塔后哗哗的流来,从前面悬崖直堕而下。并且各处皆是那么一种临时的水道。屋旁菜园地已为山水冲乱了,菜秧皆掩在粗砂泥里了。再走过前面去看看溪里一切,才知道溪中也涨了大水,已漫过了码头,水脚快到茶缸边了。下到码头去的那条路,正同一条小河一样,哗哗的泄着黄泥水。过渡的那一条横溪牵定的缆绳,已被水淹去了,泊在崖下的渡船,已不见了。

翠翠看看屋前悬崖并不崩坍,故当时还不注意渡船的失去。但再过一阵,她上下搜索不到这东西,无意中回头一看,屋后白塔已不见了。一惊非同小可,赶忙向屋后跑去,才知道白塔业已坍倒,大堆砖石极凌乱的摊在那儿。翠翠吓慌得不知所措,只锐声叫她的祖父。祖父不起身,也不答应,就赶回家里去,到得祖父床边摇了祖父许久,祖父还不作声。原来这个老年人在雷雨将息时已死去了。

翠翠于是大哭起来。

过一阵,有从茶峒过川东跑差事的人,到了溪边,隔溪喊过渡,翠翠正在灶边一面哭着一面烧水预备为死去的祖父抹澡。

那人以为老船夫一家还不醒,急于过河,喊叫不应,就抛掷小石头过溪,打到屋顶上。翠翠鼻涕眼泪成一片的走出来,跑到溪边高崖前站定。

“喂,不早了!把船划过来!”

“船跑了!”

“你爷爷做什么事情去了呢?他管船,有责任!”

“他管船,管五十年的船——他死了啊!”

翠翠一面向隔溪人说着一面大哭起来。那人知道老船夫死了,得进城去报信,就说:

“真死了吗?不要哭吧,我回城去告他们,要他们弄条船带东西来!”

那人回到茶峒城边时,一见熟人就报告这件事,不多久,全茶峒城里外便皆知道这个消息了。河街上船总顺顺,派人找了一只空船,带了副白木匣子,即刻向碧溪岨撑去。城中杨马兵却同一个老军人,赶到碧溪岨去了,砍了几十根大毛竹,用葛藤编作筏子,作为来往过渡的临时渡船。筏子编好后,撑了那个东西,到翠翠家中那一边岸下,留老兵守竹筏来往渡人,自己跑到翠翠家去看那个死者,眼泪湿莹莹的,摸了一会躺在床上硬僵僵的老友,又赶忙着做些应做的事情。到后帮忙的人来了,从大河船上运来棺木也来了,住在城中的老道士,还带了许多法器,一件旧麻布道袍,并提了一只大公鸡,来尽义务办理念经起水诸事,也从筏上渡过来了。家中人出出进进,翠翠只坐在灶边矮凳上呜呜的哭着。

到了中午,船总顺顺也来了,还跟着一个人扛了一口袋米,一坛酒,大腿猪肉。见了翠翠就说:

“翠翠,爷爷死了我知道了,老年人是必需死的,不要发愁,一切有我!”

各方面看看,就回去了。到了下午入了殓,一些帮忙的回的回家去了,晚上便只剩下了那老道士、杨马兵同顺顺家派来的两个年青长年。黄昏以前老道士用红绿纸剪了一些花朵,用黄泥作了一些烛台。天断黑后,棺木前小桌上点起黄色九品蜡,燃了香,棺木周围也点了小蜡烛,老道士披上那件蓝麻布道服,开始了丧事中绕棺仪式。老道士在前拿着个小小纸幡引路,孝子第二,马兵殿后,绕着那具寂寞棺木慢慢转着圈子。两个长年则站在灶边空处,胡乱的打着锣钹。老道士一面闭了眼睛走去,一面且唱且哼,安慰亡灵。提到关于亡魂所到西方极乐世界花香四季时,老马兵就把木盘里的纸花,向棺木上高高撒去,象征西方极乐世界情形。

到了半夜,事情办完了,放过爆竹,蜡烛也快熄灭了,翠翠泪眼婆娑的,赶忙又到灶边去烧火,为帮忙的人办消夜。吃了消夜,老道士歪到死人床上睡着了。剩下几个人还得照规矩在棺木前守灵,老马兵为大家唱丧堂歌取乐,用个空的量米木升子,当作小鼓,把手剥剥剥的一面敲着升底一面唱下去——唱王祥卧冰的事情,唱黄香扇枕的事情。

翠翠哭了一整天,也同时忙了一整天,到这时已倦极,把头靠在棺前迷着了,两个长年同马兵既吃了消夜,喝过两杯酒,精神还虎虎的,便轮流把丧堂歌唱下去。但只一会儿,翠翠又醒了,仿佛梦到什么,惊醒后明白祖父已死,于是又幽幽的干哭起来。

"翠翠,翠翠,不要哭啦,人死了哭不回来的!"

老马兵接着就说了一个做新嫁娘的人哭泣的笑话,话语中夹杂了三五个粗野字眼儿,因此引起两个长年咕咕的笑了许久。黄狗在屋外吠着,翠翠开了大门,到外面去站了一会,耳听到各处是虫声,天上月色极好,大星子嵌进透蓝天空里,非常沉静温柔。翠翠想:

"这是真事吗?爷爷当真死了吗?"

老马兵原来跟在她的后边,因为他知道女孩子心门儿窄,说不定一炉火闷在灰里,痕迹不露,见祖父去了,自己一切皆已无望,跳崖悬梁,想跟着祖父一块儿去,也说不定!故随时小心监视到翠翠。

老马兵见翠翠痴痴的站着,时间过了许久还不回头,就打着咳叫翠翠说:

"翠翠,露水落了,不冷么?"

"不冷。"

"天气好得很!"

"呀……"一颗大流星使翠翠轻轻的喊了一声。

接着南方又是一颗流星划空而下。对溪有猫头鹰叫。

"翠翠,"老马兵业已同翠翠并排一块儿站定了,很温和的说:"你进屋里睡去了吧,不要胡思乱想!"

翠翠默默的回到祖父棺木前,坐在地上又呜咽起来。守在屋中两个长年已睡着了。

杨马兵便幽幽的说道:"不要哭了!不要哭了!你爷爷也难过咧。眼睛哭胀喉咙哭嘶有什么好处。听我说,爷爷的心事我全都知道,一切有我。我会把一切安排得好好的,对得起你爷爷。我会安排,什么事都会。我要一个爷爷欢喜你也欢喜的人来接收这只渡船!不能如我们的意,我老虽老,还能拿镰刀同他们拼命。翠翠,你放心,一切有我!……"

远处不知什么地方鸡叫了,老道士在那边床上胡胡涂涂的自言自语:"天亮了吗?早咧!"

二一

大清早，帮忙的人从城里拿了绳索杠子赶来了。

老船夫的白木小棺材，为六个人抬着到那个倾圮了的塔后山岨上去埋葬时，船总顺顺，马兵，翠翠，老道士，黄狗，皆跟在后面。到了预先掘就的方阱边，老道士照规矩先跳下去，把一点朱砂颗粒同白米，安置到阱中四隅及中央，又烧了一点纸钱，爬出阱时就要抬棺木的人动手下肂。翠翠哑着喉咙干号，伏在棺木上不起身。经马兵用力把她拉开，方能移动棺木。一会儿，那棺木便下了阱，拉去绳子，调整了方向，被新土掩盖了，翠翠还坐在地上呜咽。老道士要赶早回城，去替人做斋，过渡走了。船总事多，把这方面一切事托付给老马兵，也赶回城去了。帮忙的皆到溪边去洗手，家中各人还有各人的事，且知道这家人的情形，不便再叨扰，也不再惊动主人，过渡回家去了。于是碧溪岨便只剩下三个人，一个是翠翠，一个是老马兵，一个是由船总家派来暂时帮忙照料渡船的秃头陈四四。黄狗因为被那秃头打了一石头，怀恨在心，对于那秃头仿佛很不高兴，尽是轻轻的吠着。

到了下午，翠翠同老马兵商量，要老马兵回城去把马托给营里人照料，再回碧溪岨来陪她。老马兵回转碧溪岨时，秃头陈四四被打发回城去了。

翠翠仍然自己同黄狗来弄渡船，让老马兵坐在溪岸高崖上玩，或嘶着个老喉咙唱歌给她听。

过三天后船总来商量接翠翠过家里去住，翠翠却想看守祖父的坟山，不愿即刻进城。只请船总过城里衙门去为说句话，许杨马兵暂时同她住住，船总顺顺答应了这件事，就走了。

杨马兵既是个上五十岁了的人，说故事的本领比翠翠祖父高一筹，加之凡事特别关心，做事又勤快又干净，因此同翠翠住下来，使翠翠仿佛去了一个祖父，却新得了一个伯父。过渡时有人问及可怜的祖父，黄昏时想起祖父，皆使翠翠心酸，觉得十分凄凉。但这分凄凉日子过久一点，也就渐渐淡薄些了。两人每日在黄昏中同晚上，坐在门前溪边高崖上，谈点那个躺在湿土里可怜祖父的旧事，有许多是翠翠先前所不知道的，说来便更使翠翠心中柔和。又说到翠翠的父亲，那个又要爱情又惜名誉的军人，在当时按照绿营军勇的装束，如何使女孩子动心。又说到翠翠的母亲，如何善于唱歌，而且所唱的那些歌在当时如何流行。

时候变了，一切也自然不同了，皇帝已不再坐江山，平常人还消说！杨马兵想起自己年青作马夫时，牵了马匹到碧溪岨来对翠翠母亲唱歌，翠翠母亲不理会，到如今自己却成为这孤雏的唯一靠山唯一信托人，不由得不苦笑。

因为两人每个黄昏必谈祖父，以及这一家有关系的事情，后来便说到了老船夫死前的一切，翠翠因此明白了祖父活时所不提到的许多事。二老的唱歌，顺顺大儿子的死，顺顺父子对于祖父的冷淡，中寨人用碾坊作陪嫁妆奁，诱惑傩送二老，二老既记忆着哥哥的死亡，且因得不到翠翠理会，又被家中逼着接受那座碾坊，意思还在渡船，因此抖气下行，祖父的死因，又如何与翠翠有关……凡是翠翠不明白的事，如今可全明白了。翠翠把事情弄明白后，哭了一个夜晚。

过了四七，船总顺顺派人来请马兵进城去，商量把翠翠接到他家中去，作为二老的媳妇。但二老人既在辰州，先就莫提这件事，且搬过河街去住，等二老回来时再看看二老意思。马兵以为这件事得问翠翠。回来时，把顺顺的意思向翠翠说过后，又为翠翠出主张，以为名分既不定妥，到一个生人家里去不好，还是不如在碧溪岨等，等到二老驾船回来时，再看二老意思。

这办法决定后，老马兵以为二老不久必可回来的，就依然把马匹托营上人照料，在碧溪岨为翠翠作伴，把一个一个日子过下去。

碧溪岨的白塔，与茶峒风水有关系，塔圮坍了，不重新作一个自然不成。除了城中营管、税局以及各商号各平民捐了些钱以外，各大寨子也有人拿册子去捐钱。为了这塔成就并不是给谁一个人的好处，应尽每一个人来积德造福，尽每个人皆有捐钱的机会，因此在渡船上也放了个两头有节的大竹筒，中部锯了一口，尽过渡人自由把钱投进去，竹筒满了马兵就捎进城中首事人处去，另外又带了个竹筒回来。过渡人一看老船夫不见了，翠翠辫子上扎了白线，就明白那老的已作完了自己分上的工作，安安静静躺到土坑里去了，必一面用同情的眼色瞧着翠翠，一面就摸出钱来塞到竹筒中去。“天保佑你，死了的到西方去，活下的永保平安。”翠翠明白那些捐钱人的意思，心里酸酸的，忙把身子背过去拉船。

到了冬天，那个圮坍了的白塔，又重新修好了。可是那个在月下唱歌，使翠翠在睡梦里为歌声把灵魂轻轻浮起的年青人，还不曾回到茶峒来。

……

这个人也许永远不回来了，也许“明天”回来！

（收入《边城》，生活书店1934年10月版）

死水微澜（节选）

李劼人

清朝末年，成都乡下姑娘邓幺姑，自幼顶喜欢听邻居讲成都，向往成都大户人家的生活。登门提亲的人虽然不少，但她都拒绝了，一心想嫁到城里；但最终只能嫁给成都附近天回镇一个铺子的老板、为人老实的蔡兴顺（蔡傻子），成了蔡大嫂。

蔡傻子的表兄罗歪嘴是当地有名的袍哥，只要有闲就常到蔡家的铺子里坐坐，他生性豪爽且见多识广，总是能高谈阔论，而蔡傻子只是憨厚地在一边听着，插不上嘴；蔡大嫂很高兴罗歪嘴来，有些话刚开始听觉得粗鲁，但渐渐地越听越入耳，罗歪嘴简直成了她心中的英雄。而罗歪嘴也对蔡大嫂很动心，觉得她“真不像乡坝里的婆娘”。罗歪嘴常带妓女刘三金一起到蔡家闲谈，刘三金看出了罗蔡二人相互爱慕，极力撮合他们。他们毫不掩饰亲密关系，并且主动告诉了蔡傻子，蔡对此毫不生气，甚至说只要邓家愿意，他可以把蔡大嫂嫁给罗歪嘴，但罗歪嘴表示不夺兄弟妻。

天回镇的人们对于罗蔡的情事并不干涉，但他们有两个仇家。土粮户顾天成曾被罗歪嘴和刘三金算计，在赌桌上输了个精光，而他第二次带女儿进城看烟花时，又恰巧遇到罗歪嘴和蔡大嫂，他故意上前去占蔡大嫂的便宜，却被罗歪嘴揍了一顿，而他的女儿招弟也在混乱中走丢了。顾天成回到家又发现妻子去世,顿时晕倒在地。幸亏信教的邻居给他吃了洋药,他居然痊愈了,从此信奉了洋教。他对罗歪嘴恨之入骨,想方设法报仇。另一个土财主陆茂林是罗歪嘴的酒肉朋友,一直觊觎蔡大嫂的美色,但蔡大嫂从不正眼看他一下,他转而迷恋妓女刘三金,刘和他相处一段时间后又弃他而去,失意的陆茂林转而又和蔡大嫂套近乎,虽然得到一些“奖励”,但蔡明确告诉他要忠于罗,他因为吃醋也一直想陷害罗歪嘴。

义和团运动的风潮也传到了天回镇,土绅士郝达三等神气活现,陆茂林则留心打听罗歪嘴说过的洋教的坏话。不久,八国联军攻入北京,全国保护洋教,捕杀拳民。陆茂林唆使顾天成去告罗歪嘴是拳匪。官军前来商铺抓人时,罗歪嘴逃脱,蔡傻子被抓,蔡大嫂也被打成重伤,被人救下后送回了老家。顾天成前去看蔡大嫂,本想套出有关罗歪嘴的情报,但渐渐被蔡大嫂的美色迷住了,竟向蔡大嫂求婚。蔡大嫂的父母不同意,因为“我们的女婿还在呀!”但蔡大嫂居然答应,只要他能把蔡傻子救出来并满足若干经济要求。

以下节选自第六章“余波”部分,由于顾天成和陆茂林的陷害,蔡傻子被抓,蔡大嫂被打成重伤后送回了老家,顾天成前去看她。

二

顾天成到邓大爷的偏院,连这次算来是第七次。

他第一次之来,挟有两个目的:第一个目的,也与他特特从家里到天回镇的时候一样:要仔细看看这个婆娘,到底比刘三金如何?到底有没有在正月十一灯火光中所看见的那样好看?到底像不像陆茂林所说的那样又规规矩矩又知情识趣的?并要看看她挨一顿毒打之后,变成了一个甚么样子?第二个目的,顶重要了。他晓得罗歪嘴既与她有勾扯,而又是在巡防兵到前不久,从她铺子中逃跑的,她丈夫说起来是那样的老实人,并且居于与他们不方便的地位,或许硬不知道他那对手的下落,如其知道,为甚么不乐得借此报仇呢?但她必然是知道的,史先生不肯连她一齐捉去拷问,那吗,好好生生从她口头去探听,总可知道一点影子的。

他第一次去时,蔡大嫂才下得床。身上的伤好了,只左膀一伤,还包裹着在。脑壳上着枪筒打肿的地方,虽是好了,还梳不得头发,用白布连头发包了起来。她的衣裳,是一件都没有了,幸而还有做姑娘时留下的一件棉袄,一双夹套裤,将就穿着。听说有罗歪嘴的朋友来看她的伤,只好拿脸帕随便揩了揩,把衣裤拉了拉,就出来了。

顾天成说明他是在赌博场上认识罗歪嘴的,既是朋友,对他的事,如何不关心?只因到外县去有点勾当,直到最近回来,才听见的。却不想还连累到他的亲戚,并且连累得如此凶。他说起来,如何的感叹。仔细问了那一天的情形,又问她养伤的经过,又问她现在如何;连带问问她丈夫吃官司的情形,以及她令亲罗德生兄现在的下落。一直说了好一阵,邓大娘要去煮荷包蛋了,他才告辞走了,说缓天他还要来的。

第一次探问不出罗歪嘴的下落,隔三天又去。这一次,带了些东西去送她,又送了邓大爷夫妇两把挂面,正碰着她在堂屋门前梳头。

一次是生客,二次就是熟客,他也在堂屋外面坐下吃烟,一面问她更好了些不?她遂告诉他,是第一次梳头,左膀已抬得起来了。每一梳子,总要梳落好些断发,积在旁边,已是一大团。她不禁伤心起来,说她以前的头发多好,天回镇的姑姑嫂嫂们,没一个能及得到她,而今竟打落了这么多,要变成尼姑了。他安慰她说,仍然长得起来的。她慨然道:“那行!你看连发根都扯落了!我那时也昏了,只觉得头发遭他们扯得飞疼,后来石姆姆说,把我倒拖出去时,头发散了一地,到处挂着……说起那般强盗,真叫人伤心!……”

他又连忙安慰她,还走过去看她脑壳上的伤,膀子上的伤。一面帮着她大骂那些强盗,咒他们都不得好死!一直流连到她把头梳好,听她抱怨说着强盗们抢得连镜子脂粉都没有了;吃了邓大娘煮的四个荷包蛋而后去。

第二天上午,就来了,走得气喘吁吁的,手上提了个包袱,打开来,一个时兴镜匣,另一把椭圆手镜,还是洋货哩,格外一些桂林轩的脂粉、肥皂、头绳,一齐拿来放在蔡大嫂的面前,说是送她的。她大为惊喜,略推了推:“才见几面,怎好受这重礼!”经不住他太至诚了,只好收下。并立刻打开,一样一样的看了许久,又试了试,都好。并在言谈中,知他昨天赶进城是刚挨着关门,连夜到科甲巷总府街把东西买好,今天又挨着刚开门出城的,一路喊不着轿子,只好跑。她不禁启颜一笑道:“太把你累了!”邓大娘在旁边说,自抬她回来,这是头一次看见她笑。

到第四次去,就给金娃子买了件玩具,还抱了他一会。第五次是自己割了肉,买了菜去,凭邓大娘做出来,吃了顿倒早不晏的午饭。

第六次去了之后,顾天成在路上走着,忽然心里一动,询问自己一句话:“你常常去看蔡大嫂,到底为的啥子?”他竟木然地站着,要找一句面子上说得过,而又不自欺的答案,想了一会,只好皱着眉头道:“没别的!只是想探问仇人的下落!”自己又问:“已是好几次了,依然探问不出,可见人家并不知情,在第三次上,就不应该再去的了;并且你为啥子要送她东西呢?”这是容易答的:“送人情啦!”又问:“人情要回回送吗?并且为啥子要体贴别个喜欢的,才送?并且为啥子不辞劳苦,不怕花钱,比孝敬妈还虔诚呢?”这已不能答了,再问:“你为啥子守在人家跟前,老是贼眉贼眼的尽盯?别人的一喜一怒,干你屁事呀,你为啥子要心跳?别人挨了打,自己想起伤心,你为啥子也会流眼泪?别人的丈夫别人爱,你为啥子要替她焦心,答应替她把案子说松?尤其是,你为啥子一去了,就舍不得走,走了,又想转去?还有,你口头说是去打听仇人的下落,为啥子说起仇人,你心里并不十分恨,同她谈起来,你还在恭维他,你还想同他打朋友?你说!你说!这是啥子原由?说不出来,从此不准去!”

他只好伸伸舌头,寻思:问得真轧实!自己到底是个不中用的人,看见蔡大嫂长得好,第一次看见,不讨厌;第二次看见,高兴;第三次看见,欢喜;第四次看见,快乐;第五次看见,爱好;第六次看见,离不得。第七次……第八次……呢?

他把脚一顿道:“讨她做老婆!不管她再爱她丈夫,再爱她老表,只要她肯嫁跟我!……”

他第七次之来,是下了这个决心的。

蔡大嫂又何尝不起他的疑心呢?

罗歪嘴那里会有这样一个朋友?就说赌场上认识的,也算不得朋友,也不止他这一个朋友呀!朋友而看到朋友的亲戚,这交情要多厚!但是蔡掌柜现正关在成都县的卡房里。既从城里来,不到卡房去看候掌柜,而特特跑几十里来看朋友的亲戚的老婆,来看掌柜娘,这交情不但厚,并且也太古怪了一点!

光是来看看,已经不中人情如此。还要送东西;听见没有镜匣脂粉,立刻跑去,连更晓夜的买,就自己的兄弟,自己的丈夫,自己的儿子,还不如此,这只有情人才做得到,他是情人吗?此更可疑了!连来六回,越来越殷勤,说的话也越说越巴适,态度做得也很像,自己说到伤心处,他会哭,说到丈夫受苦,并没托他,他会拍胸膛告奋勇,说到罗歪嘴跑滩,他也会愁眉苦眼的。

这人,到底是甚么人?问他在哪里住,只含含糊糊的说个两路口;问他做过什么,也说不出;问他为何常在城里跑,只说有事情;幸而问他的名字,还老老实实的说了。到底是甚么人呢?看样子,又老老实实的,虽然听他说来,这样也像晓得,那样也像晓得,官场啦,商场啦,嫖啦,赌啦;天天在城里混,却一脸的土像,穿得只管阔,并不苏气;并且呆眉钝眼的,看着人憨痴痴的,比蔡兴顺精灵不到多少。猜他是个坏人,确是冤枉了他,倒像个土粮户,脸才那样的黑,皮肤才那样的粗糙,说话才那样的不懂高低轻重,举动才那样的直率粗鲁,气象才那样的土苕,用钱也才那样的泼撒!

这样一个人,他到底为着什么而来呢?他总是先晓得自己的,在那里看见过吗!于是把天回镇来来往往的人想遍了,想不出一点影子,一定是先晓得了自己,才借着这题目粘了来!那吗,又为什么呢?为爱自己想来调情吗?她已是有经验的人,仔细想了想,后来倒有一点像,但在头一次,却不像得很,并且那时说话也好像想着在说。难道自己现在还值得人爱吗?没有镜子,还可以欺骗自己一下,那天照镜子时,差点儿没把自己骇倒;那里还是以前样儿,简直成了鬼像了!脸上瘦得凹了下去,鼻梁瘦得同尖刀背差不多,两个眼眶多大,眼睛也无神光了,并且眼角上已起了鱼尾,额头上也有了皱纹,光是头发,罗歪嘴他们那样夸奖的,落得要亮头皮了。光是头面,已像个活鬼,自己都看不得,一个未见过面的生人能一见就爱吗?若果说是为的爱,陆茂林为甚么不来呢?他前几个月,为爱自己,好像要发狂的样子,也向自己说了几次的爱,自己也没有十分拒绝他;现在甚么难关都没有,正好来;他不来,一定是听见自己挨了毒打,料想不像从前了,怕来了惹着丢不开,所以不来。陆茂林且不来,这个姓顾的,会说在这时候爱了自己,天地间那有这道理?那吗,到底为什么而来呢?

她如此翻来覆去的想,一直想不出个理由,听见父亲说,此人是个奉教的,忽然灵光一闪,恍然大悟:顾天成必是来套自己口供,探听罗歪嘴等人的下落,好去捉拿他的。并且洋人指名说罗歪嘴是主凶,说不定就是他的支使,为甚么他件件都说了,独不说他是奉教的?越想越像,于是遂叫了起来:“一定是他!一定是他!……”

她向爹爹妈妈说了,两老口子真是闻所未闻,连连摇头说:“未必罢?阳世上那有这样坏的人!你是着了蛇咬连绳子都害怕的,所以把人家的好意,才弯弯曲曲想成了恶意。”

但她却相信自己想对了,本要把他送的东西一齐拿来毁了的,却被父母挡住说:“顾三贡爷一定还要来的,你仔细盘问他一番,自然晓得你想的对不对,不要先冒冒失失的得罪人!”

于是在他们第七次会面以前,她是这样决定的。

三

他们第七次会面，依然在堂屋门前檐阶上，那天有点太阳影子，比平日暖和。

蔡大嫂的烘笼放在脚下，把金娃子抱在怀里偎着，奇怪的是搽了十来天的脂粉，今天忽然不搽了，并且态度也是很严峻的。

顾天成本不是怯色儿，不晓在今天这个紧要关头上，何以会震战起来？说了几句淡话之后，看见蔡大嫂眉楞目动的神情，更其不知所措了。

蔡大嫂等不得了，便先放一炮："顾三贡爷，你是不是奉洋教的？"她说了这话，便把金娃子紧紧搂着，定睛看着他，心想，他一定会跳起来的。

他却坦然的道："是的，今年四月才奉的教，是耶稣教。蔡大嫂，你嗒会晓得呢？"

第一炮不灵，再来一炮："有人说，洋人指名告罗德生，是你打的主意！"

他老老实实的道："不是我，是陆茂林！"

第二炮不但不灵，并且反震了过来，坐力很强，她脸上的颜色全变，嘴唇也打起战来。

金娃子一只小手摸着她的脸道："妈妈，你眼睛为啥子这样骇人呀！"

她仿佛没有听见，仍把顾天成死死盯着，嗄声说道："你说诳！"也算得一炮，不过是个空炮。

"一点不诳！陆茂林亲口告诉我，他想你，却因罗五爷把你霸占住了，他才使下这个计策。大嫂，我再告诉你，我与罗五爷是有仇的。嗒个结下的仇？说来话长，一句话归总，罗五爷张占魁把我勾引到赌博场上，耍我的手脚，弄了我千数银子。我先不晓得，只恨他们帮着刘三金轰我，打我，我恨死了他们，时时要报仇。你还记得正月十一夜东大街耍刀的事不？……"

蔡大嫂好像着黄蜂螯了似的，一下就跳了起来。把金娃子跌滚在地上，跌得大哭。邓大娘赶快过来将他抱起，一面埋怨她的女儿太大意了。

她女儿并不觉得，只是指着顾天成道："是你呀！……哦！……哦！……哦！……"浑身都打起战来，样子简直要疯了。

邓大爷骇住了，连忙磕着铜烟斗喊道："幺姑娘……幺姑娘！……"

顾天成蒙着脸哭了起来道："大嫂……我才背时哩！……本想借着你，臊罗五爷张占魁们一个大皮的，……我把你当成了罗奶奶了，……那晓得反把我的招弟挤掉了！……我的招弟，……十二岁的女娃儿，……我去年冬月死的那女人，就只生了这一个女娃儿，……多乖的！……就因为耍刀，……掉了！……我为她还害了一场大病，……不是洋医生的药，……骨头早打得鼓响了！……呜呜呜！……大嫂，……我才背时哩！……呜呜呜，……我的招弟哇！……"

蔡大嫂似乎皮人泄了气样，颓然坐了下来，半闭着眼睛瞅着他。她后父眼力好些，瞥见她大眼角上也包了两颗亮晶晶的泪珠，只是没坠下来。

邓大娘拿话劝顾天成，但他哭得更凶。

蔡大嫂大概厌烦了，才把自己眼角揩净，大声吼道："男子汉那里恁多的眼泪水！你女儿掉了一年，难道哭得回来吗？……尽哭了！真讨厌！……倒是耍刀时候，还像个汉子！……你说，后来又嗒个呢？"

他虽被她喝住了哭,但咽喉还哽住在,做不得声。

她脸色大为和缓了,声音也不像放炮时那样严厉,向他说:“是不是你掉了女儿,就更恨罗五爷了?”

他点点头。

“是不是你想报仇,才去奉了洋教?”

他点点头。

“是不是因为三道堰的案子,你便支使洋人出来指名告他,好借刀杀人?”

他摇摇头道:“不是我!……我原来只打算求洋人向县官说一声,把罗五爷等撵走了事的。……是一天在省里碰见陆茂林,他教我说:‘这是多好的机缘啦!要鸩罗歪嘴他们,这就是顶好的时候。你要晓得,他们这般人都是狠毒的,鸩不死,掉头来咬你一口,你是乘不住的。要鸩哩,就非鸩死不可!’我还迟疑了几天,他催着我,我才去向曾师母说:有人打听出来,三道堰的案子是那些人做的。……

“你因为罗五爷他们逃跑了,没有把仇报成,才特为来看我,想在我口头打听一点他们的下落,是不是呢?”

他点点头道:“先是这么想,自从看了你两次后,就不了。”

“为啥子又不呢?”

他是第一次着女人窘着了。举眼把她看了看,只见她透明的一双眼睛射着自己,就像两柄风快的刀;又看了看邓大爷两夫妻,也是很留心的看着他,时而又瞥一瞥他们的女儿;金娃子一双小眼睛,也仿佛晓得什么似的将他定定的看着。

她又毫不放松的追问了一句。他窘极了,便奔去,从邓大娘手中,将金娃子一把抱了过来,在他那不很干净的肥而嫩的小脸上结实亲了一下,才红着脸低低的说道:“金娃儿,你莫呕气呀!说拐了,只当放屁!你妈妈多好看!我浑了,我妄想当你的后爹爹!……”

邓大爷两夫妇不约而同的喊道:“那咯个使得?我们的女婿还在呀!”

蔡大嫂猛的站了起来,把手向他们一拦,尖声的叫着:“咯个使不得?只要把话说好了,我肯!……”

四

话是容易说好的。

他甚么都答应了:立刻就去找曾师母转求洋人赶快向官府说,把蔡兴顺放了,没有他的事;并求洋人严行向官府清查惩处掳抢兴顺号以及出手殴打蔡大嫂的凶横兵丁;出三百两银子给蔡兴顺,作为帮助他重整门面的本钱;蔡兴顺本人与她认为义兄妹,要时时来往,他不许对他不好;还要出二百两银子给她父母,作为明年讨媳妇的使用;金娃子不改姓,大了要送他读书,如其以后不生男育女,金娃子要兼祧蔡顾两姓,要继承他的产业;他现刻的产业要一齐交给她执管;她要随时回来看父母;随时进城走人户,要他一路才一路,不要时,不许一路;他的亲戚家门,她喜欢认才认,喜欢往来才往来;设若案子松了,罗德生回来,第一、不许他再记仇,第二、还是与蔡兴顺一样要时时来往;他以前有勾扯的女人,要丢干净,以后不许嫖,不许赌,更不许胡闹;更重要的是她不奉洋教!

她仅仅答应了一件:在蔡兴顺出来后就嫁给他。附带的是:仍然要六礼三聘,花红酒果,像娶黄花闺女一样,坐花轿,拜堂,撒帐,吃交杯,一句话说完,要办得热热闹闹的!

蔡兴顺那方的话,她自己去说,包答应。

顾天成欢天喜地,吃了午饭,抱着金娃子狂了一会,被她催了好几遍,才恋恋不舍的走了。

她父母才有了时候,问她为甚么答应嫁给顾天成?

她笑道:“你两位老人家真老糊涂了!难道你们愿意眼睁睁的看着蔡傻子着官刑拷打死吗?难道愿意你们的女儿受穷受困,拖衣落薄吗?难道愿意你们的外孙儿一辈子当放牛娃儿,当长年吗?放着一个大粮户,又是吃洋教的,有钱有势的人,为啥子不嫁?”

“你拿得稳他讨了你这个活人妻以后不翻悔吗?”

“能够叫罗歪嘴提了毛子,能够叫刘三金迷了窍,能够听陆茂林的教唆,能够因为报仇去吃洋教,……能够在这时节看上我,只要我肯嫁给他,连甚么都答应,连甚么都甘愿写纸画押的人,谅他也不敢翻悔!……我也不怕他翻悔!……就翻悔了,我也并不会吃亏!”

“蔡大哥是老实人,自然会听你提调的。设若你大哥哥不愿意呢?”

“大哥哥有本事把我的男人取出来,有本事养活我没有?叫他少说话!”

“就不怕旁的人背后议论吗?”

“哈哈!只要我顾三奶奶有钱,一肥遮百丑!……怕那个?”

金娃子不知为甚么笑了起来。

邓大娘默默无言。

邓大爷只是摇头道:“世道不同了!……世道不同了!……”

(收入《死水微澜》,中华书局1936年7月版)

为奴隶的母亲

柔　石

她底丈夫是一个皮贩,就是收集乡间各猎户的兽皮和牛皮,贩到大埠上出卖的人。但有时也兼做点农作,芒种的时节,便帮人家插秧,他能将每行插得非常直,假如有五人同在一个水田内,他们一定叫他站在第一个做标准。然而境况总是不佳,债是年年积起来了。他大约就因为境况的不佳,烟也吸了,酒也喝了,钱也赌起来了。这样,竟使他变做一个非常凶狠而暴躁的男子,但也就更贫穷下去,连小小的移借,别人也不敢答应了。

在穷底结果的病以后,全身便变成枯黄色,脸孔黄的和小铜鼓一样,连眼白也黄了。别人说他是黄胆病,孩子们也就叫他“黄胖”了。有一天,他向他底妻说:

“再也没有办法了,这样下去,连小锅子也都卖去了。我想,还是从你底身上设法罢。你跟着我挨饿,有什么办法呢?”

“我底身上?……”

他底妻坐在灶后,怀里抱着她底刚满三周的男小孩——孩子还在啜着奶,她讷讷地低声地问。

“你,是呀,”她底丈夫病后的无力的声音,“我已经将你出典了……”

“什么呀?”他底妻几乎昏去似的。

屋内是稍稍静寂了一息。他气喘着说:

“三天前,王狼来坐讨了半天的债回去以后,我也跟着他去,走到了九亩潭边,我很不想要做人了。但是坐在那株爬上去一纵身就可落在潭里的树下,想来想去,总没有力气跳了。猫头鹰在耳朵边不住地啭,我的心被它叫寒起来,我只得回转身,但在路上,遇见了沈家婆,她问我,晚也晚了,在外做什么。我就告诉她,请她代我借一笔款,或向什么人家的小姐借些衣服或首饰去暂时当一当,免得王狼的狼一般的绿眼睛天天在家里闪烁。可是沈家婆向我笑道:

“‘你还将妻养在家里做什么呢,你自己黄也黄到这个地步了?’

“我低着头站在她面前没有答,她又说:

“‘儿子呢,你只有一个了,舍不得。但妻——’

“我当时想:‘莫非叫我卖去妻了么?’

“而她继续道:

“‘但妻——虽然是结发的,穷了,也没有法。还养在家里做什么呢?’

“这样,她就直说出:‘有一个秀才,因为没有儿子,年纪已五十岁了,想买一个妾;又因他底大妻不允许,只准他典一个,典三年或五年,叫我物色相当的女人:年纪约三十岁左右,养过两三个儿子的,人要沉默老实,又肯做事,还要对他底大妻肯低眉下首。这次是秀才娘子向我说的,假如条件合,肯出八十元或一百元的身价。我代她寻了好几天,总没有相当的女人。’她说:现在碰到我,想起了你来,样样都对的。当时问我的意见怎样,我一边掉了几滴泪,一边却被她催的答应她了。”

说到这里,他垂下头,声音很低弱,停止了。他底妻简直痴似的,话一句没有。又静寂了一息,他继续说:

“昨天,沈家婆到过秀才底家里,她说秀才很高兴,秀才娘子也喜欢,钱是一百元,年数呢,假如三年养不出儿子,是五年。沈家婆并将日子也拣定了——本月十八,五天后。今天,她写典契去了。”

这时,他底妻简直连腑脏都颤抖,吞吐着问:

“你为什么早不对我说?”

“昨天在你底面前旋了三个圈子,可是对你说不出。不过我仔细想,除出将你底身子设法外,再也没有办法了。”

“决定了么?”妇人战着牙齿问。

“只待典契写好。”

“倒霉的事情呀,我!——一点也没有别的方法了么?春宝底爸呀!”

春宝是她怀里的孩子底名字。

“倒霉,我也想到过,可是穷了,我们又不肯死,有什么办法?今年,我怕连插秧也不能插了。”

“你也想到过春宝么?春宝还只有五岁,没有娘,他怎么好呢?”

“我领他便了。本来是断了奶的孩子。”

他似乎渐渐发怒了。也就走出门外去了。她,却呜呜咽咽地哭起来。

这时,在她过去的回忆里,却想起恰恰一年前的事:那时她生下了一个女儿,她简直如死去一般地卧在床上。死还是整个的,她却肢体分作四碎与五裂。刚落地的女婴,在地上的干草堆上叫:"呱呀,呱呀"声音很重的,手脚揪缩。脐带绕在她的身上,胎盘落在一边,她很想挣扎起来给她洗好,可是她的头昂起来,身子凝滞在床上。这样,她看见她的丈夫,这个凶狠的男子,飞红着脸,提了一桶沸水到女婴的旁边。她简直用了她一生的最后的力向他喊:"慢!慢……"但这个病前极凶狠的男子,没有一分钟商量的余地,也不答半句话,就将"呱呀,呱呀,"声音很重地在叫着的女儿,刚出世的新生命,用他的粗暴的两手捧起来,如屠户捧将杀的小羊一般,扑通,投下在沸水里了!除出沸水的溅声和皮肉吸收沸水的嘶声以外,女孩一声也不喊——她疑问地想,为什么也不重重地哭一声呢?竟这样不响地愿意冤枉死去么?啊!——她转念,那是因为她自己当时昏过去的缘故,她当时剜去了心一般地昏去了。

想到这里,似乎泪竟干涸了。"唉!苦命呀!"她低低地叹息了一声。这时春宝拔去了奶头,向他底母亲的脸上看,一边叫:

"妈妈!妈妈!"

在她将离别底前一晚,她拣了房子的最黑暗处坐着。一盏油灯点在灶前,萤火那么的光亮。她,手里抱着春宝,将她底头贴在他底头发上。她的思想似乎浮漂在极远,可是她自己捉摸不定远在那里。于是慢慢地跑回来,跑到眼前,跑到她底孩子底身上。她向她的孩子低声叫:

"春宝,宝宝!"

"妈妈,"孩子含着奶头答。

"妈妈明天要去了……"

"唔,"孩子似不十分懂得,本能地将头钻进他母亲底胸膛。

"妈妈不回来了,三年内不能回来了!"

她擦一擦眼睛,孩子放松口子问:

"妈妈那里去呢?庙里么?"

"不是,三十里路外,一家姓李的。"

"我也去。"

"宝宝去不得的。"

"呃!"孩子反抗地,又吸着并不多的奶。

"你跟爸爸在家里,爸爸会照料宝宝的:同宝宝睡,也带宝宝玩,你听爸爸的话好了。过三年……"

她没有说完,孩子要哭似地说:

"爸爸要打我的!"

"爸爸不再打你了,"同时用她底左手抚摸着孩子底右额,在这上,有他父亲在杀死他刚生下的妹妹后第三天,用锄柄敲他,肿起而又平复了的伤痕。

她似要还想对孩子说话,她底丈夫踏进门了。他走到她底面前,一只手放在袋里,掏取着什么,一边说:

"钱已经拿来七十元了。还有三十元要等你到了后十天付。"

停了一息说:“也答应轿子来接。”

又停了一息:“也答应轿夫一早吃好早饭来。”

这样,他离开了她,又向门外走出去了。

这一晚,她和她底丈夫都没有吃晚饭。

第二天,春雨竟滴滴淅淅地落着。

轿是一早就到了。可是这妇人,她却一夜不曾睡。她先将春宝底几件破衣服都修补好;春将完了,夏将到了,可是她,连孩子冬天用的破烂棉袄都拿出来,移交给他底父亲——实在,他已经在床上睡去了。以后,她坐在他底旁边,想对他说几句话,可是长夜是迟延着过去,她底话一句也说不出,而且,她大着胆向他叫了几声,发了几个听不清楚的音,声音在他底耳外,她也就睡下不说了。

等她朦朦胧胧地刚离开思索将要睡去,春宝又醒了。他就推叫他底母亲,要起来。以后当她给他穿衣服的时候,向他说:

“宝宝好好地在家里,不要哭,免得你爸爸打你。以后妈妈常买糖果来,买给宝宝吃,宝宝不要哭。”

而小孩子竟不知道悲哀是什么一回事,张大口子“唉,唉,”地唱起来了。她在他底唇边吻了一吻,又说:

“不要唱,你爸爸被你唱醒了。”

轿夫坐在门首的板凳上,抽着旱烟,说着他们自己要听的话。一息,邻村的沈家婆也赶到了。一个老妇人,熟悉世故的媒婆,一进门,就拍拍她身上的雨点,向他们说:

“下雨了,下雨了,这是你们家里此后会有滋长的预兆。”

老妇人忙碌似地在屋内旋了几个圈,对孩子底父亲说了几句话,意思是讨酬报。因为这件契约之能订的如此顺利而合算,实在是她底力量。

“说实在话,春宝底爸呀,再加五十元,那老头子可以买一房妾了。”她说。

于是又转向催促她——妇人却抱着春宝,这时坐着不动。老妇人声音很高地:

“轿夫要赶到他们家里吃中饭的,你快些预备走呀!”

可是妇人向她瞧了一瞧,似乎说:

“我实在不愿离开呢!让我饿死在这里罢!”

声音是在她底喉下,可是媒婆懂得了,走近到她前面,迷迷地向她笑说:

“你真是一个不懂事的丫头,黄胖还有什么东西给你呢?那边真是一份有吃有剩的人家,两百多亩田,经济很宽裕,房子是自己底,也雇着长工养着牛。大娘底性子是极好的,对人非常客气,每次看见人总给人一些吃的东西。那老头子——实在并不老,脸是很白白的,也没有留胡子,因为读了书,背有些偻偻的,斯文的模样。可是也不必多说,你一走下轿就看见的,我是一个从不说谎的媒婆。”

妇人拭一拭泪,极轻地:

“春宝……我怎么能抛开他呢!”

“不用想到春宝了,”老妇人一手放在她底肩上,脸凑近她和春宝。“有五岁了,古人说:‘三周四岁离娘身,’可以离开你了。只要你底肚子争气些,到那边,也养下一二个来,万事都好了。”

轿夫也在门首催起身了,他们噜苏着说:

"又不是新娘子,啼啼哭哭的。"

这样,老妇人将春宝从她底怀里拉去,一边说:

"春宝让我带去罢。"

小小的孩子也哭了,手脚乱舞的,可是老妇人终于给他拉到小门外去。当妇人走近轿门的时候,向他们说:

"带进屋里来罢,外边有雨呢。"

她底丈夫用手支着头坐着,一动没有动,而且也没有话。

两村的相隔有三十里路,可是轿夫的第二次将轿子放下肩,就到了。春天的细雨,从轿子的布篷里飘进,吹湿了她底衣衫。一个脸孔肥肥的,两眼很有心计的约摸五十四五岁的老妇人来迎她,她想:这当然是大娘了。可是只向她满面羞涩地看一看,并没有叫。她很亲昵似地将她牵上阶沿,一个长长的瘦瘦的而面孔圆细的男子就从房里走出来。他向新来的少妇,仔细地瞧了瞧,堆出满脸的笑容来,向她问:

"这么早就到了么?可是打湿你底衣裳了。"

而那位老妇人,却简直没有顾到他底说话,也向她问:

"还有什么在轿里么?"

"没有什么了,"少妇答。

几位邻舍的妇人站在大门外,探头张望的;可是她们走进屋里面了。

她自己也不知道这究竟为什么,她底心老是挂念着她底旧的家,掉不下她底春宝。这是真实而明显的,她应庆祝这将开始的三年的生活——这个家庭,和她所典给她的丈夫,都比曾经过去的要好,秀才确是一个温良和善的人,讲话是那么地低声,连大娘,实在也是一个出乎意料之外的妇人,她底态度之殷勤,和滔滔的一席话:说她和她丈夫底过去的生活之经过,从美满而漂亮的结婚生活起,一直到现在,中间的三十年。她曾做过一次的产,十五六年以前了,养下一个男孩子,据她说,是一个极美丽又极聪明的婴儿,可是不到十个月,竟患了天花死去了。这样,以后就没有再养过第二个。在她底意思中,似乎——似乎——早就叫她底丈夫娶一房妾。可是他,不知是爱她呢,还是没有相当的人——这一层她并没有说清楚;于是,就一直到现在。这样,竟说得这个具着朴素的心地的她,一时酸,一会苦,一时甜上心头,一时又咸的压下去了。最后,这个老妇人并将她底希望也向她说出来了。她底脸是娇红的,可是老妇人说:

"你是养过三四个孩子的女人了,当然,你是知道什么的,你一定知道的还比我多。"

这样,她说着走开了。

当晚,秀才也将家里底种种情形告诉她,实际,不过是向她夸耀或求媚罢了。她坐在一张橱子的旁边,这样的红的木橱,是她旧的家所没有的,她眼睛白晃晃地瞧着它。秀才也就坐到橱子底面前来,问她:

"你叫什么名字呢?"

她没有答,也并不笑,站起来,走到床底前面,秀才也跟到床底旁边,更笑地问她:

"怕羞么?哈,你想你底丈夫么?哈,哈,现在我是你底丈夫了。"声音是轻轻的,又用手去牵着她底袖子。"不要愁罢!你也想你底孩子的,是不是?不过——"

他没有说完,却又哈的笑了一声,他自己脱去他外面的长衫了。

她可以听见房外的大娘底声音在高声地骂着什么人,她一时听不出在骂谁,骂烧饭的女仆,又好像骂她自己,可是因为她底怨恨,仿佛又是为她而发的。秀才在床上叫道:

"睡罢,她常是这么噜噜苏苏的。她以前很爱那个长工,因为长工要和烧饭的黄妈多说话,她却常要骂黄妈的。"

日子是一天天地过去了。旧的家,渐渐地在她底脑子里疏远了,而眼前,却一步步地亲近她使她熟悉。虽则,春宝底哭声有时竟在她底耳朵边响,梦中,她也几次地遇到过他了。可是梦是一个比一个缥缈,眼前的事务是一天比一天繁多。她知道这个老妇人是猜忌多心的,外表虽则对她还算大方,可是她底嫉妒的心是和侦探一样,监视着秀才对她的一举一动。有时,秀才从外面回来,先遇见了她而同她说话,老妇人就疑心有什么特别的东西买给她了,非在当晚,将秀才叫到她自己底房内去,狠狠地训斥一番不可。"你给狐狸迷着了么?""你应该称一称你自己底老骨头是多少重!"像这样的话,她耳闻到不止一次了。这样以后,她望见秀才从外面回来而旁边没有她坐着的时候,就非得急忙避开不可。即使她在旁边,有时也该让开一些,但这种动作,她要做的非常自然,而且不能让旁人看出,否则,她又要向她发怒,说是她有意要在旁人的前面暴露她大娘底丑恶。而且以后,竟将家里的许多杂务都堆积在她底身上,同一个女仆那么样。她还算是聪明的,有时老妇人底换下来的衣服放着,她也给她拿去洗了,虽然她说:

"我底衣服怎么要你洗呢?就是你自己底衣服,也可叫黄妈洗的。"可是接着说:

"妹妹呀,你最好到猪栏里去看一看,那两只猪为什么这样嗯嗯叫的,或者因为没有吃饱罢,黄妈总是不肯给它们吃饱的。"

八个月了,那年冬天,她底胃却起了变化:老是不想吃饭,想吃新鲜的面,番薯等。但番薯或面吃了两餐,又不想吃,又想吃馄饨,多吃又要呕。而且还想吃南瓜和梅子——这是六月里的东西,真稀奇,向那里去找呢?秀才是知道在这个变化中所带来的预告了。他镇日地笑微微,能找到的东西,总忙着给她找来。他亲身给她到街上去买橘子,又托便人买了金柑来。他在廊沿下走来走去,口里念念有词的,不知说什么。他看她和黄妈磨过年的粉,但还没有磨了三升,就向她叫:"歇一歇罢,长工也好磨的,年糕是人人要吃的。"

有时在夜里,人家谈着话,他却独自拿了一盏灯,在灯下,读起《诗经》来了:

关关雎鸠,
在河之洲,
窈窕淑女,
君子好逑——

这时长工向他问:

"先生,你又不去考举人,还读它做什么呢?"

他却摸一摸没有胡子的口边,怡悦地说道:

"是呀,你也知道人生底快乐么?所谓:'洞房花烛夜,金榜挂名时。'你也知道这两句话底意思么?这是人生底最快乐的两件事呀!可是我对于这两件事都过去了,我却还有比这两件更快乐的事呢!"

这样，除了他底两个妻以外，其余的人们都大笑了。

这些事，在老妇人眼睛里是看得非常气恼了。她起初闻到她底受孕也欢喜，以后看见秀才的这样奉承她，她却怨恨她自己肚子底不会还债了。有一次，次年三月了，这妇人因为身体感觉不舒服，头有些痛，睡了三天。秀才呢，也愿她歇息歇息，更不时地问她要什么，而老妇人却着实地发怒了。她说她装娇，噜噜苏苏地也说了三天。她先是恶意地讥嘲她：说是一到秀才底家里就高贵起来了，什么腰酸呀，头痛呀，姨太太的架子也都摆出来了；以前在她自己底家里，她不相信她有这样的娇养，恐怕竟和街头的母狗一样，肚子里有着一肚皮的小狗，临产了，还要到处地奔求着食物。现在呢，因为“老东西”——这是秀才的妻叫秀才的名字——趋奉了她，就装着娇滴滴的样子了。

“儿子，”她有一次在厨房里对黄妈说，“谁没有养过呀？我也曾怀过十个月的孕，不相信有这么的难受。而且，此刻的儿子，还在‘阎罗王的簿里’，谁保的定生出来不是一只癞虾蟆呢？也等到真的‘鸟儿’从洞里钻出来看见了，才可在我底面前显威风，摆架子，此刻，不过是一块血的猫头鹰，就这么的装腔，也显得太早一点！”

当晚这妇人没有吃晚饭，这时她已经睡了，听了这一番婉转的冷嘲与热骂，她呜呜咽咽地低声哭泣了。秀才也带衣服坐在床上，听到浑身透着冷汗，发起抖来。他很想扣好衣服，重新走起来，去打她一顿，抓住她底头发狠狠地打她一顿，泄泄他一肚皮的气。但不知怎样，似乎没有力量，连指也颤动，臂也酸软了，一边轻轻地叹息着说：

“唉，一向实在太对她好了。结婚了三十年，没有打过她一掌，简直连指甲都没有弹到她底皮肤上过，所以今日，竟和娘娘一般地难惹了。”

同时，他爬过到床底那端，她底身边，向她耳语说：

“不要哭罢，不要哭罢，随她吠去好了！她是阉过的母鸡，看见别人的孵卵是难受的。假如你这一次真能养出一个男孩子来，我当送你两样宝贝——我有一只青玉的戒指，一只白玉的……”

他没有说完，可是他忍不住听下门外的他底大妻底喋喋的讥笑的声音，他急忙地脱去衣服，将头钻进被窝里去，凑向她底胸膛，一边说：

“我有白玉的……”

肚子一天天地膨胀的如斗那么大，老妇人终究也将产婆雇定了，而且在别人的面前，竟拿起花布来做婴儿用的衣服。

酷热的暑天到了尽头，旧历的六月，他们在希望的眼中过去了。秋开始，凉风也拂拂地在乡镇上吹送。于是有一天，这全家的人们都到了希望底最高潮，屋里底空气完全地骚动起来。秀才底心更是异常地紧张，他在天井上不断地徘徊，手里捧着一本历书，好似要读它背诵那么地念去——“戊辰”，“甲戌”，“壬寅之年”，老是反复地轻轻地说着。有时他底焦急的眼光向一间关了窗的房子望去——在这间房子内是有产母底低声呻吟的声音；有时他向天上望一望被云笼罩着的太阳，于是又走向房门口，向站在房门内的黄妈问：

“此刻如何？”

黄妈不住地点着头不做声响，一息，答：

“快下来了，快下来了。”

于是他又捧了那本历书，在廊下徘徊起来。

这样的情形，一直继续到黄昏底青烟在地面起来，灯火一盏盏的如春天的野花般在屋内开起，婴儿才落地了，是一个男的。婴儿的声音是很重地在屋内叫，秀才却坐在屋角里，几乎快乐到流出眼泪来了。全家的人都没有心思吃晚饭，在平淡的晚餐席上，秀才底大妻向用人们说道：

“暂时瞒一瞒罢，给小猫头避避晦气；假如别人问起，也答养一个女的好了。”

他们都微笑地点点头。

一个月以后，婴儿底白嫩的小脸孔，已在秋天的阳光里照耀了。这个少妇给他哺着奶，邻舍的妇人围着他们瞧，有的称赞婴儿底鼻子好，有的称赞婴儿底口子好，有的称赞婴儿底两耳好；更有的称赞婴儿底母亲，也比以前好，白而且壮了。老妇人却正和老祖母那么地吩咐着，保护着，这时开始说：

“够了，不要弄他哭了。”

关于孩子底名字，秀才是煞费苦心地想着，但总想不出一个相当的字来。据老妇人的意见，还是从“长命富贵”或“福禄寿喜”里拣一个字，最好还是“寿”字或与“寿”同意义的字，如“其颐”，“彭祖”等。但秀才不同意，以为太通俗，人云亦云的名字。于是翻开了《易经》，《书经》，向这里面找，但找了半月，一月，还没有恰贴的字。在他底意思：以为在这个名字内，一边要祝福孩子，一边要包含他底老而得子底蕴义，所以竟不容易找。这一天，他一边抱着三个月的婴儿，一边又向书里找名字，戴着一副眼镜，将书递到灯底旁边去。婴儿底母亲呆呆地坐在房内底一边，不知思想着什么，却忽然开口说道：

“我想，还是叫他‘秋宝’罢。”屋内的人们底几对眼睛都转向她，注意地静听着：“他不是生在秋天吗？秋天的宝贝——还是叫他‘秋宝’罢。”

秀才立刻接着说道：

“是呀，我真极费心思了。我年过半百，实在到了人生的秋期；孩子也正养在秋天；‘秋’是万物成熟的季节，秋宝，实在是一个很好的名字呀！而且《书经》里没有么？‘乃亦有秋，’我真乃亦有‘秋’了！”

接着，又称赞了一通婴儿底母亲：说是呆读书实在无用，聪明是天生的。这些话，说的这妇人连坐着都觉着局促不安，垂下头，苦笑地又含泪地想：

“我不过因春宝想到罢了。”

秋宝是天天成长的非常可爱地离不开他底母亲了。他有出奇的大的眼睛，对陌生人是不倦地注视地瞧着，但对他底母亲，却远远地一眼就知道了。他整天地抓住了他底母亲，虽则秀才是比她还爱他，但不喜欢父亲；秀才底大妻呢，表面也爱他，似爱她自己亲生的儿子一样，但在婴儿底大眼睛里，却看她似陌生人，也用奇怪的不倦的视法。可是他的执住他底母亲愈紧，而他底母亲的离开这家的日子也愈近了。春天底口子咬住了冬天底尾巴；而夏天底脚又常是紧随着在春天底身后的；这样，谁都将孩子底母亲底三年快到的问题横放在心头上。

秀才呢，因为爱子的关系，首先向他底大妻提出来了：他愿意再拿出一百元钱，将她永远买下来。可是他底大妻底回答是：

“你要买她，那先给我药死罢！”

秀才听到这句话，气的只向鼻孔放出气，许久没有说；以后，他反而做着笑脸地：

“你想想孩子没有娘……”

老妇人也尖利地冷笑地说：

“我不好算是他底娘么？”

在孩子底母亲的心呢，却正矛盾着这两种的冲突了：一边，她底脑里老是有“三年”这两个字，三年是容易过去的，于是她底生活便变做在秀才底家里底用人似的了。而且想像中的春宝，也同眼前的秋宝一样活泼可爱，她既舍不得秋宝，怎么就能舍得掉春宝呢？可是另一边，她实在愿意永远在这新的家里住下去，她想，春宝的爸爸不是一个长寿的人，他底病一定是在三五年之内要将他带走到不可知的异国里去的，于是，她便要求她底第二个丈夫，将春宝也领过来，这样，春宝也在她底眼前。

有时，她倦坐在房外的沿廊下，初夏的阳光，异常地能令人昏朦地起幻想，秋宝睡在她底怀里，含着她底乳，可是她觉得仿佛春宝同时也站在她底旁边，她伸出手去也想将春宝抱近来，她还要对他们兄弟两人说几句话，可是身边是空空的。

在身边的较远的门口，却站着这位脸孔慈善而眼睛凶毒的老妇人，目光注视着她。这样，她也恍恍惚惚地敏悟：“还是早些脱离罢，她简直探子一样地监视着我了。”可是忽然怀内的孩子一叫，她却又什么也没有的只剩着眼前的事实来支配她了。

以后，秀才又将计划修改了一些：他想叫沈家婆来，叫她向秋宝底母亲底前夫去说，他愿否再拿进三十元——最多是五十元，将妻续典三年给秀才。秀才对他底大妻说：

“要是秋宝到五岁，是可以离开娘了。”

他底大妻正是手里捻着念佛珠，一边在念着“南无阿弥陀佛”，一边答：

“她家里也还有前儿在，你也应放她和她底结发夫妇团聚一下罢。”

秀才低着头，断断续续地仍然这样说：

“你想想秋宝两岁就没有娘……”

可是老妇人放下念佛珠说：

“我会养的，我会管理他的，你怕我谋害了他么？”

秀才一听到末一句话，就拔步走开了。老妇人仍在后面说：

“这个儿子是帮我生的，秋宝是我底；绝种虽然是绝了你家底种，可是我却仍然吃着你家底餐饭。你真被迷了，老昏了，一点也不会想了。你还有几年好活，却要拼命拉她在身边？双连牌位，我是不愿意坐的！”

老妇人似乎还有许多刻毒的锐利的话，可是秀才走远开听不见了。

在夏天，婴儿底头上生了一个疮，有时身体稍稍发些热，于是这位老妇人就到处地问菩萨，求佛药，给婴儿敷在疮上，或灌下肚里，婴儿底母亲觉得并不十分要紧，反而使这样小小的生命哭成一身的汗珠，她不愿意，或将吃了几口的药暗地里拿去倒掉了。于是这位老妇人就高声叹息，向秀才说：

“你看，她竟一点也不介意他底病，还说孩子是并不怎样瘦下去。爱在心里的是深的；专疼表面是假的。”

这样，妇人只有暗自挥泪，秀才也不说什么话了。

秋宝一周纪念的时候，这家热闹地排了一天的酒筵，客人也到了三四十，有的送衣服，有的送面，有的送银制的狮狌，给婴儿挂在胸前的，有的送镀金的寿星老头儿，给孩子钉在帽上的，许多礼物，都在客人底袖子里带来了。他们祝福着婴儿的飞黄腾达，赞颂着婴儿的长寿永生；主人底脸孔，竟是荣光照耀着，有如落日的云霞反映着在他底颊上似的。

可是在这天,正当他们筵席将举行的黄昏时,来了一个客,从朦胧的暮光中向他们底天井走进,人们都注意他:一个憔悴异常的乡人,衣服补衲的,头发很长,在他底腋下,挟着一个纸包。主人骇异地迎上前去,问他是那里人,他口吃似地答了,主人一时糊涂的,但立刻明白了,就是那个皮贩。主人更轻轻地说:

"你为什么也送东西来呢?你真不必的呀!"

来客胆怯地向四周看看,一边答说:

"要,要的……我来祝祝这个宝贝长寿千……"

他似没有说完,一边将腋下的纸包打开来了,手指颤动地打开了两三重的纸,于是拿出四只铜制镀银的字,一方寸那么大,是"寿比南山"四字。

秀才的大娘走来了,向他仔细一看,似乎不大高兴。秀才却将他招待到席上,客人们互相私语着。

两点钟的酒与肉,将人们弄得胡乱与狂热了:他们高声猜着拳,用大碗盛着酒互相比赛,闹得似乎房子都被震动了。只有那个皮贩,他虽然也喝了两杯酒,可是仍然坐着不动,客人们也不招呼他。等到兴尽了,于是各人草草地吃了一碗饭,互祝着好话,从两两三三的灯笼光影中,走散了。

而皮贩,却吃到最后,用人来收拾羹碗了,他才离开了桌,走到廊下的黑暗处。在那里,他遇见了他底被典的妻。

"你也来做什么呢?"妇人问,语气是非常凄惨的。

"我那里又愿意来,因为没有法子。"

"那末你为什么来的这样晚?"

"我那里来买礼物的钱呀?!奔跑了一上午,哀求了一上午,又到城里买礼物,走得乏了,饿了,也迟了。"

妇人接着问:

"春宝呢?"

男子沉吟了一息答:

"所以,我是为春宝来的。……"

"为春宝来的?"妇人惊异地回音似地问。

男人慢慢地说:

"从夏天来,春宝是瘦的异样了。到秋天,竟病起来了。我又那里有钱给他请医生吃药,所以现在,病是更厉害了!再不想法救救他,眼见得要死了!"静寂了一刻,继续说:"现在,我是向你来借钱的……"

这时妇人底胸膛内,简直似有四五只猫在抓她,咬她,咀嚼着她底心脏一样。她恨不得哭出来,但在人们个个向秋宝祝颂的日子,她又怎么好跟在人们底声音后面叫哭呢?她吞下她底眼泪,向她底丈夫说:

"我又那里有钱呢?我在这里,每月只给我两角钱的零用,我自己又那里要用什么,悉数补在孩子底身上了。现在,怎么好呢?"

他们一时没有话,以后,妇人又问:

"此刻有什么人照顾着春宝呢?"

"托了一个邻舍。今晚,我仍旧想回家,我就要走了。"

他一边说着,一边揩着泪。女的同时哽咽着说:

"你等一下罢,我向他去借借看。"

她就走开了。

三天以后的一天晚上,秀才忽然问这妇人道:

"我给你的那只青玉戒指呢?"

"在那天夜里,给了他了。给了他拿去当了。"

"没有借你五块钱么?"秀才愤怒地。

妇人低着头停了一息答:

"五块钱怎么够呢!"

秀才接着叹息说:

"总是前夫和前儿好,无论我对你怎么样!本来我很想再留你两年的,现在,你还是到明春就走罢!"

女人简直连泪也没有地呆着了。

几天后,他还向她那么地说:

"那只戒指是宝贝,我给你是要你传给秋宝的,谁知你一下就拿去当了!幸得她不知道,要是知道了,有三个月好闹了!"

妇人是一天天地黄瘦了。没有精彩的光芒在她底眼睛里起来,而讥笑与冷骂的声音又充塞在她底耳内了。她是时常记念着她底春宝的病的,探听着有没有从她底本乡来的朋友,也探听着有没有向她底本乡去的便客,她很想得到一个关于"春宝的身体已复原"的消息,可是消息总没有;她也想借两元钱或买些糖果去,方便的客人又没有,她不时地抱着秋宝在门首过去一些的大路边,眼睛望着来和去的路。这种情形却很使秀才底大妻不舒服了,她时常对秀才说:

"她那里愿意在这里呢,她是极想早些飞回去的。"

有几夜,她抱着秋宝在睡梦中突然喊起来,秋宝也被吓醒,哭起来了。秀才就追逼地问:

"你为什么?你为什么?"

可是女人拍着秋宝,口子哼哼的没有答。秀才继续说:

"梦着你底前儿死了么,那么地喊?连我都被你叫醒了。"

女人急忙地一边答:

"不,不,……好像我底前面有一圹坟呢!"

秀才没有再讲话,而悲哀的幻像更在女人底前面展现开来,她要走向这坟去。

冬末了,催离别的小鸟,已经到她底窗前不住地叫了。先是孩子断了奶,又叫道士们来给孩子度了一个关,于是孩子和他亲生的母亲的别离——永远的别离的运命就被决定了。

这一天,黄妈先悄悄地向秀才底大妻说:

"叫一顶轿子送她去么?"

秀才底大妻还是手里捻着念佛珠说:

"走走好罢,到那边轿钱是那边付的,她又那里有钱呢,听说她底亲夫连饭也没得吃,她不必摆阔了。路也不算远,我也是曾经走过三四十里路的人,她底脚比我大,半天可以到了。"

这天早晨当她给秋宝穿衣服的时候，她底泪如溪水那么地流下，孩子向她叫："婶婶，婶婶"——因为老妇人要他叫她自己是"妈妈"，只准叫她是"婶婶"——她向他咽咽地答应。她很想对他说几句话，意思是：

"别了，我底亲爱的儿子呀！你底妈妈待你是好的，你将来也好好地待还她罢，永远不要再记念我了！"

可是她无论怎样也说不出。她也知道一周半的孩子是不会了解的。

秀才悄悄地走向她，从她背后的腋下伸进手来，在他底手内是十枚双毫角子，一边轻轻说：

"拿去罢，这两块钱。"

妇人扣好孩子底钮扣，就将角子塞在怀内的衣袋里。

老妇人又进来了，注意着秀才走出去的背后，又向妇人说：

"秋宝给我抱去罢，免得你走时他哭。"

妇人不做声响，可是秋宝总不愿意，用手不住地拍在老妇人底脸上。于是老妇人生气地又说：

"那末你同他去吃早饭去罢，吃了早饭交给我。"

黄妈拼命地劝她多吃饭，一边说：

"半月来你就这样了，你真比来的时候还瘦了。你没有去照照镜子。今天，吃一碗下去罢，你还要走三十里路呢。"

她只不关紧要地说了一句：

"你对我真好！"

但是太阳是升的非常高了，一个很好的天气，秋宝还是不肯离开他底母亲，老妇人便狠狠地将他从她底怀里夺去，秋宝用小小的脚踢在老妇人底肚子上，用小小的拳头搔住她底头发，高声呼喊地。妇人在后面说：

"让我吃了中饭去罢。"

老妇人却转过头，汹汹地答：

"赶快打起你底包袱去罢，早晚总有一次的！"

孩子底哭声便在她底耳内渐渐远去了。

打包裹的时候，耳内是听着孩子的哭声。黄妈在旁边，一边劝慰着她，一边却看她打进什么去。终于，她挟着一只旧的包裹走了。

她离开他底大门时，听见她底秋宝的哭声；可是慢慢地远远地走了三里路了，还听见她底秋宝的哭声。

暖和的太阳所照耀的路，在她底面前竟和天一样无穷止地长。当她走到一条河边的时候，她很想停止她底那么无力的脚步，向明澈可以照见她自己底身子的水底跳下去了。但在水边坐了一会之后，她还得依前去的方向，移动她自己底影子。

太阳已经过午了，一个村里的一个年老的乡人告诉她，路还有十五里；于是她向那个老人说：

"伯伯，请你代我就近叫一顶轿子罢，我是走不回去了！"

"你是有病的么？"老人问。

"是的，"

她那时坐在村口的凉亭里面。

“你从那里来?”

妇人静默了一时答:

“我是向那里去的;早晨我以为自己会走的。”

老人怜悯地也没有多说话,就给她找了两位轿夫,一顶没篷的轿。因为那是下秧的时节。

下午三四时的样子,一条狭窄而污秽的乡村小街上,抬过了一顶没篷的轿子,轿里躺着一个脸色枯萎如同一张干瘪的黄菜叶那么的中年妇人,两眼朦胧地颓唐地闭着。嘴里的呼吸只有微弱地吐出。街上的人们个个睁着惊异的目光,怜悯地凝视着过去。一群孩子们,争噪地跟在轿后,好像一件奇异的事情落到这沉寂的小村镇里来了。

春宝也是跟在轿后的孩子们中底一个,他还在似赶猪那么地哗着轿走,可是当轿子一转一个弯,却是向他底家里去的路,他却伸直了两手而奇怪了,等到轿子到了他家里的门口,他简直呆似地远远地站在前面,背靠在一株柱子上,面向着轿,其余的孩子们胆怯地围在轿的两边。妇人走出来了,她昏迷的眼睛还认不清站在前面的,穿着褴褛的衣服,头发蓬乱的,身子和三年前一样的短小,那个八岁的孩子是她底春宝。突然,她哭出来地高叫了:

“春宝呀!”

一群孩子们,个个无意地吃了一惊,而春宝简直吓的躲进屋里他父亲那里去了。

妇人在灰暗的屋内坐了许久许久,她和她底丈夫都没有一句话。夜色降落了,他下垂的头昂起来,向她说:

“烧饭吃罢!”

妇人就不得已地站起来,向屋角上旋转了一周,一点也没有气力地对她丈夫说:

“米缸内是空空的……”

男人冷笑了一声,答说:

“你真在大人家底家里生活过了!米,盛在那只香烟盒子内。”

当天晚上,男子向他底儿子说:

“春宝,跟你底娘去睡!”

而春宝却靠在灶边哭起来了。他底母亲走近他,一边叫:

“春宝,宝宝!”

可是当她底手去抚摸他底时候,他又躲闪开了。男子加上说:

“会生疏得那么快,一顿打呢!”

她眼睁睁地睡在一张龌龊的狭板床上,春宝陌生似地睡在她底身边。在她底已经麻木的脑内,仿佛秋宝肥白可爱地在她身边挣动着,她伸出两手想去抱;可是身边是春宝。这时,春宝睡着了,转了一个身,他底母亲紧紧地将他抱住,而孩子却从微弱的鼾声中,脸伏在她底胸膛上,两手抚摩着她底两乳。

沉静而寒冷的死一般的长夜,似无限地拖延着,拖延着……

1930 年 1 月 20 日

(收入《为奴隶的母亲》,齿轮编译社 1941 年 5 月版)

在其香居茶馆里

沙　汀

坐在其香居茶馆里的联保主任方治国,当他看见正从东头走来,嘴里照例扰嚷不休的邢么吵吵的时候,简直立刻冷了半截,觉得身子快要坐不稳了。

使他发生这种异状的原因是:为了种种糊涂措施,目前他正处在全镇市民的围攻当中,这是一;其次,么吵吵的第二个儿子,因为缓役了四次,又从不出半文壮丁费,好多人讲闲话了;加之,新县长又宣布了要认真整顿"役政",于是他就赶紧上了封密告,而在三天前被兵役科捉进城了。

最为重要的还在这里:正如全市市民批评的那样,么吵吵是个不忌生冷的人,什么话他都嘴一张就说了,不管你受得住受不住。就中联保主任的令尊在世的时候,也经常对他那张嘴感到头痛。因为尽管么吵吵本人并不可怕,他的大哥可是全县极有威望的耆宿,他的舅子是财务委员,县政上的活跃分子,都是很不好沾惹的。

么吵吵终于一路吵过来了。这是那种精力充足,对这世界上任何事物都采取一种毫不在意的态度的典型男性。他时常打起哈哈在茶馆里自白道:"老子这张嘴么,就这样:说是要说的,吃也是要吃的;说够了回去两杯甜酒一喝,倒下去就睡!……"

现在,么吵吵一面跨上其香居的阶沿,拖了把圈椅坐下,一面直着嗓子,干笑着嚷叫道:

"嗨,对!看阳沟里还把船翻了么!……"

他所参加的那张茶桌已经有着三个茶客,全是熟人;十年前当过视学的俞视学;前征收局的管账,现在靠着利金生活的黄光锐;会文纸店的老板汪世模汪二。

他们大家,以及旁的茶客,都向他打着招呼:

"拿碗来!茶钱我给了。"

"坐上来好吧,"俞视学客气道,"这里要舒服些。"

"我要那么舒服做什么哇?"出乎意外,么吵吵横着眼睛嚷道,"你知道么,我坐上席会头昏的,——没有那个资格!……"

本份人的视学禁不住红起脸来。但他随即猜出来么吵吵是针对着联保主任说的,因为当他嚷叫的时候,视学看见他满含恶意地瞥了一眼坐在后面首席上的方治国。

除却联保主任,那张桌子还坐得有张三监爷。人们都说他是方治国的军师,实际上,他可只能跟主任坐坐酒馆,在紧要关头进点不着边际的忠告。但这并不特别,他原是对什么事都关心的,而往往忽略了自己。他的老婆孩子经常在家里是饿着饭的,他却很少管顾。

同监爷对面坐着的是黄牦牛肉,正在吞服一种秘制的戒烟丸药。他是主任的重要助手;虽然并无多少才干,惟一的本领就是毫无顾忌。"现在的事你管那么多做什么哇?"他常常这么说,"拿得到手的就拿!"

牦牛肉应付这世界上一切经常使人大惊小怪的事变,只有一种态度:装做不懂。

"你不要管他的,发神经!"他小声向主任建议。

“这回子把蜂窝戳破了。”主任方治国苦笑说。

“我看要赶紧‘缝’啊!”捧着暗淡无光的黄铜烟袋,监爷皱着脸沉吟道,“另外找一个人去‘抵’怎样?”

“已经来不及了呀。”主任叹口气说。

“管他做什么呵!”牦牛肉眨眼而且努嘴。“是他妈个火炮性子。”

这时候,么吵吵已经拍着桌子,放开嗓子在叫嚷了。但是他的战术依然停留在第一阶段,即并不指出被攻击的人的姓名,只是影射着对方,正像一通没头没脑的谩骂那样。

“搞到我名下来了!”他显得做作地打了一串哈哈,“好得很!老子今天就要看他是什么东西做出来的:人吗?狗吗?你们见过狗起草么,嗨,那才有趣!……”

于是他又比又说地形容起来了。虽然已经蓄了十年上下的胡子,么吵吵的粗鲁话可是越来越多。许多闲着无事的人,有时候甚至故意挑弄他说下流话。他的所谓“狗”,是指他的仇人方治国说的,因为主任的外祖父曾经当过衙役,而这又正是方府上下人等最大的忌讳。

因为他形容得太恶俗了,俞视学插嘴道:

“少造点口孽呵!有道理讲得清的。”

“我有哈道理哇!”么吵吵忽然板起脸嚷道,“有道理,我也早当了什么主任了。两眼墨黑,见钱就拿!”

“吓,邢表叔!……”

气得脸青面黑的身材瘦小的联保主任方治国,一下子忍不住站起来了。

“吓,邢表叔!”他重复说,“你说话要负责呵!”

“什么叫做负责哇?我就不懂!表叔!”么吵吵模拟着主任的声调,这惹得大家忍不住笑起来,“你认错人了!认真是你表叔,你也不吃我了!”

“对,对,对,我吃你!”主任解嘲地说,干笑着坐了下去。

“不是吗?”么吵吵拍了一巴掌桌子,嗓子更加高了,“兵役科的人亲自对我大哥说的!你的报告真做得好呢。我今天倒要看你长的几个卵子!……”

么吵吵一个劲说下去。而他愈来愈加觉得这不是开玩笑,也不是平日的瞎吵瞎闹,完全为了个痛快;他认真感觉到愤激了。

他十分相信,要是一年半年以前,他是用不着这么样着急的,事情好办得很。只需给他大哥一个通知,他的老二就会自自由由走回来的。而且以往抽丁,他的老二就躲掉过四次。但是现在情形已经两样,一切要照规矩办了。而最为严重的,是他的老二已经抓进城了。

他已经派了他的老大进城,而带回来的口信,更加证明他的忧虑不是没有根据。因为那捎信人说,新县长是认真要整顿兵役的,好几个有钱有势的青年人都偷跑了,有的成天躲在家里。么吵吵的大哥已经试探过两次,但他认为情形险恶。额外那捎信人又说,壮丁就快要送进省了。

凡是邢大老爷都感觉棘手的事,人还能有什么办法呢?他的老二只有作炮灰了。

“你怕我是聋子吧。”么吵吵简直在咆哮了,“去年蒋家寡母子的儿子五百,你放了;陈二靴子两百,你也放了!你比土匪头儿萧大个子还要厉害。钱也拿了,脑袋也保住了,——老子也有钱的,你要张一张嘴呀?”

“说话要负责呵！邢么老爷！……”

主任又出马了，而且现出假装的笑容。

主任是一个糊涂而胆怯的人。胆怯，因为他太有钱了；而在这个边野地区，他又从来没有摸过枪炮。这地区是几乎每个人都能来两手的，还有人靠着它维持生计。好些年前，因为预征太多，许多人怕当公事，于是联保主任这个头衔忽然落在他头上了，弄得一批老实人莫名其妙。

联保主任很清楚这是实力派的阴谋，然而，一向忍气吞声的日子驱使他接受了这个挑战。他起初老是垫钱，但后来他尝到甜头了：回扣、黑粮，等等。并且，当他走进茶馆的时候，招呼茶钱的声音也来得响亮了。而在三年以前，他的大门上已经有了一道县长颁赠的匾额：

尽瘁桑梓

但是，不管怎样，正像他自己感觉到的一般，在这回龙镇，还是有人压住他的。他现在多少有点失悔自己做了糊涂事情；但他佯笑着，满不在意似地接着说道：

“你发气做啥呵，都不是外人！……”

“你也知道不是外人么？”么吵吵反问，但又并不等候回答，一直嚷叫下去道，“你既知道不是外人，就不该搞我了，告我的密了！”

“我只问你一句！……”

联保主任又一下部起来了，而他的笑容更加充满一种讨好的意味。

“你说一句就是了！”他接着说，“兵役科什么人告诉你的？”

“总有那个人呀，”么吵吵冷笑说。“像还是谣言呢！”

“不是！你要告诉我什么人说的啦。”联保主任说，态度装得异常诚恳。

因为看见么吵吵松了劲，他察觉出可以说理的机会到了。于是就势坐向俞视学侧面去，赌咒发誓地分辩起来，说他一辈子都不会做出这样胆大糊涂的事情来的！

他坐下，故意不注意么吵吵，仿佛视学他们倒是他的对手。

“你们想吧，”他说，摊开手臂，蹙着瘦瘦的铁青的脸蛋，“我姓方的是吃饭长大的呀！并且，我一定要抓他的人做啥呢？难道‘委员长’会赏我个状元当么？没讲的话，这街上的事，一向糊得圆我总是糊的！”

“你才会糊！”么吵吵叹着气抵了一句。

“那总是我吹牛呵！”联保主任无可奈何地辩解说，瞥了一眼他的对手，“别的不讲，就拿救国公债说吧，别人写的多少，你又写的多少？”

他随又把嘴凑近视学的耳朵边呻唤道：

“连丁八字都是五百元呀！”

联保主任表演得如此精彩，这不是没原因的，他想充分显示出事情的重要性，和他对待么吵吵的一片苦心。同时，他发觉看热闹的人已经越来越多，几乎街都快扎断了，漏出风声太不光彩，而且容易引起纠纷。

大约视学相信了他的话，或者被他的态度感动了，兼之又是出名的好好先生，因此他斯斯文文地扫了扫喉咙，开始劝解起么吵吵来。

“么哥！我看这样啊：人不抓，已经抓了，横竖是为国家。……”

“这你才会说！”么吵吵一下撑起来了，眯起眼睛问视学道，“这样会说，你那一大堆,怎么不挑一个送起去呢?"

"好!我两个讲不通。"

视学满脸通红,故意勾下脑袋喝茶去了。

"再多讲点就讲通了!"么吵吵重又坐了下去,接着满脸怒气嚷道,"没有生过娃娃当然会说生娃娃很舒服!今天怎么把你个好好先生遇到了呵:冬瓜做不做得甑子?做得。蒸垮了呢?那是要垮呀,——你个老哥子真是!"

他的形容引来一片笑声。但他自己却并不笑,他把他那结结实实的身子移动了一下,抹抹胡子,又把袖头两挽,理直气壮地宣告道:

"闲话少讲!方大主任,说不清楚你今天走不掉的!"

"好呀!"主任一面应声,一面懒懒退还原地方去,"回龙镇只有这样大一个地方哩,我会往哪里跑?就要跑也跑不脱的。"

联保主任的声调和表情照例带着一种嘲笑的意味,至于是嘲笑自己,或者嘲笑对方,那就要凭你猜了。他是经常凭藉了这点武器来掩护自己的,而且经常弄得顽强的敌手哭笑不得。人们一般都叫他做软硬人:碰见老虎他是绵羊,如果对方是绵羊呢,他又变成了老虎了。

当他回到原位的时候,牦牛肉一面吞服着戒烟丸,生气道:

"我白还懒得答呢,你就让他吵去!"

"不行不行,"监爷意味深长地说,"事情不同了。"

监爷一直这样坚持自己的意见,是颇有理由的。因为他确信这镇上正在对准联保主任进行一种大规模的控告,而邢大老爷,那位全县知名的绅耆,可以使这控告成为事实,也可以打消它。这也就是说,现在联络邢家是个必要措施。何况谁知道新县长是怎样一副脾气的人呢!

这时候,茶堂里的来客已增多了。连平时懒于出门的陈新老爷也走来了。新老爷是前清科举时代最末一科的秀才,当过十年团总,十年哥老会的头目,八年前才退休的。他已经很少过问镇上的事情了,但是他的意见还同团总时代一样有效。

新老爷一露面,茶客们都立刻直觉到:么吵吵已经布置好一台讲茶了。茶堂里响起一片零乱的呼唤声。有照旧坐在座位上向茶馆叫喊的,有站起来叫喊的,有的一面挥着钞票一面叫喊,但是都把声音提得很高很高,深恐新老爷听不见。

其间一个茶客,甚至于怒气冲冲地吼道:

"不准乱收钱啦!嗨!这个龟儿子听到没有?……"

于是立刻跑去塞一张钞票在堂馆手里。

在这种种热情的骚动中间,争执的双方,已经很平静了。联保主任知道自己会亏理的,他在殷勤地争取着客人,希望能于自己有利。而么吵吵则一直闷着张脸,这是因为当着这许多漂亮人物面前,他忽然深切地感觉到,既然他的老二被抓,这就等于说他已经失掉了面子!

这镇上是流行着这样一种风气的,凡是照规矩行事的,那就是平常人,重要人物都是站在一切规矩之外的。比如陈新老爷,他并不是个惜疼金钱的脚色,但是就连打醮这类事情,他也没有份的;否则便会惹起人们大惊小怪,以为新老爷失了面子,和一个平常人没多少区别了。

面子在这镇上的作用就有如此厉害,所以么吵吵闷着张脸,只是懒懒地打着招呼。

直到新老爷问起他是否欠安的时候,这才稍稍振作起来。

“人倒是好的,”他苦笑着说,“就是眉毛快给人剪光了!”

接着他又一连打了一串干燥无味的哈哈。

“你瞎说!”新老爷严正地切断他,“简直瞎说!”

“当真哩!不然,也不敢劳驾你哥子动步了。”

为了表示关切,新老爷深深叹了口气。

“大哥有信来没有呢?”新老爷接着又问。

“他也没办法呀!……”

么吵吵呻唤了。

“你想吧,”为了避免人们误会,以为他的大哥也成了没面子的脚色了,他随又解释道,“新县长的脾气又没有摸到,叫他怎么办呢?常言说,新官上任三把火,又是闹起要整顿役政的,谁知道他会发些什么猫儿毛病?前天我又托蒋门神打听去了。”

“新县长怕难说话,”一个新近从城里回来的小商人插入道,“看样子就晓得了:随常一个人在街上串,戴他妈副黑眼镜子……”

严肃沉默的空气没有使小商人说下去。

接着,也没有人敢要插嘴,因为大家都不知道应该如何表示自己的感情。表示高兴吧,这是会得罪人的,因为情形的确有些严重;但说是严重吧,也不对,这又会显得邢府上太无能了。所以彼此只好暧昧不明地摇头叹气,喝起茶来。

看见联保主任似乎正在考虑一种行动,牦牛肉包着戒烟丸药,小声道:

“不要管他!这么快县长就叫他们喂家了么?”

“去找找新老爷是对的!”监爷意味深长地说。

这个脸面浮肿、常以足智多谋自负的没落绅士,正投了联保主任的机,方治国早就考虑到这个必要的措施了。使得他迟疑的,是他觉得,比较起来,新老爷同邢家的关系一向深厚得多,他不一定捡得到便宜。虽然在派款和收粮上面,他并没有对不住新老爷的地方;逢年过节,他也从未忘记送礼,但在几件小事情上,他是开罪过新老爷的。

比如,有一回曾布客想抑制他,抬出新老爷来,说道:

“好的,我们到新老爷那里去说!”

“你把时候记错了!”主任发火道,“新老爷吓不倒我!”

后来,事情虽然依旧是在新老爷的意志下和平解决了的,但是他的失言一定已经散播开去,新老爷给他记下一笔账了。但他终于站了起来,向着新老爷走过去了。

这个行动,立刻使得人们很振作了,大家全都期待着一个新的开端。有几个人在大声喊叫常倌拿开水来,希望缓和一下他们的紧张心情。么吵吵自然也是注意到联保主任的攻势的,但他不当作攻势看,以为他的对手是要求新老爷调解的;但他猜不准这个调解将会采取一种什么方式。

而且,从么吵吵看来,在目前这样一种严重问题上,一个能够叫他满意的调解办法,是不容易想出来的。这不能道歉了事,也不能用金钱的赔偿弥补,那么剩下来的只有上法庭起诉了!但一想到这个,他就立刻不安起来,因为一个决心整饬役政的县长,难道会让他占上风?!

么吵吵觉得苦恼,而且感觉一切都不对劲。这个坚实乐观的汉子,第一次遭到烦扰的袭击了,简直就同一个处在这种境况的平常人不差上下:一点抓拿没有!

他忽然在桌子上拍了一掌，苦笑着自言自语道：

“哼！乱整吧，老子大家乱整！”

“你又来了！”俞视学说，“他总会拿话出来说啦。”

“这还有什么说的呢？”么吵吵苦着脸反驳道，“你个老哥子怎么不想想呵：难道什么天王老子会有这么大的面子，能够把人给我取回来么？！”

“不是那么讲。取不出来，也有取不出的办法。”

“那我就请教你！”么吵吵认真快发火了，但他尽力克制着自己，“什么办法呢？！——说一句对不住了事？——打死了让他赔命？……”

“也不是那样讲。……”

“那又是怎样讲呢？”么吵吵终于大发其火，直着嗓子叫了，“老实说吧，他就没有办法！我们只有到场外前大河里去喝水了！”

这立刻引起一阵新的骚动。全都预感到精彩节目就要来了。

一个立在阶沿下人堆里的看客，大声回绝着朋友的催促道：

“你走你的嘛，我还要玩一会！”

提着茶壶穿堂走过的堂倌，也在兴高采烈叫道：

“让开一点，看把脑袋烫肿！”

在当街的最末一张桌子上，那里离么吵吵隔着四张桌子，一种平心静气的谈判已经快要结束。但是效果显然很少，因为长条子的陈新老爷，忽然气冲冲站起来了。

陈新老爷仰起瘦脸，颈子一扭，大叫道：

“你倒说你娃条鸟呵！……”

但他随又坐了下去，手指很响地击着桌面。

“老弟！”他一直望着联保主任，几乎一字一顿地说，“我不会害你的！一个人眼光要放远大一点，目前的事是谁也料不到的！——懂么？”

“我懂呵！难道你会害我？”

“那你就该听大家的劝呀！”

“查出来要这个啦，——我的老先人！”

联保主任苦涩地叫着，同时用手掌在后颈上一比：他怕杀头。

这的确也很可虑，因为严惩兵役舞弊的明令，已经来过三四次了。这就算不作数，我们这里隔上峰还远，但是县长对于我们就全然不相同了；他简直就在你的鼻子前面。并且，既然已经把人抓起去了，就要额外买人替换，一定也比平日困难得多。

加之，前一任县长正是为了壮丁问题被撤职的，而新县长一上任便宣称他要扫除役政上的种种积弊。谁知道他是不是也如一般新县长那样，上任时候的官腔总特别打得响，结果说过算事，或者他硬要认真地干一下？他的脾气又是怎样的呢？……

此外，联保主任还有一个不能冒这危险的重大理由。他已经四十岁了，但他还没有取得父亲的资格。他的两个太太都不中用，虽然一般人把责任归在这作丈夫的先天不足上面。好像就是再活下去，他也永远无济于事，作不成父亲。

然而，不管如何，看光景他是决不会冒险了。所以停停，他又解嘲地继续道：

“我的老先人！这个险我不敢冒。认真是我告了他的密都说得过去……”

他佯笑着，而且装做得很安静。同么吵吵一样，他也看出了事情的诸般困难，而他首先应该矢口否认那个密告的责任。但他没有料到，他把新老爷激恼了。

新老爷没有让他说完,便很生气地反驳道:

“你这才会装呢!可惜是大老爷亲自听兵役科说的!”

“方大主任!”么吵吵忽然直接地插进来了,“是人做出来的就撑住哇!我告诉你:赖,你今天无论如何赖不脱的!”

“嘴巴不要伤人啊!”联保主任忍不住发起火来。

他态度严正,口气充满了警告气味;但是么吵吵可更加蛮横了。

“是的,老子说了,是人做出来的你就撑住!”

“好嘛,你多凶呵。”

“老子就是这样!”

“对对对,你是老子!哈哈!……”

联保主任响着干笑,一面退回自己原先的座位上去。他觉得他在全镇的市民面前受了侮辱,他决心要同他的敌人斗到底了。仿佛就是拼掉老命他都决不低头。

联保主任的幕僚们依旧各有各的主见。牦牛肉说:

“你愈让他愈来了,是吧!”

“不行不行,事情不同了。”监爷叹着气说。

许多人都感到事情已经闹成僵局,接着来的一定会是谩骂,是散场了。因为情形明显得很,争吵的双方都是不会动拳头的。那些站在大街上看热闹的,已经在准备回家吃午饭了。

但是,茶客们却谁也不能轻易动身,担心有失体统。并且新老爷已经请了么吵吵过去,正在进行一种新的商量,希望能有一个顾全体面的办法。虽然按照常识,一个二十岁的青年人的生命,绝不能和体面相提并论,而关于体面的解释也很不一致。

然而,不管怎样,由于一种不得已的苦衷,么吵吵终于是让步了。

“好好,”他带着决然忍受一切的神情说,“就照你哥子说的做吧!”

“那么方主任,”新老爷紧接着站起来宣布说,“这一下就看你怎样,一切用费么老爷出,人由你找;事情也由你进城去办,办不通还有他们大老爷,——”

“就请大老爷办不更方便些么?”主任嘴快地插入说。

“是呀!也请他们大老爷,不过你负责就是了。”

“我负不了我个责。”

“什么呀?!”

“你想,我怎么能负这个责呢?”

“好!”

新老爷简捷地说,闷着脸坐下去了。他显然是被对方弄得不快意了;但是,沉默一会,他又耐着性子重新劝说起来。

“你是怕用的钱会推在你身上吧?”新老爷笑笑说。

“笑话!”联保主任毫不在意地答道,“我怕什么?又不是我的事。”

“那又是什么人的事呢?”

“我晓得的呀!”

联保主任回答这句话的时候,带着一种做作的安闲态度,而且嘲弄似地笑着,好像他是什么都不懂得,因此什么也不觉得可怕;但他没有料到么吵吵冲过来了。而且,那个气得胡子发抖的汉子,一把扭牢他的领口就朝街面上拖。

“我晓得你是个软硬人！——老子今天跟你拼了！……”

“大家都是面子上的人，有话好好说呵！”茶客们劝解着。

然而，一面劝解，一面偷偷溜走的也就不少。堂倌已经在忙着收茶碗了。监爷在四处向人求援，昏头昏脑地胡乱打着漩子，而这也正证明着联保主任并没有白费自己的酒肉。

“这太不成话了！”他摇头叹气说，“大家把他们分开吧！”

“我管不了！”视学边往街上溜去边说，“看血喷在我身上。”

牦牛肉在收捡着戒烟丸药，一面叽叽咕咕嚷道：

“这样就好！哪个没有生得有手么？好得很！”

但当丸药收捡停当的时候，他的上司已经吃了亏了。联保主任不断淌着鼻血，左眼睛已经青肿起来。他是新老爷解救出来的，而他现在已经被安顿在茶堂门口一张白木圈椅上面。

“你姓邢的是对的！”他摸摸自己的肿眼睛说，“你打得好！……”

“你嘴硬吧！”么吵吵气喘吁吁地唾着牙血，“你嘴硬吧！……”

牦牛肉悄悄向联保主任建议，说他应该马上找医生诊治一下，取个伤单；但是他的上司拒绝了他，反而要他赶快去雇滑竿。因为联保主任已经决定立刻进城控告去了。

联保主任的眷属，特别是他的母亲，那个以悭吝出名的小老太婆，早已经赶来了。

“咦，兴这样打么？”她连连叫道，“这样眼睛不认人么？!”

邢么太太则在丈夫耳朵边报告着联保主任的伤势。

“眼睛都肿来像毛桃子了！……”

“老子还没有打够！”吐着牙血，么吵吵吸口气说。

别的来看热闹的妇女也很不少，整个市镇几乎全给翻了转来。吵架打架本来就值得看，一对有面子的人物弄来动手动脚，自然也就更可观了！因而大家的情绪比看把戏还要热烈。

但正当这人心沸腾的时候，一个左腿微跛，满脸胡须的矮汉子忽然从人丛中挤了进来。这是蒋米贩子，因为神情呆板，大家又叫他蒋门神。前天进城赶场，么吵吵就托过他捎信的，因此他立刻把大家的注意一下子集中了。那首先抓住他的是邢么太太。

这是个顶着假发的肥胖妇人，爱做作，爱谈话，诨名九娘子。她颤声颤气问那米贩子道：

“托你打听的事情呢？……坐下来说吧！”

“打听的事情？”米贩子显得见怪似地答道，“人已经出来啦。”

“当真的呀！”许多人吃惊了，一齐叫了出来。

“那还是假的么？我走的时候，还在十字口茶馆里打牌呢。昨天夜里点名，他报数报错了，队长说他没资格打国仗，就开革了；打了一百军棍。”

一九四〇年

（收入《小城风波》，东方书社 1944 年 4 月版）

山 峡 中

艾 芜

江上横着铁链作成的索桥,巨蟒似的,现出顽强古怪的样子,终于渐渐吞蚀在夜色中了。

桥下凶恶的江水,在黑暗中奔腾着,咆哮着,发怒地冲打崖石,激起吓人的巨响。

两岸蛮野的山峰,好象也在怕着脚下的奔流,无法避开一样,都把头尽量地躲入疏星寥落的空际。

夏天的山中之夜,阴郁、寒冷、怕人。

桥头的神祠,破败而荒凉的,显然已给人类忘记了,遗弃了,孤零零地躺着,只有山风、江流送着它的余年。

我们这几个被世界抛却的人们,到晚上的时候,趁着月色星光,就从远山那边的市集里,悄悄地爬了下来,进去和残废的神们,一块儿住着,作为暂时的自由之家。

黄黑斑驳的神龛面前,烧着一堆煮饭的野火,跳起熊熊的红光,就把伸手取暖的阴影,鲜明地绘在火堆的周遭。上面金衣剥落的江神,虽也在暗淡的红色光影中,显出一足踏着龙头的悲壮样子,但人一看见那只扬起的握剑的手,是那么地残破,危危欲坠了,谁也要怜惜他这位末路英雄的。锅盖的四围,呼呼地冒出白色的蒸气,咸肉的香味和着松柴的芬芳,一时到处弥漫起来。这是宜于哼小曲、吹口哨的悠闲时候,但大家都是静默地坐着,只在暖暖手。

另一边角落里,燃着一节残缺的蜡烛,摇曳地吐出微黄的光辉,展画出另一个暗淡的世界。没头的土地菩萨侧边,躺着小黑牛,污腻的上身完全裸露出来,正无力地呻唤着,衣和裤上的血迹,有的干了,有的还是湿渍渍的。夜白飞就坐在旁边,给他揉着腰杆,擦着背,一发现重伤的地方,便惊讶地喊:

“呵呀,这一处!”

接着咒骂起来:

“他妈的!这地方的人,真毒!老子走尽天下,也没碰见过这些吃人的东西!……这里的江水也可恶,象今晚要把我们冲走一样!”

夜愈静寂,江水也愈吼得厉害,地和屋宇和神龛都在震颤起来。

“小伙子,我告诉你,这算什么呢?对待我们更要残酷的人,天底下还多哩,……苍蝇一样的多哩!”

这是老头子不高兴的声音,由那薄暗的地方送来,仿佛在说,“你为什么要大惊小怪哪!”他躺在一张破烂虎皮的毯子上面,样子却望不清楚,只是铁烟管上的旱烟,现出一明一暗的红焰。复又吐出教训的话语:

“我么?人老了,拳头棍棒可就挨得不少。……想想看,吃我们这行饭,不怕挨打就是本钱哪!……没本钱怎么做生意呢?”

在这边烤火的鬼冬哥把手一张,脑袋一仰,就大声插嘴过去,一半是讨老人的好,一半是夸自己的狠。

"是呀,要活下去。我们这批人打断腿子倒是常有的事情,……象那回在鸡街,鼻血打出了,牙齿打脱了,腰杆也差不多伸不起来,我回来的时候,不是还在笑吗?……"

"对哪!"老头子高兴地坐了起来,"还有,小黑牛就是太笨了,嘴巴又不会扯谎,有些事情一说就说脱了的。象今天,你说,也掉东西,谁还拉着你哩?……只晓得说'不是我,不是我',就是这一句,人家怎不搜你身上呢?……不怕挨打,也好嘛!……呻唤,呻唤,尽是呻唤!"

我虽是没有就着火光看书了,但却仍旧把书拿在手里的。鬼冬哥得了老头子的赞许,就动手动足起来,一把抓着我的书喊道:

"看什么?书上的废话,有什么用呢?一个钱也不值,……烧起来还当不得这一根干柴。……听,老人家在讲我们的学问哪!"

一面就把一根干柴,送进火里。

老头子在砖上叩去了铁烟管上的余烬,很矜持地说道:

"我们的学问,没有写在纸上,……写来给傻子读么?……第一……一句话,就是不怕和扯谎!……第二……我们的学问,哈哈哈。"

似乎一下子觉出了,我才同他合伙没久的,便用笑声掩饰着更深一层的话了。

"烧了吧,烧了吧,你这本傻子才肯读的书!"

鬼冬哥作势要把书抛进火里去,我忙抢着喊:

"不行!不行!"

侧边的人就叫了起来:

"锅碰倒了!锅碰倒了!"

"同你的书一块去跳江吧!"

鬼冬哥笑着把书丢给了我。

老头子轻徐地向我说道:

"你高兴同我们一道走,还带那些书做什么呢?……那是没用的,小时候我也读过一两本。"

"用处是不大的,不过闲着的时候,看看罢了,象你老人家无事的时候吸烟一样。……"

我不愿同老头子引起争论,因为就有再好的理由也说不服他这顽强的人的,所以便这样客气地答复他。他得意地笑了,笑声在黑暗中散播着。至于说到要同他们一道走,我却没有如何决定,只是一路上给生活压来说气忿话的时候,老头子就误以为我真的要入伙了。今天去干的那一件事,无非由于他们的逼迫,凑凑角色罢了,并不是另一个新生活的开始。我打算趁此向老头子说明,也许不多几天,就要独自走我的,但却给小黑牛突然一阵猛烈的呻唤打断了。

大家皱着眉头沉默着。

在这些时候,不息地打着桥头的江涛,仿佛要冲进庙来,扫荡一切似的。江风也比往天晚上大些,挟着尘沙,一阵阵地滚入,简直要连人连锅连火吹走一样。

残烛熄灭,火堆也闷着烟,全世界的光明,统给风带走了,一切重返于无涯的黑暗。只有小黑牛痛苦的呻吟,还表示出了我们悲惨生活的存在。

野老鸦拨着火堆,尖起嘴巴吹,闪闪的红光,依旧喜悦地跳起,周遭不好看的脸子,重又画出来了。大家吐了一口舒适的气。野老鸦却是流着眼泪了,因为刚才吹的时候,

湿烟熏着了他的眼睛,他伸手揉揉之后,独自悠悠地说:

“今晚的大江,吼得这么大……又凶,……象要吃人的光景哩,该不会出事吧……”

大家仍旧沉默着。外面的山风、江涛,不停地咆哮,不停地怒吼,好象诅咒我们的存在似的。

小黑牛突然大声地呻唤,发出痛苦的呓语:

“哎呀,……哎……害了我了……害了我了,……哎呀……哎呀……我不干了!我不……”

替他擦着伤处的夜白飞,点燃了残烛,用一只手挡着风,照映出小黑牛打坏了的身子——正痉挛地做出要翻身不能翻的痛苦光景,就赶快替他往腰部揉一揉,狠狠地抱怨他:

“你在说什么?你……鬼附着你哪!”

同时掉头回去,恐怖地望望黑暗中的老头子。

小黑牛突地翻过身,嗄声嘶叫:

“你们不得好死的!你们!……菩萨!菩萨呀!”

已经躺下的老头子突然坐了起来,轻声说道:

“这样吗?……哦……”

忽又生气了,把铁烟管用力地往砖上扣了一下,说:

“菩萨,菩萨,菩萨也同你一样的倒楣!”

交闪在火光上面的眼光,都你望我我望你地,现出不安的神色。

野老鸦向着黑暗的门外看了一下,仍旧静静地说:

“今晚的江水实在吼得太大了!……我说嘛……”

“你说,……你一开口,就是吉利的!”

鬼冬哥粗暴地盯了野老鸦一眼,狠狠地咒诅着。

一阵风又从破门框上刮了进来,激起点点红艳的火星,直朝鬼冬哥的身上迸射。他赶快退后几步,向门外黑暗中的风声,扬着拳头骂:

“你进来!你进来!……”

神祠后面的小门一开,白色鲜朗的玻璃灯光和着一位油黑蛋脸的年青姑娘,连同笑声,挤进我们这个暗淡的世界里来了。黑暗、沉闷和忧郁,都悄悄地躲去。

“喂,懒人们!饭煮得怎样了?……孩子都要饿哭了哩!”

一手提灯,一手抱着一块木头人儿,亲昵地偎在怀里,做出母亲那样高兴的神情。

蹲着暖手的鬼冬哥把头一仰,手一张,高声哗笑起来:

“哈呀,野猫子,……一大半天,我说你在后面做什么?……你原来是在生孩子哪!……”

“呸,我在生你!”

接着啵的响了一声,野猫子生气了,鼓起原来就是很大的乌黑眼睛,把木人儿打在鬼冬哥的身旁;一下子冲到火堆边上,放下了灯,揭开锅盖,用筷子查看锅里翻腾滚沸的咸肉。白蒙蒙的蒸气,便在雪亮的灯光中,袅袅地上升着。

鬼冬哥拾起木人儿,做模做样地喊道:

“呵呀,……尿都跌出来了!……好狠毒的妈妈!”

野猫子不说话,只把嘴巴一尖,头颈一伸,向他做个顽皮的鬼脸,就撕着一大块油腻腻的肉,有味地嚼她的。

小骡子用手肘碰碰我,斜起眼睛打趣说:

“今天不是还在替孩子买衣料吗?”

接着大笑起来:

“吓吓,……酒鬼……吓吓,酒鬼。”

鬼冬哥也突地记起了,哗笑着,向我喊:

“该你抱!该你抱!”

就把木人儿递在我的面前。

野猫子将锅盖骤然一盖,抓着木人儿,抓着灯,象风一样蓦地卷开了。

小骡子的眼珠跟着她的身子溜,点点头说:

“活象哪,活象哪,一条野猫子!”

她把灯、木人儿和她自己,一同蹲在老头子的面前,撒娇地说:

“爷爷,你抱抱!娃儿哭哩!”

老头子正生气地坐着,虎着脸,耳根下的刀疤,绽出红涨的痕迹,不答理他的女儿。女儿却不怕爸爸的,就把木人儿的蓝色小光头,伸向短短的络腮胡上,顽皮地乱闯着,一面努起小嘴巴,娇声娇气地说:

“抱,嗯,抱,一定要抱!”

“不!”

老头子的牙齿缝里挤出这么一声。

“嗯,一定要抱,一定要,一定!”

老头子在各方面,都很顽强的,但对女儿却每一次总是无可如何地屈服了。接着木人儿,对在鼻子尖上,鼓大眼睛,粗声粗气地打趣道:

“你是哪个的孩子?……喊声外公吧!喊,蠢东西!”

“不给你玩!拿来,拿来!”

野猫子一把抓去了,气得翘起了嘴巴。

老头子却粗暴地哗笑起来。大家都感到了异常的轻松,因为残留在这个小世界里的怒气,这一下子也已完全冰消了。

我只把眼光放在书上,心里却另外浮起了今天那一件新鲜而有趣的事情。

早上,他们叫我装做农家小子,拿着一根长烟袋,野猫子扮成农家小媳妇,提着一只小竹篮,同到远山那边的市集里,假做去买东西。他们呢,两个三个地远远尾在我们的后面,也装做忙忙赶市的样子。往日我只是留着守东西,从不曾伙同他们去干的,今天机会一到,便逼着扮演一位不重要的角色,可笑而好玩地登台了。

山里的市集,也很热闹的,拥挤着许多远地来的庄稼人。野猫子同我走到一家布摊子的面前,她就把竹篮子套在手腕上,乱翻起摊子上的布来,选着条纹花的说不好,选着棋盘格的也说不好,惹得老板也感到烦厌了。最后她扯出一匹蓝底白色的印花布,喜孜孜地叫道:

“呵呀,这才好看哪!”

随即转掉身来,仰起乌溜溜的眼睛,对我说:

“爸爸,……买一件给阿狗穿!”

我简直想笑起来——天呀!她怎么装得这样象!幸好始终板起了面孔,立刻记起了他们教我的话。

“不行,太贵了!……我没那样多的钱花!”

“酒鬼,我晓得!你的钱,是要喝马尿水的!”

同时在我的鼻子尖上,竖起一根示威的指头,点了两点。说完就一下子转过身去,气狠狠地把布丢在摊子上。

于是,两个人就小小地吵起嘴来了。

满以为狡猾的老板总要看我们这幕滑稽剧的,哪知道他才是见惯不惊了,眼睛始终照顾着他的摊子。

野猫子最后赌气说:

“不买了,什么也不买了!”

一面却向对面街边上的货摊子望去。突然做出吃惊的样子,低声地向我也是向着老板喊:

“呀!看,小偷在摸东西哪!”

我一望去,简直吓灰了脸,怎么野猫子会来这一着?在那边干的人不正是夜白飞、小黑牛他们吗?

然而,正因为这一着,事情却得手了。后来,小骡子在路上告诉我,就是在这个时候,狡猾的老板始把时时刻刻都在提防的眼光引向远去,他才趁势偷去一匹上好的细布的。当时我却不知道,只听得老板幸灾乐祸地袖着手说:

“好呀!好呀!王老三,你也倒楣了!”

我还呆着看,野猫子便揪了我一把,喊道:

“酒鬼,死了么?”

我便跟着她赶快走开,却听着老板在后面冷冷地笑着,说风凉话哩。

“年纪青青,就这样的泼辣!咳!”

野猫子掉回头来啐了一口。

…………

“看进去了!看进去了!”

鬼冬哥一面端开炖肉的锅,一面打趣着我。

于是,我的回味,便同山风刮着的火烟,一道儿溜走了。

中夜,纷乱的足声和嘈杂的低语,惊醒了我;我没有翻爬起来,只是静静地睡着。象是野猫子吧?走到我所睡的地方,站了一会,小声说道:

“睡熟了,睡熟了。”

我知道一定有什么瞒我的事在发生着了,心里禁不住惊跳起来,但却不敢翻动,只是尖起耳朵凝神地听着。忽然听见夜白飞哀求的声音,在暗黑中颤抖地说着:

“这太残酷了,太,太残酷了……魏大爷,可怜他是……”

尾声低小下去,听着的只是夜深打岸的江涛。

接着老头子发出钢铁一样的高音,叱责着。

“天底下的人,谁可怜过我们?……小伙子,个个都对我们捏着拳头哪!要是心肠软一点,还活得到今天吗?你……哼,你!小伙子,在这里,懦弱的人是不配活的。……他,又知道我们的……咳,那么多!怎好白白放走呢?”

那边角落里躺着的小黑牛,似乎被人抬了起来,一路带着痛苦的呻唤和着杂乱的足步，流向神祠的外面去。一时屋里静悄悄的了，简直空洞得十分怕人。

我轻轻地抬起头，朝破壁缝中望去，外面一片清朗的月色，已把山峰的姿影、崖石的面部和林木的参差，或浓或淡地画了出来，更显着峡壁的阴森和凄郁，比黄昏时候看起来还要怕人些。山脚底，汹涌着一片蓝色的奔流，碰着江中的石礁，不断地在月光中，溅跃起、喷射起银白的水花。白天，尤其黄昏时候，看起来象是顽强古怪的铁索桥呢，这时却在皎洁的月下，露出妩媚的修影了。

老头子和野猫子站在桥头。影子投在地上。江风掠飞着他们的衣裳。

另外抬着东西的几个阴影，走到索桥的中部，便停了下来。蓦地一个人那么样的形体，很快地丢下江去。原先就是怒吼着的江涛，却并没有因此激起一点另外的声息，只是一霎时在落下处，跳起了丈多高亮晶晶的水珠，然而也就马上消灭了。

我明白了，小黑牛已经在这世界上凭借着一只残酷的巨手，完结了他的悲惨的命运了。但他往天那样老实而苦恼的农民样子，却还遗留在我的心里，搅得我一时无法安睡。

他们回来了。大家都是默无一语地悄然睡下，显见得这件事的结局是不得已的，谁也不高兴做的。在黑暗中，野老鸦翻了一个身，自言自语地低声说道：

"江水实在吼得太大了！"

没有谁答一句话，只有庙外的江涛和山风，鼓噪地应和着。

我回忆起小黑牛坐在坡上歇气时，常常爱说的那一句话了。

"那多好呀！……那样的山地！……还有那小牛！"

随着他那忧郁的眼睛了望去，一定会在晴明的远山上面，看出点点灰色的茅屋和正在缕缕升起的蓝色轻烟的。同伴们也知道，他是被那远处人家的景色，勾引起深沉的怀乡病了，但却没有谁来安慰他，只是一阵地瞎打趣。

小骡子每次都爱接着他的话说：

"还有那白白胖胖的女人罗！"

另一人插嘴道：

"正在张太爷家里享福哪，吃好穿好的。"

小黑牛呆住了，默默地低下了头。

"鬼东西，总爱提这些！……我们打几盘再走吧，牌喃？牌喃？……谁捡着？"

夜白飞始终袒护着小黑牛；众人知道小黑牛的悲惨故事，也是由他的嘴巴传达出来的。

"又是在想，又是在想！你要回去死在张太爷的拳头下才好的！……同你的山地牛儿一块去死吧！"

鬼冬哥在小黑牛的鼻子尖上示威似地摇一摇拳头，就抽身到树荫下打纸牌去了。

小黑牛在那个世界里躲开了张太爷的拳击，掉过身来在这个世界里，却仍然又免不了江流的吞食。我不禁就由这想起，难道穷苦人的生活本身，便原是悲痛而残酷的么？也许地球上还有另外的光明留给我们的吧？明天我准于要走了。

次晨醒来，只有野猫子和我留着。

破败凋残的神祠，灰尘满积的神龛，吊挂蛛网的屋角，俱如我枯燥的心地一样，是灰色的、暗淡的。

除却时时刻刻都在震人心房的江声而外，在这里简直可以说没有一样东西使人感到兴奋了。

野猫子先我起来，穿着青花布的短衣，大脚统的黑绸裤，独自生着火，燉着开水，悠悠闲闲地坐在火旁边唱着：

江水呵，
慢慢流，
流呀流，
流到东边大海头，

我一面爬起来扣着衣纽，听着这样的歌声，越发感到岑寂了。便没精打采地问(其实自己也是知道的)：

“野猫子，他们哪里去了？”

“发财去了！”

接着又唱她的：

那儿呀，没有忧！
那儿呀，没有愁！

她见我不时朝昨夜小黑牛睡的地方瞭望，便打探似地说道：

“小黑牛昨夜可真叫得凶，大家都吵来睡不着。”

一面闪着她乌黑的狡猾的眼睛。

“我没听见。”

打算听她再捏造些什么话，便故意这样地回答。

她便继续说：

“一早就抬他去医伤去了！……他真是个该死的家伙，不是爸爸估着他，说着好，他还不去呢！”

她比着手势，很出色地形容着，好象真有那么一回事一样。

刚在火堆边坐着的我，简直感到忿怒了，便低下头去，用干枝拨着火冷冷地说：

“你的爸爸，太好了，太好了！……可惜我却不能多跟他老人家几天了。”

“你要走了吗？”她吃了一惊，随即生气地骂道，“你也想学小黑牛了！”

“也许……不过……”

我一面用干枝画着灰，一面犹豫地说。

“不过什么？不过！……爸爸说的好，懦弱的人，一辈子只有给人踏着过日子的。……伸起腰杆吧！抬起头吧！……羞不羞哪，象小黑牛那样子！”

“你的爸爸，说的话，是对的，做的事，却错了！”

“为什么？”

“你说为什么？……并且昨夜的事情，我通通看见了！”

我说着，冷冷的眼光浮了起来。看见她突然变了脸色，但又一下子恢复了原状，而且狡猾地说着：“吓吓，就是为了这才要走吗？你这不中用的！”

马上揭开开水罐子看，气冲冲地骂：

“还不开！还不开！”

蓦地象风一样卷到神殿后面去，一会儿，抱了一抱干柴出来。一面拨大火，一面柔和地说：

“害怕吗？要活下去，怕是不行的。昨夜的事，多着哩，久了就会见惯了的。……是吗？规规矩矩地跟我们吧，……你这阿狗的爹，哈哈哈！”

她狂笑起来，随即抓着昨夜丢下了的木人儿，顽皮的命令我道：

“木头，抱，抱，他哭哩！”

我笑了起来，但却仍然去整顿我的衣衫和书。

“真的要走么？来来来，到后面去！”

她的两条眉峰一竖，眼睛露出恶毒的光芒，看起来，却是又美丽又可怕的。

她比我矮一个头，身子虽是结实，但却总是小小的，一种好奇的冲动作弄着我：于是无意识地笑了一下，便尾着她到后面去了。

她从柴草中抓出一把雪亮的刀来，半张不理地递给我，斜瞬着狡猾的眼睛，命令道：

“试试看，你砍这棵树！”

我由她摆布，接着刀，照着面前的黄桷树，用力砍去，结果只砍了半寸多深。因为使刀的本事，我原是不行的。

“让我来！”

她突地活跃了起来，夺去了刀，做出一个侧面骑马的姿势，很结实地一挥，喳的一刀，便没入树身三四寸的光景，又毫不费力地拔了出来，依旧放在柴草里边，然后气昂昂地走来我的面前，两手插在腰上，微微地噘起嘴巴，笑嘻嘻地嘲弄我：

“你怎么走得脱呢？……你怎么走得脱呢？”

于是，在这无人的山中，我给这位比我小块的野女子窘住了。正还打算这样地回答她：

“你的爸爸会让我走的！”

但她却忽然抽身跑开了，一面高声唱着，仿佛奏着凯旋一样：

> 这儿呀，也没有忧，
> 这儿呀，也没有愁。

我慢步走到江边去，无可奈何地徘徊着。

峰尖浸着粉红的朝阳。半山腰，抹着一两条淡淡的白雾。崖头苍翠的树丛，如同洗后一样的鲜绿。峡里面，到处都流溢着清新的晨光。江水仍旧发着吼声，但却没有夜来那样的怕人。清亮的波涛，碰在嶙峋的石上，溅起万朵灿然的银花，宛若江在笑着一样。谁能猜到这样美好的地方，曾经发生过夜来那样可怕的事情呢？

午后，在江流的澎湃中，迸裂出马铃子连击的声响，渐渐强大起来。野猫子和我都感到非常的诧异，赶快跑出去看。久无人行的索桥那边，从崖上转下来一小队人，正由桥上走了过来。为首的一个胖家伙，骑着马，十多个灰衣的小兵，尾在后面。还有两三个行李挑子，和一架坐着女人的滑竿。

“糟了！我们的对头呀！”

野猫子恐慌起来，我却故意喜欢地说道：

“那么，是我的救星了！”

野猫子狠狠地看了我一眼，把嘴唇紧紧地闭着，两只嘴角朝下一弯，傲然地说：

“我还怕么？……爸爸说的，我们原是在刀上过日子哪！迟早总有那么一天的。”

他们一行人来到庙前，便息了下来。老爷和太太坐在石阶上，互相温存地问询着。勤务兵似的孩子，赶忙在挑子里面，找寻着温水瓶和毛巾。抬滑竿的伕子，满头都是汗，走下江边去喝江水。兵士们把枪横在地上，从耳上取下香烟缓缓地点燃，吸着。另一个班长似的灰衣汉子,军帽挂在脑后,毛巾缠在颈上,走到我们的面前。枪兜子抵在我的足边,眼睛盯着野猫子,盘问我们是做什么的,从什么地方来,到什么地方去。

野猫子咬着嘴唇,不做声。

我就从容地回答他,说我们是山那边的人,今天从丈母家回来,在此歇歇气的。同时催促野猫子说:

"我们走吧?——阿狗怕在家里哭哩!"

"是呀,我很担心的。……唉,我的足怪疼哩!"

野猫子做出焦眉愁眼的样子,一面就摸着她的足,叹气。

"那就再歇一会吧。"

我们便开始讲起山那边家中的牛马和鸡鸭,竭力做出一对庄稼人的应有的风度。

他们歇了一会,就忙着赶路走了。

野猫子欢喜得直是跳,抓着我喊:

"你怎么不叫他们抓我呢?怎么不呢?怎么不呢?"

她静下来叹一口气,说:

"我倒打算杀你哩;唉,我以为你是恨我们的。……我还想杀了你,好在他们面前显显本事。……先前,我还不曾单独杀过一个人哩。"

我静静地笑着说:

"那末,现在还可以杀哩。"

"不,我现在为什么要杀你呢?……"

"那么,规规矩矩地让我走吧!"

"不!你得让爸爸好好地教导一下子!……往后再吃几个人血馒头就好了!"

她坚决地吐出这话之后,就重又唱着她那常常在哼的歌曲,我的话、我的祈求,全不理睬了。

于是,我只好待着黄昏的到来,抑郁地。

晚上,他们回来了,带着那么多的"财喜",看情形,显然是完全胜利,而且不象昨天那样小干的了。老头子喝得泥醉,由鬼冬哥的背上放下,便呼呼地睡着。原来大家因为今天事事得手,就都在半路上的山家酒店里,喝过庆贺的酒了。

夜深都睡得很熟,神殿上交响着鼻息的鼾声。我却不能安睡下去,便在江流激湍中,思索着明天怎样对付老头子的话语,同时也打算趁此夜深人静,悄悄地离开此地。但一想到山中不熟悉的路径,和夜间出游的野物,便又只好等待天明了。

大约将近天明的时候,我才昏昏地沉入梦中。醒来时,已快近午,发现出同伴们都已不见了,空空洞洞的破残神祠里,只我一人独自留着。江涛仍旧热心地打着崖石,不过比往天却显得单调些、寂寞些了。

我想着,这大概是我昨晚独自儿在这里过夜,做了一场荒诞不经的梦,今朝从梦中醒来,才有点感觉异常吧。

但看见躺在砖地上的灰堆,灰堆旁边的木人儿,与乎留在我书里的三块银元时,烟霭也似的遐思和怅惘,便在我岑寂的心上缕缕地升起来了。

一九三三年冬,上海。

(收入《南行记》,文化生活出版社 1935 年 12 月版)

呼兰河传(节选)

萧　红

第三章

一

呼兰河这小城里边住着我的祖父。

我生的时候,祖父已经六十多岁了,我长到四五岁,祖父就快七十了。

我家有一个大花园,这花园里蜂子,蝴蝶,蜻蜓,蚂蚱,样样都有。蝴蝶有白蝴蝶,黄蝴蝶。这种蝴蝶极小,不太好看。好看的是大红蝴蝶,满身带着金粉。

蜻蜓是金的,蚂蚱是绿的,蜂子则嗡嗡地飞着,满身绒毛,落到一朵花上,胖圆圆的就和一个小毛球似的不动了。

花园里边明皇皇的,红的红,绿的绿,新鲜漂亮。

据说这花园,从前是一个果园。祖母喜欢吃果子就种了果园。祖母又喜欢养羊,羊就把果树给啃了。果树于是都死了。到我有记忆的时候,园子里就只有一棵樱桃树,一棵李子树,为因樱桃和李子都不大结果子,所以觉得他们是并不存在的。小的时候,只觉得园子里边就有一棵大榆树。

这榆树在园子的西北角上,来了风,这榆树先啸,来了雨,大榆树先就冒烟了。太阳一出来,大榆树的叶子就发光了,它们闪烁得和沙滩上的蚌壳一样了。

祖父一天都在后园里边,我也跟着祖父在后园里边。祖父戴一个大草帽,我戴一个小草帽,祖父栽花,我就栽花,祖父拔草,我就拔草。当祖父下种种小白菜的时候,我就跟在后边,把那下了种的土窝,用脚一个一个的溜平,那里会溜得准,东一脚的,西一脚的瞎闹。有的把菜种不单没被土盖上,反而把菜子踢飞了。

小白菜长得非常之快,没有几天就冒了芽了,一转眼就可以拔下来吃了。

祖父铲地,我也铲地,因为我太小,拿不动那锄头杆,祖父就把锄头杆拔下来,让我单拿着那个锄头的“头”来铲。其实那里是铲,也不过爬在地上,用锄头乱勾一阵就是了。也认不得那个是苗,那个是草。往往把韭菜当做野草一起的割掉,把狗尾草当做谷穗留着。

等祖父发现我铲的那块满留着狗尾草的一片,他就问我:

“这是什么?”

我说:

“谷子。”

祖父大笑起来,笑得够了,把草摘下来问我:

“你每天吃的就是这个吗?”

我说:

“是的。”

我看着祖父还在笑,我就说:

“你不信,我到屋里拿来你看。”

我跑到屋里拿了鸟笼上的一头谷穗,远远的就抛给祖父了。说:

“这不是一样的吗?”

祖父慢慢的把我叫过去,讲给我听,说谷子是有芒针的。狗尾草则没有,只是毛嘟嘟的真像狗尾巴。

祖父虽然教我,我看了也并不细看,也不过马马虎虎承认下来就是了。一抬头看见了一个黄瓜长大了,跑过去摘下来,我又去吃黄瓜去了。

黄瓜也许没有吃完,又看见了一个大蜻蜓从旁飞过,于是丢了黄瓜又去追蜻蜓去了。蜻蜓飞得多么快,那里会追得上。好在一开初也没有存心一定追上,所以站起来,跟了蜻蜓跑了几步就又去做别的去了。

采一个倭瓜花心,捉一个大绿豆青蚂蚱,把蚂蚱腿用线绑上,绑了一会,也许把蚂蚱腿就绑掉,线头上只拴了一只腿,而不见蚂蚱了。

玩腻了,又跑到祖父那里去乱闹一阵,祖父浇菜,我也抢过来浇,奇怪的就是并不往菜上浇,而是拿着水瓢,拼尽了力气,把水往天空里一扬,大喊着:

“下雨了,下雨了。”

太阳在园子里是特大的,天空是特别高的,太阳的光芒四射,亮得使人睁不开眼睛,亮得蚯蚓不敢钻出地面来,蝙蝠不敢从什么黑暗的地方飞出来。是凡在太阳下的,都是健康的,漂亮的,拍一拍连大树都会发响的,叫一叫就是站在对面的土墙都会回答似的。

花开了,就像花睡醒了似的。鸟飞了,就像鸟上天了似的。虫子叫了,就像虫子在说话似的。一切都活了。都有无限的本领,要做什么,就做什么。要怎么样,就怎么样。都是自由的。倭瓜愿意爬上架就爬上架,愿意爬上房就爬上房。黄瓜愿意开一个谎花,就开一个谎花,愿意结一个黄瓜就结一个黄瓜。若都不愿意,就是一个黄瓜也不结,一朵花也不开,也没有人问它似的。玉米愿意长多高就长多高,他若愿意长上天去,也没有人管。蝴蝶随意的飞,一会从墙头上飞来一对黄蝴蝶,一会又从墙头上飞走了一个白蝴蝶。它们是从谁家来的,又飞到谁家去?太阳也不知道这个。

只是天空蓝悠悠的,又高又远。

可是白云一来了的时候,那大团的白云,好像洒了花的白银似的,从祖父的头上经过,好像要压到了祖父的草帽那么低。

我玩累了,就在房子底下找个阴凉的地方睡着了。不用枕头,不用席子,就把草帽遮在脸上就睡了。

二

祖父的眼睛是笑盈盈的,祖父的笑,常常笑成和孩子似的。

祖父是个长得很高的人,身体很健康,手里喜欢拿着个手杖。嘴上则不住的抽着旱烟管,遇到了小孩子,每每喜欢开个玩笑,说:

“你看天空飞个家雀。”

趁那孩子往天空一看,就伸出手去把那孩子的帽给取下来了,有的时候放在长衫的下边,有的时候放在袖口里头。他说:

“家雀叼走了你的帽啦。”

孩子们都知道了祖父的这一手了，并不以为奇，就抱住他的大腿，向他要帽子，摸着他的袖管，撕着他的衣襟，一直到找出帽子来为止。

祖父常常这样做，也总是把帽放在同一的地方，总是放在袖口和衣襟下。那些搜索他的孩子没有一次不是在他衣襟下把帽子拿出来的，好像他和孩子们约定了似的，“我就放在这块，你来找吧！”

这样的不知做过了多少次，就像老太太永久讲着“上山打老虎”这一个故事给孩子们听似的，哪怕是已经听过了五百遍，也还是在那里回回拍手，回回叫好。

每当祖父这样做一次的时候，祖父和孩子们都一齐的笑得不得了。好像这戏还像第一次演似的。

别人看了祖父这样做，也有笑的，可不是笑祖父的手法好，而是笑他天天使用一种方法抓掉了孩子的帽子，这未免可笑。

祖父不怎样会理财，一切家务都由祖母管理。祖父只是自由自在的一天闲着，我想，幸好我长大了，我三岁了，不然祖父该多寂寞。我会走了，我会跑了。我走不动的时候，祖父就抱着我，我走动了，祖父就拉着我。一天到晚，门里门外，寸步不离，而祖父多半是在后园里，于是我也在后园里。

我小的时候，没有什么同伴，我是我母亲的第一个孩子。

我记事很早，在我三岁的时候，我记得我的祖母用针刺过我的手指，所以我很不喜欢她。我家的窗子，都是四边糊纸，当中嵌着玻璃。祖母是有洁癖的，以她屋的窗纸最白净。别人抱着把我一放在祖母的炕边上，我不假思索的就要往炕里边跑，跑到窗子那里，就伸出手去，把那白白透着花窗棂的纸窗给通了几个洞，若不加阻止，就必得挨着排给通破，若有人招呼着我，我也得加速的抢着多通几个才能停止。手指一触到窗上，那纸窗像小鼓似的，嘭嘭的就破了。破得越多，自己越得意。祖母若来追我的时候，我就越得意了，笑得拍着手，跳着脚的。

有一天祖母看我来了，她拿了一个大针就到窗子外边去等我去了。我刚一伸出手，手指就痛得厉害。我就叫起来了。那就是祖母用针刺了我。

从此，我就记住了，我不喜她。

虽然她也给我糖吃，她咳嗽时吃猪腰烧川贝母，也分给我猪腰，但是我吃了猪腰还是不喜她。

在她临死之前，病重的时候，我还曾吓了她一跳。有一次她自己一个人坐在炕上熬药，药壶是坐在炭火盆上，因为屋里特别的寂静，听得见那药壶骨碌骨碌的响。祖母住着两间房子，是里外屋，恰巧外屋也没有人，里屋也没人，就是她自己。我把门一开，祖母并没有看见我，于是我就用拳头在板隔壁上，咚咚的打了两拳。我听到祖母“哟”的一声，铁火剪子就掉了地上了。

我再探头一望，祖母就骂起我来。她好像就要下地来追我似的。我就一边笑着，一边跑了。

我这样的吓唬祖母，也并不是向她报仇，那时我才五岁，是不晓得什么的。也许觉得这样好玩。

祖父一天到晚是闲着的，祖母什么工作也不分配给他。只有一件事，就是祖母的地桌上的摆设，有一套锡器，却总是祖父擦的。这可不知道是祖母派给他的，还是他自动的愿意工作，每当祖父一擦的时候，我就不高兴，一方面是不能领着我到后园里去玩了，另一方面祖父因此常常挨骂，祖母骂他懒，骂他擦的不干净。祖母一骂祖父的时候，就常常不知为什么连我也骂上。

祖母一骂祖父，我就拉着祖父的手往外边走，一边说：

“我们后园里去吧。”

也许因此祖母也骂了我。

她骂祖父是“死脑瓜骨”，骂我是“小死脑瓜骨”。

我拉着祖父就到后园里去了，一到了后园里，立刻就另是一个世界了。决不是那房子里的狭窄的世界，而是宽广的，人和天地在一起，天地是多么大，多么远，用手摸不到天空。而土地上所长的又是那么繁华，一眼看上去，是看不完的，只觉得眼前鲜绿的一片。

一到后园里，我就没有对象的奔了出去，好像我是看准了什么而奔去了似的，好像有什么在那儿等着我似的。其实我是什么目的也没有。只觉得这园子里边无论什么东西都是活的，好像我的腿也非跳不可了。

若不是把全身的力量跳尽了，祖父怕我累了想招呼住我，那是不可能的，反而他越招呼，我越不听话。

等到自己实在跑不动了，才坐下来休息，那休息也是很快的，也不过随便在秧子上摘下一个黄瓜来，吃了也就好了。

休息好了又是跑。

樱桃树，明是没有结樱桃，就偏跑到树上去找樱桃。李子树是半死的样子了，本不结李子的，就偏去找李子。一边在找还一边大声的喊，在问着祖父：

“爷爷，樱桃树为什么不结樱桃？”

祖父老远的回答着：

“因为没有开花，就不结樱桃。”

再问：

“为什么樱桃树不开花？”

祖父说：

“因为你嘴馋，它就不开花。”

我一听了这话，明明是嘲笑我的话，于是就飞奔着跑到祖父那里，似乎是很生气的样子。等祖父把眼睛一抬，他用了完全没有恶意的眼睛一看我，我立刻就笑了。而且是笑了半天的工夫才能够止住，不知那里来了那许多高兴。把后园一时都让我搅乱了，我笑的声音不知有多大，自己都感到震耳了。

后园中有一棵玫瑰。一到五月就开花的。一直开到六月。花朵和酱油碟那么大。开得很茂盛，满树都是，因为花香，招来了很多的蜂子，嗡嗡的在玫瑰树那儿闹着。

别的一切都玩厌了的时候，我就想起来去摘玫瑰花，摘了一大堆把草帽脱下来用帽兜子盛着。在摘那花的时候，有两种恐惧，一种是怕蜂子的勾刺人，另一种是怕玫瑰的刺刺手。好不容易摘了一大堆，摘完了可又不知道做什么了。忽然异想天开，这花若给祖父戴起来该多好看。

祖父蹲在地上拔草，我就给他戴花。祖父只知道我是在捉弄他的帽子，而不知道我到底是在干什么。我把他的草帽给他插了一圈的花，红通通的二三十朵。我一边插着一边笑，当我听到祖父说：

“今年春天雨水大，咱们这棵玫瑰开得这么香。二里路也怕闻得到的。”

就把我笑得哆嗦起来。我几乎没有支持的能力再插上去。等我插完了，祖父还是安然的不晓得。他还照样的拔着垅上的草。我跑得很远的站着，我不敢往祖父那边看，一看就想笑。所以我借机进屋去找一点吃的来，还没有等我回到园中，祖父也进屋来了。

那满头红通通的花朵，一进来祖母就看见了。她看见什么也没说，就大笑了起来。父亲母亲也笑了起来，而以我笑得最厉害，我在炕上打着滚笑。

祖父把帽子摘下来一看，原来那玫瑰的香并不是因为今年春天雨水大的缘故，而是那花就顶在他的头上。

他把帽子放下，他笑了十多分钟还停不住，过一会一想起来，又笑了。

祖父刚有点忘记了，我就在旁边提着说：

“爷爷……今年春天雨水大呀……”

一提起，祖父的笑就来了。于是我也在炕上打起滚来。

就这样一天一天的，祖父，后园，我，这三样是一样也不可缺少的了。

刮了风，下了雨，祖父不知怎样，在我却是非常寂寞的了。去没有去处，玩没有玩的，觉得这一天不知有多少日子那么长。

三

偏偏这后园每年都要封闭一次的，秋雨之后这花园就开始凋零了，黄的黄、败的败，好像很快似的一切花朵都灭了。好像有人把它们摧残了似的。它们一齐都没有从前那么健康了。好像它们都很疲倦了，而要休息了似的，好像要收拾收拾回家去了似的。

大榆树也是落着叶子，当我和祖父偶尔在树下坐坐，树叶竟落在我的脸上来了。树叶飞满了后园。

没有多少时候，大雪又落下来了，后园就被埋住了。

通到园去的后门，也用泥封起来了，封得很厚，整个的冬天挂着白霜。

我家住着五间房子，祖母和祖父共住两间，母亲和父亲共住两间。祖母住的是西屋，母亲住的是东屋。

是五间一排的正房，厨房在中间，一齐是玻璃窗子，青砖墙，瓦房间。

祖母的屋子，一个是外间，一个是内间。外间里摆着大躺箱，地长桌，太师椅。椅子上铺着红椅垫，躺箱上摆着朱砂瓶，长桌上列着坐钟。钟的两边站着帽筒。帽筒上并不挂着帽子，而插着几个孔雀翎。

我小的时候，就喜欢这个孔雀翎，我说它有金色的眼睛，总想用手摸一摸，祖母就一定不让摸，祖母是有洁癖的。

还有祖母的躺箱上摆着一个坐钟，那坐钟是非常稀奇的，画着一个穿着古装的大姑娘，好像活了似的，每当我到祖母屋去，若是屋子里没有人，她就总用眼睛瞪我，我几次的告诉过祖父，祖父说：

“那是画的，她不会瞪人。”

我一定说她是会瞪人的，因为我看得出来，她的眼珠像是会转。

还有祖母的大躺箱上也尽雕着小人，尽是穿古装衣裳的，宽衣大袖，还带顶子，带着翎子。满箱子都刻着，大概有二三十个人，还有吃酒的，吃饭的，还有作揖的……

我总想要细看一看,可是祖母不让我沾边,我还离得很远的,她就说:

"可不许用手摸,你的手脏。"

祖母的内间里边,在墙上挂着一个很古怪很古怪的挂钟,挂钟的下边用铁链子垂着两穗铁苞米。铁苞米比真的苞米大了很多,看起来非常重,似乎可以打死一个人。再往那挂钟里边看就更稀奇古怪了,有一个小人,长着蓝眼珠,钟摆一秒钟就响一下,钟摆一响,那眼珠就同时一转。

那小人是黄头发,蓝眼珠,跟我相差太远,虽然祖父告诉我,说那是毛子人,但我不承认她,我看她不像什么人。

所以我每次看这挂钟,就半天半天的看,都看得有点发呆了。我想:这毛子人就总在钟里边呆着吗?永久也不下来玩吗?

外国人在呼兰河的土语叫做"毛子人"。我四五岁的时候,还没有见过一个毛子人,以为毛子人就是因为她的头发毛烘烘的卷着的缘故。

祖母的屋子除了这些东西,还有很多别的,因为那时候,别的我都不发生什么趣味,所以只记住了这三五样。

母亲的屋里,就连这一类的古怪玩艺也没有了,都是些普通的描金柜,也是些帽筒、花瓶之类,没有什么好看的,我没有记住。

这五间房子的组织,除了四间住房一间厨房之外,还有极小的、极黑的两个小后房。祖母一个,母亲一个。

那里边装着各种样的东西,因为是储藏室的缘故。

坛子罐子,箱子柜子,筐子篓子。除了自己家的东西,还有别人寄存的。

那里边是黑的,要端着灯进去才能看见。那里边的耗子很多,蜘蛛网也很多。空气不大好,永久有一种扑鼻的和药的气味似的。

我觉得这储藏室很好玩,随便打开那一只箱子,里边一定有一些好看的东西,花丝线,各种色的绸条,香荷包,搭腰,裤腿,马蹄袖,绣花的领子。古香古色,颜色都配得特别的好看。箱子里边也常常有蓝翠的耳环或戒指,被我看见了,我一看见就非要一个玩不可,母亲就常常随手抛给我一个。

还有些桌子带着抽屉的,一打开那里边更有些好玩的东西,铜环,木刀,竹尺,观音粉。这些个都是我在别的地方没有看过的。而且这抽屉始终也不锁的。所以我常常随意的开,开了就把样样,似乎是不加选择的都搜了出去,左手拿着木头刀,右手拿着观音粉,这里砍一下,那里画一下。后来我又得到了一个小锯,用这小锯,我开始毁坏起东西来,在椅子腿上锯一锯,在炕沿上锯一锯。我自己竟把我自己的小木刀也锯坏了。

无论吃饭和睡觉,我这些东西都带在身边,吃饭的时候,我就用这小锯,锯着馒头。睡觉做起梦来还喊着:

"我的小锯那里去了?"

储藏室好像变成我探险的地方了。我常常趁着母亲不在屋我就打开门进去了。这储藏室也有一个后窗,下半天也有一点亮光,我就趁着这亮光打开了抽屉,这抽屉已经被我翻得差不多的了,没有什么新鲜的了。翻了一会,觉得没有什么趣味了,就出来了。到后来连一块水胶,一段绳头都让我拿出来了,把五个抽屉通通拿空了。

除了抽屉还有筐子笼子,但那个我不敢动,似乎每一样都是黑洞洞的,灰尘不知有多厚,蛛网蛛丝的不知有多少,因此我连想也不想动那东西。

记得有一次我走到这黑屋子的极深极远的地方去，一个发响的东西撞住我的脚上，我摸起来抱到光亮的地方一看，原来是一个小灯笼，用手指把灰尘一划，露出来是个红玻璃的。

我在一两岁的时候，大概我是见过灯笼的，可是长到四五岁，反而不认识了。我不知道这是个什么。我抱着去问祖父去了。

祖父给我擦干净了，里边点上个洋蜡烛，于是我欢喜得就打着灯笼满屋跑，跑了好几天，一直到把这灯笼打碎了才算完了。

我在黑屋子里边又碰到了一块木头，这块木头是上边刻着花的，用手一摸，很不光滑，我拿出来用小锯锯着。祖父看见了，说：

"这是印帖子的帖板。"

我不知道什么叫帖子，祖父刷上一片墨刷一张给我看，我只看见印出来几个小人。还有一些乱七八糟的花，还有字。祖父说：

"咱们家开烧锅的时候，发帖子就是用这个印的，这是一百吊的……还有伍十吊的十吊的……"

祖父给我印了许多，还用鬼子红给我印了些红的。

还有戴缨子的清朝的帽子，我也拿了出来戴上。多少年前的老大的鹅翎扇子，我也拿了出来扇着风。翻了一瓶砂仁出来，那是治胃病的药，母亲吃着，我也跟着吃。

不久，这些八百年前的东西，都被我弄出来了。有些是祖母保存着的，有些是已经出了嫁的姑母的遗物，已经在那黑洞洞的地方放了多少年了，连动也没有动过，有些个快要腐烂了，有些个生了虫子，因为那些东西早被人们忘记了，好像世界上已经没有那么一回事了。而今天忽然又来到了他们的眼前，他们受了惊似的又恢复了他们的记忆。

每当我拿出一件新的东西的时候，祖母看见了，祖母说：

"这是多少年前的了！这是你大姑在家里边玩的……"

祖父看见了，祖父说：

"这是你二姑在家时用的……"

这是你大姑的扇子，那是你三姑的花鞋……都有了来历。但我不知道谁是我的三姑，谁是我的大姑。也许我一两岁的时候，我见过她们，可是我到四五岁时，我就不记得了。

我祖母有三个女儿，到我长起来时，她们都早已出嫁了。可见二三十年内就没有小孩子了。而今也只有我一个。实在的还有一个小弟弟，不过那时他才一岁半岁的，所以不算他。

家里边多少年前放的东西，没有动过，他们过的是既不向前，也不回头的生活，是凡过去的，都算是忘记了，未来的他们也不怎样积极的希望着，只是一天一天的平板的，无怨无尤的在他们祖先给他们准备好的口粮之中生活着。

等我生来了，第一给了祖父的无限的欢喜，等我长大了，祖父非常地爱我。使我觉得在这世界上，有了祖父就够了，还怕什么呢？虽然父亲的冷淡，母亲的恶言恶色，和祖母的用针刺我手指的这些事，都觉得算不了什么。何况又有后花园！后园虽然让冰雪给封闭了，但是又发现了这储藏室。这里边是无穷无尽的什么都有，这里边宝藏着的都是我所想像不到的东西，使我感到这世界上的东西怎么这样多！而且样样好玩，样样新奇。

比方我得到了一包颜料，是中国的大绿，看那颜料闪着金光，可是往指甲上一染，指甲就变绿了，往胳臂上一染，胳臂立刻飞来了一张树叶似的。实在是好看，也实在是莫名其妙，所以心里边就暗暗的欢喜，莫非是我得了宝贝吗？

得了一块观音粉。这观音粉往门上一划，门就白了一道，往窗上一划，窗就白了一道。这可真有点奇怪，大概祖父写字的墨是黑墨，而这是白墨吧。

得了一块圆玻璃，祖父说是“显微镜”。他在太阳底下一照，竟把祖父装好的一袋烟照着了。

这该多么使人欢喜，什么什么都会变的。你看他是一块废铁，说不定他就有用，比方我检到一块四方的铁块，上边有一个小窝。祖父把榛子放在小窝里边，打着榛子给我吃。在这小窝里打，不知道比用牙咬要快了多少倍。何况祖父老了，他的牙又多半不大好。

我天天从那黑屋子往外搬着，而天天有新的。搬出来一批，玩厌了，弄坏了，就再去搬。

因此使我的祖父，祖母常常的慨叹。

他们说这是多少年前的了，连我的第三个姑母还没有生的时候就有这东西。那是多少年前的了，还是分家的时候，从我曾祖那里得来的呢。又那样那样是什么人送的，而那家人到今天也都家败人亡了，而这东西还存在着。

又是我在玩着的那葡蔓藤的手镯，祖母说她就戴着这个手镯，有一年夏天坐着小车子，抱着我大姑去回娘家，路上遇了土匪，把金耳环给摘去了，而没有要这手镯。若也是金的银的，那该多危险，也一定要被抢去的。

我听了问她：

“我大姑在那儿？”

祖父笑了。祖母说：

“你大姑的孩子比你都大了。”

原来是四十年前的事情，我那里知道。可是藤手镯却戴在我的手上，我举起手来，摇了一阵，那手镯好像风车似的，滴溜溜的转，手镯太大了，我的手太细了。

祖母看见我把从前的东西都搬出来了，她常常骂我：

“你这孩子，没有东西不拿着玩的，这小不成器的……”

她嘴里虽然是这样说，但她又在光天化日之下得以重看到这东西，也似乎给了她一些回忆的满足。所以她说我是并不十分严刻的，我当然是不听她，该拿还是照旧的拿。

于是我家里久不见天日的东西，经我这一搬弄，才得以见了天日。于是坏的坏，扔的扔，也就都从此消灭了。

我有记忆的第一个冬天，就这样过去了。没有感到十分的寂寞，但总不如在后园里那样玩着好。但孩子是容易忘记的，也就随遇而安了。

四

第二年夏天，后园里种了不少的韭菜，是因为祖母喜欢吃韭菜馅的饺子而种的。

可是当韭菜长起来时，祖母就病重了，而不能吃这韭菜了，家里别的人也没有吃这韭菜的，韭菜就在园子里荒着。

因为祖母病重，家里非常热闹，来了我的大姑母，又来了我的二姑母。

二姑母是坐着她自家的小车子来的。那拉车的骡子挂着铃铛,哗哗啷啷的就停在窗前了。

从那车上第一个就跳下来一个小孩,那小孩比我高了一点,是二姑母的儿子。

他的小名叫“小兰”,祖父让我向他叫兰哥。

别的我都不记得了,只记得不大一会工夫我就把他领到后园里去了。

告诉他这个是玫瑰树,这个是狗尾草,这个是樱桃树。樱桃树是不结樱桃的,我也告诉了他。

不知道在这之前他见过我没有,我可并没有见过他。

我带他到东南角上去看那棵李子树时,还没有走到眼前,他就说:

“这树前年就死了。”

他说了这样的话,是使我很吃惊的。这树死了,他可怎么知道的?心中立刻来了一种忌妒的情感,觉得这花园是属于我的,和属于祖父的,其余的人连晓得也不该晓得才对的。

我问他:

“那么你来过我们家吗?”

他说他来过。

这个我更生气了,怎么他来我不晓得呢?

我又问他:

“你什么时候来过的?”

他说前年来的,他还带给我一个毛猴子。他问着我:

“你忘了吗?你抱着那毛猴子就跑,跌倒了你还哭了哩!”

我无论怎样想,也想不起来了。不过总算他送给我过一个毛猴子,可见对我是很好的,于是我就不生他的气了。

从此天天就在一块玩。

他比我大三岁,已经八岁了,他说他在学堂里边念了书的,他还带来了几本书,晚上在煤油灯下他还把书拿出来给我看。书上有小人,有剪刀,有房子。因为都是带着图,我一看就连那字似乎也认识了,我说:

“这念剪刀,这念房子。”

他说不对:

“这念剪,这念房。”

我拿过来一细看,果然都是一个字,而不是两个字,我是照着图念的,所以错了。

我也有一盒方字块,这边是图,那边是字,我也拿出来给他看了。

从此整天的玩。祖母病重与否,我不知道。不过在她临死的前几天就穿上了满身的新衣裳,好像要出门做客似的。说是怕死了来不及穿衣裳。

因为祖母病重,家里热闹得很,来了很多亲戚。忙忙碌碌不知忙些个什么。有的拿了些白布撕着,撕得一条一块的,撕得非常的响亮,旁边就有人拿着针在缝那白布。还有的把一个小罐,里边装了米,罐口蒙上了红布。还有的在后园门口拢起火来,在铁火勺里边炸着面饼了。问她:

“这是什么?”

“这是打狗饽饽。”

她说阴间有十八关，过到狗关的时候，狗就上来咬人，用这饽饽一打，狗吃了饽饽就不咬人了。

似乎是姑妄言之姑妄听之，我没有听进去。

家里边的人越多，我就越寂寞，走到屋里，问问这个，问问那个，一切都不理解。祖父也似乎把我忘记了。我从后园里捉了一个特别大的蚂蚱送给他去看，他连看也没有看，就说：

"真好，真好，上后园去玩去吧！"

新来的兰哥也不陪我时，我就在后园里一个人玩。

五

祖母已经死了，人们都到龙王庙上去报过庙回来了。而我还在后园里边玩着。

后园里边下了点雨，我想要进屋去拿草帽去，走到酱缸旁边（我家的酱缸是放在后园里的），一看，有雨点拍拍的落到缸帽子上。我想这缸帽子该多大，遮起雨来，比草帽一定更好。

于是我就从缸上把它翻下来了，到了地上它还乱滚一阵，这时候，雨就大了。我好不容易才设法钻进这缸帽子去。因为这缸帽子太大了，差不多和我一般高。

我顶着它，走了几步，觉得天昏地暗。而且重也是很重的，非常吃力。而且自己已经走到那里了，自己也不晓，只晓得头顶上拍拍拉拉的打着雨点，往脚下看着，脚下只是些狗尾草和韭菜。找了一个韭菜很厚的地方，我就坐下了，一坐下这缸帽子就和个小房似的扣着我。这比站着好得多，头顶不必顶着，帽子就扣在韭菜地上。但是里边可是黑极了，什么也看不见。

同时听什么声音，也觉得都远了。大树在风雨里边被吹得呜呜的，好像大树已经被搬到别人家的院子去了似的。

韭菜是种在北墙根上，我是坐在韭菜上。北墙根离家里的房子很远的，家里边那闹嚷嚷的声音，也像是来在远方。

我细听了一会，听不出什么来，还是在我自己的小屋里边坐着。这小屋这么好，不怕风，不怕雨。站起来走的时候，顶着屋盖就走了，有多么轻快。

其实是很重的了，顶起来非常吃力。

我顶着缸帽子，一路摸索着，来到了后门口，我是要顶给爷爷看看的。

我家的后门坎特别高，迈也迈不过去，因为缸帽子太大，使我抬不起腿来。好不容易两手把腿拉着，弄了半天，总算是过去了。虽然进了屋，仍是不知道祖父在什么方向，于是我就大喊，正在这喊之间，父亲一脚把我踢翻了，差点没把我踢到灶口的火堆上去。缸帽子也在地上滚着。

等人家把我抱了起来，我一看，屋子里的人，完全不对了，都穿了白衣裳。

再一看，祖母不是睡在炕上，而是睡在一张长板上。

从这以后祖母就死了。

六

祖母一死，家里继续着来了许多亲戚，有的拿着香、纸，到灵前哭了一阵就回去了。有的就带着大包小包的来了就住下了。

大门前边吹着喇叭,院子里搭了灵棚,哭声终日,一闹闹了不知多少日子。

请了和尚道士来,一闹闹到半夜,所来的都是吃、喝、说、笑。

我也觉得好玩,所以就特别高兴起来。又加上从前我没有小同伴,而现在有了。比我大的,比我小的,共有四五个。我们上树爬墙,几乎连房顶也要上去了。

他们带我到小门洞子顶上去捉鸽子,搬了梯子到房檐头上去捉家雀。后花园虽然大,已经装不下我了。

我跟着他们到井口边去往井里边看,那井是多么深,我从未见过。在上边喊一声,里边有人回答。用一个小石子投下去,那响声是很深远的。

他们带我到粮食房子去,到碾磨房去,有时候竟把我带到街上,是已经离开家了,不跟着家人在一起,我是从来没有走过这样远。

不料除了后园之外,还有更大的地方,我站在街上,不是看什么热闹,不是看那街上的行人车马,而是心里边想:是不是我将来一个人也可以走得很远?

有一天,他们把我带到南河沿上去了,南河沿离我家本不算远,也不过半里多地。可是因为我是第一次去,觉得实在很远。走出汗来了。走过一个黄土坑,又过一个南大营,南大营的门口,有兵把守门。那营房的院子大得在我看来太大了,实在是不应该。我们的院子就够大的了,怎么能比我们家的院子更大呢,大得有点不大好看了,我走过了,我还回过头来看。

路上有一家人家,把花盆摆到墙头上来了,我觉得这也不大好,若是看不见人家偷去呢!

还看见了一座小洋房,比我们家的房不知好了多少倍。若问我,那里好?我也说不出来,就觉得那房子是一色新,不像我家的房子那么陈旧。

我仅仅走了半里多路,我所看见的可太多了。所以觉得这南河沿实在远。问他们:

“到了没有?”

他们说:

“就到的,就到的。”

果然,转过了大营房的墙角,就看见河水了。

我第一次看见河水,我不能晓得这河水是从什么地方来的?走了几年了。

那河太大了,等我走到河边上,抓了一把沙子抛下去,那河水简直没有因此而脏了一点点。河上有船,但是不很多,有的往东去了,有的往西去了。也有的划到河的对岸去的,河的对岸似乎没有人家,而是一片柳条林。再往远看,就不能知道那是什么地方了,因为也没有人家,也没有房子,也看不见道路,也听不见一点音响。

我想将来是不是我也可以到那没有人的地方去看一看。

除了我家的后园,还有街道。除了街道,还有大河。除了大河,还有柳条林。除了柳条林,还有更远的,什么也没有的地方,什么也看不见的地方,什么声音也听不见的地方。

究竟除了这些,还有什么,我越想越不知道了。

就不用说这些我未曾见过的。就说一个花盆吧,就说一座院子吧。院子和花盆,我家里都有。但说那营房的院子就比我家的大,我家的花盆是摆在后园里的,人家的花盆就摆到墙头上来了。

可见我不知道的一定还有。

所以祖母死了,我竟聪明了。

七

祖母死了,我就跟祖父学诗。因为祖父的屋子空着,我就闹着一定要睡在祖父那屋。

早晨念诗,晚上念诗,半夜醒了也是念诗。念了一阵,念困了再睡去。

祖父教我的有《千家诗》,并没有课本,全凭口头传诵,祖父念一句,我就念一句。

祖父说:

"少小离家老大回……"

我也说:

"少小离家老大回……"

都是些什么字,什么意思,我不知道,只觉得念起来那声音很好听。所以很高兴的跟着喊。我喊的声音,比祖父的声音更大。

我一念起诗来,我家的五间房都可以听见,祖父怕我喊坏了喉咙,常常警告着我说:"房盖被你抬走了。"

听了这笑话,我略微笑了一会工夫,过不了多久,就又喊起来了。

夜里也是照样的喊,母亲吓唬我,说再喊她要打我。

祖父也说:

"没有你这样念诗的,你这不叫念诗,你这叫乱叫。"

但我觉得这乱叫的习惯不能改,若不让我叫,我念它干什么。每当祖父教我一个新诗,一开头我若听了不好听,我就说:

"不学这个。"

祖父于是就换一个,换一个不好,我还是不要。

"春眠不觉晓,处处闻啼鸟,

夜来风雨声,花落知多少。"

这一首诗,我很喜欢,我一念到第二句,"处处闻啼鸟"那处处两字,我就高兴起来了。觉得这首诗,实在是好,真好听,"处处"该多好听。

还有一首我更喜欢的:

"重重叠叠上楼台,几度呼童扫不开。

刚被太阳收拾去,又为明月送将来。"

就这"几度呼童扫不开",我根本不知道什么意思,就念成西沥忽通扫不开。

越念越觉得好听,越念越有趣味。

还当客人来了,祖父总是呼我念诗的,我就总喜念这一首。

那客人不知听懂了与否,只是点头说好。

八

就这样瞎念,到底不是久计。念了几十首之后,祖父开讲了。

"少小离家老大回,乡音无改鬓毛衰。"

祖父说:

"这是说小的时候离开了家到外边去,老了回来了。乡音无改鬓毛衰,这是说家乡的口音还没有改变，胡子可白了。”

我问祖父：

“为什么小的时候离家？离家到那里去？”

祖父说：

“好比爷像你那么大离家，现在老了回来了，谁还认识呢？儿童相见不相识，笑问客从何处来。小孩子见了就招呼着说：你这个白胡老头，是从那里来的？”

我一听觉得不大好，赶快就问祖父：

“我也要离家的吗？等我胡子白了回来，爷爷你也不认识我了吗？”

心里很恐惧。

祖父一听就笑了：

“等你老了还有爷爷吗？”

祖父说完了，看我还是不很高兴，他又赶快说：

“你不离家的，你那里能够离家……快再念一首诗吧！念春眠不觉晓……”

我一念起春眠不觉晓来，又是满口的大叫，得意极了。完全高兴，什么都忘了。

但从此再读新诗，一定要先讲的，没有讲过的也要重讲。似乎那大嚷大叫的习惯稍稍好了一点。

“两个黄鹂鸣翠柳，一行白鹭上青天。”

这首诗本来我也很喜欢的，黄梨是很好吃的。经祖父这一讲，说是两个鸟。于是不喜欢了。

“去年今日此门中，人面桃花相映红。

人面不知何处去，桃花依旧笑春风。”

这首诗祖父讲了我也不明白，但是我喜欢这首。因为其中有桃花。桃树一开了花不就结桃吗？桃子不是好吃吗？

所以每念完这首诗，我就接着问祖父：

“今年咱们的樱桃树开不开花？”

九

除了念诗之外，还很喜欢吃。

记得大门洞子东边那家是养猪的，一个大猪在前边走，一群小猪跟在后边。有一天一个小猪掉井了，人们用抬土的筐子把小猪从井钓了上来。钓上来，那小猪早已死了。井口旁边围了很多人看热闹，祖父和我也在旁边看热闹。

那小猪一被打上来，祖父就说他要那小猪。

祖父把那小猪抱到家里，用黄泥裹起来，放在灶坑里烧上了，烧好了给我吃。

我站在炕沿旁边，那整个的小猪，就摆在我的眼前，祖父把那小猪一撕开，立刻就冒了油，真香，我从来没有吃过那么香的东西，从来没有吃过那么好吃的东西。

第二次，又有一只鸭子掉井了，祖父也用黄泥包起来，烧上给我吃了。

在祖父烧的时候，我也帮着忙，帮着祖父搅黄泥，一边喊着，一边叫着，好像拉拉队似的给祖父助兴。

鸭子比小猪更好吃，那肉是不怎样肥的。所以我最喜欢吃鸭子。

我吃，祖父在旁边看着。祖父不吃。等我吃完了，祖父才吃。他说我的牙齿小，怕我咬不动,先让我选嫩的吃,我吃剩了的他才吃。

祖父看我每咽下去一口,他就点一下头。而且高兴的说:

“这小东西真馋,”或是“这小东西吃得真快。”

我的手满是油,随吃随在大襟上擦着,祖父看了也并不生气,只是说:

“快沾点盐吧,快沾点韭菜花吧,空口吃不好,等会要反胃的……”

说着就捏几个盐粒放在我手上拿着的鸭子肉上。我一张嘴又进肚去了。

祖父越称赞我能吃,我越吃得多。祖父看看不好了,怕我吃多了。让我停下,我才停下来。我明明白白的是吃不下去了,可是我嘴里还说着:

“一个鸭子还不够呢!”

自此吃鸭子的印象非常之深,等了好久,鸭子再不掉到井里,我看井沿有一群鸭子,我拿了秫秆就往井里边赶,可是鸭子不进去,围着井口转,而呱呱的叫着。我就招呼了在旁边看热闹的小孩子,我说:

“帮我赶哪!”

正在吵吵叫叫的时候,祖父奔到了,祖父说:

“你在干什么?”

我说:

“赶鸭子,鸭子掉井,捞出来好烧吃。”

祖父说:

“不用赶了,爷爷抓个鸭子给你烧着。”

我不听他的话,我还是追在鸭子的后边跑着。

祖父上前来把我拦住了,抱在怀里,一面给我擦着汗一面说:

“跟爷爷回家,抓个鸭子烧上。”

我想:不掉井的鸭子,抓都抓不住,可怎么能规规矩矩贴起黄泥来让烧呢?于是我从祖父的身上往下挣扎着,喊着:

“我要掉井的!我要掉井的!”

祖父几乎抱不住我了。

第四章

一

一到了夏天,蒿草长没大人的腰了,长没我的头顶了,黄狗进去,连个影也看不见了。

夜里一刮起风来,蒿草就刷拉刷拉的响着,因为满院子都是蒿草,所以那响声就特别大,成群结队的就响起来了。

下了雨,那蒿草的梢上都冒着烟,雨本来下得不很大,若一看那蒿草,就像那雨下得特别大似的。

下了毛毛雨,那蒿草上就迷漫得朦朦胧胧的像是已经来了大雾,或者像是要变天了,好像是下了霜的早晨,混混沌沌的,在蒸腾着白烟。

刮风和下雨,这院子是很荒凉的了。就是晴天,多大的太阳照在上空,这院子也一样是荒凉的。没有什么显眼耀目的装饰,没有人工设置过的一点痕迹,什么都是任其自然,愿意东,就东,愿意西,就西。若是纯然能够做到这样,倒也保存了原始的风景。但不对的,这算什么风景呢?东边堆着一堆朽木头,西边扔着一片乱柴火。左门旁排着一大片旧砖头,右门边晒着一片沙泥土。

沙泥土是厨子拿来搭炉灶的,搭好了炉灶的,泥土就扔在门边了。若问他还有什么用处吗,我想他也不知道,不过忘了就是了。

至于那砖头可不知道是干什么的,已经放了很久了,风吹日晒,下了雨被雨浇。反正砖头是不怕雨的,浇浇又碍什么事。那么就浇着去吧,没人管它。也实在正不必管它,凑巧炉灶或是炕洞子坏了,那就用得着它了。就在眼前,伸手就来,用着多么方便。但是炉灶就总不常坏,炕洞子修的也比较结实。不知那里找的这样好的工人,一修上炕洞子就是一年,头一年八月修上,不到第二年八月是不坏的,就是到了第二年八月,也得泥水匠来,砖瓦匠来用铁刀一块一块的把砖砍着搬下来。所以那门前的一堆砖头似乎是一年也没有多大的用处。三年两年的还是在那里摆着。大概总是越摆越少,东家拿去一块垫花盆,西家搬去一块又是做什么。不然若是越摆越多,那可就糟了,岂不是慢慢的会把房门封起来的吗?

其实门前的那砖头是越来越少的。不用人工,任其自然,过了三年两载也就没有了。

可是目前还是有的。就和那堆泥土同时在晒着太阳,它陪伴着它,它陪伴着它。

除了这个,还有打碎了的大缸扔在墙边上,大缸旁边还有一个破了口的坛子陪着它蹲在那里。坛子底上没有什么,只积了半坛雨水,用手攀着坛子边一摇动:那水里边有很多活物,会上下的跑,似鱼非鱼,似虫非虫,我不认识。再看那勉强站着的,几乎是站不住了的已经被打碎了的大缸,那缸里边可是什么也没有。其实不能够说那是“里边”,本来这缸已经破了肚子。谈不到什么“里边”“外边”了。就简称“缸磉”吧!在这缸磉上什么也没有,光滑可爱,用手一拍还会发响。小时候就总喜欢到旁边去搬一搬,一搬就不得了了,在这缸磉的下边有无数的潮虫。吓得赶快就跑。跑得很远的站在那里回头看着,看了一回,那潮虫乱跑一阵又回到那缸磉的下边去了。

这缸磉为什么不扔掉呢?大概就是专养潮虫。

和这缸磉相对着,还扣着一个猪槽子,那猪槽子已经腐朽了,不知扣了多少年了。槽子底上长了不少的蘑菇,黑深深的,那是些小蘑,看样子,大概吃不得,不知长着做什么。

靠着槽子的旁边就睡着一柄生锈的铁犁头。

说也奇怪,我家里的东西都是成对的,成双的。没有单个的。

砖头晒太阳,就有泥土来陪着。有破坛子,就有破大缸。有猪槽子就有铁犁头。像是它们都配了对,结了婚。而且各自都有新生命送到世界上来。比方缸子里的似鱼非鱼,大缸下边的潮虫,猪槽子上的蘑菇等等。

不知为什么,这铁犁头,却看不出什么新生命来,而是全体腐烂下去了。什么也不生,什么也不长,全体黄澄澄的。用手一触就往下掉末,虽然他本质是铁的,但沦落到今天,就完全像黄泥做的了。就像要瘫了的样子。比起它的同伴那木槽子来,真是远差千里,惭愧惭愧。这犁头假若是人的话,一定要流泪大哭,“我的体质比你们都好哇,怎么今天衰弱到这个样子。”

它不但它自己衰弱,发黄,一下了雨,它那满身的黄色的色素,还跟着雨水流到别人的身上去。那猪槽子的半边已经被染黄了。

那黄色的水流,一直流得很远,是凡它所经过的那条土地,都被它染得焦黄。

二

我家是荒凉的。

一进大门,靠着大门洞子的东壁是三间破房子,靠着大门洞子的西壁仍是三间破房子。再加上一个大门洞,看起来是七间连着串,外表上似乎是很威武的,房子都很高大,架着很粗的木头的房架。大柁是很粗的,一个小孩抱不过来。都一律是瓦房盖,房脊上还有透窿的用瓦做的花,迎着太阳看去,是很好看的。房脊的两梢上,一边有一个鸽子,大概也是瓦做的。终年不动,停在那里。这房子的外表,似乎不坏。

但我看它内容空虚。

西边的三间,自家用装粮食的,粮食没有多少,耗子可是成群了。

粮食仓子底下让耗子咬出洞来,耗子的全家在吃着粮食。耗子在下边吃,麻雀在上边吃。全屋都是土腥气。窗子坏了,用板钉起来,门也坏了,每一开就颤抖抖的。

靠着门洞子西壁的三间房,是租给一家养猪的。那屋里屋外没有别的,都是猪了。大猪小猪,猪槽子,猪粮食。来往的人也都是猪贩子,连房子带人,都弄得气味非常之坏。

说来那家也并没有养了多少猪,也不过十个八个的。每当黄昏的时候,那叫猪的声音远近得闻。打着猪槽子,敲着圈棚。叫了几声,停了一停。声音有高有低,在黄昏的庄严的空气里好像是说他家的生活是非常寂寞的。

除了这一连串的七间房子之外,还有六间破房子,三间破草房,三间碾磨房。

三间碾磨房一起租给那家养猪的了,因为它靠近那家养猪的。

三间破草房是在院子的西南角上,这房子它单独的跑得那么远,孤伶伶的,毛头毛脚的,歪歪斜斜的站在那里。

房顶的草上长着青苔,远看去,一片绿,很是好看。下了雨,房顶上就出蘑菇,人们就上房采蘑菇,就好像上山去采蘑菇一样,一采采了很多。这样出蘑菇的房顶实在是很少有,我家的房子共有三十来间,其余的都不会出蘑菇,所以住在那房里的人一提着筐子上房去采蘑菇,全院子的人没有不羡慕的,都说:

"这蘑菇是新鲜的,可不比那干蘑菇,若是杀一个小鸡炒上,那真好吃极了。"

"蘑菇炒豆腐,嗳,真鲜!"

"雨后的蘑菇嫩过了仔鸡。"

"蘑菇炒鸡,吃蘑菇而不吃鸡。"

"蘑菇下面,吃汤而忘了面。"

"吃了这蘑菇,不忘了姓才怪的。"

"清蒸蘑菇加姜丝,能吃八碗小米子干饭。"

"你不要小看了这蘑菇,这是意外之财!"

同院住的那些羡慕的人,都恨自己为什么不住在那草房里。若早知道租了房子连蘑菇都一起租来了,就非租那房子不可。天下那有这样的好事,租房子还带蘑菇的。于是感慨唏嘘,相叹不已。

再说站在房间上正在采着的,在多少只眼目之中,真是一种光荣的工作。于是也就慢慢的采,本来一袋烟的工夫就可以采完,但是要延长到半顿饭的工夫。同时故意选了几个大的,从房顶上骄傲的抛下来,同时说:

"你们看吧,你们见过这样干净的蘑菇吗?错了是这个房顶,那个房顶能够长出这样的好蘑菇来。"

那在下面的,根本看不清房顶到底那蘑菇全部多大,以为一律是这样大的,于是就更增加了无限的惊异。赶快弯下腰去拾起来,拿到家里,晚饭的时候,卖豆腐的来,破费二百钱检点豆腐,把蘑菇烧上。

可是那在房顶上的因为骄傲,忘记了那房顶有许多地方是不结实的,已经露了洞,一不加小心就把脚掉下去了,把脚往外一拔,脚上的鞋子不见了。

鞋子从房顶落下去,一直就落在锅里,锅里正是翻开的滚水,鞋子就在滚水里边煮上了。锅边漏粉的人越看越有意思,越觉得好玩,那一只鞋子在开水里滚着,翻着,还从鞋底上滚下一些泥浆来,弄得漏下去的粉条都黄忽忽的了。可是他们还不把鞋子从锅拿出来,他们说,反正这粉条是卖的,也不是自己吃。

这房顶虽然产蘑菇,但是不能够避雨,一下起雨来,全屋就像小水罐似的。摸摸这个是湿的,摸摸那个是湿的。

好在这里边住的都是些个粗人。

有一个歪鼻瞪眼的名叫"铁子"的孩子。他整天手里拿着一柄铁锹,在一个长槽子里边往下切着,切些个什么呢?初到这屋子里来的人是看不清的,因为热气腾腾的这屋里不知都在做些个什么。细一看,才能看出来他切的是马铃薯。槽子里都是马铃薯。

这草房是租给一家开粉房的。漏粉的人都是些粗人,没有好鞋袜,没有好行李,一个一个的和小猪差不多,住在这房子里边是很相当的,好房子让他们一住也怕是住坏了。何况每一下雨还有蘑菇吃。

这粉房里的人吃蘑菇,总是蘑菇和粉配在一道,蘑菇炒粉,蘑菇炖粉,蘑菇煮粉。没有汤的叫做"炒",有汤的叫做"煮",汤少一点的叫做"炖"。

他们做好了,常常还端着一大碗来送给祖父。等那歪鼻瞪眼的孩子一走了,祖父就说:

"这吃不的,若吃到有毒的就吃死了。"

但那粉房里的人,从来没吃死过,天天里边唱着歌,漏着粉。

粉房的门前搭了几丈高的架子,亮晶晶的白粉,好像瀑布似的挂在上边。

他们一边挂着粉,也是一边唱着的。等粉条晒干了。他们一边收着粉,也是一边的唱着。那唱不是从工作所得到的愉快,好像含着眼泪在笑似的。

逆来顺受,你说我的生命可惜,我自己却不在乎。你看着很危险,我却自己以为得意。不得意怎么样?人生是否苦多乐少。

那粉房里的歌声,就像一朵红花开在了墙头上。越鲜明,就越觉得荒凉。

"正月十五正月正,
家家户户挂红灯。
人家的丈夫团圆聚,
孟姜女的丈夫去修长城。"

只要是一个晴天,粉丝一挂起来了,这歌音就听得见的。因为那破草房是在西南角上,所以那声音比较的辽远。偶尔也有装腔女人的音调在唱“五更天”。

那草房实在是不行了,每下一次大雨,那草房北头就要多加一只支柱,那支柱已经有七八只之多了,但是房子还是天天的往北边歪。越歪越厉害,我一看了就害怕,怕从那旁边一过,恰好那房子倒了下来,压在我身上。那房子实在是不像样子了,窗子本来是四方的,都歪斜得变成菱形的了。门也歪斜得关不上了。墙上的大柁就像要掉下来似的,向一边跳出来了。房脊上的正梁一天一天的往北走。已经拔了榫,脱离别人的牵掣,而它自己单独行动起来了。那些钉在房脊上的椽杆子,能够跟着它跑的,就跟着它一顺水地往北边跑下去了。不能够跟着它跑的,就挣断了钉子,而垂下头来,向着粉房里的人们的头垂下来,因为另一头是压在檐外,所以不能够掉下来,只是滴里郎当地垂着。

我一次进粉房去,想要看一看漏粉到底是怎样漏法。但是不敢细看,我很怕那椽子头掉下来打了我。

一刮起风来,这房子就喳喳的山响,大柁响,马梁响,门框、窗框响。

一下了雨又是喳喳的响。

不刮风,不下雨,夜里也是会响的,因为夜深人静了,万物齐鸣,何况这本来就会响的房子,那能不响呢。

以它响得最厉害。别的东西的响,是因为倾心去听它,就是听得到的,也是极幽渺的,不十分可靠的。也许是因为一个人的耳鸣而引起来的错觉,比方猫、狗、虫子之类的响叫,那是因为他们是生物的缘故。

可曾有人听过夜里房子会叫的,谁家的房子会叫,叫得好像个活物似的,嚓嚓的,带着无限的重量。往往会把睡在这房子里的人叫醒。

被叫醒了的人,翻了一个身说:

“房子又走了。”

真是活神活现,听他说了这话,好像房子要搬了场似的。

房子都要搬场了,为什么睡在里边的人还不起来,他是不起来的,他翻了个身又睡了。

住在这里边的人,对于房子就要倒的这回事,毫不加戒心,好像他们已经有了血族的关系,是非常信靠的。

似乎这房一旦倒了,也不会压到他们,就像是压到了,也不会压死的,绝对的没有生命的危险。这些人的过度的自信,不知从那里来的,也许住在那房子里边的人都是用铁铸的,而不是肉长的。再不然就是他们都是敢死队,生命置之度外了。

若不然为什么这么勇敢?生死不怕。

若说他们是生死不怕,那也是不对的,比方那晒粉条的人,从杆子上往下摘粉条的时候,那杆子掉下来了,就吓他一哆嗦。粉条打碎了,他还没有敲打着。他把粉条收起来,他还看着那杆子,他思索起来,他说:

“莫不是……”

他越想越奇怪,怎么粉打碎了,而人没打着呢。他把那杆子扶了上去,远远地站在那里看着,用眼睛捉摸着。越捉摸越觉得可怕。

“唉呀!这要是落到头上呢。”

那真是不堪想像了。于是他摸着自己的头顶,他觉得万幸万幸,下回该加小心。

本来那杆子还没有房椽子那么粗,可是他一看见,他就害怕,每次他再晒粉条的时候,他都是躲着那杆子,连在它旁边走也不敢走。总是用眼睛溜着它,过了很多日才算把这回事忘了。

若下雨打雷的时候,他就把灯灭了,他们说雷扑火,怕雷劈着。

他们过河的时候,抛两个铜板到河里去,传说河是馋的,常常淹死人的,把铜板一摆到河里,河神高兴了,就不会把他们淹死了。

这证明住在这嚓嚓响着的草房里的他们,也是很胆小的,也和一般人一样是颤颤惊惊的活在这世界上。

那么这房子既然要塌了,他们为么不怕呢?

据卖馒头的老赵头说:

“他们要的就是这个要倒的么!”

据粉房里的那个歪鼻瞪眼的孩子说:

“这是住房子啊,也不是娶媳妇要她周周正正。”

据同院住的周家的两位少年绅士说:

“这房子对于他们那等粗人,就再合适也没有了。”

据我家的有二伯说:

“是他们贪图便宜,好房子呼兰城里有的多,为啥他们不搬家呢?好房子人家要房钱的呀,不像是咱们家这房子,一年送来十斤二十斤的十粉就完事,等于白住,你二伯是没有家眷,若不我也找这样房子去住。”

有二伯说的也许有点对。

祖父早就想拆了那座房子的,是因为他们几次的全体挽留才留下来的。

至于这个房子将来倒与不倒,或是发生什么幸与不幸,大家都以为这太远了,不必想了。

三

我家的院子是很荒凉的。

那边住着几个漏粉的,那边住着几个养猪的。养猪的那厢房里还住着一个拉磨的。

那拉磨的,夜里打着梆子通夜的打。

养猪的那一家有几个闲散杂人,常常聚在一起唱着秦腔,拉着胡琴。

西南角上那漏粉的则欢喜在晴天里边唱一个“叹五更”。

他们虽然是拉胡琴,打梆子,叹五更,但是并不是繁华的,并不是一往直前的,并不是他们看见了光明,或是希望着光明,这些都不是的。

他们看不见什么是光明的,甚至于根本也不知道,就像太阳照在了瞎子的头上了,瞎子也看不见太阳,但瞎子却感到实在是温暖了。

他们就是这类人,他们不知道光明在那里,可是他们实实在在的感得到寒凉就在他们的身上,他们想击退了寒凉,因此而来了悲哀。

他们被父母生下来,没有什么希望,只希望吃饱了,穿暖了。但也吃不饱,也穿不暖。

逆来的,顺受了。

顺来的事情,却一辈子也没有。

磨房里那打梆子的，夜里常常是越打越响，他越打得激烈，人们越说那声音凄凉。因为他单单的响音，没有同调。

四

我家的院子是很荒凉的。

粉房旁边的那小偏房里，还住着一家赶车的，那家喜欢跳大神，常常就打起鼓来，喝喝咧咧唱起来了。鼓声往往打到半夜才止，那说仙道鬼的，大神和二神的一对一答。苍凉，幽渺，真不知今世何世。

那家的老太太终年生病，跳大神都是为她跳的。

那家是这院子顶丰富的一家，老少三辈。家风是干净利落，为人谨慎，兄友弟恭，父慈子爱。家里绝对的没有闲散杂人。绝对不像那粉房和那磨房，说唱就唱，说哭就哭。他家永久是安安静静的。跳大神不算。

那终年生病的老太太是祖母，她有两个儿子，大儿子是赶车的，二儿子也是赶车的。一个儿子都有一个媳妇。大儿媳妇胖胖的，年已五十了。二儿媳妇瘦瘦的，年已四十了。

除了这些，老太太还有两个孙儿，大孙儿是二儿子的。二孙儿是大儿子的。

因此他家里稍稍有点不睦，那两个媳妇妯娌之间，稍稍有点不合适，不过也不很明朗化。只是你我之间各自晓得。做嫂子的总觉得兄弟媳妇对她有些不驯，或者就因为她的儿子大的缘故吧。兄弟媳妇就总觉得嫂子是想压她，凭什么想压人呢？自己的儿子小。没有媳妇指使着，看了别人还眼气。

老太太有了两个儿子，两个孙子，认为十分满意了。人手整齐，将来的家业，还不会兴旺的吗？就不用说别的，就说赶大车这把力气也是够用的。看看谁家的车上是爷四个，拿鞭子的，坐在车后尾巴上的都是姓胡，没有外姓。在家一盆火，出外父子兵。

所以老太太虽然是终年病着，但很乐观，也就是跳一跳大神什么的解一解心疑也就算了。她觉得就是死了，也是心安意得的了，何况还活着，还能够看得见儿子们的忙忙碌碌。

媳妇们对于她也很好的，总是隔长不短的张罗着给她花几个钱跳一跳大神。

每一次跳神的时候，老太太总是坐在炕里，靠着枕头，挣扎着坐了起来，向那些来看热闹的姑娘媳妇们讲：

"这回是我大媳妇给我张罗的。"或是"这回是我二媳给我张罗的。"

她说的时候非常得意，说着说着就坐不住了。她患的是瘫病，就赶快招媳妇们来把她放下了。放下了还要喘一袋烟的工夫。

看热闹的人，没有一个不说老太太慈祥的。没有一个不说媳妇孝顺的。

所以每一跳大神，远远近近的人都来了，东院西院的，还有前街后街的也都来了。

只是不能够预先订座，来得早的就有凳子，炕沿坐。来得晚的，就得站着了。

一时这胡家的孝顺，居于领导的地位，风传一时，成为妇女们的楷模。

不但妇女，就是男人也得说：

"老胡家人旺，将来财也必旺。"

"天时，地利，人和。最要紧的还是人和。人和了，天时不好也好了。地利，不利也利了。"

"将来看着吧,今天人家赶大车的,再过五年看,不是二等户,也是三等户。"

我家的有二伯说:

"你看着吧,过不了几年人家就骡马成群了。别看如今人家就一辆车。"

他家的大儿媳妇和二儿媳妇的不睦,虽然没有新的发展,可也总没有消灭。

大孙子媳妇通红的脸,又能干,又温顺。人长得不肥不瘦,不高不矮,说起话来,声音不大不小。正合适配到他们这样的人家。

车回来了,牵着马就到井边去饮水。车马一出去了,就喂草。看她那长样可并不是做这类粗活人,可是做起事来并不弱于人,比起男人来,也差不了许多。

放下了外边的事情不说,再说屋里的,也样样拿得起来,剪、裁、缝、补,做那样像那样,他家里虽然没有什么绫、罗、绸、缎可做的,就说粗布衣也要做个四六见线,平平板板,一到过年的时候,无管怎样忙,也要偷空给奶奶婆婆,自己的婆婆,大娘婆婆,各人做一双花鞋。虽然没有什么好的鞋面,就说青水布的,也要做个精致。虽然没有丝线,就用棉花线,但那颜色却配得水冷冷的新鲜。

奶奶婆婆的那双绣的是桃红的大瓣莲花。大娘婆婆的那双绣的是牡丹花。婆婆的那双绣的是素素雅雅的绿叶兰。

这孙子媳妇回了娘家,娘家的人一问她婆家怎样,她说都好都好,将来非发财不可。大伯公是怎样的兢兢业业,公公是怎样的吃苦耐劳。奶奶婆婆也好,大娘婆婆也好。凡是婆家的无一不好。完全顺心,这样的婆家实在难找。

虽然她的丈夫也打过她,但她说,那个男人不打女人呢?于是也心满意足的并不以为那是缺陷了。

她把绣好的花鞋送给奶奶婆婆,她看她绣了那么一手好花,她感到了对这孙子媳妇有无限的惭愧,觉得这样一手好针线,每天让她喂猪打狗的,真是难为了她了,奶奶婆婆把手伸出来,把那鞋接过来,真是不知如何说好,只是轻轻的托着那鞋,苍白的脸孔,笑盈盈地点着头。

这是这样好的一个大孙子媳妇。二孙子媳妇也订好了,只是二孙子还太小,一时不能娶过来。

她家的两个妯娌之间的磨擦,都是为了这没有娶过来的媳妇,她自己的婆婆的主张把她接过来,做团圆媳妇,婶婆婆就不主张接来,说她太小不能干活,只能白吃饭,有什么好处。

争执了许久,来与不来,还没有决定。等下回给老太太跳大神的时候,顺便问一问大仙家再说吧。

五

我家是荒凉的。

天还未明,鸡先叫了,后边磨房里那梆子声还没有停止,天就发白了。天一发白,乌鸦群就来了。

我睡在祖父旁边,祖父一醒,我就让祖父念诗,祖父就念:

"春眠不觉晓,处处闻啼鸟。

夜来风雨声,花落知多少?"

"春天睡觉不知不觉的就睡醒了,醒了一听,处处有鸟叫着,回想昨夜的风雨,可不知道今早花落了多少。”

是每念必讲的,这是我的约请。

祖父正在讲着诗,我家的老厨子就起来了。

他咳嗽着,听得出来,他担着水桶到井边去挑水去了。

井口离得我家的住房很远,他摇着井绳花拉拉的响,日里是听不见的,可是在清晨,就听得分外的清明。

老厨子挑完了水,家里还没有人起来。

听得见老厨子刷锅的声音刷拉拉的响。老厨子刷完了锅,烧了一锅洗脸水了,家里还没有人起来。

我和祖父念诗,一直念到太阳出来。

祖父说:

“起来吧。”

“再念一首。”

祖父说:

“再念一首可得起来了。”

于是再念一首,一念完了,我又赖起来不算了,说再念一首。

每天早晨都是这样纠缠不清的闹。等一开了门,到院子去。院子里边已经是万道金光了,大太阳晒在头上都滚热的了。太阳两丈高了。

祖父到鸡架那里去放鸡,我也跟在那里,祖父到鸭架那里去放鸭,我也跟在后边。

我跟着祖父,大黄狗在后边跟着我。我跳着,大黄狗摇着尾巴。

大黄狗的头像盆那么大,又胖又圆,我总想要当一匹小马来骑它。祖父说骑不得。

但是大黄狗是喜欢我的,我是爱大黄狗的。

鸡从架里出来了,鸭子从架里出来了,它们抖擞着毛,一出来就连跑带叫的,吵的声音很大。

祖父撒着通红的高粱粒在地上,又撒了金黄的谷粒子在地上。

于是鸡啄食的声音,咯咯的响成群了。

喂完了鸡,往天空一看,太阳已经三丈高了。

我和祖父回到屋里,摆上小桌,祖父吃一碗饭米汤,浇白糖,我则不吃,我要吃烧苞米,祖父领着我,到后园去,趟着露水去到苞米丛中为我掰一穗苞米来。

掰来了苞米,袜子,鞋,都湿了。

祖父让老厨子把苞米给我烧上,等苞米烧好了,我已经吃了两碗以上的饭米汤浇白糖了。苞米拿来,我吃了一两个粒,就说不好吃,因为我已吃饱了。

于是我手里拿烧苞米就到院子去喂大黄去了。

“大黄”就是大黄狗的名字。

街上,在墙头外面,各种叫卖声音都有了,卖豆腐的,卖馒头的,卖青菜的。

卖青菜的喊着,茄子,黄瓜,荚豆和小葱子。

一挑喊着过去了,又来了一挑,这一挑不喊茄子,黄瓜,而喊着,芹菜,韭菜,白菜……

街上虽然热闹起来了,而我家里则仍是静悄悄的。

满院子蒿草,草里面叫着虫子。破东西东一件西一样的扔着。

看起来似乎是因为清早,我家才冷静,其实不然的,是因为我家的房子多,院子大,人少的缘故。

那怕就是到了正午,也仍是静悄悄的。

每到秋天,在蒿草的当中,也往往开了蓼花,所以引来了不少的蜻蜓和蝴蝶在那荒凉的一片蒿草上闹着。这样一来,不但不觉得繁华,反而更显得荒凉寂寞。

第六章

一

我家的有二伯,性情很古怪。

有东西,你若不给他吃,他就骂。若给他送上去,他就说:

“你二伯不吃这个,你们拿去吃吧!”

家里买了落花生,冻梨之类,若不给他,除了让他看不见,若让他找着了一点影子,他就没有不骂的:

“他妈的……王八蛋……兔羔子,有猫狗吃的,有蟑螂、耗子吃的,他妈的就是没有人吃的……兔羔子,兔羔子……”

若给他送上去,他就说:

“你二伯不吃这个,你们拿去吃吧。”

二

有二伯的性情真古怪,他很喜欢和天空的雀子说话。他很喜欢和大黄狗谈天。他一和人在一起,他就一句话没有了,就是有话也是很古怪的,使人听了常常不得要领。

夏天晚饭后大家坐在院子里乘凉的时候,大家都是嘴里不停的讲些个闲话,讲得很热闹,就连蚊子也嗡嗡的,就连远处的蛤蟆也呱呱的叫着。只是有二伯一声不响的坐着。他手里拿着蝇甩子,东甩一下,西甩一下。

若有人问他的蝇甩子是马鬃的还是马尾的?他就说:

“啥人玩啥鸟,武大郎玩鸭子:马鬃,都是贵东西,那是穿绸穿缎的人拿着,腕上戴着藤萝镯,指上戴着大攀指。什么人玩什么物。穷人,野鬼,不要自不量力,让人家笑话。……”

传说天上的那颗大卯星,就是灶王爷骑着毛驴上西天的时候,他手里打着的那个灯笼,因为毛驴跑得太快,一不加小心灯笼就掉在天空了。我就常常把这个话题来问祖父,说那灯笼为什么被掉在天空,就永久长在那里了,为什么不落在地上来?

这话题,我看祖父也回答不出的,但是因为我的非问不可,祖父也就非答不可了。他说,天空里有一个灯笼杆子,那才高呢,大卯星就挑在那灯笼杆子上。并且那灯笼杆子,人的眼睛是看不见的。

我说:

“不对,我不相信……”

我说:

“没有灯笼杆子,若是有为什么我看不见?”

于是祖父又说：

“天上有一根线，大卯星就被那线系着。”

我说：

“我不信，天上没有线的，有为什么我看不见？”

祖父说：

“线是细的么，你那能看见，就是谁也看不见的。”

我就问祖父：

“谁也看不见，你怎么看见啦？”

乘凉的人都笑了，都说我真厉害。

于是祖父被逼得东说西说，说也说不上来了。眼看祖父是被我逼得胡诌起来，我也知道他是说不清楚的了。不过我越看他胡诌我就越逼他。

到后来连大卯星是灶王爷的灯笼这回事，我也推翻了。我问祖父大卯星到底是个什么？

别人看我纠缠不清了，就有出主意的让我问有二伯去。

我跑到了有二伯坐着的地方，我还没有问，我就刚一碰了他的蝇甩子，他就把我吓了一跳。他把蝇甩子一抖，嘀嘮一声：

“你这孩子，远点去吧……”

使我不得不站得远一点，我说：

“有二伯，你说那天上的大卯星到底是个什么？”

他没有立刻回答我，他似乎想了一想，才说：

“穷人不观天象。狗咬耗子，猫看家，多管闲事。”

我又问，我以为他没有听准：

“大卯星是灶王爷的灯笼吗？”

他说：

“你二伯虽然也长了眼睛，但是一辈子没有看见什么。你二伯虽然也长了耳朵，但是一辈子也没有听见什么。你二伯是又聋又瞎，这话可怎么说呢？比方那亮亮堂堂的大瓦房吧，你二伯也有看见了的，可是看见了怎么样，是人家的，看见了也是白看。听也是一样，听见了又怎样，与你不相干……你二伯活着是个不相干……星星，月亮，刮风，下雨，那是天老爷的事情，你二伯不知道……”

有二伯真古怪，他走路的时候，他的脚踢到了一块砖头，那砖头把他的脚碰痛了。他就很小心的弯下腰去把砖头拾起来，他细细的端相着那砖头，看看那砖头长得是否瘦胖合适，是否顺眼，看完了，他才和那砖头开始讲话：

“你这小子，我看你也是没有眼睛，也是跟我一样，也是瞎模糊眼的。不然你为啥往我脚上撞，若有胆子撞，就撞那个耀武扬威的，脚上穿着靴子鞋的……你撞我还不是个白撞，撞不出一大二小来，臭泥子滚石头，越滚越臭……”

他和那砖头把话谈完了，他才顺手把它抛开去，临抛开的时候，他还最后嘱咐了它一句：

“下回你往那穿鞋，穿袜的脚上去碰呵。”

他这话说完了，那砖头也就拍搭的落到了地上。原来他没有抛得多远，那砖头又落到原来的地方。

有二伯走在院子里,天空飞着的麻雀或是燕子若落了一点粪在他的身上,他就停下脚来,站在那里不走了。他扬着头。他骂着那早已飞过去了的雀子,大意是:那雀子怎样怎样不该把粪落在他身上,应该落在那穿绸穿缎的人的身上。不外骂那雀子糊涂瞎眼之类。

可是那雀子很敏捷的落了粪之后,早已飞得无影无踪了,于是他就骂着他头顶上那块蓝瓦瓦的天空。

三

有二伯说话的时候,把“这个”说成“介个”。

“那个人好。”

“介个人坏。”

“介个人狼心狗肺。”

“介个物不是物。”

“家雀也往身上落粪,介个年头是啥年头。”

四

还有,

有二伯不吃羊肉。

五

祖父说,有二伯在三十年前他就来到了我们家里,那时候他才三十多岁。

而今有二伯六十多岁了。

他的乳名叫有子,他已经六十多岁了,还叫着乳名。祖父叫他“有子做这个”,“有子做那个。”

我们叫他有二伯。

老厨子叫他有二爷。

他到房户,地户那里去,人家叫他有二东家。

他到北街头的烧锅去,人家叫他有二掌柜的。

他到油房去抬油,人家也叫他有二掌柜的。

他到肉铺子上去买肉,人家也叫他有二掌柜的。

一听人家叫他“二掌柜的”,他就笑逐颜开。叫他有二爷叫他有二东家,叫他有二伯也都是一样的笑逐颜开。

有二伯最忌讳人家叫他的乳名,比方街上的孩子们,那些讨厌的,就常常在他的背后抛一颗石子,掘一捧灰土,嘴里边喊着“有二子”“大有子”“小有子”。

有二伯一遇到这机会,就没有不立刻打了过去的,他手里若是拿着蝇甩子,他就用蝇甩子把去打。他手里若是拿着烟袋,他就用烟袋锅子去打。

把他气的像老母鸡似的,把眼睛都气红了。

那些顽皮的孩子们一看他打了来,就立刻说:“有二爷,有二东家,有二掌柜的,有二伯。”并且举起手来作着揖,向他朝拜着。

有二伯一看他们这样子,立刻就笑逐颜开,也不打他们了,就走自己的路去了。

可是他走不了多远,那些孩子们就在后边又吵起来了,什么:

"有二爷,兔儿爷。"

"有二伯,打桨杆。"

"有二东家,捉大王八。"

他在前边走,孩子们还在他背后的远处喊。一边喊着一边扬着街道上的灰土,灰土高飞着一会工夫,街上闹成个小旋风似的了。

有二伯不知道听见了这个与否,但孩子们以为他是听见了的。

有二伯却很庄严的,连头也不回的一步一步的沉着的向前走去了。

"有二爷。"老厨子总是一开口"有二爷",一闭口"有二爷"的叫着。

"有二爷的蝇甩子……"

"有二爷的烟袋锅子……"

"有二爷的烟合包……"

"有二爷的烟合包疙瘩……"

"有二爷吃饭啦……"

"有二爷,天下雨啦……"

"有二爷快看吧,院子里的狗打仗啦……"

"有二爷,猫上墙头啦……"

"有二爷,你的蝇甩子掉了毛啦。"

"有二爷,你的草帽顶落了家雀粪啦。"

老厨子一向是叫他"有二爷"的。唯独他们两个一吵起来的时候,老厨子就说:

"我看你这个'二爷'一丢了,就只剩下个'有'字了。"

"有字"和"有子"差不多,有二伯一听正好是他的乳名。

于是他和老厨子骂了起来,他骂他一句,他骂他两句。越骂声音越大。有时他们两个也就打了起来。

但是过了不久,他们两个又照旧的好了起来。又是:

"有二爷这个。"

"有二爷那个。"

老厨子一高起兴来,就说:

"有二爷,我看你的头上去了个'有'字,不就只剩了'二爷'吗?"

有二伯于是又笑逐颜开了。

祖父叫他"有子",他不生气,他说:

"向皇上说话,还称自己是奴才呢!总也得有个大小。宰相大不大,可是他见了皇上也得跪下,在万人之上,在一人之下。"

有二伯的胆子是很大的,他什么也不怕。我问他怕狼不怕?

他说:

"狼有什么怕的,在山上,你二伯小的时候上山放猪去,那山上就有狼。"

我问他敢走黑路不敢?

他说:

"走黑路怕啥的,没有愧心事,不怕鬼叫门。"

我问他夜里一个人,敢过那东大桥吗?

他说：

“有啥不敢的，你二伯就是愧心事不敢做，别的都敢。”

有二伯常常说，跑毛子的时候（日俄战时）他怎样怎样地胆大，全城都跑空了，我们家也跑空了。那毛子拿着大马刀在街上跑来跑去，骑在马身上。那真是杀人无数。见了关着大门的就敲，敲开了，抓着人就杀，有二伯说：

“毛子在街上跑来跑去，那大马蹄子跑得呱呱的响，我正自己煮面条吃呢，毛子就来敲大门来了，在外边喊着‘里边有人没有？’，若有人快点把门打开，不打开毛子就要拿刀把门劈开的，劈开门进来，那就没有好，非杀不可……”

我就问：

“有二伯你可怕？”

他说：

“你二伯烧着一锅开水，正在下着面条。那毛子在外边敲，你二伯还在屋里吃面呢……”

我还是问他：

“你可怕？”

他说：

“怕什么？”

我说：

“那毛子进来，他不拿马刀杀你？”

他说：

“杀又怎么样！不就是一条命吗？”

可是每当他和祖父算起账来的时候，他就不这么说了。他说：

“人是肉长的呀！人是爹娘养的呀！谁没有五脏六腑。不怕，怎么能不怕！也是吓得抖抖乱颤，……眼看着那是大马刀，一刀下来，一条命就完了。”

我一问他：

“你不是说过，你不怕吗？”

这种时候，他就骂我：

“没心肝的，远的去着罢！不怕，是人还有不怕的……”

不知怎么的，他一和祖父提起跑毛子来，他就胆小了，他自己越说越怕。有的时候他还哭了起来。说那大马刀闪光湛亮，说那毛子骑在马上乱杀乱砍。

六

有二伯的行李，是零零碎碎的，一掀动他的被子就从被角往外流着棉花，一掀动他的褥子，那所铺着的毡片，就一片一片的好像活动地图似的一省一省的割据开了。

有二伯的枕头，里边装的是荞麦壳，每当他一抡动的时候，那枕头就在角上或是在肚上漏了馅了，花花的往外流着荞麦壳。

有二伯是爱护他这一套行李的，没有事的时候，他就拿起针来缝它们。缝缝枕头，缝缝毡片，缝缝被子。

不知他的东西，怎那样的不结实，有二伯三天两天的就要动手缝一次。

有二伯的手是很粗的，因此他拿着一颗很大的大针，他说太小的针他拿不住的。他的针是太大了点,迎着太阳,好像一颗女人头上的银簪子似的。

他往针鼻里穿线的时候,那才好看呢,他把针线举得高高的,睁着一个眼睛,闭着一个眼睛,好像是在瞄准,好像他在半天空里看见了一样东西,他想要快快的拿它,又怕拿不准跑了,想要研究一会再去拿,又怕过一会就没有了。于是他的手一着急就哆嗦起来,那才好看呢。

有二伯的行李,睡觉起来,就卷起来的。卷起来之后,用绳子捆着。好像他每天要去旅行的样子。

有二伯没有一定的住处,今天住在那吭吭响着房架子的粉房里,明天住在养猪的那家的小猪官的炕梢上,后天也许就和那后磨房里的冯歪嘴子一条炕睡上了。反正他是什么地方有空他就在什么地方睡。

他的行李他自己背着,老厨子一看他背起行李,就大嚷大叫的说:

"有二爷,又赶集去了……"

有二伯也就远远的回答着他:

"老王,我去赶集,你有啥捎的没有呵?"

于是有二伯又自己走自己的路,到房户的家里的方便地方去投宿去了。

七

有二伯的草帽没有边沿,只有一个帽顶,他的脸焦焦黑,他的头顶雪雪白。黑白分明的地方,就正是那草帽扣下去被切得溜齐的脑盖的地方。他每一摘下帽子来,是上一半白,下一半黑,就好像后园里的倭瓜晒着太阳的那半是绿的,背着阴的那半是白的一样。

不过他一戴起草帽来也就看不见了。他戴帽的尺度是很准确的,一戴就把帽边很准确的切在了黑白分明的那条线上。不高不低,就正正的在那条线上。偶尔也戴得略微高了一点,但是这种时候很少,不大被人注意。那就是草帽与脑盖之间,好像镶了一趟窄窄的白边似的,有那么一趟白线。

八

有二伯穿的是大半截子的衣裳,不是长衫,也不是短衫,而是齐到膝头那么长的衣裳,那衣裳是鱼蓝色竹布的,带着四方大尖托领,宽衣大袖,怀前带着大麻铜钮子。

这衣裳本是前清的旧货,压在祖父的箱底里,祖母一死了,就陆续的穿在有二伯的身上了。

所以有二伯一走在街上,都不知他是那个朝代的人。

老厨子常说:

"有二爷,你宽衣大袖的,和尚看了像和尚,道人看了像道人。"

有二伯是喜欢卷着裤脚的,所以耕田种地的庄稼人看了,又以为他是一个庄稼人,一定是插秧了刚刚回来。

九

有二伯的鞋子,不是前边掉了底,就是后边缺了跟。

他自己前边掌掌,后边钉钉,似乎钉也钉不好,掌也掌不好,过了几天又是掉底缺跟仍然照旧。

走路的时候拖拖的,再不然就搭搭的。前边掉了底,那鞋就张着嘴,他的脚好像舌头似的,每一迈步,就在那大嘴里边活动着,后边缺了跟,每一走动,就踢踢踏踏的脚跟打着鞋底发响。

有二伯的脚,永远离不开地面,母亲说他的脚下了千斤闸。

老厨子说有二伯的脚上了绊马锁。

有二伯自己则说:

"你二伯挂了绊脚丝了。"

绊脚丝是人临死的时候挂在两只脚上的绳子。有二伯就这样的说着自己。

十

有二伯虽然作弄成一个要猴不像要猴的,讨饭不像讨饭的,可是他一走起路来,却是端庄,沉静,两个脚跟非常有力,打得地面冬冬的响,而且是慢吞吞的前进,好像一位大将军似的。

有二伯一进了祖父的屋子,那摆在琴桌上的那口黑色的坐钟,钟里边的钟摆,就常常格楞楞,格楞楞的响了一阵就停下来了。

原来有二伯的脚步过于沉重了点,好像大石头似的打着地板,使地板上所有的东西,一时都起了跳动。

十一

有二伯偷东西被我撞见了。

秋末,后园里的大榆树也落了叶子,园里荒凉了。没有什么好玩的了。

长在前院的蒿草,也都败坏了而倒了下来,房后菜园上的各种秧棵完全挂满了白霜,老榆树全身的叶子已经没有多少了,可是秋风还在摇动着它。天空是发灰的,云彩也失了形状,好像被洗过砚台的水盆,有深有浅,混沌沌的。这样的云彩,有的带来了雨点,有时带来了细雪。

这样的天气,我为着外边没有好玩的,我就在藏乱东西的后房里玩着。我爬上了装旧东西的屋顶去。

我是登着箱子上去的,我摸到了一个小琉璃罐,那里边装的完全是墨枣。

等我抱着这罐子要下来的时候,可就下不来了,方才上来的时候,我登着的那箱子,有二伯站在那里正在开着它。

他不是用钥匙开,他是用铁丝在开。

我看着他开了很多时候,他用牙齿咬着他手里的那块小东西……他歪着头,咬得格格拉拉的发响。咬了之后又放在手里扭着它,而后又把它触到箱子上去试一试。

他显然不知道我在棚顶上看着他,他既打开了箱子,他就把没有边沿的草帽脱下来,把那块咬了半天的小东西就压在帽顶里面。

他把箱子翻了好几次,红色的椅垫,蓝色粗布的绣花围裙,女人的绣花鞋子……还有一团滚乱的花色的丝线,在箱子底上还躺着一只湛黄的铜酒壶。

有二伯用他满都是脉络的粗手把绣花鞋子,乱丝线,抓到一边去,只把铜酒壶从那一堆之中抓出来了。

太师椅上的红垫子,他把它放在地上,用腰带捆了起来。铜酒壶放在箱子盖上,而后把箱子锁了。

看样子好像他要带着这些东西出去,不知为什么,他没有带东西,他自己出去了。

我一看他出去,我赶快的登着箱子就下来了。

我一下来,有二伯就又回来了,这一下子可把我吓了一跳,因为我是在偷墨枣,若让母亲晓得了,母亲非打我不可。平常我偷着把鸡蛋馒头之类,拿出去和邻居家的孩子一块去吃,有二伯一看见就没有不告诉母亲的,母亲一晓得就打我。

他先提起门旁的椅垫子,而后又来拿箱子盖上的铜酒壶。等他掀着衣襟把铜酒壶压在肚子上边,他才看到墙角上站着的是我。

他的肚子前压着铜酒壶,我的肚子前抱着一罐墨枣。他偷,我也偷,所以两边害怕。

有二伯一看见我,立刻头盖上就冒着很大的汗珠。他说:

"你不说么?"

"说什么……"

"不说,好孩子……"他拍着我的头顶。

"那么,你让我把这琉璃拿出去。"

他说,"拿罢。"

他一点没有阻挡我。我看他不阻挡我,我还在门旁的筐子里抓了四五个大馒头,就跑了。

有二伯还在粮食仓子里边偷米,用大口袋背着,背到大桥东边那粮米铺去卖了。

有二伯还偷各种东西,锡火锅,大铜钱,烟袋嘴……反正家里边一丢了东西,就说有二伯偷去了。有的东西是老厨子偷去的,也就赖上了有二伯。有的东西是我偷着拿出去玩了,也赖上了有二伯。还有比方一个镰刀头,根本没有丢,只不过放忘了地方,等用的时候一找不到就说有二伯偷去了。

有二伯带着我上公园的时候,他什么也不买给我吃。公园里边卖什么的都有,油炸糕,香油掀饼,豆腐脑,碗碟。他一点也不买给我吃。

我若是稍稍在那卖东西吃的旁边一站,他就说:

"快走罢,快往前走。"

逛公园就好像赶路似的,他一步也不让我停。

公园里变把戏的,耍熊瞎子的都有,敲锣打鼓,非常热闹。而他不让我看。我若是稍稍的在那变把戏的前边停了一停,他就说:

"快走罢,快往前走。"

不知为什么他时时在追着我。

等走到一个卖冰水的白布篷前边,我看见那玻璃瓶子里边泡着两个焦黄的大佛手,这东西我没有见过,我就问有二伯那是什么?

他说:

"快走罢,快往前走。"

好像我若再多看一会工夫,人家就要来打我了似的。

等来到了跑马戏的近前,那里边连喊带唱的,实在热闹,我就非要进去看不可。有二伯则一定不进去,他说:

"没有什么好看的……"

他说：

“你二伯不看介个……”

他又说：

“家里边吃饭了。”

他又说：

“你再闹，我打你。”

到了后来，他才说：

“你二伯也是愿意看，好看的有谁不愿意看。你二伯没有钱，没有钱买票人家不让咱进去。”

在公园里边，当场我就拉住了有二伯的口袋，给他施以检查，检查出几个铜板来，买票这不够的。有二伯又说：

“你二伯没有钱……”

我一急就说：

“没有钱你不会偷？”

有二伯听了我那话，脸色雪白，可是一转眼之间又变成通红的了。他通红的脸上，他的小眼睛故意的笑着，他的嘴唇颤抖着，好像他又要照着他的习惯，一串一串的说一大套的话。但是他没有说。

“回家罢！”

他想了一想之后，他这样的招呼着我。

我还看见过有二伯偷过一个大澡盆。

我家院子里本来一天到晚是静的，祖父常常睡觉，父亲不在家里，母亲也只是在屋子里边忙着，外边的事情，她不大看见。

尤其是到了夏天睡午觉的时候，全家都睡了，连老厨子也睡了。连大黄狗也睡在有阴凉的地方了。所以前院，后园，静悄悄的一个人也没有，一点声音也没有。

就在这样的一个白天，一个大澡盆被一个人揹着在后园里边走起来了。

那大澡盆是白洋铁的，在太阳下边闪光湛亮。大澡盆有一人多长，一边走着还一边光郎光郎的响着。看起来，很害怕，好像瞎话上的白色的大蛇。

那大澡盆太大了，扣在有二伯的头上，一时看不见有二伯，只看见了大澡盆。好像那大澡盆自己走动了起来似的。

再一细看，才知道是有二伯顶着它。

有二伯走路，好像是没有眼睛似的，东倒一倒，西斜一斜，两边歪着。我怕他撞到了我，我就靠住了墙根上。

那大澡盆是很深的，从有二伯头上扣下来，一直扣到他的腰间。所以他看不见路了，他摸着往前走。

有二伯偷了这澡盆之后，就像他偷那铜酒壶之后的一样。一被发现了之后，老厨子就天天戏弄他，用各种的话戏弄着有二伯。

有二伯偷了铜酒壶之后，每当他一拿着酒壶喝酒的时候，老厨子就问他：

“有二爷，喝酒还是铜酒壶好呀，还是锡酒壶好？”

有二伯说：

“什么的还不是一样，反正喝的是酒。”

老厨子说：

“不见得罢，大概还是铜的好呢……”

有二伯说：

“铜的有啥好！”

老厨子说：

“对了，有二爷。咱们就是不要铜酒壶，铜酒壶拿去卖了也不值钱。”

旁边的人听到这里都笑了，可是有二伯还不自觉。

老厨子问有二伯：

“一个铜酒壶卖多少钱？”

有二伯说：

“没卖过，不知道。”

到后来老厨子又说五十吊，又说七十吊。

有二伯说：

“那有那么贵的价钱，好大一个铜酒壶还卖不上三十吊呢。”

于是把大家都笑坏了。

自从有二伯偷了澡盆之后，那老厨子就不提酒壶，而常常问有二伯洗澡不洗澡，问他一年洗几次澡，问有二伯一辈子洗几次澡。他还问人死了到阴间也洗澡的吗？

有二伯说：

“到阴间，阴间阳间一样，活着是个穷人，死了是条穷鬼。穷鬼阎王爷也不爱惜，不下地狱就是好的。还洗澡呢！别玷污了那洗澡水。”

老厨子于是说：

“有二爷，照你说的穷人是用不着澡盆的啰！”

有二伯有点听出来了，就说：

“阴间没去过，用不用不知道。”

“不知道？”

“不知道。”

“我看你是明明知道，我看你是昧着良心说瞎话……”老厨子说。

于是两个人打起来了。

有二伯逼着问老厨子，他那儿昧过良心。有二伯说：

“一辈子没昧过良心。走的正，行的端，一步两脚窝……”

老厨子说：

“两脚窝，看不透……”

有二伯正颜厉色的说：

“你有什么看不透的？”

老厨子说：

“说出来怕你羞死！”

有二伯说：

“死，死不了，你别看我穷，穷人还有个穷活头。”

老厨子说：

“我看你也是死不了。”

有二伯说：

“死不了。”

老厨子说：

“死不了，老不死，我看你也是个老不死的。”

有的时候，他们两个能接续着骂了一两天，每次到后来，都是有二伯打了败仗。老厨子骂他是个老“绝后”。

有二伯每一听到这两个字，就甚于一切别的字，比“见阎王”更坏。于是他哭了起来，他说：

“可不是么！死了连个添坟上土的人也没有。人活一辈子是个白活，到了归终是一场空……无家无业，死了连个打灵头幡的人也没有。”

于是他们两个又和和平平的，笑笑嬉嬉的照旧的过着和平的日子。

十二

后来我家在五间正房的旁边，造了三间东厢房。

这新房子一造起来，有二伯就搬回家里来住了。

我家是静的，尤其是夜里，连鸡鸭都上了架，房头的鸽子，檐前的麻雀也都各自回到自己的窝里去睡觉了。

这时候就常常听到厢房里的哭声。

有一回父亲打了有二伯，父亲三十多岁，有二伯快六十岁了。他站起来就被父亲打倒下去，他再站起来，又被父亲打倒下去，最后他起不来了，他躺在院子里边了，而他的鼻子也许是嘴还流了一些血。

院子里一些看热闹的人都站得远远的，大黄狗也吓跑了，鸡也吓跑了。老厨子该收柴收柴，该担水担水，假装没有看见。

有二伯孤冷冷地躺在院心，他的没有边的草帽，也被打掉了，所以看得见有二伯的头部的上一半是白的，下一半是黑的，而且黑白分明的那条线就在他的前额上，好像西瓜的“阴阳面”。

有二伯就这样自己躺着，躺了许多时候，才有两个鸭子来啄食撒在有二伯身边的那些血。

那两个鸭子，一个是花脖，一个是绿头顶。

有二伯要上吊，就是这个夜里，他先是骂着，后是哭着，到后来也不哭也不骂了。又过了一会，老厨子一声喊起，几乎是发现了什么怪物似的大叫：

“有二爷上吊啦！有二爷上吊啦！”

祖父穿起衣裳来，带着我。等我们跑到厢房去一看，有二伯不在了。

老厨子在房子外边招呼着我们。我们一看南房梢上挂了绳子，是黑夜，本来看不见，是老厨子打着灯笼我们才看到的。

南房梢上有一根两丈来高的横杆，绳子在那横杆上拓拓落落的垂着。

有二伯在那里呢？等我们拿灯笼一照，才看见他在房墙的根边，好好的坐着。他也没有哭，他也没有骂。

等我再拿灯笼向他脸上一照，我看他用哭红了的小眼睛瞪了我一下。

过了不久，有二伯又跳井了。

是在同院住的挑水的来报的信，又敲窗户又打门。我们跑到井边上一看，有二伯并没有在井里边，而是坐在井外边，而是离开井口五十步之外的安安稳稳的柴堆上。他在那柴堆上安安稳稳的坐着。

我们打着灯笼一照，他还在那里拿着小烟袋抽烟呢。

老厨子，挑水的，粉房里的漏粉的都来了，惊动了不少的邻居。

他开初是一动不动。后来他看人们来全了，他站起来就往井边上跑，于是许多人就把他抓住了，那许多人，那里会眼看着他去跳井的。

有二伯去跳井，他的烟合包，小烟袋都带着，人们推劝着他回家的时候，那柴堆上还有一枝小洋蜡，他说：

"把那洋蜡给我带着。"

后来有二伯"跳井""上吊"这些事，都成了笑话，街上的孩子都给编成了一套歌在唱着："有二爷跳井，没那么回事。""有二伯上吊，白吓唬人。"

老厨子说他贪生怕死，别人也都说他死不了。

以后有二伯再"跳井""上吊"也都没有人看他了。

有二伯还是活着。

十三

我家的院子是荒凉的，冬天一片白雪，夏天则满院蒿草。风来了，蒿草发着声响，雨来了，蒿草梢上冒烟了。

没有风，没有雨，则关着大门静静的过着日子。

狗有狗窝，鸡有鸡架，鸟有鸟笼，一切各得其所。唯独有二伯夜夜不好好的睡觉。在那厢房里边，他自己半夜三更的就讲起话来。

"说我怕'死'，我也不是吹，叫过三个两个来看！问问他们见过'死'没有！那俄国毛子的大马刀闪光湛亮，说杀就杀，说砍就砍。那些胆大的，不怕死的，一听说俄国毛子来了，只顾逃命连家业也不要了。那时候，若不是这胆小的给他守着，怕是跑毛子回来连条裤子都没有穿的。到了如今，吃得饱，穿得暖，前因后果连想也不想，早就忘到九霄云外去了。良心长到肋条上，黑心荔，铁面人，……"

"……说我怕死，我也不是吹，兵马刀枪我见过，霹雷，黄风我见过。就说那俄国毛子的大马刀罢，见人就砍，可是我也没有怕过，说我怕死……介年头是啥年头，……"

那东厢房里，有二伯一套套的讲着，又是河沟涨水了，水涨得多么大，别人没有敢过的，有二伯说他敢过。又是什么时候有一次着大火，别人都逃了，有二伯上去抢了不少的东西。又是他的小时候，上山去打柴，遇见了狼，那狼是多么凶狠，他说：

"狼心狗肺，介个年头的人狼心狗肺的，吃香的喝辣的。好人在介个年头，是个王八蛋，兔羔子……"

"兔羔子，兔羔子……"

有二伯夜里不睡，有的时候就来在院子里没头没尾的"兔羔子兔羔子"自己说着话。

半夜三更的，鸡鸭猫狗都睡了。唯独有二伯不睡。

祖父的窗子上了帘子，看不见天上的星星月亮，看不见大卯星落了没有，看不见三星是否打了横梁。只见白萨萨的窗帘子被星光月光照得发白通亮。

等我睡醒了,我听见有二伯“兔羔子,兔羔子”的自己在说话,我要起来掀起窗帘来往院子里看一看他。祖父不让我起来,祖父说:

“好好睡罢,明天早晨早早起来,咱们烧苞米吃。”

祖父怕我起来,就用好话安慰着我。

等再睡觉了,就在梦中听到了呼兰河的南岸,或是呼兰河城外远处的狗咬。

于是我做了一个梦,梦见了一个大白兔,那兔子的耳朵,和那磨房里的小驴的耳朵一般大。我听见有二伯说“兔羔子”,我想到一个大白兔,我听到了磨房的梆子声,我想到了磨房里的小毛驴,于是梦见了白兔长了毛驴那么大的耳朵。

我抱着那大白兔,我越看越喜欢,我一笑笑醒了。

醒来一听,有二伯仍旧“兔羔子,兔羔子”的坐在院子里。后边那磨房里的梆子也还打得很响。

我梦见的这大白兔,我问祖父是不是就是有二伯所说的“兔羔子”?

祖父说:

“快睡觉罢,半夜三更不好讲话的。”

说完了,祖父也笑了,他又说:

“快睡罢,夜里不好多讲话的。”

我和祖父还都没有睡着,我们听到那远处的狗咬,慢慢的由远而近,近处的狗也有的叫了起来。大墙之外,已经稀疏疏的有车马经过了,原来天已经快亮了。可是有二伯还在骂“兔羔子”,后边磨房里的磨官还在打着梆子。

十四

第二天早晨一起来,我就跑去问有二伯,“兔羔子”是不是就是大白兔?

有二伯一听就生气了:

“你们家里没好东西,尽是些耗子,从上到下,都是良心长在肋条上,大人是大耗子,小孩是小耗子……”

我不知道他说的是什么,我听了一会,没有听懂。

尾声

呼兰河这小城里边,以前住着我的祖父,现在埋着我的祖父。

我生的时候,祖父已经六十多岁了,我长到四五岁,祖父就快七十了。我还没有长到二十岁,祖父就七八十岁了。祖父一过了八十,祖父就死了。

从前那后花园的主人,而今不见了。老主人死了,小主人逃荒去了。

那园里的蝴蝶,蚂蚱,蜻蜓,也许还是年年仍旧,也许现在完全荒凉了。

小黄瓜,大倭瓜,也许还是年年的种着,也许现在根本没有了。

那早晨的露珠是不是还落在花盆架上,那午间的太阳是不是还照着那大向日葵,那黄昏时候的红霞是不是还会一会工夫会变出来一匹马来,一会工夫会变出来一匹狗来,那么变着。

这一些不能想像了。

听说有二伯死了。

老厨子就是活着年纪也不小了。

东邻西舍也都不知怎样了。

至于那磨房里的磨官,至今究竟如何,则完全不晓得了。

以上我所写的并没有什么幽美的故事,只因他们充满我幼年的记忆,忘却不了,难以忘却,就记在这里了。

一九四〇年十二月廿日香港完稿。

(收入《呼兰河传》,上海杂志公司1941年5月版)

雨夕

萧乾

在我度过的一些日子里,避雨的经验应算是最浪漫的了。

骤然间,天边乌云象是生了什么无名的气,密密层层地怒锁着,黑压压的象是举在空中的一个大黑巴掌,截在路上的人们就亡命地奔跑着,象与命运挣扎般地想凭脚踝的力气逃出眼看将扑下来的袭击。雷声象在呐喊助威,由背后低低地沉重地轰来。人随跑随回头望那狞笑着的黑云,直到冰凉的雨点铅珠似地坠到脑瓜上,坠到肩头上。用手摸摸是雨吗,手背上又连连地落了一滩。

雷由轰隆隆而干巴巴地爆裂开来。一道道的闪电绮缎似地在眼前一亮。人着慌,就喘了起来。但脚本能地仍在跑着,头上,背上挨着沉重冰凉的雨点。直到雨由点珠密密地连成一串串时,人开始稀罕起衣服,心疼起腿来了。于是,就把步子放慢了。隔着湿渌渌的睫毛往四下张望,碰巧道旁有一座土地庙,或一家茶馆。这时,人会忘了一切教养和礼数,闯了进去,狼狈地拧着发际的水,搓着潮阴阴的手掌,隔了安全的门槛嘘口气,仿佛刚才悟出似地:“嘿,下雨了!”然后,随便捡一块木头安置在把门的一角,抱着肘,坐了下来。忘了适才奔跑的狼狈,忘了急于返家的理由,呵着热气,揉抚着膝盖,就欣赏起雨景来了。

提起避雨,聪明的读者不难即刻想到当年多少赴京赶考的举子,由于滂沱大雨的机缘,在古寺的颓垣败壁间,或幽静的月亮门里,与妩媚多情的女妖或大家闺秀之间的艳遇。但是这里要说的却是一件非常平凡的事儿,丝毫也不带有浪漫色彩。我那时才十二三岁。请别笑话吧,我前额上还留着一撮木梳形的头发。每天到村庄南一家私塾里去用响亮的嗓子唱那本破烂不堪的《弟子规》,挨完应挨的板子,并给贴在壁上的至圣先师的拓像作过揖后,便可以无拘无束地去游玩了。

上学的地方离家实在说不上远:走完一片苇塘,再蹚过一道横了三四根柳树干的小河便是了。但是,游玩起来可就说不定了。

有回同一个年长些的同窗竟跑出五六里地,到一条河里去捉螃蟹。螃蟹不曾捉到,(带我去的那孩子直解释说,非要晚上带了灯笼来才行,)我的一只脚却掉在水坑里了。还傻坐在河堤上晒呢,黑的云由四面凑拢过来。河畔的高粱象为东南风掐着脖子似地一仰一俯地摇着。远处坟堆里刷刷刷地响着白杨。同伴催我快回去。哪里赶得及呢!

才走到五百户，冰凉的雨点就沉重地落到我们脖子上，吧哒吧哒地砸到玉米叶上了。我们四下张望，终于绕着毛豆地，闯进一座磨棚里。

一个四十多岁的长工正叼了一杆旱烟袋，坐在磨盘沿上使劲吧嗒着。看到我们，他在脸上挤出一两道无所表示的皱纹，又把力气和注意力放回他那杆烟袋上去了。

我们怯生生地走进去，向他央求着："老汉，让我们避避吧！"他勉强地把烟袋由嘴里拔了出来，略点点头。于是，我们就守着棚口坐下了。

雨下大了。小小磨棚的门口已为竹帘似的檐水遮了起来。隔着那，我们看挣扎在狂雨重压下的庄稼，腰已弯得没法再弯，而积怒的雨仍毫不留情地打了下来，象我们那位老师手里的皮鞭。空间已为粗而密的雨条占有了，条隙间还弥漫着水花。同伴叠着书包。我抚着那只湿渌渌的鞋子，抱怨着同伴，并估算着晚上该挨什么样的责罚。

忽然，磨棚外传来一阵踩水声。抬头一看，一只细长的手抓住磨棚口的砖角。一个头发蓬乱的少妇立在棚口，承受着粗重的檐水了。

我忙丢下心疼着的鞋子，凝望这神色慌张的女人。我还能记得那对缠成粽子形的脚已全然成为泥的了，毛蓝裤子也湿成了紫黑色。白的小褂为雨浸得几乎看得见里面颤抖着的肉。一张象忘了寒冷、忘了羞耻的脸嘻笑着，虽然为倾盆的檐水打成那地步，隔着湿湿的乱发，眼睛却还放出骇人的光芒。

她显然是要进来。当她转身的当儿，由她臀部上的泥迹我可以推想这女人在雨中曾跌了多么重的跟头。我赶忙往旁挪一挪身子，好腾些地方给这古怪的难友。我正高兴着小小磨棚多了一个同伴呢，坐在磨盘沿上的长工猛地立了起来，睁大了眼睛，举起烟袋，悻悻地威胁她："快走，这儿没你的地方！"

女人依然笑，且凑近我来。象对一个姨妈似地，我也凑了过去。

"别，她是疯子！"长工用烟袋锅子往女人手上烫，逼着她退出去，退到哗哗流着的檐水下，退到大雨瓢泼的田野里。

她终于又立在檐水下了。雨，浸透了她的全身，落到地上。

我抬头望着长工。我不懂他干么那么狠。我那么苦苦地望着他，象是说："让她进来吧，雨那么大！"但长工圆楞楞的眼睛却死死地盯着女人的脸。

她用手扶了墙，凶煞地向我们龇了龇牙，就向高粱地走去了。可怜呵，她随走随回头，那么古怪地对我笑，傻傻地笑。她滑了一跤，又爬起来，还在回着头，回着头，直到她那身影为雨条，为高粱叶遮得看不见了。

我气得快要哭了出来。干么非赶她出去呢！我的同伴也不服气。但长工象是察觉出我们难看的脸色，不待质问就一面把烟袋在鞋底上敲了敲，解释说："那还了得！那还了得！我不能听那口舌。疯娘儿们，犯不上。"

我问他到底怎么回事。他象要回答我似地，可又忙着把敲空了的烟袋塞进烟荷包里揉，随揉随靠墙坐下了。我们也坐下来，眼睛死死地盯着他。那么慢性子的人！按紧了烟袋锅子，才用巧妙的姿势点上烟，深深地吸了一口。白的烟雾立刻由他鼻孔冒了出来。这人又抓了一下耳根，才说："疯娘儿们，没主儿要了！"

"她干么要疯呢？"

"傻孩子，疯还有要的哪！没听说过。她是急疯了的。"

"急什么呀？丢了猪？"我想起黄庄的事来了。

"哼，丢爷们啦。她男人就是村里杜五爷的二少。六岁上童养过来的，大前年春上才圆的房。二少人家上北京念什么洋学堂去了。讲究,文明。前年回来就闹着要休她。不走? 人家由城里带来了。描眉打鬓的! 撵她走,偏不走。唉,苦核儿,她上哪儿去呢! 爹妈都伸了腿儿,哥哥是块窝囊肺,都听媳妇的。城里来的少奶奶什么也看不上。整天打呀骂呀地把人逼疯了,成天车房车房地唱哟。”

我听不大懂是怎回事,但小小的心里确已意识到这女人的疯不是她自己的错。我责问长工:“干么赶她走呢?”

长工骂了一声这没完没了的雨,接着说:“记住了,小兄弟,你可看见我赶她走了。明儿个人家问起你可得给打个对证。不赶,好,赶还免不掉口舌呢! 人真是畜生! 疯娘儿们夜里给关在家门外面了,就跑到庄头大槐树下去睡。不知道哪个缺德的人——可也有人说是巡夜的保安队看上了便宜,摸黑把她干了一场。以后又——唉,你们小孩还没开窍儿,还是少打听闲事吧!”

这一片糊涂话还不曾回答我的问题呢。雨小起来了,同伴催我走,我却黏黏地问:“那用得着非赶她走不可吗?”

“好,村儿里正查寻着是谁干的那件缺德事呢。说是查出来就用全村的名义把他告下来。不赶! 她好,赶明儿个人知道我跟她在一间磨棚里避过雨,什么话! 这年头儿,躲还躲不来! 躲还躲不来——”

雨微得檐水只剩下稀稀拉拉的点滴了。天暗了下来。我听故事的兴趣浓了起来,可是同伴坚持要回去。由于他的固执,我也想起左脚上的湿鞋来了。

“走吧,孩子。阴天黑得早。学好,听这伤天害理的事干么! 走吧, 我也该家去了。”说着,他敲了敲烟袋,直起了腰,叹了一声气:“娘儿们长像儿就带点儿苦命么!”

我怅怅地走出了磨棚。

许多日子后,一回我走过那村子北头一座三合房的墙下,院里断断续续地送出阵阵古怪的笑声,接着尖声的唱着:

东厢房啊,
西厢房啊,
可叹奴家住车房啊。

一九三四年九月七日,海甸

(收入《篱下集》,商务印书馆 1936 年 3 月版)

九十九度中

林徽因

三个人肩上各挑着黄色,有“美丰楼”字号大圆篓的,用着六个满是泥泞凝结的布鞋,走完一条被太阳晒得滚烫的马路之后,转弯进了一个胡同里去。

“劳驾,借光——三十四号甲在那一头?”在酸梅汤的摊子前面,让过一辆正在飞奔的家车——钢丝轮子亮得晃眼的——又向蹲在墙角影子底下的老头儿,问清了张宅方向后,这三个流汗的挑夫便又努力的往前走。那六只泥泞布履的脚,无条件的,继续着它们机械式的展动。

在那轻快的一瞥中，坐在洋车上的卢二爷看到黄篓上饭庄的字号，完全明白里面装的是丰盛的筵席，自然的，他估计到他自己午饭的问题。家里饭乏味，菜蔬缺乏个性，太太的脸难看，你简直就不能对她提到那厨子问题。这几天天太热，太热，并且今天已经二十二，什么事她都能够牵扯到薪水问题上，孩子们再一吵，谁能够在家里吃中饭！

"美丰楼饭庄"黄篓上黑字写得很笨大，方才第三个挑夫挑得特别吃劲，摇摇摆摆的使那黄篓左右的晃……

美丰楼的菜不能算坏，义永居的汤面实在也不错……于是义永居的汤面？还是市场万花斋的点心？东城或西城？找谁同去聊天？逸九新从南边来的住在那里？或许老孟知道，何不到和记理发馆借个电话？卢二爷估计着，犹豫着，随着洋车的起落。他又好像已经决定了在和记借电话，听到伙计们的招呼，"……二爷您好早？……用电话，这边您哪！……"

伸出手臂，他睨一眼金表上所指示的时间，细小的两针分停在两个钟点上，但是分明的都在挣扎着到达十二点上边。在这时间中，车夫感觉到主人在车上翻动不安，便更抓稳了车把，弯下一点背，勇猛的狂跑。二爷心里仍然疑问着面或点心；东城或西城；车已赶过前面的几辆。一个女人骑着自行车，由他左侧冲过去，快镜似的一瞥鲜艳的颜色，脚与腿，腰与背，侧脸，眼和头发，全映进老卢的眼里，那又是谁说过的……老卢就是爱看女人！女人谁又不爱？难道你在街上真闭上眼不瞧那过路的漂亮的！

"到市场，快点。"老卢吩咐他车夫奔驰的终点，于是主人和车夫戴着两顶价格极不相同的草帽，便同在一个太阳底下，向东安市场奔去。

很多好看的碟子和鲜果点心，全都在大厨房院里，从黄色层篓中检点出来。立着监视的有饭庄的"二掌柜"和张宅的"大师傅"；两人都因为胖的缘故，手里都有把大蒲扇。大师傅举着扇扑一下进来凑热闹的大黄狗。

"这东西最讨嫌不过！"这句话大师傅一半拿来骂狗，一半也是来权作和掌柜的寒暄。

"可不是？他×的，这东西真可恶。"二掌柜好脾气的用粗话也骂起狗。

狗无聊的转过头到垃圾堆边闻嗅隔夜的肉骨。

奶妈抱着孙少爷进来，七少奶每月用六元现洋雇她，抱孙少爷到厨房，门房，大门口，街上一些地方喂奶连游玩的。今天的厨房又是这样的不同；饭庄的"头把刀"带着几个伙计在灶边手忙脚乱的炒菜切肉丝，奶妈觉得孙少爷是更不能不来看：果然看到了生人，看到狗，看到厨房桌上全是好看的干果，鲜果，糕饼，点心，孙少爷格外高兴，在奶妈怀里跳，手指着要吃。奶妈随手赶开了几只苍蝇，拣一块山楂糕放到孩子口里，一面和伙计们打招呼。

忽然看到陈升走到院子里找赵奶奶，奶妈对他挤了挤眼，含笑的问"什么事值得这么忙？"同时她打开衣襟露出前胸喂孩子奶吃。

"外边挑担子的要酒钱。"陈升没有平时的温和，或许是太忙了的缘故。老太太这次做寿，比上个月四少奶小孙少爷的满月酒的确忙多了。

此刻那三个粗蠢的挑夫蹲在外院槐树荫下，用黯黑的毛巾擦他们的脑袋，等候着他们这满身淋汗的代价。一个探首到里院偷偷看院内华丽的景象。

里院和厨房所呈的纷乱固完全不同，但是它们纷乱的主要原因则是同样的，为着六十九年前的今天。六十九年前的今天,江南一个富家里又添了一个绸缎金银裹托着的小生命。经过六十九个像今年这样流汗天气的夏天,又产生过另十一个同样需要绸缎金银的生命以后,那个生命乃被称为长寿而又有福气的妇人。这个妇人,今早由两个老妈扶着,坐在床前,拢一下斑白稀疏的鬓发,对着半碗火腿稀饭摇头:

"赵妈,我那里吃得下这许多?你把锅里的拿去给七少奶的云乖乖吃罢……"

七十年的穿插,已经卷在历史的章页里,在今天的院里能呈露出多少,谁也不敢说。事实是今天,将有很多打扮得极体面的男女来庆祝,庆祝能够维持这样长久寿命的女人,并且为这一庆祝,饭庄里已将许多生物的寿命裁削了,拿它们的肌肉来补充这庆祝者的肠胃。

前两天这院子就为了这事改变了模样,簇新的喜棚支出瓦檐丈余尺高。两旁红喜字玻璃方窗,由胡同的东头,和顺车厂的院里是可以看得很清楚的。前晚上六点左右,小三和环子,两个洋车夫的儿子,倒土筐的时候看到了,就告诉他们嬷"张家喜棚都搭好了,是那一个孙少爷娶新娘子?"他们嬷为这事,还拿了鞋样到陈大嫂家说个话儿。正看到她在包饺子,笑嘻嘻的得意得很,说老太太做整寿,——多好福气——她当家的跟了张老太爷多少年。昨天张家三少奶还叫她进去,说到日子要她去帮个忙儿。

喜棚底下圆桌面就有七八张,方凳更是成叠的堆在一边;几个夫役持着鸡毛帚,忙了半早上才排好五桌。小孩子又多,什么孙少爷,侄孙少爷,姑太太们带来的那几位都够淘气的。李贵这边排好几张,那边小爷们又扯走了排火车玩。天热得厉害,苍蝇是免不了多,点心干果都不敢先往桌子上摆。冰化得也快,篓子底下冰水化了满地!汽水瓶子挤满了厢房的廊上,五少奶看见了只嚷不行,全要冰起来。

全要冰起来!真是的,今天的食品全摆起来够像个菜市,四个冰箱也腾不出一点空隙。这新买来的冰又放在那里好?李贵手里捧着两个绿瓦盆,私下里咕噜着为这筵席所发生的难题。

赵妈走到外院传话,听到陈升很不高兴的在问三个挑夫要多少酒钱。

"瞅着给罢。"一个说。

"怪热天多赏点吧。"又一个抿了抿干燥的口唇,想到方才胡同口的酸梅汤摊子,嘴里觉着渴。

就是这嘴里渴得难受,杨三把卢二爷拉到东安市场西门口,心想方才在那个"喜什么堂"门首,明明看到王康坐在洋车脚蹬上睡午觉。王康上月底欠了杨三十四吊钱,到现在仍不肯还;只顾着躲他。今天债主遇到赊债的赌鬼,心头起了各种的计算——杨三到饿的时候,脾气常常要比平时坏一点。天本来就太热,太阳简直是冒火,谁又受得了!方才二爷坐在车上,尽管用劲踩铃,金鱼胡同走道的学生们又多,你撞我闯的,挤得真可以的。杨三擦了汗一手抓住车把,拉了空车转回头去找王康要账。

"要不着八吊要六吊,再要不着,要他×的几个混蛋嘴巴!"杨三脖干儿上太阳烫得像火烧。"四吊多钱我买点羊肉,吃一顿好的。葱花烙饼也不坏——谁又说大热天不能喝酒?喝点又怕什么——睡得更香。卢二爷到市场吃饭,进去少不了好几个钟头……"

喜燕堂门口挂着彩,几个乐队里人穿着红色制服,坐在门口喝茶——他们把大铜鼓搭在一旁,铜喇叭夹在两膝中间。杨三知道这又是那一家办喜事。反正一礼拜短不了有两天好日子,就在这喜燕堂,那一个礼拜没有一辆花马车,里面搀出花溜溜的新娘?

今天的花车还停在一旁……

“王康,可不是他!”杨三看到王康在小挑子的担里买香瓜吃。

“有钱的娶媳妇,和咱们没有钱的娶媳妇,还不是一样?花多少钱娶了她,她也短不了要这个那个的——这年头!好媳妇,好!你瞧怎么着?更惹不起!管你要钱,气你喝酒!再有了孩子,又得顾他们吃,顾他们穿。……”

王康说话就是要“逗个乐儿”,人家不敢说的话他敢说。一群车夫听到他的话,各各高兴得凑点尾声。李荣手里捧着大饼,用着他最现成的粗话引着那几个年轻的笑。李荣从前是拉过家车的——可惜东家回南,把事情就搁下来了——他认得字,会看报,他会用新名词来发议论:“文明结婚可不同了,这年头是最讲‘自由’‘平等’的了。”底下再引用了小报上捡来离婚的新闻打哈哈。

杨三没有娶过媳妇,他想娶,可是“老家儿”早过去了没有给他定下亲,外面瞎姘的他没敢要。前两天,棚铺的掌柜娘要同他做媒,提起了一个姑娘说是什么都不错,这几天不知道怎么又没有讯儿了。今天洋车夫们说笑的话,杨三听了感着不痛快。看看王康的脸在太阳里笑得皱成一团,更使他气起来。

王康仍然笑着说话,没有看到杨三,手里咬剩的半个香瓜里面,黄黄的一把瓜子像不整齐的牙齿向着上面。

“老康!这些日子都到那里去了?我这儿还等着钱吃饭呢!”杨三乘着一股劲发作。

听到声,王康怔了向后看,“呵,这打那儿说得呢?”他开始赖账了,“你要吃饭,你打你×的自己腰包里掏!要不然,你出个份子,进去那里边,”他手指着喜燕堂,“吃个现成的席去。”王康的嘴说得滑了,禁不住这样嘲笑着杨三。

周围的人也都跟着笑起来。

本来准备着对付赖账的巴掌,立刻打到王康的老脸上了。必须的扭打,由蓝布幕的小摊边开始,一直扩张到停洋车的地方。来往汽车的喇叭,像被打的狗,呜呜叫号。好几辆正在街心奔驰的洋车都停住了,流汗车夫连喊着“靠里”,“瞧车!”脾气暴的人顺口就是:“他×的,这大热天,单挑这么个地方!!”

巡警离开了岗位;小孩子们围上来;喝茶的军乐队人员全站起来看;女人们吓得只喊“了不得前面出事了罢!”

杨三提高嗓子只嚷着向王康:“十四吊钱,是你——是你拿走了不是了——”

呼喊的声浪由扭打的两人出发,膨胀,膨胀到周围各种人的口里:“你听我说……”“把他们拉开……”“这样挡着路……瞧腿要紧”。嘈杂声中还有人叉着手远远的喊“打得好呀,好拳头!”

喜燕堂正厅里挂着金喜字红幛,几对喜联,新娘正在服从号令,连连的深深的鞠躬。外边的喧吵使周围客人的头同时向外面转,似乎打听外面喧吵的缘故。新娘本来就是一阵阵的心跳,此刻更加失掉了均衡;一下子撞上,一下子沉下,手里抱着的鲜花随着只是打颤。雷响深入她耳朵里,心房里。……

“新郎新妇——三鞠躬”——“……三鞠躬”。阿淑在迷惘里弯腰伸直,伸直弯腰。昨晚上她哭,她妈也哭,将一串经验上得来的教训,拿出来赠给她——什么对老人要忍耐点,对小的要和气,什么事都要让着点——好像生活就是靠容忍和让步支持着!

她焦心的不是在公婆妯娌间的委屈求全。这几年对婚姻问题谁都讨论得热闹,她就不懂那些讨论的道理遇到实际时怎么就不发生关系。她这结婚的实际,并没有因为她多留心报纸上,新文学上,所讨论的婚姻问题,家庭问题,恋爱问题,而减少了问题。

"二十五岁了……",有人问到阿淑的岁数时,她妈总是发愁似的轻轻的回答那问她的人,底下说不清是叹息是罗嗦。

在这旧式家庭里,阿淑算是已经超出应该结婚的年龄很多了,她知道。父母那急着要她出嫁的神情使她太难堪!他们天天在替她选择合适的人家——其实那里是选择!反对她尽管反对,那只是消极的无奈何的抵抗,她自己明知道是绝对没有机会选择,乃至于接触比较合适,理想的人物!她挣扎了三年,三年的时间不算短,在她父亲看去那更是不可信的长久……

"余家又托人来提了,你和阿淑商量商量吧,我这身体眼见得更糟,这潮湿天……"父亲的话常常说得很响,故意要她听得见,有时在饭桌上脾气或许更坏一点。"这六十块钱,养活这一大家子!养儿养女都不够,还要捐什么钱?干脆饿死!"有时更直接更难堪:"这又是谁的新褂子?阿淑,你别学时髦穿了到处走,那是找不着婆婆家的——外面瞎认识什么朋友我可不答应,我们不是那种人家!"……懦弱的母亲低着头装作缝衣:"妈劝你将就点……爹身体近来不好,……女儿不能在娘家一辈子的……这家子不算坏;差事不错,前妻没有孩子不能算填房。……"

理论和实际似乎永不发生关系;理论说婚姻得怎样又怎样,今天阿淑都记不得那许多了。实际呢,只要她点一次头,让一个陌生的,异姓的,异性的人坐在她家里,乃至于她旁边,吃一顿饭的手续,父亲和母亲这两三年——竟许已是五六年——来的难题便突然的,在他们是觉得极文明的解决了。

对于阿淑这订婚的疑惧,常使她父亲像小孩子似的自己安慰自己:阿淑这门亲事真是运气呀,说时总希望阿淑听见这话。不知怎样,阿淑听到这话总很可怜父亲,想装出高兴样子来安慰他。母亲更可怜;自从阿淑定婚以来总似乎对她抱歉,常常哑着嗓子说"看我做母亲的这份心上面"。

看做母亲的那份心上面!那天她初次见到那陌生的,异姓的,异性的人,那个庸俗的典型触碎她那一点脆弱的爱美的希望,她怔住了,能去寻死,为婚姻失望而自杀么?可以大胆告诉父亲,这婚约是不可能的么?能逃脱这家庭的苛刑(在爱的招牌下的)去冒险,去漂落么?

她没有勇气说什么,她哭了一会,妈也流了眼泪,后来妈说,阿淑你这几天瘦了,别哭了,做娘的也只是一份心。……现在一鞠躬,一鞠躬的和幸福作别,事情已经太晚得没有办法了。

吵闹的声浪愈加明显了一阵,伴娘为新娘戴上手指,又由赞礼的喊了一些命令。

迷离中阿淑开始幻想那外面吵闹的原因:洋车夫打电车吧,汽车轧伤了人吧,学生又请愿,当局派军警弹压吧……但是阿淑想,怎么我还如是焦急,现在我该像死人一样了,生活的波澜该沾不上我了,像已经临刑的人。但临刑也好,被迫结婚也好,在电影里到了这种无可奈何的时候总有一个意料不到快慰人心的解脱,不合法,特赦,恋人骑着马星夜奔波的赶到……但谁是她的恋人,除却九哥!学政治法律,讲究新思想的九哥,得着他表妹阿淑结婚的消息不知怎样?他恨由父母把持的婚姻……但准知道他关心么?他们多少年不来往了,虽然在山东住的时候,他们曾经邻居,两小无猜的整天在一起玩。幻想是不中用的,九哥先就不在北平,两年前他回来过一次,她记得自己遇到九哥扶着一位漂亮的女同学在书店前边,她躲过了九哥的视线,惭愧自己一身不入时的装束，她不愿和九哥的女友作个太难堪的比较。

感到手酸，心酸，浑身打战，阿淑由一堆人拥簇着退到里面房间休息。女客们在新娘前后彼此寒暄招呼，彼此注意大家的装扮。有几个很不客气在批评新娘子，显然认为不满意。“新娘太单薄点。”一个折着十几层下颏的胖女人，摇着扇和旁边的六姨说话。阿淑觉到她自己真可以立刻碰得粉碎；这位胖太太像一座石臼，六姨则像一根铁杵横在前面，阿淑两手发抖拉紧了一块丝巾，听老妈在她头上不住的搬弄那几朵绒花。

随着花露水香味进屋子来的，是锡娇和丽丽，六姨的两个女儿，她们的装扮已经招了许多羡慕的眼光。有电影明星细眉的锡娇抓把瓜子磕着，猩红的嘴唇里露出雪白的牙齿。她暗中扯了她妹妹的衣襟，嘴向一个客人的侧面努了一下。丽丽立刻笑红了脸，拿出一条丝绸手绢蒙住嘴挤出人堆到廊上走。望着已经在席上的男客们。有几个已经提起筷子高高兴兴的在选择肥美的鸡肉，一面讲着笑话，顿时都为着丽丽的笑声，转过脸来，镇住眼看她。丽丽扭一下腰，又摆了一下，软的长衫轻轻展开，露出裹着肉色丝袜的长腿走过又一边去。

年轻的茶房穿着蓝布大褂，肩搭一块桌布，由厨房里出来，两只手拿四碟冷荤，几乎撞住丽丽。闻到花露香味，茶房忘却顾忌的斜过眼看。昨晚他上菜的时候，那唱戏的云娟坐在首席曾对着他笑，两只水钻耳坠，打秋千似的左右晃。他最忘不了云娟旁座的张四爷，抓住她如玉的手臂劝干杯的情形。笑迷迷的带醉的眼，云娟明明是向着正端着大碗三鲜汤的他笑。他记得放平了大碗，心还怦怦的跳。直到晚上他睡不着，躺在院里板凳上乘凉，随口唱几声“孤王……酒醉……”才算松动了些。今天又是这么一个笑嘻嘻的小姐，穿着这一身软，茶房垂下头去拿酒壶，心底似乎恨谁似的一股气。

“逸九你喝一杯什么？”老卢做东这样问。

“我来一杯香桃冰其凌吧。”

“你去拣几块好点心，老孟。”主人又照呼那一个客。午饭问题算是如此解决了。为着天热，又为着起得太晚，老卢看到点心铺前面挂的“卫生冰其凌，咖啡，牛乳，各样点心”这种动人的招牌，便决意里面去消磨时光。约到逸九和老孟来聊天，老卢显然很满意了。

三个人之中，逸九最年少，最摩登。在中学时代就是一口英文，屋子里挂着不是“梨娜”就是“琴妮”的相片，从电影杂志里细心剪下来的，圆一张，方一张，满壁动人的娇憨。——他到上海去了两年，跳舞更是出色了，老卢端详着自己的脚，打算找逸九带他到舞场拜老师去。

“那个电影好，今天下午？”老孟抓一张报纸看。

邻座上两个情人模样男女，对面坐着呆看。男人有很温和的脸，抽着烟没有说话；女人的侧相则颇有动人的轮廓，睫毛长长的活动着，脸上时时浮微笑。她的青纱长衫罩着丰润的肩臂，带着神秘性的淡雅。两人无声的吃着冰其凌，似乎对于一切完全的满足。

老卢老孟谈着时局，老卢既是机关人员，时常免不了说“我又有个特别的消息，这样看来里面还有原因”，于是一层一层的作更详细原因的检讨，深深的浸入政治波澜里面。

逸九看着女人的睫毛，和浮起的笑涡，想到好几年前同在假山后捉迷藏的琼两条发辫，一个垂前，一个垂后的跳跃。琼已经死了这六七年，谁也没有再提起过她。今天这青长衫的女人,单单叫他心底涌起琼的影子。不可思议的,淡淡的,记忆描着活泼的琼。在极旧式的家庭里淘气,二舅舅提根旱烟管,厉声的出来停止她各种的嬉戏。但是琼只是敛住声音低低的笑。雨下大了,院中满是水,又是琼胆子大,把裤腿卷过膝盖,赤着脚,到水里装摸鱼。不小心她滑倒了,还是逸九去把她抱回来。和琼差不多大小的还有阿淑,住在对门他们时常在一起玩,逸九忽然记起瘦小,不爱说话的阿淑来。

“听说阿淑快要结婚了,嬷嘱咐到表姨家问候,不知道阿淑要嫁给谁!”他似乎怕到表姨家。这几年的生疏叫他为难,前年他们遇见一次,装束不入时的阿淑倒有种特有的美,一种灵性……奇怪今天这青长衫女人为什么叫他想起这许多……

“逸九,你有相当的聪明,手腕,你又能巴结女人,你也应该来试试,我介绍你见老王。”

倦了的逸九忽然感到苦闷。

老卢手弹着桌边表示不高兴,“老孟你少说话,逸九这位大少爷说不定他倒愿意去演电影呢!”种种都有一点落伍的老卢嘲笑着翩翩年少的朋友出气。

青纱长衫的女人和她朋友吃完了,站了起来。男的手托着女人的臂腕,无声的绕过他们三人的茶桌前面,走出门去。老卢逸九注意到女人有秀美的腿,稳健的步履。两人的融洽,在不言不语中流露出来。

“他们是甜心。”

“愿有情人都成眷属。”

“这女人算好看不?”

三个人同时说出口来,各各有所感触。

午后的热,由窗口外嘘进来,三个朋友吃下许多清凉的东西,更不知做什么好。

“电影园去,咱们去研究一回什么‘人生问题’‘社会问题’吧?”逸九望着桌上的空杯,催促着卢孟两个走。心里仍然浮着琼的影子。活泼,美丽,健硕,全幻灭在死的幕后,时间一样的向前,计量着死的实在。像今天这样,偶尔的回忆就算是证实琼有过活泼生命的惟一的证据。

东安市场门口洋车像放大的蚂蚁一串,头尾衔接着放在街沿。杨三已不在他寻常停车的地方。

“区里去,好,区里去!咱们到区里说个理去!”就是这样,王康和杨三到底结束了殴打,被两个巡警弹压下来。

刘太太打着油纸伞,端正的坐在洋车上,想金裁缝太不小心了,今天这件绸衫下摆仍然不合适,领也太小,紧得透不了气,想不到今天这样热,早知道还不如穿纱的去。裁缝赶做的活总要出点毛病。实甫现在脾气更坏一点,老嫌女人们麻烦。每次有个应酬你总要听他说一顿的。今天张老太太做整寿,又不比得寻常的场面可以随便……

对面来了浅蓝色衣服的年轻小姐,极时髦的装束使刘太太睁大了眼注意了。

“刘太太那里去?”蓝衣小姐笑了笑,远远招呼她一声过去了。

“人家的衣服怎么如此合适!”刘太太不耐烦的举着花纸伞。

“呜呜——呜呜……”汽车的喇叭响得震耳。

“打住。”洋车夫紧抓车把,缩住车身前冲的趋势。汽车过去后,由刘太太车旁走出一个巡警,带着两个粗人:一根白绳由一个的臂膀系到另一个的臂上。巡警执着绳端,板着脸走着。一个粗人显然是车夫;手里仍然拉着空车,嘴里咕噜着。很讲究的车身,各件白铜都擦得放亮,后面铜牌上还镌着“卢”字。这又是谁家的车夫,闹出事让巡警拉走。刘太太恨恨的一想车夫们爱肇事的可恶,反正他们到区里去少不了东家设法把他们保出来的……

“靠里!……靠里!”威风的刘家车夫是不耐烦挤在别人车后的——老爷是局长,太太此刻出去阔绰的应酬,洋车又是新打的,两盏灯发出银光……哗啦一下,靠手板在另一个车边擦一下,车已猛冲到前头走了。刘太太的花油纸伞在日光中摇摇荡荡的迎着风,顺着街心溜向北去。

胡同口酸梅汤摊边刚走开了三个挑夫。酸凉的一杯水,短时间的给他们愉快,六只泥泞的脚仍然踏着滚烫的马路行去。卖酸梅汤的老头儿手里正在数着几十枚铜元,一把小鸡毛帚夹在腋下。他翻上两颗黯淡的眼珠,看看过去的花纸伞,知道这是到张家去的客人。他想今天为着张家做寿,客人多,他们的车夫少不得来摊上喝点凉的解渴。

“两吊……三吊!……”他动着他的手指,把一叠铜元收入摊边美人牌香烟的纸盒中。不知道今天这冰够不够使用的,他翻开几重荷叶,和一块灰黑色的破布,仍然用着他黯淡的眼珠向磁缸里的冰块端详了一回。“天不热,喝的人少,天热了,冰又化的太快!”事情哪一件不有为难的地方,他叹口气再翻眼看看过去的汽车。汽车轧起一阵尘土,笼罩着老人和他的摊子。

寒暑表中的水银从早起上升,一直过了九十五度的黑线上。喜篷底下比较阴凉的一片地面上曾聚过各种各色的人物。丁大夫也是其间一个。

丁大夫是张老太太内侄孙,德国学医刚回来不久,麻利,漂亮,现在社会上已经有了声望,和他同席的都借着他是医生的缘故,拿平市卫生问题作谈料,什么虎疫,伤寒,预防针,微菌,全在吞咽八宝东瓜,瓦块鱼,锅贴鸡,炒虾仁中间讨论过。

“贵医院有预防针,是好极了。我们过几天要来麻烦请教了。”说话的以为如果微菌听到他有打预防针的决心也皆气馁了。

“欢迎,欢迎。”

厨房送上一碗凉菜。丁大夫踌躇之后决意放弃吃这碗菜的权利。

小孩们都抢了盘子边上放的小冰块,含到嘴里嚼着玩,其他客喜欢这凉菜的也就不少。天实在热!

张家几位少奶奶装扮得非常得体,头上都戴朵红花,表示对旧礼教习尚仍然相当遵守的。在院子中盘旋着做主人,各人心里都明白自己今天的体面。好几个星期前就顾虑到的今天,她们所理想到的今天各种成功,已然顺序的,在眼前实现。虽然为着这重要的今天,各人都轮流着觉得受过委屈;生过气;用过心思和手腕;将就过许多不如意的细节。

老太太战巍巍的喘息着,继续维持着她的寿命。杂乱模糊的回忆在脑子里浮沉。兰兰七岁的那年……送阿旭到上海医病的那年真热……生四宝的时候在湖南,于是生育,病痛,兵乱,行旅,婚娶,没秩序,没规则的纷纷在她记忆下掀动。

“我给老太太拜寿,您给回一声吧。”

这又是谁的声音?这样大!老太太睁开打瞌睡的眼,看一个浓装的妇人对她鞠躬问好。刘太太,——谁又是刘太太,真是的!今天客人太多了,好吃劲。老太太扶着赵妈站起来还礼。

“别客气了,外边坐吧。”二少奶伴着客人出去。

谁又是这刘太太……谁?……老太太模模糊糊的又作了一些猜想,望着门槛又堕入各种的回忆里去。

坐在门槛上的小丫头寿儿看着院里石榴花出神。她巴不得酒席可以快点开完,底下人们可以吃中饭,她肚子里实在饿得慌。一早眼睛所接触的,大部分几乎全是可口的食品,但是她仍然是饿着肚子,坐在老太太门槛上等候呼唤。她极想再到前院去看看热闹,但为想到上次被打的情形,只得竭力忍耐。在饥饿中,有一桩事她仍然没有忘掉她的高兴。因为老太太的整寿大少奶给她一付银镯。虽然为着捶背而酸乏的手臂懒得转动,她仍不时得意的举起手来,晃摇着她的新镯子。

午后的太阳斜到东廊上,后院子暂时沉睡在静寂中。幼兰在书房里和羽哭着闹脾气:

“你们都欺侮我,上次赛球我就没有去看。为什么要去?反正人家也不欢迎我,……慧石不肯说,可是我知道你和阿玲在一起玩得上劲。”抽噎的声音微微的由廊上出来。

“等会客人进来了不好看……别哭……你听我说……绝对没有这么回事的。咱们是亲表谁不知道我们亲热,你是我的兰,永远,永远的是我的最爱最爱的……你信我……”

“你在哄骗我,我……我永远不会再信你的了……”

“你又来伤我,你心狠……”

声音微下去,也和缓了许多,又过了一些时候,才有轻轻的笑语声。小丫头仍然饿得慌,仍然坐在门槛上没有敢动,她听着小外孙小姐和羽孙少爷老是吵嘴,哭哭啼啼的,她不懂。一会儿他们又笑着一块儿由书房里出来。

“我到婆婆的里间洗个脸去。寿儿你给我打盆脸水去。”

寿儿得着打水的命令,高兴的站起来。什么事也比坐着等老太太睡醒都好一点。

“别忘了晚饭等我一桌吃。”羽说完大步的跑出去。

后院顿时又堕入闷热的静寂里;柳条的影子画上粉墙,太阳的红比得胭脂。墙外天蓝蓝的没有一片云,像戏台上的布景。隐隐的送来小贩子叫卖的声音——卖西瓜的——卖凉席的,一阵一阵。

挑夫提起力气喊他孩子找他媳妇。天快要黑下来媳妇还坐在门口纳鞋底子;赶着那一点天亮再做完一只。一个月她当家的要穿两双鞋子,有时还不够的,方才当家的回家来说不舒服,睡倒在炕上这半天也没有醒。她放下鞋底又走到旁边一家小铺里买点生姜,说几句话儿。

断续着呻呻,挑夫开始感到苦痛,不该喝那冰凉东西,早知道这大暑天,还不如喝口热茶!迷惘中他看到茶碗,茶缸,施茶的人家,碗,碟,果子杂乱的绕着大圆篓,他又像看到张家的厨房。不到一刻他肚子里像纠麻绳一般痛,发狂的呕吐使他沉入严重的症候里和死搏斗。

挑夫媳妇失了主意,喊孩子出去到药铺求点药。那边时常夏天是施暑药的。……

邻居积渐知道挑夫家里出了事,看过报纸的说许是霍乱,要扎针的。张秃子认得大街东头的西医丁家,他披上小褂子,一边扣钮子,一边跑。丁大夫的门牌挂高高的,新漆大门两扇紧闭着。张秃子找着电铃死命的按,又在门缝里张望了好一会,才有人出来开门。什么事?什么事?门房望着张秃子生气,张秃子看着丁宅的门房说"劳驾——劳驾您大爷,我们'街坊'李挑子中了暑,托我来行点药。"

"丁大夫和管药房先生'出份子去了'没有在家,这里也没有旁人,这事谁又懂得?!"门房吞吞吐吐的说,"还是到对门益年堂打听吧。"大门已经差不多关上。

张秃子又跑了,跑到益年堂,听说一个孩子拿了暑药已经走了。张秃子是信教的,他相信外国医院的药,他又跑到那边医院里打听,等了半天,说那里不是施医院,并且也不收传染病的,医生晚上也都回家了,助手没有得上边话不能随便走开的。

"最好快报告区里,找卫生局里人。"管事的告诉他,但是卫生局又在哪里……

到张秃子失望的走回自己院子里的时候,天已经黑了下来,他听见李大嫂的哭声知道事情不行了。院里磁罐子里还放出浓馥的药味。他顿一下脚,"咱们这命苦的……"他已在想如何去捐募点钱,收殓他朋友的尸体。叫孝子挨家去磕头吧!

天黑了下来,张宅跨院里更热闹,水月灯底下围着许多孩子,看变戏法的由袍子里捧出一大缸金鱼,一盘子"王母蟠桃"献到老太太面前。孩子们都凑上去验看金鱼的真假。老太太高兴的笑。

大爷熟识捧场过的名伶自动的要送戏,正院前边搭着戏台,当差的忙着拦阻外面杂人往里挤。大爷由上海回来,两年中还是第一次——这次碍着母亲整寿的面,不回来太难为情。这几天行市不稳定,工人们听说很活动,本来就不放心走开,并且厂里的老赵靠不住,大爷最记挂。……

看到院里戏台上正开场,又看廊上的灯,听听厢房各处传来的牌声,风扇声开汽水声,大爷知道一切都圆满的进行,明天事完了,他就可以走了。

"伯伯上哪儿去?"游廊对面走出一个清秀的女孩。他怔住了看,慧石——是他兄弟的女儿,已经长得这么大了?大爷伤感着,看他早死兄弟的遗腹女儿;她长得实在像他爸爸……实在像他爸爸……

"慧石,是你。长得这样俊,伯伯快认不得了。"

慧石只是笑,笑。大伯伯还会说笑话,她觉得太料想不到的事,同时她像被电击一样,触到伯伯眼里蕴住的怜爱,一股心酸抓紧了她的嗓子。

她仍只是笑。

"哪一年毕业?"大伯伯问她。

"明年。"

"毕业了到伯伯那里住。"

"好极了。"

"喜欢上海不?"

她摇摇头,"没有北平好。可是可以找事做,倒不错。"

伯伯走了,容易伤感的慧石急忙回到卧室里,想哭一哭,但眼睛湿了几回,也就不哭了,又在镜子前抹点粉笑了笑;她喜欢伯伯对她那和蔼态度。嬷常常不满伯伯和伯母的,常说些不高兴他们的话,但她自己却总觉得喜欢这伯伯的。

也许是骨肉关系有种不可思议的亲热,也许是因为感激知己的心,慧石知道她更喜欢她这伯伯了。

厢房里电话铃响。

“丁宅呀,找丁大夫说话?等一等。”

丁大夫的手气不坏,刚和了一牌三番,他得意的站起来接电话:

“知道了知道了,回头就去叫他派车到张宅来接。什么?要暑药的?发痧中暑?叫他到平济医院去吧。”

“天实在热,今天,中暑的一定不少。”五少奶坐在牌桌上抽烟,等丁大夫打电话回来。“下午两点的时候刚刚九十九度啦!”她睁大了眼表示严重。

“往年没有这么热,九十九度的天气在北平真可以的了。”一个客人摇了摇檀香扇,急着想做庄。

咯突一声,丁大夫将电话挂上。

报馆到这时候积渐热闹,排字工人流着汗在机器房里忙着。编辑坐到公事桌上面批阅新闻。本市新闻由各区里送到;编辑略略将张宅名伶送戏一节细细看了看,想到方才同太太在市场吃冰其凌后,遇到街上的打架,又看看那段厮打的新闻,于是很自然的写着“西四牌楼三条胡同卢宅车夫杨三……”新闻里将杨三王康的争斗形容得非常动听,一直到了“扭区成讼”。

再看一些零碎,他不禁注意到挑夫霍乱数小时毙命一节,感到白天去吃冰其凌是件不聪明的事。

杨三在热臭的拘留所里发愁,想着主人应该得到他出事的消息了,怎么还没有设法来保他出去。王康则在又一间房子里喂臭虫,苟且的睡觉。

“……哪儿呀,我卢宅呀,请王先生说话,……”老卢为着洋车被扣已经打了好几个电话了,在晚饭桌他听着太太的埋怨……那杨三真是太没有样子,准是又喝醉了,三天两回闹事。

“……对啦,找王先生有要紧事,出去饭局了么,回头请他给卢宅来个电话!别忘了!”

这大热晚上难道闷在家里听太太埋怨?杨三又没有回来,还得出去雇车,老卢不耐烦的躺在床上看报,一手抓起一把蒲扇赶开蚊子。

(收入《九十九度中》,江苏文艺出版社2009年10月版)

黄　昏

吴组缃

到家是在下午五点钟。洗洗澡,吃吃饭,快近黄昏了。看到这个阔别的古旧家乡,一种亲热之感,正如看到我的年老的母亲一样。我想打听一些事,就笼笼统统地问我女人:“近来,家乡情形怎样?”

我女人要回答,又觉找不出头绪;想一想,伶俐地笑着,叫小玉搬张竹榻放到院子里。

“你且到院子里去乘凉罢。”

我坐到院子里,小腿架在大腿上,看着院墙头上一抹紫红色的落霞衬托着几茎狗尾草在轻轻地摇动。我女人点一根驱蚊子的栗花绳子放在我脚边,坐下来,说:

“在家乡过六月,白天里太冷清:听听古旧板壁的干裂声,看看蝓蜒在绿苔阶沿上爬行的蠢样子,就想睡。一到黄昏可不寂寞了:左右邻近的屋子,院子,巷子都发出声音来,你听着,想着他们的故事,真叫你——”

“卖鱼呀!——师娘,今天销我点鱼?”一个赤膊瘦汉子挑着一担篾篮出现在院子的耳门上。

“饭都吃过了,买鱼?”我女人说了,掉头继续向我说:“——真叫你不知起些什么感想。”

我仔细看看这卖鱼的汉子,是认得的,大宗祠里有他祖爹的“内阁中书”的匾,传到他父亲,一味的只知道买花置妾,终天和朋友讲究些诗酒风流的事,把家产败了大半,年纪很轻便死了。这汉子在他祖母和母亲两代孤孀的过分溺爱之下养育成人,学会的是养鸟雀,斗蟋蟀,钓鱼,放大风筝,抽鸦片,推牌九,勾引人家女子一类事。于是,接他父亲的手,用另一种方法,把剩余的一点田地产业,住宅家具全部花费完了。这汉子是个丈夫:他赤手空拳头,就拿捕鱼扎风筝这类本事维持着如旧的荒唐生活。到如今少说也有四十多岁了。

“这不是家庆膏子?”我低声问我女人。——家庆是名字;因为他的鸦片瘾不是用枪斗吸可以满足的,传闻他每天要生吞三四两鸦片膏子,所以大家都叫他“家庆膏子”。

我女人点点头。

“大先生新到家,师娘,你买点做早饭菜。”

“你明天捉了,早点送来,我买你的。”

“师娘,做做好事,少称一点。——你看看,全是上色鱼。师娘,你不买点,我苦人到那里寻饭吃?”

“寻饭吃!”小玉插嘴说,“人家只吃白饭,你还要吃黑饭。”

“你莫刻薄我呀,小姑娘。”家庆膏子用肩头的披巾抹着额上的汗说,“今天中饭也没吃,还谈吃鸦片?”

从这种乞怜的无聊口吻,我知道他的生活一定不像早年那么好了。我问他说:

“你一天卖得多少钱?”

“大先生,世界不同了!往年这样子溪鱼是四十个钞一斤,挑上岸,几条巷子走一转,不等太阳落山就空篮。这两年,嗨!卖二十多个钞也没人问价。我今天到此刻还没有发利市,说谎的你你骂我。大先生,你买点。”

“村上几个有饭吃的?还谈得上吃鱼!我今天是不买的。明天你早点送来。”我女人说。

说着话,一阵锣声由远而近。锣声停了,就听到一个沙喉咙拖长着喊,但听不清喊的什么。

“什么事敲锣?”我问。

“是天香奶奶不见了三只猪。”家庆膏子很熟悉地答。他依旧不走,把秤杆敲着秤盘丁丁作响,眼望着篮子里,无聊的样子。

“那个偷天香奶奶的猪,也算作天大的孽!”小玉叹息地说。

“说不定就是她自己的儿子偷的。”我女人说。

“师娘,”家庆膏子踌躇着,慢声说,“你不买鱼,我还有两只鸭,大老鸭。你买了我的?”

说着就呆手呆脚从篮里捧出一个麻布伞套来,掏了半晌,两只鸭“呷,呷,呷!”放声大叫了出来。我女人用手碰一碰我的臂膊,会意地向我神秘地笑一笑;而后,敛了笑,说:

“你赶快放进去,鸭子我家里有,不买你的。——你这来路不明的东西,我也不敢要。”

“师娘,说谎的你你骂我,鸭子是我自己的。我是没钱买米才拿出来卖。那个事不是我家庆膏子做的。笑话,师娘你莫多心。”

“你自己的?”小玉神头鬼脸的说,“你自己的,为什么藏在套里?”

“你你你莫刻薄我呀,小姑娘。我我是我是……”说了半天说不出,就用手心在嘴沿上抹了两抹。

小玉噗嗤地笑起来。我和我女人看着他那狼狈的样子,也忍不住笑了。

“鸭子你赶快放还原,我买你一斤鱼罢。”我女人没奈何地说。

家庆膏子把鸭捉还伞套里,打上了一个结,望篮里一丢,用披巾抹抹汗,说:

“师娘,今天的鱼是上色鱼,算把你就三十二个。”

“你自己刚才说的,二十多个也没人要,怎么又三十二个?”小玉很生气。

“算二十八,二十八。”

“就算二十八罢。”我不耐烦地说。

秤好鱼,小玉就拿到井边去打鳞剖肚。家庆膏子这才慢手慢脚挑起担子,懒洋洋地走了。

“卖鱼呀!”一种低幽沉浊的鼻音。

“他今天恐怕真没有过上瘾。看他喊卖都是有气没力的。”小玉一面自言自语地说。

“他从前不做这种偷窃的事。”我叹口气说。

“如今在村上住家的人,东西眨不得眼。年纪轻的汉子都找不到营生做,飘飘荡荡的。有娘有老婆的,就偷娘老婆的;没娘老婆的,就偷人家的。捉住了,骂一场,打一顿,东西到底给自己换钱花用了。横竖做小偷又不犯死罪。”我的女人这么说。

“桂花嫂子今天丢了七只鸡,”小玉说,“都是正在生蛋的鸡。说屋前草墩上挑稻的撒了些稻,桂花嫂子看见了,惜不过,就把鸡放出来吃。一竿衣裳刚晾完,走出来,鸡一只也没了。——中晌找到我家来,说怕是迷失了路,钻到人家鸡窝里。我说,我家九只老鸡,十六只小鸡,一共二十五只,多一只是你的。——桂花嫂子一面尖起喉咙‘州州’地呼,一面拾起衣角揩眼泪。也可怜。”

“那一定是——”

“听,绵绣堂三太太喊魂。”小玉打断我的话,偏着头凝神地说。

大家一静默,一缕凄哑的喊魂声从左面屋上落下来,断断续续传到我耳里:

“福宝子呀,你上学放学,大路小路上受了吓,跟奶奶回家呀!福宝子呀,你墩上水边，攀高下低，狗子猫儿，牛羊牲口，吃了吓，奶奶的万年火照你回家呀！福宝子呀，你明处暗处，受了惊吓，跟奶奶的万年火回家做太公呀！……”

这声音来回地喊着，到后来低哑得听不清字眼，只成了一片模糊凄切的哭啜声，散布到模糊的昏暗里。

“福宝子病了十多天了！”小玉说。

“这三太太是最可怜的了。”我的女人吐了一口长气说。

“三太太，”我诧异地问：“她不是有个赚钱的好儿子？”

“可不是！去年春上，她儿子开的店折了老本，倒闭了。债主都来追逼存款，状子雪片似的望县衙里投，县差终天不离门。儿子没法想，把老婆两只金耳环吞下肚就死了。老婆接过了回煞，也殉了夫。——可伤心！一家热腾腾的人家，就这么——就这么剩下一老一小。——小的如今生天花，也是死的多活的少了。”

“噢！败得这么快！”我不由自主地叫一声。

“这鱼就用油炸喽？”小玉提着洗好的鱼，来往地摇着篮子问。

“今天晚了，你凉凉罢。你只用盐拌一拌，放到纱厨里去，明朝再下锅。”我女人掉头又和我说，“败得这么快！一个星期里我亲眼看着她家出两起棺材。三太太哭得那里像个人样子？快七十岁的人！”

这时候，我又听到另一个女人的号哭声。这声音近得很，又加上十分的泼悍响亮，把三太太凄哑的喊魂声完全掩盖了。我凄苦地笑了，我说：

“唉，果然热闹。——这是谁哭？”

“这个女人你没见过。是去年腊月里娶过来的，是隔壁松寿针匠的老婆。”我女人停一停，忽然兴会地说，“这对夫妻也真惨——”说着就长长地伸了一口气。

小玉重复走出来，愁苦地说：“只见这对夫妻，一天哭三顿，三天哭九顿！”

我想起那个瘦小个子的针匠来：那是个二十多岁的小伙子，还依旧童子音，不像发育过的。

“松寿针匠在外面做活的日子呢，”我女人继续说，“媳妇一个人在家里，那倒相安无事。打春上起，因为生意清淡，丈夫被他老师傅辞歇了，在家里住闲，碍了媳妇的眼了，媳妇就借题目天天哭闹。说丈夫没出息，说他白顶了个男人头。丈夫只好皱眉皱眼，一口也不敢回；上个月忽然疯了，一会儿哭，一会儿笑，那声音真怕坏人。他娘替我家洗衣裳，来一次，就哭巴巴地谈她媳妇一次：说儿子歇了工，那是个运气；又不曾饿了你，又不曾苦了你，苦做苦过的是我，是我这个老棺材！你就丧了天良，把丈夫逼成这个病！”

“还谈她媳妇那些个丑话，丑死人！”小玉又插一句。

“你晓得什么？”我女人笑着说，“你莫乱说！”

小玉不做声了。她的黑影子忸怩地移到院子耳门上站着，说：

“三太太还在喊魂呢！——‘玉匣记’也看了，福林庵也许了愿了，三天魂喊完了，还不好，不晓得可有别法子搬弄了？”这后面一段是她的独白。

“荷荷荷，荷荷荷！”一种阴惨的，鬼哭似的笑声。

“松寿针匠笑了，松寿针匠笑了！”小玉叫。

“你听听，可怕人！”我女人望我身边移一移。

四周已经黑得一团漆。除了满天星斗，几点流萤，和地上栗花绳子的火头外，连屋脊的轮廓也看不清了。远处有笛子二胡的合奏声,尖嗓子哼着“十个月怀胎”的歌声,和松寿针匠夫妇的哭声笑声,三太太微弱的喊魂声打成一片,各找个空隙传到我耳里。

我看着我女人呆呆地凝神的身影,握了她的手,我说:“难为你在这个环境里住这几年。”

“住惯了,倒也不觉苦。就是不知应该做点什么才好,精神上一天天颓丧下去。我相信我简直像个老婆婆了。我现在神经很衰弱。”

“下年找到事,我们就出去。这地方没法办,不是你我住得的。”

“我最怕的是冬天,家里又没个男人,板壁响一响,老鼠跳一下——”

“又敲锣!”小玉说。

我倾耳听,这锣声很急躁。

“可是那家失了火?”我猜疑地说。

锣声继续不断,广广广广的敲了一阵,就听到喊了:

“各带——锄头——簸箕——筑东村堰呀!”

“是筑堰。”我们都轻松地伸了伸腰。

筑堰,我是懂得的。我们这山乡地方,河床太浅,近年又久已没曾修浚;落了几场雨,山洪暴发,坝堰不拆毁,就有淹没田禾之虞;刚晴上三五天,山洪退落,田水也干涸了,于是坝堰又得重新筑还原。这办法已行了多年,也并不是新近两年才有得的。

那锣声越敲越近,渐渐进了我们这条巷子了。

“老八哥,今年挨你的差?”小玉喊。

“挨我的差。”浑浊的喉咙连咳了两声。

那个敲锣的人走到门上站住了,把手里的破灯笼向里面照一照,说:

“师娘,辣椒上市了,明天我送点过来?”敲破竹筒似地咳了几声,“大先生回府了,那天到的?”

“今天刚到。你的身体还结实?”

“大先生,没谈头了。前年冬天得了这个咳嗽气喘的病,一只脚已经踏进棺材里了。”灯笼照着他下半个胡子蓬松的脸,我看见他在凄凉地笑着。

“今年年成不差罢?”

“全靠天老爷慈悲——”忍了好一会,终没把咳嗽忍住;咳完了,说:“听说外面稻是一块五?——外面到底可太平了?”

“没呢,日本兵还在北边闹呢!”

“南京新近在美国借了五千万棉麦,可是真的?”我女人忽然想起来似地问我。

“说是复兴农村呀,怎么会假呢?”

“那这么说,稻价不是还要跌?那这么说,年成好有什么屌用?”老八哥咳得弯了腰,喘不过气来,一面还愤愤地挣着说,“那……那不是那那,五千万棉麦,娘的!”

“你进来喝碗茶。”小玉怜惜地说。

“唉——唉”好容易伸出了一口气,喘着说:“多谢了,我还有几条巷子要敲一敲。——娘的,那好,五千万棉麦……”刚说着,又咳呛了起来。

“辣椒明天送二斤来。”我的女人招呼他。

广广广广的锣声重复响起来,敲着喊着渐远了。我站起来伸了伸懒腰,打了个呵欠,忽然听见近处铁器敲着木板“朋的”一声响,接着一个尖嗓子嘶叫着的声音从后面草墩上跳过院墙来。因为只有一墙之隔,我们都吓得怔了一怔。

“偷奶奶的鸡的短命鬼呀,你偷了奶奶的鸡换钱买棺材!”——“朋的!”——“你这永世讨不到人身的贼呀,你今晚是活不过半夜子时就要挨天雷劈死的呀!”——“朋的!”——“你这绝子绝孙的下油锅的贼呀,你偷奶奶的鸡换钱买米,吃了要七窍流血呀!”——“朋的!朋的!”——“你——呜呜——”——“朋的!”——尖嗓子由强亮的嘶叫而变成嚎啕的哭诉:“你丧了良心的贼呀,呜呜呜——你害得奶奶孤儿寡妇怎么过呀!呜呜呜!”——“朋的!”——“呜呜呜——奶奶减吃减用养的七只鸡呀!”——“朋的!朋的!”——“你这烂了肚肠的贼,奶奶……呜呜呜……”——“朋的!朋的!朋的!”

“哟!”小玉惊惶的声音,“是桂花嫂子砍刀板咒了!”

我女人怔了半晌,拉着我的手,显得有点紧张。

我又深深地吐了口气。

“你疲倦了罢?——听半夜也是听不完的。”

我的确要睡了,我说:

“小玉,你闩上门罢。”

小玉一边杠耳门,一边说:“这个偷鸡的真伤了桂花嫂子的心。”

我向屋子里走着,不知几时心口上压上了一块重石头,时时想吐口气。桂花嫂子的咒骂渐见得有点低哑了。许多其他嘈杂声音灌满我的耳,如同充塞着这个昏黑的夜。我觉得我是在一个坟墓中,一些活的尸首在呻吟,在嚎啕,在愤怒地叫吼,在猛力挣扎。我自言自语说:

“家乡变成这样了,几时才走上活路?……”

我的女人没答话。

一九三三年十月。

(收入《西柳集》,生活书店1934年7月版)

梅雨之夕

施蛰存

梅雨又淙淙地降下了。

对于雨,我倒并不觉得嫌厌,所嫌厌的是在雨中疾驰的摩托车的轮,它会得溅起泥水猛力地洒上我的衣裤,甚至会连嘴里也拜受了美味。我常常在办公室里,当公事空闲的时候,凝望着窗外淡白的空中的雨丝,对同事们谈起我对于这些自私的车轮的怨苦。下雨天是不必省钱的,你可以坐车,舒服些。他们会这样善意地劝告我。但我并不曾屈就了他们的好心,我不是为了省钱,我喜欢在滴沥的雨声中撑着伞回去。我的寓所离公司是很近的,所以我散工出来,便是电车也不必坐,此外还有一个我所以不喜欢在雨天坐车的理由,那是因为我还不曾有一件雨衣,而普通在雨天的电车里,几乎全是裹着雨衣的先生们,夫人们或小姐们,在这样一间狭窄的车厢里,滚来滚去的人身上全是水,我一定会虽然带着一柄上等的伞，也不免满身淋漓地回到家里。况且尤其是在傍晚时分，街灯初上，沿着人行路用一些暂时安逸的心境去看看都市的雨景，虽然拖泥带水，也不失为一种自己的娱乐。在蒙雾中来来往往的车辆人物，全都消失了清晰的轮廓，广阔的路上倒映着许多黄色的灯光，间或有几条警灯的红色和绿色在闪烁着行人的眼睛。雨大的时候，很近的人语声，即使声音很高，也好像在半空中了。

人家时常举出这一端来说我太刻苦了，但他们不知道我会得从这里找出很大的乐趣来，即使偶尔有摩托车的轮溅满泥泞在我身上，我也并不曾因此而改了我的习惯。说是习惯，有什么不妥呢，这样的已经有三四年了。有时也偶尔想着总得买一件雨衣来，于是可以在雨天坐车，或者即使步行，也可以免得被泥水溅着了上衣，但到如今这仍然留在心里做一种生活上的希望。

在近来的连日的大雨里，我依然早上撑着伞上公司去，下午撑着伞回家，每天都是如此。

昨日下午，公事堆积得很多。到了四点钟，看看外面雨还是很大，便独自留下在公事房里，想索性再办了几桩，一来省得明天要更多地积起来，二来也借此避雨，等它小一些再走。这样地竟逗留到六点钟，雨早已止了。

走出外面，虽然已是满街灯火，但天色却转清朗了。曳着伞，避着檐滴，缓步过去，从江西路走到四川路桥，竟走了差不多有半点钟光景。邮政局的大钟已是六点二十五分了。未走上桥，天色早已重又冥晦下来，但我并没有介意，因为晓得是傍晚的时分了，刚走到桥头，急雨骤然从乌云中漏下来，潇潇的起着繁响。看下面北四川路上和苏州河两岸行人的纷纷乱窜乱避，只觉得连自己心里也有些着急。他们在着急些什么呢？他们也一定知道这降下来的是雨，对于他们没有生命上的危险，但何以要这样急迫地躲避呢？说是为了恐怕衣裳给淋湿了，但我分明看见手中持着伞的和身上披了雨衣的人也有些脚步踉跄了。我觉得至少这是一种无意识的纷乱。但要是我不曾感觉到雨中闲行的滋味，我也是会得和这些人一样地急突地奔下桥去的。

何必这样的奔逃呢，前路也是在下着雨，张开我的伞来的时候，我这样漫想着。不觉已走过了天潼路口。大街上浩浩荡荡地降着雨，真是一个伟观，除了间或有几辆摩托车，连续地冲破了雨仍旧钻进了雨中地疾驰过去之外，电车和人力车全不看见。我奇怪他们都躲到什么地方去了。至于人，行走着的几乎是没有，但在店铺的檐下或蔽荫下是可以一团一团地看得见，有伞的和无伞的，有雨衣的和无雨衣的，全都聚集着，用嫌厌的眼望着这奈何不得的雨。我不懂他们这些雨具是为了怎样的天气而买的。

至于我，已经走近文监师路了。我并没什么不舒服，我有一柄好的伞，脸上决不会给雨水淋湿，脚上虽然觉得有些潮炟炟，但这至多是回家后换一双袜子的事。我且行且看着雨中的北四川路，觉得朦胧的颇有些诗意。但这里所说的“觉得”，其实也并不是什么具体的思绪，除了“我该得在这里转弯了”之外，心中一些也不意识着什么。

从人行路上走出去，探头看看街上有没有往来的车辆，刚想穿过街去转入文监师路，但一辆先前并没有看见的电车已停在眼前。我止步了，依然退进到人行路上，在一支电杆边等候着这辆车的开出。在车停的时候，其实我是可以安心地对穿过去的，但我并不曾这样做。我在上海住得很久，我懂得走路的规则，我为什么不在这个可以穿过去的时候走到对街去呢，我没知道。

我数着从头等车里下来的乘客。为什么不数三等车里下来的呢？这里并没有故意的挑选，头等座在车底前部，下来的乘客刚在我面前，所以我可以很看得清楚。第一个，穿着红皮雨衣的俄罗斯人，第二个是中年的日本妇人，她急急地下了车，撑开了手里提着的东洋粗柄雨伞，缩着头鼠窜似地绕过车前，转进文监师路去了。我认识她，她是一家果子店的女店主。第三，第四，是像宁波人似的我国商人，他们都穿着绿色的橡皮华式雨衣。第五个下来的乘客，也即是末一个了，是一位姑娘。她手里没有伞，身上也没有穿雨衣，好像是在雨停止了之后上电车的，而不幸在到目的地的时候却下着这样的大雨。我猜想她一定是从很远的地方上车的，至少应当在卡德路以上的几站罢。

她走下车来，缩着瘦削的，但并不露骨的双肩，窘迫地走上人行路的时候，我开始注意着她的美丽了。美丽有许多方面，容颜的姣好固然是一重要素，但风仪的温雅，肢体的停匀，甚至谈吐的不俗，至少是不惹厌，这些也有着份儿，而这个雨中的少女，我事后觉得她是全适合这几端的。

她向路的两边看了一看，又走到转角上看着文监师路。我晓得她是急于要招呼一辆人力车。但我看，跟着她的眼光，大路上清寂地没一辆车子徘徊着，而雨还尽量地落下来。她旋即回了转来，躲避在一家木器店的屋檐下，露着烦恼的眼色，并且蹙着细淡的修眉。

我也便退进在屋檐下，虽则电车已开出，路上空空地，我照理可以穿过去了。但我何以不穿过去，走上了归家的路呢？为了对于这少女有什么依恋么？并不，绝没有这种依恋的意识。但这也决不是为了我家里有着等候我回去在灯下一同吃晚饭的妻，当时是连我已有妻的思想都不曾有，面前有着一个美的对象，而又是在一重困难之中，孤寂地只身呆立着望这永远地，永远地垂下来的梅雨，只为了这些缘故，我不自觉地移动了脚步站在她旁边了。

虽然在屋檐下，虽然没有粗重的檐溜滴下来，但每一阵风会得把凉凉的雨丝吹向我们。我有着伞，我可以如中古时期骁勇的武士似地把伞当作盾牌，挡着扑面袭来的雨丝的箭，但这个少女却身上间歇地被淋得很湿了。薄薄的绸衣，黑色也没有效用了，两只手臂已被画出了它们的圆润。她屡次旋转身去，侧立着，避免这轻薄的雨之侵袭她的前胸。肩臂上受些雨水，让衣裳贴着了肉倒不打紧吗？我曾偶尔这样想。

天晴的时候，马路上多的是兜搭生意的人力车，但现在需要它们的时候，却反而没有了。我想着人力车夫的不善于做生意，或许是因为需要的人太多了，供不应求，所以即使在这样繁盛的街上，也不见一辆车子的踪迹。或许车夫也都在避雨呢，这样大的雨，车夫不该避一避吗？对于人力车之有无，本来用不到关心的我，也忽然寻思起来，我并且还甚至觉得那些人力车夫是可恨的，为什么你们不拖着车子走过来接应这生意呢，这里有一位美丽的姑娘，正窘立在雨中等候着你们的任何一个。

如是想着，人力车终于没有踪迹。天色真的晚了。远处对街的店铺门前有几个短衣的男子已经等得不耐而冒着雨，他们是拼着淋湿一身衣裤的，跨着大步跑去了。我看这位少女的长眉已颦蹙得更紧，眸子莹然，像是心中很着急了。她的忧闷的眼光正与我的互相交换，在她眼里，我懂得我是正受着诧异，为什么你老是站在这里不走呢。你有着伞，并且穿着皮鞋，等什么人么？雨天在街路上等谁呢？眼睛这样锐利地看着我，不是没怀着好意么？从她将钉住着在我身上打量我的眼光移向着阴黑的天空的这个动作上，我肯定地猜测她是在这样想着。

我有着伞呢，而且大得足够容两个人的蔽荫的，我不懂何以这个意识不早就觉醒了我。但现在它觉醒了我将使我做什么呢？我可以用我的伞给她障住这样的淫雨，我可以陪伴她走一段路去找人力车，如果路不多，我可以送她到她的家。如果路很多，又有什么不成呢？我应当跨过这一箭路，去表白我的好意吗？好意，她不会有什么别方面的疑虑吗？或许她会得像刚才我所猜想着的那样误解了我，她便会得拒绝了我。难道她宁愿在这样不止的雨和风中，在冷静的夕暮的街头，独自个立到很迟吗？不啊！雨是不久就会停的，已经这样连续不断地降下了……多久了，我也完全忘记了时间在这雨水中间流过。我取出时计来，七点三十四分。一小时多了。不至于老是这样地降下来吧，看，排水沟已经来不及宣泄，多量的水已经积聚在它上面，打着旋涡，挣扎不到流下去的路，不久怕会溢上了人行路么？不会的，决不会有这样持久的雨，再停一会，她一定可以走了。即使雨不就停止，人力车是大约总能够来一辆的。她一定会不管多大的代价坐了去的。然则我是应当走了么？应当走了。为什么不？……

这样地又十分钟过去了。我还没有走。雨没有住，车儿也没有影踪。她也依然焦灼地立着。我有一个残忍的好奇心，如她这样的在一重困难中，我要看她终于如何处理她自己。看着她这样窘急，怜悯和旁观的心理在我身中各占了一半。

她又在惊异地看着我。

忽然，我觉得，何以刚才会不觉得呢，我奇怪，她好像在等待我拿我的伞贡献给她，并且送她回去，不，不一定是回去，只是到她所要到的地方去。你有伞，但你不走，你愿意分一半伞荫蔽我，但还在等待什么更适当的时候呢？她的眼光在对我这样说。

我脸红了，但并没有低下头去。

用羞赧来对付一个少女的注目，在结婚以后，我是不常有的。这是自己也随即觉得可怪了。我将用何种理由来譬解我的脸红呢？没有！但随即有一种男子的勇气升上来，我要求报复，这样说或许是较言重了，但至少是要求着克服她的心在我身里急突地催促着。

终归是我移近了这少女，将我的伞分一半荫蔽她。

——小姐，车子恐怕一时不会得有，假如不妨碍，让我来送一送罢。我有着伞。

我想说送她回府，但随即想到她未必是在回家的路上，所以结果是这样两用地说了。当说着这些话的时候，我竭力做得神色泰然，而她一定已看出了这勉强的安静的态度后面藏匿着的我的血脉之急流。

她凝视着我半微笑着。这样好久。她是在估量我这种举止的动机，上海是个坏地方，人与人都用一种不信任的思想交际着！她也许是正在自己委决不下，雨真的在短时期内不会止么？人力车真的不会来一辆么？要不要借着他的伞姑且走起来呢？也许转一个弯就可以有人力车，也许就让他送到了。那不妨事么？……不妨事。遇见了认识人不会猜疑么？……但天太晚了，雨并不觉得小一些。

于是她对我点了点头，极轻微地。

——谢谢你。朱唇一启，她迸出柔软的苏州音。

转进靠西边的文监师路，在响着雨声的伞下，在一个少女的旁边，我开始诧异我的奇遇。事情会得展开到这个现状吗？她是谁，在我身旁同走，并且让我用伞荫蔽着她，除了和我的妻之外，近几年来我并不曾有过这样的经历。我回转头去，向后面斜看，店铺里有许多人歇下了工作对我，或是我们，看着。隔着雨的帡幪，我看得见他们的可疑的脸色。我心里吃惊了，这里有着我认识的人吗？或是可有着认识她的人吗？……再回看她,她正低下着头,拣着踏脚地走。我的鼻子刚接近了她的鬓发,一阵香。无论认识我们之中任何一个的人,看见了这样的我们的同行,会怎样想?……我将伞沉下了些,让它遮蔽到我们的眉额。人家除非故意低下身子来,不能看见我们的脸面。这样的举动,她似乎很中意。

我起先是走在她右边,右手执着伞柄,为了要让她多得些荫蔽,手臂便凌空了。我开始觉得手臂酸痛,但并不以为是一种苦楚。我侧眼看她,我恨那个伞柄,它遮隔了我的视线。从侧面看,她并没有从正面看那样的美丽。但我却从此得到了一个新的发现:她很像一个人。谁?我搜寻着,我搜寻着,好像很记得,岂但……几乎每日都在意中的,一个我认识的女子,像现在身旁并行着的这个一样的身材,差不多的面容,但何以现在百思不得了呢?……啊,是了,我奇怪为什么我竟会得想不起来,这是不可能的!我的初恋的那个少女,同学,邻居,她不是很像她吗?这样的从侧面看,我与她离别了好几年了,在我们相聚的最后一日,她还只有十四岁,……一年……二年……七年了呢。我结婚了,我没有再看见她,想来长成得更美丽了……但我并不是没有看见她长大起来,当我脑中浮起她的印象来的时候,她并不还保留着十四岁的少女的姿态。我不时在梦里,睡梦或白日梦,看见她在长大起来,我会自己构成她是个美丽的二十岁年纪的少女。她有好的声音和姿态,当偶然悲哀的时候,她在我的幻觉里会得是一个妇人,或甚至是一个年轻的母亲。

但她何以这样的像她呢?这个容态,还保留十四岁时候的余影,难道就是她自己么?她为什么不会到上海来呢?是她!天下有这样容貌完全相同的人么?不知她认出了我没有……我应该问问她了。

——小姐是苏州人么?

——是的。

确然是她,罕有的机会啊!她几时到上海来的呢?她的家搬到上海来了吗?还是,哎,我怕,她嫁到上海来了呢?她一定已经忘记我了,否则她不会允许我送她走。……也许我的容貌有了改变,她不能再认识我,年数确是很久了。……但她知道我已经结婚吗?要是没有知道,而现在她认识了我,怎么办呢?我应当告诉她吗?如果这样是须要的,我将怎么措辞呢?……

我偶然向道旁一望,有一个女子倚在一家店里的柜上。用着忧郁的眼光,看着我,或者也许是看着她。我忽然好像发现这是我的妻,她为什么在这里?我奇怪。

我们走在什么地方了。我留心看。小菜场。她恐怕快要到了。我应当不失了这个机会。我要晓得她更多一些,但要不要使我们继续已断的友谊呢,是的,至少也得是友谊?还是仍旧这样地让我在她的意识里只不过是一个不相识的帮助女子的善意的人呢?我开始踌躇了。我应当怎样做才是最适当的。

我似乎还应该知道她正要到那里去。她未必是归家去吧。家——要是父母的家倒也不妨事的,我可以进去,如像幼小的时候一样。但如果是她自己的家呢?我为什么不问她结婚了不曾呢……或许,连自己的家也不是,而是她的爱人的家呢,我看见一个文雅的青年绅士。我开始后悔了,为什么今天这样高兴,剩下妻在家里焦灼地等候着我,而来管人家的闲事呢。北四川路上,终于会有人力车往来的?即使我不这样地用我的伞伴送她,她也一定早已能雇到车子了。要不是自己觉得不便说出口,我是已经会得剩了她在雨中反身走了。

还是再考验一次罢。

——小姐贵姓？

——刘。

刘吗？一定是假的。她已经认出了我，她一定都知道了关于我的事，她哄我了。她不愿意再认识我了，便是友谊也不想继续了。女人！……她为什么改了姓呢？……也许这是她丈夫的姓？刘……刘什么？

这些思想的独白，并不占有了我多少时候。它们是很迅速地翻舞过我心里，就在与这个好像有魅力的少女同行过一条马路的几分钟之内。我的眼不常离开她，雨到这时已在小下来也没有觉得。眼前好像来来往往的人在多起来了，人力车也恍惚看见了几辆。她为什么不雇车呢？或许快要到达她的目的地了。她会不会因为心里已认识了我，不敢断认，所以故意延滞着和我同走么？

一阵微风，将她的衣缘吹起，飘漾在身后。她扭过脸去避对面吹来的风，闭着眼睛，有些娇媚。这是很有诗兴的姿态，我记起日本画伯铃木春信的一帖题名叫"夜雨宫诣美人图"的画。提着灯笼，遮着被斜风细雨所撕破的伞，在夜的神社之前走着，衣裳和灯笼都给风吹卷着，侧转脸儿来避着风雨的威势，这是颇有些洒脱的感觉的。现在我留心到这方面了，她也有些这样的丰度。至于我自己，在旁人眼光里，或许成为她的丈夫或情人了，我很有些得意着这种自譬的假饰。是的，当我觉得她确是幼小时候初恋着的女伴的时候，我是如像真有这回事似地享受着这样的假饰。而从她鬓边颊上被潮润的风吹过来的粉香，我也闻嗅得出是和我妻所有的香味一样的。……我旋即想到古人有"担簦亲送绮罗人"那么一句诗，是很适合于今日的我的奇遇的。铃木画伯的名画又一度浮现上来了。但铃木的所画的美人并不和她有一些相像，倒是我妻的嘴唇却与画里的少女的嘴唇有些仿佛的。我再试一试对于她的凝视，奇怪啊，现在我觉得她并不是我适才所误会着的初恋的女伴了。她是另外一个不相干的少女。眉额，鼻子，颚骨，即使说是有年岁的改换，也绝对地找不出一些踪迹来。而我尤其嫌厌着她的嘴唇，侧看过去，似乎太厚一些了。

我忽然觉得很舒适，呼吸也更通畅了。我若有意若无意地替她撑着伞，徐徐觉得手臂太酸痛之外，没什么感觉。在身旁由我伴送着的这个不相识的少女的形态，好似已经从我的心的樊笼中被释放了出去。我才觉得天已完全夜了，而伞上已听不到些微的雨声。

——谢谢你，不必送了，雨已经停了。

她在我耳朵边这样地嚶响。

我蓦然惊觉，收拢了手中的伞。一缕街灯的光射上了她的脸，显着橙子的颜色。她快要到了吗？可是她不愿意我伴她到目的地，所以趁此雨已停住的时候要辞别我吗？我能不能设法看一看她究竟到什么地方去呢？……

——不要紧，假使没有妨碍，让我送到了罢。

——不敢当呀，我一个人可以走了，不必送罢。时光已是很晏了，真对不起得很呢。

看来是不愿我送的了。但假如还是下着大雨便怎么了呢？……我怨怼着不情的天气，何以不再继续下半小时雨呢，是的，只要再半小时就够了。一瞬间，我从她的对于我的凝视——那是为了要等候我的答话——中看出一种特殊的端庄，我觉得凛然，像雨中的风吹上我的肩膀。我想回答，但她已不再等候我。

——谢谢你,请回转罢,再会。……

她微微地侧面向我说着,跨前一步走了,没有再回转头来。我站在中路,看她的后影,旋即消失在黄昏里。我呆立着,直到一个人力车夫来向我兜揽生意。

在车上的我,好像飞行在一个醒觉之后就要忘记了的梦里。我似乎有一桩事情没有做完成,我心里有着一种牵挂。但这并不曾很清晰地意识着。我几次想把手中的伞张起来,可是随即会自己失笑这是无意识的。并没有雨降下来,完全地晴了,而天空中也稀疏地有了几颗星。

下车了,我叩门。

——谁?

这是我在伞底下伴送着走的少女的声音！奇怪,她何以又会在我家里?……门开了。堂中灯火通明,背着灯光立在开着一半的大门边的,倒并不是那个少女。朦胧里,我认出她是那个倚在柜台上用嫉妒的眼光看着我和那个同行的少女的女子。我惝恍地走进门。在灯下,我很奇怪,为什么从我妻的脸色上再也找不出那个女子的幻影来。

妻问我何故归家这样的迟,我说遇到了朋友,在沙利文吃了些小点,因为等雨停止,所以坐得久了。为了要证实我这谎话,夜饭吃得很少。

(收入《梅雨之夕》,新中国书局1933年3月版)

华威先生

张天翼

转弯抹角算起来——他算是我的一个亲戚。我叫他“华威先生”。他觉得这种称呼不大好。

“嗳,你真是!”他说。“为什么一定要个‘先生’呢。你应当叫我‘威弟’。再不然叫‘阿威’。”

把这件事交涉过了之后,他立刻戴上了帽子:

“我们改日再谈好不好?我总想畅畅快快跟你谈一次——唉,可总是没有时间。今天刘主任起草了一个县长公余工作方案,硬叫我参加意见,叫我替他修改。三点钟又还有一个集会。”

这里他摇摇头,没奈何地苦笑了一下。他声明他并不怕吃苦:在抗战时期大家都应当苦一点。不过——时间总要够支配呀。

“王委员又打了三个电报来,硬要请我到汉口去一趟。这里全省文化界抗敌总会又成立了,一切抗战工作都要领导起来才行。我怎么跑得开呢,我的天!”

于是匆匆忙忙跟我握了握手,跨上他的包车。

他永远挟着他的公文皮包。并且永远带着他那根老粗老粗的黑油油的手杖。左手无名指上带着他的结婚戒指。拿着雪茄的时候就叫这根无名指微微地弯着,而小指翘得高高的,构成一朵兰花的图样。

这个城市里的黄包车谁都不作兴跑,一脚一脚挺踏实地踱着,好像饭后千步似的。

可是包车例外：叮当，叮当，叮当，——一下子就抢到了前面。黄包车立刻就得往左边躲开，小推车马上打斜。担子很快地就让到路边。行人赶紧就避到两旁的店铺里去。

包车踏铃不断地响着。钢丝在闪着亮。还来不及看清楚——它就跑得老远老远的了，像闪电一样快。

而——据这里有几位抗战工作者的上层分子的统计，跑得顶快的是那位华威先生的包车。

他的时间很要紧。他说过——

"我恨不得取消晚上睡觉的制度。我还希望一天不止二十四小时。抗战工作实在太多了。"

接着掏出表来看一看，他那一脸丰满的肌肉立刻紧张了起来。眉毛皱着，嘴唇使劲撮着，好像他在把全身的精力都要收敛到脸上似的。他立刻就走：他要到难民救济会去开会。

照例——会场里的人全到齐了坐在那里等着他。他在门口下车的时候总得顺便把踏铃踏它一下：叮！

同志们彼此看着：唔，华威先生到会了。有几位透了一口气。有几位可就拉长了脸瞧着会场门口。有一位甚至于要准备决斗似的——抓着拳头瞪着眼。

华威先生的态度很庄严，用一种从容的步子走进去，他先前那副忙劲儿好像被他自己的庄严态度消解掉了。他在门口稍为停了一会儿，让大家好把他看个清楚，仿佛要唤起同志们的一种信任心，仿佛要给同志们一种担保——什么困难的大事也都可以放下心来。他并且还点点头。他眼睛并不对着谁，只看着天花板。他是在对整个集体打招呼。

会场里很静。会议就要开始。有谁在那里翻着什么纸张，窸窸窣窣的。

华威先生很客气地坐到一个冷角落里，离主席位子顶远的一角。他不大肯当主席。

"我不能当主席，"他拿着一枝雪茄烟打手势。"工人抗战工作协会的指导部今天开常会。通俗文艺研究会的会议也是今天。伤兵工作团也要去的，等一下。你们知道我的时间不够支配：只容许我在这里讨论十分钟。我不能当主席。我想推举刘同志主席。"

说了就在嘴角上闪起一丝微笑，轻轻地拍几下手板。

主席报告的时候，华威先生不断地在那里括洋火点他的烟。把表放在面前，时不时像计算什么似地看看它。

"我提议！"他大声说。"我们的时间是很宝贵的：我希望主席尽可能报告得简单一点。我希望主席能够在两分钟之内报告完。"

他括了两分钟洋火之后，猛的站了起来。对那正在哇啦哇啦的主席摆摆手：

"好了，好了。虽然主席没有报告完，我已经明白了。我现在还要赶别的会，让我先发表一点想见。"

停了一停。抽两口雪茄，扫了大家一眼。

"我的意见很简单，只有两点，"他舔舔嘴唇。"第一点，就是——每个工作人员不能够怠工。而是相反，要加紧工作。这一点不必多说，你们都是很努力的青年，你们都能热心工作。我很感谢你们。但是还有一点——你们要时时刻刻不能忘记，那就是我要说的第二点。"

他又抽了两口烟,嘴里吐出来的可只有热气。这就又括了一根洋火。

“这第二点呢就是:青年工作人员要认定一个领导中心。你们只有在这一个领导中心的领导之下,抗战工作才能够展开。青年是努力的,是热心的,但是因为理解不够,工作经验不够,常常容易犯错误。要是上面没有一个领导中心,往往要弄得不可收拾。”

瞧瞧所有的脸色,他脸上的肌肉耸动了一下——表示一种微笑。他往下说:

“你们都是青年同志,所以我说得很坦白,很不客气。大家都要做抗战工作,没有什么客气可讲。我想你们诸位青年同志一定会接受我的意见。我很感激你们。好了,抱歉得很,我要先走一步。”

把帽子一戴,把皮包一挟,瞧着天花板点点头,挺着肚子走了出去。

到门口可又想起了一件什么事。他把当主席的同志拽开,小声儿谈了几句。

“你们工作——有什么困难没有?”他问。

“我刚才的报告提到了这一点,我们……”

华威先生伸出个食指顶着主席的胸脯:

“唔,唔,唔。我知道我知道。我没有多余的时间来谈这件事。以后——你们凡是想到的工作计划,你们可以到我家里去找我商量。”

坐在主席旁边那个长头发青年注意地看着他们,现在可忍不住插嘴了:

“星期三我们到华先生家里去过三次,华先生不在家……”

那位华先生冷冷地瞅他一眼,带着鼻音哼了一句——“唔,我有别的事,”又对主席低声说下去:

“要是我不在家,你们跟密司黄接头也可以。密司黄知道我的意见,她可以告诉你们。”

密司黄就是他的太太。他对第三者说起她来,总是这么称呼她的。

他交代过了这才真的走开。这就到了通俗文艺研究会的会场。他发现别人已经在那里开会,正有一个人在那里发表意见。他坐了下来,点着了雪茄,不高兴地拍了三下手板。

“主席!”他叫。“我因为今天另外还有一个集会,我不能等到终席。我现在有点意见,想要先提出来。”

于是他发表了两点意见:第一,他告诉大家——在座的人都是当地的文化人,文化人的工作是很重要的,应当加紧地做去。第二,文化人应当认清一个领导中心,文化人在当地的领导中心的领导之下团结起来,统一起来。

五点三刻他到了工人救亡协会指导部的会议室。

这回他脸上堆上了笑容,并且对每一个人点头。

“对不住得很,对不住得很:迟到了三刻钟。”

主席对他微笑一下,他还笑着伸了伸舌头,好像闯了祸怕挨骂似的。他四面瞧瞧形势,就拣在一个小胡子的旁边坐下来。

他带着很机密很严重的脸色——小声儿问那个小胡子:

“昨晚你喝醉了没有?”

“还好,不过头有点子晕。你呢?”

“我啊——我不该喝了那三杯猛酒,”他严肃地说。“尤其是汾酒,我不能猛喝。刘主任硬要我干掉——嗨,一回家就睡倒了。密司黄说要跟刘主任去算账呢:要质问他为什么要把我灌醉。你看!”

一谈了这些,他赶紧打开皮包,拿出一张纸条——写几个字递给了主席。

“请你稍为等一等,”主席打断了一个正在发言的人的话。“华威先生还有别的事情要走。现在他有点意见:要求先让他发表。”

华威先生点点头站了起来。

“主席!”腰板微微地一弯。“各位先生!”腰板微微地一弯。“兄弟首先要请求各位原谅:我到会迟了一点,而又要提前退席。……”

随后他说出了他的意见。他声明——这个指导部是个领导机关,这个指导部应该时时刻刻起领导中心作用。

“群众是复杂的。尤其是现在的群众,分子非常复杂。我们要是不能起领导作用,那就很危险,很危险。事实上,此地各方面的工作也非有个领导中心不可。我们的担子真是太重了,但是我们不怕怎样的艰苦,也要把这担子担起来。”

他反复地说明了领导中心作用的重要,这就戴起帽子去赴一个宴会。他每天都这么忙着。要到刘主任那里去办事。要到各团体去开会。而且每天——不是别人请他吃饭,就是他请人吃饭。

华威太太每次遇到我,总是代替华威先生诉苦。

“唉,他真苦死了!工作这么多,连吃饭的工夫都没有。”

“他不可以少管一点,专门去做某一种工作么?”我问。

“怎么行呢?许多工作都要他去领导呀。”

可是有一次,华威先生简直吃了一大惊。妇女界有些人组织了一个战时保婴会,竟没有去找他!

他开始打听、调查。他设法把一个负责人找来。

“我知道你们委员会已经选出来了。我想还可以多添加几个。”

他看见对方在那里踌躇,他把下巴挂了下来:

“问题是在这一点:你们委员是不是能够真正领导这工作。你能不能够对我担保——你们会内没有汉奸,没有不良份子?你能不能担保——你们以后工作不至于错误,不至于怠工?你能不能担保,你能不能?你能够担保的话,那我要请你写个书面的东西,给我们文抗会常务理事会。以后万一——如果你们的工作出了毛病,那你就要负责。”

接着他又声明:这并不是他自己的意思。他不过是一个执行者。这里他食指点点对方胸脯:

“如果我刚才说的那些你们办不到,那不是就成了非法团体了么?”

这么谈判了两次,华威先生当了战时保婴会的委员。于是在委员会开会的时候,华威先生挟着皮包去坐这么五分钟,发表了一两点意见就跨上了包车。

有一天他请我吃晚饭。他说因为家乡带来了一块腊肉。

我到他家里的时候,他正在那里对两个学生样的人发脾气。他们都挂着文化界抗敌总会的徽章。

“你昨天为什么不去,为什么不去?”他吼着。“我叫你拖几个人去的。但是我在台上一开始演讲,一看——连你都没有去听!我真不懂你们干了些什么?”

“昨天——我去出席日本问题座谈会的。”

华威先生猛地跳起来了。

“什么！什么！日本问题座谈会？怎么我不知道，怎么不告诉我？”

“我们那天部务会议决议了的。我来找过华先生，华先生又是不在家——”

“好啊，你们秘密行动！”他瞪着眼。“你老实告诉我——这个座谈会到底是什么背景，你老实告诉我！”

对方似乎也动了火：

“什么背景呢，都是中华民族！部务会议议决的，怎么是秘密行动呢。……华先生又不到会，开会也不终席，来找又找不到……我们总不能把部里的工作停顿起来。”

“混蛋！”他咬着牙，嘴唇在颤抖着。“你们小心！你们，哼，你们！你们！……”他倒到了沙发上，嘴巴痛苦地抽得歪着。“妈的！这个这个——你们青年！……”

五分钟之后他抬起头来，害怕地四面看一看。那两个客人已经走了。他叹一口长气，对我说：

“唉，你看你看！现在的青年怎么办，现在的青年！”

这晚他没命地喝了许多酒，嘴里嘶嘶地骂着那些小伙子。他打碎了一只茶杯。密司黄扶着他上了床，他忽然打个寒噤说：

“明天十点钟有个集会……”

二十七年二月。

（收入《速写三篇》，文化生活出版社 1943 年 1 月版）

期待

师陀

我忽然想起徐立刚的父亲徐大爷同徐立刚的母亲徐大娘。徐立刚就是人家叫他大头的徐立刚，我小时候的游伴，据说早已在外面一个无人知道的地方被枪毙了；并且当我问起的时候，只有极少几个人能想起他的名字，这个小城的居民几乎完全把他忘了。那么这两个丧失了自己独养子的老人，两棵站立在旷野上的最后的老芦草，他们是怎样在风中摇拽，怎样彼此照顾，而又怎样度着他们的晚景的呢？

这一天我站在他们门前，快近黄昏时分，许多年前的情形又油然回到我心里来。徐大爷是个中年人，高大，庄严，寡欢笑，有一条腿稍微有点瘸。徐大娘跟她丈夫相反，圆圆的大脸盘儿，相当喜欢说话，常把到他们家里去的年轻人当干儿子看。徐立刚自己由他们调合起来，高大像他父亲，善良像他母亲。徐立刚的妹妹，用红绒绳扎双辫子，一个淘气的小女孩——这人家跟我多亲切，过去跟我多熟！——我想着，我踌躇着，好几次我伸出手又缩回来，忍不住去看街上。

在街上，时间更加晚了，照在对面墙上的云霞的反光逐渐淡下去了。一只猪哼哼着在低头寻觅食物；一个孩子从大街上跑过来；一个卖煤油的尽力敲着木鱼。

“彭，彭！”终于我敲门，随后，一阵更深的静寂。

我于是从新回头观望街景，云霞的反光更淡下去；猪仍旧在寻觅食物；孩子早已跑过;卖煤油的木鱼声越来越急,越响越远。街上没有人了。

“这条街多凄凉!”我心里说,在旁边站着。

一个女仆走出来。

“谁呀?”她在里头大声问。

门闩响着,门呻吟着开了。一条小花狗想朝我扑上来,在女仆背后狂吠。院子里空荡荡的,一边是一棵我原先认识的枣树——我吃过它结的枣的枣树,开始上宿的母鸡蹲在鸡笼顶上,一只红公鸡咕咕着预备往上跳。

我正要问主人在不在家,一个老人在堂屋当门现出来,接着,差不多同时,一个老太太也现出来。他们站在门口向外望着,好像一对从窠里探出头来的小燕。

老人——徐大爷。

“嗽嗽嗽!”他吆喝住狗,一面高声对女仆说:“别教它咬——是谁在外面哪?”

老太太——徐大娘,她分明比她的丈夫更不安。

“谁在外面?站在外面的是谁?”她焦躁的频频转过头去问徐大爷,声音很低,但一直送到大门外。

“我看不大清楚,”徐大爷用力朝外面——我这边瞅着。停了一会,他又说,“真想不到——我看是马,马叔敖罢。”

“马,马,马叔敖……”

徐大娘想着,慌乱的念着,突然她发出一声欢呼。

“哦,马叔敖!真个是你吗?”两个老人同时喊。“进来,进来,别站在外面。你怎么不对我们先说一声?”

我没有方法说明他们多快活。他们说着同时奔出来,徐大爷替我赶开狗,徐大娘忙的不知该怎么办——他们好像什么都忘掉了,鸡子被惊吓的满院子跑,他们也顾不得管了。

我们于是走进堂屋。屋子里陈设仍旧跟好几年前一样,迎面仍旧供着熏黑了的观音神像,两边挂着的仍旧是当初徐大爷娶亲时人家送的喜联,在条几上——神像前面,仍是香筒,磬和香炉。所有的东西几乎全不曾变动,全在老地方。惟一多出来的是对联顶上簪的纸花,一种少女出阁时插在男家送来的喜馃上的装饰品。

“有茶吗,李大姐?快拿茶来。”徐大爷向女仆说,一颠一颠走进来。

徐大娘,完全忙糊涂了。这难道不是梦吗?她笑着,不住上下向我瞅着,嘴唇动弹,泪涌出来,在她的老眼里转。

“可不是么,真个是你,叔敖。”她重复一遍。她问我几时来的,问我中间隔了多少年,我跟他们立刚差不多同时离开的这个小城。然后,一句老太太永不会忘记的话,她叹息我比先前高多了。

徐大爷在旁边站着,直到这时才插进嘴。他对徐大娘嚷:

“有话停会也能讲!你就不教人家歇歇,喘一口气?”

我们全坐下来。徐大娘坐在下面网凳上。徐大娘的确老的多了,她的原是极强壮的身体衰驼了;她的眼睛看起来很迟钝,脸上的皱纹比先前更深,皱折更大;她的包着黑绉纱的头顶,前面一部分分明是秃了的,而其余的差不多也全白了。

“你在外边好吗?”她用袖子揩眼睛,没有留心我望着她时候的惊异。“听说你也一直没在家——这些年你都在甚么地方?你看见过立刚没有?”

一阵莫大的恐慌,我对这个老太太怎样讲呢?我跟她说她的好立刚死了吗?早就被人家枪毙了吗?幸喜她的注意并不在这里。人们说老年人就是长老了的小孩,这指的正是徐大娘。徐大娘正在一种天真的兴奋中,甚么念头在她心里转哪,你心里会说:她这样忙?

"你接到过他的信没有?"她的老眼犹疑不定的转动着,随即加上一句。说着她站起来,一件别的事情分明又引动她了。

徐大爷,像罪人般一直在旁边被煎熬的徐大爷,在他们遭遇的不幸中,长期的悲苦绝望中,他显然学会了体谅忍耐。

"你又?……"徐大爷可怜的瞅着他的老伴,从他的神色上,你很容易看出他在向她乞求。

徐大娘干脆回答他:"你别管!"

"可你这是干甚么呀?你这是?"在绝望中,老头子的声音差不多变成了呜咽。徐大娘可没理他,徐大娘一直朝里边去了。

现在我仔细的观察徐大爷。徐大爷也老的多了,比起徐大娘,我要说你更老了。因为打击对你来的更重,你心上的负担更大,你的痛苦更深。因此你的眼睛也就更加下陷,在昏暗中看去像两个洞;你的头发更少更白,皱纹同样在你脸上生了根,可是你比你的老伴徐大娘更瘦,更干枯,更惨淡;你的衣服是破旧的,要不是徐大娘催逼,你穿上后决不会想到换的;你的钮扣——自然是早晨你忘记了,上面的两颗你没有扣上。精神上的负担给人的影响多么大呀,徐大爷?你在我对面几乎始终没有作声,眼睛茫然向空中瞅着,慢吞吞的吸着烟。烟早就灭了,可是你没有注意。你的眼里弥漫着泪。看了你的可怜的软弱老态,人们决不会相信你能忍受这么大的痛苦;而事实上,要不是你的一把年纪支持着你,你会忽然倒下去,用头撞着地或是桌子,你会哀伤的像孩子样痛哭着说:"让我说出来罢,我受不住。让我全说出来罢!"你不会吗?你会的,即使在一个后辈面前你也会的啊!

那么,试想现在我能谈甚么呢?面对这样一个老人。

"这城里变的真厉害,"我说。我们于是从这里开始,从这里谈到城隍庙,谈到地方上的奇闻,谈到最近两年来的收成,慢慢的,最后我们谈到他的女儿,徐立刚的妹妹。

这些自然是无聊话,敷衍话。当我们谈着时候,我深信徐大爷大概正跟我同样——我们心里同样回荡着另一件事。为了害怕为了避免触到它,我们才提出这些问题。但是除此之外,对着这个可怜老人我又能谈甚么呢?一切正如料想,他的田地近年来收成很坏,他平常很少想到它们;至于他们的小女,那个我最后一次看见她还用红绒绳扎着双辫的淘气小女孩,她也早在两年前嫁了人了。

接着我们又不得不静默下来。在我们谈话中间,柜子在卧室里响着,徐大娘终于走出来了。

"怎么还不点上灯?"她精神很充足的问。

徐大爷将灯点上。

徐大娘回到网凳上。徐大娘手里拿个布包,一个一层一层用布严密封裹起来的包裹。

"这是立刚的信,"她说,一面将包裹打开。

徐大娘小心翼翼的将布打开,剥开一层又是一层。最后有几封被弄污被摸破的旧信从里头露出来了,人们很容易看出好几年来她都谨慎的保存着,郑重的锁在柜子里,每遇见识字的她就拿出来一次,它们曾经被无数的手摸过,无数次被打开过。

“你看这一封,”她从其中拣出一封顶龌龊的。“他怎么说?”

我忍着苦痛将信接过来。这一封是从一个煤矿上寄来的,虽然我很不情愿,我却不得不带着为了满足一个孩子的心情从信封中抽出信纸。

父亲大人:来信敬悉。我在这边差称平顺,以后最好少写信来,多写信对我恐有不便。妹妹年纪还轻。似不必急于订婚;不过你跟母亲既然主意已定,事情原委我不清楚,当然不敢参加意见。总之只要她本人将来满意就好。说到回家,平日我并非不想,难在一时难得分身。……

这些信的内容徐大娘大概早已记熟了,只要看信封上的记号她就知道里面说什么了,但是她的老眼仍旧毫不瞬转的瞅着我,留心听着每一个字,好像要把它们捉住。很可能,这些字在她听去很可能一遍比一遍新鲜。

“他说他身子壮吗?”看见我停下来,她不放心的唠叨着问。

“是的,”我把信交还她。“他说他的身子很壮。”

于是第二封,从湖北一所监狱里寄来的。

“好几年前头,”她叹息说,“他蓦地里写了这个信,教家里给他兑一点钱。”

第三封,最后的没有发信地址的一封——

我考虑好多遍,每次我都想到将来你们总会明白,我把写成的信撕了。但是最后我仍旧决定写一封,“要简单点,”我说,“写的要简单点。”我不能教你们白白想念我。请跟母亲说罢,父亲,硬起心肠,(心肠硬有时是有好处的,)请跟她说以后别等我了。现在我很平静。只有想到你们的时候我心里才乱,血像泪一样一滴一滴从心里在朝外流,心在一片一片的碎。要是我有个兄弟多好……还有你,还有妹妹和母亲,将来谁照应你们?特别是你,父亲,以后全家都放在你一个人身上,妹妹跟母亲都系在你一个人身上,你要保重自己,要想开一点,千万别抛开她们。要留心母亲。要好好看待妹妹,别教她吃苦。不要责备我——对你们我是个坏人,可是我并不是居心对你们坏!最好忘记我,权当根本没有我这个儿子……

我念着,手不住的抖着。

“他为甚么说不回来了呢?”徐大娘怀疑的问我。“一千个好不如一个好,外面再好总没有家里好!”

大家都不作声。她的目光转到别处,望着空中,泪不自主的滚到她老皱的老脸上来。

“男孩子心肠真狠,也不想想当娘的怎么过的,一出去就不知道回来了!”她哽咽着,颤巍巍的举起手去擦眼泪。“好几年不朝家里打信,我常常想,不知道他是胖或是瘦,也不知道受不受苦……我连模样都猜不出——本来家里有他一张照像,后来人家说要来搜查,徐大爷给他烧了。”

一阵难言的悲恸,我预备走了。我小时候的游伴,高大像他父亲,善良又像他母亲的大头徐立刚在我心头活动,在我面前和我相对的,是他身后遗留给这个世界的两个孤苦无助的老人,我的眼泪同样要流出来了。我的眼睛转向旁边,看见桌子在我进来之前已经抹光,桌面上整齐的摆着三双筷子,一面一双,在先我没有注意。这当然不是给我摆的。

“你们有客吗,徐大爷?”我低声问,打算作为告辞的理由。

徐大爷一直沉浸在他自己的哀愁中,不可知的思想中,或幻梦中。徐大爷抬起头,向我转过脸来。

“没有,没有客。”他懵懂的瞅着我。老人终于明白了我的意思,他用我几乎听不见的干哑声音说:“这是——这是她给他放的!”

天下事还有甚么比这更令人痛心并令人永永难忘?这筷子是给“他”预备的,给好儿子徐立刚的!他死了好几年,从人世上湮灭好几年,他还一年一年被等待,被想念,他的母亲还担心他胖了瘦了,每天吃饭她还觉得跟平常一样,跟他在家时候一样,照例坐在她旁边。难道当真还有比这更令人绝望的吗?还有他们怎么想呢?那些谋杀徐立刚的人,当他们枪毙他的时候,他们可曾想到母亲的心多么仁慈,多么广大,她的爱情多么深吗?

请想想两个老人的惊慌罢,当我不得已终于站起来向他们告辞。

“怎么,你要走吗,叔敖?你不在这里用饭?”徐大爷在后面大声呼喊。

徐大娘——她更加惊慌,跟小鸟一样,并且脸上还挂着泪呢。

“不要走,叔敖……你明天还来吗?”她用更大的声音向我呼喊。

我尽可能赶快走出去,或是说逃出去——不来了,徐大娘,还有你,徐大爷!永远不来了。

天不知几时黑下来了。我穿过天井,热泪突然滚到脸上,两个老人从后面追上来,一直把我送出大门。街上没有灯火。所有的居民都已回到他们自己家里,他们的温暖的或不温暖的老巢里了。在上面,满天星斗正耿耿望着人间,望着这个平静的住着两个可怜老人的小城,照耀着寂无行人的街道。我摸索着沿街走下去,风迎面吹过来,一个“叫街”的正远远的不知在何处哀呼。两个老人继续留在门口,许久许久,他们中间的一个——徐大爷在暗中叹了口气;他们中间的另一个——徐大娘说城门这时候大概落了锁了。

一九四一年十一月四日

(收入《果园城记》,上海出版公司1946年5月版)

啼笑因缘(节选)

张恨水

富家少爷樊家树,由杭州至北京,寓居表兄陶伯和家中,准备投考大学。家树家境富足而并未沾染纨绔习气,性格于文秀中见脱略之气,又爱好清雅风景,对现代文明社会的社交娱乐避之若浼。一日于天桥赏景之时,偶遇身怀绝技、以做外科大夫为生的关寿峰,关出身绿林而为人正直豪爽,家树与之一见如故,时相往还,并结识其女秀姑。家树又于先农坛结识唱大鼓为生的沈三玄一家,其侄女沈凤喜相貌清秀,活泼伶俐,与家树一见钟情。家树爱其清纯自然,为之资助家用,使上女校,脱离卖唱生涯。同时,伯和夫妇又介绍富家千金、摩登女郎何丽娜给家树,欲为撮合。何颇钟情于家树,愿为家树改变作风,而家树只缘何酷肖凤喜而勉为应酬。寿峰病重,家树解囊相助,关氏父女视之为救命恩人,秀姑由感激而生爱意,探知家树别有所爱,念经拜佛以求解脱单恋苦恼。无何,樊家电报至,樊母病重促家树返南。将凤喜一家托付于关氏父女后,家树匆匆南归。此时,沈三玄路遇以前的同行黄鹤声,黄因其大鼓娘嫁给尚师长做填房而得到高升,沈求其关照,黄于是代为引见。适值军阀刘德柱在尚家窥见凤喜,垂涎不已,欲谋霸占。先诱之以金钱珠宝,继之以武力迫使凤喜出席堂会,当众羞辱,并将其软禁。家树得信赶回北京。关氏父女设计欲救凤喜脱离火坑,反见凤喜变心,在刘家当起刘太太。家树哀伤欲绝,秀姑不忍,假扮女仆混入刘家,欲引凤喜见家树一面。伺机相见,凤喜以支票还家树先前花费,家树心灰意冷,撕碎支票大笑而去。刘将军怀疑凤喜偷会情人,鞭打凤喜至重伤,凤喜伤惧交加,中了疯魔,被送进医院。刘垂涎秀姑美色,秀姑伪为答允,诱其至西山极乐寺杀之,即与父不知所踪。家树始念秀姑情深意重。何丽娜明白家树心意后,绝望断念,隐居西山学佛,恰与埋名于此的关氏父女为邻。家树往游西山时被匪徒绑票,关氏父女闻讯后即往解救,并使其至沈家安慰凤喜。凤喜愈疯,被送进疯人院。关氏父女约家树至何家西山别墅,告辞回山东老家,雪夜清辉,留二人室中相对。

节选自全书第一章,樊家树初到北京,前往天桥玩耍。

家树向后院看去,那里有两个木架子,插着许多样武器,胡乱摆了一些石墩石锁,还有一副千斤担。院子里另外有重屋子,有一群人在那里品茗闲谈。屋子门上,写了一幅横额贴在那里,乃是“以武会友”。就在这个时候,有人走了出来,取架子上的武器,在院子里练练。家树知道了,这是一般武术家的俱乐部。家树在学校里,本有一个武术教员教练武术,向来对此感到有些趣味,现在遇到这样的俱乐部,有不少的武术可以参观,很是欢喜,索性将座位挪了一挪,靠近后院的扶栏。先是看见有几个壮年人在院子里,练了一会儿刀棍,最后走出来一个五十上下的老者,身上穿了一件紫花布汗衫,横腰系了一根大板带,板带上挂了烟荷包小褡裢,下面是青布裤,裹腿布系靠了膝盖,远远的就一摸胳膊,精神抖擞。走近来,见他长长的脸,一个高鼻子,嘴上只微微留几根须。他一走到院子里,将袖子一阵卷,先站稳了脚步,一手提着一只石锁,颠了几颠,然后向空中一举,举起来之后,望下一落,一落之后,又望上一举。看那石锁,大概有七八十斤一只,两只就一百几十斤。这向上一举,还不怎样出奇,只见他双手向下一落,右手又向上一起,那石锁飞了出去,直冲过屋脊。家树看见,先自一惊,不料那石锁刚过屋脊,照着那老人的头顶,直落下来,老人脚步动也不曾一动,只把头微微向左一偏,那石锁平平稳稳落在他右肩上。同时,他把左手的石锁抛出,也把左肩来承住。家树看了,不由暗地称奇。看那老人,倒行若无事,轻轻的将两只石锁向地下一扔。在场的一班少年,于是吆喝了一阵,还有两个叫好的。老人见人家称赞他,只是微微一笑。

这时,有一个壮年汉子,坐在那千斤担的木杠上笑道:“大叔,今天你很高兴,玩一玩大家伙吧。”老人道:“你先玩着给我瞧瞧。”那汉子果然一转身双手拿了木杠,将千斤担拿起,慢慢提起,平齐了双肩,咬着牙,脸就红了。他赶紧弯腰,将担子放下,笑道:“今天乏了,更是不成。”老人道:“瞧我的吧。”走上前,先平了手,将担子提着平了腹,顿了一顿,反着手向上一举,平了下颏,又顿了一顿,两手伸直,高举过顶。这担子两头是两个大石盘,仿佛象两片石磨,木杠有茶杯来粗细,插在石盘的中心。一个石磨,至少也有二百斤重,加上安在木杠的两头,更是吃力。这一举起来,总有五六百斤气力,才可以对付。家树不由自主的拍着桌子叫了一声“好!”

那老人听到这边的叫好声,放下千斤担,看看家树,见他穿了一件蓝湖绉夹袍,在大襟上挂了一个自来水笔的笔插。白净的面孔,架了一副玳瑁边圆框眼镜,头上的头发虽然分齐,却又卷起有些蓬乱,这分明是个贵族式的大学生,何以会到此地来?不免又看家树两眼。家树以为人家是要招呼他,就站起来笑脸相迎。那老人笑道:“先生,你也爱这个吗?”家树笑道:“爱是爱,可没有这种力气。这个千斤担,亏你举得起。贵庚过了五十吗?”那老人微笑道:“五十几?——望来生了!”家树道:“这样说过六十了。六十岁的人,有这样大力气,真是少见!贵姓是……”那人说是姓关。家树便斟了一杯茶,和他坐下来谈话,才知道他名关寿峰,是山东人,在京以做外科大夫为生。便问家树姓名,怎样会到这种茶馆里来?家树告诉了他姓名,又道:“家住在杭州。因为要到北京来考大学,现在补习功课。住在东四三条胡同表兄家里。”寿峰道:“樊先生,这很巧,我们还是街坊啦!我也住在那胡同里,你是多少号门牌?”家树道:“我表兄姓陶。”寿峰道:“是那红门陶宅吗?那是大宅门啦,听说他们老爷太太都在外洋。”家树道:“是,那是我舅舅。他是一个总领事,带我舅母去了。我的表兄陶伯和,现在也在外交部有差事。不过家里还可过,也不算什么大宅门。你府上在哪里?”寿峰哈哈大笑道:“我们这种人家,哪里去谈‘府上’啦?我住的地方,就是个大杂院。你是南方人,大概不明白什么叫大杂院。这就是说一家院子里,住上十几家人家,做什么的都有。你想,这样的地方,哪里安得上‘府上’两个字?”家树道,“那也不要紧,人品高低,并不分在住的房子上。我也很喜欢谈武术的,既然同住在一个胡同,过一天一定过去奉看大叔。”

寿峰听他这样称呼,站了起来,伸着手将头发一顿乱搔,然后抱着拳连拱几下,说道:“我的先生,你是怎样称呼啊?我真不敢当。你要是不嫌弃,哪一天我就去拜访你去。”又道:“说到练把式,你要爱听,那有的是……”说时,一拍肚腰带道:“可千万别这样称呼。”家树道:“你老人家不过少几个钱,不能穿好的,吃好的,办不起大事,难道为了穷,把年岁都丢了不成?我今年只二十岁。你老人家有六十多岁,大我四十岁,跟着你老人家同行叫一句大叔,那不算客气。”寿峰将桌子一拍,回头对在座喝茶的人道:“这位先生爽快,我没有看见过这样的少爷们。”家树也觉着这老头子很爽直,又和他谈了一阵,因已日落西山,就给了茶钱回家。

到了陶家,那个听差刘福进来伺候茶水,便问道:“表少爷,水心亭好不好?”家树道:“水心亭倒也罢了,不过我在小茶馆里认识了一个练武的老人家谈得很好。我想和他学点本事,也许他明后天要来见我。”刘福道:“唉!表少爷,你初到此地来,不懂这里的情形。天桥这地方,九流三教,什么样子的人都有,怎样和他们谈起交情来了?”家树道:“那要什么紧!天桥那地方,我看虽是下等社会人多,不能说那里就没有好人,这老头子人极爽快,说话很懂情理。”刘福微笑道:“走江湖的人,有个不会说话的吗?”家树道:“你没有看见那人,你哪里知道那人的好坏?我知道,你们一定要看见坐汽车带马弁的,那才是好人。”刘福不敢多事辩驳,只得笑着去了。

到了次日上午,这里的主人陶伯和夫妇,已经由西山回来。陶伯和在上房休息了一会,赶着上衙门。陶太太又因为上午有个约会,出门去了。家树一个人在家里,也觉得很是无聊,心想既然约会了那个老头子要去看看他,不如就趁今天无事,了却这一句话,管他是好是坏,总不可失信于他,免得他说我瞧不起人。昨天关寿峰也曾说到,他家就住在这胡同东口,一个破门楼子里,门口有两棵槐树,是很容易找的。于是随身带了些零碎钱,出门而去。

走到胡同东口,果然有这样一个所在。他知道北京的规矩,无论人家大门是否开着,先要敲门才能进去的。因为门上并没有什么铁环之类,只啪啪的将门敲了两下。这时出来一个姑娘,约莫有十八九岁,挽了辫子在后面梳着一字横髻,前面只有一些很短的刘海,一张圆圆的脸儿,穿了一身的青布衣服,衬着手脸倒还白净,头发上拖了一根红线,手上拿了一块白十字布,走将出来。她见家树穿得这样华丽,便问道:"你找谁?这里是大杂院,不是住宅。"家树道:"我知道是大杂院。我是来找一个姓关的,不知道在家没有?"那姑娘对家树浑身上下打量一番,笑道:"我就姓关,你先生姓樊吗?"家树道:"对极了。那关大叔……"姑娘连忙按住道:"是我父亲。他昨天晚上一回来就提起了。现在家里,请进来坐。"说着便在前面引导,引到一所南屋子门口就叫道:"爸爸快来,那位樊先生来了。"寿峰一推门出来了,连连拱手道:"哎哟!这还了得,实在没有地方可坐。"家树笑道:"不要紧的,我昨天已经说了,大家不要拘形迹。"关寿峰听了,便只好将客向里引。

家树一看屋子里面,正中供了一幅画的关羽神像,一张旧神桌,摆了一副洋铁五供,壁上随挂弓箭刀棍,还有两张獾子皮。下边一路壁上,挂了许多一束一束的干药草,还有两个干葫芦。靠西又一张四方旧木桌,摆了许多碗罐,下面紧靠放了一个泥炉子。靠东边陈设了一张铺位,被褥虽是布的,却还洁净。东边一间房,挂了一个红布门帘子,那红色也半成灰色了。这样子,父女二人,就是这两间屋了。寿峰让家树坐在铺上,姑娘就进屋去捧了一把茶壶出来。笑道:"真是不巧,炉子灭了。到对过小茶馆里找水去。"家树道:"不必费事了。"寿峰笑道:"贵人下降贱地,难道茶都不肯喝一口?"家树道:"不是那样说,我们交朋友,并不在乎吃喝,只要彼此相处得来,喝茶不喝茶,那是没有关系的。不客气一句话,要找吃找喝,我不会到这大杂院里来了。没有水,就不必张罗了。"寿峰道:"也好,就不必张罗了。"

这样一来,那姑娘捧了一把茶壶,倒弄得进退两难。她究竟觉得人家来了,一杯茶水都没有,太不成话,还是到小茶馆里沏了一壶水来了。找了一阵子,找出一只茶杯,一只小饭碗,斟了茶放在桌上。然后轻轻的对家树道:"请喝茶!"自进那西边屋里去了。寿峰笑道:"这茶可不必喝了。我们这里,不但没有自来水,连甜井水都没有的。这是苦井的水,可带些咸昧。"姑娘就在屋子里答道:"不,这是在胡同口上茶馆里沏来的,是自来水呢。"寿峰笑道:"是自来水也不成。我们这茶叶太坏呢!"

当他们说话的时候,家树已经捧起茶杯喝了一口,笑道:"人要到哪里说哪里话,遇到喝咸水的时候,自然要喝咸水。在喝甜水的时候,练习练习咸水也好。象关大叔是没有遇到机会罢了,若是早生五十年,这样大的本领,不要说作官,就是到镖局里走镖,也可顾全衣食。象我们后生,一点能力没有,靠着祖上留下几个钱,就是穿好的,吃好的,也没有大叔靠了本事,喝一碗咸水的心安。"说到这里,只听见噗通一下响,寿峰伸开大手掌,只在桌上一拍,把桌上的茶碗都溅倒了。昂头一笑道:"痛快死我了。我的小兄弟!我没遇到人说我说得这样中肯的。秀姑!你把我那钱口袋拿来,我要请这位樊先生去喝两盅,攀这么一个好朋友。"姑娘在屋子里答应了一声,便拿出一个蓝布小口袋来,笑道:"你可别请人家樊先生上那山东二荤铺,我这里今天接来作活的一块钱,你也带了去。”寿峰笑道:“樊先生你听,连我闺女都愿意请你,你千万别客气。”家树笑道:“好,我就叨扰了。”

当下关寿峰将钱口袋向身上一揣,就引家树出门而去。走到胡同口,有一家小店,是很窄小的门面,进门是煤灶,煤灶上放了一口大锅,热气腾腾,一望里面,象一条黑巷。寿峰向里一指道:“这是山东人开的二荤铺,只卖一点面条馒头的,我闺女怕我请你上这儿哩。”家树点了头笑笑。

上了大街,寿峰找了一家四川小饭馆,二人一同进去。落座之后,寿峰先道:“先来一斤花雕。”又对家树道:“南方菜我不懂,请你要。多了吃不下,也不必,可是少了不够吃。为客气,心里不痛快,也没意思。”家树因这人脾气是豪爽的,果然就照他的话办。一会酒菜上来,各人面前放着一只小酒杯,寿峰道:“樊先生,你会喝不会喝?会喝,敬你三大杯。不会喝敬你一杯。可是要说实话。”家树道:“三大杯可以奉陪。”寿峰道:“好,大家尽量喝。我要客气,是个老混帐。”家树笑着,陪他先喝了三大杯。

老头子喝了几杯酒,一高兴,就无话不谈。他自道年壮的时候,在口外当了十几年的胡匪,因为被官兵追剿,妇人和两个儿子都杀死了。自己只带得这个女儿秀姑,逃到北京来,洗手不干,专做好人。自己当年做强盗,未曾杀过一个人,还落个家败人亡。杀人的事,更是不能干,所以在北京改做外科医生,做救人的事,以补自己的过。秀姑是两岁到北京来的,现在有二十一岁。自己做好人也二十年了。好在他们喝酒的时候,不是上座之际,楼上无人,让寿峰谈了一个痛快。话谈完了,他那一张脸成了家里供的关神像了。

家树道:“关大叔,你不是说喝醉为止吗?我快醉了,你怎么样?”寿峰突然站起来,身子晃了两晃,两手按住桌子笑道:“三斤了,该醉了。喝酒本来只应够量就好,若是喝了酒又去乱吐,那是作孽了,什么意思。得!我们回去,有钱下次再喝。”当时伙计一算帐,寿峰掏出口袋里钱,还多京钱十吊(注:铜元一百枚),都倒在桌上,算了伙计的小费了。家树陪他下了楼,在街上要给他雇车。寿峰将胳膊一扬,笑道:“小兄弟!你以为我醉了?笑话!”昂着头自去了。

从这天起,家树和他常有往来,又请他喝过几回酒,并且买了些布匹送秀姑做衣服。只是一层,家树常去看寿峰,寿峰并不来看他。其中三天的光景,家树和他不曾见面,再去看他时,父女两个已经搬走了。问那院子里的邻居,他们都说:“不知道。他姑娘说是要回山东去。”家树本以为这老人是风尘中不可多得的人物,现在忽然隐去,尤其是可怪,心里倒恋恋不舍。

有一天,天气很好,又没有风沙,家树就到天桥那家老茶馆里去探关寿峰的踪迹。据茶馆里说,有一天到这里坐了一会,只是唉声叹气,以后就不见他来了。家树听说,心里更是奇怪,慢慢的走出茶馆,顺着这小茶馆门口的杂耍场走去。由这里向南走便是先农坛的外坛。四月里天气,坛里的芦苇,长有一尺来高。一片青郁之色,直抵那远处城墙。青芦里面,画出几条黄色大界线,那正是由外坛而去的。坛内两条大路,路的那边,横三右四的有些古柏。古柏中间,直立着一座伸入半空的钟塔。在那钟塔下面,有一片敞地,零零碎碎,有些人作了几堆,在那里团聚。家树一见,就慢慢的也走了过去。

走到那里看时,也是些杂耍。南边钟塔的台基上,坐了一个四十多岁的人,抱着一把三弦子在那里弹。看他是黄黝黝的小面孔,又长满了一腮短桩胡子,加上浓眉毛深眼眶,那样子是脏得厉害,身上穿的黑布夹袍,反而显出一条一条的焦黄之色。因为如此,他尽管抱着三弦弹,却没有一个人过去听的。家树见他很着急的样子,那只按弦的左手,上起下落,忙个不了,调子倒是很入耳。心想弹得这样好,没有人理会,实在替他叫屈。不免走上前去,看他如何。那人弹了一会,不见有人向前,就把三弦放下,叹了一口气道:“这个年头儿……”话还没有往下讲,家树过意不去,在身上掏一把铜子给他,笑道:“我给你开开张吧。”那人接了钱,放出苦笑来,对家树道:“先生!你真是好人。不瞒你说,天天不是这样,我有个侄女儿今天还没来……”说到这里,他将右掌平伸,比着眉毛,向远处一看道:“来了,来了!先生你别走,你听她唱一段儿,准不会错。”

说话时,来了一个十六七岁的姑娘,面孔略尖,却是白里泛出红来,显得清秀,梳着复发,长齐眉边,由稀稀的发网里,露出白皮肤来。身上穿的旧蓝竹布长衫,倒也干净齐整。手上提着面小鼓,和一个竹条鼓架子。她走近前对那人道:“二叔,开张了没有?”那人将嘴向家树一努道:“不是这位先生给我两吊钱,就算一个子儿也没有捞着。”那姑娘对家树微笑着点了点头,她一面支起鼓架子,把鼓放在上面,一面却不住的向家树浑身上下打量。看她面上,不免有惊奇之色。以为这种地方,何以有这种人前来光顾。那个弹三弦子的,在身边的一个蓝布袋里抽出两根鼓棍,一副拍板,交给那姑娘。姑娘接了鼓棍,还未曾打鼓一下,早就有七八个人围将上来观看。家树要看这姑娘,究竟唱得怎样?也就站着没有动。

一会儿功夫,那姑娘打起鼓板来。那个弹三弦子的先将三弦子弹了一个过门,然后站了起来笑道:“我这位姑娘,是初学的几套书,唱得不好,大家包涵一点。我们这是凑付劲儿,诸位就请在草地上台阶上坐坐吧。现在先让她唱一段《黛玉悲秋》。这是《红楼梦》上的故事,不敢说好,姑娘唱着,倒是对劲。”说毕,他又坐在石阶上弹起三弦子来。这姑娘重复打起鼓板,她那一双眼睛,不知不觉之间,就在家树身上溜了几回。——刚才家树一见她,先就猜她是个聪明女郎。虽然十分寒素,自有一种清媚态度,可以引动看的人。现在她不住的用目光溜过来,似乎她也知道自己怜惜她的意思,就更不愿走。四周有一二十个听书的,果然分在草地和台阶上坐下。家树究竟不好意思坐,看见身边有一棵歪倒树干的古柏,就踏了一只脚在上面,手撑着脑袋,看了那姑娘唱。

当下这个弹三弦子的便伴着姑娘唱起来,因为先得了家树两吊钱,这时更是努力。那三弦子一个字一个字,弹得十分凄楚。那姑娘垂下了她的目光,慢慢的向下唱。其中有两句是“清清冷冷的潇湘院,一阵阵的西风吹动了绿纱窗。孤孤单单的林姑娘,她在窗下暗心想,有谁知道女儿家这时候的心肠?”她唱到末了一句,拖了很长的尾音,目光却在那深深的睫毛里又向家树一转。家树先还不曾料到这姑娘对自己有什么意思,现在由她这一句唱上看来,好象对自己说话一般,不由得心里一动。

这种大鼓词,本来是通俗的,那姑娘唱得既然婉转,加上那三弦子,音调又弹得凄楚,四围听的人,都低了头,一声不响的向下听去。唱完之后,有几个人却站起来扑着身上的土,搭讪着走开去,那弹三弦子的,连忙放下乐器,在台阶上拿了一个小柳条盘子分向大家要钱。有给一个大子的,有给二个子的,收完之后,也不过十多个子儿。他因为家树站得远一点,刚才又给了两吊钱,原不好意思过来再要,现在将柳条盘子一摇,觉得钱太少,又遥遥对着他一笑,跟着也就走上前来。家树知道他是来要钱的,于是伸手就在身上去一掏。不料身上的零钱,都已花光,只有几块整的洋钱,人家既然来要钱,不给又不好意思,就毫不踌躇的拿了一块现洋,向柳条盘子里一抛,银元落在铜板上,“当”

的打了一响。那弹三弦子的,见家树这样慷慨,喜出望外,忘其所以的把柳条盘交到左手,蹲了一蹲,垂着右手,就和家树请了一个安。

这时,那个姑娘也露出十分诧异的样子,手扶了鼓架,目不转睛的只向家树望着。家树出这一块钱,原不是示惠,现在姑娘这样看自己,一定是误会了,倒不好意思再看。那弹三弦子的,把一片落腮胡桩子几乎要笑得竖起来,只管向家树道谢。他拿了钱去,姑娘却迎上前一步,侧眼珠看了家树,低低的和弹三弦子的说了几句。他连点了几下头,却问家树道:"你贵姓?"家树道:"我姓樊。"家树答这话时,看那姑娘已背转身去收那鼓板,似乎不好意思,而且听书的人还未散开,自己丢了一块钱,已经够人注意的了,再加以和他们谈话,更不好。说完这句话,就走开了。

由这钟塔到外坛大门,大概有一里之遥,家树就缓缓的踱着走去。快要到外坛门的时候,忽然有人在后叫道:"樊先生!"家树回头看,却是一个大胖子中年妇人追上前来,抬起一只胳膊,遥遥的只管在日影里招手。家树并不认识她,不知道她何以知道自己姓樊?心里好生奇怪,就停住了脚,看她说些什么。要知道她是谁,下回交代。

(收入《啼笑因缘》,三友书社 1931 年 12 月版)

小二黑结婚

赵树理

一、神仙的忌讳

刘家峧有两个神仙,邻近各村无人不晓:一个是前庄上的二诸葛,一个是后庄上的三仙姑。二诸葛原来叫刘修德,当年做过生意,抬脚动手都要论一论阴阳八卦,看一看黄道黑道。三仙姑是后庄于福的老婆,每月初一十五都要顶着红布摇摇摆摆装扮天神。

二诸葛忌讳"不宜栽种",三仙姑忌讳"米烂了"。这里边有两个小故事:有一年春天大旱,直到阴历五月初三才下了四指雨。初四那天大家都抢着种地,二诸葛看了看历书,又掐指算了一下说:"今日不宜栽种。"初五日是端午,他历年就不在端午这天做什么,又不曾种;初六倒是个黄道吉日,可惜地干了,虽然勉强把他的四亩谷子种上了,却没有出够一半。后来直到十五才又下雨,别人家都在地里锄苗,二诸葛却领着两个孩子在地里补空子。邻家有个后生,吃饭时候在街上碰上二诸葛便问道:"老汉!今天宜栽种不宜?"二诸葛翻了他一眼,扭转头返回去了,大家就嘻嘻哈哈传为笑谈。

三仙姑有个女孩叫小芹。一天,金旺他爹到三仙姑那里问病,三仙姑坐在香案后唱,金旺他爹跪在香案前听。小芹那年才九岁,晌午做捞饭,把米下进锅里了,听见她娘哼哼得很中听,站在桌前听了一会,把做饭也忘了。一会,金旺他爹出去小便,三仙姑趁空子向小芹说:"快去捞饭!米烂了!"却不料就叫金旺他爹听见,回去就传开了。后来有些好玩笑的人,见了三仙姑就故意问别人"米烂了没有?"

二、三仙姑的来历

三仙姑下神，足足有三十年了。那时三仙姑才十五岁，刚刚嫁给于福，是前后庄上第一个俊俏媳妇。于福是个老实后生，不多说一句话，只会在地里死受。于福的娘早死了，只有个爹，父子两个一上了地，家里就只留下新媳妇一个人。村里的年轻人们感觉着新媳妇太孤单，就慢慢自动的来跟新媳妇作伴，不几天就集合了一大群，每天嘻嘻哈哈，十分哄伙。于福他爹看见不象个样子，有一天发了脾气，大骂一顿，虽然把外人挡住了，新媳妇却跟他闹起来。新媳妇哭了一天一夜，头也不梳，脸也不洗，饭也不吃，躺在炕上，谁也叫不起来，父子两个没了办法。邻家有个老婆替她请了一个神婆子，在她家下了一回神，说是三仙姑跟上她了，她也哼哼唧唧自称吾神长吾神短，从此以后每月初一十五就下起神来，别人也给她烧起香来求财问病，三仙姑的香案便从此设起来了。

青年们到三仙姑那里去，要说是去问神，还不如说是去看圣象。三仙姑也暗暗猜透大家的心事，衣服穿得更新鲜，头发梳得更光滑，首饰擦得更明，官粉搽得更匀，不由青年们不跟着她转来转去。

这是三十来年前的事。当时的青年，如今都已留下胡子，家里大半又都是子媳成群，所以除了几个老光棍，差不多都没有那些闲情到三仙姑那里去了。三仙姑却和大家不同，虽然已经四十五岁，却偏爱当个老来俏，小鞋上仍要绣花，裤腿上仍要镶边，顶门上的头发脱光了，用黑手帕盖起来，只可惜官粉涂不平脸上的皱纹，看起来好象驴粪蛋上下上了霜。

老相好都不来了，几个老光棍不能叫三仙姑满意，三仙姑又团结了一伙孩子们，比当年的老相好更多，更俏皮。

三仙姑有什么本领能团结这伙青年呢？这秘密在她女儿小芹身上。

三、小芹

三仙姑前后共生过六个孩子，就有五个没有成人，只落了一个女儿，名叫小芹。小芹当两三岁时候，就非常伶俐乖巧，三仙姑的老相好们，这个抱过来说是“我的”，那个抱起来说是“我的”，后来小芹长到五六岁，知道这不是好话，三仙姑教她说：“谁再这么说，你就说‘是你的姑姑’。”说了几回，果然没有人再提了。

小芹今年十八了，村里的轻薄人说，比她娘年轻时候好得多。青年小伙子们，有事没事，总想跟小芹说句话。小芹去洗衣服，马上青年们也都去洗；小芹上树采野菜，马上青年们也都去采。

吃饭时候，邻居们端上碗爱到三仙姑那里坐一会，前庄上的人来回一里路，也并不觉得远。这已经是三十年来的老规矩，不过小青年们也这样热心，却是近二三年来才有的事。三仙姑起先还以为自己仍有勾引青年的本领，日子长了，青年们并不真正跟她接近，她才慢慢看出门道来，才知道人家来了为的是小芹。

不过小芹却不跟三仙姑一样，表面上虽然也跟大家说说笑笑，实际上却不跟人乱来，近二三年，只是跟小二黑好一点。前年夏天，有一天前晌，于福去地，三仙姑去串门，家里只留下小芹一个人，金旺来了，嘻皮笑脸向小芹说：“这会可算是个空子吧？”小芹板起脸来说:“金旺哥!咱们以后说话要规矩些!你也是娶媳妇大汉了!”金旺撇撇嘴说:“咦!装什么假正经?小二黑一来管保你就软了!有便宜大家讨开点,没事;要正经除非自己锅底没有黑!”说着就拉住小芹的胳膊悄悄说:“不用装模作样了!”不料小芹大声喊道:“金旺!”金旺赶紧放手跑出来。一边还咄念道:“等得住你!”说着就悄悄溜走了。

四、金旺弟兄

提起金旺来,刘家峧没有人不恨他,只有他一个本家兄弟名叫兴旺跟他对劲。

金旺他爹虽是个庄稼人,却是刘家峧一只虎,当过几十年老社首,捆人打人是他的拿手好戏。金旺长到十七八岁,就成了他爹的好帮手,兴旺也学会了帮虎吃食,从此金旺他爹想要捆谁,就不用亲自动手,只要下个命令,自有金旺兴旺代办。

抗战初年,汉奸敌探溃兵土匪到处横行,那时金旺他爹已经死了,金旺兴旺弟兄两个,给一支溃兵作了内线工作,引路绑票,讲价赎人,又做巫婆又做鬼,两头出面装好人。后来八路军来,打垮溃兵土匪,他两人才又回到刘家峧。

山里人本来就胆子小,经过几个月大混乱,死了许多人,弄得大家更不敢出头了。别的大村子都成立了村公所、各救会、武委会,刘家峧却除了县府派来一个村长以外,谁也不愿意当干部。不久,县里派人来刘家峧工作,要选举村干部,金旺跟兴旺两个人看出这又是掌权的机会,大家也巴不得有人愿干,就把兴旺选为武委会主任,把金旺选为村政委员,连金旺老婆也被选为妇救会主席,其他各干部,硬捏了几个老头子出来充数。只有青抗先队长,老头子充不得。兴旺看见小二黑这个小孩子漂亮好玩,随便提了一下名就通过了,他爹二诸葛虽然不愿,可是惹不起金旺,也没有敢说什么。

村长是外来的,对村里情形不十分了解,从此金旺兴旺比前更厉害了,只要瞒住村长一个人,村里人不论那个都得由他两个调遣。这几年来,村里别的干部虽然调换了几个,而他两个却好像铁桶江山。大家对他两个虽是恨之入骨,可是谁也不敢说半句话,都恐怕扳不倒他们,自己吃亏。

五、小二黑

小二黑,是二诸葛的二小子,有一次反扫荡打死过两个敌人,曾得到特等射手的奖励。说到他的漂亮,那不只在刘家峧有名,每年正月扮故事,不论去到那一村,妇女们的眼睛都跟着他转。

小二黑没有上过学,只是跟着他爹识了几个字。当他六岁时候,他爹就教他识字。识字课本既不是五经四书,也不是常识国语,而是从天干、地支、五行、八卦、六十四卦名等学起,进一步便学些《百中经》、《玉匣记》、《增删卜易》、《麻衣神相》、《奇门遁甲》、《阴阳宅》等书。小二黑从小就聪明,象那些算属相、卜六壬课、念大小流年或“甲子乙丑海中金”等口诀,不几天就都弄熟了,二诸葛也常把他引在人前卖弄。因为他长得伶俐可爱,大人们也都爱跟他玩;这个说:“二黑,算一算十岁属什么?”那个说:“二黑,给我卜一课!”后来二诸葛因为说“不宜栽种”误了种地,老婆也埋怨,大黑也埋怨,庄上人也都传为笑谈,小二黑也跟着这事受了许多奚落。那时候小二黑十三岁,已经懂得好歹了,可是大人们仍把他当成小孩来玩弄,好跟二诸葛开玩笑的,一到了家,常好对着二诸葛问小二黑道:“二黑!算算今天宜不宜栽种?”和小二黑年纪相仿的孩子们,一跟小二黑生了气,就连声喊道:“不宜栽种不宜栽种……”小二黑因为这事,好几个月见了人躲着走,从此就和他娘商量成一气,再不信他爹的鬼八卦。

小二黑跟小芹相好已经二三年了。那时候他才十六七,原不过在冬天夜长时候,跟着些闲人到三仙姑那里凑热闹,后来跟小芹混熟了,好象是一天不见面也不能行。后庄上也有人愿意给小二黑跟小芹做媒人,二诸葛不愿意,不愿意的理由有三:第一小二黑是金命,小芹是火命,恐怕火克金;第二小芹生在十月,是个犯月;第三是三仙姑的声名不好。恰巧在这时候彰德府来了一伙难民,其中有个老李带来个八九岁的小姑娘,因为没有吃的,愿意把姑娘送给人家逃个活命。二诸葛说是个便宜,先问了一下生辰八字,掐算了半天说:“千里姻缘使线牵”,就替小二黑收作童养媳。

虽然二诸葛说是千合适万合适,小二黑却不认账。父子俩吵了几天,二诸葛非养不行,小二黑说:“你愿意养你就养着,反正我不要!”结果虽然把小姑娘留下了,却到底没有说清楚算什么关系。

六、斗争会

金旺自从碰了小芹的钉子以后,每日怀恨,总想设法报一报仇。有一次武委会训练村干部,恰巧小二黑发疟疾没有去。训练完毕之后,金旺就向兴旺说:“小二黑是装病,其实是被小芹勾引住了,可以斗争他一顿。”兴旺就是武委会主任,从前也碰过小芹一回钉子,自然十分赞成金旺的意见,并且又叫金旺回去和自己的老婆说一下,发动妇救会也斗争小芹一番。金旺老婆现任妇救会主席,因为金旺好到小芹那里去,早就恨得小芹了不得。现在金旺回去跟她说要斗争小芹,这才是巴不得的机会,丢下活计,马上就去布置。第二天,村里开了两个斗争会,一个是武委会斗争小二黑,一个是妇救会斗争小芹。

小二黑自己没有错,当然不承认,嘴硬到底,兴旺就下命令,把他捆起来送交政权机关处理。幸而村长脑筋清楚,劝兴旺说:“小二黑发疟是真的,不是装病,至于跟别人恋爱,不是犯法的事,不能捆人家。”兴旺说:“他已是有了女人的。”村长说:“村里谁不知道小二黑不承认他的童养媳。人家不承认是对的;男不过十六,女不过十五,不到订婚年龄。十来岁小姑娘,长大也不会来认这笔账。小二黑满有资格跟别人恋爱,谁也不能干涉。”兴旺没话说了,小二黑反要问他:“无故捆人犯法不犯?”经村长双方劝解,才算放了完事。

兴旺还没有离村公所,小芹拉着妇救会主席也来找村长,她一进门就说:“村长!捉贼要赃,捉奸要双,当了妇救会主席就不说理了?”兴旺见拉着金旺的老婆,生怕说出这事与自己有关,赶紧溜走。后来村长问了问情由,费了好大一会唇舌,才给他们调解开。

七、三仙姑许亲

两个斗争会开过以后,事情包也包不住了,小二黑也知道这事是合理合法的了,索性就跟小芹公开商量起来。

三仙姑却着了急。她跟小芹虽是母女,近几年来却不对劲。三仙姑爱的是青年们,青年们爱的是小芹。小二黑这个孩子,在三仙姑看来好象鲜果,可惜多一个小芹,就没了自己的份儿。她本想早给小芹找个婆家推出门去,可是因为自己声名不正,差不多都不愿意跟她结亲。开罢斗争会以后,风言风语都说小二黑要跟小芹自由结婚,她想要真是那样的话,以后想跟小二黑说几句笑话都不能了,那是多么可惜的事,因此托东家求西家要给小芹找婆家。

"插起招军旗,就有吃粮人。"有个吴先生是在阎锡山部下当过旅长的退职军官,家里很富,才死了老婆。他在奶奶庙大会上见过小芹一面,愿意续她,媒人向三仙姑一说,三仙姑当然愿意。不几天过了礼帖,就算定了,三仙姑以为了却一宗心事。

小芹已经和小二黑商量得差不多了,如何肯听她娘的话?过礼那一天,小芹跟她娘闹起来,把吴先生送来的首饰绸缎扔下一地。媒人走后,小芹跟她娘说:"我不管!谁收了人家的东西谁跟人家去!"

三仙姑愁住了,睡了半天,晚饭以后,说是神上了身,打了两个呵欠就唱起来。她起先责备于福管不了家,后来说小芹跟吴先生是前世姻缘,还唱些什么"前世姻缘由天定,不顺天意活不成……"于福跪在地下哀求,神非教他马上打小芹一顿不可。小芹听了这话,知道跟这个装神弄鬼的娘说不出什么道理来,干脆躲了出去,让她娘一个人胡说。

小芹一个人悄悄跑到前庄上去找小二黑,恰在路上碰上小二黑去找她,两个就悄悄拉着手到一个大窑里去商量对付三仙姑的法子。

八、拿双

小芹把她娘怎样主婚怎样装神,唱些什么,从头至尾细细向小二黑说了一遍,小二黑说:"不用理她!我打听过区上的同志,人家说只要男女本人愿意,就能到区上登记,别人谁也作不了主……"说到这里,听见外边有脚步声,小二黑伸出头来一看,黑影里站着四五个人,有一个说:"拿双拿双!"他两人都听出是金旺的声音,小二黑起了火,大叫道:"拿?没有犯了法!"兴旺也来了,下命令道:"捉住捉住!我就看你犯法不犯法?给你操了好几天心了!"小二黑说:"你说去那里咱就去那里,到边区政府你也不能把谁怎么样!走!"兴旺说:"走?便宜了你!把他捆起来!"小二黑挣扎了一会,无奈没有他们人多,终于被他们七手八脚打了一顿捆起来了。兴旺说:"里边还有个女的,也捆起来!捉奸要双,这是她自己说的!"说着就把小芹也捆起来了。

前庄上的人都还没有睡,听见有人吵架,有些人就跑出来看,麻秆火把下看见捆着的两个人,大家不问就都知道了八九分。二诸葛也出来了,见小二黑被人家捆起来,就跪在兴旺面前哀求道:"兴旺!咱两家没有什么仇!看在我老汉面上,请你们诸位高高手……"兴旺说:"这事情,我们管不了,送给上级再说吧!"小二黑说:"爹!你不用管!送到那里也不犯法!我不怕他!"兴旺说:"好小子!要硬你就硬到底!"又逼住三个民兵说:"带他们走!"一个民兵问:"带到村公所?"兴旺说:"还到村公所干什么?上一回不是村长放了的?送给区武委会主任按军法处理!"说着就把他两个人拥上走了。

九、二诸葛的神课

邻居们见是兴旺弟兄们捆人,也没有人敢给小二黑讲情,直等到他们走后,才把二诸葛招呼回家。

二诸葛连连摇头说:“唉!我知道这几天要出事啦!前天早上我上地去,才上到岭上,碰上个骑驴媳妇,穿了一身孝,我就知道坏了。我今年是罗睺星照运,要谨防带孝的冲了运气,因此那里也不敢去,谁知躲也躲不过?昨天晚上二黑他娘梦见庙里唱戏。今天早上一个老鸦落在东房上叫了十几声……唉!反正是时运,躲也躲不过。”他罗哩罗嗦念了一大堆,邻居们听了有些厌烦,又给他说了一会宽心话,就都散了。

有事人那里睡得着?人散了之后,二诸葛家里除了童养媳之外,三个人谁也没有睡。二诸葛摸了摸脸,取出三个制钱占了一卦,占出之后吓得他面色如土。他说:“了不得呀了不得!丑土的父母动出午火的官鬼,火旺于夏,恐怕有些危险了。唉!人家把他选成青年队长,我就说过不叫他当,小杂种硬要充人物头!人家说要按军法处理,要不当队长那里犯得了军法?”老婆也拍手跺脚道:“小爹呀!谁知道你要闯这么大的事啦?”大黑劝道:“不怕!事已经出下了,由他去吧!我想这又不是人命事,也犯不了什么大罪!既然他们送到区上了,我先到区上打听打听!你们都睡吧!”说着点了个灯笼就走了。

二诸葛打发大黑去后,仍然低头细细研究方才占的那一卦。停了一会,远远听着有个女人哭,越哭越近,不大一会就来到窗下,一推门就进来了。二诸葛还没有看清是谁,这女人就一把把他拉住,带哭带闹说:“刘修德!还我闺女!你的孩子把我的闺女勾引到那里了?还我……”二诸葛老婆正气得死去活来,一看见来的是三仙姑,正赶上出气,从炕上跳下来拉住她道:“你来了好!省得我去找你!你母女两个好生生把我个孩子勾引坏,你倒有脸来找我!咱两人就也到区上说说理!”这两个女人滚成一团,二诸葛一个人拉也拉不开,也再顾不上研究他的卦。三仙姑见二诸葛老婆已经不顾了命,自己先胆怯了几分,不敢恋战,少闹了一会挣脱出来就走了。二诸葛老婆追出门来,被二诸葛拦回去,还骂个不休。

十、恩典恩典

二诸葛一夜没有睡,一遍一遍念:“大黑怎么还不回来,大黑怎么还不回来。”第二天天不明就起程往区上走,走到半路,远远看见大黑、三个民兵已都回来了,还来了区上一个助理员,一个交通员。他远远就喊叫道:“大黑!怎么样?要紧不要紧?”大黑说:“没有事!不怕!”说着就走到跟前,助理员跟三个民兵先走了。大黑告交通员说:“这就是我爹!”又向二诸葛说:“区上添传你跟于福老婆。你去吧,没有事!二黑跟小芹两个人,一到区上就放开了。区上早就听说兴旺跟金旺两个人不是东西,已经把他两个人押起来了,还派助理员到咱村开大会调查他们横行霸道的证据。我赶到那里人家就问罢了,听说区上还许咱二黑跟小芹结婚。”二诸葛说:“不犯罪就好,结婚可不行,命相不对!你没有听说添传我做什么?”大黑说:“不知道,大约也没有什么大事。你去吧,我先回去告我娘说。”交通员说:“老汉!这就算见了你了!你去吧,我再传那一个去!”说了就跟大黑相跟着走了。

二诸葛到了区上,看见小二黑跟小芹坐在一条板凳上,他就指着小二黑骂道:“闯祸东西!放了你你还不快回去?你把老子吓死了!不要脸!”区长道:“干什么?区公所是骂人的地方?”二诸葛不说话了。区长问:“你就是刘修德?”二诸葛答:“是!”问:“你给刘二黑收了个童养媳?”答:“是!”问:“今年几岁了?”答:“属猴的,十二岁了。”区长说:“女不过十五不能订婚,把人家退回娘家去,刘二黑已经跟于小芹订婚了!”二诸葛说:“她只有个爹,也不知逃难逃到那里去了,退也没处退。女不过十五不能订婚,那不过是官家规定,其实乡间七八岁订婚的多着哩。请区长恩典恩典就过去了……”区长说:“凡是不合法的订婚,只要有一方面不愿意都得退!”二诸葛说:“我这是两家情愿!”区长问小二黑道:“刘二黑!你愿意不愿意?”小二黑说:“不愿意!”二诸葛的脾气又上来了,瞪了小二黑一眼道:“由你啦?”区长道:“给他订婚不由他,难道由你啦?老汉!如今是婚姻自主,由不得你了!你家养的那个小姑娘,要真是没有娘家,就算成你的闺女好了。”二诸葛道:“那也可以,不过还得请区长恩典恩典,不能叫他跟于福这闺女订婚!”区长说:“这你就管不着了!”二诸葛发急道:“千万请区长恩典恩典,命相不对,这是一辈子的事!”又向小黑道:“二黑!你不要糊涂了!这是你一辈子的事!”区长道:“老汉!你不要糊涂了;强逼着你十九岁的孩子娶上个十二岁的小姑娘,恐怕要生一辈子气!我不过是劝一劝你,其实只要人家两个人愿意,你愿意不愿意都不相干。回去吧!童养媳没处退就算成你的闺女!”二诸葛还要请区长“恩典恩典”,一个交通员把他推出来了。

十一、看看仙姑

三仙姑去寻二诸葛,一来为的是逞逞闹气的本领,二来为的是遮遮外人的耳目,其实让小芹吃一吃亏她很高兴,所以跟二诸葛老婆闹了一阵之后,回去就睡了。第二天早上,她起得很迟,于福虽比她着急,可是自己既没有主意,又不敢叫醒她,只好自己先去做饭,饭快成的时候,三仙姑慢慢起来梳妆,于福问她道:“不去打听打听小芹?”她说:“打听她做甚啦?她的本领多大啦?”于福也再没有敢说什么,把饭菜做成了放在炉边等,直等到她梳妆罢了才开饭。

饭还没有吃罢,区上的交通员来传她。她好象很得意,嗓子拉得长长的说:“闺女大了咱管不了,就去请区长替咱管教管教!”她吃完了饭,换上新衣服、新首帕、绣花鞋、镶边裤,又擦了一次粉,加了几件首饰,然后叫于福给她备上驴,她骑上,于福给她赶上,往区上去。

到了区上。交通员把她引到区长房子里,她爬下就磕头,连声叫道:“区长老爷,你可要给我作主!”区长正伏在桌上写字,见她低着头跪在地下,头上戴了满头银首饰,还以为是前两天跟婆婆生了气的那个年轻媳妇,便说道:“你婆婆不是有保人吗?为什么不找保人?”三仙姑莫名其妙,抬头看了看区长的脸。区长见是个擦着粉的老太婆,才知道是认错人了。交通员道:“认错人了!这就是于小芹的娘!”区长打量了她一眼道:“你就是小芹的娘呀?起来!不要装神做鬼!我什么都清楚!起来!”三仙姑站起来了。区长问:“你今年多大岁数?”三仙姑说:“四十五。”区长说:“你自己看看你打扮得像个人不像?”门边站着老乡一个十来岁的小闺女嘻嘻嘻笑了。交通员说:“到外边要!”小闺女跑了。区长问:“你会下神是不是?”三仙姑不敢答话。区长问:“你给你闺女找了个婆家?”三仙姑答:“找下了!”问:“使了多少钱?”答:“三千五!”问:“还有些什么?”答:“有些首饰布匹!”问:“跟你闺女商量过没有?”答:“没有!”问:“你闺女愿意不愿意?”答:“不知道!”区长道:“我给你叫来你亲自问问她!”又向交通员道:“去叫于小芹!”

刚才跑出去那个小闺女,跑到外边一宣传,说有个打官司的老婆,四十五了,擦着粉,穿着花鞋。邻近的女人们都跑来看,挤了半院,唧唧哝哝说:“看看!四十五了!”“看那裤腿!”“看那鞋!”三仙姑半辈没有脸红过,偏这会撑不住气了,一道道热汗在脸上流。交通员领着小芹来了,故意说:“看什么?人家也是个人吧,没有见过?闪开路!”一伙女人们哈哈大笑。

把小芹叫来,区长说:“你问问你闺女愿意不愿意!”三仙姑只听见院里人说:“四十五”“穿花鞋”,羞得只顾擦汗,再也开不得口。院里的人们忽然又转了话头,都说“那是人家的闺女”“闺女不如娘会打扮”,也有人说“听说还会下神”,偏又有个知道底细的断断续续讲“米烂了”的故事,这时三仙姑恨不得一头碰死。

区长说:“你不问我替你问!于小芹,你娘给你找的婆家你愿意跟人家结婚不愿意?”小芹说:“不愿意!我知道人家是谁?”区长向三仙姑道:“你听见了吧?”又给她讲了一会婚姻自主的法令,说小芹跟小二黑订婚完全合法,还吩咐她把吴家送来的钱和东西原封退了,让小芹跟小二黑结婚。她羞愧之下,一一答应了下来。

十二、怎么到底

三个民兵回到刘家峧,一说区上把兴旺金旺两人押起来,又派助理员来调查他们的罪恶,真是人人拍手称快。午饭后,庙里开一个群众大会,村长报告了开会宗旨就请大家举他两个人的作恶事实。起先大家还怕扳不倒人家,人家再返回来报仇,老大一会没有人说话,有几个胆子太小的人,还悄悄劝大家说:“忍事者安然。”有个被他两人作践垮了的年轻人说:“我从前没有忍过?越忍越不得安然!你们不说我说!”他先从金旺领着土匪到他家绑票说起,一连说了四五款,才说道:“我歇歇再说,先让别人也说几款!”他一说开了头,许多受过害的人也都抢着说起来:有给他们花过钱的,有被他们逼着上过吊的,也有产业被他们霸了的,老婆被他们奸淫过的;他两人还派上民兵给他们自己割柴,拨上民夫给他们自己锄地;浮收粮,私派款,强迫民兵捆人,……你一宗他一宗,从晌午说到太阳落,一共说了五六十款。

区上根据这些罪状把他两人送到县里,县里把罪状一一证实之后,除叫他们赔偿大家损失外,又判了十五年徒刑。

经过这次大会之后,村里人也都敢出头了。不久,村干部又都经过大改选,村里人再也不敢乱投坏人的票了。这其间,金旺老婆自然也落了选。偏她还变了口吻,说:“以后我也要进步了。”

两个神仙也有了变化:

三仙姑那天在区上被一伙妇女围住看了半天,实在觉着不好意思,回去对着镜子研究了一下,真有点打扮得不像话;又想到自己的女儿快要跟人结婚,自己还卖什么老俏?这才下了个决心,把自己的打扮从顶到底换了一遍,弄得像个当长辈人的样子,把三十年来装神弄鬼的那张香案也悄悄拆去。

二诸葛那天从区上回去，又向老婆提起二黑跟小芹的命相不对，他老婆道："把你的鬼八卦收起吧！你不是说二黑这回了不得吗？你一辈子放个屁也要卜一课，究竟抵了些什么事？我看小芹满不错，能跟咱二黑过就很好！什么命相对不对？你就不记得'不宜栽种'？"二诸葛见老婆都不信自己的阴阳，也就不好意思再到别人跟前卖弄他那一套了。

小芹和小二黑各回各家，见老人们的脾气都有些改变，托邻居们趁势和说和说，两位神仙也就顺水推舟同意他们结婚。后来两家都准备了一下，就过门。过门之后，小两口都十分得意，邻居们都说是村里第一对好夫妻。

夫妻们在自己卧房里有时候免不了说玩话：小二黑好学三仙姑下神时候唱"前世姻缘由天定"，小芹好学二诸葛说"区长恩典，命相不对"。淘气的孩子们去听窗，学会了这两句话，就给两位神仙加了新外号：三仙姑叫"前世姻缘"，二诸葛叫"命相不对"。

一九四三年五月写于太行。

（收入《李有才板话》，华东新华书店 1948 年 11 月版）

嘱咐

孙 犁

水生斜背着一件日本皮大衣，偷过了平汉路，天刚大亮。家乡的平原景色，八年不见，并不生疏。这正是腊月天气，从平地上望过去，一直望到放射红光的太阳那里，他深深地吸了一口气。把身子一挺，十几天行军的疲累完全跑净，脚下轻飘飘的，眼有些晕，身子要飘起来。这八年，他走的多半是山路，他走过各式各样的山路，五台附近的高山，黄河两岸的陡山，延安和塞北的大土圪塔山。哪里有敌人就到哪里去，枪背在肩上，拿在手里八年了。

水生是一个好战士，现在已经是一个副教导员。可是不瞒人说，八年里他也常常想到家，特别是在休息时间，这种想念，很使一个战士苦恼。这样的时候，他就拿起书来或是到操场去，或是到菜园子里去，借游戏、劳动和学习，好把这些事情忘掉。

他也曾有过一种热望，能有个机会再打到平原上去，到家看看就好了。

现在机会来了。他请了假，绕道家里看一下。因为地理熟，一过铁路他就不再把敌人放在心上。他悠闲地走着，四面八方观看着，为的是饱看一下八年不见的平原风景。铁路旁边并排的炮楼，有的已经拆毁，破墙上洒落了一片鸟粪。铁路两旁的柳树黄了叶子，随着铁轨伸展到远远的北方。一列火车正从那里慢慢地滚过来，惨叫，吐着白雾。

一时，强烈的战斗要求和八年的战斗景象涌到心里来。他笑了一笑想，现在应该把这些事情暂时地忘记，集中精神看一看家乡的风土人情吧。他信步走着，想享受享受一个人在特别兴奋时候的愉快心情。他看看麦地，又看看天，看看周围那象深蓝淡墨涂成的村庄图画。这里离他的家不过九十里路，一天的路程。今天晚上，就可以到家了。

不久，他觉得这种感情有些做作。心里面并不那么激动。幼小的时候，离开家半月十天，当黄昏的时候走近了自己的村庄，望见自己家里烟囱上冒起的袅袅的轻烟，心里就醉了。现在虽然对自己的家乡还是这样爱好、崇拜,但是那样的一种感情没有了。

经过的村庄街道都很熟悉。这些村庄经过八年战争,满身创伤,许多被敌人烧毁的房子,还没有重新盖起来。村边的炮楼全拆了,砖瓦还堆在那里,有的就近利用起来,垒了个厕所。在形式上,村庄没有发展,没有添新的庄院和房屋。许多高房,大的祠堂,全拆毁修了炮楼,幼时记忆里的几块大坟地,高大的杨树和柏树,也砍伐光了,坟墓曝露出来,显的特别荒凉。但是村庄的血液,人民的心却壮大发展了。一种平原上特有的勃勃生气,更是强烈扑人。

水生的家在白洋淀边上。太阳平西的时候,他走上了通到他家去的那条大堤,这里离他的村庄十五里路。

堤坡已经破坏,两岸成荫的柳树砍伐了,堤里面现在还满是水。水生从一条小道上穿过,地势一变化,使他不能正确地估计村庄的方向。

太阳落到西边远远的树林里去了,远处的村庄迅速地变化着颜色。水生望着树林的疏密,辨别自己的村庄,家近了,就进家了,家对他不是吸引,却是一阵心烦意乱。他想起许多事,父亲确实的年岁忘记了,是不是还活着?父亲很早就是有痰喘的病。还有自己女人,正在青春,一别八年,分离时她肚子里正有一个小孩子。房子烧了吗?

不是什么悲喜交加的情绪,这是一种沉重的压迫,对战士的心的很大的消耗。他在心里驱逐这种思想感情,他走得很慢,他决定坐在这里,抽袋烟休息休息。

他坐下来打火抽烟,田野里没有一个人,风有些冷了,他打开大衣披在身上。他从积满泥水和腐草的水洼望过去,微微地可以看见白洋淀的边缘。

晚色昏迷的时候,他走到了自己的村边,他家就住在村边上。他看见房屋并没烧,街里很安静,这正是人们吃完晚饭,准备上门的时候了。

他在门口遇见了自己的女人。她正在那里悄悄地关闭那外面的梢门。水生亲热地叫了一声:

"你!"

女人一怔,睁开大眼睛,咧开嘴笑了笑,就转过身子去抽抽打打地哭了。水生看见她脚上那白布封鞋,就知道父亲准是不在了。两个人在那里站了一会。还是水生把门掩好说:"不要哭了,家去吧!"他在前面走,女人在后面跟,走到院里,女人紧走两步赶到前面,到屋里去点灯。水生在院里停了停。他听着女人忙乱地打火,灯光闪在窗户上了,女人喊:"进来吧!还做客吗?"

女人正在叫唤着一个孩子,他走进屋里,女人从炕上拖起一个孩子来,含着两眼泪水笑着说:

"来,这就是你爹,一天价看见人家有爹,自己没爹,这不现在回来了。"说着已经不成声音。水生说:

"来!我抱抱。"

老婆把孩子送到他怀里,他接过来,八九岁的女孩子竟有这么重。那孩子从睡梦里醒来,好奇地看着这个生人,这个"八路"。女人转身拾掇着炕上的纺车线子等等东西。

水生抱了孩子一会,说:

"还睡去吧。"

女人安排着孩子睡下,盖上被子。孩子却圆睁着两眼,再也睡不着。水生在屋里转着,在那扑满灰尘的迎门橱上的大镜子里照看自己。

女人要端着灯到外间屋里去烧水做饭,望着水生说:

"从哪里回来?"

"远了,你不知道的地方。"

"今天走了多少里?"

"九十。"

"不累吗?还在地下遛达?"

水生靠在炕头上。外面起了风,风吹着院里那棵小槐树,月光射到窗纸上来。水生觉着这屋里是很暖和的,在黑影里问那孩子:

"你叫什么?"

"小平。"

"几岁了?"

女人在外边拉着风箱说:

"别告诉他,他不记得吗?"

孩子回答说:

"八岁。"

"想我吗?"

"想你。想你,你不来。"孩子笑着说。

女人在外边也笑了。说:

"真的!你也想过家吗?"

水生说:

"想过。"

"在什么时候?"

"闲着的时候。"

"什么时候闲着?……"

"打过仗以后,行军歇下来,开荒休息的时候。"

"你这几年不容易呀?"

"嗯,自然你们也不容易。"水生说。

"嗯?我容易,"她有些气愤地说着,把饭端上来,放在炕上:"爹是顶不容易的一个人,他不能看见你回来……"她坐在一边看着水生吃饭,看不见他吃饭的样子八年了。水生想起父亲,胡乱吃了一点,就放下了。

"怎么?"她笑着问,"不如你们那小米饭好吃?"

水生没答话。她拾掇了出去。

回来,插好了隔山门;院子里那挤在窝里的鸡们,有时转动扑腾。孩子睡着了,睡的是那么安静,那呼吸就象泉水在春天的阳光里冒起的小水泡,愉快地升起,又幸福地降落。女人爬到孩子身边去,她一直呆望着孩子的脸。她好像从来没有见过这个孩子,孩子好象是从别人家借来,好象不是她生出,不是她在那潮湿闷热的高粱地,在那残酷的"扫荡"里奔跑喘息,丢鞋甩袜抱养大的,她好象不曾在这孩子身上寄托了一切,并且在孩子的身上祝福了孩子的爹:"那走的远远的人,早一天胜利回来吧!一家团聚。"好象她并没有常常在深深的夜晚醒来,向着那不懂事的孩子,诉说着翻来复去的题目:

"你爹哩,他到哪里去了?打鬼子去了……他拿着大枪骑着大马……就要回来了,把宝贝放在马上……多好啊!”

现在,丈夫像从天上掉下来一样。她好像是想起了过去的一切,还编排那准备了好几年的话,要向回来了的,已经坐到她身边的丈夫诉说了。

水生看着她。离别了八年,她好象并没有老多少。她今年二十九岁了,头发虽然乱些,可还是那么黑。脸孔苍白了一些,可是那两只眼睛里的光,还是那么强烈。

他望着她身上那自纺自织的棉衣和屋里的陈设。不论是人的身上,人的心里,都表现:是叫一种深藏的志气支撑,闯过了无数艰难的关口。

“还不睡吗?”过了一会,水生问。

“你困你睡吧,我睡不着。”女人慢慢地说。

“我也不困。”水生把大衣盖在身上,“我是有点冷。”

女人看着他那日本皮大衣笑着问:

“说真的,这八九年,你想起过我吗?”

“不是说过了吗?想过。”

“怎么想法?”她逼着问。

“临过平汉路的那天夜里,我宿在一家小店,小店里有个鱼贩子是咱们乡亲。我买了一包小鱼下饭,吃着那鱼,就想起了你。”

“胡说。还有吗?”

“没有了。你知道我是出门打仗去了,不是专门想你去了。”

“我们可常常想你,黑夜白日。”她支着身子坐起来,“你能猜一猜我们想你的那段苦情吗?”

“猜不出来。”水生笑了笑。

“我们想你,我们可没有想叫你回来。那时候,日本人就在咱村边。可是在黑夜,一觉醒了,我就想:你如果能像天上的星星,在我眼前晃一晃就好了。可是能够吗!”

从窗户上那块小小的玻璃上结起来的冰花,知道夜已经深了,大街的高房上有人高声广播:

“民兵自卫队注意!明天,鸡叫三遍集合。带好武器,和一天的干粮!”

那声音转动着,向四面八方有力地传送。在这样降落霜雪严寒的夜里,一只粗大的喇叭在热情地呼喊。

“他们要到哪里去?”水生照战争习惯,机警地直起身子来问。

“准是到胜芳。这两天,那里很紧!”女人一边细心听,一边小声地说。

“他们知道我们来了。”

“你们来了?你要上哪里去?”

“我们是调来保卫冀中平原,打退进攻的敌人的!”

“你能在家住几天?”

“就是这一晚上。我是请假绕道来看望你。”

“为什么不早些说?”

“还没顾着啊!”

女人呆了。她低下头去,又无力地仄在炕上。过了好半天,她说:

“那么就赶快休息休息吧,明天我撑着冰床子去送你。”

鸡叫三遍,女人就先起来给水生做了饭吃。这是一个大雾天,地上堆满了霜雪。女人把孩子叫醒,穿的暖暖的,背上冰床,锁了梢门,送丈夫上路。出了村,她要丈夫到爹的坟上去看看。水生说等以后回来再说,女人不肯。她说:

"你去看看,爹一辈子为了我们。八年,你只在家里呆了一个晚上。爹叫你出去打仗了,是他一个老年人照顾了咱们全家。这是什么太平日子呀?整天价东逃西窜。因为你不在家,爹对我们娘俩,照顾的惟恐不到。只怕一差二错,对不起在外抗日的儿子。每逢夜里一有风声,他老人家就先在院里把我叫醒,说:水生家起来吧,给孩子穿上衣裳。不管是风里雨里,多么冷,多么热,他老人家背着孩子逃跑,累的痰喘咳嗽。是这个苦日子,遭难的日子,担惊受怕的日子,把他老人家累死。还有那年大饥荒……"

在河边,他们上了冰床。水生坐上去,抱着孩子,用大衣给她包好脚。女人站在床子后尾,撑起了竿。女人是撑冰床的好手,她逗着孩子说:

"看你爹没出息,当了八年八路军,还得叫我撑冰床子送他!"

她轻轻地跳上冰床子后尾,像一只雨后的蜻蜓爬上草叶。轻轻用竿子向后一点,冰床子前进了。大雾笼罩着水淀,只有眼前几丈远的冰道可以望见。河两岸残留的芦苇上的霜花飒飒飘落,人的衣服上立时变成银白色。她用一块长的黑布紧紧把头发包住,冰床象飞一样前进,好象离开了冰面行走。她的围巾的两头飘到后面去,风正从她的前面吹来。她连撑几竿,然后直起身子来向水生一笑。她的脸冻得通红,嘴里却冒着热气。小小的冰床像离开了强弩的箭,摧起的冰屑,在它前面打起团团的旋花。前面有一条窄窄的水沟,水在冰缝里汹汹地流,她只说了一声"小心",两脚轻轻地一用劲,冰床就象受了惊的小蛇一样,抬起头来,窜过去了。

水生警告她说:

"你慢一些,疯了?"

女人擦一擦脸上的冰雪和汗,笑着说:

"同志!我们送你到战场上去呀,你倒说慢一些!"

"擦破了鼻子就不闹了。"

"不会。这是从小玩熟了的东西。今天更不会。在这八年里面,你知道我用这床子,送过多少次八路军?"

冰床在霜雾里,在冰上飞行。

"你把我送到丁家坞,"水生说,"到那里,我就可以找到队伍了。"

女人没有言语。她呆望着丈夫。停了一会,才说:

"你给孩子再盖一盖,你看她的手露着。"她轻轻地喘了两口气。又说:"你知道,我现在心里很乱。八年才见到你,你只在家里呆了不到多半夜的工夫。我为什么撑的这么快?为什么着急把你送到战场上去?我是想,你快快去,快快打走了进攻我们的敌人,你才能再快快地回来,和我见面。

"你知道,我们,我们这些留在家里当媳妇的,最盼望胜利。我们在地洞里,在高粱地里等着这一天。这一天来了,我们那高兴,是不能和别人说的。

"进攻胜芳的敌人,是坐飞机来的。他们躺在后方,妻子团聚了八九年。他们来了,可把我们的幸福打破了,他们打破了我们的心。他们造的罪孽是多么重!一定要把他们完全消灭!"

冰床跑进水淀中央,这里是没有边际的冰场。太阳从冰面上升出来,冲开了雾,形成一条红色的胡同,扑到这里来,照在冰床上。女人说:

“爹活着的时候常说，水生出去是打开一条活路，打开了这条活路，我们就得活，不然我们就活不了。八年，他老人家焦愁死了。国民党反动派又要和日本一样，想来把我们活着的人完全逼死！

“你应该记着爹的话，向上长进，不要为别的事情分心，好好打仗。八年过去了，时间不算不长。只要你还在前方，我等你到死！”

在被大雾笼罩、杨柳树环绕的丁家坞村边，水生下了冰床。他望着呆呆站在冰上的女人说：

“你们也到村里去暖和暖和吧。”

女人忍住眼泪，笑着说：

“快去你的吧！我们不冷。记着，好好打仗，快回来，我们等着你的胜利消息。”

一九四六年河间

（收入《嘱咐》，天下图书公司1949年8月版）

饥饿的郭素娥（节选）

路　翎

逃荒时被父亲抛弃的郭素娥，因饥饿昏倒在山里，被当地的鸦片鬼刘寿春捡去，成为他的女人。不久山下建起机器工厂，吸纳了一批被战争驱逐流散的农村青年。为摆脱饥饿与鸦片鬼的双重欲望所驱使，郭素娥在厂区摆起了香烟摊子，并吸引机器工人中最出色的张振山走进了她的生活。张振山从少年时代起在底层辗转流浪，性格强悍、狠毒、孤傲，在面对同样强悍且美丽的郭素娥时，心底的温情渐渐被唤醒。刘寿春的远房表亲魏海清也想得到郭素娥，被其断然拒绝，他探知其与张振山相好之后，出于嫉妒向刘寿春告密，刘无论防范、哀乞，还是威胁、逼迫，都不能使郭素娥就范。张振山联合工人同伴，在与机器总管关于火车头包工的谈判中取胜，迫使公司方面按照工人的要求支付薪金，因这一经验而对自己以往的极端个人主义作风做出反省，萌生了开始另一种生活的念头。不久，张振山和郭素娥偷情之事成为谈资在矿区流传开来，郭素娥去摆摊子时受到两个年青职员的调笑，张振山挥拳解围，被总管以罚包工的钱相威胁，张不受压制，讨回包工钱打算带郭素娥离开矿区，临行前嘱咐同伴们要团结起来，休戚与共。此时，恼羞成怒的刘寿春，伙同镇上的黄毛、保长陆福生，将郭素娥绑至镇上张飞庙，欲迫使她答应被卖给一位绅粮，否则即以家族名义动用酷刑。目睹此事的魏海清将消息告诉张振山，及至张振山赶到已是人去屋空，张愤怒之下一把火烧掉陋屋，从此离去。郭素娥疯狂的反抗招致了狠毒的报复，被刘寿春等人残酷地迫害致死。经历这一切的魏海清增添了悔恨和愤怒，正月十五在郭素娥死去的殿堂里与黄毛大打出手，并在矿厂同伴的协助下，迫使黄毛、陆福生、刘寿春互相抖出谋害郭素娥的前因后果，黄毛因此被判刑，而魏海清向郑毛交代儿子后事之后死去。魏海清的儿子小冲到窑厂上工了，观看过郭素娥被绑的刘寿春的堂侄也带着女人到土木股里当里工了，年轻的长工与顽健的老人郑毛、结实的小人小冲，一起投入到庞大的劳动世界中，开始了新的生活。

节选自全书第一部分。

一

在铁工房的平坦的屋脊上，白汽从蒸汽锤机的上了锈的白铁管里猛烈地发着尖锐的断声喷出来；夜快深的时候一切都寂静了，只有那大铁锤的急速而沉重的敲击声传得很远。深秋的月亮在山洼里沉静地照耀着。

和铁工房并列的较大的一座同样长方形的灰屋子是机器房；它的工作已经停止，车床和钻眼机在被昏暗的灯光所照耀的油污的烟雾里沉闷地蹲伏着，闪着因烟雾的凝聚和滚动而稍稍浮幻的严冷的光辉。刚刚下九点钟的晚班。年青力壮而且也愿意竭力忘去灰黯的生活，在这样清爽的夜晚寻一些准备带给沉重的睡眠的肉体的愉快的机器工人，这时候散在两列屋子之间的广场上，以坚毅而轻松的姿势打着太极拳，一面在嘴里轻微地吹啸，交换着温和的咒骂和友谊的粗野的玩笑。张振山从机器房里走出来了。他对散在广场上的人的娱乐显得漠不关心，仅仅以一种望向河流的暧昧的彼岸似的眼光瞥了一下最前面一个人的努力张着大嘴的圆脸。他的宽肩的笨重的躯体，在正前面的机电房窗楣上的灯光的映照下，移动得异常迅速，而且带着一些隐秘意味。有一个瘦小的身体从房屋的平整而稀薄的暗影里弯着腰跃上两步，截住他，用羡嫉的恶意的小声喊：

"张振山，又去了！"

张振山像碰在墙壁上一般突然停住脚，狠毒地嗅着鼻子，瞪了这瘦小的人形一眼。但在跃上一个小土丘之后，他又因为某种想头而回过头来，用那种像从空木桶里发出来的深沉的抑制的大声回答：

"小狗种！杨福成，我明天请你喝一杯！"

被叫做杨福成的干瘦的汉子发出了一声兴奋而又惶惑的大笑。但当他困恼于不能从一瞬间突然交迸的各种情绪里，反射出一句对对方讲是十分恰当的话的时候，张振山已经越过土丘，钻到一丛矮棚里去了。他酸酸地吐了一口口水，屈辱似地烦恼地搔着肮脏的厚发，以后就在破工服上擦擦手，把手摊开，神经质地做了一个表示空无所有的姿势。连打拳的兴致都没有了，他叹了一口气，独自走到工人澡堂侧的小酒摊面前，一面用手在荷包里摸索。……

现在，铁工房的打铁的声音和蒸汽的咝声也静止了。张振山顺着峭陡的小路爬上山巅，经过矿洞的风眼厂，弯到一个丛生着杂木的山坳里去。在一座破旧的瓦屋背后，他寻着了猪栏旁边的他已经很熟悉的一块长石头，坐下来，开始抽烟，等待着十点钟的上夜工的汽笛。

在隔着一个圆顶的土峰的右边山脚下，是闪耀着灯火的环节的卸煤台，是精疲力尽的劳动世界——是张振山的生命里的最富裕的一部分；而在他所面对着的左边遥远的山脚下，那些宁静地映着月光的水田，那些以虔诚的额对着天空的小山峦，那些充满芬芳的暗影的幽谷，却使他皱起嘴唇，感到陌生的甜适、焦灼和嫉妒。他用这样的姿势坐在这里现在是第六次了；在十点钟的汽笛拉了以后，像一匹野兽一般扑到面前这瓦屋里去，现在是第五次了。

……刘寿春，那个患着气管炎的鸦片鬼在门前的土坪上谁也听不清楚地咒骂了几句之后，就摸索着通到风眼厂的小路，下到矿区里去。送着他的，是他的女人郭素娥从屋子里发出来的一声怨毒而疲乏的叹息。张振山推开了门,把结实的身躯显现在微弱的灯光里。

"我来了。"走到桌边,他耸一耸肩膀,露出一个坚定的微笑,说。

郭素娥睁大修长的疲倦的眼睛望着他,仿佛他是一个陌生人似的。但是当她掷一掷头发,把手下意识地抬到脸上去时,这眼睛里就一瞬间被一种苦闷而又欢乐的强烈的火焰所燃亮。她迅速地站起来,走到门边,扯起敞开一半的上衣的里幅擤鼻涕,然后又用手揩掉,一面向门外探望着。

张振山露出洁白的大牙齿,以仿佛濛着烟火的眼睛贪婪地瞧着女人的露出在衣幅里的,褐色的大而坚实的乳房。

"他下去了。"扶着门,郭素娥嘶哑地说,然后俯下头。在乱发的云里,她的脸突然欢乐地灼红了。

张振山在小屋子里笨重地蹒跚着。在关上门的时候,他抓住了扶在门边上的女人的发烫的手,猛然地掷了一下,然后又把她的整个的躯体拉拢来。

"怎么办呢?"郭素娥战栗地问。

"就这样办!"

在这粗野的回答之后的一秒钟,屋子里的仅有一根灯草的油灯就被张振山的大手所扑熄。灰白的阴影在战栗;郭素娥发出了一声梦幻似的狂乱而稍稍带着恐惧的呜咽。

郭素娥是陕南人。父亲顽固而贪欲,因此也极能劳作。他用各种方法获取财物,扩充他的薄瘠的砂地,但一次持续的可怕的饥馑,终于把他们从自己的土地驱逐了出来。就在郭素娥以后住的这山丛里,他们又遭遇了匪。父亲因为拼命保护自己的几件金饰,便不再顾及女儿,向山谷里逃去,以后便不知下落了。郭素娥,在那时候是强悍而又美丽的农家姑娘。她逃避了伤害,独自凄苦地向东南漂流。但她绕不出这丛山,在山里惊惶地兜了好几天之后,她才发觉自己还是差不多在原来的地方。她饥饿,用流血的手指挖掘观音泥,而就在观音泥的小土窟旁边,她绝望地昏倒了。……两天后,她被一个中年的男子所收留,成了他的捡来的女人。

刘寿春比她大二十四岁,而且厉害地抽着鸦片。在那时候,他是还有一份颇有希望的田地的。他是还能够抢到一些包谷,足以应付饥荒,在乡人们面前夸耀的,但五年之后,便一切全精光了。郭素娥现在远离了故乡和亲人,堕在深渊里了;她明白了她自己的欲望,明白了她的平凡的生活的险恶了。

四年前,工厂在原来的土窑区里,在山下面建立了起来,周围乡村的生活逐渐发生了缓慢的波动,而使这波动聚成一个大浪的,是战争的骚扰。厌倦于饥馑和观音泥的农村少年们,过别一样的生活的机会多起来了。厌倦于鸦片鬼的郭素娥,也带着最热切的最痛苦的注意,凝视着山下的嚣张的矿区,凝视着人们向它走去,在它那里进行战争的城市所在的远方走去。

她开始不理会丈夫,让他去到处骗钱抽烟,自己在厂区里摆起香烟摊子来。她是有着渺茫而狂妄的目的,而且对于这目的敢于大胆而坚强地向自己承认的。——在香烟摊子后面坐着的时候,她的脸焦灼地烧红,她的修长的青色眼睛带着一种赤裸裸的欲望与期许,是淫荡的。终于,那些她所渴望的机器工人里面的最出色的一个,张振山,走进她的世界里面来了。这是非常简单的:在探知了她的丈夫是一个衰老的鸦片鬼时,他便介绍他到矿里来做夜工;就在鸦片鬼来上工的第一个夜里,他在山巅的小屋子里出现了。当然,女人没有拒绝。

现在,郭素娥热切地把她的鼻子埋在这男人的强壮的,濡着汗液的胸膛里,狂嗅着从男人的膈胛窝里喷出来的酸辣而闷苦的热气。她的赤裸的腿蜷曲地在对方的多毛的腿边,抽搐着;她的心房一瞬间沉在一种半睡眠的梦幻的安宁里,一瞬间又狂热地搏动,使她的身体颤抖,仿佛她只有在这一瞬间才得到生活,——仿佛她的生活以前是没有想到会被激发的黑暗的昏睡,以后则是不可避免的破裂与熄灭似的。

"到冬天……我们就不能了;冬天……"她的嘴唇在张振山的胸肌上滑动,送出迷荡的热气,"冬天老鸦片鬼总生病,不会上班……要是给人家知道了,好在……"她的手狂迷地抓住了张振山的肩头,"你带我……走罢。……"

张振山笨重地转了一下身体,用大手攫住郭素娥的乳房,随后,便像马一般地喷出鼻息,喃喃地用深而阔的声音说:

"我不想想这些。冬天,有冬天的法子。"

他激烈但是短促地笑了一声,眼睛里泛起青绿色的光,从鼻尖上望着郭素娥。

"我没有办法了。"郭素娥失望地说,声音是沉闷的;而且像堕失到泥土里去似的,这声音在最后突然停止。"你是个怎样的人呢?"沉默了一下之后,她突然提高了她的枯燥的嗓音,问。接着便稍稍地坐起来,摸索着衣服。

"不要穿,呸,羞吗?"张振山带着温和的讥刺说,一面向地上吐着口水。

"你,你,哼,你!"女人敲着多肉的手,"你,我想过,也是一个无赖的恶人!我是婊子吗?"她把衣服蒙住脸,最后一句话是从衣服里窒闷地说出来的。

张振山扯去了她的衣服,用臂肘撑着上身。

"我问你。我这个人也有些好的地方吗?"在黑暗里,他严厉地皱起眉头。

郭素娥不解地怨恨地望着他。

"我晓得?"接着她说,"我问这些干啥子?……你懂得我还想什么?我蹲在这里八九年了;小时候,做梦都不知道有这条山,有你们这些人哩。一辈子可以没闲话地过完……现在哪,啥子都没有了。"她的手在黑暗中抓扑;她的干燥的声音摇曳着,逐渐渗进了一种梦幻的调子,"我时常想一个人逃走哦,到城里去。到城里,死了也干净,算了。……哦,我不想再回家啦!没有亲人!……"她突然昂起头,破裂地叫了出来,但立刻,她的尖利的声音又变成了柔软而急促的耳语,"你,你也是个无聊的人。……"

张振山弯过硬手去搔着背脊,烦躁地沉默着皱起眼睛从侧面望着激动的郭素娥,——望着她的在灰绿的微光里急遽颤动着的,赤裸的胸,她的在空中恼恨地像要撕碎障碍着她的幸福的东西似的,激烈地抓扑着的白色的手,和她的埋在暗影里,漾着潮湿的光波的眼睛。……他狡猾而讥刺地望着,一面用手指拧着光滑的唇皮。但是当他把手伸向女人的胸膛去的时候,他就恼怒起来,半途掣回手,握成一个威胁的拳头。他为什么要屈服在这小屋子里呢?他为什么要让一个女人批评他,并且告诉他,他应该怎样做,贬抑他的性格的恶毒的光辉呢?

"呀呀,你不晓得。"他冷淡地说,装出一种疲乏的样子吐着痰。"穿上你的裤子吧。"

"你是哪里人?"郭素娥突然问。

"问家谱吗？江苏。"他重重地跃下床来。

"你现在好多钱一个月？"

"没有打听过吗？"摸擦了一下手掌之后他又问,用一种粗暴的声调,"你要钱吗？"

"我——要！"郭素娥同样粗暴地,怨恨地回答。

张振山惊愕地耸了一耸肩膀。他没有想到他会遭到这样的敌手,他没有想到郭素娥会有这样的相貌的。当郭素娥向他叙说她的热望的时候,他避开她的真切,认为只要是一个女人,总会这么说;但是当她怨恨地,以一种包含着权威的赤裸裸的声调说出"我——要"来的时候,他却惊讶,以为除了婊子以外,一个女人是决不会这么说的了。而郭素娥,能够坦白地怨恨和希冀,能够赤裸裸地使用权威,决不是妓女,是明明白白的事。

他现在仿佛又听见了她的热烈的叙说,而且仿佛他自己施放的烟幕已经被疾风吹散,再要认为一个女人总会对她所要求的男人这么说,是不可能的了。他在肩上偏着硕大的头,从暧昧的光线里向披着衣服的郭素娥凝望着。一瞬间,在他的内部的某个遥远的角落里,有一种他所陌生的东西震动了一下。他甩着肩上的衣服,垂下手来,缓缓地从齿缝里叹了一口气。

"我的钱花到下一个月去了。这是一种很乐意的过活呀！"他这一次把他的讽刺的毒芒对着自己,"喝一杯,请客,赌一局……不过我们本来就不多。……那些婊子操的老板才多呢。……"他本来想接着说:"你找一个老板罢！"但是这句话从他的干裂的唇间化成一个激烈的吹啸曳到空中去了。

他带着一种有些滑稽的亲切走向郭素娥,搂抱了她。

"你很不错呢。"他嘶哑地说,摸索着她的身体。

郭素娥打了一个寒战,挣脱他,扣紧了衣服,向门边走去。在打开了的门框中间,深夜的凉风将清丽的月光吹在女人的灼热的肉体上。张振山挨着女人的肩走出了屋子。站在土坪中间,向远远的山坡上的萦绕着雾霭的肃穆的松林凝视着。但是当他恼怒地触着了裤袋里的两张纸币,转回身子来,准备把它交给女人的时候,屋门已经关上了。

他在门上狠狠地捶了一拳。

"你还不走！人家听见了！"在门缝里探出头来的女人小声说,但是在她的声音里含有一种不可解的希望,和一种不可思议的对自己的话的否认;她的声调使人家暧昧地觉得,当她这么说的时候,她只是表明着与她的话句完全相反的意思而已。

"拿去吧。"张振山在奇异地望了她一眼之后,把二十块钱递了过去。一分钟之后,他的庞大的强壮的身影隐没在隔开这小屋与矿洞的风眼厂的,孤独地长着两株小杉树的山坡后面了。郭素娥苦痛地叹了一口气,关上了屋门。

当她在窗洞前借着灰绿色的月光窥看着两张纸币的时候,她牙齿在嘴唇间露出,激烈地磕响了起来。

"你说,这两张纸是啥意思呀！"把纸币捏在发汗的手掌里,她望着窗洞外的晶莹的天空,发出了她的沉默的狂叫。

二

张振山,有着一副紫褐色的,在紧张的颊肉上散布着几大粒红色酒刺的宽阔的脸,它的轮廓是粗笨而且呆板的,但这粗笨与呆板在加上了一只上端尖削的大鼻翼的鼻子,和一对深灰色的明亮而又阴暗的眼睛之后，就变成了刚愎和狞猛。有时候他的薄而锋利的嘴唇微张，露出洁白的大门牙，眼光变得更鲜明的灰暗，流露出一种狡猾、顽劣、嘲弄的微笑，像一个恶作剧的天才似的，但另一个时候，这些狡猾和顽劣都突然隐去，他的嘴唇严刻地紧闭，鼻子弯曲，他的更主要的特性：恶毒的藐视，严冷的憎恨就在他的收缩起来的脸上以一种冷然的钢灰色照耀着，使得人家难以忍受了。

这是一个以武汉的卖报僮开始，从五岁起就在中国的剧变着的大城市里浪荡的人。他自己也记不清楚他的穷苦的双亲是怎样死去，他是怎样变成一个乖戾的流浪儿的；他更不能记清楚在整个的少年时期他曾经干过多少种职业，遭遇过多少险恶的事。记忆的黯澹的微光所能照耀得到的那个时候，他已经阅历过短兵相接的战争，刑场，狂暴的火灾，做过小侦探，挨过毒打和监禁，成为一个虎视眈眈，充满着盲目的兽欲和复仇的决心的少年了。一九二九年，当他十三岁的时候，他和一群年青的工人、农民从湖南逃了出来，以后，在夏天里，他目睹着曾经和他穿着同样的军服的，这些年长的伙伴们死去了。在酷热的夜里，当空场上所有的人全散去之后，他狗一般地匍匐着他的强壮的小躯体，爬近尸首，在他们身上摸索，喊他们每个人的名字，喃喃地咬着牙齿说：

"我明天就回湖南去……"

但他并没有去成。没有多久，他走进了一家机器工厂，成为一个学徒了。他之所以能够捱了多少年，没有逃开那个乌烟瘴气的工厂，是因为那里有好几个他的患难的伙伴，他从他们那里学会了认字，得到了使他能够认为满足的各种知识，而生活知识的增长使他逐渐地懂得了克制自己，学习一种技术的必要，使他懂得了用怎样的一种眼光来回顾火辣的过去，和应该带着怎样的一种精神倾向来使自己生长。

但这里还有一着重要的棋。五年后，伙伴逐渐走散，他也离开了。毒恶的倾向在他身上原来就那样的猛烈，一回到浪荡的生活里来，一失去了劳动的强有力的支撑和抗争的主要目标，就变得更加难以管束了。离开工厂是因为认为自己已经羽毛丰满，不应该再低下地受损害，——主要的是因为一个伙伴的不幸的遭遇，因此，是带着极大的仇恨心的。这仇恨像疮疖里的脓一样需要破裂地，疼痛地流泄；他杀死了一个追踪他的伙伴的便衣打手。

这是在黑夜的江边用尖刀干的。发烫的血溅满了他的脸。而整个一夜，一直到灰色的严厉的黎明，他遥望着睡眠的城市的闪烁的灯光，在郊外漂泊。他杀了人了！这是一种最无知的，最疯狂的杀！但是怎样呢？他没有胜利。

城市在安详地昏堕地睡眠，带着它的淫荡的凶残。它不可动摇地在江岸蹲伏着。对于它，年青的张振山，是显得如何的渺小！他能够移动它的一根脚指么？

以后，他带着要过一种强烈的公众生活的愿望到上海去了。但他不能满足；因为这，他就更渴望于获得知识，更渴望于自己的凶狠恶毒。而这也就在内心里生成了一种疑虑，一种生怕会贬抑自己的个性的芒刺的疑虑——这便是他在对日本的战争一开始，为什么不循着他少年时代的路，到战争里去，到另一个地方去，而终于到四川来，在这个工厂里暂时蹲下去的原因。

他在工人里面，因为他的能力，因为曾经是他的师叔的总管器重他，有着优越的地位。无疑的，他是酷爱这种地位的；但他把他的酷爱认为是一种可恶的弱点，所以假如有人像对待工头一样来对待他，奉承他时，他就会变得极乖戾。对待这个人，最适宜的莫过于偶然地安排一个充满着友情的真挚和深的粗暴的玩笑。处在这种温暖的气氛里，他便会短促地显露出他的已经被埋葬的另一面，——就像他在这世界上也需要一个家，也有领略家庭的爱情的温和的心似的，他安详地霎着变黑的晶莹的眼睛，浮上稀有的天真的微笑，从荷包里摸出最末一块钱。

对于饥饿的郭素娥，他是带着他的全部的狠毒走近去的；对于女人的运命，在起初，他是漠不关心的。他没有要知道这个女人在想些什么的愿望，更没有要和这个女人维持较长久的关系的愿望。但在今天，在这个骚乱的夜里，女人显露了自己，而且强有力地使他承认这显露的真诚，使他承认，不管两个人的生活境遇怎样不同，她是他的值得同情的敌手。

（收入《饥饿的郭素娥》，希望社 1943 年 3 月版）

伍子胥（存目）

冯　至

（最初几章连载于 1943 年《明日文艺》[未完]，文化生活出版社 1946 年 9 月出版单行本）

金　锁　记

张爱玲

三十年前的上海，一个有月亮的晚上……我们也许没赶上看见三十年前的月亮。年轻的人想着三十年前的月亮该是铜钱大的一个红黄的湿晕，像朵云轩信笺上落了一滴泪珠，陈旧而迷糊。老年人回忆中的三十年前的月亮是欢愉的，比眼前的月亮大，圆，白；然而隔着三十年的辛苦路往回看，再好的月色也不免带点凄凉。

月光照到姜公馆新娶的三奶奶的陪嫁丫鬟凤箫的枕边。凤箫睁眼看了一看，只见自己一只青白色的手搁在半旧高丽棉的被面上，心中便道："是月亮光么？"凤箫打地铺睡在窗户底下。那两年正忙着换朝代，姜公馆避兵到上海来，屋子不够住的，因此这一间下房里横七竖八睡满了底下人。

凤箫恍惚听见大床背后有窸窸窣窣的声音，猜着有人起来解手，翻过身去，果见布帘子一掀，一个黑影趿着鞋出来了，约摸是伺候二奶奶的小双，便轻轻叫了一声"小双姐姐"。小双笑嘻嘻走来，踢了踢地下的褥子道："吵醒了你了。"她把两手抄在青莲色旧绸夹袄里，下面系着明油绿裤子。凤箫伸手捻了捻那裤脚，笑道："现在颜色衣服不大有人穿了。下江人时兴的都是素净的。"小双笑道："你不知道，我们家哪比得旁人家？我们老太太古板，连奶奶小姐们尚且做不得主呢，何况我们丫头？给什么，穿什么——一个个打扮得庄稼人似的！"她一蹲身坐在地铺上，拣起凤箫脚头一件小袄来，问道："这是你们小姐出阁，给你们新添的？"凤箫摇头道："三季衣裳，就只外场上看见的两套是新制的,余下的还不是拿上头人穿剩下的贴补贴补!”小双道:“这次办喜事,偏赶着革命党造反,可委屈了你们小姐!”凤箫叹道:“别提了!就说省俭些罢,总得有个谱子!也不能太看不上眼了。我们那一位,嘴里不言语,心里岂有不气的?”小双道:“也难怪三奶奶不乐意。你们那边的嫁妆,也还凑合着,我们这边的排场,可太凄惨了。就连那一年娶咱们二奶奶,也还比这一趟强些!”凤箫愣了一愣道:“怎么?你们二奶奶……”

小双脱下了鞋,赤脚从凤箫身上跨过去,走到窗户跟前,笑道:“你也起来看看月亮。”凤箫一骨碌爬起身来,低声问道:“我早就想问你了,你们二奶奶……”小双弯腰拾起那件小袄来替她披上了,道:“仔细招了凉。”凤箫一面扣钮子,一面笑道:“不行,你得告诉我!”小双笑道:“是我说话不留神,闯了祸!”凤箫道:“咱们这都是自家人了,干吗这么见外呀?”小双道:“告诉你,你可别告诉你们小姐去!咱们二奶奶家里是开麻油店的。”凤箫哟了一声道:“开麻油店!打哪儿想起的?像你们大奶奶,也是公侯人家的小姐,我们那一位虽比不上大奶奶,也还不是低三下四的人——”小双道:“这里头自然有个缘故。咱们二爷你也见过了,是个残废。做官人家的女儿谁肯给他?老太太没奈何,打算替二爷置一房姨奶奶,做媒的给找了这曹家的,是七月里生的,就叫七巧。”凤箫道:“哦,是姨奶奶。”小双道:“原是做姨奶奶的,后来老太太想着,既然不打算替二爷另娶了,二房里没个当家的媳妇,也不是事,索性聘了来做正头奶奶,好教她死心塌地服侍二爷。”凤箫把手扶着窗台,沉吟道:“怪道呢!我虽是初来,也瞧料了两三分。”小双道:“龙生龙,凤生凤,这话是有的。你还没听见她的谈吐呢!当着姑娘们,一点忌讳也没有。亏得我们家一向内言不出,外言不入,姑娘们什么都不懂。饶是不懂,还臊得没处躲!”凤箫扑嗤一笑道:“真的?她这些村话,又是从哪儿听来的?就连我们丫头——”小双抱着胳膊道:“麻油店的活招牌,站惯了柜台,见多识广的,我们拿什么去比人家?”凤箫道:“你是她陪嫁来的么?”小双冷笑说:“她也配!我原是老太太跟前的人,二爷成天的吃药,行动都离不了人,屋里几个丫头不够使,把我拨了过去。怎么着?你冷哪?”凤箫摇摇头。小双道:“瞧你缩着脖子这娇模样儿!”一语未完,凤箫打了个喷嚏。小双忙推她道:“睡罢!睡罢!快焐一焐。”凤箫跪了下来脱袄子,笑道:“又不是冬天,哪儿就至于冻着了?”小双道:“你别瞧这窗户关着,窗户眼儿里吱溜溜的钻风。”

两人各自睡下。凤箫悄悄地问道:“过来了也有四五年了罢?”小双道:“谁?”凤箫道:“还有谁?”小双道:“哦,她,可不是有五年了。”凤箫道:“也生男育女的——倒没闹出什么话柄儿?”小双道:“还说呢!话柄儿就多了!前年老太太领着合家上下到普陀山进香去,她做月子没去,留着她看家。舅爷脚步儿走得勤了些,就丢了一票东西。”凤箫失惊道:“也没查出个究竟来?”小双道:“问得出什么好的来?大家面子上下不去!那些首饰左不过将来是归大爷二爷三爷的。大爷大奶奶碍着二爷,没好说什么。三爷自己在外头流水似的花钱,欠了公账上不少,也说不响嘴。”

她们俩隔着丈来远交谈。虽是极力地压低了喉咙,依旧有一句半句声音大了些,惊醒了大床上睡着的赵嬷嬷,赵嬷嬷唤道:“小双。”小双不敢答应。赵嬷嬷道:“小双,你再混说,让人家听见了,明儿仔细揭你的皮!”小双还是不做声。赵嬷嬷又道:“你别以为还是从前住的深堂大院哪,由得你疯疯癫癫!这儿可是挤鼻子挤眼睛的,什么事瞒得了人?趁早别讨打!”屋里顿时鸦雀无声。赵嬷嬷害眼,枕头里塞着菊花叶子,据说是使人眼目清凉的。她欠起头来按了一按髻上横绾的银簪,略一转侧,菊叶便沙沙作响。赵嬷嬷翻了个身,吱吱格格牵动了全身的骨节,她唉了一声道:“你们懂得什么!”小双与凤箫依旧不敢接嘴。久久没有人开口,也就一个个的朦胧睡去了。

天就快亮了。那扁扁的下弦月,低一点,低一点,大一点,像赤金的脸盆,沉了下去。天是森冷的蟹壳青,天底下黑魆魆的只有些矮楼房,因此一望望得很远。地平线上的晓色,一层绿,一层黄,又一层红,如同切开的西瓜——是太阳要上来了。渐渐马路上有了小车与塌车辘辘推动,马车蹄声得得。卖豆腐花的挑着担子悠悠吆喝着,只听见那漫长的尾声:“花……呕!花……呕!”再去远些,就只听见“哦……呕!哦……呕!”

屋子里丫头老妈子也起身了,乱着开房门,打脸水,叠铺盖,挂帐子,梳头。凤箫伺候三奶奶兰仙穿了衣裳,兰仙凑到镜子前面仔细望了一望,从腋下抽出一条水绿洒花湖纺手帕,擦了擦鼻翅上的粉,背对着床上的三爷道:“我先去替老太太请安罢。等你,准得误了事。”正说着,大奶奶玳珍来了,站在门槛上笑道:“三妹妹,咱们一块儿去。”兰仙忙迎了出去道:“我正担心着怕晚了,大嫂原来还没上去。二嫂呢?”玳珍笑道:“她还有一会儿耽搁呢。”兰仙道:“打发二哥吃药?”玳珍四顾无人,便笑道:“吃药还在其次——”她把拇指抵着嘴唇,中间的三个指头握着拳头,小指头翘着,轻轻地“嘘”了两声。兰仙诧异道:“两人都抽这个?”玳珍点头道:“你二哥是过了明路的,她这可是瞒着老太太的,叫我们夹在中间为难,处处还得替她遮盖遮盖。其实老太太有什么不知道?有意的装不晓得,照常地派她差使,零零碎碎给她罪受,无非是不肯让她抽个痛快罢了。其实也是的,年纪轻轻的妇道人家,有什么了不得的心事,要抽这个解闷儿?”

玳珍兰仙手挽手一同上楼,各人后面跟着贴身丫鬟,来到老太太卧室隔壁的一间小小的起坐间里。老太太的丫头榴喜迎了出来,低声道:“还没醒呢。”玳珍抬头望了望挂钟,笑道:“今儿老太太也晚了。”榴喜道:“前两天说是马路上人声太杂,睡不稳。这现在想是惯了,今儿补足了一觉。”

紫榆百龄小圆桌上铺着红毡条,二小姐姜云泽一边坐着,正拿着小钳子磕核桃呢,因丢下了站起来相见。玳珍把手搭在云泽肩上,笑道:“还是云妹妹孝心,老太太昨儿一时高兴,叫做糖核桃,你就记住了。”兰仙玳珍便围着桌子坐下了,帮着剥核桃衣子。云泽手酸了,放下了钳子,兰仙接了过来。玳珍道:“当心你那水葱似的指甲,养得这么长了,断了怪可惜的!”云泽道:“叫人去拿金指甲套子去。”兰仙笑道:“有这些麻烦的,倒不如叫他们拿到厨房里去剥了!”

众人低声说笑着,榴喜打起帘子,报道:“二奶奶来了。”兰仙云泽起身让座,那曹七巧且不坐下,一只手撑着门,一只手撑了腰,窄窄的袖口里垂下一条雪青洋绉手帕,身上穿着银红衫子,葱白线镶滚,雪青闪蓝如意小脚裤子,瘦骨脸儿,朱口细牙,三角眼,小山眉,四下里一看,笑道:“人都齐了。今儿想必我又晚了!怎怪我不迟到——摸着黑梳的头!谁教我的窗户冲着后院子呢?单单就派了那么间房给我,横竖我们那位眼看是活不长的,我们净等着做孤儿寡妇了——不欺负我们,欺负谁?”玳珍淡淡的并不接口,兰仙笑道:“二嫂住惯了北京的屋子,怪不得嫌这儿憋闷得慌。”云泽道:“大哥当初找房子的时候,原该找个宽敞些的,不过上海像这样的,只怕也算敞亮的了。”兰仙道:“可不是!家里人实在多,挤是挤了点——”七巧挽起袖口,把手帕子掖在翡翠镯子里,瞟了兰仙一眼,笑道:“三妹妹原来也嫌人太多了。连我们都嫌人多,像你们没满月的自然更嫌人多了!”兰仙听了这话,还没有怎么,玳珍先红了脸,道:“玩是玩,笑是笑,也得有个分寸,三妹妹新来乍到的,你让她想着咱们是什么样的人家?”七巧扯起手绢子的一角遮住了嘴唇道:“知道你们都是清门净户的小姐,你倒跟我换一换试试,只怕你一晚上也过不惯。”玳珍啐道：“不跟你说了，越说你越上头上脸的。”七巧索性上前拉住玳珍的袖子道：“我可以赌得咒——这三年里头我可以赌得咒！你敢赌么？”玳珍也撑不住扑嗤一笑，咕哝了一句道：“怎么你孩子也有了两个？”七巧道：“真的，连我也不知道这孩子是怎么生出来的！越想越不明白！”玳珍摇手道：“够了，够了，少说两句罢。就算你拿三妹妹当自己人，没什么避讳，现放着云妹妹在这儿呢，待会儿老太太跟前一告诉，管叫你吃不了兜着走！”

云泽早远远地走开了，背着手站在阳台上，撮尖了嘴逗芙蓉鸟。姜家住的虽然是早期的最新式洋房，堆花红砖大柱支着巍峨的拱门，楼上的阳台却是木板铺的地。黄杨木阑干里面，放着一溜大篾篓子，晾着笋干。敝旧的太阳弥漫在空气里像金的灰尘，微微呛人的金灰，揉进眼睛里去，昏昏的。街上小贩遥遥摇着拨浪鼓，那瞢腾的“不楞登……不楞登”里面有着无数老去的孩子们的回忆。包车叮叮地跑过，偶尔也有一辆汽车叭叭叫两声。

七巧自己也知道这屋子里的人都瞧不起她，因此和新来的人分外亲热些，倚在兰仙的椅背上问长问短，携着兰仙的手左看右看，夸赞了一回她的指甲，又道：“我去年小拇指上养的比这个足足还长半寸呢，掐花给弄断了。”兰仙早看穿了七巧的为人和她在姜家的地位，微笑尽管微笑着，也不大答理她。七巧自觉无趣，趄到阳台上来，拎起云泽的辮梢来抖了一抖，搭讪着笑着：“哟！小姐的头发怎么这样稀朗朗的？去年还是乌油油的一头好头发，该掉了不少罢？”云泽闪过身去护着辫子，笑道：“我掉两根头发，也要你管！”七巧只顾端详她，叫道：“大嫂你来看看，云妹妹的确瘦多了。小姐莫不是有了心事了？”云泽啪的一声打掉了她的手，恨道：“你今儿个真的发了疯了！平日还不够讨人嫌的？”七巧把两手筒在袖子里，笑嘻嘻地道：“小姐脾气好大！”

玳珍探出头来道：“云妹妹，老太太起来了。”众人连忙扯扯衣襟，摸摸鬓脚，打帘子进隔壁房里去，请了安，伺候老太太吃早饭。婆子们端着托盘从起坐间里穿了过去，里面的丫头接过碗碟，婆子们依旧退到外间来守候着。里面静悄悄的，难得有人说句把话，只听见银筷子头上的细银链条窸窣颤动。老太太信佛，饭后照例要做两个时辰的功课，众人退了出来，云泽背地里向玳珍道：“二嫂不忙着过瘾去，还挨在里面做什么？”玳珍道：“想是有两句私房话要说。”云泽不由得笑了起来道：“她的话，老太太哪里听得进？”玳珍冷笑道：“那倒也说不定。老年人心思总是活动的，成天在耳边絮聒着，十句里头相信一两句，也未可知。”

兰仙坐着磕核桃，玳珍和云泽便顺着脚走到阳台上来，虽不是存心偷听正房里的谈话，老太太上了年纪，有点聋，喉咙特别高些，有意无意之间不免有好些话吹到阳台上的人的耳朵里来。云泽把脸气得雪白，先是握紧了拳头，又把两只手使劲一撒，便向走廊的另一头跑去。跑了两步，又站住了，身子向前伛偻着，捧着脸呜呜哭了起来。玳珍赶上去扶着劝道：“妹妹快别这么着！快别这么着！不犯着跟她这样的人计较！谁拿她的话当桩事！”云泽甩开了她，一径往自己屋里奔去。玳珍回到起坐间里来，一拍手道：“这可闯出祸来了！”兰仙忙道：“怎么了？”玳珍道：“你二嫂去告诉了老太太，说女大不中留，让老太太写信给彭家，叫他们早早把云妹妹娶过去罢。你瞧，这算什么话！”兰仙也怔了一怔道：“女家说出这种话来，可不是自己打脸么？”玳珍道：“姜家没面子，还是一时的事，云妹妹将来嫁了过去，叫人家怎么瞧得起她？她这一辈子还要做人呢！”兰仙道：“老太太是明白人，不见得跟那一位一样的见识。”玳珍道：“老太太起先自然是不爱听,说咱们家的孩子,决不会生这样的心。她就说:‘哟!您不知道现在的女孩子跟您从前做女孩子时候的女孩子,哪儿能够打比呀?时世变了,人也变了,要不怎么天下大乱呢?’你知道,年岁大的人就爱听这一套,说得老太太也有点疑疑惑惑起来。”兰仙叹道:“好端端怎么想起来的,造这样的谣言!”玳珍两肘支在桌子上,伸着小指剔眉毛,沉吟了一会,嗤的一笑道:“她自已以为她是特别的体贴云妹妹呢!要她这样体贴我,我可受不了!”兰仙拉了她一把道:“你听——不能是云妹妹罢?”后房似乎有人在那里大放悲声,蹬得铜床柱子一片响。嘈嘈杂杂还有人在那里解劝,只是劝不住。玳珍站起身来道:“我去看看。别瞧这位小姐好性儿,逼急了她,也不是好惹的。”

玳珍出去了,那姜三爷姜季泽却一路打着呵欠进来了。季泽是个结实小伙子,偏于胖的一方面,脑后拖一根三股油松大辫,生得天圆地方,鲜红的腮颊,往下坠着一点,青湿眉毛,水汪汪的黑眼睛里永远透着三分不耐烦,穿一件竹根青窄袖长袍,酱紫芝麻地一字襟珠扣小坎肩,问兰仙道:“谁在里头嘁嘁喳喳跟老太太说话?”兰仙道:“二嫂。”季泽抿着嘴摇摇头。兰仙笑道:“你也怕了她?”季泽一声儿不言语,拖过一把椅子,将椅背抵着桌面,把袍子高高的一撩,骑着椅子坐了下来,下巴搁在椅背上,手里只管把核桃仁一个一个拈来吃。兰仙睨了他一眼道:“人家剥了这一晌午,是专诚孝敬你的么?”正说着,七巧掀着帘子出来了,一眼看见了季泽,身不由主的就走了过来,绕到兰仙椅子背后,两手兜在兰仙脖子上,把脸凑了下去,笑道:“这么一个人才出众的新娘子!三弟你还没谢谢我哪!要不是我催着他们早早替你办了这件事,这一耽搁,等打完了仗,指不定要十年八年呢!可不把你急坏了!”兰仙生平最大的憾事便是出阁的日子正赶着非常时期,潦草成了家,诸事都欠齐全,因此一听见这不入耳的话,她那小长瓜子脸便往下一沉。季泽望了兰仙一眼,微笑道:“二嫂,自古好心没有好报,谁都不承你的情!”七巧道:“不承情也罢!我也惯了。我进了你姜家的门,别的不说,单只守着你二哥这些年,衣不解带的服侍他,也就是个有功无过的人——谁见我的情来?谁有半点好处到我头上?”季泽笑道:“你一开口就是满肚子的牢骚!”七巧长长地吁了一口气,只管拨弄兰仙衣襟上扣着的金三事儿和钥匙。半晌,忽道:“总算你这一个来月没出去胡闹过。真亏了新娘子留住了你。旁人跪下地来求你也留你不住!”季泽笑道:“是吗?嫂子并没有留过我,怎见得留不住?”一面笑,一面向兰仙使了个眼色。七巧笑得直不起腰道:“三妹妹,你也不管管他!这么个猴儿崽子,我眼看他长大的,他倒占起我的便宜来了!”

她嘴里说笑着,心里发烦,一双手也不肯闲着,把兰仙揣着捏着,捶着打着,恨不得把她挤得走了样才好。兰仙纵然有涵养,也忍不住要恼了,一性急,磕核桃使差了劲,把那二寸多长的指甲齐根折断。七巧哟了一声道:“快拿剪刀来修一修。我记得这屋里有一把小剪子的。”便唤:“小双!榴喜!来人哪!”兰仙立起身来道:“二嫂不用费事,我上我屋里铰去。”便抽身出去。七巧就在兰仙的椅子上坐下了,一手托着腮,抬高了眉毛,斜瞅着季泽道:“她跟我生了气么?”季泽笑道:“她干吗生你的气?”七巧道:“我正要问呀——我难道说错了话不成?留你在家倒不好?她倒愿意你上外头逛去?”季泽笑道:“这一家子从大哥大嫂起,齐了心管教我,无非是怕我花了公账上的钱罢了。”七巧道:“阿弥陀佛,我保不定别人不安着这个心,我可不那么想。你就是闹了亏空,押了房子卖了田,我若皱一皱眉头,我也不是你二嫂了。谁叫咱们是骨肉至亲呢?我不过是要你当心你的身子。”季泽嗤的一笑道:“我当心我的身子,要你操心?”七巧颤声道:“一个人,身子第一要紧。你瞧你二哥弄的那样儿,还成个人吗?还能拿他当个人看?”季泽正色道:“二哥比不得我,他一下地就是那样儿,并不是自己作践的。他是个可怜的人,一切全仗二嫂照护他了。”七巧直挺挺的站了起来,两手扶着桌子,垂着眼皮,脸庞的下半部抖得像嘴里含着滚烫的蜡烛油似的,用尖细的声音逼出两句话道:“你去挨着你二哥坐坐!你去挨着你二哥坐坐!”她试着在季泽身边坐下,只搭着他的椅子的一角,她将手贴在他腿上,道:“你碰过他的肉没有?是软的、重的,就像人的脚有时发了麻,摸上去那感觉……”季泽脸上也变了色,然而他仍旧轻佻地笑了一声,俯下腰,伸手去捏她的脚道:“倒要瞧瞧你的脚现在麻不麻!”七巧道:“天哪,你没挨着他的肉,你不知道没病的身子是多好的……多好的……”她顺着椅子溜下去,蹲在地上,脸枕着袖子,听不见她哭,只看见发髻上插的风凉针,针头上的一粒钻石的光,闪闪掣动着。发髻的心子里扎着一小截粉红丝线,反映在金刚钻微红的光焰里。她的背影一挫一挫,俯伏了下去。她不像在哭,简直像在翻肠搅胃地呕吐。

季泽先是愣住了,随后就立起来道:“我走。我走就是了。你不怕人,我还怕人呢。也得给二哥留点面子!”七巧扶着椅子站了起来,呜咽道:“我走。”她扯着衫袖里的手帕子揾了揾脸,忽然微微一笑道:“你这样卫护你二哥!”季泽冷笑道:“我不卫护他,还有谁卫护他?”七巧向门走去,哼了一声道:“你又是什么好人?趁早不用在我跟前假撇清!且不提你在外头怎样荒唐,单只在这屋里……老娘眼睛是揉不下沙子去!别说我是你嫂子了,就是我是你奶妈,只怕你也不在乎。”季泽笑道:“我原是个随随便便的人,哪禁得你挑眼儿?”七巧待要出去,又把背心贴在门上,低声道:“我就不懂,我有什么地方不如人?我有什么地方不好……”季泽笑道:“好嫂子,你有什么不好?”七巧笑了一声道:“难不成我跟了个残废的人,就过上了残废的气,沾都沾不得?”她睁着眼直勾勾朝前望着,耳朵上的实心小金坠子像两只铜钉把她钉在门上——玻璃匣子里蝴蝶的标本,鲜艳而凄怆。

季泽看着她,心里也动了一动。可是那不行,玩尽管玩,他早抱定了宗旨不惹自己家里人,一时的兴致过去了,躲也躲不掉,踢也踢不开,成天在面前,是个累赘。何况七巧的嘴这样敞,脾气这样躁,如何瞒得了人?何况她的人缘这样坏,上上下下谁肯代她包涵一点?她也许是豁出去了,闹穿了也满不在乎。他可是年纪轻轻的,凭什么要冒这个险?他侃侃说道:“二嫂,我虽年纪小,并不是一味胡来的人。”

仿佛有脚步声。季泽一撩袍子,钻到老太太屋子里去了,临走还抓了一大把核桃仁。七巧神志还不很清楚,直到有人推门,她方才醒了过来,只得将计就计,藏在门背后,见玳珍走了进来,她便夹脚跟出来,在玳珍背上打了一下。玳珍勉强一笑道:“你的兴致越发好了!”又望了望桌上道:“咦?那么些个核桃,吃得差不多了。再也没有别人,准是三弟。”七巧倚着桌子,面向阳台立着,只是不言语。玳珍坐了下来,嘟哝道:“害人家剥了一早上,便宜他享现成的!”七巧捏着一片锋利的胡桃壳,在红毡条上狠命刮着,左一刮,右一刮,看看那毡子起了毛,就要破了。她咬着牙道:“钱上头何尝不是一样?一味的叫咱们省,省下来让人家拿出去大把的花!我就不服这口气!”玳珍看了她一眼,冷冷地道:“那可没有办法。人多了,明里不去,暗里也不见得不去。管得了这个,管不了那个。”七巧觉得她话中有刺,正待反唇相讥,小双进来了,鬼鬼祟祟走到七巧跟前,嗫嚅道:“奶奶,舅爷来了。”七巧骂道:“舅爷来了,又不是背人的事,你嗓子眼里长了疔是怎么着?蚊子哼哼似的!”小双倒退了一步,不敢言语。玳珍道:“你们舅爷原来也到上海来了。咱们这儿亲戚倒都全了。”七巧移步出房道:“不许他到上海来?内地兵荒马乱的,穷人也一样的要命呀!”她在门槛上站住了,问小双道:“回过老太太没有?”小双道:“还没呢。”七巧想了一想,毕竟不敢进去告诉一声,只得悄悄下楼去了。

玳珍问小双道:“舅爷一个人来的?”小双道:“还有舅奶奶,拎着四只提篮盒。”玳珍格的一笑道:“倒破费了他们。”小双道:“大奶奶不用替他们心疼。装得满满的进来,一样装得满满的出去。别说金的银的圆的扁的,就连零头鞋面儿裤腰都是好的!”玳珍笑道:“别那么缺德了!你下去罢。她娘家人难得上门,伺候不周到,又该大闹了。”

小双赶了出去,七巧正在楼梯口盘问榴喜老太太可知道这件事。榴喜道:“老太太念佛呢,三爷趴在窗口看野景,说大门口来了客。老太太问是谁,三爷仔细看了看,说不知是不是曹家舅爷,老太太就没追问下去。”七巧听了,心头火起,跺了跺脚,喃喃呐呐骂道:“敢情你装不知道就算了!皇帝还有草鞋亲呢!这会子有这么势利的,当初何必三媒六聘的把我抬过来?快刀斩不断的亲戚,别说你今儿是装死,就是你真死了,他也不能不到你灵前磕三个头,你也不能不受着他的!”一面说,一面下去了。

她那间房,一进门便有一堆金漆箱笼迎面拦住,只隔开几步见方的空地。她一掀帘子,只见她嫂子蹲下身去将提篮盒上面的一屉酥盒子卸了下来,检视下面一屉里的菜可曾泼出来。她哥哥曹大年背着手弯着腰看着。七巧止不住一阵心酸,倚着箱笼,把脸偎在那沙蓝棉套子上,纷纷落下泪来。她嫂子慌忙站直了身子,抢步上前,两只手捧住她一只手,连连叫着姑娘。曹大年也不免抬起袖子来擦眼睛。七巧把那只空着的手去解箱套子上的钮扣,解了又扣上,只是开不得口。

她嫂子回过头去睃了她哥哥一眼道:“你也说句话呀!成日价念叨着,见了妹妹的面,又像锯了嘴的葫芦似的!”七巧颤声道:“也不怪他没有话——他哪儿有脸来见我!”又向她哥哥道:“我只道你这一辈子不打算上门了!你害得我好!你扔崩一走,我可走不了。你也不顾我的死活!”曹大年道:“这是什么话?旁人这么说还罢了,你也这么说!你不替我遮盖遮盖,你自己脸上也不见得光鲜。”七巧道:“我不说,我可禁不住人家不说。就为你,我气出了一身病在这里。今日之下,亏你还拿这话来堵我!”她嫂子忙道:“是他的不是,是他的不是!姑娘受了委屈了。姑娘受的委屈也不止这一件,好歹忍着罢,总有个出头之日。”她嫂子那句“姑娘受的委屈也不止这一件”的话却深深打进她心坎儿里去。七巧哀哀哭了起来,急得她嫂子直摇手道:“看吵醒了姑爷。”房那边暗昏昏的紫楠大床上,寂寂吊着珠罗纱帐子。七巧的嫂子又道:“姑爷睡着了罢?惊动了他,该生气了。”七巧高声叫道:“他要有点人气,倒又好了!”她嫂子吓得掩住她的嘴道:“姑奶奶别!病人听见了,心里不好受!”七巧道:“他心里不好受,我心里好受吗?”她嫂子道:“姑爷还是那软骨症?”七巧道:“就这一件还不够受了,还禁得起添什么?这儿一家子都忌讳痨病这两个字,其实还不就是骨痨!”她嫂子道:“整天躺着,有时候也坐起来一会儿么?”七巧哧哧地笑了起来道:“坐起来,脊梁骨直溜下去,看上去还没有我那三岁的孩子高哪!”她嫂子一时想不出劝慰的话,三个人都愣住了。七巧猛地顿脚道:“走罢,走罢,你们!你们来一趟,就害得我把前因后果重新在心里过一过。我禁不起这么折腾!你快给我走!”

曹大年道:“妹妹你听我一句话。别说你现在心里不舒坦,有个娘家走动着,多少好些,就是你有了出头之日了,姜家是个大族,长辈动不动就拿大帽子压人,平辈小辈一个个如狼似虎的,哪一个是好惹的?替你打算,也得要个帮手。将来你用得着你哥哥你侄儿的时候多着呢。”七巧啐了一声道:“我靠你帮忙,我也倒了霉了!我早把你看得透里透——斗得过他们,你到我跟前来邀功要钱,斗不过他们,你往那边一倒。本来见了做官的就魂都没有了,头一缩,死活随我去。”大年涨红了脸冷笑道:“等钱到了你手里,你再防着你哥哥分你的,也还不迟。”七巧道:“你既然知道钱还没到我手里,你来缠我做什么?”大年道:“远迢迢赶来看你,倒是我们的不是了！走！我们这就走！凭良心说,我就用你两个钱,也是该的。当初我若贪图财礼,问姜家多要几百两银子,把你卖给他们做姨太太,也就卖了。”七巧道:“奶奶不胜似姨奶奶吗?长线放远鹞,指望大着呢!”大年待要回嘴,他媳妇拦住他道:“你就少说一句罢！以后还有见面的日子呢。将来姑奶奶想到你的时候,才知道她就只这一个亲哥哥了!”大年督促他媳妇整理了提篮盒,拎起就待走。七巧道:“我希罕你?等我有了钱了,我不愁你不来,只愁打发你不开!”嘴里虽然硬着,煞不住那呜咽的声音,一声响似一声,憋了一上午的满腔幽恨,借着这因由尽情发泄了出来。

她嫂子见她分明有些留恋之意,便做好做歹劝住了她哥哥,一面半搀半拥把她引到花梨炕上坐下了,百般譬解,七巧渐渐收了泪。兄妹姑嫂叙了些家常。北方情形还算平靖,曹家的麻油铺还照常营业着。大年夫妇此番到上海来,却是因为他家没过门的女婿在人家当账房,光复的时候恰巧在湖北,后来辗转跟主人到上海来了,因此大年亲自送了女儿来完婚,顺便探望妹子。大年问候了姜家阖宅上下,又要参见老太太,七巧道:“不见也罢了,我正跟她怄气呢。”大年夫妇都吃了一惊,七巧道:“怎么不淘气呢?一家子都往我头上踩,我要是好欺负的,早给作践死了,饶是这么着,还气得我七病八痛的!”她嫂子道:“姑娘近来还抽烟不抽?倒是鸦片烟,平肝导气,比什么药都强,姑娘自己千万保重,我们又不在跟前,谁是个知疼着热的人?”

七巧翻箱子取出几件新款尺头送与她嫂子,又是一副四两重的金镯子,一对披霞莲蓬簪,一床丝棉被胎,侄女们每人一只金挖耳,侄儿们或是一只金锞子,或是一顶貂皮暖帽,另送了她哥哥一只珐琅金蝉打簧表,她哥嫂道谢不迭。七巧道:“你们来得不巧,若是在北京,我们正要上路的时候,带不了的东西,分了几箱给丫头老妈子,白便宜了他们。”说得她哥嫂讪讪的。临行的时候,她嫂子道:“忙完了闺女,再来瞧姑奶奶。”七巧笑道:“不来也罢了,我应酬不起!”

大年夫妇出了姜家的门,她嫂子便道:“我们这位姑奶奶怎么换了个人?没出嫁的时候不过要强些,嘴头子上琐碎些,就连后来我们去瞧她,虽是比前暴躁些,也还有个分寸,不似如今疯疯傻傻,说话有一句没一句,就没一点儿得人心的地方。”

七巧立在房里,抱着胳膊看小双祥云两个丫头把箱子抬回原处,一只一只叠了上去。从前的事又回来了:临着碎石子街的馨香的麻油店,黑腻的柜台,芝麻酱桶里竖着木匙子,油缸上吊着大大小小的铁匙子。漏斗插在打油的人的瓶里,一大匙再加上两小匙正好装满一瓶——一斤半。熟人呢,算一斤四两。有时她也上街买菜,蓝夏布衫裤,镜面乌绫镶滚。隔着密密层层的一排吊着猪肉的铜钩,她看见肉铺里的朝禄。朝禄赶着她叫曹大姑娘。难得叫声巧姐儿,她就一巴掌打在钩子背上,无数的空钩子荡过去锥他的眼睛,朝禄从钩子上摘下尺来宽的一片生猪油,重重的向肉案一抛,一阵温风直扑到她脸上,腻滞的死去的肉体的气味……她皱紧了眉毛。床上睡着的她的丈夫,那没有生命的肉体……

风从窗子里进来,对面挂着的回文雕漆长镜被吹得摇摇晃晃,磕托磕托敲着墙。七巧双手按住了镜子。镜子里反映着的翠竹帘子和一副金绿山水屏条依旧在风中来回荡漾着,望久了,便有一种晕船的感觉。再定睛看时,翠竹帘子已经褪了色,金绿山水换了一张她丈夫的遗像,镜子里的人也老了十年。

去年她戴了丈夫的孝,今年婆婆又过世了。现在正式挽了叔公九老太爷出来为他们分家。今天是她嫁到姜家来之后一切幻想的集中点。这些年了,她戴着黄金的枷锁,可是连金子的边都啃不到,这以后就不同了。七巧穿着白香云纱衫,黑裙子,然而她脸上像抹了胭脂似的,从那揉红了的眼圈儿到烧热的颧骨。她抬起手来揾了一揾脸,脸上烫,身子却冷得打颤。她叫祥云倒了杯茶来。(小双早已嫁了,祥云也配了个小厮。)茶给喝了下去,沉重地往腔子里流,一颗心便在热茶里扑通扑通跳。她背向着镜子坐下了,问祥云道:“九老太爷来了这一下午,就在堂屋里跟马师爷查账?”祥云应了一声是。七巧又道:“大爷大奶奶三爷三奶奶都不在跟前?”祥云又应了一声是。七巧道:“还到谁的屋里去过?”祥云道:“就到哥儿们的书房里兜了一兜。”七巧道:“好在咱们白哥儿的书倒不怕他查考……今年这孩子就吃亏在他爸爸他奶奶接连着出了事,他若还有心念书,他也不是人养的!”她把茶吃完了,吩咐祥云下去看看堂屋里大房三房的人可都齐了,免得自己去早了,显得性急,被人耻笑。恰巧大房里也差了一个丫头出来探看,和祥云打了个照面。

七巧终于款款下楼来了。当屋里临时布置了一张镜面乌木大餐台,九老太爷独当一面坐了,面前乱堆着青布面,梅红签的账簿,又搁着一只瓜棱茶碗。四周除了马师爷之外,又有特地邀请的“公亲”,近于陪审员的性质。各房只派了一个男子作代表,大房是大爷,二房二爷没了,是二奶奶,三房是三爷。季泽很知道这总清算的日子于他没有什么好处,因此他到得最迟。然而来既来了,他决不愿意露出焦灼懊丧的神气,腮帮子上依旧是他那点丰肥的,红色的笑。眼睛里依旧是他那点潇洒的不耐烦。

九老太爷咳嗽了一声,把姜家的经济状况约略报告了一遍,又翻着账簿子读出重要的田地房产的所在与按年的收入。七巧两手紧紧扣在肚子上,身子向前倾着,努力向她自己解释他的每一句话,与她往日调查所得一一印证。青岛的房子,天津的房子,原籍的地,北京城外的地,上海的房子……三爷在公账上拖欠过巨,他的一部分遗产被抵消了之后,还净欠六万,然而大房二房也只得就此算了,因为他是一无所有的人。他所仅有的那一幢花园洋房,他为一个姨太太买的,也已经抵押了出去。其余只有老太太陪嫁过来的首饰,由兄弟三人均分,季泽的那一份也不便充公,因为是母亲留下的一点纪念。七巧突然叫了起来道:“九老太爷,那我们太吃亏了!”

堂屋里本就肃静无声,现在这肃静却是沙沙有声,直锯进耳朵里去,像电影配音机器损坏之后的锈轧。九老太爷睁了眼望着她道:“怎么?你连他娘丢下的几件首饰也舍不得给他?”七巧道:“亲兄弟,明算账,大哥大嫂不言语,我可不能不老着脸开口说句话。我须比不得大哥大嫂——我们死掉的那个若是有能耐出去做两任官,手头活便些,我也乐得放大方些,哪怕把从前的旧账一笔勾销呢?可怜我们那一个病病哼哼一辈子,何尝有过一文半文进账,丢下我们孤儿寡妇,就指着这两个死钱过活。我是个没脚蟹,长白还不满十四岁,往后苦日子有得过呢!”说着,流下泪来。九老太爷道:“依你便怎样?”七巧呜咽道:“哪儿由得我出主意呢?只求九老太爷替我们做主!”季泽冷着脸只不做声,满屋子的人都觉不便开口。九老太爷按捺不住一肚子的火,哼了一声道:“我倒想替你出主意呢,只怕你不爱听!二房里有田地没人照管,三房里有人没有地,我待要叫三爷替你照管,你多少贴他些,又怕你不要他!”七巧冷笑道:“我倒想依你呢,只怕死掉的那个不依！来人哪！祥云你把白哥儿给我找来！长白，你爹好苦呀！一下地就是一身的病，为人一场，一天舒坦日子也没过着，临了丢下你这点骨血，人家还看不得你，千方百计图谋你的东西！长白谁叫你爹拖着一身病，活着人家欺负他，死了人家欺负他的孤儿寡妇！我还不打紧，我还能活个几十年么？至多我到老太太灵前把话说明白了，把这条命跟人拼了。长白你可是年纪小着呢，就是喝西北风你也得活下去呀！"九老太爷气得把桌子一拍道："我不管了！是你们求爹爹拜奶奶邀了我来的，你道我喜欢自找麻烦么？"站起来一脚踢翻了椅子，也不等人搀扶，一阵风走得无影无踪。众人面面相觑，一个个悄没声儿溜走了。惟有那马师爷忙着拾掇账簿子，落后了一步，看看屋里人全走光了，单剩下二奶奶一个人坐在那里捶着胸脯嚎啕大哭，自己若无其事地走了，似乎不好意思，只得走上前去，打躬作揖叫道："二太太！二太太！……二太太！"七巧只顾把袖子遮住脸，马师爷又不便把她的手拿开，急得把瓜皮帽摘下来扇着汗。

维持了几天的僵局，到底还是无声无息照原定计划分了家。孤儿寡妇还是被欺负了。

七巧带着儿子长白，女儿长安另租了一幢屋子住下了，和姜家各房很少来往。隔了几个月，姜季泽忽然上门来了。老妈子通报上来，七巧怀着鬼胎，想着分家的那一天得罪了他，不知他有什么手段对付。可是兵来将挡，她凭什么要怕他？她家常穿着佛青实地纱袄子，特地系上一条玄色铁线纱裙，走下楼来。季泽却是满面春风的站起来问二嫂好，又问白哥儿可是在书房里，安姐儿的湿气可大好了，七巧心里便疑惑他是来借钱的，加意防备着，坐下笑道："三弟你近来又发福了。"季泽笑道："看我像一点儿心事都没有的人。"七巧笑道："有福之人不在忙吗！你一向就是无牵无挂的。"季泽笑道："等我把房子卖了，我还要无牵无挂呢！"七巧道："就是你做了押款的那房子，你还要卖？"季泽道："当初造它的时候，很费了点心思，有许多装置都是自己心爱的，当然不愿意脱手。后来你是知道的，那边地皮值钱了，前年把它翻造了弄堂房子，一家一家收租，跟那些住小家的打交道，我实在嫌麻烦，索性打算卖了它，图个清静。"七巧暗地里说道："口气好大！我是知道你的底细的，你在我跟前充什么阔大爷！"

虽然他不向她哭穷，但凡谈到银钱交易，她总觉得有点危险，便岔了开去道："三妹妹好么？腰子病近来发过没有？"季泽笑道："我也有许久没见过她的面了。"七巧道："这是什么话？你们吵了嘴么？"季泽笑道："这些时我们倒也没吵过嘴。不得已在一起说两句话，也是难得的，也没那闲情逸致吵嘴。"七巧道："何至于这样？我就不相信！"季泽两肘撑在藤椅的扶手上，交叉着十指，手搭凉棚，影子落在眼睛上，深深地唉了一声。七巧笑道："没有别的，要不就是你在外头玩得太厉害了。自己做错了事，还唉声叹气的仿佛谁害了你似的。你们姜家就没有一个好人！"说着，举起白团扇，作势要打。季泽把那交叉着的十指往下移了一移，两只大拇指按在嘴唇上，两只食指缓缓抚摸着鼻梁，露出一双水汪汪的眼睛来。那眼珠却是水仙花缸底的黑石子，上面汪着水，下面冷冷的没有表情。看不出他在想什么。七巧道："我非打你不可！"季泽的眼睛里突然冒出一点笑泡儿，道："你打，你打！"七巧待要打，又掣回手去，重新一鼓作气道："我真打！"抬高了手，一扇子劈下来，又在半空中停住了，吃吃笑将起来。季泽带笑将肩膀耸了一耸，凑了上去道："你倒是打我一下罢！害得我浑身骨头痒痒着，不得劲儿！"七巧把扇子向背后一藏，越发笑得格格的。

季泽把椅子换了个方向，面朝墙坐着，人向椅背上一靠，双手蒙住了眼睛，又是长长地叹了口气。七巧啃着扇子柄,斜瞟着他道:“你今儿是怎么了?受了暑吗?”季泽道:“你哪里知道?”半晌,他低低的一个字一个字说道:“你知道我为什么跟家里的那个不好,为什么我拼命的在外头玩,把产业都败光了?你知道这都是为了谁?”七巧不知不觉有些胆寒,走得远远的,倚在炉台上,脸色慢慢地变了。季泽跟了过来。七巧垂着头,肘弯撑在炉台上,手里擎着团扇,扇子上的杏黄穗子顺着她的额角拖下来。季泽在她对面站住了,小声道:“二嫂!……七巧!”

七巧背过脸去淡淡笑道:“我要相信你才怪呢!”季泽便也走开了,道:“不错。你怎么能够相信我?自从你到我家来,我在家一刻也待不住,只想出去。你没来的时候我并没有那么荒唐过,后来那都是为了躲你。娶了兰仙来,我更玩得凶了,为了躲你之外又要躲她,见了你,说不了两句话我就要发脾气——你哪儿知道我心里的苦楚?你对我好,我心里更难受——我得管着我自己——我不得平白的坑坏了你!家里人多眼杂,让人知道了,我是个男子汉,还不打紧,你可了不得!”七巧的手直打颤,扇柄上的杏黄须子在她额上苏苏磨擦着。季泽道:“你信也罢,不信也罢!信了又怎样?横竖我们半辈子已经过去了,说也是白说。我只求你原谅我这一片心。我为你吃了这些苦,也就不算冤枉了。”

七巧低着头,沐浴在光辉里,细细的音乐,细细的喜悦……这些年了,她跟他捉迷藏似的,只是近不得身,原来还有今天!可不是,这半辈子已经完了——花一般的年纪已经过去了。人生就是这样的错综复杂,不讲理。当初她为什么嫁到姜家来?为了钱么?不是的,为了要遇见季泽,为了命中注定她要和季泽相爱。她微微抬起脸来,季泽立在她跟前,两手合在她扇子上,面颊贴在她扇子上。他也老了十年了,然而人究竟还是那个人呵!他难道是哄她么?他想她的钱——她卖掉她的一生换来的几个钱?仅仅这一转念便使她暴怒起来。就算她错怪了他,他为她吃的苦抵得过她为他吃的苦么?好容易她死了心了,他又来撩拨她。她恨他。他还在看着她。他的眼睛——虽然隔了十年,人还是那个人呵!就算他是骗她的,迟一点儿发现不好么?即使明知是骗人的,他太会演戏了,也跟真的差不多罢?

不行!她不能有把柄落在这厮手里。姜家的人是厉害的,她的钱只怕保不住。她得先证明他是真心不是。七巧定了一定神,向门外瞧了一瞧,轻轻惊叫道:“有人!”便三脚两步赶出门去,到下房里吩咐潘妈替三爷弄点心去,快些端了来,顺便带把芭蕉扇进来替三爷打扇。七巧回到屋里来,故意皱着眉道:“真可恶,老妈子在门口探头探脑的,见了我抹过头去就跑,被我赶上去喝住了。若是关上了门说两句话,指不定造出什么谣言来呢!饶是独门独户住了,还没个清净。”潘妈送了点心与酸梅汤进来,七巧亲自拿筷子替季泽拣掉了蜜层糕上的玫瑰与青梅,道:“我记得你是不爱吃红绿丝的。”有人在跟前,季泽不便说什么,只是微笑。七巧似乎没话找话说似的,问道:“你卖房子,接洽得怎样了?”季泽一面吃,一面答道:“有人出八万五,我还没打定主意呢。”七巧沉吟道:“地段倒是好的。”季泽道:“谁都不赞成我脱手,说还要涨呢。”七巧又问了些详细情形,便道:“可惜我手头没有这一笔现款,不然我倒想买。”季泽道:“其实呢,我这房子倒不急,倒是咱们乡下你那些田,早早脱手的好。自从改了民国,接二连三的打仗,何尝有一年闲过?把地面上糟踏得不成样子,中间还被收租的,师爷,地头蛇一层一层勒揩着,莫说这两年不是水就是旱,就遇着了丰年,也没有多少进账轮到我们头上。”七巧寻思着,道:“我也盘算过来,一直挨着没有办。先晓得把它卖了,这会子想买房子,也不至于钱不凑手了。”季泽道：“你那田要卖趁现在就得卖了，听说直鲁又要开仗了。”七巧道：“急切间你叫我卖给谁去？”季泽顿了一顿道：“我去替你打听打听，也成。”七巧耸了耸眉毛笑道：“得了，你那些狐群狗党里头，又有谁是靠得住的？”季泽把咬开的饺子在小碟子里蘸了点醋，闲闲说出两个靠得住的人名，七巧便认真仔细盘问他起来，他果然回答得有条不紊，显然他是筹之已熟的。

七巧虽是笑吟吟的，嘴里发干，上嘴唇黏在牙仁上，放不下来。她端起盖碗来吸了一口茶，舐了舐嘴唇，突然把脸一沉，跳起身来，将手里的扇子向季泽头上滴溜溜掷过去，季泽向左偏了一偏，那团扇敲在他肩膀上，打翻了玻璃杯，酸梅汤淋淋漓漓溅了他一身，七巧骂道：“你要我卖了田去买你的房子？你要我卖田？钱一经你的手，还有得说么？你哄我——你拿那样的话来哄我——你拿我当傻子——”她隔着一张桌子探身过去打他，然而她被潘妈下死劲抱住了。潘妈叫唤起来，祥云等人都奔了来，七手八脚按住了她，七嘴八舌求告着。七巧一头挣扎，一头叱喝着，然而她的一颗心直往下坠——她很明白她这举动太蠢——太蠢——她在这儿丢人出丑。

季泽脱下了他那湿濡的白香云纱长衫，潘妈绞了手巾来代他揩擦，他理也不理，把衣服夹在手臂上，竟自扬长出门去了，临行的时候向祥云道：“等白哥儿下了学，叫他替他母亲请个医生来看看。”祥云吓糊涂了，连声答应着，被七巧兜脸给了她一个耳刮子。

季泽走了。丫头老妈子也都给七巧骂跑了。酸梅汤沿着桌子一滴一滴朝下滴，像迟迟的夜漏——一滴，一滴……一更，二更……一年，一百年。真长，这寂寂的一刹那。七巧扶着头站着，倏地掉转身来上楼去，提着裙子，性急慌忙，跌跌绊绊，不住地撞到那阴暗的绿粉墙上，佛青袄子上沾了大块的淡色的灰。她要在楼上的窗户里再看他一眼。无论如何，她从前爱过他。她的爱给了她无穷的痛苦。单只这一点，就使他值得留恋。多少回了，为了要按捺她自己，她迸得全身的筋骨与牙根都酸楚了。今天完全是她的错。他不是个好人，她又不是不知道。她要他，就得装糊涂，就得容忍他的坏。她为什么要戳穿他？人生在世，还不就是那么一回事？归根究底，什么是真的，什么是假的？

她到了窗前，揭开了那边上缀有小绒球的墨绿洋式窗帘，季泽正在弄堂里往外走，长衫搭在臂上，晴天的风像一群白鸽子钻进他的纺绸裤褂里去，哪儿都钻到了，飘飘拍着翅子。

七巧眼前仿佛挂了冰冷的珍珠帘，一阵热风来了，把那帘子紧紧贴在她脸上，风去了，又把帘子吸了回去，气还没透过来，风又来了，没头没脸包住她——一阵凉，一阵热，她只是淌着眼泪。

玻璃窗的上角隐隐约约反映出弄堂里一个巡警的缩小的影子，晃着膀子踱过去。一辆黄包车静静在巡警身上辗过。小孩把袍子掖在裤腰里，一路踢着球，奔出玻璃的边缘。绿色的邮差骑着自行车，复印在巡警身上，一溜烟掠过。都是些鬼，多年前的鬼，多年后的没投胎的鬼……什么是真的，什么是假的？

过了秋天又是冬天，七巧与现实失去了接触。虽然一样的使性子，打丫头，换厨子，总有些失魂落魄的。她哥哥嫂子到上海来探望了她两次，住不上十来天，末了永远是给她絮叨得站不住脚，然而临走的时候她也没有少给他们东西。她侄子曹春熹上城来找事，耽搁在她家里。那春熹虽是个浑头浑脑的年轻人，却也本本份份的。七巧的儿子长白，女儿长安，年纪到了十三四岁，只因身材瘦小，看上去才只七八岁的光景。在年下，一个穿着品蓝摹本缎棉袍，一个穿着葱绿遍地锦棉袍，衣服太厚了，直挺挺撑开了两臂，一般都是薄薄的两张白脸,并排站着,纸糊的人儿似的。这一天午饭后,七巧还没起身,那曹春熹陪着他兄妹俩掷骰子,长安把压岁钱输光了,还不肯歇手。长白把桌上的铜板一掳,笑道:“不跟你来了。”长安道:“我们用糖莲子来赌。”春熹道:“糖莲子揣在口袋里,看脏了衣服。”长安道:“用瓜子也好,柜顶上就有一罐。”便搬过一张茶几来,踩了椅子爬上去拿。慌得春熹叫道:“安姐儿你可别摔跤,回头我担不了这干系!”正说着,只见长安猛可里向后一仰,若不是春熹扶住了,早是一个倒栽葱。长白在旁拍手大笑,春熹嘟嘟哝哝骂着,也撑不住要笑,三人笑成一片。春熹将她抱下地来,忽然从那红木大橱的穿衣镜里瞥见七巧蓬着头叉着腰站在门口,不觉一怔,连忙放下了长安,回身道:“姑妈起来了。”七巧汹汹奔了过来,将长安向自己身后一推,长安立脚不稳,跌了一跤。七巧只顾将身子挡住了她,向春熹厉声道:“我把你这狼心狗肺的东西!我三茶六饭款待你这狼心狗肺的东西,什么地方亏待了你,你欺负我女儿?你那狼心狗肺,你道我揣摩不出么?你别以为你教坏了我女儿,我就不能不捏着鼻子把她许配给你,你好霸占我们的家产!我看你这混蛋,也还想不出这等主意来,敢情是你爹娘把着手儿教的!我把那两个狼心狗肺忘恩负义的老浑蛋!齐了心想我的钱,一计不成,又生一计!”春熹气得白瞪眼,欲待分辩,七巧道:“你还有脸顶撞我!你还不给我快滚,别等我乱棒打出去!”说着,把儿女们推推搡搡送了出去,自己也喘吁吁扶着个丫头走了。春熹究竟年纪轻火性大,赌气卷了铺盖,顿时离了姜家的门。

七巧回到起坐间里,在烟榻上躺下了。屋里暗昏昏的,拉上了丝绒窗帘。时而窗户缝里漏了风进来,帘子动了,方才在那墨绿小绒球底下毛茸茸地看见一点天色。只有烟灯和烧红的火炉的微光。长安吃了吓,呆呆坐在火炉边一张小凳上。七巧道:“你过来。”长安只道是要打,只是延挨着,搭讪把火炉边的洋铁围屏上晾着的小红格子法布衬衫翻了一翻,道:“快烤糊了。”衬衫发出热烘烘的毛气。

七巧却不像要责打她的光景,只数落了一番,道:“你今年过了年也有十三岁了,也该放明白些。表哥虽不是外人,天下的男子都是一样混账。你自己要晓得当心,谁不想你的钱?”一阵风过,窗帘上的绒球与绒球之间露出白色的寒天,屋子里暖热的黑暗给打上了一排小洞。烟灯的火焰往下一挫,七巧脸上的影子仿佛更深了一层。她突然坐起身来,低声道:“男人……碰都碰不得!谁不想你的钱?你娘这几个钱不是容易得来的,也不是容易守得住。轮到你们手里,我可不能眼睁睁看着你们上人的当——叫你以后提防着些,你听见了没有?”长安垂着头道:“听见了。”

七巧的一只脚有点麻,她探身去捏一捏她的脚。仅仅是一刹那,她眼睛里蠢动着一点温柔的回忆。她记起了想她的钱的一个男人。

她的脚是缠过的,尖尖的缎鞋里塞了棉花,装成半大的文明脚。她瞧着那双脚,心里一动,冷笑一声道:“你嘴里尽管答应着,我怎么知道你心里是明白还是糊涂?你人也有这么大了,又是一双大脚,哪里去不得?我就是管得住你,也没那个精神成天看着你。按说你今年十三了,裹脚已经嫌晚了,原怪我耽误了你。马上这就替你裹起来,也还来得及。”长安一时答不出话来,倒是旁边的老妈子们笑道:“如今小脚不时兴了,只怕将来给姐儿定亲的时候麻烦。”七巧道:“没的扯淡!我不愁我的女儿没人要,不劳你们替我担心!真没人要,养活她一辈子,我也还养得起!”当真替长安裹起脚来,痛得长安鬼哭神号的。这时连姜家这样守旧的人家,缠过脚的也都已经放了脚了,别说是没缠过的,因此都拿长安的脚传作笑话奇谈。裹了一年多,七巧一时的兴致过去了,又经亲戚们劝着，也就渐渐放松了，然而长安的脚可不能完全恢复原状了。

姜家大房三房里的儿女都进了洋学堂读书，七巧处处存心跟他们比赛着，便也要送长白去投考。长白除了打小牌之外，只喜欢跑跑票房，正在那里朝夕用功吊嗓子，只怕进学校要耽搁了他的功课，便不肯去。七巧无奈，只得把长安送到沪范女中，托人说了情，插班进去。长安换上了蓝爱国布的校服，不上半年，脸色也红润了，胳膊腿腕也粗了一圈。住读的学生洗换衣服，照例是送学校里包着的洗衣作里去的。长安记不清自己的号码，往往失落了枕套手帕种种零件。七巧便闹着说要去找校长说话。这一天放假回家，检点了一下，又发现有一条褥单是丢了。七巧暴跳如雷，准备明天亲自上学校去大兴问罪之师。长安着了急，拦阻了一声，七巧便骂道："天生的败家精，拿你娘的钱不当钱。你娘的钱是容易得来的？——将来你出嫁，你看我有什么陪送给你！——给也是白给！"长安不敢做声，却哭了一晚上。她不能在她的同学跟前丢这个脸。对于十四岁的人，那似乎有天大的重要。她母亲去闹这一场，她以后拿什么脸去见人？她宁死也不到学校里去了。她的朋友们，她所喜欢的音乐教员，不久就会忘记了有这么一个女孩子，来了半年，又无缘无故悄悄地走了。走得干净，她觉得她这牺牲是一个美丽的，苍凉的手势。

半夜里她爬下床来，伸手到窗外去试试，漆黑的，是下了雨么？没有雨点。她从枕头边摸出一只口琴，半蹲半坐在地上，偷偷吹了起来。犹疑地，"Long, Long Ago"的细小的调子在庞大的夜里袅袅漾开。不能让人听见了。为了竭力按捺着，那呜呜的口琴忽断忽续，如同婴儿的哭泣。她接不上气来，歇了半晌，窗格子里，月亮从云里出来了。墨灰的天，几点疏星，模糊的缺月，像石印的图画，下面白云蒸腾，树顶上透出街灯淡淡的圆光。长安又吹起口琴来。"告诉我那故事，往日我最心爱的那故事，许久以前，许久以前……"

第二天她大着胆子告诉她母亲："娘，我不想念下去了。"七巧睁着眼道："为什么？"长安道："功课跟不上，吃的也太苦了，我过不惯。"七巧脱下一只鞋来，顺手将鞋底抽了她一下，恨道："你爹不如人，你也不如人？养下你来又不是个十不全，就不肯替我争口气！"长安反剪着一双手，垂着眼睛，只是不言语。旁边老妈子们便劝道："姐儿也大了，学堂里人杂，的确有些不方便。其实不去也罢了。"七巧沉吟道："学费总得想法子拿回来。白便宜了他们不成？"便要领了长安一同去索讨，长安抵死不肯去，七巧带着两个老妈子去了一趟回来了，据她自己铺叙，钱虽然没收回来，却也着实羞辱了那校长一场。长安以后在街上遇着了同学，脸上红一阵白一阵，无地自容，只得装做不看见，急急走了过去。朋友寄了信来，她拆也不敢拆，原封退了回去。她的学校生活就此告一结束。

有时她也觉得牺牲得有点不值得，暗自懊悔着，然而也来不及挽回了。她渐渐放弃了一切上进的思想，安分守己起来。她学会了挑是非，使小坏，干涉家里的行政。她不时地跟母亲怄气，可是她的言谈举止越来越像她母亲了。每逢她单叉着裤子，揸开了两腿坐着，两只手按在胯间露出的凳子上，歪着头，下巴搁在心口上凄凄惨惨瞅住了对面的人说道："一家有一家的苦处呀，表嫂——一家有一家的苦处！"——谁都说她是活脱的一个七巧。她打了一根辫子，眉眼的紧俏有似当年的七巧，可是她的小小的嘴过于瘪进去，仿佛显老一点。她再年青些也不过是一棵较嫩的雪里红——盐腌过的。

也有人来替她做媒。若是家境推板一点的，七巧总疑心人家是贪她们的钱。若是那有财有势的，对方却又不十分热心，长安不过是中等姿色，她母亲出身既低，又有个不贤惠的名声，想必没有什么家教。因此高不成，低不就，一年一年耽搁了下去。那长白的婚事却不容耽搁。长白在外面赌钱，捧女戏子，七巧还没甚话说，后来渐渐跟着他三叔姜季泽逛起窑子来，七巧方才着了慌，手忙脚乱替他定亲，娶了一个袁家的小姐，小名芝寿。

行的是半新式的婚礼，红色盖头是蠲免了，新娘戴着蓝眼镜，粉红喜纱，穿着粉红彩绣裙袄。进了洞房，除去了眼镜，低着头坐在湖色帐幔里。闹新房的人围着打趣，七巧只看了一看便出来了。长安在门口赶上了她，悄悄笑道："皮色倒白净，就是嘴唇太厚了些。"七巧把手撑着门，拔下一只金挖耳来搔搔头，冷笑道："还说呢！你新嫂子这两片嘴唇，切切倒有一大碟子！"旁边一个太太便道："说是嘴唇厚的人天性厚哇！"七巧哼了一声，将金挖耳指住了那太太，倒剔起一只眉毛，歪着嘴微微一笑道："天性厚，并不是什么好话。当着姑娘们，我也不便多说——但愿咱们白哥儿这条命别送在她手里！"七巧天生着一副高爽的喉咙，现在因为苍老了些，不那么尖了，可是扁扁的依旧四面刮得人疼痛，像剃刀片。这两句话，说响不响，说轻也不轻。人丛里的新娘子的平板的脸与胸震了一震——多半是龙凤烛的火光的跳动。

三朝过后，七巧嫌新娘子笨，诸事不如意，每每向亲戚们诉说着。便有人劝道："少奶奶年纪轻，二嫂少不得要费点心教导教导她。谁叫这孩子没心眼儿呢！"七巧啐道："你别瞧咱们新少奶奶老实呀——一见了白哥儿，她就得去上马桶！真的！你信不信？"这话传到芝寿耳朵里，急得芝寿只待寻死。然而这还是没满月的时候，七巧还顾些脸面，后来索性这一类的话当着芝寿的面也说了起来，芝寿哭也不是，笑也不是，若是木着脸装不听见，七巧便一拍桌子嗟叹起来道："在儿子媳妇手里吃口饭，可真不容易！动不动就给人脸子看！"

这天晚上，七巧躺着抽烟，长白盘踞在烟铺跟前的一张沙发椅上嗑瓜子，无线电里正唱着一出冷戏，他捧着戏考，一个字一个字跟着哼，哼上了劲，甩过一条腿去骑在椅背上，来回摇着打拍子。七巧伸过脚去踢了他一下道："白哥儿你来替我装两筒。"长白道："现放着烧烟的，偏要支使我！我手上有蜜是怎么着？"说着，伸了个懒腰，慢腾腾移身坐到烟灯前的小凳上，卷起了袖子。七巧笑道："我把你这不孝的奴才！支使你，是抬举你！"她眯缝着眼望着他。这些年来她的生命里只有这一个男人。只有他，她不怕他想她的钱——横竖钱都是他的。可是，因为他是她的儿子，他这一个人还抵不了半个……现在，就连这半个人她也保留不住——他娶了亲。他是个瘦小白皙的年轻人，背有点驼，戴着金丝眼镜，有着工细的五官，时常茫然地微笑着，张着嘴，嘴里闪闪发着光的不知道是太多的唾沫水还是他的金牙。他敞着衣领，露出里面的珠羔里子和白小褂。七巧把一只脚搁在他肩膀上，不住的轻轻踢着他的脖子，低声道："我把你这不孝的奴才！打几时起变得这么不孝了？"长安在旁笑道："娶了媳妇忘了娘吗！"七巧道："少胡说！我们白哥儿倒不是那们样的人！我也养不出那们样的儿子！"长白只是笑。七巧斜着眼看定了他，笑道："你若还是我从前的白哥儿，你今儿替我烧一夜的烟！"长白笑道："那可难不倒我！"七巧道："盹着了，看我捶你！"

起坐间的帘子撤下送去洗濯了。隔着玻璃窗望出去，影影绰绰乌云里有个月亮，一搭黑，一搭白，像个戏剧化的狰狞的脸谱。一点，一点，月亮缓缓的从云里出来了，黑云底下透出一线炯炯的光，是面具底下的眼睛。天是无底洞的深青色。久已过了午夜了。长安早去睡了，长白打着烟泡，也前仰后合起来。七巧斟了杯浓茶给他，两人吃着蜜饯糖果,讨论着东邻西舍的隐私。七巧忽然含笑问道:“白哥儿你说,你媳妇儿好不好?”长白笑道:“这有什么可说的?”七巧道:“没有可批评的,想必是好的了?”长白笑着不做声。七巧道:“好,也有个怎么个好呀!”长白道:“谁说她好来着?”七巧道:“她不好?哪一点不好?说给娘听。”长白起初只是含糊对答,禁不起七巧再三盘问,只得吐露一二。旁边递茶递水的老妈子们都背过脸去笑得格格的,丫头们都掩着嘴忍着笑回避出去了。七巧又是咬牙,又是笑,又是喃喃咒骂,卸下烟斗来狠命磕里面的灰,敲得托托一片响。长白说溜了嘴,止不住要说下去,足足说了一夜。

次日清晨,七巧吩咐老妈子取过两床毯子来打发哥儿在烟榻上睡觉。这时芝寿也已经起了身,过来请安。七巧一夜没合眼,却是精神百倍,邀了几家女眷来打牌,亲家母也在内。在麻将桌上一五一十将她儿子亲口招供的她媳妇的秘密宣布了出来,略加渲染,越发有声有色。众人竭力地打岔,然而说不上两句闲话,七巧笑嘻嘻地转了个弯,又回到她媳妇身上来了。逼得芝寿的母亲脸皮紫涨,也无颜再见女儿,放下牌,乘了包车回去了。

七巧接连着教长白为她烧了两晚上的烟。芝寿直挺挺躺在床上,搁在肋骨上的两只手蜷曲着像死去的鸡的脚爪。她知道她婆婆又在那里盘问她丈夫,她知道她丈夫又在那里叙说一些什么事,可是天知道他还有什么新鲜的可说!明天他又该涎着脸到她跟前来了。也许他早料到她会把满腔的怨毒都结在他身上,就算她没本领跟他拼命,至不济也得质问他几句,闹上一场。多半他准备先声夺人,借酒盖住了脸,找点碴子,摔上两件东西。她知道他的脾气。末后他会坐到床沿上来,耸起肩膀,伸手到白绸小褂里面去抓痒,出人意料之外地一笑。他的金丝眼镜上抖动着一点光,他嘴里抖动着一点光,不知道是唾沫还是金牙。他摘去了他的眼镜。……芝寿猛然坐起身来,哗喇揭开了帐子。这是个疯狂的世界,丈夫不像个丈夫,婆婆也不像个婆婆。不是他们疯了,就是她疯了。今天晚上的月亮比哪一天都好,高高的一轮满月,万里无云,像是漆黑的天上一个白太阳。遍地的蓝影子,帐顶上也是蓝影子,她的一双脚也在那死寂的蓝影子里。

芝寿待要挂起帐子来,伸手去摸索帐钩,一只手臂吊在那铜钩上,脸偎住了肩膀,不由得就抽噎起来。帐子自动地放了下来。昏暗的帐子里除了她之外没有别人,然而她还是吃了一惊,仓皇地再度挂起了帐子。窗外还是那使人汗毛凛凛的反常的明月——漆黑的天上一个灼灼的小而白的太阳。屋里看得分明那玫瑰紫绣花椅披桌布,大红平金五凤齐飞的围屏,水红软缎对联,绣着盘花篆字。梳妆台上红绿丝网络着银粉缸,银漱盂,银花瓶,里面满满盛着喜果。帐檐上垂下五彩攒金绕绒花球,花盆,如意,粽子,下面滴滴溜坠着指头大的琉璃珠和尺来长的桃红穗子。偌大一间房里充塞着箱笼,被褥,铺陈,不见得她就找不出一条汗巾子来上吊。她又倒到床上去。月光里,她的脚没有一点血色——青,绿,紫,冷去的尸身的颜色。她想死,她想死。她怕这月亮光,又不敢开灯。明天她婆婆说:“白哥儿给我多烧了两口烟,害得我们少奶奶一宿没睡觉,半夜三更点着灯等他回来——少不了他吗!”芝寿的眼泪顺着枕头不停地流,她不用手帕去擦眼睛,擦肿了,她婆婆又该说了:“白哥儿一晚上没回房去睡,少奶奶就把眼睛哭得桃儿似的!”

七巧虽然把儿子媳妇描摹成这样热情的一对,长白对于芝寿却不甚中意,芝寿也把长白恨得牙痒痒的。夫妻不和,长白渐渐又往花街柳巷里走动。七巧把一个丫头绢儿给了他做小，还是牢笼不住他。七巧又变着方儿哄他吃烟。长白一向就喜欢玩两口，只是没上瘾，现在吸得多了，也就收了心不大往外跑了，只在家守着母亲与新姨太太。

他妹子长安二十四岁那年生了痢疾，七巧不替她延医服药，只劝她抽两筒鸦片，果然减轻了不少痛苦。病愈之后，也就上了瘾。那长安更与长白不同，未出阁的小姐，没有其他的消遣，一心一意的抽烟，抽的倒比长白还要多。也有人劝阻，七巧道："怕什么！莫说我们姜家还吃得起，就是我今天卖了两顷地给他们姐儿俩抽烟，又有谁敢放半个屁？姑娘赶明儿聘了人家，少不得有她这一份嫁妆。她吃自己的，喝自己的，姑爷就是舍不得，也只好干望着她罢了！"

话虽如此说，长安的婚事毕竟受了点影响。来做媒的本就不十分踊跃，如今竟绝迹了。长安到了近三十的时候，七巧见女儿注定了是要做老姑娘的了，便又换了一种论调，道："自己长得不好，嫁不掉，还怨我做娘的耽搁了她！成天挂搭着个脸，倒像我该她二百钱似的。我留她在家里吃一碗闲茶闲饭，可没打算留她在家里给我气受！"

姜季泽的女儿长馨过二十岁生日，长安去给她堂房妹子拜寿。那姜季泽虽然穷了，幸喜他交游广阔，手里还算兜得转。长馨背地里向她母亲道："妈想法子给安姐姐介绍个朋友罢，瞧她怪可怜的。还没提起家里的情形，眼圈儿就红了。"兰仙慌忙摇手道："罢！罢！这个媒我不敢做！你二妈那脾气是好惹的？"长馨年少好事，哪里理会得？歇了些时，偶然与同学们说起这件事，恰巧那同学有个表叔新从德国留学回来，也是北方人，仔细攀认起来，与姜家还沾着点老亲。那人名唤童世舫，叙起来比长安略大几岁。长馨竟自作主张，安排了一切，由那同学的母亲出面请客。长安这边瞒得家里铁桶相似。

七巧身子一向硬朗，只因她媳妇芝寿得了肺痨，七巧嫌她乔张做致，吃这个，吃那个，累又累不得，比寻常似乎多享了一些福，自己一赌气便也病了。起初不过是气虚血亏，却也将合家支使得团团转，哪儿还能够兼顾到芝寿？后来七巧认真得了病，卧床不起，越发鸡犬不宁。长安乘乱里便走开了，把裁缝唤到她三叔家里，由长馨出主意替她制了新装。赴宴的那天晚上，长馨先陪她到理发店去用钳子烫了头发，从天庭到鬓角一路密密贴着细小的发圈。耳朵上戴了二寸来长的玻璃翠宝塔坠子，又换上了苹果绿乔琪纱旗袍，高领圈，荷叶边袖子，腰以下是半西式的百褶裙。一个小大姐蹲在地上为她扣揿钮，长安在穿衣镜里端详着自己，忍不住将两臂虚虚地一伸，裙子一踢，摆了个葡萄仙子的姿势，一扭头笑了起来道："把我打扮得天女散花似的！"长馨在镜子里向那小大姐做了个媚眼，两人不约而同也都笑了起来。长安妆罢，便向高椅上端端正正坐下了。长馨道："我去打电话叫车。"长安道："还早呢！"长馨看了看表道："约的是八点，已经八点过五分了。"长安道："晚个半个钟头，想必也不碍事。"长馨猜她是存心要搭点架子，心中又好气又好笑，打开银丝手提包来检点了一下，借口说忘了带粉镜子，径自走到她母亲屋里来，如此这般告诉了一遍，又道："今儿又不是姓童的请客，她这架子是冲着谁搭的？我也懒得去劝她，由她挨到明儿早上去，也不干我事。"兰仙道："瞧你这糊涂！人是你约的，媒是你做的，你怎么卸得了这干系？我埋怨过你多少回了——你早该知道了，安姐儿就跟她娘一样的小家子气，不上台盘。待会儿出乖露丑的，说起来是你姐姐，你丢人也是活该，谁叫你把这些是是非非，揽上身来，敢是闲疯了？"长馨咕嘟着嘴在她母亲屋里坐了半晌，兰仙笑道："看这情形，你姐姐是等着人催请呢。"长馨道："我才不去催她呢！"兰仙道："傻丫头，要你催，中什么用？她等着那边来电话哪！"长馨失声笑道："又不是新娘子，要三请四催的，逼着上轿！"兰仙道："好歹你打个电话到饭店里去，叫他们打个电话来，不就结了？快九点了，再挨下去，事情可真要崩了！"长馨只得依言做去，这边方才动了身。

长安在汽车里还是兴兴头头，谈笑风生的，到菜馆子里，突然矜持起来，跟在长馨后面，悄悄掩进了房间，怯怯地褪去了苹果绿鸵鸟毛斗篷，低头端坐，拈了一只杏仁，每隔两分钟轻轻啃去了十分之一，缓缓咀嚼着。她是为了被看而来的。她觉得她浑身的装束，无懈可击，任凭人家多看两眼也不妨事，可是她的身体完全是多余的，缩也没处缩。她始终缄默着，吃完了一顿饭。等着上甜菜的时候，长馨把她拉到窗子跟前去观看街景，又托故走开了，那童世舫便踱到窗前，问道："姜小姐这儿来过么？"长安细声道："没有。"童世舫道："我也是第一次。菜倒是不坏，可是我还是吃不大惯。"长安道："吃不惯？"世舫道："可不是！外国菜比较清淡些，中国菜要油腻得多。刚回来，连着几天亲戚朋友们接风，很容易的就吃坏了肚子。"长安反复地看她的手指，仿佛一心一意要数数一共有几个指纹是螺形的，几个是畚箕……

玻璃窗上面，没来由开了小小的一朵霓虹灯的花——对过一家店面里反映过来的，绿心红瓣，是尼罗河祀神的莲花，又是法国王室的百合徽章……

世舫多年没见过故国的姑娘，觉得长安很有点楚楚可怜的韵致，倒有几分喜欢。他留学以前早就定了亲，只因他爱上了一个女同学，抵死反对家里的亲事，路远迢迢，打了无数的笔墨官司，几乎闹翻了脸，他父母曾经一度断绝了他的接济，使他吃了不少的苦，方才依了他，解了约。不幸他的女同学别有所恋，抛下了他，他失意之余，倒埋头读了七八年的书。他深信妻子还是旧式的好，也是由于反应作用。

和长安见了这一面之后，两下里都有了意。长馨想着送佛送到西天，自己再热心些，也没有资格出来向长安的母亲说话，只得央及兰仙。兰仙执意不肯道："你又不是不知道，你爹跟你二妈仇人似的，向来是不见面的。我虽然没跟她红过脸，再好些也有限。何苦去自讨没趣？"长安见了兰仙，只是垂泪，兰仙却不过情面，只得答应去走一遭。妯娌相见，问候了一番，兰仙便说明了来意。七巧初听见了，倒也欣然，因道："那就拜托了三妹妹罢！我病病哼哼的，也管不得了，偏劳了三妹妹。这丫头就是我的一块心病。我做娘的也不能说是对不起她了，行的是老法规矩，我替她裹脚，行的是新派规矩，我送她上学堂——还要怎么着？照我这样扒心扒肝调理出来的人，只要她不疤不麻不瞎，还会没人要吗？怎奈这丫头天生的是扶不起的阿斗，恨得我只嚷嚷：多咱我一闭眼去了，男婚女嫁，听天由命罢！"

当下议妥了，由兰仙请客，两方面相亲。长安与童世舫只做没见过面模样，又会晤了一次。七巧病在床上，没有出场，因此长安便风平浪静的订了婚。在筵席上，兰仙与长馨强行拉着长安的手，递到童世舫手里，世舫当众替她套上了戒指。女家也回了礼，文房四宝虽然免了，却用新式的丝绒文具盒来代替，又添上了一只手表。

订婚之后，长安遮遮掩掩竟和世舫单独出去了几次。晒着秋天的太阳，两人并排在公园里走着，很少说话，眼角里带着一点对方的衣服与移动着的脚，女子的粉香，男子的淡巴菰气，这单纯而可爱的印象便是他们身边的栏杆，栏杆把他们与众人隔开了。空旷的绿草地上，许多人跑着，笑着，谈着，可是他们走的是寂寂的绮丽的回廊——走不完的寂寂的回廊。不说话，长安并不感到任何缺陷。她以为新式的男女间的交际也就"尽于此矣"。童世舫呢，因为过去的痛苦的经验，对于思想的交换根本抱着怀疑的态度。有个人在身边,他也就满足了。从前,他顶讨厌小说上的男人,向女人要求同居的时候,只说:“请给我一点安慰。”安慰是纯粹精神上的,这里却做了肉欲的代名词。但是他现在知道精神与物质的界限不能分得这么清。言语究竟没有用。久久的握着手,就是较妥帖的安慰,因为会说话的人很少,真正有话说的人还要少。

有时在公园里遇着了雨,长安撑起了伞,世舫为她擎着。隔着半透明的蓝绸伞,千万粒雨珠闪着光,像一天的星。一天的星到处跟着他们,在水珠银烂的车窗上,汽车驰过了红灯,绿灯,窗子外营营飞着一窠红的星,又是一窠绿的星。

长安带了点星光下的乱梦回家来,人变得异常沉默了,时时微笑着。七巧见了,不由得有气,便冷言冷语道:“这些年来,多多怠慢了姑娘,不怪姑娘难得开个笑脸。这下子跳出了姜家的门,趁了心愿了,再快活些,可也别这么摆在脸上呀——叫人寒心!”依着长安素日的性子,就要回嘴,无如长安近来像换了个人似的,听了也不计较,自顾自努力去戒烟。七巧也奈何她不得。

长安订婚那天,大奶奶玳珍没去,隔了些天来补道喜。七巧悄悄唤了声大嫂,道:“我看咱们还得在外头打听打听哩,这事可冒失不得!前天我耳朵里仿佛刮着一点,说是乡下有太太,外洋还有一个。”玳珍道:“乡下的那个没过门就退了亲。外洋那个也是这样,说是做了几年的朋友了,不知怎么又没成功。”七巧道:“那还有个为什么?男人的心,说声变,就变了。他连三媒六聘的还不认账,何况那不三不四的歪辣货?知道他在外洋还有旁人没有?我就只这一个女儿,可不能糊里糊涂断送了她的终身,我自己是吃过媒人的苦的!”

长安坐在一旁用指甲去掐手掌心,手掌心掐红了,指甲却挣得雪白。七巧一抬眼望见了她,便骂道:“死不要脸的丫头,竖着耳朵听呢!这话是你听得的么?我们做姑娘的时候,一声提起婆婆家,来不迭地躲开了。你姜家枉为世代书香,只怕你还要到你开麻油店的外婆家去学点规矩哩!”长安一头哭一头奔了出去。七巧拍着枕头嗐了一声道:“姑娘急着要嫁,叫我也没法子。腥的臭的往家里拉。名为是她三婶给找的人,其实不过是拿她三婶做个幌子。多半是生米煮成了熟饭了,这才挽了三婶出来做媒。大家齐打伙儿糊弄我一个人……糊弄着也好!说穿了,叫做娘的做哥哥的脸往哪儿去放?”

又一天,长安托辞溜了出去,回来的时候,不等七巧查问,待要报告自己的行踪,七巧叱道:“得了,得了,少说两句罢!在我面前糊什么鬼?有朝一日你让我抓着了真凭实据——哼!别以为你大了,订了亲了,我打不得你了!”长安急了道:“我给馨妹妹送鞋样子去,犯了什么法了,娘不信,娘问三婶去!”七巧道:“你三婶替你寻了汉子来,就是你的重生父母,再养爹娘!也没见你这样的轻骨头!……一转眼就不见你的人了。你家里供养了你这些年,就只差买个小厮来伺候你,哪一处对你不住了,你在家里一刻也坐不稳?”长安红了脸,眼泪直掉下来。七巧缓过一口气来,又道:“当初多少好的都不要,这会子去嫁个不成器的,人家拣剩下来的,岂不是自己打嘴?他若是个人,怎么活到三十来岁,飘洋过海的,跑上十万里地,一房老婆还没弄到手?”

然而长安一味的执迷不悟。因为双方的年纪都不小了,订了婚不上几个月,男方便托了兰仙来议定婚期。七巧指着长安道:“早不嫁,迟不嫁,偏赶着这两年钱不凑手!明年若是田上收成好些,嫁妆也还整齐些。”兰仙道:“如今新式结婚,倒也不讲究这些了。就照新派办法,省着点也好。”七巧道:“什么新派旧派?旧派无非排场大些,新派实惠些,一样还是娘家的晦气!”兰仙道:“二嫂看着办就是了,难道安姐儿还会争多论少不成?”一屋子的人全笑了,长安也不觉微微一笑。七巧破口骂道:“不害臊!你是肚子里有了搁不住的东西是怎么着?火烧眉毛,等不及的要过门!嫁妆也不要了——你情愿,人家倒许不情愿呢?你就拿准了他是图你的人?你好不自量,你有哪一点叫人看得上眼?趁早别自骗自了!姓童的还不是看上了姜家的门第!别瞧你们家轰轰烈烈,公侯将相的,其实全不是那么回事!早就是外强中干,这两年连空架子也撑不起了。人呢,一代坏似一代,眼里哪儿还有天地君亲?少爷们是什么都不懂,小姐们就知道霸钱要男人——猪狗都不如!我娘家当初千不该万不该跟姜家结了亲,坑了我一世,我待要告诉那姓童的趁早别像我似的上了当!”

自从吵闹过这一番,兰仙对于这头亲事便洗手不管了。七巧的病渐渐痊愈,略略下床走动,便逐日骑着门坐着,遥遥的向长安屋里叫喊道:“你要野男人你尽管去找,只别把他带上门来认我做丈母娘,活活的气死了我!我只图个眼不见,心不烦。能够容我多活两年,便是姑娘的恩典了!”颠来倒去几句话,嚷得一条街上都听得见。亲戚丛中自然更将这事沸沸扬扬传了开去。

七巧又把长安唤到跟前,忽然滴下泪来道:“我的儿,你知道外头人把你怎么长怎么短糟蹋得一个钱也不值!你娘自从嫁到姜家来,上上下下谁不是势利的,狗眼看人低,明里暗里我不知受了他们多少气。就连你爹,他有什么好处到我身上,我要替他守寡?我千辛万苦守了这二十年,无非是指望你姐儿俩长大成人,替我争回一点面子来。不承望今日之下,只落得这等的收场!”说着,呜咽起来。

长安听了这话,如同轰雷掣顶一般。她娘尽管把她说得不成人,外头人尽管把她说得不成人。她管不了这许多。唯有童世舫——他——他该怎么想?他还要她么?上次见面的时候,他的态度有点改变么?很难说……她太快乐了,小小的不同的地方她不会注意到……被戒烟期间身体上的痛苦与这种种刺激两面夹攻着,长安早就有点受不了,可是硬撑着也就撑了过去,现在她突然觉得浑身的骨骼都脱了节。向他解释么?他不比她的哥哥,他不是她母亲的儿女,他决不能彻底明白她母亲的为人。他果真一辈子见不到她母亲,倒也罢了,可是他迟早要认识七巧。这是天长地久的事,只有千年做贼的,没有千年防贼的——她知道她母亲会放出什么手段来?迟早要出乱子,迟早要决裂。这是她的生命里顶完美的一段,与其让别人给它加上一个不堪的尾巴,不如她自己早早结束了它。一个美丽而苍凉的手势……她知道她会懊悔的,她知道她会懊悔的,然而她抬了抬眉毛,做出不介意的样子,说道:“既然娘不愿意结这头亲,我去回掉他们就是了。”七巧正哭着,忽然住了声,停了一停,又抽答抽答哭了起来。

长安定了一定神,就去打了个电话给童世舫。世舫当天没有空,约了明天下午。长安所最怕的就是中间隔的这一晚,一分钟,一刻,一刻,啃进她心里去。次日,在公园里的老地方,世舫微笑着迎上前来,没跟她打招呼——这在他是一种亲昵的表示,他今天仿佛是特别的注意她,并肩走着的时候,屡屡地望着她的脸。太阳煌煌的照着,长安越发觉得眼皮肿得抬不起来了,趁他不在看她的时候把话说了罢。她用哭哑的喉咙轻轻唤了一声“童先生”。世舫没听见。那么,趁他看她的时候把话说了罢。她诧异她脸上还带着点笑,小声道:“童先生,我想——我们的事也许还是——还是再说罢。对不起得很。”她褪下戒指来塞在他手里,冷涩的戒指,冷湿的手。她放快了步子走去,他愣了一会,便追上来,问道:“为什么呢?对于我有不满意的地方么?”长安笔直向前望着,摇了摇头。世舫道:“那么,为什么呢?”长安道:“我母亲……”世舫道:“你母亲并没有看见过我。”长安道:“我告诉过你了,不是因为你。与你完全没有关系。我母亲……”世舫站定了脚。这在中国是很充分的理由了罢?他这么略一踌躇,她已经走远了。

园子在深秋的日头里晒了一上午又一下午,像烂熟的水果一般,往下坠着,坠着,发出香味来。长安悠悠忽忽听见了口琴的声音,迟钝地吹出了“Long, Long Ago”——“告诉我那故事,往日我最心爱的那故事。许久以前,许久以前……”这是现在,一转眼也就变了许久以前了,什么都完了。长安着了魔似的,去找那吹口琴的人——去找她自己。迎着阳光走着,走到树底下,一个穿着黄短裤的男孩骑在树桠枝上颠颠着,吹着口琴,可是他吹的是另一个调子,她从来没听见过的。不大的一棵树,稀稀朗朗的梧桐叶在太阳里摇着像金的铃铛。长安仰面看着,眼前一阵黑,像骤雨似的,泪珠一串串的披了一脸。世舫找到了她,在她身边悄悄站了半晌,方道:“我尊重你的意见。”长安举起了她的皮包来遮住了脸上的阳光。

他们继续来往了一些时。世舫要表示新人物交女朋友的目的不仅限于择偶,因此虽然与长安解除了婚约,依旧常常的邀她出去。至于长安呢,她是抱着什么样的矛盾的希望跟着他出去,她自己也不知道——知道了也不肯承认。订着婚的时候,光明正大的一同出去,尚且要瞒了家里,如今更成了幽期密约了。世舫的态度始终是坦然的。固然,她略略伤害了他的自尊心,同时他对于她多少也有点惋惜,然而“大丈夫何患无妻?”男子对于女子最隆重的赞美是求婚。他割舍了他的自由,送了她这一份厚礼,虽然她是“心领璧还”了,他可是尽了他的心。这是惠而不费的事。

无论两人之间的关系是怎样的微妙而尴尬,他们认真的做起朋友来了。他们甚至谈起话来。长安的没见过世面的话每每使世舫笑起来,说:“你这人真有意思!”长安渐渐的也发现了她自己原来是个“很有意思”的人。这样下去,事情会发展到什么地步,连世舫自己也会惊奇。

然而风声吹到了七巧耳朵里。七巧背着长安吩咐长白下帖子请童世舫吃便饭。世舫猜着姜家是要警告他一声,不准他和他们小姐藕断丝连,可是他同长白在那阴森高敞的餐室里吃了两盅酒,说了一回话,天气,时局,风土人情,并没有一个字沾到长安身上。冷盘撤了下去,长白突然手按着桌子站了起来。世舫回过头去,只见门口背着光立着一个小身材的老太太,脸看不清楚,穿一件青灰团龙宫织缎袍,双手捧着大红热水袋,身旁夹峙着两个高大的女仆。门外日色昏黄,楼梯上铺着湖绿花格子漆布地衣,一级一级上去,通入没有光的所在。世舫直觉地感到那是个疯人——无缘无故的,他只是毛骨悚然。长白介绍道:“这就是家母。”

世舫挪开椅子站起来,鞠了一躬。七巧将手搭在一个佣妇的胳膊上,款款走了进来,客套了几句,坐下来便敬酒让菜。长白道:“妹妹呢?来了客,也不帮着张罗张罗。”七巧道:“她再抽两筒就下来了。”世舫吃了一惊,睁眼望着她。七巧忙解释道:“这孩子就苦在先天不足,下地就得给她喷烟。后来也是为了病,抽上了这东西。小姐家,够多不方便哪!也不是没戒过,身子又娇,又是由着性儿惯了的,说丢,哪儿就丢得掉呀?戒戒抽抽,这也有十年了。”世舫不由得变了色。七巧有一个疯子的审慎与机智。她知道,一不留心,人们就会用嘲笑的,不信任的眼光截断了她的话锋,她已经习惯了那种痛苦。她怕话说多了要被人看穿了。因此及早止住了自己,忙着添酒布菜。隔了些时,再提起长安的时候,她还是轻描淡写的把那几句话重复了一遍。她那平扁而尖利的喉咙四面割着人像剃刀片。

长安悄悄地走下楼来,玄色花绣鞋与白丝袜停留在日色昏黄的楼梯上。停了一会,又上去了。一级一级,走进没有光的所在。

七巧道:"长白你陪童先生多喝两杯,我先上去了。"佣人端上一品锅来,又换上了新烫的竹叶青。一个丫头慌里慌张站在门口将席上伺候的小厮唤了出去,嘀咕了一会,那小厮又进来向长白附耳说了几句,长白仓皇起身,向世舫连连道歉,说:"暂且失陪,我去去就来。"三脚两步也上楼去了,只剩下世舫一人独酌。那小厮也觉过意不去,低低地告诉了他:"我们绢姑娘要生了。"世舫道:"绢姑娘是谁?"小厮道:"是少爷的姨奶奶。"

世舫拿上饭来胡乱吃了两口,不便放下碗来就走,只得坐在花梨炕上等着,酒酣耳热。忽然觉得异常的委顿,便躺了下来。卷着云头的花梨炕,冰凉的黄藤心子,柚子的寒香……姨奶奶添了孩子了。这就是他所怀念着的古中国……他的幽娴贞静的中国闺秀是抽鸦片的!他坐了起来,双手托着头,感到了难堪的落寞。

他取了帽子出门,向那小厮道:"待会儿请你对上头说一声,改天我再面谢罢!"他穿过砖砌的天井,院子正中生着树,一树的枯枝高高印在淡青的天上,像瓷上的冰纹。长安静静的跟在他后面送了出来。她的藏青长袖旗袍上有着浅黄的雏菊。她两手交握着,脸上现出稀有的柔和。世舫回过身来道:"姜小姐……"她隔得远远的站定了,只是垂着头。世舫微微鞠了一躬,转身就走了。长安觉得她是隔了相当的距离看这太阳里的庭院,从高楼上望下来,明晰,亲切,然而没有能力干涉,天井,树,曳着萧条的影子的两个人,没有话——不多的一点回忆,将来是要装在水晶瓶里双手捧着看的——她的最初也是最后的爱。

芝寿直挺挺躺在床上,搁在肋骨上的两只手蜷曲着像宰了的鸡的脚爪。帐子吊起了一半。不分昼夜她不让他们给她放下帐子来。她怕。

外面传进来说绢姑娘生了个小少爷。丫头丢下了热气腾腾的药罐子跑出去凑热闹了,敞着房门,一阵风吹了进来,帐钩豁朗朗乱摇,帐子自动地放了下来,然而芝寿不再抗议了。她的头向右一歪,滚到枕头外面去。她并没有死——又挨了半个月光景才死的。

绢姑娘扶了正,做了芝寿的替身。扶了正不上一年就吞了生鸦片自杀了。长白不敢再娶了,只在妓院里走走。长安更是早就断了结婚的念头。

七巧似睡非睡横在烟铺上。三十年来她戴着黄金的枷。她用那沉重的枷角劈杀了几个人,没死的也送了半条命。她知道她儿子女儿恨毒了她,她婆家的人恨她,她娘家的人恨她。她摸索着腕上的翠玉镯子,徐徐将那镯子顺着骨瘦如柴的手臂往上推,一直推到腋下。她自己也不能相信她年青的时候有过滚圆的胳膊。就连出了嫁之后几年,镯子里也只塞得进一条洋绉手帕。十八九岁做姑娘的时候,高高挽起了大镶大滚的蓝夏布衫袖,露出一双雪白的手腕,上街买菜去。喜欢她的有肉店里的朝禄,她哥哥的结拜弟兄丁玉根,张少泉,还有沈裁缝的儿子。喜欢她,也许只是喜欢跟她开开玩笑,然而如果她挑中了他们之中的一个,往后日子久了,生了孩子,男人多少对她有点真心。七巧挪了挪头底下的荷叶边小洋枕,凑上脸去揉擦了一下,那一面的一滴眼泪她就懒怠去揩拭,由它挂在腮上,渐渐自己干了。

七巧过世以后,长安和长白分了家搬出来住。七巧的女儿是不难解决她自己的问题的。谣言说她和一个男子在街上一同走,停在摊子跟前,他为她买了一双吊袜带。也许她用的是她自己的钱,可是无论如何是由男子的袋里掏出来的。……当然这不过是谣言。

三十年前的月亮早已沉了下去,三十年前的人也死了,然而三十年前的故事还没完——完不了。

一九四三年十月

(收入《传奇》增订本,山河图书公司 1946 年 11 月版)

倾城之恋(存目)

张爱玲

(原载 1943 年 9—10 月《杂志》第 11 卷第 6—7 期,收入《传奇》)

围城(存目)

钱锺书

(原载 1946 年 2 月—1947 年 1 月《文艺复兴》,晨光出版公司 1947 年 5 月出版单行本)

太阳照在桑干河上(节选)

丁 玲

富农顾涌从邻村亲家那儿赶回了一辆漂亮的胶皮车,引起了暖水屯人的议论,原来是因为邻村在土改,亲家怕被"共产"。这消息让地主们很惶恐,而农民们则期待着尽早土改。

八路军来到后,区里派工作组到暖水屯开展土改工作,但负责的文采同志只会阐发理论,对暖水屯的实际情况很不熟悉,开会又常高谈阔论,群众都听不懂,而对暖水屯的四个地主钱文贵、李子俊、侯殿魁、江世荣,迟迟没有采取实际行动,以至于李子俊忽然逃走了。

农会主任程仁非常着急,很想早点发动斗争。支部书记张裕民告诉他,老百姓希望得到土地,却不敢出头,他们有许多顾忌,要是不把旧势力打倒,谁也不会积极的,甚至一些农民在斗争会上分到地后居然偷偷把地退回去了。和文采的方法不同,土改工作组成员杨亮经常和群众谈心,他建议不要争论原则问题,应该先做一两件事,以事实向老百姓说明土改的方向。他们先斗争了江世荣,取得了初胜。地主们也一直密谋破坏土改,钱文贵最为奸猾,他送儿子参加八路军,又将女儿嫁给治保主任张正典,以期获得庇护,还时常散布国军要回来的消息,制造混乱。他自恃在军队里和村上都有人,幻想在土改中蒙混过关,但村里人都很痛恨他,张正典因庇护他而失去了群众的信任。钱文贵本来极力反对侄女黑妮和佃农程仁恋爱,但看到程仁当了农会主任,便又鼓励侄女接近程仁。程仁为了避嫌,不得不刻意疏远黑妮。黑妮虽然对程仁很有好感,也不甘做钱文贵的棋子。

县里知道暖水屯土改工作进展不顺利后,改派县宣传部部长章品来领导。章品摸清情况后调整了斗争策略,召开党员大会,在会上作出决定把钱文贵关押起来。这一举措赢得了群众的信任和支持。在斗争会上,钱文贵一开始还摆出高高在上的姿态,但面对群众潮水般的揭发,终于不得不求饶;程仁也终于放下了思想包袱,发现自己过去的担心有些可笑,因为黑妮也是一个可怜的孤儿,“她怎么会与钱文贵忧戚与共呢?”于是他们走到了一起。

钱文贵被打倒了,暖水屯的土改工作取得了重大胜利,翻身解放了的农民踊跃参军去保卫土改果实。

节选第四十九、五十节。县宣传部部长章品到达暖水屯后,开了党员干部大会,放手发动群众,斗争钱文贵的时机成熟了。

四十九　决战之二

老吴匆忙的走着,从大街到小巷,从这条巷转到那条巷,有许多人早就站在街口的,看见人们从巷口流到街上又流到戏台前时,已经跟踪走来了。这里面有些人穿得比较整齐,露出一副极慎重的样子。偶然有一两个戴绅士草帽的买卖人,他们挤在人中间,和人开着玩笑。还有擦了薄薄一层粉的女人,头发上的油光照人,衣服剪裁合身,扭扭捏捏的三三两两的挤在一团,站在靠后边。也有原来留在屋子里的穷老汉,穷老婆,这时也锁了屋子赶来了。还有,因为孩子太多,无法出来的女人也抱着一个,牵着一个,蹒跚的走来。有些人问:“还不开会么?”

张裕民站在台中央,指挥着:“妇女都靠右边站,你们那几个让过来些。大家站好地位不要动。墙根前的站过来。”

人们都听着他的号令移动着。刚刚站好,却又都回过头去,有人就又在往后走,学校里的小学生排着队来参加大会了。刘教员带领着他们,他们还唱歌,这些孩子们像参加运动会的选手,生龙活虎似的,又紧张又活泼,他们用力的唱:“没有共产党就没有新中国……”歌声响彻云霄。张裕民便忙着招呼,在台前让出一角地方。队伍便从人丛中走进来。人们自然而然的替它让了一条道路。刘教员也忙迫得不堪,好容易才把他们安排好,又叫他们停止了唱歌。

人们在底下悄悄谈话:“对象来了没有?”

“没有,还扣着呢!”

“看侯殿魁那老头。”

钱文贵的老婆也站在台后边,她拿背靠着台,时时把衫子扯来揩眼泪,鼻涕吊在嘴唇上，她刚刚给丈夫送饭回来，她一看见干部便给磕头，她哭着说："打从你们当干部以来，他爹有啥对不起你们吗？不看金面也得看佛面啦，看咱钱义还是八路军咧！"

有人吓唬她："你再说，就一绳子捆了你。"但她还是不走开。

有人喊："开会吧！"

"对，开会啦！"张裕民又跳上台中央了。他仍敞着汗衫和纽扣，他望着群众，等人声静下来。

李昌吹着一个口哨，"嘘——嘘——"

张裕民报告了："咱们村闹土地改革到如今已经十多天了，咱们要翻身，可不容易，咱们村上有好些剥削咱们的地主，压迫咱们，咱们今天就来拔尖。昨天晚上咱们把那个有名的人，混名叫赛诸葛的扣下了！……"

人们不觉鼓起掌来，并且吼着："扣得好！打他那个狗×的！"

"还有呢！"张裕民又接下去，"咱们的治安员张正典那小子，心眼里不向咱们老百姓，向着他丈人，破坏咱们的土地改革，县上撤了他的职，以后咱们要多看着他点……"

底下又鼓掌了。大家互相交头接耳的说："啊，还有这回事，这可做对呢。"并且有人喊："打倒投降分子！""把这些溜沟子的都捆起来。"

张裕民又说："今天咱们这个会就是和钱文贵算账。咱们先算算，算的差不多了，改天再当着他算，咱们农民自己来主持这个会，咱们选老百姓来当主席。你们说成不成？"

"成！""就是张裕民！""农会也成！""……"几种声音嚷着。

"老百姓好。你们自己选好，选几个你们觉得可靠的。"老董也站在张裕民身后说。

"成，选就选哪，咱提郭富贵。"是王新田那个小伙子的声音。

"郭富贵，赞成不赞成？"

"赞成，咱提李老汉。"

"哪个李老汉？"

"提人还得不提名……"

"李宝堂叔叔……"

"李宝堂叔叔，好。"

"咱还提张裕民，没有他不顶事。你们看怎么样？"

"好，就是他。"

"举手！举手！"

"哈……"

人们在人丛中把郭富贵、李宝堂推上去了。李宝堂只笑。郭富贵也不知道怎么样才好，像个新郎似的那么拘束着。

张裕民把李宝堂拉在中间，又同他叽咕了一阵。这老头子把脸拉正了，走出来一步，他说话了！他说："咱老汉是个穷人。看了几十年果园子，没有一颗树。咱今年六十一岁了，就像秋天的果树叶一样入土也差不离了。做梦也没梦到有今天，咱当了主席啦！好！咱高兴，咱是穷人的主席，咱们今天好好把那个钱文贵斗上一斗，有仇报仇，有冤伸冤，有钱还钱，有命偿命。咱只有一个心眼，咱是个穷汉。咱主席说完了，如今大家说。"

谁也没有笑话他，很满意这个主席。

要说话的人很多,主席说一个一个来。但一个一个来,说话的人又说不多了。说几句便停了。大家吼着时气势很高,经过一两个人稀稀拉拉的讲,又没讲清楚,会议反而显得松了下来,李昌便使劲的喊口号,口号喊得不对时候,也不见有力量。这时只见刘满急得不成,他从台下跳上了台,瞪着两只眼睛,举着两个拳头,他大声问:“你们要不要咱说?”

“刘满!刘满!你说吧!你会说!”

“你们要咱说,咱得问问干部们,咱说了要不要处罚咱?”

“刘满!你说!谁敢处罚你!今天就要看你的,看你给全村带头啦!”张裕民笑笑的安慰他。

“谁敢处罚你!刘满!你说!你打那个治安员打得好!”底下也有人鼓他的气。

“说钱文贵的事吧!”张裕民又提醒他。

刘满用着他两只因失眠而发红的眼睛望着众人,他捶着自己的胸脯,他说:“咱这笔账可长咧,咱今天要从头来说。咱的事有人知道,也有人不知道,啊!你们哪里会清楚这十年来的冤气,咱就是给冤气填大的。”他又拍了拍胸脯,表示这里面正装满了冤气。“咱爹生咱们弟兄四个,咱弟兄谁也是个好劳动,凭咱们力量,咱们该是户好人家呀!事变前咱爷儿五个积攒了二百来块钱,咱爹想置点产业。真倒霉,不知怎么碰着了钱文贵,钱文贵告咱爹,说开磨坊利大,他撺掇咱爹开磨坊,又帮咱爹租了间房子。他又引了他的一个朋友,来做伙计,又不是咱村上人,咱爹不情愿,可是看他面子答应了。那个朋友在磨坊里管起事来,不到两个月,他那朋友不见了。连两匹大骡子千来斤麦子全不见了。咱爹问他,他说成,骂那个朋友,说连累了他,他拉着咱爹,一同到涿鹿县去告状,官司准了。咱告诉大家这官司可打不得呀!咱们一趟两趟赔钱,官司老不判案。咱爹气病了,第二年就死了。咱们四弟兄在年里杀鸡赌咒,咱们得报这仇。唉!咱们动还没动,有天咱大哥给绑上拉去当兵啦!这还要说么,这里边是有人使了诡计啦!咱大哥一走,日本鬼子就来了。石头落在大海里,咱们年年盼,也盼不到个信息。咱大嫂守不住,嫁了。落个小女子,不还跟着咱吗?”

底下有人答应他:“是有这回事。”

“日本人来的第二年,”刘满又接下去说了,“钱文贵找咱二哥去说,过去对不起咱爹,磨坊赔了钱,他心里老过意不去,他说要帮咱们忙,劝咱二哥当个甲长,说多少可以捞回几个。咱二哥不愿意,他是老实人,家里又没人种地,又不是场面上人,咱弟兄全恨他,不肯干这件事。咱们回绝了他,他走了,过了半个月,大乡里来了公事,派了咱二哥当甲长。咱二哥没有法,就给他套上了。大乡里今天要款,明天要粮,后天要伕,一伙伙的特务汉奸来村子上。咱二哥侍候下来,天天挨骂,挨揍,哪一天不把从老乡亲们那里讹来的钱送给他去?他还动不动说咱二哥不忠心皇军,要送到兵营里去。咱二哥当了三个月甲长,要不是得了病,还不会饶他咧。二哥!你上来让大家来看看是什么样子!咱二哥呢,二哥!二哥!……”他的声音嘶哑了,模糊了,他说不出话的时候,就用两个拳头擂着他的胸脯。

人群在底下骚动,有人找着了刘乾,把他往台上送,他哧哧的笑着。人们将他互相传递,把他送到台口了,郭富贵忙着把他拉上来。那个疯了的伪甲长不知是回什么事,傻了似的望着大家。他的头发有几寸长,蓬满一头,满脸都是些黑,一条一条的泥印子,两个大眼深凹下去,白眼仁一闪一闪的,小孩在夜晚遇着他时都会吓哭的。

底下没有人说话了,有年老的轻轻的叹着气。

刘满忽然把两手举起,大声喊:“咱要报仇!”

“报仇!”雷一样的吼声跟着他。拳头密密的往上举起。

李昌也领着喊:“钱文贵,真正刁,谋财害命不用刀!”大家都跟着他,用力的喊。那边妇女也使着劲,再也不要董桂花着急的催促。

“咱也要同钱文贵算账咧!”王新田那个小伙子跳了上来。几天的工夫,已经改变了他,他好像陡的长大了几岁。他不再是那末荒荒唐唐的,他心里已经有了把握,他把闹斗争这件事看成了天经地义似的,好像摆在眼前,就这一件事好干,越闹越有劲。他看见有些人还在迟迟疑疑,唉声叹气,他就着急。这个年轻小伙子充满了信心,他诉说过去刘乾做甲长时,钱文贵暗里使诡计用绳子捆他,要把他送到青年团去的事。他在台上问他爹要不要钱文贵退还房子。他爹在台下答应他:“要他退还房子!”于是人们便吼起来:“钱文贵,乱捆人,要人房子,要人粮!”

从人丛中又走出一个老头儿,他是人们把他推上去的。他一句也不会说,只用两眼望着大家。人们都认识他叫张真,他的儿子被送到铁红山,当苦力,解放后有许多苦力都回家了,只有他的儿子一直没回来,他对大家望着,望着,忽然哭起来了。大家催促他:“你说呀!不怕!”可是他张了张嘴,说不出话来,又哭起来了。唉!全场便静了下来,在沉默中传来嘘唏的声音。

接着又一个一个的上来,当每一个人讲完话的时候,群众总是报以热烈的吼声。大家越讲越怒,有人讲不了几句,气噎住了喉咙站在一边,隔一会,喘过气来,又讲。

文采几人从来也没见过这种场面,他们禁不住兴奋和难受。尤其是老董,他高兴的走来走去,时时说:“啊!这下老百姓可起来了!”胡立功也时时问那几个主席团的人:“你们看今天怎么样,以前你们有过这种情形吗?”李宝堂老汉说:“没有,如今是翻身了,啥也不怕,啥也不管哪!好,让他们都说说,把什么都倒出来啦!要清算李子俊时,你看咱也要说,咱还要从他爷爷时代说起咧。”

他们觉得机不可失,他们商量趁这劲头上把钱文贵叫出来,会议时间延长些也不要紧,像这样的会,老百姓是不会疲倦的。

李宝堂将这个意见向群众说了,底下也一片赞成。于是李宝堂下令立刻带钱文贵。张正国亲自带几个民兵走了。

讲话便停顿了下来,有些人便悄悄的嘀咕着。有些孩子们便离开了会场,在巷口上去等着,用一种好奇的心等在那里。

跟着走开去小便的也有了,咳嗽的声音此起彼落,怀里的娃儿们哭了,妇女哄起孩子来。主席没有办法,宣布休息三分钟。

但人们仍旧很快走了回来,他们要等看钱文贵咧。只有很多妇女又溜到远点地方坐下来,董桂花,羊倌老婆周月英便一个一个的去拉,拉来了这几个,又走了那几个。

主席团干部们又忙着去商量一些事情,安排一些事情。

一会儿,担来了一担凉水,人们便都抢着去喝。

一会儿,又拿来了白纸糊的一顶高帽子,上边写着:“消灭封建势力”。

民兵排列得很整齐,分作几排站着,台前台后都有,他们严肃的雄赳赳的举着枪。

于是人们又围了拢来,他们看帽子,他们观赏着民兵,这都是自己人呀,看他们多神气。

大家都在等着那个斗争对象到来。

五十　决战之三

听到孩子们的脚步声，跟着他们转到了街上，台上的人互相使了个眼色，大家都明白是一回什么事！人们都站着不动伸着头去望。民兵更绷紧了脸，不说话。张裕民，李宝堂，郭富贵往台中一站，李昌喊起口号来："打倒恶霸！""打倒封建地主！"人们一边跟着喊，一边往前挤，但他们是用一种极紧张的心情看着，等着，他们除了喊口号的时候肃静极了。

"哗"的一声，民兵们在一个轻轻的命令底下同时扳动了一下枪栓，人们更紧张起来。这时只见三四个民兵把那个钱文贵押上台来。钱文贵穿一件灰色绸子夹衫，白竹布裤子，两手向后剪着。他微微低着头，眯着细眼，那两颗豆似的眼珠，还在有力的睃着底下的群众。这两颗曾经使人害怕的蛇眼，仍然放着余毒，镇压住许多人心。两撇尖尖的胡须加深着他的阴狠，场子里没有人说话。

主席焦急的望着主席，老董几人也互相焦急的望着，他们又焦急的望着李昌，李昌焦急的望着主席，主席们又望着群众，群众们看着钱文贵，他们仍然不说话。

几千年的恶霸威风，曾经压迫了世世代代的农民，农民在这种力量底下一贯是低头的。他们骤然面临着这个势力忽然反剪着手站立在他们前面的时候，他们反倒呆了起来，一时不知怎么样才好。有些更是被那种凶狠的眼光摄服了下去，他们又回忆着那种不堪蹂躏只有驯服的生活，他们在急风暴雨之前又踌躇起来了。他们便只有暂时的沉默。

这时只有一个钱文贵，他站在台口，牙齿咬着嘴唇，横着眼睛，他要压服这些粗人，他不甘被打下去。在这一刻儿，他的确还是高高在上的，他和他多年征服的力量，在这村子上是生了根的，谁轻易能扳得他动呢。人们心里恨他，刚刚还骂了他，可是他出现了，人们却屏住了气，仇恨又让了步，这情形就像两个雄鸡在打架以前一样，都比着势子，沉默愈久，钱文贵的力量便愈增长，看看他要胜利了。这时忽然从人丛中跳上去一个汉子。这个汉子有两条浓眉和一对闪亮的眼睛。他冲到钱文贵面前骂道："你这个害人贼！你把咱村子糟践的不成。你谋财害命不见血，今天是咱们同你算总账的日子，算个你死我活，你听见没有，你怎么着啦！你还想吓唬人！不行！这台上没有你站的份！你跪下！给全村父老跪下！"他用力把钱文贵一推，底下有人响应着他："跪下！跪下！"左右两个民兵一按，钱文贵矮下去了，他规规矩矩的跪着。于是人群的气焰高起来了，群众猛然得势，于是又骚动起来，有一个小孩声音也嚷："戴高帽子！戴高帽子。"郭富贵跳到前面来，问："谁给他戴？谁给他戴，上来！"台下更是嚷嚷了起来："戴高帽子！戴高帽子！"一个十三四岁的孩子跳上来，拿帽子往他头上一放，并吐出一口痰去，恨恨的骂道："钱文贵，你也有今天！"他跳下去了，有些人跟着他的骂声笑了起来。

这时钱文贵的头完全低下去了，他的阴狠的眼光已经不能再在人头上扫荡了。高的纸帽子把他丑角化了，他卑微的弯着腰，曲着腿，他已经不再有权威，他成了老百姓的俘虏，老百姓的囚犯。

那个汉子转过身来，朝着台下，大家认得他是农会主任，他是程仁。

程仁问大家说："父老们！你们看看咱同他吧，看他多细皮白肉的，天还没冷，就穿着件绸夹衫咧！你们看咱，看看你们自己，咱们这样还像人样啦！哼！当咱们娘生咱们的时候，谁不是一个样？哼！咱们拿血汗养了他啦，他吃咱们的血汗压迫了咱们几十年，咱们今天要他有钱还债，有命还人，对不对？”

“对！有钱还债，有命还人！”

“咱们再不要怕他了，今天已经是咱们穷人翻身的时候！咱们再不要讲情面。咱是农会主任，咱头几天斗争也不积极，咱不是人，咱忘了本啦！咱对不起全村的父老们。咱情愿让你们吐咱，揍咱，咱没怨言。咱如今想清了，咱要同他算账。咱从小就跟着娘饿肚子。咱为的哪桩？为的替他当牛马，当走狗吗？不成，咱要告诉你们，他昨晚还派老婆来收买咱呢，你们看，这是什么？”程仁把那个小白布包打开。一张张的契约抖落了下来。底下便又传过一阵扰嚷，惊诧的，恨骂的，同情的，拥护的声音同时发着。

“哼！咱不是那种人，咱要同吃人的猪狗算账到底！咱只有一条心，咱是穷人，咱跟着穷人，跟着毛主席走到头！”

“咱们农民团结起来！彻底消灭封建势力！”李昌也冲到台前叫着。群众跟着他高呼。

张裕民也伸开了拳头，他喊：“程仁不要私情，是咱们的好榜样！”“天下农民是一家！”“拥护毛主席！”“跟着毛主席走到头！”

台上台下吼成了一片。

于是人们都冲到台上来，他们抢着质问钱文贵。钱文贵的老婆也哭巴着一个脸，站到钱文贵身后，向大家讨饶说：“好爷儿们，饶了咱们老头儿吧！老爷儿们！”她的头发已经散乱，头上的鲜花已不在了，只在稀疏的发间看得出黑墨的痕迹，也正如一个戏台上的丑旦，刚好和她的丈夫配成一对。她一生替他做了应声虫，现在还守在他面前，不愿意把他们的命运分开。

一桩一桩的事诉说着，刘满在人丛中时时引着人喊口号。有些人问急了，便站在台上来，敲着他问，底下的人便助威道：“打他，打死他！”

钱文贵被逼不过了，心里想好汉不吃眼下亏，只得说：“好爷儿们，全是咱错了！有也罢，无也罢，咱都承认，咱只请大家宽大宽大吧！”

老婆也哭着说：“看咱八路军儿子的面子，宽大宽大他吧！”

“他妈的！”刘满跳了上来，“咱冤了你啦！你说你骗咱爹爹开磨坊，有没有这回事？”

“有，有。”钱文贵只得答应。

“你把咱大哥拉去当兵，有没有这回事？”

“有，有。”

“咱二哥给你逼疯了，有没有这回事？”

“有，有，有。”

“咱冤了你没有？”

“没有，没有。”

“他妈的！那你为什么要说‘有也罢，无也罢’，你们问哪件事冤了他？他妈的，他还在这儿装蒜咧。告诉你，咱同你拼了，你还咱爹来！还咱大哥来！还咱二哥来！”

底下喊：“要他偿命！”“打死他！”

人们都涌了上来，一阵乱吼：“打死他！”“打死偿命！”

一伙人都冲着他打来，也不知是谁先动的手，有一个人打了，其余的便都往上抢，后面的人群够不着，便大声嚷："拖下来！拖下来！大家打！"

人们只有一个感情——报复！他们要报仇！他们要泄恨，从祖宗起就被压迫的苦痛，这几千年来的深仇大恨，他们把所有的怨苦都集中到他一个人身上了。他们恨不能吃了他。

虽然两旁有人拦阻，还是禁不住冲上台来的人，他们一边骂一边打，而且真把钱文贵拉下了台，于是人更蜂拥了上来。有些人从人们的肩头上往前爬。

钱文贵的绸夹衫被撕烂了，鞋子也不知失落在哪里，白纸高帽也被踩烂了，一块一块的踏在脚底下，秩序乱成一团糟，眼看要被打坏了，张裕民想起章品最后的叮嘱，他跳在人堆中，没法遮拦，只好将身子伏在钱文贵身上，大声喊："要打死慢慢来！咱们得问县上呢！"民兵才赶紧把人们挡住。人们心里恨着，看见张裕民护着他，不服气，还一个劲的往上冲。张裕民已经挨了许多拳头了，却还得朝大家说："凭天赌咒，哪一天咱都焦心怕斗争他不过来啦！如今大家要打死他，咱还有啥不情愿，咱也早想打死他，替咱这一带除一个祸害，唉！只是！上边没命令，咱可不敢，咱负不起这责任，杀人总得经过县上批准，咱求大家缓过他几天吧。就算帮了咱啦！留他一口气，慢慢的整治他吧。"

这时也走来好些人，帮着他把人群拦住，并且说道："张裕民说的对，一下就完结了太便宜了他，咱们也得慢慢的让他受。"很多人便转弯："这杀人的事么，最好问县上，县上还能不答应老百姓的请求，留几天也行。"但有些人还是不服："为什么不能打死？老百姓要打死他，有什么不能？"老董走出来向大家问道："钱文贵欠你们的钱，欠你们的命，光打死他偿得了偿不了？"

底下道："死他几个也偿不了。"

老董又问："你们看，这家伙还经得起几拳？"

这时有人已经把钱文贵抬回台上了。他像一条快死的狗躺在那里喘气，又有人说："打死这狗×的！"

"哼！他要死了，就不受罪了，咱们来个让他求死不得，当几天孙子好不好？"老董的脸为兴奋所激红，成了个紫铜色面孔。他是一个长工出身，他一看到同他一样的人，敢说话，敢做人，他就禁止不住心跳，为愉快所激动。

有人答："好呀！"

也有人答："斩草不除根，终是祸害呀！"

"你们还怕他么？不怕了，只要咱们团结起来，都像今天一样，咱们就能制伏他，你们想法治他吧。"

"对，咱提个意见，叫他让全村人吐吐啦，好不好？"

"好！"

"咱说把他财产充公大家分。"

"要他写保状，认错，以后要再反对咱们，咱们就要他命。"

"对，要他写保状，叫他亲笔写。"

这时钱文贵又爬起来了，跪在地下给大家磕头，右眼被打肿了，眼显得更小，嘴唇破了，血又沾上许多泥，两撇胡子稀脏的下垂着，简直不像个样子。他向大家道谢，声音也再不响亮了，结结巴巴的道："好爷儿们！咱给爷儿们磕头啦，咱过去都错啦，谢谢爷儿们的恩典！……”

一群孩子都悄悄的学着他的声调：“好爷儿们！……”

他又被拉着去写保状，他已经神志不清，却还不能不提起那枝发抖的笔，一行行的写下去。大会便讨论着没收他的财产的问题，把他所有的财产都充公了，连钱礼的也在内，但他们却不得不将钱义的二十五亩留下，老百姓心里不情愿，这是上边的规定，他是八路军战士啦！老百姓也就只好算了。

这时太阳已经偏西了。有些孩子们耐不住饿，在会场后边踢着小石子。有些女人也悄悄溜回家烧饭，主席团赶紧催着钱文贵快些写，“谁能等你慢条斯理的，你平日的本领哪里去了！”

主席团念保状的时候，人们又紧张起来，大家喊：“要他自个念！”

钱文贵跪在台的中央，挂着撕破了的绸夹衫，鞋也没有，不敢向任何人看一眼。他念道：

“咱过去在村上为非作歹，欺压良民……”

“不行，光写上咱不行，要写恶霸钱文贵。”

“对，要写恶霸钱文贵！”

“从头再念！”

钱文贵便重新念道：“恶霸钱文贵过去在村上为非作歹，欺压良民，本该万死，蒙诸亲好友恩典……”

“放你娘的屁，谁是你诸亲好友？”有一个老头冲上去唾了他一口。

“念下去呀！就是全村老百姓！”

“不对，咱是他的啥个老百姓！”

“说大爷也成。”

“说穷大爷，咱们不敢做财主大爷啊！大爷是有钱的人才做的。”

钱文贵只好又念道：“蒙全村穷大爷恩典……”

“不行，不能叫穷大爷，今天是咱们穷人翻身的时候，叫翻身大爷没错。”

“对，叫翻身大爷。”

“哈……咱们今天是翻身大爷，哈……”

“蒙翻身大爷恩典，留咱残生……”

“什么，咱不懂。咱翻身大爷不准你来这一套文章，干脆些，留你狗命！”人丛里又阻住钱文贵。

“对，留你狗命！”大家都附和着。

钱文贵只得念下去道：“留咱狗命，以后当痛改前非，如再有丝毫不法，反对大家，甘当处死。恶霸钱文贵立此保状，当众画押。八月初三日。”

主席团又让大家讨论，也就没有多的意见了，只有很少一部分人还觉得太便宜了他，应该再让打几拳才好。

钱文贵当众被释放回去，只准暂时住在钱义院子里，他的田地以外所有的财产，立刻由农会贴封条去。留多少给他，交由评地委员会分配。

最后选举了评地委员会，刘满的名字被所有的人叫着。郭富贵也被选上了。李宝堂的主席当的不错，人们也选上了他。郭全是一个老农民，村上的地亩最熟，便也当选了。他摸着他那像两把刷子似的胡须难为情的说道：“你们不嫌咱老，要咱办点事，咱还能不来!”

人们又选了任天华,他是一个打算盘的能手,心里灵,要没有他,账会搞的一片糊。侯清槐也能算,又年轻,不怕得罪人,有人提议他,也通过了。最后他们还选了农会主任程仁。程仁不受钱文贵收买,坚决领导大家闹斗争,他们拥护这个农会主任。

这次闹土地改革到此时总算有了个眉目,人们虽然还是有许多担心,但总算过了一个大关,把大旗杆拔倒了。他们还要继续斗争下去,同村子上的恶势力打仗,他们还要一个一个的去算账。他们要把身翻透。他们有力量,今天的事实使他们明白他们是有力量的,他们的信心提高了,暖水屯已经不是昨天的暖水屯了,他们在闭会的时候欢呼。雷一样的声音充满了空间。这是一个结束,但也是开始。

(收入《太阳照在桑干河上》,光华书店 1948 年 9 月版)

戏　剧

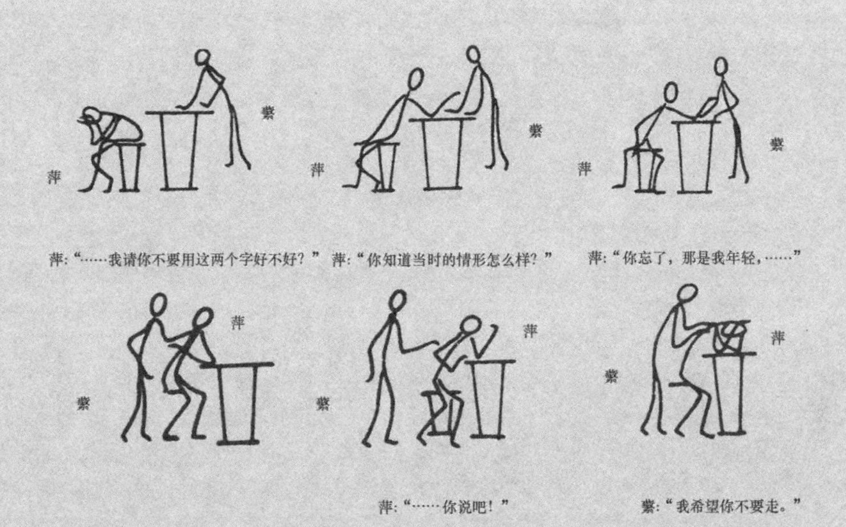

获虎之夜

（独幕话剧）

田　汉

人　物　魏福生——富裕的猎户。

魏黄氏——魏福生妻。

莲　姑——魏福生独生女。

祖　母——莲姑的祖母。

李东阳——邻人，甲长。

何维贵——李的亲戚，农夫。

黄大傻——莲姑表兄。

屠大、周三、李二——魏家所雇的长工。

时　间　辛亥革命后某年的一个冬夜。

地　点　长沙东乡仙姑岭边一山村。

布　景　魏福生家的“火房”（即乡下人饭后的休息室，客人来时的应接室，冬夜一家人围炉向火处）。

〔开幕时魏福生坐炉旁吸水烟。其母老态龙钟坐在草围椅上吸旱烟。福生之妻正泡茶。莲姑，十八九岁，山家装束而不掩其美，将泡好的茶用盘子托着先奉其祖母，次奉其父，然后走出“火房”送给她家的佣工们。魏福生目送其女出去，对其妻低语。

魏福生　莲儿嫁到陈家里去不取第一也要取第二，他家那样多的媳妇，我都看见过，就人物讲，很少及得我们孩子的。

魏黄氏　（感着一种母亲的夸耀）前几天罗大先生也这样说呢。费去了好多心血总算替她挣了这点点陪奁。要不然，单只模样儿好，陪奁太少也还是要遭妯娌们看不起的。

魏福生　也当感谢仙姑娘娘，难得这几年运道还好，新近又一连打了两只虎。不然，事情哪有这样顺手？

魏黄氏　（因而想起）铳装好了没有？

魏福生　装好了，还没有上线。等再晚一点，把线上好，今晚准不会落空的。

魏黄氏　只要再打到一只，莲儿又可以多添一样嫁妆了。我还想替她到城里去买一幅锦缎被面和一个绣花帐檐子。没有多少日子就要过门了，不赶快办，怕来不及。

魏福生　若是再打到了一只大点儿的，也不必抬到城里去请赏了，就把皮剥下来替莲儿做一床褥子，倒也显得我们猎户人家的本色。我打第一只虎的时候，就有这个意思。莲儿，你……莲儿怎么不进来？

魏黄氏　（微笑）八成是听得说她的事，不好意思，回到自己房里去了吧。

魏福生　她这一向还好，从前她真是不听话，几乎把我气死了。

魏黄氏　我也何尝不气，只是听得她晚上那样哭，我又是恨，又是可怜她……到底是我身上的肉啊。(想了想)那颠子还在庙里吗?

魏福生 唔。还在庙里,还住在戏台下面。本想把他驱逐出境,可是地方上见他年纪轻,少爹没娘的,也并不为非作歹,都不肯赶他,我也不好把我的意思说出来。

魏黄氏 真是这些时候也没有见他打我们门口走过了。

魏福生 大约是挨了我那一次打,就不敢再来了。那种颠子单骂他一两句,他是不怕的。

祖　母 那孩子也真可怜啊。你骂他一两句,要他以后别来了,不就够了,打他做什么呢?

魏福生 你老人家哪里晓得,那孩子看去好像颠颠傻傻的,对莲儿可一点也不傻。起初我让他跟莲儿一块儿玩,不大管他,后来长大了,还天天来找莲儿,莲儿仿佛也离不开他,我才晓得坏了。那时颠子的娘刚死不久,我荐他到田家塅王家看牛。他说他不愿到那么远的地方去,又说他虽是无家可归了,但不愿离开仙姑岭。打那时候起,他就在庙里的戏台底下过日子。可怜也实在可怜,可一想到他害得莲儿不肯出嫁,怎么叫我不恼火!

魏黄氏 好了。现在也不必恨他了,反而叫我们给莲儿选了家好人家。

魏福生 (忽然想起)喂,前天莲儿到哪里去来?

魏黄氏 同下屋张二姑娘到拗背李大机匠家里去来。我要她送几斤虎肉给他,顺便问他那匹布织完了没有。

魏福生 以后要屠大爷送去好哪,姑娘家不要到外面跑。我仿佛看见她打那一边岭上下来的呢。

魏黄氏 你为什么问起这事?

魏福生 莲儿有好久没有出门,我怕她又跑到庙里去。

祖　母 到庙里去敬敬菩萨也不要紧啊。

魏福生 敬敬菩萨自然没有什么,就怕她又去会那颠子。

魏黄氏 有张二姑娘跟着她呢。再说,莲儿自从定了人家,早已把那颠子忘了。

魏福生 但愿那样就好。

〔此时外面有人声对语。李东阳带何维贵来访魏福生,屠大迎接他们。

屠　大 (在内)哦!李大公来了。请进。

李东阳 (在内)哦,大司务,福生在家吗?

屠　大 (在内)在火房里坐。请进。

〔屠大登场。

屠　大 客来了。(退场)

〔李东阳、何维贵登场,魏福生等起迎。

李东阳 魏老板!

魏福生 哦,甲长先生来了。请坐,请坐。这位是谁?

李东阳 这是舍亲,姓何,住在塅里。

魏福生 哦,何大哥。几时进坤来的?

何维贵 下午来的。

李东阳 他是今天下午进坤的。他们家几代住在塅里,难得到坤里来。他是我侄郎的哥哥。前回我到塅里去"散事",在他家住了一晚。谈起坤里柴火怎么多,坡土怎么好，怎样晚上可以听得老虎豹子叫，又谈起你们家新近打了两只老虎，于今一只抬到城里请赏去了，还有一只关在笼子里，他们家里人没有见过老虎，都想来看看。这位老哥，尤其动了意马心猿，非同我来不可。我只好带他来。

何维贵 （忽听得什么叫，忙着扯住李东阳手）嗳呀，这、这是不是虎叫？

〔魏福生同家人皆笑。

魏福生 这不是虎叫，这是后面猪圈里猪叫。

李东阳 ……第二次打的老虎也抬到城里去了吗？

魏福生 抬去四五天了。

李东阳 怎么你没有去？

魏福生 我没去，要老二去了，顺便办一些货回来。我在家里还有些事情。

李东阳 那么，维贵，你来得不凑巧。你那样要看老虎，好容易到坤里来，老虎又抬走了。

魏黄氏 （一面献茶与客）真是，何大哥，你早五六天来就好了。嗳哟，没有抬走的时候看的人真多啊！抬走之后两三天还有好些人赶来看，都扑个空回去了。周家新屋的三太太从城里回，也来看虎，她靠近笼子站着，听得虎一吼，身子往后一仰，两手这样往前一拍，手上一对玉钏子，啪！全砸碎了。

何维贵 嗳呀，好凶！

李东阳 （笑了）你家捉了老虎的事，真传得远，连春华市那一边都知道了。那地方的都总太太都想来看一看呢，可惜你们急着把老虎送到城里去了。

魏福生 不要紧。今晚若是运气好，还可以打一只，就怕捉不到活的。

李东阳 为什么？又装了陷笼啦？

魏福生 不是陷笼，是抬枪，只等人静一点，就要上线呢。

李东阳 装在什么地方？

魏福生 装在后面岭上。

李东阳 那里没有人走吗？

魏福生 这么晚谁还跑那边岭上去，再说，谁都知道昨天已经发了山。

李东阳 那么恭喜你今晚上又打一只大老虎，该请我喝一杯喜酒吧。

魏福生 那自然哪。莲儿就是这几天要过门了。今晚上再打一只老虎，我一定把喜酒办得热热闹闹的，请甲长先生多喝几杯。

李东阳 哦，不错，听说莲姑娘就是这几天要出门子了。我还没有预备一点添箱的礼物哩。

魏黄氏 嗳呀，大公不要费心了。前天承大娭毑送来了一个布，两个被面，我们已经不敢当得很哩。

李东阳 哪里的话，正应，正应。陈家几时过礼？

魏黄氏 初一过礼。

李东阳 你们这头亲事真是门当户对，不要说在我们这门前上下，就是在全乡里也是少有的。

〔屠大登场。

屠　大 大老板，我们可以上线去了吧。

〔此时房里久已点灯。炉中柴火熊熊。

魏福生　(起视窗外)可以去了。你们得小心点啊。

屠　大　晓得。

李东阳　你们家这位屠司务真是个好人。

魏福生　哼。他做事靠得住。

魏黄氏　有一句讲一句,屠司务真是个老实人。他在我们家做了五六年长工,从来没和我们闹过半句嘴。哦……我记起来了,你们二姑娘不也要出阁了吗?

李东阳　嗯。明年三月安排把她嫁到金鸡坡侯家去。

魏黄氏　侯家!那真是好人家呀。三十几人吃茶饭,长工都请了七八个。二姑娘嫁到那样的人家真是享福啊。

李东阳　嗨,分得她有什么福享?不过可以不挨饿就是了。他家的儿媳妇是有名的不好当的:要起得早,睡得晚,纺纱绩麻,烹茶煮饭,浆衣洗裳不在讲,还得到坡里栽红薯,田里收稻子,一年到头忙得个要死,若是生了个一男半女就更麻烦了。

魏黄氏　不过这样的人家才是真正的好人家啊。越是一家人勤快,省俭,越是兴旺。

李东阳　是。我也正是取他们家这一点,才把二姑娘看到他家去的。她的娘疼爱女儿,听说侯家里是那样的人家,起初还不肯回红庚呢。

祖　母　福生,你叫胡二爷到柴屋里去弄些硬柴来。今晚若是打了老虎还有好一会耽搁呢。

魏福生　我自己去吧。(起身出门)

李东阳　娭毑,你老人家真健旺得很。

祖　母　咳,讲给大公听,到底上年纪了,不像从前那样结实了啊。

何维贵　你老人家今年高寿是?

李东阳　你猜猜看。

何维贵　我看……跟我的娭毑上下年纪吧?

魏黄氏　你的娭毑有多大年纪了?

何维贵　今年七十五岁。

魏黄氏　那么比她老人家还小一岁。

李东阳　他的娭毑也健旺得很。我早几天在他家里,还见她老人家替孙子绣兜肚呢。

魏黄氏　我的娭毑眼睛不如从前了,可就是脚力好。仙姑殿那样陡的山坡,她老人家还爬得上去。

李东阳　我们后班子真不及老班子啊。

魏黄氏　是啊。

祖　母　我们算什么,没有见你的公公呢。他老人家八十岁那年,还跟后班子赌狠,推起两石谷子上山呢。

何维贵　嗳呀,好健旺!我怕都做不到。

祖　母　你们十八九岁的人,“出山虎子”,正是出劲的时候,有什么做不到。

〔魏福生抱柴来,放在火炉弯里。

魏福生　你们讲什么?

李东阳　我们正谈起现在这班年轻人还不及老班子有气力。

魏福生　这是实在的话。就拿我们猎户讲,现在的人哪里及得老一辈,不过器械方法比从前精巧些罢了。

何维贵　魏老板，你府上从前那两只老虎是怎样打的呢？

魏福生　说起来，也有趣得很。我们去年也打过几只，可没有今年这两只来得容易。第一只尤其是意外之财，那时我家刚做好一只陷笼，还没有抬到山上去，就把它放在猪圈后面，把门子打开，只望万一关只把小野物。不料睡到半晚，忽然听得猪圈里乱动起来，接着是几声扯锯子似的吼叫。我们赶忙爬起来，拿了猎枪，虎叉，掌起灯，往猪圈后面一看时：原来笼子里关了一只大老虎。这老虎打我们屋边经过，听得猪叫，想来吃猪，没有别的路，就打笼子里钻进来，使劲爬猪圈，机关一动，啪嗒！后面的门就关下来了。有了这次的好处，后来我们又做了一个笼子，比前一个还要巧，装在那边岭上的树乱里，四周都用树枝子盖好，只留一条进路。笼子后面放些猪羊鸡鸭之类，都捆了腿子，让它们在里面乱踢乱叫。冬天里的饿老虎，打岭上经过，听得树乱里有生物叫，还有个不钻进去的？果然第三天晚上，我们又装了一只，这就是五天前抬到城里请赏的那一只。

何维贵　打虎这样容易吗？

魏福生　哪里会都这样容易！这不过是我走运罢了。你们走过的仙姑岭左边不是有一个长坡吗？那里原先不是像现在这样的光坡，是一带深山老林。近处的人知道那里边有老虎窝，谁也不敢去砍柴，因为长远没有人砍伐，那一带林子就越长越密，深得不见天日。后来里面虎多了，常常出来侵害附近人家的牲口，到了晚上常听得有老虎吼叫，近边人家都不敢安心睡觉。后来把长坡易四聋子的儿子也咬去了。易四聋子是我们乡里有名的猎户，他们夫妇就单生这个儿子，宠得跟性命一样，一旦给虎咬去了，那还受得了？他发誓要杀尽这一坡的老虎。他有个朋友姓袁，也是个有名的猎户，人家叫他袁打铳，也愿意帮他给地方除害。易四聋子每天背着猎枪，提着刀，到坡里找，有一天果然被他找出了一条路，照那条路走进去，就到了老虎窝。一看，母虎不在，只剩下了四个小虎在窝里跳。虎窝旁边还有一堆小孩子的头腿，肉都啃没了。易四聋子不看犹可，一看见这堆骨头他又是伤心，又是冒火，一阵乱刀就将那几只小老虎都砍死在窝里。易四聋子知道母老虎一定要报复的。第二天就邀袁打铳跟许多猎户来围山。那天那母虎回来见小老虎都死了，整整吼了一夜。第二天他们围山的时候，它坐在窝里等着。……

〔忽闻许多猎犬声，屠大和二三伙友从山上回来。

〔屠大、周三登场。

魏福生　装好了吗，屠大？

屠　大　全都装好了。

魏福生　山上有人走吗？

屠　大　这个时候什么人会走到那样的岭上去？

魏黄氏　屠大爷，周三爷，快来烘一烘，今晚冷得很哩。

周　三　也不怎么冷。

〔魏黄氏折些带叶的干柴，烧起熊熊的火来。屠大、周三二人烘着。

李东阳　屠大爷你的衣袖子烂得不成样子了。

魏黄氏　昨天我要他交给莲儿缝补缝补，他又不肯。

屠　大　我的衣哪里敢烦莲姑娘补呢？反正在山里干活的人别想穿一件好衣，就有件把好衣,到深山里跑个三两趟,也完了。

李东阳 我老早劝屠大爷讨一个老婆,他总不听,不然,不早有人替你缝补了?

屠　大 甲长老爷,你也得体恤民情呀。像我们这样连自己也养不活的人还能养得活老婆吗?

李东阳 话虽是这样说,老婆总是要讨的。也没有见单身汉子个个有了钱,也没有见讨了老婆的个个都饿死了。

我还是替你做个媒吧。

周　三 我也替你做个媒吧。

屠　大 (笑向周三)你替我做个什么媒呀,你有什么姑子要嫁给我呢?

周　三 这姑娘你也见过的,就是后屋朱太太的大小姐。

屠　大 后屋有什么朱太太?

〔魏福生和魏黄氏早笑了。

屠　大 哦,(打周三)你这坏蛋。

魏福生 喂,屠大爷,你快去把器械安排好。等一会就要用呢。

屠　大 好。周三爷你赶快替我磨刀去。

〔屠大、周三下场。

李东阳 今晚上一定又该你发财呢。

魏福生 哈哈,这些事也要靠运气。法子总得想,能不能到手可说不定。这回叫"谋事在人,成事在天"哩。

何维贵 第二天又怎么样呢,魏老板?

魏福生 (突如其来,摸不着头脑)第二天?

何维贵 第二天他们去围山,捉到那只老虎没有呢?

魏福生 啊,你是说易四聋子打虎啊。对,第二天易四聋子就邀了袁打铳跟本地好几位有名的猎户去围山。易四聋子跟袁打铳奋勇当先,照着他昨天找到的那条路,一步步逼近老虎窝,等到相隔不远的时候,见那只母老虎正按着爪子等他,这真叫"仇人见面",他举起枪,瞄准老虎头上就是一枪。老虎听得枪一响,照着枪烟,一个蹿步扑过来。易四聋子本想趁势刺它的肚子,但是来不及了,老虎扑到他的头上来了。他丢了手里的东西一把抱住母老虎的腰,把头紧紧地顶住它的咽喉,把两只脚紧紧地撑住它的后腿,任凭它怎样的摆布,他只是死命地抱着它不放。易四聋子的好朋友袁打铳,跟其他猎户们,救也不好,不救也不好。袁打铳隔得近,爬到树上,对准那老虎打了两枪,老虎打急了。等到第三枪,它就地一滚,那枪子打在易四聋子的腿上,虽然没有打中要害,但痛得他把腿一缩,头上也不由得松下来。那老虎趁这工夫大吼了一声,把易四聋子的脑袋咬了半边,几跳几蹿地就跑出去了。因为势子太凶了,猎户们谁也不敢挡它的路。袁打铳一面收拾他朋友的遗体,一面发誓除掉那只老虎,替他朋友报仇。从此以后,他就时常一个人背着枪,去找那只老虎。后来也打了好几只虎,可始终不是咬他朋友的那一只。他有一个儿子,叫友和,十四五岁了。袁打铳怕他死了之后他朋友的仇不能报,常常把母老虎的样子对友和说,要他长大了也做一个猎户,务必找到这只老虎,把它打死,祭他朋友的灵,才算孝子,因此友和心目中也常常有这么一只虎。

何维贵　他的儿子后来打到这只虎没有呢？

魏福生　你听哪。第二年春二月间，友和跟几个小朋友到枫树坡去寻惊蛰菌，这个坡里也因为林子深，没有人敢去砍柴，地下树叶子落得厚，每年结的菌子也最多。这些小孩越取越多，越多越高兴，就不顾危险往林子深处钻。正拣得高兴的时候，忽然一个小孩吓得叫也不敢叫出来，拚命地扯起他们跑。他们问："看见什么啦？"他说："有虎！"听得有虎，大家都往外跑，把取下来的菌子撒满了一地。可是跑了好一阵，却没见什么东西追出来，瞧有虎的那边林子，一点响动也没有。他们都奇怪。内中有大胆的就再跑到林子里去偷看，袁友和也是一个。一看林子里有一块小小空地，空地上坐着一只刚才吓得他们乱跑的大老虎，嘴里还咬着一块什么东西，两只眼珠鼓得有茶杯那样大，可是它不动，连哼也不哼一声，听听，好像连气息也没有。袁友和胆子最大，拣起一块小石头照那老虎头上一扔，打个正着，可它还是不动。袁友和知道世界上没有这样好脾气的老虎，一看它的头上还有一两处伤哩，心里早想起他爹爹时常对他说起的那只母老虎。他告诉那些小朋友，可是谁也不敢走近那老虎，还是友和跑过去把它一推，哗啦一声就倒了。原来那只母老虎自从咬了易四聋子，带了重伤逃出来，就藏在这林子里死了，如今只剩得皮包骨头，嘴里还衔着易四聋子的半边脑壳哩。

何维贵　那么为什么它还坐着呢？

魏福生　这就叫"虎死不倒威"嘛。后来友和回去把他老子喊来一看，果然是那只老虎。袁打铳把易四聋子那半边脑壳交给他家里跟遗体一起葬了；把老虎的皮骨祭了他的灵，才算完了他一桩心事。……

〔正说到这里忽听得山上抬枪一响。

魏福生　嚇！

屠　大　（在内）枪响了。大老板！我们快去吧。

李东阳　福生，你的财运真好。这次包你又打了一只大虎了。

祖　母　若真是只老虎，那么莲儿又多添一样陪奁了。

魏福生　但愿又是只老虎，不要打了一只什么小的野物，那就不值得了。

〔屠大携猎枪、虎叉之类登场。

屠　大　不会，一定是只大虎。小野物不走那条路的。

魏福生　我也这样想。

何维贵　我们也去看看吧。

魏福生　何大哥要去看看也好。

李东阳　我也同去看看。

魏福生　（对魏黄氏）你赶快去烧好一锅水，等一下有好一阵子忙呢。

魏黄氏　我早已预备好了。

周　三　（在内）喂！去呀。

魏福生
屠　大　（同声）去呀。（各携器械退场）

魏黄氏　娭毑，你老人家睡去吧。

祖　母　还坐一会也好。等他们把虎抬回来再睡。又有好一阵子忙，我在这里烧烧火也是好的。

魏黄氏　啊呀,炊壶里没有水了。莲儿!

莲　姑　(在内)来了。

〔莲姑登场。

莲　姑　妈妈,什么事?

魏黄氏　你去添一壶水来。等一会儿他们回来了,要茶喝呢。

莲　姑　是。

〔莲姑携壶下场,旋即携一满壶水登场,依然把壶挂在火炉里的通火钩上。

莲　姑　妈,又打了一只老虎吗?

魏黄氏　屠大爷说一定是只老虎。别的野物,不走那条路的。再说,昨天不是发了山了吗?

祖　母　若是只虎,你爹爹不知该多喜欢。他说这次就不抬到城里去请赏了,要把皮剥了给你做一铺褥子。

魏黄氏　日子近了,你那双鞋还不赶快做好!

莲　姑　我不做。

魏黄氏　蠢孩子。你为什么不做?

莲　姑　我不要穿鞋了。

魏黄氏　蠢话!为什么不要穿鞋了?

莲　姑　我不要活了。(哭)

魏黄氏　胡说!为什么不要活了?

莲　姑　爹妈若是一定要我出嫁……

魏黄氏　你还嫌陈家里不好吗?

莲　姑　不是。

魏黄氏　嫌三少爷配不上你?

〔莲姑摇头不语。

魏黄氏　那么为什么又不愿意去了呢?

莲　姑　……不愿意去就是不愿意去嘛。

魏黄氏　好孩子,你先前说得好好的,怎么这会子又变卦了呢?这样的终身大事岂是儿戏得的!人家已经下了定了,你又不愿意去了。就是我肯,你爹爹肯吗?就是你爹爹肯,陈家里能答应吗?你总得懂事一点,你现在也不是七八岁的小姑娘了。放着陈家这样的人家不去,你还想到什么人家去?

祖　母　是呀。像陈家那样的人家在我们乡里是选一选二的。他家里肯要你,真是你的八字好呢。你不到他家去,还想到什么更好的人家去?就是有更好的人家,他不要你也是枉然哪。

莲　姑　我什么人家也不愿意去。我在家里伺候娭毑、妈妈不好吗?

魏黄氏　你这话更蠢了。哪里有在娘边做一辈子女儿不出门子的呢?我劝你不要三心两意的了。你只赶快把鞋子做好,别的陪奁我也替你预备得有个八成了。只候你爹爹打了这只虎,替你做床虎皮褥子,还托二叔到城里买一幅绣花帐檐,锦缎被面子,就要过礼了。你刚才这些话我原晓得你是故意跟我淘气的,你要出嫁了,你妈还能把你怎样吗?只回头不要对你爹爹这样说,你爹爹若听见了这些话,你是晓得他的脾气的。

祖　母　是呀。你爹爹他若听说你不愿意,你看他会怎么样气吧。

莲　姑　我不管爹爹气不气,我只是不去就是了。

魏黄氏　好,你有本事等一下对你爹说去。我懒得跟你麻烦。我要到灶屋里去了。(下)

莲　姑　(走到祖母前)娭毑,我……

祖　母　(抚之)傻孩子,你哭什么?你的命不是比你妈、你娭毑都好吗?

莲　姑　不。娭毑,我是一条苦命。

〔隐约闻外面人声嘈杂,猎犬吠声。

祖　母　你听,你爹爹跟屠大爷他们抬虎来了。你出阁的时候又要添一样好陪奁了。你也可以早些到陈家里去享福去了。你还不到大门口去看看去。

莲　姑　不,我不要去看。我怕这个老虎。

祖　母　你又不是才看见过老虎的。怕它做什么?以前捉了活的还不怕,此刻是打死了抬回来的,更不必怕了。

莲　姑　我怎么不怕它?它是催我的命的。

祖　母　瞧你,你又跟黄大傻一样地发起颠来了。

莲　姑　娭毑,是的,我是跟他一样颠的,我怕我会变成他那一样的颠子呢。

祖　母　你越说越傻了。好好的人怎么会颠?

〔人声、狗声愈近。

祖　母　好。(站起来)

〔众声嘈杂中闻甲长之声:"抬进去,抬进去。"

祖　母　你听,虎已经抬到门口来了。快去看看去。

莲　姑　不,我不要看。老虎进来,我就要出门子了。

〔人声,脚步声,猎犬吠声,已闹成一片了。

屠　大　(在内)顾三爷,你把大门推开些,推开些。

魏福生　(在内)堂屋里快安排一扇门板。

李东阳　(在内)你把脚好生抱着,抬进去。

祖　母　莲儿,虎抬进来了。快去看看。

莲　姑　不。我不要看。

〔人声、足步声愈近。

魏福生　(在内)抬到堂屋里去。

李东阳　(在内)不,抬到火房里去。

祖　母　你快去开门,虎要抬到火房里来了。

魏福生　(在内)何必抬到火房里去?

李东阳　(在内)天气冷,抬到火房里去吧。快去安置一下。

〔火房门开了,李二进来把左壁大竹床上的东西挪开,铺上一床棉褥,把衣服卷成一个枕头,放好。李东阳进来,把椅凳移开。在莲姑和她祖母的错愕中间,魏福生和屠大早半抬半抱的抬进一只"大虎"——一个十七八岁的褴褛少年。腿上打得鲜血淋漓,此时昏过去了。让他们把他尸骸般的抬起放在那大竹床上。

祖　母　怎么哪,打了人?

魏福生　有什么说的，倒楣嘛！

李东阳　你老人家快把火烧大一点。福生，你得赶快去请一个医生来。

魏福生　这时候到哪里去请医生呢？槐树屋梁六先生又上城去了。

李东阳　不，得立刻去请一个来，他伤得很重，弄出人命来不是玩的。

魏福生　屠大爷，那么你到文家坤文九先生那里去一趟，请他老人家务必今晚来一趟。李二爷，你也同去，好抬他的轿子。

〔屠大、李二匆匆退场。

〔魏黄氏急登场。

魏黄氏　打了人？打了谁呀？

魏福生　还有谁！还不是那个晦气。

〔魏黄氏与莲姑的眼光都转到那褴褛少年脸上。

魏福生　他晕过去了。快烧碗开水灌他一下。（忽注意到莲姑）莲儿快进去，不要呆在这里。

莲　姑　（目不转睛地望着那面色灰败的少年，似没有听得她父亲的话，旋疑其视觉有误，拭目，挨近一看）嗳呀，这不是黄大哥？黄大哥呀！（哭）

魏黄氏　当真是那孩子，怎么瘦到这样了。咳，真是想不到。（起身，烧水去）

魏福生　不识羞的东西，他是你什么黄大哥？还不给我滚进去！

祖　母　（起视）当真是那孩子吗？

魏福生　不是那个颠子，这个时候谁还跑到岭上去送死？背时人就碰上这样的背时东西。

祖　母　伤在哪里？

魏福生　伤了大腿。只要再打上一点，这家伙就没有命了。

李东阳　现在还是危险得很，血出的太多。我们走近他的时候还以为是只虎，仔细一看才知道是他在那里乱滚。

魏福生　他伤的那样重，见了我还跟我道恭喜呢。这个混账东西！

祖　母　快替他收血。把他喊转来。可怜这孩子已经是个颠子了，不要又弄成个残疾。

魏福生　（伏在少年腿边作法收血）功程太大了，不容易收。我去叫下屋李待诏来。甲长先生，请你替我招呼一下，我去一下就来。

李东阳　可以。你去。这里我招呼。

魏福生　谢谢你，甲长先生。（下去了）

莲　姑　（等他父亲走后，挨近少年身边，寻着伤处）哦呀，伤得这么重！（摸一手的血）出这样多的血！嗳呀，怎么得了！（哭。忽悟哭也无益，急起身进房）

〔闻撕布声。

李东阳　（对何维贵）今晚领你来看老虎，想不到看了这样一只虎。你先回去吧。我要等一下才能走。（送何维贵到门口）你出大门一直走，走到那株大樟树那里拐弯，进那个长坡，就看见我的家了。你看得见吗？拿个火把去吧。

何维贵　不消得，我看得见。

周　三　我带何大哥去好哪。我还要顺便到一下李家新屋，问他们家要些药来。他们有云南白药。

李东阳　那更好了。你对大嫔驰说，我等一下就回来。

〔何维贵、周三退场。

〔莲姑携白布和棉花一卷登场,就黄大傻侧坐。替他洗去血迹,绷裹伤处。少年略转侧,微带呻吟之声。

莲　姑　(细声呼少年)黄大哥,黄大哥!

黄大傻　(从呻吟声中隐约吐出一种痛苦的答声)唔。

李东阳　壶里的水开了。快灌点开水。

〔黄氏冲一碗开水,俟略冷,端到黄大傻身边。祖母拿支筷子挑开他的口,徐徐灌下。

李东阳　好了,肚子里有点转动了。

祖　母　咳,这也是一种星数。

莲　姑　(微呼之)黄大哥,黄大哥。

黄大傻　(声音略大)唔。嗳哟。

祖　母　可怜的孩子,这一阵子他痛晕了呢。

黄大傻　(呻吟中杂着梦呓)嗳哟,莲姑娘,痛啊。

魏黄氏　这孩子这样痛,还没有忘记莲儿呢!

莲　姑　(抚之)黄大哥。

黄大傻　(睁开眼四望)哦呀。我怎么在这里?我怎么睡在这里?

李东阳　你刚才在山上被抬枪打了,我们把你抬到这来的。这会子清醒了一点没有?

黄大傻　好了一点。哦呀,李大公。哦呀,姑母,姑姨驰,莲姑娘。莲姑娘,我怎么刚才在山上看见你?我当我还倒在山上呢,嗳哟。(拭目)莲姑娘,我们不是在做梦吗?

莲　姑　黄大哥,不是做梦啊,是真的。你睡在我们家火房里的竹床上。

黄大傻　是真的?……我没想到今晚能再见你啊,莲姐!听说你要出嫁了。听说就是这几天要过门了。我想来跟你道喜,又没有胆子进这张门。我只想,只想到你出阁那天,陈家一定要招些叫化子来打旗子的。那时候我就去讨一面旗子打了,算是我跟你道喜。是,是哪一天?日子已经定了没有?

莲　姑　黄大哥……(哭不可抑)

〔魏福生急上。

魏福生　李待诏不在家,找了一个空,血止了一点没有?

李东阳　止了一点。莲姑娘替他裹好了。

魏福生　(见莲姑)莲儿还不进去。进去!

〔莲姑踌躇。

魏福生　还不进去,你这不识羞的东西!

莲　姑　爹爹,我今晚要看护他一晚。女儿这一辈子只求爹爹这一件事。

魏福生　他是你什么人?为什么要你看护他?他受了伤,我自然要想法子替他诊好的,不要你过问。你还不替我滚进去!

李东阳　福生,让她招呼一下何妨呢?病人总得姑娘们招呼好些。

魏福生　甲长先生,你不大晓得这个情形。……我是决不让我女儿看护他的。第一,我就不知道他这样晚为什么要跑到那样的岭上去送死?

李东阳　心里不大明白的人,总是这样的。

魏福生　不。你说他傻吗,他有时候说出话来一点也不傻。我真不懂他为什么老寻着我们家吵。

黄大傻 姑爹,以后我再也不要你老人家操心了。再也不到你老人家府上来了。今晚上是最末一次。真没想到今晚上又能到你老人家府上来的,更没有想到会真像受了重伤的野兽一样,倒在我小时候睡过的这张竹床上。我只想能在后山上隐隐约约地看得见这屋子里的灯光就够了。

魏福生 你为什么今晚要来看我们家的灯光?

黄大傻 不止今晚啊,姑爹,除了上两晚之外,我差不多每晚都来的。自从在庙里戏台下面安身以来,我每晚都是这样的。哪怕是刮风下雨的晚上都没有间断过。我只要一望见这家里的灯光,我就像见了亲人一样,把苦楚都忘记了。

祖　母 咳!没有爹娘的孩子真是可怜啊。

魏福生 你既然这样想到我家来,何不好好对我说呢?

黄大傻 姑爹,我晓得我就是好好地求你老人家,你老人家也不会要我到你家里来的。我是挨过你老人家的打骂的呀!

魏福生 我打你骂你,都是愿你学好。谁叫你那样不听话呢?我要你学木匠,你不去;要你学裁缝,你也不去;你偏要在这近边讨饭,我怎么不恨呢?

黄大傻 是的。我宁愿在这近边讨饭,我宁愿一个人睡在戏台底下,我不愿离开这个地方。哪怕你老人家通知团上要把我这个无家可归的孩子驱逐出境,我也不愿离开这个地方。

魏福生 我是怕你不务正业,才要驱逐你的呀。假如你是学好的,我何至如此?

黄大傻 嗨!穷孩子总是要被人家驱逐的。我讲好了替上屋张家看牛,你老人家硬叫张大公辞退了我。哪里是怕我不务正业,无非害怕我接近莲姑娘罢了。

魏福生 你们听!我早知道他是装疯卖傻的。

黄大傻 姑爹,我实在是个傻子,我明晓得没有爱莲姑娘的份儿,我偏舍不得她,我怎么不是个傻子呢?我跟莲姑娘从小就在一块儿。那时我家里还好,你老人家还带玩带笑地说过,将来这两个孩子倒是好一对。那时我们小孩子心里也早已模模糊糊地有这个意思了。后来我爹不幸去世,家里亏空不少,你老人家已经冷了一大半。及至我妈妈也死了,家里又遭了火烛,几亩地卖光,还不够还债的,我读书的机会自然没有了。学手艺吗,也全由别人作主;今天要我学裁缝,我不愿意,逃出来,挨了一顿打骂,又拉我去学木匠。……我那时候早已晓得莲姑娘不是我的了。我去学木匠那天早晨,想找莲姑娘说几句话,都被你老人家禁止了。我只怨自己的命苦,几次想打断这个念头,可是怎么样也打不断。上屋里陈八先生可怜我,叫我同他到城里去学生意。我想这或者可以帮助我忘记莲姑娘,可是我同他走到离城不远的湖迹渡,我还是一个人折回来了。我不能忘记莲姑娘,我不能离开莲姑娘所住的地方。多亏仙姑庙的王道人可怜我,许我在庙里的戏台下面安身,我时常帮他做些杂事,碰上我讨不到饭的时候,他也把些吃剩的斋饭给我吃,我就是这样过了一年多的日子。

莲　姑 (哭)啊,大哥!

黄大傻 一个没有爹娘、没有兄弟、没有亲戚朋友的孩子,白天里还不怎样,到了晚上独自一个人睡在庙前的戏台底下,真是凄凉得可怕呀!烧起火来,只照着自己一个人的影子;唱歌,哭,只听得自己一个人的声音。我才晓得世界上顶可怕的不是豺狼虎豹,也不是鬼,是寂寞!

莲　姑　(泣更哀)大哥!

黄大傻　我寂寞得没有法子。到了太阳落山,鸟儿都回到窠里去了的时候,就独自一个人挨到这后山上,望这个屋子里的灯光,尤其是莲姑娘窗上的灯光,看见了她的窗子上的灯光,就好像我还是五六年前在爹妈身边做幸福的孩子,每天到这边山上喊莲妹出来同玩的时候一样。尤其是下细雨的晚上,那窗子上的灯光打远处望起来是那样朦朦胧胧的,就像秋天里我捉了许多萤火虫,莲妹把它装在蛋壳里。我一面呆看,一面痴想,身上给雨点打的透湿也不觉得,直等灯光熄了,莲妹睡了,我才回到戏台底下。

莲　姑　(啜泣)啊,大哥!

祖　母　可怜的孩子,那不会着凉吗?

黄大傻　没爹少娘的孩子谁管他着不着凉呢!寂寞比病还要可怕,我只要减少我心里的寂寞,什么也不顾得了。一年多的风霜饥饿,身体早已不成了;这几天又得上了一点寒热,所以有两个晚上没有看这边窗上的灯光了。我怕到我爹妈膝下去的时候不远了,又听说莲姑娘就是这几天要出嫁,所以我今晚又走到这边山上来,想再望望我两晚没有望见的,或许以后永远望不见的灯光,不想刚到山上便绊着药绳,挨了这一枪。……我只望那一枪把我打死了倒好,免得再受苦了,没想到还能活着见莲姑娘一面,我挨这一枪也值得,死也死得过了。

莲　姑　啊,大哥!

祖　母　可怜的孩子,不想他这样爱着莲儿。

魏黄氏　可怜病得这样子又受了这样重的伤。他的娘若在世,不知怎样的伤心呢!

莲　姑　(抚着黄大傻的手)大哥,你好好睡。我今晚招呼你。

黄大傻　(欣慰极了)啊,谢谢。

魏福生　(暴怒地)不能!莲儿,快进去,这里有我招呼,不要你管。你已经是陈家里的人,你怎么好看护他?陈家听见了成什么话!

莲　姑　我怎么是陈家里的人了?

魏福生　我把你许给陈家了,你就是陈家的人了。

莲　姑　我把自己许给了黄大哥,我就是黄家的人了!

魏福生　什么话!你敢顶嘴?你这不懂事的东西!(见莲姑还握着黄大傻的手)你还不放手,替我滚起进去!你想要招打?

莲　姑　你老人家打死我,我也不放手。

魏福生　(改用慈父的口吻)莲儿,仔细想想吧,爹不是因为爱你才把你许给陈家的吗?爹辛苦半辈子,只有你这一个女儿,不想把你随便给人家。好容易千挑万选地才攀上了陈家这门亲。陈家起先嫌我们猎户出身,后来看得你人物还不错,才应允了。只望你心满意足地到陈家去,生下一男半女,回门来喊我一声外公,也算我没有儿子的人的福分。不想你这不懂事的东西存心跟我为难,可是后来你妈再三劝你,你不是已经回心转意,亲口答应了吗?……

魏黄氏　是呀,莲儿你自己答应了的呀。

莲　姑　爹逼得我没有法子,只好权时答应了。原想找个机会跟黄大哥商量,在过门以前逃跑的。

魏福生 唔,你居然想逃跑!

莲 姑 想逃跑。我老早就想逃跑,只是没有机会。第一次打了老虎,到我家看的人很多,我就想趁那时候逃。刚走到半山碰了屠大爷,我只好回来。后来过门的日子越近,你老人家越不肯叫我出去。前几天借着送虎肉才同张二姑娘到仙姑殿去了一回。因为有二姑娘跟着我,不好问人,没有找着黄大哥。

魏福生 找着他呢?

莲 姑 找着他,我就约个日子同他跑。

魏黄氏 你们安排跑到哪里去?

莲 姑 跑到城里去。

魏福生 找谁?

莲 姑 找张大姐介绍我到纱厂做工去。

魏福生 唔。

莲 姑 没有想到我没有找着他,他倒先到我家来了。象受了重伤的老虎似的抬到我们家来了。身体瘦成这个样子,腿上还打一个大洞。……流了这许多血。黄大哥,可怜的黄大哥,我是再也不离开你的了。死,活,我都不离开你!

魏福生 我偏要你离开他。偏不许你们在一块……你这不孝的东西!(猛力想扯开他们的手,但他们抓死不放)

莲 姑 爹!

祖 母 (同时)福生!

李东阳 (同时)福生!你——

魏黄氏 (同时)嗳呀,莲儿,你放手吧。

莲 姑 不。我死也不放。世界上没有人能拆开我们的手!

魏福生 我能够!(暴怒如雷,猛力扯开他们的手,拖着莲姑往房里走)你这畜生,不要脸的畜生,不打你如何晓得厉害!(拖进房里)

〔台上闻扑打声,抗争声。"哼!你还强嘴不?你还发疯不?你还喊黄大哥不?你还要气死我不?"每问一句,打一下。

大 家 (同时)福生,福生,嗳呀,不要打!(皆拥到后房去)

〔台上只剩黄大傻一人,尸骸似的倒在竹床上,闻里面打莲姑声,旧病新创一齐爆发。

黄大傻 嗳呀,我再不能受了。(忍痛回顾,强起,取床边猎刀)莲姑娘,我先你一步吧。(自刺其胸而死)

〔里面魏福生"你还不听说不?你还要喊黄大哥不?你做陈家里的人不?"之声与竹鞭响声,哀呼"黄大哥"之声益烈,劝解者、号哭者的声音伴奏之。

——幕徐闭

写于一九二一年

(收入《咖啡店之一夜》,泰东图书局1924年12月版)

一只马蜂

（独幕喜剧）

丁西林

人　物　吉老太太——年约五十余岁，身材细小，体质强健，淡素服装，非常的清洁。
吉先生——吉老太太的儿子，年约二十六七，强健活泼，极平常极自然的服装。
余小姐——年约二十五六，姿态美丽，面目富有表情，服装精致。
仆　人。

布　景　一间小小长方形房子，后面墙壁中间，两扇宽门。门的左边置一衣架，靠墙一小桌，桌上置鲜花。右边靠墙立一书柜，内藏成套的中西书籍。右壁的里边，开一独门，门前为短门大窗，窗边置写字桌，上置文具。房的左壁，后半亦开一门，前半靠壁置书架，架上置装饰品。壁上悬字画。房子中央略偏前与右，置一小圆桌，上置茶具，桌的右侧置大椅（即安乐椅），左侧置可坐两人的长椅，两椅之间置一小椅，椅上皆置腰枕。

〔开幕时吉老太太睡卧在大椅上，脚下置高垫，手中报纸落地上。

吉先生　（将左门徐徐推开，见老太太睡卧椅上。轻步走至衣架，取了一件薄大衣，走至椅前，轻轻盖在老太太身上。老太太醒觉，吉先生含笑问）睡着了没有？

老太太　我本想闭了眼歇一会，不想一不留心，就睡着了。（坐起）

吉先生　老人家的眼睛，同小孩子的眼睛一样，闭不得。一闭了，就不由你做主。（将报纸拾起，坐在小椅上）

老太太　现在甚么时候了？

吉先生　（由怀里取出一个表看了一看）三点一刻。

老太太　你在那里一直到现在？

吉先生　在书房里写了两封信。

老太太　喔，不错，你替我把那封信写了吧。

吉先生　好，现在就写。（坐到写字桌，从抽屉里拿出信纸信封，瓶里倒了水，磨墨取笔，预备写字）怎样写法？

老太太　随便的写几句好了。你把我们动身的日子告诉他们，叫他们雇一只船到港口接一接。

吉先生　你一面说，我一面写吧。一定下星期二动身么？

老太太　喔，已经不是日子，还再不动身！

吉先生　（一面写，一面念，一面说）“……十九日起程回南。”（停笔用手指计算日期）十九，二十，二十一。（写）“二十一日到港。叫张宏同江妈雇一只船到港口接一接。”（问）是不是？

老太太　是，最好叫到李老四家的船，干净。要是李老四的船出了门，叫邓祥发家的也可以。

吉先生　(写)最好叫到李老四家的船。(一面写一面口中低声的念)……邓祥发家的也可以。(问)还有甚么?

老太太　(自己想她的心思)这几天太阳已经很利害,不如叫他们先把南房里的皮衣服拿出来晒一晒。

吉先生　好,还有甚么?

老太太　没有甚么。(自言自语)王妈回家,说过了节就回来,不知现在已经回来了没有?

〔吉先生继续的写信。

老太太　余小姐,应该送她点礼物才好。

吉先生　(先写完了信,然后答话,再接着写信封)你不是说送她一件衣料的么?(写完了信封)好了,写完了。

老太太　(被吉先生打破她的深思)写完了吗?

吉先生　(走至椅前,将这信送出)要不要看一遍?

老太太　你念一念吧。

吉先生　(念信)"二妹览:'已经不是日子,还再不动身!'母亲说……"

老太太　这是写的甚么?

吉先生　这是写信的一个帽子。(继续一句一句的念信)"母亲定于十九日动身。二十一日到港。叫张宏同江妈雇一只船到港口接一接。最好叫到李老四家的船,干净,要是李老四家的船出了门,叫邓祥发家的也可以。这几天太阳已经很厉害,不如叫他们先把南房里的皮衣,拿出来晒一晒。王妈回家,说过了节就回来,不知道现在已经回来了没有?"没有写错吧?

老太太　(笑)喔,你们现在写信,都是这样写么?

吉先生　这是最时行的直写式的白话文,有一句,说一句。你没有旁的话要说么?

老太太　没有。

吉先生　这下边是我的事。(继续念信)"这次母亲在京,一切都好。惟有两件事,不大称心。……"

老太太　我有甚么事不称心?

吉先生　(不答,继续念信)"第一,她这次来京的目的,本想劝她的儿子,赶紧讨个媳妇,她可早点抱个孙儿,方头大耳,既肥且皙。哎!不想来京两月,绝少成绩。媳妇,毫有影响,孙子,渺无消息;第二,她满心满意,想亲上加亲,把姊妹改做亲家,侄儿变做女婿。不想她那不肖之女,又刚愎自用,不顺母意。因此上,这几日来,口中不言,心中闷闷。不过那位表侄先生,现已广托亲友,多方物色。夫诚能动神,勤能移山,况在佳人才子聚会之首都,求一称心合意之老婆乎!故数月之内,定有良缘。将来一杯喜酒,或能稍慰老年人。愿天下有情人无情人都成眷属之美情也。"说得对不对?不要生气啊。

老太太　(稍有不快之意)我有这些闲工夫来同你们生气!你们的事,我老早就对你们讲过,由你们自已去,我一概不管。你们爱怎么说,就怎么说。

吉先生　(将信封好,贴了邮票,走至椅旁,一手放椅背上,一手理她的头发)妈,你是一个特殊的女人,你甚么事都是非常。你是一个非常的贤妻,一个非常的良母。惟有这一件,你没有逃出了做母亲的公例。

老太太　把这件大衣挂起来。

〔吉先生将衣挂原处。

老太太　(追想到她以前的生活)"贤妻良母",配不上这四个字!

〔吉先生坐到原处。

老太太　你父亲死的时候,你只有八岁。云儿只有五岁。那个时候,我就不相信那私塾先生的教书方法——也一半舍不得你们去受那野蛮的管束——所以我就拿定主意,自己教你们。一直把你教到十六岁。那时所有的产业,就是那分来的五十亩坏田。现在你们可以不愁穿,不愁吃。不是说大话,要是你们不是每年上千块钱的学费用费,现在大约十倍那么多都不止了。

吉先生　所以我说你是一个特殊的女人。

老太太　是的,贤妻良母,有甚么稀奇?现在的一般小姐们不是一天到晚所鄙薄不屑得做的么?

吉先生　你要原谅她们。她们因为有几千年没有说过话,现在可以拿起笔来,做文章,她们只要说,说,说,连她们自己都不知道说的些甚么。

老太太　现在这班小姐们,真教人看不上眼。不懂得做人,不懂得治家。我不知道她们的好处在甚么地方?

吉先生　她们都是些白话诗,既无品格,又无风韵。旁人莫名其妙,然而她们的好处,就在这个上边。

老太太　我问你,这样的人也不好,那样的人也不好,旧的,你说她们是八股文,新的,你又说她们是白话诗,……

吉先生　是的,同样的没有东西,没有味儿。

老太太　那末你到底要怎样的一个人,你就愿意?

吉先生　(耸肩)坏的就是连我自己都不知道。要是找老婆如同找数学的未知数一样,能够列出一个代数方程式来,那倒容易办了。

老太太　怎么你们表兄弟两个,这样的不同!那一个就请这个,托那个,差不多今天等不到明天。你是总不把它当一件正经事看。

吉先生　不把它当一件正经事看!因为我把它看得太正经了,所以到今天还没有结婚。要是我把它当做配眼镜一样,那么你的孙子,已经进了中学。

老太太　(觉得对他没有办法)倒一杯茶给我。

〔吉先生倒了一杯茶送给老太太,自己亦倒了一杯,慢慢饮之。

老太太　(沉思半晌)你知道不知道,你的表兄已经同我说了几次,要我替他做媒?

吉先生　怎么不知道?

老太太　你知道他要说的是谁么?

吉先生　余小姐,是不是?你问过了她没有?

老太太　(很慢的答)没有。

吉先生　为甚么不问她?

老太太　为甚么不问?(少顿)我想今天问她,——好不好?(语时视吉先生)

吉先生　很好,看护妇配医生,互助的原则,合作的精神,结婚时最好的演说资料。

〔老太太微微的叹了一口气。

〔仆人推开左门。

仆　人　老太太,余小姐来了。

老太太　请她进来。

〔仆人走出,吉先生放下茶杯,忙走至写字桌,整理笔砚,折好了桌上报纸。

〔仆人由外面推开左门让余小姐走进,自己随后收去了桌上的茶具。

余小姐　(带了帽子手套,一手提钱包,进来之后,一面与主人招呼,一面脱去手套,将钱包置门旁小桌上,解下帽子)老太太,吉先生。

老太太
吉先生　余小姐。

〔吉先生接过帽子,挂衣架上。

余小姐　老太太,对不住得很,劳你们等了。

老太太　没有甚么,请坐。(让余小姐坐大椅)

余小姐　喔,老太太坐,老太太不用客气。我这儿坐好。

〔扶老太太坐大椅,自坐小椅。吉先生自坐长椅上。

余小姐　两点半钟就想来,忽然来了一个病人,要替他腾出一间房间来,忙了半天。还打算打电话,说不能来了,后来我想老太太就要回南,无论怎样忙,都要来陪老太太玩半天。

老太太　多谢你,我们也知道你医院里事情很忙,所以一向不常请你出来。今天是因为我们快要回南,想请你来,我们好当面向你道谢。这一次实在劳苦了你。起先是我们吉先生,住了两个星期,都是你招呼,后来又是我自己,我们实在感激你的了不得。

余小姐　老太太太客气,那是我们的职务。老太太这几天饮食可好一点?

老太太　胃口不强,我一向就是这样。那一次到北京来,因为在路上略微受了一点辛苦,所以觉得不大舒服,实在没有什么病。我们吉先生一定要我到医院去,说医院里怎样的舒服,怎样的干净。我总是不想去。后来他又说我精神不好,一定是睡觉不好,非得到一个清静的地方去静养几天不可。我被他说不过了,方才住到医院去。我出来的时候,他还要我再多住几天。

吉先生　我的母亲是不相信医院,不相信看护妇的。

老太太　我并没有说我不相信看护妇,我是因为常常听见讲医院里招呼不大周到。

吉先生　没有甚么,你现在不但相信她们,并且喜欢她们。

余小姐　我们也知道,外面有很多的人说我们的坏话,现在不是我来替自己辩护,有时实在不是看护妇的疏忽,实在是这一班生病的太太小姐们的麻烦。我时常同其余的同事说着玩,说这些人甚么事不会做,连生病也不会生。……

吉先生　要生病生得好,本来不是一件容易的事。

余小姐　她们第一,就不肯听医生的话,要这样要那样,一天要压几十次铃子。你对她们说,叫她们不要吃东西,她一会儿要到外边买些水果,一会儿想叫家里送点鸡汤。你想,要叫我们同平常人家的老妈子伺候太太小姐们一样,我们哪里有这么许多工夫?我们平均每人要招呼十个人。喔,说也是无用,她们哪里肯讲理?

吉先生　做看护妇本来是一种很苦的职业,因为世界上最不讲理的是醉汉,其次就要算病人。

余小姐　好笑得很，遇到一种奇怪的人，病快好的时候，他还要你陪他谈天。（看了吉先生一眼）

吉先生　那真是可想而知的讨厌。要是个男人，还没有甚么，假若是个女人，那恐怕简直没有办法。

老太太　不过我终是不相信，其余的人能够同你一样。纵然有你这样的能干，也一定不会这样的和善，这样的体贴。

〔仆人由左门入，手里拿了一个盘，盘中置茶壶、茶杯、糖碟等物。

〔老太太欲倒茶。

余小姐　老太太请坐，让我自己来倒。（倒了一杯茶送老太太）

老太太　喔，谢谢你。

〔吉先生倒了一杯茶送余小姐。

余小姐　（受吉先生之茶）谢谢。（欲代吉先生倒茶）

吉先生　谢谢，我不喝茶。

余小姐　（一面喝茶）老太太为甚么不在北京多住几天？有吉小姐在家，难道不放心么？

老太太　她倒什么都能够，不过我这次离家已经很久。我本是因为吉先生病了，所以来看看。

余小姐　我想吉小姐一定也是很能干。

老太太　甚么叫能干。不过一个女孩子应该知道的事，我不容她们不知道。

余小姐　不过要想能同老太太一样的能干，恐怕不容易。

吉先生　做能干父母的子女，是一种很苦的事。暑假那么热的天，回到家，只有两个星期，两个星期一过，就一个赶到乡里去种田，一个赶到厨房里去烧饭。

老太太　（笑）我是一个很顽固的人，——我现在也有了年纪，也不怕人笑话，——我以为一个人多知道一点事，一定不会有坏处。我不相信，一个女人会做了饭，就不会做文章。

吉先生　不错，不过困难的不是会做了饭的女人不会做文章，是会做了文章的女人就不会做饭。

余小姐　吉小姐会到北京来么？我很想认识她，我想她一定是同老太太一样的和气，可爱。

老太太　她旁的没有甚么好处，不过还直爽。就是我嫌她有点新的习气。

余小姐　（高兴）我想我们一定会变做好朋友，她来的时候，老太太一定要叫她写信给我。

老太太　（问吉先生）你有她的照片没有？

吉先生　有一张的，不知到那里去了。

余小姐　（忆起）喔，吉先生信里说老太太要我一张照片，我今天带来了。（走向小桌）

老太太　（不解）我没有说要照片。（向吉先生）我几时……？

吉先生　你怎么没有讲？真是有了年纪的人，说过去的话不要几天就忘了。

余小姐　（装不听见，由钱包里取出一张小照片）这一张不大好，不十分像，等以后有了好的时候，再送老太太吧。（以照片送给老太太）

老太太　（看照片）你已经长得很好看，这张照片更加好。

吉先生 （向老太太取了照片，取笑老太太）你平常最讲究会说话的，怎么今天自己把话说差了？你应该说，这张照片固然很好看，但是总不及照片的主人好看。（与余小姐对看了一看）

老太太 我是说的老实话。

吉先生 你们还坐一会儿才去吧？（向老太太）我送你一个好看的照片框子。（带照片由左门走出）

〔两人不语者片刻。老太太对余小姐注视，余小姐不知所语，取了一块糖来吃。

老太太 余小姐，我有几句话，很久就想同你谈谈。（将椅移近）

〔余小组忙将口里的糖吞下，理了一理裙子，坐直了身子，用心的听。

老太太 我想你一定以为我是一个很爱舒服的人，你知道我年青的时候，很过了些辛苦的日子。我们吉先生，从小就没了父亲，家里大大小小的事情，都全靠我一个人去问，连他们的书，也都是我自己教他们。差不多吃了二十年的苦，才把他们带到这么大。现在他们甚么事都用不着我去担心。不过还有一件，我放不了心，就是他们都还没有成家。

〔余小姐的身子略微的颤动了一下。

老太太 这一层，我也同吉先生说过好几次，他都不把它当一件事。——我也不知道他到底是甚么意思。现在子女的婚姻，本来也用不着父母去管，所以我也只好由他们自己去。（叹了一口气，略顿）我有一个表侄。

〔余小姐转了一转身子，恢复了自然的呼吸。

老太太 你大概也认识他，他到医院看过我。他虽然只看见过你几次，但是因为他时常听见我说你怎样的好，所以他很敬重你。他向我说了好多次，托我说媒，我都没有提过。因为我自己儿子的事，我都不管，我那里有工夫去管旁人家的事！不过他说，他一来不知道你的意思，所以不好向你开口，二来就是想对你说，也没有个好的机会。他，人是一个很好的人，他学的是医道，现在预备自己挂牌行医。他的脾气很好，也是一点坏的嗜好都没有。——喔，我知道我是一个很腐败的老太婆，说媒的事，是你们现在最不欢喜的。要是这样，我请你不要生气。

余小姐 （如梦初觉）我很感谢老太太的好意，那有生气的道理？

老太太 他还想在我回南之前，得一个回信。我想这也不是立刻就要怎样的一件事，你如要细细想一想，你回去写封信告诉我，我想也没有甚么不可以。（略顿）你的意思怎么样？你有甚么话，尽可对我说，你知道我差不多把你同自己的女儿一样的看待。

余小姐 （思索了一会，打定了主意）我想我们年青的人，一点经验没有，甚么事都全靠年纪大一点的人到处指点教导。老太太的意思怎么样？

老太太 喔，这是你自己的事，总得你自己做主。

余小姐 老太太的意思，如果觉得很好，那自然不会有错。

老太太 那我就说你很愿意？

余小姐 不过我想总得写一封信回去，问问父母的意思。

老太太 不错，不错，自然应该这样。那你就写封信回去，等你接到家里回信之后，再说吧。

余小姐　我想单由我写信去,还不十分妥当。

老太太　那有甚么不好?

余小姐　可以不可以请吉先生写一封详细的信,把老太太的意思告诉家里,我再另外写一封信,一齐寄去?

老太太　不错,不错,应该这样。回来我对吉先生说一说,叫他写起一封信来。写好了,我叫一个人送给你。你说好不好?

余小姐　老太太的主意很好。

老太太　我们还是坐一会,还是就到公园去?

余小姐　老太太意思怎么样?

老太太　我们就去好不好?我叫他们去请吉先生去。(走去压电铃)

余小姐　我借你们的电话用一用。

老太太　在那边院子里,你知道。

〔余小姐由右门出,仆人由左门入。

老太太　你去请吉先生,就说我们现在到公园去了。

〔仆人由左门出。老太太坐回原处,如有所思。吉先生由左门入。

吉先生　(手里拿了照片,装好了框子。进来之后,将照片放在书架上,看了一看,移动一回)余小姐那儿去了?

老太太　(沉思中)打电话去了。

吉先生　(坐到小椅上,取了一块牛奶糖,慢慢去其外皮,随便的问)你的媒做得怎么样,问了她没有?

老太太　问过了。

吉先生　她怎么样讲?(将糖送至嘴边)

老太太　她很愿意。

吉先生　(将糖由嘴边拿回)她很愿意?她说很愿意吗?她怎样说?

老太太　她没有说甚么。

吉先生　她没有说甚么,你怎样知道她很愿意?

老太太　这用不着说的。

吉先生　喔,不错,这一类的事是用不着明说的,是不是?同天气一样,只要看看气色就知道了。

〔老太太对他严厉的看了一看。

吉先生　那么,已经定了?

老太太　她还要写封信回去,问问她的父母,要等……

吉先生　问问她的父母!(解悟)喔!(把一块糖投入口中)

老太太　你笑甚么?你笑她把她的父母太看重了,是不是?我听了很欢喜。

吉先生　没有的事!我听了也很欢喜!(又拿了一块糖放进嘴去)她说了甚么时候写信没有?

老太太　她要请你替她写。

吉先生　要我替她写!这真奇怪。我又不是她的亲兄弟,亲叔伯,她为甚么要请我替她写信,这不是奇而又奇的事?

老太太　你看了奇怪吗?我看了一点也不奇怪。

吉先生　为甚么不奇怪？

老太太　因为——因为你还没有认出她。她是一个大户人家出来的女孩子，知道甚么是应说的，甚么是不应说的。她知道害羞。

吉先生　喔喔！女孩子！害羞！（又拿了一块糖放进嘴去）

老太太　怎么你向来不吃糖的人，今天爱吃起糖来了？

吉先生　今天的糖特别有味儿！（高兴，跳起）你们现在就到公园去吗？

老太太　等余小姐打完了电话。

吉先生　（想了一想）你不换一件衣服？

老太太　不过是到公园去坐一坐，谁再去换衣服？

吉先生　可是天气很凉，不换，也应该加一件。——在那里，我替你去拿，好不好？

老太太　我自己去，你不知道。

〔吉先生开右门让老太太走出，将门关好，走到书架，取照片在手，细细的审看。将照片放回，在房里走了两转。余小姐由右门入。

吉先生　电话打通没有？

余小姐　打通了。（注意老太太不在房内，两人对看了一看）

吉先生　（将长椅向前稍推）老太太到后面去换一换衣服，叫请你在这里等一会。请坐。

〔余小姐由女人的直觉，知将有有趣的谈判发生，为准备抵御起见，先摸了一摸头发，理了一理裙子，选了长椅离小椅远的一边坐了。吉先生坐小椅上。

余小姐　老太太真是一个很可佩服的人，那么大年纪，穿的衣服，比年青的小姐们还要讲究。

吉先生　一个人甚么都可以不讲究，惟有衣服不可以不讲究。

余小姐　为甚么？

吉先生　因为人是一个社会动物。一个人生在世上，所有的一切物质上的幸福，精神上的愉快，都是社会给他的。所以一个人对于社会，应当尽量的报答。

余小姐　那与着衣服有关系么？

吉先生　关系大得很！因为报答社会，有种种不同的方法。有职业的，借他的职业，有技能的，用他的技能。当兵的可以替我们杀人，做律师的可以替我们打官司，做医生的可以替我们治病。不过还有一种人，——就像我们——既无职业，又无技能，最少也应该着几件好看的衣服，才不至走到人家面前，叫人家看了难过。

余小姐　（笑）哈，我明白了。愈无用的人，愈应该着好看的衣服，对不对？

吉先生　对，不过有用的人，也不应该着不好看的衣服。社会上没有一种职业，我们可以承认他有不顾装束的专利。一个人，自生至死，也没有一个时期，我们可以承认他有无须修饰的特权。假若一个女人，因为她已经结了婚，就不管她头发的高低，因为她生了儿子，就不管她袖子的长短；或是一个男人，因为他能够诌得几句诗词歌赋，就不洗清他的面孔，因为他能够画得几笔山水草虫，就不剃光他的下巴，拉直了他的袜筒，那都是社会的罪人。

余小姐　这样讲，恐怕我们都是社会的罪人。

吉先生　你？喔！（欲言而止。）

余小姐 我怎么样?

吉先生 你?两个月以前,你冤枉说我发烧的时候,我不是已经对你讲过么?

余小姐 我冤枉说你发烧?

吉先生 自然是冤枉。什么温度三十九,脉跳一百多,那都是你造的谣言,——是的,完全是谣言。——不过我很感激你,假使没有你的谣言,我如何能够住到两个星期?喔!那两个星期!那是我一生最快乐的两个星期!(叹)嗳!无论怎样,不会再有的。

余小姐 (回想到那时的景况)是的,也不知说了多少话!从来没有看见过这样爱说话的病人。

吉先生 是的,那都是些极真诚,极平常,极正当的话。为甚么平常我们不能讲?为甚么要男人装了病,方才可以讲?为甚么女人听了,一定要冤枉说他发烧?要是现在我说你眼睛生得怎样的动人,嘴唇怎样的可爱,你会装做没有听见,把我的额角摸一摸,枕头拥一拥,说一声:"现在歇一会儿吧。你说话说得太多!"社会真是一个不自然的东西!这一类的话,有什么说不得?为甚么现在不能说?

余小姐 因为——因为你现在不发烧!

吉先生 你怎么知道我不发烧?我一年到头,没有一天不发烧。你要不相信,你现在替我试一试。(伸手放在长椅边上)

〔余小姐从长椅那一边,移到这一边,先理了一理裙子,然后用右手把脉,同时看左手上的腕表。约数秒钟无语。

吉先生 我病的时候,说了很多的话,是不是?

〔余小姐点头。

吉先生 说了些什么?

余小姐 (将手缩回)你说中国是一个可怜的社会,男人尤其可怜。除了赌钱,遇不到人家的小姐、太太,除了生病,得不到女人的一点同情;所以你一个星期要打一次牌,一个月要装一次病。

吉先生 对呀!这像生病的人讲的话吗?——发烧不发烧?

余小姐 (犹豫)七十七次。

吉先生 可见得是说谎。

余小姐 为什么?

吉先生 因为你就没有数!

余小姐 喔,一个人可以随便说谎吗?

吉先生 自然不能随便。不过我们处在这个不自然的社会里面,不应该问的话,人家要问,可以讲的话,我们不能讲,所以只有说谎的一个方法,可以把许多丑事遮盖起来。

余小姐 我们从小就知道,说谎是不道德的。

吉先生 道德是没有标准的,随时代随个人而变的东西,平常所谓道德,不是多数人对于少数人的迷信,就是这班人对于那班人的偏见。

余小姐 这样说,世界上没有善恶好坏的标准了?

吉先生 世界上只有脏的习惯是坏习惯,丑的行为是恶行为。

余小姐　所以甚么谎都可以说，只要说得好听。做贼，赌钱，都可以做，只要做得好看。

吉先生　一点都不错。不过世界上美神经发达的人很少。做贼同赌钱的时候，大半都是不大十分雅观。说谎，说得好的人很多，不过我最佩服的是你。

余小姐　我向来不说谎，你说我说谎，你有甚么证据？

吉先生　对呀！所以佩服你的缘故，就是因为拿不出证据来。不过一个人说谎说得太多了，总有一天，转不过弯，要露出马脚来。

余小姐　我从来不喜欢说谎。

吉先生　好吧，白说是没有用的。我问你一件事。

余小姐　甚么事？

吉先生　老太太替你做媒没有？

余小姐　（着急）你不应该问这句话。

吉先生　为甚么不应该？

余小姐　因为这一类的话，连自己的父兄都不应该问，朋友更加不应该。

吉先生　喔，新文化！新文化！不过你知道不知道？一个人的婚事，从前，是父母专制，现在因为用不着父母去管，所以用不着父母去问。（吉先生的意见，以为婚姻的事如果不要人帮忙则已，如要帮忙，父母应该是最重要的人物，现在所以不要他们过问，一则因为他们专制，二则也因为他们不能帮忙，这一层似乎还没有人见到，所以附带声明）但是现在的婚姻是朋友专制，要想结婚，非靠朋友帮忙不可，所以你说朋友不应该过问，是完全错误。

余小姐　我去看看老太太去。（起立欲走）

吉先生　（起立阻之）不要走，不要走，我还有一件要紧的事，没有对你说。请坐。

〔两人同坐下。

吉先生　我不在这里的时候，老太太同你讲了很多的话，是不是？

余小姐　是的。

吉先生　她说到我不想结婚的话没有？

余小姐　说了很多。

吉先生　你知道，我不想结婚。

余小姐　为什么不想结婚？

吉先生　因为一个人最宝贵的是美神经，一个人一结了婚，他的美神经就迟钝了。

余小姐　这样说，还是不结婚的好。

吉先生　是的，你可以不可以陪我？

余小姐　陪你做甚么？

吉先生　陪我不结婚。（走至余小姐前，伸出两手）陪我不要结婚！

余小姐　（为他两目的诚意与爱情所动）可以。（以手与之。）

吉先生　给我一个证据。

余小姐　你要甚么证据？

吉先生　你让我抱一抱！（释其手，作欲抱状。）

余小姐　（走开）等你再生病的时候。

吉先生　不过我的母亲告诉我，说你已经答应了做她的侄媳妇，那怎么办？

余小姐　（得意）那没有甚么，我的父母不愿意我嫁给医生！

吉先生 对,我知道,我们是天生的说谎一对!(趁其不防,双手抱之。)

余小姐 (失声大喊)喔!

〔老太太由右门,仆人由左门,同时惊慌入。吉先生已释手。

老太太 什么事,什么事?

〔余小姐以一手掩面,面红不知所言。

吉先生 (走至余小姐前,将余小姐手取下,视其面)甚么地方?刺了你没有?

老太太 甚么事?怎么一回事?

余小姐 (呼了一口深气)喔,一只马蜂!(以目谢吉先生。)

——闭幕

(收入《一只马蜂及其他独幕剧》,现代社 1925 年 5 月版)

雷雨(节选)

曹 禺

20 世纪 20 年代的一个夏日午后,天气闷热,雷雨将至,鲁妈从济南来到周公馆看望做侍女的女儿四凤,却与周公馆的主人周朴园不期而遇,未曾预料到的是周朴园竟是三十多年前遗弃自己和儿子鲁大海的恋人。她万万没有想到,自己的命运在女儿身上轮回,三十年前她伺候周家的老爷,三十年后四凤又伺候周家的少爷。而且,四凤与自己一样陷入与周家少爷的情感纠葛,与周萍相恋,同时又被单纯的周冲所喜欢。周朴园试图用金钱来结束彼此之间的恩怨,但这个家庭内部的巨大危机是无法隐藏的。伴随着大雷雨的来临,在一天的时间内,周、鲁两家潜藏三十年的矛盾纠葛全面爆发,所有的人物都在命运的泥淖中苦苦地挣扎与抗争。

故事起因于蘩漪与周萍的爱情。蘩漪是周朴园的第三个太太,周萍的继母,周冲的亲生母亲。她是一个果敢阴鸷的女人,带着一点原始的野性,内心积蓄着热情,但却受制于周朴园与周公馆压抑的家庭气氛。在这缺少温情的家庭中,她爱上了软弱的周萍,使自己“母亲不像母亲,情妇不像情妇”。但周萍真正爱的是纯洁、质朴的四凤,于是,蘩漪费尽心机把鲁妈侍萍找来,试图让其带走四凤。但周萍力图摆脱与继母之间的乱伦关系,执着地要和四凤在一起。当日,周萍冒雨来到鲁家与四凤相会,被跟踪而至的蘩漪堵在四凤的房间,进而被哥哥鲁大海发现。四凤羞愧出走,侍萍和鲁大海到周公馆寻找四凤,四凤最终向母亲说出已经怀孕的真相。侍萍在极度无奈中试图让这一对同母异父的亲兄妹远走高飞。但蘩漪不愿放弃,又以周冲来阻止周萍带走四凤。周朴园以为侍萍是来认亲生儿子的,当着蘩漪和所有的人,让周萍跪下认自己的生母。真相瞬间大白,当四凤知道自己竟然在与亲哥哥恋爱,无法承受这突如其来的严酷的现实,在暴风雨中冲向花园,触电而死。周冲因去救四凤同样触电身亡,周萍则开枪自杀。面对突然而至的死亡,侍萍和蘩漪变得痴呆与疯狂。周公馆只剩下周朴园照顾着疯狂的侍萍和蘩漪,孤独一人承受自己所酿造的家庭悲剧……

全剧共四幕,节选自第二幕,四凤试图说服周萍带自己离开,二人约定晚上十一点相会,蘩漪希望周萍不要丢下自己,并要求鲁妈尽快带着四凤离开周家。但周朴园与鲁妈无意中的相遇,使最后的平静被打破……

第二幕

〔午饭后,天气很阴沉,更郁热,湿潮的空气,低压着在屋内的人,使人成为烦躁的了。周萍一个人由饭厅走上来,望望花园,冷清清的,没有一个人。偷偷走到书房门口,书房里是空的,也没有人。忽然想起父亲在别的地方会客,他放下心,又走到窗户前开窗门,看着外面绿荫荫的树丛。低低地吹出一种奇怪的哨声,中间他低沉地叫了两三声"四凤!"不一时,好像听见远处有哨声在回应,渐移渐近,他又缓缓地叫一声"凤儿!"门外有一个女人的声音,"萍,是你么?"萍就把窗门关上。

〔四凤由外面轻轻地跑进来。

周　萍　(回头,望着中门,四凤正从中门进,低声,热烈地)凤儿!(走近,拉着她的手)

鲁四凤　不,(推开他)不,不。(谛听,四面望)看看,有人!

周　萍　没有,凤,你坐下。(推她到沙发坐下)

鲁四凤　(不安地)老爷呢?

周　萍　在大客厅会客呢。

鲁四凤　(坐下,叹一口长气。望着)总是这样偷偷摸摸的。

周　萍　嗯。

鲁四凤　你连叫我都不敢叫。

周　萍　所以我要离开这儿哪。

鲁四凤　(想一下)哦,太太怪可怜的。为什么老爷回来,头一次见太太就发这么大的脾气?

周　萍　父亲就是这个样,他的话,向来不能改的。他的意见就是法律。

鲁四凤　(怯懦地)我——我怕得很。

周　萍　怕什么?

鲁四凤　我怕万一老爷知道了,我怕。有一天,你说过,要把我们的事情告诉老爷的。

周　萍　(摇头,深沉地)可怕的事不在这儿。

鲁四凤　还有什么?

周　萍　(忽然地)你没有听见什么话?

鲁四凤　什么?(停)没有。

周　萍　关于我,你没有听见什么?

鲁四凤　没有。

周　萍　从来没听见过什么?

鲁四凤　(不愿提)没有——你说什么?

周　萍　那——没什么!没什么?

鲁四凤　(真挚地)我信你,我相信你以后永远不会骗我。这我就够了。——刚才,我听你说,你明天就要到矿上去。

周　萍　我昨天晚上已经跟你说过了。

鲁四凤　（爽直地）你为什么不带我去？

周　萍　因为——（笑）因为我不想带你去。

鲁四凤　这边的事我早晚是要走的。——太太，说不定今天要辞掉我。

周　萍　（没想到）她要辞掉你，——为什么？

鲁四凤　你不要问。

周　萍　不，我要知道。

鲁四凤　自然因为我做错了事。我想，太太大概没有这个意思。也许是我瞎猜。（停）萍，你带我去好不好？

周　萍　不。

鲁四凤　（温柔地）萍，我好好地侍候你，你要这么一个人。我跟你抄东西，缝衣服，烧饭做菜，我都做得好，只要你叫我跟你在一块儿。

周　萍　哦，我还要一个女人，跟着我，侍候我，叫我享福？难道，这些年，在家里，这种生活我还不够么？

鲁四凤　我知道你一个人在外头是不成的。

周　萍　凤，你看不出来现在，我怎么能带你出去？——你这不是孩子话么？

鲁四凤　萍，你带我走！我不连累你，要是外面因为我，说你的坏话，我立刻就走。你——你不要怕。

周　萍　（急躁地）凤，你以为我这么自私自利么？你不应该这么想我。——哼，我怕，我怕什么？（管不住自己）这些年，我做出这许多的……哼，我的心都死了，我恨极了我自己。现在我的心刚刚有点生气了，我能放开胆子喜欢一个女人，我反而怕人家骂？哼，让大家说吧，周家大少爷看上他家里面的女下人，怕什么，我喜欢她。

鲁四凤　（安慰地）萍，不要难过。你做了什么，我也不怨你的。（想）

周　萍　（平静下来）你现在想什么？

鲁四凤　我想，你走了以后，我怎么样。

周　萍　你等着我。

鲁四凤　（苦笑）可是你忘了一个人。

周　萍　谁？

鲁四凤　他总不放松我。

周　萍　哦，他呀——他又怎么样？

鲁四凤　他又把前一月的话跟我提了。

周　萍　他说，他要你？

鲁四凤　不，他问我肯嫁他不肯。

周　萍　你呢？

鲁四凤　我先没有说什么，后来他逼着问我，我只好告诉他实话。

周　萍　实话？

鲁四凤　我没有说旁的。我只提我已经许了人家。

周　萍　他没有问旁的？

鲁四凤　没有，他倒说，他要供给我上学。

周　萍　上学？（笑）他真呆气！——可是，谁知道，你听了他的话，也许很喜欢的。

鲁四凤　你知道我不喜欢，我愿意老陪着你。

周　萍　可是我已经快三十了，你才十八，我也不比他的将来有希望，并且我做过许多见不得人的事。

鲁四凤　萍，你不要同我瞎扯，我现在心里很难过。你得想出法子，他是个孩子，老是这样装着腔，对付他，我实在不喜欢。你又不许我跟他说明白。

周　萍　我没有叫你不跟他说。

鲁四凤　可是你每次见我跟他在一块儿，你的神气，偏偏——

周　萍　我的神气那自然是不快活的。我看见我最喜欢的女人时常跟别人在一块儿。哪怕他是我的弟弟，我也不情愿的。

鲁四凤　你看你又扯到别处。萍，你不要扯，你现在到底对我怎么样？你要跟我说明白。

周　萍　我对你怎么样？（他笑了。他不愿意说，他觉女人们都有些呆气，这一句话似乎有一个女人也这样问过他，他心里隐隐有些痛）要我说出来？（笑）那么，你要我怎么说呢？

鲁四凤　（苦恼地）萍，你别这样待我好不好？你明明知道我现在什么都是你的，你还——你还这样欺负人。

周　萍　（他不喜欢这样，同时又以为她究竟有些不明白他）哦！（叹一口气）天哪！

鲁四凤　萍，我父亲只会跟人要钱，我哥哥瞧不起我，说我没有志气，我母亲如果知道了这件事，她一定恨我。哦，萍，没有你就没有了我。我父亲，我哥哥，我母亲，他们也许有一天会不理我，你不能够的，你不能够的。（抽咽）

周　萍　四凤，不，不，别这样，你让我好好地想一想。

鲁四凤　我的妈最疼我，我的妈不愿意我在公馆里做事，我怕她万一看出我的谎话，知道我在这里做了事并且同你……如果你又不是真心的，……那我——那我就伤了我妈的心了。（哭）还有，……

周　萍　不，凤，你不该这样疑心我。我告诉你，今天晚上我预备到你那里去。

鲁四凤　不，我妈今天回来。

周　萍　那么，我们在外面会一会好么？

鲁四凤　不成，我妈晚上一定会跟我谈话的。

周　萍　不过，我明天早车就要走了。

鲁四凤　你真不预备带我走么？

周　萍　孩子！那怎么成？

鲁四凤　那么，你——你叫我想想。

周　萍　我先要一个人离开家，过后，再想法子，跟父亲说明白，把你接出来。

鲁四凤　（看着他）也好，那么今天晚上你只好到我家里来。我想，那两间房子，爸爸跟妈一定在外房睡，哥哥总是不在家睡觉，我的房子在半夜里一定是空的。

周　萍　那么，我来还是先吹哨，（吹一声）你听得清楚吧？

鲁四凤　嗯，我要是叫你来，我的窗上一定有个红灯，要是没有灯，那你千万不要来。

周　萍　不要来？

鲁四凤　那就是我改了主意，家里一定有许多人。

周　萍　好，就这样。十一点钟。

鲁四凤　嗯，十一点。

〔鲁贵由中门上，见四凤和大少爷在这里，突然停住，故意地做出懂事的假笑。

鲁　贵　哦！（向四凤）我正要找你。（向萍）大少爷，您刚吃完饭。

鲁四凤　找我有什么事？

鲁　贵　你妈来了。

鲁四凤　（喜形于色）妈来了，在哪儿？

鲁　贵　在门房，跟你哥哥刚见面，说着话呢。

〔四凤跑向中门。

周　萍　四凤，见着你妈，跟我问问好。

鲁四凤　谢谢您，回头见。（凤下）

鲁　贵　大少爷，您是明天起身么？

周　萍　嗯。

鲁　贵　让我送送您。

周　萍　不用，谢谢你。

鲁　贵　平时总是您心好，照顾着我们。您这一走，我同我这丫头都得惦记着您了。

周　萍　（笑）你又没钱了吧？

鲁　贵　（奸笑）大少爷，您这可是开玩笑了。——我说的是实话，四凤知道，我总是背后说大少爷好的。

周　萍　好吧。——你没有事么？

鲁　贵　没事，没事，我只跟您商量点闲拌儿。您知道，四凤的妈来了，楼上的太太要见她，……

〔蘩漪由饭厅门上，鲁贵一眼看见，话说了一半，又吞进去。

鲁　贵　哦，太太下来了！太太，您病完全好啦？（蘩漪点一点头）鲁贵直惦记着。

周蘩漪　好，你下去吧。

〔鲁贵鞠躬由中门下。

周蘩漪　（向萍）他上哪儿去了？

周　萍　（莫明其妙）谁？

周蘩漪　你父亲。

周　萍　他有事情，见客，一会儿就回来。弟弟呢？

周蘩漪　他只会哭，他走了。

周　萍　（怕和她一同在这间屋里）哦。（停）我要走了，我现在要收拾东西去。（走向饭厅）

周蘩漪　回来，（萍停步）我请你略微坐一坐。

周　萍　什么事。

周蘩漪　（阴沉地）有话说。

周　萍　（看出她的神色）你像是有很重要的话跟我谈似的。

周蘩漪　嗯。

周　萍　说吧。

周蘩漪　我希望你明白方才的情形。这不是一天的事情。

周　萍　（躲避地）父亲一向是那样，他说一句就是一句的。
周蘩漪　可是人家说一句，我就要听一句，那是违背我的本性的。
周　萍　我明白你。（强笑）那么你顶好不听他的话就得了。
周蘩漪　萍，我盼望你还是从前那样诚恳的人。顶好不要学着现在一般青年人玩世不恭的态度。你知道我没有你在我面前这样，我已经很苦了。
周　萍　所以我就要走了。不要叫我们见着，互相提醒我们最后悔的事情。
周蘩漪　我不后悔，我向来做事没有后悔过。
周　萍　（不得已地）我想，我很明白地对你表示过。这些日子我没有见你，我想你很明白。
周蘩漪　很明白。
周　萍　那么，我是个最糊涂，最不明白的人。我后悔，我认为我生平做错一件大事。我对不起自己，对不起弟弟，更对不起父亲。
周蘩漪　（低沉地）但是你最对不起的人有一个，你反而轻轻地忘了。
周　萍　我最对不起的人，自然也有，但是我不必同你说。
周蘩漪　（冷笑）那不是她！你最对不起的是我，是你曾经引诱过的后母！
周　萍　（有些怕她）你疯了。
周蘩漪　你欠了我一笔债，你对我负着责任；你不能看见了新的世界，就一个人跑。
周　萍　我认为你用的这些字眼，简直可怕。这种字句不是在父亲这样——这样体面的家庭里说的。
周蘩漪　（气极）父亲，父亲，你撇开你的父亲吧！体面？你也说体面？（冷笑）我在这样的体面家庭已经十八年啦。周家家庭里所出的罪恶，我听过，我见过，我做过。我始终不是你们周家的人。我做的事，我自己负责任。不像你们的祖父，叔祖，同你们的好父亲，偷偷做出许多可怕的事情，祸移在人身上，外面还是一副道德面孔，慈善家，社会上的好人物。
周　萍　蘩漪，大家庭自然免不了不良分子，不过我们这一支，除了我，……
周蘩漪　都一样，你父亲是第一个伪君子，他从前就引诱过一个良家的姑娘。
周　萍　你不要乱说话。
周蘩漪　萍，你再听清楚点，你就是你父亲的私生子！
周　萍　（惊异而无主地）你瞎说，你有什么证据？
周蘩漪　请你问你的体面父亲，这是他十五年前喝醉了的时候告诉我的。（指桌上相片）你就是这年轻的姑娘生的小孩。她因为你父亲又不要她，就自己投河死了。
周　萍　你，你，你简直……——好，好，（强笑）我都承认。你预备怎么样？你要跟我说什么？
周蘩漪　你父亲对不起我，他用同样手段把我骗到你们家来，我逃不开，生了冲儿。十几年来像刚才一样的凶横，把我渐渐地磨成了石头样的死人。你突然从家乡出来，是你，是你把我引到一条母亲不像母亲，情妇不像情妇的路上去。是你引诱的我！
周　萍　引诱！我请你不要用这两个字好不好？你知道当时的情形怎么样？
周蘩漪　你忘记了在这屋子里，半夜，我哭的时候，你叹息着说的话么？你说你恨你的父亲,你说过,你愿他死,就是犯了灭伦的罪也干。

周　萍　你忘了。那时我年轻,我的热叫我说出来这样糊涂的话。

周蘩漪　你忘了,我虽然比你只大几岁,那时,我总还是你的母亲,你知道你不该对我说这种话么?

周　萍　哦——(叹一口气)总之,你不该嫁到周家来,周家的空气满是罪恶。周家有的是做过坏事杀过人的祖先。

周蘩漪　对了,罪恶,罪恶。你的祖宗们就不曾清白过,你们家里永远是不干净。

周　萍　年轻人一时糊涂,做错了的事,你就不肯原谅么?(苦恼地皱着眉)

周蘩漪　这不是原谅不原谅的问题,我已经预备好棺材,安安静静地等死,一个人偏把我救活了又不理我,撇得我枯死,慢慢地渴死。让你说,我该怎么办?

周　萍　那,那我也不知道,你来说吧!

周蘩漪　(一字一字地)我希望你不要走。

周　萍　怎么,你要我陪着你,在这样的家庭,每天想着过去的罪恶,这样活活地闷死么?

周蘩漪　你既然知道这家庭可以闷死人,你怎么肯一个人走,把我放在家里?

周　萍　你没有权利说这种话,你是冲弟弟的母亲。

周蘩漪　我不是!我不是!自从我把我的性命,名誉,交给你,我什么都不顾了。我不是他的母亲,不是,不是,我也不是周朴园的妻子。

周　萍　(冷冷地)如果你以为你不是父亲的妻子,我自己还承认,我是我父亲的儿子。

周蘩漪　(不曾想到他会说这一句话,呆了一下)哦,你是你的父亲的儿子。——这些月,你特别不来看我,是怕你的父亲?

周　萍　也可以说是怕他,才这样的吧。

周蘩漪　你这一次到矿上去,也是学着你父亲的英雄榜样,把一个真正明白你,爱你的人丢开不管么?

周　萍　这么解释也未尝不可。

周蘩漪　(冷冷地)怎么说,你到底是你父亲的儿子。(笑)父亲的儿子?(狂笑)父亲的儿子,(狂笑,忽然冷静严厉地)哼,都是些没有用,胆小怕事,不值得人为他牺牲的东西!我恨着我早没有知道你!

周　萍　那么你现在知道了!我对不起你,我已经同你详细解释过,我厌恶这种不自然的关系。我告诉你,我厌恶。我负起我的责任,我承认我那时的错,然而叫我犯了那样的错,你也不能完全没有责任。你是我认为最聪明,最能了解人的女子,所以我想,你最后会原谅我。我的态度,你现在骂我玩世不恭也好,不负责任也好,我告诉你,我盼望这一次的谈话是我们最末一次谈话了。(走向饭厅门)

周蘩漪　(沉重的语气)站着。(萍立住)我希望你明白我刚才说的话,我不是请求你。我盼望你用你的心,想一想,过去我们在这屋子说的,(停,难过)许多,许多的话。一个女子,你记着,不能受两代的欺侮,你可以想一想。

周　萍　我已经想得很透彻,我自己这些天的痛苦,我想你不是不知道,好,请你让我走吧。

〔周萍由饭厅下,蘩漪的眼泪一颗颗地流在腮上,她走到镜台前,照着自己苍白的有皱纹的脸，便嘤嘤地扑在镜台上哭起来。

〔鲁贵偷偷地由中门走进来，看见太太在哭。

鲁　贵　（低声）太太！

周蘩漪　（突然站起）你来干什么？

鲁　贵　鲁妈来了好半天啦。

周蘩漪　谁？谁来好半天啦？

鲁　贵　我家里的，太太不是说过要我叫她来见么？

周蘩漪　你为什么不早点来告诉我？

鲁　贵　（假笑）我倒是想着，可是我（低声）刚才瞧见太太跟大少爷说话，所以就没敢惊动您。

周蘩漪　啊，你，你刚才在——

鲁　贵　我？我在大客厅伺候老爷见客呢！（故意地不明白）太太有什么事么？

周蘩漪　没什么，那么你叫鲁妈进来吧。

鲁　贵　（谄笑）我们家里的是个下等人，说话粗里粗气，您可别见怪。

周蘩漪　都是一样的人。我不过想见一见，跟她谈谈闲话。

鲁　贵　是，那是太太的恩典。对了，老爷刚才跟我说，怕明天要下大雨，请太太把老爷的那一件旧雨衣拿出来，说不定老爷就要出去。

周蘩漪　四凤跟老爷检的衣裳，四凤不会拿么？

鲁　贵　我也是这么说啊，您不是不舒服么？可是老爷吩咐，不要四凤，还是要太太自己拿。

周蘩漪　那么，我一会儿拿来。

鲁　贵　不，是老爷吩咐，说现在就要拿出来。

周蘩漪　哦，好，我就去吧。——你现在叫鲁妈进来，叫她在这房里等一等。

鲁　贵　是，太太。

〔鲁贵下。蘩漪的脸更显得苍白，她在极力压制自己的烦郁。

周蘩漪　（把窗户打开，吸一口气，自语）热极了，闷极了，这里真是再也不能住的。我希望我今天变成火山的口，热烈烈地冒一次，什么我都烧个干净，那时我就再掉在冰川里，冻成死灰，一生只热热地烧一次，也就算够了。我过去的是完了，希望大概也是死了的。哼，什么我都预备好了，来吧，恨我的人，来吧，叫我失望的人，叫我忌妒的人，都来吧，我在等候着你们。（望着空空的前面，继而垂下头去。鲁贵上）

鲁　贵　刚才小当差来，说老爷催着要。

周蘩漪　（抬头）好，你先去吧。我叫陈妈送去。

〔蘩漪由饭厅下，贵由中门下。移时鲁妈——即鲁侍萍——与四凤上。鲁妈的年纪约有四十七岁的光景，鬓发已经有点斑白，面貌白净，看上去也只有三十八九岁的样子。她的眼有些呆滞，时而呆呆地望着前面，但是在那秀长的睫毛，和她圆大的眸子间，还寻得出她少年时静慧的神韵。她的衣服朴素而有身份，旧蓝布裤褂，很洁净地穿在身上。远远地看着，依然像大家户里落魄的妇人。她的高贵的气质和她的丈夫的鄙俗，奸小，恰成一个强烈的对比。

〔她的头还包着一条白布手巾，怕是坐火车围着避土的，她说话总爱微微地笑，尤其因为刚见着两年未见的亲儿女，神色还是快慰地闪着快乐的光彩。她的声音很低，很沉稳，语音像一个南方人曾经和北方人相处很久，夹杂着许多模糊、轻快的南方音，但是她的字句说得很清楚。她的牙齿非常齐整，笑的时候在嘴角旁露出一对深深的笑涡，叫我们想起来四凤笑时口旁一对浅浅的涡影。

〔鲁妈拉着女儿的手，四凤就像个小鸟偎在她身边走进来。后面跟着鲁贵，提着一个旧包袱。他骄傲地笑着，比起来，这母女的单纯的欢欣，他更是粗鄙了。

鲁四凤 太太呢？

鲁　贵 就下来。

鲁四凤 妈，您坐下。（鲁妈坐）您累么？

鲁　妈 不累。

鲁四凤 （高兴地）妈，您坐一坐。我给您倒一杯冰镇的凉水。

鲁侍萍 不，不要走，我不热。

鲁　贵 凤儿，你跟你妈拿一瓶汽水来，（向鲁妈）这儿公馆什么没有？一到夏天，柠檬水，果子露，西瓜汤，橘子，香蕉，鲜荔枝，你要什么，就有什么。

鲁侍萍 不，不，你别听你爸爸的话。这是人家的东西。你在我身旁跟我多坐一会，回头跟我同——同这位周太太谈谈，比喝什么都强。

鲁　贵 太太就会下来，你看你，那块白包头，总舍不得拿下来。

鲁侍萍 （和蔼地笑着）真的，说了那么半天。（笑望着四凤）连我在火车上搭的白手巾都忘了解啦。（要解它）

鲁四凤 （笑着）妈，您让我替您解开吧。（走过去解。这里，鲁贵走到小茶几旁，又偷偷地把烟放在自己的烟盒里）

鲁侍萍 （解下白手巾）你看我的脸脏么？火车上尽是土，你看我的头发，不要叫人家笑。

鲁四凤 不，不，一点都不脏。两年没见您，您还是那个样。

鲁侍萍 哦，凤儿，你看我的记性。谈了这半天，我忘记把你顶喜欢的东西跟你拿出来啦。

鲁四凤 什么？妈。

鲁侍萍 （由身上拿出一个小包来）你看，你一定喜欢的。

鲁四凤 不，您先别给我看，让我猜猜。

鲁侍萍 好，你猜吧。

鲁四凤 小石娃娃？

鲁侍萍 （摇头）不对，你太大了。

鲁四凤 小粉扑子。

鲁侍萍 （摇头）给你那个有什么用？

鲁四凤 哦，那一定是小针线盒。

鲁侍萍 （笑）差不多。

鲁四凤 那您叫我打开吧。（忙打开纸包）哦，妈！顶针，银顶针！爸，您看，您看！（给鲁贵看）

鲁　贵 （随声说）好！好！

鲁四凤　这顶针太好看了，上面还镶着宝石。

鲁　贵　什么？（走两步，拿来细看）给我看看。

鲁侍萍　这是学校校长的太太送给我的。校长丢了个要紧的钱包，叫我拾着了，还给他。校长的太太就非要送给我东西，拿出一大堆小首饰，叫我挑，送给我的女儿。我就检出这一件，拿来送给你，你看好不好？

鲁四凤　好，妈，我正要这个呢。

鲁　贵　咦，哼，（把顶针交给四凤）得了吧，这宝石是假的，你挑的真好。

鲁四凤　（见着母亲特别欢喜说话，轻蔑地）哼，您呀，真宝石到了您的手里也是假的。

鲁侍萍　凤儿，不许这样跟爸爸说话。

鲁四凤　（撒娇）妈，您不知道，您不在这儿，爸爸就拿我一个人撒气，尽欺负我。

鲁　贵　（看不惯他妻女这样“乡气”，于是轻蔑地）你看你们这点穷相，走到大家公馆，不来看看人家的阔排场，尽在一边闲扯。四凤，你先把你这两年做的衣裳给你妈看看。

鲁四凤　（白眼）妈不希罕这个。

鲁　贵　你不也有点首饰么？你拿出来给你妈开开眼。看看还是我对，还是把女儿关在家里对？

鲁侍萍　（向鲁贵）我走的时候嘱咐过你，这两年写信的时候也总不断地提醒过你，我说过我不愿意把我的女儿送到一个阔公馆，叫人家使唤。你偏——（忽然觉得这不是谈家事的地方，回头向四凤）你哥哥呢？

鲁四凤　不是在门房里等着我们么？

鲁　贵　不是等着你们，人家等着见老爷呢。（向鲁妈）去年我叫人跟你捎个信，告诉你大海也当了矿上的工头，那都是我在这儿嘀咕上的。

鲁四凤　（厌恶她父亲又表白自己的本领）爸爸，您看哥哥去吧。他的脾气有点不好，怕他等急了，跟张爷刘爷们闹起来。

鲁　贵　真他妈的。这孩子的狗脾气我倒忘了，（走向中门，回头）你们好好在这屋子坐一会，别乱动，太太一会儿就下来。

〔鲁贵下。母女见鲁贵走后，如同犯人望见狱丁走一样，舒展地吐出一口气来。母女二人相对凄然地笑了一笑，刹那间，她们脸上又浮出欢欣，这次是由衷心升起来愉快的笑。

鲁侍萍　（伸出手来，向四凤）哦，孩子，让我看看你。

〔四凤走到母亲面前。跪下。

鲁四凤　妈，您不怪我吧？您不怪我这次没听您的话，跑到周公馆做事吧？

鲁侍萍　不，不，做了就做了。——不过为什么这两年你一个字也不告诉我，我下车走到家里，才听见张大婶告诉我，说我的女儿在这儿。

鲁四凤　妈，我怕您生气，我怕您难过，我不敢告诉您。——其实，妈，我们也不是什么富贵人家，就是像我这样帮人，我想也没有什么关系。

鲁侍萍　不，你以为妈怕穷么？怕人家笑我们穷么？不，孩子，妈最知道认命，妈最看得开，不过，孩子，我怕你太年轻，容易一阵子犯糊涂，妈受过苦，妈知道的。你不懂，你不知道这世界太——人的心太——。（叹一口气）好，我们先不提这个。（站起来）这家的太太真怪！她要见我干什么？

鲁四凤　嗯，嗯，是啊。（她的恐惧来了，但是她愿意向好的一面想）不，妈，这边太太没有多少朋友，她听说妈也会写字，读书，也许觉着很相近，所以想请妈来谈谈。

鲁侍萍　（不信地）哦？（慢慢看这屋子的摆设，指着有镜台的柜说）这屋子倒是很雅致的。就是家具太旧了点。这是？

鲁四凤　这是老爷用的红木书桌，现在做摆饰用了。听说这是三十年前的老东西，老爷偏偏喜欢用，到哪儿带到哪儿。

鲁侍萍　那个（指着有镜台的柜）是什么？

鲁四凤　那也是件老东西，从前的太太，就是大少爷的母亲，顶爱的东西。您看，从前的家具多笨哪。

鲁侍萍　咦，奇怪。——为什么窗户还关上呢？

鲁四凤　您也觉奇怪不是？这是我们老爷的怪脾气，夏天反而要关窗户。

鲁侍萍　（回想）凤儿，这屋子我像是在哪儿见过似的。

鲁四凤　（笑）真的？您大概是想我想的，梦里到过这儿。

鲁侍萍　对了，梦似的。——奇怪，这地方怪得很，这地方忽然叫我想起了许多许多事情。（低下头坐下）

鲁四凤　（慌）妈，您怎么脸上发白？您别是受了暑，我跟您拿一杯冷水吧？

鲁侍萍　不，不是，你别去——我怕得很，这屋子有点怪！

鲁四凤　妈，您怎么啦？

鲁侍萍　我怕得很，忽然我把三十年前的事情一件一件地都想起来了，已经忘了许多年的人又在我心里转。四凤，你摸摸我的手。

鲁四凤　（摸鲁妈的手）冰凉，妈，您可别吓坏我。我胆子小，妈，妈，——这屋子从前可闹过鬼的！

鲁侍萍　孩子，你别怕，妈不怎么样。不过，四凤，我好像我的魂来过这儿似的。

鲁四凤　妈，您别瞎说啦，您怎么来过？他们二十年前才搬到这儿北方来，那时候，您不是还在南方么？

鲁侍萍　不，不，我来过。这些家具，我想不起来——我在哪儿见过。

鲁四凤　妈，您的眼不要直瞪瞪地望着，我怕。

鲁侍萍　别怕，孩子，别怕。孩子。（声音愈低，她用力地想，她整个的人，缩缩到记忆的最下层深处）

鲁四凤　妈，您看那个柜干什么？那就是从前死了的太太的东西。

鲁侍萍　（突然低声颤颤地向四凤说）凤儿，你去看，你去看，那只柜子靠右第三个抽屉里，有没有一只小孩穿的绣花虎头鞋。

鲁四凤　妈，您怎么啦？不要这样疑神疑鬼的。

鲁侍萍　凤儿，你去，你去看一看。我心里有点怯，我有点走不动，你去！

鲁四凤　好，我看。

〔她走到柜前，拉开抽斗，看。

鲁侍萍　（急问）有没有？

鲁四凤　没有，妈。

鲁侍萍　你看清楚了？

鲁四凤　没有，里面空空地就是些茶碗。

鲁侍萍 哦,那大概是我在做梦了。

鲁四凤 (怜惜她的母亲)别多说话了,妈,静一静吧。妈,您在外受了委屈了,(落泪)从前,您不是这样神魂颠倒的。可怜的妈呀(抱着她)好一点了么?

鲁侍萍 不要紧的。——刚才我在门房听见这家里还有两位少爷?

鲁四凤 嗯,妈,都很好,都很和气的。

鲁侍萍 (自言自语地)不,我的女儿说什么也不能在这儿多呆。不成。不成。

鲁四凤 妈,您说什么?这儿上上下下都待我很好。妈,这里老爷太太向来不骂底下人,两位少爷都很和气的。这周家不但是活着的人心好,就是死了的人样子也是挺厚道的。

鲁侍萍 周?这家里姓周?

鲁四凤 妈,您看您,您刚才不是问着周家的门进来的么?怎么会忘了?(笑)妈,我明白了,您还是路上受热了。我先给你拿着周家第一个太太的相片,给您看。我再跟你拿点水来喝。

〔四凤在镜台上拿了相片过来,站在鲁妈背后,给她看。

鲁侍萍 (拿着相片,看)哦!(惊愕得说不出话来,手发颤)

鲁四凤 (站在鲁妈背后)您看她多好看,这就是大少爷的母亲,笑得多美,他们说还有点像我呢。可惜,她死了,要不然,——(觉得鲁妈头向前倒)哦,妈,您怎么啦?您怎么?

鲁侍萍 不,不,我头晕,我想喝水。

鲁四凤 (慌,掐着鲁妈的手指,搓她的头)妈,您到这边来!(扶鲁妈到一个大的沙发,鲁妈手里还紧紧地拿着相片)妈,您在这儿躺一躺。我跟您拿水去。

〔四凤由饭厅门忙跑下。

鲁侍萍 哦,天哪。我是死了的人!这是真的么?这张相片?这些家具?怎么会?——哦,天底下地方大得很,怎么?熬过这几十年偏偏又把我这个可怜的小孩子,放回到他——他的家里?哦,好不公平的天哪!(哭泣)

〔四凤拿水上,鲁妈忙擦眼泪。

鲁四凤 (持水杯,向鲁妈)妈,您喝一口,不,再喝几口。(鲁妈饮)好一点了么?

鲁侍萍 嗯,好,好啦。孩子,你现在就跟我回家。

鲁四凤 (惊讶)妈,您怎么啦?

〔由饭厅传出蘩漪喊"四凤"的声音。

鲁侍萍 谁喊你?

鲁四凤 太太。

〔蘩漪声:四凤!

鲁四凤 唳。

〔蘩漪声:四凤,你来,老爷的雨衣你给放在哪儿啦?

鲁四凤 (喊)我就来。(向鲁妈)妈等一等,我就回来。

鲁侍萍 好,你去吧。

〔四凤下。鲁妈周围望望,走到柜前,抚摩着她从前的家具,低头沉思。忽然听见屋外花园里走路的声音,她转过身来,等候着。

〔鲁贵由中门上。

鲁　贵　四凤呢？

鲁侍萍　这儿的太太叫了去啦。

鲁　贵　你回头告诉太太，说找着雨衣，老爷自己到这儿来穿，还要跟太太说几句话。

鲁侍萍　老爷要到这屋里来？

鲁　贵　嗯，你告诉清楚了，别回头老爷来到这儿，太太不在，老头儿又发脾气了。

鲁侍萍　你跟太太说吧。

鲁　贵　这上上下下许多底下人都得我支派，我忙不开，我可不能等。

鲁侍萍　我要回家去，我不见太太了。

鲁　贵　为什么？这次太太叫你来，我告诉你，就许有点什么很要紧的事跟你谈谈。

鲁侍萍　我预备带着凤儿回去，叫她辞了这儿的事。

鲁　贵　什么？你，你看你这点——

〔蘩漪由饭厅上。

鲁　贵　太太。

周蘩漪　（向门内）四凤，你先把那两套也拿出来，问问老爷要哪一件。（里面答应）哦，（吐出一口气，向鲁妈）这就是四凤的妈吧？叫你久等了。

鲁　贵　等太太是应当的。太太准她来跟您请安就是老大的面子。（四凤由饭厅出，拿雨衣进）

周蘩漪　请坐！你来了好半天啦。（鲁只在打量着，没有坐下）

鲁侍萍　不多一会，太太。

鲁四凤　太太。把这三件雨衣都送给老爷那边去么？

鲁　贵　老爷说就放在这儿，老爷自己来拿，还请太太等一会，老爷见您有话说呢。

周蘩漪　知道了。（向四凤）你先到厨房，把晚饭的菜看看，告诉厨房一下。

鲁四凤　是，太太。（望着鲁贵，又疑惧地望着蘩漪由中门下）

周蘩漪　鲁贵，告诉老爷，说我同四凤的母亲谈话，回头再请他到这儿来。

鲁　贵　是，太太。（但不走）

周蘩漪　（见鲁贵不走）你有什么事么？

鲁　贵　太太，今天早上老爷吩咐德国克大夫来。

周蘩漪　二少爷告诉过我了。

鲁　贵　老爷刚才吩咐，说来了就请太太去看。

周蘩漪　我知道了。好，你去吧。

〔鲁贵由中门下。

周蘩漪　（向鲁妈）坐下谈，不要客气。（自己坐在沙发上）

鲁侍萍　（坐在旁边一张椅子上）我刚下火车，就听见太太这边吩咐，要我来见见您。

周蘩漪　我常听四凤提到你，说你念过书，从前也是很好的门第。

鲁侍萍　（不愿提起从前的事）四凤这孩子很傻，不懂规矩，这两年叫您多生气啦。

周蘩漪　不，她非常聪明，我也很喜欢她。这孩子不应当叫她伺候人，应当替她找一个正当的出路。

鲁侍萍　太太多夸奖她了。我倒是不愿意这孩子帮人。

周蘩漪　这一点我很明白。我知道你是个知书达礼的人，一见面，彼此都觉得性情是直爽的，所以我就不妨把请你来的原因现在跟你说一说。

鲁侍萍　(忍不住)太太,是不是我这小孩平时的举动有点叫人说闲话?

周蘩漪　(笑着,故为很肯定地说)不,不是。

〔鲁贵由中门上。

鲁　贵　太太。

周蘩漪　什么事?

鲁　贵　克大夫已经来了,刚才汽车夫接来的,现时在小客厅等着呢。

周蘩漪　我有客。

鲁　贵　客?——老爷说请太太就去。

周蘩漪　我知道,你先去吧。

〔鲁贵下。

周蘩漪　(向鲁妈)我先把我家里的情形说一说。第一我家里的女人很少。

鲁侍萍　是,太太。

周蘩漪　我一个人是个女人,两个少爷,一位老爷,除了一两个老妈子以外,其余用的都是男下人。

鲁侍萍　是,太太,我明白。

周蘩漪　四凤的年纪很轻,哦,她才十九岁,是不是?

鲁侍萍　不,十八。

周蘩漪　那就对了,我记得好像她比我的孩子是大一岁的样子。这样年轻的孩子,在外边做事,又生得很秀气的。

鲁侍萍　太太,如果四凤有不检点的地方,请您千万不要瞒我。

周蘩漪　不,不,(又笑了)她很好的。我只是说说这个情形。我自己有一个儿子,他才十七岁,——恐怕刚才你在花园见过——一个不十分懂事的孩子。

〔鲁贵自书房门上。

鲁　贵　老爷催着太太去看病。

周蘩漪　没有人陪着克大夫么?

鲁　贵　王局长刚走,老爷自己在陪着呢。

鲁侍萍　太太,您先看去。我在这儿等着不要紧。

周蘩漪　不,我话还没说完。(向鲁贵)你跟老爷说,说我没有病,我自己并没要请医生来。

鲁　贵　是,太太。(但不走)

周蘩漪　(看鲁贵)你在干什么?

鲁　贵　我等太太还有什么旁的事要吩咐。

周蘩漪　(忽然想起来)有,你跟老爷回完话之后,你出去叫一个电灯匠来,刚才我听说花园藤萝架上的旧电线落下来了,走电,叫他赶快收拾一下,不要电了人。

鲁　贵　是,太太。

〔鲁贵由中门下。

周蘩漪　(见鲁妈立起)鲁奶奶,你还是坐呀。哦,这屋子又闷热起来啦。(走到窗户,把窗户打开,回来,坐)这些天我就看着我这孩子奇怪,谁知这两天,他忽然跟我说他很喜欢四凤。

鲁侍萍　什么?

周蘩漪　也许预备要帮助她学费，叫她上学。

鲁侍萍　太太，这是笑话。

周蘩漪　我这孩子还想四凤嫁给他。

鲁侍萍　太太，请您不必往下说，我都明白了。

周蘩漪　（追一步）四凤比我的孩子大，四凤又是很聪明的女孩子，这种情形——

鲁侍萍　（不喜欢蘩漪的暧昧的口气）我的女儿，我总相信是个懂事，明白大体的孩子。我向来不愿意她到大公馆帮人，可是我信得过，我的女儿就帮这儿两年，她总不会做出一点糊涂事的。

周蘩漪　鲁奶奶，我也知道四凤是个明白的孩子，不过有了这种不幸的情形，我的意思，是非常容易叫人发生误会的。

鲁侍萍　（叹气）今天我到这儿来是万没想到的事，回头我就预备把她带走，现在我就请太太准了她的长假。

周蘩漪　哦，哦，——如果你以为这样办好，我也觉得很妥当的。不过有一层，我怕，我的孩子有点傻气，他还是会找到你家里见四凤的。

鲁侍萍　您放心。我后悔得很，我不该把这个孩子一个人交给她父亲管的。明天，我准离开此地，我会远远地带她走，不会见着周家的人。太太，我想现在带着我的女儿走。

周蘩漪　那么，也好，回头我叫账房把工钱算出来。她自己的东西，我可以派人送去，我有一箱子旧衣服，也可以带着去，留着她以后在家里穿。

鲁侍萍　（自语）凤儿，我的可怜的孩子！（坐在沙发上，落泪）天哪。

周蘩漪　（走到鲁妈面前）不要伤心，鲁奶奶。如果钱上有什么问题，尽管到我这儿来，一定有办法。好好地带她回去，有你这样一个母亲教育她，自然比在这儿好的。

〔朴园由书房上。

周朴园　蘩漪！

〔蘩漪抬头。鲁妈站起，忙躲在一旁，神色大变，观察他。

你怎么还不去？

周蘩漪　（故意地）上哪儿？

周朴园　克大夫在等着你，你不知道么？

周蘩漪　克大夫？谁是克大夫？

周朴园　跟你从前看病的克大夫。

周蘩漪　我的药喝够了，我不预备再喝了。

周朴园　那么你的病……

周蘩漪　我没有病。

周朴园　（忍一下）克大夫是我在德国的好朋友，对于妇科很有研究。你的神经有点失常，他一定治得好。

周蘩漪　谁说我的神经失常？你们为什么这样咒我，我没有病，我没有病，我告诉你，我没有病！

周朴园　（冷酷地）你当着人这样胡喊乱闹，你自己有病，偏偏要讳病忌医，不肯叫医生治，这不就是神经上的病态么？

周蘩漪 哼,我假若是有病,也不是医生治得好的。(向饭厅门走)

周朴园 (大声喊)站住! 你上哪儿去?

周蘩漪 (不在意地)到楼上去。

周朴园 (命令地)你应当听话。

周蘩漪 (好像不明白地)哦! (停,不经意地打量他)你看你! (尖声笑两声)你简直叫我想笑。(轻蔑地笑)你忘了你自己是怎么样一个人啦! (又大笑,由饭厅跑下,重重地关上门)

周朴园 来人!

〔仆人上。

仆　人 老爷!

周朴园 太太现在在楼上。你叫大少爷陪着克大夫到楼上去跟太太看病。

仆　人 是,老爷。

周朴园 你告诉大少爷,太太现在神经病很重,叫他小心点,叫楼上老妈子好好地看着太太。

仆　人 是,老爷。

周朴园 还有,叫大少爷告诉克大夫,说我有点累,不陪他了。

仆　人 是,老爷。

〔仆人下。朴园点着一支吕宋烟,看见桌上的雨衣。

周朴园 (向鲁妈)这是太太找出来的雨衣么?

鲁侍萍 (看着他)大概是的。

周朴园 (拿起看看)不对,不对,这都是新的。我要我的旧雨衣,你回头跟太太说。

鲁侍萍 嗯。

周朴园 (看她不走)你不知道这间房子底下人不准随便进来么?

鲁侍萍 (看着他)不知道,老爷。

周朴园 你是新来的下人?

鲁侍萍 不是的,我找我的女儿来的。

周朴园 你的女儿?

鲁侍萍 四凤是我的女儿。

周朴园 那你走错屋子了。

鲁侍萍 哦。——老爷没有事了?

周朴园 (指窗)窗户谁叫打开的?

鲁侍萍 哦。(很自然地走到窗前,关上窗户,慢慢地走向中门)

周朴园 (看她关好窗门,忽然觉得她很奇怪)你站一站,(鲁妈停)你——你贵姓?

鲁侍萍 我姓鲁。

周朴园 姓鲁。你的口音不像北方人。

鲁侍萍 对了,我不是,我是江苏的。

周朴园 你好像有点无锡口音。

鲁侍萍 我自小就在无锡长大的。

周朴园 (沉思)无锡? 嗯,无锡,(忽而)你在无锡是什么时候?

鲁侍萍 光绪二十年,离现在有三十多年了。

周朴园 哦，三十年前你在无锡？

鲁侍萍 是的，三十多年前呢，那时候我记得我们还没有用洋火呢。

周朴园 （沉思）三十多年前，是的，很远啦，我想想，我大概是二十多岁的时候。那时候我还在无锡呢。

鲁侍萍 老爷是那个地方的人？

周朴园 嗯，（沉吟）无锡是个好地方。

鲁侍萍 哦，好地方。

周朴园 你三十年前在无锡么？

鲁侍萍 是，老爷。

周朴园 三十年前，在无锡有一件很出名的事情——

鲁侍萍 哦。

周朴园 你知道么？

鲁侍萍 也许记得，不知道老爷说的是哪一件？

周朴园 哦，很远的，提起来大家都忘了。

鲁侍萍 说不定，也许记得的。

周朴园 我问过许多那个时候到过无锡的人，我想打听打听。可是那个时候在无锡的人，到现在不是老了就是死了，活着的多半是不知道的，或者忘了。

鲁侍萍 如若老爷想打听的话，无论什么事，无锡那边我还有认识的人，虽然许久不通音信，托他们打听点事情总还可以的。

周朴园 我派人到无锡打听过。——不过也许凑巧你会知道。三十年前在无锡有一家姓梅的。

鲁侍萍 姓梅的？

周朴园 梅家的一个年轻小姐，很贤慧，也很规矩，有一天夜里，忽然地投水死了，后来，后来，——你知道么？

鲁侍萍 不敢说。

周朴园 哦。

鲁侍萍 我倒认识一个年轻的姑娘姓梅的。

周朴园 哦？你说说看。

鲁侍萍 可是她不是小姐，她也不贤慧，并且听说是不大规矩的。

周朴园 也许，也许你弄错了，不过你不妨说说看。

鲁侍萍 这个梅姑娘倒是有一天晚上跳的河，可是不是一个，她手里抱着一个刚生下三天的男孩。听人说她生前是不规矩的。

周朴园 （苦痛）哦！

鲁侍萍 她是个下等人，不很守本分的。听说她跟那时周公馆的少爷有点不清白，生了两个儿子。生了第二个，才过三天，忽然周少爷不要了她，大孩子就放在周公馆，刚生的孩子她抱在怀里，在年三十夜里投河死的。

周朴园 （汗涔涔地）哦。

鲁侍萍 她不是小姐，她是无锡周公馆梅妈的女儿，她叫侍萍。

周朴园 （抬起头来）你姓什么？

鲁侍萍 我姓鲁，老爷。

周朴园　（喘出一口气，沉思地）侍萍，侍萍，对了。这个女孩子的尸首，说是有一个穷人见着埋了。你可以打听得她的坟在哪儿么？

鲁侍萍　老爷问这些闲事干什么？

周朴园　这个人跟我们有点亲戚。

鲁侍萍　亲戚？

周朴园　嗯，——我们想把她的坟墓修一修。

鲁侍萍　哦——那用不着了。

周朴园　怎么？

鲁侍萍　这个人现在还活着。

周朴园　（惊愕）什么？

鲁侍萍　她没有死。

周朴园　她还在？不会吧？我看见她河边上的衣服，里面有她的绝命书。

鲁侍萍　不过她被一个慈善的人救活了。

周朴园　哦，救活啦？

鲁侍萍　以后无锡的人是没见着她，以为她那夜晚死了。

周朴园　那么，她呢？

鲁侍萍　一个人在外乡活着。

周朴园　那个小孩呢？

鲁侍萍　也活着。

周朴园　（忽然立起）你是谁？

鲁侍萍　我是这儿四凤的妈，老爷。

周朴园　哦。

鲁侍萍　她现在老了，嫁给一个下等人，又生了个女孩，境况很不好。

周朴园　你知道她现在在哪儿？

鲁侍萍　我前几天还见着她！

周朴园　什么？她就在这儿？此地？

鲁侍萍　嗯，就在此地。

周朴园　哦！

鲁侍萍　老爷，您想见一见她么？

周朴园　不，不。谢谢你。

鲁侍萍　她的命很苦。离开了周家，周家少爷就娶了一位有钱有门第的小姐。她一个单身人，无亲无故，带着一个孩子在外乡什么事都做。讨饭，缝衣服，当老妈，在学校里伺候人。

周朴园　她为什么不再找到周家？

鲁侍萍　大概她是不愿意吧？为着她自己的孩子，她嫁过两次。

周朴园　嗯，以后她又嫁过两次。

鲁侍萍　嗯，都是很下等的人。她遇人都很不如意，老爷想帮一帮她么？

周朴园　好，你先下去。让我想一想。

鲁侍萍　老爷，没有事了？（望着朴园，眼泪要涌出）老爷，您那雨衣，我怎么说？

周朴园　你去告诉四凤，叫她把我樟木箱子里那件旧雨衣拿出来，顺便把那箱子里的几件旧衬衣也检出来。

鲁侍萍 旧衬衣？

周朴园 你告诉她在我那顶老的箱子里，纺绸的衬衣，没有领子的。

鲁侍萍 老爷那种绸衬衣不是一共有五件？您要哪一件？

周朴园 要哪一件？

鲁侍萍 不是有一件，在右袖襟上有个烧破的窟窿，后来用丝线绣成一朵梅花补上的？还有一件，——

周朴园 （惊愕）梅花？

鲁侍萍 还有一件绸衬衣，左袖襟也绣着一朵梅花，旁边还绣着一个萍字。还有一件，——

周朴园 （徐徐立起）哦，你，你，你是——

鲁侍萍 我是从前伺候过老爷的下人。

周朴园 哦，侍萍！（低声）怎么，是你？

鲁侍萍 你自然想不到，侍萍的相貌有一天也会老得连你都不认识了。

周朴园 你——侍萍？（不觉地望望柜上的相片，又望鲁妈）

鲁侍萍 朴园，你找侍萍么？侍萍在这儿。

周朴园 （忽然严厉地）你来干什么？

鲁侍萍 不是我要来的。

周朴园 谁指使你来的？

鲁侍萍 （悲愤）命！不公平的命指使我来的。

周朴园 （冷冷地）三十年的工夫你还是找到这儿来了。

鲁侍萍 （愤怨）我没有找你，我没有找你，我以为你早死了。我今天没想到到这儿来，这是天要我在这儿又碰见你。

周朴园 你可以冷静点。现在你我都是有子女的人，如果你觉得心里有委屈，这么大年纪，我们先可以不必哭哭啼啼的。

鲁侍萍 哭？哼，我的眼泪早哭干了，我没有委屈，我有的是恨，是悔，是三十年一天一天我自己受的苦。你大概已经忘了你做的事了！三十年前，过年三十的晚上我生下你的第二个儿子才三天，你为了要赶紧娶那位有钱有门第的小姐，你们逼着我冒着大雪出去，要我离开你们周家的门。

周朴园 从前的旧恩怨，过了几十年，又何必再提呢？

鲁侍萍 那是因为周大少爷一帆风顺，现在也是社会上的好人物。可是自从我被你们家赶出来以后，我没有死成，我把我的母亲可给气死了，我亲生的两个孩子你们家里逼着我留在你们家里。

周朴园 你的第二个孩子你不是已经抱走了么？

鲁侍萍 那是你们老太太看着孩子快死了，才叫我带走的。（自语）哦，天哪，我觉得我像在做梦。

周朴园 我看过去的事不必再提起来吧。

鲁侍萍 我要提，我要提，我闷了三十年了！你结了婚，就搬了家，我以为这一辈子也见不着你了；谁知道我自己的孩子偏偏命定要跑到周家来，又做我从前在你们家里做过的事。

周朴园 怪不得四凤这样像你。

鲁侍萍 我伺候你,我的孩子再伺候你生的少爷们。这是我的报应,我的报应。

周朴园 你静一静。把脑子放清醒点。你不要以为我的心是死了,你以为一个人做了一件于心不忍的事就会忘了么?你看这些家具都是你从前顶喜欢的东西,多少年我总是留着,为着纪念你。

鲁侍萍 (低头)哦。

周朴园 你的生日——四月十八——每年我总记得。一切都照着你是正式嫁过周家的人看,甚至于你因为生萍儿,受了病,总要关窗户,这些习惯我都保留着,为的是不忘你,弥补我的罪过。

鲁侍萍 (叹一口气)现在我们都是上了年纪的人,这些傻话请你也不必说了。

周朴园 那更好了。那么我们可以明明白白地谈一谈。

鲁侍萍 不过我觉得没有什么可谈的。

周朴园 话很多。我看你的性情好像没有大改,——鲁贵像是个很不老实的人。

鲁侍萍 你不要怕。他永远不会知道的。

周朴园 那双方面都好。再有,我要问你的,你自己带走的儿子在哪儿?

鲁侍萍 他在你的矿上做工。

周朴园 我问,他现在在哪儿?

鲁侍萍 就在门房等着见你呢。

周朴园 什么?鲁大海?他!我的儿子?

鲁侍萍 他的脚指头因为你的不小心,现在还是少一个的。

周朴园 (冷笑)这么说,我自己的骨肉在矿上鼓动罢工,反对我!

鲁侍萍 他跟你现在完完全全是两样的人。

周朴园 (沉静)他还是我的儿子。

鲁侍萍 你不要以为他还会认你做父亲。

周朴园 (忽然)好!痛痛快快地!你现在要多少钱吧?

鲁侍萍 什么?

周朴园 留着你养老。

鲁侍萍 (苦笑)哼,你还以为我是故意来敲诈你,才来的么?

周朴园 也好,我们暂且不提这一层。那么,我先说我的意思。你听着,鲁贵我现在要辞退的,四凤也要回家。不过——

鲁侍萍 你不要怕,你以为我会用这种关系来敲诈你么?你放心,我不会的。大后天我就带着四凤回到我原来的地方。这是一场梦,这地方我绝对不会再住下去。

周朴园 好得很,那么一切路费,用费,都归我担负。

鲁侍萍 什么?

周朴园 这于我的心也安一点。

鲁侍萍 你?(笑)三十年我一个人都过了,现在我反而要你的钱?

周朴园 好,好,好,那么,你现在要什么?

鲁侍萍 (停一停)我,我要点东西。

周朴园 什么?说吧?

鲁侍萍 (泪满眼)我——我——我只要见见我的萍儿。

周朴园　你想见他？

鲁侍萍　嗯，他在哪儿？

周朴园　他现在在楼上陪着他的母亲看病。我叫他，他就可以下来见你。不过是——

鲁侍萍　不过是什么？

周朴园　他很大了。

鲁侍萍　（追忆）他大概是二十八了吧？我记得他比大海只大一岁。

周朴园　并且他以为他母亲早就死了的。

鲁侍萍　哦，你以为我会哭哭啼啼地叫他认母亲么？我不会那样傻的。我难道不知道这样的母亲只给自己的儿子丢人么？我明白他的地位，他的教育，不容他承认这样的母亲。这些年我也学乖了，我只想看看他，他究竟是我生的孩子。你不要怕，我就是告诉他，白白地增加他的烦恼，他自己也不愿意认我的。

周朴园　那么，我们就这样解决了。我叫他下来，你看一看他，以后鲁家的人永远不许再到周家来。

鲁侍萍　好，我希望这一生不至于再见你。

周朴园　（由衣内取出皮夹的支票签好）很好，这是一张五千块钱的支票，你可以先拿去用。算是弥补我一点罪过。

鲁侍萍　（接过支票）谢谢你。（慢慢撕碎支票）

周朴园　侍萍。

鲁侍萍　我这些年的苦不是你拿钱算得清的。

周朴园　可是你——

〔外面争吵声。鲁大海的声音："放开我，我要进去。"三四男仆声："不成，不成，老爷睡觉呢。"门外有男仆等与鲁大海挣扎声。

周朴园　（走至中门）来人！（仆人由中门进）谁在吵？

仆　人　就是那个工人鲁大海！他不讲理，非见老爷不可。

周朴园　哦。（沉吟）那你就叫他进来吧。等一等，叫人到楼上请大少爷下来，我有话问他。

仆　人　是，老爷。

〔仆人由中门下。

周朴园　（向鲁妈）侍萍，你不要太固执。这一点钱你不收下，将来你会后悔的。

鲁侍萍　（望着他，一句话也不说）

〔仆人领鲁大海进，大海站在左边，三、四仆人立一旁。

鲁大海　（见鲁妈）妈，您还在这儿？

周朴园　（打量鲁大海）你叫什么名字？

鲁大海　（大笑）董事长，您不要同我摆架子，您难道不知道我是谁么？

周朴园　你？我只知道你是罢工闹得最凶的工人代表。

鲁大海　对了，一点儿也不错，所以才来拜望拜望您。

周朴园　你有什么事吧？

鲁大海　董事长当然知道我是为什么来的。

周朴园　（摇头）我不知道。

鲁大海　我们老远从矿上来，今天我又在您府上大门房里从早上六点钟一直等到现在，我就是要问问董事长，对于我们工人的条件，究竟是允许不允许？

周朴园 哦，——那么，那三个代表呢？

鲁大海 我跟您说吧，他们现在正在联络旁的工会呢。

周朴园 哦，——他们没有告诉你旁的事情么？

鲁大海 告诉不告诉于你没有关系。——我问你，你的意思，忽而软，忽而硬，究竟是怎么回子事？

〔周萍由饭厅上，见有人，即想退回。

周朴园 （看周萍）不要走，萍儿！（视鲁妈，鲁妈知周萍为其子，眼泪汪汪地望着他）

周　萍 是，爸爸。

周朴园 （指身侧）萍儿，你站在这儿。（向大海）你这么只凭意气是不能交涉事情的。

鲁大海 哼，你们的手段，我都明白。你们这样拖延时候不过是想去疏通那些不要脸的工人，暂时把我们骗在这儿。

周朴园 你的见地也不是没有道理。

鲁大海 可是你完全错了。我们这次罢工是有团结的，有组织的。我们代表这次来并不是来求你们。你听清楚，不求你们。你们允许就允许；不允许，我们一直罢工到底，我们知道你们不到两个月整个地就要关门的。

周朴园 你以为你们那些代表们，那些领袖们都可靠吗？

鲁大海 至少比你们只认识洋钱的结合要可靠得多。

周朴园 那么我给你一件东西看。

〔朴园在桌上找电报，仆人递给他；此时周冲偷偷由左书房进，在旁谛听。

周朴园 （给大海电报）这是昨天从矿上来的电报。

鲁大海 （拿过去读）什么？他们又上工了。（放下电报）不会，不会。

周朴园 矿上的工人已经在昨天早上复工，你当代表的反而不知道么？

鲁大海 怎么矿上警察开枪打死三十个工人就白打了么？这群没有骨头只怕饿的东西，就会把我们四个代表不管了么？（又看电报，忽然笑起来）哼，这是假的。你们自己假作的电报来离间我们的。（笑）哼，你们这种卑鄙无赖的行为！

周　萍 （忍不住）你是谁？敢在这儿胡说？

周朴园 萍儿！没有你的话。（低声向大海）你就这样相信你那同来的几个代表么？

鲁大海 你不用多说，我明白你这些话的用意。

周朴园 好，那我把那复工的合同给你瞧瞧。

鲁大海 （笑）你不要骗小孩了，复工的合同没有我们代表的签字是不生效力的。

周朴园 哦，（向仆人）合同！（仆人由桌上拿合同递他）你看，这是他们三个人签字的合同。

鲁大海 （看合同）什么？（慢慢地，低声）他们三个人签了字。他们怎么会不告诉我，自己就签了字呢？他们就这样把我不理啦。

周朴园 对了，傻小子，没有经验只会胡喊是不成的。

鲁大海 那三个代表呢？

周朴园 昨天晚车就回去了。

鲁大海 （如梦初醒）他们三个就骗了我了，这些矿上没有勇气的工人们就卖了我了。哼，你们这些不要脸的董事们，你们的钱这次又灵了。

周　萍　（怒）你混账！

周朴园　不许多说话。（回头向大海）鲁大海，你现在没有资格跟我说话——矿上已经把你开除了。

鲁大海　开除了！？

周　冲　爸爸，这是不公平的。

周朴园　（向周冲）你少多嘴，出去！

〔周冲由中门气下。

鲁大海　哦，好，好，（切齿）你的手段我早就领教过，只要你能弄钱，你什么都做得出来。你叫警察杀了矿上许多工人，你还——

周朴园　你胡说！

鲁侍萍　（至大海前）别说了，走吧。

鲁大海　哼，你的来历我都知道，你从前在哈尔滨包修江桥，故意在叫江堤出险，——

周朴园　（厉声）下去！

〔仆人等拉他，说"走！走！"

鲁大海　（对仆人）你们这些混账东西，放开我。我要说，你故意淹死了两千二百个小工，每一个小工的性命你扣三百块钱！姓周的，你发的是绝子绝孙的昧心财！你现在还——

周　萍　（忍不住气，走到大海面前，重重地打他两个嘴巴）你这种混账东西！

〔大海立刻要还手，但是被周宅的仆人们拉住。

周　萍　打他。

鲁大海　（向周萍高声）你，你！（正要骂，仆人一起打大海。大海头流血。鲁妈哭喊着护大海）

周朴园　（厉声）不要打人！

〔仆人们停止打大海，仍拉着大海的手。

鲁大海　放开我，你们这一群强盗！

周　萍　（向仆人们）把他拉下去。

鲁侍萍　（大哭起来）哦，这真是一群强盗！（走至萍面前，抽咽）你是萍，——凭，——凭什么打我的儿子？

周　萍　你是谁？

鲁侍萍　我是你的——你打的这个人的妈。

鲁大海　妈，别理这东西，您小心吃了他们的亏。

鲁侍萍　（呆呆地看着周萍的脸，忽而又大哭起来）大海，走吧，我们走吧。（抱着大海受伤的头哭）

〔大海为仆人拥下，鲁妈亦下。台上只有朴园与周萍。

周　萍　（过意不去地）父亲。

周朴园　你太莽撞了。

周　萍　可是这个人不应该乱侮辱父亲的名誉啊。

〔半晌。

周朴园　克大夫给你母亲看过了么？

周　萍　看完了，没有什么。

周朴园　哦,(沉吟,忽然)来人!

〔仆人由中门上。

周朴园　你告诉太太,叫她把鲁贵跟四凤的工钱算清楚,我已经把他们辞了。

仆　人　是,老爷。

周　萍　怎么?他们两个怎么样了?

周朴园　你不知道刚才这个工人也姓鲁,他就是四凤的哥哥么?

周　萍　哦,这个人就是四凤的哥哥?不过,爸爸——

周朴园　(向下人)跟太太说,叫账房给鲁贵同四凤多算两个月的工钱,叫他们今天就去。去吧。

〔仆人由饭厅下。

周　萍　爸爸,不过四凤同鲁贵在家里都很好。很忠诚的。

周朴园　哦,(呵欠)我很累了。我预备到书房歇一下。你叫他们送一碗浓一点的普洱茶来。

周　萍　是,爸爸。

〔朴园由书房下。

周　萍　(叹一口气)嗨!(急向中门下,周冲适由中门上)

周　冲　(着急地)哥哥,四凤呢?

周　萍　我不知道。

周　冲　是父亲要辞退四凤么?

周　萍　嗯,还有鲁贵。

周　冲　即便是她的哥哥得罪了父亲,我们不是把人家打了么?为什么欺负这么一个女孩子干什么?

周　萍　你可问父亲去。

周　冲　这太不讲理了。

周　萍　我也这样想。

周　冲　父亲在哪儿?

周　萍　在书房里。

〔周冲至书房,周萍在屋里踱来踱去。四凤由中门走进,颜色苍白,泪还垂在眼角。

周　萍　(忙走至四凤前)四凤,我对不起你,我实在不认识他。

鲁四凤　(用手摇一摇,满腹说不出的话)

周　萍　可是你哥哥也不应该那样乱说话。

鲁四凤　不必提了,错得很。(即向饭厅去)

周　萍　你干什么去?

鲁四凤　我收拾我自己的东西去。再见吧,明天你走,我怕不能看你了。

周　萍　不,你不要去。(拦住她)

鲁四凤　不,不,你放开我。你不知道我们已经叫你们辞了么?

周　萍　(难过)凤,你——你饶恕我么?

鲁四凤　不,你不要这样。让我们拉一拉手。我并不怨你,我知道早晚是有这么一天的,不过,今天晚上你千万不要来找我。

周　萍　可是,以后呢?

鲁四凤　那——再说吧!

周　萍　不,四凤,我要见你,今天晚上,我一定要见你,我有许多话要同你说。四凤,你……

鲁四凤　不,无论如何,你不要来。

周　萍　那你想旁的法子来见我。

鲁四凤　没有旁的法子。你难道看不出这是什么情形么?

周　萍　要这样,我是一定要来的。

鲁四凤　不,不,你不要胡闹。你千万不……

〔蘩漪由饭厅上。

鲁四凤　哦,太太。

周蘩漪　你们在这儿啊!(向四凤)等一会儿,你的父亲叫电灯匠就回来。什么东西,我可以交给他带回去。也许我派人给你送去。——你家住在什么地方?

鲁四凤　杏花巷十号。

周蘩漪　你不要难过,没事可以常来找我。送给你的衣服,我回头叫人送到你那里去。是杏花巷十号吧?

鲁四凤　是,谢谢太太。

〔鲁妈在外面叫:"四凤!四凤!"

鲁四凤　妈,我在这儿。

(鲁妈由中门上。

鲁侍萍　四凤,收拾收拾零碎的东西,我们先走吧。快下大雨了。

〔风声,雷声渐起。

鲁四凤　是,妈妈。

鲁侍萍　(向蘩漪)太太,我们走了。(向四凤)四凤,你跟太太谢谢。

鲁四凤　(向太太请安)太太,谢谢!(含着眼泪看周萍,周萍缓缓地转过头去)

〔鲁妈与四凤由中门下,风雷声更大。

周蘩漪　萍,你刚才同四凤说的什么?

周　萍　你没有权利问。

周蘩漪　萍,你不要以为她会了解你。

周　萍　你这是什么意思?

周蘩漪　你不要再骗我,我问你,你说要到哪儿去?

周　萍　用不着你问。请你自己放尊重一点。

周蘩漪　你说,你今天晚上预备上哪儿去?

周　萍　我——(突然)我找她。你怎么样?

周蘩漪　(恫吓地)你知道她是谁,你是谁么?

周　萍　我不知道。我只知道我现在真喜欢她,她也喜欢我。过去这些日子,我知道你早明白得很,现在你既然愿意说破,我当然不必瞒你。

周蘩漪　你受过这样高等教育的人现在同这么一个底下人的女儿,这么一个下等女人——

周　萍　(爆烈)你胡说!你不配说她下等,你不配!她不像你,她——

周蘩漪　(冷笑)小心，小心！你不要把一个失望的女人逼得太狠了，她是什么事都做得出来的。

周　萍　我已经打算好了。

周蘩漪　好，你去吧！小心，现在(望窗外，自语，暗示着恶兆地)风暴就要起来了！

周　萍　(领悟地)谢谢你，我知道。

〔朴园由书房上。

周朴园　你们在这儿说什么？

周　萍　我正跟母亲说刚才的事情呢。

周朴园　他们走了么？

周蘩漪　走了。

周朴园　蘩漪，冲儿又叫我说哭了，你叫他出来，安慰安慰他。

周蘩漪　(走到书房门口)冲儿。冲儿！(不听见里面答应的声音，便走进去)

〔外面风雷大作。

周朴园　(走到窗前望外面，风声甚烈，花盆落地打碎的声音)萍儿，花盆叫大风吹倒了，你叫下人快把两窗关上。大概是暴雨就要下来了。

周　萍　是，爸爸！(由中门下)

〔周朴园在窗前，望着外面的闪电。

——幕落——

(收入《雷雨》，文化生活出版社1936年1月版)

日出(节选)

曹　禺

二十三岁的高级交际花陈白露，只身生活在上海十里洋场的大旅馆中，靠银行家潘月亭的供养，过着醉生梦死的生活，终日周旋于潘月亭、顾八奶奶、张乔治等巨商富贾身旁，在倦怠与厌恶中丧失了自由生活的能力，总是习惯性地回到自己丑恶的生活圈子。学生时代的好友方达生听闻陈白露的"堕落"，来到陈白露生活的大旅馆，试图唤起她对往事的回忆和对自由新生活的向往。陈白露虽然对自身的生活感到厌恶，但她却拒绝了方达生的求婚与离开大旅馆开始新生活的请求。因为她已经对社会与爱情彻底失望，她曾和一个小说家结婚，并生过一个小孩，但短暂的天堂般的幸福日子很快结束，孩子死了，小说家独自离开追寻自己的希望去了。陈白露感觉自己已经"一辈子卖给了这个地方"，无法随着好友离开，但她邀请方达生停留一两天，看看这里的人怎样过日子。

一日，一个瘦弱胆怯的小女孩不小心闯入了陈白露的房间。小东西原来是被黑帮头子金八爷看中的孤儿，受尽金八手下的流氓黑三等的折磨逃脱而出。陈白露认小东西做了干女儿，试图尽全力保护这个孩子，但小东西还是被金八爷手下的流氓卖入妓院。小东西在那里虽然遇到了好心的翠喜，最终仍不堪凌辱而死。就在小东西自杀的那夜,孤独的陈白露在怨愤中试图驱逐潘月亭的客人们,内心涌动起离开这大旅馆回老家的渴望。但一辈子也无法还清的账单使她根本无法离开这里。供养陈白露的潘月亭因做投机生意,被更大的流氓金八爷耍了,最终破产。而此时,陈白露的欠账已经越积越多,经济来源断绝,根本无力偿还。在彻底的绝望中,陈白露黯然自杀。在临死前她低声地诵出前夫写作的小说《日出》中的诗句:“太阳升起来了,黑暗留在后面。但是太阳不是我们的,我们要睡了。”方达生则准备“做点事,跟金八拼一拼”,迎着阳光离开。

全剧共四幕,节选自第三幕,小东西被金八爷手下的流氓卖入妓院,受到好心的翠喜的照顾,方达生找到这里,但被小顺子和黑三欺骗;小东西不堪凌辱上吊自杀……

翠　喜　(向小东西)你这么愣着干嘛,(对着胡四)四爷,您得多包涵着点,这孩子是个“雏”,刚混事没有几天。

王福升　(替胡四说)没有说的。

胡　四　(拉着小东西的手)我得瞧瞧你。这孩子倒是不错,难怪金八看上她啦。

王福升　(指自己)你认识我不认识我?

小东西　(低而慢地)你磨成灰我也认识你。

王福升　(高了兴)喝,这小丫头在这儿三天,嘴头子就学这么硬了。

胡　四　(赏鉴)这孩子真是头是头,脑是脑。穿几件好衣服,不用旁人,叫我胡四跟她出个衣服样子,我带她到马场俱乐部走走,这码头不出三天她准行开了。

王福升　那赶子好。可是您问她有这么大福气么?

胡　四　可是……(忽然对小东西)是你把金八爷打了么?

〔小东西狠狠地向福升身上投一眼,又低下头,一语不发。

翠　喜　四爷跟你说话啦,傻丫头。

〔小东西石头似地站在那儿。

王福升　瞧瞧,这块木头。

胡　四　(点着烟卷)奇怪,这么一点小东西怎么敢把金八打了?

王福升　要不庄稼人一辈子没出息呢?天生的那么一股子邪行劲儿。你想,金八爷看上她,这不是运气来了?吃,喝,玩,穿,乐,哪一样不是要什么有什么。他妈的,(回过头对小东西)这孩子偏偏一心要守着黄花闺女,贵贱她算是不卖了。(指着小东西)可你爸爸是银行大经理?还是开个大金矿?大洋钱来了,她向外推,你说(对翠喜)这不是庄稼人的邪行劲儿?

翠　喜　咳,“是儿不死,是财不散。”这都是罡着,该她没有那份财喜。

王福升　(对小东西越看越有气)妈的,这一下子玩完了,这码头你以后还想呆得住?他妈的,我要有这么一个女儿,她也跟我装这份儿蒜,把这么一个活财神爷都打走了,我就Kay了她,宰了她,活吃了她。(指指小东西)真他妈的“点煤油的副路”。(非常得意地说出这句洋文)

胡　四　福升,你这是干什么?

王福升　我……笑我这是越说越有气,替这混孩子别扭得慌。

小东西　(走到那一头对福升)你到这边来。

王福升　怎么啦?(望望胡四,丢个眼色,自得地走过去)你说什么?

小东西　（硬冷地）那天在旅馆里，你把我骗出来。

王福升　怎么？

小东西　现在黑三死看着我，我一辈子回不去啦。

王福升　人家旅馆陈小姐也没有要你回去呀。

小东西　（浑身发抖）我好容易逃出来。你把我又扔在黑三手里。

王福升　小东西，妈的，我们送你到这儿来，跟你找婆家，你他妈的还不知情。还埋怨人？

翠　喜　（对小东西）你这孩子又犯了病了？

小东西　（不理她）我，我恨死你。

胡　四　（走到小东西面前，故意打趣）别恨啦，疼还疼不过来呢。

〔又拉小东西的手，叫她坐在他的膝上。

小东西　（甩开胡四的手跑到福升面前）我要……（连着打他两个嘴巴，揪着福升拼命）

王福升　这东西。（想法脱开她的手）

翠　喜　（拉着小东西）你发疯了。

〔小顺子进来。

小顺子　怎么啦？

〔正在开门，黑三——翻穿皮袍，满面胡髭，凶恶的眼睛——进。

翠　喜　（对小东西）黑三来了！

小东西　（立刻放下手，老鼠见了猫，她仿佛瘫在那里）啊！

黑　三　（狞笑，很客气地向小东西招手）过来！

〔小东西望着房里每个人的脸，不敢走到黑三面前。寂静。

王福升　去吧！孩子！（把小东西一推）

黑　三　（更和气地）过来呀！

〔小东西慢慢走过去。

黑　三　（一把抓住小东西的小手，对胡四）您受惊。四爷！这孩子有点不大懂规矩。（对翠喜）三姑娘，你先好好陪陪四爷，跟他老人家多多上点劲。八兄弟，今天可委屈你了。

〔小东西出来。

〔狼咬着小鸡子似地黑三把小东西拉出房门。门一关上就听见：

〔黑三的声音：（狠狠地）妈的！（在小东西脸上一巴掌）妈的！（又一巴掌，小东西倒吸口气迎着他的粗重的手，“啊！”“啊！”叫出来。以后听不见什么只有——）

〔黑三的声音：（对小东西）到那屋去！走！走！

〔外面仿佛小东西又哭又不敢哭地跟着他走。

翠　喜　这是怎么说的？这孩子的脾气也是太“格涩”，八爷，您刚才没有撞破哪儿？这真怪过意不去的。

王福升　没有说的，没有说的。

小顺子　（笑）可不是，孩子小，小孩子脾气，二位多包涵着点。

胡　四　去你的，谁问你啦？

小顺子　是，没问我，就算我没说。（搭讪着出去）

胡　四　福升,怎么样?刚才那两下痛不痛?

王福升　没什么!这孩子连金八爷都劈啪两耳刮子,我王八爷挨这两下子打,算什么委屈。

〔外面铃声。

〔外面的声音:让屋子,来客啦。

胡　四　人就是那么一回子事,活着不玩玩就是个大混蛋,挨两下子打算个什么?

王福升　走吧,四爷。我看您也该回旅馆了。

翠　喜　谁说的?(对福升)去!去!去!你看你这个忙劲儿。

王福升　挨了打,还在这儿死赖皮做什么?

翠　喜　八爷,混事由的,都不易,得原谅着点,就原谅着点。

〔小顺子进屋。

小顺子　二爷,迁就迁就,拉拉帐子。

〔他把左边方桌的东西移到右边,将中间的帐子拉起,于是一间屋子隔成两间。小顺子走到左边打开门,让进来方达生。方达生穿一件毛蓝布大褂,很疲乏地走进。

小顺子　(对方达生)二爷,请您这边落落。

方达生　嗯。

小顺子　您有熟人提一声。

〔达四面望望,忍不住,用手帕掩住鼻子,摇头。

小顺子　(不信地)二爷,有熟人提一声吧。

方达生　没,没有。(咳嗽)

小顺子　这屋子冷点,二爷!

〔同时:在屋子的右边,胡四把翠喜拉在一旁。

胡　四　(低头)我跟你说一句话。

翠　喜　(笑着)干嘛呀!

胡　四　(拉住她的手)你过来呢!(低语)

翠　喜　(格格地笑)去你的吧。

胡　四　真的?(又低语)

翠　喜　(拧了胡四一把,胡四哎哟叫一声)看你馋不馋?

胡　四　(对翠喜挤眼)馋!(又低语)

翠　喜　(故作怒状)去你的!喜欢浪,坐飞艇去。

胡　四　怎么?

翠　喜　美得你好上天哪!

〔胡四大笑,又拧了翠喜一下,翠喜叫一声,两个人对笑起来。这时福升渐渐注意到左面的客人。

〔在左面呢,戏还同时继续着的。达生傻傻地立在那里,很窘迫的样子。最后——

小顺子　我跟您叫来见见。

方达生　我走了好些家了。

小顺子　(搭讪着)二爷,闲着没事逛逛玩玩。

方达生　(自语的样子)我没有找着。

小顺子　您是——

方达生　我要找一个人。

小顺子　(莫名其妙)找人?

方达生　嗯,一个刚到这一带来不久的姑娘。

小顺子　这一带百十来家娼户……可您说出个名儿。

方达生　(为难)她,她叫,呃,呃,——这个,她没有名字。

小顺子　那可就难了。那么,多大岁数?

方达生　十五六岁。

小顺子　那倒有几个,我叫几个给你瞅瞅。

〔同时在右面,福升偷偷拉开缝由布幔帐向左一望,忽——

王福升　(低声)四爷,四爷!方,方先生来了。

胡　四　(离开那女人)谁?

王福升　方达生。

胡　四　什么?(他跑去偷看)可不是小疯子?小疯子也会跑到这儿来啦!

〔福升忽然由右正门跑出去。胡四便立在幔帐右边偷看,翠喜走到胡四面前,仿佛问他那是谁……一些事,但他只笑着摇摇手,好奇地在那里等待左面的人说话。翠喜看见不得要领,便废然地走到镜台旁,点起一支烟,踱到正右门,斜倚着门框闲着。

〔在左边,外面是黑三的声音叫:"小顺子!小顺子!"

小顺子　(答声,向达生)二爷,我跟您找找去。(下)

方达生　嗯。(很疲倦地坐在方桌旁)

〔一会儿,小顺子回来。

小顺子　二爷,这儿大概没有您找的人。

方达生　我没有看见,你怎么说没有?

小顺子　要不,我叫几个岁数相仿的您瞧瞧,好不好?

方达生　你去吧。

〔小顺子又出去,半晌。

〔这时在右边,由正右门又传进一个乞丐的声音,打着带铃的牛胯骨唱数来宝。

〔乞丐:(提提哒,提提哒,提提哒提哒提哒)"喂,毛竹打,响连声,看见头子站在门口拉走铃。拉上走铃更不错,未曾来人好见客:有翠喜,和小达,和宝兰,各的各的个赛貂蝉,拉一个铺开一个盘,拉铺还得一块钱?"(又恢复原来的苍老的声调)有钱的老爷们,老板们,赏一个子,凑个店钱吧。

翠　喜　(立在门口)讨厌,又是你。

〔乞丐:老板,可怜可怜吧,您行好,明天就从良,养个胖小子。

翠　喜　去你的,今天晚上就冻死你兔崽子。

〔在左面,黑三进来了。

黑　三　二爷!找着两个,您瞅瞅。(掀起门帘,达生立起向外望)对不对?

方达生　(看了一时)不对,不是她们,这个小孩岁数不大,圆圆的脸,大眼睛,说话愣里愣气的。

黑　三　哦，您是说刚来不几天哪个？

方达生　对了，不几天，才我想也就四五天吧。

黑　三　（手势）这么高，这么瘦，圆脸盘，大脚板鸭子，小圆眼，剪发。

方达生　对了，对了。

黑　三　我跟您找找去，您候候。

〔黑三出去。

〔在右边，继续着：

〔乞丐：（打着牛胯骨：提提哒，提提哒，提提哒提哒提哒）“毛竹打，更不离儿，老板本是个大美人儿！曲青头发大辫子儿，尖尖下颏红嘴唇儿，未曾说话爱死人儿。（提提哒，提提哒，提提哒提哒提哒）毛竹打，更不错，老板身穿华丝葛，人才好，穿的阔，未曾说话抿嘴乐，哪天都有回头客！”——老板，可怜一个子吧。

翠　喜　（故意地）我还是不给你！

〔乞丐：（嬉皮笑脸地）您不给，我还唱。

翠　喜　唱吧，谁拦你啦？

〔乞丐：（提提哒，提提哒，提哒提哒，提哒）……

〔同时在左边屋子，门开了，进来一个卖报的，单裤子，上面穿一件破棉袄，一脸胡子，规规矩矩地抽出一份报，放在书桌上，打手势要钱，行外国礼，立正，打恭，口里“呀呀”地叫着。

方达生　我，我没有零钱。

〔哑巴卖报的指指报里的文章，用手势告诉那里面有最新鲜的新闻，于是他用另外一种语言指手画脚地道出一个书记怎么没有饭吃，怎样走投无路，只得买鸦片烟，把一家的小孩子自己亲手毒死。小孩子不肯吃，怎样买红糖搅在一起，逼小孩子喝下去。全家都死了，但是鸦片烟没有了，他自己就跑出去跳大河，但是不幸被警察捉住，把他带到局子里去，说他有罪，谋杀罪，不知是死是活。同时方达生——

方达生　我看过，我看过。（但是哑巴把报塞在他手里，他只好拿起看，望着他做手势）你说一个书记……哦，你说没有饭吃，（哑巴点头）什么？哦，你说他家里还有一大堆孩子，（哑巴点头）什么？什么？（不明白，哑巴指报，叫他看他所指的字）哦，这个书记“失业”了。（哑巴点头）哦……哦，（一面看报，一面看他的手势）他就买了鸦片烟……嗯，小孩子不肯喝，……什么？（看看报）哦，他掺进红糖把鸦片烟灌给他们吃了。（叹一口气）嗯，孩子都死了。……哦，鸦片烟没有了。……（哑巴点头）哦，他自己就跑出跳大河。什么……（看报）哦，正在跳河的时候，就叫警察抓住了，（忙着看完报，对哑巴）你不要讲了，我已经读完了，警察把他带到局子里，说他有罪，有谋杀直系亲属罪，要把他监禁起来。

哑　巴　（大点头，伸出手）啊……呵……

方达生　（喃喃地）大丰的书记，潘经理的书记，——这太不公平了。（起来）

哑　巴　（伸手要钱）啊……啊……

〔达生给他一张角票，不让他找，哑巴又作揖，又行礼，他千恩万谢地走出去。

方达生　（拿起报读，扔在桌上，靠在椅背，望着天，叹出一口闷气）啊！

〔同时在右边：

胡　四　（一个独语）小疯子的精神病真不轻。

〔乞丐：（还是提提哒，提提哒，提提哒提哒提哒）“喂，好话说了老半天，还是老板不给咱。别瞧要饭低了头，要饭不在下九流，将门底子佛门后，圣人门口把你求。念过诗书开过讲，懂得三纲并五常，念过书识过字儿，懂得仁义礼智信儿。”——怎么着，老板。还不赏一个子么？

翠　喜　大冷天，挺难的，有钱也不给你！

〔乞丐：（接得快）“要说难，尽说难，你难我难不一般。老板难的事由儿小，我难没有路盘缠，傻子要有二百钱，不在这儿告艰难。”（提提哒，提提哒，提提哒提哒提哒）喂，——

胡　四　去，去，去！（扔出一个铜元）少在这儿麻烦。

〔乞丐：费心，老爷。（脚步声，又在旁处打着牛胯骨，唱起来）

〔福升走进来。

胡　四　（指左边）怎么样啦？

王福升　（狞笑）您看哪。（二人立帐幔旁偷看）

〔在左边：黑三同小顺子走进来。

黑　三　您看，二爷，这一定就是您的相好的。

方达生　（到门口看，大失所望）不，不是，不是她。

小顺子　可您总得说出个名字啊。

方达生　（突然）你们这儿有个叫小东西的有么？

小顺子　小东西？

方达生　嗯。

小顺子　没有。

黑　三　（狞笑）这名字就“格涩”。

方达生　（拿起帽子）对不起，打搅你们了。（低头正要出门）

黑　三　（拦住他的去路伸出手）——

方达生　你这是干什么？

黑　三　您叫我们跑了半天，您不赏点嘛么！

方达生　（惊愣）这也要钱？

黑　三　您瞅瞅来的是什么地方，我们是喝西北风长大的？

方达生　（看看他那亡命的样子，可怜地笑笑，拿出钱来）你拿去吧！

小顺子　（忙着伸手）谢谢。

黑　三　（打开小顺子的手）您这是打哈哈，您这一点是给要饭的？

〔左面小屋内孩子哭起来，翠喜拉开中间的幔帐，走到左面，她看见达生，停下来眼盯着他。达生厌恶地回过头去，咳嗽起来，一只手掩住鼻子，一只手扔在桌上一些钱，他立刻跑出去。

〔翠喜莫明其妙地跑进左面的小屋子，又唔唔地哄着小孩睡觉。

〔黑三魔鬼般地大笑起来。

〔小顺子拉开幔帐。

黑　三　四爷！您先歇着，我给您叫小翠来陪您。

王福升　不用啦，黑三，我们该走啦。

胡　四　我们待的时候不少了。

黑　三　别价，您先玩会儿。

〔黑三忙走出去，叫：小翠！

王福升　快回去吧，您这身新衣服也该在八奶奶面前显派显派。

胡　四　（又想起他的"第一美男子"的诨号，很高兴地）你说，这身衣服我穿着不错吧？

王福升　"赶子"，我看您这身比哪一身都好。

胡　四　（不自主地又开始搔首弄姿，掸掸衣服，自满地）我看也不大离。

〔黑三进，后随小东西。

黑　三　好好地侍候四爷一会。四爷好多照应你。叫声四爷。

小东西　（一字一抽噎）四……四……四爷。

黑　三　跟王八爷赔个罪。

小东西　（望着福升）——

黑　三　说，说，下次不敢了，王八爷。

小东西　（一字一抽噎地）下……下……下次不敢。王……王……王八爷。

王福升　没有说的。没有说的。

黑　三　（得意扬扬）跟四爷倒杯茶，求八爷明儿陪着四爷来回头来。

胡　四　明儿见。（起身）得了，别客气啦，没有什么说的。

〔翠喜由屋内出来。

翠　喜　谁说走？谁也不许走，四爷，您刚才怎么说的？（耳语）

胡　四　（频频点头）对，对，——（坏笑）可我实在有事。今儿个不成，明儿见。

王福升　（笑）有事，明儿见吧！

黑　三　别，小孩子也得学点规矩。这是碰着四爷，好说话的，好，要碰着个刺儿头，这不连窑子都砸了。

翠　喜　（拉着胡四）那明儿你一定来？（胡四嘻嘻哈哈地点头）

〔这时小东西已斟好茶，正向胡四送过去。

王福升　（开玩笑）小心点，别烫着手，小姐。

小东西　（低头，走到胡四面前，眼泪汪汪地）

王福升　四爷，你瞧，小翠跟你飞眼呢。（小东西气得回首向福升望一眼）

胡　四　（高兴）是么？（想拧小东西的脸蛋）小东西看上了我么？

小东西　（蓦地回过头来，没想到胡四这样近靠着她，茶碗碰着胡四的手，茶水溅湿他的衣服）啊！

胡　四　你看！

黑　三　（大吼）妈的，你看你！

小东西　（吓破了胆，失手，一碗茶整个地倒在胡四的新衣服上）啊！

胡　四　（急青了脸）这个不是人揍的孩子！（连忙用手帕揩）

黑　三　（跳到小东西面前，举手就要打）你他妈的——（小东西躲在翠喜背后）

翠　喜　（拦住黑三）你先别打！

王福升　（也拦住黑三）黑三，先别急，人家衣服要紧。

黑　三　（忙）小顺子，赶快拿手巾来。

〔小顺子拿手巾跳进。大家一起擦衣服。只有小东西吓得立在一旁。

胡　四　（恼怒）去，去，去，别擦了！（将衣服拿在灯下看看）哼，这一身新衣服算毁了。妈的。（对福升）走！走！走！（忽然跑到小东西面前）你这贱骨头，我——（仿佛就要动手，小东西后退，他一扭身）死货！（忽然从袋里，取出一束钞票，对小东西）你瞧见这个么？大爷有的是洋钱。可就凭你这孩子，（向黑三）一个子也不值！（对小顺子）把这个拿给三姑娘盘子！（一张钞票给小顺子）这个给外边。（又一张钞票）

小顺子　谢谢。

胡　四　（点点头）走！（对福升）回旅馆。（扬长走出。福升后面跟着，小顺子也随出去）

翠　喜　（送到门外）明儿来呀，四爷！明儿来呀！（忙回屋内）

黑　三　（野兽似地盯着小东西，低低地）过来。你跟我到这屋子来！（指左面小屋）

小东西　（走了一半，两腿无力，扑腾跪下）

黑　三　（走到小东西面前，拉她）走！

翠　喜　（抱住小东西）黑三，你别打她！（哀求）这不怨她，你别打她！（黑三在方桌下面，抽出一条鞭子）

黑　三　你别管！

翠　喜　黑三，这孩子再挨不得打了。

黑　三　（一手推倒她）你他妈的，去你个妹子的吧。（翠喜叫一声，摸着她受了伤的手）走！（拉着小东西进屋）

〔进去，黑三把门关上。

翠　喜　（忽然想起自己的孩子，跑到左小门前，敲门）开门，黑三，我的孩子在里面。开门，开门。

〔里面不应。黑三诅咒着，鞭子抽在小东西的身上，小东西仿佛咬紧了牙挨着一下一下的鞭打。

翠　喜　（慌急，乱打着门）开门，开门！你要吓着我的孩子。我的儿！（孩子开始哭起来）

翠　喜　（不顾一切地喊着）开门，开门，黑三，我的宝贝，你别怕！妈就来！

〔小东西忍不住痛，开始嚎叫，和小儿哭声闹成一片，外面有许多人看热闹，小顺子跑进来。

翠　喜　（疯狂的样子）你开门！（乱打着门）你开门！黑三！你再不开，我就要喊巡警了。

小顺子　黑三，外边有人找你。

〔黑三开了门提着鞭子出来，一脸的汗。

黑　三　（回头向左小门）这次先便宜你小杂种。

〔翠喜立刻跑进房里，屋里一片啼声和抽噎声。

黑　三　（向小顺子）谁，谁来找我？

小顺子　旅馆来的人。

〔外边有小铃声，半晌。

黑　三　干么？

小顺子　说金八爷有事找您。

〔另一个声音:见住客！没有住客的见住客！

黑　三　走！(向左旁小门)你出来！出来！

〔小东西很艰难地走出来。

黑　三　(用鞭子指)这一次先饶了你,外面有住客,你去见客去。他妈的,你今天晚上要是再没有客,你明日早上甭见我。听见了没有？

小东西　(抽咽着)嗯。

黑　三　去！把眼泪擦擦,见客去。

〔小东西低头出了门。

黑　三　小顺子,我去了。明儿见。

小顺子　您走吧,明儿见。

〔黑三走出去。

小顺子　三姑娘,出来吧,癞子可等急了。你快出去见见他吧。

翠　喜　(由左小门走出)唉！这是什么日子！

〔翠喜和小顺子一同出门,屋内无人。

〔外面伙计的声音:落灯啦！落灯啦！

〔外面叫卖的声音:(寂寞地)硬面饽饽！硬面饽饽！

〔木梆一声一声地响过去。

〔另一个声音:(低声地叫出花名,因为客人们都睡了)宝兰,翠玉,海棠,小翠。

〔小顺子进来把灯熄灭,由抽屉拿出洋烛头点上,屋子暗下来。

〔小顺子正要出去,小东西缓缓地走进来。

〔隔壁和对面有低低的男女笑语声。

小顺子　怎么样,挂上了么？

小东西　(摇头)没有。

小顺子　怎么？

小东西　(抽噎)那个人嫌我太小。

小顺子　(叹一口气)那你一个人先睡吧。

小东西　嗯。

小顺子　(安慰她)去他的！明天是明天的,先别想它。

〔老远翠喜哭着嚷着。

〔一个男人的声音:你走不走？你走不走？

〔翠喜的声音:你打吧！你打吧！你今天要不打死我,你不是你爸爸揍的。

小东西　(立起来)这是谁？

小顺子　三姑娘——翠喜。她男人打她呢。(由窗户望外看)可怜！这个人也是苦命,丈夫娶了她就招上了脏病瘸了,儿子两个生下来就瞎了眼,还有个老婆婆,瘫在床上,就靠着这儿弄来几个钱养一大家子人。

小东西　(又坐在那里发呆)嗯,嗯,嗯。

小顺子　她来了,(往外叫)三姑娘。

〔翠喜哭哭啼啼地走进门。

小顺子　怎么啦？

翠　喜　（自言自语）妈的，我跟你回去！今天我就跟你回去！回去咱们就散，这日子还有什么过头？（叨叨地进了左小门）

小顺子　（望她进门）唉。

〔翠喜抱着孩子由左小门走进来。

小东西　孩子睡着了？

翠　喜　（抽噎地）嗯，妹……妹……妹子，（一字一噎地）刚才，刚才，那个住客……你，……你，你挂上了么？

小东西　（低头）——

小顺子　（摇头）没有。

翠　喜　怎……怎么？

小顺子　又是那句话，还是嫌她人小。

翠　喜　（一手摸着小东西的脸）苦……苦命的孩子。也……也好，你今天一个人在我这个床睡吧。省得我在这儿挤……半……半……半夜里冷，多……多……多盖着点被。别……别冻着。明天再说明天的……你……你……你自己先别病了。……落在这个地方，……病，……病，……病了更没有人疼，……疼，……疼了。

小东西　（忍不住，忽然抱着翠喜大哭起来）我……我的……

翠　喜　（也忍不住抱着她）妹……妹子，你，……你别哭。我……我走了。我明天……一大清早，我……我就来看你。

小东西　嗯。

翠　喜　我……我走了。

小东西　你走吧。

小顺子　你睡吧。

小东西　嗯。

〔翠喜和小顺子同下。

〔外面一个人：落灯啦！落灯啦！

〔木梆声，舞台更暗。

〔外面叫卖声：（凄凉地）硬面饽饽！硬面饽饽！

〔小东西忽然立起，很沉静地走进左面小屋内。

〔屋内无人。

〔对面屋子里男女笑声。

〔女人声：去，去，去，——七十多里地多的是小媳妇，你找我干嘛？

〔男人含糊的声音：——我……

〔女人声：去，去，去，（笑）头上磨下的，好意思的么？

〔男人含糊的声音：……嗯，……

〔小东西由左屋靸着鞋出来，手里拿着一根麻绳，她仿佛瞧见什么似地在方桌前睁着大眼，点点头。她失了魂一般走到两个门的前面，一一关好，锁上。她抖擞起来，鼓起勇气到了左边小门停住。她移一把椅子，站在上面，将麻绳拴在门框上，成一个小套。又走下来。呆呆地走，……走，走了两步。忽然她停住。

小东西 （低声，咽出两个字）唉，爸爸！

〔她向那麻绳套跪下，深深地磕了三个头，立起。叹一口气，爬上椅子，将头颈伸进套里，把椅子踢倒——那样小，那样柔弱，一个可怜的小生命便悬在那门框下面。

〔外面叫卖声：（荒凉地）硬面饽饽！硬面饽饽！

〔同时外面听见木梆声之外还有：

〔一个男人淫荡地唱：（曲调见前）"叫声个亲亲，眼瞅着到五更，五更打过哥哥就起身。亲人啊，小妹妹舍不得呀，一夜呀夫妻呀百日的恩。"

〔一个女人隐泣的声音：（如在远处）呜……呜……

〔小东西挂在那里，烛影晃晃照着她的脚，靸着的鞋悄然落下一只，屋里没有一个人。

〔舞台渐暗。

——幕落

（收入《日出》，文化生活出版社 1936 年 11 月版）

北京人（存目）

曹 禺

20 世纪 30 年代的北京，曾家一家三代居住在祖先留下的深宅大院中。曾家祖上是前清的官僚，家世显赫，由三代所居深宅大院即可见昔日的荣耀。但实际上到了曾浩这一代，家道已经开始衰败，虽为世家，但内部已经空虚，几近崩溃。曾浩年轻时终日过着公子哥的生活，不是"逐花问柳"，就是"养雀听歌"，直至耗尽家产，如今只在吃斋念佛中度日。偌大一个家庭，却没有一个能够赚钱的人，全靠祖荫生活。由于生计艰难，无论多么不舍，连为老太爷曾浩身后预备的棺材都被迫卖了换钱。

在这样的家庭环境中成长起来的长子曾文清，虽然天分颇高，却懦弱无能，整日只知道玩字画、喂鸽子，在吸鸦片中逃避生活，完全像一个废人。他虽然恋着表妹愫芳，但却始终没有勇气面对愫芳的感情。曾家的大权由曾文清的妻子曾思懿掌控。曾思懿为人笑里藏刀，因曾文清对愫芳的感情，对愫芳时时提防，常常出语刻薄。她虽然费尽心机地应付着曾家里里外外的事情，却由于曾家缺乏经济支撑，根本无法改变家族衰亡的结局。

愫芳是曾皓的姨侄女，因为母亲早亡，从小在曾家长大，心地善良、性格坚韧。在孤独的生存处境中，她是曾文清在这个大家庭中的真正知己。眼看着曾文清整日沉溺于下棋、品茶、作画、喂鸟等没落的士大夫文化情趣，以及预见到整个家庭的衰亡，她悄悄与曾文清会面，试图鼓励其到外面做事，成为家庭的支撑。曾文清则希望愫芳和自己一起到南方去，或者嫁人离开这个衰落的大家。面对曾文清的追问，愫芳以信作答，曾文清却在曾思懿的逼迫之下将信退回。曾文清终于选择出走，但很快又颓丧地归来，像一只"飞不动"的鸽子，终其一生只能待在家里。他的回归让愫芳感到无限的凄凉与彻底的失望,面对只剩下空壳的曾文清,她终于决定与曾家的孙媳曾瑞贞一起出走,离开曾家的“监牢”,重新选择人生的道路。

(收入《曹禺戏剧集四·北京人》,文化生活出版社1941年12月版)

上海屋檐下(节选)

夏 衍

匡复和林志成是大革命时期的战友,匡复被捕后下落不明,林志成就和匡复的妻子杨彩玉结了婚。两人带着匡复的孩子住在上海静安区的一个普通弄堂房子里,过着平淡枯燥的生活。

1937年4月的一天,一个“陌生人”的出现打破了他们生活的平静。匡复并没有死,他几经辗转终于找到此处。林志成此时早已忘却了革命的激情,满腹牢骚,一无所长,在一个工厂里做小职员;匡复的出现让他“哑然如遭电击”,极其尴尬,不知道如何向老友解释;而重获自由的匡复则一遍又一遍地向他询问自己妻儿的消息。无奈之下,他只好告诉老友真相,并解释是因为和匡复同案子的人“死的死啦,变的变啦,足足等了三年,不知道死活”,“运命遮住了我们的眼睛,愈挣扎,愈危险”。面对事实,匡复虽然万分苦痛,但他仍大度地问林志成:“现在你和彩玉幸福吗?”杨彩玉虽然每天上班很辛苦,但对于未来仍充满向往。匡复的出现一方面给她极大的震撼,另一方面又给了她新的希望。面对命运的拨弄,他们三人进行了推心置腹的长谈,都明白自己是弱者,但同时也相互鼓励要有勇气面对生活。匡复和林志成都主动选择离开,杨彩玉对谁也割舍不下。匡复明白杨彩玉和林志成之间也有真实的爱情存在,最终,从天真无邪的女儿那里领悟到生活的勇气,选择了离开,并宣称自己的离开不是逃避,告诉前妻和朋友:“勇敢地活下去,再会!”

和他们一家同住一个屋檐下的邻居们也有各自的忧伤。中学老师赵振宇,被庸常的生活包裹,没有知音,每天面对妻子的啰嗦;小职员黄家楣失业在家,在乡下的老父不明真相,还以为儿子发达了,特地过来投奔,他只好每天装着去上班,父亲知道真相后没有说破,借口农活忙要回去,临走的时候默默地将自己积攒的血汗钱留下了;儿子在外流浪生死不明的“李陵碑”每天喝酒唱京戏,看上去很“快乐”;妓女施小宝一直期待着做水手的男友早日归来,她要躲避黑社会的骚扰,忍受邻居的白眼,但心地善良,常施人以援手。

全剧共三幕,节选自第二幕,杨彩玉回到家中,看到了匡复,林志成默默退出了房间……

第二幕

〔同日下午。

〔客堂间,——杨彩玉伏在桌上啜泣,匡复反背着手,垂着头,无目的地踱着,二人沉默。

〔客堂楼上,——小天津躺在施小宝的床上,脸上浮着不怀好意的微笑,抽着烟。施小宝哭丧着脸,在梳妆台前打扮,沉默。

〔亭子间,——夹着小孩哭声里面,黄家楣大声地在和他父亲谈话,言语不很清楚。不一刻,桂芬带着紧张的表情,拿了热水瓶慢慢地下楼来,她耸着耳朵在听他们父子间的谈话,开后门出去。

〔灶披间,——赵妻在缝衣服,无言。

〔一分钟之后。

〔太阳一闪,灿然的阳光斜斜地射进了这浸透了水气的屋子,赵妻很快地站起身来,把湿透了的洋伞拿出来撑开,再将一竹竿的衣服拿出来晒。

黄　父　(声)瞧,不是出太阳了吗?(一手推开窗)

黄家楣　(声)爸,再住几天,晚上天晴了去看《火烧红莲寺》……(咳嗽)

黄　父　(声)下了半个月的雨,低的几亩田,怕已经氽掉啦,不回去补种,今年吃什么?

〔赵妻好容易将衣服晒好,回到室内坐定,拿起针线,太阳一暗,又是一阵大点子的骤雨,连忙站起来,收进。

赵　妻　(怨恨之声)唧!

匡　复　(踱到杨彩玉面前站定)那么你说……你跟志成的同居……

〔杨彩玉无语。

匡　复　(独白似的)你跟他的同居,单是为着生活,而并不是感情上的……

〔杨彩玉无言,不抬起头来,右手习惯地摸索了一下手帕。

〔匡复从地上拾起手帕,无言地交给她,沉默。门外卖物声,阿香悄悄地从后门推门进来,好像担心着踏湿了的鞋子似的,不敢进来。

匡　复　唔,生活,为了生活!(点头,颓然地坐下。一刻,又像讥讽,又像在透漏他蕴积了许久的感慨)短短的十年,使我们全变啦。十年之前,为着恋爱而抛弃了家庭,十年之前,为着恋爱而不怕危险地嫁了我这样一个穷光蛋;可是,十年之后……大胆的恋爱至上主义者,变成了小心的家庭主妇了!

〔杨彩玉无言,揩了一下眼泪,望着他。

匡　复　彩玉!怕谁也想不到吧,你能这样的……(不讲下去)

杨彩玉　(低声)你,还在恨我吗?

匡　复　不,我谁也不恨!

杨彩玉　那么,你一定在冷笑,……一定在看不起我吧。当自己爱着的丈夫在监牢里受罪的时候,将结婚当作职业,将同情当作爱情,小心谨慎地替人管着家。……

匡　复　彩玉!

杨彩玉　(提高一些声调)但是,在责备我之前,你得想象一下,这十年来的生活!我跟你结婚之后,就不曾过过一日平安的生活,贫穷,逃避,隔绝了一切朋友和亲戚。那时候,可以说,为着你的理想,为着大多数人的将来,我只是忍耐,忍耐,……可是你进去之后,你的朋友,谁也找不到,即使找到了,尽管嘴里不说,态度上一看就知道,只怕我连累他们。好啦,我是匡复的妻子,我得自个儿活下去,我打定了主意,找职业吧,可是葆珍缠在身边。那时候她才五岁,什么门路都走遍,什么方法都想尽啦,你想,有人肯花钱用一个带小孩的女人吗?在柏油路粘脚底的热天,葆珍跟着我在街上走,起初,走了不多的路就喊脚痛,可是，日子久了，当我问她，“葆珍，还能走吗”的时候，她会笑着跟我说：“妈！我走惯啦，一点也不累。”……（禁不住哭了）这是——生活！

匡 复 （痛苦地走过去抚着她的肩膀）彩玉，我一点也没有责备你的意思，我只是说……

杨彩玉 你说，这世界上有我们女人做事的机会吗？冷笑，轻视，排挤，轻薄，用一切的方法逼着，逼着你嫁人！逼着你乖乖的做一个家庭里的主妇！……

匡 复 彩玉！过去的事，不用讲啦，反正讲了也是没有法子可以挽回来。你得冷静一下，我们倒不妨谈谈别的问题。

杨彩玉 ……（一刻）别的问题？（回转身来）

匡 复 唔……（沉默，踱着）

〔桂芬泡了开水回来，手里托着几个烧饼。阿香艳羡地跟着进来，桂芬上楼去。一刻，黄家楣与桂芬出来，站在楼梯上。

黄家楣 （带怒地）方才我出去的时候，你跟爸爸说了些什么？

〔桂芬摇头。

黄家楣 没有说？那为什么上半天还是高高兴兴的，一会儿就会要回去呢？他说今晚上要回去了！

桂 芬 今晚上？（吃惊）不是讲过了去看戏吗？

黄家楣 （恨恨地）已经自个儿在收拾行李啦，还装不知道！

桂 芬 装不知道？你说什么？

黄家楣 我说你赶他走的！

桂 芬 我……赶……他……走！家楣！你讲话不能太任性，我为什么要赶走他？我用什么赶走他？

黄家楣 （冷冷地）为什么，为着我当了你的衣服；用什么，用你的眼泪，用你那副整天皱着眉头的神气。他聋了耳朵，但是他的眼睛没有瞎，你故意地愁穷叹苦，使他……使他不能住下去！……

桂 芬 我故意地？……

黄家楣 我爸爸老啦，你，你，你……

桂 芬 （被激起了的反驳）你不能这样不讲理！你别看了别人的样，将我当作你的出气洞。你希望你爸爸多住几天，我懂得，这是人情。可是我问你，这样多住了几天，对他，对你，有什么好处？你这样只是逼死大家，大家死在一起，……我，（带哭声）我为什么要赶走……他……

〔黄家楣无言，以手猛抓自己的头发。

桂 芬 （委婉地）家楣！你自己的身体……

〔亭子间小儿哭声。

黄 父 噢，别哭别哭，我来抱，好，好……

〔桂芬用衣袖揩了一下眼泪，黄家楣很快地拿自己的手帕替她揩干，让桂芬回房间去。黄家楣垂着头，跟在后面。

匡 复 （听完了他们的话）那么——你们现在的生活……

杨彩玉 （苦笑）你看！

匡 复 我看，志成也很苍老了。也许，我今天来得太意外，方才看见他的时候，觉得在他从小就有的忧郁症之外,现在又加了焦躁病啦……

〔杨彩玉无语?

匡　复　他在厂里的境遇?

〔杨彩玉摇头。

匡　复　依旧是不结人缘?

杨彩玉　(点头,一刻)你看,我呢?我老了吧!

匡　复　(有点难以置答)唔……

杨彩玉　老啦?

〔匡复望着她。

杨彩玉　你说啊,我——

〔匡复沉默不语。

杨彩玉　(佯笑)不说,唔,已经不是十年前的彩玉啦!

匡　复　(仓皇)不,不,我在想……

〔沉默。

杨彩玉　想?唔,那么你看,我幸福吗?

匡　复　我希望!

杨彩玉　你讲真话!你看,他能使我幸福吗?

匡　复　我希望,他能够。

杨彩玉　(冷笑,避开他的视线)你说我变了,我看,你也变啦。你已经没有以前的天真,没有以前的爽快啦。

匡　复　什么?你说……

杨彩玉　(很快地接上去)假使我现在告诉你,志成不能使我幸福,我现在很苦痛,葆珍跟我一样地也是受着别人的欺负,那你打算……(凝视着他)

〔匡复不语。

杨彩玉　他在厂里不结人缘,受人欺负,被人当作开玩笑的对象。他的后辈一个个地做了他的上司。整天地担忧着饭碗会被打破,回到家里来,把外面受来的气加倍地发泄在我的身上,一点儿不对,嘟着嘴不讲话,三天五天地做哑巴,……复生!你以为这样的生活,——可以算幸福吗?

匡　复　(痛苦地)彩玉,我对不住你……

〔后门推开,葆珍很性急地回来,赵妻看见她,很快地对她招手,好像要报告她一些什么消息;可是葆珍好像全不注意,大踏步地闯进客堂间里。二人的谈话中断,匡复反射地站起身来。

杨彩玉　葆珍,过来,这是……(碍口)

匡　复　(抢着)是葆珍吗?(以充满了情爱的眼光望着)

葆　珍　(吃惊)认识我?先生尊姓?

杨彩玉　葆珍……(语阻)

匡　复　(笑着)我姓匡……

葆　珍　(很快)Kuang?怎么写?(天真烂漫)

匡　复　(用手指在桌上写着)这样一个匚里面,一个王字。

葆　珍　匡?(做着夸大的吃惊的表情)有这样奇怪的姓吗?这个字作什么解释?

匡　复　（给她一问便问住了）那倒——

葆　珍　（很快地跑到桌子边去找出一本小小的字典，翻着）匚部，一，二，三，四，……有啦，喔，Kuang，匡正，改正的意思，可是匡先生，这样的字，现在还有人用吗？

匡　复　（始终以惊奇而爱惜的眼光望着她）唔，用是用，可是已经很少啦。

葆　珍　没有用的字，先生说，就要废掉，对吗？

杨彩玉　葆珍！

匡　复　唔！你很对！（笑着）我今后就废掉它。

葆　珍　那好极啦，妈，为什么老望着我？快，给我一点儿点心，我要去上课啦。

匡　复　为什么，不是才下课吗？

葆　珍　不，（骄傲地）方才先生教我，此刻我去教人，我是“小先生”，教人唱歌，识字。

匡　复　“小先生？”

〔杨彩玉拿了几块饼干给她，她接着边吃边说。

葆　珍　“小先生”，不懂吗？小先生的精神，就是“即知即传人”，自己知道了，就讲给别人听……啊，时候不早啦，再会！（跳跑而去，至门口，嘴里唱着）“走私货，真便宜！”

赵　妻　（低声而有力地）葆珍！……

〔葆珍不理而去。

匡　复　（不自觉地，跟了一两步，望她出去之后才回头来）唔，日子真快！

杨彩玉　（怀旧之感）你看，她的脾气，不是跟你年青的时候完全一样吗？你做学生的时候，不是为了一门代数，几晚上不睡觉，后来弄出了一场病吗？她也是一样，什么事，都要寻根究底的！

匡　复　可是现在我已经没有这种精神了。……（沉吟了一下，想起似的）彩玉！我此刻倒觉得安心了。当我在里面脚气病厉害的时候，我已经绝望，在这一世，怕总不能再和你们见面啦，可是现在，我亲眼看见了葆珍，居然跟我年轻的时候一样……

杨彩玉　你安心啦？你以为葆珍很幸福吗？

匡　复　不，我不是这意思……

杨彩玉　（忧郁地）在她洁白的记忆里面，也已经留下了一点洗刷不掉的黑点了，别的小孩们叫她……（望着匡复）

匡　复　什么？连她也有——

〔这时候后门口小孩子争吵之声，赵妻望着门外。

阿　牛　（声）拿出来！拿出来！

阿　香　（声）这是我的！姆妈！（大声地叫）

赵振宇　（从学校里回来的模样，两手拦着两个孩子进来）到里面去！到里面去！（见阿牛和阿香扭在一起）哈哈……

阿　牛　拿出来！（回头对他爸爸）这是我的“劳作”，她把我弄掉了，拿出来！

阿　香　妈给我玩的！是我的！

〔二人扭打，赵振宇始终不加干涉，带笑地望着。赵妻连忙放下了针线出来。

赵　妻　阿牛！（看见赵振宇的那副神气，虎虎地）尽看！打死了人也不管！（去扯阿牛）

赵振宇 （神色自若）不会不会，黄梅天，让他们运动运动也好！

赵　妻 不许打，阿牛！你这死东西！

〔阿牛一拳将阿香打哭了。

赵振宇 哈哈哈……

赵　妻 （死命地将阿牛扯开）你还笑！

〔赵振宇机械地，有点儿做作，忍住了笑。这时候阿牛猛扑过去，从阿香手里夺回了一张纸板细工。

赵　妻 什么，你抢，抢，……（扯着阿牛进房去）

赵振宇 （蹲下来，拿出手帕来替阿香揩眼泪，一边用教员特有的口吻）别哭啦，我跟你讲过的，打胜了不要笑，打败了不许哭，哭的就是脓包！（顾虑着他妻子听见，低声地）明天再来过！（带着阿香进房间去）我跟你哥哥讲的故事你也听过的，拿破仑充军到爱尔伐岛去的时候，他怎么说？唔，唔……啊，你瞧！阿牛已经在笑啦。（大声地）哈哈哈……

〔前楼，——施小宝已经打扮好了，听见赵振宇的笑声，想起了什么似的往楼下走。

小天津 （狠狠地）哪儿去？

施小宝 （举起她穿着拖鞋的脚）我又不会逃，急什么？（下楼，走到灶披间门口，对赵振宇悄悄地招手）赵先生！

赵振宇 喔，你在家？（走过去）

〔赵妻怒目而视，望着。

施小宝 （低声地）请你替我查一查这几天报……

赵振宇 什么事？

〔赵妻起身站在灶披间门口。

施小宝 请你替我查一查，Johnie——那死坯的船什么时候回到上海来？

赵振宇 喔喔，（回身去拿报，又想起了似的）那船叫什么名字啊？

施小宝 那倒……唔，有个丸字的。

赵振宇 哈哈……有个丸字的船可多得很呐，譬如说……

施小宝 那么——

赵　妻 （故意使她听见）不要脸的！

赵振宇 你们先生快回来啦？

施小宝 （回身，忧郁地）能回来倒好啦！（上楼去，一想，又回下来，走向客堂间，看见有客，踌躇）喔，对不住，林先生不在家？

杨彩玉 嗳，有什么事吗？

施小宝 （难以启口）林师母！我跟你讲一句话。

杨彩玉 （走到门边）什么？

施小宝 林先生就回来吗？

杨彩玉 有什么事吗？……可以跟我说。

施小宝 （迟疑了一下，决然，但是低声地）您可以替我把我房间里的那流氓赶走吗？

杨彩玉 什么？流氓？

〔匡复站起来。

施小宝　他，他要我，……我不高兴去，过一天我那死坯回来了会麻烦……

杨彩玉　我不懂啊，那一位是你的……

小天津　（有点怀疑，站起来，走到楼梯口）小宝！

施小宝　（吃惊，很快地）他是白相人，他逼着我到——

小天津　（大声）小宝！

施小宝　（回身，上楼去，哀求似的）假使林先生回来啦，请他……（上去）

匡　复　（看她走了之后）什么事？

杨彩玉　我也不知道啊！

〔二人仰望着楼上。

施小宝　急什么，又不去报死！

小天津　人家等着，走啦！

施小宝　（勉强地坐下，穿高跟鞋）烟卷儿。

〔小天津摸出烟盒，已经空了，随手将自己吸着的一支递给她。

施小宝　（接过来深深地吸了一口，就将它丢了，故示悠闲地）你可知道，Johnie 明天要回来啦。

〔小天津若无其事。

施小宝　你不怕他找麻烦？

小天津　（不理会，突的站起来）走！

施小宝　（做个媚眼）可是，这也要把话讲明白了再走啊！（接近他，做个媚态）

小天津　你要我动手吗？（虎虎地将她拉开）

施小宝　（掩饰内心的狼狈）那么我明天会一五一十地告诉他，反正你是有种的。（起身，被小天津威胁着下楼）

小天津　（在楼梯上）告诉你，Johnie 此刻在花旗，懂吗？

〔施小宝不语，二人出去。赵妻怒目送之，回头来要发话，但是没有对手，只能罢了。

〔门外卖物声，天骤然阴暗。

桂　芬　（走到平台上，叫）林师母！请您把电灯的总门开一廾！

〔杨彩玉无言地开了电灯总门，亭子间骤然明亮。远远的雷声。以下在匡复与杨彩玉讲话间，亭子间与灶披间的住户们开始作晚餐的准备。

杨彩玉　你还没有回答我方才的话啊，你看，我们现在的生活，过得很幸福吗？

〔匡复沉默。

杨彩玉　假使，你真心说，假使你以为我跟葆珍的生活都很不幸，那么……

〔匡复不语。

杨彩玉　你能安心吗？

〔匡复痛苦，无言。

杨彩玉　（走近一步）你为什么不讲话呀？你当初不是跟我说，你要用你一切的力量使我幸福吗？

匡　复　（痛苦地）彩玉，你别催逼我！我的头脑混乱了，我不知应该怎么办，我，我……（站起来无目的地踱着）

杨彩玉　（沉默了片刻之后）唔，复生！你记得黛莎的事吗？

匡　复　（站住）黛莎？

杨彩玉　唔，我们在小沙渡路的时候，我害了伤寒，你坐在我床边跟我讲的一个故事，小说里的那女人不是叫黛莎吗？

匡　复　啊啊，……

杨彩玉　那时候你嫌我软弱，讲到黛莎的时候，你总说，彩玉，要学黛莎，黛莎多勇敢啊！那叫什么书？我记不起啦！

匡　复　唔，那是，……那书的名字是叫做《水门汀》吧。

杨彩玉　对啦，《水门汀》，你现在觉得黛莎那样的女人怎么样？

〔匡复不语。

杨彩玉　你跟我讲的许多故事里面，不知怎么的，我老也忘不了黛莎。也许——

匡　复　（拦住她）彩玉，你别说啦，我懂得你的意思，可是……

杨彩玉　我当然不能比黛莎，可是你不是说，永远永远地要使我幸福吗？只要你活着。

〔匡复无言。

杨彩玉　（进一步地）你说，我不能学黛莎吗？像那小说里面一样，当她丈夫回来的时候，……

匡　复　（惨然）可是，你可以做黛莎，而我早已经不是格莱普啦。黛莎再遇见她丈夫的时候，她丈夫是一个战胜归来的勇士，可是我（很低地）已经只是一个人生战场的残兵败卒啦。

杨彩玉　复生！

匡　复　方才你说，我也变啦，对，这连我自己也知道，我也变啦，当初我将世上的事情件件看得很简单，什么人都跟我一样，只要有决心，什么事情都可以成就，可是，这几年我看到太多。人事并不这样简单，卑鄙，奸诈，损人利己，像受伤了的野兽一样的无目的地伤害他人，这全是人做的事！……（突然想起似的）喔，可是你别误会，这，我绝不是说志成，他跟我一样。他也是弱者里面的一个！

杨彩玉　（感到异样）复生，这是你讲的话吗？弱者，你现在已经承认是一个弱者了吗？你当初不是几次几次地说……

匡　复　所以，我坦白地承认我已经变啦，你瞧我的身体，这几年的生活，毁坏了我的健康，沮丧了我的勇气，对于生活，我已经失掉了自信。……你看，像我这样的一个残兵败卒，还有使人幸福的资格吗？

杨彩玉　那么你说……我们之间的……

匡　复　（绝望地）我方才跟志成说，我反悔不该来看你们，我简直是多此一举啦。

杨彩玉　复生！这是你的真心话吗？以前，你是从来也不说谎话的！

〔匡复无言。

杨彩玉　（含着怒意）那么，你太自私，你欺骗我！从你和我结婚的那时候起。

匡　复　什么？（走近一步）

杨彩玉　问你自己！

匡　复　彩玉！我没有这意思，我只是说对于生活，我已经失掉了自信，我没有把握，可以使你和葆珍比现在更……

杨彩玉　那么我问你，很简单，假定，这八年半里面，你没有志成这么一个朋友，我跟他也没有现在一样的关系，那么很自然，假定我跟葆珍现在已经沦落在街头，也许，两个里面已经死了一个，假定，在那样的情形之下，你找到了我，我要求你帮助，那时候，你也能跟方才一样地说："我已经没有使你们幸福的自信，我只能让你们饿死在街上"吗？

匡　复　（一句话被问住了，混乱）那……那……

杨彩玉　那么我只能说，要不是你太残酷，那就是你在嫉妒！

匡　复　（茫然自失）彩玉！

杨彩玉　要是在别的情形之下，你一定会对我说，彩玉我回来啦，别怕，我们重新再来过，可是现在，——你，你已经厌弃我了！——为着我要生活……

匡　复　彩玉，别这么说，我，我应该怎么办呢？我简直不能再想啦！（焦躁苦痛）

〔弄内性急地叫喊着的《大晚夜报》的呼声，赵振宇急忙忙地买报。

杨彩玉　（央求地）复生！你不能再离开我，不能再离开那被人看作没有父亲的葆珍，为着葆珍，为着我们唯一的……

匡　复　（吟沉了一下）这，这不使志成……不使志成更苦痛吗？

杨彩玉　（沉默了一下）可是，我早就跟你说，这只是为着生活……

匡　复　（垂头、无力地）彩玉！……

杨彩玉　（捏着他的手）打起勇气来，……从前你跟我讲的话，现在轮着我对你讲啦。（笑，扶起他的头）你还年轻呐，（摸着他的下巴）好啦，把胡子剃一剃！……（一边说，一边从抽斗里找出林志成的安全剃刀等等）复生！别多想啦，今天是应该快活的，对吗？

匡　复　（充满了蕴积着的爱情，爆发般地）彩玉！（将头埋在她的胸口）

杨彩玉　（抚着他的头发）复生！你，你……（感极而泣，与匡复二人依偎着）…………

（收入《上海屋檐下》，戏剧时代出版社1937年11月版）

屈原（存目）

郭沫若

楚怀王十六年（前313）的暮春时节，屈原带着自己的弟子宋玉和婵娟在橘园中漫步。他很欣赏宋玉的勤劳与聪敏，叮嘱宋玉要像橘树一样不骄矜、不怯懦、不懈怠，要在乱世之中保持气节。宋玉恭敬地向屈原表示"一心一意要学先生，先生的学问文章我要学，先生的为人处世我也要学"；屈原则告诫宋玉不要学古人的声音笑貌，而是要师法其精神，并努力超越。

当时楚国正面临着巨大的危机。秦国为了破坏诸侯国的"合纵"，派张仪前来游说楚怀王，在朝堂上，三间大夫屈原用事实将张仪驳得哑口无言，并且提醒楚怀王不要忘记以前的仇恨。而南后害怕张仪向楚王进献美女与自己争宠，于是派"倾秦派"靳尚去和张仪联络，张仪的要求是让南后设法说服怀王。靳尚向南后献计说，"要在短时间之内打破国王对于屈原的信用”，于是南后和靳尚设计陷害屈原。

南后派人请屈原去帮助他们排演《九歌》，极力赞美屈原，在排演时故意装头晕倒入屈原怀中，而楚怀王和张仪等则“巧合”地出现了，南后忽然翻脸大怒，诬告屈原调戏他。屈原当时有口难辩，盛怒之下的怀王下令把屈原幽禁起来。

屈原被逐后，心情很不好，在城外的河堤上遇到了一个渔父，屈原愤怒地揭露张仪的阴谋，并厉声喊出：“南后，我们的国王，你们怎么那样的愚昧呀！”而当怀王接见他时，他怒斥张仪，引起怀王大怒。宋玉为了自己的荣华富贵，将早上对屈原的一番恭维忘了个干干净净，转身投靠了南后；婵娟则怒斥宋玉的背叛和诬陷，坚决不肯向南后低头，一直为屈原喊冤。南后派人将婵娟抓了起来并要处死，同情屈原的卫士甲偷偷用一更夫顶替婵娟，将婵娟带到屈原的身边。南后的父亲郑詹尹奉南后的指示，故意装出很同情屈原的样子和屈原聊天，并以毒酒“慰问”屈原。婵娟不幸误饮毒酒，屈原悲愤交加，写下长篇《雷电颂》，并以《橘颂》祭奠婵娟。卫士甲杀死了郑詹尹，并对屈原说：“我们楚国需要你，我们中国也需要你……我要把先生引到汉北去。我们汉北人都敬仰先生，受了先生的感召，我们知道爱真理，爱正义，抵御强权，保卫楚国。”屈原听从了他的建议，打扮成一个更夫，连夜奔往汉北……

（收入《屈原》，文林出版社 1942 年 3 月版）

白毛女（节选）

延安鲁迅艺术文学院集体创作
贺敬之、丁毅执笔

民国二十四年（1935）大年三十，河北某村的农民杨白劳出门躲债，直到天黑才回家。他正庆幸躲债成功，准备和独生女喜儿过新年时，黄世仁的管家穆仁智又登门逼债。

穆仁智将杨白劳带到黄府，黄世仁要求杨白劳立刻偿还拖欠的租子和高利贷，杨表示没有钱，并苦苦哀求黄再放过他一回。穆仁智则给他指下还债的“阳关大道”，让杨白劳将女儿喜儿送来顶租子，说既能还债，又能让喜儿过上好日子。杨白劳不同意，黄世仁强行让杨白劳在契约上按下手印。悲愤交加的杨白劳回到家中，不忍向女儿说出真相，绝望中喝下卤水（有毒），死在家门口的雪地里。喜儿第二天早上发现了父亲的尸体和契约，悲痛欲绝。邻居大春和喜儿青梅竹马，知道此事后怒不可遏，想去和黄世仁拼命被家人拉住，想去告状又无处可告。在大家都很悲痛时，穆仁智将喜儿抢走，大春等无力阻拦。

喜儿被抢进黄府后，大春痛打了穆仁智，在佃农赵大叔劝说下向西北边逃去（参加红军）。喜儿被强奸后，怀了身孕，不得不接受现实，甚至幻想黄世仁能真的待她好。当她怀孕七个月左右的时候，黄世仁却打算娶城里赵家的大闺女，并准备把喜儿卖给人贩子。不明真相的喜儿看到黄府张灯结彩，以为黄世仁要娶自己，心中还有一丝总算熬出头的暗喜。黄府佣人张二婶及时提醒喜儿别糊涂，“人家娶的不是你！”喜儿终于觉悟，说“咱还是个人呀，就是死了，我也出这口气”。在张二婶的帮助下，喜儿逃出了黄府。

黄世仁和穆仁智在后面紧追，喜儿只好躲入深山，渐渐成了“白毛仙姑”。三年后一个大雨天，她和黄世仁、穆仁智在奶奶庙中不期而遇，黄、穆二人都把她当作鬼，吓得夺路而逃。

抗日战争爆发了，大春和八路军一起回来了。八路军准备发动群众搞土改，而黄世仁和穆仁智则利用“白毛仙姑”的传说散布谣言说“八路军，不久长”，恐吓老百姓要安分守己。为了和黄世仁斗争，八路军决定查清“白毛仙姑”的真相。大春他们带人去抓白毛仙姑，被喜儿认出。八路军知道故事的原委后，将黄、穆二人公审法办。

全剧共五幕，节选自第三、四幕，大春被迫逃往西北方（参加八路军），喜儿已被抢进黄府七个月了，发现黄府在准备喜事……

第三幕

第一场

时　距第二幕七个月

地　黄母房中

〔黄世仁，穆仁智拿喜帖上，大升提茶壶随上，打手着马弁装随上，张二婶子从里间抱彩色绸缎上，黄母端茶盅品茶跟上。

〔一团热闹欢乐的空气

黄　（唱）九月的桂花

众　（合）满院香，

黄　　　筹办喜事

众　　　全家忙！

穆　（插白）我们少东家当了团总又娶亲，真是双喜临门。

黄母（唱）上房里忙来

众　（合）下房里忙，

　　　个个忙的喜洋洋！

穆　（插白）你看，为了给少东家筹办喜事，全家上上下下大大小小哪一个不高兴！？

母　（唱）新衣裳新被子要缝的快，

〔张与升把绸缎撕开，黄，母，穆，愉快地。

众　（合）红绸绿缎万花开！

母　（唱）快快量来快快裁——

众　（合）身上有穿有戴，

　　　床上有铺有盖，

　　　穿的，戴的，

　　　铺的，盖的，

　　　快快做起来！

母　（唱）赶快给亲朋送喜帖，

穆　（唱）我这里提笔快快写，

黄 （插白）县党部孙书记长，刘县长，李团总……

母 （插白）耿家楼他七表姨家，他舅舅家……

穆 （唱）写了一张又一张，

众 （合）到时候客人来了——

有男有女，有老有少，

满堂笑嚷嚷！……

母 （白）张二家的，你去看看下房里衣裳做得怎么样啦！

张 是，老太太。

母 大升，看看酒席预备得怎么样啦！

升 是，老太太。

母 老穆，上上下下勤催着点儿！

穆 是，老太太。

众 （齐唱）九月的桂花满院香，

筹办喜事全家忙，

单等那好日子到眼前，

单等着吹吹打打吹吹打打迎新娘！（第五十曲）

〔穆，张，升三人下。

母 （悄声）世仁，城里那个人贩子来了没有？

黄 没有呢，我急得要命，昨儿又派人去找去了！

母 可也要快一点，眼看她肚子一天比一天显啦，喜日子也快到啦，这个事要不快办了，以后闹出去，咱黄家的门风可就要败坏在她身上啦。

黄 娘，我看这么着吧，这两天先叫老穆把她看起来，不要叫她到处乱跑，等个两天找个避静地方把她锁起来。

母 （赞同她）好！

〔两人下。

〔穆仁智上。

穆 （取喜帖欲下，一看）哈，红喜来了，少东家还叫我看着她呢，我看她做什么……躲到套间内。

〔喜提木桶上，怀孕已经七个月，行动不便，形容憔悴。

喜 （唱）自那以后七个月啊，

压折的树枝石头底下活啊——

忍辱怕羞眼含泪，

身子难受不能说，

事到如今无路走，

哎，没法，只有指望他……低头过日月啊……（第五十一曲）

〔进门看见桌上的红绸，再看喜帖。

喜 ……呵？是要办喜事啦……少东家……他……（穆在内咳嗽一声，喜躲开）

穆 （上）唔，红喜，干什么来着？

喜 给老太太送热水。

穆 瞧你高兴的！你知道我干什么来着？

喜　谁知道你！

穆　唔，你瞧这（举起喜帖）这是什么？

喜　什么？

穆　喜帖，办喜事啦嘛！哎，从这几天起上上下下都忙着预备，你还不知道，这下子你呀……你可该乐了吧？该高兴了吧？该喜欢了吧？唔，老太太说了这几天可不许乱跑……你等着吧！（下）

喜　怎么？穆仁智说我……（黄世仁上）

喜　（见黄）唔，是你！

黄　红喜呀！（回身欲走）

喜　（挡住他）你……你等一下，我问你几句话，……

黄　哎，哎，我有事，红喜……

喜　我问你……

黄　好。（去拿了一张喜帖敷衍地听着）

喜　我身子一天一天大啦，你叫我怎么办嘛，人家都笑我，骂我，我想死也死不了，我活着你叫我怎么活呀？……

黄　唔。（抽空欲走）

喜　（挡住）少东家，你……（哭）

黄　咳，红喜，你怎么哭起来了！咳，红喜，你也不是不知道，你看这日子眼看就要到了，红喜，你先稳稳心在家里待着不要乱跑，我还忙着筹办去呢。

〔急下。

喜　（愣住似的）（张二婶拿衣料上）

二婶子……

张　红喜你在这里。

喜　二婶子你拿的那是什么？

张　我给新媳妇缝几件衣裳。

喜　唔……二婶子是要办喜事啦？

张　红喜，二婶子也正要给你说呢！走，回咱们屋里说去……

〔领喜出老太太门到自己屋。二道幕关。

喜　二婶子。

张　红喜，你也知道那个日子眼前就到了……

喜　我知道。

张　你也该明白……

喜　我明白二婶子，身子已有七个月啦有什么法子，这回也总算是……

张　（惊疑地）红喜，你说什么？

喜　刚才黄世仁说他要娶我……

张　啊！红喜，你是说梦话呀！孩子，你想错啦！

喜　（大惊）二婶子，你说什么？

张　（唱）叫声红喜傻孩子，

　　人家娶的不是你！

　　城里赵家大闺女，

门当户对有钱又有势……

孩子啊！（第五十二曲）

张　红喜，你想想人家眼里怎么会有咱们这些使唤的丫头啊！

喜　二婶，不用说了，那是我一时糊涂，黄世仁他是我的仇人，就是他娶我我还不是要受苦受罪，咳，还不是因为身子一天一天大了没法子，我才……

张　咳，我原打算等孩子生下来了给我，我给你养活着，等有一天出了他黄家，自己找个人家过日子去，人家娶亲这事我没有早跟你说，谁知道你，红喜……

喜　二婶子，我明白了，到这会他办喜事啦，他还骗我，他安的什么心哪！我也不是个孩子啦，他黄家把我害成这个样子，叫我见不得人，哼！我可不像我爹一样，杀鸡鸡还蹬打他两下子，二婶子，咱还是个人呀，就是死了，我也出这口气！

张　（流泪）好孩子，你二婶子也没把你当成孩子看，你有这个志气，二婶子就疼你，……

喜　二婶子！（感动得说不下去，倒在张怀里）

〔后台："二婶子，老太太叫你。"

张　他们叫我啦，红喜你歇一歇，我一会就来。（出门，回身）可别再出去啦！（带门下）

喜　（看张下，怒火烧心，坐立不宁，最后冲出门外）（迎面，见黄世仁上）

喜　（恨恨地）少东家！

黄　（一惊）红喜，你怎么跑到这里来了？

喜　（逼近）少东家，你……

黄　哎，红喜，快回去吧，这在院子里叫人看见了不好看！

喜　（大声地）黄世仁！

黄　怎么啦？（惊）你是……

喜　三十晚上逼死了我爹，大年初一就把我拉到你家，自进了你们家，你们把我不当人看，把我踩到脚底下，你娘打，骂，（更逼近）你你，还把我糟蹋！

黄　你，你怎么说起这个来？！

喜　（又上前）我身子都有七个月了，到这会儿你办喜事啦，你还骗我，我问你，你安的什么心……（撕咬他）

黄　（推倒喜）你这死家伙，疯了，你！（挣脱跑下）

喜　（从地上爬起）我跟你们拼啦！我跟你们拼啦！（追下）

（三幕一场完）

第二场

〔黄母房内，黄急上。

黄　娘，娘……

母　（放下大烟枪）怎么啦，世仁？

黄　娘，怪我不好，我没有看住红喜，到这会儿她闹出来啦。

母　（从床上坐起）怎样闹出来啦！

黄　她在后边追着我来啦，娘你看，到这会儿啦，客人们也快来了，要闹出去那就糟啦！

母　死丫头，疯啦！哼，你闪开，去叫老穆来！（黄下）

〔母拿出鸡毛帚，怒目而立。

〔喜跑上。

喜　我跟你们拼啦！……（进门）

母　死丫头，疯啦！给我跪下！！

喜　你！（不跪）

母　（声色俱厉）跪下！

喜　（怒目而视，恨的发抖）

母　死丫头，你知罪不知罪！我问你，你的肚子哪儿来的！？

喜　啊？……

母　死丫头！你偷人养汉，败坏我黄家的门风，说，你偷的汉子是谁？说，是谁？（穆仁智上到喜身后）

喜　（大声）是你儿子！（张二婶子在窥听，黄在另一角窥听）

母　（大怒）什么！你血口喷人，诬赖我儿子，你想死啦！（去打喜）

喜　（冲上去，但被穆扑住，狂叫般地）是你儿子，是你儿子，你们害了我一家，你们黄家没有好人！你们辈辈代代男男女女没有一个是好人，你们偷人养汉！……

母　老穆，老穆，快把她的嘴堵上！

〔穆拿手巾塞喜嘴。

母　快给关到里边套间去，给我打！（穆拖喜进套间，打喜，传出鞭打及模糊的惨叫）

母　（听着打的声音）好，好，哼！今天非把她好好收拾收拾不行！

张　（在门外心如刀割，痛苦万状）……

〔少顷。

母　（取出锁头）老穆，把门给我锁上！

〔穆锁门。黄世仁急急进门，张一躲，后又在门外窥听。

黄　娘，到这会了，我看想个办法把她送走吧，客人都快来了，要是闹出去外人知道了那可糟了！

母　世仁说的对，新媳妇就要来了，要是闹出去叫人家娘家知道了那可不好办……老穆，看看门外头有人没有！

穆　（出门看，张躲开，穆进门带门，张又窥听）没有人。

母　好，说办就办，今儿晚上等人们都睡了，老穆备个牲口连夜把她送走。

黄　对，老穆，你到城里就找那个人贩子把人交给他快把她送走，千万不能叫旁人知道。

穆　好，少东家，这事交给我没错。（下）

黄　娘，你老人家也别生气了，到新房里看他们拾掇得怎样了。（搀母出门，张躲开，黄与母下）（张急进门）

张　（去开套间门，门上有锁）钥匙？（到老太太床边偷钥匙，把钥匙拿在手，去开门）

〔后台声："张二婶！"大升上，张藏起钥匙，故作无事。

升　张二婶！（进门）唔，张二婶！你在这里，老太太叫你快去看那几件新衣裳样子裁得怎么样了。

张　唔，我就去！（升下）（张二婶焦虑万状，无奈，只好走下）

〔后台声：——

穆　老高，看你喝成这个样子！

高　少东家办喜事嘛，喝两盅怕什么。

穆　快给我备个牲口去,快!

高　天到这时候备牲口干么?

穆　你管他!快备去!

高　是……

〔张二婶拿一包馍馍急上,关门。

张　(把馍包置桌上,开里边套间门)红喜!红喜!

〔把喜扶出,又锁上门把钥匙放还原处。

张　红喜!(给喜解臂上的绳子)红喜!红喜!(把她嘴里塞的东西取出来)红喜!你醒醒!红喜!

喜　(醒过来)你……你是谁?

张　(压低了声音)我是你二婶子!

喜　啊!二婶子!……(倒在张怀中)

张　红喜!红喜,我都知道了!(扶起喜)你要快走啊!他们要害你啦!

喜　啊?

张　他们杀人不见血呀,他们把你卖了,一会就来捆你走,你要快走!落到他们手里,一辈子也翻不了身啦!

喜　二婶子,他们……他们!(欲冲出)

张　(拉住喜)红喜!别糊涂啦,你闹不过他们,快走!快出去逃命去。

喜　……

张　出后门,顺后山沟走,我给你把门开开啦,快!(两人欲走)

〔后台声:"张二婶!张二婶!"

〔两人大惊,一躲,听见叫声远去。

张　(更紧张地)红喜!这回出去啦,可没有你二婶子啦,主意要自己拿,我不能送你了,他们叫我。

喜　二婶子!

张　(从桌上拿起馍包给喜)这里有几个馍馍,带在路上好吃,喝水要喝长流水,这回出去了,不管怎么受苦受罪,也要活下去。记住他们怎么害了你一家的,早晚有一天好给你杨家报仇!

喜　二婶子!我记住了!

张　(拿钱给喜)这是我"攒"下的几个钱,带到路上好花,早晚我也要离开他们家,总有一天咱们娘儿俩还会再见面的!

喜　(收钱向张跪下)二婶子!

张　唉,红喜!起来,快快走!(开门,领喜跑下)

〔后台声:"张二婶,张二婶!"

〔少顷,张从原路回来,安详地走下。

〔更声响三下。

〔黄世仁与穆仁智上。

黄　(从母床上摸钥匙,开套间的门,进去发现人已走,一惊)怎么?红喜哪?红喜不见啦!

穆　怎么?

黄　老穆，红喜逃跑啦，后窗户打开啦，她从后窗户跑啦！老穆，快去追，追上去用绳子把她勒死撩到大河里去，省得以后闹出祸来！（两人出门）

穆　少东家！她不敢从前门走，咱们从后门追出去！

〔两人追下。

（三幕二场完）

第三场

〔喜从后门逃出。天上有星光。

喜　（跌倒又爬起）

（唱）他们要杀我，他们要害我，

我逃出虎口，我逃出狼窝！

娘生我，爹养我，

生我养我我要活，我要活！（第五十三曲）

〔跑下。

〔黄世仁穆仁智拿绳子追上。

黄　老穆，快追！

穆　唔！

黄　顺着这条路追下去，前边是一条大河，她跑不了！

〔两人追下。大山高声，河水汹涌，河边有草地。喜跑上。

喜　（唱）向前走，不回头，

我有冤哪，我有仇，

他们害死了我的爹，又害我，

烂了骨头我也要记住这冤仇！（第五十四曲）

〔前面河水声。

耳听见流水呼啦啦的响，

眼见一道大河闪星光——

大河流水向东去，

看不见路我走向哪里？！（第五十五曲）

（惶恐焦急）（忽听见背后有人在追）哎呀！后边有人追来啦！（一退，一脚陷到河边泥里，拔出脚来，鞋子陷脱，追的人已近，来不及拾鞋）那边有个苇子地，我快藏起来！（爬进苇地）

〔黄与穆追上。

黄　老穆，看见没有？

穆　没有！（两人搜寻）

黄　前边就是大河，她跑到哪儿去？

穆　两边山陡，没有路呀！

黄　一个丫头！又有了身子，她跑到哪里去？

穆　她跑不了！少东家！

〔两人又搜寻着。

穆　（忽然发现一双鞋子）哎，少东家，这是红喜的鞋子吧？

黄 (接过一看)对,就是她的鞋!

穆 那她是跳河死啦?

黄 唔,跳河死啦,这是她自己找的,哼,倒省了咱们的事啦,老穆,咱们回去吧,以后有人问就说她偷了咱家东西跑了,这事谁也不叫知道!

穆 对!

〔两人从原路走下。

〔喜从苇地里出来。

喜 (唱)想要逼死我,瞎了你的眼窝!

舀不干的水,扑不灭的火!

我不死,我要活!

我要报仇,我要活!(第五十六曲)

〔向万山丛中,急急跑下。

〔幕急下。

(第三幕完)

第四幕

第一场

三年后——一九三七年的秋天。

在山丛中,大河边,距奶奶庙不远。

黄昏。夕阳。

秋风飒飒,吹着荒草,败叶。

〔赵大叔持放羊鞭子,赶着羊群上。

赵 (唱)过了一年又一年,——

荒草长在大道边,

墙倒屋塌不见人,

死的死来散的散,

……秋风刮来人落泪呵,

河水东流不回还……(第五十七曲)

(在河边站住,眼望着东流的河水,无限感慨地)唉!日子过的好快呵……喜儿这孩子跳河死了也有三年啦……

(在一块石头上坐下来)

〔李拴携带着烧香的物品从一边走上。

拴 (看见赵)唔,赵大叔,放羊啊?

赵 唔,李拴,干什么去啊?

拴 给白毛仙姑烧香去。

赵 给白毛仙姑烧香?……唔,今儿又是十五啦……

拴 (在赵旁边坐下来)……唉,自打咱这片儿闹出了白毛仙姑,日子也不算短啦……

赵 哼,等着看吧,这世道该有个"讲究"啦!……

〔少顷,若有响动。

拴 (忽立起)赵大叔,你听——

赵 (稍待)唉!是旋风刮的草叶响。

拴 (平静下来轻声地)唉,大叔,你没见过吧?

赵 见过什么?

拴 白毛仙姑呵。大叔,那回刘老头在杨大伯坟地里碰见过,张四在北山套里打柴也见过,说是一身白,也像妇道的样子,一晃就过去啦。……(不寒而悚)

〔半晌。

赵 (回忆感慨地)咳!白毛仙姑要真有灵,喜儿这一家人的冤仇也该报啦。

拴 仙姑保佑吧。……(稍待)咳!大叔,不是说那年秋天喜儿叫张……

赵 (急止之。四顾无人)

拴 (放低声音)不是说张二婶放走啦?

赵 咳!一个孩子价跑出来又能怎么样?唉!跳了河啦。……

拴 咳,(稍停,看天色)大叔,我该去烧香去啦,一会怕要变天呢。(向奶奶庙方向走下)

赵 (悲愤,感慨地)唉!

(唱)没头的案子

　　哪有清官断?

　　这一笔糊涂账

　　写也写不完!

　　……白毛仙姑要有灵验——

　　屈死的鬼魂要伸冤!

　　……(第五十八曲)

〔张二婶挽扶着王大婶从奶奶庙方向走上。

张 他赵大叔……

赵 唔!他张二婶,他王大婶子!怎么这么远,你们也来烧香啦?

张 咳,他大婶子一定要我陪她来。唉,人心里一有事呵,就怎么也放不下……

婶 (哭泣着)他大叔呵……我也不求别的,仙姑有灵,你可叫我那孩子回来呀?……一辈子没办过造孽的事呀,你怎么叫我落到这步田地,……他大叔,你说这有几年啦,见天见我一合眼,就看见一边站着喜儿,一边站着大春。我说孩子呵,你怎么再也不想娘啦嘛?……可怜的孩子一个跳了河,一个跑……(泣不成声)

张 他大婶,你怎么又哭起来啦,(劝慰地)别难过,他大婶……

赵 这人死了,想也想不回来啦。再说,光哭又有什么用?……哼,喜儿这孩子死了,可死的也算有骨气。……大春呵,虽说自打出去到这会没有讯儿,可总有一天要回来的。……

张 是呵,自打我离开他们黄家,就见天见劝他大婶,我说他大婶等着吧,喜儿虽说死了,大春可一定会回来的,别怨命苦,咱老姐妹俩是一样的命,你相帮我,我相帮你,苦撑苦熬咱还是得过下去。

赵 (点头,感慨地)过下去,过下去。老天爷总有一天要睁眼的!

〔李拴忽惊上,风声随起。

拴　(失色)赵大叔！赵大叔！……

赵　怎么啦？

拴　来了，来了……

二人　什么呀？

拴　在庙后头，白——白——一身白……白毛仙姑……

三人　(大惊)啊，真的呀？快，快回去……

〔三人急下，赵赶羊群随下。

〔天忽顿黑，雷声隆隆，风雨骤至。

〔后台合唱起：

雷暴雨来了，
雷暴雨来了，
雷——暴——雨——来了——！
天错地又暗，
响雷又打闪；
天昏地又暗，
响雷又打闪……
老天爷呀发了昏，
世道大荒乱！
狂风遍地起，
白毛仙姑下了山！(第五十九曲)

〔大雷大闪。

〔"白毛仙姑"——喜儿，灰白的头发披散着，在暴风雨中奔上。

喜　(唱)下山收些瓜和果，
忽然起了雷暴雨，
山高路滑回不了洞，
奶奶庙里躲一躲……(第六十曲)

(突然滑倒在地，手里的瓜果落下，急忙捡起)……不见太阳的日子苦熬了三年多了……今儿出洞找些玉茭子、山药蛋，再到奶奶庙里偷供献，"攒"起来好过冬……

〔又一阵急雷大雨。

闪电哪！照的我眼难开，
响雷呀！打的我头难抬，
阵阵狂风扑在身，
哗啦啦的大雨奔我来！
蒺藜格针刺破了手，
跌倒在地又爬起来，
咳！不管你打雷打闪，
大风大雨，
我咬紧牙关
一步一步
向前走——

奶奶庙不远在前头……(第六十一曲)

〔向奶奶庙方向走下。

〔穆仁智携灯、雨伞在雨中奔上。

穆 (唱)又打雷来又打闪,

转眼只见变了天,

少东家有事进城去,

为什么到这会还不回还?!(第六十二曲)

(一声响雷。躲)……唉!这天气呀……真是该着世道要变啦。前些日子,听说日本鬼子打过了芦沟桥,不几天就占了保定,说不定几天就打到这儿来……唉!少东家就为这事到城里打听讯去,怎么到这会还不回来?……(焦急不安地。又一阵急雷。向前探望,不知所措)……唉,这几年庄子上又闹什么"白毛仙姑",一到晚上三更多天,就鬼哭神嚎,唉呀!这可怎么办?!……(不寒而悚)

(忽见左方有人影,一惊)谁呀?

〔半晌,在暗中,黄世仁声:"唔——是老穆呀?"

(放下心来)少东家,你可回来啦?

黄世仁在风雨中打伞奔上,大升随后。

穆 少东家,怎么样呀?

黄 老穆!不好啦!

(唱)前天我起身去县城,

才到了镇上就听见坏风声,

日本鬼他把县城占,

今天我急急忙忙

急急忙忙回家中!(第六十三曲)

穆 (惊住)啊!是真的呵?

升 真的呵。

黄 唉,别提啦,日本鬼子又杀人,又放火,我丈人家一家人都落到日本鬼子手里去啦!

穆 (更惊慌)哎呀!少东家,那咱们可怎么办呀?

黄 (劝慰地)老穆,先不要怕!不管他世道怎么变,咱们总得想办法过。走,先回去吧。

〔雷声。大雨更紧。

穆 少东家!你看这雷暴雨越下越大啦,咱们先到奶奶庙躲躲再说吧!

〔三人挣扎着,走向奶奶庙方向。

〔喜儿往奶奶庙方向走上。双方相遇。

〔一道闪光,照出了"白毛仙姑"的影像。

黄 (大惊失色)啊?!——

〔又一道闪光,喜儿看出是黄世仁。

黄 (大呼)鬼!鬼呀!

〔三人惊呼急躲。

喜 (怒火突起,直扑黄等,并以手中所拿供献香果向黄等掷去,如长嗥般地)啊——!

黄穆 (一边奔跑逃命,一边惊呼不止)……救命啊!救命……鬼!鬼呀!

〔狼狈奔下，大升跟随跑下。

〔稍顷。

喜 （停住，也半惊半疑地）……鬼？鬼？（四处察看，半晌）啊！你们说我是鬼？……（看看自己的头发和身体）唔，我这个样子是不像个人样子啦！（悲愤交集，痛哭失声）这都是黄世仁——你！你把我害成这个样子的啊！你还说我是鬼？！……

（唱）（风雨雷电交加）

我是叫你们糟蹋的喜儿，

我——是——人！

〔雷声更响更紧。

……自进了山洞三年多，

受苦受罪咬牙过，

白天不敢出来怕见人

黑夜出来虎狼多，

穿的是破布烂草不遮身，

吃的是庙里的供献，山上的野果，

我，我，我身上发了白呀——……

〔控诉般地。

我也是人生父母养，

如今变成了这模样，

这……这都是你，黄世仁你害的我呀！你还说是鬼？好！——

我说是鬼！

我是屈死的鬼！

我是冤死的鬼！

我要掐你们！我要撕你们！

我要咬你们哪！

啊——！……（第六十四曲）

〔疯狂般地向暴雨奔去。

〔大雷大雨。

〔"雷暴雨"合唱继起。渐渐远去。（第六十五曲）

（四幕一场完）

（收入《白毛女》，东北书店 1947 年 10 月版）

声　明

本书所选作品,绝大部分已取得作者或家属授权,极个别由于种种原因联络不上著作权人,请看到书后与出版社联系(具体方式见版权页),以便奉寄样书和稿费。非常感谢理解与支持!